TEORIA
DA
LITERATURA

VÍTOR MANUEL DE AGUIAR E SILVA
PROFESSOR DA UNIVERSIDADE DO MINHO

TEORIA
DA
LITERATURA

8.ª edição

(20.ª REIMPRESSÃO)

VOLUME I

ALMEDINA

TEORIA DA LITERATURA
AUTOR
Vítor Manuel de Aguiar e Silva
EDITOR
EDIÇÕES ALMEDINA, S.A.
Rua Fernandes Tomás, nºs 76-80
3000-167 Coimbra
Tel.: 239 851 904 · Fax: 239 851 901
www.almedina.net · editora@almedina.net
DESIGN DE CAPA
FBA.
PRÉ-IMPRESSÃO
EDIÇÕES ALMEDINA, SA
IMPRESSÃO E ACABAMENTO
FORMA CERTA GRÁFICA DIGITAL
Maio, 2023
DEPÓSITO LEGAL
18685/87

Toda a reprodução desta obra, por fotocópia ou outro qualquer processo, sem prévia autorização escrita do Editor, é ilícita e passível de procedimento judicial contra o infrator.

*À memória
do Professor Doutor*
Álvaro Júlio da Costa Pimpão

Para a
Nita

PREFÁCIO

Um livro científico-didáctico que não se renove, com o espírito de rigor que deve caracterizar a docência e a investigação universitárias, é um livro condenado a morte breve. Assim, naturalmente, reescrevemos de novo, na sua maior parte, esta nossa obra, cuja primeira edição foi publicada em 1967.

Na última década, a Teoria da Literatura, em particular no seu interface com outras disciplinas, conheceu profundas modificações. Nesta edição, procurámos informar o leitor sobre tais modificações, expondo e analisando novos conceitos, novas orientações metodológicas e novas construções teóricas.

O conhecimento científico progride e consolida-se através da elaboração, da discussão e da eventual convalidação de novas teorias — não por idolatria da novidade, mas por uma exigência inderrogável da própria racionalidade científica. A consciência de que, no âmbito das ciências empíricas, não existem teorias definitivas, teorias imutavelmente "verdadeiras", deveria ser o pressuposto epistemológico fundamental de todo o ensino universitário. A racionalidade científica, todavia, se é incoadunável com o fixismo teorético, é incompatível também com qualquer espécie de cepticismo ou de relativismo gnoseológicos que impliquem a corrosão dos próprios fundamentos dessa racionalidade e gerem a confusão anarquizante de conceitos, métodos, etc.

Estes problemas revestem-se da maior relevância na transmissão escolar do conhecimento científico, porque está em causa nesse processo não só a natureza e a qualidade dos conteúdos cognitivos comunicados, *mas também uma "lição", implícita senão explícita, sobre a lógica e a axiologia desse mesmo conhecimento. Um livro científico-didáctico não deve ser nem um formulário reducionista, nem um manual dogmatizante, nem um repositório heterogéneo e caótico de informações, destituído de coerência teorética. Não deve escamotear os problemas e as dificuldades, não deve impor ou insinuar soluções ideologizantes, não deve desorientar, confundir ou ludibriar intelectualmente o seu leitor-aluno. Um livro científico-didáctico, em suma, não deve ser "oportunista" sob nenhum aspecto: nem pela ostentação da novidade pela novidade, nem pelo enfileiramento em qualquer corrente ideológica, nem pela busca do êxito comercial.*

Estas breves reflexões, na sua essencialidade, exprimem um ideal universitário que sempre nos orientou e que se foi fortalecendo e depurando com o decurso dos anos. Um ideal que deflui de uma atitude mental, que se funda numa filosofia do conhecimento, que deriva de uma determinada concepção da Universidade, mas que se enraíza, antes de tudo, numa ética do conhecimento e numa ética do exercício da docência universitária. Uma ética aceite e praticada independentemente das circunstâncias do tempo e da fortuna e, muitas vezes, contra as circunstâncias do tempo e da fortuna.

Indiana University/Bloomington, Setembro de 1981.

VÍTOR MANUEL DE AGUIAR E SILVA

PREFÁCIO À 5.ª EDIÇÃO

Nesta 5.ª edição do volume I, reescrevemos na sua quase totalidade o capítulo 5. Parece-nos que os problemas da periodização literária, à medida que se vai desagregando o paradigma formalista da teoria da literatura e se vai consolidando a ideia da necessidade de combinar interdisciplinarmente a história, a semiótica e a sociologia da literatura, assumem uma relevância crescente para a inteligibilidade de todos os fenómenos da semiose literária.

Nalguns capítulos, para além de pequenos acrescentos ou correcções, introduziu-se uma addenda *final com actualizações bibliográficas que se afiguraram convenientes ou com uma sucinta análise de alguns problemas. Em relação aos capítulos 9 e 10, decidimos não os fazer acompanhar de qualquer* addenda, *porque a copiosidade da bibliografia publicada nos últimos dois anos, em especial no domínio da teoria do texto, e a necessidade de reexaminar diversas matérias expostas nesses capítulos não se coadunariam com os limites materiais e a função de uma* addenda. *Contamos, aliás, publicar em breve um livro consagrado à teoria do texto literário e outro dedicado à poética do texto narrativo.*

Nas citações, manteve-se (com raras excepções, uma ou outra decorrente de dificuldades na utilização de certas espécies bibliográficas aquando da elaboração da edição anterior) o critério estabelecido na 4.ª edição: quando nos servimos de textos editados nas línguas em que foram originariamente publicados, as citações são apresentadas nessas línguas; quando nos servimos de traduções em qualquer outra língua, as citações são apresentadas em português (salvo indicação em contrário, as versões são da nossa responsabilidade).

Coimbra, 15 de Junho de 1983.

1

OS CONCEITOS
DE
LITERATURA E LITERARIEDADE

1.1. História semântica do lexema "literatura"

O lexema *literatura* deriva historicamente, por via erudita, do lexema latino *litteratura*, o qual, segundo informa Quintiliano (¹), foi decalcado sobre o substantivo grego γραμματική. Nas principais línguas europeias, os lexemas derivados, por via erudita, de *litteratura* entraram, sob formas muito semelhantes — cf. castelhano: *literatura;* francês: *littérature;* italiano: *letteratura;* inglês: *literature* —, na segunda metade do século XV, sendo um pouco mais tardio o seu aparecimento na língua alemã (século XVI) e na língua russa (século XVII). Na língua portuguesa, encontrámos documentado o lexema *literatura* num texto datado de 21 de Março de 1510 (²).

(¹) — Cf. Quintiliano, *Inst. or.,* II, 1, 4.
Utilizamos *lexema,* de uso vário na terminologia da linguística contemporânea, em conformidade com P.H. Matthews, *Inflectional morphology,* Cambridge, at the University Press, 1972, pp. 160-162, e com John Lyons, *Semantics,* Cambridge, Cambridge University Press, 1977, vol. I, pp. 18-20.
(²) — Cf. *Actas dos Conselhos da Universidade de 1505 a 1537.* Publicadas por Mário Brandão. Coimbra, Publicações do Arquivo da Universidade, 1968, vol. I, p. 122: «[...] & os ditos doctores [tom] deram suas

O lexema complexo *litteratura*, derivado do radical *littera* — letra, carácter alfabético —, significa saber relativo à arte de escrever e ler, gramática, instrução, erudição. Em autores cristãos como Tertuliano, Cassiano e S. Jerónimo, *litteratura* designa um *corpus* de textos seculares e pagãos, contrapondo-se a *scriptura*, lexema que designa um *corpus* de textos sagrados.(³) O *litteratus* — lexema donde procedem, por via popular, *letrado*, e por via erudita, *literato* — era o homem conhecedor da gramática, aquele que sabia desenhar e decifrar as letras (⁴) e que, por isso mesmo, fruía de um privilegiado estatuto sociocultural.(⁵)

Nas diversas línguas europeias, até ao século XVIII, o conteúdo semântico do lexema *literatura* foi substancialmente idêntico ao do seu étimo latino, designando *literatura*, em regra, o saber e a ciência em geral.(⁶) Já ia bem avançado o século XVIII

---

vozes ẽ sua sciencia & literatura [...]». Num texto mais antigo, datado de 6 de Julho de 1507 e publicado também na obra mencionada (p. 28), aparece a forma vocabular *leteratura*.

(³) — Cf. René Wellek, «Literature and its cognates», *in* Philip P. Wiener (ed.), *Dictionary of the history of ideas*, New York, Scribner's Sons, 1973, vol. III, p. 81; Ulrich Weisstein, *Comparative literature and literary theory*, Bloomington — London, Indiana University Press, 1973, p. 24. Em Tertuliano, ocorre a expressão *saecularis litteratura* (apud Menéndez Pelayo, *Historia de las ideas estéticas en España*, Madrid, Consejo Superior de Investigaciones Científicas, ³1962, t. I, p. 146).

(⁴) — Cf. Paul Zumthor, *Langue, texte, énigme*, Paris, Éditions du Seuil, 1975, p. 25.

(⁵) — A conexão da escrita com valores mágico-religiosos e, correlatamente, com valores socioculturais de alto prestígio tem profundas raízes em várias civilizações, mas em particular na civilização judaico-cristã, na qual a Bíblia, o Livro por excelência, desempenha uma função primacial. Sobre o livro como símbolo — do universo, da alma, de Jesus Cristo, etc. —, *vide* Ernst Robert Curtius, *Literatura europea y Edad Media latina*, México — Madrid — Buenos Aires, Fondo de Cultura Económica, 1976, t. I, pp. 423 ss.; Gabriel Josipovici, *The world and the book*, London, Macmillan, 1971, pp. 24-51.

(⁶) — Escreve Montaigne (*Essais*, II, 19): «Julien l'Apostat [...] estoit tres-excellent en toute sorte de litterature». Luzán, num dos capítulos da sua *Poética* publicados com extensas refundições na edição de 1789, emprega *literatura* com este significado: «Desde que el Imperio Romano empezó a desplomarse, fueron cayendo también envueltas en sus ruinas las ciencias y las artes, que en su grandeza y fortuna se afirmaban; pero se conoció más esta decadencia después que inundaron a Italia, Francia

(1773), quando os beneditinos de Saint-Maur começaram a publicar a *Histoire littéraire de la France*, neste título, o significado do adjectivo *littéraire* torna-se bem explícito nos dizeres que a ele se seguem: «[...] où l'on traite de l'origine et du progrès, de la décadence et du rétablissement des sciences parmi les Gaulois et les Français». O adjectivo *literário* referia-se, assim, a tudo quanto dissesse respeito às ciências e às artes, em geral.(⁷)

Tal como *literatura*, lexemas e sintagmas como *letras*, *letras humanas* e, a partir do século XVII, *belas-letras* (⁸) designam conhecimento, doutrina, erudição — um conhecimento que tanto dizia respeito aos poetas e aos oradores como aos gramáticos, aos filósofos, aos matemáticos, etc. (⁹)

Anteriormente à segunda metade do século XVIII, quando se pretende denominar a arte e o *corpus* textual que actualmente designamos por *literatura*, são utilizados lexemas e sintagmas como *poesia, eloquência, verso e prosa*, (¹⁰) etc.

---

y España las naciones septentrionales, gente marcial, feroz y ajena de toda literatura» (cf. Ignacio de Luzán, *La poética. Reglas de la poesía en general y de sus principales especies*. Edición, prólogo y glosario de Russell P. Sebold. Barcelona, Editorial Labor, 1977, pp. 140-141).

(⁷) — Francisco Dias Gomes, poeta e notável crítico literário português setecentista (1745-1795), refere-se ao «systema litterario» como compreendendo «a Escultura, a Pintura, a Mathematica, a Historia, a Eloquencia, a Musica, e a Poesia», isto é, como sendo o conjunto das artes e das ciências (cf. Francisco Dias Gomes, *Obras poeticas*, Lisboa, na Typographia da Acad. R. das Sciencias, 1799, pp. 12-13).

(⁸) — O sintagma fixo *belas-letras* é hoje usado raramente e adquiriu mesmo uma conotação pejorativa, mais notória em lexemas como *beletrismo, beletrística e beletrista*.

(⁹) — Cf. Claude Cristin, *Aux origines de l'histoire littéraire*, Grenoble, Presses Universitaires de Grenoble, 1973, pp. 86 ss.; Marc Fumaroli, *L'âge de l'éloquence. Rhétorique et "res literaria" de la Renaissance au seuil de l'époque classique*, Genève, Librairie Droz, 1980, pp. 17 ss.

(¹⁰) — O sintagma *verso e prosa*, indicativo de que não se julga *poesia* como denominação ajustada para todos os textos literários, ocorre com alguma frequência em autores do século XVI: «Sia versato nei poeti e non meno negli oratori ed istorici ed ancor esercitato nel scrivere versi e prosa, massimamente in questa nostra lingua vulgare» (cf. Baldassarre

Na segunda metade do século XVIII, o lexema *literatura* apresenta uma profunda evolução semântica, em estreita conexão com as transformações da cultura europeia nesse período histórico.(¹¹) Subsistem no seu uso, por força da tradição linguística e cultural, os significados já mencionados, mas manifestam-se também, em correlação com aquelas transformações, novos conteúdos semânticos, que divergem dos anteriormente vigentes e que divergem também entre si.

A polissemia crescente do lexema, funcionalmente indissociável de múltiplos contextos situacionais heterogéneos, historicamente resultantes das referidas transformações socioculturais, encontra-se curiosamente documentada no artigo intitulado «Littérature» que figura no *Dictionnaire philosophique* de Voltaire(¹²) e em cujo início se lê: «Littérature; ce mot est un de ces termes vagues si fréquents dans toutes les langues».(¹³) Depois de recordar que *littérature* equivalia à gramática dos gregos e latinos, Voltaire caracteriza a literatura como uma forma particular de conhecimento — «une connaissance des ouvrages de goût, une teinture d'histoire, de poésie, d'éloquence, de critique» —, mas não como uma arte específica.

Castiglione, *Il libro del cortegiano*. A cura di Ettore Bonora. Milano, Mursia, 1972, p. 87); «Il che avienne perciò, che quantunque di trecento anni e più per adietro infino a questo tempo, e in verso e in prosa, molte cose siano state in questa lingua scritte da molti scrittori, sì non si vede ancora chi delle leggi e regole dello scrivere abbia scritto bastevolmente» (cf. Pietro Bembo, *Prose e rime*. A cura di Carlo Dionisotti. Torino, U.T.E.T., ²1966, pp. 74-75). Sobre os debates, entre os teorizadores e críticos literários da Renascença italiana, em torno do problema de saber se as ficções em prosa podem ser consideradas poesia, *vide* Baxter Hathaway, *The age of criticism: The late Renaissance in Italy*, Ithaca — New York, Cornell University Press, 1962, pp. 87-117.

(¹¹) — Sobre a evolução semântica do lexema *literatura*, os estudos fundamentais, além do já mencionado de René Wellek, são os seguintes: Robert Escarpit, «La définition du terme *littérature*», *Actes du IIIᵉ Congrès de l'Association Internationale de Littérature Comparée*, The Hague, Mouton-Gravenhage, 1962, pp. 77-89 (estudo republicado em Robert Escarpit *et alii*, *Le littéraire et le social. Éléments pour une sociologie de la littérature*, Paris, Flammarion, 1970, pp. 259-272); Raffaele Sirri, *Che cosa è la letteratura*, Napoli, De Simone Editore, ²1974.

(¹²) — Este artigo fragmentário não aparece nas edições do *Dictionnaire philosophique* que reproduzem a edição de 1769.

(¹³) — Cf. Voltaire, *Dictionnaire philosophique*, Paris, chez Ménard et Desenne, 1827, t. X, p. 173.

Este conhecimento, porém, é avaliado por Voltaire em termos depreciativos, contrapondo o conceito de *génio*, com todas as suas positivas implicações pré-românticas no domínio da criatividade artística, aos conceitos de *literatura* e de *literato*, a que associa as ideias de saber e de actividade crítica com estatuto de subalternidade em relação à grandeza do *génio*: «La littérature n'est point un art particulier; c'est une lumière acquise sur les beaux-arts, lumière souvent trompeuse. Homère était un génie, Zoïle un littérateur. Corneille était un génie; un journaliste qui rend compte de ses chefs-d'oeuvre est un homme de littérature.»(14)

Por outro lado, Voltaire diferencia o conhecimento representado pela literatura e possuído pelo *littérateur* e o conhecimento possuído pelo *savant* e representado pela filosofia e pela ciência — conhecimento este que exige «des études plus vastes et plus approfondies» —, ilustrando tal distinção com o exemplo do *Dictionnaire historique et critique* de Bayle, obra que não podia ser designada como «un recueil de littérature». O conhecimento representado pela literatura, quando diz respeito a objectos caracterizados pela *beleza*, como a poesia, a eloquência, «a história bem escrita», toma o nome de *belle littérature,* não cabendo tal designação, porém, à simples crítica, à polimatia, à cronologia, etc., já que tais actividades, bem como os escritos delas resultantes, carecem de *beleza*. Se a denominação de *belle littérature* implica, por conseguinte, a existência de valores estéticos, a simples denominação de *literatura* implica relação com as *letras*, com a arte da expressão através da linguagem verbal e por isso mesmo Voltaire não considera como pertencentes à *literatura* aquelas obras que se ocupam da pintura, da arquitectura ou da música: «Ces arts par eux-mêmes n'ont point de rapport aux lettres, à l'art d'exprimer des pensées:

---

(14) — E Voltaire acrescenta: «On ne distingue point les ouvrages d'un poète, d'un orateur, d'un historien par ce terme vague de littérature, quoique leurs auteurs puissent étaler une connaissance très variée, et posséder tout ce qu'on entend par le mot de lettres. Racine, Boileau, Bossuet, Fénelon, qui avaient plus de littérature que leurs critiques, seraient très mal à propos appelés des gens de lettres, des littérateurs; de même qu'on ne se bornerait pas à dire que Newton et Locke sont des gens d'esprit» (*op. cit.*, p. 175).

ainsi le mot *ouvrage de littérature* ne convient point à un livre qui enseigne l'architecture ou la musique, les fortifications, la castramétation, etc.; c'est un ouvrage technique.»([15])

Num texto de Diderot escrito em 1751, anterior portanto ao artigo do *Dictionnaire philosophique* atrás analisado — as *Recherches philosophiques sur l'origine et la nature du beau* ([16]) —, ocorre o emprego de *littérature* nos seguintes contextos verbais: «Ou l'on considère les rapports dans les moeurs, et l'on a le *beau moral;* ou on les considère dans les ouvrages de littérature, et l'on a le *beau littéraire;* ou on les considère dans les pièces de musique, et l'on a le *beau musical* [...]»; «Je me contenterai d'en apporter un exemple, pris de la littérature. Tout le monde sait le mot sublime de la tragédie des *Horaces:* QU'IL MOURÛT».([17]) Em ambos os casos, parece irrefragável que *littérature* apresenta o significado de específica actividade criadora que se consubstancia em obras caracterizadas por uma particular categoria do belo. Quer dizer, para Diderot *literatura* é uma arte e é também o conjunto das manifestações dessa arte, isto é, um conjunto de textos que se singulariza pela presença de determinados valores estéticos (*le beau littéraire*).

Este texto de Diderot documenta, pois, dois novos e importantes significados com que o lexema *literatura* será crescentemente utilizado a partir da segunda metade do século XVIII: específico fenómeno estético, específica forma de produção, de expressão e de comunicação artísticas — e bastará lembrar títulos de obras como *Éléments de littérature* (1787) de Marmontel, *De la littérature considérée dans ses rapports avec les institutions sociales* (1800) de Mme. de Staël —, e *corpus* de objectos — os textos literários — resultante daquela particular actividade de criação estética.([18])

([15]) — Cf. Voltaire, *op. cit.,* p. 177.

([16]) — Sobre os problemas concernentes à autoria e à datação deste texto, veja-se a informação introdutória de Paul Vernière em Diderot, *Oeuvres esthétiques.* Textes établis, avec introductions, bibliographies, chronologie, notes et relevés de variantes, par Paul Vernière. Paris, Éditions Garnier, 1968, pp. 387-389.

([17]) — Cf. Diderot, *op. cit.,* pp. 420 e 422.

([18]) — Este novo significado de *literatura* está documentado, por exemplo, no título da revista de Lessing, *Briefe die neueste Literatur betreffend* (1759-1765).

Do significado de *corpus* em geral de textos literários, passou compreensivelmente o lexema *literatura* a significar também o conjunto da produção literária de um determinado país, tornando-se óbvias as implicações filosófico-políticas de tal conceito de "literatura nacional" (em alemão, por exemplo, o vocábulo *Nationalliteratur* teve já largo curso no último quartel do século XVIII): cada país possuiria uma literatura com caracteres próprios, uma literatura que seria expressão do espírito nacional e que constituiria, por conseguinte, um dos factores relevantes a ter em conta para se definir a natureza peculiar de cada nação. Sintagmas como *literatura alemã, literatura francesa, literatura italiana*, etc., foram-se tornando de uso frequente a partir das últimas três décadas do século XVIII. No ano de 1772, por exemplo, começou a ser publicada a *Storia della letteratura italiana* de Girolamo Tiraboschi.

Eis as linhas fundamentais da evolução semântica do lexema *literatura* até ao limiar do romantismo. Tal evolução, porém, não se quedou aí, mas prosseguiu ao longo dos séculos XIX ([19]) e XX. Vejamos, em rápido esboço, as mais relevantes acepções adquiridas pelo lexema neste período de tempo:

a) Conjunto da produção literária de uma época — *literatura do século XVIII, literatura victoriana* —, ou de uma região — pense-se na famosa distinção de M.me de Staël entre «literatura do norte» e «literatura do sul», etc. Trata-se de uma particularização do sentido que a palavra apresenta na revista de Lessing acima mencionada (*Briefe die neueste Literatur betreffend*).

b) Conjunto de obras que se particularizam e ganham feição especial quer pela sua origem, quer pela sua temática ou pela sua intenção: *literatura feminina, literatura de terror, literatura revolucionária, literatura de evasão*, etc.

c) Bibliografia existente acerca de um determinado assunto. Ex.: «Sobre o barroco existe uma *literatura* abundante». Este sentido é próprio da língua alemã, donde transitou para outras línguas.

([19]) — Já ia adiantado o século XIX (1868), ainda Renan sublinhava, nas suas *Questions contemporaines*, o cunho neológico do lexema *literatura*: «L'ensemble des productions qu'on appelait autrefois les "ouvrages de l'esprit" et qu'on désigne maintenant du nom de littérature» (*apud* R. Wellek, *loc. cit.*, p. 82).

d) Retórica, expressão artificial. Verlaine, no seu poema *Art poétique*, escreveu: «Et tout le reste est littérature», identificando pejorativamente *literatura* e expressão retórica, falsa e artificial. Este significado depreciativo do lexema data do último quartel do século XIX ([20]) e é de origem francesa, mas a contraposição *poesia/literatura* procede de teorias românticas que correlacionam *poesia* com *natureza* e *literatura* com *civilização* ([21]). A desvalorização do conceito de literatura, que pode proceder de uma atitude filosófico-existencial de tipo vitalista — e nesta perspectiva se compreende bem o significado negativo de um sintagma como *fazer literatura* ([22]) —, de uma

---

([20]) — Este significado depreciativo de *literatura* — e de *literário* — está bem documentado, por exemplo, nas *Palavras loucas* (Coimbra, França Amado, Editor, 1894) de Alberto de Oliveira: "[...] nada que apeteça reler nos dias em que se tem o nojo da Literatura e a amarga certeza de que a Vida não são anedotas" (p. 18); "E veria, em seguida, que na obra de Goncourt não há um largo sopro de humanidade: tudo ali é literário e móveis velhos" (p. 19); "Que insuportável e falso que V. é, com toda essa literatura! E chamam a isso finura de análise, subtileza, compreensão da Nuança. No meu ponto de vista, tudo isso é literatura, e da pior. Incoerente, postiço, construído sobre a areia movediça de uma sugestão que eu nego" (p. 42).

Outro lexema do mesmo paradigma etimológico de *literatura* que adquiriu um significado fortemente pejorativo foi *literato* (e derivados seus como *literatice, literatismo, literatagem, literatelho, literateiro,* etc.).

([21]) — Veja-se uma análise das raízes românticas desta contraposição, segundo uma perspectiva histórico-literária prevalentemente italiana, em Raffaele Sirri, *Che cosa è la letteratura*, pp. 86 e ss. No plano teórico-conceptual, a contraposição *poesia/literatura* foi sobretudo fundamentada e desenvolvida por Benedetto Croce. Dentre a copiosa bibliografia de Croce, cf. sobre tal problema o volume *La poesia* (Bari, Laterza, ^{6}1963) e o ensaio «La poesia, opera di verità; la letteratura, opera di civiltà», inserto na sua obra *Indagini su Hegel e schiarimenti filosofici* (Bari, Laterza, ^{2}1967).

([22]) — Cf., *e.g.*, José Régio, *Páginas de doutrina e crítica da «Presença»* (Porto, Brasília Editora, 1977): «O exagerado gosto da retórica (e diga-se: da mais cediça) morde os próprios temperamentos vivos; e se a obra dum moço traz probabilidades de prolongamento evolutivo, raro esses germes de literatura viva se desenvolvem. O pedantismo de fazer literatura corrompe as nascentes» (p. 18). À *literatura viva*, isto é, «aquela em que o artista insuflou a sua própria vida», contrapõe Régio a *literatura profissional, a literatura mais ou menos mecânica* (op. cit., p. 18), a *literatura fradesca*, a *literatura livresca*, a *literatura de literato* (op. cit., p. 54).

postura vanguardista que rompe iconoclasticamente com a literatura institucionalizada — foi o caso do dadaísmo — ou de uma concepção mágico-oracular e esotérica da escrita poética — e assim aconteceu com o romantismo, o simbolismo e o surrealismo — ([23]), conduz logicamente ao conceito de *antiliteratura*, ou seja, conduz à teoria e à prática de uma escrita que pretende corroer e destruir as convenções, as normas e os valores socioculturalmente aceites como característicos da literatura.([24])

e) Por elipse, emprega-se simplesmente *literatura* em vez de *história da literatura*.

f) Por metonímia, *literatura* significa também *manual de história da literatura*.

g) *Literatura* pode significar ainda conhecimento sistematizado, científico, do fenómeno literário. Trata-se de um significado caracteristicamente universitário do lexema e ocorre em sintagmas como *literatura comparada, literatura geral,* etc.

1.2. Génese histórico-cultural do conceito de literatura

Como se conclui dos elementos expostos em 1.1., foi na segunda metade do século XVIII que, em virtude de impor-

---

([23]) — Numa entrevista concedida em 1962, André Breton afirma: «Je continue à ne rien apercevoir de commun entre la littérature et la poésie. L'une, qu'elle soit tournée vers le monde externe ou se targue d'introspection, selon moi nous entretient de sornettes; l'autre est toute aventure intérieure et cette aventure est la seule qui m'intéresse» (*apud* Gérard Durozoi e Bernard Lecherbonnier, *Le surréalisme. Théories, thèmes, techniques*, Paris, Larousse, 1972, p. 35). Sobre a desvalorização do conceito de literatura no dadaísmo e no surrealismo, cf. Albert Léonard, *La crise du concept de littérature en France au XXe siècle*, Paris, José Corti, 1974, pp. 33-49.

([24]) — Encontra-se um estudo minucioso e bibliograficamente muito rico do conceito de *antiliteratura*, em Adrian Marino, *Dicționar de idei literare*, București, Editura Eminescu, 1973, vol. I, *s.v. Antiliteratura*. O conceito de *antiliteratura* está correlacionado com outros conceitos difundidos sobretudo por movimentos da vanguarda literária: *antiarte, anti-herói, anti-romance,* etc.

tantes transformações semânticas, o lexema *literatura* adquiriu os significados fundamentais que ainda hoje apresenta: uma arte particular, uma específica categoria da criação artística e um conjunto de textos resultantes desta actividade criadora. O que explica que tenha sido naquele período histórico que se verificaram tais transformações semânticas?

As razões explicativas são de vária ordem, embora intimamente conexionadas.

Por um lado, o lexema *ciência* adquiriu então um significado mais estrito, em consequência do desenvolvimento da ciência indutiva e experimental, de modo que se tornou cada vez menos aceitável incluir nas *belas-letras* os escritos de carácter científico. Em consonância com este desenvolvimento da ciência indutiva e experimental, ocorreu também uma progressiva valorização da técnica, difundindo-se a consciência de que também as obras de conteúdo técnico não cabiam dentro do âmbito das *belas-letras* ([25]).

Paralelamente com esta crescente especificação epistemológica da ciência indutiva e da tecnologia, foi ganhando fundamentação e consistência teoréticas o reconhecimento da existência de uma esfera de valores peculiares e irredutíveis, por exemplo, aos valores da moral ou da ciência — a esfera dos valores da arte, dos valores estéticos. Duas datas, 1735 — em que Baumgarten cria, na sua obra *Meditationes philosophicae de nonnulis ad poema pertinentibus,* o lexema *estética* ([26]) — e 1790 — em que Kant fundamenta e analisa, na sua *Kritik der Urteilskraft,* a existência autónoma dos valores estéticos —, podem ser consideradas como marcos fundamentais deste processo de reconhecimento filosófico da peculiaridade e da autonomia dos valores estéticos.

Assim se constituía uma das antinomias fundamentais da cultura ocidental nos dois últimos séculos — a antinomia da chamada cultura humanística *versus* cultura científico-tecnológica. O fenómeno literário representou, desde o início, o mais relevante factor do primeiro pólo desta antinomia e a sua

---

([25]) — Veja-se o citado artigo «Littérature» de Voltaire.

([26]) — Em 1750, publicou Baumgarten a sua obra *Aesthetica,* o primeiro livro a ser assim intitulado.

importância haveria de alargar-se com o romantismo, quer como sistema de valores oposto à ciência, à técnica e à civilização burguesa, cujo progresso dependerá crescentemente do suporte científico-tecnológico, quer como sistema de valores susceptível de funcionar em sub-rogação de códigos éticos e credos religiosos em crise (a literatura erigida em valor absoluto, teorias da *arte pela arte*, etc.). Ora, como observa E. D. Hirsch, Jr., «Strong evidence, including that accumulated in controlled experiments, exists to support the view that unitary words tend to replace phrases only when a new interest or importance is attached to the concept represented by the phrase.»[27] Quer dizer, em confronto com sintagmas como *belles-lettres, polite letters* e outros similares, o lexema *literatura* — uma «unitary word», segundo a terminologia utilizada por Hirsch — encontrou, sobretudo desde a segunda metade do século XVIII, circunstâncias de ordem cultural que propiciaram e, de certo modo, determinaram a evolução semântica que veio a conhecer. O significado da outra «unitary word» que poderia ter competido semanticamente com *literatura*, o lexema *poesia*, passou a estar cada vez mais, do século XVIII em diante, ou circunscrito a um domínio bem particularizado da produção literária, ou alargado a um âmbito, quer relativo ao belo artístico, quer relativo ao belo natural, que transcende a esfera da literatura.

Por outro lado, verificou-se nas literaturas europeias, desde as primeiras décadas do século XVIII, uma acentuada valorização de textos e géneros literários em prosa, desde o romance ao ensaio e à sátira ideológico-política. Se o racionalismo neoclássico e o "espírito filosófico" iluminista desempenharam importante papel na valorização de uma prosa literária apta à comunicação e ao debate de ideias, o pré-romantismo rasgou novos horizontes à prosa literária, com o romance, a novela, as memórias, a biografia e a autobiografia — géneros literários que adquiriram então um estatuto estético e sociocultural de que não usufruíam nos séculos anteriores. Esta importância crescente da literatura em prosa está relacionada com um dos

---

[27] — Cf. E. D. Hirsch, Jr., *The aims of interpretation*, Chicago — London, The University of Chicago Press, 1976, pp. 132-133.

grandes fenómenos culturais e sociológicos ocorridos no século XVIII: o alargamento substancial do público leitor, alargamento que reflecte profundas alterações entretanto operadas na sociedade — acesso à esfera da cultura de uma classe burguesa cada vez mais poderosa e influente em todos os planos e caracterizável já, em termos veblenianos, como uma *leisure class* — e que origina, com naturais efeitos de *feedback,* um vigoroso desenvolvimento da indústria e do comércio livreiros, a proliferação de instituições que possibilitam e promovem a leitura (bibliotecas públicas, gabinetes e sociedades de leitura),([28]) o aparecimento, pela primeira vez na história, de escritores fruindo da possibilidade de viverem do rendimento proporcionado pelas suas obras ([29]) e a formação de uma *opinião pública* que há-de exercer uma função relevante não só no campo dos problemas ideológico-políticos e sociais, mas também no domínio das manifestações artísticas.([30])

Dentro de tal condicionalismo, não era possível impor a designação genérica de *poesia* a uma produção literária em que avultavam cada vez mais, quer sob o aspecto quantitativo, quer sob o aspecto qualitativo, os textos em prosa. *Poesia* passou a designar prevalentemente os textos literários que apresentavam determinadas características técnico-formais ([31]) ou então

---

([28]) — Sobre tal matéria, em relação à França, cf. François Furet (ed.), *Livre et société dans la France du XVIIIe siècle,* The Hague — Paris, Mouton, 1965-1970, 2 vols.

([29]) — A constituição de um público leitor suficientemente numeroso e com capacidade pecuniária para adquirir vários milhares de exemplares da edição de uma obra representou o início do fim da instituição mecenática no âmbito da literatura e a possibilidade de o escritor se libertar das dependências e tutelas económico-financeiras que, muitas vezes, condicionavam gravemente a expressão das suas ideias. Acerca da transformação, no século XVIII, da carreira do homem de letras numa autêntica profissão liberal, veja-se Georges Gusdorf, *Les principes de la pensée au siècle des Lumières,* Paris, Payot, 1971, t. IV, pp. 503 ss.

([30]) — A génese e a função da opinião pública na sociedade burguesa setecentista encontram-se magistralmente analisadas em Jürgen Habermas, *Storia e critica dell'opinione publica,* Bari, Laterza, 1977 (título original: *Strukturwandel der Oeffentlichkeit,* Neuwied, Hermann Luchterhand Verlag, 1962).

([31]) — Luzán, na sua *Poética,* exprime bem esta tendência, ao delimitar claramente a poesia *stricto sensu* da prosa literária: «Digo hecha

passou a designar uma categoria estética susceptível de qualificar quer obras artísticas não-literárias, quer determinados aspectos e manifestações da natureza ou do ser humano.(^{32}) Tinha de se adoptar portanto outra designação genérica mais extensiva. Essa designação foi *literatura*.(^{33})

---

con versos, señalando el instrumento del cual se sirve la poesía, a distinción de las demás artes imitadoras, las cuales se sirven de colores, de hierros o de otros instrumentos y nunca de versos. A más de esto, es mi intención excluir con estas palabras del número de poemas y privar del nombre de poesía todas las prosas, como quiera que imiten costumbres, afectos o acciones humanas» (cf. Ignacio de Luzán, *op. cit.*, p. 162). No século XVIII, todavia, há quem defenda doutrina contrária a esta. Diderot, por exemplo, escreve: «D'où l'on voit qu'une tragédie en prose est tout autant un poème, qu'une tragédie en vers; qu'il en est de même de la comédie et du roman» (cf. Diderot, *Oeuvres esthétiques*, p. 217). O problema, como já ficou assinalado — veja-se a nota 9 do presente capítulo —, não era novo e veio a tornar-se ainda mais complexo no século XIX, com o aparecimento do *poema em prosa*. Na língua alemã, aliás, um lexema como *Dichtung* apresenta um significado que pode abranger também a prosa literária. E em todas as línguas europeias, actualmente, um lexema como *poética* funciona com um significado equivalente ao de teoria da literatura.

(^{32}) — Nos *Essais sur la peinture*, afirma Diderot: «Mais en laissant aux mots les acceptions reçues, je vois que la peinture de genre a presque toutes les difficultés de la peinture historique, qu'elle exige autant d'esprit, d'imagination, de poésie même [...]» (cf. Diderot, *op. cit.*, p. 726). E numa das notas que Frédéric-Melchior Grimm escreveu para estes ensaios de Diderot, lê-se: «Quelle que soit la définition de la peinture, il faudra toujours y faire entrer la poésie comme chose essentielle» (*ibid.*, p. 734). A aplicação da categoria estética de *poesia* a uma paisagem, a um rosto, a um olhar, a um acontecimento, etc., tornou-se corrente com a literatura romântica.

(^{33}) — Um testemunho bem significativo da nova função semântica atribuída ao lexema *literatura* é fornecido pela variação do título, da primeira para a segunda edição, da obra em que Aurelio-Georgio Bertola di Georgi deu a conhecer ao público italiano, pela primeira vez, a literatura alemã: a primeira edição intitula-se *Idea della poesia alemanna* (Napoli, 1779), ao passo que a segunda edição se intitula *Idea della letteratura alemanna* (Lucca, 1784). A diferença do título explica-se pela inclusão, na segunda edição, de informações sobre romances e novelas da literatura alemã (cf. René Wellek, *loc. cit.*, p. 82).

1.3. Do conceito de literatura ao conceito de literariedade

O esboço atrás delineado da história semântica do lexema *literatura* deixa logo prever as dificuldades inerentes ao estabelecimento de uma definição do respectivo conceito: o lexema é fortemente polissémico; o conceito de literatura é relativamente moderno e constituiu-se, após mais de dois milénios de produção literária, em função de um determinado circunstancialismo histórico-cultural; a literatura não consiste apenas numa herança, num conjunto cerrado e estático de textos inscrito no passado, mas apresenta-se antes como um ininterrupto processo histórico de produção de novos textos — processo este que implica necessariamente a existência de específicos mecanismos semióticos não alienáveis da esfera da historicidade e que se objectiva num conjunto aberto de textos, os quais não só podem representar, no momento histórico do seu aparecimento, uma novidade e uma ruptura imprevisíveis em relação aos textos já conhecidos, mas podem ainda provocar modificações profundas nos textos até então produzidos, na medida em que propiciam, ou determinam, novas leituras desses mesmos textos.

Na época positivista, as dificuldades e os melindres do estabelecimento do conceito da literatura foram simplista e radicalmente suprimidos, ao aceitar-se como literatura, seguindo talvez a sugestão oferecida pela etimologia do vocábulo, todas as obras, manuscritas ou impressas, que representassem a civilização de qualquer época e de qualquer povo, independentemente de possuírem, ou não, elementos de ordem estética: «Considéré historiquement, le domaine de la littérature est des plus vastes. Il comprend dans leur suite tous les ouvrages d'esprit qui se produisent à toutes les époques, chez tous les peuples et qui en marquent l'état intellectuel, moral, social, le degré de civilisation». ([34])

([34]) — Cf. G. Vapereau, *Dictionnaire universel des littératures*, Paris, Librairie Hachette, 1876, p. 1259. Definição demasiado abrangente, por um lado, já que abarca textos historiográficos, textos jurídicos, textos teológicos, etc.; definição demasiado estreita, por outro, já que exclui os textos da literatura oral.

Em clara e consciente reacção contra este conceito positivista de literatura, que dominou em tantos manuais de história literária da segunda metade do século XIX e ainda das primeiras décadas do século XX, os três mais influentes e mais fecundos movimentos de teoria e crítica literárias da primeira metade do século actual — o formalismo russo, o *new criticism* anglo-norte-americano e a estilística ([35]) — coincidem no reconhecimento da necessidade urgente, metodologicamente prioritária, de estabelecer com rigor um conceito de literatura *qua* literatura, isto é, enquanto fenómeno estético específico. Tácita ou explicitamente, proponham, ou não, taxativas definições de literatura, o formalismo russo, o *new criticism* e a estilística advogam o princípio de que os textos literários possuem caracteres estruturais peculiares que os diferenciam inequivocamente dos textos não-literários, daí procedendo a viabilidade e a legitimidade de uma definição referencial de literatura. Correlativamente, à especificidade objectiva dos textos literários deverá corresponder a especificidade dos métodos e processos de análise desses mesmos textos. Para designar a especificidade da literatura, criou Roman Jakobson, num dos seus primeiros estudos, o vocábulo *literaturnost'*, isto é, *literariedade*: «Assim, o objecto da ciência da literatura não é a literatura, mas a literariedade, isto é, o que faz de uma determinada obra uma obra literária».([36])

A convicção de que é possível e necessário estabelecer uma definição referencial de literatura *qua* literatura difundiu-se amplamente nos estudos literários durante os últimos anos, quer a nível da teoria e da investigação, quer a nível da difusão escolar. Recentemente, porém, alguns investigadores contrapuseram sérias reservas e objecções a tal convicção. Dada a

---

([35]) — Sobre o formalismo russo, o *new criticism* anglo-americano e a estilística, *vide* os capítulos 15, 16 e 17 desta obra.

([36]) — Cf. Roman Jakobson, *Questions de poétique*, Paris, Éditions du Seuil, 1973, p. 15. Esta afirmação de Jakobson, que se encontra no seu estudo intitulado «A nova poesia russa» (1921), exerceu uma profunda influência na constituição da teoria do chamado método formal, como se pode inferir, por exemplo, da relevância que lhe concede Boris Ejchenbaum (veja-se, deste autor, o volume *Il giovane Tolstòj. La teoria del metodo formale*, Bari, De Donato, 1968, pp. 145-146).

importância intrínseca destas reservas e objecções, vamos passar a analisá-las.

1.4. Objecções a uma definição referencial de literatura

As reservas e objecções ao estabelecimento de uma definição referencial de literatura são representadas fundamentalmente por duas ordens interligadas de argumentos:

a) Em primeiro lugar, considera-se que «there is no trait or set of traits which all works of literature have in common and which could constitute the necessary and sufficient conditions for being a work of literature. Literature, to use Wittgenstein's terminology, is a family-resemblance notion.»([37]) A convicção assim manifestada por John Searle encontra-se também advogada, com pequenas variações, por outros influentes autores: E. D. Hirsch, Jr., afirma que «literature has no independent essence, aesthetic or otherwise. It is an arbitrary classification of linguistic works which do not exhibit common distinctive traits, and which cannot be defined as an Aristotelian species»;([38]) John M. Ellis denuncia «the error of assuming that literariness consists in textual properties, instead of the decision by the community to use the given text in a characteristic fashion»;([39]) A. J. Greimas reconhece, de modo concordante, que «la littérature en tant que discours autonome comportant en lui-même ses propres lois et sa spécificité intrinsèque est presque unanimement constestée, et le concept de «littérarité» qui voulait la fonder est aisément interprété comme

---

([37]) — Cf. John R. Searle, «The logical status of fictional discourse», in *New literary history*, VI, 2 (1975), p. 320.

([38]) — Cf. E. D. Hirsch, Jr., *The aims of interpretation*, ed. cit., p. 135.

([39]) — Cf. John M. Ellis, *The theory of literary criticism: A logical analysis*, Berkeley—Los Angeles—London, University of California Press, 1974, p. 49. E na página seguinte, Ellis explicita melhor o seu pensamento: «The category of literary texts is not distinguished by defining characteristics but by the characteristic use to which those texts are put by the community».

une connotation socio-culturelle, variable selon le temps et l'espace humains»;(⁴⁰) Tzvetan Todorov entende que não é legítima uma noção "estrutural" de literatura e contesta a existência de um "discurso literário" homogéneo, visto que ocorrem características "literárias" fora da literatura e visto que «se tornou igualmente óbvio que não existe nenhum denominador comum para todas as produções "literárias", a não ser o uso da linguagem.» (⁴¹)

(⁴⁰) — Cf. A. J. Greimas, «Pour une théorie du discours poétique», in A. J. Greimas et alii, Essais de sémiotique poétique, Paris, Larousse, 1972, p. 6.

(⁴¹) — Cf. Tzvetan Todorov, "The notion of literature", in New literary history, V, I (1973), pp. 15-16. Este estudo foi republicado, sob o título de "La notion de littérature", na obra de Tzvetan Todorov intitulada Les genres du discours (Paris, Éditions du Seuil, 1978), pp. 13-26. Entre os dois textos, porém, verificam-se algumas diferenças importantes sob o ponto de vista teórico. Assim, por exemplo, enquanto em New literary history se lê a afirmação acima transcrita («It has become equally obvious that there is no common denominator for all" literary" productions, unless it be the use of language»), na versão francesa encontra-se expressa uma ideia com outras implicações epistemológicas e ontológicas: «ainsi que l'impossibilité dans laquelle nous nous trouvons de découvrir un dénominateur commun à toutes les productions "littéraires" (à moins que ce ne soit: l' utilisation du langage)» (p. 24).

Ideias semelhantes às dos autores citados, confluindo na afirmação da inviabilidade de se estabelecer um conceito referencial e uma definição real de literatura, encontram-se defendidas por muitos outros investigadores. Uma crítica muito vigorosa das definições essencialistas de literatura aparece já no estudo de Tynjanov intitulado «O facto literário» (1924) (cf. Jurij Tynjanov, Avanguardia e tradizione, Bari, Dedalo Libri, 1968, pp. 23-24) e também na obra O método formalista na ciência literária. Introdução crítica à poética sociológica (Leninegrado, 1928), publicada sob o nome de Pavel N. Medvedev, mas da autoria efectiva de Michail Bachtin (cf. I. R. Titunik, «Metodo formale e metodo sociologico (Bachtin, Medvedev, Vološinov) nella teoria e nello studio della letteratura», in V. V. Ivanov et alii, Michail Bachtin. Semiotica, teoria della letteratura e marxismo, Bari, Dedalo Libri, 1977, p. 176). Veja-se, em particular, uma das mais influentes obras da teoria e da crítica literárias norte-americanas do último quarto de século: Morris Weitz, Hamlet and the philosophy of literary criticism, London, Faber and Faber, 1972, pp. 286, 306-308 e passim. Dentre estudos mais recentes, citaremos: Henryk Markiewicz, «The limits of literature», in New literary history, IV, I (1972), pp. 11-13; Stanley E. Fish, «How ordinary is ordinary language?», in New literary history, V, I (1973), pp. 52-53; Paul Kiparsky, «Commentary»,

b) Se a ideia de literatura não é defensável como ideia essencialística, se o conceito de literariedade não se pode fundamentar em específicas propriedades textuais, se a expressão "objecto literário" é apenas uma metáfora espacial a que não corresponde um estatuto ontológico peculiar, ter-se-á de procurar no(s) sujeito(s) leitor(es) o fundamento do conceito de literatura. Assim, John Searle escreve que *literatura* «is the name of a set of attitudes we take toward a strecht of discourse, not a name of an internal property of the strecht of discourse»;([42]) John M. Ellis argumenta que «in an important sense, texts are made into literature by the community, not by their authors»;([43]) e E. D. Hirsch, Jr., depois de observar que as obras literárias

---

in *New literary history*, V, 1 (1973), pp. 178-179; Jens Ihwe, «On the validation of text-grammars in the 'study of literature'», in J. S. Petöfi e H. Rieser (eds.), *Studies in text grammar*, Dordrecht—Boston, D. Reidel, 1973, pp. 300-348, *passim*; Jens Ihwe, «Linguistics and the theory of literature», in Renate Bartsch e Theo Vennemann (eds.), *Linguistics and neighbouring disciplines*, Amsterdam—Oxford—New York, North-Holland, 1975, pp. 133-134 e 137-138; Paul Zumthor, «Médiéviste ou pas», in *Poétique*, 31 (1977), pp. 315-316; Mary Louise Pratt, *Toward a speech act theory of literary discourse*, Bloomington—London, Indiana University Press, 1977, *passim;* Costanzo Di Girolamo, *Critica della letterarietà*, Milano, Il Saggiatore, 1978, pp. 109-110 e *passim;* Walter D. Mignolo, *Elementos para una teoría del texto literario*, Barcelona, Editorial Crítica, 1978, pp. 12 e 47.

([42]) — Cf. John R. Searle, *op. cit.*, p. 320.

([43]) — Cf. John M. Ellis, *op. cit.*, p. 47. Adiante, Ellis explica mais pormenorizadamente o seu ponto de vista: «The membership of the category [*dos textos literários*] is based on the agreement to use the texts in the way required and not on the intent of the writer that the text shall be so used. Texts not originally designed for this use may be included, while texts that were consciously designed for this use may not be included. The question, What is literature? is not then, as Sartre treats it, a matter of why writers write and what they are attempting to do; it is concerned with the acceptance of texts as literature by the community» (p. 51). E noutro capítulo da mesma obra, retoma a análise do problema, escrevendo: «Literary texts can be converted into nonliterary texts quite simply: since the use made of the one is quite different from the use made of the other and, since it is this use (not properties of the texts) which is defining, we can make a poem not a poem by so treating it. We can treat a poem of Goethe as a letter from him to Friederike Brion. It may well have functioned that way in its context of origin; and there is nothing logically wrong in doing this» (p. 112).

nem sempre foram concebidas sob um prisma predominantemente estético, declara que «aesthetic categories are intrinsic to aesthetic *inquiries*, but not to the nature of literary works.»([44])

Semelhantes reservas e dúvidas sobre a possibilidade de se estabelecer uma definição referencial de literatura encontram uma formulação radicalista na crítica que o teorizador norte-americano Earl Miner dirige ao que designa por *falácia objectiva*, ou seja, em seu entender, aquele vício de raciocínio que consiste em reificar a noção de literatura, aceitando-se que as "obras de arte literária" são "objectos literários", entidades hipostasiadas às quais são atribuídas qualidades objectivas. Segundo Earl Miner, só como metáfora e por abstracção se pode falar de um poema como sendo um objecto, uma construção imaginativa, um sistema «or any of the other hypostasized entities that have figured so largely in Western criticism.»([45]) A obra literária só existe através do acto cognitivo do seu leitor, configurando-se portanto como um "objecto" mental que só possui existência física sob a forma de engramas, isto é, sob a forma dos elementos electroquímicos da actividade do cérebro: «the status of literature is cognitive rather than objective or otherwise hypostatic.»([46])

1.5. Problemática de uma definição referencial de literatura

Os argumentos aduzidos contra a possibilidade de se formular um conceito e uma definição referencial de literatura, expostos em 1.4., suscitam problemas fundamentais de epistemologia e de ontologia, em geral, e de epistemologia e ontologia da obra literária, em particular.

Tais argumentos fundam-se sobretudo, explícita ou implicitamente, em ideias defendidas por Wittgenstein em escritos

---

([44]) — Cf. E. D. Hirsch, Jr., *op. cit.*, p. 135.
([45]) — Cf. Earl Miner, «The objective fallacy and the real existence of literature», in *PTL*, 1,1 (1976), p. 27.
([46]) — Cf. Earl Miner, *op. cit.*, p. 31. Cf. também Earl Miner, «That literature is a kind of knowledge», in *Critical inquiry*, 2, 3 (1976), p. 511 e *passim*.

da sua última fase e, especialmente, nas suas *Investigações filosóficas*. Entre essas ideias, avulta a crítica ao *essencialismo*. Wittgenstein considera como carecentes de significado perguntas do tipo "o que é?" — *e. g.*, "o que é o tempo?", "o que é o conhecimento?", etc. — e condena como «erro filosófico cardeal» a inquirição sobre a *essência* que estas (ou outras) expressões possam significar isoladamente, deslocadas do "jogo de linguagem" no qual se constituíram originariamente.(⁴⁷) Não existe uma determinada *entidade* ou uma *classe de entidades* a que correspondam traços essenciais significados por uma expressão, não devendo as pseudoproposições de essência ser tomadas por proposições factuais, isto é, proposições às quais se aplique o chamado *axioma de existência*.(⁴⁸) Wittgenstein advoga uma atitude epistemológica terminantemente antiessencialista, sublinhando reiteradamente que, quando se fala de essência, se está a pôr a descoberto uma convenção linguística que funciona no âmbito de um determinado "jogo de linguagem": «a essência é expressa pela gramática», «a gramática diz que espécie de objecto é qualquer coisa», «para uma *ampla* classe de casos — embora não para todos — em que empregamos a palavra "significado", esta pode ser definida assim: o signi-

---

(⁴⁷) — Cf. Ludwig Wittgenstein, *Philosophical investigations*, Oxford, Basil Blackwell, 1976, §§ 92, 116. O conceito wittgensteiniano de "jogo de linguagem" abrange o conjunto da linguagem e das acções com as quais está entrelaçada a mesma linguagem (cf. *Philosophical investigations*, § 7). No § 23 das *Investigações filosóficas*, Wittgenstein esclarece que «o termo *"jogo* de linguagem" se destina a pôr em relevo o facto de que *falar* uma linguagem é parte de uma actividade, ou de uma forma de vida». Sobre este conceito wittgensteiniano de "forma de vida", que co-envolve um nível psicológico, um nível lógico e um nível pragmático, cf. Victoria Camps, *Pragmática del lenguaje y filosofía analítica*, Barcelona, Ediciones Península, 1976, pp. 143 ss. Sobre a crítica de Wittgenstein ao essencialismo, veja-se: Wolfgang Stegmüller, *Main currents in contemporary german, british, and american philosophy*, Dordrecht, Reidel, 1969, pp. 436-438 e 460-463 [título original: *Hauptsrömungen der Gegenwartsphilosophie. Eine kritische Einführung*, Stuttgart, Alfred Kröner, ⁴1969]; Jacques Bouveresse, *Le mythe de l'intériorité. Expérience, signification et langage privé chez Wittgenstein*, Paris, Les Éditions de Minuit, 1976, pp. 298-302.

(⁴⁸) — O *axioma de existência* pode ser formulado do seguinte modo: «Tudo o que é referido deve existir» (cf. John R. Searle, *Les actes de langage. Essai de philosophie du langage*, Paris, Hermann, 1972, p. 121).

ficado de uma palavra é o seu uso na linguagem.»(⁴⁹) Pelo contrário, o essencialismo conduz à ontologização dos enunciados possibilitados pela gramática, obliterando-se desse modo o reconhecimento de que «a linguagem é um instrumento» e de que «os seus conceitos são instrumentos.»(⁵⁰)

A crítica wittgensteiniana ao essencialismo encontra-se intimamente ligada ao conceito de «semelhanças de família» analisado com delonga nas *Investigações filosóficas.*(⁵¹) Tomem-se em consideração, por exemplo, as actividades a que chamamos "jogos", desde os jogos de mesa aos jogos de cartas, aos jogos olímpicos, etc. Existe algo de comum a todos eles? Responde Wittgenstein, no seu modo tão peculiar de argumentação: «Don't say: "There *must* be something common, or they would not be called 'games'" — but *look and see* wether there is anything common to all. — For if you look at them you will not see something that is common to *all,* but similarities, relationships, and a whole series of them at that. To repeat: don't think, but look!»(⁵²) O que o exame de múltiplos jogos nos revela é uma complexa rede de semelhanças — por vezes, globais; outras vezes, restritas — que se imbricam e se entrecruzam, mas que não constituem fundamento suficiente para que se afirme a existência de um elemento comum a todos os jogos (*universalia in rebus*).

Sendo assim, o conceito de "jogo" é incircunscrito, com limites indecisos. Mas poder-se-á dizer que um conceito com limites indeterminados é um conceito? Wittgenstein lembra que Frege comparava um conceito com uma área e que observava que uma área com fronteiras vagas não é uma área.(⁵³) Se se aceitar que, na maioria dos casos, o significado de uma expressão consiste no seu uso e se se tiver em conta que, na

---

(⁴⁹) — Cf. *Philosophical investigations,* §§ 371, 373 e 43.
(⁵⁰) — *Ibid.,* § 569.
(⁵¹) — *Ibid.,* §§ 65-77. Sobre este conceito wittgensteiniano, *vide*: Renford Bambrough, «Universals and family resemblances», in George Pitcher (ed.), *Wittgenstein: The «Philosophical investigations»,* London — Melbourne, Macmillan, 1968, pp. 186-204; Haig Khatchadourian, «Common names and "family resemblances"», in *id., ibid.,* pp. 205-230.
(⁵²) — Cf. *Philosophical investigations,* § 66.
(⁵³) — *Ibid.,* §§ 70, 71.

maioria dos casos, os denominados "conceitos" coincidem com o significado das expressões,(⁵⁴) ter-se-á então de concluir que os conceitos atinentes ao domínio empírico — com exclusão, por conseguinte, dos conceitos atinentes ao domínio matemático — serão sempre *conceitos abertos*, podendo os conceitos considerados até determinado momento como rigorosamente fixos tornarem-se subitamente vagos. E Wittgenstein sublinha o que se passa com a flutuação das definições científicas: «o que hoje é considerado como uma concomitância observada de um fenómeno será amanhã utilizado para o definir».(⁵⁵) Quer dizer, um sistema conceptual perfeitamente estabelecido e rigorosamente estável, a que corresponderia um sistema fixo de definições, não passa de uma ilusão metafísica.(⁵⁶) Ao referir-se, em particular, à busca de definições correspondentes aos conceitos utilizados em estética e ética, Wittgenstein aconselha: «Em semelhante dificuldade, interroga-te sempre: Como *aprendemos* o significado desta palavra ("bom", por exemplo)? Através de que espécie de exemplos? em que jogos de linguagem? Será então mais fácil para ti ver que a palavra deve ter uma família de significados.».(⁵⁷)

A crítica de Wittgenstein ao essencialismo pode ser entendida como a assunção de um neonominalismo que, por um lado, anula o significado e a denotação dos lexemas e das expressões(⁵⁸) sempre que estes são considerados independentemente de um uso contextual e que, por outro lado, relativiza até à pulverização subjectivista o significado e a denotação dos lexemas e das expressões utilizados numa série indefinida de actos de fala. Sob tal perspectiva, o pensamento da última fase de Wittgenstein desemboca necessariamente no relativismo con-

---

(⁵⁴) — *Ibid.*, § 532.
(⁵⁵) — *Ibid.*, § 79.
(⁵⁶) — Cf. Wolfgang Stegmüller, *op. cit.*, pp. 468-469.
(⁵⁷) — Cf. *Philosophical investigations*, § 77.
(⁵⁸) — Utilizamos os conceitos de *significado*, *denotação* e *expressão* de acordo com o estabelecido por John Lyons, *Semantics*, ed. cit., vol. 1, §§ 7.3, 7.4 e 1.5, respectivamente.

ceptual e axiológico e no cepticismo gnoseológico.([59]) tornando aleatória a fundamentação de qualquer teoria científica.

Foi assim interpretada que a filosofia de Wittgenstein exerceu uma profunda influência na estética anglo-americana, em geral, e na teoria e na crítica literárias, em particular, conduzindo a posições teóricas e metateóricas como as que expusemos em 1.4.([60])

Pensamos, todavia, que o pensamento de Wittgenstein manifestado nas *Investigações filosóficas* não se caracteriza por um neonominalismo radical e que a sua crítica ao essencialismo e a sua defesa dos conceitos abertos não conduzem necessariamente ao relativismo subjectivista ou pragmatista e ao cepticismo epistemológico (cremos, aliás, que a rejeição do essencialismo se torna obrigatória no âmbito da lógica da investigação científica).

Efectivamente, o conceito de «semelhança de família» não implica que um lexema signifique e denote arbitrariamente, em função de uma atitude intencional e impositiva assumida por falantes que decidem utilizar de determinado modo esse lexema, sem justificação objectiva. Wittgenstein não diz que os jogos nada têm em comum a não ser o facto de *serem chamados* jogos, mas diz que *formam uma família*, porque neles existe a complexa rede de semelhanças a que atrás nos referimos. Do mesmo modo, as várias parecenças entre os membros de uma família não resultam do facto de tal família ser chamada com um certo nome, mas do facto de entre os seus membros existirem semelhanças físicas e psicológicas que se imbricam e se entrecruzam: «conformação, cor de olhos, maneira de andar, temperamento, etc., etc., imbricam-se e entrecruzam-se do mesmo modo.»([61]) Quer dizer, e utilizando a

---

([59]) — Sobre o cepticismo de Wittgenstein, cf. Jeffrey Thomas Price, *Language and being in Wittgenstein's 'Philosophical investigations'*, The Hague — Paris, Mouton, 1973, pp. 18 ss.

([60]) — Sobre a influência de Wittgenstein na estética anglo-americana, veja-se Stefan Morawski, *Fundamentos de estética*, Barcelona, Ediciones Península, 1977, pp. 36-37, 54 ss. [título original: *Inquiries into the fundamentals of aesthetics*, Cambridge (Mass.), The M. I. T. Press, 1974]. Cf. também Jacques Bouveresse, *Wittgenstein: La rime et la raison*, Paris, Les Éditions de Minuit, 1973, pp. 155-158.

([61]) — Cf. *Philosophical investigations*, § 67.

conhecida terminologia proposta por Carnap, ([62]) um lexema
ou uma expressão e o correspondente conceito apresentam
uma dada *extensão* — isto é, são correctamente aplicáveis, na
perspectiva wittgensteiniana, a uma *família* de objectos ([63]) —,
porque é possível conhecer e formular a *intensão* desses lexema
e expressão e desse conceito, a qual é constituída pelos predicados atribuíveis aos objectos que formam tal família. Wittgenstein não nega a existência de tais predicados, negando tão-só
que exista — ou que seja possível afirmar como existente —
uma essencialidade predicativa que seria comum a todos os
objectos da *família* e que permitiria configurar esta como uma
classe rigorosa e fixamente delimitada. A indeterminação ou
abertura dos conceitos, para que Wittgenstein chama repetidamente a atenção e cuja pertinência e relevância epistemológicas
analisaremos abaixo, não podem, contudo, ser ilimitadas e
um dos erros de Wittgenstein, em nosso juízo, consiste exactamente em não ter reconhecido essa limitação, parecendo admitir, pelo contrário, que não é necessário haver qualquer semelhança, «qualquer coisa em comum» entre os objectos a que se
aplica uma palavra geral (e daqui resultam, como demonstrou
Mundle, ([64]) consequências paradoxais e absurdas).

Por outro lado, Wittgenstein confere sem dúvida uma
relevância fundamental ao comportamento linguístico, aos
actos linguísticos que se realizam na «prodigiosa diversidade dos
jogos de linguagem do dia a dia», ([65]) servindo os interesses e

---

([62]) — Cf. Rudolf Carnap, *Meaning and necessity. A study in semantics and modal logic*, Chicago — London, The University of Chicago Press, ²1956, pp. 23 ss. e *passim*.

([63]) — Conferimos ao lexema *objecto* um significado e uma denotação muito amplos: «Um objecto pode ser tudo aquilo para que tenho
uma palavra, isto é, não só uma pedra, ou uma árvore, ou um cavalo,
mas também uma casa, uma sinfonia, uma molécula de albumina, uma
teoria ou uma religião» (cf. Helmut Seiffert, *Introducción a la teoría de la
ciencia*, Barcelona, Editorial Herder, 1977, p. 33 [título original: *Einführung in die Wissenschaftstheorie* I/II, München, Verlag C. H. Beck, 1971]).

([64]) — Cf. C. W. K. Mundle, *Una crítica de la filosofía analítica*,
México, Fondo de Cultura Económica, 1975, pp. 256-260 [título original: *A critique of linguistic philosophy*, Oxford, Oxford University Press,
1970].

([65]) — Cf. *Philosophical investigations*, § 224.

as necessidades de concretos falantes e adequando-se a concretos factores pragmáticos: «Todo o sinal *em si mesmo* parece morto. O *que* lhe dá vida? — No uso, ele *está vivo.*»(^{66}) A identificação do significado de uma palavra com o uso na linguagem dessa palavra, afirmada num dos textos mais famosos, atrás citado, das *Investigações filosóficas,* encontra-se em perfeita consonância com esta valorização do comportamento e dos actos linguísticos.

Mas tal identificação, que obriga a uma definição contextual ou funcional do significado, conduz necessariamente, no âmbito da lógica subjacente à argumentação wittgensteiniana sobre a matéria, à total relativização pragmática do significado — em função do número indefinido dos contextos possíveis — ou à sua total relativização subjectivista — em função do número indefinido de locutores?

Uma teoria radicalista do significado como uso, para além de outras dificuldades metateóricas e teóricas que suscita,(^{67}) esbarra necessariamente num problema insolúvel no quadro de tal teoria: o uso só é possível se estiver assegurada a intersubjectividade do significado e a intersubjectividade do significado requer a existência de regras que transcendam a mutabilidade das situações contingentes, a diversidade dos indivíduos nelas actuantes como locutores, e que sejam constitutivas e reguladoras da actividade representada pelos jogos de linguagem. Ora uma regra não pode ser observada *privatim,* não pode ser obedecida uma única vez, não pode ser utilizada de modo contraditório e arbitrário.(^{68}) Por isso mesmo, consciente destas razões, Wittgenstein não defende uma concepção meramente *instrumentalista,* mas sim uma concepção *instrumentalista*

(^{66}) — *Ibid.,* § 432.
(^{67}) — Num plano predominantemente filosófico, *vide:* J. N. Findlay, «Uso, costumbre específica y significado», in G.H.R. Parkinson (ed.), *La teoría del significado,* México — Madrid — Buenos Aires, Fondo de Cultura Económica, 1976, pp. 174-190 [título original: *The theory of meaning,* Oxford, Oxford University Press, 1968]; G. Derossi, *Semiologia della conoscenza. Presupposti e fondamenti del significare,* Roma, Armando, 1976, pp. 123-138.
(^{68}) — Sobre o conceito de regra, em geral, e de regra linguística, em particular, à luz da filosofia wittgensteiniana, cf. F. Waismann, *The principles of linguistic philosophy,* London, Macmillan, 1965, pp. 129-152.

e *institucionalista* da linguagem, como se conclui do seguinte texto das *Investigações filosóficas*: «O que chamamos "obedecer a uma regra" é algo que seria possível ser feito por um *único* homem e apenas *uma vez* na sua vida? — Isto representa decerto uma observação sobre a gramática da expressão "obedecer a uma regra". Não é possível que tenha sido numa única ocasião que alguém tenha obedecido a uma regra. Não é possível que tenha sido apenas uma vez que um relato tenha sido feito, uma ordem dada ou recebida; e assim por diante. — Obedecer a uma regra, fazer um relato, dar uma ordem, jogar um jogo de xadrez, são *costumes* (usos, instituições). Compreender uma proposição significa compreender uma linguagem. Compreender uma linguagem significa dominar uma técnica.»[69]

Estas últimas afirmações revestem-se de grande importância e deverão ser relacionadas, segundo pensamos, com um conceito ao qual, aparentemente, o pensamento de Wittgenstein deveria ser refractário, mas que desempenha nele, pelo contrário, uma função cardeal, embora às vezes de modo implícito e obscuro: o conceito de sistema e, especificamente, o conceito de sistema da linguagem. As palavras e as proposições funcionam como instrumentos, em determinado contexto, porque são sinais no âmbito de um sistema e este sistema, como é óbvio, não pode ser um conjunto de factores continuamente variáveis: «Uma proposição é um sinal dentro de um sistema de sinais. É *uma* combinação de sinais entre várias combinações possíveis e por oposição a outras possíveis»;[70] «a frase só tem significado como elemento de um sistema de linguagem; exactamente como uma expressão singular no âmbito de um cálculo.»[71] Aceitando esta perspectiva teórica, fica salvaguardada a intersubjectividade do significado e, por seu intermédio, fica assegurada também a instrumentalidade dos jogos da linguagem.

Mas a intersubjectividade do significado não se funda apenas em relações e condicionamentos de ordem sistémica.

---

[69] — Cf. *Philosophical investigations*, § 199.

[70] — Cf. Ludwig Wittgenstein, *Philosophische Grammatik*, Oxford, Basil Blackwell, 1969, p. 131.

[71] — Cf. Ludwig Wittgenstein, *The blue and brown books*, Oxford, Basil Blackwell, 1958, p. 42.

Os factores de ordem pragmática, por exemplo, que abrangem sujeito e mundo, tanto podem consolidar como anular a intersubjectividade do significado.([72]) Quer dizer, utilizando a terminologia difundida por Austin, poder-se-á afirmar que, para Wittgenstein, a intersubjectividade do significado deve ser considerada tanto numa perspectiva *ilocutiva* como numa perspectiva *perlocutiva*. Serão aqueles factores dissociáveis da natureza dos objectos — entendidos *lato sensu* — que fazem parte do contexto de um acto linguístico? Esta pergunta, que implica toda a difícil problemática das relações entre a linguagem e a realidade, ideal ou empírica, no pensamento de Wittgenstein, não pode ter aqui resposta satisfatoriamente minudente e rigorosa, mas repetimos que nos parece muito contestável atribuir a Wittgenstein um neonominalismo extremo, segundo o qual as semelhanças e as identidades detectáveis nos objectos pelos sujeitos não existiriam efectivamente *in rerum natura*. Como já observámos, o conceito wittgensteiniano de «semelhanças de família» não é conciliável com tal neonominalismo e outros textos importantes de Wittgenstein poderiam ser invocados a tal propósito.([73]) À luz de tal conceito, parece não ser infundamentado afirmar-se que os objectos — sempre entendidos no sentido lato já referido — que são denominados com a mesma palavra apresentam uma comum capacidade para serem utilizados do mesmo modo ou de modo similar, satisfazendo ou dando uma resposta a determinados anseios, desejos e finalidades do homem.([74]) E tal comum capacidade não pode ser totalmente alheia à constituição dos próprios objectos.

Se se aceitar, por conseguinte, que a filosofia da última fase de Wittgenstein não está dominada por um neonominalismo radical e por um cepticismo gnoseológico que anulariam a possibilidade de se alcançar um conhecimento científico, ganham nova relevância epistemológica tanto a sua rejeição de um essencialismo de pendor metafísico ou de cunho determinista, que ontologiza abusivamente os enunciados lin-

---

([72]) — *Id., ibid.,* p. 103.
([73]) — Cf., *e.g.,* Jacques Bouveresse, *Le mythe de l'intériorité,* pp. 233--234 e 489.
([74]) — Cf. Haig Khatchadourian, *op. cit.,* pp. 214-215.

guísticos, que acredita que cada coisa possui um princípio ou propriedades inerentes que definem estritamente a sua natureza e a sua função, com exclusão de propriedades relacionais, como a sua rejeição de um realismo primário, que defende a existência de uma relação de tipo especular ou fotográfico entre a linguagem e os seus *denotata*, entre a teoria e a realidade.([75]) Pelo contrário, Wittgenstein ensina a ver e a considerar a complexidade e a contingência dos *fenómenos,* isto é, dos factos enquanto observados e interpretados por um sujeito cognoscente, donde procede a exigência epistémica de operar com conceitos abertos e de refugir a qualquer tipo de fixismo teórico. Tais orientações metateóricas e heurísticas, que não contraditam o princípio de que o conhecimento científico, tal como o concebe o racionalismo crítico de Karl Popper, possibilita formular teorias universais que «falam acerca das propriedades estruturais e relacionais do mundo,»([76]) e que encontram convalidação fácil na própria história da investigação científica no domínio das ciências da natureza,([77]) assumem especial acuidade no campo das chamadas ciências humanas,

---

([75]) — Cf. Mario Bunge, *Teoría y realidad,* Barcelona, Editorial Ariel, ²1975, em particular pp. 187-220.

([76]) — Cf. Karl R. Popper, *Conocimiento objectivo,* Madrid, Editorial Tecnos, 1974, p. 185 [título original: *Objective knowledge,* Oxford, The Clarendon Press, 1972]. Sobre as críticas de Popper ao essencialismo e, em particular, às perguntas do tipo "o que é?", *vide* as pp. 183-184 da mesma obra.

([77]) — Eis um elucidativo exemplo referido por Paul K. Feyerabend, *Contra el método,* Barcelona, Editorial Ariel, 1974, pp. 119-120 [título original: *Against method,* Minneapolis, University of Minnesota Press, 1970]: «A física clássica [...] desenvolveu uma terminologia compreensiva para descrever as propriedades mecânicas fundamentais do nosso universo, tais como formas, velocidades e massas. O sistema conceptual ligado a esta terminologia supõe que as propriedades são *inerentes* aos objectos e que apenas mudam se houver interferência com os objectos, mas não de outro modo. A teoria da relatividade ensina-nos, pelo menos numa das suas interpretações, que não há no mundo tais propriedades inerentes, nem observáveis nem inobserváveis, e produz um sistema conceptual inteiramente novo para a descrição no âmbito do domínio da mecânica. Este novo sistema conceptual não é que *negue* a existência dos estados de coisas clássicos, mas nem sequer nos permite *formular enunciados* que expressem tais estados de coisas (não há nenhuma disposição do diagrama de Minkowski que corresponda a uma situação clássica)».

já que tanto o objecto material como o objecto formal destas ciências dependem imediata e substancialmente da actividade criadora e cognoscitiva do homem. Bastará meditar, por exemplo, nas consequências epistemológicas dedutíveis da seguinte crítica que o filósofo analítico A. C. Danto endereçou ao objectivismo histórico: «Our knowledge of the past is significantly limited by our ignorance of the future.» ([78])

Em suma, perante a crença de que *unum nomen, unum nominatum e unum denotatum* — crença em que se traduz a "falácia essencialista" —, as ideias de Wittgenstein sobre os jogos de linguagem, o significado como uso, as «semelhanças de família» e os conceitos abertos representaram uma salutar, embora por vezes paradoxal, exigência de rigor analítico, chamando a atenção para a complexidade da linguagem e do comportamento linguístico, para a influência da linguagem na percepção e na valoração do real, para a profunda conexão dos actos linguísticos com factores pragmáticos e sublinhando insistentemente a necessidade de o homem tornar mais flexíveis, mais subtis e menos sujeitos a prejuízos de vária ordem os seus instrumentos de análise filosófica.

Assim clarificado, embora com limitações forçosas, o campo metateórico em que se enquadra o problema em discussão, revertamos à análise do problema em si.

O lexema *literatura,* como ficou exposto em 1.1., possui um significado e uma denotação de amplo espectro, donde resulta que uma expressão em que ele figure, quer como sujeito, quer como predicado, pode apresentar uma referência lata e imprecisa, tornando-se então necessário reduzir esta imprecisão e esta latitude através de uma adequada análise contextual. Mas actualmente, quando se pretende formular uma definição referencial ou real de literatura, delimitando e caracterizando os elementos constitutivos da literariedade, o que se procura estabelecer, deixando de lado grande parte do significado e da denotação do lexema *literatura,* é o conjunto das propriedades específicas da arte que se designa por *literatura.* Em conformidade com as regras aristotélicas da definição, o *definiendum*

([78]) — *Apud* D. W. Fokkema e Elrud Kunne-Ibsch, *Theories of literature in the twentieth century,* London, C. Hurst & Company, 1977, p. 139.

literatura) deverá ser explicado por um *definiens* que comporte o *genus proximum* (arte) e a *differentia specifica* que distingue esta arte das outras artes. No fundo, o conceito de literariedade identifica-se com o *definiens* assim construído.

Tais tentativas de definição, para além de introduzirem, sem prévia dilucidação, termos de conceituação complexa e contraditória — os termos de *arte*, de *estética* ou outros equivalentes —, descuram alguns problemas metateóricos e metodológicos muito importantes, alguns dos quais são justamente tidos em conta pelos autores mencionados em 1.4.

Em geral, as respostas à pergunta "o que é a literatura?" não diferenciam adequadamente duas ordens de objectos que, embora sociocultural e funcionalmente indissociáveis, devem todavia ser consideradas como distintas, tanto sob o ponto de vista ontológico como sob os pontos de vista epistemológico e lógico. Por um lado, é necessário considerar a literatura como sistema semiótico de significação e de comunicação; por outro, a literatura como conjunto ou soma de todas as obras ou textos literários. Ora, ao falar-se de literariedade, tem-se quase sempre em mente a literatura como conjunto de textos literários e não a literatura como sistema semiótico. É sintomático, aliás, verificar que à pergunta "o que é a literatura?", muitos autores acabam por responder com tentativas de definição ou de caracterização da obra literária. Logicamente, torna-se sempre aleatório pretender-se caracterizar a literatura entendida como conjunto de textos sem previamente se ter analisado a literatura como sistema semiótico.

Examinando agora, em particular, as objecções e as dúvidas referidas em 1.4., tem de se reconhecer, primeiramente, como inquestionável o relativismo histórico do conceito de literatura — relativismo de que o tardio aparecimento da designação *literatura* é uma reveladora prova e, ao mesmo tempo, uma consequência. Torna-se extremamente difícil, senão impossível, estabelecer um conceito de literatura rigorosamente delimitado intensional e extensionalmente que apresente validade pancrónica e universal e por isso mesmo é cientificamente desaconselhável impor dogmaticamente à heterogeneidade das obras literárias produzidas durante cerca de vinte cinco séculos — e este cômputo atém-se ao âmbito cronológico do que é habitual designar por "civilização ocidental" — categorias ou propriedades consideradas, num dado momento histórico, como sendo universalmente específicas da literatura, mas que poderão apenas constituir traços peculiares da produção e da teoria literárias desse dado momento histórico. Uma das modalidades mais insidiosas de dogmatismo consiste, com efeito, em apresentar como verdadeiro no plano teorético o que apenas é verídico no plano histórico-factual.

O relativismo histórico do conceito de literatura adquire ainda uma nova perspectiva se pensarmos que a literatura, enquanto sistema, foi e continua a ·ser um *sistema aberto*,([79]) cuja evolução no futuro pode modificar de maneira relevante a ideia que hoje existe de literatura, e que a literatura, enquanto conjunto de textos, é também, correlativamente, um *conjunto aberto*, não sendo possível formular quaisquer regras historicamente recursivas dotadas de capacidade preditiva em relação aos textos que, no futuro, se hão-de integrar nesse conjunto aberto e que hão-de introduzir alterações na dinâmica significativa e axiológica de todo o conjunto.

A heterogeneidade da literatura não se observa, todavia, apenas no plano diacrónico: manifesta-se igualmente no plano sincrónico, em conexão com factores variáveis de natureza sociocultural, ideológica e pragmática, de modo que se torna muito aleatório, senão impossível, definir toda a literatura produzida no mesmo período histórico mediante uma única

---

([79]) — Sobre o conceito de *sistema aberto*, contraposto ao conceito de *sistema fechado*, cf.: Ludwig von Bertalanffy, *General system theory*, Harmondsworth, Penguin Books, 1973, pp. 38-40, 108-109, 127-140, 148-153; *id.*, «General theory of systems: application to psychology», in Julia Kristeva, Josette Rey-Debove, Donna J. Umiker (eds.), *Essays in semiotics. Essais de sémiotique*, The Hague — Paris, Mouton, 1971, pp. 194- -195. Um sistema aberto define-se «as a system in exchange of matter with its environment, presenting import and export, building-up and breaking-down of its material components» (cf. *General system theory*, p. 149). Num sistema aberto, ao contrário do que acontece num sistema fechado, a produção de *entropia* inerente aos processos irreversíveis ocorridos no âmbito do sistema é contrabalançada e, em muitos casos, superada pelo conteúdo de elevada energia livre que pode ser introduzida no sistema. Retomaremos adiante, no capítulo 3, a análise de alguns aspectos desta problemática em relação com o sistema literário e com o processo da comunicação literária.

categoria ou mediante um conjunto fixo de categorias configuradoras da hipotética essencialidade dessa produção literária. Por exemplo, adoptando uma perspectiva semiótica, Stefan Żółkiewsky discriminou a existência e o funcionamento, na cultura do século XX, de três grandes modelos de literatura — o modelo de «literatura comprometida», o modelo de «literatura canónica» e o modelo de «literatura lúdica» — relacionados com estruturas sociais e ideológicas bem distintas entre si, os quais propõem programas, digamos assim, diferentes e até antagónicos, em larga medida, para a realização das obras literárias concretas (o que não quer dizer que a mesma obra não possa realizar características pertencentes a mais do que um modelo).([80]) E a tese geral que Bennison Gray demonstra eficazmente, na sua obra *The phenomenon of literature* (The Hague—Paris, Mouton, 1975), quer através de análises pertinentes, quer, *a contrario sensu*, através de análises muito contestáveis, adquire ainda mais impressiva relevância quando aplicada à totalidade dos textos literários produzidos na mesma época histórica: a categoria "ficção", ou 'ficcionalidade", por exemplo, aplica-se muito dificilmente, e com escasso ou nulo proveito sob os pontos de vista explicativo e classificativo, a muitos textos de poesia lírica, ao passo que categorias do tipo "linguagem como desvio em relação à norma", "linguagem desautomatizada *versus* linguagem usual", etc., se adequam mal, ou não se adequam mesmo, a muitos textos literários de prosa narrativa.

Não obstante a mutabilidade diacrónica e sincrónica do conceito de literatura, que obriga a adoptar como cientificamente correcta uma atitude teórica de relacionismo e de relativismo históricos, pensamos que as variações históricas e socioculturais do conceito, mesmo em épocas de profundas transformações estruturais da sociedade e da cultura, não afectam radicalmente a persistência e a estabilidade de alguns valores que têm de ser considerados como próprios da literatura. Para corroborar esta hipótese, basta *olhar* e *ver* o seguinte, como

---

([80]) — Cf. Stefan Żółkiewski, «Modèles de la littérature contemporaine au stade précoce de son développement», in J. Rey-Debove (ed.), *Recherches sur les systèmes signifiants*, The Hague—Paris, Mouton, 1973, pp. 291-306.

aconselharia Wittgenstein: se a uma obra parenética ou a uma obra historiográfica pode ser reconhecido e atribuído, ou não, um estatuto literário, em função do condicionalismo histórico-
-cultural da comunidade em que são produzidas e à qual se destinam imediatamente, não há notícia de que, ao longo da história, alguma vez se tenha negado o estatuto literário, por exemplo, da *Eneida* de Virgílio, do *Canzoniere* de Petrarca, de *Os Lusíadas* de Camões ou do *Hamlet* de Shakespeare (o que não significa que estas obras tenham sido sempre unanimemente avaliadas como "excelente" ou "genial literatura", nem significa que estas obras não sejam passíveis de ser lidas e utilizadas como textos não-literários). Como reconhece Stefan Morawski em relação à definição da obra de arte, a atitude teoricamente correcta parece ser a de um relativismo histórico mitigado que tem sempre em conta o condicionamento histórico-cultural, mas que não exclui a existência de certas regularidades fundamentais ou de certos factores invariantes.[81]

Em segundo lugar, objecções como as mencionadas em 1.4. põem justificadamente em causa um realismo primário e um objectivismo de tipo positivista que admitem a existência plena da obra literária — e de toda a obra de arte — como um mero dado empírico, como um *factum brutum* ou como um *monumentum* anteriores e alheios à leitura, à experiência estética do(s) sujeito(s) receptor(es) da obra. Pelo contrário, na estética e na teoria literárias contemporâneas, desde Ingarden e Mukařovský até aos defensores da "estética da recepção" (*Rezeptionsästhetic*), apresenta-se como inquestionável o princípio de que a obra literária só adquire efectiva existência como obra literária, como objecto estético, quando é lida e interpretada por um leitor, em conformidade com determinados conhecimentos, determinadas convenções e práticas institucionais. Como escreve Wolfgang Iser, «the literary work has two poles, which we might call the artistic and the aesthetic: the artistic refers to the text created by the author, and the aesthetic to the realization accomplished by the reader.»[82]

---

[81] — Cf. Stefan Morawski, *op. cit.*, pp. 97-98, 117.
[82] — Cf. Wolfgang Iser, «The reading process: a phenomenological approach», in *New literary history*, III, 2 (1972), p. 279. Analisaremos esta problemática com outra amplitude em 3.11.

Julgamos, todavia, que o reconhecimento da verdade daquele princípio não implica a minimização e até a destruição da obra literária como estrutura artística relativamente autónoma, passando-se do extremo representado pela "falácia objectivista" denunciada por Earl Miner para o extremo da "falácia cognitivista" advogada pelo mesmo autor ou estatuindo-se a necessidade de dissolver o texto literário, como propõe Götz Wienold, num «uso textual» ou numa «produção textual» (*Textverarbeitung*) em que um «texto iniciante» — o texto produzido pelo autor — se volve numa pluralidade de «textos resultantes», em múltiplos textos interpretados (*Interpretationstexts*), isto é, textos lidos, comentados, criticados, traduzidos, parodiados, etc. [83]

A obra literária é sempre um *artefacto*, um objecto produzido no espaço e no tempo — um objecto, como escreve Lukács, que se separa do sujeito criador, do sujeito fenomenológico, como «configuração formal liberta do ser»[84] —, possuindo uma realidade material, uma textura semiótica sem as quais não seriam possíveis nem a leitura, nem o juízo estéticos.[85] Quer dizer, esta realidade material é condição neces-

---

[83] — Num dos seus mais recentes trabalhos, escreve Wienold: «Within the framework of the concept of text processing we will regard expressions like 'literature', 'literary', 'poetic' and so on as pragmatic predicates which designate relations between a group of users of texts and a body of texts» (cf. G.Wienold, «Textlinguistic approaches to written works of art», in Wolfgang U. Dressler (ed.), *Current trends in textlinguistics*, Berlin—New York, Walter de Gruyter, 1978, p. 136). Sobre posições teóricas similares defendidas por Wienold na sua obra *Semiotik der Literatur* (1972), cf. D.W. Fokkema e Elrud Kunne-Ibsch, *Theories of literature in the twentieth century*, ed. cit., pp. 150-151.

[84] — Cf. György Lukács, *Estetica di Heidelberg (1916-1918)*, Milano, Sugar, 1974, p. 73 [título original: *Heidelberg Aesthetik (1916-1918)*, obra póstuma de Lukács editada por György Márkus].

[85] — Cf. Max Bense, *Estetica*, Milano, Bompiani, 1974, pp. 44 ss. [título original: *Aesthetica*, Baden-Baden, Agis-Verlag, 1965]. Segundo Max Bense, a modalidade do ser que caracteriza o objecto estético é a *co-realidade* e a *co-realidade* não anula, nem dissolve a realidade da obra de arte, mas transcende-a: «Transcendência não significa anulação da realidade, do estado material sensível da obra de arte [...]; pelo contrário, transcender significa, em sentido estético, precisamente "levar consigo" a própria realidade. A beleza de um verso — "blüht nicht zu früh, ach blüht erst, wenn ich komme" ("não floresçais demasiado cedo, ah!,

sária para que aquele *artefacto* se realize como *objecto estético,* embora não seja condição suficiente, já que a sua existência como objecto estético exige a intervenção activa de um leitor, isto é, de um peculiar sujeito cognoscente.([86]) Oferecido à leitura de um número indefinido de leitores — leitores heterogéneos sob os pontos de vista histórico, geográfico, sociocultural, etário, etc. — e dada a sua própria constituição semiótica,([87]) o artefacto que é a obra literária realizar-se-á forçosamente como objecto estético de modos bastante diversos. Mas se a obra literária, em virtude da sua estrutura artística e do processo comunicativo em que se realiza como objecto estético, possibilita leituras diferenciadas, não permite leituras em número ilimitado ou de natureza arbitrária: as suas estruturas semióticas, que têm uma existência efectiva regulada por determinados códigos, não podendo ser anuladas pela subjectividade dos leitores, impõem *eo ipso* um limite à variabilidade das suas leituras e interpretações e não podem ser dissociadas do teor destas últimas. Os leitores, ao tomarem perante determinado(s) texto(s) o conjunto de atitudes a que caberá a desig-

---

florescei só quando eu chego") — torna-se perceptível quando o verso existe com o seu ritmo e o seu metro, em sílabas, palavras, metáforas, sons, etc. A beleza, porém, não coincide com esta realidade. Vai mais além. A beleza ultrapassa a realidade; todavia, ela só consegue subsistir enquanto existe a realidade como seu veículo» (p. 48).

([86]) — Referimo-nos apenas a "leitor", porque desde há muitos séculos que a literatura escrita assumiu uma importância fundamental nos processos da produção e da comunicação literárias. No caso da literatura oral, torna-se obviamente necessária a participação de um ouvinte.

O paralelismo proposto por René Wellek e Austin Warren, na sua *Teoria da literatura* (Lisboa, Publicações Europa-América, 1962, p. 189), entre os conceitos saussurianos de *langue* e de *parole,* por um lado, e, por outra banda, respectivamente, a obra literária enquanto artefacto e a obra literária enquanto objecto estético, isto é, enquanto objecto de uma experiência estética individual, afigura-se-nos profundamente inexacto. Ao conceito saussuriano de *langue* corresponde o conceito de sistema ou código literário e não a obra literária enquanto artefacto. Esta corresponde, pelo contrário, à *parole,* realização concreta e individual da *langue,* na medida em que constitui uma realização concreta e individualizada do sistema literário. A leitura literária, através da qual o texto literário acede a uma existência efectiva como objecto estético, não tem correspondência no aparelho conceptual e terminológico da linguística saussuriana.

([87]) — Veja-se, sobre esta matéria, o capítulo 9 desta obra.

nação de "literatura", não podem assumir essas atitudes colocando entre parênteses os elementos constitutivos do(s) próprio(s) texto(s).([88]) Doutro modo, é muito difícil, senão impossível, deixar de classificar essa tomada de atitudes como arbitrária — isto é, como ocorrendo de modo imprevisível no foro individual de cada leitor, não fazendo então sequer sentido remeter o problema da definição de literatura, como pretende Ellis, para um informe consenso comunitário. Retomando uma ideia já atrás exposta a propósito do conceito wittgensteiniano de "semelhanças de família", diremos que o uso que se faz seja do que for — texto, instituição, teoria, etc. —, sobretudo quando esse uso apresenta, quer diacrónica, quer sincronicamente, uma similaridade transindividual e intersubjectiva, nunca é alheio à natureza do que é usado.

Há, com efeito, elementos textuais considerados num período histórico como extraliterários — e até antiliterários — e que noutro período histórico podem vir a ser considerados como elementos textuais literários. Assim, por exemplo, o classicismo francês excluía dos textos literários temas de origem e natureza folclórica e elementos lexicais de cunho realista ou próprios do comportamento linguístico de estratos sociais inferiores. Posteriormente, o pré-romantismo e o romantismo conferiram àqueles temas estatuto literário e o realismo e o neo-realismo converteram em relevante factor textual literário aquele léxico postergado pelo código do classicismo francês. Estas transformações, próprias de um sistema aberto como o sistema literário, no qual ocorre um constante e complexo fluxo de entradas e saídas em relação à esfera da não-literatura,([89]) são originadas por alterações do sistema de normas aceite pela

---

([88]) — O próprio John Searle reconhece como verdadeira esta afirmação, ao escrever que *literatura* «is the name of a set of attitudes we take toward a strecht of discourse, not a name of an internal property of the strecht of discourse, though why we take the attitudes we do will of course be at least in part a function of the properties of the discourse and not entirely arbitrary» (cf. *op. cit.*, p. 320).

([89]) — Cf. Jurij Lotman, «The content and structure of the concept of "literature"», in *PTL*, 1, 2 (1976), p. 343.

comunidade literária (⁹⁰) — escritores, leitores, críticos, teorizadores, professores, etc. —, sob a acção de mudanças operadas historicamente nas estruturas sociais e culturais, e representam um alargamento do conceito de literatura, mas não propriamente a emergência de uma conceituação radicalmente nova da literatura. Não é pelo facto de as tragédias de Racine não possuírem um léxico característico dos estratos sociais inferiores da França de Luís XIV que tais textos deixam hoje de ser considerados como obras literárias, nem é pelo facto de nos romances de Faulkner ou de Jorge Amado ocorrer com frequência um léxico daquele tipo que esses textos são considerados como textos literários. Se as rupturas operadas na dinâmica do sistema literário pelos chamados movimentos de vanguarda podem impor — e têm imposto frequentemente — um alargamento do conceito de literatura e uma diversificação dos factores considerados como potenciais elementos configuradores da textualidade literária, quer no plano técnico--formal, quer no plano semântico, não há notícia de que tais rupturas, mesmo as geradas pelos mais radicalistas movimentos de vanguarda, tenham alterado profunda e generalizadamente os juízos sobre a natureza literária dos textos até então considerados como textos literários.(⁹¹)

Por outro lado, há textos que terão sido produzidos como extraliterários, quer na intenção do autor, quer no juízo do público leitor seu contemporâneo, e que podem, mais tarde e noutro contexto sociocultural, vir a ser integrados no domínio da literatura. John Ellis menciona como caso paradigmático desta possibilidade a obra de Gibbon, *Decline and fall of the roman empire*.(⁹²) Observemos, primeiramente, que é aleatório afir-

---

(⁹⁰) — Sobre o conceito de "comunidade literária", veja-se Thomas J. Roberts, «The network of literary identification: a sociological preface», in *New literary history*, V, 1 (1973), pp. 67-90.
(⁹¹) — Fenómeno diverso é o facto de tais rupturas — pense-se, por exemplo, no surrealismo — poderem provocar, com ampla influência na comunidade literária, uma nova valoração dos textos literários anteriormente produzidos, redistribuindo as honras e constituindo um novo panteão literário. Este fenómeno, aliás, tem-se verificado ao longo de toda a história sempre que o código literário vigente é substituído por outro código.
(⁹²) — Cf. John M. Ellis, *op. cit.*, p. 48.

mar, em casos deste teor, que um texto tenha sido produzido intencionalmente como extraliterário. Registe-se, depois, que serão relativamente escassos em número os textos produzidos como extraliterários, recebidos como extraliterários pelos leitores seus contemporâneos e redescobertos e reavaliados como textos literários por futuros leitores.(⁹³) Sublinhe-se, enfim, que, quando se redescobre e se reavalia como literário um texto até então assim não considerado, se desocultam, se iluminam, se fazem avultar elementos, propriedades ou valores que o próprio texto comporta e que não resultam de uma mera projecção no texto da capacidade criativa dos seus leitores. E por isso um texto como *Decline and fall of the roman empire* pode ser lido literariamente como uma narrativa, mas não é possível ler literariamente um tratado de economia ou um código de direito civil.

Pode-se admitir a existência de uma espécie de escala da literariedade, em perfeita consonância com o conceito wittgensteiniano de "semelhanças de família", variável de um para outro contexto histórico e sociocultural. Se nos ativermos, por exemplo, ao código literário do romantismo, podemos determinar como centrais nessa escala textos como poemas líricos, romances, novelas e dramas e como tendencialmente periféricos textos como memórias, biografias, ensaios, crónicas de viagem, discursos parlamentares, etc. Mas nessa escala não cabem — nem no seu centro, nem na sua periferia — textos como *Die Phänomenologie des Geistes* de Hegel ou como as *Mémoires sur l'électromagnétisme et l'électrodynamique* de Ampère. Com efeito, em nosso entender, não é passível de corroboração empírica a afirmação de John Searle segundo a qual «the literary is continuous with the nonliterary. Not only is there no sharp boundary, but there is not much of a boundary at all.»(⁹⁴) Semelhante asserção, aliás, parece-nos proceder de um grave erro que examinaremos no capítulo seguinte: o erro que consiste em considerar o texto literário como estrutural

---

(⁹³) — Muito mais frequente é o fenómeno de textos produzidos como literários, recebidos como literários pelo público leitor seu contemporâneo, serem menosprezados ou denegridos por este e virem a ser mais tarde objecto de uma valoração bastante diferente.

(⁹⁴) — Cf. John R. Searle, *op. cit.*, p. 320.

e funcionalmente dependente apenas de um sistema semiótico — o sistema linguístico.

Em suma, as objecções e as dúvidas sobre a possibilidade de uma definição referencial de literatura são pertinentes sob vários aspectos, obrigam a reexaminar com novo rigor soluções teóricas rotineiras, mas revelam-se também, nalguns pontos muito importantes, mal fundamentadas, teoricamente inconsistentes e empiricamente refutáveis. Se o reconhecimento da relativa heterogeneidade diacrónica e sincrónica da literatura constitui uma atitude correcta sob o ponto de vista teorético, dever-se-á considerar como falsa e metodologicamente insustentável a posição dos que hiperbolizam essa heterogeneidade ao ponto de concluírem pela impossibilidade de se caracterizar a literatura, a não ser através de caracterizações de tipo pragmático-nominalista. Os conceitos abertos e as "semelhanças de família" de Wittgenstein, instrumentos fecundos ao serviço do relacionismo e do relativismo históricos, não podem ser nem tão "abertos" que deixem de ser conceitos, nem tão heterogéneas que se convertam em dissemelhanças, senão em antagonismos.

Dentro do quadro epistemológico e metateórico de que deixámos traçadas as linhas fundamentais, julgamos possível e necessário dilucidar o conceito de literatura, descrevendo e explicando a natureza, as propriedades e o funcionamento dos referentes designados pelo lexema *literatura*. Todavia, tal dilucidação, pelas razões já expostas, não se pode alcançar através de definições-fórmulas do tipo "x é y", conferindo ao sujeito um único e universal predicado, mas através da aplicação ao sujeito — aplicação que deve ser consistente sob o ponto de vista empírico, coerente sob o ponto de vista teórico e fundamentada sob o ponto de vista metateórico — de um «síndroma de atributos»,[95] de um conjunto de predicados que constituam um modelo (*pattern*) intensional identificável mesmo se se modificarem, no decurso do processo histórico, algum ou alguns dos seus factores componentes.

A dilucidação do conceito de literatura implica o estudo de dois objectos ontológica e funcionalmente distintos, em-

---

[95] — Esta expressão é utilizada, a propósito da definição da obra de arte, por Stefan Morawski (cf. *op. cit.*, p. 139).

bora interdependentes, e implica, por conseguinte, o estabelecimento de dois planos analíticos diferenciados: torna-se necessário analisar, primeiramente, a literatura como *sistema semiótico* e os mecanismos do funcionamento da *semiose literária*; em seguida, torna-se necessário analisar a literatura como *texto literário*, isto é, como realização concreta e particular daquele sistema.

ADDENDA

1.5. Problemática de uma definição referencial de literatura

Um dos mais radicalistas e hábeis ataques a uma definição referencial* de literatura encontra-se em diversos ensaios de Stanley Fish, coligidos no volume intitulado *Is there a text in this class? The authority of interpretive communities* (Cambridge (Mass.) — London, Harvard University Press, 1980). Segundo Fish, a literatura é uma categoria convencional, não delimitável nem caracterizável mediante propriedades formais existentes em determinados textos, mas estabelecida em função de decisões de uma comunidade interpretativa que lê e julga *como literários* certos textos: "What will, at any time, be recognized as literature is a function of a communal decision as to what will count as literature. All texts have the potential of so counting, in that it is possible to regard any strecht of language in such a way that it will display those properties presently understood to be literary" (cf. *op. cit.*, p. 10). Quer dizer, é o leitor que "faz" a literatura, mas um leitor configurado e, pode-se dizer, determinado por uma *comunidade interpretativa*. Com efeito, as "estratégias interpretativas" do leitor, que possibilitam a emergência de significados e de padrões formais literários, não são de natureza individual e subjectiva, mas comunitária, de modo que a comunidade

---

* Por *definição referencial* ou *real*, entende-se a definição que explica a natureza do objecto definido e por *definição nominal*, aquela que explica o significado de um termo.

interpretativa é que representa a instância que produz esses significados e esses padrões. Um dos mais elucidativos estudos de Stanley Fish, a este respeito, intitula-se "How to recognize a poem when you see one" (cf. *op. cit.*, pp. 322-337): com fundamento numa experiência pedagógica (real? fingida?), Stanley Fish pretende demonstrar que é possível a leitores instruídos com peculiares estratégias interpretativas reconhecerem e lerem como texto poético uma mera sucessão de nomes próprios escritos no quadro negro de uma sala de aula. O texto seria assim, em rigor, um significante vazio preenchido, em adequadas condições, com um significado literário que os leitores "decidiriam" colocar dentro dele.

Nos argumentos de Fish, manifesta-se uma contradição lógica manifesta: não haveria um significado inscrito, codificado num texto, uma vez que esse significado emergiria graças a uma estratégia interpretativa, mas Fish afirma que "Interpretive communities are made up of those who share interpretive strategies not for reading but for writing texts, for constituting their properties" (*op. cit.*, p. 14). Por conseguinte, o conceito de literatura fundamenta-se sempre em propriedades formais dos textos produzidos numa determinada comunidade interpretativa — no mesmo estádio sincrónico e na mesma comunidade interpretativa, os critérios de literariedade dos leitores coincidirão com os critérios de literariedade dos produtores de textos —, apenas se verificando uma variabilidade diacrónica ou sincrónica dessas propriedades formais (uma comunidade interpretativa projectará os seus critérios de literariedade sobre os textos produzidos noutras comunidades interpretativas precedentes ou coevas). A própria argumentação de Stanley Fish invalida assim a sua asserção de que *todos os textos* podem potencialmente ser considerados como literatura.

Sobre algumas interpretações incorrectas das *Investigações filosóficas* de Wittgenstein e os seus reflexos no domínio da teoria da literatura, veja-se John M. Ellis, "Wittgensteinian thinking in theory of criticism", in *New literary history*, XII, 3 (1981), pp. 437-452. Discordando, tal como nós, das interpretações radicalmente cepticistas e neonominalistas do pensamento de Wittgenstein, escreve Ellis: "Such questions as the definition of literature, of criticism, or of tragedy are obviously fertile areas for such thinking, since Wittgenstein devoted so much time to the question of the definition of words. But these questions have also provided notable examples of how *not* to use Wittgenstein. Morris Weitz, for example, took up Wittgenstein's notion of family resemblances and used it to argue that Wittgenstein's logic shows that some words, like *art* or tragedy, are indefinable. But this represents a complete misunderstanding of family resemblances" (p. 447).

2

O SISTEMA SEMIÓTICO LITERÁRIO

2.1. Linguagem literária vs. linguagem não--literária

Desde há muitos séculos que se tem procurado, com variável consciência teórica dos problemas em análise e com a utilização de heterogénea utensilagem conceptual, fundamentar a distinção entre literatura e não-literatura, entre textos literários e não-literários, através da delimitação e da caracterização de uma *linguagem literária* contraposta à linguagem não-literária (ou, noutra perspectiva, às linguagens não-literárias).

De acordo com uma teoria pitagórica tardia, existem duas modalidades de expressão: uma, a mais corrente, apresenta-se "nua" (Ψιλή), desprovida de figuras e de quaisquer recursos técnico-estilísticos; a outra, pelo contrário, caracteriza-se pelo ornato (κόσμος), pelo vocabulário escolhido e pelo sábio uso dos tropos.(¹) A primeira corresponde a uma linguagem não--artística, não-literária; a segunda, em contrapartida, a uma linguagem artística, literária.

Esta ideia pitagórica de que a linguagem literária se distancia da linguagem usual — e, portanto, se especifica — graças aos ornatos e ao carácter inusitado dos seus vocábulos, dos seus epítetos, dos seus tropos, etc., adquiriu relevância fundamen-

---

(¹) — Sobre tal matéria, cf. Vasile Florescu, *La retorica nel suo sviluppo storico*, Bologna, Il Mulino, 1971, pp. 39-40.

tal em Aristóteles, o qual, segundo o testemunho de Isócrates, considerava o processo de *estranhamento* (τὸ ξενικόν) como conatural ao discurso poético.(²) Na *Poética*, Aristóteles preceitua que a elocução (λέξις)), sem deixar de ser clara, não deve ser pedestre (ταπεινή), devendo antes ser nobre (σεμνή) e afastada do uso vulgar (ἐξαλλάττουσα τὸ ἰδιωτικόν). Este desvio do uso vulgar, que não deve ser cultivado até ao extremo do «enigma» e do «barbarismo», é conseguido mediante o uso de vocábulos raros, de metáforas e de «tudo o que se afasta do usual» (πᾶν τὸ παρὰ τὸ κύριον).(³)

A concepção, tantas vezes retomada na teoria e na crítica literárias contemporâneas, da linguagem literária como *desvio* em relação à linguagem usual, à linguagem de intercâmbio quotidiano, encontra-se portanto já formulada, ao menos sob forma seminal, na *Poética* de Aristóteles e está também presente na *Epístola aos Pisões* de Horácio, embora este autor alorize inequivocamente a *res* em relação às *uerba*: *Scribendi recte sapere est et principium et fons./Rem tibi Socraticae poterunt ostendere chartae,/uerbaque prouisam rem non inuita sequentur.*(⁴)

(²) — Cf. Gian Biagio Conte, *Memoria dei poeti e sistema letterario*, Torino, Einaudi, 1974, pp. 20-22.

(³) — Cf. Aristóteles, *Poética* 1458a 18-34.

(⁴) — Eis a tradução em língua portuguesa destes versos (309-311) da *Epistola ad Pisones:* «Ser sabedor é o princípio e a fonte do bem escrever. Os escritos socráticos já te deram ideias e agora as palavras seguirão, sem esforço, o assunto imaginado» (cf. Horácio, *Arte poética*. Introdução, tradução e comentário de R. M. Rosado Fernandes. Lisboa, Livraria Clássica, s. d., p. 101). Sobre o conceito horaciano de *res* — fundo, conteúdo significativo, cabedal de saber, em particular filosófico, possuído pelo escritor —, veja-se Antonio García Berrio, *Formación de la teoría literaria moderna. La tópica horaciana en Europa*, Madrid, Cupsa Editorial, 1977, pp. 413 ss.

Horácio expõe o conceito da linguagem poética como "desvio" nos versos 46 a 53 da *Epistola ad Pisones:*

> In uerbis etiam tenuis cautusque serendis
> dixeris egregie, notum si callida uerbum
> reddiderit iunctura nouum. Si forte necesse est
> indiciis monstrare recentibus abdita rerum, et
> fingere cinctutis non exaudita Cethegis
> continget dabiturque licentia sumpta pudenter,

Nos séculos posteriores, desde a Idade Média até ao romantismo, tal concepção manifestou-se com frequência e, por vezes, com muito vigor na retórica, na poética e na prática literária europeias. Para utilizarmos a terminologia latina tão frequente até ao século XVIII, diremos que a *uerborum exornatio*, as *uerba peregrina*, as *uerba ficta*, as *uerba uetera*, os *tropi*, as *figurae elocutionis* foram outros tantos instrumentos de que os escritores, em geral, lançaram mão para provocar o "estranhamento" da linguagem usual. Nalguns períodos históricos e nalgumas correntes literárias — mencionemos, por exemplo, o *trobar clus* e o *trobar ric* dos trovadores provençais,(⁵) o maneirismo e o barroco(⁶) —, intensificou-se e refinou-se esse "estranhamento", ao passo que noutros períodos e noutras correntes literárias — citemos o classicismo renascentista italiano e o classicismo francês —, em que predominam ideais de equilíbrio estético e de sóbria elegância estilística, se verifica o seu atenuamento.(⁷) E em todos os períodos se verifica também uma

---

et noua fictaque nuper habebunt uerba fidem, si
Graeco fonte cadent parce detorta. [...]

Eis a tradução destes versos proposta por Rosado Fernandes (cf. *op. cit.*, pp. 59-61): «No arranjo das palavras deverás também ser subtil e cauteloso e magnificamente dirás se, por engenhosa combinação, transformares em novidade as palavras mais correntes. Se porventura for necessário dar a conhecer coisas ignoradas, com vocábulos recém-criados, e formar palavras nunca ouvidas pelos Cetegos cintados, podes fazê-lo e licença mesmo te é dada, desde que a tomes com discrição. Assim, palavras, há pouco forjadas, em breve terão ganho largo crédito, se, com parcimónia, forem tiradas de fonte grega».

(⁵) — Sobre a relevância do "estranhamento" da linguagem usual e dos fenómenos formalistas na poesia trovadoresca medieval, vide: Paul Zumthor, *Essai de poétique médiévale*, Paris, Éditions du Seuil, 1972, pp. 107-156 e *passim*; id., *Langue, texte, énigme*, Paris, Éditions du Seuil, 1975, em particular pp. 23-88; id., *Le masque et la lumière*, Paris, Éditions du Seuil, 1977, *passim*; Robert Guiette, *D'une poésie formelle en France au Moyen Age*, Paris, Nizet, 1972.

(⁶) — Sobre o maneirismo e o barroco, veja-se o capítulo 7 da presente obra.

(⁷) — Sobre a orientação geral da poética renascentista, que conferia importância central à *res* em relação às *uerba*, cf. Antonio García Berrio, *Formación de la teoría literaria moderna. La tópica horaciana en Europa*, ed. cit., cap. VI. Do mesmo Autor, veja-se também *Introducción a la poética*

variação desse "estranhamento" em função dos géneros literários cultivados, pois que a um *genus humile* como a égloga, por exemplo, cabe um estilo com parcos ornatos, enquanto a um *genus sublime* como a tragédia e a epopeia se exige um estilo rico em ornatos.([8]) Em todos os exemplos mencionados, porém, o que ocorre é sempre uma gradação — nuns casos, de carácter diacrónico; noutros, de teor sincrónico-estrutural — do "estranhamento", mas nunca a sua rejeição ou a sua desvalorização radical.

Todavia, se em alguns autores medievais, maneiristas e barrocos, se encontra expressa a ideia de que o "estranhamento" da linguagem comum é conatural à literatura — e, mais particularmente, à poesia —, pois que o texto literário só se constitui mediante esse processo de revitalização, potenciação e transformação semântico-formais imposto à linguagem usual, noutros autores, sobretudo renascentistas e neoclássicos, aquele "estranhamento" da *locução* é concebido e avaliado como um conjunto de elementos exornativos que torna mais belo e mais aprazível para os leitores o pensamento do autor, instituindo-se assim uma fissura irremediável entre o significado e a forma do texto literário e relegando-se para um plano de complementaridade e de superveniência o trabalho do escritor na linguagem e com a linguagem.([9]) Nesta perspectiva, a lingua-

---

clasicista: Cascales, Barcelona, Editorial Planeta, 1975, pp. 66-71. A relativa desvalorização das *uerba* no juízo dos mais representativos humanistas italianos do século XV pode-se avaliar bem por estas afirmações de Pico della Mirandola: «non è uomo raffinato chi non si preoccupa della forma letteraria; ma chi è privo di filosofia non è uomo. La sapienza meno eloquente può giovare; ma un'eloquenza stolta è come la spada nelle mani d'un pazzo: non può non nuocere sommamente» (*apud* Eugenio Garin, *L'Umanesimo italiano. Filosofia e vita civile nel Rinascimento,* Bari, Laterza, [6]1975, p. 122).

([8]) — Cf. Heinrich Lausberg, *Elementos de retórica literária,* Lisboa, Fundação Calouste Gulbenkian, [2]1972, pp. 271-272 [título original: *Elemente der literarischen Rhetorik,* München, Max Hueber Verlag, 1967].

([9]) — Luzán exprime de modo paradigmático esta concepção falaciosamente conteudista do texto literário: «Acabaré finalmente este capítulo con un aviso importantísimo que da Quintiliano a los oradores y que pertenece igualmente a los poetas: es a saber, que la primera, la principal y la mayor aplicación, se debe a los pensamientos antes que a la locución, y lo que sólo es atención del poeta en las palabras, ha de ser

gem literária é portanto um *sermo pulchrior* que se constitui, mediante os processos retórico-estilísticos da *amplificatio* e da *exornatio*, a partir de uma base linguística mais reduzida e mais simples utilizada na chamada linguagem da comunicação normal.

Foi sobretudo, porém, com escritores simbolistas e pós--simbolistas — e mencionem-se, por mais relevantes, autores como Mallarmé, Valéry, Eliot e Joyce —([10]) e com movimentos de teoria e crítica literárias como o formalismo russo e o *new criticism* anglo-norte-americano — ambos propugnadores da substituição de uma estética essencialística por uma estética técnico-semântica —, que se difundiu e foi ganhando consistente fundamentação teorética, durante a primeira metade do século XX, a ideia de que a literatura se pode e se deve definir como modalidade específica da linguagem verbal, tendo-se desenvolvido a partir de então, em estreito relacionamento com a linguística, estudos sobre os caracteres peculiares e diferenciais da linguagem literária, numa procura persistente e rigorosa da *literariedade*, ou seja, dos elementos e valores que configurarão singularmente aquela linguagem.

2.2. A linguagem literária como função da linguagem verbal

No seio do formalismo russo, constituiu-se uma teoria explicativa da *literariedade* que estava destinada a conhecer uma fortuna excepcional nos estudos literários contemporâneos: a

---

esmero en las cosas: *Curam verborum, rerum volo esse sollicitudinem»* (cf. Ignacio de Luzán, *La poética*. Edición, prólogo y glosario de Russell P. Sebold. Barcelona, Editorial Labor, 1977, p. 339). Entre a relegação do trabalho do escritor na linguagem e com a linguagem para um plano de complementaridade e a sua condenação como fonte de um luxo formal parasítico em relação ao significado, vai um curto passo. Lciam-se, por exemplo, os vv. 309-310 de *An essay on criticism* de Pope: «*Words are like leaves*; and where they most abound,/much *fruit* of *sense* beneath is rarely found».

([10]) — Veja-se uma análise de conjunto desta problemática na obra de Gerald L. Bruns, *Modern poetry and the idea of language. A critical and historical study*, New Haven — London, Yale University Press, 1974.

linguagem literária seria o resultado, o produto de uma *função* (¹¹) específica da linguagem verbal.

Esta teoria parece ter sido seminalmente proposta por Lev Jakubinskij, ao estabelecer, num estudo publicado em 1916, os caracteres diferenciais existentes entre dois «sistemas de linguagem», o «sistema da linguagem prática» e o «sistema da linguagem poética»: enquanto no primeiro sistema «os recursos linguísticos (sons, segmentos morfológicos, etc.) não possuem valor autónomo e são apenas um *meio de* comunicação», no segundo, «o fim prático recua para segundo plano (não desaparece necessariamente de todo) e os recursos linguísticos adquirem valor autónomo.»(¹²)

Num estudo publicado em 1921, sob o título de «A nova poesia russa», Jakobson escreve que «a poesia é a linguagem na sua função estética», aparecendo como marca distintiva desta função «o valor autónomo» concedido à palavra.(¹³) Num

---

(¹¹) — A concepção funcionalista do sistema da linguagem, uma das características peculiares mais importantes da linguística da Escola de Praga, encontra-se já formulada, pelo menos *in nuce,* na obra de alguns formalistas russos. Nas «Thèses collectives» apresentadas por B. Havránek e outros linguistas checos ao IVº Congresso Internacional de Eslavistas, realizado em Moscovo no ano de 1958, expõe-se com muita clareza o que se entende, no âmbito da linguística praguense, por estudo das funções da linguagem: «Les linguistes de l'École de Prague ont considéré comme trait essentiel des systèmes de langues la destination fonctionelle, la mise en valeur pratique de la langue. On soulignait non seulement l'importance des rapports à l'intérieur des systèmes de langues, mais aussi les rapports des systèmes de langues et des manifestations linguistiques à la réalité extra-linguistique» (*apud* Josef Vachek (ed.), *Dictionnaire de linguistique de l'École de Prague,* Utrecht — Anvers, Spectrum, 1960, *s.v. fonction dans la conception pragoise*).

(¹²) — O texto de Lev Jakubinskij está reproduzido em Boris M. Ejchenbaum, «The theory of the formal method», in Ladislav Matejka e Krystyna Pomorska (eds.), *Readings in russian poetics: Formalist and structuralist views,* Cambridge (Mass.) — London, The M. I. T. Press, 1971, p. 9, donde citamos. Este estudo de Ejchenbaum está também incluído na antologia dos formalistas russos organizada por Tzvetan Todorov, *Théorie de la littérature,* Paris, Éditions du Seuil, 1965, pp. 31-75, e pode-se ler em italiano no volume de Boris Ejchenbaum intitulado *Il giovane Tolstòj. La teoria del metodo formale,* Bari, De Donato, 1968.

(¹³) — Cf. Roman Jakobson, *Questions de poétique,* Paris, Éditions du Seuil, 1973, p. 15.

outro estudo mais tardio, intitulado «O que é a poesia?», Jakobson, ao dilucidar o conceito de poeticidade, refere-se a uma «função estética», a uma «função poética» da linguagem, que se manifesta no facto de «as palavras e a sua sintaxe, a sua significação, a sua forma externa e interna não serem indícios indiferentes da realidade, mas possuírem o seu próprio peso e o seu valor próprio.»(14) Numa série de conferências inéditas sobre o formalismo russo, proferidas em 1935 na Universidade de Brno, de novo Jakobson analisa a natureza da poesia com fundamento na «função estética» da linguagem (15), apresentando esta como a *dominante,* isto é, como o elemento focal, especificante, da obra poética e da linguagem poética em geral e caracterizando esta linguagem pelo facto de estar «orientada precisamente para o sinal enquanto tal».(16) A *função estética* não anula a existência, na obra poética, de outras funções linguísticas — Jakobson menciona mais duas, a *função referencial* e a *função expressiva* —, mas subordina-as hierarquicamente, de modo que elas se encontram, na estrutura poética, não apenas submetidas à função da *dominante,* mas também transformadas por esta. Por outro lado, a função estética pode ocorrer em textos não-poéticos, mas com carácter adjuvante ou subsidiário, isto é, sem o estatuto de dominante.

Por conseguinte, das diversas análises que Jakobson consagrou à função estética, ou função poética, da linguagem verbal, durante os anos de desenvolvimento do formalismo russo e durante os anos imediatamente subsequentes à sua forçada desagregação, conclui-se que, em seu entender, nos textos em que aquela função actua como dominante as estruturas verbais adquirem valor autónomo, orientando-se os sinais linguísticos para si mesmos, para «a sua forma externa e interna», e não para uma realidade extralinguística — orientação própria da

---

(14) — *Id., ibid.*, p. 124. Este estudo de Jakobson foi publicado em 1933-1934.
(15) — No extracto conhecido destas conferências, Jakobson refere-se geralmente a «função estética», mas, a certo momento, procede a uma espécie de auto-rectificação, afirmando: «A atitude que consiste em colocar o sinal de igualdade entre uma obra poética e a função estética, ou, mais precisamente, a função poética [...]» (cf. *Questions de poétique*, p. 147).
(16) — Cf. *Questions de poétique*, p. 148.

função referencial — ou para a subjectividade do autor — orientação própria da função expressiva. Quer dizer, Jakobson considera indissociáveis a função estética ou poética da linguagem e a natureza *autotélica* do texto poético.

Esta conceituação jakobsoniana da função estética ou poética da linguagem revela-se consonante em grande medida, mas não inteiramente, com a caracterização da arte, em geral, e da poesia, em particular, proposta por Šklovskij no seu ensaio «A arte como procedimento».([17]) Segundo Šklovskij, que lembra a doutrina aristotélica, já por nós mencionada, de acordo com a qual a linguagem poética deve ter um «carácter estranho e surpreendente», o discurso poético distingue-se do discurso prosástico — para Šklovskij, neste contexto, "prosa" contrapõe-se a "literatura", designando a comunicação linguística quotidiana ([18]) — pelo facto de ter sido sujeito a um «procedimento de estranhamento» ou «desfamiliarização» (*priëm ostranenija*) ou mesmo a um procedimento de «deformação» (*deformàcija*), que tornam perceptível em si mesma a sua construção verbal, libertando-a da tendência para a automatização, para a economia de meios, para a rotina, enfim, que domina o discurso prosástico. Em virtude desse «procedimento de desfamiliarização» a que são submetidos os seus constituintes fonéticos e lexicais, a sua ordenação das palavras e as suas construções semânticas, o texto poético solicita que a percepção do leitor se fixe nele mesmo, com o máximo de força e duração. Todavia, a fixação da percepção do leitor no texto poético não se esgota em si mesma, numa autotelicidade pura, pois

---

([17]) — Este ensaio, escrito em 1916, foi depois aproveitado por Šklovskij para abertura do seu livro, publicado em 1925, *O teorii prozy*, (tradução em italiano: *Una teoria della prosa*, Torino, Einaudi, 1976). Está incluído na já citada antologia dos formalistas russos organizada por Tzvetan Todorov ("L'art comme procédé", pp. 76-97).

([18]) — Cf. Jurij Striedter, «The russian formalist theory of prose», in *PTL*, 2, 3 (1977), p. 439 (tradução em língua inglesa do estudo introdutório de Striedter à antologia que organizou de textos dos formalistas russos: *Texte der russischen Formalisten I*, München, Fink, 1969). Encontra-se uma excelente análise dos termos e dos conceitos fundamentais da teoria estética de Šklovskij no estudo de Donatella Ferrari-Bravo, «Per un lessico della poetica šklovskiana», in *Strumenti critici*, 20 (1973), pp. 83-105.

que a sua finalidade última a transcende, consistindo numa visão nova, em ruptura com a habituação percepcional imposta pela experiência vital do dia a dia, do mundo e da vida: «E eis que para dar a sensação da vida, para sentir os objectos, para ter a experiência que a pedra é de pedra, existe o que se chama a arte. A finalidade da arte reside em dar uma sensação do objecto como visão e não como reconhecimento; o procedimento da arte é o procedimento de singularização dos objectos e o procedimento que consiste em obscurecer a forma, em aumentar a dificuldade e a duração da percepção».([19]) Enquanto Jakobson hipostasia a autonomia dos sinais verbais do texto poético, conexionando directamente a autonomização da palavra poética com o seu esvaziamento referencial, Šklovskij valoriza os artifícios técnico-formais e semânticos do texto poético em estreita correlação com uma finalidade cognoscitiva que atribui ao mesmo texto poético.([20])

O conceito de *função poética* da linguagem assume um valor fundamental nas *Teses de 1929* do Círculo Linguístico

---

([19]) — *Apud* Tzvetan Todorov (ed.), *op. cit.*, p. 83.

([20]) — Segundo o testemunho de Ejchenbaum, os formalistas tinham decidido «contrapor aos subjectivistas princípios estéticos do simbolismo uma estética objectiva e disposta a deixar falar os factos. Eis por que impressiona o novo *pathos* de positivismo científico que caracterizou os formalistas» (cf. B. Ejchenbaum, *Il giovane Tolstòj. La teoria del metodo formale*, pp. 144-145). O ensaio de Šklovskij de que nos temos estado a ocupar, cujo título sugere uma integração perfeita nesta orientação positivista, tem subjacente, pelo contrário, uma concepção neo-romântica e idealista da arte como revelação, como conhecimento não racional da realidade profunda das coisas. Mais particularmente, Šklovskij comunga das teorias de Bergson segundo as quais entre a consciência humana e o mundo se interpõe, devido à rotina da vida quotidiana, um véu espesso que a arte rasga, permitindo ao homem ver, numa visão depurada e sempre nova, a natureza enfim desocultada dos seres e dos objectos. Sobre a influência do intuicionismo de Bergson em Šklovskij e noutros formalistas russos, *vide*: Ignazio Ambrogio, *Formalismo e avanguardia in Russia*, Roma, Editori Riuniti, 1968, pp. 151-152; Ewa M. Thompson, *Russian formalism and anglo-american new criticism. A comparative study*, The Hague — Paris, Mouton, 1971, pp. 66-69; José Guilherme Merquior, *Formalismo e tradição moderna. O problema da arte na crise da cultura*, Rio de Janeiro — São Paulo, Editora Forense-Universitária/Editora da Universidade de São Paulo, 1974, pp. 222-223; James M. Curtis, «Bergson and russian formalism», in *Comparative literature*, 28 (1976), pp. 109-122.

de Praga.(²¹) Segundo a orientação teórica da escola linguística praguense, o estudo de uma língua não deve circunscrever-se à análise do respectivo sistema ou à análise das relações entre a "língua" e a "fala", tornando-se necessário que esse estudo abranja as diversas "linguagens" funcionais existentes no âmbito da língua-sistema. Estas "linguagens" resultam do peculiar uso que os locutores fazem dos mecanismos linguísticos, agindo com uma dada intenção e procurando realizar determinada finalidade.(²²) Com fundamento na relação instituída entre a linguagem e a realidade extralinguística, as *Teses de 1929* afirmam que a linguagem possui quer uma *função de comunicação,* que se verifica quando a linguagem «está dirigida para o significado» — incorrectamente identificado pelos linguistas praguenses com a realidade extralinguística — e que

---

(²¹) — As chamadas *Teses de 1929* constituem uma comunicação apresentada, como texto colectivo do Círculo Linguístico de Praga, ao 1.º Congresso de filólogos eslavos, realizado em Praga, em Outubro de 1929. Como principais responsáveis pela autoria deste texto colectivo devem mencionar-se: Mathesius (a quem se atribui geralmente o plano do texto), Jakobson, Mukařovský e Trubetzkoj (cf. Jan M. Broekman, *El estructuralismo,* Barcelona, Herder, 1974, p. 78 [título original: *Strukturalismus,* Freiburg/München, Verlag Karl Alber, 1971]).

(²²) — Tanto os linguistas do Círculo de Moscovo como os do Círculo de Praga reconhecem grande importância à explicação de tipo teleológico. Segundo escrevia Jakobson em 1929, num artigo publicado na *Slavische Rundschau* e intitulado «Über die heutigen Voraussetzungen der russischen Slavistik», o teleologismo está profundamente enraizado no pensamento russo: «Uma tendência antidarwinista percorre como um *leitmotiv* a filosofia da natureza russa. [...] A categoria de causalidade mecanicista é alheia ao pensamento russo» *(apud* Elmar Holenstein, *Roman Jakobson's approach to language. Phenomenological structuralism,* Bloomington — London, Indiana University Press, 1976, p. 118). A cibernética e a biologia contemporâneas reabilitaram os conceitos de finalidade e de teleologia e, à luz das mais recentes investigações nestes domínios, Jakobson não hesita em afirmar que a linguagem «é um sistema teleológico», no qual a intencionalidade desempenha função essencial. Por outro lado, Jakobson aplaude a sugestão do biologista C. S. Pittendrigh, igualmente bem aceite por Jacques Monod, no sentido de substituir o vocábulo "teleologia" pelo vocábulo "teleonomia", apoiando-se no exemplo da "astronomia" científica que tomou o lugar da "astrologia" especulativa (cf. Roman Jakobson, «Relations entre la science du langage et les autres sciences», *Essais de linguistique générale. 2. Rapports internes et externes du langage,* Paris, Les Éditions de Minuit, 1973, pp. 59-60).

caracteriza tanto a *linguagem prática* como a *linguagem teórica*, quer uma *função poética*, que ocorre quando a linguagem «está dirigida para o sinal em si mesmo» e que caracteriza a *linguagem poética*. Os vários planos (fonológico, morfológico, etc.) do sistema linguístico desempenham na *linguagem prática* e na *linguagem teórica* um papel apenas instrumental, ao passo que adquirem na *linguagem poética* «valores autónomos mais ou menos consideráveis. Os meios de expressão agrupados naqueles planos, assim como as relações mútuas existentes entre estes, que propendem a tornar-se automáticos na linguagem de comunicação, tendem, pelo contrário, a actualizar-se na linguagem poética.»(23) Na terminologia do Círculo Linguístico de Praga, o conceito de *actualização* dos meios linguísticos corresponde ao conceito de "estranhamento" da linguagem elaborado pelos formalistas russos e significa que na linguagem poética, sob um ponto de vista funcional, o sinal linguístico não constitui um instrumento veiculante de referentes preexistentes e externos a si mesmo — e daí o valor autónomo do sinal — e que, sob um ponto de vista estrutural, a linguagem poética apresenta autonomia sistemática em relação a outras linguagens funcionais, realizando-se segundo leis, modalidades e potencialidades específicas.(24)

---

(23) — Citamos de B. Trnka *et alii, El Círculo de Praga*. Edición a cargo de Joan A. Argente. Barcelona, Editorial Anagrama, 1972, p. 47. As *Teses de 1929* foram publicadas originariamente em língua francesa, nos *Travaux du Cercle linguistique de Prague*, I (1929), pp. 7-29.

(24) — Sobre o conceito de *actualização* na poética da Escola de Praga, cf. L. Doležel e J. Kraus, «Prague School stylistics», in B. B. Kachru e H. Stahlke (eds.), *Current trends in stylistics,* Edmonton, Linguistic Research Inc., 1972; Maurizio Grande, «Linguistica ed estetica nella Scuola di Praga», in A.A.V.V., *Marxismo e strutturalismo nella critica letteraria italiana*, Roma, Edizioni Savelli, 1974, pp. 156-159. Nos escritos dos membros do Círculo Linguístico de Praga, ocorre também o conceito de *deformação* — elaborado, como já vimos, pelos formalistas russos —, com significado análogo ao de *actualização*. René Wellek, ao analisar o conceito de deformação na estética de Mukařovský, afirma: «In agreement with the Russian Formalists, Mukařovský considers artistic form as having two main traits: deformation and organization. The term "deformation" has no derogatory implication: it simply means the changes imposed on the original materials, the novelty, for example, of poetic language in contrast to spoken language, the patterning imposed by meter, the

Jan Mukařovský (1891-1975), o membro do Círculo Linguístico de Praga a quem se devem investigações fundamentais no domínio da estética semiológica,([25]) num estudo em que analisa a linguagem poética como uma violação sistemática da norma da linguagem corrente, escreve: «A linguagem poética é uma forma diferente de linguagem com uma função diversa da da linguagem corrente.»([26]) Esta «função diversa» que especifica a linguagem poética é a *função estética*.

Sob o ponto de vista do sujeito,([27]) o conceito de função

---

tension of a plot, all "devices" (or possibly better "instruments" or "procedures") toward the aim of art which in Mukařovský, as in the Russian Formalists, is conceived as a shock to our ordinary indifference, as a heightening of awareness, as "making strange", *Verfremdung* in a wider sense than Brecht's» (cf. René Wellek, *Discriminations. Further concepts of criticism*, New Haven—London, Yale University Press, 1970, p. 281).

([25]) — Sobre a estética e a poética de Mukařovský, vejam-se os seguintes estudos: R. Wellek, «Theory and aesthetics of the Prague School», *Discriminations. Further concepts of criticism*, pp. 275-303 (além de uma análise das teorias estéticas de Mukařovský, Wellek fornece neste estudo abundantes informações sobre a sua bibliografia); Felix Vodička, «The integrity of the literary process: Notes on the development of theoretical thought in J. Mukařovský's work», in *Poetics*, 4(1972), pp. 5-15; Thomas G. Winner, «The aesthetics and poetics of the Prague Linguistic Circle», in *Poetics*, 8 (1973), pp. 77-96; Luigi Rosiello, «L'estetica funzionalista», *Linguistica e marxismo*, Roma, Editori Riuniti, 1974, pp. 94-98; Alfredo De Paz, *La pratica sociale dell'arte*, Napoli, Liguori Editore, 1976, pp. 94-141; D. W. Fokkema e Elrud Kunne-Ibsch, *Theories of literature in the twentieth century*, London, C. Hurst & Company, 1977, pp. 31-36.

([26]) — Cf. Jan Mukařovský, «Standard language and poetic language», in Donald C. Freeman (ed.), *Linguistics and literary style*, New York, Holt, Rinehart and Winston, 1970, p. 52. Este estudo de Mukařovský foi primeiramente publicado em língua inglesa por Paul L. Garvin (ed.), *A Prague School reader on esthetics, literary structure, and style*, Washington, Georgetown University Press, 1964, pp. 17-30.

([27]) — O conceito de "função" poderia ser também analisado sob o ponto de vista do objecto, mas, como observa Mukařovský, tal perspectiva tende a reduzir à *monofuncionalidade* — levando a considerar como única a função mais em evidência no objecto — o fenómeno da *polifuncionalidade* existente em todo o sujeito (cf. Jan Mukařovský, *Il significato dell'estetica*, Torino, Einaudi, 1973, p. 108 [título original: *Studie z estetiky*, Praha, Odeon, 1966]).

pode definir-se, segundo Mukařovský, como «o modo de auto-
-afirmação do sujeito nos confrontos com o mundo externo.»[28]
Em relação à realidade do mundo externo, o homem pode
afirmar-se quer directamente — o uso de instrumentos não
implica que a sua auto-afirmação se torne indirecta —, quer
indirectamente, por meio de uma outra realidade, a qual, servindo de mediadora e não de instrumento, constitui um sinal
autónomo, equipolente da realidade que substitui. Com fundamento nestas modalidades distintas de auto-afirmação do
homem, as funções dividem-se fundamentalmente em *funções
directas* e em *funções semióticas*. Qualquer destes grupos se sub-
divide, segundo avulte em primeiro plano o objecto ou o
sujeito da função, em dois subgrupos. As funções directas
subdividem-se numa *função prática*, em que o objecto ocupa
o primeiro plano, pois a auto-afirmação do sujeito exige a
transformação do objecto (isto é, da realidade), e numa *função
teorética*, em que o sujeito ocupa o primeiro plano, pois o seu
objectivo geral e último «é a projecção da realidade na consciência do sujeito, numa imagem unitária de acordo com a
unidade do sujeito (entenda-se: do sujeito supra-individual,
humano em geral)»,[29] permanecendo intacta a própria realidade, objecto desta função. Por sua vez, as funções semióticas
subdividem-se numa *função simbólica*, na qual aparece em primeiro plano o objecto, concentrando-se a atenção sobre a
eficácia da relação entre a coisa e o sinal que a representa, e
numa *função estética*, em que aparece em primeiro plano o
sujeito — não o indivíduo, mas o homem em geral — e em
que o sinal não é instrumento, nem opera sobre a realidade:
«Para a função teorética — exactamente como para a prática —, o
objecto directo é a própria realidade conhecida e o sinal é apenas um seu instrumento [...]. Para a função estética, a realidade
não é o objecto directo, mas mediato; objecto directo (não
instrumento, portanto) é para ela o sinal estético, o qual projecta na realidade a atitude do sujeito [...]. O sinal estético
manifesta a própria autonomia com o facto de reenviar sempre
à realidade como um todo e não a um seu sector particular.

---

[28] — Cf. Jan Mukařovský, *Il significato dell'estetica*, p. 110.
[29] — Id., ibid., p. 111.

A sua validade não pode por isso ser limitada por outro sinal; apenas pode ser acolhido ou recusado em bloco. Pelo contrário, o sinal de que se serve a função teorética (o conceito, a noção) significa sempre somente um certo sector ou um aspecto parcial da realidade; ao lado dele existem sempre outros sinais que lhe limitam a validade. Recapitulemos: o sinal estético é, como o sinal simbólico, um sinal-objecto, mas, diferentemente do sinal simbólico, não age sobre a realidade, mas projecta-se nela.»[30]

Num estudo datado de 1936 e intitulado «La dénomination poétique et la fonction esthétique de la langue»,[31] Mukařovský procura conceptualizar as características e as consequências da *função estética*, em geral, no domínio da actividade verbal, acrescentando às três funções da linguagem determinadas e caracterizadas por Karl Bühler na sua *Sprachtheorie* (1934) — *representação, expressão* e *apelo* — uma quarta função, designada por *função estética*. Em seu entender, «esta função opõe-se a todas as precedentes [representação, expressão e apelo]; enquanto estas estão orientadas para instâncias exteriores à língua e para fins que ultrapassam o sinal linguístico, a nova função coloca o próprio sinal no centro da atenção. As três primeiras funções fazem, por conseguinte, entrar a língua em conexões de ordem prática, ao passo que a quarta a dissocia delas; ou, por outras palavras, aquelas pertencem ao número das funções práticas, esta é estética. A concentração da função estética no próprio sinal aparece portanto como uma consequência directa da autonomia peculiar dos fenómenos estéticos.»[32]

Segundo Mukařovský, a *função estética* e as funções práticas não se excluem mutuamente, verificando-se, por um lado, que toda a obra poética comporta a presença, pelo menos virtual, das funções práticas e, por outro lado, que a *função*

---

[30] — *Id., ibid.,* p. 113. Veja-se também, neste mesmo volume, o estudo intitulado «I compiti dell'estetica generale» (pp. 95-100).

[31] — Este estudo, originariamente editado em francês nas *Actes du quatrième Congrès International des Linguistes* (Copenhague, 1938), foi republicado, na mesma língua, na revista *Poétique*, 3 (1970), pp. 392-398. Está também incluído, em tradução italiana, na citada obra *Il significato dell'estetica*.

[32] — Cf. *Poétique*, n.º cit., p. 394.

estética está implicada, também pelo menos potencialmente, em todo o acto linguístico. O comportamento do homem caracteriza-se pela sua *polifuncionalidade* e pela omnipresença de todas as mencionadas funções.(33)

2.3. A teoria jakobsoniana da função poética da linguagem

Num estudo que logo se tornou famoso, intitulado «Linguistics and poetics» e publicado em 1960,(34) Roman Jakobson retomou substancialmente as suas teorias dos anos vinte sobre a *função estética* da linguagem, expondo-as sob forma mais desenvolvida, num quadro teórico mais amplo e com um aparato científico mais complexo (fornecido sobretudo pela linguística geral e pela teoria da comunicação).

Segundo Jakobson, a comunicação verbal pressupõe neces-

---

(33) — Cf. *Il significato dell'estetica*, pp. 105-107, 225, 227. Com efeito, a concepção de autonomia da função estética, em geral, advogada por Mukařovský não se confunde, como o próprio estetólogo checo sublinha, com o formalismo da "arte pela arte" ou com a kantiana "Interessolosigkeit" da arte (cf. *op. cit.*, p. 73). Leiam-se, por exemplo, as seguintes afirmações de Mukařovský: «Deve-se acrescentar que, do mesmo modo, todos os componentes da obra são portadores do significado e dos valores extra-estéticos e, portanto, partes integrantes do conteúdo. A análise da «forma» não deve ser reduzida à simples análise formal; por outro lado, deve ficar claro que *toda* a estrutura da obra de arte, e não uma sua simples parte chamada «conteúdo», entra em relação activa com o sistema de valores que dirige a actividade e o comportamento do homem» (*ibid.*, p. 74).

(34) — Cf. Roman Jakobson, «Closing statements: Linguistics and poetics», in Thomas A. Sebeok (ed.), *Style in language*, New York—London, The Technology Press of Massachussetts Institute of Technology and Wiley & Sons, Inc., 1960, pp. 350-377 (volume em que foram coligidas as comunicações apresentadas no congresso interdisciplinar sobre o estilo literário realizado, na Primavera de 1958, na Universidade de Indiana). Este estudo foi incluído na obra de Jakobson publicada em francês sob o título de *Essais de linguistique générale* (Paris, Les Éditions de Minuit, 1963), donde citamos. Do volume editado por Sebeok, *Style in language*, existe uma tradução em língua espanhola: *Estilo del lenguaje*, Madrid, Ediciones Cátedra, 1974 (tradução inexacta e infiel em muitos passos).

sariamente a interacção de seis «factores inalienáveis», que podem ser assim esquematicamente representados:

                          CONTEXTO
EMISSOR .... MENSAGEM ...... DESTINATÁRIO
                          CONTACTO
                          CÓDIGO

Cada um destes factores origina uma função linguística específica, embora seja difícil apresentar uma mensagem em que se realize de modo exclusivo apenas uma dessas funções: em geral, verifica-se em cada mensagem a presença de mais do que uma função, impondo uma delas o seu predomínio sobre as outras («função predominante»). A estrutura verbal de uma mensagem depende primariamente da função que nela é predominante.

Por conseguinte, Jakobson distingue seis funções na linguagem verbal:

a) A função *expressiva* ou *emotiva* (denominação proposta por A. Marty, suíço discípulo de Brentano e colaborador do Círculo Linguístico de Praga), centrada sobre o sujeito emissor e aspirando a «uma expressão directa da atitude do sujeito em relação àquilo de que fala. Tende a dar a impressão de uma certa emoção, verdadeira ou fingida.»[35] As interjeições representam o estrato da língua puramente emotivo, mas a função emotiva é inerente, em vário grau, a qualquer mensagem, quer se considere o nível fónico, quer o nível gramatical ou o nível lexical. A informação veiculada pela linguagem não pode ser restringida à informação de tipo cognitivo.

b) A função *conativa* — Jakobson designa assim a função denominada *apelativa* ("Appell") por Karl Bühler[36] —, orien-

---

[35] — Cf. Roman Jakobson, *Essais de linguistique générale*, p. 214.
[36] — Georges Mounin, a propósito desta mudança de designação, tece um comentário parentético sobre a «gulodice» de Jakobson por terminologia nova: «La fonction appelative (que Jakobson, friand de renouvellement terminologique, appelle conative) [...]» (cf. Georges Mounin, *La littérature et ses technocraties*, Tournai, Casterman, 1978, p. 24). Pensamos, porém, que não se trata de uma mera alteração terminológica. Jakobson, ao utilizar a designação de função *conativa,* pretendeu decerto

tada para o destinatário e encontrando a sua manifestação gramatical mais pura no vocativo e no imperativo. As frases imperativas, ao contrário das declarativas, não podem ser submetidas a uma prova de verdade, nem transformadas em frases interrogativas.

c) A função *referencial* (chamada também *denotativa* ou *cognitiva*), orientada para o *referente*, para o *contexto*.(37).

d) A função *fática*, que ocorre como predominante nas mensagens que têm como finalidade «estabelecer, prolongar ou interromper a comunicação, verificar se o circuito funciona [...], fixar a atenção do interlocutor ou assegurar que

---

sublinhar o facto de o emissor se *esforçar por* que o destinatário satisfaça os desejos e intenções dele (emissor). Como observa Lyons, a função conativa está assim estreitamente vinculada com o que se designa commumente por *função instrumental* da linguagem: «i. e. its being used in order to achieve some practical effect» (cf. John Lyons, *Semantics*, Cambridge, Cambridge University Press, 1977, vol. 1, p. 52).

(37) — Jakobson utiliza como equivalentes as designações de *contexto* e de *referente*, embora observando que *referente* constitui «uma terminologia um pouco ambígua» (cf. *Essais de linguistique générale*, p. 213). Ora a designação jakobsoniana de "contexto" é que parece muito ambígua, já que na linguística contemporânea o conceito de contexto apresenta uma extensão muito ampla, abrangendo «all the factors which, by virtue of their influence upon the participants in the language-event, systematically determine the form, the appropriateness or the meaning of utterances» (cf. John Lyons, *Semantics*, vol. 2, p. 572), embora alguns autores defendam que o vocábulo "contexto" deve ser reservado para designar «o que rodeia uma unidade na cadeia do enunciado» (cf., e. g., Kurt Baldinger, *Teoría semántica. Hacia una semántica moderna*, Madrid, Ediciones Alcalà, 1970, p. 36; Oswald Ducrot—Tzvetan Todorov, *Dictionnaire encyclopédique des sciences du langage*, Paris, Éditions du Seuil, 1972, p. 417; Bernard Pottier (ed.), *Le langage*, Paris, Centre d'Étude et de Promotion de la Lecture, 1973, p. 72). Não é obviamente com este significado restrito de *contexto verbal*, *linguístico* ou *discursivo* que Jakobson utiliza o vocábulo "contexto", pois explica que com ele designa a «terceira pessoa», o «alguém» ou o «algo» de que se fala (cf. *op. cit.*, p. 216). Como se depreende desta explicação, Jakobson também não utiliza o vocábulo "contexto" com o significado de *contexto extraverbal*, «constituído por todas as circunstâncias não linguísticas que se conhecem directamente ou são conhecidas pelos locutores» (cf. Eugenio Coseriu, *Teoría del lenguaje y lingüística general*, Madrid, Gredos, 1962, p. 315).

esta não afrouxa»(³⁸) (por exemplo: "olhe lá", "ora diga-me", "está a ouvir-me?", etc.).

e) A função *metalinguística*, que ocorre «quando o emissor e/ou o receptor julgam necessário averiguar se ambos utilizam na verdade o mesmo código».(³⁹) Quando o discurso está centrado no código, desempenha por conseguinte uma função metalinguística. Esta função representa um instrumento importante nas investigações lógicas e linguísticas, mas o seu papel é também relevante na linguagem quotidiana.

e) Finalmente, a função *poética* (⁴⁰), centrada sobre a

(³⁸) — Cf. *Essais de linguistique générale*, p. 217. A designação de "função fática" foi primeiramente proposta pelo antropólogo Bronislaw Malinowski.

(³⁹) — Cf. *Essais de linguistique générale*, pp. 217-218.

(⁴⁰) — Michael Riffaterre critica a designação jakobsoniana de "função poética", com os argumentos de que ela limita «le champ de la fonction à l'art verbal» e de que hipervaloriza «la poésie versifiée aux dépens «de la variété prosaïque de l'art verbal», vue comme une forme intermédiaire» (cf. M. Riffaterre, *Essais de stylistique structurale*, Paris, Flammarion, 1971, p. 147). Tal crítica não parece pertinente, pois Jakobson sublinha que «toda a tentativa de reduzir a esfera da função poética à poesia, ou de confinar a poesia à função poética, não levaria senão a uma simplificação excessiva e enganadora» (cf. *Essais de linguistique générale,* p. 218). A função poética, segundo Jakobson, é a função dominante da "arte da linguagem". Tem de se reconhecer, porém, que Jakobson, ao longo do seu estudo, parece confinar de facto a função poética à esfera da «poesia versificada». Por outro lado, deve-se observar que, em diversas línguas, os lexemas "poesia", "poético" e "poética" (subst.) possuem um significado amplo que abrange toda a produção literária. É este o significado que Aristóteles atribui a ποίησις. Murray Krieger, por exemplo, ao explicar o que entende por "obras de literatura", escreve: «Works, that is, in verse or prose, provided they have about them the fiction-making quality that Aristotle included within his sense of *poesis*. When I refer to them as "poems", I still mean literary works in this broad sense» (cf. Murray Krieger, *Theory of criticism. A tradition and its system,* Baltimore—London, The Johns Hopkins University Press, 1976, p. 3). Para substituir a designação de "função poética", Riffaterre propôs a de "função estilística". Consideramos esta designação menos justificada e mais confusa do que aquele proposta por Jakobson. Se Riffaterre, ao cunhar esta designação de "função estilística", tinha em mente, como é de admitir, a sua definição de estilo como «un soulignement (*emphasis*) (expressif, affectif ou esthétique) ajouté à l'information transmise par la structure linguistique, sans altération de sens» (cf. *op. cit.,* p. 30) — uma

própria mensagem: «A orientação (*Einstellung*) para a mensagem enquanto tal, o centro de interesse incidindo sobre a mensagem considerada por si mesma, é o que define a função poética da linguagem.»([41]) A função poética não constitui a função exclusiva do conjunto de textos que Jakobson designa por «arte da linguagem», pois ela é apenas a sua *função dominante*, ao lado da qual as outras funções atrás enumeradas desempenham um papel ancilar e subsidiário. Em contrapartida, a função poética pode desempenhar um papel secundário, embora muito importante, em mensagens cuja função dominante seja uma das outras funções (por exemplo, nos *slogans* da publicidade comercial ou nas fórmulas da propaganda político-eleitoral, em que se manifesta como dominante a função conativa).

Acerca da função poética da linguagem, aduz ainda Jakobson mais alguns elementos caracterizadores que importa conhecer.

---

definição que o próprio Riffaterre reconheceu como «maladroite» (*ibid.*, p. 31) e que, segundo pensamos, merece qualificativo ainda mais severo —, então tal designação é totalmente inaceitável. Aliás, Riffaterre mudou de ideias a este respeito e, segundo esclarece numa nota escrita propositadamente para a citada edição em língua francesa dos seus estudos (cf. *op. cit.*, p. 148, nota 2), preferiria falar de *função formal* (veja-se também M. Riffaterre, «Le poème comme représentation», in *Poétique,* 4 (1970), p. 401, nota 1). A designação de "função formal" parece-nos ser demasiado abrangente e demasiado vaga.

Num texto escrito dez anos após a difusão do estudo «Linguistics and poetics», Jakobson conexiona inequivocamente a "função poética" com a "arte literária": «Les structures sémiotiques avec une fonction poétique dominante ou — pour éviter un terme se rapportant avant tout à l'art littéraire — avec une fonction esthétique, artistique dominante, présentent un domaine particulièrement payant pour la recherche typologique comparative» (cf. Roman Jakobson, «Le langage en relation avec les autres systèmes de communication», *Essais de linguistique générale.* 2. *Rapports internes et externes du langage,* p. 99).

([41]) — O texto original de Jakobson, que tem oferecido algumas dificuldades aos seus tradutores, é do seguinte teor: «The set (*Einstellung*) toward the message as such, focus on the message for its own sake, is the poetic function of language» (cf. *Style in language,* p. 356). O aparecimento, nesta definição, do lexema alemão *Einstellung* indicia a influência da fenomenologia no pensamento de Jakobson (cf. Elmar Holenstein, *op. cit.*, pp. 51-52).

Assim, escreve que «esta função, que põe em evidência o lado palpável dos sinais, aprofunda por isso mesmo a dicotomia fundamental dos sinais e dos objectos.»([42]) Esta afirmação inscreve-se na linha de rumo, já atrás analisada, das doutrinas dos formalistas russos — entre eles, o próprio Jakobson — e dos estruturalistas do Círculo Linguístico de Praga, segundo a qual a função poética ou estética se distingue da função de comunicação da linguagem pelo facto de, nesta última, existir uma relação instrumental com a realidade extralinguística que não se verifica naquela. Nesta perspectiva, a *autonomia* e a *autotelicidade* da mensagem poética dependem da inexistência deste tipo de relações instrumentais com a realidade extralinguística: a mensagem poética, enquanto *organização formal*, enquanto *textura de significantes* («o lado palpável dos sinais») — jogo de ritmos, aliterações, eufonias, rede de paralelismos, anáforas, etc. —, constitui-se em finalidade de si mesma.

Por outro lado, Jakobson estabelece como critério linguístico que permite reconhecer empiricamente a função poética — e, por conseguinte, como elemento «cuja presença é indispensável em toda a obra poética» — o facto de que «a função poética projecta o princípio de equivalência do eixo da selecção sobre o eixo da combinação.»([43]) Qual o significado deste princípio, solidário da asserção jakobsoniana transcrita e analisada no parágrafo anterior? A *selecção* e a *combinação* constituem os dois modos fundamentais de ordenação operantes na actividade linguística, conforme essa actividade se processe respectivamente no *plano paradigmático* ou no *plano sintagmático*: «A selecção realiza-se na base da equivalência, da similitude e da dissimilitude, da sinonímia e da antonímia, ao passo que a combinação, a construção da sequência, se funda na contiguidade.» Ora, na poesia, a sequência, a cadeia sintagmática tem como fundamental procedimento constitutivo o princípio da equivalência: «Em poesia, cada sílaba é colocada em relação de equivalência com todas as outras sílabas da mesma sequência; presume-se que todo o acento de uma palavra é igual a qualquer outro acento vocabular; do mesmo modo,

---

([42]) — Cf. *Essais de linguistique générale*, p. 218.
([43]) — *Ibid.*, p. 220.

a átona equipara-se a outra átona; a longa (prosodicamente) iguala-se a longa e a breve iguala-se a breve; limite de palavra e ausência de limite equivalem a limite e ausência de limite de palavra; pausa sintáctica corresponde a pausa sintáctica, ausência de pausa corresponde a ausência de pausa. As sílabas convertem-se em unidades de medida e o mesmo acontece com as pausas e os acentos.»[44]

Como Jakobson expôs mais minuciosamente nos seus estudos «Poetry of grammar and grammar of poetry» e «Grammatical parallelism and its russian facet»,[45] desenvolvendo ideias de um dos seus poetas predilectos, Gerard Manley Hopkins, toda a repetição do mesmo conceito gramatical, toda a recorrência da mesma "figura gramatical" e da mesma "figura fónica" representam «o princípio constitutivo da obra poética».[46] Esta projecção da similaridade na contiguidade gera uma «propriedade intrínseca, inalienável» de toda a poesia — a ambiguidade, a plurissignificação, fenómeno que ocorre não apenas em relação à mensagem, mas também em relação ao seu emissor, ao seu destinatário e à sua referência. «A supremacia da função poética sobre a função referencial», escreve Jakobson, «não oblitera a referência (a denotação), mas torna-a ambígua. A uma mensagem com duplo significado correspondem um emissor desdobrado, um destinatário desdobrado e, além disso, uma referência desdobrada.»[47]

2.4. Refutação da teoria jakobsoniana da função poética da linguagem

A teoria de Roman Jakobson sobre a função poética da linguagem, embora tenha suscitado múltiplas e variadas crí-

---

[44] — Ibid., p. 220.
[45] — Estes estudos foram publicados, respectivamente, nas revistas Lingua, 21 (1968), pp. 597-609, e Language, 42 (1966), pp. 399-429. Ambos estão incluídos, em tradução francesa, no volume de Roman Jakobson, Questions de poétique, Paris, Éditions du Seuil, 1973.
[46] — Cf. Questions de poétique, p. 222.
[47] — Cf. Essais de linguistique générale, pp. 238-239.

ticas,(⁴⁸) converteu-se nos últimos anos num dos "lugares clássicos" da teoria da literatura, aparecendo frequentemente exposta, sobretudo em livros de natureza didáctica, como uma verdade científica não susceptível de ser contraditada. Pensamos, pelo contrário, que se trata de uma teoria fragilmente fundamentada, com uma formulação equívoca e carecente de rigor conceptual, destituída de capacidade descritiva e explicativa em relação ao seu *explanandum* — o texto literário.

Vejamos, em primeiro lugar, o tratamento concedido por Jakobson ao problema geral das funções da linguagem.

A classificação e a descrição das funções da linguagem propostas por Jakobson fundam-se em factores de natureza comunicativa, pois cada uma de tais funções corresponde, em seu entender, a uma relação específica estabelecida entre a mensagem e cada uma das instâncias determinadas pela teoria matemática da comunicação em qualquer processo comunicativo.(⁴⁹) A fim de poder alicerçar e desenvolver a sua teoria, em que o termo "função" apresenta um significado teleonómico,(⁵⁰)

(⁴⁸) — No «Postscriptum» do seu já mencionado volume *Questions de poétique*, Jakobson procura responder, por vezes com acrimónia, às principais objecções endereçadas à sua teoria, reafirmando substancialmente a doutrina exposta em «Linguistics and poetics». Posteriormente à publicação daquele volume, outras críticas têm sido formuladas à sua teoria da função poética e a algumas delas nos referiremos na nossa análise subsequente. Queremos salientar, porém, pelo seu rigor científico e pela sua amplitude, a crítica de Paul Werth, «Roman Jakobson's verbal analysis of poetry», in *Journal of linguistics*, 12 (1976), pp. 21-73.

(⁴⁹) — A teoria matemática da comunicação exerceu uma influência muito profunda no pensamento de Jakobson, um investigador sempre atento às relações interdisciplinares da linguística. Tal influência, relevante no estudo «Linguistics and poetics», encontra-se particularmente bem documentada em três trabalhos incluídos no volume II dos *Selected writings* de Roman Jakobson (The Hague — Paris, Mouton, 1971): «Results of a joint conference of anthropologists and linguists» (pp. 554-567); «Linguistics and communication theory» (pp. 570-579); «Language in relation to other communication systems» (pp. 697-708). À influência da teoria da comunicação se deve a crescente importância do conceito de "código" na teoria jakobsoniana da linguagem.

(⁵⁰) — O lexema "função" apresenta fundamentalmente dois significados distintos: *a*) no domínio da matemática, "função" constitui uma relação de correspondência ou dependência entre dois conjuntos X e Y, de tal modo que a um elemento x do conjunto X (campo dos *argumentos*)

Jakobson não só é obrigado a considerar como um dos "factores inalienáveis da comunicação verbal" o *contexto*, instancia que não figura no chamado modelo canónico da comunicação proposto por Shannon e Weaver na sua obra *The mathematical theory of communication* (Urbana, University of Illinois Press, 1949), nem em modelos do processo comunicativo derivados daquele modelo,([51]) mas que se tornava indispensável para permitir fundamentar a função referencial da linguagem, como também é compelido a conceituar a *mensagem* como um factor sistémica e funcionalmente equivalente aos restantes factores do processo comunicativo, porque só assim poderia fundamentar e caracterizar a função poética. Ora, num modelo do processo comunicativo, a mensagem não pode ser considerada, sob o ponto de vista ontológico e funcional, como factor equipolente em relação a factores como o emissor, o receptor, o código, etc., pois que ela é o produto, o resultado exactamente da interacção desses outros factores.([52])

---

corresponde um elemento — e apenas um elemento — y do conjunto Y (campo dos *valores*). Este conceito de função não se circunscreve necessariamente ao âmbito da análise matemática, bastando para isso que os argumentos e os valores deixem de ser números ou magnitudes numéricas. É este conceito lógico-matemático de função que Hjelmslev substancialmente perfilha no capítulo 11 e na tábua de definições dos seus *Prolegómenos a uma teoria da linguagem;* b) numa perspectiva teleonómica, "função" significa o papel, a acção finalisticamente orientada que desempenham um sistema ou um elemento de uma estrutura no quadro da totalidade dessa estrutura. É este conceito de função que fundamenta a chamada *análise funcionalista* ou *funcionalismo* (na antropologia, na linguística, na sociologia, etc.). O próprio Jakobson, ao distinguir estes dois conceitos de função, sublinha o perigo de eles serem «usados promiscuamente» (cf. *Selected writings*, vol. II, p. 526).

([51]) — Cf., *e. g.*, John Lyons, *Semantics*, vol. I, p. 36.

([52]) — Este facto foi lucidamente entrevisto pelos investigadores do grupo μ do *Centre d'Études Poétiques* da Universidade de Liège, os quais não souberam, porém, extrair as consequências lógicas de tal constatação (cf. Jacques Dubois *et alii*, *Rhétorique générale*, Paris, Larousse, 1970, pp. 23-24). François Flahault, na sua obra *La parole intermédiaire* (Paris, Éditions du Seuil, 1978. p. 31), comenta com muita argúcia — e alguma ironia — o modelo das funções da linguagem proposto por Jakobson: «En fait, l'explication qui me paraît s'imposer, c'est que Jakobson disposait d'un côté d'une description au moyen de cinq ou six facteurs, de l'autre de la distinction entre environ six fonctions du langage, et qu'il

Mais grave, porém, sob o ponto de vista lógico, é o facto de Jakobson, ao estabelecer e explicar as funções da linguagem através da teoria matemática da comunicação, ser necessariamente conduzido a propor a dilucidação de um *explanandum* mediante um *explanans* em que aquele figura sob a designação de "código'. No quadro daquela teoria, só é possível atribuir logicamente à linguagem/código uma única função — a função comunicativa.([53])

O modo como Jakobson explica a origem e caracteriza a natureza das diversas funções que distingue na linguagem não prima pelo rigor analítico, nem pela clareza conceitual e terminológica. Afirma que «cada um destes seis factores [os já mencionados «factores inalienáveis da comunicação verbal»] faz nascer uma função linguística diferente.»([54]) Em relação à função poética, esta asserção representa, como já vimos, um absurdo lógico, pois que equivale a dizer que a mensagem poética é originada pelo factor "mensagem", como se este factor preexistisse, num acto comunicativo, à mensagem produzida nesse mesmo acto. Mas como originam aqueles factores as diversas funções da linguagem? Jakobson utiliza a este respeito expressões vagas e ambíguas como: «a orientação para o contexto — em suma, a função chamada [...] referencial»; «a função chamada "expressiva" ou emotiva, centrada no emissor, tem por fim uma expressão directa da atitude do sujeito»; «a orientação para o destinatário, a função conativa»; «esta acentuação do contacto — a função fática»; «a orientação para a mensagem enquanto tal [...] é o que define a função poética da lin-

---

a ajusté l'une à l'autre, bricolant ainsi de façon astucieuse un système symbolique qui, s'imposant uniquement par la correspondance qu'il établit entre chacun des éléments des deux registres qu'il comporte, est épistémologiquement comparable à ceux que nous propose l'alchimie: lorsque, par exemple, elle met en relation les astres avec les corps chimiques.

La mise en correspondance a nécessité quelques ajustements. Ainsi le message a-t-il dû prendre la place, en elle-même inadéquate, d'un sixième facteur, pour que la fonction poétique puisse lui être rattachée.»

([53]) — Cf. Luis J. Prieto, *Pertinence et pratique. Essai de sémiologie*, Paris, Les Éditions de Minuit, 1975, p. 10; Georges Mounin, *La littérature et ses technocraties*, Tournai, Casterman, 1978, p. 33.

([54]) — Cf. Roman Jakobson, *Essais de linguistique générale*, p. 214.

guagem.» Como se verifica, a especificação de cada função resulta da «orientação» da mensagem para um dado factor do processo comunicativo, da especial «acentuação» ou «ênfase» (*focus on*) com que figura na mensagem um dos referidos «factores inalienáveis da comunicação verbal». O que significam, em tais expressões, vocábulos como "orientação", "acentuação", "ênfase"? Quem são os agentes e os juízes destas características? Jakobson afirma que «a estrutura verbal de uma mensagem depende antes de tudo da função predominante»,(55) mas não estabelece qualquer conjunto de propriedades linguísticas que possibilitem distinguir seguramente, por exemplo, uma mensagem em que predomine a função referencial de uma outra mensagem em que predominem a função emotiva ou a função metalinguística. A extensão à problemática das funções da linguagem da teoria formalista da *dominante* permitiu superar a antinomia entre *linguagem quotidiana* (ou habitual, vulgar, etc.) e *linguagem poética*, visto que substituiu esta diferenciação binária de género por uma diferenciação de grau inscrita na continuidade da *langue*,(56) mas não proporcionou qualquer critério científico que permita configurar e apreender com exactidão as marcas da predominância das diversas funções.

Estas dúvidas e dificuldades teoréticas afectam profundamente o rigor científico e a capacidade operatória do conceito de função poética. Se a *literariedade*, segundo uma das

---

(55) — *Id., ibid.*, p. 214. A introdução no esquema das funções da linguagem do conceito de "função predominante" representa uma extensão do conceito de "dominante" que os formalistas russos elaboraram como um dos mais fecundos instrumentos para a descrição e a explicação da obra literária. Jakobson define assim este conceito, num texto de 1935 já mencionado: «A dominante pode-se definir como o elemento focal de uma obra de arte: governa, determina e transforma os outros elementos. É ela que garante a coesão da estrutura» (cf. *Questions de poétique*, p. 145).

(56) — Cf. Mary Louise Pratt, *Toward a speech act theory of literary discourse*, London—Bloomington, Indiana University Press, 1977, pp. 26 ss. Jakobson contrapõe, todavia, a «linguagem poética», definida como a linguagem em que é predominante a função poética, à «linguagem prosaica quotidiana» (*everyday prosaic language*) (cf. *Selected writings*, vol. II, p. 558). É claro que Jakobson não identifica a função da linguagem que, pela sua predominância, caracteriza e especifica esta *everyday prosaic language*...

mais recentes definições que deste termo propôs Jakobson, é «a transformação da palavra numa obra literária e o sistema dos processos que efectuam essa transformação»(⁵⁷) e se tal transformação se realiza quando a função poética se torna dominante, quais os critérios objectivos e rigorosos que permitem estabelecer o início e o termo desse processo em que Jakobson acaba por converter a literariedade? Ao caracterizar-se a função poética como «orientação para a mensagem», «acentuação da mensagem», «ênfase na mensagem» — predicados ou qualidades que admitem obviamente graus e matizes — e atendendo a que, de acordo com Jakobson, a função poética pode estar presente em qualquer mensagem, como distinguir um texto poético (literário) de um texto não poético (não literário)? De quem dependem aquelas «orientação», «acentuação» e «ênfase»? Do autor? Do leitor? De ambos? E como se consubstanciam no texto, como é possível apreendê-las e avaliá-las na estrutura textual?

Como ficou exposto em 2.3., Jakobson propõe como critério linguístico adequado para reconhecer empiricamente a função poética o facto de que «a função poética projecta o princípio da equivalência do eixo da selecção sobre o eixo da combinação». E como também aí anotámos, Jakobson considera, apoiando-se na opinião de poetas como Gerard Manley Hopkins, que a repetição, a simetria, a recorrência de «figuras gramaticais» e de «figuras fónicas» representam o princípio constitutivo do texto poético.(⁵⁸) Este famoso princípio jakobsoniano, todavia, suscita demasiadas dúvidas e objecções para poder ser considerado como o critério que permite distinguir e delimitar rigorosamente os textos literários. Analisemos essas dúvidas e objecções:

a) Aquele princípio, de per si, não possibilita distinguir com precisão entre um texto poético e um texto não poético. Em estrita conformidade com o seu teor, deveríamos aceitar que em muitos textos não literários — textos publicitários, provérbios, adivinhas, etc. — se realiza a função poética em

---

(⁵⁷) — Cf. *Questions de poétique,* p. 486. Esta definição pertence ao «Postscriptum» redigido para esta colectânea de estudos e datado de 1973.
(⁵⁸) — Cf., *e. g., Questions de poétique,* p. 234.

grau mais elevado do que em muitos textos literários. Para se afirmar, por exemplo, que em certos textos publicitários não predomina a função poética, teremos de recorrer a factores contextuais e pragmáticos. E quando estes factores deixarem de actuar? Como pondera Lázaro Carreter, «Cuando decidimos que en tal o cual texto preponderá la [función] poética, ¿no estaremos afirmando tautologicamente lo que ya sabíamos antes de considerar su urdimbre lingüística? Por otra parte — y pienso que este argumento posee fuerza —, las funciones son solidarias de la situación en que el mensaje se emite. *I like Ike* obraba conativamente en las elecciones presidenciales norteamericanas de 1953, y sólo entre sus potenciales electores. ¿Era poético ese mensaje para quienes no lo recibían como exhorto? ¿Lo es hoy, cuando el eslogan, ya inactivo como tal, es sólo una ingeniosa urdimbre de malicias lingüísticas?»(59) A lógica implícita da teoria jakobsoniana da função poética da linguagem devia conduzir à futura transformação em textos literários de muitos textos da publicidade actual.

b) Como demonstrou Paul Werth, os modelos de paralelismo fónico-gramatical que Jakobson apresenta como específicos da função poética e como factores constitutivos do verso — e sublinhe-se que, para Jakobson, «o verso implica sempre a função poética»(60) —, além de poderem não possuir nenhum intrínseco valor literário — é possível estabelecer numa medíocre composição poética modelos de paralelismo fónico-gramatical tão ou mais complexos do que aqueles que Jakobson detectou nas suas análises de «Les chats» de Baudelaire e do soneto 129 de Shakespeare —, podem ocorrer copiosamente em qualquer texto não literário e não versificado.(61)

---

(59) — Cf. Fernando Lázaro Carreter, *Estudios de poética (la obra en sí)*, Madrid, Taurus, 1976, p. 72.
(60) — Cf. *Essais de linguistique générale*, p. 222.
(61) — Nas conclusões do seu já citado estudo, escreve Paul Werth: «I take all this as evidence that recurrence is not only a basic linguistic trait (which is obvious), but also that the different characteristics of different levels of language require different types of recurrence — and these different types are faithfully reflected in Jakobson's analyses of poetic language (and will, indeed, be found in ALL varieties of language, by anyone who chooses to look). Given that parallelisms, therefore, consist

c) Em princípio, a teoria jakobsoniana da função poética devia possuir capacidade explicativa em relação a qualquer texto literário, pois que a pergunta à qual Jakobson se propõe responder é a seguinte: «O que faz de uma mensagem verbal uma obra de arte?»([62]) Por outro lado, o próprio Jakobson repudia qualquer tentativa de «reduzir a esfera da função poética à poesia».([63]) A verdade, porém, é que todos os argumentos e todos os exemplos aduzidos por Jakobson se reportam à poesia *stricto sensu,* isto é, à literatura escrita em verso, tornando-se evidente que a sua teoria da função poética carece de capacidade explicativa em relação a um domínio muito importante da "arte verbal": o domínio da prosa literária, desde os textos literários narrativos até aos poemas em prosa. Mas, mesmo no âmbito da poesia *stricto sensu,* Jakobson preferencia claramente determinados valores e modelos em detrimento de outros: na esteira da *Philosophy of composition* de E. A. Poe, faz incidir a sua observação e a sua análise sobre poemas pouco extensos; privilegia, em consonância com uma grande linha de teoria e prática poéticas que passa por alguns autores românticos alemães e ingleses, por Poe, Baudelaire, Mallarmé, Valéry, Hopkins, etc., uma poesia em que avultam os fenómenos gramaticais, fónico-prosódicos e métricos — simetrias, recorrências, paralelismos, paronomásias, etc. — que melhor ilustram a sua teoria da função poética; escassa ou nula atenção presta à poesia escrita em verso livre e a toda a poesia contemporânea que refoge à mencionada tradição formalista

---

of recurrent items in binary arrangements, that recurrence derives from the nature of language itself, and that binarism without external justification is a totally unconstrained, hence invalid, operation, we can see that the appeal to parallelism is not capable of falsification. The burden of proof is now on Jakobson — notice that my argument could be falsified simply by producing a piece of language which could not be analysed in terms of parallelism» (cf. «Roman Jakobson's verbal analysis of poetry», in *Journal of linguistics,* 12 (1976), p. 61).

([62]) — Cf. *Essais de linguistique générale,* p. 210.
([63]) — *Ibid.,* p. 218. Esta asserção de Jakobson é profundamente equívoca, pois tanto pode significar que a função poética se manifesta em toda a literatura — na poesia *stricto sensu* e na prosa literária — ou que a função poética também ocorre em textos não literários, podendo ainda significar uma coisa e outra.

e se revela refractária, segundo as palavras de Michael Shapiro, ao programa jakobsoniano de «geometrização da poética.»(⁶⁴)

Parece-nos, com efeito, que a teoria jakobsoniana da função poética, em vez de constituir uma teoria elaborada com o objectivo de descrever e explicar cientificamente as obras literárias em geral, constitui antes uma teoria descritiva, explicativa e justificativa de uma certa literatura e até, mais restritivamente, de uma certa poesia. Como vimos em 2.2., Jakobson, em numerosos textos da sua juventude, correlaciona sempre a função poética ou estética da linguagem com a extenuação, senão mesmo com o exaurimento, da capacidade referencial da linguagem, caracterizando o texto poético como uma mensagem autotélica e intransitiva na qual os signos verbais, esplendendo na sua corporeidade, se organizam *automorficamente*, segundo um processo semiótico que o próprio Jakobson designaria mais tarde por *semiose introversiva*.(⁶⁵) No plano filosófico, tanto estético como epistemológico, semelhante concepção de poesia — e de uma correlativa teoria poética — mergulha as suas raízes num neokantianismo difuso, bastante influente no início do século XX, que reafirma a doutrina kantiana da «finalidade sem fim» da obra de arte e que concebe como autónomas e insuladas as diversas esferas da actividade teorética e prática.(⁶⁶) No plano estético-literário, aquela teoria

---

(⁶⁴) — Cf. Michael Shapiro, *Asymmetry. An inquiry into the linguistic structure of poetry*, Amsterdam — New York — Oxford, North-Holland, 1976, p. 82.

(⁶⁵) — Cf. Roman Jakobson, *Selected writings*, vol. II, p. 704: «The introversive semiosis, a message which signifies itself, is indissolubly linked with the esthetic function of sign systems.»

(⁶⁶) — A influência de Kant e do neokantianismo nas teorias do formalismo russo foi polemicamente apontada por Trotskij, em 1924, no seu ensaio «A escola formalista de poesia e o marxismo» (cf. Lev D. Trotskij, «La scuola formalista di poesia e il marxismo», in Hans Günther (ed.), *Marxismo e formalismo. Documenti di una controversia teorico-letteraria*, Napoli, Guida Editori, 1975, p. 60). Sobre a influência, directa ou indirecta, de pensadores neokantianos como Rickert e Cassirer no desenvolvimento das teorias do formalismo russo, cf. Ewa M. Thompson, *Russian formalism and anglo-american new criticism*, The Hague — Paris, Mouton, 1971, pp. 12 ss. É certo que Jakobson, em sede teórica, rejeita algumas vezes a autonomização e a insularização radicais das várias esferas da actividade teorética e prática. Para além do famoso programa subscrito

da poesia e da linguagem poética tem a sua matriz no formalismo de autores românticos e neo-românticos como Novalis, Coleridge, Poe, Baudelaire e Mallarmé, que conceberam o texto poético como um organismo auto-regulado e autotélico e a linguagem poética como uma espécie de álgebra encantatória.(⁶⁷) A teoria da *dominante,* presente no pensa-

---

por Tynjanov e por Jakobson sobre os estudos literários e linguísticos (cf. Jurij Tynjanov e Roman Jakobson, «Problems in the study of literature and language», in Ladislav Matejka e Krystyna Pomorska (eds.), *Readings in Russian poetics: Formalist and structuralist views,* Cambridge, Mass., The MIT Press, 1971, pp. 79-81), no qual se estabelece a necessidade de analisar a correlação entre a «série literária» e as «outras séries históricas», bastará citar outro texto seu de recente publicação: «There can be no doubt that poetry is a self-contained entity set apart by its own signs and determined as an entity by its own dominant feature: poeticity. But it is also a part of higher entities, a component part of culture and of the overall system of social values. Each of these autonomous yet integral parts is regulated by immanent laws of self propulsion, while at the same time depending upon the other parts of the system to which it belongs; if one component changes, its relationship to the other components changes, thereby changing the components themselves» (cf. Roman Jakobson, «Signum et signatum», in L. Matejka e I. R. Titunik (eds.), *Semiotics of art,* Cambridge, Mass., The MIT Press, 1976, p. 180). Parece-nos que Jakobson meramente justapõe duas ordens heterogéneas de afirmações que não correlaciona e não compatibiliza adequadamente em termos de explicação científica: por um lado, a afirmação de que a poesia é autónoma, regulada por leis imanentes específicas; por outra parte, a afirmação de que a poesia é uma parcela de um domínio mais amplo, uma componente do «sistema global de valores sociais», repercutindo-se nela as modificações operadas neste sistema. Revertendo aos estudos efectuados por Jakobson de textos poéticos concretos, verifica-se que deles está ausente a preocupação de correlacionar o poema com o «sistema global dos valores sociais»: as análises microscopicamente formalistas de Jakobson postulam apenas «that poetry is a self-contained entity set apart by its own signs and determined as an entity by its own dominant feature: poeticity».

(⁶⁷) — No ensaio «La poétique de Jakobson», incluído no volume de sua autoria intitulado *Théories du symbole* (Paris, Éditions du Seuil, 1977), Tzvetan Todorov comenta assim um texto de *Form und Sinn. Sprachwissenschaftliche Betrachtungen* (München, Fink, 1974, pp. 176-177) em que Jakobson rememora e analisa as influências que mais profundamente o marcaram na juventude: «Novalis et Mallarmé sont en effet deux noms qui apparaissent dès les premiers écrits de Jakobson. La deuxième source trouve d'ailleurs elle-même son origine dans la première, même si la

mento de Jakobson pelo menos desde os anos trinta e reafirmada no estudo capital de 1958, «Linguistics and poetics», impede em princípio a anulação da capacidade referencial do texto poético e a sua concepção como uma mensagem marcada pela intransitividade pura, já que a função poética coexiste normalmente com outras funções da linguagem (por exemplo, o género épico especifica-se, segundo Jakobson, pela subdominância da função referencial). É indubitável, porém, que Jakobson, quer no plano teórico, quer no plano da sua prática de análise textual, tende a debilitar, senão a dissolver, aquela capacidade referencial, entendendo a autotelicidade do texto poético em termos de um dissídio, de uma dicotomia entre os «sinais» e os «objectos», privilegiando na urdidura textual a componente fonológico-gramatical e interpretando a *ambiguidade* (68) da mensagem poética como uma sistemática lenificação desrealizante da carga e da energia referenciais, ideológico-pragmáticas e históricas da mesma mensagem.(69)

---

filiation est indirecte: Mallarmé vit après Baudelaire qui admire Poe, lequel absorbe Coleridge — dont les écrits théoriques sont un abrégé de la doctrine des romantiques allemands, donc de Novalis... Mallarmé présente à ses lecteurs français (ou russes) une synthèse des idées romantiques sur la poésie — idées qui n'avaient pas trouvé d'écho dans ce qu'on appelle le romantisme en France. Et nous n'avons en effet aucun mal à reconnaître dans la définition jakobsonienne de la poésie l'idée romantique de l'intransitivité, exprimée par Novalis comme par ses amis, dans le «Monologue» comme dans d'autres fragments. C'est Novalis et non Jakobson qui a, en effet, défini la poésie comme une «expression pour l'expression»... Et la distance n'est pas grande entre la *Selbstsprache,* autolangue, de Novalis, et la *samovitaja rech',* discours autonome, de Khlebnikov, cet autre intermédiaire entre Novalis (ou Mallarmé) et Jakobson» (pp. 340-341). Sobre as relações do formalismo russo com a estética do simbolismo e do futurismo, cf. Krystyna Pomorska, *Formalismo e futurismo. A teoria formalista russa e seu ambiente poético,* São Paulo, Editora Perspectiva, 1972 [título original: *Russian formalist theory and its poetic ambiance,* The Hague, Mouton, 1968].

(68) — Sobre o conceito de *ambiguidade* do texto literário, veja-se adiante o capítulo 9.

(69) — Aceitando os pressupostos e as linhas fundamentais da teoria jakobsoniana da função poética, é inevitável a desvalorização sistemática da capacidade referencial e histórico-pragmática do texto literário. Leiam-se, como bem ilustrativas desta nossa asserção, as seguintes reflexões de Paul

Por último — e esta derradeira razão afigura-se-nos de relevância fundamental —, pensamos que Jakobson identifica e caracteriza erroneamente a *mensagem poética* ao considerá-la como produzida e como analisável em termos de *comunicação linguística*, ao conceber a *função poética* como uma *função da linguagem verbal* e, consequentemente, ao atribuir à *poética* o estatuto científico-disciplinar de subdomínio da *linguística*.[70] Pensamos, pelo contrário, que a mensagem literária não é produzida nem é analisável em termos de comunicação linguística, que não existe uma função poética da linguagem [71] e que a poética não é um subdomínio da linguística.

Zumthor: «'Literature' will [...] appear [...] as a class of expressions in which, even if all the other functions come into play, the unity and the specific quality of the expression reside in the particular strength which is given to the textual function, as a result of a concentration of the message, as form, upon itself. [...] The 'literary' text will therefore include an interiorization of the referent, whence (secondarily) a predominance of connotation over denotation, of emotion over designation» (cf. Paul Zumthor, «Birth of a language and birth of a literature», in *Mosaic*, VIII, 4 (1975), p. 203).

[70] — Cf. Roman Jakobson, *Essais de linguistique générale*, pp. 214 e 222.

[71] — Fundando-se em razões diversas das nossas, também Coseriu rejeita a existência de uma suposta função poética da linguagem (cf. Eugenio Coseriu, *El hombre y su lenguaje*, Madrid, Editorial Gredos, 1977, p. 203). Alguns autores tendem a identificar o conceito de *função poética* proposto por Jakobson com o conceito de *função textual* proposto por Halliday. Trata-se de uma abusiva confusão teórica. Halliday, cuja teoria das funções da linguagem nos parece ser a teoria mais rigorosa, mais coerente, de maior capacidade explicativa e mais económica até hoje proposta sobre aquele problema, distingue no sistema da linguagem três funções: a *função ideacional*, que se manifesta quando a linguagem exprime a experiência que o falante possui do mundo externo e do seu próprio mundo interno, devendo considerar-se nesta função uma componente *experiencial* e uma componente *lógica*; a *função interpessoal*, que ocorre quando a linguagem exprime relações entre os participantes numa situação linguística e quando exprime a intrusão do falante no próprio acto linguístico; e, por fim, a *função textual*. Sobre esta função, escreve Halliday: «Then I need to add a third function, namely the *textual* function, which you will not find in Malinowski or Bühler or anywhere else, because it is intrinsic to language: it is the function that language has of creating text, of relating itself to the context — to the situation and the preceding text. So we have the *observer* function, the *intruder* function, and the

2.5. Os conceitos de sistema semiótico literário e de código literário

A *obra literária,* como o próprio lexema "obra" denota, constitui o resultado de um fazer, de um produzir que, sendo embora também um processo de *expressão,* é necessária e primordialmente um processo de *significação* e de *comunicação* (⁷²). A obra literária resultante deste processo constitui um *texto* — e, por agora,(⁷³) definiremos *texto,* em sentido lato, como uma sequência de elementos materiais e discretos seleccionados dentre as possibilidades oferecidas por um determinado *sistema semiótico* e ordenados em função de um determinado conjunto de regras, que designaremos por *código.* O *texto literário,* como qualquer outro acto significativo e comunicativo, só é produzido e só funciona como *mensagem,* num específico circuito de comunicação, em virtude da prévia existência de um *código* de que têm comum conhecimento — não confundir com conhecimento idêntico — um emissor e um número indeterminado de receptores.(⁷⁴)

---

relevance function, to use another terminological framework that I sometimes find helpful as an explanation. To me the significance of a functional system of this kind is that you can use it to explain the nature of language, because you find that language is in fact structured along these three dimensions. So the system is as it were both extrinsic and intrinsic at the same time. It is designed to explain the internal nature of language in such a way as to relate it to its external environment» (cf. M. A. K. Halliday, *Language as social semiotic. The social interpretation of language and meaning,* London, Edward Arnold, 1978, p. 48. Nesta mesma obra, cf. pp. 46, 72, 112-113, 116-117, 128-133, 143-145, 187-189). De M. A. K. Halliday, vide também os seguintes estudos: *Explorations in the functions of language,* London, Edward Arnold, 1973; *System and function in language.* Selected papers edited by Gunther Kress. London, Oxford University Press, 1976; «Language structure and language function», in John Lyons (ed.), *New horizons in linguistics,* Harmondsworth, Penguin Books, 1970, pp. 140-165.

(⁷²) — Sobre esta problemática, veja-se adiante o § 3.2.
(⁷³) — Sobre o conceito de texto, veja-se o § 9.1.
(⁷⁴) — A necessidade da existência prévia de um *código* como condição *sine qua non* da realização de qualquer acto comunicativo constitui um princípio inquestionável da teoria da comunicação. Cf., *e. g.,* Colin Cherry, *On human communication,* Cambridge, Mass., The MIT Press, ²1966, p. 7 («There is no communication without a system of signs»); Bertil Malmberg, *Lingüística estructural y comunicación humana,* Madrid,

Como se infere das anteriores afirmações, pensamos que, em rigor, é necessário distinguir entre *sistema de significação* ou *sistema semiótico* e *código*. Um *sistema semiótico* é uma série finita de signos interdependentes entre os quais, através de regras, se podem estabelecer relações e operações combinatórias, de modo a produzir-se *semiose*.([75]) Definiremos *código* como o conjunto finito de regras que permite ordenar e combinar unidades discretas, no quadro de um determinado sistema semiótico, a fim de gerar processos de significação e de comunicação que se consubstanciam em *textos*.([76]) O código não

---

Editorial Gredos, 1971, p. 28 [título original: *Structural linguistics and human communication. An introduction into the mechanism of language and the methodology of linguistics*, Berlin — Göttingen — Heidelberg, Springer Verlag, 1967]; Umberto Eco, «Introduzione», in Rudolf Arnheim *et alii*, *Estetica e teoria dell'informazione*, Milano, Bompiani, 1972, pp. 16-17; Emilio Garroni, *Progetto di semiotica*, Bari, Laterza, 1972, pp. 15 ss.; Ferruccio Rossi-Landi, «Linguistics and economics», in Thomas A. Sebeok (ed.), *Current trends in linguistics*. Vol. 12. *Linguistics and adjacent arts and sciences*, The Hague — Paris, Mouton, 1974, p. 1793; Umberto Eco, *Trattato di semiotica generale*, Milano, Bompiani, 1975, pp. 19-20; L. Núñez Ladevéze, *Lenguaje y comunicación*, Madrid, Ed. Pirámide, 1977, p. 33; Emilio Alarcos, «Lingüística estructural y funcional», in Rafael Lapesa (ed.), *Comunicación y lenguaje*, Madrid, Editorial Karpos, 1977, p. 51; Dell Hymes, *Foundations in sociolinguistics. An ethnographic approach*, London, Tavistock Publications, 1977, pp. 13 e 59. M. A. K. Halliday, *Language as social semiotic. The social interpretation of language and meaning*, ed. cit., p. 137.

([75]) — Charles Morris propõe um conceito muito amplo de *semiose*: «The process in which something functions as a sign may be called *semiosis*» (cf. Charles Morris, *Writings on the general theory of signs*, The Hague — Paris, Mouton, 1971, p. 19). Umberto Eco, com mais rigor e minudência, define assim *semiose*: «La semiosi è il processo per cui gli individui empirici comunicano, e i processi di comunicazione sono resi possibili dai sistemi di significazione. I soggetti empirici, dal punto di vista semiotico, possono solo essere identificati come manifestazioni di questo doppio (sistematico e processuale) aspetto della semiosi» (cf. *Trattato di semiotica generale*, p. 377).

([76]) — Sobre os conceitos de *sistema semiótico* e *código*, veja-se: Umberto Eco, *Trattato di semiotica generale*, ed. cit., pp. 54 ss. e *passim*; Omar Calabrese e Egidio Mucci, *Guida a la semiotica*, Firenze, Sansoni, 1975, pp. 26-27; Gian Paolo Caprettini, *La semiologia*, Torino, Giappichelli, 1976, pp. 12-13; Cidmar Teodoro Pais, *Ensaios semiótico-linguísticos*, Petrópolis, Editora Vozes, 1977, em especial o capítulo I («Para um modelo cibernético dos sistemas de significação»); Dario Corno, *Il senso*

se identifica, portanto, com a totalidade do sistema, mas representa o instrumento operativo que possibilita o funcionamento do sistema, que fundamenta e regula a produção de textos e daí a sua relevância nuclear nos processos semióticos.

Em nosso entender, por conseguinte, o *sistema* e o *código*, como a *langue* saussuriana, são conceitos atinentes ao plano *paradigmático*, isto é, ao plano das relações instituídas *in absentia* entre as unidades semióticas, em termos de similitude, de alternativa ou de oposição, o qual possibilita a um operador(em sentido informático) a selecção e o ordenamento dessas mesmas unidades semióticas. Por sua vez, o conceito de *estrutura* é conceito atinente ao plano *sintagmático*, isto é, ao plano das relações *in praesentia* entre as unidades semióticas, combinadas por um operador num *texto*.([77]) O código, exactamente por-

---

letterario. Note e lessico di semiotica della letteratura, Torino, Giappichelli, 1977, pp. 150-153 e 263-264; Umberto Eco, «Il pensiero semiotico di Jakobson», in Roman Jakobson, *Lo sviluppo della semiotica e altri saggi*, Milano, Bompiani, 1978, pp. 19-20. Sobre o conceito de *código*, em geral, são muito valiosas as análises apresentadas por Christian Metz na sua obra *Langage et cinéma* (Paris, Larousse, 1971), *passim* (consulte-se o índice nocional do volume). Muito importantes são igualmente os estudos de vários autores, abarcando domínios diversos, coligidos no volume colectivo *Intorno al "codice"*, Firenze, La Nuova Italia, 1976 (particularmente valioso é o apêndice, que oferece uma bem elaborada e minudente selecção de textos de Roland Barthes, Basil Bernstein, Roman Jakobson, Claude Lévi-Strauss e Jurij M. Lotman sobre o conceito de código).

([77]) — Parece-nos pertinente e útil esta distinção conceitual e terminológica que, na esteira de Firth, propõe Halliday (e. g., cf. *Language as social semiotic. The social interpretation of language and meaning*, p. 41: «just as the system is the form of representation of paradigmatic relations, the structure is the form of representation of syntagmatic relations. The output of any path through the network of systems is a structure. In other words, the structure is the expression of a set of choices made in the system network»). *Vide* também: R. H. Robins, *General linguistics. An introductory survey*, London, Longman, 1964, p. 46; Maria Manoliu, *El estructuralismo lingüístico*, Madrid, Ediciones Cátedra, 1978, pp. 79 ss. [título original: *Structuralismul lingvistic*, Bucarest, Editura didactică si pedagogică, 1973]. Hjelmslev concebe também o *sistema* em termos de plano paradigmático (cf. *Essais linguistiques*, Paris, Les Éditions de Minuit, 1971, p. 136: «le système, qui est par définition paradigmatique [...]»), mas não concebe a *estrutura* em termos de *processo* ou de *texto*, concebendo-a, sim, como o modo de organização interna do sistema (cf. *op. cit.*, p. 122). Para outros autores, os conceitos de *sistema*, de *código* e de

que introduz num sistema constrições, regras, critérios de ordem, substituindo por determinada gama de probabilidades e por determinadas soluções imperativas a equiprobabilidade para que tenderiam os elementos constitutivos do mesmo sistema, configura-se como uma rede de opções, de alternativas, de possibilidades, na qual as permissões, as injunções e a eventualidade de práticas transgressivas se co-articulam de modo vário e em função de múltiplos factores endógenos ou exógenos ao sistema.

Por definição, um código é sempre transcendente, tanto no plano ontológico como no plano cronológico, em relação aos textos que ele possibilita produzir e receber — ou, para utilizarmos outra terminologia, que ele possibilita *codificar* e *decodificar* ([78]) — e caracteriza-se também sempre pela *recursividade* das suas regras, isto é, pela possibilidade de aplicação dessas mesmas regras num número indefinido de textos. Deste modo, afiguram-se como intrinsecamente contraditórias ou logomáquicas expressões como "código extradiscursivo" e "código intradiscursivo" ([79]) — entendendo-se "discursivo" como equivalente a "textual" — e não pode deixar de se classificar como um absurdo lógico a afirmação de que um texto gera o seu próprio e específico código, o qual funcionaria assim como código de uma única mensagem.([80])

---

estrutura — e sobretudo os de *sistema* e de *estrutura* — identificam-se ou confundem-se.

([78]) — Alguns autores hesitam entre os lexemas *decodificar* e *decodificação* e *descodificar* e *descodificação*. Em nosso parecer, as formas aconselháveis são as do primeiro par (*decodificar, decodificação*), porque o prefixo que deve ser utilizado é o prefixo latino *de-*, que significa privação, acção inversa, mudança de estado, e que ocorre em lexemas como *de- -compor, de-composição, de-cifrar, de-ciframento*.

([79]) — Designações propostas por Edward Lopes, *Discurso, texto e significação. Uma teoria do interpretante*, São Paulo, Editora Cultrix, 1978, pp. 72 ss.

([80]) — Cf. Samuel R. Levin, *Linguistic structures in poetry*, The Hague — Paris, Mouton, ^{4}1973, p. 41: «As a result of this fact, in reading a poem we find that the syntagms generate particular paradigms, and these paradigms in turn generate the syntagms — in this way leading us back to the poem. Put another way, the poem generates its own code, of which the poem is the only message».

Ora, em conformidade com a teoria de Jakobson sobre a função poética da linguagem, é forçoso concluir que o código que subjaz ao texto literário, que possibilita a sua produção e a sua recepção, é obviamente o código linguístico. Esta conclusão — e a teoria que a suporta — é facilmente confutável mediante a adução de enunciados observacionais verdadeiros que a contraditam.

Com efeito, não é difícil realizar uma experiência igual, ou análoga, à seguinte: procure-se um falante que possua um bom conhecimento do código da língua portuguesa, mas que não possua aquele saber que usualmente se designa por "cultura literária"; dê-se a ler a tal falante um texto como o soneto de Fernando Pessoa intitulado *Gomes Leal* («Sagra, sinistro, a alguns o astro baço»); tal falante/leitor poderá não experimentar qualquer dificuldade na "leitura linguística" do texto, isto é, poderá revelar um conhecimento seguro dos constituintes fonológicos, léxico-gramaticais e semânticos do texto, mas não logrará decerto alcançar uma "leitura literária" do texto literário em causa. Porquê? Porque esse hipotético falante/leitor não conhece outros códigos que, em interacção com o código da língua portuguesa, estruturam como texto literário o mencionado soneto de Fernando Pessoa: códigos métricos, códigos estilísticos, códigos retóricos, códigos estéticos, códigos ideológicos. Estes códigos foram utilizados pelo emissor/autor na *codificação* do referido texto, mas não puderam ser utilizados na sua *decodificação*, visto que o hipotético receptor/leitor os ignorava.

2.6. Heterogeneidade da semiose estética

Uma experiência como a anterior comprova a pertinência da teoria proposta por alguns semioticistas sobre a natureza *típica e explicitamente heterogénea* das mensagens artísticas. Como Emilio Garroni demonstra, não existe nenhuma linguagem específico-simples ou homogénea, nem existe, consequentemente, «una manifestazione semiotica quale che sia, artistica o no, verbale o no, che possa essere considerata — nella sua totalità concreta — pura o omogenea.»(⁸¹) Qualquer mensagem, mesmo altamente especializada ou formalizada, resulta sempre da interacção de modelos semióticos heterogéneos, podendo ser decomposta e analisada segundo vários níveis, cada um dos quais dependente de códigos diversos. A homogeneidade de uma determinada manifestação semiótica procede apenas de uma construção analítica formal aplicada ao estudo dessa manifestação ou do respectivo modelo semiótico. É assim, por exemplo, que o modelo semiótico linguístico se apresenta como homogéneo não pelo facto de a própria linguagem verbal ser homogénea, «ma — come fu chiarissimo a Saussure e soprattutto a Hjelmslev — dal fatto che noi lo studiamo per ipotesi sotto un profilo formale omogeneo».(⁸²)

Enquanto, porém, nas mensagens não-estéticas se dissimula, se debilita e se marginaliza essa heterogeneidade, privilegiando-se um modelo semiótico e colocando-se como que entre parênteses os outros modelos, nas mensagens estéticas a heterogeneidade semiótica realiza-se e afirma-se explicitamente, apresentando-se investidos de notória relevância os múltiplos códigos — embora não necessariamente todos eles — que regu-

---

(⁸¹) — Cf. Emilio Garroni, *Progetto di semiotica*, Bari, Laterza, 1972, p. 356. Esta obra de Garroni constitui o desenvolvimento de outro livro seu anteriormente publicado, *Semiotica ed estetica* (Bari, Laterza, 1968).

(⁸²) — Cf. Emilio Garroni, *Progetto di semiotica*, p. 356. Com efeito, Hjelmslev foi particularmente consciente desta problemática epistemológica e metodológica, como se verifica pelas seguintes afirmações dos *Prolegómenos a uma teoria da linguagem:* «In other words, in order to establish a simple model situation we have worked with the premiss that the given text displays structural homogeneity, that we are justified in encatalyzing one and only one semiotic system to the text. This premiss, however, does not hold good in practice. On the contrary, any text that is not of so small extension that it fails to yield a sufficient basis for deducing a system generalizable to other texts usually contains derivates that rest on different systems» (cf. Louis Hjelmslev, *Prolegomena to a theory of language*, Madison — London, The University of Wisconsin Press, 1969 (2.ª reimp.), p. 115). Citamos os textos dos *Prolegómenos a uma teoria da linguagem* — obra publicada originalmente, em 1943, em língua dinamarquesa — na sua tradução inglesa, realizada por Francis J. Whitfield, atendendo às dificuldades e subtilezas de vária ordem que apresentam os escritos de Hjelmslev e ao facto de esta tradução ser a única avalizada pelo próprio Hjelmslev.

lam e condicionam a constituição da mensagem. Toda a linguagem artística, por conseguinte, *é típica e explicitamente heterogénea*, já que resulta da combinação, da interacção sistémica de múltiplos códigos. A sua especificidade deve ser assim substancialmente definida a partir das inter-relações combinatórias de vários códigos, se bem que, como Christian Metz observou ([83]), exista outro nível de manifestação dessa especificidade, pois que alguns códigos são específicos de uma determinada linguagem ou de um determinado grupo de linguagens (o que de modo nenhum, aliás, contradita o princípio de que todas as linguagens artísticas são típica e explicitamente heterogéneas).

2.7. O sistema semiótico literário como uma semiótica conotativa

O primeiro contributo relevante para a construção de uma teoria dotada da capacidade de descrever e explicar o sistema semiótico da literatura encontra-se nos *Prolegómenos a uma teoria da linguagem* de Hjelmslev. No pensamento do grande linguista dinamarquês, os conceitos de *sistema*, de *processo* e da sua interacção possuem um carácter universal e por isso, ao analisar a linguagem "natural", Hjelmslev foi conduzido a incluir no âmbito da sua teoria linguística aspectos fundamentais da ciência literária, da filosofia das ciências e da lógica formal,([84]) afigurando-se-lhe frutuoso e necessário um enfocamento interdisciplinar que possibilite que ciências como a

---

([83]) — A teoria de Garroni sobre a heterogeneidade típica e explícita das linguagens artísticas, tal como exposta no volume *Semiotica ed estetica*, foi analisada por Christian Metz, «Spécificité des codes et spécificité des langages», in *Semiotica*, I, 4 (1969), pp. 370-396. Christian Metz aceita, no essencial, as conclusões de Garroni, embora acrescentando-lhes — e, segundo pensamos, assim as tornando mais subtis e rigorosas — o reconhecimento de que alguns códigos são específicos de uma determinada linguagem ou de um determinado grupo de linguagens. Na sua já mencionada obra *Langage et cinéma*, Metz retoma a análise desta problemática (cf. capítulo X), reiterando e desenvolvendo ideias já defendidas no estudo atrás citado.
([84]) — Cf. Louis Hjelmslev, *Prolegomena to a theory of language*, p. 102.

história, a ciência literária, a logística, a matemática, etc., possam contribuir «in its own way to the general science of semiotics by investigating to what extent and in what manner its objects may be submitted to an analysis that is in agreement with the requirements of linguistic theory.»([85])

Sob o ponto de vista do seu potencial aproveitamento e desenvolvimento no domínio da estética, em geral, e da teoria da literatura, em particular, assume a maior importância a distinção estabelecida por Hjelmslev, no parágrafo 22 dos *Prolegómenos a uma teoria da linguagem*, entre *semióticas denotativas*, *semióticas conotativas* e *metassemióticas*.([86]) Por *semiótica*, entende Hjelmslev uma «hierarchy, any of whose components admits of a further analysis into classes defined by mutual relation, so that any of these classes admits of an analysis into

---

([85]) — *Id., ibid.*, pp. 108-109.

([86]) — Sobre esta distinção estabelecida por Hjelmslev e o seu aproveitamento na análise dos sistemas semióticos estéticos, *vide*: Svend Johansen, «La notion de signe dans la glossématique et dans l'esthétique», in *Recherches structurales. Travaux du Cercle Linguistique de Copenhague*, V (1949), pp. 288-303; Roland Barthes, «Éléments de sémiologie», in *Communications*, 4 (1964), pp. 130-131; Jean Domerc, «La glossématique et l'esthétique», in *Langue Française*, 3 (1969), pp. 102-103; A. J. Greimas, *Du sens*, Paris, Éditions du Seuil, 1970, pp. 93 ss.; Georges Mounin, *Introduction à la sémiologie*, Paris, Les Éditions de Minuit, 1970, pp. 100-102; Marie-Noëlle Gary-Prieur, «La notion de connotation(s)», in *Littérature*, 4 (1971), pp. 104-106; Michel Arrivé, *Les langages de Jarry. Essai de sémiotique littéraire*, Paris, Klincksieck, 1972, pp. 19 ss.; Angelo Marchese, *Metodi e prove strutturali*, Milano, Principato, 1974, pp. 28-30; Umberto Eco, *Trattato di semiotica generale*, pp. 82-85; Luis J. Prieto, *Pertinence et pratique. Essai de sémiologie*, Paris, Les Éditions de Minuit, 1975, pp. 66-69; Jürgen Trabant, *Semiología de la obra literaria. Glosemática y teoría de la literatura*, Madrid, Editorial Gredos, 1975, pp. 21 ss. e *passim* [título original: *Zur Semiologie des literarischen Kunstwerks. Glossematik und Literaturtheorie*, München, Fink, 1970]; J. A. Martínez, *Propiedades del lenguaje poético*, Oviedo, Universidad de Oviedo, 1975, pp. 164 ss.; Jean-Michel Adam, *Linguistique et discours littéraire*, Paris, Larousse, 1976, pp. 17-20 e 85-88; William O. Hendricks, *Grammars of style and styles of grammar*, Amsterdam—New York—Oxford, North-Holland, 1976, pp. 5-7; John M. Lipski, «On the meta-structure of literary discourse», in *Journal of literary semantics*, V/2 (1976), pp. 54-56; Costanzo Di Girolamo, *Critica della letterarietà*, Milano, Il Saggiatore, 1978, pp. 11-23.

derivates defined by mutual mutation,»(^{87}) ou, numa reformulação mais simples que não atraiçoa esta definição, um objecto em que é possível distinguir dois "planos" — o da *expressão* e o do *conteúdo* —, por sua vez constituídos por quatro "estratos" — a *substância da expressão*, a *forma da expressão*, a *forma do conteúdo* e a *substância do conteúdo*.(^{88}) Existem semióticas, como as línguas naturais, por exemplo, cujos planos não constituem, em si mesmos, uma semiótica. São *semióticas denotativas*. Outras semióticas existem, todavia, em que o plano da expressão é já uma semiótica. São *semióticas conotativas*. Existem ainda outras semióticas cujo plano de conteúdo constitui em si mesmo uma semiótica. São as *metassemióticas*.

Por conseguinte, uma semiótica conotativa é uma semiótica cujo plano da expressão é constituído pelos planos do conteúdo e da expressão de uma semiótica denotativa.(^{89}) A relação existente entre uma semiótica denotativa e uma semiótica conotativa pode ser representada por um esquema como o seguinte:

PLANO CONOTATIVO DA EXPRESSÃO ~ PLANO CONOTATIVO DO CONTEÚDO
―――
PLANO DENOTATIVO DA EXPRESSÃO ~ PLANO DENOTATIVO DO CONTEÚDO (^{90})

Ou utilizando um diagrama mais simples, mas menos rigoroso:

EXPRESSÃO		CONTEÚDO
EXPRESSÃO	CONTEÚDO	

(^{87}) — Cf. *Prolegomena to a theory of language*, p. 106. Sobre alguns conceitos glossemáticos presentes nesta definição, tais como *hierarquia*, *análise*, *classe*, *derivados*, *mutação*, veja-se, nesta mesma obra de Hjelmslev, o «Alphabetic register of defined terms» (p. 129) e as definições desses termos que a seguir são propostas (pp. 131 ss.).

(^{88}) — Cf. Louis Hjelmslev, *Essais linguistiques*, Paris, Les Éditions de Minuit, 1971, p. 47.

(^{89}) — Cf. *Prolegomena to a theory of language*, p. 119.

(^{90}) — Como Hjelmslev esclarece (cf. *Prolegomena to a theory of language*, p. 41, nota 9), o símbolo glossemático ~ representa a função de *solidariedade*, entendendo-se por solidariedade a «interdependência entre termos num processo».

Se o signo glossemático é uma *entidade bifacial*, uma cabeça de Jano com uma perspectiva para o "exterior", para a substância da expressão, e para o "interior", para a substância do conteúdo, e uma *unidade* constituída pela forma do conteúdo e pela forma da expressão e fundada na solidariedade que Hjelmslev designa por função sígnica([91]), pode ser representado por um esquema como o seguinte: $Es \rightarrow Ef \sim Cf \leftarrow Cs$.([92]) Numa semiótica conotativa, este signo denotativo torna-se uma das faces de outra entidade bifacial, funcionando como o plano da expressão do *signo conotativo*, de acordo com o seguinte esquema:

$$\frac{Ecs \rightarrow Ecf \qquad \sim Ccf \leftarrow Ccs}{Eds \rightarrow Edf \sim Cdf \leftarrow Cds}$$

Se entre a semiótica denotativa e a semiótica conotativa e entre o signo denotativo e o signo conotativo existe, como os esquemas anteriores patenteiam, uma relação de *solidariedade*, não existe, porém, uma relação de *isomorfismo* (a própria relação entre os planos da expressão e do conteúdo numa semiótica denotativa é *anisomórfica*, como Hjelmslev reconhece).([93]) Daqui

---

([91]) — Cf. *Prolegomena to a theory of language*, p. 58.

([92]) — Os símbolos que figuram neste esquema representam o seguinte: E = expressão; C = conteúdo; s = substância; f = forma; $\rightarrow$ = determinação; $\sim$ = solidariedade. No esquema seguinte, introduziram-se mais dois símbolos: d = denotativa; c = conotativa.

([93]) — No seu estudo «A análise estrutural da linguagem», publicado em 1948 — posterior, portanto, aos *Prolegómenos* —, Hjelmslev considera como um dos cinco caracteres básicos da estrutura fundamental de qualquer língua a inexistência de «correspondência termo a termo entre o conteúdo e a expressão» (cf. Louis Hjelmslev, *Essais linguistiques*, p. 43). Em rigor, o *isomorfismo* é uma relação reflexiva, simétrica e transitiva — e, portanto, uma relação de equivalência — entre relações (cf. Manuel Sacristán, *Introducción à la lógica y al análisis formal*, Barcelona, Ediciones Ariel, 1973, p. 258: «El campo de una relación de isomorfía está constituido por relaciones: no los individuos, sino las relaciones pueden ser o no ser isomorfas. Por tanto, una clase de equivalencia respecto de una relación de isomorfía es una clase de relaciones. Entre dos cualesquiera de esas relaciones (de una clase de equivalencia respecto de la isomorfía) media la relación de isomorfía. Dentro de una clase de equivalencia, todas las relaciones son isomorfas unas de otras»).

resulta que não são forçosamente coincidentes as unidades morfemáticas e sintagmáticas constituintes da semiótica denotativa e as unidades discerníveis na semiótica conotativa, podendo verificar-se, como propõe Michel Arrivé,(94) as três possibilidades seguintes: *a)* menor dimensão das unidades da semiótica conotativa relativamente às unidades da semiótica denotativa; *b)* igual dimensão das unidades nas duas semióticas; *c)* maior dimensão das unidades da semiótica conotativa em relação às unidades da semiótica denotativa.

Svend Johansen foi o pioneiro na tentativa de aplicar o conceito glossemático de signo ao domínio da estética e o fulcro da sua teoria consiste no estabelecimento da equivalência do *signo conotativo* com o *signo estético*.(95) Posteriormente, sobretudo após a publicação dos *Éléments de sémiologie* (1964) de Roland Barthes, diversos autores, invocando Hjelmslev, começaram a definir e a caracterizar a "linguagem literária" como uma *semiótica conotativa,* visto que o seu plano de expressão é constituído por uma *semiótica denotativa* (uma língua natural).(96)

---

(94) — Cf. Michel Arrivé, *op. cit.,* pp. 22-23.

(95) — A equivalência é estabelecida em termos cautelosos: «Nous entrevoyons donc la possibilité d'identifier le signe esthétique et le signe connotatif» (cf. Svend Johansen, *op. cit.,* p. 291).

(96) — Alguns exemplos: «Nous sommes alors en présence de deux systèmes sémiotiques imbriqués l'un dans l'autre d'une façon régulière; Hjelmslev a donné au second système ainsi constitué le nom de *sémiotique connotative* [...]. Or, comme langage, la littérature est de toute évidence une sémiotique connotative; dans un texte littéraire, un premier système de signification, qui est la langue (par exemple le français) sert de simple signifiant à un second message dont le signifié est différent des signifiés de la langue» (cf. Roland Barthes, «L'analyse rhétorique», in AA.VV., *Littérature et société. Problèmes de méthodologie en sociologie de la littérature,* Bruxelles, Éditions de l'Institut de Sociologie de l'Université Libre de Bruxelles, 1967, p. 32; «La littérature répond à la définition d'un L. C. [langage de connotation], puisque c'est un système dont la langue (L. D.) [= langage de dénotation] forme le plan de l'expression» (cf. Marie-Noëlle Gary-Prieur, «La notion de connotation(s)», in *Littérature,* 4 (1971), p. 105); «Secondo Hjelmslev le semiotiche connotative sarebbero quelle in cui il piano dell'espressione è costituito dal piano del contenuto e da quello dell'espressione di una semiotica denotativa. In questo senso è connotativa la semiotica del linguaggio letterario

Pensamos que a distinção de Hjelmslev entre *semióticas denotativas* e *semióticas conotativas* encerra potencialidades teóricas muito ricas, mas que não oferece, tal como formulada nos *Prolegómenos a uma teoria da linguagem,* um modelo satisfatório para a conceituação e a análise do sistema semiótico e do texto literários. Hjelmslev entreabre uma hipótese fecundíssima, mas não a desenvolve numa teoria rigorosa e coerentemente articulada.(⁹⁷) Com efeito, o conceito hjelmsleviano de *conotadores* apresenta-se fluido, tanto intensional como extensionalmente, abrangendo fenómenos extremamente heterogéneos — desde o que designa por «formas estilísticas» (verso e prosa), «diversos estilos» (estilo criador e estilo imitativo, etc.), «diversos movimentos» (cólera, alegria), até às línguas nacionais, às «diversas linguagens regionais» e às «diversas fisionomias (no concernente à expressão, diferentes "vozes" ou "órgãos")».(⁹⁸) Estes *conotadores,* como Hjelmslev explicitamente declara, estão também presentes nos textos das chamadas semióticas denotativas — só por recurso à *idealização* epistemológica se pode postular a homogeneidade estrutural de qualquer texto — e não podem, por conseguinte, ser considerados como específicos da "linguagem literária", devendo antes o seu estudo ser adscrito à retórica, à estilística da língua, tal como a concebe Charles Bally, à sociolinguística, interessadas em analisar os *registos* da língua com implicações *diafásicas* e *diastráticas,* ou à dialectologia, orientada para o estudo das variações *diatópicas* dos sistemas linguísticos. Em rigor, Hjelmslev concebe os *conotadores* como derivados (na acepção glossemática do termo) que, dependendo de diversos sistemas, ocorrem avulsa-

---

nei riguardi della semiotica, denotativa, della lingua comune» (cf. Cesare Segre, *I segni e la critica. Fra strutturalismo e semiologia,* Torino, Einaudi, 1969, p. 62, nota 3).

(⁹⁷) — O próprio Hjelmslev tem consciência da provisoriedade e da precariedade operatória das definições que propõe: «Since expression plane and content plane are defined only in opposition and in relation to each other, it follows that the definitions we have given here of connotative semiotics and metasemiotics are only provisional "real" definitions, to which we cannot ascribe even operative value» (cf. *Prolegomena to a theory of language,* p. 114).

(⁹⁸) — Cf. *Prolegomena to a theory of language,* p. 115.

mente num texto, que contraem uma *função semiótica* com certas classes de signos que funcionam como *expressão* do *conteúdo* dos mesmos conotadores, mas não os concebe nunca como um *sistema semiótico*. E por esta razão, ao definir o conceito de *semiótica conotativa*, Hjelmslev introduz na definição uma restrição muito importante, a qual tem passado quase despercebida aos exegetas e divulgadores do seu pensamento: «Thus a connotative semiotic is a semiotic *that is not a language, and one whose expression plane is provided by the content plane and expression plane of a denotative semiotic*».(⁹⁹) Ora, de acordo com a conceptologia e a terminologia hjelmslevianas, *language* corresponde a «paradigmatic whose paradigms are manifested by all purports» e *paradigmatic* equivale a *semiotic system*.(¹⁰⁰) Quer dizer, a *semiótica conotativa*, não sendo uma *linguagem*, não constitui um *sistema semiótico*.

Pelo exposto, se depreende que definir e caracterizar a linguagem literária ou a literatura como uma *semiótica conotativa*, invocando o magistério de Hjelmslev, representa pelo menos uma abusiva extrapolação. E outros mal-entendidos

---

(⁹⁹) — Cf. *Prolegomena to a theory of language*, p. 119. O itálico da citação é da nossa responsabilidade.

(¹⁰⁰) — *Ibid.*, definições 89 e 67. Confrontando-se com este problema, Greimas defende opinião contrária da nossa: «On est obligé d'avancer, pour commencer, une lapalissade et d'insister sur le fait que les langages de connotation sont, pour Hjelmslev, des systèmes linguistiques [...]. Cette constatation peut se passer de toute argumentation: elle relève d'un principe général suffisament explicite, selon lequel l'objet de la sémiotique est *l'étude des systèmes sémiotiques et non des signes*» (Cf. A. J. Greimas, *Du Sens. Essais sémiotiques*, Paris, Éditions du Seuil, 1970, p. 94). Esta solução do problema, que pretende ser ortodoxamente hjelmsleviana, atraiçoa na verdade o pensamento de Hjelmslev em matérias fundamentais. Segundo Hjelmslev, as *semióticas conotativas* — que Greimas, utilizando a defeituosa versão francesa dos *Prolegómenos* editada em 1968 (Paris, Les Éditions de Minuit), designa por *langages de connotation* — são «objectos semióticos» da *semiologia*, isto é, cabe à *semiologia* analisar as *semióticas conotativas*. Ora, qualquer *semiótica* é uma *hierarquia* de que qualquer dos componentes pode ser ainda analisado em classes definidas por *relação mútua*, entendendo-se por *relação* a função *et... et*. Um *sistema*, pelo contrário, é uma *hierarquia correlacional*, definindo-se a *correlação* como uma função *vel ... vel*. Por outras palavras, o *sistema semiótico* é de natureza *paradigmática*, ao passo que a *semiótica* é de natureza *sintagmática*.

e graves erros teóricos se podem apontar a alguns dos teorizadores e críticos literários que se reclamam daquele magistério.

Não é exacto, por exemplo, afirmar que os *conotadores* são constituídos «par des *signes* (signifiants et signifiés réunis) du système dénoté».([101]) Hjelmslev afirma explícita e reiteradamente que os *conotadores* constituem o plano do conteúdo da semiótica conotativa, são *derivados* que dependem de vários sistemas e que contraem uma relação de *solidariedade* com os funtivos da semiótica conotativa (e por isso os *conotadores* se encontram, sob certas condições, em ambos os planos da semiótica).([102])

É erróneo, por exemplo, na análise do sistema semiótico literário, considerar a semiótica denotativa como o «simples significante» ou apenas como o *significante,* na acepção saussuriana do termo, do plano do conteúdo da semiótica conotativa, pois que a língua (o francês, por exemplo) não funciona tão-só como a sequência fónica e/ou gráfica que fornece suporte físico e uma forma ao plano do conteúdo da semiótica conotativa. A semiótica denotativa, enquanto plano de expressão da semiótica conotativa, além de funcionar como significante, funciona também necessariamente como mecanismo portador e gerador de significados — um mecanismo existente num determinado universo histórico e social —, entrando em interacção com o plano do conteúdo da semiótica conotativa. Quer dizer, o chamado "conteúdo literário" não pode ser identificado apenas com o plano do conteúdo da semiótica conotativa.

Por outro lado, é também inexacto identificar a chamada "forma literária" com a semiótica denotativa, ignorando as específicas conformações que impõe à semiótica denotativa a semiótica conotativa e desconhecendo, de modo particular, a

---

([101]) — Cf. Roland Barthes, «Éléments de sémiologie», in *Communications,* 4(1964), p. 131. Marie-Noëlle Gary-Prieur, talvez sob a influência de Barthes, afirma igualmente: «Les unités du plan de l'expression du L. C. (les *connotateurs*) sont constitués par des *signes* du L. D. [...]» («La notion de connotation(s)», in *Littérature,* 4 (1971), p. 105).

([102]) — Cf. *Prolegomena to a theory of language,* p. 118. E na página 119, lê-se: «Thus it seems appropriate to view the connotators as content for which the denotative semiotics are expression.»

função das macroestruturas formais e a sua projecção nas frases constitutivas de um texto.([103])

Enfim, colocando-nos numa perspectiva mais ampla, diremos ainda que o modelo hjelmsleviano da semiótica conotativa se revela insatisfatório em relação à literatura porque, em virtude do seu "platonismo", Hjelmslev é conduzido a conceber como invariante e como apenas verdadeiramente pertinente a *forma da expressão*, considerando como variável — e portanto como indiferente ou não pertinente — a *substância da expressão*. Este "platonismo" da glossemática, insustentável no domínio da linguística,([104]) impossibilita uma rigorosa conceituação e uma correcta análise do sistema semiótico e do texto literários, pois que a substância da expressão linguística, quer sob o ponto de vista fónico, quer sob o ponto de vista gráfico-visual, desempenha uma função relevante na constituição e na dinâmica da própria *forma* (na acepção hjelmsleviana do termo) e dos próprios *códigos* intervenientes na produção do texto literário. O conceito de *forma pura*, irrelata e isenta de quaisquer determinações materiais — conceito expresso no famoso símile da rede estendida que projecta a sua sombra sobre uma superfície ininterrupta ([105]) —, representa um dos princípios ortodoxamente glossemáticos que têm de ser rejeitados numa semiótica da literatura e, mais latamente, numa semiótica da arte.([106])

([103]) — William O. Hendricks, na sua obra *Grammars of style and styles of grammar*, já citada na anterior nota (86), designa por *semiolinguística* o estudo desta função das macroestruturas formais e da sua projecção nas frases constitutivas de um texto (cf. p. 6).

([104]) — Veja-se a percuciente análise da glossemática de Hjelmslev realizada por Eugenio Coseriu, «Forma y sustancia en los sonidos del lenguage», *Teoría del lenguaje y lingüística general*, Madrid, Editorial Gredos, 1962, pp. 174 ss. Segundo Coseriu, a teoria hjelmsleviana situa-se no plano platónico do Ser, porque separa o mórfico do hilético, considerando a "língua" como um *eidos* do qual a «língua linguística é só uma das manifestações possíveis». Como observa Coseriu, as raízes desta teoria, sob o ponto de vista da história da linguística, procederão não propriamente de Platão, mas sim de Schleicher e da sua concepção da língua como um «organismo natural» transcendente em relação aos falantes.

([105]) — Cf. *Prolegomena to a theory of language*, p. 57.

([106]) — Foi esta a orientação geral seguida por Jürgen Trabant na sua já mencionada obra *Semiología de la obra literaria*. Na esteira de Coseriu — o qual, no estudo citado em nota anterior, sublinha a relevante

2.8. O sistema semiótico literário como sistema modelizante secundário

A mais profunda e esclarecedora análise da problemática da literatura enquanto sistema semiótico ficou a dever-se, desde os inícios da década de sessenta, à chamada «escola soviética de semiótica» e, em particular, aos estudos do investigador e professor da Universidade de Tartu, Jurij M. Lotman.([107]) Redes-

---

função da substância da expressão na linguagem verbal (cf. *op. cit.*, pp. 205--207) —, Trabant rejeita a hipótese de que entre a substância e a forma exista uma relação de *selecção* e demonstra que entre ambos os planos existe uma relação de *interdependência*. Também Christian Metz, divergindo de Hjelmslev e de Garroni, recusa uma separação absoluta entre a substância e a forma — Metz, por motivos que explica, refere-se a *matéria* —, admitindo que a forma «está ligada a certos traços da matéria da expressão, ou que, pelo menos, o está no caso de certos códigos, os quais, por isso mesmo (num ou noutro grau, a este ou àquele título), podem ser considerados como específicos» (cf. Christián Metz, *Langage et cinéma*, p. 181).

([107]) — Sobre a escola soviética de semiótica, sobre a sua história e as suas teorias, *vide:* Umberto Eco, «Lezione e contraddizioni della semiotica sovietica», prefácio ao volume colectivo organizado por Eco e por Remo Faccani, *I sistemi di segni e lo strutturalismo sovietico*, Milano, Bompiani, 1969; D. M. Segal e E. M. Meletinsky, «Structuralism and semiotics in the USSR», in *Diogenes,* 73 (1971), pp. 88-125; D. M. Segal, «Le ricerche sovietiche nel campo della semiotica negli ultimi anni», in Jurij M. Lotman e Boris A. Uspenskij (eds.), *Ricerche semiotiche. Nuove tendenze delle scienze umane nell'URSS*, Torino, Einaudi, 1973, pp. 452-470; Dmitri Segal, *Aspects of structuralism in soviet philology*, Tel-Aviv University, Department of Poetics and Comparative Literature, 1974; Donatella Ferrari-Bravo, «Sistemi secondari di modellizzazione», in Jurij M. Lotman e Boris A. Uspenskij, *Semiotica e cultura*, Milano — Napoli, Ricciardi Editore, 1975, pp. XI-LXXIX; Ann Shukman, «The canonization of the real: Jurij Lotman's theory of literature and analysis of poetry», in *PTL,* 1, 2 (1976), pp. 317-338; D.W. Fokkema, «Continuity and change in russian formalism, czech structuralism, and soviet semiotics», in *PTL,* 1, 1 (1976), pp. 153-196; Walter Rewar, «Tartu semiotics», in *Bulletin of literary semiotics,* 3 (1976), pp. 1-16; I. P. Winner e T. G. Winner, «The semiotics of cultural texts», in *Semiotica,* 18, 2 (1976), pp. 101-156; Cesare Segre, *Semiotica, storia e cultura*, Padova, Liviana Editrice, 1977, pp. 7-24; Ann Shukman, *Literature and semiotics. A study of the writings of Yu. M. Lotman*, Amsterdam — New York — Oxford, North-Holland, 1977; D. W. Fokkema e Elrud Kunne-Ibsch, *Theories of literature in the twentieth cen-*

cobrindo e muitas vezes reformulando os contributos teóricos do formalismo russo, assimilando e aprofundando ensinamentos e sugestões de autores como Peirce, Saussure e Charles Morris, desenvolvendo, embora nem sempre de modo coerente, algumas das mais fecundas hipóteses e teorias de Hjelmslev,[108] utilizando instrumentos conceptuais e metodológicos da teoria da informação, da cibernética e da lógica contemporânea, os grupos de investigadores do Instituto de Estudos Eslavos da Academia das Ciências de Moscovo e da Universidade de Tartu têm estado a elaborar — e exprimimo-nos assim, porque se trata de uma investigação científica *in progress* — uma das mais fecundas e fascinantes teorias das ciências humanas contemporâneas.

No Simpósio sobre os sistemas semióticos organizado, em 1962, pela Academia das Ciências de Moscovo, é proposto e difundido um conceito fulcral no desenvolvimento da semiótica soviética: o conceito de *sistema modelizante do mundo*. Na sua «Introdução» às teses apresentadas neste Simpósio,[109] V. V. Ivanov estabelece como objecto de estudo da semiótica os *modelos* do mundo que o homem constrói , entendendo-se

---

tury. *Structuralism, marxism, aesthetics of reception, semiotics*, London, C. Hurst & Company, 1977, pp. 38-49; Ann Shukman, «Soviet semiotics and literary criticism», in *New literary history*, IX, 2 (1978), pp. 189-197 (este número da revista *New literary history* é consagrado à semiótica soviética). O vol. 3, n.º 3 (1978) da revista *PTL* é totalmente consagrado também à semiótica soviética.

(108) — A tradução russa dos *Prolegómenos a uma teoria da linguagem*, realizada por Y. K. Lekomtsev a partir da versão em língua inglesa da autoria de Whitfield, foi publicada em 1960. Sobre a importância de Hjelmslev, escreveu Lekomtsev num estudo publicado em 1973: «A contribuição de Hjelmslev para a semiótica geral exigiria um estudo especial» (cf. Y.K. Lekomtsev, «Quelques fondements de la sémiotique générale», in Y. M. Lotman e B. A. Ouspenski (eds.), *Travaux sur les systèmes de signes. École de Tartu*, Bruxelles, Éditions Complexe, 1976, p. 238). Sobre a influência de Hjelmslev na semiótica soviética, cf. Ann Shukman, *Literature and semiotics*, pp. 9, 11-12, 69 e 73.

(109) — Esta «Introdução» foi publicada anónima e assim figura, por exemplo, no volume *I sistemi di segni e lo strutturalismo sovietico* (pp. 35-40). Sabe-se, porém, que é da autoria de V. V. Ivanov (cf. Ann Shukman, *op. cit.*, p. 13) e com tal atribuição está publicada a sua versão em língua inglesa, sob o título «The science of semiotics», na revista *New literary history*, IX, 2 (1978), pp. 199-204.

por *modelo* a representação (¹¹⁰) — constituída por um número finito de elementos e de relações entre estes elementos — dos objectos modelizados. A modelização do mundo realiza-se, em qualquer sociedade humana, através de um determinado número de sistemas semióticos coexistentes e complementares. «Por *sistema modelizante*», escreve Lotman, «entendemos o conjunto estruturado dos elementos e das regras; tal sistema encontra-se em relação de analogia com o conjunto dos objectos no plano do conhecimento, da tomada de consciência e da actividade normativa. Por isso, um sistema modelizante pode ser considerado como uma *língua*.»(¹¹¹) Quer dizer, os sistemas modelizantes — e sublinhe-se que Lotman define o sistema modelizante em conformidade com a concepção saussuriana de *langue* — permitem ao homem a organização estrutural, com funções gnoseológicas, comunicativas e pragmáticas, do mundo circundante — os *realia* estruturados em signos e como signos —, podendo o modelo do mundo assim construído ser considerado, numa perspectiva cibernética, como «o programa de comportamento do indivíduo ou da colectividade»(¹¹²) (este programa actua, não raro, inconscientemente).

A organização estrutural do mundo constitui a tarefa fundamental da *cultura*. Lotman define a cultura como a memória não hereditária de uma comunidade, como o conjunto da

---

(¹¹⁰) — O vocábulo russo *obraz*, que Ivanov utiliza para definir *modelo*, tem sido traduzido de modo diverso nas línguas ocidentais. O tradutor italiano optou por *immagine*, o autor da versão inglesa publicada em *New literary history* adoptou a expressão *form reflecting*, Ann Shukman propõe *representation*. Lotman estabelece a seguinte definição do conceito de *modelo*: «por modelo de um objecto entende-se tudo quanto reproduz o próprio objecto, tendo em vista o processo cognoscitivo» (cf. Jurij M. Lotman, «Tesi sull'arte come sistema secondario di modellizzazione», in Jurij M. Lotman e Boris A. Uspenskij, *Semiotica e cultura*, p. 3).

(¹¹¹) — Cf. Jurij M. Lotman, «Tesi sull'arte come sistema secondario di modellizzazione», in *op. cit.*, p. 4.

(¹¹²) — Cf. V. V. Ivanov, «Ruolo della semiotica nell'indagine cibernetica dell'uomo e della collettività», in *I sistemi di segni e lo strutturalismo sovietico*, p. 52. Cf. também Jurij M. Lotman e Boris A. Uspenskij, «Sul meccanismo semiotico della cultura», in Ju. M. Lotman e B. A. Uspenskij, *Tipologia della cultura*, Milano, Bompiani, 1975, p. 44.

informação não genética e dos meios necessários para a sua organização, a sua preservação e a sua transmissão: a cultura não é apenas um acervo de informação, mas é também um complexo mecanismo de elaboração e comunicação — ou, por outras palavras, um complexo mecanismo de *codificação, decodificação e transcodificação* ([113]) — desse depósito informativo. A cultura é um *gerador de estruturalidade* que, por meio de determinados sistemas de prescrições e regras, cria uma *sociosfera*, isto é, um conjunto de fenómenos e de valores que, tal como a biosfera proporciona condições para a aparição e o desenvolvimento da vida orgânica, torna possível a vida de relação do homem, conferindo-lhe sentido em todos os planos.([114]) A cultura apresenta-se assim como um sistema semiótico ou, mais correctamente, como um *feixe de sistemas semióticos* conformados historicamente,([115]) organizados segundo uma complexa hierarquia de níveis, dotados de variável capacidade modelizante e de cuja dinâmica resulta um conjunto de *mensagens*. De acordo com uma terminologia diversa, mas equivalente da anterior, pode-se «considerar a cultura como uma

---

([113]) — Aceitando o princípio formulado por Shannon e defendido, entre outros, por Uspenskij, segundo o qual «o significado resulta determinado como invariante nas operações de tradução» (cf. B. A. Uspenskij, «Sulla semiotica dell'arte», in *I sistemi di segni e lo strutturalismo sovietico*, p. 86), Lotman utiliza o conceito de *transcodificação* com o significado de operação que possibilita formar o significado quer através da expressão de um elemento textual mediante outros elementos pertencentes ao mesmo sistema (*transcodificação interna*), quer através do estabelecimento de equivalências entre elementos de sistemas diferentes (*transcodificação externa*) (cf. Jurij M. Lotman, *La struttura del testo poetico*, Milano, Mursia, 1972, pp. 46-50). Sobre a teoria da *transcodificação* em Lotman e algumas das suas incongruências e indeterminações conceituais e práticas, cf. Ann Shukman, *Literature and semiotics*, pp. 72-82. O conceito de *transcodificação interna* corresponde ao conceito de *tradução intralinguística* proposto por Jakobson e o conceito de *transcodificação externa* aos conceitos de *tradução interlinguística* e de *tradução intersemiótica* formulados também por Jakobson (cf. Roman Jakobson, «On linguistic aspects of translation», *Selected writings*, vol. II, p. 261).
([114]) — Cf. Jurij M. Lotman e Boris A. Uspenskij, «Sul meccanismo semiotico della cultura», in Ju. M. Lotman e B. A. Uspenskij, *Tipologia della cultura*, p. 42.
([115]) — Cf. Jurij M. Lotman, «Introduzione», in *iid., ibid.*, p. 31.

língua e como um conjunto de textos redigidos nessa língua»,([116]) entendendo-se por *língua* «qualquer sistema de comunicação que utiliza sinais ordenados de um modo particular» e por *texto* «qualquer comunicação registada num determinado sistema de signos.»([117])

Após o primeiro Curso de Verão da Universidade de Tartu sobre os sistemas modelizantes "extralinguísticos", realizado em 1964,([118]) passou a desempenhar uma função central nas teorias da semiótica soviética um novo conceito — o conceito de *sistemas modelizantes secundários* —, que desenvolvia e aprofundava o conceito de *sistema modelizante do mundo* proposto no Simpósio da Academia das Ciências de Moscovo, em 1962. Sob a influência da chamada "hipótese de Sapir—Whorf", segundo a qual a representação do mundo e a cultura de uma comunidade são organizadas em conformidade com a língua dessa comunidade ([119]) — em termos humboldtianos, dir-se-á que a língua não é uma *Weltbild*, mas uma *Weltansicht*, isto é, não uma imagem do mundo, mas sim uma visão do mundo —, e decerto sob a influência poderosa de Hjelmslev, para quem a linguagem verbal usufrui de capacidade omnipotente e omniformativa em relação a todos os outros sistemas semióticos,([120]) os semioticistas soviéticos reconhecem ao

---

([116]) — Cf. Jurij M. Lotman, «La cultura e il suo "insegnamento" come caratteristica tipologica», in *iid., ibid.,* p. 69.

([117]) — Acerca destas duas noções, *vide:* Jurij M. Lotman, *La struttura del testo poetico,* pp. 13 ss., 75 ss. e *passim;* Ju. M. Lotman, «Il problema del segno e del sistema segnico nella tipologia della cultura russa prima del XX secolo», in Jurij M. Lotman e Boris A. Uspenskij (eds.), *Ricerche semiotiche. Nuove tendenze delle scienze umane nell'URSS,* p. 61.

([118]) — Lotman, que não participara no Simpósio de 1962 do Instituto de Estudos Eslavos da Academia das Ciências de Moscovo, desempenha um papel relevante neste primeiro Curso de Verão da Universidade de Tartu, sendo da sua autoria as notas introdutórias ao programa do Curso. Esta reunião científica marcou o início da colaboração de Lotman com os semioticistas de Moscovo.

([119]) — Sobre a "hipótese de Sapir—Whorf", cf. Giorgio Raimondo Cardona, *Introduzione all'etnolinguistica,* Bologna, Il Mulino, 1976, pp. 64--67, com abundantes indicações bibliográficas.

([120]) — Cf. Louis Hjelmslev, *Prolegomena to a theory of language,* pp. 109-110.

«sistema semiótico universal que é a língua natural»(121) uma função primordial como mecanismo fundamentante de todos os sistemas semióticos, visto que só as línguas naturais podem volver-se em metalinguagens e visto que os sistemas semióticos integrantes de uma cultura se constituem a partir e segundo o modelo das línguas naturais.(122) Deste modo, concebem as línguas naturais como *sistemas modelizantes primários* e os sistemas semióticos culturais (arte, religião, mito, folclore, etc.), que se instituem, se organizam e desenvolvem sobre os sistemas modelizantes primários, como *sistemas modelizantes secundários*.(123)

O sistema semiótico literário representa assim um peculiar sistema modelizante secundário, representa uma *langue*, na acepção semiótica do termo, que não coincide com a língua natural e que também não se identifica com um estrato estilístico-funcional desta mesma língua. Construindo-se sobre a língua natural, só podendo existir e desenvolver-se em indissolúvel interacção com a expressão e o conteúdo da língua natural, «a literatura tem um sistema seu de signos e de regras para a sintaxe de tais signos, sistema que lhe é próprio e que lhe serve para transmitir comunicações peculiares, não transmissíveis

---

(121) — Cf. Jurij M. Lotman, «Il problema del segno e del sistema segnico nella tipologia della cultura russa prima del XX secolo», in Jurij M. Lotman e Boris A. Uspenskij (eds.), *Ricerche semiotiche. Nuove tendenze delle scienze umane nell'URSS*, pp. 40-41.

(122) — Cf. Jurij M. Lotman, «Il problema di una tipologia della cultura», in Remo Faccani e Umberto Eco (eds.), *I sistemi di segni e lo strutturalismo sovietico*, p. 311; *id., La struttura del testo poetico*, pp. 15 ss.; Ju. M. Lotman e B. A. Uspenskij, «Introduzione», in *Ricerche semiotiche*, p. XX.

(123) — Acerca desta distinção, Lotman e Uspenskij advertem: «Não obstante a oportunidade de uma contraposição entre sistemas modelizantes primários e secundários (sem a qual não se poderia individuar a sua respectiva especificidade), parece-nos útil sublinhar que, no seu real funcionamento histórico, as línguas e a cultura são indivisíveis: não é admissível a existência de uma língua (no sentido pleno do termo) que não esteja imersa num contexto cultural, nem de uma cultura que não tenha no próprio centro uma estrutura do tipo da de uma língua natural» (cf. J. M. Lotman e B. A. Uspenskij, «Il meccanismo semiotico della cultura», no vol. *Tipologia della cultura*, p. 42).

com outros meios.»(¹²⁴) A existência deste sistema semiótico, desta *langue*, é que possibilita a produção de *textos literários* e é que fundamenta a capacidade de estes mesmos textos funcionarem como objectos comunicativos no âmbito de uma determinada cultura. Quer dizer, a literatura é um sistema modelizante secundário e é também, consequentemente, um *corpus* de textos que representam a objectivação, a realização concreta e particular — as múltiplas *paroles*, numa perspectiva saussuriana — desse sistema.

O texto literário é sempre *codificado pluralmente*: é codificado numa determinada língua natural, de acordo com as normas que regulam esse sistema semiótico, e é codificado em conformidade com outro sistema semiótico, com outros códigos actuantes na cultura da colectividade em que se integra o seu autor/emissor: códigos métricos, códigos estilísticos, códigos retóricos, códigos ideológicos, etc. Esta *pluricodificação* gera um texto de informação altamente concentrada e quanto mais complexa for a estruturação de um texto, em função dos códigos que se intersectam, se combinam, se interinfluenciam na sua organização, tanto menor será a predizibilidade da sua informação e, por conseguinte, tanto mais rica esta se revelará.(¹²⁵) As chamadas "unicidade" e "irrepetibilidade" de um texto literário não devem ser entendidas como um fenómeno a-estrutural e assistémico — fruto de qualquer "inspiração" não apreensível, nem analisável em termos de racionalidade —, mas como um *fenómeno polissistémico* que resulta da «intersecção de múltiplas estruturas e pertence contemporaneamente a todas, "jogando" com a riqueza de significados que nelas se apresentam.»(¹²⁶) Exactamente porque o funcionamento semiótico da sintagmática do texto literário depende

---

(¹²⁴) — Cf. Jurij M. Lotman, *La struttura del testo poetico*, pp. 28-29.
(¹²⁵) — Cf. Jurij M. Lotman, «The content and structure of the concept of "literature"», in *PTL*, I, 2 (1976), p. 341; *id., La struttura del testo poetico*, pp. 348 e 352.
(¹²⁶) — Cf. Jurij M. Lotman, *La struttura del testo poetico*, p. 352 (*vide* também pp. 78 e 93). Este fenómeno exemplifica o princípio geral de que os sistemas semióticos são tanto mais individualizados quanto mais complexos (cf. Y. M. Lotman, «Un modèle dynamique du système sémiotique», in Y. M. Lotman e B. A. Ouspenski (eds.), *Travaux sur les systèmes de signes*, p. 91).

de multiformes planos paradigmáticos é que a informação deste texto não pode ser transcodificada num sistema modelizante primário sem que ocorra o seu empobrecimento (e daí observar Lotman que «a interpretação é sempre possível como aproximação»)([127]).

2.9. Descrição do sistema semiótico e do código literários

O sistema modelizante primário sobre o qual se institui o sistema semiótico literário é representado necessariamente por uma determinada língua histórica.([128]) Esta língua histórica constitui um sistema linguístico que, pelas razões de ordem geral expostas em 2.6., não é semioticamente homogéneo. Por isso, particularmente atentos a tal heterogeneidade semiótica, alguns linguistas conceituam a língua como um *sistema de sistemas* ou como um *diassistema*,([129]) em que se distinguem três

---

([127]) — Cf. Jurij M. Lotman, *La struttura del testo poetico*, p. 88.
([128]) — Como escreve Coseriu, «el lenguaje como hablar se realiza en cada caso *según una técnica determinada y condicionada historicamente*, o sea, de acuerdo con *una lengua*. Las lenguas son, en efecto, técnicas históricas del lenguaje [...]» (cf. Eugenio Coseriu, *El hombre y su lenguaje*, Madrid, Editorial Gredos, 1977, p. 16).
([129]) — A concepção da língua como um *sistema de sistemas* aparece formulada na teoria funcionalista da Escola Linguística de Praga (cf. Josef Vachek, *The Linguistic School of Prague*, Bloomington — London, Indiana University Press, 1966, pp. 28-29 e 73; Josef Vachek (ed.), *Dictionnaire de linguistique de l'Ecole de Prague*, Utrecht — Anvers, Spectrum, 1960, s. v. *langue — un système de systèmes* e *systèmes dans la langue*; Roman Jakobson, *Selected writings*, vol. II, p. 525: «The sense for the multifarious character of language saved the Prague group from an oversimplified, bluntly unitarian view; language was seen as a *system of systems* and especially Mathesius' papers on intralingual coexistence of distinct phonemic patterns opened new outlooks.»). A definição do sistema linguístico como um *sistema de sistemas* é proposta por diversos linguistas (cf., e. g., Kenneth L. Pike, *Language in relation to a unified theory of the structure of human behavior*, The Hague — Paris, Mouton, 1967, p. 597; Adam Makkai, *Idiom structure in english*, The Hague — Paris, Mouton, 1972, p. 88; Dell Hymes, *Foundations in sociolinguistics*, London, Tavistock Publications, 1977, pp. 152-153), ocorrendo noutros autores definições conceptualmente equivalentes: *e. g., sistema pluriforme* (cf. Norbert Dittmar, *Socio-*

sistemas ou estratos (na acepção de *sistemas estratuais* que a este lexema é conferida na gramática estratificacional de S. M. Lamb ([130])):

a) sistema semântico;
b) sistema léxico-gramatical (sintaxe, morfologia e léxico);
c) sistema fonológico (fonologia e fonética).([131])

Isto significa que a língua como *sistema*, analisada sob uma perspectiva *intra-organísmica*, possui um código heterogéneo e multiforme, que compreende um código semântico, um código léxico-gramatical e um código fonológico — três códigos diferenciados, mas solidários sob o ponto de vista sistémico-funcional, pois cada sistema ou estrato *realiza* o sistema ou estrato

---

linguistics. A critical survey of theory and application, London, Edward Arnold, 1976, p. 150 [título original: *Soziolinguistik: Examplarische und kritische Darstellung ihrer Theorie, Empirie und Anwendung,* Frankfurt, Athenäum Verlag, 1973]), pluralidade de sistemas (cf. Francisco Marcos Marín, «La lengua como pluralidad de sistemas», in Alvar *et alii, Lecturas de sociolingüística,* Madrid, Edaf, 1977, pp. 53-61), agregado de «sistemas» coexistentes (cf. Francisco Abad Nebot, «Diatopía y diastratía lingüísticas», in Alvar *et alii, op. cit.,* p. 125), etc.

O conceito de *diassistema* foi proposto por Uriel Weinreich, «Is a structural dialectology possible?», in *Word,* 10 (1954), pp. 388-400 (este famoso estudo de Weinreich está republicado em Joshua A. Fishman (ed.), *Readings in the sociology of language,* The Hague — Paris, Mouton, 1968, pp. 305-319) e tem sido aceite e utilizado por outros autores (cf., e. g., José Pedro Rona, «A structural view of sociolinguistics», in Paul L. Garvin (ed.), *Method and theory in linguistics,* The Hague — Paris, Mouton, 1970, pp. 199-200; Eugenio Coseriu, *Principios de semántica estructural,* Madrid, Editorial Gredos, 1977, p. 119; Francisco Abad Nebot, *op. cit.,* p. 130).

([130]) — Cf. Sydney M. Lamb, *Outline of stratificational grammar,* Washington, Georgetown University Press, 1966, pp. 1-2.

([131]) — Cf. M. A. K. Halliday, *Language as social semiotic,* London, Edward Arnold, 1978, pp. 111-113, 128-133, 183, 186-187. De M. A. K. Halliday veja-se também o estudo intitulado «Text as semantic choice in social contexts», in Teun A. van Dijk e János S. Petöfi (eds.), *Grammars and descripti ns,* Berlin — New York, Walter de Gruyter, 1977, p. 176-181, pois este estu o, sendo fundamentalmente idêntico ao capítulo 6 («The sociosemantic nature of discourse») daquela obra, apresenta todavia importantes diferer cas.

superior. Mas a língua como *instituição*, analisada sob uma perspectiva *interorganísmica*, isto é, sendo correlacionada com o sistema social concebido como um fenómeno semiótico — «um sistema de significados que constitui a 'realidade' da cultura», nas palavras de Halliday ([132]) —, comporta variações sincrónicas da seguinte ordem:

a) Variações diatópicas. — Representam variações de índole regional que se verificam em comunidades que ocupam determinadas áreas do espaço geográfico correspondente à implantação de uma dada língua histórica. As variações diatópicas materializam-se nos chamados *dialectos*.

b) Variações diastráticas. — São variações resultantes das mais ou menos acentuadas diferenças e clivagens socioculturais existentes entre os vários estratos e grupos de uma sociedade — diferenças e clivagens que se fundam em factores económicos, étnicos, educacionais, profissionais, sexuais, etários, etc. As variações diastráticas consubstanciam-se nos chamados *dialectos sociais* ou *sociolectos*.

c) Variações diafásicas.([133]) — Admitindo, por idealização epistemológica, a existência de uma comunidade linguística homogénea sob as pontos de vista geográfico e social, observar-se-iam ainda na língua dessa comunidade variações dependentes da situação comunicativa, em função do contexto extraverbal, das características múltiplas dos interlocutores, dos temas, etc. Às variações diafásicas, que são variações contextuais-funcionais, resultantes da adequação da técnica do discurso

---

([132]) — Cf. M. A. K. Halliday, *Language as social semiotic*, p. 123.
([133]) — As designações de "diferenças diatópicas" e "diferenças diastráticas" e as dicotomias de *diatópico/sintópico* e *diastrático/sinstrático* foram introduzidas na terminologia linguística por Leiv Flydal, «Remarques sur certains rapports entre le style et l'état de langue», in *Norsk Tidsskrift for Sprogvidenskap*, 16 (1951), pp. 240-257, tendo sido adoptadas por outros autores (cfr., e. g., José Pedro Rona, *op. cit.*, pp. 200-201; Eugenio Coseriu, *Principios de semántica estructural*, p. 118; Brigitte Schlieben-Lange, *Iniciación a la sociolingüística*, Madrid, Editorial Gredos, 1977, pp. 110-113 [título original: *Soziolinguistik. Eine Einführung*, Stuttgart — Berlin—Köln — Mainz, Verlag W. Kohlhammer, 1973]). A designação de "diferenças diafásicas" e a dicotomia *diafásico/sinfásico* foram propostas por Eugenio Coseriu (cf. *op. cit.*, p. 118).

a determinadas situações e finalidades, dão alguns linguistas a designação de *registos*.(¹³⁴)

As variações da língua como instituição não são alheias à língua como sistema, podendo considerar-se que representam, quando assumem determinada amplitude sistémica, subcódigos de cada um dos três códigos discrimináveis no diassistema linguístico (código semântico, código léxico-gramatical e código fonológico).

O sistema e o código literários, ao constituírem-se sobre o sistema e o código linguísticos, incorporam *eo ipso* a heterogeneidade semiótica destes últimos — nuns casos, esbatendo e minimizando alguns dos seus aspectos, noutros casos, pelo contrário, fazendo-a avultar funcionalmente (por exemplo, na chamada literatura regionalista) — e manifestam, em conexão com aquela heterogeneidade, ou com forte autonomia em relação a ela, a sua típica heterogeneidade semiótica.

Nesta perspectiva, o código literário configura-se como um *policódigo* que resulta da dinâmica intersistémica e intra-sistémica de uma pluralidade de códigos e subcódigos pertencentes ao sistema modelizante secundário que é a literatura e que entram em relação de interdependência — nuns casos, necessariamente; noutros casos, opcionalmente — com os códigos do sistema modelizante primário e com códigos de outros sistemas modelizantes secundários.

(¹³⁴) — A designação de *registo* é utilizada sobretudo pelos linguistas *neorfirthianos*. A seguinte análise de Halliday esclarece bem as diferenças existentes entre *dialecto* (regional ou social) e *registo*: «A dialect is 'what you speak' (habitually); this is determined by 'who you are', your regional and/or social place or origin and/or adoption. A register is 'what you are speaking' (at the given time), determined by 'what you are doing', the nature of the ongoing social activity. Whereas dialect variation reflects the social order in the special sense of *the hierarchy of social structure*, register variation also reflects the social order but in the special sense of *the diversity of social processes*. We are not doing the same things all the time; so we speak now in one register, now in another» (cf. M. A. K. Halliday, *Language as social semiotic*, p. 185). Os dialectos diferem uns dos outros fonológica e léxico-gramaticalmente, mas não semanticamente. Os registos, pelo contrário, diferem semanticamente (se diferem também léxico-gramaticalmente, é porque as diferenças léxico-gramaticais procedem necessariamente das diferenças semânticas).

Adoptando um esquema descritivo *from bottom to top*, que não é cientificamente o mais adequado à presumível dinâmica da produção do texto literário, mas que será didacticamente mais esclarecedor, distinguiremos no *policódigo literário* os seguintes códigos:

a) Código fónico-rítmico. — Este código, que regula aspectos importantes da urdidura material dos textos literários, tanto no âmbito da prosa como no âmbito da poesia, mantém uma imediata e fundamental relação de interdependência com o código fonológico do sistema modelizante primário e com os traços e as articulações supra-segmentais dos significantes linguísticos, mas contrai também, sobretudo no que tange ao domínio do ritmo, importantes relações com o código léxico-gramatical e com o código semântico do sistema linguístico. A substância e a forma da expressão do sistema modelizante primário proporcionam os elementos materiais e semióticos sobre os quais se realiza um processo de semiotização literária que pode alcançar um grau elevado de codificação (*e.g.*, a musicalidade subtil e difusa do verso simbolista; o ritmo da prosa oratória barroca; o ritmo da chamada prosa poética, etc.)

O código fónico-rítmico, como qualquer dos códigos a seguir enumerados, pode manter uma relação importante com o *código grafemático* em que se realizar o código fonológico do sistema modelizante primário, pois que existe a possibilidade de a forma, a combinação e a disposição espacial dos grafemas, tanto na sua execução manuscrita como na sua execução tipográfica, desempenharem, em conjugação com os espaços em branco da página, uma função marcante na estrutura do texto literário.

Por outro lado, no quadro do sistema modelizante secundário, este código mantém uma primordial relação de interdependência com o código métrico e pode também apresentar relações importantes com o código estilístico — manifestações, por exemplo, de *fono-iconismo* no texto literário — e com o código que regula os valores semânticos e pragmáticos dos textos literários, em correlação com a concepção do mundo modelizada nesses textos e com a função que lhes é atribuída numa determinada situação histórico-social (o ritmo, por exemplo, de um texto poético de combate ideológico-cultural, de índole panfletária, como «A cena do ódio» de Almada Negreiros, não pode ser idêntico ao ritmo de um poema elegíaco como «O menino da sua Mãe» de Fernando Pessoa).

b) Código métrico. — Este código regula a organização peculiar da forma da expressão dos textos poéticos — que consideramos, como adiante exporemos, um subconjunto dos textos literários —, quer no tocante à constituição do verso, quer no concernente à combinação e ao agrupamento dos versos em estrofes e noutras macroestruturas métricas do texto (forma da sextina, forma da canção, etc.). O código métrico, que selecciona «os seus elementos relevantes entre os fenómenos relevantes da língua, embora nem todos estes se tornem relevantes sob o ponto de vista métrico»,(135) é condicionado imediata e fortemente pelo código fonológico do sistema modelizante primário — não é possível realizar o mesmo código métrico numa língua com *acento dinâmico* e numa língua com *acento cronemático,* por exemplo (136) —, mas encontra-se tam-

---

(135) — Trata-se do chamado princípio da relevância métrica, enunciado por John Lotz. «Metric typology», in Thomas A. Sebeok (ed.), *Style in language,* Cambridge, Mass., The M. I. T. Press, 1960, pp. 137-138. Em contrapartida, o código métrico pode funcionalizar e tornar relevantes fenómenos fonológicos e prosódicos já existentes no sistema linguístico, mas neste destituídos de função relevante (a rima, por exemplo).

(136) — Entre o sistema métrico e o sistema linguístico, através do qual aquele se realiza, existe uma relação de tensão e por isso o verso empiricamente existente se configura mediante a interacção de dois campos de forças que entram em conflito a vários níveis: o campo de forças da língua e o campo de forças da métrica. O *metrema,* ou modelo abstracto do verso — *verse design,* na terminologia jakobsoniana, ou *type* —, fixa os elementos invariantes e os limites das variações que o *verso realizado* — *verse instance,* na terminologia jakobsoniana, ou *token* — deve e pode comportar. Como escreve Di Girolamo, «Per avere esempi di tensione, non bisogna necessariamente pensare a versi problematici o irregolari: esistono, è vero, casi macroscopici di conflitto tra metro e lingua; e se ne sono visti alcuni in Dante. Ma anche la dieresi più banale, e avallata da una secolare tradizione, è un fenomeno di tensione, nel momento in cui impone al lettore una sillabazione artificiosa della parola, come c'è tensione ogni qual volta ci si allontani dalle normali gerarchie prosodiche per eseguire correttamente un verso [...]» (cf. Costanzo Di Girolamo, *Teoria e prassi della versificazione,* Bologna, Il Mulino, 1976, p. 100).

bém em relação de interdependência com o código léxico-gramatical — a distribuição dos acentos exigida pelo modelo do verso pode impor, por exemplo, modificações importantes na estrutura frásica preceituada na norma linguística — e com o código semântico — a rima pode marcar ou sugerir uma relação semântica entre as unidades linguísticas que correlaciona, um icto pode sublinhar semanticamente um lexema, etc.

O código métrico, na sua génese, no seu desenvolvimento e na sua desagregação, está indissoluvelmente ligado ao código semântico-pragmático do policódigo literário e aos sistemas semióticos que configuram a ideologia de uma dada comunidade social, num determinado tempo histórico.([137])

([137]) — Na nossa obra *Competência linguística e competência literária* (Coimbra, Livraria Almedina, 1977), escrevemos o seguinte a este respeito: «Os sistemas de regras métricas têm de ser objecto de uma aquisição sociocultural [...], porque eles são, na sua origem e no seu desenvolvimento, fenómenos socioculturais, historicamente condicionados e estruturados. Poderão alguns destes sistemas apresentar de modo relevante a marca de um poeta ou de um preceptista — lembremos, por exemplo, a marca de Malherbe no sistema de regras métricas do classicismo francês —, mas a emergência de um determinado sistema de regras métricas não é explicável em termos de um abstracto voluntarismo individual, como sendo um fenómeno de natureza normativa ideado e difundido por um falante/autor e depois aceite por muitos outros falantes/autores e falantes/leitores. Naqueles casos em que é relevante a marca de um autor na constituição de um sistema de regras métricas, o que aconteceu foi o facto de esse autor, mercê de determinados factores que lhe são endógenos e/ou exógenos, ter podido e ter sabido ser o intérprete-maieuta ou o porta-voz das tendências prevalecentes no domínio das regras métricas, nesse momento histórico.

E essas tendências, cuja realização pressupõe indispensavelmente a sua compatibilização com as estruturas, em particular as fonológicas, da língua — recorde-se, por exemplo, o fracasso das várias tentativas de introdução do verso quantitativo nas línguas românicas —, mantém relações sistémicas imediatas com determinadas estruturas formais, semânticas e temáticas, configuradoras do "mundo simbólico" construído nos textos poéticos daquele momento histórico, mas mantêm também relações sistémicas mediatas com os factores sociais e económicos e com os valores culturais, ideológicos e pragmáticos que, num processo de interacção contínua em que o conceito de causalidade adquire o significado de uma conexão funcional [...], conformam a visão do mundo de um

c) Código estilístico. — Este código, em relação de acentuada interdependência com o código léxico-gramatical — e muito sensível às suas variações diacrónicas e sincrónicas — e com o código semântico do sistema modelizante primário — mas também, em muitos casos, com o código fonológico deste mesmo sistema —, regula a organização das microestruturas formais do conteúdo e da expressão do texto literário. Quer dizer, o código estilístico organiza a *coerência textual de curto raio de acção* («short-range text coherence»), tanto a nível semântico ("estrutura profunda") como a nível de textura ("estrutura de superfície"), mediante normas opcionais e/ou constritivas de aplicação tópica, isto é, mediante microestruturadores que operam no âmbito de constituintes textuais contíguos.(¹³⁸)

Sob o ponto de vista intra-sistémico, o código estilístico mantém uma relação importante de interdependência com o código semântico-pragmático e com o código técnico-compositivo (mas sublinhe-se que entre todos os códigos constitutivos do policódigo literário existem sempre relações sistémicas).

d) Código técnico-compositivo. — Este código regula a organização das macroestruturas formais do conteúdo e da expressão do texto literário (estrutura do poema épico, estrutura da tragédia, formas da narrativa, etc.). Por conseguinte, o código técnico-compositivo orienta e ordena a *coerência textual de longo raio de acção* («long-range text coherence»), mediante normas opcionais e/ou constritivas de aplicação transtópica.

Dotado de acentuada autonomia perante o código linguístico — autonomia comprovada pelo facto de, na tradução de

---

determinado grupo social, nesse mesmo período histórico» (pp. 116-118). Cf. também Jens F. Ihwe, «On the foundations of 'generative metrics'», in *Poetics*, 4, 4 (1975), p. 381.

(¹³⁸) — Cf. Lubomír Doležel, «Narrative semantics», in *PTL*, 1, 1 (1976), p. 129; *id.*, «"Die Hundeblume" or: Poetic narrative», in *PTL*, 1, 3 (1976), p. 467; Teun A. van Dijk, «Text grammar and text logic», in J. S. Petöfi e H. Rieser (eds.), *Studies in text grammar*, Dordrecht — Boston, D. Reidel, 1973, pp. 20-21; Teun A. van Dijk, *Per una poetica generativa*, Bologna, Il Mulino, 1976, pp. 135-136 e 275-276 [título original: *Beiträge zur generativen Poetik*, München, Bayerischer Schulbuch-Verlag, 1972].

um texto literário, ser possível preservar indemnes as macroestruturas formais, ao invés do que acontece com as microestruturas —, o código técnico-compositivo apresenta relações importantes de interdependência com o código métrico — no concernente à organização das macroestruturas métricas de um texto poético —, com o código estilístico e com o código semântico-pragmático do policódigo literário. As macroestruturas reguladas pelo código técnico-compositivo relacionam as estruturas sémicas ou do conteúdo, caracterizadas pela não--linearidade, com as estruturas textuais lineares reguladas pelo código estilístico.([139])

As influências exercidas sobre o sistema semiótico literário por outros sistemas modelizantes secundários de natureza estética — sobretudo a música, a pintura e o cinema —, embora verificáveis a qualquer nível do policódigo literário, ocorrem muito frequentemente ao nível do código técnico-compositivo.([140])

e) Código semântico-pragmático. — Em princípio, nenhuma substância do conteúdo é específica do sistema e do texto literários (noutra perspectiva, pode-se afirmar que nenhuma substância do conteúdo é alheia ao sistema e ao texto literários). Mas a substância do conteúdo, quer no âmbito paradigmático, quer no âmbito sintagmático, é sujeita a específicos processos de semiotização que lhe conferem uma forma particular. No plano paradigmático, o código semântico-pragmático regula a produção das unidades e dos conjuntos semioliterários, resultantes da interacção de factores lógico-semânticos, histórico--sociais e estético-literários, que manifestam ou o universo semiótico cosmológico ou o universo semiótico antropológico

---

([139]) — Cf. Thomas T. Ballmer, «Macrostructures», in Teun A. van Dijk (ed.), *Pragmatics of language and literature*, Amsterdam — Oxford — New York, North-Holland, 1976, p. 2.

([140]) — Vejam-se, a este respeito, três valiosos estudos de orientação semiótica: B. A. Uspensky, «Structural isomorphism of verbal and visual art», in *Poetics*, 5 (1972), pp. 5-39; Cesare Brandi, *Teoria generale della critica*, Torino, Einaudi, 1974, pp. 258 ss.; M. Pagnini, *Lingua e musica. Proposta per un'indagine strutturalistico-semiotica*, Bologna, Il Mulino, 1974, *passim*.

ou o universo semiótico social ou um universo semiótico configurado pelas inter-relações dos três universos antes referidos.([141])

As unidades e os conjuntos semioliterários constituem *macro-signos* do sistema literário e, tal como acontece com as microestruturas e as macroestruturas textuais, são condicionados e determinados em grande medida pela existência de um *corpus* literário, pela dinâmica da tradição e da inovação no interior do sistema literário — e, de modo especial, pelo peculiar processo de semiotização que é a *intertextualidade* ([142]) — e por factores semióticos exógenos ao sistema literário. Com efeito, o código semântico-pragmático, pela mediação indispensável do código semântico do sistema linguístico, entra em correlação com os códigos religiosos, míticos, éticos e ideológicos actuantes num determinado espaço geográfico e social e num determinado tempo histórico e por isso os macro-signos literários regulados por aquele código manifestam de modo primordial e privilegiado a "visão do mundo", o "modelo do mundo" consubstanciados no texto literário. No policódigo literário, o código semântico-pragmático desempenha uma função dominante, porque a estrutura profunda do texto é de natureza semântica e só a partir desta estrutura, considerada como "programa",([143]) se pode analisar e compreender adequadamente a estrutura superficial do texto e as regras e convenções fónicas, prosódicas, grafemáticas, métricas, estilísticas, técnico-compositivas e semântico-pragmáticas que a organizam.

Sobre a classificação e a caracterização dos macro-signos semioliterários, é grande o desacordo teórico e terminológico

---

([141]) — Os modelos semânticos que, em conformidade com as teorias de Greimas (cf. A. J. Greimas, *Sémantique structurale*, Paris, Larousse, 1966, pp. 119-120), consideram apenas a existência de dois universos manifestados — o universo *exteroceptivo* (cosmológico) e o universo *interoceptivo* (noológico) —, falseiam por reducionismo grosseiro a complexidade ôntico-funcional dos sistemas semióticos, desconhecendo ou anulando os seus parâmetros histórico-sociais.

([142]) — Sobre a *intertextualidade*, veja-se adiante o capítulo 9.

([143]) — Cf. Teun A. van Dijk, *Per una poetica generativa*, p. 155. Retomaremos a análise deste problema no capítulo 9.

dos especialistas.(¹⁴⁴) Fundamentando-nos, em parte, em estudos de D'Arco Silvio Avalle,(¹⁴⁵) distinguiremos as seguintes espécies de macro-signos semioliterários: o *personagem*, o *motivo*, a *imagem*, o *tema* e o *topos*. Caracterizaremos cada um destes macro-signos semioliterários no capítulo 9, quando analisarmos as estruturas sémicas do texto literário.

Por último, um esclarecimento sobre a designação de "código semântico-pragmático". Ao adoptarmos esta designação, reconhecemos implicitamente que não é possível estabelecer uma rígida linha divisória entre os factores semânticos e os factores pragmáticos, tanto no plano paradigmático como no plano sintagmático.(¹⁴⁶)

2.10. Sistema literário e estilo de época

O estatuto do sistema semiótico e do código literários revela-se ainda mais complexo se se considerar que, em qualquer comunidade sociocultural e em qualquer período histórico, o sistema literário se manifesta de facto como um *polissistema*, comportando, por conseguinte, mais do que um policódigo literário (ao qual nos referimos em seguida apenas por "código literário").

Sob o ponto de vista da evolução literária, pode contrapor-se, durante um lapso temporal mais ou menos longo, um sistema em declínio a um sistema ascensional ou já hegemónico, embora esta contraposição não exclua fenómenos de imbricação ou de miscegenação dos

---

(¹⁴⁴) — Cf., *e. g.*, Raymond Trousson, *Un problème de littérature comparée: Les études de thèmes. Essai de méthodologie*, Paris, Lettres Modernes, 1965, pp. 11-22 e *passim*; Harry Levin, «Thematics and criticism», in P. Demetz, T. Greene e L. Nelson, Jr. (eds.), *The disciplines of criticism: Essays in literary theory, interpretation and history*, New Haven — London, Yale University Press, 1968, pp. 125-146; Ulrich Weisstein, *Comparative literature and literary theory*, Bloomington — London, Indiana University Press, 1973, pp. 124-149; Michel Potet, «Place de la thématologie», in *Poétique*, 35 (1978), pp. 374-384.

(¹⁴⁵) — Cf., em particular, D'Arco Silvio Avalle, *La poesia nell' attuale universo semiologico*, Torino, Giappichelli, 1974, pp. 40-50.

(¹⁴⁶) — Cf. János Petöfi, «Semantics — Pragmatics — Text theory», in *PTL*, 2, 1 (1977), p. 127.

sistemas em confronto (situação típica de várias literaturas europeias no período de transição do *neoclassicismo* para o *romantismo*).

Por vezes, os sistemas em contraposição não apresentam de modo claro a marca de declínio e de dominância, podendo antes configurar-se, num dado período, como sistemas concorrenciais, dotados de vitalidade equivalente, porque correspondem a ideias, valores, interesses ideológicos e atitudes pragmáticas de classes ou de grupos sociais suficientemente poderosos para manterem entre si, durante algum tempo, um relativo equilíbrio na luta pelo poder sociocultural, em ligação com uma base económica e com uma superestrutura política (este fenómeno ocorreu, por exemplo, na literatura francesa da primeira metade do século XVII, quando um sistema literário *barroco* se contrapôs a um sistema literário *clássico*). Quando este equilíbrio de forças, porém, se rompe — e esta ruptura é sempre inevitável —, o sistema literário representativo da classe ou do grupo social em descensão volver-se-á em sistema progressivamente marcado pelo epigonismo e pelo anacronismo, perdendo a sua posição no núcleo do sistema sociocultural e deslocando-se para a periferia deste. Em contrapartida, o sistema literário hegemónico regula o chamado *estilo de época* ([147]). Mas, como escreve Jurij Lotman, «nenhum código, por complexa que seja a sua estrutura hierárquica, pode decifrar adequadamente tudo quanto é realmente dado num texto cultural ao nível da *parole*. O código de uma época não é pois a única cifra, mas a cifra prevalecente» ([148]).

2.11. Sistema literário e géneros literários

Da correlação peculiar dos códigos fónico-rítmico, métrico, estilístico e técnico-compositivo, por um lado, e do código semântico-pragmático, por outra parte, sob o influxo de deter-

---

([147]) — Sobre esta matéria, veja-se adiante o capítulo 5.
([148]) — Cf. Ju. M. Lotman, «Il problema di una tipologia della cultura», in Remo Faccani e Umberto Eco (eds.), *I sistemi di segni e lo strutturalismo sovietico*, p. 313.

minada tradição literária e no âmbito de certas coordenadas socioculturais, resultam códigos que regulam particulares classes (*types*) de textos relativamente homogéneas, tanto formal como semanticamente — são os códigos específicos dos *géneros literários*.(¹⁴⁹)

Sob um ângulo semiótico, o género literário apresenta-se, nas palavras de Maria Corti, como «un *programma* costruito su leggi molto generali che riguardano il rapporto dinamico fra certi piani tematico-simbolici e certi piani formali, il tutto in relazione distintiva o oppositiva rispetto al programma di un altro genere.»(¹⁵⁰) O código que configura e regula um género literário — o género épico, o género bucólico, o género trágico, etc. — é constituído por relações biunívocas entre uma forma da expressão e uma forma do conteúdo considerada a nível de sistema modelizante secundário, isto é, entre uma determinada *escrita*, no sentido barthesiano da palavra,(¹⁵¹) e uma determinada temática. Aquelas relações biunívocas, em

---

(¹⁴⁹) — Sobre a problemática dos géneros literários, veja-se adiante o capítulo 4.

(¹⁵⁰) — Cf. Maria Corti, *Principi della comunicazione letteraria*, Milano, Bompiani, 1976, pp. 158-159.

(¹⁵¹) — Para Roland Barthes (cf. *Le degré zéro de l'écriture suivi de Nouveaux essais critiques*, Paris, Éditions du Seuil, 1972, pp. 14-15), a escrita é uma realidade formal transindividual constituída entre a "língua" e o "estilo", sob a acção de factores históricos e ético-sociais: «Langue et style sont des objets; l'écriture est une fonction: elle est le rapport entre la création et la société, elle est le langage littéraire transformé par sa destination sociale, elle est la forme saisie dans son intention humaine et liée ainsi aux grandes crises de l'Histoire. [...] Placée au coeur de la problématique littéraire, qui ne commence qu'avec elle, l'écriture est donc essentiellement la morale de la forme, c'est le choix de l'aire sociale au sein de laquelle l'écrivain décide de situer la Nature de son langage.» Em sintonia com este conceito de *escrita*, Barthes afirmaria mais tarde: «What is first necessary to grasp is not the idiolect of the author, but of the institution (literature)» (cf. Roland Barthes, «Style and its image», in Seymour Chatman (ed.), *Literary style: A symposium*, London — New York, Oxford University Press, 1971, p. 8). Sobre o conceito de *escrita* em *Le degré zéro de l'écriture* (1.ª ed., 1953) e sobre algumas modificações do conceito ocorridas em textos posteriores de Barthes, cf. Jonathan Culler, *Structuralist poetics. Structuralism, linguistics and the study of literature*, London, Routledge & Kegan Paul, 1975, pp. 134-135; Leyla Perrone--Moisés, *Texto, crítica, escritura*, São Paulo, Editora Ática, 1978, pp. 34-57.

cuja constituição e em cujo funcionamento interactuam factores acrónicos de ordem lógico-semântica e factores históricos e sociológico-culturais, assumem o carácter de convenções e normas de impositividade variável — analisaremos o problema da impositividade variável dos códigos literários, quando estudarmos, no capítulo 3, a comunicação literária — que representam *instituições* ou *institutos* da literatura, entendendo-se por "instituição" (ou "instituto") «uma norma ou um conjunto de normas que ordenam um campo particular da experiência de modo a predispô-lo a atingir certos fins».(¹⁵²) Tais instituições literárias constituem «sistemas operativos móveis e plurívocos» que se organizam, se transformam, se exaurem e por vezes revivem no decurso da história, em função de fenómenos internos do próprio sistema literário ou/e em função de forças e elementos exógenos ao mesmo sistema (mutações culturais, ideológicas, económico-sociais, etc.).

Em relação ao autor/emissor, os códigos dos géneros literários funcionam como um filtro, como um modelo interpretativo da realidade do mundo, da sociedade e do homem, quer no plano temático, quer no plano formal: impõem ou aconselham a adopção de certos *personagens,* de certos *motivos,* de certos *temas*, de um certo *registo* linguístico, de certos *esquemas métricos,* de certos *estilemas,* (¹⁵³) de certas *macroestruturas da forma da expressão.* Em relação ao leitor/receptor, criam um "horizonte de expectativas" (¹⁵⁴) que se identifica com um

---

(¹⁵²) — Cf. Luciano Anceschi, «Le istituzioni letterarie come sistemi operativi», in Ezio Raimondi e Luciano Bottoni (eds.),. *Teoria della letteratura,* Bologna, Il Mulino, 1975, p. 82 (texto publicado originariamente na revista *Il Verri,* 35-36 (1970), pp. 22-24). Luciano Anceschi analisou com profundidade esta problemática na sua obra *Le istituzioni della poesia* (Milano, Bompiani, ²1968).

(¹⁵³) — Por *estilema,* entende-se «una particolare costruzione formale ricorrente in un autore e comunque emblematica del suo linguaggio, della sua scrittura letteraria. Alcuni stilemi sono moduli caratteristici e convenzionali di certi generi, movimenti, poetiche, gusti tipici di una data età» (cf. Angelo Marchese, *Dizionario di retorica e di stilistica,* Milano, Mondadori, 1978, pp. 263-264).

(¹⁵⁴) — O conceito de "horizonte de expectativas" (*Erwartungshorizont*) foi introduzido e difundido na teoria da literatura contemporânea por Hans Robert Jauss, constituindo um dos elementos teóricos fundamentais da chamada "estética da recepção" e, em particular, da

"programa" de leitura, com uma *isotopia paradigmática* (155) que depois orienta a leitura das *isotopias sintagmáticas*, predispondo o receptor para uma determinada forma da expressão e uma determinada forma do conteúdo, guiando-o na apreensão da coerência textual, quer ao nível semântico-pragmático, quer ao nível estilístico, ao nível técnico-compositivo, etc.(156)

"história recepcional" dos textos literários. O conceito de "horizonte" aparece já como relevante na filosofia de Husserl, podendo aí ser definido «como um sistema de expectativas e probabilidades típicas» (cf. Eric D. Hirsch, Jr., *Teoria dell'interpretazione e critica letteraria*, Bologna, Il Mulino, 1973, p. 230 [título original: *Validity in interpretation*, New Haven — London, Yale University Press, 1967]). Retomando o conceito, Hans-Georg Gadamer conferiu-lhe uma importância nuclear na sua teoria hermenêutica, pois que define a compreensão como o processo de *fusão dos horizontes (Horizontverschmelzung)* isto é, do horizonte do presente (o horizonte do intérprete) e do horizonte do passado (o horizonte inscrito no texto) (cf. Hans-Georg Gadamer, *Vérité et méthode*, Paris, Éditions du Seuil, 1976, pp. 136 e 147 [título original:*Wahreit und Methode*, Tübingen, J. C. B. Mohr, ³1973]). As fontes imediatas do conceito jaussiano de "horizonte de expectativas", porém, como o próprio Jauss informa (cf. Hans Robert Jauss, *Pour une esthétique de la réception*, Paris, Gallimard, 1978, pp. 74-75), foram Karl Mannheim e Karl R. Popper. Num dos seus estudos, Popper define assim "horizonte de expectativas": «Com esta expressão, aludo à soma total das nossas expectativas conscientes, subconscientes ou, inclusive, enunciadas explicitamente numa linguagem. [...] Os diversos horizontes de expectativas diferem, evidentemente, não só pelo seu maior ou menor grau de consciência, mas também pelo seu conteúdo. Em todos estes casos, porém, o horizonte de expectativas desempenha a função de um quadro de referência: as nossas experiências, acções e observações só adquirem significado pela sua posição neste quadro» (cf. Karl R. Popper, *Conocimiento objetivo*, Madrid, Editorial Tecnos, 1974, pp. 310-311 [título original: *Objective knowledge*, Oxford, The Clarendon Press, 1972]). Este texto de Popper esclarece bem o conteúdo do conceito de "horizonte de expectativas" e ilumina as razões da sua utilização no domínio da teoria literária. No quadro teorético da semiótica, o conceito de código equivale operatoriamente ao conceito de horizonte de expectativas. Jauss correlaciona este conceito com o conceito de género literário no seu estudo «Littérature médiévale et théorie des genres», in *Poétique*, 1 (1970), p. 82.

(155) — Sobre o conceito de *isotopia*, veja-se adiante o cap. 9.

(156) — Leiam-se, sobre esta matéria, as reflexões de Marcelin Pleynet, «La poésie doit avoir pour but...», in AA. VV., *Théorie d'ensemble*, Paris, Éditions du Seuil, 1968, pp. 95-96.

2.12. Sistema literário e metalinguagem literária

A organização do sistema literário, a natureza e o funcionamento dos seus códigos têm sido objecto, ao longo da história, de uma conceptualização que representa uma *metalinguagem literária* e que se consubstancia nos *metatextos* da literatura,([157]) isto é, aqueles textos nos quais, com objectivos analítico-explicativos e/ou normativos, se mencionam, formulam, caracterizam ou justificam as convenções, as regras, os mecanismos semióticos que subjazem aos processos de produção, estruturação e recepção dos textos literários.

Esta metalinguagem literária, imediatamente vinculada à prática literária de um determinado período histórico por uma função de interdependência, deve ser considerada como factor integrante do sistema semiótico literário — nesta perspectiva, impõe-se reconhecer «que o que denominamos literatura/poesia é uma prática mais a sua metalinguagem»([158]) —, distinguindo-a da *teoria da literatura,* pois que não obedece às exigências epistemológicas, heurísticas e metodológicas que caracterizam uma teoria científica.([159])

A metalinguagem literária manifesta-se necessariamente sob a forma de uma poética *explícita,* aparecendo formulada sobretudo em textos que apresentam como finalidade exclusiva ou dominante a defesa ou a condenação, a descrição e a análise com carácter mais ou menos marcadamente normativo, das convenções e regras que configuram os códigos literários: artes poéticas, tratados de poética e de retórica, programas e manifestos de escolas e movimentos literários, prefácios, epígrafes, etc. A metalinguagem literária pode manifestar-se também sob a forma de fragmentos de poética explí-

---

([157]) — A expressão é de Jurij Lotman (cf. «The content and structure of the concept of "literature" in *PTL,* 1, 2 (1976), p. 344). Cf. também Ju. M. Lotman *et alii,* «Theses on the semiotic study of cultures (as applied to slavic texts)», in Thomas A. Sebeok (ed.), *The tell-tale sign. A survey of semiotics,* Lisse, The Peter De Ridder Press, 1975, p. 83.

([158]) — Cf. Walter D. Mignolo, *Elementos para una teoría del texto literario,* Barcelona, Editorial Crítica, 1978, p. 43.

([159]) — Sobre o conceito de teoria científica, veja-se, no volume II desta obra, o capítulo 11.

cita insertos na estrutura de textos literários -- romances, poemas épicos, églogas, epístolas, etc. —, quer atribuídos imediata e directamente à responsabilidade do autor/emissor, quer endossados por este à responsabilidade de personagens que nesses textos figuram (recorde-se, a título exemplificativo, a discussão sobre o realismo e o naturalismo que, no capítulo VI d'*Os Maias* de Eça de Queirós, se desenvolve entre algumas das personagens do romance).

Em nosso entender, admitir, como propõe Walter D. Mignolo,(160) a existência de uma «metalinguagem literária implícita» equivale a cair no erro de uma *contradictio in terminis*, pois o conceito de "metalinguagem" implica o conceito de "explicitude". A "consciência literária" de um autor, de um grupo de escritores, etc., é que pode manifestar-se sob a forma de uma *poética explícita* ou sob a forma de uma *poética implícita*,(161) isto é, de uma poética não explicitamente teorizada, mas defluente da própria realização dos textos literários. A reconstituição dos códigos literários actuantes num dado período histórico e numa determinada comunidade sociocultural exige o conhecimento tanto da "poética explícita" como da "poética implícita" e a análise das modalidades de relação verificáveis entre ambas.(162)

2.13. Literatura e paraliteratura

Tendo em consideração a heterogeneidade interna da literatura *lato sensu* — fenómeno que impõe a divisão vertical da mesma literatura em vários estratos —, os investigadores têm distinguido, sobretudo nos últimos anos, a literatura *stricto sensu* de outros domínios da produção literária cuja particula-

---

(160) — *Ibid.*, p. 58.
(161) — Cf. Michal Glowiński, «Theoretical foundations of historical poetics», in *New literary history*, VII, 2 (1976), p. 243.
(162) — Sobre algumas relações entre literatura e metalinguagem, cf. Philippe Hamon, «Texte littéraire et métalangage», in *Poétique*, 31 (1977), pp. 261-284. O n.º 27 (1977) da revista *Littérature* é consagrado ao estudo daquelas relações e à análise do próprio conceito de metalinguagem.

rização, quer no concernente à forma da expressão, quer no concernente à forma do conteúdo, quer ainda no respeitante ao seu circuito de comunicação, requer uma designação apropriada e diversa da de "literatura".

A literatura *stricto sensu*, ou "literatura" sem qualquer modificador, é entendida como a "literatura superior",([163]) a "literatura elevada"([164]) ou a "literatura canonizada",([165]) isto é, aquele conjunto de obras consideradas como esteticamente valiosas pelo "milieu" literário — escritores, críticos, professores, etc. — e aceites pela comunidade como parte viva, fecunda e imperecível da sua herança cultural.

Para denominar o conjunto da produção literária que se diferencia da literatura entendida como "literatura canonizada" — ou, noutra perspectiva, que a esta se contrapõe —, têm sido propostas variadas designações: *infraliteratura, subliteratura, paraliteratura, literatura de consumo, literatura ligeira (Unterhaltungsliteratur, Trivialliteratur), literatura não-canonizada, literatura popular, literatura de massas, literatura "kitsch"* (c 1 *"kitsch" literário), contraliteratura*. Estas designações apresentam motivações semânticas e significados denotativos e conotativos bem diferenciados, tornando-se por isso indispensável submetê-las a uma breve análise.

As designações de "infraliteratura" e "subliteratura", como resulta dos morfemas prefixais *infra-* e *sub-*, enfatizam a ideia de que os textos literários por elas abrangidos são esteticamente desvaliosos, ocupando uma posição subalterna e desprestigiada no quadro dos valores socioculturais de uma comunidade.([166])

([163]) — Cf. Jan Mukařovský, *Il significato dell'estetica*, p. 273.

([164]) — Cf. Jurij Lotman, «The content and structure of the concept of "literature"», in *PTL*, 1, 2 (1976), p. 347.

([165]) — Cf. Itamar Even-Zohar, «Le relazioni tra sistema primario e sistema secondario all'interno del polisistema letterario», in *Strumenti critici*, 26 (1975), p. 72.

([166]) — Veja-se, por exemplo: «Claro que hay un problema previo, el de los límites entre una y otra: literatura y sub-literatura, que nos lleva, inevitablemente, a supuestos históricos y sociales, con no pequeñas sorpresas a las veces, por las alteraciones en el *status* respectivo y por las ósmosis en ambas direcciones. De todos modos, no debe dejarse sin nota que hay una curiosidad muy despierta entre nosotros hacia las formas de la literatura inferior [...]» (cf. Francisco Ynduráin, «Prólogo», in

Na designação de "paraliteratura", pelo contrário, não avulta de igual modo uma conotação desqualificante: os textos literários que representam a extensão do conceito, como decorre do morfema prefixal *para*-, situam-se ao lado, junto da literatura, constituindo uma "literatura periférica"([167]) ou uma "literatura marginal".([168]) Esta designação tem sido favoravelmente acolhida por diversos estudiosos.([169])

A designação de "literatura de consumo" coloca o acento tónico na atitude de apetite voraz e ao mesmo tempo de passividade, de amortecimento, senão mesmo de ausência de capacidade crítica, com que determinado público consome, isto é, lê tal literatura.([170]) A "literatura de consumo" é uma literatura que não perdura, porque é uma "literatura trivial", uma "literatura ligeira" (cf. "música ligeira"), carecente dos predicados semânticos e formais que fundamentam e justificam a perdurabilidade da "grande literatura" Nesta perspectiva, a "literatura de consumo" e a "literatura ligeira" têm a sua contrapolaridade na "literatura clássica", isto é, aquela literatura valorada como modelar, preservada como suprema herança cultural de uma comunidade e que suscita, ao longo dos tempos, plurí-

---

J.-F. Botrel e S. Salaün (eds.), *Creación y público en la literatura española*, Madrid, Editorial Castalia, 1974, p. 10); «De ahí nacieron los que Yndurain llama «efectismos facilones». Puede ser que se me diga que se trata de una «infraliteratura» que no interesa» (cf. Noël Salomon, «Algunos problemas de sociología de las literaturas de lengua española», in *iid.* (eds.), *ibid.*, p. 24). Cf. Andrés Amorós, *Subliteraturas*, Barcelona, Labor, 1974; M. A. Garrido Gallardo, *Introducción a la teoría de la literatura*, Madrid, S.G.E.L., 1975, pp. 69 ss.

([167]) — Designação utilizada por J. Mukařovský, *op. cit.*, p. 273.

([168]) — Cf. Arnaldo Saraiva, *Literatura marginal/izada*, Porto, Ed. do Autor, 1975. Mais acentuadamente do que "periférico", "marginal" comporta constituintes sémicos que, para além de uma informação sobre fronteiras topológicas, assinalam uma posição inferior ou degradada na escala dos valores morais, socioculturais e pragmáticos de uma colectividade.

([169]) — Cf., *e. g.*, Noël Arnaud, Francis Lacassin, Jean Tortel (eds.), *Entretiens sur la paralittérature*, Paris, Plon, 1970 (veja-se, em especial, Jean Tortel, «Qu'est-ce que la paralittérature?», p. 16); Marc Angenot, *Le roman populaire. Recherches en paralittérature*, Montréal, Les Presses de l'Université du Québec, 1975, pp. 4-5.

([170]) — Veja-se, por exemplo, Enrique Gastón, *Sociología del consumo literario*, Barcelona, Los Libros de la Frontera, 1974.

modas leituras.(¹⁷¹) A esta luz se compreende também a razão de ser da designação de "literatura não-canonizada», isto é, aquela literatura não inscrita no catálogo dos textos fundamentais, sob os aspectos estético, semântico-pragmático e linguístico, do património literário de uma comunidade.

A designação de "literatura popular" torna-se equívoca em virtude da polissemia do lexema "popular", em cuja amplitude semântica cabem significados e valores de heterogénea e contraditória natureza.(¹⁷²)

Sob uma perspectiva romântico-tradicionalista, "literatura popular" significa aquela literatura que exprime, de modo espontâneo e natural, na sua profunda genuinidade, o espírito nacional de um povo, tal como aparece modelado na peculiaridade das suas crenças, dos seus valores tradicionais e do seu viver histórico.(¹⁷³) "Literatura popular" contrapõe-se assim a "literatura de arte" ou "literatura artística", não se podendo desligar esta antinomia categorial da polémica entre românticos e clássicos.

Numa perspectiva, porém, que denominaremos de romântico-socialista, "literatura popular" é a literatura que exprime os sentimentos, os problemas e os anseios do povo, entendendo-se por povo a classe social trabalhadora que se contrapõe às classes sociais hegemónicas, detentoras dos meios de produção económica e ideológica e dos mecanismos de dominação política. Por vezes, esta "literatura popular" é produzida por "operários que escrevem" — «artisans qui écrivent», «ouvriers auteurs de poésies», «artisans poètes et prosateurs»(¹⁷⁴) — e que se contrapõem deliberadamente à "classe letrada", embora apresentando

---

(¹⁷¹) — Sobre este último aspecto, cf. Frank Kermode, «A modern way with the classic», in *New literary history*, V, 3 (1974), pp. 415-434. Acerca da polissemia de "clássico", veja-se adiante o § 6.1.

(¹⁷²) — Vejam-se as reflexões de Gramsci sobre os diferentes significados denotativos e conotativos que, em várias línguas europeias, apresentam os lexemas "nacional" e "popular" (cf. Antonio Gramsci, *Cultura y literatura*, Barcelona, Ediciones Península, 1972, pp. 169-170 [título original: *Letteratura e vita nazionale*, Torino, Einaudi, 1966)].

(¹⁷³) — Cf. Paul Van Tieghem, *Le romantisme dans la littérature européenne*, Paris, Albin Michel, 1969, p. 277.

(¹⁷⁴) — Cf. Bernard Mouralis, *Les contre-littératures*, Paris, P.U.F., 1975, p. 122.

muitas vezes uma contaminação mais ou menos acentuada com a cultura desta classe,(175) mas é mais frequentemente produzida por autores de origem e condição burguesas que pretendem exercer uma acção pedagógica sobre o povo, no quadro de um projecto utópico-reformista que visa a libertação das classes sociais inferiores — libertação da ignorância, do medo e da injustiça —, a renovação social e a fraternidade humana. Assim, por exemplo, Michelet condena «les publications obscènes ou superstitieuses» e «une littérature extrêmement subtile, je dirai presque quintessenciée», exaltando em contrapartida um «teatro imensamente popular» e uma "literatura popular", forte, jovem e fecunda, que há-de educar e orientar o povo.(176)

Mas antes que se formassem e difundissem o conceito romântico-tradicionalista e o conceito romântico-socialista de "literatura popular" — o sucedâneo histórico e ideológico deste último será o conceito de "literatura proletária" —, ambos mitificantes, embora em sentidos divergentes, da entidade denominada "povo", já existia "literatura popular", isto é, uma literatura que se dirige a um público semiletrado, desprovido da cultura das classes sociais hegemónicas ou em ascensão — cultura senhorial, cultura clerical, cultura burguesa —, algumas vezes analfabeto,(177) ao qual proporciona entretenimento, realização fictícia de anseios e sentimentos, alguma instrução e informações sobre eventos e personagens históricos

---

(175) — Cf. Jules Michelet, *L'Étudiant,* Paris, Éditions du Seuil, 1970, p. 65: «Nulle culture, nulle littérature commune, et nulle volonté d'en avoir. Les lettrés écrivent pour les lettrés; les ouvriers littérateurs, dont plusieurs sont très distingués, écrivent dans les formes des lettrés, nullement pour le peuple».
(176) — Cf. Jules Michelet, *op. cit.,* p. 59 e pp. 62-63.
(177) — A prática da leitura colectiva permitiria que este público analfabeto se volvesse em receptor dos textos da "literatura popular". No capítulo XXXII da I.ª parte de *Don Quijote de la Mancha,* o estalajadeiro que hospeda D. Quixote, perante as críticas dirigidas pelo cura aos livros de cavalaria, redarguiu: «[...] tengo ahí dos o tres dellos, con otros papeles, que verdaderamente me han dado la vida, no sólo a mí, sino a otros muchos; porque cuando es tiempo de la siega, se recogen aquí las fiestas muchos segadores, y siempre hay alguno que sabe leer, el cual coge uno destos libros en las manos, y rodeámonos dél más de treinta, y estámosle escuchando con tanto gusto, que nos quita mil canas; a lo menos, de mí sé decir que cuando oyo decir aquellos furibundos y

ou lendários, sobre fenómenos da natureza, etc. Esta literatura, produzida frequentemente por autores anónimos, vai da poesia lírica à poesia satírica e narrativa, da novela, do conto e do romance ao texto teatral, do livro de devoção religiosa à biografia, da obra didáctica ao panfleto de índole política ou social e possui, sobretudo a partir do século XVII, em vários países da Europa, os seus peculiares circuitos de produção e distribuição.(¹⁷⁸)

A designação de "literatura popular" pode apresentar, todavia, uma conotação marcadamente pejorativa, considerando-se a "literatura popular" como aquela literatura destinada a ser consumida pelos estratos culturalmente inferiores de uma comunidade e por isso mesmo destituída dos valores semânticos e formais que enriquecem e ilustram a "grande literatura".(¹⁷⁹) Outros autores, contudo, não formulam sobre

---

terribles golpes que los caballeros pegan, que me toma gana de hacer otro tanto, y que querría estar oyéndolos noches y días» (cf. Miguel de Cervantes, *El ingenioso hidalgo Don Quijote de la Mancha*, Madrid, Espasa--Calpe, ²¹1960, p. 207).

(¹⁷⁸) — Cf. Robert Mandrou, *De la culture populaire aux XVIIᵉ et XVIIIᵉ siècles. La bibliothèque bleue de Troyes*, Paris, Stock, 1964; François Furet (ed.), *Livre et société dans la France du XVIIIᵉ siècle*, The Hague — Paris, Mouton, 1965-1970, 2 vols. (veja-se sobretudo, no vol. I, pp. 61--93, o estudo de Geneviève Bollème, «Littérature populaire et littérature de colportage au XVIIIᵉ siècle»); Geneviève Bollème, *La bibliothèque bleue. Littérature populaire en France du XVIIᵉ au XIXᵉ siècle*, Paris, Stock, 1975; Joaquín Marco, *Literatura popular en España — en los siglos XVIII e XIX*, Madrid, Taurus, 1977, 2 vols.

(¹⁷⁹) — Arnold Hauser, por exemplo, caracteriza assim a "arte popular" (e tal caracterização abrange, como é óbvio, a "literatura popular"): «Na arte popular, a seriedade e o rigor da criação artística sublime, autêntica, descem algumas vezes ao nível do agradável e do ameno e, outras vezes, ao nível do puramente sentimental e sensacional. A mera distracção e o entretenimento tendem a converter-se em puro sucedâneo da autêntica arte, em idílio falaz, em sentimentalismo barato, adulador dos sentidos e embotador da consciência crítica, ou numa selvagem fantasmagoria de paixões violentas, desenfreadas, fúteis» (cf. Arnold Hauser, *Sociología del arte*, Madrid, Ediciones Guadarrama, 1975, vol. 2.º, pp. 321-322). Observa D'Arco Silvio Avalle que a conceituação negativa da "literatura popular" deflui da redução neo-idealista de toda a actividade artística a uma matriz estritamente individual, substituindo-se assim o dualismo romântico acima enunciado por um rígido monismo: «Quindi anche nel campo del folclore si dovrà postulare l'esistenza di una iniziativa

a "literatura popular" um juízo tão rotundamente negativo sob os pontos de vista estético e cultural e sublinham que constitui uma visão simplista e errónea conexionar invariavelmente a "literatura elevada" com as classes sociais dirigentes e a "literatura popular" com o "povo comum", bem como conceber a sua oposição funcional como uma separação estanque.([180]) Outros autores, ainda, utilizam a designação de "literatura popular" sem qualquer notória conotação pejorativa ou negativa, seja de índole estética, seja de índole ideológica, considerando-a sobretudo como uma designação técnica de conteúdo e âmbito sociológicos.([181]) Enfim, para alguns autores, principalmente consagrados ao estudo da antropologia cultural, "literatura popular" significa literatura folclórica ou literatura oral.

A designação de "literatura de massas" põe em foco a natureza e o condicionalismo do processo comunicativo que é próprio de tal literatura e que se reflecte nos caracteres dessa mesma literatura. O público receptor da "literatura de massas" não é um público constituído por um *grupo,* bem delimitado e apresentando relativa homogeneidade social e cultural, mas um público que constitui uma *massa,* isto é, um meio humano numericamente muito vultuoso, heterogéneo na sua formação cultural e no seu estatuto económico-social, amorfo e carecente

---

individuale, che solo in un secondo momento è entrata nel circolo della *riproduzione* collettiva, degradandosi ad opera popolare dove tutto è semplificato e banalizzato («gesunkenes Kulturgut»). I termini del problema vengono per tanto ribaltati nei confronti delle dottrine ottocentesche. "Poesia d'arte" e "poesia popolare" non costituiscono più due "categorie" distinte, opposte l'una all'altra, ma un solo momento dominato dalla creazione individuale di cui l'opera popolare rappresenterebbe al massimo l'immagine grotesca e deformata» (cf. D'Arco Silvio Avalle, *La poesia nell'attuale universo semiologico,* Torino, Giappichelli, 1974, pp. 52-53).

([180]) — Cf. Jurij Lotman, «The content and structure of the concept of "literature"», in *PTL,* 1, 2 (1976), p. 348. Lotman cita o caso do imperador Nicolau I e das forças sociais por ele representadas, os quais estavam do lado da "literatura popular" de Bulgarin, Zagoskin e Kukol'nik e não do lado da "literatura elevada" de Puškin e de Lermontov.

([181]) — Cf. Per Gedin, *Literature in the market place,* London, Faber, 1977, pp. 56, 58, 80, 90, 171, 182, 186-188.

de relações fundadas numa presença convivente, embora os seus membros, submetidos a um comum sistema de relações tecnoburocráticas, serviços e obrigações comunitários, reajam de modo relativamente uniforme a determinados estímulos.(¹⁸²)

A constituição deste público processou-se através de certas transformações económico-sociais e políticas — aparecimento de uma extensa camada social média, fixação crescente das populações nos espaços urbanos, diminuição do índice de analfabetismo, democratização do ensino e da cultura, etc. — e graças também à indispensável acção de alguns factores de ordem tecnológica e de ordem financeira. Se não fosse possível produzir o livro em grandes quantidades, com rapidez e a baixo custo — e isso foi-se tornando cada vez mais factível, desde o início do século XIX, graças ao contínuo aperfeiçoamento dos meios tecnológicos utilizados pela indústria gráfica — e se não fosse possível obter meios financeiros avultados com os quais se podem constituir poderosas empresas editoriais e gráfico--editoriais que, servidas por adequadas técnicas de organizaçã › e de *marketing*, difundem e impõem os seus produtos no mercado da leitura de um país ou até de vários países, não teria sentido falar-se de "literatura de massas". Tais transformações

---

(¹⁸²) — Cf. Robert Escarpit, *Théorie générale de l'information et de la communication*, Paris, Hachette, 1976, pp. 165 ss., com indicações bibliográficas. Sobre a sociedade, a cultura e a literatura de massas, vide: Edgar Morin, *L'esprit du temps*, Paris, Grasset, ³1975, 2 vols.; M. McLuhan, *Understanding media*, New York, McGraw-Hill Book C.º, 1964; Umberto Eco, *Apocalittici e integrati*, Milano, Bompiani, 1964; Raymond Williams, *Culture and society 1780-1950*, London, Chatto &Windus, 1967; AA. VV., *La industria de la cultura*, Madrid, Alberto Corazón, 1969; Olivier Burgelin, *La communication de masse*, Paris, S.G.P.L., 1970; Denis McQuail (ed.), *Sociology of mass communication*, Harmondsworth, Penguin Books, 1972; J. M. Díez Borque, *Literatura y cultura de masas*, Madrid, Al-Borak, 1972; Erich Feldmann, *Teoria dei mass-media*, Roma, Armando, 1973; AA. VV., *L'art de masse n'existe pas*, Paris, U. G. E. (col. 10/18), 1974 (n.º 3/4, 1974, da *Revue d'esthétique*); Miguel de Moragas Spa, *Semiótica y comunicación de masas*, Barcelona, Ediciones Península, 1976; Egeria Di Nallo, *Per una teoria della comunicazione di massa*, Milano, Angeli, 1976; F. Ferrini, *Il ghetto letterario*, Roma, Armando, 1976; Umberto Eco, *Il superuomo di massa*, Milano, Bompiani, 1978. A bibliografia adiante indicada sobre o *kitsch* apresenta, em geral, interesse para o estudo da cultura e da literatura de massas.

económico-sociais, políticas e tecnológicas ocorreram durante o século XIX e, sobretudo, durante o século XX, tanto em países capitalistas como em países socialistas. Anteriormente ao século XIX, todavia, não se terão verificado alguns fenómenos de produção e de consumo literários que permitam falar da existência de "literatura de massas"? Julgamos que sim. O Prof. José António Maravall, por exemplo, fundamentando-se em argumentos que se afiguram pertinentes, caracteriza a cultura do barroco espanhol como uma cultura de massas e inclui a produção teatral e romanesca do século XVII espanhol no tipo *midcult* e, em muitos casos, no tipo *masscult*.([183])

O conceito e a designação de "literatura de massas" — como os conceitos e as designações de "cultura de massas" e "arte de massas" — têm sido utilizados nos últimos anos por muitos escritores, sociólogos, políticos, etc., não somente sem qualquer conotação pejorativa, mas até com uma conotação fortemente positiva. Como escreve o sociólogo norte-americano Daniel Bell — a quem se deve a cunhagem da expressão "sociedade pós-industrial"([184]) —, segundo a perspectiva de muitos críticos contemporâneos — e. g., Susan Sontag, Richard Poirier —, carece de validade a distinção entre "arte superior" (*highbrow art*) e "arte inferior" (*lowbrow art*),([185]) devendo considerar-se

---

([183]) — Cf. José Antonio Maravall, *La cultura del barroco*, Barcelona, Editorial Ariel, 1975, pp. 174-223. Ao estudar a comédia de Lope de Vega, escreveu José María Díez Borque (*Sociología de la comedia española del siglo XVII*, Madrid, Ediciones Cátedra, 1976, p. 357): «[...] pero es fuerza, aunque sea con la brevedad que impone toda recapitulación, aludir a la rigidez estructural de la comedia, que repite el esquema, obra tras obra, proponiendo al espectador el consumo del mismo producto y originando una comunicación aberrante, común a los productos de la cultura de masas». O estudo de Dwight Macdonald, «Masscult and midcult», publicado originariamente em *The partisan review* (1960), está incluído no volume colectivo citado na nota anterior, *La industria de la cultura*.

([184]) — Cf. Daniel Bell, *The coming of post-industrial society*, New York, Basic Books, 1973.

([185]) — A distinção da produção artística em três níveis — o nível *lowbrow*, que é o nível das obras produzidas para consumo de um público de massas; o nível *middlebrow*, que é o nível das obras realizadas com talento e apuro técnico, mas que não marcam uma inovação no contexto da produção artística coeva; o nível *highbrow*, que é o nível das obras originais,

a chamada "arte elevada" como elitista e artificial e aparecendo portanto a designação de "cultura de massas" como laudatória.(186) Para outros estudiosos da arte e da literatura, porém, as designações de "arte de massas" e "literatura de massas" possuem irremediavelmente um significado depreciativo, não se podendo dissociar de um negativo juízo de valor emitido sobre as obras por elas abrangidas.(187)

A designação de "literatura *kitsch*" (ou "*kitsch* literário"), que denota uma manifestação particular do fenómeno estético do *kitsch*, difundiu-se sobretudo no último quarto de século. O lexema alemão *Kitsch*, de difícil tradução noutras línguas e por isso mesmo adoptado internacionalmente por teorizadores, críticos e historiadores das várias artes, foi utilizado com crescente frequência na Alemanha do Sul a partir da segunda metade do século XIX, apresentando como constituintes sémicos originários as ideias de "*bricolage*", de "pacotilha" e de "falsidade".(188) Com efeito, *Kitsch* designa manifestações artísticas,

---

profundamente inovadoras — foi proposta por Clement Greenberg num famoso estudo intitulado «Avant-garde and Kitsch», publicado primeiramente em *The partisan review* (1939) e republicado no volume colectivo citado na nota (182), *La indústria de la cultura*.

(186) — Veja-se o artigo «Mass culture» escrito por Daniel Bell para *The Fontana dictionary of modern thought*, London, Fontana/Collins, 1977. Cf. também Arnaldo Zambardi, *Per una sociologia della letteratura*, Roma, Bulzoni, 1973, pp. 101-102; Per Gedin, *Literature in the market place*, pp. 135-143.

(187) — Cf., e. g., Arnold Hauser, *Sociología del arte*, vol. 2.º, p. 347: «O nível do gosto da classe média desceu do modo mais evidente com a massificação do público artístico, particularmente com o número crescente de leitores. Nos últimos cem anos, os membros desta camada social têm lido talvez mais, mas, em todo o caso, pior literatura do que antes. Flaubert reconheceu já o mal e descreveu-o nestes termos: «Combien de braves gens qui, il y a un siècle, eussent parfaitement vécu sans beaux arts, et à qui il faut maintenant de petites statuettes, de petite musique, de petite littérature!». O maior número de clientes introduz o decréscimo da qualidade dos produtos e as obras sem pretensões incitam, por seu lado, os homens, cada vez mais numerosos e menos críticos, a apresentarem-se como consumidores de arte».

(188) — *Kitsch* está relacionado com o verbo *kitschen*, que significa consertar, restaurar, aplicando-se em particular aos marceneiros que dos móveis velhos fazem móveis novos, e com o verbo *verkitschen*, que significa vender barato e vender algo de diferente daquilo que é pretendido. Sobre o *kitsch*, veja-se: Gillo Dorfles, «Per una fenomenologia del cattivo

não de boa ou má qualidade, mas inautênticas, isto é, manifestações de pseudo-arte produzidas e fruídas por *Kitschmenschen*, indivíduos de mau gosto que, nas palavras de Hermann Broch, necessitam do espelho de tal arte fraudulenta para «confessar as suas mentiras com uma fruição até certo ponto sincera.»([189]) O *kitsch* é indissociável da "arte de massas", em especial da "arte de massas" da sociedade burguesa oitocentista e da sociedade afluente contemporânea — se Hermann Broch situa a origem do *kitsch* no romantismo, Gillo Dorfles situa-a no barroco, mas não existem divergências de opinião entre os especialistas sobre o facto de ter sido entre 1880 e 1914 e entre a década de cinquenta e os nossos dias que o *kitsch* conheceu as suas épocas de ouro ([190]) —, mas a designação de *kitsch* sublinha determinados caracteres da obra de arte — ou pseudo-arte — produzida e fruída, ao passo que designações como "arte de massas" e "literatura de massas", como vimos, colocam o acento tónico na composição do público receptor e no condicionalismo peculiar dos circuitos de produção, difusão e consumo de tal arte e de tal literatura.

O *kitsch*, nas suas manifestações mais triviais, representa uma contrafacção grosseira da obra de arte e uma dessubli-

---

gusto», in *Rivista di estetica*, IX, III (1964), pp. 321-334; *id.*, *Il kitsch. Antologia del cattivo gusto*, Milano, Mazzotta, 1968; Ludwig Giesz, *Fenomenología del kitsch*, Barcelona, Tusquets Editor, 1973 [título original: *Phänomenologie des Kitsches*, Heidelberg, Rothe Verlag, 1960]; Hermann Broch, *Poesía y investigación*, Barcelona, Barral Editores, 1974, pp. 367--383 e 424-432 [título original: *Dichten und Erkennen*, Zurich, Rhein--Verlag, 1955]; José Guilherme Merquior, *Formalismo e tradição moderna*, Rio de Janeiro — São Paulo, Editora Forense-Universitária — Ed. da Universidade de São Paulo, 1974, pp. 7-48; Abraham Moles, *O kitsch*, São Paulo, Editora Perspectiva, ^{2}1975 [título original: *Psychologie du kitsch — L'art du bonheur*, Paris, Mame, 1971]; Giuseppe Conte, «Kitsch letterario», in Gabriele Scaramuzza (ed.), *Letteratura*, Milano, Feltrinelli (Enciclopedia Feltrinelli Fischer), 1976, vol. I, pp. 226-239; Matei Calinescu, *Faces of modernity. Avant-garde, decadence, kitsch*, Bloomington — London, Indiana University Press, 1977.

([189]) — Cf. Hermann Broch, *op. cit.*, p. 368.
([190]) — Num ensaio datado de 1969, escreve Mario Praz que «fra i tanti nomi con cui passerà alla storia la nostra epoca, ci sarà pure quello di Epoca del *kitsch*» (cf. Mario Praz, *Il patto col serpente*, Milano, Mondadori, ^{2}1973, p. 487).

mação da própria arte, degradando os seus valores numa função sub-rogatória que pode ir da mera publicidade comercial — o sorriso da *Gioconda* ajudando a vender um laxante ou uma pasta dentífrica; obras-primas da pintura reproduzidas ao serviço da propaganda de medicamentos, da promoção de mercados turísticos, etc. — até à satisfação dos gostos de má ou duvidosa qualidade de numerosas camadas de público, cuja sensibilidade se deleita narcoticamente com o efeitismo de uma arte reduzida ao "bonito" e ao "agradável" — uma sonata de Beethoven, um *Lied* de Schubert ou um nocturno de Chopin adoptados, sob forma mais ou menos desfigurada, como temas musicais de filmes sentimentalmente açucarados; grandes romances condensados e reduzidos à dimensão da "narrativa-cor-de-rosa"; textos poéticos de alta qualidade utilizados como letras de canções agradável e trivialmente melodiosas; fragmentos de um concerto de Bach ou de uma sinfonia de Beethoven adaptados, deformados e destruídos como objectos artísticos por orquestras de música ligeira ou grupos de *jazz*, etc.

Muitas vezes, todavia, o *kitsch* manifesta-se de modo menos grosseiro, sem uma servidão tão notória às exigências da publicidade comercial ou ao mau gosto do público. Da arquitectura neobarroca ou neogótica, da literatura e da música orientalistas de fins do século XIX e começos do século XX até aos romances de Pearl Buck, aos filmes fantástico-lendários de Walt Disney, a *Love story* de Segal, não escasseiam exemplos. Outras vezes, ainda, o *kitsch* manifesta-se de modo mais complexo e subtil, aflorando ou espraiando-se em romancistas como Dickens, Camilo ou Dostoiewsk'j, em compositores como Verdi ou Tchaikowskij [191], em pintores como Renoir ou Salvador Dali, etc. Em todas estas manifestações de *kitsch*, avultam caracteres estilísticos e temáticos afins: a ênfase, a turgidez formal, o efeitismo hábil, a docilidade ante as normas estéticas já instituídas e aceites por um largo público, o sentimentalismo ingénuo ou laivado de erotismo, o optimismo frívolo e a graciosidade mistificante, a ilusão emoliente

---

[191] — Hermann Broch não hesita em incluir no domínio do *kitsch* — embora do «*kitsch* genial», expressão que se nos afigura constituir um oximoro... — o próprio Wagner (cf. H. Broch, *op. cit.*, p. 371).

da felicidade quotidiana, a refractariedade à problemática das grandes questões metafísicas, éticas e sociais. A matriz fundamental do *kitsch* parece de facto poder identificar-se com o esvaziamento ético e a exaustão cultural da sociedade burguesa a partir da época romântica e com a poderosa capacidade de conciliação e de assimilação revelada ao longo dos séculos XIX e XX por esta mesma sociedade em relação a factores que, em princípio, lhe são alheios ou adversos (desde a arte à revolução). Daí, como afirma Adorno, a situação aporética, no plano social, da arte contemporânea: se abdica da sua autonomia, entrega-se ao mecanismo devorador da sociedade existente; se se fecha estritamente em si mesma, tentando preservar desse modo a sua autonomia, nem por isso «se deixa menos integrar como domínio inocente entre outros» (e é elucidativo observar como o esteticismo da arte pela arte desemboca tão frequentemente em manifestações de *kitsch*).([192])

Finalmente, temos a considerar a designação de "contraliteratura", proposta há poucos anos por Bernard Mouralis, em obra atrás citada.([193]) Esta designação abrange, segundo declara o próprio autor, duas séries bem diferenciadas de factos: por um lado, uma actividade teórica e a correspondente prática de escrita que contestam e questionam a "Literatura" ("novo" teatro, "novo" romance, "nova" crítica, etc.); por outro, a produção literária, relevante sob o ponto de vista estatístico, a que se atribui uma posição marginal, como demonstram designações como "infraliteratura", "paraliteratura", "literatura de massas", etc.([194]) Se nos é permitida uma imagem topológica, diríamos que Mouralis concebe a literatura como uma área nuclear, delimitada sob os pontos de vista axiológico, institucional, sistemático e histórico-sociológico, perturbada no

---

([192]) — Cf. T. W. Adorno, *Théorie esthétique,* Paris, Klincksieck, 1974, p. 314 [título original: *Ästhetische Theorie,* Frankfurt am Main, Suhrkamp, 1970]. As teorias da arte pela arte, e em particular o seu princípio da autarcia da beleza artística, representam uma das respostas possíveis — resposta plena de equívocos, quer no plano da teoria, quer no plano da prática literárias — ao esvaziamento ético e à exaustão cultural da sociedade burguesa oitocentista.

([193]) — Veja-se a nota (174) deste capítulo.

([194]) — Cf. Bernard Mouralis, *Les contre-littératures,* p. 7.

equilíbrio dos seus valores, de modos distintos, em dois pólos opostos: por um lado, as manifestações literárias de *vanguarda* ("novo" teatro, "novo" romance, "nova" crítica, etc.); por outro, as manifestações literárias classificadas por outros autores como "infraliteratura", "paraliteratura", etc.

Para além de afirmações ambíguas e inexactas sobre a literatura como instituição e como sistema, o conceito de "contraliteratura" proposto por Mouralis afigura-se-nos inconsistente em três pontos fundamentais.

Primeiramente, a sua extensão abrange fenómenos intensionalmente tão heterogéneos e contraditórios como a "vanguarda" literária e a "paraliteratura". Paradoxalmente, após a página inicial da sua obra, Mouralis esquece as manifestações literárias de "vanguarda" nessa mesma página inscritas no âmbito da "contraliteratura", atendo-se apenas ao estudo da segunda série de factos acima mencionada.(195)Mas, se na referida página inicial aquela segunda série de factos é identificada com um certo «sector da produção literária», designado habitualmente por "infraliteratura", "paraliteratura", etc., no desenvolvimento da obra o conceito de "contraliteratura" é tornado extensivo a textos muito heterogéneos que não são incluíveis naquele «sector da produção literátria» — textos administrativos, pequenos anúncios, títulos e prosas de jornais, prospectos de qualquer natureza, etc. — e até a impressos a que, em rigor, não cabe sequer a designação de textos — catálogos de grandes armazéns, horários dos caminhos de ferro, etc.

Segundo, no seu conceito de "contraliteratura" cabe a *literatura oral*,(196) colocada em plano equivalente, sob o ponto

---

(195) — É revelador que no parágrafo 7 do capítulo II, parágrafo intitulado «Le statut des contre-littératures», Bernard Mouralis estabeleça uma síntese das manifestações literárias que designa por "contraliteratura", não fazendo a mínima referência a manifestações literárias de "vanguarda": «Littérature orale, littérature de colportage, mélodrame et roman populaire, roman policier, bande dessinée, titres de journaux, catalogues, graffiti, littératures des pays coloniaux, etc.: ces exemples nous ont permis, tout au long du présent chapitre, de prendre la mesure de l'ampleur et de la diversité de ce domaine que la "littérature", traditionnellement, refuse de prendre en charge et que nous désignons par le terme de contre-littérature» (p. 60).

(196) — Cf. Bernard Mouralis, *op. cit.*, pp. 37-38.

de vista sistémico e funcional, ao da "infraliteratura" ou "paraliteratura" (melodrama, romance popular, romance policial, etc.). Ora, trata-se de uma confusão grave, porque a literatura oral, como veremos, apresenta caracteres semióticos que a diferenciam em relação a toda a literatura escrita e não apenas em relação à "literatura" a que Mouralis opõe a "contraliteratura".

Em terceiro lugar, Mouralis estabelece entre literatura e "contraliteratura" — reduzida esta aos textos da chamada "paraliteratura" — uma relação «eminentemente conflitual», uma rede de tensões que actua como corrosão multiforme do "campo literário", pois que a simples presença dos textos da "contraliteratura" ameaça o equilíbrio deste mesmo "campo", denunciando o seu carácter arbitrário.([197]) Tais conclusões e juízos carecem de adequada fundamentação empírica e teórica. Como demonstraremos em seguida, não existe, nos termos pretendidos por Mouralis, aquela relação «eminentemente conflitual» entre literatura e paraliteratura, nem os textos desta consubstanciam modalidades múltiplas de subversão do "campo literário". Mais uma vez paradoxalmente, Mouralis atribui à "contraliteratura", expungida da "vanguarda" literária, uma função intraliterária e extraliterária que só poderia desempenhar se confinada a essa mesma "vanguarda". Por outro lado, o carácter arbitrário que Mouralis imputa ao "campo da literatura" exige alguns comentários e esclarecimentos: se, por «carácter arbitrário», Mouralis entende a variabilidade diacrónica e sociocultural do "campo da literatura", aquela expressão é inadequada; se, por «carácter arbitrário», entende a selecção dos textos integrantes do "campo literário" imposta, segundo determinada óptica, por uma das «linhas de força que percorrem a sociedade global», torna-se indispensável saber qual a instância histórica que declara tal "arbitrariedade", com que legitimidade o faz, etc. Se Mouralis afirma que o estatuto do texto literário e o estatuto do texto não-literário não são redutíveis nem à permanência de uma tradição, nem a caracteres objectivos existentes naqueles textos — problemática rápida e superficialmente tratada pelo autor —, não se

---

([197]) — *Id., ibid.*, p. 10.

entrevêem os fundamentos epistemológicos, lógicos ou de outra ordem susceptíveis de permitirem formular aquela imputação, a menos que, por imposição ideológica, se institua um juíz meta-histórico que aquilate do «carácter arbitrário» das transformações operadas historicamente no "campo da literatura". Mas imposição ideológica equivale a negação da lógica da investigação científica.

Como se depreende das análises anteriores, as diversas designações examinadas estão longe de ser semanticamente análogas, correspondendo algumas delas a uma peculiar perspectivação do mesmo fenómeno, fazendo outras avultar aspectos e valores diferenciados do objecto em estudo, denotando ainda outras tipos de textos e modalidades de produção e recepção substancialmente heterogéneos entre si. Parece-nos, todavia, que a designação de "paraliteratura", atendendo à sua conformação lexical e ao seu espectro semântico, se revela como a mais operatória de todas, a mais adequadamente abrangente, tanto do ponto de vista intensional como extensional.

A existência de uma fronteira, ou de uma clivagem, entre a literatura e a paraliteratura constitui um dado observacional reconhecível e comprovável de múltiplos modos, desde a análise sociológica dos processos e circuitos de produção, difusão e consumo dos textos literários e paraliterários até ao exame do modo como o sistema de ensino, em cada comunidade e em diferentes momentos históricos, recebe e valora esses mesmos textos.

Tal fronteira, porém, é muitas vezes precária e fluida, sendo passível, sobretudo, de profundas alterações diacrónicas. No seu tempo, por exemplo, Eugène Sue foi considerado um romancista que se situava e era citado ao lado de Balzac e que exerceu uma larga influência nas literaturas europeias em meados do século XIX, mas hoje a sua obra está inequivocamente incluída no âmbito da paraliteratura.. Pensando neste caso paradigmático e em muitos fenómenos congéneres ocorrentes na literatura francesa, Jean Tortel refere-se a uma «inversão de óptica»» que consistiria na «passagem da literatura para a paraliteratura»:([198]) uma parte estatisticamente importante dos

---

([198]) — Cf. Jean Tortel, «Qu'est-ce que la paralittérature?», in *Entretiens sur la paralittérature*, p. 30.

textos lidos e valorados como literários num dado período histórico seria relegada, em períodos históricos subsequentes, para a categoria da paraliteratura.

Esta «inversão de óptica» constitui um fenómeno verificável em todas as literaturas, mas torna-se indispensável clarificar os seus fundamentos, a sua dinâmica e as suas consequências. Em primeiro lugar, é necessário não confundir este fenómeno — transição de uma obra do domínio da literatura para o domínio da paraliteratura — com o fenómeno da desqualificação ou degradação do valor atribuído à obra de certos escritores que, incensados na sua época, lidos por um numeroso público, laureados academicamente, figurando nos livros escolares seus contemporâneos como modelos literários e linguísticos, vêm a cair, passado algum tempo após a sua morte, no esquecimento geral, sem público leitor que justifique a reedição dos seus textos, julgados pelos manuais de história literária como autores de segunda ou terceira categoria, gradualmente segregados das antologias literárias organizadas para o ensino. Este fenómeno, com motivações intrinsecamente estético-literárias e motivações socioculturais — factores estes nunca dissociáveis e sempre sujeitos a variações diacrónicas —, tem a sua contrapartida na redescoberta, na reabilitação e na revaloração de alguns escritores esquecidos, menosprezados ou até exautorados pelo público da sua própria época e que podem adquirir, para leitores de épocas subsequentes, particular valor e grande importância tanto no plano estético como no plano sociocultural. A passagem de uma obra do âmbito da literatura para o âmbito da paraliteratura representa sempre uma desqualificação estética — e falar de "paraliteratura" em vez de "infraliteratura" ou "subliteratura" não modifica substancialmente os dados do problema —, mas a secundarização *post mortem* da obra de um escritor hiperbolicamente valorada durante a sua vida não representa necessariamente a sua reclassificação no domínio da paraliteratura. Se assim acontecesse, ter-se-ia de fazer equivaler "literatura" a "grande literatura" e seria forçoso excluir da literatura, relegando-as para o campo da paraliteratura, as obras de muitos autores *minores*. Pelo contrário, entendemos que, num plano teórico e analítico, a diferenciação entre o estético e o não-estético não pressupõe a problemática do valor estético e que, consequentemente, a distinção entre literatura e não-literatura não é função do valor literário.(199) Um texto inscreve-se no âmbito da literatura, porque, sob o ponto de vista semiótico — compreendendo, portanto, o parâmetro semântico, o parâmetro sintáctico e o parâmetro pragmático —, ele é produzido, é estruturado e é recebido de determinado modo, independentemente de lhe ser atribuído elevado, mediano ou ínfimo valor estético; um texto inscreve-se no âmbito da paraliteratura, não porque possua reduzido ou nulo valor estético — carência de que compartilha com textos literários —, mas porque apresenta caracteres semióticos, nos planos semântico, sintáctico e pragmático, que o diferenciam do texto literário.

O texto paraliterário depende do mesmo sistema semiótico, considerado como mecanismo pancrónico, de que depende o texto literário e nele actuam os mesmos códigos, considerados como entidades semióticas abstractas e transculturais, que actuam num texto literário. Num romance de Paul Féval ou num melodrama de Pixérécourt funcionam, como num romance de Flaubert ou num drama de Musset, códigos estilísticos, códigos técnico-compositivos, códigos semântico-pragmáticos. Mas os signos, as normas e as convenções, a capacidade e o sentido modelizantes destes códigos são heterogéneos num e noutro domínio, porque são heterogéneas tanto as relações intra--sistémicas dos citados códigos, as suas relações com a tradição literária, isto é, com a memória do sistema semiótico em que se integram, como as suas relações intersistémicas e extra--sistémicas, isto é, as suas relações com outros fenómenos culturais, de natureza histórica e sociológica, e com fenómenos não-culturais.

Enquanto a *metalinguagem literária* (cf. § 2.12) desempenha uma função relevante na produção e na recepção do texto literário, a sua função é extremamente débil, ou até nula, no concernente ao texto paraliterário. Correlativamente, o texto literário, quer no estádio da sua produção, quer no estádio da sua recepção, põe em causa frequentemente os códigos de

---

(199) — Cf. Nelson Goodman, *Los lenguajes del arte*, Barcelona, Seix Barral, 976, pp. 255-256 [título original: *Languages of art*, Indianapolis, Bobbs-Merril, 1968]. Sobre o problema da axiologia literária, veja-se o capítulo 11, volume II, desta obra.

que em última instância depende, transformando-os, renovando-os, discutindo-os, subvertendo-os.(200) A paraliteratura, pelo contrário, revela-se destituída desta capacidade de inovação e de questionamento em relação aos seus códigos, cujas regras e convenções tanto o autor como o leitor típico do texto paraliterário actualizam dócil e passivamente. Os códigos do texto literário encontram-se, pois, em mudança contínua, ora tão lenta que se configura como estabilidade, ora tão célere e tão tumultuária que provoca rupturas com as normas e os padrões estabelecidos — situação característica da actuação das *vanguardas literárias* —, ao passo que os códigos do texto paraliterário se transformam tão pouco e tão demoradamente que parecem estáticos, repercutindo-se neles, sempre com grande atraso, com carácter residual e marcada simplificação, as inovações estilísticas, técnico-compositivas, semântico-pragmáticas, etc., entretanto introduzidas e consagradas no policódigo da literatura.(201) Esta relação de especularidade total existente

---

(200) — Retomaremos a análise deste problema no § 3.7.
(201) — Itamar Even-Zohar, que adopta o binómio "literatura canonizada"/"literatura não-canonizada", escreve a este respeito: «Nel corso delle mie analisi dei vari generi di letteratura non canonizzata, ho potuto osservare uno schema ricorrente che può illustrare il mio punto di vista: il sistema non canonizzato non adopera mai strutture letterarie di qualsiasi livello prima che esse siano diventate patrimonio comune della letteratura canonizzata. La maggior parte delle tecniche letterarie come il gioco dei punti di vista, o il flashback, non sarebbero mai adottate dal sistema non canonizzato prima di aver ottenuto, non senza difficoltà, il riconoscimento del sistema canonizzato. Piú in generale: in sincronia, i sistemi canonizzati e quelli non canonizzati rappresentano due fasi diacroniche diverse, il non canonizzato coincidendo con una fase precedentemente canonizzata. Ma come spiegavo prima, ciò non significa che il sistema non canonizzato adopera le strutture canonizzate allo stato originale. In realtà avviene una specie di semplificazione» (cf. Itamar Even-Zohar, «Le relazioni tra sistema primario e sistema secondario all' interno del polisistema letterario», in *Strumenti critici*, 26 (1975), p. 75). Reflectindo sobre esta escassa ou nula função da metalinguagem literária na paraliteratura, Marc Angenot afirma que «la paralittérature semble privée de *cogito culturel*» (cf. *Le roman populaire. Recherches en paralittérature*, p. 11). É esta submissão completa do texto paraliterário ao código que Todorov também sublinha, ao observar que, na literatura de massas, não existe contradição dialéctica entre a obra e o género a que pertence (cf. Tzvetan Todorov, *Poétique de la prose*, Paris, Éditions du Seuil, 1971, p. 56).

entre o texto paraliterário e os seus códigos explica, em grande parte, a razão por que as obras da paraliteratura, embora ostentem na capa e no rosto o nome do autor, circulam frequentemente nos circuitos de difusão e de consumo como se fossem obras anónimas, isto é, obras conhecidas quase sempre pelo seu título e raramente identificadas também pelo nome do autor. Na literatura portuguesa, por exemplo, o romance popular *A Rosa do adro* (1870), texto típico de certa paraliteratura pós-romântica sentimental e regionalista, tem sido lido e conhecido por numerosos leitores de que só uma pequena parcela seria capaz de mencionar o nome do seu autor.(202)

Tal heterogeneidade de funcionamento dos códigos no âmbito da literatura e no âmbito da paraliteratura reenvia à problemática do valor estético dos respectivos textos, sobretudo se se adoptar a perspectiva da estética informacional,

---

(202) — O seu nome é Manuel Maria Rodrigues (1847-1899). Marcel Allain, um dos co-autores da série romanesca *Fantômas*, deixou sobre este ponto um valioso depoimento: «Cela étant dit, j'ajoute que je suis bien d'accord avec vous sur le titre de vos entretiens: *paralittérature*. Les auteurs d'oeuvres littéraires, on connaît leurs noms, on achète leurs livres, on les fait relier, on les met dans des bibiliothèques. Les romans populaires, on les lit, on ne sait même pas le nom de l'auteur. J'ai reçu chez Fayard des masses de lettres adressées à «M. l'auteur de *Fantômas*». La chance dont j'ai parlé fait vendre vos bouquins, elle ne rend pas votre nom célèbre» (cf. Marcel Allain, «Confessions», in Noël Arnaud, Francis Lacassin, Jean Tortel (eds.), *Entretiens sur la paralittérature*, p. 80). Em muitos casos, como acontece no romance popular editado em fascículos periodicamente entregues aos assinantes, um escritor pode refazer um texto de outro escritor, pode solicitar o auxílio de colaboradores anónimos, pode ser substituído, na redacção de um ou mais fascículos, por outro escritor (cf. Jean-François Botrel, «La novela por entregas: unidad de creación y de consumo», in J.-F. Botrel e S. Salaün (eds.), *Creación y público en la literatura española*, pp. 125-129). Um caso bem elucidativo desta obliteração da autoria de muitos textos paraliterários é relatado por Bernard Trout, a propósito do lançamento por uma editora franco--italiana, em 1953, de certos romances populares: «Finalement, on n'a jamais pu savoir à qui appartenaient exactement ces longues oeuvres, d'où elles venaient, comment elles ont été traduites, qui les a conçues. En 1953, *Claudette, fille du peuple*, fut traduit de l'italien, mais il est probable que la traduction italienne venait d'une vieille édition française de 1925-1930, déjà traduite de l'allemand, en passant par le hollandais» (cf. B. Trout, «Économie génétique de la littérature populaire», in *Entretiens sur la paralittérature*, p. 348).

em conformidade com a qual a reiteração especular, na estrutura de um texto, das normas e convenções inscritas no código gera a trivialização e o esvaziamento da informação estética contida nesse mesmo texto. O texto paraliterário, que tende para o estereótipo consumado, para a repetição estrita na sua organização sintagmática das instruções registadas no plano paradigmático, apresenta pois uma capacidade mínima ou nula de informação, isto é, de imprevisibilidade e de novidade, com a correlativa degradação do seu valor estético, ao contrário do que acontece com o texto literário.([203]) Observe-se, porém, que muitos textos literários — alguns dos quais de valor estético geralmente reconhecido — não oferecem elevado índice de novidade, se analisados à luz da estética informacional (basta pensar, para além dos casos diacronicamente repetidos dos textos epigónicos, nos textos produzidos em conformidade com os sistemas artísticos regidos pelo princípio que Lotman designa por *estética da identificação*) ([204]); por outro lado, muitos textos que ostentam uma acentuada novidade em relação aos códigos vigentes aquando da sua produção — novidade que pode assumir dimensões de ruptura e de iconoclastia, como sucede tantas vezes com obras vanguardistas — não são credores necessariamente de um elevado valor estético.

Por estas razões, fundamentais na constituição de uma axiologia estético-literária, mas também relevantes na análise do funcionamento global do sistema semiótico literário, parece-nos justificada e operatoriamente fecunda a distinção estabelecida por Stefan Morawski entre *novidade* e *originalidade* como categorias constitutivas e critérios valorativos dos objectos estéticos: a novidade marca a separação, a ruptura em relação a padrões formais e sémicos dominantes num dado contexto histórico, ao passo que a originalidade se funda num modo

---

([203]) — Sobre a estética informacional, *vide*: B. A. Uspenskij, «Sulla semiotica dell'arte», in Remo Faccani e Umberto Eco (eds.), *I sistemi di segni e lo strutturalismo sovietico*, pp. 87-90; Abraham Moles, *Théorie de l'information et perception esthétique*, Paris, Denoël/Gonthier, 1972; Rudolf Arnheim *et alii*, *Estetica e teoria dell'informazione*, Milano, Bompiani, 1972; Max Bense, *Estetica*, Milano, Bompiani, 1974, pp. 216 e ss. e *passim;* Rudolf Arnheim, *Entropia e arte*, Torino, Einaudi, 1974.

([204]) — Cf. Jurij M. Lotman, *La struttura del testo poetico*, p. 339.

diferenciado de ver o mundo, o qual conduz a uma realização e a uma articulação peculiares dos signos estéticos, das suas regras semânticas e sintácticas, das suas funções e dos seus valores.(205) A novidade, conexionada sobretudo com o fenómeno do vanguardismo artístico, pode-se reproduzir e proliferar até decair no *pastiche* e no maneirismo epigonal; a originalidade, por definição, não é reprodutível. Nas suas inter-relações possíveis, verifica-se que a novidade pode carecer de originalidade, que a novidade e a originalidade podem coincidir ou sobrepor-se parcialmente e que a originalidade pode ocorrer dissociada da novidade. Nas grandes obras literárias, a novidade e a originalidade coexistem e interfecundam-se, sob modalidades de maior ou menor tensão recíproca; em muitos textos literários de vanguarda, que nunca alcançam o estatuto de "grandes obras", avulta a novidade, mas escasseia a originalidade; nalgumas obras, enfim, a originalidade é afectada pela frouxa capacidade inovadora. Os textos paraliterários, como decorre de quanto ficou exposto, carecem tanto de novidade como de originalidade (o que não acontece necessariamente com textos literários de autores *minores*).

A indeterminação e a precariedade da fronteira entre a literatura e a paraliteratura manifestam-se também em relação aos receptores dos textos respectivos. Embora seja fácil predizer e afirmar, *a priori*, que muitos textos literários, tanto de épocas transactas como do período contemporâneo, não são lidos por uma grande faixa de receptores que consomem típica e habitualmente textos paraliterários — o leitor que tem como leituras predilectas e absorventes as narrativas sentimentais do romance-rosa de Delly, de Corín Tellado, etc., ou as narrativas movimentadas e eróticas dos romances de espionagem de Ian Fleming, John Le Carré, etc., não lê com certeza Fernando Pessoa, Ponge, Musil, Jorge Luis Borges, etc. —, já se torna arriscado asseverar o inverso, isto é, que os leitores que têm como leituras habituais e predilectas textos literários — e, poderemos particularizar, textos da "grande literatura" — nunca lêem, ou raramente lêem, textos paraliterários. Embora não

---

(205) — Cf. Stefan Morawski, *Fundamentos de estética*, Barcelona, Ediciones Península, 1977, pp. 161 ss.

conheçamos quaisquer investigações estatísticas dignas de confiança sobre tais questões, não nos parece aventuroso afirmar que muitos leitores que, por gosto estético, por formação cultural e até por exigência do seu trabalho profissional (professores, críticos, etc.), lêem predominantemente textos literários, também lêem textos paraliterários, desde o romance policial de Simenon, de Agatha Christie, etc., até romances de aventuras como os de Alexandre Dumas Pai, de Fenimore Cooper, etc. Mas existe ainda, no público leitor de qualquer comunidade, um tipo de leitor médio, sob o ponto de vista cultural e estético, que pode ler indiferenciadamente tanto textos literários com determinadas características como textos paraliterários. Torna-se indispensável, todavia, registar duas anotações: primeiro, que também no domínio da paraliteratura existem gradações qualitativas (há leitores que lêem e apreciam um texto de van Dinne ou de Jules Verne, mas que são incapazes de suportar a leitura de uma página de Mickey Spillane ou de Emilio Salgari); segundo, que nem sempre é fácil a um leitor discriminar, dentre os textos seus contemporâneos, quais aqueles que virão mais tarde a ser relegados para o domínio da paraliteratura.

A dinâmica das relações entre a literatura e a paraliteratura comporta influências e tensões recíprocas de vária natureza. A "literatura elevada" pode fechar-se aristocraticamente em si mesma, excluindo deliberadamente do seu âmbito todos os elementos semânticos e formais que não se integrem numa tradição literária "culta". Este dissídio, imposto por uma literatura que aceita tácita ou declaradamente, com fundamentos doutrinais diferentes, o preceito horaciano da aversão ao "público ignaro" (*odi profanum uulgus*), verifica-se em períodos histórico-literários como o Renascimento, o neoclassicismo e o simbolismo: um escol de autores, beneficiário de um requintado património cultural, escreve para outro escol de leitores (*the happy few*), ignorando e desprezando os autores, os textos e os receptores que se situam na periferia do funcionamento histórico-social do sistema semiótico literário. Noutros casos, porém, ocorre uma osmose importante, no sentido da periferia para o centro do sistema semiótico literário, entre os géneros "não-canonizados" e os géneros "canonizados": não só pode suceder, em determinado momento histórico, a "canonização" de um género até então adscrito em geral ao domínio da paraliteratura — o exemplo paradigmático deste fenómeno, na época moderna, é representado pela ascensão do romance da periferia até ao centro do sistema semiótico literário ([206]) —, como também pode acontecer que os autores da "grande literatura" vão haurir elementos semânticos e formais para a produção dos seus textos em textos paraliterários. Este último fenómeno ocorreu com frequência, por exemplo, no barroco, no romantismo e no realismo: mencionemos a profunda aliança entre "poesia culta" e "poesia popular" que se verificou no barroco português e no barroco espanhol,([207]) o enraizamento na "literatura popular" — não necessariamente identificável, como vimos, com "literatura oral" — de muitos textos da literatura pré-romântica e romântica, as influências exercidas pelo romance popular oitocentista em narradores como Dickens, Dostoiewskij, Galdós, etc.([208])

Por outro lado, como já assinalámos, ocorrem fenómenos de influência do centro do sistema literário sobre a sua periferia, isto é, fenómenos de influência da "literatura canonizada" sobre a "literatura não-canonizada", pois que nesta se repercutem sempre, embora com considerável atraso temporal e marcada simplificação, características semânticas e formais da "grande literatura". Por vezes, todavia, esta relação mimética assume uma função irónica e transgressiva, transformando-se então o texto paraliterário numa *paródia* do estilo, dos temas,

---

([206]) — Sobre o fenómeno da "canonização" do romance, veja-se adiante o capítulo 10. Este fenómeno da "canonização" de géneros paraliterários é indissociável do fenómeno da decomposição de géneros literários que se deslocam do centro para a periferia e que, após um período de desvitalização semiótica progressiva, permanecem na "memória" do sistema como programas desactivados e improdutivos. Tal problema mereceu já a atenção dos formalistas russos, em especial de Tynjanov (cf. Jurij Tynjanov, *Avanguardia e tradizione,* Bari, Dedalo, 1968, pp. 26-28; Viktor Šklovskij, *Una teoria della prosa,* Bari, De Donato, 1966, pp. 180--181).

([207]) — No âmbito hispânico, veja-se, *e. g.*, Eduardo M. Torner, *Lírica hispánica. Relaciones entre lo popular y lo culto,* Madrid, Castalia, 1966.

([208]) — Sobre este problema na obra de Galdós, veja-se Francisco Ynduráin, *De lector a lector,* Madrid, Biblioteca Estudios Escelicer, 1973, pp. 93-135 («Galdós, entre la novela y el folletín»).

dos valores ideológicos, etc., dos textos da "grande literatura".(209)

2.14. Literatura escrita e literatura oral

Em estrito rigor, tendo em consideração o significado originário dos seus constituintes sémicos, o sintagma "literatura escrita" é formado por sememas redundantes e o sintagma "literatura oral" é formado por sememas conflituantes entre si, constituindo uma *contradictio in terminis*.(210) Se se atender, porém, à obliteração do valor semântico etimológico de "literatura" e ao facto de este lexema ter passado a significar, para a generalidade dos falantes das várias línguas, "arte verbal"(211) e se se tiver em conta o condicionalismo linguístico decorrente do seu uso tradicional, quer nos meios científicos, quer no público comum, as expressões "literatura escrita" e "literatura oral" podem e devem continuar a ser utilizadas.

Para se compreender adequadamente a problemática semiótica da literatura oral, torna-se indispensável, em primeiro lugar, rejeitar a ideia de que entre o texto da literatura oral e o texto da literatura escrita existe apenas a diferença de que o segundo, ao contrário do primeiro, apresenta os seus sinais constitutivos materializados numa substância e numa forma peculiares, em conformidade com as regras e convenções do código grafemático utilizado. Se a ideia de que qualquer texto escrito representa tão-só a materialização gráfica, a mera transliteração de um acto de fala oralmente realizado, é profundamente ine-

---

(209) — Cf. Jurij Lotman, «The content and structure of the concept of "literature"», in *PTL* 1, 2, (1976), p. 352.

(210) — Que "literário" e "oral" são termos antitéticos, sob o ponto de vista semântico, é opinião compartilhada por dois grandes especialistas da literatura oral: Albert B. Lord, *The singer of tales*, Cambridge, Mass., Harvard University Press, 1960, pp. 130-131; Walter J. Ong, S. J., *The presence of the word*, New Haven — London, Yale University Press, 1967, pp. 25-31.

(211) — Cf. Robert Kellog, «Oral literature», in *New literary history*, V, 1 (1973), p. 56.

xacta,(²¹²) maior gravidade assume o erro quando se equaciona assim a relação diferencial existente entre texto da literatura oral e texto da literatura escrita. Com efeito, o sistema semiótico da literatura oral diferencia-se do sistema semiótico da literatura escrita, não apenas pelo facto de ser defectivo em relação a um código grafemático, mas sobretudo porque comporta sinais e códigos diferentes e porque o seu funcionamento, no que diz respeito à produção, à estruturação e à recepção do texto, é diverso em comparação com o funcionamento do sistema semiótico da literatura escrita. Para que a análise de tais diferenças não seja perturbada por interferências deste último sistema semiótico, é necessário operar com um conceito rigoroso de literatura oral, isto é, integrando a literatura oral no contexto de uma *cultura primariamente oral*, como propõe Lord na sua definição de "poesia oral": «Oral poetry is poetry composed *in* oral performance by people who cannot read or write. [...] This definition *excludes* verse composed *for* oral presentation, as well as verse that is pure improvisation outside of traditional patterns».(²¹³)

O sistema semiótico da literatura oral compreende signos paraverbais e extraverbais de grande relevância na sua constituição e na sua dinâmica, que interagem com signos literários verbalmente realizados e cuja organização semântica e sintáctica é regulada por códigos inexistentes no sistema semiótico da literatura escrita: o *código musical*, porque grande parte dos textos da literatura oral — em relação à poesia oral, todos os textos — é cantada ou entoada, podendo ser acompanhada de música produzida por instrumentos diversos;(²¹⁴) o *código*

---

(212) — Cf. John Lyons, *Semantics*, vol. I, p. 69.

(213) — Cf. Albert B. Lord, *s. v.* "Oral poetry", in Alex Preminger (ed.), *Princeton Encyclopedia of poetry and poetics*. Enlarged edition. London, The Macmillan Press, 1975.

(214) — Como escreve Havelock, «what we call "poetry" is therefore an invention of immemorial antiquity designed for the functional purpose of a continuing record in oral cultures. Such cultures normally follow the practice of reinforcing the rhythms of verbal meter by wedding them to the rhythms of dance, of musical instruments, and of melody. A poem is more memorizable than a paragraph of prose; a song is more memorizable than a poem. The Greeks identified this complex of oral practices by the craft term *mousikē*, and correctly identified the Muse

cinésico, regulador dos movimentos rítmicos corporais executados apenas pelo emissor do texto ou conjuntamente pelo emissor e pela sua audiência e que constituem elementos importantes do texto literário oral, quer como complemento de signos verbais e verbalizados, quer como signos não-verbais;([215]) o *código proxémico*, que regula a utilização das relações topológicas entre seres e coisas como signos integrantes dos textos da literatura oral;([216]) o *código paralinguístico*, que regula os factores vocais, convencionalizados e sistematizáveis, que acompanham a emissão dos signos verbais, mas que não fazem parte do sistema linguístico, e que podem desempenhar importante função como signos constitutivos do texto da literatura oral (entoação, qualidade de voz, riso, etc.).([217]) Estes códigos,

---

who gave her name to the craft as the "daughter of Remembrance". She personified the mnemonic necessity and the mnemonic techniques characteristic of an oral culture" (cf. Eric A. Havelock, *The literate revolution in Greece and its cultural consequences,* Princeton, Princeton University Press, 1982, pp. 186-187). O conceito grego de *mousikē* demonstra bem como, numa literatura oral, não se distingue o texto verbal da música da melodia e da dança. A aliança da poesia com a música não se confina às culturas primariamente orais e tem assumido, em várias épocas históricas, uma grande importância no âmbito da literatura escrita. Veja-se uma bem documentada síntese, com informações bibliográficas, em John Hollander, s. v. "Music and poetry", in Alex Preminger (ed.), *op. cit.* Boas sínteses sobre o problema são também os artigos de Gabriele Muresu, "Musica e letteratura" (I), e de Riccardo Bianchini, "Musica e letteratura" (II), in Gabriele Scaramuzza (ed.), *Letteratura*, vol. I, pp. 298-327. Para a poesia medieval, cf. Paul Zumthor, *Essai de poétique médiévale,* Paris, Éditions du Seuil, 1972, pp. 189 ss. Num plano teorético, mas sem descurar a perspectiva histórica, cf. M. Pagnini, *Lingua e musica,* Bologna, Il Mulino, 1974.

([215]) — Cf., e. g., Harold Scheub, «Body and image in oral narrative performance», in *New literary history,* VIII, 3 (1977), pp. 344-367. Sobre a *cinésica*, vide: R. L. Birdwhistell, *Kinesics and context: Essays on body motion communication,* Philadelphia, University of Pennsylvania Press, 1970; M. Argyle, *Bodily communication,* London, Methuen, 1974; M. Jousse, *L'anthropologie du geste,* Paris, Gallimard, 1974.

([216]) — Sobre a *proxémica*, vide: E. T. Hall, *The hidden dimension,* New York, Doubleday, 1966; O. M. Watson, *Proxemic behavior: A cross--cultural study,* The Hague — Paris, Mouton, 1970.

([217]) — Alguns autores incluem na paralinguística o estudo dos signos gestuais que acompanham os actos de fala, mas outros autores, cuja opinião acolhemos, remetem a análise destes signos para a cinésica. Sobre a *paralinguística*, vide: Giorgio Raimondo Cardona, *Introduzione*

em interacção com os diversos códigos do sistema semiótico literário cujo modelo descrevemos em 2.9., subjazem à produção dos textos da literatura oral, configurando-se portanto o policódigo desta última como mais heterogéneo do que o policódigo da literatura escrita.

Entre o policódigo da literatura oral e os textos por ele regulados existe uma relação de quase absoluta especularidade, de modo que o texto literário oral, em vez de se constituir como um fenómeno de *parole* possibilitado pela *langue* daquele policódigo, se organiza antes como um *quase* fenómeno de *langue*,[218] reiterando com modulações os esquemas semânticos e formais prescritos pelo policódigo, o qual assume, muitas vezes em íntima conexão com factores de ordem religiosa, mágica, oracular, ritual, etc., a imperatividade de uma *tradição* que se pode enriquecer, mas que é proibido alterar substancialmente.[219] Na constituição e no funcionamento do policódigo da literatura oral desempenha uma função dominante a *fórmula,* representada, segundo a famosa definição de Milman Parry, por um «group of words which is regularly employed under the same metrical conditions to express a given essential idea.»[220] No plano paradigmático, as fórmulas consti-

---

all'etnolinguistica, Bologna, Il Mulino, 1976, pp. 163-165; John Lyons, *Semantics,* vol. I, pp. 58 ss.

[218] — Cf. Roman Jakobson e Petr Bogatyrev, «Le folklore, forme spécifique de création», in Roman Jakobson, *Questions de poétique,* Paris, Éditions du Seuil, 1973, pp. 63-64. Escrevemos «como um *quase* fenómeno de *langue*», porque pensamos, pelas razões a seguir aduzidas, que a criatividade não é um fenómeno totalmente alheio à literatura oral, embora alguns dos seus textos, como os provérbios, constituam típicos fenómenos de *langue* (cf. Fernando Lázaro Carreter, «Literatura y folklore: Los refranes», in *1616. Anuario de la Sociedad Española de Literatura General y Comparada,* Madrid, Ediciones Cátedra, 1978, pp. 139-145; A. K. Žolkovskij, «At the intersection of linguistics, paremiology and poetics: On the literary structure of proverbs», in *Poetics,* 7, 3 (1978), pp. 309-332).

[219] — Cf. Dmitri Segal, «Folklore text and social context», in *PTL,* 1, 2 (1976), pp. 374-375.

[220] — Cf. Adam Parry (ed.), *The making of homeric verse: The collected papers of Milman Parry,* Oxford, Clarendon Press, 1971, p. 272. Um conceito correlacionado com o de "fórmula" é o de "sistema formular", assim definido por Milman Parry (cf. *op. cit.,* p. 275): «a group of phrases which have the same metrical value and which are enough

tuem verdadeiras unidades semióticas das culturas primariamente orais, permitindo organizar os seus textos literários tanto do ponto de vista semântico, como sob o ponto de vista estilístico, métrico, rítmico, etc.,(221) facilitando a memorização e a *performance* dos textos, propiciando o bom entendimento entre o emissor e a sua audiência.

As teorias de Parry e de Lord sobre o carácter eminentemente formular da literatura oral conduziram a uma concepção acentuadamente mecanicista do policódigo da literatura oral, entendido sobretudo como um dicionário de sequências vocabulares e estilísticas e como um depósito de esquemas rítmicos e métricos facilmente retidos e reproduzíveis pela memória. Nos últimos anos, porém, sob a influência da linguística chomskyana, alguns investigadores têm analisado a natureza e a dinâmica do policódigo da literatura oral à luz de uma perspectiva gerativista, em conformidade com a qual aquele policódigo não se restringiria a um catálogo de fórmulas, de entidades semânticas, estilísticas, métricas, etc., cristalizadas, mas representaria também um património de técnicas e de aptidões (*skills*) específicas que possibilitam a criatividade e que permitem caracterizar a poesia oral como uma arte *espontâneo-tradicional*: «the oral poet is one who, at the moment of performance, makes spontaneous, and therefore original realizations of inherited, traditional impulses».(222)

---

alike in thought and words to leave no doubt that the poet who used them knew them not only as single formulas, but also as formulas of a certain type».

(221) — Sob um ponto de vista sincrónico, pode-se admitir que os esquemas métricos condicionam as fórmulas, mas, sob um ponto de vista diacrónico, as fórmulas é que geram os esquemas métricos (cf. Berkley Peabody, *The winged word: A study in the technique of ancient greek oral composition as seen principally through Hesiod's* Works and days, Albany, State University of New York Press, 1975, pp. 143-145).

(222) — Cf. Michael N. Nagler, *Spontaneity and tradition: A study in the oral art of Homer*, Berkeley — Los Angeles, University of California Press, 1974, p. XXI. Cf. também Dmitri Segal, *op. cit.*, pp. 374-376. Sobre a criatividade, entendida como variação e modulação de dados extrapessoais pertencentes a uma tradição fortemente convencionalizada, verificável na literatura oral, *vide*: M. Am. Ngal, «Literary creation in oral civilizations», in *New literary history*, VIII, 3 (1977), pp. 335-344;

Mesmo tendo em conta a plausível pertinência desta correcção parcial introduzida por alguns investigadores, sob a influência da linguística gerativa, na dinâmica do modelo do sistema semiótico da literatura oral, não se altera o facto de que o autor, como sujeito da enunciação, está reduzido quase sempre ao grau zero no texto literário oral [223] e não cessam as razões para se caracterizar a literatura oral, na generalidade, como marcadamente estereotipada, reiterativa, analiticamente pobre e ideologicamente conservadora, em consonância, aliás, com o conservantismo típico das culturas primariamente orais.[224]

Os caracteres sistémicos e estruturais antes examinados — policódigo rigidamente conformado ao longo da tradição cultural de uma comunidade, muito forte subordinação do texto ao policódigo, natureza estereotipada do texto, ausência do sujeito da enunciação nas estruturas textuais e anonímia habitual do texto — assemelham a literatura oral à paraliteratura. A função débil, ou mesmo a função zero, da metalinguagem no sistema semiótico da literatura oral representa outra afinidade desta com a paraliteratura.

Sob o ponto de vista da recepção, a literatura oral diferencia-se profundamente da literatura escrita. O texto literário oral existe potencialmente na memória do emissor — seja ele autor *stricto sensu*, rapsodo, jogral, recitador, etc. — e, em grau variável, na memória da sua audiência. Para que esta existência virtual se volva em existência actual, torna-se necessário que o emissor, num tempo e num espaço determinados, utilizando *canais naturais* — o que implica um tipo de *comunicação*

Dennis Tedlock, «Toward an oral poetics», in *New literary history*, VIII, 3 (1977), pp. 507-508; William O. Hendricks, *Essays on semiolinguistics and verbal art*, The Hague — Paris, Mouton, 1973, pp. 124-125.

[223] — Greimas considera este fenómeno como um dos critérios que permitem distinguir a literatura oral e a literatura escrita: «Finalement, on peut dire, du point de vue structural, que le passage de la littérature orale à la littérature écrite est marqué par l'introduction du sujet de la narration dans le texte» (cf. A. J. Greimas, *Sémiotique et sciences sociales*, Paris, Éditions du Seuil, 1976, p. 209).

[224] — Cf. Walter J. Ong, S. J., «African talking drums and oral noetics», in *New literary history*, VIII, 3 (1977), pp. 417-424.

próxima e instantânea —, dirigindo-se a um auditório numericamente circunscrito e fisicamente compresente, execute, na polimodalidade dos seus signos constitutivos, o texto literário oral. Ao ser realizado, o texto literário oral desenvolve-se de modo irreversível, tanto para o emissor como para os receptores, na linearidade do tempo, mas desenvolve-se também parcialmente no espaço (basta pensar nos seus signos cinésicos e proxémicos). ([225])

Em cada realização concreta, o texto literário oral pode apresentar variações mais ou menos extensas, já que o seu emissor não é um computador digital que reproduza estritamente a informação armazenada na sua memória, mas um emissor-actor cuja criatividade se pode exercitar em cada *performance*, em sintonia com as reacções do auditório. A recepção de cada *performance* do texto literário oral opera-se normalmente no âmbito de grupos sociais mais ou menos numerosos — o receptor insulado e solitário do texto só aparece com o advento da literatura escrita ([226]) — e a própria produção e a difusão dos textos da literatura oral são primordialmente condicionadas pelas crenças, pelos padrões éticos, pelos usos e costumes desses mesmos grupos sociais, pois a literatura oral está sujeita a uma «censura preventiva da comunidade» que não permite a difusão de textos refractários ou hostis às normas axiológico-pragmáticas prevalecentes nessa comunidade.([227])

([225]) — Aliás, a existência e a percepção de qualquer objecto estético pressupõem simultaneamente o espaço e o tempo (cf. Mikel Dufrenne, *Phénoménologie de l'expérience esthétique*, Paris, P.U.F., 1953, t. I, p. 305).

([226]) — Segundo o Prof. Havelock, a primeira referência explícita ao acto de leitura como acto privado encontra-se nas *Nuvens* (52-67) de Aristófanes. Observa o Prof. Havelock: «The existence of true literacy is a social condition. Yet curiously enough it is testable by a private activity. When a citizen reads something "to himself", as we say, and by himself, and does so habitually, he has become a member of a society which has divorced itself, or begun to divorce itself, from the audience situation. The content of preserved speech no longer depends for its publication and preservation upon oral communication and repetition by groups of persons. The silent solitary reader has accepted the full implications of documentation" (cf. Eric A. Havelock, *op. cit.*, p. 203).

([227]) — A relevância da «censura preventiva da comunidade» na produção e na difusão dos textos da literatura oral foi assinalada por

Se em culturas já não primariamente orais, isto é, culturas em que o sistema semiótico da literatura oral coexiste com o sistema semiótico da literatura escrita, podem ocorrer múltiplos fenómenos de *crioulização* entre ambos os sistemas e entre os textos dependentes de um e de outro sistema, numa *cultura secundariamente oral* como a cultura contemporânea dos países tecnológica e socialmente avançados, isto é, uma cultura dominada por meios de comunicação audiovisual, verifica-se a ocorrência do fenómeno de *reoralização* da literatura e, particularmente, da poesia: dessacralização do texto escrito, exploração das potencialidades fónico-rítmicas, semânticas e pragmáticas da fala que "sai de uma boca", associação ou simbiose da poesia com a música e o canto, comunicação dos textos poéticos por um emissor que se dirige directamente a um grupo de ouvintes, etc.(228)

2.15. O conceito de língua literária

O conceito de "língua" apresenta conteúdos variáveis, em função das teorias e dos sistemas de oposição terminológico--conceituais em que é utilizado.

No pensamento de Ferdinand de Saussure, matriz a que se torna indispensável remontar neste domínio, o conceito de "língua" define-se, por um lado, em relação ao conceito de "linguagem" e, por outra banda, em relação ao conceito de "fala". A linguagem é uma *faculdade* universal, uma potencialidade existente em cada indivíduo, ao passo que a língua é uma *instituição,* isto é, um produto social condicionado histórica e geograficamente, «um conjunto de convenções necessárias, adoptadas pelo corpo social para permitir o exercício

---

Roman Jakobson e Petr Bogatyrev no seu estudo já citado na nota (218). Como aí se salienta, se Lautréamont, "poeta maldito" típico, rejeitado e ignorado pelo público leitor seu contemporâneo, tivesse composto apenas textos de literatura oral, não teriam subsistido quaisquer vestígios da sua obra (cf. Roman Jakobson, *Questions de poétique,* p. 61).

(228) — Sobre este fenómeno, cf. George Quasha, «DiaLogos: Between the written and the oral in contemporary poetry», in *New literary history,* VIII, 3 (1977), pp. 485-506.

daquela faculdade nos indivíduos.»(²²⁹) A língua é de natureza supra-individual e contratual: constitui um «código social», um «sistema de sinais», um «modelo colectivo», um «depósito» ou um «tesouro» de formas existente em todos os indivíduos pertencentes à mesma comunidade linguística. A fala, pelo contrário, é de natureza individual, sendo constituída pelas combinações através das quais o sujeito falante, exercitando a sua inteligência e a sua vontade, utiliza o código da língua,(²³⁰)

(²²⁹) — Cf. Ferdinand de Saussure, *Cours de linguistique générale*. Édition critique préparée par Tulio De Mauro. Paris, Payot, 1972, p. 25. Dentre os numerosos estudos consagrados à distinção saussuriana entre *langue* e *parole*, mencionamos: Robert Godel, *Les sources manuscrites du Cours de linguistique générale de F. de Saussure*, Genève, Librairie Droz, ²1969, pp. 142 ss.; René Amacker, *Linguistique saussurienne*, Genève, Librairie Droz, 1975, pp. 52-55, 62-65 e 95-98; Claudine Normand, «Langue/parole: constitution et enjeu d'une opposition», in *Langages*, 49 (1978), pp. 66-90.

(²³⁰) — A expressão «código da língua» é utilizada pelo próprio Saussure no *Cours de linguistique générale* (cf. ed. cit., p. 31). Noutro texto, Saussure define a língua como «code social organisant le langage et formant l'outil nécessaire à l'exercice de la faculté du langage» (*apud* R. Engler, *Lexique de la terminologie saussurienne*, Utrecht — Anvers, Spectrum, 1968, s. v. «Langue»). A conceituação da língua como um código foi retomada por diversos linguistas, em especial por Jakobson, sob a influência da teoria da comunicação (por exemplo, *vide*: Roman Jakobson, *Selected writings. II: Word and language*, The Hague — Paris, Mouton, 1971, pp. 130 ss., 224, 243, 260 ss., 411, 572 ss., 666-667, 697, 718; Émile Benveniste, *Problèmes de linguistique générale I*, Paris, Éditions Gallimard, 1966, p. 23; André Martinet, *Éléments de linguistique générale*, Paris, A. Colin, 1970, p. 25; Bertil Malmberg, *Lingüística estructural y comunicación humana*, Madrid, Editorial Gredos, 1971, pp. 49-54). A identificação de "língua" com "código" foi discutida por Georges Mounin no seu estudo «La notion de code en linguistique» (incluído no volume *Introduction à la sémiologie*, Paris, Les Éditions de Minuit, 1970, pp. 77-86), orientando este linguista a sua análise no sentido de demonstrar que «as línguas naturais humanas são profundamente diferentes dos códigos estritos e propriamente ditos». O estudo de Mounin, todavia, não esclarece adequadamente o problema, sobretudo porque não estabelece com precisão o conceito de código. A questão foi mais recentemente reexaminada, com grande rigor analítico, por Luis J. Prieto, «Langue et code non linguistique», *Pertinence et pratique* (Paris, Les Éditions de Minuit, 1975), pp. 129-141. Para Prieto, a língua é um tipo particular de código, entendendo-se por código «la structure sémiotique sur laquelle se fonde la connaissance que

«a fim de exprimir o seu pensamento pessoal». Na *fala*, mediante a utilização do sistema de sinais e da instituição social que é a *língua*, o indivíduo realiza a faculdade da linguagem.(²³¹)

A língua representa, por conseguinte, «uma técnica historicamente determinada e condicionada» e é a partir da entidade histórica constituída por uma determinada língua natural que se organiza o sistema modelizante secundário da literatura. A língua natural, ao operar-se esta mutação de nível semiótico, adquire o estatuto de *língua literária*. Não utilizamos o conceito de "língua literária" com a intensão ampla de totalidade dos factores constitutivos do sistema semiótico literário — a *langue* literária de que o texto particular e concreto representaria a *parole* (²³²) —, mas com a intensão mais restrita de língua natural submetida a um peculiar processo de semiotização que, em conformidade com uma poética implí-

---

l'émetteur et le récepteur ont du signal dont la production caractérisc cet acte [acto sémico]» (p. 129). A língua constitui um tipo particular de código, porque possui a *omnipotência semiótica* — é um código no qual é traduzível qualquer significado de outros códigos — e porque comporta *semas* «cujos significados estão em relação lógica de inclusão ou de intersecção entre si», ao passo que os semas pertencentes a códigos não linguísticos se encontram sempre em relação lógica de exclusão entre si (Prieto, em conformidade com a terminologia proposta por E. Buyssens, entende por "sema" um significante e o significado correspondente).

(²³¹) — A dicotomia saussuriana *langue/parole* tem suscitado diversas críticas, tendo alguns linguistas proposto a sua reformulação numa tricotomia em que se considera a existência de um terceiro nível situado entre a *langue* e a *parole* (cf. Louis Hjelmslev, «Langue et parole», *Essais linguistiques*, Paris, Les Éditions de Minuit, 1971, pp. 77-89; Eugenio Coseriu, «Sistema, norma y habla», *Teoría del lenguaje y lingüística general*, Madrid, Editorial Gredos, 1962, pp. 11-113; Luigi Rosiello, *Struttura, uso e funzioni della lingua*, Firenze, Vallecchi, 1965, pp. 108-113; Nils Erik Enkvist, *Linguistic stylistics*, The Hague — Paris, Mouton, 1973, pp. 36 ss.; Luis J. Prieto, «Langue et parole», *Pertinence et pratique*, pp. 77-127).

(²³²) — Nalguns autores (*e. g.*, Jurij M. Lotman, *La struttura del testo poetico*, p. 14; E. Carontini-D. Peraya, *Le projet sémiotique*, Paris, Jean-Pierre Delarge, 1975, pp. 107 ss.), ocorre o conceito de "língua" com a intensão ampla de «qualquer sistema de comunicação que usa signos ordenados de um modo particular». Um dos grandes responsáveis pela difusão deste conceito semiótico de "língua" — e, correlativamente, do conceito semiótico de "fala" — é Roland Barthes (cf. «Éléments de sémiologie», in *Communications*, 4 (1965), pp. 97 ss.).

cita ou explícita, actuante quer a nível da produção, quer a nível da recepção, transforma as estruturas verbais dependentes do sistema modelizante primário em estruturas verbo--simbólicas dependentes do sistema modelizante secundário que é o sistema semiótico literário.

Em geral, a língua literária de um escritor é constituída pela sua própria língua materna, embora esta regra possa ser frequentemente derrogada: na Idade Média e, sobretudo, no Renascimento, por motivos de prestígio cultural, muitos autores escolheram como língua literária uma língua morta, o latim; por vezes, um escritor, nascido e criado no âmbito de uma determinada comunidade linguística, escolhe para realizar parte da sua obra literária a língua de outra comunidade, porque encontra nela uma língua literária tradicionalmente utilizada em certos géneros poéticos (Afonso X de Castela, por exemplo, optou pelo galego-português para escrever as suas *Cantigas de Santa Maria*); outras vezes, ainda, sob o efeito de vigorosos fenómenos de influência cultural e político-social exercida por um país sobre outro, muitos escritores do país influenciado adoptam também a língua do país influenciador como língua literária, criando-se assim não raro uma situação de *diglossia* literária (é o caso, por exemplo, de muitos escritores portugueses de fins do século XVI e do século XVII, que utilizam o português e o castelhano como línguas literárias); pode acontecer ainda que um escritor realize a sua obra literária numa língua que não é a língua da sua nacionalidade (o irlandês Samuel Beckett escreve em francês).

Quais as relações existentes entre uma dada língua natural e uma língua literária constituída sobre aquela? Ou, colocando o problema noutro plano, quais as relações existentes entre a gramática que permite descrever e explicar os textos da língua natural e a gramática que permite descrever e explicar os textos da língua literária?

Uma resposta dada com frequência e desde há muitos séculos a estas perguntas é a de que estas relações se podem definir em termos de *desvio*: a língua literária representa um *desvio* quando comparada com a língua normal e, por conseguinte, a gramática que permite descrever e explicar os textos literários não se pode identificar totalmente com a gramática da língua normal. Como vimos em 2.1., a concepção da língua literária como *desvio* encontra-se já exposta em Aristóteles e aparece posteriormente formulada, sob formas afins, ao longo de toda a tradição literária europeia. Na teoria literária contemporânea, desde o formalismo russo até à poética gerativa, o conceito de *desvio* tem continuado a desempenhar um papel relevante na caracterização da língua literária.

A concepção "desviacionista" da língua literária apresenta, todavia, duas modalidades diferenciadas: uma modalidade débil ou lenificada e uma modalidade forte. Segundo a modalidade lenificada, a língua literária, como escrevemos em 2.1., é concebida como um *sermo pulchrior* que se constitui, mediante os processos retórico-estilísticos da *amplificatio* e da *exornatio,* a partir de uma base linguística reduzida e simples utilizada na chamada linguagem da comunicação normal; segundo a modalidade forte, a língua literária "viola", "infringe", "subverte" as regras da língua normal e, por isso mesmo, apresenta múltiplas "anomalias" em relação a esta última. A modalidade lenificada da concepção "desviacionista" da língua literária predominou, em geral, na poética renascentista e neoclássica; a modalidade forte afirmou-se já na poética do maneirismo e em certos aspectos da poética barroca e desenvolveu-se com o simbolismo e, sobretudo, com os movimentos de vanguarda literária que, desde as primeiras décadas do século XX, advogaram a necessidade de provocar uma ruptura violenta com a agonizante cultura romântico-burguesa ainda difusamente prevalecente na Europa.

Conceber a língua literária como "desvio" implica obviamente determinar e caracterizar a *regularidade,* o *grau zero* estilístico e retórico a partir dos quais se institui o desvio.

Já no declínio da tradição retórica neoclássica, Fontanier caracterizou o discurso *figurado,* de que o discurso literário seria a quinta-essência, como um discurso que se afasta da «expressão simples e comum».[233] Estamos perante uma con-

---

(233) — Cf. Pierre Fontanier, *Les figures du discours,* Paris, Flammarion, 1968, p. 64: «Les figures du discours sont les traits, les formes ou les tours plus ou moins remarquables et d'un effet plus ou moins heureux, par lesquels le discours, dans l'expression des idées, des pensées ou des sentiments, s'éloigne plus ou moins de ce qui en eût été l'expression simple et commune». A primeira edição desta obra de Fontanier é de 1830.

cepção tipicamente *ornamentalista* do desvio: a expressão simples e comum representa uma espécie de grau zero da escrita, uma linguagem neutra e não marcada, que seria exornada, transformada e semanticamente enriquecida com os tropos e o sentido figurado atribuído aos lexemas. Mas onde e como existe esta «manière ordinaire et commune de parler», esta expressão neutra e não marcada? Du Marsais, no seu tratado *Des tropes* (1730), teve clara consciência desta dificuldade teórica e por isso inverteu os termos com que Fontanier, um século mais tarde, procuraria equacionar o problema: «Je suis persuadé qu'il se fait plus de figures un jour de marché à la Halle qu'il ne s'en fait en plusieurs jours d'assemblées académiques. Ainsi, bien loin que les figures s'éloignent du langage ordinaire des hommes, ce seraient au contraire les façons de parler sans figures qui s'en éloigneraient, s'il n'était possible de faire un discours où il n'y eût que des expressions non figurées.» (235)

Os investigadores do grupo µ da Universidade de Liège propõem identificar aquele grau zero com um discurso "ingénuo", isento de artifícios e de subentendidos e para o qual «um gato é um gato».(236) Este discurso artificialmente asseptizado só pode ser entendido como uma "construção ideal" (*ideal construct*) que o investigador utiliza com fins heurísticos, mas, mesmo assim, o Grupo µ da Universidade de Liège receia que o carácter asséptico de tais construções ideais não seja perfeito e acaba por identificar o zero absoluto do discurso com um discurso que, por via metalinguística, seria decomposto nas suas entidades básicas, isto é, nos seus *semas essenciais*.(237) Sob o ponto de vista epistemológico e metodológico, as propostas do Grupo µ da Universidade de Liège afiguram-se gravemente incorrectas, porque um inventário de semas não constitui um discurso em funcionamento e porque um «um discurso "ingénuo", isento de artifícios e de subentendidos», representa uma contrafacção da actividade linguística: o *ideal construct*

---

(235) — *Apud* Yves Le Hir, *Rhétorique et stylistique de la Pléiade au Parnasse*, Paris, P.U.F., 1960, p. 141.
(236) — Cf. J. Dubois *et alii*, *Rhétorique générale*, Paris, Larousse, 1970, p. 35.
(237) — *Ibid.*, p. 36.

destina-se a observar, sem circunstâncias ou agentes perturbadores, um determinado fenómeno e não a desnaturar esse mesmo fenómeno.

Mais cautelosamente, Gérard Genette classifica a «expressão simples e comum» de Fontanier como uma «linguagem virtual» reconstituível e recuperável pelo pensamento e à qual, em última instância, é traduzível qualquer figura da «linguagem real» utilizada pelo poeta,[238] o que postula a tradutibilidade de uma linguagem presente e marcada — a linguagem poética — numa linguagem ausente e não marcada. Esta tradutibilidade pressupõe a equipolência semiótica da linguagem literária e da linguagem normal ou comum e conduz necessariamente a uma concepção ornamentalista daquela linguagem.[239]

Percorrendo, quase ao acaso, a obra de alguns representativos teorizadores da literatura do século XX, encontramos com significativa frequência a contraposição da língua literária — ou da língua poética, entendida em sentido lato[240] —

---

[238] — Cf. Gérard Genette, *Figures,* Paris, Éditions du Seuil, 1966, pp. 207-208.

[239] — Nesta perspectiva, a frase literária teria subjacente, como base ou ponto de partida, uma frase normal e bem formada, que seria depois modificada e distorcida com o objectivo de alcançar um determinado efeito expressivo. Esta concepção da frase literária, que julgamos gravemente inexacta, é advogada, por exemplo, por Archibald A. Hill: «It seems to me a reasonable hypothesis to say that the poet starts with a normal sentence, often fully formed and well constructed. This underlying sentence, as I have said before, need not be either written or pronounced but may be, and often is, internal and very rapidly flashed across consciousness. This underlying sentence is then modified to reach an effect in keeping with the structure of the poem» (cf. Archibald A. Hill, *Constituent and pattern in poetry,* Austin — London, University of Texas Press, 1976, pp. 116-117).

[240] — Alguns autores utilizam as expressões "língua literária" (ou "linguagem literária") e "língua poética" (ou "linguagem poética") como equivalentes. Outros autores, sem porem em causa esta equivalência semântica fundamental, consideram a "língua poética" como um grau mais depurado da "língua literária". Para outros autores, enfim, "poético" seria um termo marcado, denotando uma específica modalidade de literatura — a "língua poética" identificar-se-ia, assim, com a língua dos textos escritos em poesia *stricto sensu,* isto é, dos textos escritos em verso —, ao passo que "literário" seria um termo não marcado,

à "língua *standard*", à "língua comum", à "língua prática", à "língua comunicativa", etc. Assim, diversos formalistas russos contrapõem "linguagem poética" e "linguagem prática";(²⁴¹) nas *Teses de 1929* do Círculo Linguístico de Praga, diferencia-se a "linguagem poética" da "linguagem de comunicação";(²⁴²) Mukařovský afirma que a "linguagem poética" se caracteriza pela «violação sistemática», pela «distorção» da norma da "linguagem *standard*";(²⁴³) Todorov identifica a essência da "língua poética" com a violação das normas da "língua comum";(²⁴⁴) Julia Kristeva contrapõe "discurso poético" e "discurso de comunicação oral quotidiana", "linguagem poética" e "língua corrente"; (²⁴⁵) Maurice-Jean Lefebve distingue o "discurso literário" por oposição ao "discurso quotidiano";(²⁴⁶) Geoffrey Leech considera que a "linguagem poética" explora a «heterodoxia linguística» e que só pode ser estudada à luz do princípio do desvio motivado em relação às normas linguísticas;(²⁴⁷) Samuel R. Levin sublinha que a

---

abrangendo portanto a "língua literária" os textos escritos quer em verso, quer em prosa. Cf., *e.g.*, Costanzo Di Girolamo, *Critica della letterarietà*, Milano, Il Saggiatore, 1978, p. 31; Vittorio Coletti, *Il linguaggio letterario*, Bologna, Zanichelli, 1978, «Premessa. Questioni di "vocabolario"». Veja-se, neste capítulo, a nota (40).

(²⁴¹) — Cf. B.M. Ejchenbaum, «The theory of the formal method», in Ladislav Matejka e Krystyna Pomorska (eds.), *Readings in russian poetics: Formalist and structuralist views,* Cambridge (Mass.)—London, The M.I.T. Press, 1971, pp. 9, 13 e 34.

(²⁴²) — Cf., neste capítulo, pp. 50-51.

(²⁴³) — Cf. Jan Mukařovský, «Standard language and poetic language», in Donald C. Freeman (ed.), *Linguistics and literary style,* New York, Holt, Rinehart and Winston, 1970, p. 42.

(²⁴⁴) — Cf. Tzvetan Todorov, «Les poètes devant le bon usage», in *Revue d'esthétique*, XVIII (1965), p. 305. Posteriormente, Todorov modificou substancialmente o seu pensamento em relação a este problema (vejam-se os seus estudos citados na nota (39) do capítulo i deste volume).

(²⁴⁵) — Cf. Julia Kristeva, $\Sigma\eta\mu\epsilon\iota\omega\tau\iota\kappa\dot{\eta}$. *Recherches pour une sémanalyse,* Paris, Éditions du Seuil, 1969, pp. 247 e 258-259.

(²⁴⁶) — Cf. Maurice-Jean Lefebve, *Structure du discours de la poésie et du récit,* Neuchâtel, Éditions de la Baconnière, 1971, pp. 26-27.

(²⁴⁷) — Cf. Geoffrey Leech, «"This bread I break" — Language and interpretation», in Donald C. Freeman (ed.), *op. cit.,* pp. 121-122: «*Fore-*

poesia se distingue da "linguagem comum" por certas liberdades que se consubstanciam «em desvios da gramática da linguagem comum e que implicam fundamentalmente categorias sintácticas e semânticas.»(²⁴⁸) Não vale a pena alongar este elenco de citações.

A consideração da língua literária como um *desvio* em relação à língua *standard* suscita algumas dúvidas e dificuldades ponderosas.

Em primeiro lugar, não se torna fácil delimitar e caracterizar a língua *standard*. Se a *língua normal* ou *comum* for definida como a língua «falada quotidianamente por todos nós»,(²⁴⁹) tratar-se-á com efeito de uma entidade polimórfica, senão informe, na qual cabem variações mais ou menos amplas de diversa natureza e que frequentemente apresenta, em alto grau, os valores emotivos e expressivos que alguns autores atribuem, na senda de uma estética psicologista de raiz romântica, à língua literária.(²⁵⁰) Se se atentar, por exemplo, na

---

grounding, or motivated deviation from linguistic or other socially accepted norms, has been claimed to be a basic principle of aesthetic communication. Wether or not 'the concept is applicable to any great extent to other art forms, it is certainly valuable, if not essential, for the study of poetic language. The norms of the language are in this dimension of analysis regarded as a "background", against which features which are prominent because of their abnormality are placed in focus.»

(²⁴⁸) — Cf. Samuel R. Levin, «The conventions of poetry», in Seymour Chatman (ed.), *Literary style: A symposium*, London — New York, Oxford University Press, 1971, p. 189. Levin, que tem consagrado vários estudos ao fenómeno do desvio e da agramaticalidade no texto poético, publicou recentemente uma obra importante em que analisa a problemática semântica do desvio na língua poética: *The semantics of metaphor* (Baltimore — London, The Johns Hopkins University Press, 1977).

(²⁴⁹) — Cf. Gaetano Berruto e Monica Berretta, *Lezioni di sociolinguistica e di linguistica applicata,* Napoli, Liguori Editore, 1977, p. 16.

(²⁵⁰) — Por exemplo, Francisco Rodríguez Adrados, segundo o qual a língua normal, na prática, se identifica com «la lengua hablada más común, alejada tanto de las categorizaciones muy especializadas (lengua científica) como de la excesiva carga emotiva y expresiva (lengua literaria y poética)» (cf. *Lingüística estructural,* Madrid, Editorial Gredos, ²1974, vol. II, p. 618), considera que esta língua comum representa um grau zero do estilo, embora, logo a seguir, se veja obrigado a restringir assim a asserção anterior: «Esto en términos generales y sin desconocer

criatividade lexical, na riqueza e na audácia metafóricas, na complexidade semântica que muitas vezes caracterizam a língua «quotidianamente falada por todos nós», como se poderá considerar esta língua o "grau zero" em contraste com o qual se delimitaria e definiria a língua literária? Por outro lado, na língua «quotidianamente falada por todos nós» não raro ocorrem desvios e infracções à gramática da língua, quer por incúria ou comodismo, quer por força do contexto situacional, quer por busca de efeitos expressivos.

Foi sopesando estas e outras razões similares que Stanley Fish, num estudo já famoso, depois de afirmar que «as teorias do desvio trivializam a norma e portanto trivializam tudo o mais», concluiu que *«there is no such thing as ordinary language, at least in the naive sense often intended by that term.»*([251])

E assim se compreende que, dadas as dificuldades em se conceituar consistentemente a língua «quotidianamente falada por todos nós» como o "grau zero" em contraposição ao qual se distanciaria a língua literária, alguns autores tenham procurado identificar esse "grau zero" com outra modalidade de linguagem: com a linguagem científica e, mais especificamente, com a linguagem matemática.([252])

---

que los valores emotivos y expresivos de la lengua literaria aparecen también en la lengua popular» (*ibid.*, p. 608).

([251]) — Cf. Stanley E. Fish, «How ordinary is ordinary language?», in *New literary history*, V, 1 (1973), p. 49.

([252]) — Jean Cohen, na sua obra *Structure du langage poétique* (Paris, Flammarion, 1966, pp. 22-23), escolhe a prosa do cientista como a modalidade da linguagem em que melhor se realiza o «grau zero da escrita» — um grau zero relativo — e, por conseguinte, como o pólo antipodal da língua poética, em confronto com o qual se deve analisar e medir o desvio representado por esta última. O matemático romeno Solomon Marcus é autor de alguns importantes estudos sobre as características que diferenciam a língua poética e a língua científica (em particular, a língua matemática): «Poétique mathématique non-probabiliste», in *Langages*, 12 (1968), pp. 52-55; *Poetica matematică*, Bucuresti, Editura Acad. Rep. Soc. România, 1970, cap. IV (tradução alemã: *Mathematische Poetik*, Frankfurt am Main, Athenäum Verlag, 1974); «Two poles of the human language I», in *Revue roumaine de linguistique*, XV (1970), pp. 187-198; «Two poles of the human language II», in *Revue roumaine de linguistique*, XV (1970), pp. 309-316. O n.º 10 (1974) da revista *Poetics*, organizado

Numa conceituação teoricamente mais rigorosa e mais coerente, a língua *standard* pode ser caracterizada pela codificação e pela aceitação, numa dada comunidade linguística, de um conjunto formal de normas que definem o uso correcto da língua. Se é verdade que a natureza heterogénea da língua faz parte da sua definição,(²⁵³) é igualmente incontestável que uma comunidade sociocultural — que é frequentemente também uma comunidade política — não vive em equilíbrio interno e não se desenvolve adequadamente se as variações diatópicas e diastráticas da sua língua não forem compensadas pela existência de uma "língua unitária" e de uma gramática *standard* que,

---

por Solomon Marcus, é consagrado às relações entre a poética e a matemática. Segundo Marcus, a significação poética é organicamente solidária com a sua expressão, ao passo que a significação matemática é relativamente independente da sua expressão; a língua científica apresenta homonímia tendencialmente nula e sinonímia infinita, enquanto a língua poética oferece um índice máximo de homonímia e um índice mínimo de sinonímia; o carácter discreto do significado na língua científica contrapõe-se ao carácter contínuo do significado na língua poética (sobre esta característica diferenciadora, veja-se, no citado número da revista *Poetics*, pp. 21-26, o esclarecedor estudo de I.I. Revzin, «On the continuous nature of the poetic semantics»). Também F.R. Adrados, no seu artigo «Las unidades literarias como lenguaje artístico», in *Revista española de lingüística*, 4,1 (1974), pp. 133-134, advoga a tese de que os caracteres distintivos da língua literária ressaltam melhor se esta for contrastada com a língua científica e não com a língua comum. Tal diferenciação da língua científica (idealizada) e da língua poética (idealizada) sobrepõe-se parcialmente à contraposição lógico-semântica entre *denotação* e *conotação*, a qual se encontra subjacente a várias outras propostas de delimitação do domínio literário e do domínio não literário (*e.g.*, a distinção entre *textos informativos* e *textos literários* estabelecida por F. Marcos Marín, no capítulo II da sua obra *El comentario lingüístico (metodología y práctica)*, Madrid, Ediciones Cátedra, 1977).

(²⁵³) — Veja-se, neste capítulo, o § 2.9. À bibliografia mencionada na nota (129), acrescente-se Dieter Wunderlich, *Foundations of linguistics*, Cambridge, Cambridge University Press, 1979, pp. 339 ss. [título original: *Grundlagen der Linguistik*, Reinbek bei Hamburg, Rowohlt Taschenbuch Verlag, 1974], em cujas páginas se encontra uma análise da tese de Siegfried Kanngiesser, exposta na sua obra *Aspekte der synchronen und diachronen Linguistik* (Tübingen, 1972), segundo a qual «uma língua já não pode ser caracterizada por uma única gramática, mas só através de uma família de gramáticas coexistentes.»

sobrepondo-se ao polilectalismo centrífugo, assegurem a comunicação entre os múltiplos grupos e subgrupos regionais e sociais e possibilitem o exercício de uma indispensável normatividade social, ética, jurídica e política.

Ora, como põe em relevo Fishman, se a aceitação da língua *standard* é fomentada e imposta por entidades e mecanismos sociopolíticos e socioculturais como os governos, a administração pública, o sistema educativo, as academias, os meios de comunicação social, etc., a codificação daquela mesma língua é realizada e difundida na comunidade, com carácter explícita ou implicitamente impositivo, através de instrumentos como as gramáticas, os dicionários e os textos considerados como exemplares (254) — isto é, acrescentaremos e sublinharemos nós, textos quase sempre literários, em geral da autoria de escritores reputados como "mestres da língua". Numa perspectiva diacrónica, com efeito, a língua *standard* organiza-se, enriquece-se e transforma-se em profunda ligação com a língua literária, que constitui, ao mesmo tempo, língua de cultura e de civilização;(255) numa perspectiva sincrónica,

---

(254) — Cf. Joshua A. Fishman, «The sociology of language: An interdisciplinary social science approach to language in society», in Thomas A. Sebeok (ed.), *Current trends in linguistics*. Vol. 12. *Linguistics and adjacent arts and sciences****, The Hague — Paris, Mouton, 1974, p. 1639. Sobre o conceito de língua *standard,* veja-se também Norbert Dittmar, *Sociolinguistics. A critical survey of theory and application*, London, Edward Arnold, 1976, p. 8.

(255) — Sobre esta matéria, consulte-se o bem fundamentado estudo de Benvenuto Terracini, «Analisi del concetto di lingua letteraria», publicado na sua obra póstuma intitulada *I segni, la storia* (Napoli, Guida Editori, 1976), pp. 175-204. Escreve Terracini: «Non discutiamo la distinzione di quei quattro elementi: lingua letteraria e lingua popolare, lingua tecnica e lingua comune, constatiamo semplicemente che, qualunque caratteristica si dia a ciascuno di questi elementi, o a qualunque altro io possa scegliere a raffigurare la struttura sociale e formale ad un tempo della lingua (l'espressività del linguaggio popolare, l'esattezza della lingua tecnica, l'approssimazione della lingua comune, ecc.), possiamo ritrovarle tutte quante, anzi in forma più decisa, nella lingua letteraria. [...] la lingua letteraria segna il momento in cui il sentimento dell'uso e della tradizione che è insito nel linguaggio si fa conoscenza, perché è lingua foggiata da parlanti nei quali la cultura ha destato appunto tale coscienza e il dominio della lingua che essa implica» (pp. 198-199). Sobre a importância

é com frequência que se recorre à língua literária a fim de estabelecer o possível "jurídico" que configura a *norma* gramatical de uma determinada língua histórica.

Se a língua literária representa, por conseguinte, um factor relevante nos processos de formação e aceitação da norma gramatical de uma língua, carece de lógica atribuir-lhe como propriedade fundamental e distintiva o *desvio* em relação àquela mesma norma. Por outro lado, não devem ser minimizados os argumentos, aduzidos por diversos autores, de que em muitos textos literários não ocorrem desvios relevantes em relação à norma da língua *standard* e de que textos com desvios numerosos e profundos não possuem *ipso facto* estatuto literário.

Por sua vez, o conceito de *desvio* não suscita problemas menos graves do que o conceito de língua *standard*.([256]) Efectivamente, o conceito de desvio pode ser entendido em relação à norma gramatical de uma particular língua histórica utilizada pelo escritor, mas pode também ser entendido em relação à norma da língua literária dominante num determinado período histórico, em relação às normas e convenções do policódigo literário prevalecente ([257]) ou ainda em relação a uma norma

---

das fontes literárias para a história da língua, veja-se ainda B. Terracini, *Lingua libera e libertà linguistica. Introduzione alla linguistica storica*, Torino, Einaudi, ²1970, pp. 232-236. Alguns investigadores do Círculo Linguístico de Praga, sobretudo Havránek, salientaram a relevância da língua literária na constituição e na difusão da língua *standard* (cf. Josef Vachek, *The linguistic school of Prague*, Bloomington — London, Indiana University Press, 1966, capítulo VI: «The standard language and the aesthetic function of language»). O poeta e crítico português setecentista Dias Gomes escreve: «De todos os tempos a Poesia foi quem polio os Idiomas, quem lhe deu cópia, força, e harmonia» (cf. Francisco Dias Gomes, *Obras poeticas*, Lisboa, na Typographia da Acad. R. das Sciencias, 1799, p. 42).

([256]) — Cf., *e.g.*, Nicole Gueunier, «La pertinence de la notion d'écart en stylistique», in *Langue française*, 3 (1969), pp. 34-35.

([257]) — Mukařovský refere-se justamente ao carácter dual do desvio que, em seu entender, caracteriza a linguagem poética: «The background which we perceive behind the work of poetry as consisting of the unforegrounded components resisting foregrounding is thus dual: the norm of the standard language and the traditional esthetic canon. Both backgrounds are always potentially present, though one of them will predominate in the concrete case» (cf. Jan Mukařovský, «Standard language and poetic language», in Donald C. Freeman (ed.), *op. cit.*, p. 46).

contextualmente construída no âmbito de um determinado texto.(²⁵⁸) Ora se o desvio, nos três primeiros casos, se configura como um fenómeno paradigmático, que se torna apreensível em virtude de uma comparação contrastiva estabelecida com um plano sistémico, já no último caso se manifesta inquestionavelmente como um fenómeno sintagmático, só existente e só apreensível no plano da *parole* literária.

Independentemente, todavia, do termo com o qual for relacionalmente confrontado, o desvio pode ser concebido, quer na perspectiva do emissor, quer na perspectiva do receptor, segundo duas ópticas que, não se apresentando necessariamente conflituantes, são em princípio distintas: o desvio pode ser analisado e valorado como uma *diferença,* um *distanciamento* e uma *novidade* ou pode ser analisado e valorado como uma *irregularidade*, uma *anomalia* e uma *transgressão* em relação ao termo considerado como norma. O desvio não se configura forçosamente, por conseguinte, como um fenómeno agramatical ou como uma infracção de quaisquer regras, podendo antes configurar-se como um fenómeno inédito ou divergente, embora pressuponha sempre um marco de referência — a norma, a regularidade institucionalizada —, sem o qual não seria possível detectá-lo e caracterizá-lo (e, dialecticamente, a norma não se manifestaria de modo tão claro sem a ocorrência de desvios).(²⁵⁹)

(²⁵⁸) — O conceito de *contexto estilístico,* proposto por Michaël Riffaterre, é assim definido por este autor: «Le contexte stylistique est un *pattern* linguistique rompu par un élément qui est imprévisible, et le contraste résultant de cette interférence est le stimulus stylistique» (cf. M. Riffaterre, *Essais de stylistique structurale,* Paris, Flammarion, 1971, p. 57. Veja-se ainda o capítulo III desta mesma obra, intitulado «Le contexte stylistique»). Sob esta perspectiva, o contexto estilístico funciona como a norma em relação à qual se produz o desvio. Este conceito de desvio é muito semelhante ao conceito de *desvio interno* formulado por Samuel R. Levin, no seu estudo «Internal and external deviation in poetry», in *Word,* 21 (1965), pp. 225-237. O *desvio interno* processa-se e é avaliado em relação a um d... texto poético; o *desvio externo* processa-se e é avaliado em relação a uma norma exterior a qualquer texto poético.

(²⁵⁹) — Cf. Raymond Chapman, *Linguistics and literature,* London, Edward Arnold, 1973, p. 46; Tzvetan Todorov, *Les genres du discours,* Paris, Éditions du Seuil, 1978, pp. 45-46. O conceito de desvio entendido como *carácter diferencial* ("Differenzqualität") — conceito procedente do

A teoria linguística de Chomsky transformou profundamente a problemática do conceito de desvio linguístico entendido como *agramaticalidade* e, pelas suas aplicações aos domínios da poética e da estilística, motivou correlativamente um novo enfocamento da problemática da língua literária.

Chomsky estabelece uma distinção fundamental entre *gramaticalidade* e *aceitabilidade* de uma frase.([260]) A *gramaticalidade* define a propriedade das frases de uma dada língua que são geradas pela gramática dessa mesma língua: a gramática de uma dada língua, isto é, o conjunto finito de regras que configura a *competência linguística* de um falante nativo, gera todas as frases bem formadas dessa mesma língua e apenas estas. A *aceitabilidade*, em contrapartida, é um conceito atinente à opinião que um informante ou um grupo de informantes manifestam sobre a compreensibilidade ou a admissibilidade de uma determinada frase. Quer dizer, enquanto o conceito de gramaticalidade pertence ao domínio da *competência linguística,* o conceito de aceitabilidade pertence ao domínio da *realização* ("performance") *linguística,* não possuindo os dois conceitos, por conseguinte, idêntico estatuto teorético e divergindo tanto na sua intensão como na sua extensão. A gramaticalidade representa um dos vários factores que determinam e condicionam a aceitabilidade, mas uma frase gramatical não constitui *ipso facto* uma frase aceitável (assim acontece, por exemplo, com frases gramaticais que, por serem demasiado

---

esteta alemão Broder Christiansen — desempenhou, como vimos (cf. 2.2.), um papel fundamental na poética do formalismo russo.

([260]) — Sobre a distinção entre *gramaticalidade* e *aceitabilidade,* veja-se sobretudo Noam Chomsky, *Aspects of the theory of syntax,* Cambridge (Mass.), The M.I.T. Press, 1965, pp. 10-11 e 148-153. Sobre alguns conceitos relevantes da linguística chomskyana a seguir utilizados, consulte-se algum dos numerosos estudos que àquela têm sido consagrados: *e.g.,* Nicolas Ruwet, *Introduction à la grammaire générative,* Paris, Plon, ²1968; Humberto López Morales, *Introducción a la lingüística generativa,* Madrid, Ediciones Alcalà, 1974; Rodney Huddleston, *An introduction to english transformational syntax,* London, Longman, 1976. Mais especificamente, sobre o conceito de *gramaticalidade,* cf. B.P.F. Al, *La notion de grammaticalité en grammaire générative-transformationelle,* Leyde, Presse Universitaire de Leyde, 1975; sobre o conceito de *aceitabilidade,* cf. Randolph Quirk e Jan Svartvik, *Investigating linguistic acceptability,* The Hague—Paris, Mouton, 1966.

extensas, por conterem construções de incrustação repetida, de auto-incrustação, etc., não logram aceitabilidade). Tanto a gramaticalidade como a aceitabilidade são fenómenos gradativos que apresentam escalas não coincidentes,([261]) tornando-se por vezes muito difícil, senão aleatório, determinar com rigor os respectivos graus e até demarcar os limites da gramaticalidade e da agramaticalidade, da aceitabilidade e da inaceitabilidade. Neste domínio, como em muitos outros, as rígidas oposições binárias peculiares do taxinomismo estruturalista revelam-se precárias e deformadoras da complexidade dos fenómenos sob investigação, parecendo indispensável o recurso aos métodos e processos de análise proporcionados por uma *linguística não discreta* ("fuzzy grammar").([262])

A gramaticalidade consubstancia, pois, a norma em relação à qual se opera o desvio, podendo a violação desta norma ser deliberadamente explorada como um mecanismo literário.([263])

A agramaticalidade de uma frase resulta da infracção apenas de regras sintácticas, de regras sintácticas e semânticas ou tão-só de regras semânticas? Esta pergunta envolve um dos problemas mais complexos e mais debatidos de toda a linguística gerativa: o problema das relações entre a sintaxe e a semântica.([264]) Embora tenha modificado alguns aspectos

---

([261]) — Cf. Noam Chomsky, *Aspects of the theory of syntax*, pp. 10-11 e 148-153.

([262]) — Cf. Ignacio Bosque, «Perspectivas de una lingüística no discreta», in *Revista española de lingüística*, 7, 2 (1977), pp. 155-177.

([263]) — Embora sempre muito cauteloso acerca da extensibilidade das suas teorias linguísticas a fenómenos extralinguísticos, Chomsky, ao analisar a natureza das regras gramaticais, advoga uma concepção parcialmente desviacionista da língua literária: «They are, if our theorizing is correct, rules that are constructed by the mind in the course of acquisition of knowledge. They can be violated, and in fact, departure from the rules can often be an effective literary device» (cf. Noam Chomsky, *Problems of knowledge ana freedom*, New York, Vintage Books, 1972, p. 32).

([264]) — Sobre este problema, *vide*: Víctor Sánchez de Zavala (ed.), *Semántica y sintaxis en la lingüística transformatoria. I. Comienzos y centro de la polémica*, Madrid, Alianza Editorial, 1974; *id.* (ed.), *Semántica y sintaxis en la lingüística transformatoria. II. Algunos temas y planteamientos nuevos*, Madrid, Alianza Editorial, 1976; Andea Bonomi e Gabriele

relevantes da sua teoria sobre estas relações, desde a sua primeira obra publicada, *Syntactic structures* (1957), passando pelos *Aspects of the theory of syntax* (1965), em que formula o modelo da chamada *standard theory*, até *Studies on semantics in generative grammar* (1972), em que é exposto o modelo da chamada *extended standard theory*, Chomsky nunca alterou sustancialmente a sua hipótese de que a sintaxe é autónoma em relação à semântica e de que o componente semântico possui uma função meramente interpretativa e nunca gerativa.([265]) Nesta perspectiva, a agramaticalidade de uma frase procede sempre da violação de regras sintácticas.

Uma frase pode violar *regras de categorização* — aquelas que «definem o sistema de relações gramaticais e determinam a ordenação de elementos nas estruturas subjacentes» —, *regras de subcategorização estrita* — aquelas que «subcategorizam uma categoria léxica em termos do contexto dos símbolos categoriais em que aparece» — e *regras selectivas* — aquelas que «subcategorizam uma categoria léxica em termos dos rasgos sintácticos que aparecem em posições especificadas na oração». Que a violação das regras de categorização e das regras de subcategorização estrita origina frases agramaticais, isto é, frases com desvio sintáctico e, correlativamente, com desvio semântico — e.g.,* *Verão leva no rio água pouca* —, é um facto inquestionável, mas apresenta-se como problema de mais difícil

---

Usberti, *Sintassi e semantica nella grammatica trasformazionale*, Milano, Il Saggiatore, 1971; Annarita Puglielli, *La linguistica generativo-trasformazionale. Dalla sintassi alla semantica*, Bologna, Il Mulino, 1977.

([265]) — Recentemente, ao proceder a um reexame global da sua teoria linguística, Chomsky afirmou: «De plus, j'ai montré que toutes les formulations claires des hypothèses formulées à partir de notions sémantiques conduisaient à des résultats faux. C'est ainsi que je suis parvenu à l'hypothèse dite de l'*autonomie de la syntaxe*.

Plus j'y pense, plus je trouve que cette indépendance est nécessaire: car sur le plan de l'acquisition du langage, elle implique que l'on apprend le sens d'une expression une fois sa forme connue. On ne peut pas «cueillir» le sens qui se promène dans l'«air» et trouver les formes qui l'expriment. Il semble que les éléments de la syntaxe ne sont pas établis sur des bases sémantiques et que les mécanismes de la syntaxe, une fois construits, fonctionnent indépendamment des autres composantes de la grammaire, qui sont des composantes «interprétatives»» (cf. Noam Chomsky, *Dialogues avec Mitsou Ronat*, Paris, Flammarion, 1977, p. 143).

e controversa solução determinar se a violação de regras selectivas provoca também um desvio sintáctico ou se não afecta a gramaticalidade da frase, embora produza anomalias semânticas. O próprio Chomsky hesita em integrar na sintaxe as regras selectivas e admite a possibilidade de as incluir no componente semântico, embora acabe por reconhecer a debilidade dos argumentos aduzidos nesse sentido.(266) E perante uma frase como *colorless green ideas sleep furiously* — verso de Marvell promovido por Chomsky a arquifamoso exemplo de frase semanticamente anómala, se bem que gramatical —, o autor de *Aspects of the theory of syntax* observa que frases semelhantes, as quais violam regras selectivas, podem ser amiúde interpretadas metafórica ou alusivamente, desde que integradas num adequado contexto mais ou menos complexo e mediante uma analogia directa com frases bem formadas que respeitem as regras selectivas em causa.(267) Em contrapartida, uma similar operação interpretativa não é aplicável a frases que infrinjam regras de subcategorização estrita. Apesar de tais dúvidas e hesitações, a lógica explícita da teoria linguística chomskyana obriga a conceber a agramaticalidade de uma frase como o resultado da violação de regras sintácticas.

Pelo contrário, os defensores da chamada semântica gerativa, atribuindo ao componente semântico uma função gerativa e não apenas interpretativa, advogam a hipótese de que a sintaxe e a semântica possuem distintos requisitos de correcta formação de frases e que, por conseguinte, a agramaticalidade de uma frase pode ser originada por violação quer de regras sintácticas, quer de regras semânticas.(268) Em relação aos desvios e às anomalias ocorrentes na língua literária, a hipótese propugnada pelos defensores da semântica gerativa afigura-se como mais adequada e mais produtiva do que a hipótese chomskyana da autonomia da sintaxe, sendo em geral

---

(266) — Cf. Noam Chomsky, *Aspects of the theory of syntax*, pp. 154 ss.
(267) — *Id., ibid.*, p. 149.
(268) — Entre outros autores, *vide:* Geoffrey Leech, *Semantics*, Harmondsworth, Penguin Books, 1974, pp. 181 ss.; Ruth M. Kempson, *Semantic theory*, Cambridge, Cambridge University Press, 1977, pp. 112 ss.

adoptada pelos investigadores interessados na formulação de uma poética gerativa.(²⁶⁹)

Como descrever e explicar os desvios verificáveis na língua literária? Três soluções diferentes, com fundamentação e consequências diversas, têm sido propostas. Analisemos cada uma delas.

Em primeiro lugar, a partir da gramática gerativa da língua *standard,* pode-se fazer o levantamento e fornecer a apropriada descrição dos desvios ocorrentes num determinado texto, enumerando e caracterizando as regras que tenham sido violadas. Tal procedimento analítico depende de um método essencialmente taxinomista e descritivista, destituído de capacidade gerativa em relação a frases com específicos desvios literários.

Em segundo lugar, pode-se postular a necessidade de construir uma gramática independente, separada da gramática da língua *standard,* com a justificação de que o escritor cria uma nova língua ou, mais restritivamente, um peculiar dialecto. Esta solução tem sido advogada com muito empenho por J.P. Thorne: «Given a text, like Cummings' poem, containing sequences which resist inclusion in a grammar of English it might prove more illuminating to regard it as a sample of a different language, or a different dialect, from Standard English. The syntactical preoccupations of stylistics are to

---

(²⁶⁹) — Uriel Weinreich exerceu uma profunda influência nesta orientação, ao conexionar intimamente teoria semântica e língua poética. Com efeito, após afirmar que «If the theory proposed here is correct, then the attempt to classify deviant expressions into those which are only grammatically odd and those which are only semantically odd is a futile enterprise, since the most significant class of deviation is grammatical *and* semantic at the same time», Weinreich observa: «a semantic theory is of marginal interest if it is incapable of dealing with poetic uses of language» (cf. UrielWeinreich, «Explorations in semantic theory», in Thomas A. Sebeok (ed.), *Current trends in linguistics.* Vol. 3. *Theoretical foundations,* The Hague — Paris, Mouton, ²1970, pp. 470 e 471). As investigações de maior fôlego teórico sobre uma poética gerativa de base semântica devem-se a Teun A. van Dijk: *Some aspects of text grammars. A study in theoretical linguistics and poetics* (The Hague—Paris, Mouton, 1971); *Per una poetica generativa* (Bologna, Il Mulino, 1976). Encontra-se abundante informação sobre este e outros problemas correlatos da poética gerativa no n.º 51 da revista *Languages* (1978), intitulado *Poétique générative.*

be satisfied, not by adjusting a grammar of Standard English so as to enable it to generate all the actual sentences of the poem, but by finding the grammar which most adequately describes the structure of this other language».(²⁷⁰) Quer dizer, perante textos poéticos de Donne, de Cummings ou de Roethke, o investigador tem de elaborar a gramática do *donnês*, do *cummingsês* ou do *roethkês*, isto é, daquelas novas línguas que possibilitam tanto "dizer coisas" que também podem ser ditas no inglês *standard*, mas de modo diferente, como "dizer coisas" que não são possíveis no inglês *standard*, embora só possam ser entendidas por falantes que dominem o inglês normal.(²⁷¹)

Esta solução levanta ponderosas dificuldades teóricas e metodológicas e provoca consequências que afectam os próprios fundamentos da gramática assim construída. Por um lado, obvia aos inconvenientes suscitados pela ideia, logicamente incôngrua, de uma "gramática de desvios", de uma gramática dotada da capacidade de gerar directamente frases anómalas, já que uma gramática, *ex definitione,* gera todas as frases bem formadas de uma dada língua e apenas estas, embora permita correlativamente identificar e caracterizar as frases deficientemente formadas dessa mesma língua.(²⁷²) Todavia, não parece possível, no quadro teórico da linguística gerativa, postular a existência de uma competência linguística subjacente à "língua" ou ao "dialecto" de Donne, de Cummings, de Roethke, etc., e, por conseguinte, carecerá de lógica elaborar uma gramática de uma inexistente competência linguística. Esta gramática, a ser possível, provocaria forçosamente fenómenos de *hipergeração*, isto é, originaria um incontrolável *output*

(²⁷⁰) — Cf. James Peter Thorne, «Stylistics and generative grammar», in Donald C. Freeman (ed.), *Linguistics and literary style*, pp. 185-186 (estudo originariamente publicado no *Journal of linguistics,* I (1965), pp. 49-59).

(²⁷¹) — Cf. J.P. Thorne, «Generative grammar and stylistic analysis», in John Lyons (ed.), *New horizons in linguistics,* Harmondsworth, Penguin Books, 1970, p. 196.

(²⁷²) — Cf. Roland Harweg, «Text grammar and literary texts», in *Poetics,* 9 (1973), pp. 86-87. Atendendo às razões mencionadas, Harweg propõe que se fale de uma "estilística de desvios" em vez de uma "gramática de desvios".

de frases aberrantes. Como judiciosamente observa John Lipski, uma gramática capaz de gerar directamente uma frase como *he danced his did* poderia gerar igualmente frases como **he jumped his said,*he washed his had,* etc., que não ocorrem nem no "dialecto" de Cummings, nem no "dialecto" de qualquer outro poeta.([273])

Uma terceira solução, enfim, mais complexa, mas mais consistente e mais satisfatória sob o ponto de vista explicativo do que as anteriores, é proposta por Teun A. van Dijk nos seus estudos sobre a elaboração de uma gramática do texto literário no quadro teórico da linguística gerativa de base semântica. Numa determinada língua natural L, definida como um conjunto infinito de textos pertencentes a essa língua, é possível diferenciar, a nível gramatical formal, entre um conjunto de textos não literários, que denotaremos por L_N, e um conjunto de textos literários, que denotaremos por L_L. Quais as relações entre L_N e L_L e, a outro nível, quais as relações entre a gramática que descreve e explica L_N — gramática que denotaremos por G_N — e a gramática que descreve e explica L_L — gramática que denotaremos por G_L? Sob o ponto de vista ôntico-funcional, L_L necessita da existência prévia de L_N e por isso, correlatamente, a gramática dos textos literários (G_L) pressupõe a existência da gramática textual normal (G_N). Constata-se, porém, que G_N é não só incapaz de explicar certas "anomalias" fonológicas, morfossintácticas e semânticas que podem ocorrer em L_L — o que significa, por outras palavras, que certas estruturas dos textos de L_L são marcadas como agramaticais em L_N —, como também não comporta certas categorias e regras específicas presentes e actuantes nos textos de L_L e que G_L deve ser capaz de descrever e explicar. Quer dizer, G_L é uma gramática mais complexa e mais potente do que G_N, pois não só contém regras que permitem descrever qualquer texto de L_N, como compreende regras suplementares e específicas que permitem descrever os textos de L_L.([274])

([273]) — Cf. John M. Lipski, «Poetic deviance and generative grammar», in *PTL*, 2, 2 (1977), p. 244.

([274]) — Como sublinha Teun A. van Dijk, uma teoria como a de Jakobson, que estabelece a co-extensibilidade da linguagem poética e da

Se, como propõe van Dijk,([275]) subtrairmos G_N a G_L, obteremos um resultado (C) que representa o conjunto das categorias e regras complementar e especificamente literárias. Neste conjunto de regras e categorias, é necessário distinguir dois subconjuntos: o subconjunto C_M, constituído pelas regras de G_L que modificam regras de G_N e que configuram uma *competência derivada* (ou *secundária*) em relação à *competência básica* (ou *primária*) dos locutores nativos de L_N; e o subconjunto C_E, constituído pelas regras específicas que operam não só sobre categorias linguísticas, mas também sobre categorias especificamente literárias (por exemplo, regras e esquemas métricos).

Em relação a C_E, entendemos, contra a opinião de van Dijk,([276]) que não é correcto falar-se de *competência derivada* ou *secundária*, pois que as suas regras não estão enraizadas na intuição do "falante ideal" *(ideal speaker)*, mas resultam de uma formulação, variavelmente impositiva, que é condicionada e determinada por factores histórico-sociais em geral, por factores endogenamente literários — a chamada *tradição literária* — e por factores intelectivos, volitivos e emotivos, de ordem individual. Isto significa que as regras de C_E, embora parcialmente condicionadas por estruturas linguísticas e embora operando a nível das estruturas linguísticas — as regras métri-

---

função poética da linguagem, não descreve, nem explica adequadamente os mecanismos semióticos da língua literária: «All approaches to a definition of literature that try to reduce it to a specific 'use' of standard language or to a specific 'function' of language (Jakobson [1960]) thus overlook the important fact that it is a SPECIFIC LANGUAGE-SYSTEM, WITHIN A LANGUAGE L BUT DIFFERENT FROM L_N, DESCRIBABLE BY AN AUTONOMOUS BUT NOT INDEPENDENT GRAMMAR» (cf. *Some aspects of text grammars*, p. 200).

([275]) — Cf. *op. cit.*, p. 196.

([276]) — Cf. Teun A. van Dijk, *Per una poetica generativa*, pp. 219--220: «Una grammatica letteraria è la teoria del sistema che sta alla base dei testi letterari. Dobbiamo presumere che tale sistema sia collegato in qualche modo alla (nostra) capacità di scrivere ovvero comprendere un numero praticamente infinito di nuovi testi letterari. Una simile attitudine va designata come *competenza derivata*, giacchè può essere *formalmente* legata alla competenza per cui siamo capaci di produrre e interpretare testi non letterari, per mezzo di un processo cognitivo di apprendimento delle regole e unità letterarie».

cas, por exemplo, impõem determinadas constrições morfofonológicas, certas escolhas lexicais, etc. —, constituem fenómenos translinguísticos não descritíveis, nem explicáveis directamente pela *competência linguística* dos falantes ou, derivadamente, por uma postulada *competência literária* teoricamente construída por decalque daquela.(²⁷⁷)

Por outro lado, como observa Maria Corti,(²⁷⁸) mesmo em relação a C_M torna-se muito aleatório falar de *competência derivada* a respeito dos receptores de textos literários, em particular se se tratar de textos não contemporâneos dos receptores, pois que, nesse caso, a compreensão e a descrição dos textos dependem, em maior ou menor medida, de um conhecimento histórico do código linguístico. Efectivamente, um dos mais graves erros de muitas concepções desviacionistas da língua literária consiste no olvido (ou no ocultamento) de que a gramaticalidade e os juízos sobre a gramaticalidade representam factores variáveis dependentes dos estádios históricos de uma língua — uma frase agramatical no português contemporâneo pode constituir uma frase rigorosamente gramatical no português do século XVI —, razão por que se torna indispensável analisar e avaliar a gramaticalidade em termos de *transgramaticalidade*, isto é, considerando-a condicionada por parâmetros diacrónicos.(²⁷⁹)

(²⁷⁷) — Sobre a transferência do conceito chomskyano de competência linguística para o domínio da poética, veja-se o nosso livro *Competência linguística e competência literária. Sobre a possibilidade de uma poética gerativa* (Coimbra, Livraria Almedina, 1977), pp. 105-142.

(²⁷⁸) — Cf. Maria Corti, *Principi della comunicazione letteraria*, Milano, Bompiani, 1976, p. 77. Sobre esta problemática, vide também: Karl D. Uitti, «Philology: Factualness and history», in Seymour Chatman (ed.), *Literary style: A symposium*, pp. 111-132; Raymond Chapman, *Linguistics and literature. An introduction to literary stylistics*, London, Edward Arnold, 1973, pp. 21-31 (capítulo intitulado «Language, literature and history»). A propósito do soneto de Dante *Tanto gentile e tanto onesta pare*, veja-se uma exemplar demonstração da indispensabilidade do conhecimento histórico do código linguístico na obra de Gianfranco Contini, *Varianti e altra linguistica*, Torino, Einaudi, 1970, pp. 161-168.

(²⁷⁹) — Cf. Dieter Wunderlich, *Foundations of linguistics*, p. 343. A variabilidade histórica da gramaticalidade representa apenas um dos factores de transformação diacrónica da língua literária e, consequentemente, da gramática literária, como o próprio van Dijk reconhece:

Numa perspectiva diacrónica, encontramos períodos literários e estilos epocais em que C — e em especial C_M — adquire uma expansão e uma complexidade de alto grau, apresentando-se então a língua literária, no seu léxico, na sua fonologia, na sua morfossintaxe, na sua semântica, como dotada de uma forte autonomia em relação à língua normal.

Pode ocorrer este fenómeno em períodos de acentuadas transformações socioculturais, quando a língua literária, sistema semiótico possuído e utilizado por um reduzido escol de emissores e de receptores, sofre um acelerado e extenso processo de desenvolvimento e de enriquecimento, muitas vezes sob a influência de línguas literárias de mais rica tradição, tardando a língua normal em incorporar os resultados desse processo. Assim, por exemplo, durante os séculos XV e XVI, as línguas literárias românicas, sob o influxo das literaturas grega e latina, poliram rudezas morfofonéticas, alargaram o seu léxico, tornaram mais complexa a organização sintáctica e semântica das suas frases. Na literatura barroca, potenciados estes elementos renovadores e enriquecedores propiciados pelo humanismo renascentista, a língua literária alcançou uma luxuriância lexical e uma complexidade sintáctico-semântica que a distanciaram acentuadamente da língua *standard* coeva.

Noutros períodos e noutros estilos epocais, a hipertrofia de C — e em especial de C_M — resulta de uma atitude estética de distanciamento em relação ao real quotidiano: a fuga à língua *standard* constitui a fuga à monotonia, à fealdade e à grosseria desse real quotidiano, pois que a essência espiritual do homem, como sublinha Benjamin, não se comunica *através*

«En établissant des contraintes spéciales, on peut ensuite restreindre la puissance de G_L à certains sous-systèmes littéraires: textes poétiques, narratifs, etc. En même temps, il faut se rendre compte du fait que ses règles peuvent changer assez rapidement, historiquement et culturellement: toute période et/ou culture a ses propres systèmes et sous-systèmes littéraires» (cf. Teun A. van Dijk, «Modèles génératifs en théorie littéraire», in Charles Bouazis *et alii*, *Essais de la théorie du texte*, Paris, Éditions Galilée, 1973, p. 87). Veja-se também Fernando Lázaro Carreter, «Consideraciones sobre la lengua literaria», in Carlos Castro Cubells *et alii*, *Doce ensayos sobre el lenguaje,* Madrid, Fundación Juan March, 1974, pp. 45 e 47-48.

da língua, mas *na* língua.(²⁸⁰) Assim aconteceu, por exemplo, com o classicismo francês e o neoclassicismo europeu em geral, cuja doutrina das *bienséances* obriga a expungir da língua literária o léxico considerado como vulgar e grosseiro, carregado de *uis* realista e burlesca.(²⁸¹) Também os decadentistas e os simbolistas, sob o signo da hostilidade à sociedade burguesa, sob o impulso de um nefelibata aristocratismo vital e cultural e no anseio de redescobrirem, no sortilégio do verbo, a face oculta e essencial das coisas e dos seres, construíram um léxico requintadamente raro, não poucas vezes abstruso e bizarro, no qual se mesclam as formações vocabulares audaciosamente neológicas e os lexemas arcaicos, despojaram as palavras da ganga nelas depositada pelo uso quotidiano, reinventaram as relações sintácticas entre os elementos constituintes da frase, ultrapassando as restrições impostas pelas regras lógico-gramaticais, potenciaram e transfiguraram o espectro semântico dos lexemas isolados e contextualizados.(²⁸²)

Por vezes, a hipertrofia de C — e em especial de C_M — não se realiza através de um processo cultista de *uerborum exornatio, purificatio* e *complicatio,* mas através de um processo inverso — um processo cínica ou ludicamente corrosivo que dessacraliza, que "carnavaliza" normas e padrões respeitáveis, que converte o *genus sublime* em *genus humile* e em *genus turpe* e que atribui estatuto literário às *uerba humilia, sordida* e *obs-*

(²⁸⁰) — Cf. Walter Benjamin. *Angelus Novus,* Torino, Einaudi, 1962, pp. 52-53.
(²⁸¹) — Veja-se, adiante, o capítulo 6.
(²⁸²) — Escreve Mallarmé no «Avant-dire au *Traité du verbe* de René Ghil»: «Au contraire d'une fonction de numéraire facile et représentatif, comme le traite d'abord la foule, le Dire, avant tout, rêve et chant, retrouve chez le poète, par nécessité constitutive d'un art consacré aux fictions, sa virtualité.
Le vers qui de plusieurs vocables refait un mot total, neuf, étranger à la langue et comme incantatoire, achève cet isolement de la parole: niant, d'un trait souverain, le hasard demeuré aux termes malgré l'artifice de leur retrempe alternée en le sens et la sonorité, et vous cause cette suprprise de n'avoir ouï jamais tel fragment ordinaire, en même temps que la réminiscence de l'objet nommé baigne dans une neuve atmosphère» (cf. Stéphane Mallarmé, *Oeuvres complètes,* Paris, 1945, pp. 857-858).

cena.(283) Na poesia satírica barroca e em muitos autores dos chamados movimentos de vanguarda, de Jarry a Vaché, de Govoni a Palazzeschi e a Tzara, abundam fenómenos desta natureza.

Noutros períodos literários, pelo contrário, a língua literária aproxima-se da língua *standard,* quer num esforço de reduzir, ou eliminar, a distância comunicativa em relação a um público leitor cada vez mais extenso e, na sua maioria, carecente de cuidadosa preparação académico-cultural, quer com o objectivo de apreender mais directa, fiel e transparentemente a realidade do meio físico e social. Assim aconteceu um pouco com a língua literária do romantismo e, sobretudo, com a língua literária do realismo.(284)

Quando C se hipertrofia ao ponto de G_N perder em larga medida capacidade descritiva e explicativa em relação às estruturas de L_L, a língua literária tende a converter-se numa *língua hermética,* isto é, uma língua de escassa ou nula capacidade comunicativa relativamente aos falantes/leitores que não tenham sido iniciados no seu conhecimento. Assim aconteceu, por exemplo, com o *trobar clus* dos trovadores provençais,(285) com alguma poesia barroca, com alguma poesia simbolista e decadentista e com muitos textos pertencentes à chamada

---

(283) — Cf. Fausto Curi, *Perdita d'aureola,* Torino, Einaudi, 1977, p. XII.

(284) — Sobre o intento de legibilidade, de transparência e até de teor monossémico da escrita realista, veja-se o excelente estudo de Philippe Hamon, «Un discours contraint», in *Poétique,* 16 (1973), pp. 411-445.

(285) — Escreve Paul Zumthor sobre o fenómeno literário do *trobar clus:* «Il s'agit plutôt d'un resserrement si rigoureux sur le donné traditionnel que seuls les amateurs les plus subtilement initiés peuvent rétablir le lien fictif du texte avec quelque réalité extérieure à lui. Raimbaud d'Orange l'assure, dans une *tenson* avec Guiraut de Bornelh: tout ce qui, en poésie, n'est pas *clus* est vain bruit; tout ce qui s'offre à l'interprétation «commune», à la compréhension «égale», ce qui tend à l'analogie avec le discours fluide que produit l'immédiatement vécu, manque de «dignité» et de «prix». Seul importe que le poème s'engendre lui-même, dans l'espace étroit et avec les moyens que crée pour lui la haute science de ce chant» (cf. Paul Zumthor, *Essai de poétique médiévale,* Paris, Éditions du Seuil, 1972, p. 118).

"literatura de vanguarda", desde o futurismo ao concretismo.(286) Quando, num texto literário, o código do sistema semiótico primário sofre transgressões profundas e sistemáticas — e estas transgressões apresentam uma motivação e uma significação ideológicas e sociológicas (287) —, a língua literária configura-se como uma *antilíngua*, cuja legibilidade, sempre ameaçada de hiatos e bloqueamentos, requer uma decodificação especializada.(288)

Numa perspectiva sincrónica, a variação de C pode depender de regras preceituadas por certos códigos semântico-pragmáticos e por certos códigos estilísticos que delimitam e caracterizam determinados géneros literários. Num período literário como o neoclassicismo, no qual, como ficou dito, se verifica em geral uma hipertrofia de C, L_L apresenta em relação a L_N um grau de diferenciação variável de acordo com os géneros literários cultivados: num poema épico, numa tragédia ou numa ode pindárica, por exemplo, C apresentará

---

(286) — Cf. Hugo Friedrich, *Estructura de la lírica moderna*, Barcelona, Seix Barral, ²1974, pp. 230 ss. Sobre a "poesia hermética", vide: Francesco Flora, *La poesia ermetica*, Bari, Laterza, ³1947; Silvio Ramat, *L'ermetismo*, Firenze, La Nuova Italia, 1969. Veja-se também George Steiner, *After Babel. Aspects of language and translation*, New York — London, Oxford University Press, 1975, pp. 176 ss.

(287) — Este fenómeno é particularmente relevante nas vanguardas literárias, como salienta Guido Guglielmi no seu ensaio intitulado «Ideologie del linguaggio letterario»: «La polemica contro la civiltà fu il fatto dominante delle avanguardie storiche, un fatto che continua a dar senso anche alle nuove avanguardie. La parola totale e sovrana diventa parola polemica, e controparola (già in Lautréamont). Da un piano di letteratura contemplativa in cui lo scrittore è il custode del linguaggio o il descrittore di verità si passa a un' antiletteratura, a una scrittura che stabilisce una connessione diretta con la praxis comunicativa e non solo si determina in opposizione con un'altra scrittura, ma fa di questa opposizione il proprio senso. [...] Le avanguardie discendono per i gradi di alienazione del linguaggio e pongono il problema di cambiare il mondo (magari *changer la vie*)» (cf. Guido Guglielmi, *Ironia e negazione*, Torino, Einaudi, 1974, p. 16).

(288) — Sobre o conceito de "antilíngua" e a sua aplicabilidade à literatura, vide: M.A.K. Halliday, *Language as social semiotic*, London, Edward Arnold, 1978, pp. 164-182; G.R. Kress, «Poetry as anti-language: A reconsideration of Donne's "Nocturnall upon S. Lucies Day"», in *PTL*, 3, 2 (1978), pp 327-344

um valor mais elevado do que numa égloga, numa comédia ou numa epístola.([289])

O modelo proposto por Teun A. van Dijk para a descrição e a caracterização da língua literária, embora afectado na sua racionalidade científica pela já referida transposição infundamentada do conceito chomskyano de competência linguística para o plano do fenómeno literário, oferece um quadro teórico ajustado à constituição e à dinâmica do sistema semiótico literário e possibilita, ao conceber a gramática literária como uma gramática autónoma, mas não independente em relação à gramática normal, um enfocamento correcto dos chamados desvios ocorrentes na língua literária. Com efeito, as teorias desviacionistas da língua literária incorrem em geral no erro que Roland Posner designa como *a falácia linguística em poética,* pois que situam no mesmo plano semiótico o sistema linguístico e o sistema literário, considerando consequentemente a poética como um subdomínio da linguística.([290]) Esta "falácia linguística", de cuja formulação teórica cabe a principal responsabilidade ao formalismo russo — já em 1928, no seu livro *Formal' nyj metod v literaturovedenii,* Bachtin denuncia com muita clarividência a inadequação dos instrumentos linguísticos que os formalistas russos aplicavam ao estudo da literatura ([291]) —, só pode ser coerente e produtivamente

---

([289]) — Dentre numerosos textos que poderíamos aduzir para comprovar esta afirmação, transcrevemos os seguintes: «Em primeiro lugar, todo o Poeta, que procura escrever com a maior correcção possível, tem jus para inventar vozes, e elegancias com aquella destreza, e cautella, que permitte a natureza da composição; porque a grande liberdade, com que o póde executar na Epopéa, o não deve fazer na Ode, e muito menos na Elegia, e na Ecloga» (cf. Francisco Dias Gomes, *Obras poeticas,* p. 39); «Ora se a qualquer Autor de credito he permittido o uso de palavras novas, muito mais o deve ser a um Poeta, e mais que todos ao Pindarico, que tem por obrigação realçar com seu estilo a materia de seus versos, e fallar, por assim dizer, uma linguagem divina» (cf. Antonio Diniz da Cruz e Silva, *Poesias,* Lisboa, na Impressão Regia, 1815, t. V, pp. 176-177)

([290]) — Cf. Roland Posner, *Rational discourse and poetic communication* Berlin — New York — Amsterdam, Mouton, 1982, cap 5.

([291]) — Cf. I. R. Titunik, «Metodo formale e metodo sociologico (Bachtin, Medvedev, Vološinov) nella teoria e nello studio della letteratura», in V.V. Ivanov *et alii, Michail Bachtin. Semiotica, teoria della letteratura e marxismo,* Bari, Dedalo Libri, 1977, pp. 164 ss. Esta obra de Bachtin foi publicada sob o nome do seu discípulo Pavel N Medvedev

ultrapassada no âmbito de uma teoria semiótica como a proposta por Lotman, isto é, partindo do princípio de que a poética «não é uma teoria derivada e integrante da linguística, mas da semiótica».([292])

Parece-nos também que é neste quadro semiótico que adquirem máxima pertinência e capacidade explicativa as teses de Eugenio Coseriu segundo as quais a língua poética — na acepção não restritiva de língua literária — não pode ser interpretada «como redução da língua a uma suposta «função poética», nem tão pouco como língua ulteriormente determinada (língua + uma suposta função poética)»; não pode ser considerada como um "desvio" em relação à língua "corrente", entendida esta como "normalidade" da língua (a língua "corrente", observa Coseriu, é que em rigor representa um desvio perante a totalidade da língua); deve ser concebida, pelo contrário, como a realização de todas as virtualidades da língua, como materialização da plena funcionalidade da língua, razão por que «la poesía (la «literatura» como arte) es el lugar de la plenitud funcional del lenguaje.»([293])

À luz destas teses de Coseriu, os pretensos "desvios" da língua literária configuram-se como realizações inéditas ou incomuns das potencialidades do sistema linguístico;([294]) em

---

([292]) — Cf. Jenaro Talens, «Teoría y técnica del análisis poético», in Jenaro Talens et alii, Elementos para una semiótica del texto artístico (poesía, narrativa, teatro, cine), Madrid, Ediciones Cátedra, 1978, p. 67.

([293]) — Cf. Eugenio Coseriu, El hombre y su lenguaje, Madrid, Editorial Gredos, 1977, p. 203. Estas teses de Coseriu filiam-se na teoria, propugnada por autores como Vico e Croce, segundo a qual a linguagem originária e absoluta se identifica com a poesia. Em sentido semelhante ao das teses de Coseriu, pronuncia-se também George Steiner: «If we postulate, as I think we must, that human speech matured principally through its hermetic and creative functions, that the evolution of the full genius of language is inseparable from the impulse to concealment and fiction, then we may at last have an approach to the Babel problem» (cf. George Steiner, After Babel. New York—London, Oxford University Press, 1975, p. 231).

([294]) — Cf. Eugenio Coseriu, Teoría del lenguaje y lingüística general, Madrid, Editorial Gredos, 1962, pp. 62-63 e 68. Dias Gomes, medíocre poeta, mas culto e inteligente crítico português setecentista, ao comentar o sintagma Immensa luz respira, que ocorre na sua elegia I, escreve: «he elegancia mais propria da Lingoa Latina do que da Portuguesa. Eu

sede teórica, a língua literária recupera, contra a dialectização a que a condenam as teorias desviacionistas, a função que historicamente sempre tem desempenhado de agente conformador por excelência da respectiva língua natural;(295) o estudo da língua literária, algumas vezes denunciado como restringente e deformante da omnímoda funcionalidade da língua, adquire, sob o ponto de vista científico e didáctico, o estatuto de insubstituível meio de conhecimento e aquisição dessa mesma omnímoda funcionalidade e, por conseguinte, o estatuto de privilegiado instrumento de cognição do homem, da sociedade e do mundo.(296)

ADDENDA

2.4. Refutação da teoria jakobsoniana da função poética da linguagem

A teoria da função poética da linguagem, elaborada por Roman Jakobson (1896-1982) ao longo de numerosos estudos que se estendem desde o início dos anos vinte deste

---

não me lembro de a ter visto em Escritor nosso; com tudo julgo, que se não arreda do systema do Idioma» (cf. Francisco Dias Gomes, *Obras poeticas*, p. 32).

(295) — Como observa Coseriu, não carece de sentido chamar ao italiano "língua de Dante" ou ao inglês "língua de Shakespeare" (e, acrescentaremos nós, ao português "língua de Camões"): «La lengua de los grandes poetas parece coincidir simplemente con la lengua histórica, como realización de las posibilidades ya dadas en ésta. También una lengua histórica es, pues, en cierto sentido, idéntica al «lenguaje poético» que le corresponde» (cf. *El hombre y su lenguaje*, p. 205).

(296) — A este respeito, merecem ser difundidas e ponderadas as afirmações de um mestre tão insigne como Dámaso Alonso: «El lenguaje es la frontera justa entre toda la vida interior del hombre y el mundo, y es el puente por donde nuestro interior y nuestras reacciones frente al exterior tienen acceso al mundo interior de los demás. Ese límite es, exactamente, lo más básico en la vida cultural humana, la primera ventana en nuestra vida de relación. No hay mejor medio para hacer que nuestra habla individual sea más rica de contenido, más precisa, más eficaz, que la educación literaria» (cf. Fernando Lázaro Carreter (ed.), *Literatura y educación*, Madrid, Editorial Castalia, 1974, p. 16).

século até aos derradeiros anos da sua fecunda vida de investigador — o famoso estudo «Linguistics and poetics» foi recentemente republicado no vol. III (pp. 18-51) dos seus *Selected writings*, intitulado *Poetry of grammar and grammar of poetry* (The Hague — Paris — New York, Mouton, 1981) —, continua a suscitar importantes análises discordes, por parte tanto de linguistas como de teorizadores e críticos literários.

As discussões e polémicas motivadas pelo estudo de Jakobson e Claude Lévi-Strauss, *«Les chats* de Charles Baudelaire» (publicado na revista *L'Homme*, II (1962), pp. 5--21, e republicado no volume de Jakobson, *Questions de poétique*, pp. 401-419), foram objecto de duas recolhas antológicas, acompanhadas de estudos introdutórios: José Vidal-Beneyto (ed.), *Posibilidades y límites del análisis estructural*, Madrid, Editora Nacional, 1981; Maurice Delcroix e Walter Geerts (eds.), *«Les chats» de Baudelaire. Une confrontation de méthodes*, Namur, P. U. de Namur/P.U.F., 1981.

Félix Martínez-Bonati, no apêndice IV da sua obra *Fictive discourse and the structures of literature. A phenomenological approach* (Ithaca — London, Cornell University Press, 1981, pp. 141 ss.), desenvolve críticas pertinentes à teoria de Jakobson sobre as funções da linguagem e, em particular, à sua concepção da poesia como uma função especial da linguagem.

As insuficiências e limitações do modelo jakobsoniano da comunicação, obviamente derivado do «modelo *tecnológico* construído pelos engenheiros de telecomunicações», são expostas e debatidas por Francis Jacques, no seu estudo «Le schéma jakobsonien de la communication est-il devenu un obstacle épistémologique?», in Noël Mouloud e Jean--Michel Vienne (eds.), *Langages, connaissance et pratique*, Université de Lille 3, 1982, pp. 157-184. Essas limitações e insuficiências, segundo F. Jacques, são principalmente de natureza semântico-pragmática, pois que Jakobson não considera adequadamente a dinâmica da relação interlocutiva como fundamento da comunicação — uma relação que implica a *indissociabilidade* das actividades de significar e de compreender, que *dialogiza* toda a enunciação, que exige uma *contextualização pertinente* dos enunciados emitidos e recebidos.

Baseando-se na pragmática e na sociolinguística e, particularmente, na linguística funcionalista de Firth e de Halliday, Roger Fowler tem atacado, em diversos estudos, o que designa como a *falácia estruturalista* da "linguagem poética", ou seja, a asserção de que existe um fenómeno homogéneo e universal chamado "literatura", especificado pela marca da "literariedade", a qual derivaria da "função poética" da linguagem. Correlativamente, Fowler sublinha o unilateralismo e o reducionismo formalistas das análises textuais realizadas por Jakobson (cf. Roger Fowler, *Literature as social discourse. The practice of linguistic criticism*, Bloomington, Indiana University Press, 1981, em especial os capítulos nove e dez: «Linguistics and, and versus, poetics» e «Preliminaries to a sociolinguistic theory of literary discourse»).

Luciano Nanni, na sua obra *Per una nuova semiologia dell'arte* (Milano, Garzanti, 1980), submete a uma crítica vigorosa as ideias de Jakobson sobre a função poética e a poesia, fazendo ressaltar o seu essencialismo epistemológico, o seu alheamento dos factores pragmáticos da semiose, em geral, e da semiose artística, em particular, a sua identificação reducionista de língua e poesia, as suas contradições lógicas.

Veja-se também Anthony L. Johnson, «Jakobsonian theory and literary semiotics: Toward a generative typology of the text», in *New literary history*, XIV, 1 (1982), pp. 33-61.

2.13. Literatura e paraliteratura

Sobre os fenómenos da *Trivialliteratur*, da *literatura de consumo*, da *literatura de massas*, do *kitsch* literário, etc., mencionamos seguidamente alguns estudos importantes publicados nos últimos anos: AA. VV., *"Trivialliteratur?" Letteratura di massa e di consumo*, Trieste, Edizioni Lint, 1979; Michele Rak, *Sette conversazioni di sociologia della letteratura. Per una teoria della letteratura della società industriale avanzata*, Milano, Feltrinelli, 1980 (sobretudo o capítulo quarto); Arnaldo Saraiva, *Literatura marginal izada. Novos ensaios*, Porto, Edições Árvore, 1980; Sandor Radnoti, «Mass culture», in *Telos*, 48 (1981), pp. 27-47; James Smith Allen, *Popular french romanticism. Authors, readers, and books in the 19th century*, Syracuse, Syracuse University Press, 1981; Janice A. Radway, «The aesthetic in mass culture: Reading the "popular" literary text», in P. Steiner, M. Červenka e R. Vroon (eds.), *The structure of the literary process. Studies dedicated to the memory of Felix Vodička*, Amsterdam — Philadelphia, John Benjamins, 1982, pp. 397-429; M. C. García de Enterría, *Literaturas marginadas*, Madrid, Editorial Playor, 1983.

Como decorre do conceito que expusemos de *literatura de massas* — um fenómeno bem delimitado e caracterizado sob os pontos de vista histórico, sociológico, económico e tecnológico —, o conceito de *literatura de consumo*, podendo embora confluir com aquele, não lhe é coextensivo. Existe *literatura de consumo* — por exemplo, a poesia do petrarquismo trivializado ou o romance de cavalaria — que não é *literatura de massas*, porque não é produzida, nem é lida originariamente no âmbito da sociedade de massas.

A distinção estabelecida pela metalinguagem e pela *praxis* do sistema literário, desde o Renascimento até ao neoclassicismo setecentista, entre uma "literatura elevada" e uma "literatura inferior", entre géneros literários "maiores" e géneros literários "menores" (cf., *supra*, 4.5.), não coincide com a distinção romântica e pós-romântica entre a *Kunstliteratur*, a "grande literatura", por um lado, e a *Trivialliteratur*, a "literatura marginal", por outro. Os géneros literários menores, como o bucólico, o epigramático ou o satírico, constituíam também géneros canónicos, reconhecidos e estudados nas artes poéticas e praticados por autores que escreviam tragédias e poemas épicos. Pelo contrário, o romance, o conto folclórico, a narrativa faceciosa ou obscena, etc., eram colocados *à margem* do sistema literário pelos representantes da "literatura canónica". O que se alterou profundamente, a partir do romantismo, foi o paradigma axiológico subjacente à distinção entre "literatura elevada" e *Trivialliteratur*. Desde o Renascimento até ao neoclassicismo, a "literatura elevada" define-se semântica, pragmática e sintacticamente como um fenómeno "aristocrático": a sua forma do conteúdo exclui a representação da vida quotidiana e familiar, a «basse circonstance» (Boileau); é escrita e lida por quem detém a legitimidade sociocultural por excelência, isto é, por aqueles que são os herdeiros e os continuadores do legado dos "antigos"; a sua forma da expressão funda-se numa discursividade intertextual que privilegia a continuidade da cultura, a invariância dos modelos, a universalidade das normas e convenções retóricas e estilísticas. A partir do romantismo, porém, a *Kunstliteratur* — digamos, *tout court*, a literatura — caracteriza-se progressivamente pelas suas marcas de inovação, de anticonvencionalidade e de força transgressiva, ao passo que a *Trivialliteratur*, tal como a "literatura académica" ou "oficial", se define pela estereotipia semântica e formal, pela reiteração imitativa e residual de modelos e códigos (e esta alteração do paradigma axiológico impôs inevitavelmente uma revisão do valor assinalado às obras literárias anteriores ao romantismo).

Esta antinomia, que apresenta dimensões esquizofrénicas com o aparecimento das vanguardas modernistas e com o desenvolvimento do *kitsch* e da literatura de massas, manifesta uma das contradições mais profundas que laceram a sociedade e a cultura burguesas: a exaltação da inovação transgressiva, princípio axiológico derivado do individualismo burguês, volve-se em agente contestador e corrosivo da própria sociedade burguesa, pois que esta, esvaziando-se de autenticidade ética e desenvolvendo a lógica da sua produção económica, produz e consome cada vez mais uma arte *kitsch*, uma arte de massas (frequentemente assimiladoras da linguagem das vanguardas). Neste contexto sociológico, a *Kunstliteratur,* a grande literatura da modernidade, tem sido efectivamente uma *literatura marginal*, uma literatura de "heterodoxos" e de "malditos" — um grupo de *dominados* e *dissidentes* no âmbito da classe *dominante* —, que depois a sociedade burguesa, através das suas instituições académicas e escolares, recupera e aceita como autores "canónicos" e "clássicos".

Sob o ponto de vista ideológico, a paraliteratura, a literatura popular, a *Trivialliteratur*, etc., apresentam-se como fenómenos heterogéneos e variáveis histórica e sociologicamente. Pode-se afirmar, porém, que os seus textos são predominantemente de cariz conservador, desempenhando uma função corroborativa dos valores culturais e sociais das comunidades e dos grupos que os produzem e consomem. Eventualmente, todavia, os textos paraliterários podem veicular informação revolucionária (veja-se a nota 304 do capítulo 3).

Um caso peculiar é constituido por determinados textos da "literatura não-canónica" que, devido à sua transgressividade ética e semântica, têm circulado em todas as épocas como textos clandestinos ou semiclandestinos, como mensagens *underground* ou, pelo menos, como mensagens "toleradas", objecto de persistente repressão por parte do poder religioso, político e social. Referimo-nos a textos que representam, com transgressão das normas e convenções instituídas socialmente, a vida sexual. Os textos eróticos e obscenos desta literatura *underground*, marcados pela transgressividade semântica e também pela transgressividade linguística e estilística — pense-se, por exemplo, na poesia erótica e obscena do barroco —, misturando frequentemente a paródia, o grotesco e a sátira, ridicularizam, corroem e dilaceram a ordem estabelecida, a começar pela ordem da língua (cf. Guido Almansi, *L'estetica del-*

l'osceno, Torino, Einaudi, 1974). Esta *literatura marginal* e *marginada*, todavia, tem pouco, ou nada, a ver com a *Trivialliteratur*.

2.14. Literatura escrita e literatura oral

À bibliografia indicada, acrescentem-se três estudos muito importantes: Ruth Finnegan, *Oral poetry: Its nature, significance, and social context*, Cambridge, Cambridge University Press, 1977; Walter J. Ong, *Orality and literacy. The technologizing of the word*, London — New York, Methuen, 1982; Paul Zumthor, *Introduction à la poésie orale*, Paris, Éditions du Seuil, 1983 (várias páginas desta obra foram publicadas, numa versão algo diferente, no artigo de P. Zumthor intitulado «Le discours de la poésie orale», in *Poétique*, 52 (1982), pp. 387-401).

3

A COMUNICAÇÃO LITERÁRIA *

3.1. Semiose e comunicação

Todo o processo de *semiose* — isto é, todo o processo em que algo (*veículo sígnico*) funciona como sinal de um *designatum* (aquilo a que o sinal se refere), produzindo um determinado efeito ou suscitando uma determinada resposta (*interpretante*) nos agentes (*intérpretes*) do processo semiótico — apresenta necessariamente, segundo o modelo proposto por Charles Morris, três dimensões, ou níveis, que constituem parâmetros diferenciados, implicando-se e condicionando-se reciprocamente, de um processo unitário: a dimensão *sintáctica* (relação formal dos sinais uns com os outros); a dimensão *semântica* (relação dos veículos sígnicos com os seus *designata* e, quando for caso disso, com os seus *denotata*, isto é, com os objectos realmente existentes representados pelos *designata*); a dimensão *pragmática* (relação dos sinais com os *interpretantes* e, portanto, com os *intérpretes*).[1]

---

* O objecto da nossa análise é constituído pela "literatura escrita" e não pela "literatura oral", cuja problemática comunicacional, como ficou exposto em 2.14., apresenta caracteres específicos. As razões desta escolha são óbvias: desde há muitos séculos que, na chamada civilização ocidental, é produzida, difundida e recebida em *textos escritos* a arte que, a partir de meados do século XVIII, passou a ser designada por "literatura".

[1] — Cf. Charles Morris, *Writings on the general theory of signs*, The Hague — Paris, Mouton, 1971, pp. 19 ss., 301-303 e 416-417. Esta concep-

De acordo com um diagrama estabelecido por Morris no seu estudo *Esthetics and the theory of signs*, o processo semiósico e as suas dimensões organizam-se e funcionam do seguinte modo:(²)

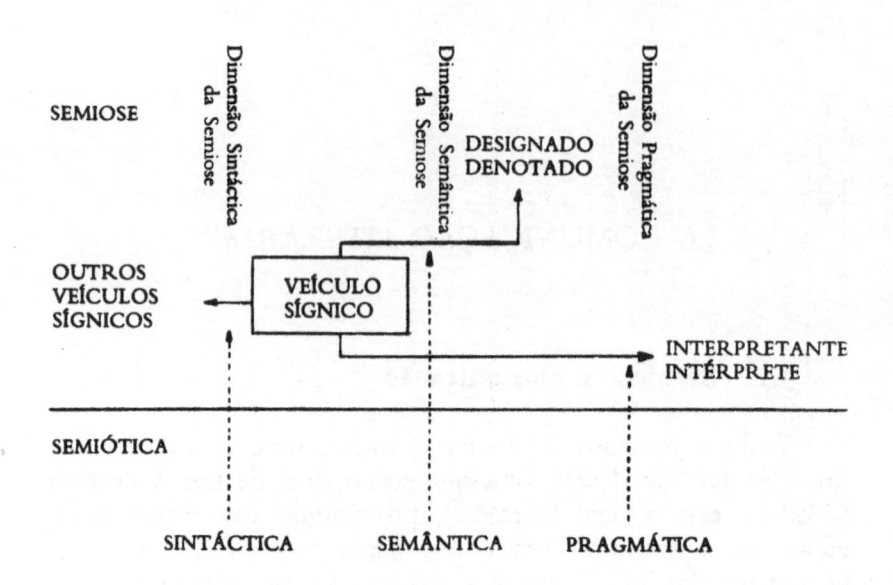

```
                    Dimensão         Dimensão          Dimensão
                    Sintáctica       Semântica         Pragmática
                    da Semiose       da Semiose        da Semiose
SEMIOSE
                                     DESIGNADO
                                     DENOTADO
                                         ↑
OUTROS                          ┌─────────────┐
VEÍCULOS       ←────────────────│   VEÍCULO   │
SÍGNICOS                        │   SÍGNICO   │
                                └─────────────┘
                                                    ───→  INTERPRETANTE
                                                          INTÉRPRETE
─────────────────────────────────────────────────────────────────────
SEMIÓTICA


              SINTÁCTICA        SEMÂNTICA         PRAGMÁTICA
```

A análise deste diagrama revela, sem margem para quaisquer dúvidas, que a semiose só é possível no âmbito de sis-

---

ção poliádica do processo semiósico representa um desenvolvimento da concepção triádica da semiose exposta por Peirce: «But by 'semiosis' I mean, on the contrary, an action, or influence, which is, or involves, a coöperation of *three* subjects, such as a sign, its object, and its interpretant, this trirelative influence not being in any way resolvable into actions between pairs» (cf. Charles S. Peirce, *Collected papers*, Cambridge (Mass.), Harvard University Press, 1935, vol. V, § 484). Sobre o conceito de semiose e as dimensões do processo semiósico em Charles Morris, *vide*: Ferruccio Rossi-Landi, *Semiotica e ideologia*, Milano, Bompiani, 1972, pp. 69-75 e *passim*; *id.*, *Charles Morris e la semiotica novecentesca*, Milano, Feltrinelli/Bocca, 1975, pp. 43-50; Gian Paolo Caprettini, *La semiologia*, Torino, Giappichelli, 1976, pp. 106 ss.; Francesco Barone, *Il neopositivismo logico*, Bari, Laterza, ²1977, vol. II, pp. 460 ss.

(²) — Cf. Charles Morris,*Writings on the general theory of signs*, p. 417 Corrigimos um lapso evidente que se verifica no diagrama: a troca de «dimensão pragmática» por «dimensão sintáctica» e vice-versa

182

temas de significação e de comunicação, isto é, no âmbito de «any inter-subjective set of sign vehicles whose usage is determined by syntactical, semantical, and pragmatical rules.»(³) Mais especificamente, a dimensão *pragmática* da semiose implica que todo o texto, na acepção semiótica de sequência de sinais ordenados segundo as regras de determinado código, se constitua e funcione como tal apenas no quadro de um sistema de comunicação — quadro em que um *intérprete,* segundo o significado morrisiano do termo, representa a instância da produção semiósica e em que outro(s) representa(m) a instância da recepção. Os textos da *semiose estética,* embora dentro de um condicionalismo peculiar, não podem deixar de ser, por conseguinte, fenómenos de comunicação.

Entendimento diverso só seria possível, se se aceitasse como teoricamente convalidado o *solipsismo,* isto é, «a doutrina que põe em dúvida não somente a existência independente de uma realidade diferente da da subjectividade pensante, mas também a de qualquer subjectividade diversa da da pessoa que fala. Não só afirma que toda a realidade se reduz aos estados de um sujeito em geral, mas também que não existe senão um único sujeito e os *seus* estados de consciência»(⁴), e se se aceitasse, como consequência lógica do solipsismo, a existência de *linguagens privadas,* ou seja, linguagens cuja compreensão se restringiria, por razões substantivas, ao seu único utente, de modo que tais linguagens seriam *de iure* privadas e não apenas *de facto* privadas.

A confutação do solipsismo e da existência de linguagens privadas foi levada a cabo, com a sua habitual agudeza e a sua habitual complexidade de expressão e de ideação, por Wittgenstein — pelo Wittgenstein da chamada "última fase" —, não sendo possível consagrar-lhe aqui uma análise alongada (⁵). O sin-

---

(³) — *Id., ibid.,* p. 48.
(⁴) — Cf. Jacques Bouveresse, *Le mythe de l'intériorité. Expérience, signification et langage privé chez Wittgenstein,* Paris, Les Éditions de Minuit, 1976, p. 79.
(⁵) — Sobre o problema das linguagens privadas em Wittgenstein, vejam-se, além do estudo fundamental de Bouveresse citado na nota anterior, os seguintes estudos: O.R. Jones (ed.), *The private language argument,* London, Macmillan, 1971 (contém importantes ensaios de Ayer,

183

tagma "linguagem privada" encerra uma *contradictio in adiecto*, já que toda a linguagem e todo o jogo de linguagem, na acepção wittgensteiniana destes termos, pressupõem regras e o conceito de regras privadas representa uma ficção e um absurdo lógico. Com efeito, como escrevemos em 1.5., uma regra não pode sar observada *privatim*, não pode ser obedecida uma única vez, não pode ser utilizada de modo contraditório e arbitrário.(6) «Compreender uma proposição», lê-se nas *Investigações filosóficas* (§ 199), «significa compreender uma linguagem. Compreender uma linguagem significa dominar uma técnica». Não só os sinais significam em função de regras convencionadas que se lhes aplicam, como também o próprio sentido das regras depende de convenções que as regem, devendo ser rejeitado, como hipótese arbitrária, qualquer tipo de "platonismo das regras."(7) Quer dizer, toda a linguagem é um

---

Castaneda, Garver, Kenny, etc.); E. D. Klemke (ed.), *Essays on Wittgenstein*, Urbana—Chicago—London, University of Illinois Press, 1971 (colige alguns dos ensaios que figuram na obra anterior e outros de especialistas como J. W. Cook, C.L. Hardin, etc.).

(6) — Cf. F.Waismann, *The principles of linguistic philosophy*, London, Macmillan, 1965, pp. 129-152; Jürgen Habermas, «Teoria della società o tecnologia sociale? Una discussione con Niklas Luhmann», in Jürgen Habermas e Niklas Luhmann, *Teoria della società o tecnologia sociale*, Milano, Etas Kompass Libri, 1973, pp. 127-128 [título original: *Theorie der Gesellschaft oder Sozialtechnologie*, Frankfurt am Main, Suhrkamp Verlag, 1971].

(7) — Com efeito, fora do processo global da semiose, na ausência das regras que estruturam cada um dos seus níveis e que articulam estes mesmos níveis entre si, não existe em rigor nem veículo sígnico, nem *designatum* ou *denotatum*, nem interpretante, nem intérprete. Por outro lado, a concepção contratualista da linguagem, levada às suas últimas consequências lógicas, gera insolúveis aporias — o estabelecimento contratual de quaisquer regras pressupõe a existência prévia de outras regras, etc. — e vicia o entendimento correcto das funções da linguagem verbal como componente essencial do sistema social (veja-se, *e.g.*, o ensaio de Ferruccio Rossi-Landi intitulado «Sul pregiudizio contrattualistico», incluído no já citado volume do mesmo autor, *Semiotica e ideologia*, pp. 21--30). Karl O. Apel, confrontado com estas aporias e procurando convalidar a função que atribui à ideia de jogo linguístico como fundamento da epistemologia, em particular da epistemologia das ciências sociais, entende que o jogo linguístico deve possuir, «enquanto horizonte de todos os critérios de sentido e de validade, um *valor de posição transcendental*».

fenómeno *institucional* e *intersubjectivo* — independentemente da natureza dos sinais nela existentes — e toda a língua em que a linguagem se consubstancia e particulariza possui um carácter constitutivamente público, representa um saber técnico comunitário que só é exercitado e só funciona num espaço histórico--social. Correlativamente, todo o homem, se exceptuarmos situações psicolinguísticas patológicas de tipo autístico, adquire e faz necessariamente uso de línguas que constituem o fundamento e o veículo das suas múltiplas competências comunicativas e através das quais se realiza a *programação social* que, de modo consciente e/ou inconsciente, subjaz ao comportamento do homem. Na verdade, pode-se afirmar que todo o comportamento do homem é um *comportamento sígnico* e pode-se postular, por conseguinte, como «um axioma metacomunicacional da pragmática da comunicação: *não se pode não comunicar*». (⁸)

---

postulando a existência de *meta-regras* que não são fixadas por convenção, mas que possibilitam as convenções e as regras estabelecidas convencionalmente e que pertencem «não a jogos linguísticos e formas de vida determinados, mas antes ao jogo linguístico transcendental da comunidade ilimitada da comunicação» (cf. Karl Otto Apel, *Comunità e comunicazione*, Torino, Rosenberg & Sellier, 1977, p. 191) [título original: *Transformation der Philosophie*. I: *Sprachanalytik, Semiotik, Hermeneutic*, Frankfurt a.M., Suhrkamp Verlag, 1973].

(⁸) — Cf. Paul Watzlawick, Janet Helmick Beavin, Don D. Jackson, *Pragmática da comunicação humana*, São Paulo, Editora Cultrix, 1973, p. 47 [título original: *Pragmatics of human communication*, New York, W.W. Norton & Company, Inc., 1967]. Sobre a conceito de "programação social" (cf. atrás 2.8. e nota 112 do capítulo 2) e sobre o comportamento humano como "comportamento sígnico" e "comportamento--como-comunicação", vide: Ferruccio Rossi-Landi, *Charles Morris e la semiotica novecentesca*, pp. 188-194; id., *L'ideologia*, Milano, ISEDI, 1978, pp. 193 ss.; Augusto Ponzio, *La semiotica in Italia*, Bari, Dedalo Libri, 1976, pp. 27 e 32. Saussure sublinha enfaticamente a natureza social, transindividual, dos fenómenos semióticos. Nos apontamentos do segundo curso (1908-1909) de linguística geral coligidos por Riedlinger, lê-se: «Le système de signes est fait pour la collectivité et non pour un individu, comme le vaisseau est fait pour la mer. C'est pourquoi, *contrairement à l'apparence, à aucun moment* le *phénomène sémiologique* ne laisse hors de lui le *fait* de la collectivité sociale.//Cette *nature sociale, c'est un de ses éléments internes* et non externes» (cf. Ferdinand de Saussure, *Cours de linguistique générale*. Édition critique par Rudolf Engler. Tome 1.Wiesbaden, Otto Harrassowitz, 1968, fls. 171 v.-172 v., II R 23).

3.2. Semiótica da significação e semiótica da comunicação *

Um dos problemas mais controversos da semiótica tem consistido na dificuldade de estabelecer, fundamentar e descrever o que Francesco Casetti denomina a *topologia* da semiótica, isto é, o espaço que nela ocupam determinados fenómenos enquanto seu objecto formal de estudo, bem como os limites e as articulações entre esses mesmos fenómenos — o fenómeno da *significação* e o fenómeno da *comunicação*.(9) Quais as relações existentes entre sistemas semióticos de significação e sistemas semióticos de comunicação? A semiótica (ou semiologia) tem como objecto de estudo apenas a comunicação ou apenas a significação? Será possível — ou tornar-se-á necessário — conciliar a semiótica da significação e a semiótica da comunicação?

Eric Buyssens, desde 1943,(10) assinalou como objectivo da disciplina científica que designa por *semiologia* o estudo dos *processos de comunicação*: «La sémiologie peut se définir comme l'étude des procédés de communication, c'est-à-dire des moyens utilisés pour influencer autrui et reconnus comme tels par celui qu'on veut influencer».(11) Segundo Buyssens, todos os processos de comunicação se fundam numa relação social e todos os actos comunicativos se realizam através de meios convencionais e de manifestações intencionais, o que equivale a afirmar que a semiologia não estuda os *indícios*

---

* Utilizamos, neste parágrafo, os termos e conceitos de "semiótica" e "semiologia" em conformidade com o uso que deles fazem os próprios autores mencionados e discutidos.

(9) — Cf. Francesco Casetti, *Semiotica*, Milano, Edizioni Accademia, 1977, p. 49.

(10) — Em 1943, publica Eric Buyssens, sob o título *Les langages et le discours. Essai de linguistique fonctionelle dans le cadre de la sémiologie* (Bruxelles, Office de Publicité), uma pequena obra que viria a desempenhar um relevante papel na história da semiótica (veja-se, a propósito, Georges Mounin, *Introduction à la sémiologie,* Paris, Les Éditions de Minuit, 1970, pp. 235-241). Refundida e aumentada, a obra de Buyssens foi reeditada em 1967, sob o título *La communication et l'articulation linguistique* (Bruxelles — Paris, P.U.B. — P.U.F.).

(11) — Cf. Eric Buyssens, *La communication et l'articulation linguistique,* p. 11. Nas pp. 12 e 15-20, esta tese encontra-se desenvolvida.

— naturais, involuntários, de carácter individual —, mas os *sinais* — convencionais, voluntários, intencionais, de carácter social. E como o termo "linguagem", observa Buyssens, abrange tanto o «simples indício» como a «verdadeira comunicação», torna-se aconselhável recorrer a um termo especial — *semia* — para designar o objecto da semiologia. A semia é um conjunto de *semas*: «Le mot *sème* désignera tout procédé conventionnel dont la réalisation concrète (appelée *acte sémique*) permet la communication».(12)

É incontestável, por conseguinte, que Buyssens fundamenta e caracteriza a semiologia como semiologia da comunicação, mas não parece exacto poder-se concluir, como alguns autores propendem a julgar, que Buyssens, defendendo uma concepção drasticamente restritiva da comunicação, segregaria do âmbito da investigação semiológica os fenómenos da significação. Buyssens, em rigor, não contrapõe a significação à comunicação, mas sublinha com ênfase que a significação constitui um fenómeno social, cuja análise só pode ser adequadamente realizada numa perspectiva comunicacional: «De même, la signification est un fait social; l'étudier sans tenir compte de la communication est une impossibilité, car alors on se trouve devant des faits psychologiques, individuels.»(13) O problema, como se verá mais claramente a seguir, não consiste numa espécie de forclusão da significação, mas em conceber a significação como um fenómeno estritamente subsidiário e funcionalmente ancilar em relação à comunicação.

Sob a influência explícita do magistério de Buyssens, mas reclamando-se também de um saussurianismo ortodoxo, autores como Mounin e Segre defendem com pertinácia que a

---

(12) — *Id., ibid.*, p. 21. Esta distinção entre *sema* e *acto sémico* corresponde, sob os pontos de vista epistemológico e metodológico, à distinção saussuriana entre *langue* e *parole* ou à distinção estabelecida por K.L.Pike entre análise *émica* e análise *ética* dos fenómenos. Chamamos a atenção para o significado diverso do termo "sema" na linguística actual.

(13) — Cf. Eric Buyssens, *op. cit.*, p. 168. Imediatamente a seguir, Buyssens acrescenta: «Il n'y a pas une linguistique de la parole, distincte de la linguistique de la langue». A relação assim estabelecida entre significação e comunicação e *parole* e *langue* é extremamente confusa (veja-se, a propósito, Gian Paolo Caprettini, *La semiologia*, p. 30).

semiologia tem de ser, sob pena de se anular como disciplina científica, uma semiologia da comunicação.(¹⁴) Segundo Segre, a análise semiológica deve tomar apenas em consideração os sinais voluntários e conscientes, que veiculam o desígnio de alguém exprimir e comunicar algo a alguém, segundo convenções estabelecidas, ficando assim fora do seu âmbito específico os sintomas e os indícios. A integração dos sintomas no objecto formal de estudo da semiologia conduziria a um pan-semiologismo confusionista e anularia a bipolaridade da própria comunicação: «[...] è evidente che le sole espressioni segniche riportabili, perché omogenee, a unità sono quelle coscienti. Inglobare nella semiologia anche gl'indizi vuol dire annullare la bipolarità della comunicazione: togliere importanza al formulatore dei segni e darne esclusivamente al loro ricevitore.»(¹⁵)

Tanto em Mounin como em Segre a defesa da semiologia da comunicação apresenta uma relevante dimensão polémica, pois ambos os autores atacam, por vezes de modo violento,(¹⁶) a fundamentação e a consistência epistemológicas e metodológicas da *semiologia da significação* proposta por Roland Barthes em vários dos seus escritos, particularmente nos seus «Éléments de sémiologie», originariamente publicados no n.º 4 da revista *Communications*.(¹⁷)

(¹⁴) — De Georges Mounin, veja-se a obra já citada, *Introduction à la sémiologie*, pp. 7-8 e 100-101. De Cesare Segre, veja-se: *I segni e la critica. Fra strutturalismo e semiologia*, Torino, Einaudi, 1969, sobretudo pp. 38 ss.

(¹⁵) — Cf. Cesare Segre, *op. cit.*, p. 45. Vide também, nesta obra de Segre, as pp. 69-71. Segre analisou minudentemente a distinção entre signos convencionais e signos não convencionais no seu ensaio «La gerarchia dei segni», in AA.VV., *Psicanalisi e semiotica*, Milano, Feltrinelli, 1975, pp. 32-37 (reproduzido, com pequenos cortes, em Augusto Ponzio, *La semiotica in Italia*, pp. 183-188).

(¹⁶) — Veja-se, em particular, o ensaio de Mounin intitulado «La sémiologie de Roland Barthes», in *Introduction à la sémiologie*, pp. 189-197. Antes de Segre e de Mounin, já Buyssens criticara a concepção barthesiana de semiologia: «Ainsi conçue, la sémiologie s'approprie un domaine qui, jusqu'à présent relevait de la stylistique ou de l'exégèse littéraire» (cf. *La communication et l'articulation linguistique*, p. 14).

(¹⁷) — Posteriormente, os «Éléments de sémiologie» foram republicados em volume, conjuntamente com *Le degré zéro de l'écriture* (Paris, Gonthier, 1965).

Na nota de apresentação deste número e depois de transcrever a definição de semiologia formulada por Saussure, Barthes escreve: «la sémiologie a donc pour objet tout système de signes, quelle qu'en soit la substance, quelles qu'en soient les limites: les images, les gestes, les sons mélodiques, les objets et les complexes de ces substances que l'on retrouve dans des rites, des protocoles ou des spectacles constituent, sinon des «langages», du moins des systèmes de signification».([18]) Barthes assinala assim à semiologia como objecto de estudo fenómenos que não constituem formas de comunicação voluntária e intencional, sublinhando o facto de muitos sistemas semiológicos consistirem mesmo em objectos de uso cuja razão originária de ser não reside na significação, mas que sofrem, no âmbito social, um processo de semantização: «on proposera d'appeller ce [sic] signes sémiologiques, d'origine utilitaire, fonctionnelle, des *fonctions-signes*.»([19])

A possibilidade e mesmo a necessidade de conciliar a semiologia da comunicação e a semiologia da significação têm sido reiteradamente advogadas por Luis J. Prieto, um dos mais arguto leitores de Buyssens e a quem se devem análises de exemplar rigor metodológico sobre os mecanismos de constituição e funcionamento dos sistemas semióticos. Prieto considera óbvio («évident sans plus») o interesse de uma semiologia da significação, mas tal reconhecimento não implica de qualquer modo a desvalorização — e ainda menos a rejeição — de uma semiologia da comunicação, pois que, em seu entender, esta disciplina deve mesmo proporcionar à semiologia da significação «um modelo muito mais apropriado do que aquele que lhe fornece a linguística.»([20])

([18]) — Cf. Roland Barthes, «Présentation», in *Communications*, 4 (1964), p. 1.
([19]) — *Id.*, «Éléments de sémiologie», *ibid.*, p. 106.
([20]) — Cf. Luis J. Prieto, «La sémiologie», in André Martinet (ed.), *Le langage*, Paris, Gallimard, 1968, p. 95. Prieto retomou a análise destes problemas no estudo «Sémiologie de la communication et sémiologie de la signification», integrado no volume da sua autoria intitulado *Études de linguistique et de sémiologie générales* (Genève, Librairie Droz, 1975, pp. 125-141). Escreve Prieto neste estudo: «Quelles que soient les ojections que l'on fasse à propos du rapport que Barthes établit — ou considère comme possible d'établir — entre la classe des objets linguis-

Este controvertido problema encontrou, parece-nos, uma solução coerente no *Trattato di semiotica generale* de Umberto Eco.([21]) Segundo Eco, é possível conceber, no plano das puras *construções teóricas*, sistemas de significação com «modalidades de existência totalmente abstractas, independentes de qualquer acto de comunicação que as actualize», mas já não é possível conceber um processo de comunicação que não pressuponha, como condição necessária, um sistema de significação. Sendo assim, torna-se teoricamente possível estabelecer uma semiótica da significação independente de uma semiótica da comunicação, mas não será possível o inverso. Todavia, como Eco sublinha, nos processos culturais — e pensamos que o mesmo se verifica no domínio da semiose biológica ([22]) — os fenómenos da significação e da comunicação encontram-se inextricavelmente conexionados, motivo por que se nos afigura que a oposição entre sistemas de significação e sistemas de comunicação, seja qual for o processo de semiose considerado, constitui uma falsa aporia. Podemos mesmo afirmar que o processo da significação só existe como fenómeno semiótico, como fenómeno cultural ou culturalizado e como eventual objecto de uma teoria científica, na medida em que se integrar e manifestar num processo de comunicação (que pode ser um processo de autocomunicação).

Torna-se necessário, porém, elaborar um conceito de

---

tiques et la classe des objets significatifs, on ne saurait en aucun cas mettre en question l'importance, que cet auteur est le premier à signaler, du processus de sémantisation des comportements qui rend ceux-ci porteurs de signification. Il serait donc superflu de faire ici la défense du droit à l'existence d'une sémiologie étudiant ce processus. C'est plutôt le droit à l'existence d'une sémiologie de la communication, que je considère tout aussi incontestable mais que Barthes semble mettre en doute, qui nécessite, de ce fait, d'être démontré» (p. 137). Sobre a semiologia da comunicação, veja-se também Luis J. Prieto, *Pertinence et pratique,* Paris, Les Éditions de Minuit, 1975, pp. 15-60.

([21]) — Cf. Umberto Eco, *Trattato di semiotica generale,* Milano, Bompiani, 1975, pp. 19-20 e *passim.* Sobre algumas ambiguidades no uso do termo "comunicação" nesta obra de Eco, veja-se Augusto Ponzio, *La semiotica in Italia,* pp. 41 ss.

([22]) — Sobre a semiose biológica e as suas relações com a cultura, cf. Giorgio Prodi, *Le basi materiali della significazione,* Milano, Bompiani, 1977.

comunicação com uma extensão e uma intensão diferentes das que lhe atribuem, por exemplo, Buyssens e Prieto. Com efeito, para estes e outros autores, o fenómeno da comunicação só ocorre quando um emissor produz voluntária e intencionalmente sinais, com o objectivo de influenciar de qualquer modo um receptor.(²³) Nesta perspectiva, a intencionalidade do emissor e a utilização por este de sinais convencionais representam marcas específicas do acto comunicativo. Esta concepção voluntarista, intencionalista, psicologista e individualista(²⁴) da comunicação adequa-se apenas a uma das espécies de actos comunicativos discrimináveis no âmbito total do fenómeno da comunicação e impede a compreensão e a análise de numerosos e relevantes processos semiótico-comunicativos. Efectivamente, ocorrem múltiplos fenómenos de semiose em que não existe voluntariedade e intencionalidade por parte do emissor, em que o emissor pode mesmo não se identificar com um organismo humano ou, mais latamente, com um organismo biológico, nos quais se produzem sinais não convencionais, isto é, sinais icónicos e indiciais, e que se integram em processos de comunicação, porque um receptor capta esses fenómenos de semiose e decodifica adequadamente as mensagens neles geradas, em função de determinadas regras sintácticas, semânticas e pragmáticas instituídas e aprendidas ao longo de mais ou menos complexos processos de socialização e culturalização. (²⁵)

(²³) — Depois de definir "sinal" como um "indício intencional" — e assim o distinguindo do "indício espontâneo" e do "indício falsamente espontâneo" —, Prieto afirma: «C'est l'emploi de signaux qui définit la communication: on a affaire à un acte de communication ou *acte sémique* chaque fois qu'un *émetteur,* en produisant un signal, essaie de fournir une indication à un *récepteur*» (cf. *Pertinence et pratique*, pp. 17-18).
(²⁴) — Cf. Eric Buyssens, *La communication et l'articulation linguistique*, p. 20: «Dans l'acte de communication, le fait révélé — on n'insistera jamais assez — est toujours d'ordre psychologique; [...]. Bref, l'acte de communication est l'acte par lequel un individu, connaissant un fait perceptible associé à un certain état de conscience, réalise ce fait pour qu'un autre individu comprenne le but de comportement [...]».
(²⁵) — Sobre a necessidade de superar um conceito voluntarista e intencionalista de comunicação, veja-se: Emilio Garroni, *Progetto di semiotica,* Bari, Laterza, 1972, pp. 260-266; Ferruccio Rossi-Landi, *Charles*

191

Poder-se-á contra-argumentar que tal conceito não restritivo de comunicação debilita excessivamente, se não anula, a bipolaridade emissor/receptor, característica de qualquer acto comunicativo. Este contra-argumento, todavia, não apresenta consistência, porque, na verdade, não se põe em causa necessariamente a existência do emissor, apenas se confutando um certo conceito racionalista, voluntarista e, digamos, antropocêntrico, de emissor. Por isso mesmo, atendendo à heterogeneidade dos possíveis emissores num processo semiótico, talvez seja aconselhável, em certos casos, o uso do conceito e da designação de *fonte de informação* — ou apenas *fonte* —, propostos pela teoria matemática da comunicação, em vez do conceito e da designação de emissor.([26])

Por outro lado, esta concepção mais lata do fenómeno comunicativo potencia e torna mais complexas as funções do receptor, que assim se configura como o pólo mais relevante na dinâmica do processo comunicativo (não é fortuito o interesse suscitado, nestes últimos anos, pela chamada *estética da recepção*).

Como veremos, este conceito mais abrangente de comunicação reveste-se de grande importância na análise da comunicação literária.

Morris e la semiotica novecentesca, pp. 190-192 (e no livro do mesmo Autor, *Semiotica e ideologia*, leia-se o capítulo 12, «Sui segni del mare interpretati dai naviganti»); Umberto Eco, *Trattato di semiotica generale*, pp. 27-28; Jenaro Talens, «Práctica artística y producción significante», in Jenaro Talens *et alii*, *Elementos para una semiótica del texto artístico*, Madrid, Ediciones Cátedra, 1978, pp. 44-45.

([26]) — Vários autores — *e.g.*, Umberto Eco, *Trattato di semiotica generale*, p. 50 e John Lyons, *Semantics* (Cambridge, Cambridge University Press, 1977), vol. I, p. 36 — utilizam o conceito e a designação de *fonte*. Tulio De Mauro, a quem Eco deve fundamentalmente o seu esquema do processo comunicativo, propõe um conceito e uma designação equivalentes: «Chiamiamo *sorgente* ciò (o colui) che induce la modificazione di uno stato físico qualificabile come messaggio» (cf. Tulio De Mauro, «Modelli semiologici: l'arbitrarietà semantica», *Senso e significato. Studi di semantica teorica e storica*, Bari, Adriatica Editrice, 1971, p. 33).

3.3. A comunicação artística

Alguns autores denegam à arte a natureza de fenómeno comunicativo, atribuindo-lhe tão-só a natureza de *fenómeno expressivo* (ou apresentando, quando muito, a comunicação artística como um epifenómeno da *expressão* originária e substantiva). Assim pensa, por exemplo, Eric Buyssens: «L'artiste est l'homme qui, doué d'une sensibilité supérieure, éprouve certaines émotions en percevant certains faits et qui reproduit ces faits en les modifiant à sa façon afin de mettre en valeur les éléments qui l'ont ému. [...] Mais il n'y a là rien qui ressemble au désir de collaboration qui est la base des sémies. L'art ne répond pas à un besoin social, comme le fait le discours; il répond au besoin de manifester, d'extérioriser les 'sentiments esthétiques.»([27])

Semelhante concepção do fenómeno estético, enraizada numa teoria romântica da criação, é insustentável por várias razões: reduz a uma espécie de epifania individual e a uma motivação emocionalista e expressivista, com exclusão de quaisquer factores de natureza semiótica — e, portanto, de natureza social —, o processo da produção artística; ignora que a obra de arte só existe *qua* obra de arte enquanto objecto de uma *transacção estética*, o que pressupõe um receptor como indispensável pólo do peculiar processo de intercompreensão representado por essa transacção estética;([28]) desconhece que, como observou Freud, mesmo as impulsões inconscientes só são exteriorizáveis artisticamente se puderem adaptar-se «à realidade das estruturas formais», o que equivale, como agudamente

---

([27]) — Cf. Eric Buyssens, *La communication et l'articulation linguistique*, p. 23.

([28]) — Sobre o conceito de *transacção estética*, veja-se: Eliseo Vivas, «The artistic transaction», *The artistic transaction and essays on theory of literature*, Columbus, Ohio State University Press, 1963, pp. 3-77; Murray Krieger, *Theory of criticism. A tradition and its system*, Baltimore — London, The Johns Hopkins University Press, 1976, pp. 11 ss.; Norman N. Holland, «The new paradigm: Subjective or transactive», in *New literary history*, VII (1976), pp. 335-346; *id.*, «Literature as transaction», in Paul Hernadi (ed.), *What is literature?*, Bloomington — London, Indiana University Press, 1978, pp. 206-218.

compreendeu Gombrich, a equacionar o problema da produção artística em termos de *código* e de *comunicação*.(²⁹)

Sublinhe-se, todavia, que a concepção do fenómeno artístico como fenómeno comunicativo não implica a negação da existência no objecto artístico de relevantes aspectos de *auto--remuneração* e de *autocatarse* relativamente ao seu autor/emissor (³⁰). O que ela rejeita é que se possa conceber a obra artística como *ergon* de um processo identificável com um jogo absurdamente solitário e intransitivo (³¹) e como objecto que se consome e anula numa hermética relação narcisista com o seu autor.

A negação da natureza comunicativa da arte — ou, pelo menos, a sua negação como carácter substantivo da arte e, em particular, da poesia — tem sido proclamada também, nestas últimas décadas, por muitos autores fascinados pela ideia mallarmeana da poesia como ausência, silêncio e destruição («La destruction fut ma Béatrice», escreve Mallarmé numa carta) e pela interpretação heideggeriana da linguagem como templo ou mansão do Ser, da linguagem que fala o Ser e que não se exaure num mero instrumento de significação e de comunicação, da poesia como manifestação (*aletheia*) originária do Ser, como revelação, na palavra, do resplendor e da verdade do Ser.(³²) Mais profundamente, nalguns autores a nega-

---

(²⁹) — Cf. E. H. Gombrich, *Freud y la psicología del arte*, Barcelona, Barral Editores, 1971, p. 30 [título original: «Freud's aesthetics», in *Encounter*, XXVI, 1 (1966), pp. 30-40].

(³⁰) — Sobre esta problemática, veja-se Corrado Maltese, *Semiologia del messaggio oggettuale*, Milano, Mursia, 1970, pp. 34 ss.

(³¹) — Com efeito, rigorosamente e em última instância, qualquer jogo solitário é possibilitado por um fundamento social: «To use language "in isolation" is like playing a game of *solitaire*. The names of the cards and the rules of manipulation are publicly given and the latter enable the player to play without the participation of other players. So, in a very important sense, even in a game of *solitaire* others participate, namely those who had made up the rules of the game» (cf. Gershon Weiler, *Mauthner's critique of language,* Cambridge, Cambridge University Press, 1970, p. 107).

(³²) — As raízes de algumas destas ideias devem ser procuradas para além de Heidegger e de Mallarmé, não devendo, sobretudo, ser esquecidas à obsessão flaubertiana do livro absoluto, um livro sobre nada, e a constatação hegeliana da morte da arte. Sobre alguns destes proble-

ção da arte como fenómeno comunicativo implica o dramático reconhecimento da impossibilidade de a linguagem funcionar como sistema significativo ou a angustiosa certeza de que a linguagem se consome e se consuma na vertigem do silêncio e da ausência pura. De Beckett a Artaud, de Bataille a Blanchot, multiplicam-se os textos em que obsidiantemente se confrontam a necessidade da utilização da linguagem e a radical impossibilidade dessa utilização, em que se pratica e exalta o desfiguramento e a destruição do texto — algumas vezes com um fascínio horrorizado que participa da violência e do êxtase profanatórios —, em que se afirma a solidão essencial do acto de escrever, a identidade inconsútil do espaço da morte e do espaço literário, a abolição e o vazio do significado como ideal da linguagem e da literatura:-«Le langage ne commence qu'avec le vide; nulle plénitude, nulle certitude ne parle».([33])

Paradoxalmente, esta dramática reflexão sobre a incomunicabilidade e a solidão radical da obra de arte, sobre a exaustão significativa da linguagem, sobre o silêncio mortal e o vazio de que é urdida a textura do poema — reflexão nascida de uma desesperada tensão entre um orfismo condenado ao fracasso e um hermetismo cruelmente niilista —, realiza-se, configura-se semicamente e é comunicada através de obras de arte, nas palavras, nas metáforas, nas frases e no ritmo da linguagem verbal e, de modo particular, da linguagem literária. Mesmo quando se postula que a interioridade de cada homem é incomunicável a outro homem ou que o real das coisas é incognoscível ao homem, a obra de arte *comunica* aquela incomunica-

---

mas, *vide:* Gerard L. Bruns, *Modern poetry and the idea of language. A critical and historical study*, New Haven—London, Yale University Press, 1974, pp. 101-262; Beda Allemann, *Hölderlin et Heidegger*, Paris, P.U.F., 1959; Robert R. Magliola, *Phenomenology and literature. An introduction*, West Lafayette, Purdue University Press, 1977, pp. 57-80 e 174-191.

([33]) — Cf. Maurice Blanchot, *La part du feu*, Paris, Gallimard, 1949, p. 327. E em *L'espace littéraire* (Paris, Gallimard, 1955), Blanchot escreve: «L'écrivain appartient à un langage que personne ne parle, qui ne s'adresse à personne, qui n'a pas de centre, qui ne révèle rien. [...] Dans la mesure où, écrivain, il fait droit à ce qui s'écrit, il ne peut plus jamais s'exprimer et il ne peut pas davantage en appeller à toi, ni encore donner la parole à autrui. Là où il est, seul parle l'être, — ce qui signifie que la parole ne parle plus, mais est, mais se voue à la pure passivité de l'être» (p. 17).

bilidade e *diz* esta incapacidade cognitiva. Se a obra de arte se caracterizasse, em estrito rigor, pelo *hermetismo monadológico* de que fala Adorno,(³⁴) ela constituiria necessariamente um enigmático facto bruto, um vazio aberrante ou, se se quiser, uma plenitude absurda.

Admitindo, por conseguinte, que todo o fenómeno artístico constitui um peculiar fenómeno comunicativo, julgamos teoricamente indispensável o reconhecimento de que as várias artes possuem um estatuto comunicacional diferenciado. Esta diferenciação funda-se na natureza diversa dos signos constituintes do sistema semiótico de cada arte, na heterogeneidade dos códigos, dos canais, dos mecanismos de recepção e dos factores pragmáticos actuantes em cada arte.(³⁵) A literatura, dada a sua essencial solidariedade semiótica com o sistema da comunicação por excelência de que o homem dispõe — a linguagem verbal —, ocupa necessariamente uma posição privilegiada entre todas as artes.

3.4. Comunicação linguística e comunicação literária

Relativamente à comunicação linguística, qual o estatuto ôntico-funcional da comunicação literária?

Se fosse cientificamente aceitável, sob qualquer das suas formulações históricas, a concepção de que a língua literária constitui um "desvio" em relação à "língua normal" ou "corrente"; ou se fosse cientificamente adequada a concepção, difundida nas últimas décadas sobretudo através dos estudos de Roman Jakobson, de que o texto literário se constitui como tal porque nele se realiza, de modo dominante, uma função

---

(³⁴) — Cf. Theodor W. Adorno, *Théorie esthétique*, Paris, Klincksieck, 1974, p. 240.

(³⁵) — Veja-se, por exemplo, a distinção estabelecida por Luis J Prieto entre as artes "literárias" — literatura, teatro, dança e artes plásticas figurativas, cinema, etc. —, as artes "arquitecturais" — arquitectura e *design* — e as artes "musicais" — música, dança e artes plásticas não figurativas (cf. *Pertinence et pratique*, pp. 72-73; *Études de linguistique et de sémiologie générales*, pp. 121-123).

específica da linguagem verbal — a função poética —, a comunicação literária deveria ser conceituada, no plano semiótico, como um *subsistema* do sistema da comunicação linguística.

Considerando, todavia, como nós consideramos — e pelas razões expendidas no capítulo anterior — que tais concepções da língua e do texto literários são empiricamente confutáveis e inconsistentes sob os pontos de vista intrateórico e interteórico, não é possível conceituar a comunicação literária como um subsistema do sistema da comunicação linguística. Se o texto literário representa uma mensagem possibilitada e regulada por um sistema semiótico que se constitui necessariamente a partir do sistema linguístico, mas que comporta mecanismos sémico-formais e pragmáticos inexistentes neste, então a comunicação literária deverá ser concebida como um *supra-sistema* do sistema da comunicação linguística, pois que só se realiza se funcionarem alguns mecanismos essenciais da comunicação linguística, visto que a sua realização não implica a realização de todos os factores canónicos da comunicação linguística e porque na sua realização interactuam específicos elementos sistémicos.

Relativamente à comunicação linguística, que deve ser considerada como o seu *genus proximum,* que *differentiae specificae* ocorrem na comunicação literária?

A comunicação linguística oral é uma comunicação *próxima* e *instantânea,* isto é, constitui uma modalidade de comunicação na qual as esferas dos intercomunicantes se intersectam espacial e temporalmente, o que lhes permite utilizar os mecanismos de emissão e de recepção de que estão naturalmente dotados e os canais comunicativos naturais de que dispõem. O processo comunicativo entre o *emissor* e o *receptor* realiza-se *in praesentia* de ambos e *in praesentia* de um determinado *contexto de situação.*[36].

A comunicação literária, por sua vez, é uma comunicação de tipo *disjuntivo* e de tipo *diferido,* isto é, realiza-se *in absentia* de uma das instâncias designadas por emissor e por receptor e com um lapso temporal de maior ou menor amplitude entre

---

[36] — Sobre este conceito, veja-se a definição de John Lyons citada na nota (37) do capítulo anterior.

o momento da emissão e o(s) momento(s) da recepção (e por isso, em relação a qualquer texto literário, será crescente, sob os pontos de vista histórico e sociocultural, a indeterminação do receptor). A disjunção e o diferimento não constituem, todavia, predicados específicos da comunicação literária, pois que também caracterizam a comunicação linguística processada através da escrita, quer se trate de uma carta, de um relatório, de uma notícia ou de um artigo de jornal, de uma obra jurídica, histórica, etc. O que se apresenta como específico, porém, da comunicação literária e a distingue de toda a comunicação linguística, tanto oral como escrita, é o facto de ela se realizar *in absentia* de um determinado contexto de situação e em conformidade com um especial sistema de regras pragmáticas, aceites tanto pelo emissor como pelos receptores, a que daremos, como propõe Siegfried J. Schmidt, a designação de *ficcionalidade*: «'Fictionality' is the name for a special system of pragmatic rules which prescribe how readers have to treat the possible relations of $W_i^!$'s to EW in comprehending literary texts so as to treat them *adequately* according to historically developed norms in the system of *literary* communication.»(37)

Este sistema de regras pragmáticas, já estudado com rigor por Aristóteles na *Poética* e interpretado e valorado de diversos modos por inúmeros escritores, críticos e teorizadores literários de todos os tempos, recebeu uma análise nova e fecunda, nos últimos anos, à luz da teoria dos actos de linguagem. Um falante que realiza actos de linguagem, além de realizar *actos de enunciação* e actos *proposicionais,* realiza *actos ilocutivos,* isto é, actos de linguagem completos que consistem em representar um estado de coisas, em solicitar, prometer, ordenar, exprimir algo, etc. (38) Os actos ilocutivos, actos institucionais e

---

(37) — Cf. Siegfried J. Schmidt, «Towards a pragmatic interpretation of 'fictionality'», in Teun A. van Dijk (ed.), *Pragmatics of language and literature,* Amsterdam — Oxford — New York, North-Holland/American Elsevier, 1976, p. 175. Por $W_i^!$, entende Schmidt «world or world system constituted by literary texts»; por EW, «our normal world system of experience [...], in our present society, at a certain time» (p. 165).

(38) — Cf. John R. Searle, *Les actes de langage,* Paris, Hermann, 1972, pp. 60 ss. [título original: *Speech acts,* London — New York, Cambridge University Press, 1969]. Veja-se também J. R. Searle, «What is

contratuais, têm de obedecer a determinadas regras semânticas e pragmáticas — regras variáveis em função das categorias daqueles actos e fazendo parte do conhecimento que os falantes, quer como emissores, quer como receptores, possuem para usar correcta e eficazmente a linguagem verbal. Se tais regras não forem adequadamente observadas, os actos ilocutivos não têm condições de boa realização («appropriateness conditions or felicity conditions») e a comunicação linguística sofrerá transtornos e fracassará.

Os textos literários são também constituídos por actos ilocutivos, mas por actos ilocutivos que não funcionam segundo as regras semânticas e pragmáticas vigentes na comunicação linguística. Pelo contrário, na comunicação literária estas regras encontram-se suspensas e, em particular, estão suspensas as regras que relacionam imediatamente os actos ilocutivos com o mundo empírico (mesmo que os actos ilocutivos comuniquem uma mentira ou uma falsidade). O *discurso situado* da comunicação linguística encontra-se inextricavelmente vinculado a um particular contexto de situação empírica ou idealmente existente e não pode ser correctamente entendido à margem desse contexto de situação que lhe é exterior e anterior; o *discurso ficcional* da comunicação literária, constituído por pretensos actos ilocutivos, constrói, de acordo com determinadas normas e convenções, o seu próprio contexto de situação, o seu próprio emissor, etc.: «The writer *pretends* to report discourse, and the reader accepts the pretense. Specifically, the reader constructs (imagines) a speaker and a set of circumstances to accompany the quasi-speech-act, and makes it felicitous (or infelicitous — for there are unreliable narrators, etc.). [...] A literary work is a discourse whose sentences lack the illo-

---

a speech act?», in J. R. Searle (ed.), *The philosophy of language*, London, Oxford University Press, 1971, pp. 39-53. Sobre as várias categorias dos actos ilocutivos, cf. John R. Searle, «A classification of illocutionary acts», in *Language in society*, 5 (1976), pp. 1-23. Searle aceitou os conceitos e as designações de *acto ilocutivo* e *acto perlocutivo* propostos por J.L. Austin em *How to do things with words*, mas rejeitou o conceito e a designação de *acto locutivo* igualmente propostos por Austin (cf. J.R. Searle, «Austin on locutionary and illocutionary acts», in *Philosohical review*, LXXVII (1968), pp. 405-424).

cutionary forces that would normally attach to them. Its illocutionary force is mimetic. By "mimetic" I mean purportedly imitative. Specifically, a literary work *purportedly imitates* (or reports) a series of speech acts, which in fact have no other existence. By so doing, it leads the reader to imagine a speaker, a situation, a set of ancillary events, and so on».([39]) Com efeito, uma das normas pragmáticas fundamentais que regem os *quasi-*

([39]) — Cf. Richard Ohmann, «Speech acts and the definition of literature», in *Philosophy and rhetoric*, 4 (1971), p. 14. Outros estudos importantes sobre esta problemática: Richard Ohmann, «Speech, literature and the space between», in *New literary history*, IV, 1 (1972), pp. 47-63; *id.*, «Literature as act», in Seymour Chatman (ed.), *Approaches to poetics*, New York — London, Columbia University Press, 1973, pp. 81-107; Monroe C. Beardsley, «The concept of literature», in Frank Brady, John Palmer e Martin Price (eds.), *Literary theory and structure*, New Haven — London, Yale University Press, 1973, pp. 23-39; Barbara Herrnstein Smith, «Poetry as fiction», in Ralph Cohen (ed.), *New directions in literary history*, Baltimore, The Johns Hopkins Press, 1974, pp. 165-187; *id.*, «On the margins of discourse», in *Critical inquiry*, 1, 4 (1975), pp. 769-798; Jens Ihwe, «On the validation of text-grammars in the study of literature'», in J.S. Petöfi e H. Rieser (eds.), *Studies in text grammar*, Dordrecht — Boston, D. Reidel, 1973, pp. 339 ss.; John R. Searle, «The logical status of fictional discourse», in *New literary history*, VI, 2 (1975), pp. 319-332; Samuel R. Levin, «Concerning what kind of speech act a poem is», in Teun A. van Dijk (ed.), *op. cit.*, pp. 141-160; Mary Louise Pratt, *Toward a speech act theory of literary discourse*, Bloomington — London, Indiana University Press, 1977; Robert L. Brown, Jr., e Martin Steinmann, Jr., «Native readers of fiction: A speech-act and genre-rule approach to defining literature», in Paul Hernadi (ed.), *What is literature?*, Bloomington — London, Indiana University Press, 1978, pp. 141-160; Monroe C. Beardsley, «Aesthetic intentions and fictive illocutions», in Paul Hernadi (ed.), *op. cit.*, pp. 161-177; Wolfgang Iser, *The act of reading. A theory of aesthetic response*, London, Routledge & Kegan Paul, 1978, pp. 68 ss. J.L. Austin tinha já chamado a atenção para o estatuto peculiar — anómalo, na sua perspectiva — dos actos de linguagem que ocorrem nos textos literários: «a performative utterance will, for example, be *in a peculiar way* hollow or void if said by an actor on the stage, or if introduced in a poem, or spoken soliloquy. This applies in a similar manner to any and every utterance — a sea-change in special circumstances. Language in such circumstances is in special ways — intelligibly — used not seriously, but in ways *parasitic* upon its normal use — ways which fall under the doctrine of the *etiolations* of language» (cf. J. L. Austin, *How to do things with words*, London — Oxford — New York, Oxford University Press, ²1976, p. 22).

-*speech-acts* dos textos literários indica aos leitores que devem bloquear, no plano semântico, a referência imediata de tais actos ilocutivos ao mundo empírico e que devem, em contrapartida, considerar o mundo construído pelo texto literário como um mundo autónomo, como um *mundo possível contrafactual ou não-factual*,(40) no âmbito do qual, por exemplo, as expressões deícticas ("eu", "tu", "aqui", "hoje", etc.) funcionam sintáctica, semântica e pragmaticamente sem um nexo de referencialidade directa a um contexto de situação facticamente existente no mundo empírico. O leitor, ao suspender a referência directa do mundo do texto literário ao mundo empírico, deve atentar na construção do próprio texto, na sua forma da expressão e na sua forma do conteúdo, analisar as suas relações com outros textos, integrá-lo na dinâmica histórica da literatura como sistema semiótico, etc. A observância destas regras é que possibilita estabelecer adequadamente a referencialidade mediata do texto literário ao mundo empírico, de modo a poder-se analisar, como escreve Siegfried J. Schmidt, «the *role/function* of literary communication as a complex institutionalized subsystem of social communication and, in *this* context, to discuss the social function of producing, understanding and evaluating fictive worlds by literary texts.»(41)

---

(40) — Cf. Teun A. van Dijk, *Some aspects of text grammars. A study in theoretical linguistics and poetics,* The Hague — Paris, Mouton, 1972, p. 290; id., «Pragmatics and poetics», in Teun A. van Dijk (ed.), *Pragmatics of language and literature,* p. 40. Sobre os conceitos de "mundo possível", "contrafactualidade" e "não-factualidade" e o seu interesse para a análise semântica e pragmática do texto e do processo comunicativo literários, vide: D. Lewis, *Counterfactuals,* Oxford, B. Blackwell, 1973; Geoffrey Leech, *Semantics,* Harmondsworth, Penguin Books, 1974; John Woods, *The logic of fiction,* The Hague — Paris, Mouton, 1974, pp. 101 ss.; Thomas G. Pavel, «Possible worlds in literary semantics», in *Journal of aesthetics and art criticism,* 34, 2 (1975); Teun A. van Dijk, *Text and context. Explorations in the semantics and pragmatics of discourse,* London — New York, 1977, pp. 29 ss. e 79 ss.; Samuel R. Levin, *The semantics of metaphor,* Baltimore — London, The Johns Hopkins University Press, 1977, pp. 122--126; Umberto Eco, «Possible worlds and text pragmatics: "Un drama bien parisien"», in *VS,* 19/20 (1978), pp. 5-72; Ugo Volli, «Mondi possibili, logica, semiotica», in *VS,* 19/20 (1978), pp. 123-148.
(41) — Cf. Siegfried J. Schmidt, «Towards a pragmatic interpretation of "fictionality"», in *op. cit.,* p. 174.

A disjunção espacial e temporal característica da comunicação literária e o facto de a comunicação literária ser destituída de um contexto de situação idêntico ao contexto de situação da comunicação linguística fazem com que o processo comunicativo literário se apresente sempre como *funcionalmente defectivo,* isto é, como um processo em que a instância "emissor" e a intância "receptor" não se encontram compresentes fisicamente e em que, por conseguinte, não podem ser esclarecidos e solucionados *in praesentia* de ambas as instâncias as dificuldades e os distúrbios porventura ocorrentes no acto comunicativo. Esta defectividade origina um fenómeno verificável em qualquer tipo de comunicação disjuntiva e diferida, mas singularmente relevante, e revestindo-se de características peculiares, na comunicação literária: a ausência de uma das referidas instâncias reforça poderosamente a atenção que a outra instância consagra à mensagem,[42] já que na codificação e na decodificação desta residem as garantias mais sólidas de superar os efeitos comunicacionais negativos resultantes da defectividade.

Por último, referiremos que a comunicação linguística canónica, tanto escrita como oral, é *bidireccional,* pois o emissor e o receptor podem assumir alternadamente, durante a sequência do mesmo acto comunicativo, a função um do outro, ao passo que a comunicação litarária é *unidireccional,* isto é, nela não é possível a reversibilidade das funções do emissor e do receptor.

3.5. O fenómeno de *feedback* na comunicação literária

Constituindo a comunicação literária uma comunicação de tipo disjuntivo, diferido e unidireccional, poderão ocorrer no seu circuito efeitos de *feedback,* isto é, poderá qualquer reacção do receptor ser retrojectada no circuito comunicativo, gerando uma modificação na actividade produtiva do emissor

---

[42] — Cf. Gérard Genot, «Tactique du sens», in *Semiotica,* VIII, 3 (1973), p. 198; *id.,* «Le jeu et sa règle d'écriture», in *Le discours social,* 3-4 (1973), pp. 23-24; *id.,* «Sémantique et sémiotique de l'impossible», in *Poetics,* 9 (1973), p. 99.

e originando, por conseguinte, uma modificação das mensagens por ele transmitidas ulteriormente?

Alguns autores, como Cesare Segre,(⁴³) rejeitam qualquer possibilidade de ocorrência de efeitos de *feedback* no circuito da comunicação literária, argumentando que o eixo emissor/ /receptor se fractura, com solução de continuidade, em dois segmentos: emissor → mensagem e mensagem → receptor. Outros autores, porém, como Siegfried Schmidt,(⁴⁴) admitem em termos vagos essa possibilidade.

Por nosso lado, pensamos que é possível identificar no circuito da comunicação literária determinados fenómenos que não será abusivo caracterizar e designar como efeitos de *feedback*, embora não apresentem a regularidade e a precisão causais e consequenciais que se verificam noutros tipos de comunicação (em especial, na comunicação intermecânica). Assim, por exemplo, quando um autor, após publicar um texto e após tomar conhecimento das reacções favoráveis dos leitores (críticos incluídos) a esse texto, continua a escrever dentro dos mesmos padrões, porque sabe que o público leitor receberá e consumirá com agrado textos semelhantes, pode-se falar da ocorrência de um fenómeno de *feedback*. Por outro lado, quando um autor, após publicar um texto e após tomar conhecimento das reacções desfavoráveis dos leitores (críticos incluídos), modifica os textos ulteriormente produzidos, com o objectivo de originar um comportamento diferente do público leitor, pode-se falar também da ocorrência de um fenómeno de *feedback*. Quer num caso, quer noutro, o *output* do sistema comunicacional reage sobre o *input* do mesmo sistema, orientando e controlando a dinâmica da instância emissora. Na primeira hipótese, ocorre um *feedback de reacção positiva*, em que o efeito de recepção intensifica acumulativamente o fenómeno de emissão; na segunda hipótese, ocorre um *feedback de reacção negativa*, em que o efeito de recepção altera qualitativamente o fenómeno

---

(⁴³) — Cf. Cesare Segre, *Le strutture e il tempo*, Torino, Einaudi, 1974, pp. 28-29.
(⁴⁴) — Cf. Siegfried J. Schmidt, «On the foundation and the research strategies of a science of literary communication», in *Poetics*, 7 (1973), p. 24.

de emissão. Em qualquer dos casos, porém, a ocorrência do fenómeno de *feedback* revela que se trata de um *sistema aberto*, isto é, de um sistema que recebe informações do seu exterior(⁴⁵) — em última instância, da comunidade social — e que transforma a sua actividade em função dessa informação injectada no circuito comunicativo.

Semelhantes fenómenos de *feedback*, porém, possuem uma capacidade operatória temporalmente limitada, já que só podem ocorrer durante a vida de um autor. Mesmo após a morte de um escritor, porém, podem verificar-se com as suas obras fenómenos que se aproximam muito, segundo julgamos, de efeitos de *feedback*. Não falamos já das transformações sofridas, após a morte dos seus autores, por certos textos de paraliteratura, reescritos com o propósito de os actualizar formal e tematicamente, adaptando-os a novas situações sociais e ideológicas, a diferentes gostos do público leitor, etc. (⁴⁶) Referiremos, todavia, o esforço editorial no sentido de publicar textos de autores falecidos em edições graficamente atraentes, por vezes com ilustrações pictóricas ou fotográficas, com uma capa de concepção moderna, etc., de modo a rejuvenescer o aspecto material do livro e a adaptá-lo ao gosto dominante entre os potenciais leitores. Trata-se de um fenómeno de *adaptação* determinado pelo que se sabe, ou se presume, ser a reacção da maioria dos receptores e que visa facilitar e intensificar o processo da comunicação literária (indissociável, nestes casos,

---

(⁴⁵) — Cf. Anthony Wilden, *System and structure. Essays in communication and exchange*, London, Tavistock Publications, 1972, pp. 95-96 e 357-359.

(⁴⁶) — Estas transformações são facilitadas, mesmo sob o ponto de vista jurídico, pela natureza ambígua do estatuto do autor de muitas obras paraliterárias (veja-se, atrás, 2.13). Bernard Trout, no seu estudo «Économie génétique de la littérature populaire» (in Noël Arnaud, Francis Lacassin e Jean Tortel (eds.), *Entretiens sur la paralittérature*, Paris, Plon, 1970, pp. 347-353) — curiosa revelação sobre as aventuras de palingenesia autoral e editorial a que estão sujeitos os chamados "romances populares" —, menciona um caso bem elucidativo: *La fiancée de l'aviateur*, um romance cuja história se desenrola durante a guerra de 1914-1918, foi modificado e reeditado na década de cinquenta, sob o título de *Margitte, princesse tzigane*, desenrolando-se a sua história no quadro da revolução húngara de 1956!

de interesses financeiros e comerciais). Ora o fenómeno de *feedback* constitui um fenómeno típico dos sistemas dotados de capacidade adaptativa para se alcançar um determinado objectivo (*goalseeking adaptive systems*).

Poder-se-á admitir ainda que ocorre também um fenómeno de *feedback* quando um autor, ao escrever um texto, o submete à apreciação de alguns leitores, solicitando o seu parecer e o seu conselho — lembre-se o preceito de Horácio: *Siquid tamen olim/scripseris, in Maeci descendat iudicis auris/et patris et nostras*(47)—, e depois o emenda, em função desses conselho e parecer. Em rigor, porém, esta situação representa apenas um simulacro de comunicação literária.

3.6. O emissor

No processo da comunicação, a instância que produz a mensagem designa-se por *emissor* (ou *fonte*).(48)

---

(47) — Eis a tradução destes versos (386-388) da *Epistola ad Pisones* proposta por Rosado Fernandes: «Se acaso, porém, alguma vez quiseres escrever uma obra, dá-a primeiro a ouvir a Mécio, o crítico, a teu pai, a nós [...]» (cf. Horácio, *Arte poética*. Introdução, tradução e comentário de R.M. Rosado Fernandes. Lisboa, Livraria Clássica Editora, s.d., p. 113).

(48) — Após a tradução francesa do estudo «Linguistics and poetics» de Jakobson, na qual os termos ingleses "addresser" e "addressee" — utilizados por Jakobson em numerosos trabalhos — foram vertidos por "destinateur" e "destinataire", tornou-se muito frequente, em francês, o uso de "destinateur" para denominar a instância produtora da mensagem. Na língua portuguesa, em demasia dócil ao prestígio do modelo francês, logo proliferou o uso de "destinador", vocábulo, aliás, registado nos dicionários. Em italiano e em espanhol, porém, "emittente" (ou "mittente") e "emisor" são utilizados quase sem excepção. Na sua recente obra *Sémiotique. Dictionnaire raisonné de la théorie du langage* (Paris, Hachette, 1979), A. J. Greimas e J. Courtés escrevem, após terem definido *émetteur*: «En sémiotique, et pour tout genre de communication (pas seulement verbale), on emploie plus volontiers, en un sens particiellement comparable, le terme de destinateur (repris à R. Jakobson)» (p. 121); e ao definirem *destinateur* e *destinataire*, observam: «appelés aussi, dans la théorie de l'information, mais dans une perspective mécaniciste et non dynamique, émetteur et récepteur» (p. 94). Tais afirmações carecem de fundamento: em primeiro lugar, qualquer leitor pode verificar, consultando obras sobre semiótica (*e.g.*, Max Bense e Elisabeth Walther, *Wörterbuch*

No âmbito da comunicação literária, são atribuídas ao emissor as designações genéricas de *autor, escritor, poeta* (em sentido amplo). A análise etimológico-semântica destes lexemas reveste-se de interesse sob o ponto de vista da teoria da comunicação, porque permite aprender, em cada um deles, aspectos relevantes da função do emissor: *poeta* é aquele que faz, aquele que produz e executa (do lexema latino *poeta,* do grego ποιητής, derivado de ποιεῖν, "fazer", "produzir", "fazer nascer", etc.); *autor* é aquele que está na origem de algo, aquele que faz produzir e crescer e que é também, em conformidade com o uso jurídico do lexema, o garante (do vocábulo latino *auctor,* derivado de *augere,* "aumentar", "fazer progredir", "produzir"); *escritor* é aquele que, utilizando um código grafémico, transmite determinados sinais através de determinado canal, produzindo mensagens com determinadas características sintácticas, semânticas e pragmáticas (do latim *scriptor,* derivado de *scribo,* "escrever", "traçar caracteres", etc.).

O emissor/autor de um texto literário, que representa, no plano ontológico, a instância imediatamente responsável pela produção desse texto, é sempre um sujeito empírico e histórico, podendo considerar-se como irrelevantes, pelo menos sob o ponto de vista estatístico ([49]), os casos em que o emissor/ /autor é identificável com dois, ou mais, sujeitos empíricos. Em geral, quer o texto literário seja difundido sob a forma de

---

der Semiotik, Kiepenheuer & Witsch, 1973; Dario Corno, *Il senso letterario. Note e lessico di semiotica della letteratura,* Torino, G. Giappichelli Editore, 1977; Jenaro Talens *et alii, Elementos para una semiótica del texto artístico,* ed. cit., etc.), que é inexacta a primeira afirmação de Greimas e Courtés (talvez seja apenas exacta para a semiótica de Greimas e Courtés); em segundo lugar, o termo "emissor" manifesta precisamente a dinâmica da instância produtora da mensagem. Se se quisesse fazer ironia fácil, era caso para dizer que "destinador" — lexema semanticamente algo aberrativo — se enquadra numa perspectiva paradoxalmente voluntarista e fatalista...

([49]) — Não só sob o ponto de vista estatístico, mas também sob o ponto de vista do valor estético. Com efeito, excluindo raros casos em que textos literários de algum valor estético são escritos conjuntamente por dois autores — mencione-se o caso dos irmãos Goncourt —, a autoria dual ou múltipla é responsável em geral por textos de medíocre qualidade estética e ocorre quase sempre no domínio da paraliteratura.

manuscrito, quer seja difundido sob a forma de impresso, o emissor/autor declara e autentica a sua responsabilidade autoral, inscrevendo com destaque, em lugar privilegiado do manuscrito ou do impresso — na capa ou no frontispício —, o nome que juridicamente o identifica na comunidade social em que se integra. Por vezes, porém, o texto literário apresenta-se como *anónimo*, isto é, como carecente do nome do seu autor, podendo a anonímia ser imputável a causas diversas, desde a existência de quaisquer modalidades de censura até à impositividade extrema, verificada em certos períodos históricos, da chamada "tradição literária". Noutros casos, o texto literário pode indicar como seu autor um nome fictício sob o qual se oculta o verdadeiro autor e que este adopta, transitória ou permanentemente, como seu nome próprio enquanto escritor, dando-se a tal nome a designação de *pseudónimo* ou *criptónimo* (por exemplo, Stendhal, Azorín, José Régio, etc.).([50]) Mais raro e mais complexo é o fenómeno da autoria *heterónima* do texto literário, devendo estabelecer-se adequadamente a diferenciação entre o *pseudónimo* e o *heterónimo,* como sublinhou Fernando Pessoa: «O que Fernando Pessoa escreve pertence a duas categorias de obras, a que poderemos chamar ortónimas e heterónimas. Não se poderá dizer que são anónimas e pseudónimas, porque deveras o não são. A obra pseudónima é do autor em sua pessoa, salvo no nome que assina; a heterónima é do autor fora da sua pessoa, é de uma individualidade completa fabricada por ele, como seriam os dizeres de qualquer personagem de qualquer drama seu.»([51]) Pode ainda, enfim, a

---

([50]) — Nas academias arcádicas que, ao longo do século XVIII, se fundaram em vários países europeus e americanos, segundo o modelo da *Accademia dell' Arcadia* criada em Roma em 1690, os escritores adoptavam um criptónimo pelo qual eram conhecidos sobretudo no âmbito de tais agremiações.
([51]) — Palavras da "tábua bibliográfica" de Fernando Pessoa redigida pelo próprio poeta e publicada no n.º 17 da revista *Presença* (Dezembro de 1928). Transcrevemos de Adolfo Casais Monteiro, *Estudos sobre a poesia de Fernando Pessoa,* Rio de Janeiro, Agir, 1958, pp. 76-77. Sobre o fenómeno da heteronímia em Fernando Pessoa, de grande interesse para a teoria da literatura, existe uma bibliografia muito extensa e por isso remetemos o leitor interessado para uma obra já "clássica" sobre a matéria e muito rica de informações bibliográficas: Jacinto do Prado

autoria de um texto literário ser atribuída, por dolo ou fraude, a um autor inexistente ou a um autor historicamente identificado, mas que não é o autor do texto.

3.6.1. Criação ou produção literária?

Desde há longo tempo que a actividade específica do emissor literário se designa por "criação literária" e que o escritor é também denominado "criador literário".

Se, entre os poetas e filósofos gregos e latinos, o fenómeno poético foi frequentemente considerado como um fenómeno transracional cujo mistério residia no influxo e na manifestação de forças transcendentes, mágicas e ocultas (⁵²), a verdade é que a noção de *criatividade artística* foi em geral estranha à antiguidade greco-latina, verificando-se que a associação semântica de *creatio* a ποιήτις e de *creator* a ποιητής ocorreu apenas sob a influência de doutrinas teológicas judaico-cristãs, já no período helenístico e, depois, na Idade Média.(⁵³)

Nas numerosas reflexões e discussões teóricas sobre a poesia *lato sensu* que se desenvolveram no Renascimento europeu, em particular no Renascimento italiano,(⁵⁴) aparecem as ideias de que o poeta dá forma a coisas que não existem, de que é um ser que não sabe apenas narrar coisas, mas que as sabe construir (*condere*), como se fosse um segundo Deus (*velut alter deus*).(⁵⁵) Segundo Tatarkiewicz, o poeta polaco Sar-

---

Coelho, *Diversidade e unidade em Fernando Pessoa*, Lisboa, Editorial Verbo, ⁴1973.

(⁵²) — Cf. Luis Gil, *Los antiguos y la «inspiración» poética*, Madrid, Ediciones Guadarrama, 1967.

(⁵³) — Cf. Luis Gil, *op. cit.*, p. 14; Wladyslaw Tatarkiewicz, *History of aesthetics*. Vol. II: *Medieval aesthetics*, The Hague—Paris, Mouton, 1970, p. 299.

(⁵⁴) — Sobre a poética renascentista, *vide:* Galvano Della Volpe, *Poetica del Cinquecento*, Bari, Laterza, 1954; Bernard Weinberg, *A history of literary criticism in the italian Renaissance*, Chicago, The University of Chicago Press, 1961, 2 vols.; Baxter Hathaway, *The age of criticism. The late Renaissance in Italy*, Ithaca, Cornell University Press, 1962; Antonio García Berrio, *Formación de la teoría literaria moderna. La tópica horaciana en Europa*, Madrid, Cupsa Editorial, 1977.

(⁵⁵) — Cf. Wladyslav Tatarkiewicz, *History of aesthetics*. Vol. III: *Modern*

biewski (1595-1640) foi provavelmente o primeiro a utilizar a palavra "criar" acerca do poeta e o primeiro que se aventurou a chamar ao poeta um "criador".(⁵⁶)

Quando, na segunda metade do século XVIII, a poesia e a poética se libertam gradualmente do princípio aristotélico da mimese (⁵⁷) e se afirma, através da teoria do *génio*, (⁵⁸) que o poeta possui um dinamismo criador que lhe é intrínseco e conatural e que não promana, como numa epifania, de qualquer entidade transcendente (musa, Deus, etc.), estão criadas as condições estéticas e ontológicas para que o poeta assuma em plenitude o estatuto de criador. Como escreve M. H. Abrams, «o facto principal neste desenvolvimento foi a substituição da metáfora do poema como imitação, um *espelho da natureza*, pela do poema como heterocosmo, uma *segunda natureza*, criada pelo poeta num acto análogo à criação do mundo por Deus.» (⁵⁹) No pré-romantismo e no romantismo, em consonância profunda com o florescimento, em vários domínios, do individualismo, com a afirmação, no plano filosófico, do idealismo alemão, com a erecção da poesia em valor absoluto, o conceito de criação poética transformar-se-á, de então em diante, numa "verdade" e num lugar-comum da teoria e da crítica literárias. O mito de Prometeu, o rebelde audaz e gene-

---

aesthetics, The Hague—Paris, Mouton, 1974, pp. 179 e 188. Em relação às artes plásticas, veja-se Erwin Panofsky, *Idea. Contributo alla storia dell'estetica*, Firenze, La Nuova Italia, 1973, pp. 95 e 167 [título original: *Idea. Ein Beitrag zur Begriffsgeschichte der älteren Kunsttheorie*, Leipzig — Berlin, Teubner, 1924].

(⁵⁶) — Cf. Wladyslav Tatarkiewicz, *op. cit.*, vol. III, p. 311. Escreveu Sarbiewski, na sua obra *De perfecta poesi*: «Solus poeta est, qui suo quodam modo instar Dei dicendo seu narrando quidpiam tamquam existens facit illud idem penitus, quantum est ex se, ex toto exsistere et quasi de novo creari» (*apud* W. Tatarkiewicz, *op. cit.*, p. 314).

(⁵⁷) — Cf. John D. Boyd, *The function of mimesis and its decline*, Cambridge (Mass.), Harvard University Press, 1968.

(⁵⁸) — Sobre a teoria do *génio*, veja-se Diderot, *Oeuvres esthétiques*, Paris, Garnier, 1968, pp. 9-17 («Article génic») e 19-20 («Sur le génie»). Acerca da autoria do artigo «Génie», publicado no tomo VII da *Encyclopédie française*, leiam-se, naquele volume, as notas introdutórias de Paul Vernière (pp. 5-8).

(⁵⁹) — Cf. M.H. Abrams, *The mirror and the lamp. Romantic theory and the critical tradition*, New York, Oxford University Press, 1953, p. 272.

roso que furtara a Zeus o fogo divino para animar as suas estátuas, representou para os pré-românticos, para os românticos e para os seus herdeiros espirituais, ao longo dos séculos XIX e XX, o símile exacto, ao mesmo tempo exaltante e trágico, da aventura criadora do poeta.

O conceito de criação poética — ou, mais extensivamente, de criação artística — é defendido como correcto e adequado por autores, como Susanne Langer, que associam intimamente criação e beleza estética, criação e génese de valores simbólicos até então não existentes e que contrapõem "criar" a "produzir" e "criação" a "artefacto", desvalorizando assim, segundo uma óptica idealista, a substância da expressão e a substância do conteudo com as quais se organizam as formas — também estas desvalorizadas — da expressão e do conteúdo do texto literário.(60)

Há alguns anos, num texto que alcançou certa ressonância, Pierre Macherey opôs, segundo uma perspectiva filosófica radicalmente distinta da de Susanne Langer, os conceitos de "criação" e de "produção", considerando o primeiro como representativo de uma concepção do homem marcada pela teologia e pelos seus sucedâneos ou projecções residuais: a ideologia humanista e a religião da arte. O conceito de criação, segundo Macherey, implica o mistério, a epifania, o dom inexplicável e, por outro lado, elimina, ou oculta,o trabalho real que está na origem da obra literária: «On comprend pourquoi»,

---

(60) — Após ter definido a arte como «the creation of forms symbolic of human feeling», Susanne Langer escreve: «The word "creation" is introduced here with full awareness of its problematical character. There is a definite reason to say a craftsman *produces* goods, but *creates* a thing of beauty; a builder *erects* a house, but *creates* an edifice if the house is a real work of architecture, however modest. An artifact as such is merely a combination of material parts, or a modification of a natural object to suit human purposes. It is not a creation, but an arrangement of given factors. A work of art, on the other hand, is more than an "arrangement" of given things — even qualitative things. Something emerges from the arranement of tones or colors, which was not there before, and this, rather than the arranged material, is the symbol of sentience» (cf. Susanne K. Langer, *Feeling and form*, New York, Charles Scribner's Sons, 1953, p. 40). Veja-se também Susanne K. Langer, *Problems of art*, New York, Charles Scribner's Sons, 1957, capítulo 3: «Creation».

conclui Macherey, «dans ces pages, le terme de créateur est supprimé, et remplacé systématiquement par celui de production.»([61])

Semelhante condenação dos conceitos românticos e neo-românticos de criação e de criador não constitui uma originalidade no quadro do pensamento marxista. Encontra antecedentes, por exemplo, na obra de Walter Benjamin, sobretudo no seu ensaio «O autor como produtor»,([62]) no qual Benjamin sustenta que a arte se encontra dependente de certas técnicas de produção que, por sua vez, se integram num conjunto de relações sociais instituídas entre o produtor artístico e o seu público. A sua matriz, todavia, reside nas reflexões do próprio Marx sobre o processo, em geral, da produção e sobre o processo, em particular, da produção artística.

Em Marx, o vocábulo "produção" apresenta um espectro semântico bastante amplo: no prefácio de 1859 a *Zur Kritik der politischen Oekonomie*, encontram-se referências à «produção social», às «relações de produção» que configuram a estrutura económica da sociedade e ao «modo de produção da vida material»; em *Die deutsche Ideologie*, ocorrem referências à «produção das ideias, das representações da consciência» e à «produção espiritual, tal como ela se manifesta na linguagem da política, das leis, da moral, da religião, da metafísica, etc., de um povo»; na introdução escrita em 1857 para *Zur Kritik der politischen Oekonomie*, menciona-se a «produção artística», lendo-se aí estas palavras bem elucidativas sobre a utilização marxiana do conceito de produção no domínio estético:

([61]) — Cf. Pierre Macherey, *Pour une théorie de la production littéraire*, Paris, Maspero, 1966, p. 85. Paradoxalmente, Macherey escreve nesta mesma obra: «C'est à ce niveau qu'on trouve véritablement l'*oeuvre* de Jules Verne, le produit de sa création [...]» (p. 211). Veja-se, a propósito, Annie Delaveau e Françoise Kerleroux, «Pour qui écrivez-vous? A propos de «Pour une théorie de la production littéraire» de Pierre Macherey», in *Langue Française*, 7 (1970), pp. 78-79. Cf. também Étienne Balibar e Pierre Macherey, «Sur la littérature comme forme idéologique», in *Littérature*, 13 (1974), pp. 37 ss.

([62]) — Cf. Walter Benjamin, «The author as producer», *Understanding Brecht*, London, NLB, 1973. Sobre a posição de Benjamin neste domínio, veja-se Dave Laing, *The marxist theory of art*, Sussex, The Harvester Press, 1978, pp. 60-61.

«O objecto artístico — e do mesmo modo qualquer outro produto — cria um público sensível à arte e apreciador do prazer estético. A produção produz assim não só um objecto para o sujeito, mas também um sujeito para o objecto.»(63)

Por conseguinte, não se nos afigura que, no âmbito do pensamento marxiano, se possa considerar a expressão "produção literária" como possuindo um estatuto estritamente metafórico.(64) Tal como Rossi-Landi,(65) julgamos que diversos textos de Marx autorizam que se admita a existência, na totalidade da *reprodução social*, não só de processos de *produção, troca* e *consumo* de objectos materiais externos ("corpos", na terminologia de Rossi-Landi), mas a existência também de processos de *produção, troca* e *consumo* de sistemas sígnicos, tanto verbais como não-verbais, em que se integram o sistema semiótico literário e o *corpus* de textos regulados por esse mesmo sistema. Toda a modalidade de produção é possibilitada e realizada pelo *trabalho*, uma *zweckmässige Tätigkeit*, isto é, uma actividade finalisticamente orientada que é sempre um *prática social*, pois que é desenvolvida pelos homens em sociedade, utilizando «como materiais e como instrumentos os próprios homens e a natureza por estes já modificada». Em qualquer processo de trabalho intervêm os seguintes factores: os materiais sobre que se realiza o trabalho; os instrumentos com que se trabalha; o trabalhador; as operações de trabalho; o fim com que se trabalha; o produto (o *artefacto*) do trabalho. Um processo de produção sígnica caracteriza-se e define-se também pelo funcionamento da totalidade em que se integra, já que um sistema semiótico constitui «uma forma de progra-

---

(63) — Traduzimos de K. Marx e F. Engels, *Scritti sull'arte*. A cura e con un'introduzione di Carlo Salinari. Bari, Laterza, ⁵1974, p. 62.

(64) — Opinião contrária é sustentada por Nicole Gueunier, «La production littéraire: métaphore, concept ou champ problématique?», in *Littérature*, 14 (1974), pp. 10-12.

(65) — Cf. Ferruccio Rossi-Landi, «Omologia della riproduzione sociale», in *Ideologie*, 16-17 (1972), pp. 43-103 (republicado parcialmente em Augusto Ponzio, *La semiotica in Italia*, Bari, Dedalo Libri, 1966, pp. 405-419); *id.*, «Linguistics and economics», in Thomas A. Sebeok (ed.), *Current trends in linguistics*. Vol. 12. *Linguistics and adjacent arts and sciences*, The Hage — Paris, Mouton, 1974, pp. 1813 ss.; *id.*, *L'ideologia*, Milano, ISEDI, 1978, pp. 41 ss. e *passim*.

mação social»(66) que entra necessariamente em correlação com o modo geral de produção — o conjunto de forças e relações sociais da produção material — e com o universo da ideologia e, em particular, com a formação ideológica dominante. Numa perspectiva marxista, portanto, pode-se definir o *modo literário de produção* como «a unity of certain forces and social relations of literary production in a particular social formation. [...] Every LMP [= *literary mode of production*] is constituted by structures of production, distribution, exchange and consumption.»(67)

Curiosa e significativamente, todavia, diversos autores marxistas continuam a utilizar os termos e os conceitos de "criação", "criatividade", "criador", "criativo", etc., em relação à arte e à cultura, em geral, e em relação à literatura, em particular. Assim, por exemplo, Lucien Goldmann intitulou o seu último livro publicado em vida *Structures mentales et création culturelle* (Paris, Éditions Anthropos, 1970) e é autor de importantes estudos a que deu os títulos de «Critique et dogmatisme dans la création littéraire», «Le sujet de la création culturelle» e «Structuralisme génétique et création littéraire»;(68) Stefan Morawski fala da «criatividade», do «processo criativo», da «individualidade criativa do artista», de «criação artística»;(69) Robert Weimann refere-se às «formas artísticas de criação», «à criação e estudo do valor [estético]», à obra de arte que é ao mesmo tempo «imitação e criação»;(70) Noël Salomon, em nome de uma antropologia "humanista", recusa-se a condenar e a excluir do seu

---

(66) — Cf. Ferruccio Rossi-Landi, *L'ideologia*, p. 54.

(67) — Cf. Terry Eagleton, *Criticism and ideology. A study in marxist literary theory*, London, NLB, 1976, p. 45 e p. 47.

(68) — Para os dois primeiros, cf. Lucien Goldmann, *Marxisme et sciences humaines*, Paris, Gallimard, 1970, pp. 31-53 e 94-120, respectivamente; para o terceiro, cf. Lucien Goldmann, *Sciences humaines et philosophie* suivi de *Structuralisme génétique et création littéraire*, Paris, Éditions Gonthier, 1966, pp. 151-165.

(69) — Cf. Stefan Morawski, *Fundamentos de estética*, Barcelona, Ediciones Península, 1977, pp. 105, 131, 135, 329.

(70) — Cf. Robert Weimann, *Structure and society in literary history. Studies in the history and theory of historical criticism*, Charlottesville, University Press of Virginia, 1976, pp. 12 e 49.

discurso teórico-crítico vocábulos como "criação" e "criador":
«A pesar de que no olvido que en el escritor existe um «trabajo productor» creo yo que el «trabajo», en este caso, es también esfuerzo, esmero, e incluso sufrimiento al «producir» la obra y al hacerla germinar como una salvación o una justificación vital»;(71) e Raymond Williams, o conhecido crítico e professor inglês, fecha um seu recente livro com um capítulo intitulado «Creative practice», no qual não só não estabelece qualquer conflito filosófico e conceitual entre "criação" e "produção", mas em que defende a tese de que «At the very centre of Marxism is an extraordinary emphasis on human creativity and self-creation.»(72)

A desvalorização, senão mesmo o abandono, do conceito de "criação" na teoria e na crítica literárias do século XX não procede apenas, todavia, de uma matriz marxista, ocorrendo também em correntes de pensamento e em autores não marxistas e até explicitamente antimarxistas.

No formalismo russo, os conceitos de "criação" e "criador" sofrem um eclipse quase total, em consonância com a orientação neopositivista que leva os formalistas a rejeitarem qualquer especulação estética de cunho essencialístico e metafísico e a desinteressarem-se da problemática atinente à génese biográfica, psicológica e histórica da obra literária, concentrando a sua atenção na análise do texto em si mesmo. Nesta perspectiva epistemológica e metodológica, o conceito de *construção* adquire importância fundamental e por isso mesmo Boris Tomaševskij define a poética — ou, noutros termos, a teoria da literatura — como «o estudo dos modos como são construídas as obras literárias.»(73) O autor tem à sua disposição determinado *material*

---

(71) — Cf. Noël Salomon, «Algunos problemas de sociología de las literaturas de lengua española», in J.-F. Botrel e S. Salaün (eds.), *Creación y público en la literatura española*, Madrid, Editorial Castalia, 1974, p. 18. Pelas razões expostas, o Prof. Salomon fala de sociologia da "produção--criação" e de "produtor-criador".

(72) — Cf. Raymond Williams, *Marxism and literature*, Oxford, Oxford University Press, 1977, p. 206.

(73) — Cf. Boris Tomaševskij, *Teoria della letteratura*, Milano, Feltrinelli, 1978, pp. 25 e 27 [título original: *Teorija literatury. Poetika*, Leningrad, 1928]. Tomaševskij, ao atribuir este objecto de estudo à poética, rejeita qualquer análise de tipo geneticista e sublinha a *orientação funcio-*

literário, ao qual impõe um *princípio construtor*, isto é, uma determinada intenção artística, de modo que a obra literária se configura como «uma complexa interacção de numerosos factores»: uns, subordinados e outros, subordinantes. O *factor construtivo* é aquele que domina os restantes e a *função construtiva* consiste na correlação de um elemento com outros elementos no âmbito de uma obra literária e no âmbito mais lato de todo o sistema literário.(74) A *função construtiva* a que se refere Tynjanov abrange, por conseguinte, os vários *procedimentos* técnico-formais que, segundo Šklovskij, caracterizam especificamente toda a arte. Aos teorizadores e críticos literários cabe analisar essa função construtiva, conhecer a "tecnologia" literária utilizada por um autor, explicar "como está feita" uma determinada obra literária.(75)

Por outro lado, o conceito de "criação" é também profundamente desvalorizado por aqueles autores que, aceitando uma concepção intelectualista da poesia, procedente da estética do classicismo e exposta de modo original e ironicamente provocativo em *The philosophy of composition* de Edgar Allan Poe,

---

nalista que deve caracterizar a investigação neste domínio: «A *poética geral* não estuda a origem dos procedimentos poéticos, mas sim a sua *função artística*. Todo o procedimento é estudado na sua utilidade artística; analisa-se, pois, a razão por que é empregue um particular procedimento e qual o efeito artístico que ele permite obter. Na poética geral, é precisamente a análise funcional do procedimento literário que constitui o princípio-guia da descrição e da classificação dos factos estudados» (p. 28).

(74) — Cf. Jurij Tynjanov, *Il problema del linguaggio poetico*, Milano, Il Saggiatore, 1968, pp. 11-21 [título original: *Problema stichotvornogo jazyka*, Leningrad, 1924]; *id.*, *Avanguardia e tradizione*, Bari, Dedalo Libri, 1968, pp. 47 e 55 [título original: *Archaisty i novàtory*, Leningrad, 1929]. Veja-se também Ewa M. Thompson, *Russian formalism and anglo--american new criticism*, The Hague — Paris, Mouton, 1971, pp. 100-102.

(75) — Cf. Boris M. Ejchenbaum, «Literary environment», in Ladislav Matejka e Krystyna Pomorska (eds.), *Readings in russian poetics: Formalist and structuralist views*, Cambridge (Mass.), The M. I. T. Press, 1971, p. 57. A expressão "tecnologia literária" é utilizada pelo próprio Ejchenbaum. Como exemplo desta orientação metodológica, veja-se, na antologia do formalismo russo editada por Tzvetan Todorov sob o título de *Théorie de la littérature* (Paris, Éditions du Seuil, 1965), o estudo de Boris Ejchenbaum sobre a construção de «O capote» de N. Gogol («Comment est fait "Le manteau" de Gogol», pp. 212-233).

concordarão com a asserção aforismática de Paul Valéry segundo a qual «l'enthousiasme n'est pas un état d'âme d'écrivain».(76) Detenhamos um pouco a nossa atenção exactamente em Valéry, talvez o mais importante, sob o ponto de vista da teoria da literatura, daqueles autores.

Também para Valéry, que grafa com aspas o vocábulo criação,(77) *escrever* consiste, antes de tudo, em *construir* o mais sólida e exactamente possível uma peculiar «máquina de linguagem».(78) O poema é um objecto *construído*,(79) que não nasce da inspiração ou de qualquer misteriosa epifania, mas que resulta de um interminável labor sobre os *materiais* — a linguagem verbal — que o autor utiliza.(80) A *escrita* é um *trabalho* complexo, subtil e refinado (81) e esta ideia de trabalho contrapõe-se rigorosamente à ideia de inspiração, pois que esta pressupõe a ausência de esforço, implica o desconhecimento dos materiais e dos factores técnico-compositivos com que se constrói o texto literário (82) e conduz a identificar erradamente a originalidade de um escritor com a sua singularidade absoluta — e absurda — entre os outros escritores, vivos ou mortos.(83)

---

(76) — Cf. Paul Valéry, *Oeuvres*, Paris, Gallimard, 1957, vol. I, p. 1205.
(77) — *Id., ibid.*, p. 1501.
(78) — *Id., ibid.*, p. 1205.
(79) — Cf. Paul Valéry, *Oeuvres*, Paris, Gallimard, 1960, vol. II, p. 552.
(80) — *Id., Oeuvres*, vol. II, p. 553: «Un poème n'est jamais achevé — c'est toujours un accident qui le termine, c'est-à-dire qui le donne au public. [...] «Perfection» c'est *travail*».
(81) — *Id., ibid.*, vol. I, p. 1470.
(82) — *Id., ibid.*, vol. II, p. 550: «Quelle honte d'écrire, sans savoir ce que sont langage, verbe, métaphores, changements d'idées, de ton; ni concevoir la *structure* de la durée de l'ouvrage, ni les conditions de sa fin; à peine le pourquoi, et pas du tout le comment! Rougir d'être la Pythie...» Na mesma página, lê-se ainda: «L'intelligence efface ce que le dieu a imprudemment *créé*».
(83) — Valéry concebe a originalidade como a resultante de um processo de *assimilação dos outros:* «Rien de plus original, rien de plus *soi* que de se nourrir des autres. Mais il faut les digérer. Le lion est fait de mouton assimilé» (*Oeuvres*, vol. II, p. 478). Esta concepção *combinatória* da produção literária — e sígnica, em geral — tem raízes que mergulham, por exemplo, na *Ars compendiosa* de Raimundo Lulo e na *Ars magna sciendi sive combinatoria* do jesuíta Athanasius Kircher (obra publicada em 1669) e reflecte várias influências das teorias da imitação dos autores

Na primeira lição do seu curso de poética ministrado no Collège de France,([84]) Valéry analisou explicitamente, e com alguma minudência, o problema que nos ocupa. Após ter explicado que retomava o lexema "poética" sem qualquer pressuposição de normatividade, mas querendo tão-só exprimir e realçar a noção de *fazer* — «le faire, le *poïein*, dont je veux m'occuper, est celui qui s'achève en quelque œuvre» —, Valéry refere-se à *produção* da obra pelo autor e à *produção* de um certo *valor* da obra por aqueles que lêem e apreciam a obra produzida. Logo de seguida, consciente da relevância teórica de tais conceitos e da estranheza que eventualmente suscitariam, afirma: «Je viens de prononcer les mots de «valeur» et de «production». Je m'y arrête un instant.» Defendendo a conveniência de se procurar descrever e caracterizar, por via analógica, factos e ideias que se eximem a uma definição directa, Valéry justifica assim a sua utilização, no domínio da poética, daqueles conceitos e denominações procedentes da economia: «C'est pourquoi je fais la remarque de cet emprunt de quelques mots à l'Économie: il me sera peut-être commode d'assembler sous les seuls noms de *production* et de *producteur*, les diverses activités et les divers personnages dont nous aurons à nous occuper, si nous voulons traiter de ce qu'ils ont de commun, sans distinguer entre leurs différentes espèces. Il ne sera pas moins commode avant de spécifier que l'on parle de lecteur ou d'auditeur ou de spectateur, de confondre tous ces suppôts des œuvres de tous genres, sous le nom économique de *consommateur*». Tal como o conceito de produção, também a noção de *valor*, em poética — noção que Valéry, como ficou dito, correlaciona primordialmente com o leitor —, encontra o seu termo análogo na economia,

---

greco-latinos que se desenvolveram desde o Renascimento até ao neo-classicismo. Nesta perspectiva combinatória, Valéry admite que se possa considerar a linguagem verbal como a obra-prima das obras-primas literárias: «D'ailleurs, en considérant les choses d'assez haut, ne peut-on pas considérer le Langage lui-même comme le chef-d'œuvre des chefs-d'œuvre littéraires, puisque toute création dans cet ordre se réduit à une combinaison des puissances d'un vocabulaire donné, selon des formes instituées une fois pour toutes?» (cf. *Oeuvres*, vol. I, pp. 1440-1441). Veremos adiante como a concepção combinatória da produção sígnica desempenha uma função relevante na teoria da semiótica contemporânea.

([84]) — Esta famosa lição foi proferida em 10 de Dezembro de 1937.

embora «la valeur spirituelle soit beaucoup plus subtile que
l'économique, puisqu'elle est liée à des besoins infiniment plus
variés et non dénombrables, comme le sont les besoins de
l'existence physiologique».([85])

Na semiótica contemporânea, sob a influência dominante
do pragmatismo crítico e do neopositivismo,([86]) mas nalguns
casos também sob a influência do marxismo ([87]) ou ainda
sob a influência heteróclita do marxismo e do freudismo,([88])

([85]) — Cf. *Oeuvres*, vol. I, p. 1344.

([86]) — A influência, na semiótica contemporânea, do pragmatismo
crítico procede de Charles S. Peirce e de Charles Morris e a influência
do neopositivismo deve-se também a Charles Morris e a Rudolf Carnap
(cf. Francesco Barone, *Il neopositivismo logico*, Bari, Laterza, ^{2}1977, vol. II,
pp. 460 ss.). Morris designou por *empirismo científico* «o ponto de vista
complexo que abrange ao mesmo tempo o empirismo radical, o racionalismo metodológico e o pragmatismo empírico» (cf. Charles W. Morris,
«Empirismo scientifico», in Otto Neurath *et alii*, *Neopositivismo e unità
della scienza*, Milano, Bompiani, ^{2}1973, p. 83 [título original: «Scientific
empiricism», in *Encyclopedia and unified science*, Chicago, University of
Chicago Press, 1938]). Sob tais influências filosóficas, tornava-se inevitável
o abandono do conceito de "criação". Max Bense, um autor bem representativo desta orientação metodológica no domínio da estética, concebe
qualquer processo estético como uma «produção de sinais» e define o
ser da obra artística como «um ser que foi produzido» (cf. Max Bense,
Estetica, Milano, Bompiani, 1974, pp. 88-89 e 65).

([87]) — Vejam-se, como exemplo, os estudos já citados de Ferruccio
Rossi-Landi e de Augusto Ponzio. Mencione-se também, pela sua importância, Tomás Maldonado, *Avanguardia e razionalità*, Torino, Einaudi,
1974, pp. 293-297.

([88]) — Esta mescla de influências — e dever-se-ia mencionar ainda
o peso das influências hegeliana, husserliana e heideggeriana —, expressa
com sedutor brilhantismo verbal numa construção teórica cuja racionalidade científica nos suscita grandes dúvidas, marca os numerosos estudos
de Julia Kristeva coligidos em livros como $\Sigma\eta\mu\varepsilon\iota\omega\tau\iota\kappa\acute{\eta}$. *Recherches pour
une sémanalyse* (Paris, Éditions du Seuil, 1969), *La révolution du langage
poétique* (Paris, Éditions du Seuil, 1974) e *Polylogue* (Paris, Éditions du Seuil,
1977). Sobre os processos de produção no âmbito de um sistema semiótico
e sobre o texto como produtividade, vejam-se em especial os estudos publicados no primeiro dos citados volumes, sob o título de «La sémiotique,
science critique et/ou critique de la science» (pp. 27-42) e «La productivité dite texte» (pp. 208-245). Ainda sobre a «produtividade textual»,
veja-se também outra obra de Julia Kristeva, *Le texte du roman*, The Hague
— Paris, Mouton, 1970, pp. 72-77. Em vários estudos de Kristeva, mas de
modo mais explícito e desenvolvido em *Le texte du roman* (cf. pp. 36 ss.,

o termo "produção" tem adquirido importância crescente. Já Saussure, ao analisar o aspecto material do valor linguístico, se refere ao «meio de produção do sinal»,(⁸⁹) embora para lhe atribuir reduzida ou nula consideração científica, «car il n'intéresse pas le système». Jakobson, a quem se devem tantas hipóteses fecundas para a constituição da semiótica como disciplina científica, aponta como uma das tarefas fundamentais de toda a investigação neste domínio a construção de «an overall model of sign production».(⁹⁰) Este desígnio e este projecto de pesquisa encontraram uma realização sólida e argutamente fundamentada no extenso capítulo 3 do *Trattato di semiotica generale* de Umberto Eco, intitulado «Teoria della produzione segnica». Por "produção sígnica", entende Eco o trabalho, o esforço psíquico e físico mediante os quais o emissor conhece, utiliza, manipula e transforma os códigos, elabora entidades sígnicas discretas e "galáxias" de sinais, articula unidades de expressão e unidades de conteúdo, correlacionando grupos de funtivos com outros grupos de funtivos, procura exercer pressão sobre o

---

72 ss.), ocorre uma contaminação entre o conceito marxista e freudiano de "produzir" e o conceito chomskyano de "gerar". Esta contaminação, que se verifica igualmente noutros autores, só é possível em virtude de um deficiente conhecimento do significado rigorosamente técnico com que Chomsky utiliza termos como "gerar" e "gerativo". Na linguística chomskyana, "gerar" é utilizado na acepção, frequente em lógica e em matemática, de "enumerar explicitamente", "especificar de modo preciso" (veja-se, *e. g.*, Noam Chomsky, *Aspects of the theory of syntax*, Cambridge (Mass.), The M. I. T. Press, 1965, p. 9).

(⁸⁹) — Cf. Ferdinand de Saussure, *Cours de linguistique générale*. Édition critique préparée par Tullio De Mauro. Paris, Payot, 1972, p. 165. Como demonstrou Jean Molino, no seu estudo «Linguistique et économie politique: sur un modèle épistémologique du Cours de Saussure» (in *L'Âge de la science*, 4 (1969), pp. 335-349), os conceitos de economia que Saussure transferiu para a linguística dimanam fundamentalmente da obra de V. Pareto intitulada *Principi di economia politica pura* (1896). Já muito antes de Saussure, porém, von Humboldt se referira à «produção da linguagem» (cf. Wilhelm von Humboldt, *Introduction à l'œuvre sur le Kavi et autres essais*, Paris, Éditions du Seuil, 1974, pp. 151 e 161). O contexto filosófico, em particular epistemológico, em que se situa von Humboldt é, todavia, radicalmente diferente do de Saussure (veja-se Ezio Raimondi, *Scienza e letteratura*, Torino, Einaudi, 1978, pp. 87-224).

(⁹⁰) — Cf. Roman Jakobson, «On the relation between visual and auditory signs», *Selected writings*, vol. II, p. 339.

seu receptor, etc.([91]) Também na obra de outro semioticista italiano, Gianfranco Bettetini — um especialista de semiótica do teatro e do cinema —, o conceito de "produção" desempenha uma função nuclear. Segundo Bettetini, a análise dos sistemas produtivos de significação deve abranger três áreas de pesquisa que, embora co-articuladas, apresentam problemáticas diferenciadas: do *texto à fonte*, envolvendo o trabalho do emissor a nível dos códigos; do *texto a outros textos*, materialmente homogéneos ou heterogéneos em relação ao texto analisado, conferindo-se assim pertinência semiótica à intertextualidade; do *texto ao receptor*, domínio da permuta e do confronto dos códigos subjacentes à mensagem com os códigos possuídos e utilizados pelo agente terminal do processo comunicativo.([92])

Enfim, prova concludente de que o termo "produção" passou a fazer parte do léxico da semiótica consiste na sua recente dicionarização por Greimas e Courtés: «En sémiotique, la production est l'activité sémiotique, considérée comme un tout, et qui, située dans l'instance de l'énonciation, aboutit à la formation de l'énoncé (phrase ou discours).»([93])

3.6.2. Autor empírico, autor textual, narrador

O autor, enquanto indivíduo empírica e historicamente existente, é sem dúvida, sob os pontos de vista ontológico e semiótico, o primeiro agente e o primordial responsável da *enunciação literária*. Entendemos por *enunciação literária* a operação individual através da qual o autor se apropria não apenas da *língua literária*, tal como caracterizada em 2.15., mas do *sistema semiótico literário*, actualizando as suas virtualidades num

---

([91]) — Cf. Umberto Eco, *Trattato di semiotica generale*, pp. 204 ss.

([92]) — Cf. Gianfranco Bettetini, *Produzione del senso e messa in scena*, Milano, Bompiani, 1975, pp. 80-81. Sobre semiótica e produção, veja-se também Francesco Casetti, *Semiotica*, pp. 73 ss.

([93]) — Cf. A. J. Greimas e J. Courtés, *Sémiotique. Dictionnaire raisonné de la théorie du langage*, p. 294. A definição proposta por Greimas e Courtés, ao restringir o fenómeno da produção semiótica ao emissor, deve ser considerada como incorrectamente limitativa.

enunciado ou numa *sequência de enunciados* que conformam o *texto literário* e assumindo, por conseguinte, a função de instância emissora cuja existência postula, explícita ou implicitamente, a existência de uma instância receptora.([94]) Não é indiferente que este indivíduo empírico e histórico assuma a responsabilidade de um acto de enunciação literária na sua juventude ou na sua idade madura, antes ou depois de ter realizado ou sofrido certas experiências existenciais, antes ou depois de ter haurido determinados conhecimentos e de ter efectuado determinadas leituras, encontrando-se, ou não, em relação de discordância, ou mesmo de hostilidade, com os valores ideológicos prevalecentes na comunidade histórico-social em que vive, etc. Sob o ponto de vista semiótico, considerando sempre a semiose na sua dimensão semântica, na sua dimensão sintáctica e na sua dimensão pragmática, todos estes factores se apresentam como dotados de pertinência inquestionável, pois que a actualização, num texto concreto, das virtualidades do sistema semiótico literário pressupõe o conhecimento deste mesmo sistema — e tal conhecimento transforma-se, em todos os sentidos, com o tempo histórico — e visto que o conhecimento do sistema semiótico literário, sobretudo do seu *código semântico-pragmático*, implica o conhecimento intensional e extensional do *mundo natural* ([95]) e de *mundos possíveis*. Se é exacto, segundo os termos da "teoria da estrutura do texto e

---

([94]) — Esta definição de *enunciação literária* representa um alargamento — teoricamente legítimo — ao domínio do sistema modelizante secundário que é a literatura do conceito de *enunciação linguística* que Benveniste formulou em vários dos seus estudos, sobretudo em «L'appareil formel de l'énonciation» (publicado originariamente na revista *Langages,* 17 (1970), pp. 12-18, e depois republicado em Émile Benveniste, *Problèmes de linguistique générale,* Paris, Gallimard, 1974, vol. II, pp. 79-88).

([95]) — Quando nos referimos a "mundo natural", não estamos a restringir este conceito a um conjunto de objectos físicos, biológicos, etc. Como escrevem Greimas e Courtés, «Le qualificatif naturel, que nous employons à dessein pour souligner le parallélisme du monde naturel avec les langues naturelles, sert à indiquer son antériorité par rapport à l'individu: celui-ci s'inscrit dès sa naissance — et s'y intègre progressivement par l'apprentissage — dans un monde signifiant fait à la fois de «nature» et de «culture». La nature n'est donc pas un référent neutre, elle est fortement culturalisée» (cf. A. J. Greimas e J. Courtés, *Sémiotique. Dictionnaire raisonné de la théorie du langage,* p. 233).

da estrutura do mundo" formulada por János Petöfi e geralmente conhecida pelo acrónimo alemão TeSWeST (de *Textstruktur-Weltstruktur-Theorie*), que o componente de semântica do mundo determina directa ou indirectamente a estrutura e as funções dos outros dois componentes da TeSWeST, o componente da gramática textual e o componente do léxico,[96] torna-se indubitável que as operações semióticas que constituem a enunciação literária e que possibilitam a produção do texto literário não são realizadas por um abstracto operador cibernético actuante no âmbito de uma acronicidade pura, mas por um indivíduo histórica e socialmente modelado e condicionado que opera sobre códigos produzidos histórica e socialmente e que comunica com outros indivíduos também histórica e socialmente modelados e condicionados.[97]

É necessário, porém, distinguir adequadamente entre o autor enquanto sujeito empírico e histórico, cujo nome civil figura em regra na capa e no frontispício das suas obras — um cidadão juridicamente identificável, com um determinado estatuto social, profissional, etc. — e o emissor que assume imediata e especificamente a responsabilidade da *enunciação* de um dado texto literário e que se manifesta sob a forma e a função de um eu oculta ou explicitamente presente e actuante no *enunciado,* isto é, no próprio texto literário.

---

[96] — Cf. János S. Petöfi, «A formal semiotic text theory as an integrated theory of natural language (methodological remarks)», in Wolfgang U. Dressler (ed.), *Current trends in textlinguistics,* Berlin — New York, Walter de Gruyter, 1978, p. 38.

[97] — Na verdade, se o sujeito da enunciação literária pode e deve ser semioticamente reconstruído a partir da sua presença no texto, tal facto não implica que deva ser concebido como «a logical subject whose enunciative act may be semiotically constructed from his presense in the utterance, with the help of a corresponding logicosemantic simulacrum, totally independent of historical or biographical contingencies, springing from other disciplines» (cf. A. J. Greimas e J. Courtés, «The cognitive dimension of narrative discourse», in *New literary history,* VII, 3 (1976), p. 435). Conceber a enunciação literária como um conjunto de processos estritamente formais equivale a reduzir o sistema semiótico literário, em especial o seu código semântico-pragmático, a um mecanismo lógico-semântico — redução infirmada por inúmeros factos da produção literária de todos os tempos — e a converter o autor num operador lógico para quem a história e a existência individual representam «contingências»...

Esta distinção fundamenta-se no sistema de regras pragmáticas a que demos o nome de *ficcionalidade* e que analisámos em 3.4. Com efeito, o emissor oculta ou explicitamente presente e actuante no texto literário é uma entidade ficcional, uma construção imaginária, que mantém com o autor empírico e histórico relações complexas e multívocas, que podem ir do tipo marcadamente isomórfico ao tipo marcadamente heteromórfico. Em qualquer caso, porém, nunca estas relações se poderão definir como uma *relação de identidade,* nem como uma *relação de exclusão mútua* — duas soluções antagonicamente extremas que defluem respectivamente de uma concepção biográfico-confessionalista e de uma concepção rigidamente formalista do texto literário —, devendo antes definir-se como uma *relação de implicação*. O teor desta relação, principalmente sob os pontos de vista psicanalítico, sociológico e ideológico, assume grande relevância em todo o processo da comunicação literária e só pode ser determinado e caracterizado com fundamento na análise do próprio texto literário, articulando-a com o estudo de outras fontes de informação exteriores ao texto e atinentes ao autor empírico e histórico, ao seu processo de produção literária, em geral, e ao processo de produção do texto em causa, em particular.

Por estas razões, torna-se teoricamente indispensável e didacticamente conveniente utilizar designações distintas para o autor como sujeito empírico e histórico e para o emissor como «instância locutora integrada no texto e indissociável do seu funcionamento».[98]

Carlos Bousoño, preocupado sobretudo com a problemática da poesia lírica, distingue na sua *Teoría de la expresión poética* entre o *autor* (sem aspas), a pessoa real, o ser de carne e osso que se chama García Lorca ou Pedro Salinas, o «autor» (com aspas), a figura que se sedimenta na imaginação do leitor após a leitura das obras do *autor* e que o leitor supõe como real, e o *narrador poemático*, um ente de ficção construído pelo *autor*, e que é a pessoa, a voz que fala no poema: «Nótese que sólo el autor sin comillas tiene verdadera realidad. El narrador poe-

---

(98) — Cf. Paul Zumthor, *Essai de poétique médiévale*, Paris, Éditions du Seuil, 1972, p. 69.

mático es un sueño del autor sin comillas, y el «autor», entrecomillado es un sueño del lector, aunque éste lo entienda siempre como real, entendimiento que forma parte esencial de su naturaleza».(⁹⁹)

Wayne Booth, na sua influente obra *The rhetoric of fiction*, distingue entre o *autor real*, isto é, o autor enquanto sujeito empírico e histórico, e o *autor implícito*, isto é, uma espécie de "segundo eu" que o autor real cria enquanto escreve uma obra literária, que é imanente à totalidade de uma obra e cuja imagem o leitor reconstruirá como uma imagem ficcional.(¹⁰⁰) Esta distinção conceitual e terminológica de Wayne Booth, embora formulada em função da análise de textos narrativos, é passível de aplicação a todas as classes de textos literários, até porque Booth diferencia claramente o *autor implícito* do *narrador*, pois que o narrador «is after all only one of the elements created by the implied author and who may be separated from

---

(⁹⁹) — Cf. Carlos Bousoño, *Teoría de la expresión poética*, Madrid, Gredos, ⁶1976, t. I, p. 30 (*vide* também t. II, pp. 60-61). Posteriormente, Bousoño reelaborou esta distinção, de difícil transmissão na comunicação oral, modificando substancialmente o seu conceito de «autor», que deixa de ser uma imagem construída pelo leitor após a leitura de uma obra e passa a ser um ente imaginário projectado e construído no texto pelo autor de carne e osso como consubstanciação da ideia que, no momento de escrever, este último tem de si mesmo como autor: «El autor (sin comillas) llamado Machado se piensa a sí mismo, *como «autor»*, experimentado, conocedor, y lo expresa creando un personaje «viejo» que-figura-ser-el--«autor». Estos distintivos, que parecen bizantinos, muestran su eficacia y necesidad en ciertos casos límite, que no es ahora oportuno especificar. Diríamos entonces: el personaje-que-figura-ser-el-autor [*narrador* ou *protagonista poemático*] simboliza ciertas cualidades del «autor» entrecomillado» (cf. Carlos Bousoño, *El irracionalismo poético (el símbolo)*, Madrid, Gredos, 1977, p. 172, nota 6). Veja-se também Carlos Bousoño, *Superrealismo poético y simbolización*, Madrid, Gredos, 1979, p. 89, nota 3. Deste modo, o conceito de «autor» proposto por Bousoño identifica-se com o conceito de "autor implícito" formulado por Wayne Booth.

(¹⁰⁰) — Cf. Wayne C. Booth, *The rhetoric of fiction*, Chicago — London, The University of Chicago Press, 1961, pp. 70-75. Booth respondeu a algumas críticas dirigidas a esta sua obra e esclareceu alguns pontos mais controversos da sua teoria, no estudo «*The rhetoric of fiction and the poetics of fictions*», in Mark Spilka (ed.), *Towards a poetics of fiction*, Bloomington — London, Indiana University Press, 1977, pp. 77-89.

him by large ironies»(101), podendo acontecer que o narrador não seja digno de confiança ("unreliable narrator") e contraste assim fortemente com o autor implícito ou que existam, no mesmo texto, múltiplos narradores, enquanto existirá sempre e apenas um autor implícito (mesmo que o autor real seja identificável com dois ou mais indivíduos).(102)

Outros autores, em vez de distinções tricotómicas como as de Bousoño e Booth, limitam-se a estabelecer distinções dicotómicas que, não apresentando a capacidade analítica daquelas, salvaguardam todavia a diferenciação essencial entre o autor empírico e histórico e o autor como emissor presente e actuante num texto literário. Assim, Mukařovský separa cuidadosamente o *poeta* e o *sujeito da obra*, isto é, aquele "eu" de que a obra promana como expressão linguística e que se apresenta como

---

(101) — Cf. Wayne C. Booth, *The rhetoric of fiction*, p. 73. Quando Todorov escreve que a designação de "autor implícito" se aplica por vezes ao narrador que não se encontra explicitamente representado no texto, o que equivale a identificar "autor implícito" com uma determinada modalidade de narrador, está a confundir dois conceitos que Booth fundadamente distingue (cf. Tzvetan Todorov, *Poétique*, Paris, Éditions du Seuil, 1973, p. 65).

(102) — A distinção conceitual e terminológica estabelecida por Wayne Booth entre "autor real", "autor implícito" e "narrador" tem merecido larga aceitação (cf., *e. g.*, Seymour Chatman, «La struttura della comunicazione letteraria», in *Strumenti critici*, 23 (1974), p. 3; Germán Gullón, *El narrador en la novela del siglo XIX*, Madrid, Taurus, 1976, pp. 17-19, 102 ss., 166), embora sofrendo por vezes algumas modificações. Assim, por exemplo, Francisco Ayala designa por *autor ficcionalizado* o "autor implícito" de Booth (cf. Francisco Ayala, *Reflexiones sobre la estructura narrativa*, Madrid, Taurus, 1970, p. 22) e Díaz Migoyo estabelece a seguinte tricotomia, conceptualmente equivalente à de Booth: o "escritor de carne e osso", o indivíduo histórico que dá origem às instâncias emissoras a seguir referidas; o "autor-no-texto", o autor que só existe numa dada obra, inferível apenas através do texto; finalmente, o "narrador", entidade com existência textual implícita, criado pelo "autor-no-texto" (cf. Gonzalo Díaz Migoyo, *Estructura de la novela. Anatomía de El Buscón*, Madrid, Editorial Fundamentos, 1978, pp. 62-64). A distinção entre o "autor real" e o "autor implícito" é afectada pelo facto de Wayne Booth apresentar por vezes a relação entre ambos como sendo uma relação de exclusão mútua (cf. John Ross Baker, «From imitation to rhetoric: The Chicago critics, Wayne C. Booth, and *Tom Jones*», in Mark Spilka (ed.), *Towards a poetics of fiction*, pp. 142-143; Roger Fowler, *Linguistics and the novel*, London, Methuen, 1977, pp. 78-80).

o responsável das ideias, dos sentimentos, etc., contidos nessa mesma obra;([103]) Martínez Bonati distingue o *autor real* e o *falante fictício,* sublinhando que este último constitui elemento imprescindível de toda a literatura;([104]) Jonathan Culler diferencia o *autor empírico* da *"persona" narrativa* e da *"persona" poética,* que são uma construção, uma função da linguagem do texto narrativo e do texto poético;([105]) atendo-se à problemática dos textos literários narrativos, Teun A. van Dijk distingue o *narrador pragmático* (produtor do texto) e o *narrador textual* ([106]) e Lubomír Doležel contrapõe o *autor real* ao *narrador fictício,*([107]) etc.

Outros autores, ainda, não curando propriamente de estabelecer distinções tricotómicas ou dicotómicas, designam o "autor implícito" de modo a evitarem qualquer confusão com o "autor real": Wellek e Warren referem-se a *eu fictício,*([108]) Käte Hamburger fala de *eu lírico,*([109]) Wimsatt, Beardsley e Morse Peckham optam pela designação de *falante dramático* ([110]), etc.

([103]) — Cf. Jan Mukařovský, *Il significato dell'estetica,* Torino, Einaudi, 1973, pp. 264-265.

([104]) — Cf. Félix Martínez Bonati, *La estructura de la obra literaria.* Barcelona, Seix Barral, ²1972, pp. 150-152.

([105]) — Cf. Jonathan Culler, *Structuralist poetics,* London, Routledge & Kegan Paul, 1975, pp. 146, 165 e 170.

([106]) — Cf. Teun A. van Dijk, *Some aspects of text grammars. A study in theoretical linguistics and poetics,* The Hague — Paris, Mouton, 1972, pp. 299-302.

([107]) — Cf. Lubomír Doležel, *Narrative modes in czech literature.* Toronto, University of Toronto Press, 1973, p. 64.

([108]) — Cf. René Wellek e Austin Warren, *Teoria da literatura,* Lisboa, Publicações Europa-América, 1962, p. 31 e *passim.*

([109]) — Cf. Käte Hamburger, *The logic of literature,* Bloomington — London, Indiana University Press, ²1973, pp. 272 ss. [título original: *Die Logik der Dichtung,* Stuttgart, Ernst Klett Verlag, ²1968]. Käte Hamburger, aliás, estabelece distinções entre o *eu lírico* e o *eu empírico do poeta,* entre o *narrador da primeira pessoa* e o *eu narrativo empírico do autor* (cf. *op. cit.,* p. 333).

([110]) — Cf. W. K. Wimsatt, *The verbal icon. Studies in the meaning of poetry,* London, Methuen, 1970, p. 5 (veja-se, adiante, a nota 141); Morse Peckha. ,«The intentional? Fallacy?», in David Newton-De Molina (ed.), *On literary intention,* Edinburgh, at the University Press, 1976, p. 156.

Pela nossa parte, preferimos as designações de *autor empírico* e de *autor textual*, de modo a ficar bem clara a ideia de que o primeiro possui existência como ser biológico e jurídico-social e de que o segundo existe no âmbito de um determinado texto literário, como uma entidade ficcional que tem a função de enunciador do texto e que só é cognoscível e caracterizável pelos leitores desse mesmo texto. A designação de "autor real" — fundamentada enquanto "real" se opõe a "ficcional" — pode suscitar alguns equívocos, já que o *autor textual* não é uma entidade virtual, mas uma entidade que existe efectivamente num texto concreto e no universo do discurso da literatura e cuja voz produz, sob o aspecto formal, enunciados reais, comunicando através deles com receptores reais. Por outro lado, a designação de "autor implícito" presta-se também a confusões, pois que o *autor textual*, se é sempre uma entidade imanente ao texto, pode apresentar todavia uma figuração explícita.

Em certas classes de textos — textos narrativos como o poema épico, a novela, o romance, etc. —, o autor textual pode criar um ou mais *narradores* explicitamente representados — possuindo, muitas vezes, o estatuto de *narrationis personae* principais ou secundárias —, os quais, desempenhando as funções de instâncias enunciadoras por delegação do autor textual, não se identificam com este, como Booth observou.([111]) Quando o narrador não figura explicitamente representado no texto como um "eu", tem de se admitir a existência de um narrador não-personalizado, anónimo, que se identifica com o autor textual (ou, analisando o problema sob outro ângulo, diremos que o autor textual, em certos textos narrativos, assume imediatamente a função de narrador).([112]) O narrador — quer o narrador da narrativa pessoal («*Ich*-form narrative», na termi-

---

([111]) — A distinção entre *narrador, autor textual* e *autor empírico* não implica que não possam existir estreitas afinidades ou semelhanças de vária ordem entre todos eles (cf. Lubomír Doležel, *Narrative modes in czech literature*, pp. 13 e 64).

([112]) — Estas afirmações, que teremos ensejo de retomar e analisar com minudência no capítulo 10, implicam que não aceitamos a identificação restritiva, advogada por autores como Ann Banfield, de "narrador" com "narrador da primeira pessoa" explicitamente representado no texto e que rejeitamos também a hipótese, derivada em parte daquela

nologia de Doležel), quer o narrador "apagado" da narrativa não-pessoal («*Er*-form narrative», segundo Doležel) — insere normalmente, no âmbito da sua enunciação co-extensiva em regra à totalidade do texto, enunciações restritas que são da responsabilidade imediata dos *actores* da narrativa, os quais, por isso mesmo, podem ser considerados como instâncias enunciadoras de segundo grau que produzem enunciados gramaticalmente idênticos, mas funcionalmente diversos, em relação aos do narrador personalizado (exceptuam-se os casos em que um actor assume episodicamente a função de narrador, passando portanto a caracterizar-se, enquanto mantiver esta função, como o locutor responsável por uma sequência de enunciados coerentes que constituem um texto narrativo secundário dentro do texto narrativo primário).

O autor textual, como escrevemos atrás, é o emissor que assume imediata e especificamente a responsabilidade da enunciação de um dado texto literário e que se manifesta sob a forma e a função de um eu oculta ou explicitamente presente e actuante no enunciado, isto é, no próprio texto literário. Com efeito, se existem textos em que o eu do autor textual está explicitamente representado e afirmado — assim acontece em numerosos textos líricos, em muitos textos narrativos e em raros textos dramáticos —, noutros textos — em quase todos os textos dramáticos, em numerosos textos narrativos e também em muitos textos líricos —, o autor textual está como que ausente ou oculto, como se fosse um eu de "grau zero". Estas variações e diferenças requerem alguns comentários.

Toda a enunciação é realizada por um emissor que não pode manifestar-se gramaticalmente no enunciado produzido senão sob a forma do pronome pessoal da primeira pessoa. Em conformidade com uma hipótese formulada por John Ross num estudo já famoso, «declarative sentences [...] must be analyzed as being implicit performatives and must be derived from deep structures containing an explicitly represented performative main verb»,[113] ou seja, todas as orações *declarativas* — e pro-

---

identificação e defendida por Käte Hamburger, Ann Banfield e outros investigadores, segundo a qual existem enunciados de "narração pura" e, portanto, textos narrativos sem narrador.

[113] — Cf. John R. Ross, «On declarative sentences», in R. A.

vavelmente qualquer espécie de oração — devem ser consideradas como orações *performativas* incrustadas que dependem de uma oração superior, sempre existente na estrutura profunda, do tipo "eu digo-te que..." (com o pronome pessoal da primeira pessoa — o enunciador ou emissor — explicitamente representado, com um verbo performativo e com o pronome pessoal da segunda pessoa — o enunciatário ou receptor — também explicitamente representado). Acontece, porém, que na estrutura superficial de muitos enunciados declarativos, ou performativos, actuam *transformações de elisão* ("deletion transformations") que apagam as marcas linguísticas da primeira pessoa do pronome pessoal, que eliminam o sintagma verbal performativo, predicado daquela primeira pessoa, e que suprimem também as marcas linguísticas da segunda pessoa — o enunciatário ou agente dativo — a quem se dirige o enunciador, de modo que figura apenas como actualizada, ou explicitamente realizada, a oração — ou a sequência de orações — que constitui objecto directo daquele predicado.

Esta hipótese de John Ross revela-se de possível e fecunda aplicação aos enunciados dos textos literários em que não figura explicitamente representado o eu do enunciador.([114]) Estes

---

Jacobs e P. S. Rosenbaum (eds.), *Readings in english transformational grammar*, Waltham (Mass.), Ginn, 1970, p. 223. A hipótese de Ross tem sido aceite por numerosos linguistas (cf., *e. g.*, Charles J. Fillmore, «Subjects, speakers, and roles», in Donald Davidson e Gilbert Harman (eds.), *Semantics of natural language*, Dordrecht — Boston, D. Reidel P. C.°, 1972, p. 20). Sobre algumas críticas e restrições à hipótese de Ross, cf. John Lyons, *Semantics*, vol. 2, pp. 779 ss.

([114]) — Sobre a aplicação da hipótese de Ross à problemática da enunciação literária, *vide*: S.-Y. Kuroda, «Reflections on the foundation of narrative theory from a linguistic point of view», in Teun A. van Dijk (ed.), *Pragmatics of language and literature*, pp. 108 ss. (estudo também publicado, em língua francesa, em Julia Kristeva, Jean-Claude Milner e Nicolas Ruwet (eds.), *Langue, discours, société*, Paris, Éditions du Seuil, 1975, pp. 260-293); Dennis E. Baron, «Role structure and the language of literature», in *Journal of literary semantics*, 4(1975), pp. 50-51; Samuel R. Levin, «Concerning what kind of speech act a poem is», in Teun A. van Dijk (ed.), *op. cit.*, pp. 148 ss.; Samuel R. Levin, *The semantics of metaphor*, Baltimore — London, The Johns Hopkins Press, 1977, pp. 116 ss.; Nomi Tamir, «Personal narrative and its linguistic foundation», in *PTL*, 1, 3(1976), pp. 413-414, 420, 424-425.

enunciados dependeriam de uma matriz, elidida na estrutura superficial do texto, do tipo "Eu imagino e convido-vos a imaginar, a conceber um mundo em que...", isto é, uma matriz em que figuram o pronome pessoal da primeira pessoa, um verbo performativo e a referência ao(s) receptor(es) e que marca a natureza ficcional dos enunciados a realizar, suspendendo assim a sua *força ilocutiva*, mas não, como veremos, a sua *força perlocutiva*.(115)

A presença explícita ou oculta do autor textual é um fenómeno que se relaciona directamente com a problemática dos géneros literários e, em particular, com o que Northrop Frye designa por «radical de apresentação» dos géneros,(116) como esclareceremos no capítulo seguinte.

A presença explícita do autor textual — ou do narrador por ele criado — manifesta-se imediata e fundamentalmente através dos elementos *deícticos* dos enunciados, isto é, aqueles elementos linguísticos que identificam e localizam as pessoas, os objectos, os eventos, os processos e as actividades a que se faz referência, «em relação com o contexto espácio-temporal criado e mantido pelo acto da enunciação e pela participação nele, tipicamente, de um único emissor e, pelo menos, de um receptor».(117) A *deíxis* pessoal e demonstrativa, a *deíxis* temporal

---

(115) — A frase inicial de um texto literário pode requerer, por motivos de ordem sintáctica, que a oração mais elevada existente na estrutura profunda e eliminada na estrutura superficial apresente uma constituição diferente daquela que indicámos. Como observa Samuel R. Levin, «Poems that begin with questions or requests, for example, would fail in this respect. However, in such cases adjustments may be made, adjustments that would be dictated precisely by the speech act theory for ordinary language sentences. Thus in the case of a poem like Yeats's "A Nativity", which begins, "What woman hugs her infant there?" we would normally introduce the higher sentence "I ask you" or some such formula [...]» (cf. *The semantics of metaphor*, p. 116).

(116) — Cf. Northrop Frye, *Anatomy of criticism*, New York, Atheneum, 1966, pp. 246-247.

(117) — Cf. John Lyons, *Semantics*, vol. 2, p. 637. Sobre a *deíxis*, além da minudente análise proporcionada por esta obra de Lyons, *vide*: Roman Jakobson, «Shifters, verbal categories, and the russian verb», in *Selected writings*, The Hague — Paris, Mouton, 1971, vol. II, pp. 130-147; Émile Benveniste, *Problèmes de linguistique générale*, Paris, Gallimard, 1966, vol. I, pp. 225-285 (trata-se dos capítulos 18 a 23, subordinados ao significativo título genérico de «L'homme dans la langue»).

e a *deíxis* espacial, os modos e os tempos verbais organizam-se e articulam-se em função do autor textual, pois toda a situação enunciativa canónica tem o seu foco estruturante no *ego* do locutor (e por isso Lyons fala da "egocentricidade" da enunciação). Por conseguinte, deícticos como "eu", "agora", "amanhã", "aqui", etc., devem ser referidos ao *autor textual* — ou ao *narrador* — e não ao *autor empírico*.

Num texto literário, todavia, ocorrem deícticos que não são referíveis ao autor textual ou ao narrador: é o caso óbvio dos deícticos que figuram nos enunciados produzidos por *actores* do texto — enunciados, em geral, diferenciados por adequada convenção gráfica dos enunciados da responsabilidade imediata e específica do autor textual ou do narrador — e é também o caso, mais complexo e subtil, dos deícticos existentes no chamado *discurso indirecto livre*.

3.6.3. Variabilidade diacrónica da relevância do emissor

Numa perspectiva diacrónica, a relevância do emissor no processo da comunicação literária apresenta-se como bastante variável, em estreita conexão com os códigos culturais e, mais particularmente, com o código literário prevalecente nos diversos períodos históricos.

Na literatura medieval, sobretudo na literatura anterior ao século XII, o emissor usufrui de uma débil relevância e a própria noção de autor, como observa Paul Zumthor,[118] parece, por vezes, diluir-se, ou até perder-se, num processo de produção literária em que a *tradição* funciona como «verdadeiro *a priori* da realidade poética»[119] e em que a impositividade do código literário apaga as marcas da origem da enunciação, constituindo-se os textos como realizações sucessivas de um "modelo nuclear" ou de um "número limitado de modelos" e privilegiando-se assim um *continuum* técnico-formal, sémico

---

[118] — Cf. Paul Zumthor, *Essai de poétique médiévale*, pp. 64 ss.
[119] — *Id., ibid.*, p. 75.

e ideológico.([120]) Por outro lado, preceitos religiosos e morais atinentes aos pecados do orgulho, da ambição e da *uanitas terrestris* e à virtude da humildade podem reforçar esta tendência — endógena ao código literário medieval — para esbater, senão apagar, as marcas pessoais da autoria.([121]) Paradoxalmente, na cultura medieval o problema da autoria assume extrema importância nos textos não-literários - nos textos médicos, jurídicos, filosóficos, teológicos, etc. -, pois que, nestes domínios do saber, o *auctor* é o fundamento primordial da *auctoritas* de que os mencionados textos aparecem investidos e que efectivamente exercem quer no plano teórico e doutrinário, quer no plano pragmático.([122])

Na literatura do humanismo renascentista, quando os conceitos de *nobilitas, dignitas* e *uirtus hominis* caracterizam, como traços paradigmáticos supra-estruturais, o ideal antropológico de uma sociedade burguesa, capitalista e individualista em fase de desenvolvimento incoativo,([123]) o conceito de autor como

---

([120]) — Hans Robert Jauss sublinha que o texto lírico medieval se constitui como um *plurale tantum,* isto é, como um texto que se entretece, sem qualquer preocupação individualizante, de muitos outros textos, que modula engenhosa e subtilmente o código, sem que a relação autor/obra adquira relevância: «Medieval literature is a literature whose texts did not arise from the classical (and, later, Romantic) unity of author and work» (cf. Hans Robert Jauss, «The alterity and modernity of medieval literature», in *New literary history,* X, 2(1979), p. 188; cf. também pp. 189 e 195). C. S. Lewis, ao reflectir sobre estas características do texto literário medieval, salientou o paradoxo que lhes subjaz: We are inclined to wonder how men could be at once so original that they handled no predecessor without pouring new life into him, and so unoriginal that they seldom did anything completely new» (cf. C. S. Lewis, *The discarded image: An introduction to medieval and Renaissance literature,* Cambridge, Cambridge University Press, 1964, p. 209).

([121]) — Cf. Ernest Robert Curtius, *Literatura europea y Edad Media latina,* México — Madrid — Buenos Aires, Fondo de Cultura Económica, 1976, t. 2, pp. 719 ss. Curtius aponta, todavia, exemplos diversos de autores medievais que se nomeiam, por vezes em termos jactanciosos, nos seus próprios textos. Cremos que tal facto não invalida a afirmação de que o emissor/autor desempenha uma função pouco relevante na produção literária medieval.

([122]) — Cf. Ernst Robert Curtius, *op. cit.,* t. 1, pp. 84 ss., 91 ss.

([123]) — Sobre o ideal antropológico do humanismo renascentista, *vide:* Ernst Cassirer, Paul Oskar Kristeller e John Herman Randall, Jr.,

criador e progenitor de obras literárias adquire nova dimensão, tanto sob os auspícios de uma poética de raiz neoplatónica que exalta o *furor poeticus*, como sob o signo de uma poética aristotélico-horaciana que valoriza o poeta *artifex*. Quando Sá de Miranda (1481-1551), referindo-se aos seus versos, afirma: «Os meus, se nunca acabo de os lamber, / como ussa os filhos mal proporcionados»,(124) não se limita a salientar hiperbolicamente o labor contínuo com que emenda e reescreve os seus poemas, mas exprime também, em termos metafóricos, o vínculo de maternidade, assumido com amor e sofrimento, que faz dos *seus* poemas autênticas *criaturas suas*. Por outro lado, o início da formação da "galáxia de Gutenberg", com a invenção da imprensa e a difusão progressiva de textos impressos, contribui fortemente para individualizar e responsabilizar o emissor/autor.

Se o barroco, com o seu senso da modernidade e a sua crença na criatividade humana, potencia, sob o aspecto teórico, a já relevante função conferida ao emissor/autor pelo humanismo renascentista, por outra parte, com o seu carácter de arte de massas em que o *kitsch* proliferou ao serviço de determinadas estruturas ideológicas, tanto de natureza religiosa como de natureza político-social, dilui consideravelmente aquela mesma função. Pensamos, por exemplo, que não é apenas fruto do descaso humano, dos acidentes ocasionados pela transmissão manuscrita e do temor suscitado pela censura, o *anonimato* de boa parte da produção poética barroca hispânica. Neste domínio, como

---

The Renaissance philosophy of man, Chicago, Chicago University Press, 1948; E. Cassirer, *Individuo e cosmo nella filosofia del Rinascimento*, Firenze, La Nuova Italia, ²1963; Paul Oskar Kristeller, *La tradizione classica nel pensiero del Rinascimento*, Firenze, La Nuova Italia, 1965, capítulo VI («La filosofia dell'uomo nel Rinascimento italiano») [título original: *The classics and Renaissance thought*, Cambridge (Mass.), Harvard University Press, 1955]; Eugenio Garin, *L'Umanesimo italiano*, Bari, Laterza, ⁶1975, pp. 69 ss., 94 ss. e *passim*; Eugenio Garin, *La cultura del Rinascimento*, Bari, Laterza, ⁴1976, pp. 46 ss., 127 ss., 142 ss. e *passim*; Gioacchino Paparelli, *Feritas, humanitas, divinitas. L'essenza umanistica del Rinascimento*, Napoli, Guida Editori, 1973; Carlo Colombero, *Uomo e natura nella filosofia del Rinascimento*, Torino, Loescher, 1976.

(124) — Cf. Francisco de Sá de Miranda, *Obras completas*, Lisboa, Livraria Sá da Costa, ²1942, vol. I, p. 321.

em tantos outros, a literatura barroca apresenta um dualismo antitético bem marcado: nos textos em que predominam uma complexidade e um refinamento semânticos e técnico-estilísticos que se aproximam do hermetismo, privilegia-se a "gramática" do emissor; nos textos que, pelas suas características sémicas e formais, podem ser classificados como "literatura popular" ou mesmo como "literatura de massas", privilegia-se a "gramática" do receptor. Quer dizer, uma das tensões mais fecundas e fascinantes da literatura barroca consiste na coexistência conflituante, no âmbito do seu policódigo, de dois modelos de comunicação: um modelo orientado para o emissor e um modelo orientado para o receptor.(125)

A teoria e a prática literárias do chamado classicismo francês e do neoclassicismo europeu, em geral, tendem a diminuir a importância do emissor no processo da comunicação literária, quer porque submetem a sua capacidade produtiva e inovadora a um código rigorosamente articulado e possuidor de forte imperatividade, quer porque esbatem, quando não anulam, as marcas textuais da subjectividade do enunciador (predomínio da razão, busca da universalidade, anticonfessionalismo, etc.).

Com o romantismo e a sua teoria não mimética da literatura, a sua visão do escritor como um novo Prometeu, a sua concepção da escrita literária como a *expressão* da interioridade deste eu prometaico, hipertrofia-se a função produtiva e comunicativa do emissor/autor, quer do autor empírico, quer do autor textual (confundidos, aliás, dada a lógica subjacente à teoria expressivista e biografista que da criação literária advogou o romantismo). A hipertrofia desta função manifesta-se com particular intensidade em certas classes de textos: narrativas autobiográficas, diários, memórias, poemas líricos de índole confessional. A originalidade do texto, na perspectiva da poética romântica, promana assim especularmente da originalidade de um homem e de uma existência. O biografismo e o historicismo geneticista traduzem, no plano da investigação e da

---

(125) — Sobre a distinção entre culturas orientadas para o emissor e culturas orientadas para o receptor, cf. Ju. M. Lotman *et alii*, «Theses on the semiotic study of cultures (as applied to slavic texts)», in Thomas A. Sebeok (ed.), *The tell-tale sign. A survey of semiotics*, Lisse, The Peter De Ridder Press, 1975, pp. 64-66.

crítica literárias, esta hipervalorização romântica do emissor/
/autor.

Se o realismo impõe severas restrições a tal hipertrofia do emissor — erradicando, por exemplo, as explícitas manifestações do autor textual —, é com Rimbaud e Mallarmé que primeiro se exprimem orientações radicalmente opostas àquela concepção romântica. Rimbaud revela dramaticamente o dissídio entre o sujeito poético e o eu empírico-social: «Je est un Autre»; Mallarmé, desenvolvendo ideias já enunciadas por Novalis e Edgar Poe, anula o sujeito poético numa «neutralidade supra-pessoal»,([126]) abrindo assim caminho à crise e à negação do sujeito na literatura contemporânea.

3.6.4. O emissor e a poética formalista

Toda a teoria formalista da literatura tende a abolir o pólo da comunicação literária constituído pelo emissor, em nome da autonomia e da autotelicidade do texto literário e, consequentemente, em nome da análise estritamente imanente que este texto, concebido como *ens causa sui*, obviamente requer.

Na literatura contemporânea, como ficou dito, Mallarmé é o primeiro grande responsável pela entrada em crise e pela subsequente desvalorização — ou mesmo aniquilamento, pelo menos em sede teórica — da função do emissor/autor. Segundo Mallarmé, o texto literário — o "Livro" —, uma vez desligado do autor, volve-se em puro ser, em entidade autónoma e transcendente que nem de leitor necessita: «Impersonnifié, le volume, autant qu'on s'en sépare comme auteur, ne réclame approche de lecteur. Tel, sache, entre les accessoires humains, il a lieu tout seul: fait, étant.»([127]) Se o dizer do poeta, «sonho e canto», instaura orficamente a presença da ausência, o texto poético puro requer a ausência do seu enunciador a fim de que a sua presença não perturbe a harmoniosa plenitude encantatória da linguagem: «L'œuvre pure implique la disparition

---

([126]) — Cf. Hugo Friedrich, *Estructura de la lírica moderna*, Barcelona, Seix Barral, ²1974, p. 145.
([127]) — Cf. Stéphane Mallarmé, *Oeuvres complètes*, Paris, Gallimard, 1945, p. 372.

élocutoire du poète, qui cède l'initiative aux mots [...]».([128])
O trabalho aparentemente pessoal do poeta é na verdade um trabalho anónimo e impessoal e o "Texto", ente absoluto, fala por si próprio e «sem voz de autor».([129])

Valéry, que retomou e aprofundou muitas ideias da poética mallarmeana e cuja influência nas teorias do formalismo e do estruturalismo francês — em especial do grupo *Tel Quel* — é bem conhecida,([130]) contribuiu poderosamente para corroer e desagregar o conceito de autor e para, em contrapartida, conferir ao texto literário um valor nuclear. Alguns anos antes de Wimsatt e Beardsley terem publicado o seu famoso ensaio «The intentional fallacy», já Valéry condenava o privilégio concedido à interpretação de uma obra literária em conformidade com a intenção do autor, pondo em relevo a autonomia do texto relativamente à intencionalidade autoral: «Quand l'ouvrage a paru, son interprétation par l'auteur n'a pas plus de valeur que toute autre par qui que ce soit. [...] Mon intention n'est que mon intention et l'œuvre est l'œuvre».([131]) O autor

---

([128]) — *Id., ibid.,* p. 366.

([129]) — Na sua «Autobiographie», Mallarmé refere-se assim à possibilidade de vir a publicar textos esparsos e avulsos como «farrapos»: «Avec ce mot condamnatoire d'*Album,* dans le titre, *Album de vers et de prose,* je ne sais pas; et cela contiendra plusieurs séries, pourra même aller indéfiniment (à côté de mon travail personnel qui, je crois, sera anonyme, le Texte y parlant de lui-même et sans voix d'auteur)» (cf. *Oeuvres complètes,* p. 663). E numa carta de 1867, Mallarmé escreve: «c'est t'apprendre que je suis maintenant impersonnel, et non plus Stéphane que tu as connu —, mais une aptitude qu'a l'Univers spirituel à se voir et à se développer, à travers ce que fut moi» (*apud* Henri Mondor, *Propos sur la poésie de Stéphane Mallarmé,* Monaco, Éd. du Rocher, 1945, p. 78).

([130]) — Cf., *e. g.,* G.W. Ireland, «Gide et Valéry, précurseurs de la nouvelle critique», in Georges Poulet (ed.), *Les chemins actuels de la critique,* Paris, Union Générale d'Éditions (col. 10/18), 1968, pp. 23-35; Gérard Gennette, «La littérature comme telle», *Figures,* Paris, Éditions du Seuil, 1966, pp. 253-265.

([131]) — Cf. Paul Valéry, *Oeuvres,* vol. II, p. 557. E ao concluir a sua apreciação da análise do *Cimetière marin* que G. Cohen realizara numa sala de aulas da Sorbonne, Valéry escreve: «Pas d'autorité de l'auteur. Quoi qu'il ait *voulu dire,* il a écrit ce qu'il a écrit. Une fois publié, un texte est comme un appareil dont chacun se peut servir à sa guise et selon ses moyens: il n'est pas sûr que le constructeur en use mieux qu'un autre» (cf. *Oeuvres,* vol. I, p. 1507).

é uma máscara e uma ficção criadas na obra e, em grande parte, pela própria obra, pois que, se o autor produz a obra, a obra, reversivelmente, cria o seu autor, em virtude da lógica e da dinâmica intrínsecas que a obra, uma vez concluída, detém de modo autónomo.([132]) E a obra, por seu turno, é a complexa resultante de múltiplos factores — entre estes, figura o leitor, entidade a quem Valéry consagra particular atenção —, o que leva o poeta de *Charmes* a escrever esta frase sibilina: «Toute œuvre est l'œuvre bien d'autres choses qu'un "auteur".»([133])

O formalismo russo, ao definir a literariedade mediante a função poética da linguagem e ao colocar no centro das suas preocupações metodológicas a análise descritiva e sincrónica dos textos literários, desvaloriza logicamente o emissor/autor. A atitude antibiografista do formalismo russo não dimana de uma simples relação polémica com a história literária positivista e académica, mas de uma concepção radicalmente anti-romântica do fenómeno da produção literária. Para os formalistas russos, a literatura é convenção, artifício, "procedimento" *(priëm)* técnico-formal e semântico e não efusão confessional, imagem ou tradução de uma vivência, como se entre a *realidade psíquica* e a *ficção poética* existisse um nexo de causalidade mecânica.([134]) Tynjanov formula em termos explícitos uma poética antibiografista e, sob certos aspectos, mesmo anti-autoral, ao defender o princípio de que a "personalidade literária" e o "protagonismo do autor" não reflectem um fenómeno psico-biográfico, mas representam uma consequência da «orientação linguística da literatura» em determinadas épocas: não é a vida real que se projecta na literatura, mas, inversamente, a literatura que se expande na vida, em conformidade com as normas linguísticas e estilísticas dominantes num dado sistema literário (estas normas consubstanciam de modo privilegiado as inter-

---

([132]) — Cf. Paul Valéry, *Oeuvres*, vol. II, p. 673.
([133]) — Id., ibid., p. 629. Num texto de «Autres rhumbs», lê-se: «La fatigue des sens crée. — Le vide crée. Les ténèbres créent. Le silence crée. L'incident crée. Tout crée, excepté celui qui signe et endosse l'œuvre» (cf. *op. cit.*, vol. II, p. 674).
([134]) — Veja-se a análise, a nosso ver magistral, que Jakobson apresenta deste problema no seu ensaio «Co je poesie?», republicado, em tradução francesa, no volume *Questions de poétique* (Paris, Éditions du Seuil, 1973), pp. 116-120.

-relações do sistema literário com as convenções sociais, pois a linguagem verbal constitui o elemento mediador fundamental entre a literatura e a sociedade).([135]) Se o sistema condiciona assim a produção do texto literário, a "intenção criadora do autor" deve ser considerada apenas como um fermento e a "liberdade criadora" como um optimista estereótipo verbal: trabalhando com um material literário específico, submetido às constrições da chamada "função construtiva", as quais defluem da orientação geral do sistema, o autor não usufrui de "liberdade criadora", ficando antes sujeito a uma "necessidade criadora".([136])

No âmbito da teoria estética do Círculo Linguístico de Praga, encontra-se nalguns estudos de Mukařovský uma sistemática desvalorização do autor, não só do autor considerado enquanto consciência subjectiva — a identificação da obra literária com o estado psíquico, individual e momentâneo, do autor implicaria a sua inefabilidade e a sua incomunicabilidade, ao passo que Mukařovský define toda a obra de arte *sub specie communicationis* —,([137]) mas também do próprio autor considerado enquanto produtor da obra: se a *obra inacabada*, como o esquisso, se apresenta como dependente ainda do seu criador, a *obra acabada*, «pelo contrário, é uma propriedade comum, privada de um vínculo directo com o autor».([138]) Quer dizer, Mukařovský deprecia a função do autor na medida em que valoriza a existência da obra literária na dupla função

---

([135]) — Cf. Jurij Tynjanov, *Avanguardia e tradizione*, Bari, Dedalo Libri, 1968, pp. 55 ss. Encontra-se uma análise minudente das relações entre a literatura e a biografia do autor, segundo uma perspectiva teórica análoga à de Tynjanov, em Boris Tomaševskij, «Literature and biography», in Ladislav Matejka e Krystyna Pomorska (eds.), *Readings in russian poetics: Formalist and structuralist views*, Cambridge (Mass.), The MIT Press, 1971, pp. 47-55.

([136]) — Por isso os formalistas russos proclamam que não existem poetas e escritores, mas tão-só a poesia e a literatura (cf. Ignazio Ambrogio, *Formalismo e avanguardia in Russia*, Roma, Editori Riuniti, 1968, p. 33).

([137]) — Cf. Jan Mukařovský, *Il significato dell'estetica*, Torino, Einaudi, 1973, pp. 141-142. A este respeito, Mukařovský assinala explicitamente a sua discordância com Croce e os seus discípulos, «que consideram a obra de arte como expressão unívoca da personalidade do seu autor» (cf. *op. cit.*, p. 155, nota 2).

([138]) — *Id., ibid.*, p. 262

semiológica de *signo autónomo* e de *signo comunicativo* (¹³⁹) e na medida em que faz avultar a função do *fruidor/leitor*, entidade de capital relevância no pensamento do grande estetólogo checo.(¹⁴⁰) Se a conceituação da obra literária como signo autónomo reenvia à problemática de uma poética formalista, a sua conceituação como signo comunicativo, isto é, como "artefacto", como "símbolo exterior" a que corresponde um "objecto estético" na consciência do fruidor/leitor, impõe a superação dos limites daquela poética, abrindo os horizontes interligados de uma análise sociológica e de uma estética da recepção dos textos literários.

A tendência formalista para desvalorizar, e mesmo para anular, a função do autor/emissor está exemplarmente consubstanciada num dos textos mais famosos e mais influentes da poética do *new criticism* norte-americano — o já citado ensaio «The intentional fallacy» de W. K. Wimsatt e C. M. Beardsley,(¹⁴¹)

(¹³⁹) — *Id., ibid.,* pp. 144-145. Neste domínio, como noutros, alguns estudos de Mukařovský escritos a partir da década de quarenta testemunham uma modificação teórica profunda em relação a escritos anteriores pertencentes a uma fase marcadamente formalista (no mencionado volume *Il significato dell'estetica,* vejam-se os ensaios «L'individuo nell'arte», «L'individuo e il processo di sviluppo nella letteratura» e «La personalità nell'arte»). Continuando embora a rejeitar qualquer concepção de tipo romântico ou crociano do indivíduo-artista, Mukařovský reconhece no sujeito criador um pólo dotado de relativa autonomia e capacidade de intervenção transformadora e inovadora no processo da produção artística: «é claro que por detrás da obra de arte, diferentemente do que acontece com a fala, detectamos uma personalidade; já dissemos que, por isso, a obra de arte se distingue do objecto natural. Compreendemos a obra como «feita», como intencional. E a intencionalidade pressupõe um sujeito portador da intenção, isto é, pressupõe o homem. O sujeito é portanto dado não fora da obra de arte, mas nela própria» (cf. *op. cit.,* p. 448). Sobre este aspecto da evolução da teoria estética de Mukařovský, *vide:* René Wellek, *Discriminations: Further concepts of criticism,* New Haven — London, Yale University Press, 1970, pp. 291-292.

(¹⁴⁰) — «Na arte», escreve Mukařovský, «o sujeito mais fundamental não é o autor, mas aquele ao qual a obra se dirige, o perceptor (fruidor)» (cf. *op. cit.,* p. 154). Sobre a relevância do sujeito receptor na teoria estética de Mukařovský, matéria de que nos ocuparemos adiante, veja-se em *Il significato dell'estetica* o ensaio intitulado «Intenzionalità e inintenzionalità nell'arte» (pp. 149-188).

(¹⁴¹) — Este ensaio de W. K. Wimsatt e C. M. Beardsley foi primeira-

que originou uma das mais vigorosas, complexas e prolongadas polémicas da teoria literária do século XX.([142]) Por "intenção", Wimsatt e Beardsley entendem o desígnio ou o plano da obra literária existentes no espírito do autor — «Intention has obvious affinities for the author's attitude toward his work, the way he felt, what made him write»([143]) — e por "falácia da intenção", designam o erro lógico e metodológico que consiste em interpretar e julgar um poema, concebido *lato sensu* como equivalente a obra literária, com fundamento na intenção do autor. Subjacente a esta condenação da "falácia intencional" não se encontra qualquer argumento explícita ou implicitamente relacionado com a psicanálise e o domínio do inconsciente, mas sim a concepção do texto literário como uma *entidade autónoma e autotélica*, como um conjunto *discreto* de elementos formais e sémicos inter-relacionados, como um artefacto criado por um "*locutor* dramático" ("*dramatic speaker*") que se torna independente do seu criador e cujo significado se institui como epifenómeno do *ser* que, primordialmente e em sentido absoluto, o texto literário é: «"A poem should not mean but be". A poem can *be* only through its *meaning* — since its medium is words — yet it *is*, simply *is*, in the sense that we have no excuse for

---

mente publicado na *Sewanee review*, LIV (1946), pp. 466-488, e depois republicado no volume de ensaios de W. K. Wimsatt intitulado *The verbal icon. Studies in the meaning of poetry* (Lexington, The University of Kentucky Press, 1954; utilizamos a edição publicada em London, Methuen, 1970). Já em 1944, Wimsatt e Beardsley tinham publicado um artigo sobre «Intention» no *Dictionary of world literature* dirigido por Joseph T. Shipley.

([142]) — A polémica não se confinou aos estritos limites da teoria e da crítica literárias, tendo-se alargado aos domínios da filosofia, da linguística, da psicologia. Alguns dos estudos mais importantes originados por esta polémica foram recentemente coligidos em volume: David Newton--De Molina (ed.), *On literary intention*, Edinburgh, at the University Press, 1976. Mais de vinte anos após a primeira publicação do ensaio «The intentional fallacy», Wimsatt reexaminou o problema e respondeu a algumas críticas no seu estudo «Genesis: A fallacy revisited», in Peter Demetz, Thomas Greene e Lowry Nelson, Jr. (eds.), *The disciplines of criticism: Essays in literary theory, interpretation, and history*, New Haven — London, Yale University Press, 1968, pp. 193-225 (incluído em David Newton--De Molina (ed.), *On literary intention*, pp. 116-138).

([143]) — Cf. W. K. Wimsatt, *The verbal icon. Studies in the meaning of poetry*, London, Methuen, 1970, p. 4.

inquiring what part is intended or meant. Poetry is a feat of style by which a complex of meaning is handled all at once. Poetry succeeds because all or most of what is said or implied is relevant; what is irrelevant has been excluded [...]».([144]) Wimsatt e Beardsley não convalidam semelhante concepção da obra literária mediante argumentos de qualquer espécie, pois que se limitam a enunciá-la sob forma de proposições axiomáticas, mas torna-se óbvio que a sua doutrina se enraíza de modo genérico nas teorias da arte pela arte e, de modo mais particular, na teoria de T. S. Eliot sobre a objectividade e a impessoalidade que devem caracterizar a "autêntica" poesia.([145]) Em conformidade com esta perspectiva anti-intencionalista, a análise de um texto literário deve ser alheia a problemas de ordem genética, de natureza histórica ou biográfico-psicologista, à atitude do autor em relação à sua obra, aos motivos que o levaram a escrever ou a quaisquer outros factores similares: a rejeição da "falácia intencional" postula a inteligibilidade da obra literária como entidade autónoma e autoconsistente ("self-

---

([144]) — *Id., ibid.*, p. 4. A primeira frase do texto transcrito — "A poem should not mean but be" — é constituída por dois arquifamosos versos do poema «Ars poetica» de Archibald MacLeish (cf. *Collected poems 1917-1952*, Boston, Houghton Miflin, 1952).

([145]) — Em «Genesis: A fallacy revisited», Wimsatt sublinha quanto «The intentional fallacy» deve às ideias de Eliot. No seu ensaio «A tradição e o talento individual» (publicado em 1919), T. S. Eliot caracteriza o processo de despersonalização do poeta como «uma rendição contínua de si próprio, como ele é no momento, a algo mais precioso. O progresso de um artista reside num contínuo auto-sacrifício, numa extinção contínua da personalidade». E para melhor ilustrar este processo de despersonalização, Eliot recorre à analogia da catálise que se verifica quando um fio de platina é introduzido numa câmara contendo oxigénio e bióxido de enxofre: «Quando os dois gazes mencionados se misturam na presença de um filamento de platina, forma-se o ácido sulfuroso. Esta combinação só se verifica se a platina estiver presente; contudo, o ácido recém-formado não contém nenhum vestígio de platina e esta, aparentemente, não sofre alteração: ela permanece inerte, neutral e inalterada. O espírito do poeta é o fragmento de platina que pode operar parcial ou exclusivamente sobre a experiência do próprio homem. Mas quanto mais perfeito o artista, mais completamente estão separados nele o homem que sofre e o espírito que cria e, de maneira mais perfeita, o espírito digere e transmuta as paixões que são o seu material» (cf. T. S. Eliot, *Ensaios de doutrina crítica*, Lisboa, Guimarães Editores, 1962, pp. 28-29).

-contained") e implica a exclusão, como *irrelevantes* para a interpretação do texto literário, de todos os elementos de informação exteriores a esse mesmo texto.

3.6.5. A supressão do emissor/autor na poética contemporânea

O princípio formalista da transcendência do texto literário em relação ao seu autor, com a sua força polémica contra o biografismo e o psicologismo de raiz romântica, continua a exercer uma ponderosa influência na poética contemporânea, mesmo quando, como no caso do ensaio «The intentional fallacy» de Wimsatt e Beardsley, a sua fundamentação racional e científica é manifestamente débil e vaga.([146]) É este princípio que justifica, para um pensador da estatura de H.-G. Gadamer, que a hermenêutica do texto literário deva deixar à margem, como irrelevante, a problemática do autor: «O que é literatura adquiriu uma simultaneidade de um género adequado a qualquer presente. Compreendê-la não significa principalmente retroceder a uma vida passada, mas representa uma participação presente no que é dito. Não se trata propriamente de uma relação entre pessoas, por exemplo entre o leitor e o autor (que é talvez inteiramente desconhecido), mas de uma participação no que é comunicado pelo texto. É aí que nós compreendemos, o sentido do que é dito está aí, independentemente do facto de que possamos ou não, por intermédio da tradição, ter uma ideia do autor [...]».([147])

Esta afirmação da transcendência do texto literário em relação ao seu autor apresenta inequívocas motivações anti-românticas e tem decerto raízes neokantianas — Jürgen Habermas lembra justamente que Gadamer é um filósofo que pro-

---

([146]) — Uma das críticas mais vigorosas à carência de racionalidade científica do ensaio de Wimsatt e Beardsley é desenvolvida por Morse Peckham, «The intentional? Fallacy?», in David Newton-De Molina (ed.), *op. cit.*, pp. 139-157.

([147]) — Cf. Hans-Georg Gadamer, *Vérité et méthode,* Paris, Éditions du Seuil, 1976, pp. 238-239.

vém da escola neokantiana de Marburgo —,(148) mas tem subjacentes sobretudo as ideias de Heidegger de que a linguagem é a «mansão do Ser» e de que o homem fala uma linguagem de que efectivamente não dispõe, pois é antes a linguagem que dispõe do homem, que *fala* o homem, que pré-conforma as suas experiências das coisas e que configura as suas possíveis escolhas. No colóquio *(Gespräch)* hermenêutico com os textos, em especial com os textos dos poetas, o hermeneuta "dialoga" com um presente-ausente, com um "Outro", que é o *Ser*.(149) À luz desta "ontologia hermenêutica" heideggeriana, compreende-se que Gadamer afirme que «O verdadeiro significado de um texto, tal como se apresenta ao intérprete, não depende desses factores ocasionais que representam o autor e o seu primeiro público» e que «O significado de um texto ultrapassa o seu autor, não ocasionalmente, mas sempre».(150)

Quando Gadamer se refere a "literatura", a "texto" e a colóquio hermenêutico, pensa na "literatura escrita" e no "texto

---

(148) — Cf. Jürgen Habermas, *Logica delle scienze sociali*, Bologna, Il Mulino, 1970, p. 264 [título original: *Zur Logik der Sozialwissenschaften*, Tübingen, J. C. B. Mohr, 1967]. Sobre o "idealismo do factor linguístico" *(Idealismus der Sprachlichkeit)* em Gadamer, veja-se J. Habermas, *op. cit.*, pp. 218 ss.

(149) — A afirmação da transcendência da linguagem encontra-se expressa em vários textos de Heidegger: *e. g.*, «O homem comporta-se como se *ele* fosse o criador e o senhor da linguagem, ao passo que é *esta* que o rege» (cf. M. Heidegger, *Essais et conférences*, Paris, Gallimard, 1958, p. 172); «Na verdade, é a língua que fala e não o homem. O homem não fala senão na medida em que corresponde à língua» (*id.*, *Questions III*, Paris, Gallimard, 1966, p. 67). Da transcendência da linguagem resultam, como consequências lógicas, a inexistência de um *sujeito da enunciação* e a impossibilidade do *diálogo*. Sobre a teoria heideggeriana da linguagem, vide: Henri Meschonnic, *Le signe et le poème*, Paris, Gallimard, 1975, pp. 373-400 e *passim;* Jean Greisch, *Herméneutique et grammatologie*, Paris, CNRS, 1977, *passim;* Karl Otto Apel, *Comunità e comunicazione*, Torino, Rosenberg & Sellier, 1977, pp. 3-46 e *passim* (veja-se também a importante «Introduzione» de Gianni Vattimo a esta obra); Robert R. Magliola, *Phenomenology and literature*, ed. cit., pp. 57-80 e 174-191; Carlo Sinni, *Semiotica e filosofia. Segno e linguaggio in Peirce, Nietzsche, Heidegger e Foucault*, Bologna, Il Mulino, 1978, pp. 252 ss. Sobre a problemática do sujeito na filosofia de Heidegger, cf. Paul Ricœur, *Le conflit des interprétations*, Paris, Éditions du Seuil, 1969, pp. 222-232.

(150) — Cf. Hans-Georg Gadamer, *op. cit.*, p. 136.

escrito", pois é na escrita *(Schriftlichkeit)* que «a língua adquire a sua verdadeira espiritualidade», alcançando o significado do texto escrito perfeita autonomia, «inteiramente dissociado dos factores emocionais da expressão e da comunicação», e atingindo a consciência, face ao texto escrito, a sua plena soberania. O princípio formalista da autonomia e da autotelicidade do texto literário, transformado pela "ontologia hermenêutica" de Heidegger, converte-se assim no princípio da autonomia e da impositividade radicais da *escrita,* em relação à qual o autor assume apenas a função de "factor ocasional".

Derrida, em cuja obra algumas ideias de Gadamer se repetem e se repercutem em sortílega eflorescência metafórica, imagina este "factor ocasional" como uma aranha que urde involuntária e inscientemente uma teia que a transcende e na qual o aracnídeo se anula — urdidura que acaba por funcionar por si mesma, em cujos fios ardilosos se enlearão outros animais à procura de um sentido e cujo nome é *escrita.*(¹⁵¹) Se, na metáfora derridiana, a teia ainda necessita da presença e do labor iniciais da aranha, que na sua urdidura se aniquila sem talvez nunca a compreender, em Jean-Louis Baudry, por exemplo, a transcendência e a a-causalidade da *escrita* dispensam qualquer simulacro de autor, pois todo o fragmento textual é uma parcela actualizada do texto infinito que não cessa de *se escrever,* uma manifestação particular da *escrita* universal e ilimitada: «Dans cette perspective, le sujet, cause de l'écriture, s'évanouit et l'auteur, l'"'écrivain", avec lui. L'écriture ne "représente" pas la "création" d'un individu isolé; elle ne peut pas être considérée comme sa propriété, mais bien au contraire à travers un nom qui n'est déjà que fragment textuel, elle apparaît comme

---

(¹⁵¹) — Cf. Jacques Derrida, *Marges de la philosophie,* Paris, Éditions de Minuit, 1972, p. 331: «Il [Valéry] pensait que cela — la possibilité pour un texte de (se) donner plusieurs temps et plusieurs vies — (se) calcule. Je dis *cela se calcule:* une telle ruse ne peut se machiner dans le cerveau d'un auteur, tout simplement, sauf à le situer comme une araignée un peu perdue dans le coin de sa toile, à l'écart. La toile devient très vite indifférente à l'animal-source qui peut fort bien mourir sans avoir même compris ce qui s'était passé. Longtemps après, d'autres animaux viendront encore se prendre aux fils, spéculant, pour en sortir, sur le premier sens d'un tissage, c'est-à-dire d'un piège textuel dont l'économie peut toujours être abandonnée à elle-même. On appelle cela l'écriture».

une des manifestations particulières de l'écriture générale. [...] Pleynet l'a bien montré à propos de Lautréamont, ce n'est pas un "auteur" qui signe une "œuvre", *mais un texte qui signe un nom*».(152) A lógica da supressão do emissor/autor, ínsita na poética formalista e potenciada pela "ontologia hermenêutica" de Heidegger e Gadamer, alcança assim o seu clímax nas posições teóricas do grupo da revista *Tel Quel*.

A eliminação radical do emissor/autor proclamada por Jean-Louis Baudry representa uma manifestação específica de um processo filosófico e ideológico mais amplo e profundo que atingiu o seu zénite exactamente na década de sessenta do século actual: à crise do sujeito e, mais particularmente, a crise e a destruição do sujeito cartesiano, racionalista e individual, sob as suas diversas formulações filosóficas e jurídico-ideológicas e nos vários domínios da teoria e da acção.(153) Múltiplos vectores, por vezes antagónicos ou alheios entre si, quer pela sua matriz e pela sua fundamentação, quer pelas suas consequências teóricas e práticas, confluíram neste processo de destruição ou, pelo menos, de questionamento e de corrosão do sujeito: o *taedium historiae*, ou seja, a desvalorização e a negação da história, acompanhadas de uma crescente relevância conferida aos métodos e operações de análise formal e lógico-matemática, manifestou-se na filosofia, na estética, na linguística e noutras ciências humanas desde o início do século XX, revelando-se esta crise da consciência histórica como indissociável do enfraquecimento e da desagregação do conceito de sujeito histórico e do próprio conceito do "eu";(154) a psicanálise freudiana,

---

(152) — Cf. Jean-Louis Baudry, «Écriture, fiction, idéologie», in AA. VV., *Théorie d'ensemble*, Paris, Éditions du Seuil, 1968, pp. 136-137.

(153) — Teremos ensejo, em vários capítulos do volume II desta obra — sobretudo no capítulo 18 —, de analisar esta problemática e as suas incidências nos domínios da teoria e da crítica literárias, com indicação da bibliografia pertinente. Mencionaremos desde já, todavia, um estudo de síntese brilhante: Jean-Marie Benoist, *La révolution structurale*, Paris, Grasset, 1975, capítulo V. A crise do sujeito na cultura ocidental encontrou uma das suas mais significativas manifestações estéticas no processo de destruição da personagem de romance, desde Proust, Kafka e Joyce até ao "nouveau roman".

(154) — Cf. Alfred Schmidt, *Storia e struttura*, Bari, De Donato, 1972, p. 13 [título original: *Geschichte und Struktur*, München, Carl Hanser Verlag, 1971].

ao demonstrar a existência, sob a superfície do eu considerado como entidade coerente, estável e homogénea, de uma complexa e conflituante topologia psíquica em que o inconsciente, o *outro,* dotado de uma dinâmica peculiar, interfere continuamente com o consciente, impôs uma ruptura dramática com a concepção tradicionalmente aceite de personalidade; no marxismo contemporâneo, principalmente sob a influência de Althusser, difundiu-se a categoria de "processo sem sujeito", que nega a existência de um sujeito "livre" e "constitutivo" dos seus objectos e que condena a noção de Sujeito como equivalente idealista da noção de Essência (identificada, por sua vez, com as noções de Origem e de Causa);(155) a "ontologia hermenêutica" de Heidegger, como vimos, anulou o sujeito na impositividade primordial e universal da linguagem; o estruturalismo, em geral, mas em particular o estruturalismo de Lévi-Strauss, desembocou num determinismo e num reducionismo que levam a configurar o "espírito humano", a sua actividade e as suas expressões como objectos e processos modelados «pelas leis inconscientes dos sistemas semiológicos» que operam no "espírito" e com o "espírito".(156) Michel Foucault, bem consciente da filiação nietzschiana da destruição do "eu", afirmava em entrevista realizada pouco depois da publicação de *Les mots et les choses* (1966): «Tínhamos considerado a geração de Sartre como uma geração valente e generosa, que tinha optado apaixonadamente pela vida, pela política e pela existência... Nós, em contrapartida, descobrimos para nós algo de diferente, uma paixão distinta: a paixão pelo conceito e pelo que eu chamaria o «sistema»... A ruptura efectuou-se quando Lévi-Strauss, falando das sociedades, e Lacan do incons-

---

(155) — Cf. Louis Althusser, «Remarques sur une catégorie: procès sans Sujet ni Fin(s)», *Réponse à John Lewis,* Paris, Maspero, 1973. As ideias de Althusser têm exercido uma influência dominante em certos linguistas franceses de formação marxista que consideram que «Sous le terme d'énonciation se poursuit l'opération de sauvetage du sujet» (cf. Pierre Kuentz, «Parole/discours», in *Langue française,* 15(1972), p. 27): cf., *e. g.,* Michel Pêcheux, *Les vérités de La Palice,* Paris, Maspero, 1975; Paul Henry, *Le mauvais outil. Langue, sujet et discours,* Paris, Klincksieck, 1977.

(156) — Cf. Philip Pettit, *The concept of structuralism: A critical analysis,* Berkeley — Los Angeles, University of California Press, 1975, p. 77.

ciente, assinalaram que o «sentido» provavelmente não é mais do que um efeito de superfície, como uma espuma; que o que mais profundamente nos penetra, o que existe antes de nós, o que nos sustenta no tempo e no espaço é precisamente o *sistema*... O «eu» está destruído — basta pensar, por exemplo, na literatura moderna —; agora trata-se de descobrir o «há». Há um «se», impessoal. Assim volvemos, de certo modo, ao ponto de vista do século XVII, embora com uma diferença: o que se põe em lugar do homem não é o homem, mas um pensar anónimo, um conhecimento sem sujeito, algo de teórico sem nenhuma identidade...»(157)

Não é estranhável que, no meio de tantos e tão duros ataques ao emissor/autor, se tenham erguido vozes em sua defesa explícita. Colocando-se no domínio da problemática hermenêutica, E. D. Hirsch, Jr., iniciou a sua importante obra *Validity in interpretation* (1967) com um capítulo polemicamente intitulado «In defense of the author»(158) e, muito recentemente, Wayne Booth relembrava a verdade óbvia de que, sem autor, não existem texto, nem leitor...(159) E o próprio Foucault, embora sublinhando as conexões e dependências do conceito de autor em relação a determinados sistemas jurídicos e institucionais e embora salientando o seu relativismo nas diversas épocas e formas de civilização, acaba por reconhecer a impossibilidade de se fazer tábua rasa do autor e, mais rigorosamente, da *função-autor*, que não representa uma simples construção teórica, mas é antes uma realidade inscrita no próprio texto.(160)

---

(157) — *Apud* Jan M. Broekman, *El estructuralismo*, Barcelona, Editorial Herder, 1974, pp. 9-10.

(158) — Este capítulo está integrado na já citada colectânea de ensaios organizada por David Newton-De Molina, *On literary intention* (pp. 87--103). Como esclarecemos na nota (154) do capítulo 2 (cf. p. 109), utilizámos a tradução italiana desta obra de Hirsch.

(159) — Cf. Wayne C. Booth, «For the authors», in *Novel*, 11, 1 (1977), p. 7. Daniel Poirion, ao observar que um dos substitutos propostos para o banido autor é "o texto que fala por si mesmo", comenta: «obviously one of the childish ploys of *la nouvelle critique*» (cf. Daniel Poirion, «Literary meaning in the Middle Ages: From a sociology of genres to an anthropology of works», in *New literary history*, X, 2 (1979), p. 406.

(160) — Cf. Michel Foucault, «Qu'est-ce qu'un auteur?», in *Bulletin de la Société française de Philosophie*, LXIV, Jul.-Set. (1969). Veja-se também Michel Foucault, *L'ordre du discours*, Paris, Gallimard, 1971, pp. 28-31.

Com efeito, quer a teoria formalista da "falácia da intenção", quer outras teorias que com ela confluíram na desvalorização e na eliminação do autor, reagiram justificadamente contra uma simplista — e, por vezes, ingenuamente dogmática — concepção racionalista e individualista da produção literária, mas pensamos que a supressão do autor se apresenta como teoricamente inconsistente em face de duas grandes linhas de investigação interdisciplinar desenvolvidas no âmbito da teoria da literatura contemporânea e que·convergem, embora com pressupostos e objectivos teóricos diferenciados, no reconhecimento da função relevante desempenhada pela instância emissora no processo da comunicação literária.

Em primeiro lugar, a linha de investigação que, arrancando de Freud e passando por cientistas como Mélanie Klein, Ernst Kris, Jacques Lacan, etc., analisa as relações da produção artística, em geral, e da produção literária, em particular, com o domínio do inconsciente. Se esta linha de investigação fez entrar em crise uma concepção do sujeito de tipo cartesiano e idealista-transcendental — e pôs em causa, por conseguinte, um intencionalismo de cunho racionalista—, não afectou — bem pelo contrário, como demonstram sobretudo os estudos de Freud sobre Leonardo Da Vinci e Dostoiewskij — a posição nuclear do emissor/autor relativamente à produção dos textos literários. Os mecanismos e as regras de funcionamento do inconsciente freudiano são transindividuais, mas operam sobre dados psíquicos individuais e particularizados que constituem a história da vida de um homem — e sobretudo a história da sua infância — e por isso a análise freudiana dos sonhos, dos lapsos, das obras artísticas, etc., não descurando embora a manifestação em todos estes fenómenos de forças e símbolos universais e transtemporais, é indissociável da história individual de um homem.(161) Como o próprio Freud observou no Con-

---

(161) — Observa a este respeito Francesco Orlando, na sua obra *Per una teoria freudiana della letteratura* (Torino, Einaudi, 1973, pp. 16-19), que as linguagens dos sonhos, dos lapsos, dos sintomas, etc., não são comunicantes, nem socialmente institucionalizadas, não possuindo em rigor um destinatário, ao passo que as mensagens literárias apresentam uma auto-suficiência formal e semântica, uma articulação interna que possibilitam a sua comunicação a um destinatário — um destinatário obrigatoriamente

gresso da Sociedade Psicanalítica de Viena realizado em 24 de Novembro de 1909, «um conteúdo tem em regra a sua história» e na arte «a forma é o precipitado de um conteúdo mais antigo».(162) E se, na teoria lacaniana, o sujeito do inconsciente (do *significante*) se constitui excentricamente em relação ao lugar do sujeito cartesiano (do *significado*) — «Je pense où je ne suis pas, donc je suis où je ne pense pas» —,(163) o texto literário em que se inscreve esta «excentricité radicale de soi à lui-même à quoi l'homme est affronté»(164) não pode ser dissociado da problemática do sujeito, um sujeito que se constrói na produção da *letra,* forma simbólica e suporte material do

---

existente para que a mensagem literária possa existir como tal —, razão por que uma mensagem que tivesse de ser referida à biografia do seu emissor para ser compreendida não seria uma mensagem literária. Estas afirmações de Orlando afiguram-se-nos carecer de alguns esclarecimentos: as linguagens dos sonhos, dos lapsos, dos sintomas, etc., não são comunicantes sob o ponto de vista consciente e voluntarístico do emissor, mas são decodificáveis por um receptor desde que este receptor conheça os códigos dessas linguagens — e foi a descoberta de tais códigos a grande revolução da psicanálise —, sendo por isso mesmo objectos comunicáveis; a história individual de que se ocupa a psicanálise freudiana não se identifica com a biografia tal como esta é entendida pela crítica romântico-psicologista e positivista; nunca Freud reduziu dogmaticamente a arte, como Gombrich demonstrou, «ao conteúdo inconsciente do comportamento biológico e das recordações da infância», conferindo, pelo contrário, grande relevância ao *medium* expressional utilizado pelo artista e à mestria técnica deste e insistindo «naquele grau de adaptação à realidade que, por si só, converte um sonho numa obra de arte» (cf. E. H. Gombrich, *Freud y la psicología del arte. Estilo, forma y estructura a la luz del psicoanálisis,* Barcelona, Barral Editores, 1971, p. 29); a ideia de que existirá qualquer texto, literário ou não, que só pode ser compreendido, em sentido absoluto, em função da biografia do seu emissor, constitui uma hipótese falaciosa e arbitrária, porque a produção de qualquer texto exige a existência prévia de múltiplos códigos e porque a própria biografia de qualquer emissor humano, considerada sob os seus diversos ângulos, só se constrói — ou só é construída — em virtude da existência de factores e fenómenos transindividuais.

(162) — *Apud* Jack J. Spector, *L'estetica di Freud,* Milano, Mursia, 1977, p. 99 [título original: *The aesthetics of Freud. A study in psychoanalysis and art,* New York, Praeger, 1972].

(163) — Cf. Jacques Lacan, *Écrits,* Paris, Éditions du Seuil, 1965, p. 517.

(164) — *Id., ibid.,* p. 524.

significante, através da qual corre «o riacho do desejo». Em qualquer caso, o reconhecimento da *preterintencionalidade* da mensagem não implica a desnecessidade de conhecer a sua instância emissora. Pelo contrário, o anti-intencionalismo formalista elimina toda a problemática do sujeito emissor.

Em segundo lugar, a linha de investigação que, arrancando da análise de Austin sobre os *speech acts*, das reflexões de Wittgenstein sobre os jogos de linguagem, dos estudos de filósofos como Strawson e Grice sobre a intenção e a convenção, as implicações, as pressuposições e o significado dos actos de linguagem, conduz à gramática textual, à pragmática do discurso, à teoria do texto que se ocupa da totalidade do «jogo da acção comunicativa», isto é, que integra cada acto de linguagem numa actividade social complexa, à teoria, enfim, do discurso literário como acto de linguagem.

Neste domínio de investigação, em que se abre um horizonte fecundíssimo para o desenvolvimento interdisciplinar dos estudos linguísticos e literários, a instância produtora do texto reveste-se de uma importância primordial. O autor, como emissor de textos literários, caracteriza-se, tal como o participante (emissor e receptor) em qualquer acto de comunicação linguística, por uma «situação pressupositiva complexa» *(komplexe Voraussetzungssituation)*([165]) em que se devem distinguir factores como: códigos semióticos disponíveis e regras orientadoras de um comportamento verbal adequado às várias situações comunicativas; pressupostos socioeconómicos, socioculturais e cognitivo-intelectuais (conhecimento do mundo, educação, experiências adquiridas, conhecimento das regras sociais, opiniões sobre os seus parceiros na comunicação); situação bio-

---

([165]) — Cf. Siegfried J. Schmidt, *Teoría del texto*, Madrid, Ediciones Cátedra, 1977, pp. 107-108 [título original: *Texttheorie*, München,Wilhelm Fink Verlag, 1973]; *id.*, «Teoria del testo e pragmalinguistica», in Maria--Elisabeth Conte (ed.), *La linguistica testuale*, Milano, Feltrinelli, 1977, p. 254; *id.*, «Some problems of communicative text theories», in Wolfgang U. Dressler (ed.), *Current trends in textlinguistics*, ed. cit., p. 52. Sobre a "situação da produção" do autor, veja-se também Bernd Spillner, *Lingüística y literatura. Investigación del estilo, retórica, lingüística del texto*, Madrid, Editorial Gredos, 1979, pp. 110-111 [título original: *Linguistik und Literaturwissenschaft. Stilforschung, Rhetorik, Textlinguistik*, Stuttgart — Berlin — Köln — Mainz, Verlag W Kohlammer, 1974].

gráfico-psíquica, etc. Como escreve Siegfried J. Schmidt, «It is in the framework of this complex set of factors that a speaker constitutes his special intentions as to the propositional content and the communicational effect of his text production and text utterance ("Mitteilungs-und Wirkungsabsicht") that is to say his "communication strategy"».(166) Em relação ao locutor da comunicação linguística, a «situação pressupositiva complexa» do emissor/autor da comunicação literária é mais rica e complicada, pois a sua *competência comunicativa* (167) compreende, como expusemos no capítulo anterior, os elementos constitutivos da competência comunicativa daquele falante acrescidos de outros elementos semióticos específicos. O conjunto de regras pragmáticas que designámos por *ficcionalidade* em 3.4., e que representa um dos mecanismos integrantes do sistema semiótico literário, impõe, a nível da produção textual, uma *semiotização peculiar* aos diversos factores da «situação pressupositiva complexa», mas não os derroga, nem os aniquila. A ficcionalidade, como decorre do que escrevemos em 3.6.2., nunca se funda numa *relação de identidade* ou numa *relação de exclusão mútua* com o mundo empírico, mas sim numa *relação de implicação*, e a autonomia semântico-pragmática dos mundos possíveis contrafactuais ou não-factuais da ficção literária não anula a referencialidade mediata de tais mundos ao mundo fáctico e histórico: a ficcionalidade, como salienta Rainer Warning, funda-se numa pressuposição situacional e, nessa

---

(166) — Cf. Siegfried J. Schmidt, «Some problems of communicative text theories», in Wolfgang Dressler (ed.), *op. cit.*, p. 52.

(167) — Utilizamos a expressão "competência comunicativa" com um significado muito amplo, não a confinando, como Siegfried J. Schmidt, à esfera da comunicação linguística e, portanto, ao conhecimento de uma língua natural e ao conhecimento das regras que permitem realizar actos de comunicação linguística eficazes (cf. *Teoría del texto*, p. 109), nem a reduzindo, como Jürgen Habermas, ao âmbito da *pragmática universal* (veja-se, abaixo, a nota (169)). A "competência comunicativa", em que confluem factores inatos e adscritos ao domínio da semiose biológica e factores adquiridos por aprendizagem sociocultural, abrange a capacidade possuída por um emissor de comunicar adequadamente através de qualquer sistema semiótico, tendo-se sempre em conta a dimensão sintáctica, a dimensão semântica e a dimensão pragmática da semiose.

medida, é essencialmente contratual e, por conseguinte, histórica.(¹⁶⁸)

A «situação pressupositiva complexa» do emissor literário, quer como autor empírico, quer como autor textual, só pode ser adequadamente descrita e explicada no quadro geral de uma teoria semiótica que não se circunscreva a um formalismo de tipo lógico-matemático, mas que se articule adequadamente, num plano interdisciplinar e mesmo transdisciplinar, com a investigação histórica e sociológica. Uma teoria semiótica assim entendida tem de integrar não só uma *pragmática universal*, isto é, uma teoria das situações discursivas possíveis a nível metacrónico, mas também, e relevantemente, uma *pragmática empírica* ou *histórica,* ou seja, uma teoria dos factores situacionais histórica e socialmente variáveis que, em interacção com os *universais pragmáticos,* condicionam os actos comunicativos dos homens.(¹⁶⁹)

Uma vez que a «situação pressupositiva complexa» do emissor/autor se encontra em correlação sistémica com factores de ordem histórica, social e ideológica, o sujeito da enunciação literária não é configurável como um sujeito irrestritamente autónomo que tenderia, no limite máximo, para um sujeito monadológico. A teoria semiótica atrás referida implica a rejeição deste sujeito monadológico, que criaria *ex nihilo* graças a um inato dinamismo intrínseco ou como instância mediadora de uma epifania transcendental (denomine-se esse transcendente "musa", "escrita", "inconsciente categorial", etc.). Como escreve Umberto Eco, «i testi 'inventivi' sono strutture labirintiche in cui si intrecciano con le invenzioni repliche, stilizzazioni, ostensioni e così via. La semiosi non sorge mai *ex novo* ed *ex nihilo*».(¹⁷⁰) Nesta perspectiva, o emissor/autor é sempre, em grau variável, um *sujeito transindividual,* mas também um princípio activo, um verdadeiro *agente* em relação aos códigos

---

(¹⁶⁸) — Cf. Rainer Warning, «Pour une pragmatique du discours fictionnel», in *Poétique,* 39 (1979), p. 328.

(¹⁶⁹) — Cf. Jürgen Habermas, «Osservazioni propedeutiche per una teoria della competenza comunicativa», in Jürgen Habermas e Niklas Luhmann, *Teoria della società o tecnologia sociale,* Milano, Etas Kompass Libri, 1973, pp. 67 ss.

(¹⁷⁰) — Cf. Umberto Eco, *Trattato di semiotica generale,* p. 319.

que transforma, que infringe, que destrói; em relação aos textos já produzidos por outros emissores/autores e com os quais ele dialoga, exaltando-os, imitando-os, renovando-os, contestando-os ou parodiando-os; em relação ao mundo empírico, histórico e social e, muitas vezes, em relação a um universo religioso e meta-empírico, dos quais ele manifesta novos ou ignorados aspectos, problemas, valores e antivalores, através de um específico labor de produção textual realizado no âmbito do sistema semiótico literário, *com* o código literário e *contra* o código literário.

3.6.6. Autocomunicação literária

Observa Jurij Lotman que, em determinadas circunstâncias, o emissor de uma mensagem literária coincide com o receptor da mesma, de modo que o texto funciona num circuito de *autocomunicação*: em vez de ser transmitido de A (emissor) → B (receptor), é transmitido de A → A' (emissor que assume a função de receptor).([171]) Charles S. Peirce referiu-se já a este processo intrapessoal de comunicação, de que a autocomunicação literária mencionada por Lotman é uma manifestação particular, pondo em relevo que ele ocorre como «um diálogo entre diferentes fases do *ego*», como um diálogo em que um eu «is saying to that other self that is just coming into life in the flow of time».([172])

Este fenómeno da autocomunicação literária verifica-se não apenas, como pretende Lotman, quando o emissor/receptor

---

([171]) — Cf. Jurij M. Lotman, *La struttura del testo poetico*, Milano, Mursia, 1972, p. 15. Encontra-se uma mais ampla análise da problemática da autocomunicação em Jurij M. Lotman, «I due modelli della comunicazione nel sistema della cultura», in Ju. M. Lotman e B. A. Uspenskij, *Tipologia della cultura*, Milano, Bompiani, 1975, pp. 111-133. Sobre o significado e a relevância do modelo da autocomunicação na teoria semiótica de Lotman, cf. Boris Oguibenine, «Linguistic models of culture in russian semiotics: A retrospective view», in *PTL*, 4, 1 (1979), pp. 91-118. A autocomunicação apresenta conexões importantes com os fenómenos de *autocatarse* e *auto-remuneração* que a produção literária pode comportar.

([172]) — Cf. Charles S. Peirce, *Collected papers*, Cambridge (Mass.), Harvard University Press, 1934, vol. V, § 421.

se situa num marco temporal bastante posterior ao da emissão, mas sempre que o autor, num esforço de análise crítica da sua produção, se desdobra num leitor-observador-juiz (o fluir temporal, com todas as suas implicações modificadoras de um *status* existencial e cultural, apenas facilita e amplifica esse desdobramento). Quando o autor assim devém leitor do seu próprio texto, ele é *outro* em relação ao eu-instância da emissão. Sem esta diferença, que fundamenta a alteridade do emissor e do receptor, não seria possível um processo comunicativo. Quer dizer, a *autocomunicação* literária representa uma modalidade peculiar da *heterocomunicação* que todo o processo comunicativo necessariamente pressupõe: constitui uma *heterocomunicação intra--individual* e não uma *heterocomunicação interindividual*.

3.7. O sistema e o código literários

Como afirmámos em 2.5., sem a mediação do código literário nem o emissor/autor produziria a mensagem/texto literário, nem o receptor/leitor a decodificaria.

Em relação ao emissor, o código literário constitui um *programa*, isto é, uma série de instruções e de operações ordenadas que lhe possibilitam praticar uma determinada escrita e produzir uma peculiar modalidade de textos, nos quais e através dos quais organiza de modo específico um modelo do mundo. Em relação ao receptor, o código representa também um *programa* que lhe permite ler, isto é, reconhecer e interpretar o texto literário como texto literário. Aplicando a esta problemática a distinção estabelecida por John Searle entre *regras constitutivas* e *regras normativas*,([173]) pode-se dizer que, em relação ao emissor, o código funciona como um conjunto de *regras*, implícitas ou explícitas, *constitutivas*, isto é, regras que, possibilitando e condicionando a escrita do texto, conduzem à produção de algo que não existia, ao passo que, em relação ao receptor, o código funciona essencialmente como um conjunto de *regras normativas*, pois que se trata de assegurar e regular a *legibilidade* de um texto-artefacto já existente, embora, como

---

([173]) — Cf. John Searle, *Les actes de langage*, pp. 72 ss.

veremos, esta legibilidade se actualize em leituras que se aproximam assimptoticamente de uma *re-produção* do texto.

O *modelo* do sistema semiótico literário e do policódigo literário que descrevemos no capítulo anterior representa mecanismos semióticos de natureza *pancrónica,* isto é, mecanismos semióticos cuja existência e cuja dinâmica funcional são transcendentes em relação às mutações históricas e às variações geográficas e sociais do fenómeno literário. Quer na literatura renascentista, quer na literatura simbolista, tanto na literatura portuguesa como na literatura italiana, em Quevedo como em Vigny, etc., encontramos actuante, ao mais elevado nível de abstracção analítica, um policódigo literário idêntico enquanto mecanismo semiótico não determinado e não actualizado empiricamente. Nesta perspectiva pancrónica, os diversos códigos constitutivos do policódigo literário devem ser considerados como *universais essenciais* ([174]) da literatura, pois representam elementos racionalmente necessários do conceito de literatura.

Se abstrairmos, como se torna indispensável numa teoria científica, de um hipotético estádio "adâmico" de conformação de um *Ur*-código literário, verifica-se que estes universais da literatura se actualizam de modo vário e mutável nos planos empírico e histórico, tendo de identificar-se como instância primordial da sua actualização — e das suas consequentes particularização e diversificação — a língua natural com a qual e no âmbito sociocultural da qual se funda e se desenvolve o sistema semiótico literário, embora, como ficou exposto em 2.9., alguns códigos do policódigo literário — sobretudo o *código técnico-compositivo*, mas também, em certa medida, o *código semântico-pragmático* — usufruam de acentuada autonomia em relação ao código da língua natural utilizada como sistema modelizante primário e se bem que a *metalinguagem literária,* relevante factor constitutivo do sistema semiótico literário, possa ser condicionada e determinada só muito parcialmente por aquele mesmo código linguístico.

Para além da língua natural, cuja função como sistema modelizante primário compreende a mediação relativamente ao conhe-

---

([174]) — Sobre o conceito de "universais essenciais", cf. Eugenio Coseriu, *Gramática, semántica, universales,* Madrid, Editorial Gredos, 1978, pp. 151 ss.

cimento de todos os sistemas semióticos de uma cultura e aos *realia* modelizados por estes sistemas, os mecanismos semióticos do policódigo literário são actualizados e determinados, nos planos empírico e histórico, por factores *endógenos* ao sistema semiótico literário — factores constitutivos do próprio sistema, funcionando intra-sistemicamente quer no núcleo e na área circum-nuclear (elementos activos), quer na periferia (elementos desactivados ou tendencialmente desactivados) da *memória* do sistema — e por factores *exógenos* ao sistema semiótico literário — factores pertencentes ao *meio*([175]) do sistema e a outros sistemas, com os quais aquele, como *sistema aberto*,([176]) se encontra em relação de interacção e de permuta de informações.

Com efeito, o sistema semiótico literário, como todos os sistemas culturais, é um sistema em comunicação contínua, embora sob modalidades e com ritmos historicamente heterogéneos, com a *biosfera*, com a *psicosfera* e com a *sociosfera*,([177]) isto é, com um universo antropocultural constituído por uma complexa rede, historicamente produzida, de sistemas semióticos

---

([175]) — O "meio" de um sistema é constituído pelo conjunto de todos os objectos que, ao mudarem de atributos, afectam o sistema e de todos os objectos cujos atributos são modificados pelo funcionamento do sistema (cf. A. D. Hall e R. E. Fagen, «Definition of system», in Walter F. Buckley (ed.), *Modern systems research for the behavioral scientist*, Chicago, Aldine, 1968, p. 83). Sobre a fluidez dos limites entre os sistemas abertos e os respectivos meios, cf. Ramón García Cotarelo, *Crítica de la teoría de sistemas*, Madrid, Centro de Investigaciones Sociológicas, 1979, pp. 72-74.

([176]) — Sobre o conceito de "sistema aberto", *vide:* Ludwig von Bertalanffy, *General system theory*, Harmondsworth, Penguin Books, 1973, pp. 38-40, 108-109, 127-140, 148-153; *id.*, «General theory of systems: application to psychology», in Julia Kristeva, Josette Rey-Debove, Donna J. Umiker (eds.), *Essays in semiotics. Essais de sémiotique*, The Hague — Paris, Mouton, 1971, pp. 194-195; Anthony Wilden, *System and structure. Essays in communication and exchange*, London, Tavistock Publications, 1972, pp. 36, 38, 202-205, 356-361 e 373-377.

([177]) — Cf. Cidmar Teodoro Pais, *Ensaios semiótico-linguísticos*, Petrópolis, Vozes, 1977, pp. 22 ss. e *passim*. Os conceitos de "biosfera", "psicosfera" e "sociosfera" correspondem aos conceitos de "primeiro mundo", "segundo mundo" e "terceiro mundo" propostos por Karl Popper em dois estudos famosos: «Epistemologia sem sujeito cognoscente» e «Sobre a teoria da mente objectiva» (cf. Karl R. Popper, *Conocimiento objetivo*, Madrid, Editorial Tecnos, 1974, pp. 106-179).

interligados. Por outras palavras, o sistema semiótico literário, se bem que organizado de modo específico e se bem que dotado de mecanismos peculiares, só é produtivo em correlação funcional com outros sistemas semióticos: «Individual sign systems, though they presuppose immanently organized structures, function only in unity, supported by one another. None of the sign systems possesses a mechanism which would enable it to function culturally in isolation».([178]) Nesta perspectiva, qualquer sistema semiótico se integra num *metassistema*, devendo ser considerado como metassistema dos sistemas semióticos existentes numa dada comunidade cultural o *sistema social* dessa comunidade.([179]) A *ideologia*, em vez de ser concebida como um "resíduo extra-semiótico", deve ser entendida, na senda de Karl Mannheim,([180]) como uma complexa cons-

---

([178]) — Cf. Ju. M. Lotman et alii, «Theses on the semiotic study of cultures (as applied to slavic texts)», in Thomas A. Sebeok (ed.), *The tell-tale sign. A survey of semiotics*, p. 57.

([179]) — Cf. Niklas Luhmann, «Le teorie moderne del sistema come forma di analisi sociale complessiva», in Jürgen Habermas e Niklas Luhmann, *Teoria della società o tecnologia sociale*, p. 7; Zygmunt Bauman, *Cultura come prassi*, Bologna, Il Mulino, 1976, pp. 143-144 [título original: *Culture as praxis*, London, Routledge & Kegan Paul, 1973]. Chamamos a atenção para o facto de não utilizarmos o conceito de "sistema social" com a intensão e a extensão restritas que lhe atribui Talcott Parsons, que distingue o sistema social dos sistemas culturais (cf. Talcott Parsons, *El sistema social*, Madrid, Revista de Occidente, ²1976, p. 17 [título original: *The social system*, New York The Free Press of Glencoe, ³1959]), embora reconhecendo a sua interdependência e a sua interpenetração. Pelo contrário, entendemos que o sistema social abrange os grupos e as instituições sociais (instituições religiosas, instituições económicas, instituições políticas, etc.) e os sistemas culturais (sistemas linguísticos, sistemas de crenças, de normas éticas e jurídicas, etc.) que regulam, conferindo-lhes fundamento e significado, a acção e o funcionamento dos grupos e das instituições. O princípio de que qualquer sistema semiótico se integra necessariamente no metassistema que é o sistema social assim concebido tem raízes saussurianas (veja-se a nota (8) do presente capítulo).

([180]) — Sobre os conceitos mannheimianos de "ideologia total" e de "ideologia" como *Weltanschauung*, veja-se: Karl Mannheim, *Ideology and utopia*, Routledge & Kegan Paul, 1960, *passim*; id., *Essays on the sociology of knowledge*, London, Routledge & Kegan Paul, ⁵1972, pp. 33-83 Para uma análise crítica daqueles conceitos de Mannheim, *vide:* Peter

trução semiótica que consubstancia uma determinada visão do mundo — complexa construção semiótica que se organiza mediante a interacção de vários códigos consciente ou inconscientemente assumidos pelos sujeitos individuais como membros dos diferentes grupos sociais e que opera a nível do metassistema, isto é, com a possibilidade de se manifestar e de exercer influência, aberta ou ocultamente, sob os pontos de vista sintáctico, semântico e pragmático, em todos os sistemas semióticos integrados no metassistema. A comunicação do sistema literário com este metassistema não anula a relativa autarcia daquele, mas impõe que a organização do sistema literário e o seu funcionamento só possam ser adequadamente conhecidos, tanto no plano sincrónico como no plano diacrónico, se se tiver em conta aquela conexão.

3.7.1. A "memória" do sistema literário

A *memória* do sistema semiótico literário é constituída pelo "banco de dados" do sistema, ou seja, pelo conjunto de signos, de normas e de convenções que, num dado momento histórico, existem no âmbito do sistema, atinentes a todos os códigos que discriminámos no respectivo policódigo. A memória representa, em termos semióticos, a chamada *tradição literária*, que não deve ser identificada com uma inerte ou indiferenciada acumulação diacrónica de elementos, já que a memória, em cada

---

Hamilton, *Knowledge and social structure*, London — Boston, Routledge & Kegan Paul, 1974, pp. 120-134; Janet Wolff, *Hermeneutic philosophy and the sociology of art*, London — Boston, Routledge & Kegan Paul, 1975, pp. 46-48, 58-61 e *passim;* Kurt Lenk, *Marx e la sociologia della conoscenza*, Bologna, Il Mulino, 1975, pp. 108 ss. [título original: *Marx in der Wissenssoziologie. Studien zur Rezeption der marxschen Ideologiekritik*, Neuwied — Berlin, H. Luchterhand, 1972]. A análise mannheimiana da ideologia como *Weltanschauung*, se não é uma análise semiótica, apresenta-se, sob vários ângulos, como tendencialmente semiótica (veja-se, em particular, *Essays on the sociology of knowledge*, pp. 70 ss.). O conceito que defendemos de ideologia tem muitas afinidades com o conceito de "universo simbólico" proposto por Peter L. Berger e por Thomas Luckmann na sua obra *The social construction of reality* (Harmondsworth, Penguin Books, 1975, pp. 110-146).

estádio sincrónico do sistema, se encontra organizada e valorada sistemicamente. Sem a memória, o sistema não funcionaria — os códigos não podem obviamente ser gerados na ausência de memória —, mas o policódigo, tanto pela sua metalinguagem como pela prática dele decorrente, pode privilegiar o próprio princípio da tradição literária, atribuindo valor cimeiro ao complexo semiótico de temas e formas que já está conformado, que vem transmitido por gerações anteriores e que é aceite como exemplar repositório de signos e das respectivas normas de combinação e transformação, e reforçando assim a estabilidade do sistema em função de um património cultural e literário reputado como *canónico* ou *clássico*;([181]) ou pode privilegiar um princípio de *ruptura,* mais ou menos violenta e ampla, com a tradição literária, com o *corpus* de signos e com a competente gramática que consubstanciam a memória do sistema, valorizando por conseguinte as ideias de novidade, de originalidade, de contestação das regras e dos padrões estéticos dominantes, etc. Todavia, observa-se que, no primeiro caso, a tradição literária se identifica com uma *particular* tradição literária — para um autor neoclássico como Correia Garção, por exemplo, a tradição literária integrava Horácio e António Ferreira, mas excluía Góngora e Jerónimo Baía, abarcava Boileau e Racine, mas não compreendia Gracián nem Calderón de la Barca — e que, no segundo caso, o ataque à tradição literária, mesmo quando iconoclástico, é quase sempre o ataque também a uma *particular* tradição literária, acompanhado da descoberta e da exaltação de *outra* tradição literária (integrada, em geral, numa tradição de "antitradição"). Assim, por exemplo, os românticos postergaram a tradição literária neoclássica, mas redescobriram outra tradição literária, abran-

---

([181]) — A tradição literária pode ter como fundamento o princípio da sua própria intemporalidade, como acontece na estética do classicismo e do neoclassicismo (veja-se, adiante, o capítulo 7). À luz de tal princípio, a autoridade do passado projecta-se como programa do futuro e a produção literária individual transcende a sua contingência exactamente na medida em que incorporar a tradição, obedecendo aos seus imperativos (cf. Paul Zumthor, «From hi(story) to poem, or the paths of pun: The grands rhétoriqueurs of fifteenth-century France», in *New literary history,* X, 2 (1979), p. 251.

gendo escritores que haveriam mais tarde de ser caracterizados como maneiristas e barrocos (Tasso, Shakespeare, Lope de Vega, etc.); os surrealistas criticaram corrosivamente a tradição literária do realismo e do esteticismo finissecular, mas proclamaram a *sua* tradição literária, que vai do "romance negro" setecentista e de Sade até Lautréamont e Apollinaire, passando por Novalis, Hölderlin e Nerval. Pode-se afirmar que a emergência histórica de um novo policódigo implica sempre a reestruturação, com maior ou menor amplitude, da tradição literária.(¹⁸²)

Na memória do sistema literário, coexistem elementos de

(¹⁸²) — Embora à luz de uma perspectiva teórica diferente da nossa, T. S. Eliot teve clara consciência deste fenómeno: «A ordem existente está completa antes da chegada da nova obra; para que ela persista após o acréscimo da novidade, deve a sua *totalidade* ser alterada embora ligeiramente e, assim, se reajustam a esta as relações, as proporções, os valores de cada obra de arte; e isto é a concordância entre o velho e o novo. Quem quer que tenha aprovado esta ideia de ordem, da forma da literatura europeia, da literatura inglesa, não achará absurdo que o passado seja alterado pelo presente, tanto quanto o presente é dirigido pelo passado» (cf. T. S. Eliot, «A tradição e o talento individual», *Ensaios de doutrina crítica*, p. 24). Embora um estádio da tradição literária possa ser definido, adoptando uma famosa expressão de Jakobson sobre a fonologia histórica como a «projecção da diacronia na sincronia», torna-se inquestionável que é em função da sincronia que tal projecção se realiza. Por tal razão, os estratos reconhecíveis num determinado estádio da tradição literária não se dispõem, como numa formação geológica, segundo a ordem temporal da sua constituição. Como observa Janusz Sławiński, «na situação literária hodierna (A. D. 1965), o cânone oitocentista da lírica romântica pode estar "mais envelhecido" do que a poética do conceptismo barroco, e uma moralidade medieval, "mais nova" do que um drama naturalista. As definições "mais antigo" — "mais novo" não são qualificações cronológicas, mas referem-se ao valor relativo de um certo sedimento de normas e de experiências no âmbito de uma dada sincronia. A formação da tradição não é simplesmente uma estratificação mecânica das fases do desenvolvimento histórico-literário, mas uma mescla contínua dos estratos, uma reorganização ininterrupta do seu sistema» (cf. Janusz Sławiński, «Sincronia e diacronia nel processo storico-letterario», in Carlo Prevignano (ed.), *La semiotica nei paesi slavi. Programmi, problemi, analisi*, Milano, Feltrinelli, 1979, p. 601). Cf. também Carlos Bousoño, *Teoría de la expresión poética*, t. II, pp 96-99 e 360; Claudio Guillén, *Literature as system. Essays toward the theory of literary history*, Princeton, Princeton University Press, 1971, pp. 498-499.

natureza meta-histórica — elementos inscritos na esfera da semiose biológica, arquétipos, mitos, símbolos e esquemas formais gerados pelas "estruturas antropológicas do imaginário",([183]) elementos de ordem lógico-semântica, atinentes quer à forma da expressão, quer à forma do conteúdo — e elementos de natureza histórica, produzidos no fluir da temporalidade histórica e no âmbito de uma dinâmica histórica. A presença de elementos de natureza meta-histórica na memória do sistema literário não implica que este não constitua uma entidade semiótica historicamente fundada e configurada e só globalmente inteligível, na sua organização, no seu funcionamento e na sua teleonomia, quando integrada no seu horizonte histórico específico. Os elementos meta-históricos estão subordinados à nomologia do sistema e esta nomologia é, em última instância, de teor histórico, razão por que, dentro da lógica e da dinâmica sistémicas, os próprios elementos meta-históricos são investidos de funções e significados históricos, embora não se deva ignorar ou menosprezar a sua relativa invariância, a sua lógica intrínseca, as suas articulações transtemporais, a sua pervivência através das épocas e de espaços geográfico-culturais diversos.

Mas não só a respeito destes elementos meta-históricos é lícito falar de *constantes* ou *invariantes* do sistema literário.([184]) Com efeito, muitos elementos da memória do sistema literário, que apresentam uma génese e um desenvolvimento histórico-culturais mais ou menos rigorosamente delimitados e caracterizados — elementos estes procedentes tanto de uma matriz literária como de uma matriz extraliterária (crenças religiosas, cerimónias rituais, folclore, etc.) — ([185]), podem converter-se

---

([183]) — Veja-se, a este respeito, uma obra extremamente rica de informações: Gilbert Durand, *Les structures anthropologiques de l'imaginaire*, Paris, Bordas, ³1969. Sobre o mito e o símbolo na literatura, encontra-se extensa e criteriosa informação bibliográfica em Ezio Raimondi e Luciano Bottoni (eds.), *Teoria della letteratura,* Bologna, Il Mulino, 1975, pp. 457-462.
([184]) — Sobre a problemática das "constantes" ou "invariantes" do sistema literário, analisada sobretudo no plano das "ideias literárias", isto é, da metalinguagem do sistema, veja-se a obra de Adrian Marino, *La critique des idées littéraires* (Bruxelles, Éditions Complexe, 1977), em particular os capítulos III e IV, com exaustiva bibliografia sobre a matéria.
([185]) — Sob o ponto de vista genético, alguns destes elementos poderão ser mediatamente reconduzidos a um domínio meta-histórico. Maria

em elementos relativamente transtemporais, funcionando como macro-signos que, para além das modulações ou transformações parcelares, mantêm inalteráveis, ao longo de séculos, certas marcas sémicas e/ou formais que manifestam e garantem a sua identidade. É o que acontece, por exemplo, com alguns *tópicos* *(topoi* ou *loci communes)*(¹⁸⁶) — motivos, temas e esquemas formais que se repetem ao longo dos tempos, permanecendo substancialmente invariáveis — que têm a sua origem imediata em textos gregos, helenísticos e latinos e que se disseminaram nas literaturas europeias em língua vulgar durante a Idade Média e em épocas posteriores ou que se formaram já nas literaturas europeias modernas, no âmbito do código de determinados estilos de época — por exemplo, os tópicos do código petrarquista ou os tópicos do código barroco — (¹⁸⁷) ou no

---

Rosa Lida de Malkiel menciona dois exemplos: «Proceden de la tardía Antigüedad el tópico del «niño viejo» como ideal humano, importante en la hagiografía y en el panegírico, y el de la «vieja convertida en joven». Ambos revelan una antigua aspiración del subsconsciente colectivo» (cf. María Rosa Lida de Malkiel, *La tradición clásica en España*, Barcelona, Editorial Ariel, 1975, p. 274).

(¹⁸⁶) — Sobre o conceito de *topoi,* veja-se: Ernst Robert Curtius, *Literatura europea y Edad Media Latina,* México — Madrid — Buenos Aires, Fondo de Cultura Económica, 1976, 2 vols. (consulte-se, no «Índice analítico», a p. 892); Roland Barthes, «L'ancienne rhétorique», in *Communications,* 16(1970), pp. 206-210; Paul Zumthor, *Essai de poétique médiévale,* pp. 82-83 e *passim;* Adrian Marino, *op. cit.,* pp. 68, 222 e *passim.* Na já citada obra de María Rosa Lida de Malkiel, veja-se o capítulo intitulado «Perduración de la literatura antigua en Occidente» (pp. 271-338), importante análise crítica da fundamentação e da orientação metodológica da topologia de Curtius. Sobre a designação de "tópico" *(topos),* escreve Barthes: «D'abord, pourquoi *lieu*? Parce que, dit Aristote, pour se souvenir des choses, il suffit de reconnaître le lieu où elles se trouvent (le lieu est donc l'élément d'une association d'idées, d'un conditionnement, d'un dressage, d'une mnémonique); les lieux ne sont donc pas les arguments eux-mêmes mais les compartiments dans lesquels on les range. De là toute image conjoignant l'idée d'un espace et celle d'une réserve, d'une localisation et d'une extraction [...]» (cf. Roland Barthes, *op. cit.,* p. 206). Cf. também Lawrence W. Rosenfield, *Aristotle and information theory,* The Hague — Paris, Mouton, 1971, pp. 92-93.

(¹⁸⁷) — Sobre os tópicos do código petrarquista, veja-se, *e. g.,* Leonard Forster, *The icy fire. Five studies in european petrarchism,* Cambridge, at the University Press, 1969. Sobre os tópicos do código barroco, veja-se adiante o capítulo 6.

âmbito do código de determinados géneros literários — os tópicos, por exemplo, do código bucólico.(188) Estes tópicos, todavia, embora funcionando semioticamente num raio temporal de *longue durée* — e daí lhes advém a relativa transtemporalidade que os marca como tópicos —, não só estão enraizados originariamente numa historicidade peculiar, como também se transformam funcionalmente em conformidade com o sistema literário em que, diacronicamente, possam vir a integrar-se — o tópico das ruínas, por exemplo, assume significados diversos no código da poesia renascentista, no código da poesia barroca e no código da poesia romântica —, de modo que a historicidade de cada sistema literário relativiza necessariamente a sua constância sémica e/ou formal. Na memória do sistema literário observa-se assim uma tensão contínua entre factores meta-históricos e factores históricos, entre a lógica da invariância e a impositividade da transformação temporal, entre a conservação e a inovação — tensão que, muitas vezes, gera situações indeterminadas de tipo *fuzzy* (e por isso Adrian Marino, no limite do paradoxo, se refere a um nível «invariante historicizado» e a «elementos histórico-constantes» para caracterizar certos aspectos de tal tensão).(189)

A memória do sistema desempenha uma função de grande relevância no processo da comunicação literária. Funciona como um *thesaurus* em que perduram, confluem e dialogam motivos, imagens, símbolos, temas, esquemas formais, técnicas compositivas, estilemas, etc., a cujo influxo o emissor não se pode eximir — colocamos sempre entre parênteses a "linguagem edénica" do hipotético "poeta adâmico" —, quer imite esse *thesaurus* sob o signo da *auctoritas*, quer o module sob o signo da *aemulatio*, quer imponha qualquer tipo de descontinuidade em relação aos seus modelos (a ansiedade edipiana, se se aceitar a tese de Harold Bloom,(190) que todo o poeta sente em lutar contra os seus grandes precursores, procurando contra-

---

(188) — Veja-se, *e. g.*, Maria Corti, «Il codice bucolico e l'"Arcadia" di Jacobo Sannazaro», *Metodi e fantasmi*, Milano, Feltrinelli, 1969, pp. 283--304.
(189) — Cf. Adrian Marino, *op. cit.*, pp. 206 e 220.
(190) — Cf. Harold Bloom, *The anxiety of influence. A theory of poetry*, New York, Oxford University Press, 1973.

dizer, distorcer, lacerar, enfim, o legado poético de que ele é filho, reafirma apenas, no plano da negatividade, a função semiótica relevante da memória do sistema). Não é sem uma razão profunda que na cultura grega, desde Hesíodo, as Musas são consideradas como filhas de Zeus e da Memória *(Mnemosyne)* e não carece de sentido que à faculdade e aos poderes da memória tenha sido assinalado um importante papel na estruturação da cultura ocidental.([191])

A memória do sistema, mais especificamente, representa o mecanismo semiótico que possibilita ao emissor praticar a *alusão literária*, a *intertextualidade*, a reutilização num dado texto de elementos da forma da expressão e da forma do conteúdo de outros textos anteriormente produzidos, pois que, ao contrário do discurso normal, que é um "discurso de consumo" *(Verbrauchsrede)*, o discurso poético é um "discurso de reuso" *(Wiedergebrauchsrede)*.([192]) A memória do sistema funciona assim como um efectivo *contexto vertical* do texto literário, um contexto entretecido de múltiplos e, por vezes, difusos nexos que se afundam na espessura do tempo e que converte os signos (os textos) da memória em autênticos *referentes homossistémicos* dos textos em que se produzem a alusão ou a conexão intertextual cônscia ou inconscientemente motivadas.([193]) Este "contexto vertical", semioticamente importante em todos os tipos de textos literários, assume particular relevância nos textos líricos.([194])

([191]) — Cf. Frances A. Yates, *The art of memory*, Chicago, The University of Chicago Press, 1966; Richard McKeon, «Arts of invention and arts of memory: Creation and criticism», in *Critical inquiry*, 1, 4 (1975), pp. 723-739; Harald Weinrich, «Metaphora memoriae», *Metafora e menzogna: la serenità dell'arte*, Bologna, Il Mulino, 1976, pp. 49-53.

([192]) — Distinção estabelecida por Harald Weinrich, «Retorica e poesia», in *Il Verri*, 35/36 (1970), pp. 140-166 [tradução do original em língua alemã].

([193]) — Sobre a poética da alusão, *vide*: Gian Biagio Conte, *Memoria dei poeti e sistema letterario. Catullo, Virgilio, Ovidio, Lucano*, Torino, Einaudi, 1974; Ziva Ben-Porat, «The poetics of literary allusion», in *PTL*, 1, 1 (1976), pp. 105-128; Anthony L. Johnson, «Allusion in poetry», in *PTL*, 1, 3 (1976), pp. 579-587; Carmella Perri, «On alluding», in *Poetics*, 7, 3 (1978), pp. 289-307. No capítulo 9, retomaremos a análise do fenómeno da intertextualidade.

([194]) —Wolfgang Iser propõe que a variação da importância rela-

Em relação ao receptor, a memória do sistema literário funciona como o mecanismo semiótico que possibilita ou interdita a "leitura literária" dos textos: possibilita, quando a memoria utilizável pelo receptor se encontra em relação de intersecção semioticamente produtiva com a memória utilizada pelo emissor; interdita, quando tal relação é de exclusão mútua ou quando a área de intersecção é tão reduzida que não pode fundamentar um processo de decodificação. Adiante retomaremos a análise desta problemática.

3.7.2. A impositividade do código literário

O código literário é sempre um conjunto finito de normas e convenções, mas a sua impositividade apresenta-se como bastante variável diacronicamente, dependendo da organização interna do próprio código e da sua correlação com outros códigos actuantes contemporaneamente no mesmo espaço cultural.

O código literário pode estar constituído com rigor e minúcia, distinguindo-se as suas normas e convenções por uma formulação explícita e por uma sólida articulação interna. Na organização e no funcionamento deste tipo de código literário desempenha uma função de grande relevo, senão mesmo

---

tiva deste "contexto vertical" na estruturação dos textos literários seja considerada como um dos factores de diferenciação dos géneros literários: «The repertoire of a literary text does not consist solely of social and cultural norms; it also incorporates elements and, indeed, whole traditions of past literature that are mixed together with these norms. It may even be said that the proportions of this mixture form the basis of the differences between literary genres. There are texts that lay heavy emphasis on given, empirical factors, thus increasing the proportion of extratextual norms in the repertoire; this is the case with the novel. There are others in which the repertoire is dominated by elements from earlier literature — lyric poetry being the prime example» (cf. Wolfgang Iser, *The act of reading. A theory of aesthetic response*, London, Routledge & Kegan Paul, 1978, p. 79). Como o próprio Iser anota, na literatura do século XX ocorrem casos em que se verifica uma profunda reversão desta tendência: nos romances de James Joyce, por exemplo, proliferam as alusões literárias.

de dominância, a *metalinguagem* mediante a qual o sistema se autodescreve e se autocaracteriza e que se consubstancia em *metatextos:* tratados de poética e de retórica, textos literários cuja forma do conteúdo é atinente ao próprio sistema e à sua metalinguagem, prefácios e notas de índole programático-doutrinária, manifestos de escolas, etc. Quando na metalinguagem de um código literário assumem preponderância princípios estéticos como a aceitação de que no processo da produção literária cabe à *arte (ars,* τεχνή) uma função nuclear, como a apologia do primado da tradição literária,([195]) como a necessidade da imitação de autores e textos reputados como modelares — o que pressupõe a formação de um *cânone* —, então os metatextos desse código apresentam logicamente um teor preceptivo e uma função primordialmente conativa ou didáctico-conativa: estabelecem os parâmetros da semiose literária "correcta", formulando normas e convenções que o emissor deve actualizar nos seus textos, prescrevendo proibições, fixando critérios de valoração estética. Este tipo de código literário é característico do classicismo e do neoclassicismo e pode-se encontrar a sua manifestação paradigmática na *Art poétique* de Boileau.

A impositividade de um código literário pode ainda dimanar de uma instância exterior ao processo da semiose literária, mas que nele interfere a fim de o amoldar aos seus objectivos. Essa instância pode ser de natureza política, social e religiosa e manifesta a sua interferência quer através da imposição de uma "ortodoxia" literária explicitamente formulada e difundida com uma função conativa pelo sistema escolar e pelos meios de comunicação social, quer através de uma censura prévia, quer ainda através de uma repressão *post factum.* Aquela "ortodoxia" é constituída não apenas por normas, convenções

---

([195]) — É através de princípios estéticos como os enunciados — por conseguinte, a nível da metalinguagem — que mais facilmente se apreendem as conexões do código literário com outros códigos culturais vigentes numa determinada comunidade social. Por exemplo, a defesa e o elogio da tradição literária — que se reportam necessariamente, como sublinhámos, a uma particular tradição literária — comportam sempre pressupostos ideológicos muito importantes (veja-se, *e. g.,* na obra de RobertWeimann, *Structure and society in literary history. Studies in the history and theory of historical criticism,* Charlottesville, University Press of Virginia, 1976, o capítulo intitulado «The concept of tradition reconsidered»).

e valores que se torna obrigatório aceitar e realizar, mas também por exclusões, esquecimentos, ocultação e, muitas vezes, destruição de certos elementos da memória do sistema literário.

Noutros casos, o código literário pode apresentar uma organização relativamente esquemática, com apreciável margem de indeterminação, comportando certos princípios e normas gerais, mas sem enunciar impositivamente regras e convenções numerosas e particularizadas. A normatividade frouxa deste tipo de código pode ser ainda acentuada pelos princípios estéticos conformadores da sua metalinguagem: por exemplo, a proclamação da liberdade criadora,(196) a valorização do "engenho" e do "génio" em detrimento de quaisquer regras ou normas, a afirmação do relativismo dos valores estéticos, etc. Em teoria, enquanto o tipo de código anteriormente descrito conduz a uma uniformização rígida do campo da produção literária, estoutro tipo de código permite e até incentiva e justifica a diversificação deste campo, abrindo caminho à existência sincrónica de um "poliglotismo" literário.

Qualquer que seja o seu grau de imperatividade, o emissor pode aceitar dócil e passivamente as normas, as convenções e instruções conformativas do código literário, de modo que o texto, enquanto *entidade ética,* constitui a imagem especular do texto como *entidade émica,* programada no código. Em tais casos — ocorrentes com frequência na "literatura de tese", na "literatura dirigida", na "literatura epigonal", etc. —, a *informação,* isto é, a originalidade e/ou a novidade do texto/mensagem são escassas ou nulas, configurando-se as isotopias formais e sémicas do texto como uma repetição estereotípica das normas e convenções estabelecidas no código.

O emissor pode, todavia, transformar mais ou menos profundamente o programa previsto no código, renovando e alterando as suas convenções e regras, de modo a conjugar harmo-

---

(196) — *Mutatis mutandis,* são aplicáveis a este princípio estético as afirmações constantes da nota anterior. Também a "liberdade criadora", enquanto factor constitutivo da metalinguagem de um sistema literário, é sempre uma particular "liberdade criadora" que condena, exclui ou restringe outras "liberdades criadoras". Não se trata de um problema ético, mas sim de uma ineluctabilidade do próprio funcionamento dos sistemas semióticos.

niosamente, para adoptarmos e adaptarmos a terminologia linguística utilizada por Halliday e pela escola neofırthiana, o *given* inscrito no código e o *new* resultante da produtividade do próprio emissor, do seu trabalho com os signos, as normas, as convenções e as indeterminações do código. A informação e a originalidade dos textos aumentam e o código, por efeito de *feedback,* pode reabsorver algumas ou muitas das inovações e transformações operadas a nível *ético,* institucionalizando-as e reforçando assim a sua vitalidade.

Noutros casos, porém, o emissor/autor pode provocar uma ruptura declarada com o código prevalecente, infringindo extensamente e subvertendo as suas regras e convenções. Em geral, semelhante fenómeno não é de âmbito individual, manifestando-se antes de modo relativamente homogéneo em vários emissores/ autores interligados por factores como a inserção no mesmo quadro histórico-geracional, uma análoga atitude ideológico-pragmática, etc., e indicia a emergência histórica — que pode ser acompanhada da formulação de uma poética explícita — de um novo código literário. Se a ruptura com o código até então dominante se revestir de um radicalismo extremo, como acontece com os chamados *movimentos de vanguarda,*([197]) os textos produzidos apresentarão uma legibilidade reduzida — e tendencialmente nula — para um número muito elevado de receptores e o processo da comunicação literária sofrerá assim fortes perturbações numa dada comunidade sociocultural. Todavia, se o código subjacente a tais textos se for tornando conhecido de um número crescente de receptores, o raio da comunicação aumentará, subirá o número de receptores aptos a decodifica-

---

([197]) — Sobre a vanguarda literária, citamos alguns estudos que julgamos importantes: Guillermo de Torre, *Historia de las literaturas de vanguardia,* Madrid, Ediciones Guadarrama, 1965; Gilberto Mendonça Telles, *Vanguarda europeia e modernismo brasileiro,* Petrópolis, Editora Vozes, ³1976; António Sérgio Mendonça, *Poesia de vanguarda no Brasil,* Petrópolis, Editora Vozes, 1970: Renato Poggioli, *Teoria dell'arte d'avanguardia,* Bologna, Il Mulino, 1962; Tomàs Maldonado, *Avanguardia e razionalità,* Torino, Einaudi, 1974; Edoardo Sanguinetti, *Ideologia e linguaggio,* Milano, Feltrinelli, ³1975; Fausto Curi, *Perdita d'aureola,* Torino, Einaudi, 1977; Laura Mancinelli, *Il messaggio razionale dell'avanguardia,* Torino, Einaudi, 1978; Matei Calinescu, *Faces of modernity. Avant-garde, decadence, kitsch,* Bloomington — London, Indiana University Press, 1977.

rem os textos antes considerados "herméticos" ou "agramaticais" e assistir-se-á à gradual integração nos sistemas literário e cultural — sobretudo através da instituição escolar — de fenómenos anteriormente refractários e subversivos em relação àqueles sistemas.

Se a ruptura profunda e violenta provocada por um emissor face ao código dominante se apresentar como um fenómeno marcadamente individual, poder-se-á estar perante um caso anómalo, com implicações de tipo psicanalítico ou outras do foro psíquico — e os seus textos representarão entidades aleatórias no sistema semiótico literário —, ou poder-se-á estar perante um complexo caso de antecipação de valores — semânticos, pragmáticos, técnico-formais, etc. — que apenas hão-de ganhar compreensão e aceitação colectivas noutro horizonte histórico e noutro contexto sociocultural. Nesta última hipótese, o emissor considerado como "hermético" e "maldito" pelos receptores seus contemporâneos poderá ser revalorado posteriormente como precursor de um novo código então emergente ou hegemónico e os seus textos passarão a desempenhar no sistema semiótico literário uma função comunicativa e produtiva que a lógica dos códigos anteriores lhes denegava.

3.7.3. Estabilidade e mudança no sistema literário

Como se deduz do parágrafo anterior, os problemas da impositividade variável do código literário e das atitudes de aceitação, de inovação transformadora e de ruptura que o emissor pode adoptar perante as suas normas e convenções estão em relação imediata com os problemas da estabilidade e da mudança no sistema semiótico literário. E todas estas questões, como é óbvio, se revestem de primordial relevância para o processo da comunicação literária.

Em todo o sistema cultural — como em qualquer sistema biológico ou físico —, verifica-se uma forte tendência para a *homeostase,* isto é, para a conservação de um estádio do equilíbrio entretanto alcançado, mantendo-se constantes as entidades, as normas e a teleonomia do sistema. Esta tendência homeostática pode ser reforçada pela rigorosa articulação interna do sistema, pela alta impositividade do seu código, por uma metalinguagem refractária a profundas alterações sistémicas e por influxos do meio que intensifiquem as consequências desta metalinguagem — ideologias de tipo conservador ou autoritarista, por exemplo — e que contribuam, por efeitos de *feedback*, para preservar essencialmente inalterado o sistema, mediante a introdução de alguns ajustamentos e de algumas modificações — a *homeorrese*,([198]) ao mudar "alguma coisa", possibilita que a estabilidade do sistema não seja afectada. Ernst Gombrich, ao estudar tal problemática sobretudo no âmbito das artes plásticas, designou esta tendência homeostática como a "lei da continuidade" ou a "lei das tradições".([199])

A homeostase do sistema semiótico literário representa uma condição indispensável da comunicação literária, pois que, sem ela, tornar-se-ia radicalmente aleatória a produção literária, desapareceria o fundamento da intersecção parcial dos códigos dos emissores e dos receptores, careceria de sentido o ensino da literatura, etc. Sem homeostase, em rigor, dissolver-se-ia o próprio sistema semiótico literário.

Se analisarmos diacronicamente o fenómeno da homeostase relativamente ao sistema literário, verificamos que, em certos períodos históricos, o sistema tem usufruído de uma estabilidade de longa duração: o código petrarquista permaneceu activo e imodificado nos seus elementos fundamentais, em várias literaturas europeias, durante séculos; o código barroco, em literaturas como a portuguesa e a espanhola, manteve-se predominante durante cerca de século e meio; os códigos de certos géneros literários como a tragédia e o poema épico clássicos subsistiram, embora com variações e com alguns hiatos temporais, desde o século XVI até ao advento do romantismo. Noutros períodos históricos, porém, a estabilidade do sistema literário revela-se menos duradoura e até mesmo precária, manifestando-se os códigos literários como mecanismos semióticos fluidos, de impositividade débil e acentuadamente lábeis.

([198]) — Sobre o conceito de *homeorrese*, cf. Anthony Wilden, *System and structure. Essays in communication and exchange*, pp. 354-355 e 368-370.
([199]) — Cf. Ernst H. Gombrich, *Tras la historia de la cultura*, Barcelona, Editorial Ariel, 1977, p. 122 [título original: *In search of cultural history*, London, Oxford University Press, 1969].

A fenomenologia de tal instabilidade está bem documentada na literatura europeia do século XX.

A estabilidade do sistema literário é contrariada por factores que podemos classificar em três categorias.

Em primeiro lugar, a estabilidade do sistema literário é posta em causa pelos seus próprios resultados, pois ela tende irreversivelmente para uma *regularidade* e para uma *homogeneidade* que se identificam com uma debilitação contínua da *complexidade* do sistema e uma simplificação crescente da sua *ordem*, provocando assim a diminuição gradual da sua capacidade informativa.(200) O incremento da *entropia*, como demonstra Rudolf Arnheim,(201) não resulta apenas da dissolução da ordem de um sistema, mas também da regularidade reiterativa e simplificante que evita as tensões e elimina as indeterminações sistémicas, sem as quais não se pode realizar, no plano estrutural, a ordem fundada anabolicamente no confronto de valores e soluções sémica e formalmente diversos e não padronizados. A regularidade homeostática de um sistema literário, prolongando-se no tempo, provoca a usura das suas unidades semióticas, a rigidez das normas e convenções do seu código, o exaurimento da sua metalinguagem e a uniformização progressiva das respostas dos receptores aos textos regulados por esse sistema, com o consequente debilitamento das dimensões sintáctica, semântica e pragmática da semiose literária, isto é, com a consequente diminuição da capacidade modelizante do sistema. Por estas razões, no âmbito do sistema semiótico literário, como no âmbito de toda a cultura, «a exigência de uma constante auto-renovação, actualizada sem com ela se modificar a nossa natureza, constitui um dos principais mecanismos de trabalho da cultura».(202) A contraposição de *velhos* e *novos*, de *antigos* e *modernos*, ocorrente múltiplas vezes no decurso da história, reflecte o conflito entre a tendência homeostática

---

(200) — Cf. Abraham Moles, *Théorie de l'information et perception esthétique*, Paris, Denoël/Gonthier, 1972, pp. 53 ss. e *passim*.
(201) — Cf. Rudolf Arnheim, *Entropia e arte*, Torino, Einaudi, 1974, pp. 73 ss.
(202) — Cf. Jurij M. Lotman e Boris A. Uspenskij, «Sul meccanismo semiotico della cultura», in Jurij M. Lotman e Boris A. Uspenskij, *Semiotica e cultura* Milano — Napoli, Riccardo Ricciardi Editore, 1975, p. 90.

dos sistemas culturais e a exigência de auto-renovação, de transformação inovadora, com amplitude variável, sem as quais a semiose acaba por ficar bloqueada. Este conflito, como veremos, correlaciona-se com factores de ordem extraliterária, mas parece difícil contestar a afirmação de Lotman e Uspenskij segundo a qual existem mudanças nos sistemas culturais que não são explicáveis por factores exógenos, mas tão-só por·leis imanentes dos próprios sistemas.(203)

Em segundo lugar, a estabilidade do sistema literário é ameaçada pelo teor das relações que com ele mantêm os emissores/autores e os textos por estes produzidos. O sistema literário e, mais especificamente, o código literário *sobredeterminam* (204) o emissor/autor e os seus textos — a ausência de nor-

---

(203) — Cf. Jurij M. Lotman e Boris A. Uspenskij, *op. cit.*, pp. 87-89.
(204) — O conceito de *sobredeterminação* procede da psicanálise freudiana, tendo sido transferido, nos últimos anos, para outros campos disciplinares. Com o conceito de *sobredeterminação*, Freud, talvez influenciado pela teoria de Stuart Mill sobre a pluralidade das causas, caracteriza o facto de uma formação do inconsciente constituir a resultante de múltiplos factores, devendo a sua génese ser explicada através de uma determinação múltipla (*e. g.*, cf. Sigmund Freud, *Obras completas*, Madrid, Editorial Biblioteca Nueva, ³1973, tomo I (1873-1905), pp. 142, 159 e 520). Partindo da doutrina e da terminologia de Freud, Althusser aplica o conceito de *sobredeterminação* ao domínio da causalidade sincrónica, rejeitando não só uma explicação monista dos fenómenos histórico-sociais como a de Hegel, que se funda no princípio "puro" da consciência, da Ideia, mas também uma explicação igualmente monista como a do marxismo determinista e mecanicista, que se funda no princípio simples do economismo, e fazendo avultar, em contrapartida, a multicausalidade daqueles fenómenos, a multidimensionalidade das contradições, a autonomia relativa das superestruturas e a sua dinâmica e a sua eficácia específicas, embora com salvaguarda do princípio marxiano da determinação *em última instância* pelo modo de produção económica (cf. ˙Louis Althusser, *Pour Marx*, Paris, Maspero, 1974, pp. 87 ss.; *id.*, *Positions*, Paris, Éditions Sociales, 1976, pp. 138 ss.; Miriam Glucksmann, *Structuralist analysis in contemporary social thought*, London — Boston, Routledge & Kegan Paul, 1974, pp. 100-101 e 147-148; Manuel Cruz, *La crisis del stalinismo: El «caso Althusser»*, Barcelona, Ediciones Península, 1977, pp. 43-45). Na senda de Freud, um dos primeiros autores a transferir o conceito de *sobredeterminação* para o domínio dos estudos literários foi Simon Lesser, que concebe a obra de ficção como uma entidade possuidora de diversos significados nos seus múltiplos estratos ou níveis (a multicausalidade freudiana projecta-se assim numa multissignificação): «[...] a story may mean dif-

mas anularia a possibilidade da produção literária —,(205) mas não os determinam sempre e necessariamente de modo rígido e monocausal. Em muitos casos, como já afirmámos — na literatura *kitsch,* na paraliteratura, na chamada literatura de tese, na literatura epigonal, etc. —, verifica-se efectivamente uma impositividade radical e até, para utilizar uma expressão de Baudrillard, um autêntico "terrorismo" do código,(206) de modo que a relação do texto com o código se cinge a uma estrita especularidade. Mas a relação do sujeito emissor com o código literário não se identifica inelutavelmente com este tipo de relação, pois que, se assim acontecesse, a produção literária de um dado período histórico seria marcada por uma

---

ferent things to different readers, but it also means that any given reader may sense that a story has many different meanings, layer upon layer of significance. To use a term adopted from dream psychology, fiction may be overdetermined; the fiction we regard as great invariably is» (cf. Simon O. Lesser, *Fiction and the unconscious,* New York, Beacon Press, 1962, p. 113). É este conceito de *sobredeterminação,* cujo interesse para uma estética da recepção se torna óbvio, que Wolfgang Iser reelabora, correlacionando-o com o princípio da *indeterminação* do texto (cf. W. Iser, *The act of reading. A theory of aesthetic response,* pp. 48-50). Sem qualquer referência teórica à psicanálise freudiana ou ao pensamento de Althusser, Riffaterre adopta o conceito de *sobredeterminação* como um dos conceitos nucleares da teoria da semiose poética que tem exposto e aplicado nos seus mais recentes trabalhos: a *sobredeterminação* consiste no facto de as sequências verbais possíveis de um texto poético se apresentarem restringidas — ou, noutros termos, pré-conformadas — pelas regras combinadas dos códigos que configuram a "competência literária" do emissor (cf. Michael Riffaterre, *Semiotics of poetry,* pp. 11, 21-22, 23-25 e *passim; id., La production du texte,* Paris, Éditions du Seuil, 1979, pp. 45-46). Por conseguinte, enquanto em Iser a *sobredeterminação* se relaciona com a estética da recepção textual, em Riffaterre relaciona-se com a estética da produção textual. Utilizamos o conceito de *sobredeterminação* com uma intensão mais complexa do que aquela que lhe atribui Riffaterre, porque não a dissociamos da problemática da multicausalidade que, desde Freud e Althusser, é fundamental para a sua definição. Cf. também Raymond Williams, *Marxism and literature,* p. 88.

(205) — Cf. B. A. Uspenskij, «Sulla semiotica dell'arte», in Remo Faccani e Umberto Eco (eds.), *I sistemi di segni e lo strutturalismo sovietico,* Milano, Bompiani, 1969, pp. 88-89.

(206) — Cf. Jean Baudrillard, *Pour une critique de l'économie politique du signe,* Paris, Gallimard, 1972, pp. 221-222.

homogeneidade e por uma monotonia sémicas e formais(207) que a fenomenologia histórico-literária infirma inequivocamente. Tal relação, excluindo os casos mencionados, aparece antes configurada contemporânea e tensivamente pela dependência e pela liberdade, devendo o sujeito emissor ser pensado como *selectividade contingente* que actualiza as suas escolhas diferenciantes «em contextos de interacção intersubjectivamente constituídos».(208) Por isso, como factos historicamente identificados e caracterizados corroboram, o código como modelo pode entrar em crise e em dissolução, ou pode mesmo ser destituído enquanto instância imperativa, em virtude do trabalho de "invenção" consubstanciado na escrita de um ou de múltiplos emissores/autores.(209).

O sujeito emissor, como "selectividade contingente", usufrui até da liberdade de introduzir na gramática dos seus textos "factores anómalos", isto é, como escreve Avalle, factores pertencentes à "patologia das estruturas", factores que se definem como tal na medida em que se apresentam refractários à sua integração, mesmo sob forma opositiva, na estrutura textual onde ocorrem e que podem proceder quer de sistemas adjacentes no tempo (arcaísmos) e no espaço (influências, em-

---

(207) — Com a sua incomparável agudeza crítica, Baudelaire analisou, em termos pré-semióticos, esta problemática: «Tout le monde conçoit sans peine que, si les hommes chargés d'exprimer le beau se conformaient aux règles des professeurs-jurés, le beau lui-même disparaîtrait de la terre, puisque tous les types, toutes les idées, toutes les sensations se confondraient dans une vaste unité, monotone et impersonnelle, immense comme l'ennui et le néant. La variété, condition *sine qua non* de la vie, serait effacée de la vie. Tant il est vrai qu'il y a dans les productions multiples de l'art quelque chose de toujours nouveau qui échappera éternellement à la règle et aux analyses de l'école! L'étonnement, qui est une des grandes jouissances causées par l'art et la littérature, tient à cette variété même des types et des sensations. — Le *professeur-juré*, espèce de tyran-mandarin, me fait toujours l'effet d'un impie qui se substitue à Dieu» (cf. Charles Baudelaire, *Oeuvres complètes*, Paris, Gallimard, 1976, vol. II, p. 578). Por tais razões, Baudelaire define "sistema" como «une espèce de damnation qui nous pousse à une abjuration perpétuelle» (*op. cit.*, p. 577).

(208) — Cf. Niklas Luhmann, «Argomentazioni teoretico-sistematiche. Una replica a Jürgen Habermas», in Jürgen Habermas e Niklas Luhmann, *Teoria della società o tecnologia sociale*, pp. 219-221.

(209) — Cf. Jacqueline Risset, *L'invenzione e il modello*, Roma, Bulzoni Editore, 1972, pp. 7-8 e *passim*.

préstimos), quer de alterações produzidas aleatoriamente no âmbito do sistema literário.([210])

Parece-nos muito importante, ainda, sublinhar que o trabalho de invenção individuante do escritor não é realizável apenas no âmbito da negatividade, ou seja, provocando a entrada em crise e em dissolução ou, mais drasticamente, provocando a subversão violenta e global do código, já que tal ideia pressupõe a estrita imperatividade intrínseca do código literário, perante a qual caberiam ao emissor tão-só a sujeição ou a revolta. Ora o código literário, tal como, embora em grau diferente, o código linguístico,([211]) não representa apenas uma certa imperatividade, mas também uma certa *liberdade semiótica*, não constitui um esquema saturado de constrições e normas, mas um esquema que comporta, em medida variável tanto diacrónica como sincronicamente, virtualidades e indeterminações. Quer dizer, no processo da produtividade — ou da criatividade — literária, o código não representa necessariamente a instância vinculativa e repressiva que o emissor/autor tem de subverter ou destruir para afirmar a originalidade e/ou a novidade da sua produção — o que equivaleria a projectar metamorficamente o mito de Prometeu no universo da semiótica —, mas pode

---

([210]) — Cf. D'Arco Silvio Avalle, «Dinamica di fattori anomali», in Gian Paolo Caprettini e Dario Corno (eds.), *Letteratura e semiologia in Italia*, Torino, Rosenberg & Sellier, 1979, p. 68 (versão revista e ampliada do ensaio de Avalle publicado, com o mesmo título, in *Strumenti critici*, 10 (1969), pp. 343-360). Veja-se também D'Arco Silvio Avalle, *La poesia nell'attuale universo semiologico*, Torino, Giappichelli, 1974, pp. 63-68. A existência de "factores anómalos", que constituem ao mesmo tempo indícios e agentes da instabilidade do sistema, impõe uma concepção mais plástica e menos geometrizante das estruturas. Escreve Avalle: «Tutto avviene come se, una volta riconosciuta la sistematicità dei rapporti su cui si basano gli assiemi, l'analista fosse condannato a vedere coerenza in tutti gli oggetti da lui presi in considerazione, ad ogni livello e sotto ogni punto di vista. In realtà le cose non stanno sempre così: nella maggioranza dei casi le strutture sono insidiate nella loro integrità da elementi estranei (siano essi interni o esterni) che ne turbano il funzionamento, e gli oggetti (lingue, opere letterarie, ecc.) che ne risentono presentano molto spesso sintomi di crisi, stanchezza, disordine, instabilità» (cf. *Letteratura e semiologia in Italia*, p. 68).

([211]) — Cf. Ferdinand de Saussure, *Cours de linguistique générale*. Édition critique préparée par Tullio De Mauro. Paris, Payot, 1972, p. 131.

representar, conjuntamente com um horizonte de normatividade indispensável, um horizonte de possibilidades, de latências semióticas que o emissor actualiza e desenvolve *idiolectalmente*.(²¹²) As inovações realizadas nos textos, seja qual for a sua matriz, isto é, quer resultem da contestação do código, quer procedam da actualização original das virtualidades do código, repercutem-se sempre na economia do sistema literário, reorganizando-o e transformando-o mais ou menos extensa e profundamente e em ritmo variável, de acordo com o teor, a amplitude, a frequência e a celeridade das próprias inovações. A semiose literária, como qualquer modalidade de semiose cultural, altera-se e diversifica-se — e só assim funciona produtivamente no âmbito da cultura — mediante as inovações, as diferenças e as rupturas que nela introduzem os seus próprios textos, em princípio inumeráveis.(²¹³)

(²¹²) — Na semiose literária, torna-se particularmente relevante o conflito semiótico geral que Marzio Marzaduri formula assim: «La tendenza all'individualizzazione delle lingue, che fa di ogni persona una organizzazione semiotica chiusa e indipendente, è contrastata dall'altra di segno opposto, che impone un modello unitario, cancellando ogni differenza» (cf. Marzio Marzaduri, «La semiotica dei sistemi modellizzanti in URSS», in Carlo Prevignano (ed.), *La semiotica nei paesi slavi. Programmi, problemi, analisi*, p. 375). Esta última tendência consubstancia-se particularmente nos metatextos de natureza injuntiva através dos quais um sistema semiótico literário se auto-organiza e se autodescreve. Quanto mais cristalizada e rigidamente imperativa se apresentar a organização do sistema literário — o grau desta cristalização e desta imperatividade diminui do núcleo para a periferia do sistema (cf. Y. M. Lotman, «Un modèle dynamique du système sémiotique», in Y. M. Lotman e B. A. Ouspenski (eds.), *Travaux sur les systèmes de signes. École de Tartu*, Bruxelles, Éditions Complexe, 1976, p. 89) —, tanto menor será a sua informatividade interna e tanto mais reduzidas e débeis serão as virtualidades sistémicas à disposição do emissor. Um dos sintomas fundamentais da exaustão de um sistema literário consiste exactamente na rigidez e na profusão das normas do seu código (veja-se a doutrina de Rudolf Arnheim, acima exposta, sobre a entropia no domínio da arte). A esterilidade — como a fecundidade — na produção literária não constitui necessariamente um fenómeno idiossincrático, podendo apresentar dependências importantes em relação ao respectivo sistema semiótico. O neoclassicismo europeu, na sua fase tardia, exemplifica bem toda esta problemática.

(²¹³) — Cf. Umberto Eco, *Trattato di semiotica generale*, pp. 104-105. Eco retoma os conceitos peircianos de "interpretante" e de "semiose

Em terceiro lugar, finalmente, a estabilidade do sistema literário depende da acção que nele exercem factores inter-sistémicos e factores extra-sistémicos.([214]) Como já sublinhámos por mais de uma vez, o sistema semiótico literário é um sistema aberto, que não pode funcionar isoladamente ou com autonomia absoluta face a outros sistemas culturais e que se encontra em relação de interacção e de permuta de informações com o seu meio (cf. 3.7.). Numa perspectiva semiótica — como a que advogam Tynjanov («Sobre a evolução literária»), Tynjanov e Jakobson («Problemas no estudo da literatura e da língua»), Mukařovský («A função, a norma e o valor estético como factos sociais», etc.), os semioticistas soviéticos contemporâneos, etc. —, a concepção dos sistemas culturais como *entidades autotélicas* tem de ser substituída pela concepção dos sistemas culturais como *entidades ecossistémicas* que funcionam e se desenvolvem no âmbito de um ininterrupto interaccionismo sígnico.

Como sistema modelizante secundário, o sistema literário não se pode eximir obviamente às mudanças, e às suas múltiplas implicações e consequências, operadas no sistema linguístico — no qual, por sua vez, o sistema literário pode induzir numerosas alterações —, nem se pode furtar à acção das transformações ocorridas no metassistema social — transformações para a génese e para a desenvolução das quais também concor-

---

ilimitada" para explicar os fenómenos de transformação dos códigos: «[...] Eco supports the idea of a double, interrelated process of change due to the contradictions within each system and deriving from the appearance of new material phenomena outside the system. In Eco's terms, the codes change continually under the impact of the messages produced through them, wich in turn give rise to new sign-functions and new or different apportionments of the semantic space. Because every sign generates, in the communicative interaction, an uninterrupted chain of what Peirce called interpretants [...], signification circumscribes cultural units, generating meaning "in an asymptotic fashion", making them accessible through other cultural units. Signification and communication take place without any need to be explained by psychic, objectal, or Platonic entities» (cf. Teresa De Lauretis, «Semiosis unlimited», in *PTL*, 2, 2 (1977), p. 375).

([214]) — Sobre as dificuldades metodológicas da descrição dos factores extra-sistémicos, cf. Y. M. Lotman, «Un modèle dynamique du système sémiotique», in *op. cit.*, pp. 81-82.

rem o sistema e os textos literários.(²¹⁵) Mesmo que não se aceite qualquer modalidade forte de determinismo ou qualquer explicação de tipo monista, idealista ou materialista, da fenomenologia cultural, não é possível ignorar a relevância daquele conjunto de factores que Karl Popper designou por "lógica das situações"(²¹⁶) e cujo influxo na mudança ou na estabilidade de um sistema semiótico é analisável quer em termos de acção intersistémica, quer em termos de acção extra-sistémica. A influência da "lógica das situações" na dinâmica dos sistemas semióticos culturais processa-se através de uma relação de *sobredeterminação* — uma relação que obriga a rejeitar a tese do carácter autogenético, automórfico e autotélico daqueles sistemas, mas que não anula a autonomia relativa e específica das entidades, das normas e das virtualidades intra-sistémicas e que conduz à substituição de um conceito de causalidade monoplanar e unívoca por um conceito de multicausalidade actuante em conformidade com os níveis das séries hierárquicas complexas constituídas pelos vários sistemas semióticos modelizantes.(²¹⁷)

(²¹⁵) — E concorrem quer na medida em que "reproduzem" a realidade social, quer na medida em que a "produzem". Como escreve Karel Kosík, «Uma catedral da Idade Média não é somente expressão e imagem do mundo feudal, mas é ao mesmo tempo um elemento da estrutura daquele mundo. Não reproduz apenas artisticamente a realidade da Idade Média, mas ao mesmo tempo também a produz artisticamente» (cf. Karel Kosík, *Dialettica del concreto,* Milano, Bompiani, ²1972, p. 136).

(²¹⁶) — Cf. Karl R. Popper, *La miseria del historicismo,* Madrid, Taurus — Alianza Editorial, 1973, pp. 164-165 [título original: *The poverty of historicism,* London, Routledge & Kegan Paul, 1957].

(²¹⁷) — Cf. Vyach. Vs. Ivanov, «The science of semiotics», in *New literary history,* IX, 2 (1978), p. 201; Ju. M. Lotman *et alii,* «Theses on the semiotic study of cultures (as applied to slavic texts)», in Thomas A. Sebeok (ed.), *The tell-tale sign. A survey of semiotics,* p. 76. A ideia da cultura como um sistema de sistemas organizado hierarquicamente, fundamental na semiótica soviética, encontra-se já formulada nesse texto genial de Tynjanov e de Jakobson intitulado «Problemas no estudo da literatura e da língua», cujas orientações metodológicas transcendem tanto o autotelismo literariocêntrico de muitos formalistas russos, como o determinismo mecanicista dos seus opositores ortodoxamente marxistas-leninistas (cf. Jurij Tynjanov e Roman Jakobson, «Problems in the study of literature and language», in Ladislav Matejka e Krystyna Pomorska (eds.), *Readings in russian poetics: Formalist and structuralist views,* Cambridge (Mass.) —

3.8. O canal

Num circuito de comunicação, o *canal* constitui o suporte material ou sensorial através do qual a mensagem é veiculada do emissor para o receptor.

Na sua já multimilenária história, a comunicação literária tem-se processado através de dois canais: através do *canal vocal-auditivo* («vocal-auditory channel»), segundo a terminologia utilizada por John Lyons,([218]) com o suporte físico da propagação de ondas acústicas na atmosfera, como acontece na chamada "literatura oral"; e através do *canal visual* e de canais de transporte constituídos por materiais apropriados em que se fixam sequências ordenadas de sinais gráficos, como se verifica na chamada "literatura escrita".

A problemática do canal da comunicação literária diz respeito imediatamente, mas não exclusivamente, ao modo de realização do sistema modelizante primário e por isso mesmo, embora o conceito de "canal" deva ser distinguido do conceito de "meio" no qual se manifesta uma dada língua natural, a análise daquela problemática implica os conceitos de "língua falada" e de "língua escrita".

A ideia de que a língua escrita representa tão-só a transcrição da língua falada e de que o texto escrito constitui o registo gráfico, a mera transliteração de um texto oralmente realizado, é não apenas notoriamente reducionista, mas também gravemente inexacta, como já tivemos ensejo de sublinhar (cf. 2.14). Quer sob o ponto de vista filogenético, quer sob o ponto de vista ontogenético, pode-se considerar como razoavelmente corroborada a tese da natureza primária da língua falada em relação à língua escrita:([219]) os homens falam, segundo tudo leva a crer, há alguns milhões de anos, ao passo que a escrita, sob qualquer modalidade, constitui uma invenção relativamente recente; de muitas línguas que foram fala-

---

London, The M. I. T. Press, 1971, pp. 79-81). Retomaremos a análise da problemática da mudança do sistema literário em diversos capítulos do volume II (capítulos 13, 15, 19 e 20).

([218]) Cf. John Lyons, *Semantics*, vol. I, p. 57.

([219]) — A maioria esmagadora dos linguistas importantes e influentes advoga esta tese, como se pode ver em Tullio De Mauro, «Tra Thamus

das e já se extinguiram e doutras línguas que ainda são faladas, em várias zonas do globo, não existem manifestações escritas; todos os membros de qualquer comunidade linguística, salvo ocorrências anómalas, falam a respectiva língua, mas nem todos a escrevem, tendo o domínio da língua escrita representado sempre, em todos os tempos e lugares, a marca de uma prerrogativa sociocultural (só nas sociedades desenvolvidas contemporâneas tal assimetria tende a desaparecer, embora nelas ressurjam fenómenos funcional e sociologicamente muito semelhantes); as crianças realizam a sua aprendizagem linguística através da fala, só posteriormente iniciando a aprendizagem da escrita. A secundariedade ôntico-funcional da língua escrita em relação à língua falada não implica, porém, os seguintes pontos:

a) A desqualificação da língua escrita, na esteira da teoria platónica expressa no *Fedro* (274 *b*-275 *d*) e segundo a qual o discurso escrito é um «filho bastardo» (νόθος) do discurso oral. Como Jacques Derrida pôs em relevo,([220]) só em virtude de um *fono-logocentrismo* de carácter metafísico, secularmente dominante na cultura ocidental, tem sido possível atribuir à escrita uma degradada função instrumental e ancilar em relação à *phoné,* como se fosse apenas um sub-rogado decaído desta última, o significante extenuado de um primeiro e privilegiado

---

e Theuth. Uso scritto e parlato dei segni linguistici», *Senso e significato. Studi di semantica teorica e storica,* Bari, Adriatica Editrice, 1971, pp. 96-97. Aos linguistas citados por De Mauro, acrescentem-se: Archibald A. Hill, *Introduction to linguistic structures. From sound to sentence in English,* New York — Chicago — San Francisco — Atlanta, Harcourt Brace Jovanovich, 1958, pp. 2-3; Maurice Coyaud, «Graphie», in André Martinet (ed.), *La linguistique. Guide alphabétique,* Paris, Éditions Denoël, 1969, p. 147; Jean Dubois *et alii, Dictionnaire de linguistique,* Paris, Larousse, 1973, p. 175; John Lyons, *op. cit.,* vol. I, pp. 68-69.

([220]) — *Vide,* em particular, as seguintes obras de Jacques Derrida: *De la grammatologie,* Paris, Éditions de Minuit, 1967; *L'écriture et la différence,* Paris, Éditions du Seuil, 1967; *Marges de la philosophie,* Paris, Éditions de Minuit, 1972 (em especial, pp. 365 ss.). Sobre a teoria derridiana da escrita, *vide:* L. Finas (ed.), *Écarts, quatre essais à propos de Jacques Derrida,* Paris, Fayard, 1973, *passim;* Henri Meschonnic, *Le signe et le poème,* Paris, Gallimard, 1975, pp. 401-492; Lorenzo Accame, *La decostruzione e il testo,* Firenze, Sansoni, 1976, pp. 3-62; Jean Greisch, *Herméneutique et grammatologie,* Paris, Éditions du CNRS, 1977, *passim.*

significante. Como projecção residual daquela teoria platónica, encontra-se muitas vezes expressa, sobretudo no âmbito do ensino da língua materna e de línguas estrangeiras, a ideia de que a língua escrita é uma língua desvitalizada, artificiosa, em contraste com a "espontaneidade", a "frescura" e a "humanidade" da língua falada.

b) A *derivação* da língua escrita da língua falada, classificando-se a língua falada como um *código directo* e a língua escrita como um *código substitutivo,* parasitário em relação àquele (²²¹). Na língua oral, operaria um *mecanismo de projecção,* isto é, um conjunto de regras permitindo conexionar significados com sons e vice-versa, que pode ser assim esquematizado:(²²²)

| Significado | ⇄ | Mecanismo de projecção | ⇄ | Sequência de sons |

Na língua escrita, operaria um *mecanismo de transcrição* que teria como *input* o *output* do mecanismo de projecção da língua falada e como *output* próprio sinais gráficos (na leitura, percorrer-se-ia um circuito inverso):

| Significado | ⇄ | Mecanismo de projecção | ⇄ | Sequência de sons | ⇄ | Mecanismo de transcrição | ⇄ | Sinal gráfico |

(²²¹) — Na terminologia adoptada por Buyssens, o discurso (oral) constitui uma "semia directa" e a escrita, uma "semia substitutiva": «L'écriture n'établit pas un lien direct entre le sème et le message: lorsqu'on lit l'écriture, on substitue aux lettres les phonèmes du discours, et c'est à partir de ceux-ci qu'on aboutit à la signification. On doit donc considérer l'écriture comme une sémie substitutive, le discours comme une sémie directe» (cf. Eric Buyssens, *La communication et l'articulation linguistique,* Bruxelles — Paris, PUB — PUF, 1967, p. 45).

(²²²) — Reproduzimos os esquemas seguintes de Domenico Parisi e Rosaria Conte, «Problemi di ricerca sulla scrittura», in Domenico Parisi (ed.), *Per una educazione linguistica razionale,* Bologna, Il Mulino, 1979, p. 348.

Ora a distinção entre "códigos directos" e "códigos substitutivos" funda-se em aptidões e em comportamentos dos sujeitos usuários dos códigos e não em caracteres distintivos que possibilitem definir tipologicamente os códigos, verificando-se que muitos locutores não utilizam, nos seus processos de escrita e de leitura, o mecanismo de transcrição representado no segundo esquema. No fundo, a tese da derivação da língua escrita da língua falada constitui ainda um prolongamento da tese socrático--platónica da filiação bastarda do discurso escrito em relação ao discurso oral e, por conseguinte, representa uma maneira de exaltar a oralidade, concebendo-a como conatural à faculdade da linguagem verbal, e de subalternizar a escrita, denegando-lhe uma racionalidade específica e ocultando as suas particularidades funcionais e estruturais, desde o plano pragmático até ao plano fonológico. Em vez de "códigos substitutivos", parece mais aconselhável utilizar, como Prieto, o conceito de "códigos paralelos"(223), ou, seguindo a posição teórica assumida por Hjelmslev nos *Prolegómenos a uma teoria da linguagem*,(224) considerar a oralidade e a escrita como duas *substâncias* diversas que manifestam equipolentemente a *forma* linguística.(225)

---

(223) — Cf. Luis J. Prieto, «L'écriture, code substitutif?», *Études de linguistique et de sémiologie générales*, Genève — Paris, Librairie Droz, 1975, pp. 85-93. Prieto define «códigos paralelos» como «des codes tels qu'à chaque entité de l'un — sème, signe ou figure — correspond dans l'autre une entité analogue, et vice versa» (p. 86).

(224) — Cf. Louis Hjelmslev, *Prolegomena to a theory of language*, Madison—London, The University of Wisconsin Press, 1969 (2.ª reimp.), pp. 104-105.

(225) — Embora a distinção entre "forma" e "substância" no domínio da linguística seja anterior a Saussure — ela aparece já formulada em von Humboldt, Steinthal e von der Gabelentz (cf. Eugenio Coseriu, *Teoría del lenguage y lingüística general*, Madrid, Editorial Gredos, 1962, p. 176) —, foi o mestre genebrino quem, apesar das dificuldades epistemológicas e terminológico-conceituais com que se defrontou (veja-se a nota 70 de Tullio De Mauro à sua edição do *Cours de linguistique générale*), lhe conferiu grande relevância teórica, concebendo a língua como uma forma e não como uma substância e considerando a substância como elemento secundário da língua (e desta secundariedade procede logicamente a equipolência, em princípio, das várias substâncias): «D'ailleurs, il est impossible que le son, élément matériel, appartienne par lui-même

Todavia, tanto a proposta terminológico-conceitual de Prieto como a posição teórica defendida por Hjelmslev suscitam reservas e objecções ponderosas. O conceito de "código paralelo" pressupõe uma correspondência estrita entre as entidades e as normas de dois códigos — o que não se verifica entre a língua falada e a língua escrita, mesmo no caso da escrita "fonemática", já que elementos grafémicos da pontuação, por exemplo, não transcrevem necessariamente elementos da língua falada, podendo reportar-se directamente ao significado;(226) o conceito de "código paralelo" tende a negligenciar a existência de diversidades pragmáticas, semânticas e sintácticas entre a língua falada e a língua escrita, ao passo que o conceito glossemático da "equipolência" das substâncias, dentro da lógica de uma concepção algébrica do fenómeno linguístico, impede radicalmente a análise da existência das referidas diversidades. Por estas razões, mais correcta teoreticamente e mais produtiva sob o ponto de vista operatório se nos afigura a solução proposta por Halliday no sentido de conceber a língua oral e a língua escrita como *variedades diatípicas* da língua, resultan-

---

à la langue. Il n'est pour elle qu'une chose secondaire, une matière qu'elle met en œuvre. Toutes les valeurs conventionnelles présentent ce caractère de ne pas se confondre avec l'élément tangible qui leur sert de support. Ainsi ce n'est pas le métal d'une pièce de monnaie qui en fixe la valeur: un écu qui vaut nominalement cinq francs ne contient que la moitié de cette somme en argent; il vaudra plus ou moins avec telle ou telle effigie, plus ou moins en deçà et au delà d'une frontière politique. Cela est plus vrai encore du signifiant linguistique; dans son essence, il n'est aucunement phonique, il est incorporel, constitué, non par sa subtance matérielle, mais uniquement par les différences qui séparent son image acoustique de toutes le autres» (cf. *Cours de linguistique générale,* p. 164; cf. também pp. 157 e 169. Veja-se ainda René Amacker, *Linguistique saussurienne,* Genève — Paris, Librairie Droz, 1975, pp. 18, 58-61, 65-66 e 161-162). Tullio De Mauro, recolhendo a lição de Saussure e de Hjelmslev sobre a secundariedade da «consistência material» da realização do significante linguístico, propôs a designação genérica de *delias* para todas as variações do estado físico — *fonias, endofonias, grafias, dactiloapsias,* etc. — que manifestam um significado (cf. Tullio De Mauro, *Senso e significato. Studi di semantica teorica e storica,* pp. 102-103 e 118).

(226) — Cf. Domenico Parisi e Rosaria Conte, «Problemi di ricerca sulla scrittura», in Domenico Parisi (ed.), *op. cit.,* pp. 350-351; Rosaria Conte e Domenico Parisi, «Per un'analisi dei segni di punteggiatura, con particolare riferimento alla virgola», in *id.* (ed.), *ibid.,* p. 365.

tes da utilização de um determinado *meio* e da escolha de um determinado *canal,* em função do emissor e dos receptores e da interacção social desempenhada pelos textos a produzir.(²²⁷)

Com efeito, entre a língua falada e a língua escrita, entre texto oral e o texto escrito, existem diferenças semióticass profundas, cujo conhecimento se torna indispensável para a compreensão da problemática da comunicação literária, não só porque esta é parcialmente condicionada pelos parâmetros da comunicação escrita regulada pelo sistema modelizante primário, mas também porque ela desenvolve, intensifica e altera especificamente alguns desses mesmos parâmetros.(²²⁸) Analisemos com brevidade aquelas diferenças:

a) A língua falada utiliza-se normalmente numa comunicação efémera, sendo incerta a pervivência dos seus textos,

---

(²²⁷) — Cf. M. A. K. Halliday, *Language as social semiotic,* London, Edward Arnold, 1978, pp. 32-33, 62-64, 103, 110, 133, 144-145 e 223-227. Halliday, na sua análise da língua falada e da língua escrita, adopta o conceito e a designação de "modo do discurso" propostos por Spencer e Gregory: «The mode of discourse is the dimension which accounts for the linguistic differences which result from the distinction between spoken and written discourse» (cf. John Spencer e Michael Gregory, «An approach to the study of style», in Nils Erik Enkvist, John Spencer e Michael J. Gregory, *Linguistics and style,* London, Oxford University Press, 1964, p. 87). Todavia, Halliday confere ao conceito uma intensão mais ampla: «*Mode.* The language we use differs according to the channel or wavelength we have selected. Sometimes we find ourselves, especially those of us who teach, in a didactic mode, at other times the mode may be fanciful, or commercial, or imperative: we may choose to behave as teacher, or poet, or advertiser, or commanding officer. Essentially, this is a question of what function language is being made to serve in the context of situation; this is what underlies the selection of the particular rhetorical channel.//This is what we call the 'mode of discourse'; and fundamental to it is the distinction between speaking and writing. This distinction partly cuts across the rhetorical modes, but it also significantly determines them: although certain modes can be realized through either medium, they tend to take quite different forms according to whether spoken or written [...]» (cf. M. A. K. Halliday, *op. cit.,* p. 222).

(²²⁸) — Certos actos de linguagem apresentam, sob esta perspectiva, um estatuto híbrido, participando em medida variável de características da língua escrita e da língua falada. Assim, por exemplo, um discurso ou uma conferência podem ser pronunciados sem serem lidos, apresentando, no entanto, marcas distintivas da língua escrita; uma reportagem jornalística ou um texto literário podem, em contrapartida, oferecer

sempre ameaça¹os de obliteração ou deterioração, e sendo precária a sua aifusão no espaço, mau grado os mensageiros e os seus avatares. Pelo contrário, a comunicação operada através da língua escrita tem outra durabilidade e outra capacidade de difusão, possuindo os seus textos superior resistência a todas as modalidades de entropia. O texto escrito representa uma das manifestações fundamentais da consciência e da tradição históricas e um dos instrumentos mais relevantes do processo de formação e desenvolvimento de uma cultura,([229]) pois constitui «uma marca que permanece, que não se exaure no presente da sua inscrição», caracterizando-se por uma *iterabilidade* específica que o projecta com relativa autonomia no horizonte do tempo: «Une écriture qui ne serait pas structurellement lisible — itérable — par delà la mort du destinataire ne serait pas une écriture».([230]) A comunicação literária intensifica e altera qualitativamente a iterabilidade da comunicação escrita: o texto literário, sobretudo o "grande" texto literário, embora não eximível às depredações naturais e sociais que ameaçam todos os textos escritos, é um texto que sobrevive intrinsecamente às mudanças, aos acidentes e até aos cataclis-

---

múltiplas marcas distintivas da língua falada: um poeta, ao escrever o texto de um poema, explora conscientemente diversas características, sobretudo fonológicas, da língua falada, um romancista pode reproduzir nos diálogos das suas personagens a língua oral típica de um determinado meio social ou profissional, etc. Cf., *e.g.*, Giovanni Nencioni, «Parlato-parlato, parlato-scritto, parlato-recitato», in *Strumenti critici*, 29(1976), pp. 1-56.

([229]) — Os povos com escrita só excepcionalmente não registam em textos escritos os princípios conformadores da sua religião e da sua moral, as normas do seu direito, os eventos dominantes da sua história, etc. Uma destas excepções verifica-se, por exemplo, com os Tuareg, que fixam por escrito textos breves e destituídos de importância e que confiam à memória a conservação dos textos comunitariamente relevantes (cf. Giorgio Raimondo Cardona, *Introduzione all'etnolinguistica*, Bologna, Il Mulino, 1976, p. 165). A escrita não possibilita apenas a conservação do saber, mas constitui um dos mais poderosos agentes de confrontação e exame crítico dos conhecimentos já adquiridos e de produção de novos conhecimentos. Sobre as consequências históricas e funcionais do aparecimento e da difusão da escrita, cf. J. Goody e I.Watt, «The consequences of literacy», in Pier Paolo Giglioli (ed.), *Language and social context*, Harmondsworth, Penguin Books, 1972, pp. 311-357.

([230]) — Cf. Jacques Derrida, *Marges de la philosophie*, p. 375.

mos da comunidade sociopolítica e cultural em que foi produzido — e sobrevive não como relíquia, como vestígio ou resíduo do passado, mas vive de novo como matriz de novos significados e valores.

b) A língua falada pode utilizar importantes recursos supra-segmentais, paralinguísticos e cinésicos que na língua escrita não são representáveis ou só fragmentariamente são representáveis por certos sinais gráficos (pontuação, uso de maiúsculas, utilização do sublinhado ou de determinado tipo de letra, etc.), embora possam ser verbalizados.

c) Os entornos não-verbais desempenham na língua falada uma função muito importante, ao passo que na língua escrita eles são parcial ou totalmente defectivos, podendo e devendo ser adequadamente supridos pelo chamado contexto verbal.[231] Como já tivemos ensejo de analisar (cf. 3.4.), esta problemática assume caracteres semióticos específicos, sobretudo nos planos semântico e pragmático, no âmbito da comunicação literária.

d) A comunicação escrita, como comunicação de tipo disjuntivo e diferido (cf. 3.4.), permite uma programação cuidadosa e minudente dos actos de linguagem que a perfazem, ao contrário do que ocorre com a comunicação oral. O ritmo da comunicação escrita, isto é, «o ritmo de produção das unidades de comunicação»,[232] é por isso marcadamente autónomo, dependendo primordialmente do emissor, ao passo que o ritmo da comunicação oral é, em regra, marcadamente heterónomo, já que resulta de imposições ou solicitações externas ao emissor, típicas de uma comunicação de tipo próximo e instantâneo. Por todas estas razões, e ainda em virtude da permanência dos sinais gráficos, o texto escrito pode ser *reescrito*, pode ser modificado múltiplas vezes e mais ou menos profunda e extensamente, antes do seu lançamento num circuito de difusão.[233] A corrigibilidade tópica e transtópica do texto

---

[231] — Cf. Eugenio Coseriu, *op. cit.*, p. 320; Tullio De Mauro, *op. cit.*, p. 106.

[232] — Cf. Domenico Parisi e Cristiano Castelfranchi, «Scritto e parlato», in Domenico Parisi (ed.), *op. cit.*, pp. 335-336.

[233] — Não nos parece correcto afirmar que o texto escrito «constitui geralmente (ou *quase sempre*) um *texto compósito,* quer dizer, o produto,

escrito reveste-se de grande relevância no plano da produção literária, podendo dela derivar, sob forma imperativa, uma norma muito influente da metalinguagem do sistema literário: o texto deve ser longa e pacientemente trabalhado, emendando-se e refazendo-se a sua tessitura, sob o domínio da razão vigilante, de um gosto artístico educado, seguindo a lição dos modelos, etc. Desde os preceitos de Horácio sobre o *limae labor* e a teoria neoclássica do escritor *artifex* até à poética de autores como Mallarmé, Valéry, João Cabral de Melo Neto, etc., não escasseiam exemplos da importância teórica e prática de semelhante norma no processo da produção literária. Pelo contrário, a corrigibilidade do texto escrito fica bloqueada a nível do sistema semiótico literário desde que na metalinguagem deste o texto seja concebido como a epifania, a revelação de uma entidade transcendente ou de uma força irreprimível, alógica e misteriosa, que domina o emissor (mito platónico da musa, teoria neoplatónica do *furor poeticus,* poética do "génio", etc.).

c) Outra diferença, imediatamente correlacionada com a anterior, consiste nas modalidades diversas de recepção que implicam a língua escrita e a língua falada. O texto oralmente realizado impõe ao seu receptor, que é um *ouvinte,* o ritmo da sua decodificação, ritmo que tem de acompanhar sincronamente o desenvolvimento temporal da linearidade do próprio texto, dentro dos limites possibilitados pela percepção auditiva e pela memória do receptor. O receptor do texto escrito, que é um *leitor*, não está subordinado a análoga impo-

---

não de um único acto, mas de uma série maior ou menor, conforme os casos, de actos de fala sucessivos, que sucessivamente se corrigem, produzindo vários textos, que se sobrepõem, alterando-o, ao texto inicial» (cf. José G. Herculano de Carvalho, *Teoria da linguagem,* Coimbra, Atlântida Editora, 1967, t. I, pp. 232-233). "Compósito" significa "mesclado", "heterogéneo", "heteróclito", ou seja, o contrário de um dos predicados fundamentais do texto (analisada a questão, como é óbvio, numa legítima perspectiva de idealização científica): a sua *coerência* ou *coesão.* Um texto escrito pode ser refundido numerosas vezes exactamente porque, no juízo do seu emissor, carecerá de coesão, tanto no atinente à forma da expressão, como no atinente à forma do conteúdo, procurando assim o produtor, com o seu trabalho de correcção exercido sobre o texto — que, neste enfocamento, representa um *pré-texto* —, eliminar os elementos compósitos perturbadores da coerência textual.

sição: a materialidade do texto escrito consente ritmos muito diferenciados de decodificação, permite a leitura e a releitura, proporciona a dilucidação de um fragmento textual à luz de um fragmento sintagmaticamente anterior ou posterior (na comunicação oral, uma operação similar é possível, mas sempre ameaçada pela precariedade da reconstituição memorial do que foi dito).

f) A utilização da língua escrita implica geralmente uma construção mais cuidada e mais rigorosa do texto, embora possam ocorrer na comunicação oral textos de *formalidade*(234) elevada (cf. a expressão «falar como um livro») e, inversamente, possam ocorrer na comunicação escrita textos de *formalidade* débil ou reduzida (cf. a expressão «escrever em cima do joelho»). Normalmente, a língua escrita apresenta um léxico mais denso do que a língua falada — como observa Halliday, isto não quer

---

(234) — Os conceitos de "formalidade" e "informalidade", de "discurso formal" e "discurso informal" e de "escala de formalidade" ou "níveis de formalidade", embora podendo ser afectados pela ambiguidade do adjectivo "formal" (cf. G. W. Turner, *Stylistics*, Harmondsworth, Penguin Books, 1973, p. 186), são utilizados por muitos linguistas para identificarem e descreverem certas variações verificáveis na organização fonológica, gramatical e lexical dos enunciados e dos textos linguísticos, em função do contexto extraverbal, da situação comunicativa e da *competência comunicativa* — e não apenas da competência gramatical — do emissor. Numa situação comunicativa de âmbito familiar e íntimo, produzir-se-ão enunciados com um nível reduzido de formalidade, mas tais enunciados serão julgados como "deslocados", "impróprios", etc., numa situação comunicativa de natureza oposta. Se o emissor dispuser de uma competência comunicativa mínima e não for capaz, por conseguinte, de dominar com segurança e versatilidade os signos, as normas e as convenções do sistema linguístico, nem de avaliar adequadamente os parâmetros pragmáticos das situações comunicativas, não poderá operar a *comutação de código* ("code-switching") exigida ou aconselhada pela diversidade dos contextos situacionais (cf. David Crystal e Derek Davy, *Investigating english style*, London, Longman, 1969, pp. 63, 73-74, 84 e *passim*; Tullio De Mauro, *op. cit.*, pp. 110-111; Norbert Dittmar, *Sociolinguistics. A critical survey of theory and application*, London, Edward Arnold, 1976, pp. 162-164 e *passim*; Gaetano Berruto e Monica Berretta, *Lezioni di sociolinguistica e linguistica applicata*, Napoli, Liguori Editore, 1977, pp. 73-74; Gaetano Berruto, «Sociolinguistica e educazione linguistica», in Gaetano Berruto (ed.), *Scienze del linguaggio ed educazione linguistica*, Torino, Edizioni Stampatori, 1977, pp. 141 ss.; John Lyons, *Semantics*, vol. 2, p. 580; M. A. K. Halliday, *op. cit.*, pp. 32, 74, 110, 224).

dizer necessariamente que na língua escrita sejam usados lexemas menos comuns, se bem que tal possa acontecer, mas significa que «written language contains more lexical information per unit of grammar»([235]) — e apresenta também uma organização gramatical ao mesmo tempo mais regular e mais complexa. A língua literária, como salientámos em 2.15., desenvolve todas as virtualidades do sistema linguístico, pode abarcar todos os registos, intensifica e depura as marcas distintivas da língua escrita — não é sem razão que ao emissor literário se atribui universalmente a designação de *escritor* —, mas haure também e replasma muitos elementos peculiares da língua oral, desde o léxico e a morfossintaxe até ao ritmo frásico. Como escreve Ramón Trives, «El poema en su esencia y voluntad estéticas se presenta como un uso anti-uso, un empleo anti-empleo, en puridad, manteniendo indemne el manantial decidor de la Lengua, caracterizada y nutrida de todas las circunstancias temporales, locales y sociales, in-ordinada a ninguna de ellas, en verdadera «Auf-hebung», «Ex-altación». La poesía se levanta desde lo intercontextual, lo tipologizado y monovalente del Habla hasta alcanzar o dominar lo paradigmático, lo tipológico y multivalente de la Lengua. Es el Habla azarosamente hecha Lengua poética o pletórica creación verbal».([236])

3.8.1. — A "Galáxia de Gutenberg" e a comunicação literária

A invenção da imprensa e o início da formação da "galáxia de Gutenberg", para utilizarmos a famosa designação difundida por McLuhan,([237]) impuseram uma nova técnica de fixação, reprodução e transmissão da mensagem, mas não modificaram substancialmente os mecanismos semióticos subjacentes à escrita do texto literário manuscrito, podendo embora

---

([235]) — Cf. M. A. K. Halliday, *op. cit.*, p. 224.
([236]) — Cf. E. Ramón Trives, *Aspectos de semántica lingüístico-textual*, Madrid, Ediciones Istmo-Ediciones Alcalà, 1979, pp. 152-153.
([237]) — Cf. Marshall McLuhan, *The Gutenberg galaxy*, Toronto, Toronto University Press, 1962.

admitir-se que os códigos grafémicos utilizados nalguns *scriptoria* medievais ofereciam uma riqueza semântico-simbólica que os sinais tipográficos não logravam alcançar.

Todavia, sob o ponto de vista da comunicação — em particular, sob o ponto de vista da sociologia da comunicação —, a "galáxia de Gutenberg" introduziu transformações de grande amplitude.([238]) Se o texto literário manuscrito instituía já um processo de comunicação disjuntiva e diferida, não ultrapassava, porém, senão rara e dificilmente, o âmbito de uma comunicação pluri-individual circunscrita a um reduzido número de receptores. O texto literário impresso, pelo contrário, possibilitou circuitos de comunicação que progressivamente adquiriram as características da *comunicação de difusão,* isto é, um tipo de comunicação em que o emissor detém a possibilidade, graças a canais técnicos apropriados, de veicular a sua mensagem para um número extremamente elevado de receptores. A literatura, *arte alográfica* por excelência,([239]) encontrou no texto impresso o vector que potenciou com relativa segurança e fidedignidade a sua capacidade comunicativa, quer no tempo, quer no espaço.

([238]) — A invenção e a difusão do livro representaram uma autêntica revolução no domínio da comunicação e, por isso mesmo, constituíram um poderoso agente conformador e transformador das ideias, das mentalidades, das instituições religiosas, político-sociais, etc. Sobre a influência do livro na civilização ocidental, *vide:* Robert Escarpit, La révolution du livre, Paris, P.U.F. — Unesco, 1965; *id., L'écrit et la communication,* Paris, P.U.F., 1973; Lucien Febvre e H.-J. Martin, *L'apparition du livre,* Paris, Albin Michel, ²1971; H.-J. Martin, *Le livre et la civilisation écrite,* Paris, 1968; Armando Petrucci (ed.), *Libri, editori e pubblico nell'Europa moderna. Guida storica e critica,* Bari, Laterza, 1977; Elizabeth Eisenstein, *The printing press as an agent of change. Vol. 1: Introduction to an elusive transformation. Vol. 2: Classical and christian traditions re-oriented,* Cambridge, Cambridge University Press, 1979.

([239]) — A distinção entre artes *autográficas,* como a pintura, e artes *alográficas,* como a literatura, foi estabelecida por Nelson Goodman: «Falaremos de uma obra de arte dizendo que é *autográfica* se, e somente se, a distinção entre original e cópia é significativa; ou melhor ainda, se, e somente se, até o duplicado mais exacto não pode considerar-se como autêntico. Se uma obra de arte é autográfica, também podemos qualificar como autográfica a respectiva arte. Assim, a pintura é autográfica, e a música não-autográfica, ou *alográfica*» (cf. Nelson Goodman. *Los lenguajes del arte,* Barcelona, Seix Barral, 1976, p. 124).

Por outro lado, a "galáxia de Gutenberg" introduziu no circuito da comunicação literária novos *partners* que se interpõem entre o emissor e o receptor e que têm desempenhado, do século XV até à actualidade, uma importante função ainda precariamente estudada: o impressor, o editor e o livreiro. Introduzidos no circuito da comunicação literária por motivos de ordem tecnológica, financeira e social, estes *partners* — muitas vezes fundidos no mesmo indivíduo ou na mesma entidade comercial — ganharam crescente influência, sobretudo o editor, desde que, no século XVIII, como em magistral análise demonstrou Jürgen Habermas, se formou na Europa uma "opinião pública" e uma "esfera pública". Esta influência adquiriu novas dimensões e outro significado na época contemporânea, com as gigantescas empresas editoriais e de difusão livreira — quer privadas, quer estatais — que podem condicionar e controlar, graças aos seus vultuosos recursos financeiros, à sua evoluída tecnologia de produção e às suas sofisticadas técnicas de publicidade e comercialização, as mensagens *consumidas* por um público de muitos milhões de leitores. Sob a pressão da "indústria cultural" e da "comunicação de massas" manipulada pelo poder monopolista do Estado ou pelos oligopólios económico-financeiros, o próprio conceito de "opinião pública" tende a dissolver-se sociopsicologicamente e a converter-se, cada vez mais, numa ficção do direito público.([240])

([240]) — Cf Jürgen Habermas, *Storia e critica dell'opinione pubblica*, Bari, Laterza, 1977, pp. 279 ss. Tendo sobretudo em conta o mercado editorial norte-americano da actualidade, escrevia recentemente Ronald Sukenick: «Publishers are not just ordinary bosses; they are word bosses. They have enormous power to decide what language is good and what language is bad, and to back up those decisions by saturating the market with millions of copies of their books. Language control is mind control. At one time not so long ago, publishing was a somewhat genteel business, and many houses were family owned or bore the imprint of a particular personality and had some kind of independent taste, even if bad. But to have our language largely under the control of a handful of conglomerates like Gulf and Western, which along with a few other octopi control almost everything else, is a new situation» (cf. Ronald Sukenick, «Eight digressions on the politics of language», in *New literary history*, X, 3(1979). p. 473).

De acordo com a terminologia utilizada por McLuhan, a "galáxia de Gutenberg" difundiu um *meio quente* de comunicação — o livro, o texto impresso —, comprometendo um único sentido humano — a visão — com comunicações de «alta definição», isto é, saturando-o de dados e de informações. Os *meios quentes* de comunicação, segundo McLuhan, hipertrofiam um canal perceptivo, em detrimento dos restantes, interrompendo a continuidade sinestésica e provocando assim disfunções do foro individual que se projectam depois confluentemente no domínio sociocultural. Um *meio frio* de comunicação, pelo contrário, não satura um único canal perceptivo com mensagens de «alta definição» e, por isso mesmo, um *meio frio* permite, ou requer, uma participação mais elevada dos receptores do que um *meio quente* de comunicação: «Any hot medium allows of less participation than a cool one, as a lecture makes for less participation than a seminar, and a book less than dialogue. With print many earlier forms were excluded from life and art, and many were given strange new intensity. But our own time is crowded with examples of the principle that the hot form excludes, and the cool one includes».[241]

Numa época como a actual, dominada pelo *meio frio* de comunicação que é a comunicação pela imagem, quando a "galáxia de Gutenberg" estaria a ser progressivamente substituída pela "galáxia de McLuhan",[242] qual o futuro da comunicação literária? O próprio McLuhan profetizou a sua desaparição na sociedade pós-alfabética para que todas as sociedades se encaminhariam e parece haver numerosos indícios confirmativos de que, entre os *mass media* contemporâneos, a sua relevância tende a diminuir, como aliás a de toda a comunicação escrita. Sem pretendermos penetrar no terreno movediço da futurologia e abstendo-nos de emitir qualquer juízo de facto e de valor sobre a "implosão" provocada pela "galáxia de McLuhan", da qual estaria a resultar a retribalização do homem à escala planetária, queremos apenas sublinhar algumas incongruências teóricas das teses de MacLuhan sobre a

---

[241] — Cf. Marshall McLuhan, *Understanding media. The extensions of man*, New York — Toronto — London, McGraw-Hill, 1964, p. 23.
[242] — Cf. Gianpiero Gamaleri, *La galassia McLuhan. Il mondo plasmato dai media?*, Roma, Armando, 1976.

literatura como "meio quente" de comunicação e chamar a atenção para alguns factos que parecem não corroborar a previsão do famoso professor canadiano sobre a iminente extinção da comunicação literária.

Em nosso entender, a literatura não constitui um "meio quente" de comunicação por duas razões fundamentais. Em primeiro lugar, na leitura do texto literário — quer na leitura subvocálica ou silenciosa, quer na leitura em voz alta —, não ocorre, como pretende MacLuhan, a anulação de «outros valores (sensoriais, psicomotores, etc.) em proveito de puros valores noéticos», pois os fenómenos fono-icónicos, os efeitos melódicos, a potenciação do ritmo, etc., que caracterizam a linguagem da escrita literária, impedem a descontinuidade sinestésica. Em segundo lugar, o texto literário, diferentemente do que acontece com o texto paraliterário, não constitui uma mensagem de «alta definição» que reduza o leitor a uma atitude de passivo consumidor e de frouxa ou nula participação: pelo seu coeficiente de *indeterminação* semântico-informativa, pela sua natureza de *obra aberta*, pela sua pervivência em contextos históricos e socioculturais muito diversificados, o texto literário não "exclui" o leitor, antes implica a sua cooperação activa no complexo processo da sua decodificação, do seu conhecimento como objecto estético.

Por outro lado, importa observar que a tecnologia dos meios audiovisuais de comunicação tem servido, embora subsidiariamente, a comunicação literária, quer fornecendo novos meios de fixar materialmente e de reproduzir os textos literários — microfilmes, xerocópias, discos, *cassettes*, etc. —, quer adaptando ao seu próprio condicionalismo semiótico certos textos literários — filmes, telenovelas, folhetins radiofónicos adaptados de romances, dramas, etc. — e provocando muitas vezes, na sequência da difusão de tais adaptações, um considerável incremento da leitura dos textos literários originais.

A comunicação literária está tão directa e imediatamente conexionada com o sistema semiótico linguístico — sistema de significação e de comunicação fundamental em todo o desenvolvimento filogenético e ontogenético do homem — que a sua extinção só será previsível conjuntamente com uma alteração substancial da própria espécie humana.

3.9. — A mensagem*

Na comunicação literária, a *mensagem,* isto é, a sequência ordenada e coerente de signos veiculada do emissor/autor até ao receptor/leitor, constitui o *texto literário.* A comunicação literária realiza-se através de textos literários, como a comunicação linguística se processa através de textos linguísticos.

Como já vimos, sem a *praxis* semiótica, sem a produção textual desenvolvidas por um concreto emissor/autor, o texto literário não existiria. Numa perspectiva romântico-expressivista, o texto sobrevive placentariamente vinculado à matriz autoral: carecente de autonomia estrutural, só será compreensível e explicável no âmbito e em função desse vínculo placentário com o autor (mais com o autor empírico do que com o autor textual). Numa perspectiva formalista, o texto literário liberta-se ontológica e gnoseologicamente do autor/emissor e devém uma entidade formal e semicamente autónoma, contendo em si mesma a sua específica *ratio.* Numa perspectiva semiótica, que integra uma análise de tipo textolinguístico e comunicacional, o texto literário tem de ser situado num quadro teórico mais complexo.

O texto literário é um artefacto materializado numa *textura,*(243) isto é, numa sequência linear de signos em que se realiza e se manifesta a sua coesão formal e semântica — uma coesão formal e semântica que representa, a nível da estrutura de superfície do texto, a actualização de uma estrutura textual profunda de natureza semântica —, e que só existe em plenitude, como qualquer texto, numa situação comunicativa.

---

* Neste capítulo, limitamo-nos a uma descrição e a uma análise perfunctórias do texto literário, visto que consagramos a tal matéria o capítulo 9.

(243) - Cf. Ruqaiya Hasan, «Text in the systemic-functional model», in Wolfgang U. Dressler (ed.), *Current trends in textlinguistics,* Berlin — New York, Walter de Gruyter, 1978: «A random string of sentences differs from a set of sentences representing a (part of a) text, precisely in that the latter possesses the property of texture. Texture is the technical term used to refer to the fact that the lexicogrammatical units representing text hang together — that there exists linguistic cohesion within the passage.»

Teoreticamente, e portanto a nível metalinguístico, podemos identificar e caracterizar no texto literário a existência de um *módulo textual (Textformular)*, para adoptarmos a terminologia proposta por Siegfried Schmidt,([244]) configurado pelo conjunto coerente dos constituintes verbais e transverbais supra-ordenados por uma estrutura profunda de natureza semântica. É este «módulo textual» que János Petöfi e outros linguistas designam por *co-texto (Ko-text)*,([245]) nele distinguindo componentes gramaticais — componente sintáctico, componente semântico-intensional e componente fonológico/grafemático — e componentes não gramaticais, mas verbalmente realizados — componentes métricos, rítmicos, técnico-formais e retóricos.

O texto literário, porém, na integralidade da sua natureza e do seu funcionamento como objecto semiótico, não pode ser adequadamente descrito e explicado se se considerar apenas o *co-texto* e se se atribuir a este uma autonomia e uma auto-suficiência sémico-formais absolutas (aliás, atribuir a quaisquer entidades semióticas *éticas* "autonomia" e "auto-suficiência" sémico-formais como predicados absolutos ou monádicos representa uma operação logicamente contraditória). A gramática circunscrita à análise do *co-texto* constitui necessariamente uma

---

([244]) — Cf. Siegfried J. Schmidt, «Teoria del testo e pragmalinguistica», in Maria-Elisabeth Conte (ed.), *La linguistica testuale*, Milano, Feltrinelli, 1977, p. 257.

([245]) — Cf. János S. Petöfi, «The syntactico-semantic organization of text-structures», in *Poetics*, 3(1972), pp. 63-65; *id.*, «Towards an empirically motivated grammatical theory of verbal texts», in J. S. Petöfi e H. Rieser (eds.), *Studies in text grammar*, Dordrecht — Boston, D. Reidel, 1973, p. 223; *id.*, «Semantics — pragmatics — text theory», in *PTL*, 2,1(1977), pp. 140-142; *id.*, *Vers une théorie partielle du texte*, Hamburg, Buske, 1975, p. 39; Teun A. van Dijk, *Some aspects of text grammars. A study in theoretical linguistics and poetics*, The Hague — Paris, Mouton, 1972, p. 39; Carla Marello, «La grammatica testuale di Janos S. Petöfi», apêndice a Bice Garavelli Mortara, *Aspetti e problemi della linguistica testuale*, Torino, Giappichelli, 1974, pp. 147-148; Antonio García Berrio, *Fundamentos de teoría lingüística*, Madrid, Alberto Corazón, 1977, pp. 208--210; Janos S. Petöfi e A. García Berrio, *Lingüística del texto y crítica literaria*, Madrid, Alberto Corazón, 1978, pp. 87-89; M. A. K. Hallidav, *op. cit.*, p. 133; Umberto Eco, *Lector in fabula. La cooperazione interpretativa nei testi narrativi*, Milano, Bompiani, 1979, pp. 16 ss.; E. Ramón Trive, *op. cit.*, pp. 180-181 e 313-314.

gramática textual parcial, pois que uma teoria integrada do texto deve ser dotada de capacidade para descrever e explicar o *co-texto*, o *contexto* e as suas inter-relações, designando Petöfi por *contexto (Kon-text)* um conceito muito complexo: o conjunto de factores externos ao texto, mas projectados na co--textualidade, atinentes à produção, à recepção e à interpretação do texto. O conceito petöfiano de *contexto* coincide com o conceito de *extratexto* formulado por Lotman,([246]) abrangendo conceitos como os de *metatexto* — conjunto de textos que descrevem, explicam e regulam a natureza e o funcionamento dos códigos literários —, de *intertexto* — conjunto de textos que entram em relação produtiva com um determinado texto —, de *contexto situacional*, de *visão do mundo* e de *universo simbólico*.

O co-texto e o contexto são indissociáveis, a não ser no plano teorético, nos processos semióticos de produção e de recepção do texto, isto é, são indissociáveis no texto literário que existe e funciona em plenitude como objecto semiótico. A dimensão co-textual, atinente às "propriedades internas" (sintácticas, semântico-intensionais, etc.) do texto, determina o *fechamento estrutural* do texto, no sentido de que este se caracteriza pela estruturalidade e pela delimitação topológica e temporal.([247]) A dimensão contextual, atinente às "relações externas" (semântico-extensionais, pragmáticas, etc.) do texto, representa a *abertura* do texto literário à historicidade do homem, da sociedade e do mundo, quer no momento da sua produção, quer no momento — que são múltiplos e diversos momentos — da sua recepção. Por isso, a teoria semiótica integrada do texto proposta por Petöfi, a chamada "teoria da estrutura do texto e da estrutura do mundo" (TeSWeST, acrónimo de *Textstruktur-Weltstruktur-Theorie*), abrange o *componente gramatical*, o *componente semântico-extensional* e o *léxico*, caracterizando-se como «uma teoria, empiricamente motivada e logicamente orientada, apta a fornecer a *descrição gramatical (semân-*

([246]) — Sobre o conceito lotmaniano de "extratexto", cf. Ann Shukman, *Literature and semiotics. A study of the writings of Ju. M. Lotman*, Amsterdam — New York — Oxford, North-Holland, 1977, pp. 63-68.

([247]) — Cf. Jurij M. Lotman, *La struttura del testo poetico*, pp. 67-69 e 252 ss.

tico-intensional) dos textos e a assinalar as possíveis interpretações *semântico-extensionais* às estruturas do texto descritas de modo semântico-intensional. As descrições semântico-intensionais e as interpretações semântico-extensionais fornecem também a descrição do aspecto pragmático».[248]

Se o texto literário se esgotasse no seu contexto — por outras palavras, se o texto literário fosse pura historicidade —, a comunicação literária, que ficaria na estrita e imediata dependência de um circunstancialismo histórico-factual, sofreria graves bloqueamentos, quer no tempo, quer no espaço. Em todo o texto literário, porém, se verifica o fenómeno que W. Wolfgang Holdheim, num ensaio de grande penetração analítica, designa por «o paradoxo histórico-estético»:[249] o texto literário é uma entidade histórica, mas existem nele, como objecto estético, parâmetros a-históricos, valores extratemporais, que emergem paradoxalmente dos fundamentos da sua própria historicidade. O momento histórico, com a sua dinâmica peculiar em todos os sectores da cultura, é constitutivo do texto literário, mas este transcende-o, enquanto construção artística e enquanto objecto estético.

3.10. Redundância e ruído

A mensagem/texto literário é produzida sob a tensão contínua entre duas forças antagónicas, mas co-ocorrentes e dialecticamente inter-relacionadas em todo o processo de comunicação: por um lado, a *redundância*, isto é, a reiteração na sin--

---

[248] — Cf. János S. Petöfi, «Osservazioni sul componente grammaticale d'una teoria semiotica integrata dei testi», in Maria-Elisabeth Conte (ed.), *op. cit.*, pp. 225-226.
[249] — Cf. W. Wolfgang Holdheim, «Il paradosso storico-estetico», in Ezio Raimondi e Luciano Bottoni (eds.), *Teoria della letteratura*, Bologna, Il Mulino, 1975, pp. 387-392 [título original: «The aesthetic-historical paradox», in *Comparative literature studies* (1973), pp. 2-7). Também Barthes se refere à natureza essencialmente paradoxal da obra artística, já que esta «est à la fois signe d'une histoire et résistance à cette histoire» (cf. Roland Barthes, *Sur Racine*, Paris, Éditions du Seuil, 1963, p. 149). Veja-se também Hans Robert Jauss, *Pour une esthétique de la réception*, Paris, Gallimard, 1978, p. 112.

tagmática textual dos valores e das funções sémico-formais inscritos no código e cuja finalidade estrutural consiste em organizar e manter a *inteligibilidade* da mensagem; por outro, a necessidade de produzir *informação*, ou seja, novidade, originalidade e imprevisibilidade em relação às normas, às convenções e às soluções preceituadas ou apenas previstas no código.(250) A redundância evita a aleatoriedade nas sequências de signos, assegurando a regularidade e a ordem da mensagem, sem as quais, como sublinhou Wittgenstein, não existiria significado.(251) Quanto mais estritamente a mensagem reflectir as prescrições e convenções do código, tanto mais numerosos serão na sua estrutura os elementos de redundância e tanto mais débil será a sua capacidade de informação; quanto mais profundas e extensas forem a transformação, a inovação ou a revolução representadas pela mensagem em relação ao código, tanto menor será a sua taxa de elementos estruturais redundantes e tanto mais elevado será o seu índice de informação. No primeiro caso, o limite máximo para que se tende é a exaustão da informação (fenómeno verificável na paraliteratura, na chamada literatura de tese, na literatura epigonal, etc.); no segundo caso, o limite máximo para que se tende é o da casualidade da mensagem (fenómeno ocorrente nas manifestações das vanguardas literárias).

Em rigor, nem a redundância, nem a informação constituem valores objectiva e definitivamente depositados ou

---

(250) — Sobre os conceitos de "redundância" e de "informação" na teoria da comunicação, *vide:* Umberto Eco, *Opera aperta*, Milano, Bompiani (Tascabili Bompiani), ²1976, pp. 105-107; Anthony Wilden, *System and structure. Essays in communication and exchange*, pp. 231-234; Abraham A. Moles, *Sociodynamique de la culture*, Paris — La Haye, Mouton, ²1971, pp. 114-118; id., *Théorie de l'information et perception esthétique*, pp. 36 ss., 53 ss. e 67 ss.; Rudolf Arnheim *et alii*, *Estetica e teoria dell'informazione*, Milano, Bompiani, 1972 (*vide*, em particular, Umberto Eco, «Introduzione», pp. 7-27; Edgar Coons e David Kraehenbuehl, «L'informazione come misura di struttura in musica», pp. 77-117); Paul Watzlawick, Janet Helmick Beavin e Don D. Jackson, *Pragmática da comunicação humana*, São Paulo, Ed. Cultrix, 1973, pp. 29-35; Max Bense, *Estetica*, Milano, Bompiani, 1974, pp. 217 ss. e 295 ss.; Robert Escarpit, *Théorie générale de l'information et de la communication*, Paris, Hachette, 1976, pp. 35-39.

(251) — Cf. Ludwig Wittgenstein, *Philosophical investigations*, Oxford, Basil Blackwell, 1976, § 98.

cristalizados nos textos literários como resultantes das estratégias textuais dos seus produtores: constituem antes valores parcialmente mutáveis, em função das estratégias textuais dos seus receptores. Mesmo admitindo que as dimensões sintáctica e semântica dos textos literários são passíveis de formalização e de quantificação matemática — e em nosso entender não o são —, a sua dimensão pragmática é inequivocamente refractária a qualquer análise dessa natureza, bastando tal refractariedade para afectar de um coeficiente de relativismo a redundância e a informação das estruturas textuais literárias.

A redundância funciona também estruturalmente como um factor neutralizante dos efeitos de *ruído,* pois que o texto literário, como qualquer mensagem, pode sofrer perdas ou disfunções de informação provocadas por fontes de *ruído,* entendendo-se por *ruído* qualquer perturbação da transmissão de informação num processo comunicativo. Os factores de ruído tanto podem ser endógenos ao sistema de comunicação literária — desde os erros de cópia de um manuscrito e as "gralhas" de um texto impresso até ao envelhecimento de um lexema, de uma metáfora, de um tema, etc., à audácia da inovação léxica ou técnico-formal (um arcaísmo ou um neologismo podem representar para muitos leitores, num dado momento histórico, fontes de ruído) — como podem ser exógenos ao referido sistema, manifestando-se nas inter-relações do sistema com o seu meio (por exemplo, as amputações e as modificações textuais impostas por qualquer modalidade de censura funcionam como poderoso agente de ruído).

O ruído, como fenómeno depredativo do processo da comunicação, está por conseguinte conexionado com o fenómeno mais geral da *entropia,*[252] que se pode definir como a medida do grau de desordem ou de equiprobabilidade de um dado sistema de significação e de comunicação. Um sistema literário ancilosado, ou em fase de desagregação obsolescente,

---

(252) — Sobre o conceito de "entropia" na teoria da comunicação, *vide:* Umberto Eco, *Opera aperta,* pp. 100 ss.; Lawrence W. Rosenfield, *Aristotle and information theory,* The Hague — Paris, Mouton, 1971, pp. 101 ss.; Anthony Wilden, *op. cit.,* pp. 358-360, 364-367 e 401-403; Rudolf Arnheim, *Entropia e arte. Saggio sul disordine e l'ordine,* ed. cit., *passim;* Max Bense, *op. cit.,* pp. 223 ss.; Robert Escarpit, *op. cit.,* pp. 15-20.

ou permeado por influxos sistemicamente contraditórios, ou sujeito a tumultuários processos de transformação radical, encontra-se necessariamente afectado por uma elevada entropia, a qual se manifestará nos textos dele dependentes.

3.11. — O leitor e a estética da recepção

O emissor/autor de um texto literário, mesmo quando escreve sob o domínio de um impulso confessional, ou movido por um anseio de autocatarse, ou buscando efeitos de auto--remuneração psicológica, não ignora que o seu texto, sob pena de se negar como texto literário, tem de entrar num circuito de comunicação em que a derradeira instância é o receptor//leitor. Assim, não é estranhável que este diálogo *in absentia*, em que o receptor tanto pode ser um leitor coevo como um indeterminado leitor do tempo futuro, se manifeste, ou se dissimule, sob múltiplas marcas textuais, transformando-se muitas vezes num complexo e astucioso jogo de máscaras e espelhos. Os prefácios e os posfácios, as explicações e as advertências proemiais, com frequência moldadas em cativante forma epistolar, os exórdios e os epílogos, certos títulos de capítulos bem como certas notas de esclarecimento, são outros tantos elementos estruturais e para-estruturais do texto em que circula amiúde esse diálogo *in absentia* do autor textual com o leitor. O "eu" que vai urdindo a tessitura do texto inscreve muitas vezes nessa mesma tessitura o nome genérico e os pronomes desse interlocutor disjunto e diferido — *leitor, tu, vós...* —, em actos de fala de variada força ilocutiva e, mediatamente, perlocutiva: promessas, pedidos, queixas, conselhos e e sugestões de subtil propósito conativo, confidências cúmplices, críticas, remoques e diatribes...

Em todos os tempos, os escritores têm reconhecido implícita e explicitamente a importância do leitor — mesmo quando fingem ignorá-lo ou até quando o desprezam —, mas só recentemente, no plano da teoria da literatura, se atribuiu ao receptor//leitor uma função relevante no processo da comunicação literária, fazendo-se justificadamente avultar o seu papel de agente dinâmico, e não de passivo consumidor, na decodificação do texto. O biografismo romântico, concebendo o texto literário como a manifestação ou a projecção confessional de uma experiência vivida, privilegia a instância do emissor/autor empírico; o historicismo positivista, exigindo que a historicidade do receptor se anule ou se neutralize ante a historicidade dos textos, privilegia o policódigo do emissor/autor, embora subordinando-o deterministicamente a factores que não relevam de uma experiência vital individualizada; o formalismo, concebendo o texto literário como uma entidade a-histórica a que deve corresponder um receptor também configurado como entidade a-historicamente constante, hiperboliza a instância da mensagem/texto; o estruturalismo, nalgumas das suas tendências, polariza a atenção do investigador sobre o código, embora noutras das suas orientações, nas quais se manifesta um acentuado hibridismo entre formalismo e estruturalismo, faça incidir preponderantemente tal atenção sobre a mensagem/texto.

Em oposição a estas orientações teoréticas e metodológicas e sob a influência da estética fenomenológica, da teoria da comunicação, da semiótica e da teoria do texto, desenvolveu-se vigorosamente, a partir dos últimos anos da década de sessenta do século actual e sobretudo em centros universitários alemães, a chamada *estética da recepção*, à qual se deve a valorização da função do receptor/leitor na investigação literária contemporânea.(253)

---

(253) — Sobre a estética da recepção, *vide:* Harald Weinrich, «Para una historia literaria del lector», in Hans Ulrich Gumbrecht *et alii*, *La actual ciencia literaria alemana*, Salamanca, Ediciones Anaya, 1971, pp. 115--134 [título original: «Für eine Literaturgeschichte des Lesers», in *Merkur*, XXI. 234, (1967), pp. 1026-1038]; Hans Robert Jauss, *Pour une esthétique de la réception*, Paris, Gallimard, 1978 (colectânea de estudos fundamentais de Jauss, acompanhada de um breve, mas valioso, prefácio de Jean Starobinski); *id.*, «The idealist embarrassment: Observations on marxist aesthetics», in *New literary history*, VII, 1(1975), pp. 191-208; Wolfgang Iser, «Indeterminacy and the reader's response in prose fiction», in J. Hillis Miller (ed.), *Aspects of narrative*, New York — London, Columbia University Press, 1971, pp. 1-45; *id.*, «The reading process: a phenomenological approach», in *New literary history*, III, 2(1972), pp. 279-299; *id.*, *The implied reader*, Baltimore, The Johns Hopkins University Press, 1974 [título original: *Die implizite Leser*, München, Fink, 1972]; *id.*, *The act of reading. A theory of aesthetic response*, London, Routledge & Kegan Paul, 1978; Manfred Naumann *et alii*, *Gesellschaft, Literatur, Lesen: Literaturrezeption in theoretischer Sicht*, Berlin — Weimar, Aufbau-Verlag,

Na perspectiva da estética da recepção, tanto o texto literário, enquanto "artefacto", enquanto "objecto artístico", como o seu emissor e o seu código possuem uma historicidade própria, mas a historicidade do receptor não é anulada, nem desqualificada, antes é entendida e valorada como factor essencial na constituição do texto-objecto estético.([254]) A decodificação/

1973 (construção de uma estética da recepção no quadro teorético de um modelo marxista); Manfred Naumann, «Literary production and reception», in *New literary history*, VIII, I(1976), pp. 107-126; D. W. Fokkema e Elrud Kunne-Ibsch, *Theories of literature in the twentieth century*, London, C. Hurst & Company, 1977, capítulo 5; Stein Haugom Olsen, *The structure of literary understanding*, Cambridge, Cambridge University Press, 1978; Arnold Rothe, «Le rôle du lecteur dans la critique allemande contemporaine», in *Littérature*, 32(1978), pp. 96-109; Maria Corti, *Principi della comunicazione letteraria*, Milano, Bompiani, 1976, sobretudo capítulo IIb.; Umberto Eco, *Lector in fabula. La cooperazione interpretativa nei testi narrativi*, Milano, Bompiani, 1979. O n.º 39 (1979) da revista *Poétique* é consagrado à «teoria da recepção na Alemanha», apresentando um curto estudo introdutório de Lucien Dällenbach e oferecendo um conjunto de estudos — alguns já editados, outros inéditos — de autores como Jauss, Iser, Weinrich, Rainer Warning, etc. A valorização da função do leitor na dinâmica do fenómeno literário remonta a autores como Mukařovsky e Roman Ingarden (veja-se a nota seguinte), como Jean-Paul Sartre («Qu'est-ce que la littérature?», *Situations, II*, Paris, Gallimard, 1948) e Arthur Nisin (*La littérature et le lecteur*, Paris, 1959). Sublinhe-se ainda a relevância conferida ao leitor na teoria e na prática da análise estilística por alguns investigadores contemporâneos (cf., *infra*, a nota 272).

([254]) — A distinção entre a obra de arte enquanto "artefacto", "produto material", "obra-coisa", e enquanto "objecto estético" conhecido, fruído e valorado por um sujeito, por uma consciência, encontra-se estabelecida e fundamentada em vários estudos de Mukařovský (cf. Jan Mukařovský, *Il significato dell'estetica*, pp. 75-77, 133, 142, 144 e 147). Esta distinção, que manifesta uma concepção antipositivista da obra de arte, procede da fenomenologia de Husserl, filósofo cuja influência nas teorias do Círculo Linguístico de Praga, e em particular na teoria estética de Mukařovský, é muito importante (cf. Jan M. Broekman, *El estructuralismo*, Barcelona, Editorial Herder, 1974, pp. 79 ss.; René Wellek, «The literary theory and aesthetics of the Prague School», *Discriminations: Further concepts of criticism*, New Haven — London, Yale University Press, 1970, p. 279; Thomas G. Winner, «Jan Mukařovský: The beginnings of structural and semiotic aesthetics», in John Odmark (ed.), *Language, literature & meaning. I: Problems of literary theory*, Amsterdam, John Benja-

a leitura representa uma modalidade peculiar de interacção semiótica entre um texto e um receptor que deve necessariamente dominar um policódigo parcialmente coincidente com o policódigo do emissor que produziu o texto, já que a exclusão mútua de ambos os mencionados policódigos impediria qualquer forma de comunicação e a sua coincidência perfeita só é conjecturável em termos de utopia. «Parcialmente coincidente» significa também, como é óbvio, parcialmente heterogéneo: como o emissor, o receptor constitui-se, embora não exclusivamente, em função das circunstâncias e das injunções semióticas advenientes da sua própria historicidade e da sua inserção no âmbito do sistema social. Assim, se a concretização do texto literário como objecto estético se realiza sempre na fusão parcial, ou na intersecção, de dois "horizontes de expectativas"(255) historicamente diferenciados, não existe fundamento para qualquer concepção substancialista do texto literário, nem para se atribuir a este mesmo texto uma existência autónoma absoluta ou uma miraculosa intemporalidade sémico-formal.(256) Proposto à leitura de um número indefinido de

---

mins, 1979, p. 3; Elmar Holenstein, «Prague structuralism — a branch of the phenomenological movement», in John Odmark (ed.), op. cit., pp. 71-97). Esta distinção correlaciona-se com o conceito de "concretização", que analisaremos em 3.11.2., primeiramente teorizado por Ingarden. Sob a influência da fenomenologia e da estética semiótica de Mukařovský, a estética da recepção distingue a obra literária enquanto "pólo artístico", "artefacto", "estrutura dada", e enquanto "pólo estético", "objecto estético" percepcionado e recebido por um leitor (cf. Wolfgang Iser, «The reading process: a phenomenological approach», in op. cit., p. 279; id., The act of reading. A theory of aesthetic response, p. 21; Hans Robert Jauss, Pour une esthétique de la réception, p. 212).

(255) — Sobre o conceito de "horizonte de expectativas", veja-se a nota (154) do capítulo 2, nas pp. 108-109.

(256) — E pelas mesmas razões é inaceitável um conceito substancialista de tradição literária, como sublinha Jauss: «Se se quer persistir em denominar «tradição» este processo descontínuo por meio do qual o passado é re-produzido e as normas estéticas são estabelecidas e modificadas, torna-se necessário liquidar, ao mesmo tempo que o platonismo que impregna ainda a nossa concepção da arte, a concepção substancialista de um processo autónomo de transmissão. Se é certo que a consciência receptora está sempre situada numa rede de tradições que condicionam a priori a sua compreensão das obras, não é menos certamente ilegítimo imputar aos objectos transmitidos os atributos de uma existência autónoma

receptores — leitores heterogéneos enquanto instâncias do processo da semiose estética, pois que heterogéneos como entidades históricas, sociais e culturais — e dada a sua própria constituição semiótica, o texto literário realizar-se-á necessariamente como objecto estético de modos diversos, quer num plano sincrónico, quer num plano diacrónico.

3.II.1. Receptor, destinatário, leitor

Em nosso entender, o conceito e a designação de *receptor* não devem ser identificados ou confundidos, em teoria da comunicação, com o conceito e a designação de *destinatário*.

O destinatário de uma mensagem é a entidade, com capacidade semiósica efectiva ou apenas simbólico-imaginária, à qual o autor empírico ou o autor textual, nuns casos explicitamente, noutros casos de modo implícito, endereçam essa mesma mensagem, ao passo que o receptor de uma mensagem é a entidade com capacidade semiósica efectiva que, em condições apropriadas, pode decodificar essa mensagem. Desta distinção se infere que o destinatário de uma mensagem pode ser, ou não, seu receptor e que um receptor não é necessariamente — e só poucas vezes, em termos comparativos, o será — o destinatário das mensagens de que é receptor (uma mensagem originária e intencionalmente dirigida a um determinado destinatário pode ser posteriormente decodificada por múltiplos receptores, como acontece, por exemplo, com uma carta privada de um escritor a partir do momento em que seja publicada).

O destinatário de um texto literário pode ser um *destinatário extratextual:* o emissor/autor ([257]) pode endereçar o seu texto a destinatários de diversa natureza — Jesus Cristo, a

---

— atributos que não são concebíveis, de facto, sem a participação activa da consciência que compreende» (cf. Hans Robert Jauss, *Pour une esthétique de la réception*, pp. 106-107).

([257]) — No caso de obras publicadas postumamente, o endereçamento a um destinatário extratextual pode ser da responsabilidade do editor. Por exemplo, a 1.ª edição das *Rhythmas* de Luís de Camões, publicada postumamente, em 1595, é «dirigida», ou seja, dedicada a D. Gonçalo Coutinho pelo editor, Estêvão Lopes.

Virgem Maria, santos, instituições, reis e príncipes, personalidades importantes da vida política, eclesiástica, social, etc. —, cuja existência real é afirmada pela lógica do próprio endereçamento. Embora se trate de um destinatário extratextual, a sua escolha pode, algumas vezes, condicionar e influenciar a escrita do próprio texto, comprometendo por conseguinte tanto o autor empírico como o autor textual: o mecenatismo e os seus avatares, com efeito, funcionam eventualmente como uma espécie de programa oculto, ou subterrâneo, em relação à produção textual. A referência ao nome do destinatário e aos seus títulos honoríficos e cargos aparece, em muitos livros editados até ao século XVIII, logo no frontispício, mas o lugar canónico, digamos assim, da sua aparição é a *dedicatória,* peça proemial escrita não raro sob a forma de epístola e na qual se mesclam muitas vezes os elogios ao destinatário com informações genealógicas e histórico-biográficas a respeito do mesmo, com considerações e juízos sobre o texto subsequente, etc.([258]) O relevo concedido ao destinatário em tão grande número de obras literárias publicadas até ao século XVIII manifesta não só a necessidade que muitos dos seus autores, enquanto autores empíricos, tinham de solicitar dádivas e auxílios materiais — só a partir da segunda metade daquele século os direitos autorais passaram a constituir, *de iure* e *de facto,* uma fonte de rendimento pecuniário —, mas também a conveniência de alguns deles em concitarem assim a boa vontade de alguém capaz de lhes garantir protecção contra eventuais ameaças e perigos de tipo censório ou persecutório. Na literatura dos séculos XIX e XX, a dedicatória extratextual perdeu grande parte do significado sociológico referido, tendo passado a manifestar sobretudo sentimentos de admiração, amizade e camaradagem literárias.

([258]) — Sobre a dedicatória nos livros espanhóis editados até ao século XVII, cf. José Simón Díaz, *La bibliografía: conceptos y aplicaciones,* Barcelona, Editorial Planeta, 1971, pp. 173-179. Observa Simón Díaz: «Según se fue haciendo más difuso el estilo, la misma extensión debió de hacer aconsejable fragmentar esa introducción, y así fueron apareciendo independientemente las Dedicatorias por una parte y los Prólogos y similares por otra» (p. 174).

Um texto literário, todavia, pode ser dirigido pelo seu emissor a um destinatário empiricamente existente, mas que, na sua qualidade de destinatário, está também presente, explicitamente nomeado, dentro do próprio texto, configurando-se portanto como um *destinatário intratextual* que simultaneamente se correlaciona com o autor empírico e com o autor textual. Este tipo de destinatário ocorre logicamente num género literário como a epístola poética,(²⁵⁹) mas ocorre também com frequência noutros géneros literários que podem manifestar-se sob forma epistolar: na sátira, na elegia, na ode, etc.(²⁶⁰)

Um texto literário pode apresentar, porém, um *destinatário intratextual* a que não corresponde, de modo explícito e segundo uma relação de homomorfismo, uma entidade empírica, objectivamente existente, configurando-se tal destinatário como uma construção imaginária do autor textual, como um ente de ficção que faz parte da estrutura formal e sémica do próprio texto. Assim acontece com o "tu", interlocutor ficcio-

---

(²⁵⁹) — Cf., *e.g.*, o início da epístola I, 1, de Horácio, cujo destinatário é Mecenas: «Prima dicte mihi, summa dicende Camena,/spectatum satis et donatum iam rude quaeris,/Maecenas, iterum antiquo me includere ludo».

(²⁶⁰) — No que respeita à sátira e à ode, encontram-se vários exemplos em Horácio, cuja ode 1, do livro I, e cuja sátira 1, do livro I, *e.g.*, têm como destinatário Mecenas. É o modelo que seguem, entre outros autores, Ariosto nas suas *Satire* e Fray Luis de León em diversas odes. A elegia I de Garcilaso de la Vega tem como destinatário o poeta Boscán, nomeado logo no verso inicial: «Aquí, Boscán, donde el buen troyano». Em numerosos sonetos — abundam exemplos na obra de um poeta como Góngora —, ocorre também a referência textual a destinatários historicamente existentes. Analisando a estrutura epistolar das sátiras ariostescas, «non inventata, ma istituzionalizzata por Ariosto», escreve Segre no seu estudo «Struttura dialogica delle *Satire* ariostesche»: «Forma epistolare non significa solo per l'Ariosto rivolgersi a corrispondenti diretti — a cui è da credere che abbia inviato effettivamente le singole satire — e apostrofarli proemialmente. Significa ribadire, per simmetria al *tu* rivolto a parenti e amici, persone non sollo reali e contemporanee, ma appartenenti alla sua cerchia di frequentazione e di conversazione, l'individualità esistenziale dell'*io* che parla nelle *Satire*. *Io* e *tu*, come nota Benveniste, non sono propriamente persone, ma realtà di discorso, indicatori che solo il contesto collega con degli individui. L'Ariosto garantisce la referenzialità di *io* identificando in partenza *tu* con persone concrete » (cf. Cesare Segre, *Semiotica filologica*, Torino, Einaudi, 1979, p. 119).

nal, que muitas vezes é evocado, invocado, interpelado, etc., pelo "eu lírico", num monólogo ou num diálogo *in absentia* e no âmbito da deíxis gerada pelo próprio texto poético,(261) ou com esse destinatário interno ao texto narrativo, instância interlocutora do narrador, que Gerald Prince designa como narratário.(262) Por vezes, o destinatário intratextual identifica-se com um desdobramento ou uma projecção do eu do próprio emissor, originando-se assim uma situação de auto-comunicatividade intratextual. Outras vezes, o destinatário intratextual possui uma capacidade semiósica apenas simbólica ou antropomorficamente atribuída: a amada morta do soneto camoniano «Alma minha gentil que te partiste»,(263) a lua,

---

(261) — Este destinatário, como é óbvio, pode manifestar-se sob a forma plural. Entre o autor textual e o destinatário intratextual pode existir uma relação de simpatia e solidariedade ou uma relação de antipatia e de hostilidade, revestindo-se o teor desta relação de grande importância no que tange aos *efeitos perlocutivos* do texto literário.

(262) — Cf. Gerald Prince, «Introduction à l'étude du narrataire», in *Poétique*, 14(1973), pp. 178-196.

(263) — Num brilhante ensaio, em que analisa as estruturas antropológicas da comunicação poética, escreve Giovanni Nencioni: «Il vero colloquio *in absentia*, così frequente e così (possiamo dirlo) naturale nella poesia anche moderne, sarebbe assurdo nella realtà quotidiana appunto perché non è un atto di comunicazione previsto dal sistema della lingua parlata, non è un atto costitutivo di rapporto sociale. [...] Col defunto, in termini di prossemica, la distanza è all'infinito e quindi le forme del colloquio *in absentia* possono essere diverse da quelle col vivo. Abbiamo già notato il *tu* di Leopardi a Silvia; possiamo retrocedere al Petrarca, rilevando che a Laura viva egli si rivolge quasi sempre col *voi* [...], ma a Laura morta sempre col *tu*, e Laura morta dà del *tu* a lui in sogno. Il *voi* a Laura viva, come il *voi* dei poeti provenzali e siciliani alle loro dame, implica, nell' artificio del dialogo *in absentia,* pur sempre un riferimento sociale, come il *voi* che Dante, *in praesentia* (presenza oltremondana ma per lui come reale) dà ad alcuni grandi defunti, anche a Beatrice, che egli tueggia solo nell'ultimo saluto (ma dietro quel *tu* e quel saluto c'è il modulo della preghiera alla Vergine, come dietro il *tu* che egli dà, sempre in quella singolare presenza, a tutti i beati — eccetto il reverenziale *voi* al nobile trisavolo Cacciaguida — e agli stessi apostoli, sta il *tu* della preghiera, che è anch'esso indice di un rapporto a distanza infinita e diacronicamente risalirà allo stampo scritturale, senza escludere, come sempre concomitante, quello classico). Sono, queste alternanze, la prova dell'interferenza tra il livello poetico e quello pragmatico, tra il codice poetico e quello referenziale: interferenza sempre possibile. A partire però da un certo punto, che andrebbe precisato, si avverte che, pur man-

«solinga, eterna peregrina», do *Canto notturno di un pastore errante dell'Asia* de Leopardi, a soledade, «dueña de la faz velada», do último soneto de *Los sueños dialogados* de Antonio Machado, a «Noite Rainha nascida destronada» de *Dois excertos de odes* de Álvaro de Campos, etc.(²⁶⁴).

O destinatário pode identificar-se, por último, com o *leitor pretendido* ou o *leitor visado* («der intendierte Leser», «the intended reader»), isto é, com o leitor que o emissor tem em mente, ao escrever um texto ou um fragmento de texto.(²⁶⁵) A existência do leitor, como afirmámos em 3.11., constitui um dos parâmetros do condicionalismo semiótico global a que o emissor/autor não pode subtrair-se no seu processo de produção literária.(²⁶⁶) Todavia, o público leitor a quem o autor

---

tenendosi in assoluto la possibilità di una pronominazione socialmente condizionata, referenziale, si istituzionalizza un *tu* del colloquio poetico *in absentia*, senza distinzione di morti e di vivi o di gradi sociali, con una distanza, prossemicamente, all'infinito» (cf. Giovanni Nencioni, «Le strutture originarie della comunicazione poetica», in Bice Mortara Garavelli (ed.), *Letteratura e linguistica*, Bologna, Zanichelli, 1977, pp. 110 e 112-113).

(²⁶⁴) — A ocorrência de destinatários intratextuais destituídos de capacidade semiósica efectiva, frequente sobretudo em textos líricos, permite correlacionar estes mesmos textos com as fórmulas mágicas, propiciatórias ou exorcismantes. Por outro lado, a existência de tal tipo de destinatário acentua o fenómeno da autocomunicatividade no âmbito do texto literário em que se manifesta (cf. Jurij I. Levin, «La poesia lirica sotto il profilo della comunicazione», in Carlo Prevignano (ed.), *La semiotica nei paesi slavi. Programmi, problemi, analisi*, Milano, Feltrinelli, 1979, p. 439).

(²⁶⁵) — Sobre este conceito de leitor, cf. Erwin Wolff, «Der intendierte Leser», in *Poetica*, 4(1971), pp. 141 ss.; Wolfgang Iser, *The act of reading. A theory of aesthetic response*, pp. 32-34.

(²⁶⁶) — Situando-se numa perspectiva diferente — uma perspectiva em que os problemas estéticos acabam por ser equacionados em termos éticos —, Valéry analisou assim este condicionalismo: «Il y a toujours, dans la littérature, ceci de *louche:* la considération d'un public. Donc une réserve toujours de la pensée, une arrière-pensée où gît tout le charlatanisme. Donc, tout produit littéraire est un produit *impur*» (cf. Paul Valéry, *Oeuvres*, vol. II, p. 581). "Condicionalismo" semiótico não significa "determinismo" semiótico, como já tivemos ensejo de sublinhar. Os conceitos de "necessidade", "possibilidade" e "acaso" implicam-se dialecticamente neste como noutros domínios (cf., *e.g.*, Érich Köhler, «Le hasard littéraire, le possible et la nécessité», in AA. VV., *Lucien Goldmann et la sociologie de la littérature. Hommage à Lucien Goldmann*, Bruxelles, Éditions de l'Université de Bruxelles, 1975, pp. 105-120).

endereça o seu texto como uma "estrutura apelativa" (*Appellstruktur*), com o qual dialoga implícita e/ou explicitamente, nunca é, nem pode ser, um auditório intemporal e universal, já que escrever para os leitores de todos os tempos e de todos os lugares, histórica e socialmente desencarnados, representa uma impossibilidade da prática semiótica.

Bem pelo contrário, a estratégia textual de um autor é em geral estabelecida e executada tomando em consideração, de modo idealizado, um peculiar tipo de leitor, caracterizado por certas marcas culturais, psíquicas, morais, ideológicas, etárias (como no caso da chamada "literatura infantil"), etc.: e. g., Gracián endereça *El Criticón* ao «letor juicioso, no malicioso»;[267] Flaubert confessa que escreveu em parte *L'éducation sentimentale* para Sainte-Beuve, paradigma do leitor inteligente;[268] Mallarmé exclui a hipótese de os seus textos poéticos se dirigirem a um público de massas;[269] Valéry aconselha a escrever apenas para o leitor "inteligente" e insusceptível de ser dominado por qualquer modalidade de manipulação;[270] Fernando Pessoa/Alberto Caeiro pensa num leitor que saiba ler pacientemente e com espírito pronto,[271] etc. Este leitor assim configurado é um *leitor ideal* ou um *leitor modelo*, uma entidade teórica construída por um escritor — mesmo quando, como no caso de Flaubert, é modelada em conformidade com uma personalidade historicamente existente —, que faz parte da poética implícita ou explícita desse mesmo escritor.[272]

---

[267] — Cf. Baltasar Gracián, *Obras completas*, Madrid, Aguilar, ²1960, p. 519.

[268] — Cf. Flaubert, *Oeuvres complètes*, Paris, Éditions du Seuil, 1964, t. II, p. 8.

[269] — Cf. Stéphane Mallarmé, *Oeuvres complètes*, ed. cit., p. 260.

[270] — Escreve Valéry: «Écrire et travailler pour ceux-là seuls sur qui l'injure ni la louange n'ont de prise; qui ne se laissent émouvoir ni imposer par le ton, l'autorité, la violence, et tous les *dehors* »(cf. *Oeuvres*, vol. II, p. 633).

[271] — Cf. Fernando Pessoa, *Obra poética*, Rio de Janeiro, Aguilar, 1960, p. 135.

[272] — Ocorre um fenómeno análogo, no plano da metalinguagem literária, quando um investigador concebe, em termos de construção teorética, um *arquileitor*, ou um *leitor informado*, ou um *leitor ideal*, a fim de satisfazer, sob os pontos de vista epistemológico e heurístico, determi-

O leitor ideal não se identifica, por conseguinte, com o *leitor empírico* ou *leitor real,* ou seja, com o leitor concreto que, num dado tempo e num dado contexto social, lê um certo texto e que tanto pode ser um leitor coetâneo como um leitor temporalmente distanciado em relação à data da produção desse mesmo texto, um leitor com características muito similares como um leitor com características muito diversas em relação ao leitor ideal previsto ou desejado pelo autor. O leitor empírico, ou real, identifica-se, em termos semióticos, com o receptor; o destinatário, enquanto leitor ideal, não funciona, em termos semióticos, como receptor do texto, mas antes como um elemento com relevância na estruturação do próprio texto. Todavia, o leitor ideal nunca pode ser configurado ou construído pelo emissor com autonomia absoluta em relação aos virtuais leitores empíricos contemporâneos, mesmo quando

---

nados requisitos e a fim de alcançar determinados objectivos de índole descritiva ou explicativa. O conceito de "arquileitor" foi proposto por Michael Riffaterre na sua obra *Essais de stylistique structurale* (Paris, Flammarion, 1971), em substituição do conceito de "leitor médio" (*average reader*) que Riffaterre formulara em estudo anterior («Criteria for style analysis», in *Word,* 15 (1959), pp. 154-174). Riffaterre caracteriza o "arquileitor" do seguinte modo: «L'archilecteur est une somme de lectures, et non une moyenne. C'est un outil à relever les stimuli d'un texte, ni plus ni moins. [...] L'emploi de l'archilecteur n'est que le premier stade, heuristique, de l'analyse: il n'élimine naturellement pas l'interprétation et le jugement de valeur au stade herméneutique» (cf. *Essais de stylistique structurale,* pp. 46-47). O conceito de "arquileitor" não figura nas duas obras de Riffaterre recentemente publicadas e às quais já fizemos referência (*Semiotics of poetry* e *La production du texte*). O conceito de "leitor informado" (*informed reader*) foi elaborado por Stanley Fish, que sublinha que tal leitor, como leitor ideal ou idealizado, é uma construção teórica, embora fundada na experiência de leitor do próprio Fish (professor, crítico, teorizador literário): «he is sufficiently experienced as a reader to have internalized the properties of literary discourses, including everything from the most local of devices (figures of speech, etc.) to whole genres» (cf. Stanley Fish, «Literature in the reader: Affective stylistics», in *New literary history,* II, 1 (1970), p. 145; veja-se também Stanley E. Fish, «What is stylistics and why are they saying such terrible things about it?», in Seymour Chatman (ed.), *Approaches to poetics,* New York — London, Columbia University Press, 1973, pp. 146-147). Sobre o "leitor ideal" como construção teorética, veja-se ainda Jonathan Culler, *Structuralist poetics,* London, Routledge & Kegan Paul, pp. 123-124.

na sua construção se projecta um desígnio de ruptura radical com a maioria desses mesmos presumíveis leitores contemporâneos, visto que o leitor ideal é elaboração de um autor semioticamente situado e condicionado, constituindo sempre uma resposta, por mais imprevisível que seja, a uma determinada problemática histórica da semiose estética. Por exemplo, os «raros» que Eugénio de Castro elege como destinatários ou leitores ideais da sua «silva esotérica» são concebidos por oposição aos «bárbaros», isto é, aqueles leitores contemporâneos que, pela "vulgaridade" da sua formação cultural e da sua sensibilidade estética, não lograriam entender o nefelibatismo dos seus textos poéticos.([273]) Quanto mais acentuada for a divergência qualitativa entre o leitor ideal construído ou projectado por um escritor e a maioria dos virtuais leitores seus contemporâneos, mais reduzido será o número dos leitores reais desse escritor, já que a decodificação dos seus textos se tornará árdua e aleatória para uma elevada percentagem daqueles (situação que ocorre tipicamente com os textos da literatura de vanguarda). Sob a pressão conjugada dos mecanismos editoriais e de factores económicos, sociais e psicológicos atinentes à sua própria vida de escritor, um autor pode, pelo contrário, adoptar estratégias textuais geradoras de textos facilmente "legíveis" para um número muito alto de leitores empíricos contemporâneos, aproximando assim o seu leitor ideal do tipo de leitor dominante no público potencialmente consumidor dos seus textos (o caso extremo desta aproximação ocorre com a literatura *kitsch*).([274])

([273]) — Cf. Eugénio de Castro, *Obras poéticas*, Lisboa, Parceria A. M. Pereira, 1968, vol. I. pp. 93-94.

([274]) — Sob esta perspectiva, o próprio êxito editorial pode suscitar no autor uma má consciência ou, pelo menos, uma consciência intranquila. Autran Dourado, ao concluir o prefácio de um dos seus admiráveis livros de "histórias", observa: «Estas explicações antipáticas e empatadoras, à maneira antiga dos prefácios, que tanto amava quando menino, é capaz de que não sirvam mesmo para nada. Dou-as apenas em consideração à pequena freguesia de caderno que mantenho, aumentando consideravelmente de ano para ano, com agradável surpresa dos editores e minha, consumindo as edições de meus livros, a ponto de uma parte mais refo-

O destinatário, enquanto leitor pretendido ou leitor visado, não se esgota, porém, no leitor ideal. Muitas vezes, um autor pode ter em mente e endereçar o seu texto, ou um fragmento dele, a um destinatário, explicitamente nomeado, ou não, no próprio texto, que não se identifica de modo algum com o leitor ideal acima descrito. Utilizando os complexos mecanismos da ironia ou adoptando os recursos sémico-formais da sátira, um autor pode escolher como destinatário, como interlocutor oculto ou manifesto do seu texto, um tipo de leitor pretendido acentuadamente dissemelhante em relação ao seu tipo de leitor ideal, embora se possa dizer que, em certos casos, o autor intentará aproximar tal destinatário do seu leitor modelo (problemática esta atinente aos *efeitos perlocutivos* do texto literário). Assim, por exemplo, o leitor hipocritamente moralista de *Jacques le fataliste* de Diderot, que censura ao narrador a obscenidade da sua história, não constitui, nem literária, nem ética, nem ideologicamente, o leitor modelo do autor textual;(²⁷⁵) quando o narrador, n'*O demónio do ouro* de Camilo, se dirige ao «leitor socialista» e interpela sarcasticamente os «burgueses», escolhe um destinatário que não coincide obviamente com o seu leitor ideal.(²⁷⁶)

Além dos conceitos de leitor pretendido ou visado, de leitor ideal e de leitor real, importa referir o conceito de *leitor implícito*, proposto e difundido por Wolfgang Iser nos seus estudos sobre a teoria da resposta literária. O texto literário, como repetidamente temos afirmado, só alcança existência plena ao ser lido como texto literário, ao ser objecto de leituras efectuadas por um número indefinido de leitores reais. Ora o texto literário pode funcionar como texto, mediante actos de leitura, porque está construído para possibilitar tais actos, por-

---

lhuda e desconfiada de minha alma perguntar se eu não estaria vendendo mercadoria errada» (cf. Autran Dourado , *Solidão solitude*, Rio de Janeiro — São Paulo, Difel, ²1978, sem número de página).

(²⁷⁵) — Sobre as características e a função do leitor em *Jacques le fataliste,* cf. Béatrice Didier, «Contribution à une poétique du leurre: lecteur et narrataires dans *Jacques le fataliste*», in *Littérature,* 31 (1978), pp. 3-21.

(²⁷⁶) — Cf. Camilo Castelo Branco, *O demónio do ouro,* Lisboa, Parceria A. M. Pereira, ⁶1970, vol. 2.º, p. 34.

que a sua estrutura prevê e requer a função do leitor — não a função de um leitor empírica e historicamente determinado, ou a função de um leitor ficcional, mas a função de um leitor enquanto virtual instância decodificadora, indispensável para que a estrutura textual se actualize em *concretizações* múltiplas e diversas. É a este leitor que, à falta de designação mais apropriada, Wolfgang Iser chama o *leitor implícito:* «If, then, we are to try and understand the effects caused and the responses elicited by literary works, we must allow for the reader's presence without in any way predetermining his character or his historical situation. We may call him, for want of a better term, the implied reader. He embodies all those predispositions necessary for a literary work to exercise its effect — predispositions laid down, not by an empirical outside reality, but by the text itself. Consequently, the implied reader as a concept has his roots firmly planted in the structure of the text; he is a construct and in no way to be identified with any real reader».[277] Quer dizer, o leitor implícito representa o operador, em sentido cibernético, que o texto pressupõe em potência, manifestando-se a sua presença intratextual e a sua função através de «a network of response-inviting structures». Em conformidade com as circunstâncias históricas e individuais, cada leitor real, em cada leitura concreta, realiza certas potencialidades contidas na estrutura textual do leitor implícito: «Each actualization therefore represents a selective realization of the implied reader, whose own structure provides a frame of reference within which individual responses to a text can be communicated to others.»[278]

3.II.2. O processo da leitura

O receptor, isto é, o leitor real de um texto literário, a fim de poder realizar apropriadamente o processo de decodificação da mensagem constituída por esse texto, tem de satis-

---

(277) — Cf. Wolfgang Iser, *The act of reading. A theory of aesthetic response,* p. 34.
(278) — *Id., ibid.,* p. 37.

fazer determinadas condições indispensáveis de ordem semiótica: conhecimento do sistema modelizante primário em que o texto está construído (e que pode não ser, como no caso dos textos traduzidos, o sistema modelizante primário em que o texto foi originariamente produzido); conhecimento do sistema literário e dos respectivos códigos de que a mensagem depende; domínio dos mecanismos subjacentes à organização do texto enquanto texto e, mais particularmente, enquanto texto literário. O acto de leitura só é possível — e, por conseguinte, o processo da comunicação literária só se consuma —, quando o policódigo do emissor, tal como se manifesta no texto sob leitura, e o policódigo do receptor, tal como se configura no decurso de um mesmo acto de leitura, se intersectam mutuamente. Utilizando a terminologia difundida pela crítica hermenêutica e pela estética da recepção de Jauss, podemos exprimir a mesma ideia dizendo que a leitura do texto literário se realiza quando ocorre *a fusão de dois horizontes:*([279]) o horizonte implícito no texto e o horizonte representado pelo leitor no acto de leitura desse texto.

Em nosso entender, portanto, torna-se necessário reconhecer a existência autónoma, a alteridade originária e substantiva das duas instâncias que interagem semioticamente no processo da leitura — a instância constituída pelo texto e a instância representada pelo leitor —, rejeitando quer a hipótese de que o leitor seja «um efeito (um produto) do livro», quer a hipótese de que o livro seja «um efeito (uma construção) do leitor».([280]) O texto, antes do acto de leitura, é já um artefacto produzido por um emissor, construído em conformidade ou em ruptura com determinados códigos e possuindo certas características e marcas semióticas que o individuam na sua corporeidade e na sua *ratio textus* — o seu sentido — e que não permitem *qualquer* leitura por *qualquer* leitor. O receptor, por

---

([279]) — Sobre os conceitos de "situação hermenêutica", de "horizonte" e de compreensão como processo de "fusão de horizontes", cf. Hans-Georg Gadamer, *Vérité et méthode*, pp. 142 ss. Sobre a aplicação destes conceitos à problemática da recepção literária, cf. Hans Robert Jauss, *op. cit.*, pp. 49-61, 74, 247, 257-261 e *passim*.

([280]) — Doutrina diversa é sustentada, *e. g.*, por Michel Charles, na sua obra *Rhétorique de la lecture* (Paris, Éditions du Seuil, 1977, p. 61).

sua vez, é uma entidade semiótica que se constitui ao longo do tempo, modelada e replasmada no decurso de múltiplas leituras, estruturada pela aquisição de diversificados conhecimentos e pela fruição ou pelo sofrimento de multímodas experiências vitais. O leitor não é o efeito da leitura de um único texto, nem se configura *ex nouo* e de raiz em virtude da leitura de cada texto, embora se modifique como entidade semiótica, em grau variável, em cada leitura que perfaz.([281])

Se a área de intersecção do policódigo subjacente ao texto e do policódigo do leitor for muito restrita, a legibilidade do texto manifestar-se-á como reduzida, podendo mesmo tender a anular-se. Tal fenómeno de dissemelhança e distanciação recíproca dos referidos policódigos pode ocorrer quer num plano sincrónico, isto é, verificar-se entre um texto literário e leitores coetâneos da produção desse mesmo texto, como acontece com a recepção de textos de vanguarda por parte de numerosos leitores, quer num plano diacrónico, ou seja, verificar-se entre um texto literário e leitores historicamente distanciados da data da sua produção.

Quanto mais longa for a distância temporal que se cava entre o emissor e o texto por ele produzido, por um lado, e os receptores, por outra parte, tanto mais numerosos, extensos e profundos tenderão a ser os desencontros entre ambos os policódigos: o sistema modelizante primário em que o texto foi construído, após transformações diacrónicas de certa amplitude, apresentará dificuldades de decodificação para o leitor, mesmo que se trate de um leitor cuja língua materna seja a língua em que o texto foi escrito originariamente; os códigos fónico-rítmico, métrico, estilístico, técnico-compositivo e semântico-pragmático, por inevitável obsolescência histórica das suas

---

([281]) — Como observa Karlheinz Stierle, «que um leitor leia Tolstoï depois de ter lido Proust ou que leia Proust depois de ter lido Tolstoï pode ser muito importante para a recepção concreta» (cf. Karlheinz Stierle, «Réception et fiction», in *Poétique*, 39(1979), p. 316). Roland Barthes põe justamente em relevo que o "eu" que lê um texto não é um sujeito adâmico e inocente: «Ce «moi» qui s'approche du texte est déjà lui-même une pluralité d'autres textes, de codes infinis, ou plus exactement: perdus (dont l'origine se perd)» (cf. Roland Barthes, *S/Z*, Paris, Éditions du Seuil, 1970, p. 16).

normas e convenções, provocarão repetidas dificuldades e lacunas na compreensão das microestruturas e das macroestruturas textuais. O fluir do tempo histórico, provocando transformações, rupturas e depredações no âmbito dos sistemas semióticos, origina poderosas fontes de ruído que perturbam e reduzem a legibilidade dos textos. Em relação aos textos literários nestas condições, cabe à *filologia* reconstituir os códigos que os emissores utilizaram na sua produção e que regularam, por conseguinte, a sua estruturação, de modo a preservar a dimensão histórica da semiose literária e a evitar a ocorrência de duas situações extremas: o bloqueamento da comunicação por ilegibilidade ou legibilidade muito escassa do texto e a dissolução anarquizante do processo comunicativo derivada de leituras arbitrariamente impostas pelos receptores às estruturas textuais.(²⁸²)

Na nossa afirmação de que o receptor de um texto literário tem de conhecer o sistema modelizante primário e o sistema modelizante secundário que possibilitaram a produção do texto e permitem o seu funcionamento como objecto semiótico e estético, encontra-se implícita a asserção, em conformidade com a teoria do texto de Petöfi, de que esse receptor tem de possuir uma *competência comunicativa* (²⁸³) que articule satis-

---

(²⁸²) — Como escreve Segre, «La filologia rivendica la funzione dell'emittente, non come individuo isolato ma come membro di una comunità culturale, come espressione e interprete di un sistema di codici. La filologia deduce dalla consapevolezza della nostra storicità il riconoscimento a storicità anteriori o, in ogni caso, diverse» (cf. Cesare Segre, *Semiotica filologica*, p. 20). Sobre a função da filologia como disciplina indispensável à hermenêutica e à semiótica literárias, *vide*: Ezio Raimondi, *Tecniche della critica letteraria*, Torino, Einaudi, ⁴1967, pp. 67 ss.; Peter Szondi, «Saggio sull'ermeneutica filologica», *Poetica dell'idealismo tedesco*, Torino, Einaudi, 1974, pp. 3-27; Vittore Branca, «La filologia», *in* Vittore Branca e Jean Starobinski, *La filologia e la critica letteraria*, Milano, Rizzoli Editore, 1977, pp. 13-96; Tzvetan Todorov, *Symbolisme et interprétation*, Paris, Éditions du Seuil, 1978, pp. 125 ss.; Luciana Stegagno Picchio, «O método filológico (comportamentos críticos e atitude filológica na interpretação de textos literários)», *A lição do texto. Filologia e literatura. I — Idade Média*, Lisboa, Edições 70, 1979, pp. 211-235.

(²⁸³) — Usamos os termos "competência comunicativa" e, abaixo, "competência literária", sem qualquer implicação de teor inatista. Por "competência comunicativa" entendemos, como escreve Lyons, «a person's

fatoriamente o sistema semântico do diassistema linguístico e o código semântico-pragmático do sistema literário com a *estrutura do mundo* — tanto do mundo físico como, e sobretudo, do mundo histórico-social e cultural — e que habilite o leitor a compreender e a analisar a *co-textualidade* e a *contextualidade* do texto. Assim, reputamos como falsa a teoria, sustentada, *e. g.*, por Michael Riffaterre, segundo a qual a *competência literária* se funda apenas numa peculiar semântica intensional, devendo ser excluída da decodificação do texto literário, como factor destituído de pertinência, a problemática do referente.(284) Ao invés, o leitor de um texto literário tem de conhecer, em interacção com um dicionário e com uma gramática que lhe permitem dominar o código linguístico, um "dicionário" e uma "gramática" que lhe possibilitam a compreensão do policódigo literário e uma "enciclopédia"(285) que lhe

---

knowledge and ability to use all the semiotic systems available to him as a member of a given socio-cultural community» (cf. John Lyons, *Semantics*, vol. 2, p. 573). Nesta perspectiva, alheia à problemática da hipótese inatista chomskyana, a "competência literária" representa, tanto em relação ao emissor como em relação ao receptor, uma modalidade peculiar de "competência comunicativa",

(284) — Veja-se, *e.g.*, Michael Riffaterre, *La production du texte*, Paris, Éditions du Seuil, 1979, pp. 19-21. A posição teórica de Riffaterre, em relação a esta matéria, procede do conceito de "literariedade" advogado por alguns formalistas russos. Analisaremos esta problemática no capítulo 9. Diferentemente de Riffaterre, outros investigadores defendem a necessidade de se considerar a semântica extensional e a pragmática a fim de se alcançar um conhecimento adequado da semântica intensional do texto literário: *e.g.*, Maria Corti, *Principi della comunicazione letteraria*, Milano, Bompiani, 1976, pp. 23-33 e *passim*; *id.*, *Il viaggio testuale. Le ideologie e le strutture semiotiche*, Torino, Einaudi, 1978, pp. 22-23 e *passim*; Cesare Segre,. *Semiotica, storia e cultura*, Padova, Liviana Editrice, 1977, pp. 27-32; František Miko, «Verso un modello della comunicazione letteraria», in Carlo Prevignano (ed.), *La semiotica nei paesi slavi. Programmi, problemi, analisi*, pp. 511-514; E. Ramón Trives, *Aspectos de semántica lingüístico-textual*, p. 184; Michał Głowiński, «Reading, interpretation, reception», in *New literary history*, XI, 1(1979), pp. 76-77; Teun A. van Dijk, «Cognitive processing of literary discourse», in *Poetics today*, I, 1-2 (1979), p. 148; Benjamin Hrushovski, «The structure of semiotic objects: A three-dimensional model», in *Poetics today*, I, 1-2 (1979), pp. 371-376.

(285) — Cf. Umberto Eco, *Trattato di semiotica generale*, pp. 143 ss.; *id.*, *Lector in fabula. La cooperazione interpretativa nei testi narrativi*, pp. 47-49 e p. 77. O conhecimento dos códigos ideológicos — e portanto o conhe-

proporciona uma "competência" histórica, socializada, pragmaticamente fundada e orientada, sem a qual aqueles "dicionários" e "gramáticas" se esgotariam numa semântica puramente intensional (*arte pela arte, autotelicidade e gratuitidade* da obra literária, etc.).

Devendo embora configurar-se segundo o esquema genérico que acabamos de indicar, a competência dos receptores pertencentes a uma dada comunidade sociocultural é sempre heterogénea, quer no plano sincrónico, quer no plano diacrónico. No plano sincrónico, ela varia em cada leitor com o seu estatuto sociológico e cultural, com a sua visão do mundo e a sua ideologia, com a sua profissão e com o seu sexo, com as suas características etárias, etc. No plano diacrónico, a variabilidade da competência literária dos receptores é função da transformação histórica dos sistemas semióticos e, em particular, da alteração dos sistemas linguístico e literário. O código literário prevalecente num certo período histórico — o *estilo de época* ou *código de época* —, que condiciona a escrita dos autores, condiciona de modo análogo a leitura dos receptores, havendo razões para afirmar que, em cada época histórico-literária, se manifestam modos peculiarmente homogéneos de leitura quer dos textos literários coevos, quer dos textos literários do passado: existe, por exemplo, uma leitura neoclássica de Góngora bem diferente da leitura simbolista e da leitura modernista da obra poética do mesmo autor; os leitores do período barroco não leram Petrarca como o leram os leitores do período romântico; a poesia de Nerval não foi lida pelos seus contemporâneos como foi lida pelos surrealistas.

Da heterogeneidade sincrónica e diacrónica da competência literária dos leitores empíricos resulta que um texto literário, permanecendo imutável como "artefacto", pode ser *concretizado* em diversos "objectos estéticos", embora a diversidade das *concretizações* de um texto literário não dependa apenas da heterogeneidade dos seus receptores. O conceito de *concretização* foi proposto por Roman Ingarden para designar o modo

---

cimento do código semântico-pragmático do policódigo literário — inscreve-se no âmbito da "enciclopédia".

como um leitor, através de múltiplos actos cognitivos,(286) através de complexas operações subjectivas e vivências, realiza a apreensão da obra literária.(287) A concretização, na perspectiva de Ingarden, tem como fundamentos ônticos os actos cognitivos do leitor e as estruturas da obra literária, de modo que, por um lado, a concretização não se dissolve numa tessitura de vivências alheias às objectividades ontologicamente heterónomas constituídas pelas estruturas textuais (288) e, por outra parte, a obra literária permanece «essencialmente distinta» de cada uma das suas plurímodas e sucessivas concretizações (se há concretizações que desvelam e iluminam o ser da obra literária, ocorrem outras que ocultam e obliteram esse mesmo ser).(289)

---

(286) — Estes múltiplos actos cognitivos encontram-se em correlação imediata com os diversos *estratos* que, segundo Ingarden, constituem a totalidade polifónica da obra literária: «Há, em primeiro lugar, diversos actos de conhecimento tais como os actos de percepção em que os signos de palavras ou fonemas e as formações fónico-linguísticas de ordem superior são apreendidos (ou as percepções das coisas e pessoas que se encontram «no palco»), os actos de apreensão das significações fundados nos primeiros e, finalmente, os actos de intuição imaginativa das objectividades e situações apresentadas e, dado o caso, também das qualidades metafísicas que nestes se revelam» (cf. Roman Ingarden, *A obra de arte literária*, Lisboa, Fundação Calouste Gulbenkian, 1973, pp. 364-365 [título original: *Das literarische Kunstwerk*, Tübingen, Max Niemeyer Verlag, ³1965]).
(287) — Sobre o conceito de "concretização" na teoria literária de Ingarden, vide: Robert R. Magliola, *Phenomenology and literature. An introduction*, West Lafayette, Purdue University Press, 1977, pp. 134 ss.; Wolfgang Iser, *The act of reading. A theory of aesthetic response*, pp. 171-176 e 178-179; Michał Głowiński, «On concretization», in John Odmark (ed.), *Language, literature & meaning. I: Problems of literary theory*, Amsterdam, John Benjamins, 1979, pp. 325-349; John Fizer, «ἐποχή, artistic analysis, aesthetic concretization: Reflection upon Roman Ingarden's reflections», in John Odmark (ed.), *op. cit.*, pp. 351-371.
(288) — Sobre o ser da obra literária como "objectividade heterónoma", como "objectividade puramente intencional", veja-se, em particular, o § 66 de *A obra de arte literária*.
(289) — Escreve Ingarden: «A concretização encerra não só diversos elementos que não estão realmente contidos na obra mas são por ela permitidos como também assinala muitas vezes elementos que são estranhos à obra e a encobrem em maior ou menor grau. São estes factos que nos obrigam a traçar em pormenor e logicamente a linha divisória entre

Transcendendo o âmbito predominantemente fenomenológico em que se inscreve o conceito ingardeniano,(290) o esteta checo Felix Vodička, em consonância com a orientação geral do estruturalismo do Círculo Linguístico de Praga, reelaborou o conceito de concretização da obra literária, conferindo-lhe uma dimensão histórica e social.(291) Assim reformulado, o conceito de concretização desempenha relevante função na teoria da recepção literária de Jauss: «de acordo com a teoria estética do estruturalismo de Praga, designo por esta palavra ["concretização"] o sentido sempre novo que pode tomar toda a estrutura da obra enquanto objecto estético, quando as condições históricas e sociais da sua recepção se modificam».(292)

A diversidade sincrónica e diacrónica das concretizações de um texto literário constitui o fundamento da "vida" desse

---

a obra literária em si mesma e as suas múltiplas e várias concretizações» (cf. *op. cit*, p. 370). Sobre a função da crítica e da história literárias — ou do encenador, quando se trata de uma peça de teatro — nos processos de desocultamento e ocultamento da «forma autêntica da obra», veja-se a p 373 da referida obra de Ingarden.

(290) — Ingarden, todavia, reconhece a legitimidade e a conveniência de se estudarem as concretizações das obras literárias segundo uma perspectiva histórica e epocal, apreendendo a sua diversidade em função de códigos historicamente configurados e actuantes e não apenas em função de particularismos individuais dos receptores. Głowiński cita, a este respeito, um fragmento muito elucidativo dos *Studia z estetyki* de Ingarden, que vamos retranscrever na versão em língua inglesa apresentada por aquele investigador: «The point of greatest importance is for us the fact that concretizations which occur in particular epochs, are primarily exponents of a relation between the work and the literary atmosphere of this epoch rather than between the work and the individuality of a reader. In its concretizations the work assumes the shape typical of its epoch. Since the work lasts through various literary epochs and is perceived through its concretizations, it seemingly undergoes characteristic changes and, considered from this angle. it becomes a particular *historical, temporal object*, whereas considered as a work in itself, most faithfully reconstructed, it is *a timeless object*» (*apud* Michał Głowiński, «On concretization», in John Odmark (ed.), *op. cit.*, pp. 333-334).

(291) — Cf. Felix Vodička, «Historia de la repercusión de la obra literaria», in AA. VV., *Lingüística formal y crítica literaria*, Madrid, Alberto Corazón, 1970, pp. 49-61.

(292) — Cf. Hans Robert Jauss, *Pour une esthétique de la réception*, p. 213 (vejam-se também, nesta mesma obra, as pp. 118-119).

mesmo texto, isto é, da sua capacidade de durar, de preservar a sua identidade e de se modificar parcialmente, através de múltiplos e sucessivos actos de leitura, em correlação com transformações horizontais e verticais do código literário e de outros códigos semióticos com ele conexionados, bem como da sua capacidade de influir nos processos de produção e recepção de outros textos e, em última instância, da sua capacidade de contribuir para a estática e para a dinâmica do próprio sistema semiótico literário.

O grau zero da recepção de um determinado texto literário identifica-se com a ausência de concretizações desse mesmo texto: um texto progressivamente negligenciado e esquecido pelos leitores, um texto que, por isso mesmo, perde a energia de interacção semiótica na escrita e na leitura de outros textos, volve-se gradual e inexoravelmente num texto morto ou, pelo menos, num texto letárgico e estéril no devir do sistema literário, embora possa emergir fugazmente de tal letargia mediante leituras inscritas no âmbito da história, da erudição e da "arqueologia" literárias.

Um texto literário pode ainda tender para um paradoxal grau zero de recepção, não por escassez ou carência de concretizações, mas pela sua sujeição frequente a um tipo rigidamente canónico de concretização que provoca a usura formal, semântica e pragmática do texto — uma modalidade de concretização, por conseguinte, que não é matriz de uma renovada "vida" do texto, mas que exaure ou anula a "vida" do texto mediante um *ersatz* de leitura (por exemplo, a leitura-estereótipo imposta, difundida e inumeravelmente reiterada pelos mecanismos da engrenagem escolar: antologias comentadas, fichas de leitura, manuais de estudos literários "especializados" em paráfrases e resumos de textos, etc.).(292)

---

(292) — Cf. George McFadden, «"Literature": A many-sided process», in Paul Hernadi (ed.), *What is literature?*, Bloomington — London, 1978, p. 58: «Likewise, we should acknowledge that the "canonization" of a work as a masterpiece of a determinate kind, and its insertion into a "great tradition" as if into a museum, or into a curriculum as one of the workhorses of multi-purpose education, is an invitation to atrophy. [...] We may say, then, that a work may die of over-exposure as well as from neglect». Veja-se também Maria Corti, *Principi della comunicazione letteraria*, p. 67.

O receptor, porque não é uma entidade semioticamente adâmica, encontra-se normalmente, ao iniciar a leitura de um texto literário, sob a acção de um determinado "horizonte de expectativas". Estas expectativas, que podem representar um poderoso factor condicionante da estratégia e da dinâmica da leitura, defluem de múltiplos sinais que o receptor em geral percepciona e decodifica antes de começar a ler os primeiros grafemas da cadeia textual. Os mais relevantes dentre esses sinais são os seguintes: nome do autor (trata-se de um autor já conhecido ou de um autor desconhecido do leitor? Se já é conhecido, em que se fundamenta, ou donde deriva, esse conhecimento?); título e, eventualmente, subtítulo do texto (há títulos e subtítulos que manifestam liminarmente, de um modo condensado, a forma da expressão e a forma do conteúdo do texto, mas ocorrem outros títulos e subtítulos que, pela sua ironia, pela sua ambiguidade, podem fornecer indícios enganadores e falsas pistas de leitura);([293]) indicação do género literário, frequentemente ostentada na capa e no frontispício, em que o texto se integra (as expectativas defluentes da indicação do género literário podem configurar um programa de leitura já relativamente especificado, predispondo o receptor a operar com certos temas e certas macroestruturas formais, com certos estilemas, etc., e a adoptar uma determinada atitude estética e pragmática); características materiais de apresentação do texto, desde o formato do livro até ao *design* da capa e à feitura gráfica do próprio texto (*e. g.*, a capa de um romance *kitsch* não se confunde com a capa de uma obra literária de vanguarda); muitas vezes, a menção da casa editora desempenha uma função semiótica importante (um editor pode estar intimamente relacionado com um movimento ou um grupo literários e com certas correntes ideológicas, pode orientar a sua actividade com o objectivo de satisfazer o gosto e os hábitos de leitura de determinado tipo de público)([294]); os escritos

---

([293]) — Analisaremos esta problemática no capítulo 9.
([294]) — Stendhal, no seu projecto de artigo «Sur le Rouge et Noir», dirigido sob forma de carta ao conde Salvagnoli, faz observações muito interessantes a este respeito: «Toutes les femmes de France lisent des romans, mais toutes n'ont pas le même degré d'éducation, de là, la distinction qui

de natureza proemial, de teor e dimensão diversos — desde a curta "advertência" ao leitor até aos longos e laboriosos "prefácios", "prólogos", "prolegómenos", etc. —, quer assinados pelo autor do texto ou a ele atribuíveis, quer assinados por outrem.(295)

O receptor, no processo de decodificação, percepciona em primeiro lugar a manifestação linear textual, isto é, a *superfície lexemática do texto* ou a *estrutura de superfície do texto*. Se se aceitar como fundamentado, em condições de idealização científica, um modelo gerativo do texto de base semântica, diremos que o receptor, no processo de decodificação, perfaz um itinerário inverso daquele percorrido pelo emissor no processo de codificação: partindo da sucessividade grafemática, do léxico, das sequências frásticas e interfrásticas, transita do nível das microestruturas para o nível das macroestruturas formais e sémicas, alcançando por fim a representação semântico-pragmática que constitui a chamada *estrutura profunda do texto*. Todavia, quer no processo de produção, quer no processo de recepção do texto literário, a ordem dos vários níveis ou das várias

---

s'est établie entre les romans pour les *femmes de chambre* (je demande pardon de la crudité de ce mot inventé, je crois, par les libraires) et le roman des *salons*.
   Le roman pour les femmes de chambre est en général imprimé sous format in-12 et chez M. Pigoreau. C'est un libraire de Paris qui, avant la crise commerciale de 1831, avait gagné un demi-million à faire pleurer les beaux yeux de province. Car malgré cette appellation méprisante de roman *pour les femmes de chambre,* le roman de Pigoreau in-12, où le héros est toujours parfait et d'une beauté ravissante, fait *au tour* et avec de grands yeux à *fleur de tête,* est beaucoup plus lu en province que le roman in-8º imprimé chez Levavasseur ou Gosselin, et dont l'auteur cherche le mérite littéraire» (cf. Stendhal, *Le Rouge et le Noir,* Paris, Éditions Garnier, 1960, pp. 511-512).
   (295) — Geneviève Idt, no seu estudo «Fonction rituelle du métalangage dans les préfaces "hétérographes"» (in *Littérature,* 27 (1977), pp. 65--74), propõe a designação de "heterógrafos" para os prefácios que não são da autoria do emissor da obra em que os mesmos figuram. Parece-nos mais correcto designar por "homo-autorais" os prefácios pertencentes aos autores das obras em que aqueles aparecem e por "hetero-autorais" os prefácios pertencentes a autores diversos dos autores das obras em que aqueles ocorrem.

fases constantes de tal modelo não apresenta uma rigidez hierárquica ou cronológica insusceptível de alterações. É óbvio, como escreve Umberto Eco, que a decodificação tem de partir da manifestação linear do texto e que a concretização do texto não se pode efectivar «senza investire di contenuto le espressioni, riferendosi al sistema delle competenze semiotiche (codici e sottocodici), sistema culturale che precede la stessa produzione della manifestazione lineare concreta»; após estas injunções hierárquicas de base, porém, «la lettura non è più strettamente gerarchizzata, non procede ad albero, né a *main street,* ma a *rizoma*».(296) Tal como o emissor/autor pode realizar uma estrutura semântica por sugestão, por exigência ou por efeito de retroacção de uma microestrutura formal, (297) assim o leitor pode decodificar uma microestrutura estilística, uma microestrutura fónico-rítmica ou uma microestrutura métrica, após ter decodificado uma macroestrutura técnico-compositiva ou uma macroestrutura semântico-pragmática.

A leitura que o receptor realiza seguindo a direccionalidade da cadeia sintagmática do texto — nos textos escritos nas actuais línguas do Ocidente, começando na primeira linha da primeira página e progredindo da esquerda para a direita — constitui uma *leitura linear.* Ao longo desta leitura — e "ao longo" implica tanto factores topológicos como factores temporais —,(298) o receptor elabora e acumula informações — em latim, *legere*

---

(296) — Cf. Umberto Eco, *Lector in fabula. La cooperazione interpretativa nei testi narrativi,* p. 69. Como Eco ironicamente observa, tal asserto, formulado em termos de modernidade semiótica, não difere da teoria spitzeriana do círculo hermenêutico. Sobre a elaboração de um modelo do *programa* da produção textual por um "organismo emissor" e do *programa* da recepção textual por um "organismo receptor", veja-se também Walter D. Mignolo, *Elementos para una teoría del texto literario,* Barcelona, Editorial Crítica, 1978, pp. 295 ss.

(297) — Cf. Teun A. van Dijk, *Per una poetica generativa,* Bologna, Il Mulino, 1976, p. 237.

(298) — Realizando-se a leitura no plano da temporalidade, o ritmo da sua realização assume necessariamente muita relevância, como Pascal reconheceu: «Quand on lit trop vite ou trop doucement on n'entend rien» (cf. Pascal, *Oeuvres complètes,* Paris, Éditions du Seuil, 1963, p. 594, fragmento 723).

significa "reunir", "recolher" —, num processo cognitivo em que submete as microestruturas e as macroestruturas formais e sémicas a uma decodificação condicionada e orientada pelo seu código literário e no qual a percepção e a memória interactuam continuamente: cada frase que vai sendo lida é correlacionada com as frases antecedentes, confirmando ou modificando a sua informação conservada na memória, e gera uma determinada expectativa, tanto sémica como formal, em relação às frases subsequentes. Assim, nas palavras de Wolfgang Iser, «every moment of reading is a dialectic of protension and retention, conveying a future horizon yet to be occupied, along with a past (and continually fading) horizon already filled.»[299]

A função da memória, quer da memória de curta duração (*short term memory*), quer da memória de longa duração (*long term memory*), assume assim grande relevância no processo da leitura do texto literário, não só porque nela estão conservados os dados semióticos relativos ao sistema e aos códigos literários e ao conhecimento de outros textos em que se fundam, tanto sob o ponto de vista da ontologia textual, como sob o ponto de vista da hermenêutica textual, os fenómenos da intertextualidade, mas também porque sem ela não seria possível a progressão no conhecimento do texto. Em certas classes de textos — nos textos narrativos, por exemplo —, a memória, ao longo da leitura linear, conserva predominantemente informação sobre as macroestruturas textuais e, em particular, sobre as macroestruturas semânticas, submetidas a um processo de sumarização variável em função de múltiplos factores; noutras classes de textos — nos textos de poesia lírica, por exemplo —, a memória conserva também de modo relevante informação específica atinente à estrutura de superfície do texto, às suas microestruturas formais e estilísticas.[300]

---

[299] — Cf. Wolfgang Iser, *The act of reading. A theory of aesthetic response*, p. 112.
[300] — Sobre a função da memória no processo cognitivo dos textos e, em especial, dos textos literários, *vide*: Teun A. van Dijk e Walter Kintsch, «Cognitive psychology and discourse: Recalling and summarizing stories», in Wolfgang U. Dressler (ed.), *Current trends in*

O processo da leitura linear, imposto pela sucessividade sintagmática, pelo desenvolvimento topológico-temporal do texto literário, proporciona ao receptor um conhecimento cronologicamente gradual, orientado do princípio para o fim, das estruturas sémico-formais do texto concreto sob leitura. Se a metáfora do itinerário e da viagem exprime frequentemente o labor e a aventura da escrita com que o autor/emissor vai construindo o seu texto, preenchendo, uma após outra, as páginas vazias do seu manuscrito ou do seu dactiloscrito, também representa adequadamente o processo da leitura linear, mediante o qual o leitor, linha após linha, página após página, perfaz a "travessia" do texto.(301)

Acompanhando, porém, a leitura linear, fundando-se nela, alternando com ela, interrompendo-a, servindo-lhe de confirmação, de rectificação ou de aprofundamento, o leitor pratica outras modalidades de leitura: a *leitura retroactiva* ou a *leitura tabular*.(302) A linearidade do texto manifesta, mas tam-

---

textlinguistics, Berlin — New York, Walter de Gruyter, 1978, pp. 60-80; Teun A. van Dijk, «Cognitive processing of literary discourse», in *Poetics today*, 1, 1-2 (1979), pp. 143-159. Neste último estudo, observa van Dijk: «This explanation of the possibility of processing specific kinds of information from texts also explains why most poems are relatively short, a question we seldom ask when we talk about poetry. As soon as we need extra memory resources for the processing and storage of (surface) structural information, memory for those particular words, phrases, sentences — and the various phonological, graphemical, syntactic operations based on them — is possible only when the amount of information is rather low» (p. 154).

(301) — Veja-se, a este propósito, o ensaio «Il viaggio testuale. (Postille a una metafora)», com que Maria Corti abre o seu livro *Il viaggio testuale. Le ideologie e le strutture semiotiche*.

(302) — Em rigor, o conceito de "leitura retroactiva", utilizado por Michael Riffaterre (cf. *Semiotics of poetry*, pp. 5-6, 91, 139 e 165; em *La production du texte*, p. 46, ocorre o conceito de «lecture par rétroaction»; nos *Essais de stylistique structurale*, pp. 58-59, Riffaterre refere-se apenas a «rétroaction»), não coincide com o conceito de "leitura tabular", utilizado pelos autores do grupo µ de Liège (cf. Jacques Dubois *et alii*, *Rhétorique de la poésie*, Bruxelles, Éditions Complexe, 1977, pp. 58 e 161 ss.). Para Riffaterre, a leitura retroactiva é sobretudo uma leitura *in mente*, um processo *hermenêutico* que se desenvolve concomitantemente com o processo *heurístico* da leitura linear: «As he progresses through the text, the reader remembers what he has just read and modifies his understanding of it

bém oculta, estruturas semânticas e formais, conexões intertextuais, metatextuais e extratextuais, cujas interpretação e explicação requerem em geral leituras múltiplas, incidindo sobre fragmentos ou sobre a globalidade do texto — uma leitura corrigindo, aprofundando, contraditando outra, permitindo dilucidar uma estrutura semântica através da análise de uma estrutura estilístico-formal ou vice-versa, aproximando funcionalmente elementos descontínuos na sequência textual, fazendo irradiar significados da materialidade fónico-rítmica ou visual dos significantes, revelando um significado sob outro significado, etc.

3.11.3. Leitura controlada, indeterminação textual e liberdade semiótica do receptor

O texto literário, como sequência de lexemas, de enunciados, de frases, de microestruturas estilísticas e de microestruturas semânticas, de macroestruturas formais e macroestruturas semântico-pragmáticas, constitui um objecto semiótico que orienta e controla parcialmente o leitor, mas que permite e exige também a este, em grau variável, o exercício de uma "liberdade semiótica" que se funda na interacção das próprias estruturas textuais com os instrumentos, os meios e os processos de decodificação utilizados pelo receptor.([303])

Existem textos, porém, que tendem a reduzir drasticamente o coeficiente da liberdade semiótica do leitor, que intentam controlar apertadamente, de modo explícito ou de modo oculto e ambíguo, a sua própria decodificação. Assim acontece, por

---

in the light of what he is now decoding. As he works forward from start to finish, he is reviewing, revising, comparing backwards» (cf. *Semiotics of poetry*, pp. 5-6). Para os autores do grupo µ, a leitura tabular é constituída pela sobreposição de diversas leituras, é o resultado da leitura linear e da(s) releitura(s) que se lhe sucede(m) (cf. *Rhétorique de la poésie*, p. 58).

([303]) — Sobre o conceito de "liberdade semiótica", cf. Anthony Wilden, *System and structure. Essays in communication and exchange*, London, Tavistock Publications, 1972, p. 111.

exemplo, com os textos da chamada *literatura de tese*, textos em que domina univocamente — e, por vezes, de maneira "terrorista" — um policódigo literário e, em particular, um código semântico-pragmático; assim sucede, em geral, com os textos que podemos classificar como *fechados*, isto é, aqueles textos que, produzidos por um emissor que conhece e prevê com bastante exactidão a enciclopédia, os códigos, as pressuposições, as reacções afectivas e volitivas do leitor modelo ao qual se dirige, regulam cuidada e minuciosamente, mas também estereotipadamente, a cooperação interpretativa dos seus receptores (nesta categoria dos textos "fechados" integram-se tanto os textos da literatura de tese como os textos da paraliteratura e da literatura *kitsch*, ou seja, textos em que o policódigo literário é reproduzido especularmente).(304)

---

(304) — Como sublinha Umberto Eco, os textos "fechados", ou produzidos como "fechados", podem ser objecto de leituras radicalmente diversas das que os seus autores pretendiam ou desejavam, em virtude da deficiente previsão da competência comunicativa do leitor modelo, da anómala execução da "estratégia" textual programada, da ocorrência superveniente de fenómenos histórico-sociais e literários que modificam as circunstâncias de recepção dos textos, da originalidade do processo de decodificação empreendido pelo receptor, etc. *Os mistérios de Paris* de Eugène Sue exemplificam bem, a tal respeito, as aventuras inesperadas de um texto no seu circuito de comunicação: «Scritto con intenti dandystici per raccontare al pubblico colto le vicende piccanti di una miseria pittoresca, viene letto dal proletariato come descrizione chiara e onesta della propria soggezione; come l'autore se ne avvede, continua a scriverlo per il proletariato, e lo farcisce di moralità socialdemocratiche per convincere queste classi "pericolose", che egli comprende ma teme, a trattenere la propria disperazione confidando nella giustizia e nella buona volontà delle classi abbienti. Bollato da Marx e Engels come modello di perorazione riformistica, il libro compie un viaggio misterioso nell'animo dei propri lettori, e questi lettori ritroviamo sulle barricate quarantottesche a tentar la rivoluzione, anche perché avevano letto *I misteri di Parigi*. Forse che il libro conteneva anche quella possibile attualizzazione, disegnava in filigrana anche quel Lettore Modello? Certo, a patto di leggerlo saltando le parti moraleggianti — o di *non volerle capire*» (cf. Umberto Eco, *Lector in fabula. La cooperazione interpretativa nei testi narrativi*, p. 57). Sobre *Os mistérios de Paris*, veja-se ainda o ensaio de Eco intitulado «Eugène Sue: il socialismo e la consolazione», incluído na obra do mesmo autor, *Il superuomo di massa. Retorica e ideologia nel romanzo popolare* (Milano, Bompiani, 1978), pp. 27-51.

A "liberdade semiótica" do leitor, se em parte está condicionada e configurada pela sua competência comunicativa, depende também em parte de certos predicados ontológicos e funcionais do próprio texto literário e, especialmente, daqueles caracteres do texto literário que Roman Ingarden designou como *pontos de indeterminação* («Unbestimmtheitsstellen») ou *lacunas* («Lücken») ([305]) e que constituem fenómenos resultantes quer da natureza da linguagem verbal, quer da inevitável selectividade da arte literária, quer de uma intenção estética. O leitor, na sua concretização do texto literário, tem de determinar tais indeterminações e de preencher as lacunas, ou os hiatos, que fazem parte da estrutura textual. Ora os pontos de indeterminação e as lacunas representam factores textuais que desenvolvem e potenciam a liberdade semiótica do leitor, requerendo deste uma cooperação heurística e hermenêutica particularmente atenta, reflexiva e dinâmica. Os textos literários com um coeficiente elevado de indeterminações são *textos abertos* que solicitam uma pluralidade de leituras.

([305]) — Cf. Roman Ingarden, *A obra de arte literária*, § 38 («Os pontos de indeterminação das objectividades apresentadas»); id., *The cognition of the literary work of art*, Evanston, Northwestern University Press, 1973 [título original: *Vom Erkennen des literarischen Kunstwerks*, Tübingen, Max Niemeyer Verlag, 1968], pp. 13-14, 50-55, 241-245, 288-293, 389-392 e *passim*. Numa carta dirigida ao Prof. John Fizer e por este parcialmente publicada (cf. John Fizer, «Indeterminacies as structural components in semiotically meaningful wholes», in *PTL*, 4,1 (1979), pp. 119-131), Ingarden escreve: «In a literary work there are objects represented (things, persons, processes, events) and all of this represented world that is given to the reader is dependent on its existence and determination upon the meaning of the text (a finite set of propositions). That which is not designated — explicitly or implicitly — by the text does not exist in the represented world at all. In consequence of this there are areas of indeterminateness in the represented things (processes): There are gaps in the determination and, consequently, that which is established by the text has a character of a scheme. What is important for the literary work as a work of art is not only this which is determined, but also the gaps, the areas of indeterminateness, and the existence of gaps in the represented world is not related to human language only but to the finiteness of the linguistic means of representation in the literary work» (p. 122). Sobre o conceito de "pontos de indeterminação" na teoria literária de Ingarden, veja-se Wolfgang Iser, *The act of reading. A theory of aesthetic response*, pp. 170 ss. (veja-se, nas pp. 182-183, a diferenciação entre o referido conceito ingardeniano e o conceito de "vazios" ou "lacunas" textuais proposto por Iser).

3.12. Metacomunicação literária

No âmbito global da comunicação literária, ocorre com frequência um fenómeno relevante que os investigadores de teoria e crítica literárias da escola eslovaca de Nitra, e em particular Anton Popovič, designam por *metacomunicação* ([306]). Este fenómeno constitui uma *comunicação secundária* a que pode dar lugar a *comunicação originária* do texto literário: o receptor, após realizar a concretização de um determinado texto literário, produz um novo texto cuja existência pressupõe necessariamente, de modo explícito e imediato, a existência daqueloutro texto, transformando-se deste modo o receptor do processo da comunicação originária num emissor que se dirige a outros receptores — os quais podem ser leitores ou ouvintes ou leitores-ouvintes — e assim se originando, a partir de um acto de comunicação, novos actos de comunicação. Nesta perspectiva, o texto do processo da comunicação originária configura-se como um *prototexto* e o texto da metacomunicação como um *texto derivado* ou como um *metatexto*, ([307]) cuja ontologia se funda na ontologia do prototexto, embora o texto derivado se constitua e funcione com uma lógica e até com uma axiologia próprias. Diagramaticamente, pode-se representar assim o fenómeno da metacomunicação literária:

ESFERA DA COMUNICAÇÃO ORIGINÁRIA   METACOMUNICAÇÃO

$E \to T \to R$ ⟨ outro escritor]
tradutor]
crítico literário] → MT → R
historiador literário]
professor de literatura]
declamador ⟩

E = emissor
T = texto (prototexto)
R = receptor
MT = metatexto

([306]) — Cf. Anton Popovič, «Testo e metatesto», in Carlo Prevignano (ed.), *La semiotica nei paesi slavi. Programmi, problemi, analisi*, pp. 521-545; Edward Mozejko, «Slovak theory of literary communication: Notes on the Nitra school of literary criticism», in *PTL*, 4, 2 (1979), pp. 371-384.

([307]) — Popovič utiliza "metatexto" numa acepção menos rigorosa do que Lotman (veja-se, *supra*, 2.12.).

Como o diagrama precedente revela, a metacomunicação literária tem subjacentes fenómenos bem diferenciados de intertextualidade, de metalinguagem, de recodificação e transcodificação do texto literário, manifestando-se nos seus possíveis emissores, nos correlativos metatextos e nos respectivos receptores, diversidades semióticas profundas: a paródia, o plágio, a tradução, o ensaio hermenêutico e a *editio purificata*, por exemplo, embora se inscrevam no domínio genérico da metacomunicação literária, mantêm relações estilístico-formais, semânticas e pragmáticas muito diferentes com o prototexto, com os seus eventuais receptores, com o sistema semiótico literário e com o próprio sistema social.

Na metacomunicação literária, assume uma importância singular o conjunto de fenómenos e mecanismos semióticos que Popovič designa por *sistema da educação literária* — um sistema que congloba programas, manuais de história literária, gramáticas, antologias, edições de textos anotados, regimes e modalidades de ensino, exames, etc. Este sistema, variável histórica, geográfica e sociologicamente, apresenta relações íntimas e profundas com a aprendizagem linguística e, por conseguinte, com a problemática fundamental da modelização do mundo, quer no plano da recepção, quer no plano da produção textual; proporciona um específico conhecimento, a nível semântico e pragmático, das formas de conteúdo discrimináveis numa determinada época histórica e numa determinada cultura, com as correspondentes implicações de ordem social, ideológica, etc.; exerce uma poderosa influência na conservação e na transformação da memória do sistema literário, condicionando a conformação do público leitor, a constituição de um determinado *cânone* de autores e de textos, etc.

3.13. Pragmática da comunicação literária

Ao concluirmos a análise do fenómeno da comunicação literária, não podemos deixar de formular esta pergunta: qual a função, ou quais as funções, da comunicação literária? Pergunta que equivale a interrogarmo-nos sobre a finalidade da literatura como instituição, sobre as razões da existência do sistema semiótico literário, sobre a influência dos textos literários no sistema de conhecimentos, de crenças, de convicções, de normas éticas e sociais que caracteriza os seus leitores e as comunidades históricas em que estes se integram. Com efeito, se na comunicação literária se encontram suspensas as regras que relacionam imediatamente os actos ilocutivos do texto com o mundo empírico (cf., *supra*, 3.4.), tal não significa que o texto literário não comporte *actos perlocutivos* e que seja destituído da capacidade de originar nos seus receptores múltiplos e diversos *efeitos perlocutivos* ("fazer tomar consciência", "modificar escalas de valores", "persuadir", "comover", etc.). Os numerosos mecanismos de censura e de repressão que, desde há milénios, têm sido concebidos e postos em execução a fim de impedir que os textos literários possam exercer, em liberdade, os seus possíveis efeitos perlocutivos, demonstram bem a relevância dos factores pragmáticos da comunicação literária.

A análise, sob a perspectiva de uma fenomenologia histórica, das respostas dadas a tais interrogações revela que o seu teor, para além de concretas variações diacrónicas, tem oscilado dialecticamente entre duas polaridades: a polaridade da *autonomia* e a polaridade da *heteronomia* da literatura, não carecendo de fundamentação teórica e histórica afirmar, com Luciano Anceschi, que esta antítese representa uma lei que «domina e rege, regulando-o, o momento teórico-pragmático da reflexão sobre o campo estético» da literatura e a própria vida da literatura «nas suas expressões mais individualizadas». [308] Quando entendidas, valoradas e actualizadas dogmaticamente, tais polaridades constituem um síndroma de graves disfunções que afectam

---

[308] — Cf. Luciano Anceschi, *Autonomia ed eteronomia dell'arte*, Milano, Garzanti, 1976, p. 227. A afirmação transcrita de Anceschi é atinente à arte em geral. Graham Hough, na sua obra *An essay on criticism* (London, Gerald Duckworth, 1966, pp. 8 ss.), refere-se a duas teorias que, ao longo da história, se têm contraposto acerca da natureza e da função da literatura: uma teoria *formal* e uma teoria *moral*. Os defensores da primeira consideram a literatura como um domínio autónomo, regido por normas e objectivos próprios; os partidários da segunda entendem a literatura como uma actividade que deve ser integrada na actividade total do homem (política, social, etc.), dependendo a sua valoração do modo como ela se articula com essa actividade global. Os partidários da teoria formal são logicamente conduzidos a sublinhar como *é feita* a obra literária, analisando-a como um artefacto verbal, como uma específica organização da linguagem; os defensores da teoria moral ocupam-se e preocupam-se antes de tudo com aquilo para que *serve* a obra literária.

globalmente as inter-relações do sistema semiótico literário com o metassistema social: a hipostasiação da autonomia da literatura procede de um insulamento anómalo, de uma ruptura de tipo autista, do sistema literário em relação ao seu contexto histórico e sociológico; a hipostasiação da heteronomia da literatura é a consequência da colonização do sistema literário, sobretudo a nível do seu código semântico-pragmático, por outros sistemas semióticos actuantes na mesma comunidade cultural.

A comunicação literária e os seus textos constituem meio e instrumentos privilegiados de conservação e de contínuo renovamento da informação sobre o homem, a sociedade e o mundo, tanto sob a perspectiva da instância de produção como sob a perspectiva das suas inumeráveis e historicamente diversificadas instâncias de recepção. Em virtude dos seus próprios fundamentos semióticos, já atrás descritos, a comunicação literária actualiza e potencia todas as virtualidades da linguagem verbal, genericamente considerada, e daquela língua histórica, em particular, que funciona como seu sistema modelizante primário, possibilitando por isso mesmo, não só aos usuários específicos do seu circuito semiósico, mas, em graus vários, a todos os membros de uma determinada comunidade linguística, a revitalização e a dinamização da língua natural na qual e com a qual a realidade antropológica, social e cosmológica é primariamente conhecida, analisada e valorada.

Semelhante problemática da comunicação literária permite reequacionar, em termos novos, a questão da literatura como meio específico de conhecimento — uma questão já debatida na filosofia platónica e na *Poética* de Aristóteles e que adquiriu uma importância fundamental com o romantismo e com a literatura e a poética pós-românticas (simbolismo, surrealismo, formalismo russo, etc.). No seu extremo limite, a concepção da literatura como conhecimento tende para uma concepção *órfica* ([309]) da comunicação literária (mais particular e restritiva-

---

([309]) — *Vide* Gerald L. Bruns, *Modern poetry and the idea of language. A critical and historical study*, New Haven — London, Yale University Press, 1974, cap. 8: «Poetry as reality: The Orpheus myth and its modern counterparts». Escreve Bruns: «The power of Orpheus extends beyond the creation of song to the building up of a world, because the sphere of his activity is governed by an identity of word and being» (p. 207).

mente, da comunicação poética): o escritor, ao emitir o seu texto, não só transfigura o real nomeado ou aludido, mas reinventa e instaura o próprio real, o real absoluto — *Die Poesie ist das echt absolut Reelle*, nas palavras de Novalis —, com a urdidura encantatória do seu discurso.

Se o mito de Orfeu representa as virtualidades cognitivas da comunicação literária, o mito de Prometeu simboliza a capacidade de a comunicação literária contribuir para transformar o real — o real antropológico e o real histórico-social —, em virtude das influências cognitivas, emotivas e volitivas exercidas pelos textos literários nos seus receptores e pela possível co-acção destes mesmos textos na génese e no desenvolvimento de correntes de opinião pública, na conformação de vectores relevantes da consciência colectiva generalizada e da consciência colectiva particularizada ([310]) e na emergência de novas visões do mundo. Tais influências, coincidentes muitas vezes — mas não sempre — com as intenções do emissor, variam, para além de diferenças de âmbito individual, com o circunstancialismo histórico e social da recepção das obras literárias, com a temporalidade das consciências leitoras e dos actos de leitura através dos quais se *concretizam*, numa interacção inextricável de liberdade e determinação, os significados do texto. Nestas variações de carácter transindividual, ocorrentes tanto no plano diacrónico como no plano sincrónico, desempenham uma função importante, em geral, os agentes da metacomunicação literária.

A concepção prometaica da comunicação literária, que se desenvolveu na teoria e na *praxis* sobretudo com o romantismo e, mais acentuadamente, com as literaturas de vanguarda, consubstancia-se paradigmaticamente em textos literários que instituem uma ruptura declarada e violenta com os códigos linguísticos, retórico-estilísticos e semântico-pragmáticos dominantes numa determinada comunidade sociocultural e encontrou a sua teorização mais radical e mais consistente na chamada "estética da negatividade", defendida por pensadores como Adorno e Marcuse: o texto literário não reflecte nem justifica conformistamente o

---

([310]) — Sobre os conceitos de "consciência colectiva generalizada" e "consciência colectiva particularizada", veja-se Juan Ignacio Ferreras, *Fundamentos de sociología de la literatura*, Madrid, Ediciones Cátedra, 1980, pp. 50-51.

real estabelecido, mas corrói e anula, pelo seu poder de negatividade, esse mesmo real, manifestando no seu mundo de *Schein*, de ilusão, a «verdade subversiva» questionadora da ideologia dominante e antecipando, no plano da utopia, um horizonte de libertação. ([311]) O efeito social de muitos textos literários de ruptura pode ser intenso, mas relativamente transitório, porque as próprias transformações eventualmente ocorridas na sociedade, ao modificarem o circunstancialismo da recepção literária, determinam a sua exaustão e o seu gradual desaparecimento.([312])

A comunicação literária, todavia, pode desempenhar uma importante função social que se situa nos antípodas dos fenómenos de ruptura com os códigos de diversa natureza predominantes numa comunidade sociocultural. Com efeito, ao longo da história, a comunicação literária tem frequentemente veiculado a *legitimação*, a nível de *universo simbólico*, ([313]) do sistema de crenças, de convicções, de normas éticas e de acção, prevalecente numa determinada sociedade, integrando assim os seus leitores numa específica tradição cultural — uma tradição que consiste, antes de mais, na sedimentação e na transmissão fiel de uma certa linguagem ([314]) — e defendendo ou exaltando, ora através

---

([311]) — Cf. Herbert Marcuse, *Contre-révolution et révolte*, Paris, Éditions du Seuil, 1973, pp. 120-128.

([312]) — Para a realização de tais transformações podem ter contribuído os próprios textos literários depois esvaziados de imediata e concreta influência social por essas mesmas modificações. Este fenómeno constitui uma manifestação particular da interdependência funcional e da resolução dialéctica dos contrários: a oposição regenera as estruturas sociais contestadas, impondo a sua reorganização — ou contribuindo para ela —, corrigindo e vitalizando a sua dinâmica. Sob esta angulação teórica, cuja aplicação à análise da mudança do sistema literário se afigura fecunda, as rupturas, em rigor, identificam-se com conflitos que se resolvem em reorganizações sistémicas e estruturais (cf. Richard H. Brown, *A poetic for sociology. Toward a logic of discovery for the human sciences*, Cambridge—London—New York—Melbourne, Cambridge University Press, 1977, capítulo 5; David Binns, *Beyond the sociology of conflict*, London, Macmillan, 1977, *passim*).

([313]) — Sobre os conceitos de "legitimação" e de "universo simbólico", veja-se Peter L. Berger e Thomas Luckmann, *The social construction of reality*, Harmondsworth, Penguin Books, 1971, pp. 110 ss. e *passim*. Sobre esta função social da comunicação literária, veja-se Hans Robert Jauss, *Pour une esthétique de la réception*, pp. 150 ss.

([314]) — Cf. Peter L. Berger e Thomas Luckmann, *op. cit.*, pp. 85-87.

de uma retórica ostensiva, ora através de processos hortatórios e conativos mais subtis e complexos, os valores religiosos e morais, as ideologias, as instituições e os padrões de comportamento considerados como fundamento e paradigmas da vida individual e da vida social. A comunicação literária, sob esta perspectiva, constitui um factor de socialização, um meio eficaz de contribuir, com o deleite próprio da experiência estética, para a realização de um processo educativo que assegura o ordenamento ético-político, o equilíbrio social, a perdurabilidade de uma visão do mundo e de uma civilização. À metacomunicação literária, sobretudo através das suas manifestações escolares, cabe uma relevante função neste processo de transmissão e disseminação de normas — um processo indissociável do conflito, ora latente, ora declarado, entre o *consenso* e o *dissenso*, entre a *ortodoxia* e a *heterodoxia*, entre as maiorias sociológicas e os grupos marginais ou marginalizados, entre os detentores do poder e os candidatos à captura desse mesmo poder, em suma, entre os guardiões da lei e os seus transgressores.

Se, como já observámos, a hipostasiação dogmática da autonomia da literatura provoca o dissídio entre o sistema literário e o metassistema social, ([315]) volvendo-se a comunicação literária numa actividade lúdica refinadamente complexa ou numa aventura órfica desesperadamente orgulhosa, cujo circuito semiósico

---

([315]) — Em rigor, a hipostasiação da autonomia da literatura, nos planos da teoria e da prática, constitui um sintoma, e não factor causal, do dissídio entre o sistema literário e o metassistema social. A arte pela arte, por exemplo, como movimento estético-literário historicamente situado, é um fenómeno característico do século XIX, ligado à invasão crescente do mundo moderno pela técnica e à tendência burguesa para transformar a obra de arte em mercadoria (cf. Walter Benjamin, *Angelus novus*, Torino, Einaudi, 1962, pp. 150-151). Fredric Jameson, ao estudar a estética de Adorno, analisa com muita finura esta relação negativa entre obra de arte e sociedade: «The work of art "reflects" society and is historical to the degree that it *refuses* the social, and represents the last refuge of individual subjectivity from the historical forces that threaten to crush it: such is the position of that lecture on "Lyric and Society" which is one of Adorno's most brilliant essays. Thus the socio--economic is inscribed in the work, but as concave to convex, as negative to positive. *Ohne Angst leben:* such is for Adorno the deepest and most fundamental promise of music itself, which it holds even at the heart of its most regressive manifestations» (cf. Fredric Jameson, *Marxism and form. Twentieth--century dialectical theories of literature*. Princeton, Princeton University Press, 1971, pp. 34-35).

se encontra sob a ameaça contínua de um bloqueamento hermetista — movimento da arte pela arte, literatura desumanizada poesia pura, etc. —, a hipostasiação dogmática da heteronomia da literatura conduz à concepção do texto literário como discurso com finalidades explicitamente didácticas, moralísticas, apologéticas e propagandísticas, e à concepção da comunicação literária como uma actividade que deve ser programada, ou censoriamente vigiada, em todos os seus estádios, em conformidade com a ideologia, os interesses e as conveniências do poder instituído. Assim acontece com a chamada *literatura dirigida*, inevitável sob a dominação de quaisquer regimes políticos totalitários.

ADDENDA

A análise da comunicação literária converteu-se, desde os anos finais da década de sessenta, numa área tão relevante dos estudos literários que se pode afirmar que passou a constituir um "paradigma" da teoria e da crítica literárias (veja-se, sobre diversos aspectos desta matéria, a importante dissertação de doutoramento de Eduardo Prado Coelho, *Os universos da crítica. Paradigmas nos estudos literários*, Lisboa, Edições Setenta, 1982). Para alguns autores, a teoria da comunicação literária constitui mesmo o cerne da teoria da literatura (cf., *e.g.*, Siegfried J. Schmidt, «Empirische Literaturwissenschaft as perspective», in *Poetics*, 8, 6 (1979), pp. 557-568; *id.*, «The empirical science of literature E S L: a new paradigm», in *Poetics*, 12, 1 (1983), pp. 19-34; Anton Popovič, «Communication aspect in slovak literary scholarship», in John Odmark (ed.), *Language, literature & meaning II: Current trends in literary research*, Amsterdam, John Benjamins, 1980, pp. 96-98; Wolfgang Iser, «Les problèmes de la théorie contemporaine de la littérature. L'imaginaire et les concepts-clefs de l'époque», in *Critique*, 413 (1981), pp. 1108-1109).

Sobre os problemas da leitura e da recepção literárias, citamos três obras que oferecem informação rica e variada e extensa bibliografia: Jane P. Tompkins (ed.), *Reader-response criticism: From formalism to post-structuralism*, Baltimore — London, The Johns Hopkins University Press, 1980; Susan R. Suleiman e Inge Crosman (eds.), *The reader in the text. Essays on audience and interpretation*, Princeton, Princeton University Press, 1980; Robert C. Holub, *Reception theory. A critical introduction*, London — New York, 1984.

4
GÉNEROS LITERÁRIOS

4.1. A questão dos géneros literários

O problema dos géneros literários tem constituído, desde Platão até à actualidade, uma das questões mais controversas da teoria e da *praxis* da literatura, encontrando-se na origem imediata de algumas das mais ressonantes polémicas ocorridas nas literaturas europeias (*e. g.*, a polémica suscitada pela *Gerusalemme liberata* de Torquato Tasso, a querela do *Cid* de Corneille, a "batalha" provocada pela representação do *Hernani* de Victor Hugo).

Num plano marcadamente teorético, o problema dos géneros literários conexiona-se com problemas ontológicos e epistemológicos que se podem considerar como *uexatae quaestiones* da filosofia em todas as épocas: a existência de universais e a sua natureza; a distinção e a correlação categoriais entre o geral e o particular; a interacção de factores lógico-invariantes e de factores histórico-sociais nos processos de individuação; fundamentos e critérios das operações classificativas, etc.

Num plano prevalentemente semiótico, a questão dos géneros literários é indissociável da correlação entre sistema e estrutura, entre código e texto, e da função dos esquemas categoriais na percepção e na representação artística do real, tanto a nível da produção do objecto estético como a nível da sua recepção e da sua interpretação.

Num plano mais especificamente literário, o debate sobre os géneros encontra-se ligado a conceitos como os de tradição e mudança literárias, imitação e originalidade, modelos, regras e

liberdade criadora, e à correlação entre estruturas estilístico-
-formais e estruturas semânticas e temáticas, entre classes de
textos e classes de leitores, etc.

4.2. Os géneros literários nas poéticas de Platão e de Aristóteles

Platão, no livro III de *A República*, estabeleceu uma fundamentação e uma classificação dos géneros literários que, tanto pela sua relevância intrínseca como pela sua influência ulterior, devem ser consideradas como um dos marcos fundamentais da *genologia*, isto é, da teoria dos géneros literários.

Segundo Platão, todos os textos literários («tudo quanto dizem os prosadores e poetas») são «uma narrativa (διήγησις) de acontecimentos passados, presentes ou futuros.» (¹) Na categoria global da *diegese*, distingue Platão três modalidades: a *simples narrativa* (ἁπλῆ διήγησις), a *imitação* ou *mimese* (μίμησις) e uma *modalidade mista*, conformada pela associação das duas anteriores modalidades. A *simples narrativa*, ou *narrativa estreme* (²), ocorre quando «é o próprio poeta que fala e não tenta voltar o nosso pensamento para outro lado, como se fosse outra pessoa que dissesse, e não ele»; a *imitação*, ou *mimese*, verifica-se quando o poeta como que se oculta e fala «como se fosse outra pessoa», procurando assemelhar «o mais possível o seu estilo ao da pessoa cuja fala anunciou», sem intromissão de um discurso explícita e formalmente sustentado pelo próprio poeta («[...] é quando se tiram as palavras do poeta no meio das falas, e fica só o

---

(¹) — Cf. *A República*, 392d. Utilizamos a tradução deste diálogo platónico realizada pela Professora Maria Helena da Rocha Pereira (cf. Platão, *A República*. Introdução, tradução e notas de Maria Helena da Rocha Pereira. Lisboa, Fundação Calouste Gulbenkian, ²1976).

(²) — Genette observa que «La traduction courante de *haplé diégésis* par «simple récit» me semble un peu à côté. *Haplé diégésis* est le récit *non mêlé* (en 397b, Platon dit: *akraton*) d'éléments mimétiques: donc *pur*» (cf. Gérard Genette, *Figures III*, Paris, Éditions du Seuil, 1972, p. 184, nota 2). Paul Hernadi traduz analogamente *haplē diēgēsis* por "pure *diegesis*", mas não nos parece respeitar a lógica das distinções platónicas acima expostas a sua tradução de *diēgēsis* por "authorial presentation" (cf. Paul Hernadi, *Beyond genre. New directions in literary classification*, Ithaca — London, Cornell University Press. 1972. pp. 187-188, nota 1).

diálogo»);(³) a modalidade *mista* da narrativa comporta segmentos de simples narrativa e segmentos de imitação. Estas três modalidades possíveis do discurso consubstanciam-se em três macro-estruturas literárias, em cada uma das quais são discrimináveis diversos géneros: «em poesia e em prosa há uma espécie que é toda de imitação, como tu dizes que é a tragédia e a comédia; outra, de narração pelo próprio poeta — é nos ditirambos que pode encontrar-se de preferência; e outra ainda constituída por ambas, que se usa na composição da epopeia e de muitos outros géneros [...]» (394c).

Assim, Platão lança os fundamentos de uma *divisão tripartida* dos géneros literários, distinguindo e identificando o género *imitativo* ou *mimético*, em que se incluem a tragédia e a comédia, o género *narrativo puro*, prevalentemente representado pelo ditirambo, e o género *misto*, no qual avulta a epopeia. Nesta tripartição, não é claro, nem a nível conceptual nem a nível terminológico, o estatuto da poesia lírica, mas parece-nos menos exacto afirmar, como faz Genette, que Platão exclui deliberadamente a lírica do seu sistema de géneros literários, (⁴) pois que a diegese pura, sob o ponto de vista técnico-formal da enunciação, abrange a poesia lírica (e sublinhe-se que o ditirambo, referido por Platão como manifestação exemplar da diegese pura, constitui uma das variedades da lírica coral grega).(⁵)

Se a estética platónica, pela sua lógica profunda, tende a não dar relevância à arte como *poikilia*, isto é, como diversidade e multiplicidade, (⁶) a estética aristotélica, pelo contrário, em virtude dos seus pressupostos e fundamentos empírico-raciona-

---

(³) — A fim de melhor exemplificar as diferenças estilístico-formais existentes entre a modalidade mimética e a modalidade diegética pura, Platão reescreve, segundo o modelo da diegese pura, os versos 18 a 42 do canto I da *Ilíada*, representativos da modalidade mimética.

(⁴) — Cf. Gérard Genette, *Introduction à l'architexte*, Paris, Éditions du Seuil, 1979, p. 15.

(⁵) — No livro X de *A República*, Platão oblitera os precisos termos das distinções de géneros literários expostas no livro III do mesmo diálogo, passando a considerar toda a poesia, como aliás toda a arte, como imitação. Sobre a natureza apendicular ou suplementar do livro X de *A República*, veja-se a «Introdução» (p. XXXIV) da Professora Maria Helena da Rocha Pereira à sua citada tradução daquele diálogo platónico.

(⁶) — Cf. Galvano Della Volpe, «Introduzione a una poetica aristotelica», *Poetica del Cinquecento*, Bari, Laterza, 1954, p. 16.

listas e em virtude da importância que reconhece aos factores técnico-semânticos na produção e na recepção da obra artística, concede uma cuidadosa atenção às distinções que é necessário estabelecer no domínio da arte, em geral, e no domínio da poesia, em particular, analisando os textos poéticos na sua diversidade empírica e classificando-os em função dos seus caracteres formais e semânticos. Logo no início da *Poética*, na verdade, se lê o seguinte: «Falaremos da Arte Poética em si e *das suas modalidades*, do efeito de cada uma delas, do processo de composição a adoptar, se se quiser produzir uma obra bela, e ainda do número e qualidades das suas partes, e igualmente de todos os demais assuntos concernentes ao mesmo estudo».(⁷)

Segundo Aristóteles, a matriz e o fundamento da poesia consistem na imitação: «Parece haver, em geral, duas causas, e duas causas naturais, na génese da Poesia. Uma é que imitar é uma qualidade congénita nos homens, desde a infância (e nisso diferem dos outros animais, em serem os mais dados à imitação e em adquirirem, por meio dela, os seus primeiros conhecimentos); a outra, que todos apreciam as imitações.» (⁸) A mimese poética, que não é uma literal e passiva cópia da realidade, uma vez que apreende o *geral* presente nos seres e nos eventos particulares — e, por isso mesmo, a poesia se aparenta com a filosofia —, incide sobre «os homens em acção», sobre os seus

---

(⁷) — Cf. *Poética* 1447 a. Transcrevemos a tradução publicada pela Professora Maria Helena da Rocha Pereira na sua obra *Hélade. Antologia da cultura grega*, Coimbra, Instituto de Estudos Clássicos da Faculdade de Letras, ³1971, pp. 412-413. Na sua bela edição trilingue da *Poética* de Aristóteles (Madrid, Ed. Gredos, 1974), Valentín García Yebra traduz assim o início do trecho citado: «Hablemos de la poética en sí y de sus especies [...]». Em nota a esta afirmação do Estagirita, observa García Yebra: «Es decir, por una parte, de la poética en sí misma, considerada genéricamente; por otra, de sus especies: epopeya, tragedia, comedia, ditirambo, etcétera» (p. 243). Sobre a relevância da teoria dos géneros literários na poética de Aristóteles, merece ser lido o capítulo intitulado «Poetic structure in the language of Aristotle» da obra *The languages of criticism and the structure of poetry* (Toronto, University of Toronto Press, 1953) de R. S. Crane.

(⁸) — Cf. *Poética* 1448 b. Citamos a tradução da Professora Rocha Pereira (*Hélade*, p. 414). Sobre o conceito de mimese em Platão e Aristóteles, veja-se Richard McKeon, «Literary criticism and the concept of imitation in Antiquity», in R. S. Crane (ed.), *Critics and criticism*, Chicago, Phoenix Books, 1960.

caracteres (*ēthē*), as suas paixões (*pathē*) e as suas acções (*praxeis*). A imitação constitui, por conseguinte, o princípio unificador subjacente a todos os textos poéticos, mas representa também o princípio diferenciador destes mesmos textos, visto que se consubstancia com *meios* diversos, se ocupa de *objectos* diversos e se realiza segundo *modos* diversos.

Consoante os *meios* diversos com que se consubstancia a mimese, torna-se possível distinguir, por exemplo, a poesia ditirâmbica e os nomos, [9] por um lado, pois que são géneros em que o poeta utiliza simultaneamente o ritmo, o canto e o verso, e a comédia e a tragédia, por outro, pois que são géneros em que o poeta usa aqueles mesmos elementos só parcialmente (assim, na tragédia e na comédia o canto é apenas utilizado nas partes líricas).

Se se tomar em consideração a variedade dos *objectos* da mimese poética, isto é, dos «homens em acção», os géneros literários diversificar-se-ão conforme esses homens, sob o ponto de vista moral, forem superiores, inferiores ou semelhantes à média humana. Os poemas épicos de Homero representam os homens melhores, as obras de Cleofonte figuram-nos semelhantes [10] e as paródias de Hegemão de Taso imitam-nos piores. A tragédia tende a imitar os homens melhores do que os homens reais e a comédia tende a imitá-los piores; a epopeia assemelha-se à tragédia por ser uma «imitação de homens superiores».

Finalmente, da diversidade dos *modos* por que se processa a imitação procedem importantes diferenciações, já que o poeta pode imitar os mesmos objectos e utilizar idênticos meios, mas adoptar modos distintos de mimese. Aristóteles contrapõe o

---

[9] — Como esclarece García Yebra, o nomo «era um canto monódico, que podia ter acompanhamento de cítara ou de flauta» (cf. *op. cit.*, p. 248).

[10] — Genette afirma que a classe dos homens semelhantes ao comum dos mortais «ne trouvera guère d'investissement dans le système, et le critère de contenu se réduira donc à l'opposition héros supérieurs *vs* héros inférieurs» (cf. *Introduction à l'architexte*, pp. 16-17). Afigura-se simplista tal afirmação, visto que Aristóteles aponta como exemplo de textos poéticos caracterizados pela imitação de homens iguais à média humana as obras de Cleofonte. Ora, Cleofonte foi um tragediógrafo ateniense, o que parece implicar que a tragédia, em certos casos, não teria como objecto de imitação homens superiores (aliás, o próprio Aristóteles observa que a tragédia *tende* a imitar os homens melhores do que os homens reais).

modo narrativo, a *imitação narrativa* (διηγηματικὴ μίμησις), ([11]) ao *modo dramático*, em que o poeta apresenta «todos os imitados como operantes e actuantes». ([12]) No modo narrativo, é necessário discriminar dois submodos: o poeta narrador pode converter-se «até certo ponto em outro», como acontece com Homero, narrando através de uma personagem, ou pode narrar directamente, por si mesmo e sem mudar. O primeiro submodo é digno de louvor e intrinsecamente valioso, ao passo que o segundo submodo é censurável e próprio de maus poetas: «Pessoalmente, com efeito, o poeta deve dizer muito poucas coisas; pois, ao fazer isto, não é imitador». ([13]) Como se depreende desta asserção, Aristóteles condena o submodo narrativo puro — um submodo em que o enunciador do texto se identifica continuamente com a pessoa do autor —, pois que em tal submodo não há, em estrito rigor, imitação e, sem imitação, não existe poesia. ([14]) O segundo submodo narrativo, que caracteriza os poemas épicos, aproxima-se do modo dramático e por isso Aristóteles qualifica os poemas de Homero como *imitações dramáticas* (μιμήσεις δραματικάς). ([15]) O modo narrativo permite que o poema épico tenha uma extensão superior à da tragédia: ([16]) nesta última, «não é possível imitar várias partes da acção como desenvolvendo-se ao mesmo tempo, mas apenas a parte que os actores representam na cena», ao passo que, na epopeia, precisamente por se tratar de uma narração (διήγησις), o poeta pode «apresentar muitas partes realizando-se simultaneamente, graças às quais, se são apropriadas, aumenta a amplitude do poema». ([17]) Esta variedade de episódios da epopeia contribui para dar esplendor ao poema e para recrear

---

([11]) — Cf. *Poética* 1459 b.
([12]) — Cf. *ibid.* 1459b.
([13]) — Cf. *ibid.* 1459 b.
([14]) — *Ibid.* 1451 b.
([15]) — *Ibid.* 1448 b.
([16]) — No pensamento aristotélico, a magnitude é um factor indispensável da beleza e por isso os poemas devem possuir uma certa extensão. A magnitude dos poemas, além de ser uma função dos modos miméticos utilizados, depende da capacidade da memória dos receptores, pois torna-se necessário que estes apreendam, sem lacunas, a globalidade da acção imitada (*vide* as notas 132 e 136 de García Yebra à sua citada edição da *Poética*).
([17]) — Cf. *Poética* 1459 b.

o seu ouvinte. Num plano predominantemente técnico-formal, o modo narrativo e o modo dramático requerem metros adequados: a imitação narrativa, por ser mais extensa, requer o hexâmetro dactílico, «o mais repousado e amplo dos metros», o verso que melhor admite vocábulos raros e metáforas, ao passo que o modo dramático se coaduna antes com o trímetro iâmbico e com o tetrâmetro trocaico, versos «ligeiros, e aptos, este para a dança, e aquele, para a acção».

Em suma, Aristóteles fundamenta a sua distinção das modalidades da poesia quer em elementos relativos ao conteúdo — poderíamos dizer, com propriedade, relativos ao seu conteúdo antropológico —, assim diferenciando a poesia elevada e nobre (tragédia, epopeia), que imita o homem superior (σπουδαῖος), e a poesia jocosa (comédia, paródia), que imita o homem inferior (Φαῦλος) e o risível (τὸ γελοῖον) da acção humana, quer em elementos relativos ao "radical de apresentação", à forma e à organização estrutural dos textos, assim diferenciando o modo narrativo, usado na epopeia, e o modo dramático, usado na tragédia e na comédia. Sublinhe-se, por último, que o sistema da poética aristotélica, diferentemente do esquema classificatório proposto no livro III de *A República*, não comporta uma divisão triádica dos géneros literários, e que, pela sua lógica profunda, é refractário ao reconhecimento da lírica como uma modalidade da poesia equiparável à poesia narrativa e à poesia dramática.

4.3. A doutrina horaciana sobre os géneros literários

A *Epistola ad Pisones*, ou *Ars poetica*, de Horácio mergulha as suas raízes doutrinárias na tradição da poética aristotélica, não decerto pelo conhecimento directo da obra do Estagirita, mas pela mediação de várias influências assimiladas pelo poeta latino, em particular a influência de Neoptólemo de Pário, um teorizador da época helenística vinculado ao magistério de Aristóteles e da escola peripatética sobre matérias de estética literária. ([18]) Sem possuir a sistematicidade e a profundeza

---

([18]) — A este respeito, *vide:* C. O. Brink, *Horace on poetry. Prolegomena to the literary epistles*, Cambridge, Cambridge University Press, 1963; id., *Horace on poetry. The 'Ars poetica'*, Cambridge, Cambridge University Press, 1971; R. M. Rosado Fernandes, «Introdução» a Horácio, *Arte poética*, Lisboa, Clássica Editora, s. d., pp 30-32

analítica da *Poética* de Aristóteles, a *Epistola ad Pisones* dedica todavia importantes reflexões e juízos à problemática dos géneros literários, tendo desempenhado, ao longo da Idade Média e sobretudo desde o Renascimento até ao neoclassicismo setecentista, uma função historicamente muito produtiva na constituição de teorias e no estabelecimento de preceitos atinentes àquela problemática.

Não se encontram explicitamente formuladas em Horácio, ao contrário do que se verifica em Platão e Aristóteles, uma caracterização e uma classificação dos géneros literários em grandes categorias — e. g., a distinção entre o modo dramático e o modo narrativo —, embora esquemas conceptuais de teor similar estejam subjacentes a muitos dos preceitos da *Epistola ad Pisones*.

Horácio concebe o género literário como conformado por uma determinada *tradição formal*, na qual avulta o metro, por uma determinada *temática* e por uma determinada relação que, em função dos factores formais e temáticos, se estabelece com os receptores. Assim, por exemplo, o metro iâmbico é um indispensável elemento configurador do género dramático, visto que é o metro mais apropriado para o diálogo e para prender a atenção do público que assista a uma representação teatral:

> *Archilochum proprio rabies armauit iambo;*
> *hunc socci cepere pedem grandesque coturni,*
> *alternis aptum sermonibus et popularis*
> *uincentem strepitus et natum rebus agendis.* ([19])

O poeta deve adoptar, em conformidade com os temas tratados, as convenientes modalidades métricas e estilísticas. A infracção desta norma, que em termos de gramática do

---

([19]) — Cf. *Epistola ad Pisones*, vv. 79-82. Cândido Lusitano traduziu assim este passo: «A raiva é quem armou de versos iambos/a Arquíloco; depois usaram deles/os Cómicos e Trágicos, na cena/ao mútuo discorrer como mais aptos/e não menos a ter atento o povo/que a conduzir a acção representada» (cf. *Arte poetica de Q. Horacio Flaco, traduzida, e illustrada em Portuguez por Candido Lusitano*, Lisboa, 1758, pp. 39-41).

texto poderíamos considerar como reguladora da coerência textual, desqualifica radicalmente o poeta:

*Discriptas seruare uices operumque colores
cur ego, si nequeo ignoroque, poeta salutor?* ([20])

Em particular, não se deve expor um tema cómico em versos de tragédia, nem, por outro lado, se deve exprimir um tema trágico em versos próprios da comédia: *singula quaeque locum teneant sortita decentem* (v. 92), isto é, «que cada género, bem distribuído ocupe o lugar que lhe compete». Horácio concebia portanto os géneros literários como entidades perfeitamente diferenciadas entre si, configuradas por distintos caracteres temáticos e formais, devendo o poeta mantê-los cuidadosamente separados, de modo a evitar, por exemplo, qualquer hibridismo entre o género cómico e o género trágico: *uersibus exponi tragicis res comica non uult*. ([21]) Assim se fixava a famosa regra da *unidade de tom*, de tão larga aceitação no classicismo francês e na poética neoclássica, que prescreve a separação rígida dos diversos géneros e que esteve na origem imediata de importantes polémicas literárias ocorridas desde o século XVI até ao triunfo do romantismo.

Embora Horácio faça referência a diversos tipos de composições líricas — *hinos, encómios* e *epinícios, poemas eróticos* e *escólios* —, ([22]) a lírica, como categoria genérica, não aparece adequadamente caracterizada e delimitada na *Epistola ad Pisones*. ([23]).

([20]) — Cf. *Epistola ad Pisones*, vv. 86-87. Tradução de Rosado Fernandes: «Se não posso nem sei observar as funções prescritas e os tons característicos dos diversos géneros, por que hei-de ser saudado como poeta?» (cf. *op. cit.*, p. 69).

([21]) — *Ibid.*, v. 89. Este preceito, que dimana da *Retórica* de Aristóteles, encontra-se expresso noutros autores gregos e latinos, devendo entre estes ser salientado Cícero (veja-se o comentário àquele verso em Brink, *Horace on poetry. The 'Ars poetica'*, p. 175).

([22]) — Cf. vv. 83-85: *Musa dedit fidibus diuos puerosque deorum/et pugilem uictorem et equum certamine primum/et iuuenum curas et libera uina referre* (tradução de Rosado Fernandes, *op. cit.*, pp. 67-69: «A Musa concedeu à lira o cantar deuses e filhos de deuses; o vencedor no pugilato e o cavalo que, primeiro, cortou a meta nas corridas; os cuidados dos jovens e o vinho que liberta dos cuidados»).

([23]) — Veja-se, sobre este problema, Claudio Guillén, *Literature as system. Essays toward the theory of literary history*, Princeton, Princeton University

4.4. Origem e estabelecimento da divisão triádica dos géneros literários

Como anotámos, encontra-se formulada no livro III de *A República* uma classificação ternária dos géneros literários, mas não ocorre qualquer partição similar na *Poética* de Aristóteles e na *Epistola ad Pisones* de Horácio.

Diomedes, um gramático do século IV, elaborou uma divisão tripartida dos géneros literários (*poematos genera*) que disfrutou de larga difusão na Idade Média e que, salvo alguns aspectos terminológicos, constitui uma cópia da classificação platónica. Diomedes distinguiu os três géneros seguintes: ([24])

a) *Genus actiuum uel imitatiuum*, que os gregos denominavam *dramaticon* ou *mimeticon*, caracterizado por não conter intervenções enunciativas do poeta e por apresentar apenas actos enunciativos de personagens. Está representado pela tragédia e pela comédia, mas pode também consubstanciar-se num poema bucólico (por exemplo, a égloga I de Virgílio).

b) *Genus enarratiuum*, designado pelos gregos *exegematicon* ou *apaggelticon*, no qual apenas fala o poeta. Como exemplos deste género, podem-se mencionar os livros I-III das *Geórgicas* de Virgílio e os *carmina* de Lucrécio.

c) *Genus commune uel mixtum*, chamado pelos gregos *koinon* ou *mikton*, caracterizado por constituir uma mistura dos dois géneros precedentes e, por conseguinte, por apresentar actos enunciativos do poeta e actos enunciativos de personagens. A *Odisseia* e a *Eneida* exemplificam este género.

Embora Diomedes distinga no *genus commune* duas espécies, a *heroica species* (Homero) e a *lyrica species* (Arquíloco, Horácio), a lírica, na acepção moderna do termo, não encontra ainda lugar neste esquema classificativo. O princípio de que toda a poesia se fundava na mimese, ou na representação imitativa, da natureza bloqueava a possibilidade de uma adequada compreensão, no plano da teoria literária, da poesia lírica .

Press, 1971, pp. 399-401; Antonio García Berrio, *Formación de la teoría literaria moderna. La tópica horaciana en España*, Madrid, Cupsa Editorial, 1977, p. 94.

([24]) — Cf. Ernst Robert Curtius, *Literatura europea y Edad Média latina*, México — Madrid — Buenos Aires, Fondo de Cultura Económica, 1976, t. II, p. 624.

A divisão tripartida dos géneros literários apresenta uma inquestionável correlação, principalmente sob o ponto de vista numerológico, mas também sob outros aspectos, com a classificação tripla dos estilos que se encontra explicitamente formulada, pela primeira vez, em Teofrasto e que, na retórica e na poética latinas, foi difundida pela *Rhetorica ad Herennium*, por Cícero, por Horácio, etc. (²⁵): o estilo elevado ou sublime *(stilus grauis, sublimis, grandiloquus)*, o estilo médio ou temperado *(stilus mediocris, modicus, moderatus)* e o estilo humilde ou baixo *(stilus humilis, tenuis, attenuatus)*. No fim do século IV, Sérvio, gramático e comentarista de Virgílio, relacionou esta taxinomia hierárquico-axiológica dos estilos com as várias obras do autor da *Eneida*, estabelecendo assim um esquema retórico-estilístico — a chamada "roda de Virgílio" *(rota Virgilii)* — que alcançou grande voga em toda a Idade Média. (²⁶) Correlacionando o *stilus humilis* com as *Églogas*, o *stilus mediocris* com as *Geórgicas* e o *stilus grauis* com a *Eneida*, a "roda de Virgílio" faz corresponder a cada um destes estilos um certo tipo social, certas personagens literárias representativas desses tipos sociais, certos instrumentos que simbolizam a condição social e a actividade dessas personagens, um determinado espaço e determinadas espécies da fauna e da flora: (²⁷)

(²⁵) — Cf. G. M. A. Grube, *The greek and roman critics*, London, Methuen, 1968, p. 103.

(²⁶) — Sobre a "roda de Virgílio", *vide:* Edgar de Bruyne, *Estudios de estética medieval*, Madrid, Ed. Gredos, 1958, vol. II, pp. 48-51; A. T. Laugesen, «La roue de Virgile. Une page de la théorie littéraire du moyen âge», in *Classica et mediaevalia*, XXIII (1962), pp. 248-273; Heinrich Lausberg, *Elementos de retórica literária*, Lisboa, Fundação Calouste Gulbenkian, ²1972, pp. 271-272; Antonio García Berrio, *op. cit.*, p. 101; Helen Cooper, *Pastoral: Medieval into Renaissance*, Ipswich — Totowa, D. S. Brewer — Rowan and Littlefield, 1977, pp. 127-129; Patrick Boyde, *Retorica e stile nella lirica di Dante*, Napoli, Liguori Editore, 1979, p. 121.

(²⁷) — Na *Poetria* de João de Garlândia, encontra-se explicitamente formulada a correspondência entre cada um dos três estilos e um determinado grupo social: «Item sunt tres styli secundum tres status hominum; pastorali vitae convenit stylus humilis, agricolis mediocris, gravis gravibus personis, quae praesunt pastoribus et agricolis» *(apud* W. Tatarkiewicz, *History of aesthetics*. Vol. II: *Medieval aesthetics*, The Hague — Paris, Mouton, 1970, p. 123). Sobre as relações desta concepção sociológica dos três estilos com os géneros literários medievais, cf. Hans-Robert Jauss, «Littérature médiévale et théorie des genres».

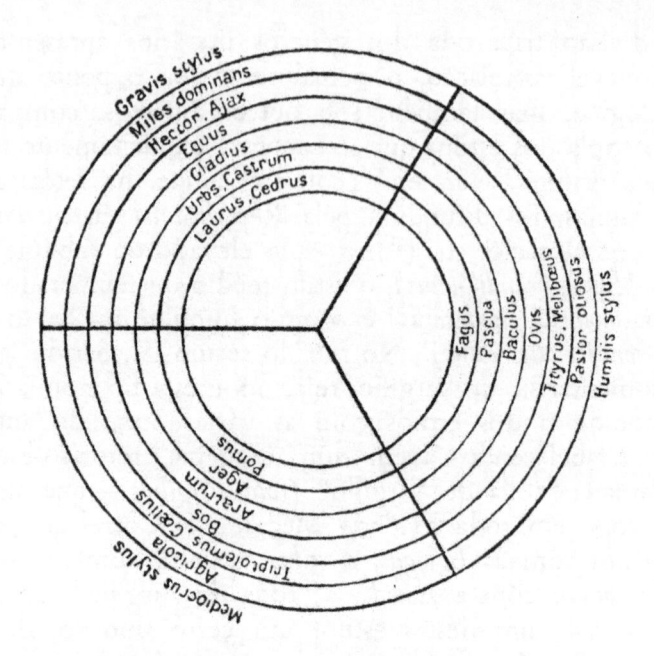

Uma correlação numerológica similar à anterior ocorre ainda com a tripartição, de raiz aristotélica, dos tipos de eloquência ou dos géneros da retórica: o género judicial *(genus iudiciale)*, o género deliberativo *(genus deliberatiuum)* e o género demonstrativo *(genus demonstratiuum)*. (²⁸)

---

in *Poétique*, 1(1970), pp. 92-93. Cascales, teorizador espanhol do início do século XVII, articula assim os três estilos com os géneros literários por ele aceites: «Assí mesmo, diferencian en la phrasis; porque el épico y trágico usan un lenguaje ilustre y grandioso; el cómico, vulgar y humilde; el lýrico, galán y polido» (cf. Francisco Cascales, *Tablas poéticas*. Edición, introducción y notas de Benito Brancaforte. Madrid, Espasa-Calpe, 1975, p. 40). O estilo «galán y polido» corresponde ao *stilus mediocris*, também chamado *floridus*. Como se vê, Cascales estabelece uma hierarquia de níveis linguísticos e estilísticos e de géneros literários, fazendo corresponder o estilo elevado aos géneros maiores — o poema épico e a tragédia —, o estilo médio ao género lírico e o estilo baixo à comédia. No âmbito de cada género, Cascales discrimina diversas espécies caracterizadas por particularidades linguístico-estilísticas e temáticas. A "roda de Virgílio" é reproduzida de Pierre Guiraud, *La stylistique*, Paris, P. U. F., ³1961, p. 17.

(²⁸) — Sobre esta tripartição, *vide*: Ernst Robert Curtius, *op. cit.*, vol. 1. pp. 106-108; Heinrich Lausberg, *op. cit.*, pp. 83-85; A. Kibédi Varga, *Rhétorique et littérature*, Paris, Didier, 1970, pp. 24-28.

Desde o fim do primeiro quartel do século XVI, após a redescoberta e a difusão da *Poética* de Aristóteles, até cerca de meados do século XVII, os estudos sobre teoria literária atravessaram uma das suas fases mais brilhantes e fecundas na história da cultura ocidental. (^{29}) Na poética deste período — um período que vai desde o Renascimento tardio até ao maneirismo e ao barroco —, a classificação tripartida dos géneros literários adquiriu o estatuto de uma verdade inquestionável, mas apresentando progressivamente uma modificação, relativamente ao esquema taxinómico de Diomedes, de capital importância e destinada a duradoura fortuna: a inclusão da lírica no sistema dos géneros literários, ao lado do drama e da narrativa. Numa época em que a poesia lírica de Petrarca e dos poetas petrarquistas e petrarquizantes ocupava um lugar cimeiro na escala de valores estéticos do público leitor, tornava-se imperioso aos críticos e teorizadores literários, superando os limites e as ambiguidades das poéticas greco-latinas, fundamentar e caracterizar adequadamente a existência do género lírico. Em autores como Badio Ascensio, Trissino, Robortello, Minturno, Torquato Tasso, etc., vai-se operando e consolidando a transformação do esquema classificatório tripartido da qual resultará, em sede teórica, o reconhecimento da lírica como um dos três géneros literários fundamentais. Verifica-se, todavia, uma assimetria profunda entre as deficiências, as imprecisões e as ambiguidades desta teoria da lírica que se vai constituindo ao longo do século XVI e a riqueza, a maturidade, a relevância intrínseca e extrínseca da *praxis* da poesia lírica durante o mesmo período histórico. A debilidade da metalinguagem do sistema literário neste domínio

---

(^{29}) — Sobre a poética deste período, consultem-se os seguintes estudos: Joel E. Spingarn, *Literary criticism in the Renaissance*, New York, Harcourt, Brace & World, 1963 (1.ª ed., 1899); G. Toffanin, *La fine dell'umanesimo*, Milano, Fratelli Bocca, 1920; Galvano Della Volpe, *Poetica del Cinquecento*, Bari, Laterza, 1954; Bernard Weinberg, *A history of literary criticism in the italian Renaissance*, Chicago, The Chicago University Press, 1961, 2 vols.; Baxter Hathaway, *The age of criticism: The late Renaissance in Italy*, Ithaca — New York, Cornell University Press, 1962; Antonio García Berrio, *Introducción a la poética clasicista: Cascales*, Barcelona, Ed. Planeta, 1975; id., *Formación de la teoría literaria moderna. La tópica horaciana en España*, ed. cit.; id., *Formación de la teoría literaria moderna (2). Teoría poética del siglo de oro*, Murcia, Universidad de Murcia, 1980.

era compensada, porém, por uma poética implícita que defluía do paradigma lírico por excelência — Petrarca — e da obra dos grandes petrarquistas dos séculos XV e XVI, em particular Pietro Bembo. ([30])

Sob o ponto de vista técnico-formal, a lírica é definida em conformidade com os caracteres atribuídos, desde Platão a Diomedes, ao modo da narrativa pura, também designado, como vimos, por modo exegemático ou, simplesmente, modo narrativo: «Modo exegemático es quando el poeta habla de su persona propria, sin introduzir a nadie. [...] El lýrico casi siempre habla en el modo exegemático, pues haze su imitación hablando él proprio, como se ve en las obras de Horacio y del Petrarca, poetas lýricos. [...] La poesía se divide en tres especies principales: épica, scénica y lýrica. [...] el lýrico casi siempre habla de su persona propria [...]». ([31]) Sob o ponto de vista semântico, ou, em termos aristotélicos, relativamente ao objecto da mimese, a poesia lírica é «Imitación de qualquier cosa que se proponga, pero principalmente de alabanças de Dios y de los santos y de banquetes y plazeres, reduzidas a un concepto lýrico florido». ([32]) Mantendo embora a referência à mimese como fundamento da poesia, esta definição da poesia lírica distancia-se já da ortodoxia das doutrinas de Aristóteles, pois que admite a possibilidade de certa classe de textos literários não imitar uma *acção* — a *fábula*, na acepção aristotélica do termo, consiste na imitação da acção —, mas sim um *conceito*. Iniciava-se assim o caminho que havia de conduzir, na estética romântica,

---

([30]) — Sobre o condicionalismo literário e cultural da constituição de uma teoria da lírica no século XVI, veja-se Giulio Ferroni, «La teoria della lirica: difficoltà e tendenze», em G. Ferroni e A. Quondam, *La "locuzione artificiosa". Teoria ed esperienza della lirica a Napoli nell'età del manierismo*, Roma, Bulzoni, 1973, pp. 11-32.

([31]) — Cf. Francisco Cascales, *op. cit.*, pp. 36 e 40. Investigadores como Claudio Guillén (*Literature as system*, pp. 390 ss.) e Gérard Genette (*Introduction à l'architexte*, pp. 34-35) atribuem a Cascales o mérito de ter sido quem, pela primeira vez, formulou plenamente e defendeu a tripartição dos géneros literários — o género narrativo (ou épico), o género dramático e o género lírico. Como García Berrio demonstrou, porém, nos dois primeiros dos seus estudos citados em nota anterior, a originalidade de Cascales, neste domínio, é muito escassa ou mesmo nula, visto que se limitou a repetir, ou até a plagiar, fontes italianas.

([32]) — Cf. Francisco Cascales, *op. cit.*, p. 231.

a uma caracterização nova e mais profunda da lírica, tornada possível pela ruptura então consumada com uma concepção mimética da arte. No âmbito da revolução romântica, todavia, a classificação tripartida dos géneros literários permaneceu como um esquema teórico de validade confirmada.

4.5. A teoria dos géneros literários desde o Renascimento ao neoclassicismo

Na prática e na teoria literárias do Renascimento tardio, sobretudo após a difusão da *Poética* de Aristóteles e a sua combinação, ou fusão, com a *Epístola aos Pisões* de Horácio, a doutrina dos géneros literários alcançou um desenvolvimento, uma sistematicidade e uma minúcia que a transformaram, até ao advento do romantismo, num dos factores mais relevantes da metalinguagem do sistema literário.

No âmbito do que poderemos designar por *classicismo renascentista*, o género literário passou a ser concebido como uma entidade substantiva, autónoma e normativa. Cada um dos três géneros literários fundamentais — o épico, o dramático e o lírico — se subdividia noutros géneros menores e todos estes géneros, maiores e menores, se distinguiam uns dos outros com rigor e com nitidez, obedecendo cada um deles a um conjunto de regras específicas. Estas regras incidiam tanto sobre aspectos formais e estilísticos como sobre aspectos temáticos, constituindo a obediência de uma obra às regras do género a que pertencia um preponderante factor positivo na avaliação do seu merecimento estético. As regras eram extraídas quer dos teorizadores e preceptistas literários mais autorizados — sobretudo Aristóteles e Horácio —, quer das grandes obras da antiguidade greco-latina, elevadas pelo humanismo renascentista a modelos ideais das modernas literaturas europeias.

A poética do classicismo francês e do neoclassicismo europeu, em geral, acolheu substancialmente a noção de género literário elaborada pelo aristotelismo e pelo horacianismo do Renascimento. O género foi concebido como uma essência inalterável ou, pelo menos, como uma entidade invariante, governada por regras bem definidas, vigorosamente articuladas entre si e imutáveis. Dentre as regras de âmbito geral, sobressaía a regra da *unidade de tom*, que preceituava a necessidade de manter rigorosamente distintos os diversos géneros: cada um possuía os seus temas próprios, o seu estilo, a sua forma e os seus objectivos peculiares, devendo o escritor esforçar-se por respeitar estes elementos configuradores de cada género em toda a sua pureza. Os géneros híbridos, resultantes da miscegenação de géneros diferentes, foram rigorosamente proscritos. Em França, o triunfo da poética do classicismo foi acompanhado por um notório declínio da *tragicomédia*. (33)

Ao definir o género literário como uma entidade invariante, o classicismo concebia-o segundo uma perspectiva a-histórica ou meta-histórica, indissociável do princípio doutrinário de que a essência de cada género tinha sido realizada de modo paradigmático e inultrapassável nas literaturas grega e latina. O género literário é assim entendido como um universo temático-formal rigidamente fechado, insusceptível de ulteriores desenvolvimentos ou mutações. E, com efeito, a poética clássica será particularmente afectada, nos seus fundamentos e na sua coerência global, pelo aparecimento de novos géneros literários, desconhecidos dos gregos e dos latinos e refractários às normas formuladas por teorizadores e preceptistas, bem como pelas novas características algumas vezes assumidas por géneros tradicionais. Quando se tende para a afirmação da historicidade dos géneros literários, tende-se também logicamente para a negação do seu carácter estático e imutável e para a negação dos modelos e das regras considerados como valores absolutos.

Outro aspecto importante da doutrina clássica dos géneros literários consiste na hierarquização estabelecida entre os diversos géneros, distinguindo-se os *géneros maiores* dos *géneros menores*. Esta hierarquização não se fundamenta exclusiva, ou mesmo predominantemente, em motivos hedonísticos, como parece admitir Warren, (34) isto é, no prazer maior ou menor suscitado no receptor pelos textos integráveis nos vários géneros. Tal hierarquia correlaciona-se antes com a hierarquia que se acredita

---

(33) — Cf. Jacques Scherer, *La dramaturgie classique en France*, Paris, Nizet, 1959, p. 459. Sobre a problemática da tragicomédia, cf. Marvin T. Herrick, *Tragicomedy*, Urbana, Publications of the University of Illinois, 1955.

(34) — Cf. René Wellek e Austin Warren, *Teoria da literatura*, Lisboa, Publicações Europa-América, 1962, p. 292 (o capítulo XVII é da autoria de Warren).

existir entre os vários conteúdos e estados do espírito humano: a tragédia, que imita a inquietude e a dor do homem ante o destino, e a epopeia, imitação eloquente da acção heróica e grandiosa, são logicamente valoradas como géneros maiores, como formas poéticas superiores à fábula ou à farsa, por exemplo, classificadas como géneros menores, visto que imitam acções, interesses e estados de espírito de ordem menos elevada. Esta hierarquia dos géneros relaciona-se também com a diferenciação do estatuto social das respectivas personagens ou dos ambientes característicos de cada género: enquanto a tragédia e a epopeia apresentam como personagens principais reis, grandes senhores, altos dignitários e heróicos capitães, a comédia escolhe em geral as suas personagens na classe média ou burguesa e a farsa procura as suas entre o povo.

A doutrina dos géneros literários advogada pela poética do classicismo renascentista e do classicismo francês não se impôs de modo unânime e, tanto no século XVI como no século XVII, multiplicaram-se as polémicas em torno dos problemas da existência e da natureza dos géneros literários. ([35]) Tais polémicas foram provocadas em geral por autores que hoje são considerados maneiristas, pré-barrocos e barrocos e envolveram não só o problema dos géneros *stricto sensu*, mas também o problema das regras, uma vez que estes dois problemas estéticos são indissociáveis. Enquanto a poética do classicismo concebia o género como uma entidade inalterável, rigorosamente delimitada e caracterizada, regida por modelos e preceitos de acentuado teor impositivo, excluindo ou marginalizando como *acanónicos* todos os géneros refractários a tal estatuto — boa parte dos géneros literários cultivados e largamente difundidos no Renascimento foi abrangida por esta desqualificação, sendo remetida para a periferia do sistema literário pela metalinguagem dominante neste mesmo sistema — ([36]), a poética do maneirismo e, sobre-

---

([35]) — Sobre estas polémicas, *vide:* Benedetto Croce, *Estetica*, Bari, Laterza, ⁸1946, pp. 494 ss.; Bernard Weinberg, *op. cit., passim*.

([36]) — Cf. Rosalie L. Colie, *The resources of kind. Genre-theory in the Renaissance*, Berkeley — Los Angeles -- London, University of California Press, 1973, cap. III: «Inclusionism: Uncanonical forms, mixed kinds, and *nova reperta*». Como observa Rosalie Colie, «The phenomenon of Rabelais is a case in point: there was no doubt that his lenghtening book was a masterpiece and

tudo, a poética do barroco entendiam o género literário como uma entidade histórica, admitindo a possibilidade da criação de géneros novos e do desenvolvimento inédito de géneros já existentes, advogando a legitimidade e o valor intrínseco dos *géneros mistos* ou *híbridos*, ao mesmo tempo que, em nome da liberdade criadora, corroíam ou atacavam abertamente o princípio classicista da indispensabilidade e da fecundidade das regras.

Estas polémicas desenvolveram-se sobretudo em Itália e em torno de algumas obras que, pelo seu carácter inovador, se mostravam rebeldes aos preceitos e às classificações de Aristóteles, Horácio e outros teorizadores. Iniciava-se assim o tempestuoso e multiforme debate entre *antigos* e *modernos*: (37) os *antigos* consideravam as obras literárias greco-latinas como modelos ideais e inultrapassáveis e negavam a possibilidade de criar novos géneros literários ou de estabelecer novas regras para os géneros tradicionais; os *modernos*, reconhecendo a existência de uma evolução nos costumes, nas cienças religiosas, na organização social, etc., defendiam a legitimidade de novas formas literárias, diferentes das dos gregos e latinos, admitiam que os géneros canónicos, como o poema épico, pudessem assumir características novas e chegaram mesmo a afirmar a superioridade das literaturas modernas em relação às letras greco-latinas. Para os *modernos*, as regras formuladas por Aristóteles e por Horácio não representavam preceitos válidos intemporalmente, pois constituíam um corpo de normas indissoluvelmente ligado a uma

---

that everyone read it. [...] but *Gargantua et Pantagruel* does not appear in any discussion of poetry, or imaginative literature, in the period» (p. 77).

(37) — Rigorosamente, a chamada *Querela dos antigos e modernos* começou a desenvolver-se em França depois de 1690, tendo-se posteriormente alargado o seu âmbito à Inglaterra e a outros países. No entanto, este importantíssimo debate vinha a preparar-se desde há muito tempo, particularmente na cultura italiana do século XVI. Como demonstra Weinberg, o conflito entre *antigos* e *modernos* trava-se já a fundo nas últimas décadas do século XVI, em Itália, à volta precisamente da problemática de géneros literários como a tragicomédia, o romance, a pastoral dramática (cf. B. Weinberg, *op. cit.*, vol. II, pp. 662, 678, 698, 808-809 e *passim*). Sobre as raízes e os pressupostos filosóficos, ideológicos e histórico-sociais da *Querela dos antigos e modernos* e sobre as multímodas manifestações deste debate, principalmente na cultura espanhola, veja-se José Antonio Maravall, *Antiguos y modernos. La idea de progreso en el desarrollo inicial de una sociedad*, Madrid, Sociedad de Estudios y Publicaciones, 1967.

determinada época histórica e a uma concreta experiência literária. Nos *modernos*, com efeito, era muito vigoroso o sentido da historicidade do homem e dos seus valores, razão por que Malatesta, um crítico italiano do século XVI, escreve que «dizer que nada está bem feito, excepto o que fizeram os antigos, equivale a impor que tornemos a comer por gosto bolotas e castanhas, como faziam os nossos primeiros antepassados». (38)

Entre as polémicas que, em Itália, na segunda metade do século XVI, nessa época «di liquidazione e fermentazione, nella quale il dissolversi del rinascimento s'intreccia con il primo costituirsi del barocco» (39), opuseram *antigos* e *modernos* e tiveram como foco a problemática dos géneros literários, avultam a acesa contenda que se desenvolveu em torno do *drama pastoral*, género híbrido que alcançou com a *Aminta* de Tasso e com o *Pastor fido* de Guarini as suas manifestações mais famosas, e o longo debate acerca da natureza e da estrutura do *poema épico*, centrado em especial sobre Ariosto e Tasso. (40)

A literatura espanhola do século XVII, literatura profundamente barroca — e até, para alguns investigadores, a literatura barroca por excelência —(41), constituiu um poderoso centro de resistência, no contexto das literaturas europeias, aos preceitos da poética classicista sobre as regras (42) e sobre os géneros literários. O ímpeto criador barroco, que não sofre constrições de regras, mesmo as de procedência mais respeitável, está bem

---

(38) — *Apud* Bernard Weinberg, *op. cit.*, vol. II, p. 1063.

(39) — Cf. Giuseppe Petronio, *L'attività letteraria in Italia*, Firenze, Palumbo, 1979, p. 318.

(40) — Encontra-se uma minudente e documentada análise destas polémicas na obra referida de Bernard Weinberg. Sobre o drama pastoral, veja-se em particular Daniela Dalla Valle, *Pastorale barocca. Forme e contenuti dal Pastor Fido al dramma pastorale francese*, Ravenna, Longo Editore, 1973. Sobre a poética da epopeia renascentista, maneirista e barroca, veja-se a síntese ampla e actualizada de Thomas M. Greene, *The descent from heaven. A study in epic continuity*, New Haven — London, Yale University Press, 1963.

(41) — E. g., cf. Helmut Hatzfeld, *Estudios sobre el barroco*, Madrid, Editorial Gredos, ³1973, cap. XIII: «La misión europea de la España barroca».

(42) — Veja-se, no livro já citado de Antonio García Berrio, *Formación de la teoría literaria moderna* (2). *Teoría poética del siglo de oro*, o capítulo intitulado «La defensa barroca de la *vena poética* en España» (pp. 373-422).

357

expresso por Lope de Vega nestes versos do seu poema *Arte nuevo de hacer comedias:*

> *no hay que advertir que pase en el período*
> *de un sol, aunque es consejo de Aristóteles,*
> *porque ya le perdimos el respeto*
> *cuando mezclamos la sentencia trágica*
> *a la humildad de la bajeza cómica.* ([43])

Esta mescla da «sentencia trágica» com «la humildad de la bajeza cómica», derrogando o princípio classicista da rigorosa distinção dos géneros, originou a *tragicomédia*, uma das mais importantes e a mais popular das manifestações da literatura barroca espanhola. ([44])

4.6. Os géneros literários na poética romântica

No século XVIII, sobretudo durante a sua primeira metade, a doutrina classicista sobre os géneros literários encontrou ainda muitos propugnadores, em particular com as chamadas correntes *neoclássicas* ou *arcádicas*. Todavia, as profundas modificações ocorridas no domínio das ideias estéticas durante o século XVIII — século de crise e de gestação de novos valores em todos os planos — não podiam deixar de envolver a problemática dos géneros literários. Certos princípios filosóficos e ideológicos que

---

([43]) — Transcrevemos da edição de *Arte nuevo de hacer comedias* publicada por Juan Manuel Rozas como apêndice da sua obra *Significado y doctrina del "Arte Nuevo" de Lope de Vega*, Madrid, Sociedad General Española de Librería, 1976, p. 187.

([44]) — Tanto em teorizadores do século XVII como em investigadores contemporâneos, verifica-se uma certa fluidez terminológica e conceptual entre "comédia" e "tragicomédia". Sobre a poética da comédia e da tragicomédia na literatura barroca espanhola, *vide:* Charles V. Aubrun, *La comedia española (1600-1680)*. Madrid, Taurus, 1968 [título original: *La comédie espagnole (1600-1680)*. Paris, P. U. F., 1966]; F. Sánchez Escribano e A. Porqueras Mayo, *Preceptiva dramática española del Renacimiento y el Barroco*, Madrid, Editorial Gredos, ²1972; Juan Manuel Rozas, *op. cit.*; B. W. Wardropper, *La comedia española del siglo de oro*, Barcelona — Caracas — México, Editorial Ariel, 1978 (estudo publicado conjuntamente com a obra de Elder Olson, *Teoría de la comedia*).

avultam na cultura europeia setecentista — a crença no progresso contínuo da civilização, da sociedade e das suas instituições, das ciências e das letras, o espírito modernista e antitradicional daí decorrente, a admissão do relativismo dos valores, (⁴⁵) etc. — necessariamente haviam de afectar, na sua coerência global, a teoria clássica dos géneros. Com efeito, afirmar o progresso dos valores literários e defender o relativismo destes mesmos valores equivalia a negar o carácter imutável dos géneros, a admitir que as obras dos escritores gregos e latinos não possuíam o estatuto de realizações paradigmáticas e supremas dos diversos géneros e, portanto, equivalia a concluir pela historicidade e pela variabilidade, no tempo e no espaço, dos géneros e das regras. Novas formas literárias, que se desenvolvem e adquirem grande importância ao longo do século XVIII, como o romance, a autobiografia, o drama burguês, etc., contribuem para corroborar empiricamente aquelas conclusões.

Ainda no século XVIII, o movimento pré-romântico alemão, conhecido pelo nome de *Sturm und Drang*, proclamou uma rebelião total contra a teoria clássica dos géneros e das regras, pondo em evidência a individualidade absoluta e a autonomia radical de cada obra literária e sublinhando o absurdo de estabelecer partições no seio de uma actividade criadora única. A estética do *génio*, (⁴⁶) ao conceber a criação poética como irrupção irre-

---

(⁴⁵) — O relativismo dos valores estéticos foi advogado, por exemplo, pelo P.ᵉ Dubos, nas suas *Réflexions critiques sur la poésie et la peinture* (1719), onde expõe a chamada teoria climática do belo: a beleza, segundo Dubos, não é universal nem imutável, apresentando-se, pelo contrário, como um elemento variável, de acordo com os climas e com outros factores físicos que modificam as faculdades dos homens. Estas faculdades divergem entre um africano e um moscovita, ou entre um florentino e um holandês, de modo que é impossível aceitar a existência de uma beleza absoluta, válida para todos os homens e para todas as regiões.

(⁴⁶) — Diderot desempenhou um papel fundamental na formulação e na difusão da estética do *génio*, sobretudo através do artigo *Génie* com que contribuiu para a *Enciclopédia Francesa*. O génio, segundo Diderot, é a força da imaginação, o dinamismo da alma, o entusiasmo que inflama o coração, a capacidade de vibrar com as sensações de todos os seres e de tudo olhar com uma espécie de espírito profético. O génio, puro dom da natureza e súbita fulguração, distingue-se do *gosto*, fruto da cultura, do estudo, de regras e de modelos. O génio é rebelde a regras, despedaça todas as constrições, é a própria voz das emoções e das paixões, voa para o sublime e para o patético: «Enfin la force et l'abondance, je ne sais quelle rudesse, l'irrégularité.

primível da interioridade profunda do poeta, como actividade alheia e refractária a modelos e a regras, forçosamente havia de condenar a existência dos géneros.

A teoria romântica dos géneros literários é multiforme e, não raro, revela-se caracterizada por tensões e contradições que defluem das antinomias mais profundas da filosofia idealista subjacente ao romantismo (sobretudo ao romantismo alemão). Refira-se, por exemplo, a contradição entre *sistema* e *história*, entre as exigências de uma definição e de uma classificação fundadas em elementos puramente teoréticos e as injunções resultantes da consciência da historicidade da literatura e do conhecimento histórico do fenómeno e dos factos literários. ([47]) Poder-se-á dizer, porém, que aquela teoria multiforme apresenta, ou como princípio explícito ou como pressuposto, um fundamento inalterável: a rejeição da teoria clássica dos géneros, em nome da historicidade do homem e da cultura, da liberdade e da espontaneidade criadoras, da singularidade das grandes obras literárias, etc. Todavia, a atitude radicalmente negativa do *Sturm und Drang* não foi em geral aceite pelos românticos, os quais, se afirmavam por um lado o carácter absoluto da arte, não deixavam de reconhecer, por outro, a multiplicidade e a diversidade das obras artísticas existentes. Friedrich Schlegel, defendendo embora a unidade profunda e a indivisibilidade da poesia, sublinhava no seu *Diálogo sobre a poesia (Gespräch über die Poesie)*: «A fantasia do poeta não deve desintegrar-se em poesias caoticamente genéricas, mas cada uma das suas obras deve possuir um carácter próprio e totalmente definido, de acordo com a forma e o género a que pertence». ([48])

---

le sublime, le pathétique, voilà dans les arts le caractère du *génie;* il ne touche pas faiblement, il ne plaît pas sans étonner, il étonne encore par ses fautes» (cf. Diderot, *Oeuvres esthétiques*, Paris, Garnier, 1959, p. 12). Sobre a poética do génio, veja-se a obra de M. H. Abrams, *The mirror and the lamp. Romantic theory and the critical tradition*, New York, Oxford University Press, 1953, *passim.*

([47]) — Veja-se Peter Szondi, «Poetica dei generi e filosofia della storia», *Poetica dell'idealismo tedesco*, Torino, Einaudi, 1974, sobretudo pp. 177-178. Nesta mesma obra de Szondi, *vide* pp. 114-120.

([48]) — *Apud* René Wellek, *Historia de la crítica moderna (1750-1950). El romanticismo*, Madrid, Ed. Gredos, 1962, p. 30. Cf. Peter Szondi, *op. cit.*, pp. III ss.

A classificação tricotómica dos géneros literários, cuja origem e cuja difusão remontavam há muitos séculos, como já ficou dito, adquiriu na poética romântica nova fundamentação e novos significados, quer no plano da análise e da taxinomia sistémicas, quer no plano do conhecimento histórico. A aura que envolvia aquela divisão triádica — aura a que não foram estranhas, como também já anotámos, razões de natureza numerológica — foi singularmente potenciada pela relevância conferida à triplicidade nas categorias da filosofia kantiana e, sobretudo, na dialéctica hegeliana, segundo a qual o conhecimento discursivo da verdade e a descoberta do Ser se operam progressivamente, num ritmo triádico, pela superação *(Aufhebung)*, ou seja, pela *síntese* de sucessivos conflitos, ou crises, entre uma *tese* e a contradição ou a negação desta *(antítese)* [49].

Assim, a tripartição dos géneros literários estabelecida por Platão na *República* foi retomada por Friedrich Schlegel, mas enquanto no filósofo grego ela se funda nos caracteres técnico--formais do acto enunciativo, no crítico romântico baseia-se na correlação ontológica com o factor *subjectivo* e com o factor *objectivo* manifestada por cada um dos géneros: num fragmento datado de 1797, a lírica é caracterizada como uma forma subjectiva, o drama como uma forma objectiva e o poema épico como uma forma subjectivo-objectiva, ao passo que noutro fragmento, com a data de 1799, a lírica é definida como poesia subjectiva, a épica como poesia objectiva e o drama como poesia subjectivo-objectiva. [50]

---

[49] — Cf. Peter Szondi, *op. cit.*, pp. 77-79 e 88-89. Claudio Guillén observa que a história da poética revela um recurso frequente à tríade como princípio de sistematização, embora o recurso à díade, com idêntico propósito, não seja menos frequente. Segundo Guillén, trata-se de dois tipos de esquemas com fundamentos bem diferenciados: «[...] dyads and triads; or to be more explicit, "natural" dualisms (natural insofar as they are based on "opposition" models) and cultural triads (based on "construction" or "reconciliation models")» (cf. Claudio Guillén, *Literature as system*, p. 388).

[50] — Cf. René Wellek, «Genre theory, the lyric, and *Erlebnis*», *Discriminations: Further concepts of criticism*, New Haven — London, Yale University Press, 1970, pp. 241-242. Friedrich Schlegel flutuou bastante na caracterização dos géneros literários: num texto datado de 1800, retomou o esquema classificativo que se encontra no citado fragmento de 1797. Sobre Friedrich Schlegel e a problemática dos géneros, veja-se o estudo fundamental de

Adoptando um esquema conceptual e terminológico explicitamente dialéctico, August Wilhelm Schlegel caracteriza a épica como a tese, a lírica como a antítese e o drama como a síntese das manifestações poéticas do espírito humano: a épica identifica-se com a objectividade pura, a lírica com a subjectividade extrema e o drama com a interpenetração da objectividade e da subjectividade. ([51]) Tanto em August Wilhelm como em Friedrich Schlegel, subjaz à distribuição taxinómica dos géneros uma ordenação diacrónica e lógica — o género misto, ou simbiótico, não pode anteceder, quer no plano histórico, quer no plano lógico, os géneros puros, ou simples, de que provêm — e uma gradação valorativa que, no caso de ser o drama o género classificado como subjectivo-objectivo, coincide com a valoração atribuída à tragédia na *Poética* de Aristóteles: o género misto, precisamente por ser um género *sintético*, incorpora as virtualidades dos géneros puros e transcende as limitações destes.

Schelling, que concebe, ao contrário de August Wilhelm Schlegel, a lírica como o género primigénio, ([52]) também caracteriza e classifica os géneros literários em conformidade com o tradicional esquema triádico e com a nova perspectiva dialéctica, fundando-se na correlação e na tensão existentes em cada género entre o particular e o universal, entre o finito e o infinito: a lírica, dominada pela subjectividade do poeta, constitui o género mais particular, prevalecendo nela o finito; a épica, género em que o poeta alcança a objectividade, subsume o finito no infinito, o particular no universal; o drama concilia o particular e o universal, o finito e o infinito.

A tripartição dos géneros literários desempenha uma relevante função na estética de Hegel — a Hegel se deve a mais coerente, sistemática e profunda reflexão sobre os géneros em

---

Peter Szondi, «La teoria dei generi poetici in Friedrich Schlegel», inserto no volume *Poetica dell'idealismo tedesco*.

([51]) — Cf. René Wellek, *op. cit.*, pp. 242-243.

([52]) — A concepção da lírica como o género primitivo e fundamentante de todos os outros alcançou larga aceitação nas doutrinas estético-literárias do século XIX e do século XX, embora Hegel, com todo o peso da sua influência, tivesse defendido uma teoria diversa, considerando a épica como o género primeiro.

todo o período romântico — e na poética de Goethe, mas, como teremos mais adiante ensejo de expor e analisar muitas das suas ideias sobre esta matéria, examinaremos em seguida um dos aspectos mais originais da teoria romântica dos géneros. Referimo-nos à correlação dos géneros com as diversas dimensões do tempo — o passado, o presente e o futuro —, o que conduz, como se torna evidente, à conservação e à convalidação da divisão triádica procedente da estética platónica.

Embora os primeiros autores a admitirem a conexão dos géneros literários com as dimensões do tempo tenham sido von Humboldt e Schelling, foi Jean Paul quem, na segunda edição (1813) da sua obra *Vorschule der Ästhetic*, caracterizou explicitamente a existência de cada um dos géneros da tríade tradicionalmente estabelecida mediante a sua relação com o factor tempo: «A Epopeia representa o acontecimento que se desenvolve a partir do passado, o Drama a acção que se estende em direcção ao futuro, a Lírica a sensação que se encerra no presente». [53] De Hegel a Emil Staiger e a Jakobson, têm-se multiplicado as propostas de relacionação da épica, da lírica e da dramática com as três instâncias temporais mencionadas — nalguns casos, o esquema de relacionação apresenta-se defectivo, já que se reduz a um esquema dual —, verificando-se que, para além de algumas divergências, existe um consenso bastante acentuado no sentido de associar o género épico ao tempo passado e o género lírico ao tempo presente. [54]

Outro aspecto muito importante da teoria romântica dos géneros literários diz respeito à apologia da sua miscegenação. Em declarada oposição aos preceitos clássicos e neoclássicos sobre a distinção dos géneros, invocando muitas vezes o exemplo dos grandes dramaturgos espanhóis do *siglo de oro* e de Shakespeare — a oposição Racine/Shakespeare converteu-se num dos factores mais significativos da metalinguagem do sistema literário durante o pré-romantismo e o romantismo —, os autores românticos defenderam e justificaram doutrinariamente e prati-

---

[53] — Cf. Wolfgang Kayser, *Análise e interpretação da obra literária*, Coimbra, A. Amado, ⁴1968, vol. II, p. 217.

[54] — Gérard Genette, na sua obra *Introduction à l'architexte*, põe bem em relevo estas convergências e divergências através dos quadros que elaborou (pp. 51-52).

caram amiúde a mescla dos géneros literários. O texto mais famoso sobre esta matéria, texto que representou um pendão de revolta contra a "tirania clássica", é sem dúvida o prefácio do *Cromwell* (1827) de Victor Hugo. Nessas páginas agressivas e tumultuosas, Hugo condenou a regra da unidade de tom e a pureza dos géneros em nome da própria vida — vida de que a arte, em seu entender, deveria ser a expressão: a vida é uma amálgama de belo e de feio, de riso e de dor, de sublime e de grotesco, de modo que a obra artística que isole e represente apenas um destes aspectos, seja qual for a regra invocada, fragmenta necessariamente a totalidade da vida e trai a realidade. Como ensina a metafísica cristã, o homem é corpo e é espírito, é grandeza e é miséria, devendo a arte dar forma adequada a esta verdade essencial. A comédia e a tragédia, como géneros rigorosamente distintos, revelam-se incapazes de exprimir a diversidade e as antinomias da vida e do homem, motivo por que Victor Hugo advogou uma forma teatral nova, o *drama*, apta a representar as feições polimorfas da realidade: «No drama, tudo se encadeia e se deduz como na realidade. O corpo desempenha aí o seu papel, tal como a alma, e os homens e os acontecimentos, movidos por este duplo agente, passam ora burlescos, ora terríveis, algumas vezes terríveis e burlescos ao mesmo tempo...». Em suma, o drama participa dos caracteres da tragédia e da comédia, da ode e da epopeia, pintando o homem nas grandezas e nas misérias da sua humanidade.

O hibridismo e a indiferenciação dos géneros literários não se revelaram apenas no drama romântico—no qual se associaram a tragédia e a comédia, o lirismo e a farsa —, mas estenderam-se a outras formas literárias, como o romance, que participou ora da epopeia, ora da lírica, etc. Alexandre Herculano (1810-1877), quando pretendeu classificar *Eurico, o presbítero*, tomou consciência do carácter misto e heterogéneo do seu texto e escreveu numa nota final àquela obra: «Sou eu o primeiro que não sei classificar este livro». No prefácio, já Herculano advertira: «Por isso na minha concepção complexa, cujos limites não sei de antemão assinalar, dei cabida à crónica-poema, lenda ou o quer que seja do presbítero godo».

A apologia romântica da simbiose dos géneros literários está relacionada com o princípio, difundido sobretudo na estética do romantismo alemão, de que a verdade e a beleza se constituem, ou se revelam, mediante a síntese dos contrários, defluindo portanto, na sua matriz profunda, de uma concepção dialéctica do real e, em particular, do real histórico.

4.7. A concepção naturalista e evolucionista dos géneros literários

Na última década do século XIX, novamente foi defendida a substancialidade e a normatividade dos géneros literários, especialmente por Brunetière (1849-1906), crítico e professor universitário francês. ([55]) Influenciado pelo dogmatismo da doutrina clássica, Brunetière concebeu os géneros como entidades substancialmente existentes, como essências literárias providas de um significado e de um dinamismo autónomos, não como simples palavras ou como categorias arbitrariamente estabelecidas, e, seduzido pelas teorias evolucionistas formuladas por Darwin no campo da biologia, procurou descrever e explicar o género literário como se fosse uma espécie biológica.

Assim, Brunetière apresentou o género literário como um organismo que perfaz todo o ciclo vital: nasce, desenvolve-se, envelhece, morre ou transforma-se. A tragédia francesa, por exemplo, teria nascido com Jodelle, atingiria a maturidade com Corneille, entraria em declínio com Voltaire e morreria antes de Victor Hugo. Tal como algumas espécies biológicas desaparecem, vencidas por outras mais forte e mais bem apetrechadas para resistirem aos acidentes da concorrência vital, assim alguns géneros literários morreriam, dominados por outros mais vigorosos. A tragédia clássica teria sucumbido ante o drama romântico, exactamente como, no domínio biológico, uma espécie enfraquecida sucumbe perante uma espécie mais forte. Outros géneros, porém, através de um mais ou menos longo processo evolutivo, transformar-se-iam em géneros novos, tal como algumas espécies biológicas, mediante certas mutações, dão

---

([55]) — Cf. Ferdinand Brunetière, *L'évolution des genres dans l'histoire de la littérature*, Paris, Hachette, 1890. Encontra-se também exposta uma concepção naturalista e evolucionista dos géneros literários em John Addington Symonds, «On the application of evolutionary principles to art and literature», *Essays speculative and suggestive*, London, 1890.

origem a espécies diferentes: assim, segundo Brunetière, a eloquência sagrada do século XVII ter-se-ia transformado na poesia lírica do período romântico.

Estes princípios conduzem necessariamente à subestimação radical da obra literária em si, julgada e valorada sempre através da sua inclusão dentro dos quadros de um determinado género: o valor e a importância histórico-literária da obra apresentam-se como dependentes da aproximação ou do afastamento da obra relativamente à essência de um género e como dependentes do lugar ocupado pela obra na evolução do mesmo género. Deste modo, a crítica de Brunetière e da sua escola propõe-se como objectivo primacial o estudo da origem, do desenvolvimento e da dissolução dos diferentes géneros literários.

4.8. O conceito de género literário na estética de Croce

A doutrina de Brunetière traz a marca de uma época dominada culturalmente pelo positivismo e pelo naturalismo e seduzida, de modo especial, pelas teorias evolucionistas de Spencer e Darwin. Ora, no limiar da última década do século XIX, desenvolveu-se ns cultura europeia uma profunda reacção contra a cultura positivista dos anos precedentes, tendo-se manifestado esta reacção quer na literatura — correntes simbolistas e decadentistas —, quer na religião — revigoramento do ideal religioso, combate ao racionalismo agnóstico e ao jacobinismo —, quer na filosofia — renascimento do idealismo, crítica do positivismo e do naturalismo determinista, aparecimento das filosofias da intuição, etc. Os pensadores mais representativos e mais influentes nesta larga renovação da filosofia e da cultura europeias foram indubitavelmente Bergson e Croce. [56]

O problema dos géneros literários adquiriu nova acuidade precisamente na estética de Benedetto Croce, sendo bem visível no pensamento do grande filósofo italiano o intuito polémico de

---

[56] — Bergson publicou em 1889 o *Essai sur les données immédiates de la conscience;* em 1896, *Matière et mémoire;* em 1907, a sua obra capital, *L'évolution créatrice.* Croce iniciou o seu labor filosófico e crítico em 1893, com *La storia ridotta sotto il concetto generale dell'arte;* no ano seguinte, publicou *La critica letteraria;* em 1902, deu à luz o volume da *Estetica*, obra fundamental na formulação da teoria estética crociana e na renovação da estética europeia.

combater e invalidar as congeminações dogmatistas e naturalistas de Brunetière. ([57])

Croce identifica a poesia — e a arte em geral — com a forma da actividade teorética que é a *intuição*, conhecimento do individual, das coisas e dos fenómenos singulares, produtora de imagens, em suma, modalidade de conhecimento oposta ao conhecimento lógico. A intuição é concomitantemente *expressão*, pois a intuição distingue-se da sensação, do fluxo sensorial, enquanto forma, constituindo esta forma a expressão. *Intuir é exprimir*. A poesia, como toda a arte, revela-se portanto como *intuição-expressão*: conhecimento e representação do individual, elaboração alógica e, por conseguinte, irrepetível de determinados conteúdos. A obra poética, consequentemente, é *una* e *indivisível*, porque «cada expressão é uma expressão única». ([58]). Ora uma teoria que conceba os géneros literários como entidades substancialmente existentes, isto é, existentes *in re* e não apenas *in intellectu* ou *in dicto*, representa, segundo Croce, o clamoroso absurdo de se introduzirem distinções e divisões reais no seio da unicidade da intuição-expressão e de se atribuir um predicado particular a um sujeito universal (como quando se fala, por exemplo, de "poesia bucólica").

Croce não nega a possibilidade e a legitimidade de se elaborarem conceitos e generalidades a partir da diversidade das criações poéticas individuais, de modo a atingirem-se, depois do conhecimento de uma série de poemas, as noções de

---

([57]) — Em *La poesia*, escreveu Croce: «Pervertitosi poi il concetto storico della filosofia idealistica nel positivistico evoluzionismo, ci fu chi volle applicare alla poesia l'evoluzione delle specie del Darwin, e, logicista com'era, ideò, e per quanto poté eseguí, una storia letteraria in cui i generi prolificavano e si moltiplicavano, senza bisogno dell'altro sesso, e lottavano tra di loro e si sopraffacevano, e ce n'erano di quelli che sparivano, e altri che vincevano nella lotta per l'esistenza. Tutto ciò accadeva, per cosí dire, sulla strada pubblica, tanto che, se un'opera, composta nel seicento come, per esempio, le lettere della Sévigné, le quali rimasero a lungo inedite, non era stata in grado di partecipare alla grande lotta del suo tempo, era trascurata in quel modo di storia o, come appunto le lettere della Sévigné, trasferita al secolo appresso, quando quelle lettere, messe a stampa, iniziarono la loro superiore vita di genere e la loro lotta. Cotesta per «generi» è l'ultima delle «false storie», che ci conveniva mentovare e qualificare» (cf. Benedetto Croce, *La poesia*, Bari, Laterza, [6]1963, pp. 186-187).

([58]) — Cf. Benedetto Croce, *Estetica come scienza dell'espressione e linguistica generale*, Bari, Laterza, [8]1946, p. 23.

idílio, madrigal, canção, etc. «O erro começa quando do conceito se pretende deduzir a expressão e reencontrar no facto substituto as leis do facto substituído» (⁵⁹), ou seja, quando se pretende erigir o conceito — neste caso, o conceito de género — em entidade substancialmente existente e normativa, à qual cada obra se deve conformar, sob pena de grave imperfeição.

A aceitação de uma teoria substancialista dos géneros origina, no entender de Croce, consequências extremamente negativas no plano da crítica literária: perante uma obra poética concreta, o crítico não procura saber se ela é expressiva ou o que exprime, mas busca apurar se está composta segundo as leis do poema épico, ou da tragédia, etc. Assim, a poesia deixa de ser a protagonista da história da poesia, passando o seu lugar a ser ocupado pelos géneros; as personalidades poéticas dissolvem-se e os seus *disiecta membra* são repartidos por vários géneros: Dante, por exemplo, será dividido pela épica, pela lírica, pela sátira, pela epistolografia, etc., fragmentando-se irremediavelmente a unidade e a totalidade da obra dantesca. E nesta perspectiva crítica, sublinha Croce, não será de estranhar que os vultos de Dante, Ariosto, Tasso e outros grandes criadores apareçam sobrepujados por triviais e medíocres autores, já que, em geral, os medíocres se esforçam penosamente por obedecer aos preceitos de cada um dos géneros que cultivam. (⁶⁰)

Como se depreende, o ataque crociano aos géneros representa, simultânea e logicamente, um ataque aos preceitos rígidos — e arbitrários, segundo Croce — com que se pretende regular, através de uma apertada e pedantesca rede de imperativos e de proibições, a actividade criadora do poeta: «E se, per modo di dire, si potessero rappresentare in un grafico, come per i processi febbrili dell'organismo o per gli ondeggiamenti della terra, le preoccupazioni, gli scrupoli, i rimorsi, le angosce, le disperazioni, i vani sforzi, gli ingiusti sacrifizî che le regole letterarie sono costate ai poeti e agli scrittori, si resterebbe ancora una volta stupiti di come gli uomini si lascino tormentare da altri uomini per nulla, e per di piú docilmente si prestino a flagellarsi da sé, facendosi «heautontimoroumenoi» o (come traduceva l'Alfieri)

(⁵⁹) — *Id., ibid.*, p. 41.
(⁶⁰) — Cf. *La poesia*, p. 185.

«aspreggia-sé-stessi». (⁶¹) A normatividade da poética classicista, indissoluvelmente ligada, como expusemos, a uma teoria dos géneros, foi considerada por Croce como uma extrapolação absurda e inconsistente da *praxis* literária de uma determinada época histórica, visto que se funda na projecção em categorias abstractas e universais de caracteres estilístico-formais, semânticos e pragmáticos enraizados, explicáveis e justificados no âmbito de uma concreta experiência histórica. (⁶²)

No entanto, se Croce rejeita o carácter substantivo dos géneros literários, admite, por outro lado, o seu carácter adjectivo, ou seja, não recusa o conceito de género literário como instrumento útil na história literária, cultural e social, visto que, na prática literária de certas épocas históricas, as regras formuladas para os diversos géneros, embora «esteticamente arbitrárias e inconsistentes, representavam necessidades de outra natureza» (⁶³). Assim, por exemplo, o conceito de género literário pode ser útil à história da cultura do Renascimento, porque a restauração dos géneros greco-latinos se destinava a pôr fim «à elementaridade e à rudeza medievais»; igualmente poderá ser útil, para o estudo das transformações sociais sobrevindas durante o século XVIII, o conceito de drama burguês, como género oposto à tragédia de corte. O conceito de género literário pode constituir, por conseguinte, um elemento instrumentalmente fecundo e cómodo na sistematização da história literária, mas permanecerá sempre um elemento extrínseco à essência da poesia e à problemática do juízo estético.

4.9. Reformulações do conceito de género na teoria da literatura contemporânea

Sob a influência de Croce, difundiu-se em largos sectores da crítica e da investigação literárias, durante a primeira metade do século XX, um forte descrédito em relação ao conceito de

---

(⁶¹) — Cf. *ibid.*, p. 183.
(⁶²) — Cf. G. N. Giordano Orsini, *L'estetica e la critica di Benedetto Croce*, Milano — Napoli, Riccardo Ricciardi, 1976, p. 130.
(⁶³) — Cf. *La poesia*, pp. 188-189.

género. Esta influência da estética crociana foi reforçada, ao longo do mesmo período histórico, por correntes de crítica formalista de raízes idealistas, já que tais correntes, se concediam aos elementos técnico-formais do texto uma minuciosa atenção e uma relevância que lhes era denegada por Croce, desconheciam, ou pelo menos negligenciavam, os parâmetros institucionais e sistémicos do fenómeno literário, preocupando-se sobretudo, e muitas vezes de modo exclusivo, com a análise imanente da singularidade artística representada por cada obra literária.

Todavia, no âmbito de outras orientações da teoria e da crítica literárias contemporâneas, desde o formalismo russo à hermenêutica e à semiótica, tem-se reconhecido e atribuído ao conceito de género uma função relevante, verificando-se mesmo que na obra de alguns autores — *e. g.*, Northrop Frye — o conceito de género ocupa um lugar fundamental. [64]

O formalismo russo, cuja fundamentação anti-idealista e cujo «novo *pathos* de positivismo científico» foram realçados por Ejchenbaum, [65] atribuiu logicamente ao género, quer na *praxis* da literatura, quer na metalinguagem da teoria, da crítica e da história literárias, uma importância de primeiro plano. Com efeito, um princípio teorético essencial do formalismo russo consiste na afirmação de que a "soledade" e a "singularidade" de cada obra literária não existem, porque todo o texto «faz parte do sistema da literatura, entra em correlação com este mediante o género [...]». [66] Como escreve Tomaševskij num

---

[64] — Sobre diversas teorias contemporâneas acerca dos géneros literários, veja-se Paul Hernadi, *Beyond genre. New directions in literary classification*, Ithaca — London, Cornell University Press, 1972.

[65] — Veja-se, atrás, a nota (20) do capítulo 2. Como sublinhámos nessa nota, nalguns formalistas russos avultam influências e pressupostos filosóficos alheios e refractários ao «novo *pathos* de positivismo científico» a que se refere Ejchenbaum.

[66] — Cf. Jurij N. Tynjanov, *Formalismo e storia letteraria*, Torino, Einaudi, 1973, p. 153. *Vide* também: Jurij Tynjanov, *Avanguardia e tradizione*, Bari, Dedalo Libri, 1968, pp. 47 ss.; Jurij Tynjanov e Roman Jakobson, «Problems in the study of literature and language», in Ladislav Matejka e Krystyna Pomorska (eds.), *Readings in russian poetics: Formalist and structuralist views*, Cambridge (Mass.), The MIT Press, 1971, p. 80. Sobre o conceito de sistema literário elaborado por Vinokur — um conceito muito próximo do conceito de sistema modelizante secundário construído pela semiótica soviética contemporânea —, veja-se Edoardo Ferrario, *Teorie della letteratura in Russia 1900-1934* Roma, Editori Riuniti, 1977, pp. 117 ss.

dos capítulos da sua obra intitulada *Teoria da literatura*, o género define-se como um conjunto sistémico de processos construtivos, quer a nível temático, quer a nível técnico-formal, manifestando-se tais caracteres do género como os processos *dominantes* na criação da obra literária. ([67]) Para Bachtin, o género representa o princípio de determinação efectiva da obra literária, podendo ser definido como a «forma arquetípica da totalidade de um acto de fala, da totalidade de uma obra. Uma obra existe na realidade só na forma de um género particular. O valor estrutural de cada elemento de uma obra pode ser compreendido apenas em conexão com o género». ([68])

Rejeitando qualquer dogmatismo reducionista que originaria uma classificação rígida e estática, os formalistas russos conceberam o género literário como uma entidade evolutiva, cujas transformações adquirem sentido no quadro geral do sistema literário e na correlação deste sistema com as mudanças operadas no sistema social, e por isso advogaram uma classificação historicamente descritiva dos géneros. ([69]) Se o *cronótopo*, isto é, a correlação do tempo e do espaço históricos e reais, é indissociável de todo o fenómeno literário, em virtude das suas incidências e do significado da sua representação neste mesmo fenómeno, as conexões *cronotópicas* assumem particular importância na configuração dos géneros, podendo dizer-se que estes, «com o seu heteromorfismo, são determinados pelo cronótopo». ([70])

Esta concepção dinâmica, histórica e sociológica dos géneros literários está profundamente marcada, como o atesta sobretudo a *Teoria da literatura* de Tomaševskij, por um modelo biologista: os géneros vivem e desenvolvem-se; podem modificar-se lentamente, mas podem também sofrer bruscas e radicais mutações;

([67]) — Cf. Boris Tomaševskij, *Teoria della letteratura*, Milano, Feltrinelli, 1978, p. 208.

([68]) — *Apud* I. R. Titunik, «Metodo formale e metodo sociologico (Bachtin, Medvedev, Vološinov) nella teoria e nello studio della letteratura», *in* V. V. Ivanov *et alii*, *Michail Bachtin. Semiotica, teoria della letteratura e marxismo*, Bari, Dedalo Libri, 1977, p. 173.

([69]) — Cf. Boris Tomaševskij, *op. cit.*, p. 211; Jurij Tynjanov, *Avanguardia e tradizione*, pp. 25 ss. e 51; Boris Ejchenbaum, *Il giovane Tolstòj. La teoria del metodo formale*, Bari, De Donato, 1968, pp. 180-181.

([70]) — Cf. Mikhaïl Bakhtine, *Esthétique et théorie du roman*, Paris, Gallimard, 1978, pp. 237-238.

por vezes, desagregam-se, nascendo novos géneros da sua dissolução e do seu desaparecimento.

Os fenómenos da decomposição e da emergência dos géneros estão correlacionados com a dinâmica do sistema literário e com a dinâmica do sistema social, não hesitando mesmo Tomaševskij em comparar a luta político-social entre as classes elevadas, dominantes, e as classes baixas com o confronto entre os géneros "elevados" e os géneros "inferiores". ([71]) Algumas vezes, os géneros hegemónicos entram numa fase de obsolescência, cultivados por *epígonos* docilmente obedientes às regras e aos modelos estabelecidos; outras vezes, em períodos de profundas modificações do sistema literário, podem verificar-se a extinção dos géneros elevados, como aconteceu com a epopeia no século XVIII e com a ode no século XIX, a *canonização* dos chamados géneros inferiores, que afluem da periferia ao núcleo do sistema, ([72]) a integração no sistema literário de certas classes de textos que anteriormente não possuíam um estatuto literário, originando-se assim aqueles géneros que Jakobson classifica como *géneros transicionais*, ([73]) ou ainda a influência de géneros considerados como inferiores em géneros valorados como superiores (por exemplo, a influência do romance "folhetinesco" no chamado "grande" romance).

Na dialéctica da homeostase e da mudança do sistema literário, o género desempenha uma função bivalente: representa um factor importante da *memória* do sistema, veiculando elementos temáticos e formais da *tradição*, nem sempre consubstanciada em obras exemplares e em complexos e influentes metatextos; constitui um factor altamente sensível às mutações surgidas no *meio* do sistema e por isso mesmo avultam particularmente na sua problemática as linhas de força do processo da evolução literária. ([74]).

([71]) — Cf. Boris Tomaševskij, *Teoria della letteratura*, pp. 209-210.

([72]) — O conceito de "canonização" dos géneros literários inferiores foi elaborado por Viktor Šklovskij (cf. *Teoria della prosa*. Prima edizione integrale. Torino, Einaudi, 1976, pp. 272, 289 e 291) e retomado por outros formalistas (e. g., cf. Jurij Tynjanov, *Avanguardia e tradizione*, p. 27).

([73]) — Sobre a relevância intrínseca e o interesse para os investigadores dos géneros de transição — cartas, diários íntimos, apontamentos de viagem, etc.—, veja-se Roman Jakobson, «La dominante», *Questions de poétique*, Paris, Éditions du Seuil, 1973, pp. 149-150.

([74]) — Cf. Mikhaïl Bakhtine, *La poétique de Dostoïevski*, Paris, Éditions du Seuil, 1970, pp. 150-151. A este respeito, afirma Ivanov que «The introduction

Com a herança teórica e metodológica do formalismo russo se relaciona ainda a caracterização dos géneros literários proposta por Jakobson, baseada na função da linguagem que exerce o papel de *subdominante* em cada género (o papel de função *dominante*, de acordo com a concepção jakobsoniana da literariedade, é exercido pela função poética): o *género épico*, centrado sobre a terceira pessoa, põe em destaque a *função referencial;* o *género lírico*, orientado para a primeira pessoa, está vinculado estreitamente à *função emotiva;* o *género dramático*, «poesia da segunda pessoa», apresenta como subdominante a *função conativa* e «caracteriza-se como suplicatório ou exortativo conforme a primeira pessoa esteja nele subordinado à segunda ou a segunda à primeira». (75)

Curiosa e paradoxalmente, as ideias e as sugestões dos formalistas russos sobre o problema dos géneros literários não lograram desenvolver-se no âmbito do Círculo Linguístico de Praga, em cuja poética não se encontra qualquer manifestação de interesse especial pela genologia. (76) A herança teorética do formalismo russo, neste como noutros domínios, foi retomada e reelaborada no Ocidente, a partir da década de sessenta, pelo estruturalismo e pela semiótica literária, isto é, por uma poética especificamente atenta à produção do texto literário como "objecto" estético e comunicativo possibilitado e condicionado por uma *langue*, por um conjunto de convenções, de normas formais e semânticas, dotadas de impositividade variável, que constituem o *código*. Dentro desta orientação, mencionem-se os estudos de Tzvetan Todorov, Claudio Guillén, Robert Scholes, Jonathan Culler, Maria Corti e Gérard Genette. (77)

---

of the concept of the memory of a genre as central for historical poetics was Baxtin's major achievment. It enabled him to eliminate the opposition between historical and synchronic poetics» (cf. V. V. Ivanov, *The significance of Baxtin's ideas on sign, utterance and dialogue for modern semiotics*, Tel-Aviv University, 1976, p. 7).

(75) — Cf. Roman Jakobson, *Essais de linguistique générale*, Paris, Éditions de Minuit, 1963, p. 219.

(76) — Não deixa de ser significativo que o capítulo sobre os géneros literários da *Teoria da literatura* de René Wellek e Austin Warren seja da autoria de Warren e não de Wellek, antigo membro da chamada Escola de Praga.

(77) — Citamos destes autores os seguintes estudos: Tzvetan Todorov, *Introduction à la littérature fantastique*, Paris, Éditions du Seuil, 1970 (cap. 1:

O conceito e a problemática do género literário desempenham uma importante função na teoria literária dos chamados "críticos de Chicago" ou "neo-aristotélicos" de Chicago. ([78])
Contrapondo-se à crítica biográfico-psicologista do romantismo que, em nome de «qualidades universalmente desejadas», esqueceu ou menosprezou as diferenças temáticas e técnico-formais existentes nas obras literárias ([79]) e contrapondo-se, em particular,

---

«Les genres littéraires», pp. 7-27); *id.*, «Genres littéraires», in Oswald Ducrot e Tzvetan Todorov, *Dictionnaire encyclopédique des sciences du langage*, Paris, Éditions du Seuil, 1972, pp. 193-201; *id.*, *Les genres du discours*, Paris, Éditions du Seuil, 1978, pp. 44-60 («L'origine des genres»); Claudio Guillén, *Literature as system*. *Essays toward the theory of literary history*, pp. 107-134 («On the uses of literary genres») e pp. 135-158 («Genre and countergenre: The discovery of the picaresque»); Robert Scholes, *Structuralism in literature. An introduction*, New Haven — London, Yale University Press, 1974, pp. 118-141; Jonathan Culler, *Structuralist poetics. Structuralism, linguistics and the study of literature*, London, Routledge & Kegan Paul, 1975, *passim;* Maria Corti, «I generi letterari in prospettiva semiologica», in *Strumenti critici*, 17 (1972), pp. 1-18; *id.*, *Principi della comunicazione letteraria*, Milano, Bompiani, 1976 (cap. V: «Generi letterari e codificazioni», pp. 151-181); Gérard Genette, *Introduction à l'architexte*, Paris, Éditions du Seuil, 1979.

([78]) — Os chamados "neo-aristotélicos" de Chicago constituem um giupo de teorizadores e críticos literários que, desde a década de trinta, estiveram ligados à Universidade de Chicago. Dentre os seus membros, salientamos: R. S. Crane, Richard McKeon, Elder Olson, Bernard Weinberg e Wayne Booth. A sua estética e a sua teoria literária encontram-se expostas e defendidas sobretudo em duas obras: R. S. Crane (ed.), *Critics and criticism: Ancient and modern*, Chicago, The University of Chicago Press, 1952 [edição condensada, Chicago, Phoenix Books, 1960]; R. S. Crane, *The languages of criticism and the structure of poetry*, Toronto, University of Toronto Press, 1953. R. S. Crane sublinha que o magistério de Aristóteles nunca foi aceite e valorado pelos "críticos de Chicago" como uma lição dogmática, mas como uma orientação teorética susceptível de aplicações fecundas a novos factos literários (cf. *The languages of criticism and the structure of poetry*, p. 160). Sobre os "neo-aristotélicos" de Chicago e o problema dos géneros literários, veja-se a análise polémica de W. K. Wimsatt, *The verbal icon. Studies in the meaning of poetry*, London, Methuen, 1970, pp. 41-65 («The Chicago critics: The fallacy of the neoclassic species»).

([79]) — Observa a este respeito Wayne Booth: «When critics are interested mainly in the author, and in his works largely as they are signs of certain qualities in him, they are likely to look for the same qualities in all works. Objectivity, subjectivity, sincerity, insincerity, inspiration, imagination — these can be looked for and praised or blamed wether an author is writing comedy, tragedy, epic, satire, or lyric» (cf. Wayne C. Booth, *The rhetoric of fiction*, Chicago — London, The University of Chicago Press, 1961, p. 36).

ao *new criticism* norte-americano, que tendia fortemente para conceber a literatura como linguagem intransitiva e como um domínio qualitativamente homogéneo, os "críticos de Chicago", em conformidade com o magistério de Aristóteles, concebem a poesia (entendida *lato sensu*) como *mimese* e procuram caracterizar as *particulares espécies* de poesia que resultam dos diversos referentes e das várias técnicas que a mimese poética comporta e utiliza: «The art of dramatic imitation is not the same in what it demands or excludes as the art of imitation in any of the many kinds of narrative; the writing of a play in verse imposes very different requirements from the writing of a play in prose; the things that must be done or avoided in imitating a comic action are by no means identical with the things that the poet must do or refrain from doing if his subject is "serious"; and the necessities and possibilities of a lyric or a short story are of a widely different order from those of a full-length drama or a novel». [80] Os géneros literários, segundo os "críticos de Chicago", não constituem «diferentes essências estéticas», mas «termos descritivos neutros de grande utilidade» que definem e caracterizam *ex post facto*, por conseguinte por via indutiva, as espécies identificáveis na multiplicidade dos "poemas" efectivamente existentes.

Uma das mais ambiciosas e originais sínteses da problemática teorética dos géneros literários foi elaborada por Northrop Frye, na sua obra *Anatomy of criticism* (1957). Logo na «Polemical introduction» deste livro brilhante e, às vezes, paradoxal, Northrop Frye enumera entre os problemas mais importantes da poética a delimitação e a caracterização das «categorias primárias da literatura», sublinhando enfaticamente: «We discover that the critical theory of genres is stuck precisely where Aristotle left it». [81] Como outros investigadores contemporâneos, Frye admira na *Poética* de Aristóteles o modelo epistemológico e metodológico que a teoria da literatura do nosso tempo, orientada por ideais de racionalidade científica, pode e deve utilizar na análise dos factos e dos problemas literários surgidos posteriormente a

---

[80] — Cf. R. S. Crane, *The languages of criticism and the structure of poetry*, p. 52.
[81] — Cf. Northrop Frye, *Anatomy of criticism*, New York, Atheneum, 1966, p. 13 (a 1.ª edição desta obra data de 1957).

Aristóteles: «Thanks to the Greeks, we can distinguish tragedy from comedy in drama, and so we still tend to assume that each is the half of drama that is not the other half. When we come to deal with such forms as the masque, opera, movie, ballet, puppetplay, mystery-play, morality, commedia dell'arte, and Zauberspiel, we find ourselves in the position of the Renaissance doctors who refused to treat syphilis because Galen said nothing about it». ([82]) Contrapondo-se, por um lado, ao mito romântico do génio irrepetivelmente original e dissentindo, por outra parte, do relativismo atomizante de uma crítica subjectivista, Northrop Frye concebe a literatura como uma complexa e coerente organização de modos, de categorias e de géneros. ([83])

Em primeiro lugar, Frye estabelece uma teoria dos *modos ficcionais*, inspirando-se na caracterização aristotélica dos caracteres das ficções poéticas, os quais podem ser melhores, iguais ou piores «do que nós somos». Tal classificação dos modos ficcionais, que não apresenta quaisquer implicações moralísticas, é ideada em função da capacidade de acção do *herói* das obras de ficção e da sua relação com os outros homens e com o meio. São cinco os modos ficcionais discriminados por Frye:

1. O *modo mítico*, que se caracteriza pela superioridade qualitativa do herói relativamente aos outros homens e ao meio. O herói apresenta-se como um ser divino.

([82]) — *Id., ibid.*, p. 13.

([83]) — Escreve Northrop Frye: «The underestimating of convention appears to be a result of, may even be a part of, the tendency, marked from Romantic times on, to think of the individual as ideally prior to his society. The view opposed to this, that the new baby is conditioned by a hereditary and environmental kinship to a society which already exists, has, whatever doctrines may be inferred from it, the initial advantage of being closer to the facts it deals with. The literary consequence of the second view is that the new poem, like the new baby, is born into an already existing order of words, and is typical of the structure of poetry to which it is attached. The new baby is his own society appearing once again as a unit of individuality, and the new poem has a similar relation to its poetic society» (cf. *Anatomy of criticism*, pp. 96-97). Sobre este relevante aspecto da teoria literária de Frye, veja-se Frank Lentricchia, *After the new criticism*, Chicago, The University of Chicago Press, 1980, pp. 8-16.

2. O *modo fantástico* ou *lendário*, (⁸⁴) que se define pela superioridade em grau do herói em relação aos outros homens e ao seu meio. O herói identifica-se com um ser humano, mas as suas acções fabulosas desenrolam-se num mundo em que as leis naturais como que estão parcialmente suspensas. Este modo manifesta-se nas lendas, contos populares, *märchen*, etc.

3. O *modo mimético superior*, que ocorre quando o herói é superior em grau aos outros homens, mas não em relação ao seu meio natural. Este tipo de herói é próprio do poema épico e da tragédia.

4. O *modo mimético inferior*, que se caracteriza pelo facto de o herói, apresentando uma humanidade comum, não ser superior em relação aos outros homens e ao seu meio. É este o herói da maior parte das comédias e das ficções realistas.

5. O *modo irónico*, caracterizado pelo estatuto de inferioridade do herói, tanto em inteligência como em poder, em relação aos outros homens.

Por outro lado, Northrop Frye estabelece a existência de quatro *categorias narrativas* mais amplas do que os géneros literários geralmente admitidos e logicamente anteriores a eles. Estas categorias, que Frye denomina *mythoi*, fundam-se na oposição e na interacção do ideal com o actual, do mundo da inocência com o mundo da experiência: o *"romance"* é o *mythos* do mundo da inocência e do desejo; a *ironia* ou a *sátira* enraízam-se no mundo defectivo do real e da experiência; a *tragédia* representa

---

(⁸⁴) — Frye considera este segundo modo como tipicamente representado pelo herói do *romance*, vocábulo inglês de difícil tradução na língua portuguesa. Ao adoptarmos a designação "modo fantástico", aceitamos um conceito de "fantástico" mais amplo do que aquele proposto por T. Todorov na sua obra *Introduction à la littérature fantastique* (Paris, Éditions du Seuil, 1970): entendemos por "fantástico" aquela ordem do real marcada pelo *extraordinário*, quer porque se manifestam «poderes secretos e faculdades surpreendentes dos entes», quer porque se encontram suspensas ou abolidas as leis da natureza (cf. Edelweis Serra, *Tipología del cuento literário*, Madrid, Cupsa Editorial, 1978, p. 106). Aliás, o próprio Frye observa que, na literatura europeia medieval, «Romance divides into two main forms: a secular form dealing with chivalry and knight-errantry, and a religious form devoted to legends of saints. Both lean heavily on miraculous violations of natural law for their interest as stories» (cf. *op. cit.*, p. 34).

o movimento da inocência, através da *hamartia* ou falta, até à catástrofe; a *comédia* caracteriza-se pelo movimento ascensional do mundo da experiência, através de complicações ameaçadoras, até «a happy ending and a general assumption of post-dated innocence in which everyone lives happily ever after». (⁸⁵) A tragédia e a comédia, o "romance" e a ironia opõem-se, mas a comédia mescla-se, num extremo, com a ironia e a sátira, e, noutro extremo, com o "romance", ao passo que a tragédia transcorre do "romance" elevado até à ironia mais amarga. Estas relações podem ser representadas através do seguinte diagrama: (⁸⁶)

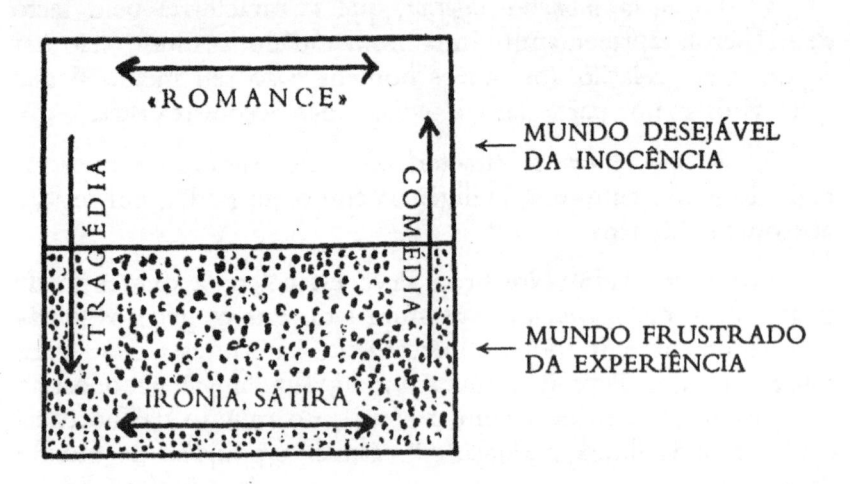

```
            «ROMANCE»
         ┌─────────────┐
    T    │             │  C        ← MUNDO DESEJÁVEL
    R    │             │  O           DA INOCÊNCIA
    A    │             │  M
    G    ├─────────────┤  É
    É    │:::::::::::::│  D        ← MUNDO FRUSTRADO
    D    │:::::::::::::│  I           DA EXPERIÊNCIA
    I    │:::::::::::::│  A
    A    │IRONIA,SÁTIRA│
         └─────────────┘
```

Finalmente, Northrop Frye constrói uma teoria dos géneros, partindo do princípio de que as distinções genéricas em literatura têm como fundamento o *radical de apresentação:* as palavras podem ser representadas, como se em acção, perante o espectador; podem ser recitadas ante um ouvinte; podem ser cantadas ou entoadas; podem, enfim, ser escritas para um leitor. Assim, a teoria dos géneros literários apresenta uma base retórica, «in the

---

(⁸⁵) — Cf. *Anatomy of criticism*, p. 162.
(⁸⁶) — Extraímos este diagrama de Paul Hernadi, *Beyond genre. New directions in literary classification*, Ithaca — London, Cornell University Press, 1972, p. 134.

sense that the genre is determined by the conditions established between the poet and his public». (⁸⁷)

O *epos* constitui aquele género literário em que o autor ou um recitador narram oralmente, *dizem* os textos, perante um auditório postado à sua frente. Este género não abrange apenas textos em verso, mas também histórias e discursos em prosa: «*Epos* thus takes in all literature, in verse or prose, which makes some attempt to preserve the convention of recitation and a listening audience». (⁸⁸)

O *género lírico* caracteriza-se pelo ocultamento, pela separação do auditório em relação ao poeta. O poeta lírico pretende em geral falar consigo mesmo ou com um particular interlocutor: a musa, um deus, um amigo, um amante, um objecto da natureza, etc. «The radical of presentation in the lyric», escreve Frye, «is the hypothetical form of what in religion is called the "I-Thou" relationship. The poet, so to speak, turns his back on his listeners, though he may speak for them, and though they may repeat some of his words after him». (⁸⁹)

O *género dramático* caracteriza-se pelo ocultamento, pela separação do autor em relação ao seu auditório, cabendo aos caracteres internos da história representada dirigirem-se directamente a esse mesmo auditório.

Ao género literário cujo radical de apresentação «é a palavra impressa ou escrita», tal como acontece nos romances e nos ensaios, concede Frye a designação de *ficção*, embora reconhecendo que se trata de uma escolha arbitrária. (⁹⁰) Na ficção, ao contrário do que acontece no *epos*, tende a dominar a prosa, porque o ritmo contínuo desta adequa-se melhor à «forma contínua do livro». O processo histórico da evolução literária revela que a ficção se sobrepõe crescentemente ao *epos*, passando a

---

(⁸⁷) — Cf. *Anatomy of criticism*, p. 247. Em contradição, pelo menos terminológica, com esta afirmação, lê-se no «Segundo ensaio» desta obra de Frye: «Similarly, nothing is more striking in rhetorical criticism than the absence of any consideration of genre: the rhetorical critic analyzes what is in front of him without much regard to wether it is a play, a lyric, or a novel. He may in fact even assert that there are no genres in literature» (p. 95).
(⁸⁸) — *Ibid.*, p. 248.
(⁸⁹) — *Ibid.*, pp. 249-250.
(⁹⁰) — *Ibid.*, p. 248.

«mimesis of direct address» a ser substituída por uma impessoal «mimesis of asserting writing», cuja manifestação extrema se encontra, já fora do âmbito da literatura, na prosa didáctica.

    A teoria dos modos e dos géneros literários de Northrop Frye, cuja complexidade e cuja originalidade são redutivamente desfiguradas pelas sínteses e pelos esquemas atrás formulados, é fecundamente renovadora sobretudo no domínio da caracterização dos modos arquetípicos da literatura, dos *mythoi*, estabelecendo ou sugerindo interessantes conexões de ordem semântica, simbólica e mítica, entre o fenómeno literário, considerado na sua diversidade e nas suas especificações, e o real cosmológico e o real antropológico. Quanto à sua teoria dos géneros literários, exposta no «Quarto ensaio» de *Anatomy of criticism* — ensaio intitulado «Rhetorical criticism: Theory of genres» —, Frye retoma e reelabora fundamentalmente critérios distintivos e classificativos que procedem de Platão, de Aristóteles e de Diomedes, pois o seu conceito de «radical de apresentação» fundamenta-se sobretudo no tipo de relação enunciativa que o autor textual mantém com o seu texto e, mediante este, com os seus receptores. Todavia, Northrop Frye introduz entre aqueles critérios um factor anómalo — a fixação e a transmissão dos textos pela escrita e pela imprensa —, visto que tal factor não é coadunável com a lógica da teoria da enunciação subjacente ao conceito de radical de apresentação do *epos*, do drama e do lirismo, embora a transição de uma literatura oral para uma literatura escrita origine modificações múltiplas na problemática da enunciação. Frye constrói a sua teoria dos modos e dos géneros literários guiado pelo fascínio e pela nostalgia da literatura oral,[91] mas não podia ignorar a relevância da literatura escrita na "galáxia de Gutenberg" e daí a heterogeneidade de critérios que delimitam e definem o género que denomina "ficção". O texto escrito ou impresso, por si só, não determina um tipo específico de enunciação literária e por isso mesmo a caracterização proposta por Frye para aquele género e a distinção que estabelece entre ele e o *epos* se apresentam como inconsistentes e desajustadas a muitos factos literários (em numerosos romances,

---

[91] — Cf. Geoffrey H. Hartman, «Ghostlier demarcations: The sweet science of Northrop Frye», *Beyond formalism*, New Haven — London, Yale University Press, 1970, pp. 40-41.

por exemplo, o narrador comporta-se retoricamente, isto é, no que diz respeito às suas relações de enunciador com os seus virtuais enunciatários, como o autor de um texto integrável no *epos*). Estas e outras incongruências procedem, pelo menos em parte, da desenvoltura com que Frye constrói as suas luxuriantes e engenhosamente simétricas taxinomias, marginalizando ou esquecendo os dados empíricos, os parâmetros históricos e sociais do fenómeno literário.

Numerosos e importantes estudos sobre os géneros literários se têm ficado a dever, nas últimas décadas, a investigadores que se inserem na grande tradição do idealismo e do historicismo germânicos. [92] Entre esses estudos, avulta a obra de Emil Staiger intitulada *Grundbegriffe der Poetik*. [93] Condenando uma poética apriorística e anti-histórica, Staiger acentua a necessidade de a poética se apoiar firmemente na história, na tradição formal concreta e histórica da literatura, já que a essência do homem reside na sua temporalidade. Retomando a tradicional tripartição de lírica, épica e drama, reformulou-a profundamente, substituindo estas formas substantivas e substancialistas pelas designações adjectivais e pelos conceitos estilísticos de lírico, épico e dramático. O que permite fundamentar a existência destes conceitos básicos da poética? A própria realidade do ser humano, pois «os conceitos do lírico, do épico e do dramático são termos da ciência literária para representar possibilidades fundamentais da existência humana em geral; e existe uma lírica, uma épica e uma dramática, porque as esferas do emocional, do intuitivo e do lógico constituem em última instância a própria essência do homem, tanto na sua unidade como na sua sucessão, tal como aparecem reflectidas na infância, na juventude e na maturidade». [94] Staiger caracteriza o lírico como *recordação*, o épico como *observação* e o dramático como *expectativa*. Tais caracteres distintivos conexionam-se obviamente com a tridimensionalidade do tempo existencial: a recordação implica o passado, a observação situa-se no presente, a expectativa projecta-se no futuro. Deste modo, a poética alia-se intimamente à ontologia

---

[92] — Veja-se Paul Hernadi, *Beyond genre*, passim.

[93] — A 1.ª edição desta influente obra foi publicada em 1946. Utilizámos a tradução em língua espanhola, *Conceptos fundamentales de poética*, Madrid, Ediciones Rialp, 1966.

[94] — Cf. Emil Staiger, *op. cit.*, p. 213.

e à antropologia e a análise dos géneros literários volve-se em reflexão sobre a problemática existencial do homem, sobre a problemática do «ser e do tempo». Como o próprio Staiger afirma, as linhas mestras do seu método de crítica literária, profundamente marcado pelo pensamento de Heidegger, tinham sido expostas num livro seu publicado em 1939, ao qual dera o título bem elucidativo de *Die Zeit als Einbildungskraft des Dichters* («O tempo como força da imaginação do poeta»). [95]

A teoria da literatura de orientação marxista tem revelado um interesse muito vivo pelo problema dos géneros literários. Um dos mais significativos exemplos deste interesse é constituído pela comunicação que, sob o título de «Problemas de teoria do romance», György Lukács apresentou à Secção de Literatura do Instituto de Filosofia da Academia Comunista de Moscovo e pela longa discussão que ela suscitou em várias sessões da Academia realizadas em Dezembro de 1934 e em Janeiro de 1935 [96]. As relações da obra individual com um determinado género, a origem e a modificação dos géneros em correlação com as mutações económico-sociais e políticas, a diferenciação do poema épico e do romance, etc., são questões analisadas com profundidade e rica informação filosófica e estético-literária por Lukács e debatidas afervoradamente por muitos outros académicos.

Lukács, aliás, consagrou ao longo de toda a sua obra uma grande atenção aos géneros literários. Na sua juvenil *Teoria do romance*, redigida entre 1914-1915 — um livro que Vittorio Strada considera como «a obra central de Lukács num duplo sentido» [97] — e na qual avulta a influência da estética de Hegel

---

[95] — Cf. Emil Staiger, «Time and the poetic imagination», in AA. VV., *The critical moment. Literary criticism in the 1960s. Essays from the London Times literary supplement*, New York — Toronto, McGraw-Hill Book Company, 1964, pp. 130-133.

[96] — A comunicação de Lukács, o texto integral do seu artigo publicado na *Literaturnaja enciklopedija* com o título de «O romance como epopeia burguesa», bem como as intervenções críticas de numerosos académicos, foram recentemente coligidos num volume em língua italiana: G. Lukács, M. Bachtin e altri, *Problemi di teoria del romanzo. Metodologia letteraria e dialettica storica*, Torino, Einaudi, 1976. O volume apresenta uma bem documentada «Introduzione» de Vittorio Strada.

[97] — Escreve Vittorio Strada na referida «Introduzione»: «La *Teoria del romanzo* è uno dei grandi libri del nostro secolo ed è l'opera centrale di

e de outros autores românticos como Fichte, encontra-se uma minudente e rigorosa distinção entre a narrativa e a lírica, a narrativa e o drama, o romance e a epopeia. Em obras posteriores, se o marxismo permitiu a Lukács aprofundar a análise das conexões e das implicações sociológicas dos diversos géneros nas várias épocas históricas, a sua formação filosófica inicial, a sua acurada leitura da *Poética* de Aristóteles e o seu conhecimento da grande literatura "clássica" europeia, sobretudo alemã, contribuíram de modo decisivo para que aquela análise não se restringisse a um sociologismo dogmático. Na sua obra intitulada *O romance histórico*, ([98]) Lukács examina pormenorizadamente as diferenças entre o romance e o drama, procurando demonstrar que essas diferenças procedem do facto de o romance e o drama corresponderem a visões diferentes da realidade — o que implica necessariamente diversidade da forma do conteúdo e da forma da expressão — e se fundam também nas características peculiares do público a que se destinam. Tanto as visões diferentes da realidade como a heterogeneidade do público-receptor implicam factores relevantes de natureza sociológica e sociocultural: como acentua Lukács nas páginas que, na sua *Estética*, consagrou ao problema da continuidade e da descontinuidade da esfera estética, a determinação histórico-social «é tão intensa que pode levar à extinção de determinados géneros (a épica clássica) ou ao nascimento de outros novos (o romance)». ([99])

Raymond Williams, no capítulo dedicado aos géneros na sua obra *Marxism and literature*, proporciona outro elucidativo exemplo do interesse de uma teoria da literatura de orientação marxista pelo problema dos géneros literários, pondo em relevo que estes se constituem, se combinam, se alteram e se extinguem como manifestações de estádios peculiares da organização socio-

---

Lukács in un duplice senso: non solo perché è qui che comincia la svolta verso la seconda fase, marxista, del pensiero di Lukács, ma soprattutto per il significato tematico, cioè perché il romanzo è la categoria centrale del pensiero del filosofo ungherese, il quale, si può dire, vede il mondo *sub specie di romanzo*» (p. XXXVII).

([98]) — Desta obra de Lukács, primeiramente editada, em 1937, em língua russa, utilizámos a tradução francesa, *Le roman historique* (Paris, Payot, 1965).

([99]) — Cf. Georg Lukács, *Estética. I. La peculiaridad de lo estético. 2. Problemas de la mímesis*, Barcelona, Ediciones Grijalbo, 1966, p. 302.

cultural e como formas, por conseguinte, de uma linguagem social. ([100])

Na perspectiva da estética da recepção, o género literário constitui um factor relevante da problemática da comunicação literária considerada sob o ponto de vista do leitor-receptor, pois este encontra no género um conjunto de normas e de convenções, de "regras do jogo", que contribui para configurar o seu "horizonte de expectativas" e que o orienta na leitura e na compreensão do texto, desde as estruturas retórico-estilísticas às estruturas semânticas e aos componentes pragmáticos. Em rigor, todavia, a estética da recepção não pode conferir ao género literário senão um efeito regulador relativo, já que, doutro modo, seria difícil não situar o fenómeno literário num plano de estrita imanência formal e semântico-pragmática ([101]). Em certos casos, podem mesmo ocorrer dissimetrias entre as "regras do jogo" prescritas ou previstas pelo género literário no qual se integra um determinado texto e o modo como esse texto é lido e interpretado pelos seus receptores, tanto coetâneos como cronologicamente distantes (uma tragédia de há séculos, por exemplo, pode provocar o riso do receptor do último quartel do século XX). Tais dissimetrias entre as "regras do jogo" da instância produtora e da instância receptora — ou, noutros termos, tais dissimetrias entre o texto literário como *artefacto* e como *objecto estético* — são explicáveis quer por deficiente realização autoral das normas e das

---

([100]) — Escreve Raymond Williams: «Genre-classification, and theories to support various types of classification, can indeed be left to academic and formalist studies. But recognition and investigation on the complex relations between these different forms of the social material process, including relations between processes at each of these levels in different arts and in forms of work, are necessarily part of any Marxist theory. Genre, in this view, is neither an ideal type nor a traditional order nor a set of technical rules. It is in the practical and variable combination and even fusion of what are, in abstraction, different levels of the social material process that what we have known as genre becomes a new kind of constitutive evidence» (cf. *Marxism and literature*, Oxford, Oxford University Press, 1977, p. 185). Pode-se encontrar outro significativo exemplo da atenção prestada aos géneros literários pela teoria da literatura marxista na obra de France Vernier, *L'écriture et les textes. Essai sur le phénomène littéraire*, Paris, Éditions Sociales, 1974, pp. 85 ss.

([101]) — Cf. Wolf-Dieter Stempel, «Aspects génériques de la réception», in *Poétique*, 39 (1979), p. 360.

convenções do género, quer por modificações históricas, socioculturais e estéticas sobrevenientes à produção do texto e geradoras de novas modalidades de recepção.

4.10. Modos, géneros e subgéneros literários

Calculadamente, intitulámos o presente capítulo *Géneros literários* e, ao longo dele, temos utilizado apenas o termo "género", excepto quando algum dos autores referidos e analisados elabora e usa denominações diferentes (como acontece, por exemplo, com Northrop Frye). Ao escolhermos aquele título e ao utilizarmos até agora tão-só aquele termo, guiámo-nos por algumas razões de ordem expositiva e didáctica — uma longa tradição de teoria e de prática da literatura concede à expressão "géneros literários" uma relevância de primeiro plano —, mas tendo consciência do carácter multívoco e até equívoco do termo "género".

Com efeito, o termo "género" ora se refere a categorias acrónicas e universais — a lírica, a narrativa, etc. —, ora se refere a categorias históricas e socioculturais — o romance, o romance histórico, a ode, a ode pindárica, o soneto, etc. Por isso, a fim de evitarem ambiguidades, alguns teorizadores têm proposto uma designação para as categorias meta-históricas e outra designação para as classes históricas: Goethe distingue entre as *formas naturais* da literatura *(Naturformen der Dichtung)*, que abrangem a lírica, a narrativa e a dramática, e as *espécies literárias (Dichtarten)*, isto é, as classes históricas, tais como o poema épico, o romance, a tragédia, etc., determináveis dentro daquelas formas naturais; [102] Karl Viëtor, semelhantemente a Goethe, diferencia o que denomina *Grundhaltungen*, atitudes fundamentais e universais do escritor perante o mundo e a vida, nas quais inclui a narrativa, a lírica e a dramática *(Epik, Lyrik, Dramatik)*, dos géneros literários propriamente ditos *(Gattungen)*, cuja natureza é histórica e cuja conformação peculiar procede de uma "estrutura genérica"

---

[102] — Goethe formulou esta distinção nas suas *Noten und Abhandlungen zu besserem Verständnis des West-Östlichen Divans* (1819). Cf. Mario Fubini, «Genesi e storia dei generi letterari», *Critica e poesia*, Bari, Laterza, 1956, p. 263.

(gattungshafte Struktur), isto é, de um conjunto de normas organizadoras historicamente variáveis e condicionadas.([103]).

O termo e o conceito de *modo* literário, contrapostos ou distintos em relação ao termo e ao conceito de género literário, alcançaram larga aceitação nos últimos anos. Já vimos como Northrop Frye os utiliza na sua *Anatomy of criticism*. Robert Scholes, desenvolvendo e alterando os esquemas analíticos e classificativos propostos por Frye, estabelece uma teoria dos *modos da ficção*, definindo cada um dos modos primários da ficção — a sátira, a história e o "romance" — em conformidade com as possíveis relações existentes entre o mundo ficcional e o mundo da experiência. Os modos da ficção são categorias básicas articuláveis com as perspectivas históricas e as tradições literárias, *tipos ideais* indispensáveis para explicar, sob os pontos de vista teorético e pedagógico, os géneros literários historicamente situados e configurados e as obras concretas e individualizadas: «In the ideal act of critical reading we pass through insensible gradations from a modal to a generic awareness, to a final sense of the unique qualities of the individual work, as distinguished from those most like it» ([104]). Paul Hernadi, adoptando uma classificação policêntrica, isto é, não orientada por um único princípio ou por um único critério — encontram-se exemplos de tal classificação antimonista dos géneros literários na *Poética* de Aristóteles e na *Anatomy of criticism* de Frye —, distingue os modos literários originados pela utilização das diversas perspectivas do discurso — o modo *lírico*, o modo *narrativo*, o modo *dramático* e o modo *temático* ([105])—, os tipos de dimensão (*scope*) dos mundos imaginários evocados pelas obras literárias e os tipos

---

([103]) — Karl Viëtor expôs estas ideias no ensaio «Die Geschichte literarischer Gattungen», publicado primeiramente em 1931 e depois incluído na sua obra intitulada *Geist und Form* (Bern, Francke, 1952). Este ensaio está traduzido em língua francesa na revista *Poétique*, 32(1977), pp. 490-506. Cf. Claudio Guillén, *Literature as system. Essays toward the theory of literary history*, pp. 117-118.

([104]) — Cf. Robert Scholes, *Structuralism in literature. An introduction*, pp. 138-139.

([105]) — O *modo temático* representa, sob o ponto de vista conceptual e terminológico, a inovação introduzida por Hernadi neste esquema classificativo. O modo temático caracterizar-se-ia pela anonímia, pela intemporalidade e pela universalidade, ao menos aparentes, da enunciação — «We do not know who speaks the words, to whom they are directed, or from what particular experience the statements derive their suggested validity» (cf. Paul Hernadi,

de capacidade coesiva ou de tensão resultantes da integração daqueles mundos na estrutura verbal dos textos — o alcance e a tensão *ecuménicos*, o alcance e a tensão *cinéticos*, o alcance e a tensão *concêntricos* ([106]) — e as modalidades derivadas da natureza da acção e da visão humanas evocadas pelas obras literárias — a modalidade *trágica*, a modalidade *cómica* e a modalidade *tragicómica*. Estes modos, tipos e modalidades, variavelmente combináveis em cada obra concreta, representam *construções teoréticas* que proporcionam o adequado quadro hermenêutico para a compreensão dos géneros literários enquanto fenómenos histórico-sociológicos e dos textos literários enquanto manifestação estética de uma determinada visão do mundo e da vida: «they may provide a flexible conceptual framework for the historical study of more concretely definable generic traditions. And they can, I think, help explicate and evaluate any given work of imaginative literature as a presentation and representation of human action and vision» ([107]). O termo e o conceito de *modo* literário, com algumas variações na sua intensão e na sua extensão, são utilizados por outros autores como Klaus Hempfer ([108]) e como Gérard Genette, num sagaz ensaio em que se combinam à análise histórica e a análise teorética ([109]).

Beyond genre, pp. 156-157) — e manifestar-se-ia nos adágios, nos dramas alegóricos, nos diálogos expositivos, etc. Consideramos equívoca esta designação proposta por Hernadi.

([106]) — O alcance e a tensão *ecuménicos* seriam representados por extensas formas narrativas como o grande poema épico e o romance de fôlego, que tendem a evocar «verbal worlds with potentially unobstructed horizons» (cf. *op. cit.*, p. 176); o alcance e a tensão *cinéticos* seriam peculiares de obras dramáticas como a *Antígona* de Sófocles ou o *Othello* de Shakespeare, nas quais os acontecimentos «seem to speed toward a predestined point of final rest as if they were subject to some irresistible *kinetic* law of human action» (*ibid.*, p. 175); a tensão *concêntrica* caracteriza os poemas líricos, as alegorias dramáticas, os dramas líricos, etc., isto é, obras que evocam «one significant moment or a closely related sequence of moments in the subjective time of a consciousness» e que, por isso, tendem «to be short and to employ stylistic devices like rhyme, alliteration, refrain, and metaphor. Such devices rely on close interaction between the words of a text» (*ibid.*, p. 174).

([107]) — Cf. Paul Hernadi, *op. cit.*, p. 107.
([108]) — Cf. Klaus Hempfer, *Gattungstheorie*, München, W. Fink, 1973.
([109]) — Referimo-nos à obra de Gérard Genette intitulada *Introduction à l'architexte*. Este estudo, com excepção das páginas finais (pp. 76-90) e de ligeiras

Alguns autores, aceitando como fundamentada e operativa a distinção conceptual entre categorias literárias meta-históricas e categorias literárias históricas, adoptam todavia terminologia diferente da anteriormente citada, contrapondo o termo e o conceito de *tipo* ao termo e ao conceito de *género*. Assim procedem Lämmert, ao diferenciar os *géneros* entendidos como «conceitos históricos orientadores», dos *tipos*, entendidos como «constantes a-históricas», ([110]) e Todorov, ao distinguir entre o *género* como entidade identificada e caracterizada indutivamente a partir da observação e da análise da produção literária de um determinado período histórico e o *tipo* como entidade dedutivamente elaborada a partir de uma teoria do discurso literário ([111]). Noutros estudos, Todorov formula uma distinção terminologicamente diversa, mas conceptualmente idêntica à anterior: a distinção entre *géneros teóricos* e *géneros históricos* ([112]).

---

modificações, foi primeiramente publicado na revista *Poétique*, 32 (1977), pp. 389-421, sob o título de «Genres, 'types', modes».

([110]) — Cf. E. Lämmert, *Bauformen des Erzählens*, Stuttgart, Kolhammier, 1955, p. 16.

([111]) — Veja-se o artigo «Genres littéraires», da autoria de Todorov, em Oswald Ducrot e Tzvetan Todorov, *Dictionnaire encyclopédique des sciences du langage*, Paris, Éditions du Seuil, 1972, pp. 193-196. Em rigor, Todorov subtrai o *tipo* à invariância da a-historicidade: «L'opposition du type et du genre peut être très éclairante; mais il ne faut pas la considérer comme absolue. Il n'y a pas de l'un à l'autre rupture entre système et histoire, mais plutôt différents degrés d'inscription dans le temps. Cette inscription est plus faible dans le cas du type; mais comme on vient de le voir, celui-ci n'est pas non plus atemporel» (p. 196).

([112]) — Cf. Tzvetan Todorov, *Introduction à la littérature fantastique*, Paris, Éditions du Seuil, 1970, p. 18. Num estudo posterior, publicado primeiro em língua inglesa («The origin of genres», in *New literary history*, VIII, 1(1976), pp. 159-170) e depois incluído, em língua francesa, no seu livro *Les genres du discours* (Paris, Éditions du Seuil, 1978), Todorov põe em causa o seu conceito de género teórico, ao escrever: «Je pense qu'on resterait en accord avec l'usage courant du mot et qu'en même temps on disposerait d'une notion commode et opérante si l'on convenait d'appeler genres les seules classes de textes qui ont été perçues comme telles au cours de l'histoire» (cf. *Les genres du discours*, pp. 48-49). Em nota, Todorov esclarece: «Cette affirmation a son corollaire, qui est l'importance diminuée que j'accorde maintenant à la notion de genre théorique, ou type» (p. 49, nota 1). Sobre a distinção de Todorov entre géneros teóricos e géneros históricos, veja-se Christine Brooke-Rose, «Historical genres/theoretical genres: A discussion of Todorov on the fantastic», in *New literary history*, VIII, 1 (1976), pp. 145-158.

A distinção entre *modos literários*, entendidos como categorias meta-históricas, e os *géneros literários*, concebidos como categorias históricas, parece-nos lógica e semioticamente fundamentada e necessária. No fenómeno literário, como em todos os fenómenos da cultura, existem elementos universais e invariantes, conformadores de uma estrutura conceptual básica que possibilita a organização das estruturas humanas em termos coerentes, sem a qual não seria possível a comunicação, quer como processo de produção, quer como processo de recepção, e que, como propõe Habermas, se pode denominar *transcendental*, em conformidade com uma interpretação minimalista da análise transcendental de Kant [113]. Como já observámos (veja-se a nota 7 do capítulo 3), a concepção contratualista da linguagem — e, por conseguinte, de qualquer sistema semiótico —, levada às suas últimas consequências, gera aporias insolúveis, não sendo logicamente sustentável atribuir uma matriz histórica à totalidade dos instrumentos, das regras e dos processos semióticos.

Os modos literários representam, por um lado, a nível da forma da expressão, possibilidades ou virtualidades transtemporais da enunciação e do discurso — uma longa tradição teorética, de Platão aos nossos dias, tem caracterizado assim, embora com variações conceptuais e terminológicas, o modo *narrativo*, o modo *lírico* e o modo *dramático* — e, por outra parte, a nível da forma do conteúdo, representam configurações semântico-pragmáticas constantes que promanam de atitudes substancialmente invariáveis do homem perante o universo, perante a vida e perante si próprio. Sob esta última perspectiva, é fundamentado falar-se, por exemplo, da existência de um modo *trágico*, de um modo *cómico*, de um modo *satírico*, de um modo

---

[113] — Cf. Jürgen Habermas, *Communication and the evolution of society*, London, Heinemann, 1979, pp. 21-25 (importa ler todo o primeiro ensaio deste livro, intitulado «What is universal pragmatics?»). Veja-se também Karl Otto Apel, *Comunità e comunicazione*, Torino, Rosenberg & Sellier, 1977, pp. 168 ss. (capítulo intitulado «La comunità della comunicazione come presupposto trascendentale delle scienze sociali»). Como esclarece Wunderlich, uma especulação teorética *a priori* que possibilite utilizar a hipótese da gramática universal num esquema explicativo é transcendental no sentido de que não está directamente baseada na investigação empírica, mas pode precedê-la, e de que, em qualquer caso, transcende os resultados de tal investigação (cf. Dieter Wunderlich, *Foundations of linguistics*, Cambridge, Cambridge University Press, 1977, p. 88).

elegíaco, etc., embora estes modos se subsumam em categorias estéticas fundamentais que podem manifestar-se em qualquer arte e procedam até, em última instância, de categorias antropológicas, axiológicas e metafísicas, profundamente enraizadas em crenças míticas e simbólicas (categorias extraliterárias estas, porém, que os textos literários, com a sua peculiar capacidade cognitiva, revelam exemplarmente na sua essencialidade). ([114])

Admitir a existência dos modos literários não equivale a aceitar «um idealismo anti-histórico», nem a postular a «existência de uma estrutura imanente à literatura», nem a conceber a história como «um simples fenómeno de superfície, que se reduziria a variações ou a combinações a partir de arquétipos fundamentais» invariantes. ([115]) Os modos literários são construções teóricas e, enquanto tais, carece de sentido discutir, reabrindo a disputa entre realistas e nominalistas, se existem como *universalia in re* ou como *universalia ante rem*. Como qualquer outra construção teórica, o modo literário representa uma entidade elaborada por via hipotético-dedutiva a partir de um conjunto de dados observacionais e com o objectivo de descrever e explicar, com coerência global e rigor lógico, uma multiplicidade de fenómenos com existência empírica, ou seja, a multiplicidade das obras literárias facticamente existentes. Só uma epistemologia estreitamente positivista, apegada a uma concepção "baconiana" da ciência e refractária, por isso mesmo, à elaboração de teorias científicas, poderá considerar como manifestação de idealismo a utilização de construções teóricas que satisfaçam os requisitos e as exigências da racionalidade científica.

Os modos literários, na sua invariância, articulam-se polimorficamente com os textos literários concretos e individualizados pela mediação dos géneros literários. Os géneros literários, como escrevemos em 2.11., são constituídos por códigos que resultam da correlação peculiar de códigos fónico-rítmicos, métricos, estilísticos, técnico-compositivos, por um lado, e de códigos semântico-pragmáticos, por outra parte, sob o influxo

---

([114]) — Em relação à categoria do trágico, veja-se a análise de Hans-Georg Gadamer, *Vérité et méthode*, Paris, Éditions du Seuil, 1976, pp. 55 ss.

([115]) — Semelhantes críticas ao conceito de género teórico ou de tipo literário encontram-se em Philippe Lejeune, *Le pacte autobiographique*, Paris, Éditions du Seuil, 1975, p. 327.

e o condicionalismo de determinada tradição literária e no âmbito de certas coordenadas socioculturais. Os géneros literários, pela sua conexão com os modos literários, dependem de alguns factores acrónicos e universais, mas constituem-se e funcionam semioticamente, tanto em relação ao emissor/autor como em relação ao receptor/leitor, sobretudo como fenómenos históricos e socioculturais, condicionados e orientados pela dinâmica intrínseca do próprio sistema literário e pelas correlações deste sistema com outros sistemas semióticos e com a globalidade do sistema social.

É indubitável que os géneros literários — a tragédia, a comédia, o poema épico, o romance, etc. — não existem do mesmo modo como existe o *Canzoniere* de Petrarca, *Os Lusíadas* de Camões, o *Don Quijote* de Cervantes, etc. É incontestável, todavia, a sua existência como *códigos* do sistema literário e como *institutos* ou *instituições* da literatura ([116]) — uma existência tão efectiva, sob o ponto de vista semiótico, como a de todos os institutos, normas e convenções sociais, independentemente do seu grau de impositividade. A existência do género literário pode ser comprovada empiricamente de múltiplas maneiras: pelo facto de inúmeros escritores subintitularem as suas obras com a designação de um determinado género ("tragédia", "farsa", "romance", "contos", etc.) ou de integrarem semelhante designação no próprio título *(Novelas ejemplares* de Cervantes, *Odes et ballades* de Victor Hugo, *Idilh* de Leopardi, *Contos da montanha* de Torga, etc.); pelo facto de muitos escritores alcançarem elevada qualidade estética nas obras enquadradas em determinados géneros e apenas sofrível ou até medíocre qualidade em obras incluídas noutros géneros (Camilo, grande novelista e romancista, foi um medíocre dramaturgo e um mau poeta lírico; Fialho de Almeida, bom contista, foi um romancista frustrado, etc.); pelo facto de haver muitos leitores, por exemplo, que lêem amiúde e com prazer romances, mas que apreciam pouco contos e que quase não lêem, ou não lêem, textos de poesia lírica (este fenómeno, estatisticamente importante, repercute-se no mercado editorial, originando dificuldades e restrições na edição de obras poéticas, sobretudo de autores novos e desconhecidos); pelo facto de a metalinguagem do sistema literário, em todas as

---

([116]) — Veja-se, atrás, a nota 152) do capítulo 3.

épocas históricas, mesmo naquelas em que o conceito de género foi mais desvalorizado e até contestado, testemunhar a existência das convenções e das normas do género como um dos factores fundamentais da semiotização literária. A existência e a relevância dos géneros literários fundam-se, em última instância, na impossibilidade de a semiose literária, como toda a semiose, ser engendrada *ex nihilo* e funcionar num vazio semântico-pragmático e técnico-formal — pelo menos, a utopia de mensagens adâmicas criadas numa língua edénica é alheia à esfera da análise científica, embora possa constituir pretexto para brilhantes congeminações ([117]) —, já que, sem a *memória* do sistema, sem as regras e as convenções dos seus códigos, o autor não produziria textos literários, nem o leitor estaria provido dos esquemas hermenêuticos que o habilitam a ler e a interpretar esses mesmos textos no âmbito do quadro conceptual e institucional em que se situa a literatura ([118]).

Diacronicamente considerados, os géneros encontram-se sistemicamente correlacionados na *memória*, ao mesmo tempo estável e móvel, do sistema literário. Esta correlação sistémica pode ser de natureza genética — abandonando as aventurosas explicações biologistas de Brunetière, há indiscutíveis razões para a história literária estabelecer relações genéticas entre vários géneros —, mas pode apresentar outros fundamentos. Assim, um género pode estar sistemicamente relacionado com outro por via opositiva, pois que, na dinâmica histórica do sistema literário, um género pode entrar em competição com outro, tendendo a sobrelevar a importância deste, pode substituir outro género, prestes a extinguir-se e a desaparecer — é o caso típico do romance, desde a segunda metade do século XVIII, em relação ao poema épico —, e pode configurar-se como um *contra-género*, isto é, como um género que se contrapõe explicitamente a outro, contraditando-o, corroendo o seu prestígio junto dos leitores, parodiando-o sob

---

([117]) — Veja-se, por exemplo, o ensaio de Umberto Eco intitulado «Generazione di messaggi estetici in una lingua edenica», incluído na sua obra *Le forme del contenuto* (Milano, Bompiani, 1971, pp. 127-144).

([118]) — Vários estudiosos mencionados ao longo deste capítulo, como Claudio Guillén, Robert Scholes, Paul Hernadi, Maria Corti, etc., têm sublinhado a importância heurística e hermenêutica do conceito de género literário. Sobre esta matéria, veja-se a percuciente análise de Eric D. Hirsch Jr., *Teoria dell'interpretazione e critica letteraria*, Bologna, Il Mulino, 1973, cap. III.

o ponto de vista estilístico-formal e temático — o romance picaresco, por exemplo, é um *contra-género* do romance pastoril ([119]). As relações sistémicas de natureza diacrónica entre os géneros imbricam-se muitas vezes com relações sistémicas de natureza sincrónica, tornando-se difícil a sua distinção. Com efeito, o código do género literário está indissoluvelmente correlacionado com a dinâmica do sistema literário sincronicamente considerado, ou seja, com a dinâmica do *polissistema* que é sempre, na sua realidade semiótica, histórica e social, o sistema literário. ([120]) Neste polissistema coexistem, hierarquicamente diferenciados mas não rigidamente separados — pelo contrário, as relações de osmose ou de tensão recíproca podem ser numerosas e relevantes —, géneros "canonizados" e géneros "não--canonizados", géneros que têm predominantemente os seus receptores num estrato social superior e géneros que se dirigem preferentemente a um estrato social inferior, géneros que são característicos de um estilo epocal hegemónico e géneros que são típicos de um estilo epocal em regressão e declínio (na literatura francesa da segunda metade do século XVII, por exemplo, a tragicomédia representa um género característico de um estilo epocal em descensão, o barroco, ao passo que a tragédia regular representa um género característico de um estilo epocal hegemónico, o classicismo).

Os géneros literários desempenham, assim, um importante papel na organização e na transformação do sistema literário. Em cada período histórico se estabelece um *cânone* literário, isto é, um conjunto de obras que são consideradas como relevantes e modelares, em estreita conexão com uma determinada hierarquia atribuída aos diversos géneros. ([121]) Desde o Renascimento até ao século XVIII, por exemplo, o poema épico foi

---

([119]) — Sobre o conceito de *contra-género*, cf. Claudio Guillén, *op. cit.*, pp. 135-158 e *passim*.

([120]) — Sobre a concepção do sistema literário como *polissistema*, a que já fizemos referência (cf. § 2.10.), vide: Itamar Even-Zohar, «Le relazioni tra sistema primario e sistema secondario all'interno del polisistema letterario», in *Strumenti critici*, 26(1975), pp. 71-79; id., «Polysystem theory», in *Poetics today*, I, 1-2 (1979), pp. 287-310.

([121]) — Cf. Alastair Fowler, «Genre and the literary canon», in *New literary history*, XI, 1(1979), pp. 97-119.

com muita frequência valorado como o mais alto e o mais valioso dos géneros, ao passo que a écloga e o epigrama condividiram, em geral, o mais baixo lugar da escala hierárquica; no realismo, o romance representou indisputavelmente o género mais importante e mais influente; no simbolismo, verificou-se a depreciação do romance e a valorização do poema lírico, etc.

As transformações profundas e extensas que têm ocorrido periodicamente nas literaturas europeias, consubstanciadas na substituição de um estilo epocal por outro, envolveram sempre o desaparecimento e a marginalização de alguns géneros e a emergência ou o desenvolvimento de géneros novos. Assim, o Renascimento originou o cultivo e a difusão de diversos géneros literários novos, quase sempre derivados por imitação de modelos greco-latinos — a epopeia, a tragédia e a comédia, a ode, a écloga, etc. —, motivando, em contrapartida, o rápido declínio e a extinção de muitos géneros medievais. A confrontação, quer no domínio da *praxis*, quer no domínio da metalinguagem literária, entre um estilo epocal em declínio e um estilo epocal em ascensão pode mesmo processar-se predominantemente em torno de um género literário, como aconteceu com a polémica entre neoclássicos e românticos a propósito do drama romântico.

Estes fenómenos do declínio, da emergência e das modificações dos géneros literários resultam da dinâmica do sistema literário, uma dinâmica típica de um sistema aberto, isto é, conexionada com a dinâmica de outros sistemas semióticos e, em última instância, com a dinâmica do metassistema social. Por um lado, existem *normas endógenas* de desenvolvimento dos géneros literários, desde uma *fase primária* de relativa simplicidade semântica e técnico-formal, passando por uma *fase secundária* de complexificação e de refinamento, até a uma *fase terciária* na qual um género é utilizado de maneira radicalmente nova, por deformação burlesca, por intenção parodística ou por modulação simbólica ([122]). No quadro deste modelo de desenvolvimento

---

([122]) — Cf. Alastair Fowler, «The life and death of literary forms», in Ralph Cohen (ed.), *New directions in literary history*, Baltimore, The Johns Hopkins University Press, 1974, pp. 90-91. Considerando o poema épico, A. Fowler clarifica assim estas distinções: «The difference between primary

estrutural dos géneros literários, o *Ulisses* de James Joyce, por exemplo, inscreve-se na fase terciária de desenvolvimento do romance, sendo impensável a sua aparição, por razões atinentes ao código do género romanesco, na segunda metade do século XVIII ou na primeira metade do século XIX. De modo análogo ao que ocorre com a totalidade do sistema literário, o código de cada género é sempre modificado, com amplitude variável, pelos textos novos que nele se incluem, em especial por aqueles mais originais e mais fecundamente transgressores das regras e das convenções do género.

Por outro lado, existem *normas exógenas* que, em estreita interdependência com as normas endógenas antes referidas, condicionam e regulam o desenvolvimento, o declínio e a transformação dos géneros. Estas normas exógenas representam a acção do *meio* na organização e na dinâmica do sistema literário — uma acção que não se processa deterministicamente, que não deve ser concebida em termos de monocausalidade e cujos efeitos podem manifestar-se com variável retardamento. As modificações sociais, culturais, ideológicas e políticas, ao alterarem o meio do sistema literário, em particular ao alterarem a constituição do público leitor, podem originar o desaparecimento de certos géneros — na sociedade dominantemente burguesa do século XIX, por exemplo, o poema épico perdeu a sua capacidade de *modelizar* os *realia*, sendo a sua função modelizante assumida pelo romance —, o desenvolvimento de outros — o drama burguês emerge, na segunda metade do século XVIII,

---

and secondary versions stands out particularly clearly in epic, to which the terms "primitive" and "artificial" have been applied for some time. It was left to C. S. Lewis, however, to elaborate the distinction between primary epic (Homer, *Beowulf*) and secondary epic (Virgil). Primary epic is heroic, festal, public in delivery and in subject, oral, formulaic; secondary epic civilized, literary, private in delivery, stylistically elevated or "sublime". [...] And *Paradise lost* is tertiary, in that it treats Virgilian motifs antiheroically: it incorporates them within a form of larger import, which reflects Christian values, achieving heroism and satisfying divine wrath differently from any pagan epic" (pp. 90-91). Estas fases, como Fowler não deixa de sublinhar, podem interpenetrar-se cronologicamente e podem manifestar-se na estrutura de uma única obra.

em correlação com a existência de um público burguês e popular que não conhece nem a *gramática* nem a *enciclopédia* necessárias para a compreensão da tragédia neoclássica ([123]) — ou ainda a transformação e a adaptação de alguns. ([124]).

A revivescência ou a reinstauração de um género literário, após um período mais ou menos longo de desactivação durante o qual coube a esse género, no sistema, uma existência de grau zero, constitui um fenómeno que ocorre com alguma frequência, reflectindo mudanças de gosto estético e exprimindo posições ideológicas de grupos sociais mais ou menos amplos (não tomamos em consideração a ocorrência tipicamente individual e voluntarista da restauração de um género). Na literatura portuguesa das duas últimas décadas do século XIX e dos primeiros anos do século XX, por exemplo, verificou-se uma reinstauração do drama histórico, em consonância com a ressurgência de um neo-romantismo nacionalista e amaneirado. Fernando Pessoa, em sintonia com a profunda reacção anti-romântica que se manifestou em várias literaturas europeias durante o final do século XIX e o princípio do século actual, restaurou, através do

---

([123]) — Cf. Félix Gaiffe, *Le drame en France au XVIIIe siècle*, Paris, Colin, 1970 (reedição; 1.ª ed., 1910); Michel Lioure, *Le drame de Diderot à Ionesco*, Paris, Colin, 1973, cap. 1. Escreve Beaumarchais no seu *Essai sur le genre dramatique sérieux* (1767): «Que me font à moi, sujet paisible d'un état monarchique du XVIIIe siècle, les révolutions d'Athènes ou de Rome? Quel véritable intérêt puis-je prendre à la mort d'un tyran du Péloponèse, au sacrifice d'une jeune princesse en Aulide?». Cf. Diderot, *Oeuvres esthétiques*, Paris, Garnier, 1968, p. 149.

([124]) — Como escreve Erich Köhler, os motivos e os géneros literários conservam a sua vitalidade enquanto são capazes de desempenhar uma função no âmbito «de uma nova conexão poética significativa; dito noutros termos, enquanto permanecem aptos a mediarem esteticamente entre o ser e a consciência, ainda que sob condições gerais modificadas». Assim, segundo Köhler, o romance do século XIII conservou a estrutura da aventura típica do romance cortês, após a derrota dos grupos sociais — a baixa e a alta nobreza — que constituíam a matriz sociológica e ideológica do conceito de "aventura", mas a aventura, em vez de representar, como no romance cortês, um elemento da ordem ideal, passou a representar a via de uma "demanda" religiosa ou um instrumento de autodestruição (cf. Erich Köhler, *Per una teoria materialistica della letteratura./Saggi francesi*, Napoli, Liguori Editore, 1980, p. 27).

seu heterónimo Ricardo Reis, um género lírico caracteristicamente neoclássico — a ode horaciana. ([125])

Como escrevemos em 2.11., o código que configura e regula um género literário — o género épico, o género bucólico, o género trágico, etc. — é constituído por relações biunívocas entre uma forma da expressão e uma forma do conteúdo considerada a nível de sistema modelizante secundário, isto é, entre uma determinada *escrita*, no sentido barthesiano da palavra, e uma determinada temática. Especificando, diremos que um género se caracteriza pela correlação sistémica dos seguintes factores:

a) Um determinado modelo de situação comunicativa — o "radical de apresentação" referido por Northrop Frye — que conexiona o género com um modo literário (narrativo, lírico e dramático). No âmbito do modelo comunicativo próprio de um modo, distinguem-se modalidades enunciativas que possibilitam diferenciar um género de outro ou de outros géneros: assim, no âmbito do modelo comunicativo próprio do modo narrativo, a autobiografia diferencia-se do romance e da biografia porque o seu autor empírico se identifica com o seu narrador e porque o seu narrador se identifica com a personagem principal. As modalidades enunciativas de cada género determinam e fundamentam peculiares traços retórico-formais, mas implicam também, de maneira relevante, elementos pragmáticos e semânticos: a relação do emissor com o texto, a relação do texto com o receptor, a relação do emissor com o receptor, problemas de verosimilhança, a modalização dos enunciados, etc.

b) Um determinado modelo de forma do conteúdo, configurado por elementos semânticos e pragmáticos acrónicos e por elementos semânticos e pragmáticos histórico-sociais. O modo trágico, por exemplo, é uma categoria antropológica, metafísica e estética transtemporal, mas que se consubstancia e manifesta em acções, eventos e personagens história, social e ideologicamente marcados (e por isso a tragédia só se afirmou nal-

---

([125]) — Sobre a relacionação de Fernando Pessoa com a referida reacção anti-romântica, veja-se Georg Rudolf Lind, *Teoria poética de Fernando Pessoa*, Porto, Editorial Inova, 1970, pp. 70 ss.

guns — poucos — períodos da literatura ocidental). O género elegíaco, nos códigos literários instituídos a partir do Renascimento ([126]), está semântica e pragmaticamente associado à morte de alguém ou à meditação do poeta sobre a natureza precária e ilusória da vida; a égloga, desde o código da literatura renascentista até ao código da literatura rococó, está semântica e pragmaticamente associada à utopia, ao mito da idade de ouro, à nostalgia melancólica da Arcádia, concebida como «um refúgio, não apenas da realidade truncada, mas também e principalmente de um presente duvidoso»; ([127]) no código do neoclassicismo, o ditirambo está semântica e pragmaticamente associado à exaltação eufórica dos prazeres da vida, em particular os prazeres do vinho, do amor e da amizade; etc. As marcas semânticas e pragmáticas de um género literário, inextricavelmente ligadas, como ficou dito, às suas modalidades enunciativas, permitem, pelo menos nalguns casos, estabelecer uma analogia entre o género literário e o *acto ilocutivo* tal como este tem sido descrito e caracterizado pela chamada "teoria dos actos linguísticos". Sob esta perspectiva, o género representa um determinado tipo de *força ilocutiva* — uma força ilocutiva que dimana de uma intenção do emissor, veiculada e decodificada mediante certas normas e convenções pragmáticas, semânticas e estilístico-formais, e que pode originar nos receptores um *efeito perlocutivo* coincidente, ou não, com aquela intenção ([128]). Conceber um género

---

([126]) — Na literatura grega, a elegia possuía outras características: «O certo é que não era originariamente um canto triste, e estava até muito longe de ser a *flebilis elegeia* dos poetas romanos do século de Augusto. O que chegou até nós de mais antigo é guerreiro: os versos de Calino de Éfeso e Tirteu» (cf. Maria Helena da Rocha Pereira, *Estudos de história da cultura clássica*, Lisboa, Fundação Calouste Gulbenkian, ⁵1980, p. 168).

([127]) — Cf. Erwin Panofsky, *Significado nas artes visuais*, São Paulo, Editora Perspectiva, 1976, p. 386 [título original: *Meaning in the visual arts*, New York, 1955].

([128]) — Sobre a aplicação da teoria dos actos linguísticos à problemática dos géneros literários, *vide*: Karlheinz Stierle, «L'histoire comme exemple, l'exemple comme histoire», in *Poétique*, 10(1972), pp. 176 ss.; Élizabeth W. Bruss, «L'autobiographie considérée comme acte littéraire», in *Poétique*, 17 (1974), pp. 14 ss.; Teun A. van Dijk, «Pragmatics and poetics», in Teun A. van Dijk (ed.), *Pragmatics of language and literature*, Amsterdam — Oxford — New York, North-Holland, 1976, pp. 36-37; Tzvetan Todorov, *Les genres du discours*,

literário como um peculiar *acto ilocutivo* implica conceber o género à luz de um contexto sociocultural e à luz da sua função no processo de interacção social de que faz parte a comunicação literária.

c) Um determinado modelo de forma da expressão, resultante de normas e convenções estilísticas que regulam a coerência textual de curto raio de acção, isto é, as microestruturas formais do texto, e de normas e convenções retóricas e técnico--compositivas que ordenam a coerência textual de longo raio de acção, isto é, as macroestruturas formais do texto. Um género literário pode caracterizar-se por certos *esquemas e padrões métricos* — a elegia, desde o Renascimento até ao neoclassicismo, caracteriza-se pela utilização de tercetos decassilábicos, rematados por um verso que rima com o antepenúltimo da composição —, pode possuir um *léxico peculiar* — as formações vocabulares cultas, de procedência greco-latina, ocorrem com alto índice de frequência no poema épico, mas não na epístola, na sátira ou no drama —, pode aproveitar um determinado *sociolecto* — a comédia explora muitas vezes o subcódigo linguístico de um estrato social ou de um grupo profissional, mas a tragédia tem vedada esta possibilidade —, pode utilizar predominantemente ou exclusivamente certos *registos*, isto é, variedades da língua cujo uso depende do estatuto sociocultural dos interlocutores, das funções por estes desempenhadas na interacção linguística e dos contextos em que se processam os seus actos linguísticos.

Os géneros literários, por sua vez, podem dividir-se em *subgéneros*, em função da específica relevância que no seu código — assim diferenciado em subcódigos — assumem determinados factores semântico-pragmáticos e estilístico-formais. O género romance, por exemplo, comporta subgéneros como o romance picaresco, o romance pastoril, o romance de educação, o romance epistolar, etc.; a égloga pode ser pastoril ou piscatória; a ode tem como subgéneros a ode pindárica, a ode anacreôntica, a ode horaciana, etc. Os subgéneros, embora possam exercer uma acção fecundante como modelos, ao longo do tempo, na

---

pp. 53 ss. Na obra de André Jolles, *Einfache Formen*, Tübingen, 1930 (trad. francesa: *Formes simples*, Paris, Éditions du Seuil, 1972), encontra-se, *avant la lettre*, uma concepção dos géneros literários como actos linguísticos.

memória do sistema e na *praxis* literária — mencione-se, por exemplo, a pervivaz influência do romance picaresco em tantos romances do século XVIII e do século XX —, possuem uma duração mais limitada do que os géneros, apresentando-se muito vulneráveis às grandes transformações históricas do policódigo literário. A friabilidade histórica dos subgéneros, porém, funciona como um dos mecanismos relevantes da modificação do próprio sistema literário, provocando sempre alterações nas normas e convenções dos respectivos géneros e dos géneros afins.

Quer sob o ponto de vista semântico-pragmático, quer sob o ponto de vista estilístico, retórico e técnico-compositivo, o género representa em relação ao modo e o subgénero representa em relação ao género um fenómeno de *hipercodificação*, isto é, um fenómeno de especificação e de complexificação das normas e convenções já existentes e actuantes no modo e no género [129]. É esta hipercodificação que permite ao leitor reconhecer com relativa facilidade, por exemplo, que um texto pertence ao género épico — o *incipit* do texto instaura logo um específico horizonte semântico-pragmático e, através de fórmulas retórico-estilísticas peculiares, estabelece um vínculo com uma certa tradição literária, com os textos paradigmáticos do género [130] — ou que um texto pertence ao subgénero ode pindárica — semanticamente, o texto celebra e glorifica um herói, apresenta um *stilus grandiloquus* e organiza-se metricamente, segundo um esquema triádico reiterável, em estrofe, antístrofe e epodo.

Os modos, os géneros e os subgéneros literários podem manter uma diferenciação nítida e rigorosa ou podem associar-se e mesclar-se, em processos simbióticos de variável amplitude. A metalinguagem do sistema literário pode proibir os géneros mistos ou híbridos — relembremos a regra da unidade de tom vigente no código do neoclassicismo — ou pode autorizar e até fazer a apologia de tais géneros — assim aconteceu com o código do barroco, com o código do romantismo e com o código do simbolismo, ao justificarem e exaltarem, respectiva-

---

[129] — Sobre o conceito de *hipercodificação*, cf. Umberto Eco, *Trattato di semiotica generale*, Milano, Bompiani, 1975, pp. 180-190 e 335-337.

[130] — Cf. Gian Biagio Conte, *Memoria dei poeti e sistema letterario*, Torino, Einaudi, 1974, pp. 10 e 47 ss. As estâncias iniciais de *Os Lusíadas* oferecem um magnífico exemplo da hipercodificação do género épico.

mente, géneros híbridos como a tragicomédia, o drama e o romance lírico. Neste, como noutros domínios, a problemática dos géneros é indissociável da problemática dos estilos epocais.

Segundo alguns autores, é conveniente não aplicar as designações de "género" ou de "subgénero" a formas poéticas constituídas por uma estrutura métrica rigidamente codificada, tais como o soneto, a sextina, a canção, etc., propondo-se para elas, em contrapartida, a designação de *formas poéticas fixas*. Parece-nos justificado, tanto conceptual como terminologicamente, utilizar semelhante designação a propósito de formas poéticas que não se caracterizam necessariamente por relações biunívocas entre uma forma do conteúdo e uma forma da expressão. Assim, o soneto constitui inequivocamente uma *forma poética fixa*, mas afigura-se-nos já bastante duvidoso que se possa classificar de igual maneira a canção.

ADDENDA

À bibliografia sobre os modos e os géneros literários indicada ao longo do capítulo, acrescentem-se os seguintes estudos: Joseph P. Strelka (ed.), *Theories of literary genre*, University Park — London, The Pennsylvania State University Press, 1978 (= *Yearbook of comparative criticism*, VIII); E. Melandri, «I generi litterari e la loro origine», in *Lingua e stile*, XV, 3 (1980), pp. 391-432; n.º 7 (1980) da revista *Glyph* (contém vários estudos, dentre os quais salientamos o de Jacques Derrida, «La loi du genre/The law of genre»); Gian Biagio Conte, *Il genere e i suoi confini. Cinque studi sulla poesia di Virgilio*, Torino, Stampatori Editore, 1980; vol. 10, 2/3 (1981) da revista *Poetics* (número consagrado ao problema dos géneros literários); Alastair Fowler, *Kinds of literature. An introduction to the theory of genres and modes*, Oxford, Clarendon Press, 1982.

5
A PERIODIZAÇÃO LITERÁRIA

5.1. Problemas epistemológicos

A literatura como *sistema semiótico*, como *instituição*, como *processo de produção* e *de leitura* de textos constitui parte integrante da fenomenologia histórica das sociedades humanas e das suas culturas. Como se organiza, como perdura e como se transforma o *campo literário*, (¹) quer considerado na relativa autonomia da sua organização intra-sistemática, quer considerado no âmbito das suas conexões intersistemáticas e extra-sistemáticas?

Reconhecer a pertinência e a relevância destas perguntas equivale a reconhecer a necessidade, no plano do conhecimento teorético e no plano do conhecimento histórico, de *construir* uma periodização literária, isto é, de identificar, delimitar e caracterizar fenómenos de *homeostase* e de *homeorrese*, de *continuidade* e de *mudança* na literatura como sistema semiótico, como instituição, como processo de produção e de recepção de textos e, obviamente, como *corpus* textual.

A rejeição da pertinência e da relevância da periodização literária deriva tanto de um anarquismo epistemológico, que denega a racionalidade do processo histórico e a inteligibilidade da cultura, como de um idealismo que concebe os textos literários como insularidades irredutivelmente singulares (paradoxalmente, pelo menos na apa-

---

(¹) — Sobre o conceito de *campo literário*, cf. Pierre Bourdieu, *Campo del potere e campo intellettuale*, Cosenza, Lerici, 1978, pp. 61 ss.; *id.*, *Questions de sociologie*, Paris, Éditions de Minuit, 1980, pp. 209, 212 e 219.

rência, este idealismo não raro coexiste com um positivismo escrupulosamente factológico).

No capítulo 11, analisaremos os problemas suscitados pelo relativismo epistemológico radical, procurando demonstrar a sua inconsistência e as suas contradições. A racionalidade científica, que não pode ser representada por modelos estáticos e absolutos, que está sujeita a revisões e rectificações, implica, no plano ontológico, um "realismo mínimo" e implica que entre as propriedades cognitivas das suas teorias e os fenómenos físicos, biológicos, histórico-culturais, etc., descritos e explicados por essas teorias, exista uma correspondência (²). Só se se rejeitar a própria racionalidade científica e se admitir a natureza aleatória dos fenómenos da cultura é que se torna possível condenar ou desqualificar a periodização entendida como elaboração de modelos de inteligibilidade do processo literário (³).

(²) — Entre outros autores, cf. Hilary Putnam, *Reason, truth and history*, Cambridge, Cambridge University Press, 1981; W. H. Newton-Smith, *The rationality of science*, Boston-London-Henley, Routledge & Kegan Paul, 1981.

(³) — A problemática da periodização literária tem despertado, desde a década de sessenta, grande interesse não só entre historiadores da literatura, mas também entre especialistas da teoria da literatura e da literatura comparada. Como manifestação desse interesse, *vide:* Claudio Guillén, *Literature as system. Essays toward the theory of literary history*, Princeton, Princeton University Press, 1971 (pp. 420-469: «Second thoughts on literary periods»); *id.*, «Cambio literario y múltiple duración», in Antonio Carreira *et alii* (eds.), *Homenaje a Julio Caro Baroja*, Madrid, Centro de Investigaciones Sociológicas, 1978, pp. 533-549; J. Dubois *et alii, Analyse de la périodisation littéraire*, Paris, Éditions Universitaires, 1972; *Neohelicon*, 1-2 (1973) (este número da revista *Neohelicon* contém importantes estudos de Anna Balakian, Claudio Guillén, André Stegmann, Adrian Marino, etc.); *New literary history*, I, 2 (1970) (estudos de F. E. Sparshott, R. Nisbett, etc.); Alastair Fowler, «Periodization and interart analogies», in *New literary history*, III, 3 (1972), pp. 487-509; Ulrich Weisstein, *Comparative literature and literary theory*, Bloomington — London, Indiana University Press, 1973, pp. 66-98; Patrick Brady, «From traditional fallacies to structural hypotheses: Old and new conceptions in period style research», in *Neophilologus*, 56, 1 (1972), pp. 1-11; Milan V. Dimic e Eva Kushner (eds.), *Actes du VIIe congrès de l'Association Internationale de Littérature Comparée. Proceedings of the 7th congress of the International Comparative Literature Association. 2. La littérature comparée aujourd'hui: Théorie et practique. Comparative*

A estética idealista, como se verifica, por exemplo, na obra de Croce, ao postular a essência monadológica dos textos literários, adopta logicamente, em relação aos problemas da periodização literária, uma atitude de rejeição ou, pelo menos, de cepticismo nominalista: "classicismo", "romantismo", "realismo", etc., constituem apenas, nesta perspectiva, etiquetas desprovidas de justificação e legitimidade, denominações carecentes de capacidade heurística e hermenêutica. Na sua essencialidade, cada texto literário é uma criação absoluta que se exime à "lei da continuidade" formulada por Gombrich (⁴) e para o conhecimento do qual, por isso mesmo, são inadequados conceitos como os de género e período literários.

Situadas nos antípodas do nominalismo céptico e do relativismo epistemológico radical, encontram-se as concepções metafísicas dos períodos literários, as quais se fundam na teoria romântica do *Zeitgeist* — o espírito da época que se encarnaria monisticamente em todas as manifestações vitais, culturais e artísticas de um determinado tempo histórico. O gótico, o classicismo, o barroco, o romantismo, etc., seriam assim, segundo a *Geistesgeschichte* de raízes hegelianas, essências que se objectivariam na história, em conformidade com a lógica absoluta de uma progressiva e dialéctica realização de Deus na história da humanidade (⁵). Tal concepção metafísica dos períodos literários,

---

literature today: Theory and practice, Stuttgart, Kunst und Wissen — Erich Bieber, 1979 (em particular, *vide:* Jeffrey Barnouw, «The cognitive import of period-concepts», pp. 21-31; P. Cornea, «Sur la possibilité et les limites de la périodisation en littérature comparée», pp. 33-37; Henryk Markiéwicz, «Technique de la périodisation littéraire», pp. 51-54; Rudolf Neuhäuser, «Periodization in literary history: Some observations and an example», pp. 61-65); Walter F. Eggers, Jr., «The idea of literary periods», in *Comparative literature studies,* XVII, 1 (1980), pp. 1-15; Carlos Bousoño, *Épocas literarias y evolución*, Madrid, Editorial Gredos, 1981, 2 vols.

(⁴) — Cf. Ernst H. Gombrich, *Tras la historia de la cultura*, Barcelona-Caracas-México, Editorial Ariel, 1977, p. 122.

(⁵) — Sobre as concepções de história do idealismo romântico, cf. Massimo Mori, *La filosofia della storia da Herder a Hegel*, Torino, Loescher, 1977.

que pode apresentar-se sob as feições de uma teodiceia secularizada, é inconciliável com os fundamentos e as exigências da racionalidade científica (⁶).

5.2. O círculo e a espiral como modelos da periodização literária

A consciência histórica implica o reconhecimento da alteridade do passado e do presente, quaisquer que sejam o fundamento e a natureza dessa alteridade, e pressupõe a ideia de que o homem e a cultura se constroem, se desenvolvem e se modificam em processos temporais, no âmbito da sociedade.

A irradiação do Cristianismo e a desagregação do império romano constituíram fenómenos de tamanha relevância que originaram na cultura ocidental a primeira e profunda manifestação da consciência de que existia uma descontinuidade, uma diferença ruptural entre o passado e o presente.

É bem revelador desta consciência que a palavra *modernus*, com o significado de relativo ao tempo presente, ao momento actual, tenha sido utilizada desde finais do século V e que as contraposições entre *antiqui/moderni, antiquitas/modernitas, antiquitas/saecula moderna,* se tenham desenvolvido, com matizes semânticos diversos, sobretudo a partir do império de Carlos Magno (⁷). É Petrarca (1304-1347), todavia, quem primeiro exprime a consciência de que o seu tempo encerra um ciclo da história da cultura —

(⁶) — Veja-se a crítica devastadora de Karl. R. Popper, *La miseria del historicismo*, Madrid, Taurus — Alianza Editorial, 1973.

(⁷) — Sobre estas contraposições terminológicas e conceptuais, *vide:* Ernst Robert Curtius, *Literatura europea y Edad Media latina*, México-Madrid-Buenos Aires, Fondo de Cultura Económica, 1976, t. I, pp. 354-360; Hans Robert Jauss, *Pour une esthétique de la réception*, Paris, Gallimard, 1978, pp. 157 ss. («La "modernité" dans la tradition littéraire et la conscience d'aujourd'hui»); Matei Calinescu, *Faces of modernity: Avant-garde, decadence, kitsch*, Bloomington-London, Indiana University Press, 1977, pp. 3 ss.

um ciclo de decadência e de trevas — e inicia um novo ciclo — um ciclo de esplendor, que era o retorno da grandeza de Roma (⁸). Em conflito com a concepção cristã da história como um processo de desenvolvimento contínuo em direcção a um fim último — uma concepção *escatológica*, isto é, subordinada à ideia da consumação da história num evento divino que será o limite extremo (*eschatos*) daquele processo —, Petrarca concebe antes a história como um processo cíclico no qual reaparecem alternadamente, reiterando-se, períodos de abatimento e decadência e períodos de esplendor. A roda do Tempo, a roda da Fortuna, símbolos da mudança cíclica, possibilitam a corrupção e a regeneração, a queda e a ascensão, o crepúsculo e a aurora. Sob estas e semelhantes metáforas, coexistem tensivamente uma concepção catastrofista e uma concepção activista do devir das civilizações.

As ideias de *recorrência* e de *circularidade*, fundadas na vivência e na observação de múltiplos fenómenos cósmicos e biofisiológicos, enraizadas em mitos, religiões, filosofias, etc., são inerentes ao significado primordial de "período" como intervalo ou medida de tempo, pois que a palavra grega περίοδος significa o curso ou a "revolução" dos astros, isto é, um caminho, ou uma trajectória, que se desenvolve até regressar a uma posição inicial. Em rigor, como assinala Adrian Marino (⁹), as chamadas *constantes*

(⁸) — Cf. Theodor E. Momsen, «Petrarch's conception of the 'dark ages'», in *Speculum*, 17 (1942), pp. 226-242. Sobre o significado literário, cultural e filosófico desta concepção petrarquiana da história, *vide*: Marguerite R. Waller, *Petrarch's poetics and literary history*, Amherst, The University of Massachusetts Press, 1980; Charles Trinkaus, *The poet as philosopher. Petrarch and the formation of Renaissance consciousness*, New Haven-London, Yale University Press, 1979. A metáfora da luz e das trevas, tão utilizada pelos autores cristãos no seu debate contra o paganismo greco-latino, é frequentemente utilizada desde Petrarca para exprimir o mito renascentista da *renovatio* das letras.

(⁹) — Cf. Adrian Marino, *La critique des idées littéraires*, Bruxelles, Éditions Complexe, 1977, pp. 81 ss.

literárias são factores *recorrentes*, forças que emergem e submergem no fluxo do tempo, fenómenos *pancrónicos* sujeitos a ritmos análogos, por exemplo, aos do evolver das estações. Nesta perspectiva, a cultura pode ser concebida como permanência, como imobilidade, como *stasis* — «nihil est dictum, quod non est dictum prius» (Terêncio); «Tout est dit, et l'on vient trop tard depuis plus de sept mille ans qu'il y a des hommes et qui pensent» (La Bruyère)—, mas no âmbito de uma circularidade que comporta "progressos" e "decadências". Em última instância, a ideia da *recorrência* e da *circularidade* dos fenómenos culturais e artísticos inscreve-se sempre numa concepção dual, maniqueísta, da história humana (*luz/treva, positivo/ negativo, norma/transgressão,* etc.), em que ontologia e axiologia são indissociáveis. Do neoplatonismo pagão e cristão ao romantismo e a Nietzsche, a concepção da história como circularidade é uma tentativa de compreender as antinomias do uno e do múltiplo, do eterno e do contingente, do princípio e do fim, do bem e do mal ([10]).

A estética do classicismo, tal como se desenvolveu desde o Renascimento italiano até ao classicismo francês do século XVIII e ao neoclassicismo europeu, em geral, atribui-se a si própria os predicados da validade universal e intemporal, fundando-se na razão inalterável, no bom gosto e no belo eternos ([11]). Perante a evidência empírica de que existe uma *história* das artes e dos valores estéticos,

---

([10])—Sobre os significados metafísicos, míticos, simbólicos, etc., do círculo, cf. Georges Poulet, *Les métamorphoses du cercle*, Paris, Plon, 1961; M. H. Abrams,*Natural supernaturalism. Tradition and revolution in romantic literature*, New York-London, Norton, 1971 (em especial, o terceiro e o quarto capítulos).

([11])—Thomas Rymer (1641-1713), ao prefaciar a sua tradução para inglês das *Réflexions sur la poétique* de Rapin, escreve que os poetas modernos, ao imitarem os antigos, não o fazem por cega resignação, mas porque existem para tanto «reasons convincing and clear as any demonstration in mathematics» (*apud* Irène Simon, *Neo-classical criticism 1660-1800*, London, E. Arnold, 1971, pp. 93-94). Veja-se, a propósito, Thimothy J. Reiss, *The discourse of modernism*, Ithaca-London, Cornell University Press, 1982, pp. 39-40.

os teorizadores do classicismo adoptam necessariamente uma atitude dogmática, denunciando e desvalorizando como "heresias", "desvios", "corrupções", etc., todas as manifestações não-clássicas ou anticlássicas. Assim se explica que termos como "gótico", "barroco", "maneirismo" e "rococó", utilizados com um significado morfológico-descritivo axiologicamente neutro por muitos historiadores contemporâneos da arte e da literatura, estejam originariamente afectados por um desígnio de condenação e rejeição, isto é, que constituam, segundo Gombrich, *termos de exclusão* ([12]). Este dogmatismo manifesta-se virulentamente em autores do período romântico que, em nome da axiomática clássica, condenam o romantismo como uma «heresia literária», como um «protestantismo literário», ([13]) e em pensadores e críticos tradicionalistas e contra-revolucionários dos finais do século XIX e princípios do século XX como Charles Maurras e Pierre Lasserre, que estigmatizam o romantismo como doença, degeneração e nomoclastia. Fenómeno similar ocorre em historiadores da literatura contemporâneos que se recusam a aceitar a existência do *maneirismo* — ou que, pelo menos, levantam múltiplas restrições à utilização deste conceito —, porque interpretam ideologicamente o Renascimento como um periodo histórico marcado por um *classicismo* sem fracturas ou lacerações. ([14]) Quer dizer, aqueles mesmos que concebem de modo dogmático e absoluto os valores estéticos admitem, no fundo, a natureza dualista da cultura e da arte, embora reprimam, ocultem e exautorem o contrapolo do dogma que proclamam, porque esse contrapolo é o *outro*, o novo e o poliforme que não se subordinam às pretensas leis eternas da razão e do bom gosto, representando,

---

([12]) — Cf. E. H. Gombrich, *Norm and form: Studies in the art of the Renaissance*, London-New York, Phaidon, ³1978, pp. 88-89.
([13]) — Cf. Georges Gusdorf, *Fondements du savoir romantique*, Paris, Payot, 1982, pp. 278-279.
([14]) — Cf. Amedeo Quondam, «Introduzione», *Problemi del manierismo*, Napoli, Guida Editori, 1975, em especial pp. 8 e 20.

por conseguinte, um insuportável desafio ao horizonte imóvel do absolutismo ontológico e axiológico. O conceito de *idade de ouro* — ou *século de ouro* — constitui a expressão mítica do paradigma clássico, correspondendo à ideia e ao sentimento de um clímax, de uma realização da "plenitude dos tempos", tornados possíveis graças a uma *renovatio*, a uma restauração de normas e cânones obliterados e corrompidos por um ciclo de decadência. (¹⁵) Só no quadro de uma concepção circular da cultura se torna compreensível a aporia do paradigma clássico: proclama a perenidade e a intemporalidade dos seus valores, mas sabe-se ameaçado pelas vicissitudes do tempo e da fortuna.

A concepção dualista e recorrente dos períodos literários reaparece explicitamente elaborada em diversos teorizadores e historiadores da arte e da literatura que, seduzidos por modelos tipológicos, procuram reduzir a fenomenologia histórica a uma sucessão e interacção de elementos essencialmente constantes e acrónicos, embora susceptíveis de modulações epocais. Assim, por exemplo, Heinrich Wölfflin considera o *classicismo* e o *barroco* como as constantes detectáveis na evolução dos estilos da arquitectura do Ocidente (¹⁶); Eugenio D'Ors e Henri Focillon, embora com fundamentação diferente, identificam também o *classicismo* e o *barroco* como as constantes da arte e da literatura (¹⁷); E. R. Curtius associa e contrapõe, como constantes da literatura europeia, o *classicismo* e o

---

(¹⁵) — Sobre o conceito de "idade de ouro" aplicado às artes e à literatura, cf. E. H. Gombrich, *Norm and form: Studies in the art of the Renaissance*, pp. 29-34; Juan Manuel Rozas, «"Siglo de oro": Historia y mito», in Francisco Rico (ed.), *Historia y crítica de la literatura española*. 3. Bruce W. Wardropper (ed.), *Siglos de oro: Barroco*, Barcelona, Editorial Crítica, 1983, pp. 64-68.

(¹⁶) — Sobre as famosas "polaridades" de Wölfflin, veja-se, adiante, 6.3. Além da bibliografia aí citada sobre os esquemas tipológicos de Wölfflin, *vide*: E. H. Gombrich, *op. cit.*, pp. 89 ss.; Renato Barilli, *Culturologia e fenemenologia degli stili*, Bologna, Il Mulino, 1982, pp. 135 ss.

(¹⁷) — Cf. Eugenio D'Ors, *Lo barroco*. Madrid, Aguilar, s. d.; Henri Focillon, *La vie des formes*, Paris, P.U.F., 1950.

maneirismo ([18]); para outros autores, enfim, o *classicismo* e o *romantismo* é que representam os dois princípios eternos, recorrentes e antagónicos, da literatura e da arte ([19]).

O modelo circular da sucessão e do desenvolvimento dos períodos literários, subordinado ao binarismo de um pensamento antitético, revela-se de tal modo reducionista ante a diversidade semântico-pragmática e técnico-formal dos textos e a variabilidade diacrónica dos códigos dos sistemas literários e das respectivas metalinguagens; de tal modo destituído de capacidade explicativa perante a emergência de fenómenos novos, de rupturas ou diferenças qualitativas nos processos da semiose literária, que alguns autores o substituem por um modelo *espiralar* ou *espiraliforme* ([20]).

O modelo espiralar, fundado no simbolismo do movimento giratório ascendente de um ponto em torno de um eixo rígido, possibilita descrever e explicar "repetições parciais" e "diferenças parciais", isto é, possibilita compreender dialecticamente a semiose literária como um processo de conservação, de eliminação, ou negação, e de transcensão ou modificação qualitativa de signos e códigos.

O modelo espiralar, porém, apresenta aspectos que julgamos inconciliáveis com a racionalidade científica. O símbolo da espiral, entendido à luz da dialéctica hegeliana ou marxista, implica a asserção da existência de um *telos* e de uma consumação do tempo histórico e implica, por isso mesmo, a asserção da existência de um "progresso" finalisticamente orientado. Tais asserções, que constituem

---

([18])—Cf. Ernst Robert Curtius, *op. cit.*, t. 1, pp. 384-385.

([19])—Veja-se a informação exposta en René Wellek, *Concepts of criticism*, New Haven-London, Yale University Press, 1963, pp. 204-207.

([20])—O modelo espiralar da história da cultura foi aceite por vários autores rcmânticos, em particular por Hegel (cf. M. H. Abrams, *Natural supernaturalism. Tradition and revolution in romantic literature*, pp. 183 ss.). Sobre o modelo espiralar da periodização literária, cf. Adrian Marino, *op. cit.*, pp. 101, 200 ss.; Renato Barilli, *op. cit.*, pp. 142 ss.

elementos nucleares da metafísica historicista denunciada por Karl Popper, eximem-se às exigências epistemológicas fundamentais da investigação científica, pois que não é possível formular uma lei — mas apenas um enunciado singular — sobre uma totalidade histórica concreta, nem é possível submeter a provas de falsificação empírica concepções finalísticas da história, derivadas directa ou indirectamente do sobrenaturalismo teológico e instrumentalizadas por ideologias políticas ([21]).

5.3. Periodização *sub specie semioticae*

Como se conclui de todos os capítulos anteriores — em especial, dos capítulos 2 e 3 —, a literatura como processo de semiose pressupõe necessariamente a existência de uma *langue*, de um sistema, de um vocabulário e de uma gramática, de normas e convenções ([22]). Esta concep-

---

([21]) — Sobre o debate entre o racionalismo crítico de Popper e o historicismo dialéctico de matriz hegeliana e marxista, *vide*: AA. VV., *La disputa del positivismo en la sociología alemana*, Barcelona-México, Grijalbo, 1973 [título original: *Der Possitivismusstreit in der deutschen Soziologie*, Neuwied-Berlin, Hermann Luchterhand Verlag, 1969]; Hans Albert, *Difesa del razionalismo critico*, Roma, Armando Editora, 1975 [título original: *Pladoyer für kritischen Rationalismus*, München, R. Piper & Co. Verlag, 1971]; Anthony O'Hear, *Karl Popper*, London-Boston-Henley, Routledge & Kegan Paul, 1980, pp. 153 ss.; Dario Antiseri, *Teoria unificata del metodo*, Padova, Liviana, 1981, cap. V.

([22]) — Sobre o conceito de convenções e normas literárias, para além de diversos estudos já mencionados nos capítulos 2 e 3, *vide*: *New literary history*, XIII, 1 (1981) e XIV, 2 (1983); Lawrence Manley, *Convention, 1500-1750*, Cambridge, Harvard University Press, 1980; Charles Eric Reeves, «Convention and literary behavior», in P. Steiner, M. Červenka e R. Vroon (eds.), *The structure of the literary process*, Amsterdam-Philadelphia, John Benjamins, 1982, pp. 431-454; Steven Mailloux, *Interpretive conventions. The reader in the study of american fiction*, Ithaca-London, Cornell University Press, 1982, *passim;* Jonathan Culler, *On deconstruction. Theory and criticism after structuralism*, London-Melbourne-Henley, Routledge & Kegan Paul, 1983, pp. 32-38 e 110 ss. Sobre a natureza "pública", intersubjectiva, institucional e contextualizada, da compreensão das estruturas semióticas, cf. Herman Parret, *Contexts of understanding*, Amsterdam, John Benjamins, 1980.

ção da literatura como sistema semiótico — teoreticamente elaborada, sob o signo da linguística saussuriana, desde o formalismo russo e o estruturalismo checo até à semiótica soviética e às contemporâneas teorias semiótico-comunicacionais da literatura — pode-se considerar como o fundamento de qualquer teoria científica da literatura (veja-se, nesta obra, o capítulo 11).

As estruturas do texto literário concreto, os seus traços idiolectais da forma da expressão e da forma do conteúdo, os seus significados mais originais e inesperados, têm como condição necessária de existência a existência prévia e a mediação do polissistema da literatura. Num dado momento histórico e numa dada comunidade literária, não se pode escrever nem se pode ler um texto literário de qualquer modo, no exercício de uma liberdade e de uma criatividade demiúrgicas. Falar, escrever, comunicar, interpretar um texto, etc., são actividades *institucionalizadas*, que pressupõem um saber tácito e um saber explícito, modelos, convenções e normas, que se realizam sob a interacção de factores e circunstâncias de *impositividade* e de *liberdade* semióticas.

O vocabulário, as normas e as convenções do sistema literário, como ficou exposto em 3.7.1. e 3.7.3., são fenómenos históricos e sociais, sujeitos inelutavelmente a modificações mais ou menos lentas, mais ou menos extensas e profundas. No tempo histórico de uma determinada comunidade literária, em função de factores intra-sistémicos — memória do sistema, entropia, etc. — e de factores intersistémicos — correlação do sistema literário com outros sistemas semióticos culturais e com o metassistema social —, ocorrem segmentos cronológicos, de duração variável, durante os quais a produção e a recepção de textos literários são caracterizadas dominantemente por um certo vocabulário, certos códigos e uma certa metalinguagem que configuram o que se designa por *estilo de época*. Com efeito, a ocorrência, no âmbito de um dado tempo histórico e de uma dada comunidade cultural, de um conjunto de textos literários com marcas similares, atinentes quer à forma do conteúdo, quer à forma da expressão, só é explicável racionalmente pela existência e pela acção do mesmo código literário — ou da mesma corrente de gosto estético-literário, como se diria numa terminologia pré--semiótica ou não-semiótica —, prevalecentemente aceite por autores/emissores e por leitores/receptores (esta prevalência, na complexa dinâmica do polissistema literário, não é caracterizável necessariamente em termos de maioria numérica). Doutro modo, isto é, não articulando os fenómenos do *plano ético* com os signos, as convenções e as normas instituídos e institucionalizados a *nível émico*, obstrui-se o caminho à análise científica, deixando-se, em contrapartida, o campo aberto ao acumulamento positivista de factos, às aventuras da intuição e da empatia e às congeminações, ou aos dogmas, de natureza transistórica e transcultural. A definição de período literário proposta por René Wellek — o período literário é «uma secção de tempo dominada por um sistema de normas, convenções e padrões literários, cuja introdução, difusão, diversificação, integração e desaparecimento podem ser seguidos por nós»([23]) —, ao apresentar o período literário como uma «categoria histórica» e como uma «ideia reguladora» e ao excluir explicitamente tanto as concepções nominalistas como as concepções de teor metafísico, adequa-se à literatura como fenómeno semiótico e histórico e parece-nos epistemologicamente correcta, sublinhando a função cognitiva do conceito de período literário como *explanans* que descreve e explica um conjunto de fenómenos *(explanandum)* constitutivos e resultantes da dinâmica, da produtividade do sistema literário([24]).

([23]) — Cf. René Wellek e Austin Warren, *Teoria da literatura*, Lisboa, Publicações Europa-América, 1962, p. 335. Este conceito de período literário, tão relevante em toda a obra de Wellek, integra-se nas teorias sobre o sistema literário e sobre a história literária da chamada "escola de Praga".

([24]) — Sobre a função cognitiva dos conceitos periodológicos — quer em relação à inteligibilidade da semiose literária, quer em relação ao conhe-

Com efeito, os períodos literários e os estilos literários de época representam, tal como os géneros literários(²⁵), construções teoréticas elaboradas hipotético--dedutivamente a partir de um conjunto de dados observacionais, isto é, de fenómenos literários, artísticos e culturais, e que podem, como qualquer construção teorética, ser corroboradas ou infirmadas por via intrateórica (coerência interna), por via interteórica (adequação, ou contradição, com outras teorias não infirmadas) e através de provas de testabilidade empírica (existência, ou inexistência, de capacidade descritiva e explicativa em relação aos fenómenos sob análise).

Na construção teorética de um período literário e de um estilo literário de época devem desempenhar uma função cardial *factores de natureza semântico-pragmática*. Esta asserção decorre do reconhecimento da preeminência do sistema semântico no diassistema linguístico e da derivada preeminência do código semântico-pragmático no polissistema literário e, por conseguinte, assenta no princípio de que uma gramática do texto linguístico e, derivadamente, uma gramática do texto literário devem ser *gramáticas de base semântica*. A atribuição de uma função central aos factores semântico-pragmáticos na construção teorética de um período literário e de um estilo literário de época não implica a desqualificação, ou o ocultamento, dos *factores sintácticos* como elementos integrantes do sistema semiótico literário e como elementos configuradores das estruturas do texto literário, mas implica a rejeição de um

---

cimento de cada texto literário concreto —, veja-se Jeffrey Barnouw, «The cognitive import of period-concepts», in Milan V. Dimic e Eva Kushner (eds.), *op. cit.*, pp. 21-31.

(²⁵) — Vários autores têm chamado a atenção para as analogias, sob o ponto de vista epistemológico, entre os conceitos de período literário e de género literário (cf. Walter F. Eggers, Jr., «The idea of literary periods», in *Comparative literature studies*, XVII, 1 (1980), pp. 12 e 15, n.ª 38).

conceito meramente formalista do estilo literário de época, elaborado em conformidade com os princípios da estética da "visibilidade pura" advogada por autores como Riegl e Wölfflin.

Deste modo, em articulação com uma perspectiva gerativista não-chomskyana da produtividade linguística e, mais especificamente, da produtividade textual, com a teoria dos actos linguísticos e, mais genericamente, com a linguística pragmática, readquire nova relevância o conceito de *visão do mundo (Weltanschauung)*, procedente da hermenêutica de Dilthey e da sociologia do conhecimento — em particular, da sociologia do conhecimento de Karl Mannheim — e utilizado e reelaborado, por vezes sob outras designações, por sociólogos da cultura e da arte como Arnold Hauser, Lucien Goldmann, Pierre Bourdieu, etc. A visão do mundo é um fenómeno ao mesmo tempo teorético e ateorético, que tanto se manifesta em filosofias sistemáticas e em doutrinas ideológico-políticas como na *praxis* linguística, nas artes, nos padrões de comportamento, nas modas do vestuário, etc. A visão do mundo não é um fenómeno individual e idiossincrásico, não é um fenómeno transistórico e transcultural, nem é um fenómeno sociológico rigidamente homogéneo na sua génese e no seu desenvolvimento: é um fenómeno transindividual, originado e orientado com relativa coerência por agentes históricos e sociais diversificados (classes e grupos sociais, instituições religiosas, culturais e políticas, grupos geracionais, etc.) e por factores comunitários de natureza espiritual, filosófica, científica, ideológica, etc. Se, como atrás escrevemos, num dado momento histórico e numa dada comunidade literária, não se pode escrever nem se pode ler um texto literário de qualquer modo, é porque também, nesse momento histórico e nessa comunidade literária, autores e leitores não podem construir e/ou aceitar com irrestrita liberdade e miraculosa criatividade, uma visão do mundo qualquer. Numa determinada área geográfico-cultural — que pode ser tão extensa como a

Europa ocidental ou mesmo como toda a Europa, de Lisboa a Moscovo, ou que pode ser mais limitada, como a Europa latina, a Europa católica, a Península Ibérica, etc. —, numa determinada data da história, há em geral uma visão do mundo predominante, largamente difundida, aceite, muitas vezes tácita ou inconscientemente, por grupos e estratos sociais diversos daqueles que foram os seus principais obreiros e agentes — e.g., visão barroca, visão romântica, visão naturalista, etc. —, mas nunca se encontrará uma visão do mundo única, absolutamente dominante, porque nunca existiu e não existe nenhuma sociedade perfeitamente homogénea e isenta de tensões e conflitos. O *poliglotismo semiótico*, implícita ou explicitamente articulado com os conflitos produzidos pela conquista, pela manutenção e pela contestação do *poder* — poder simbólico, poder social, poder económico, etc. —, constitui um *universal* da cultura. A produção e a circulação de signos e de textos diversos, polissémicos, conflituantes, *agonísticos*, são uma consequência da heterogeneidade social e representam uma das condições básicas — diríamos, mesmo, a condição primordial — para a existência de sociedades abertas, plurais e livres (atente-se, por exemplo, na relevância atribuída à problemática da linguagem verbal em *1984* de George Orwell).

Entre os factores que *sobredeterminam* as visões do mundo — e a literatura é também um desses factores —, avultam as grandes descobertas científicas, as "revoluções científicas" que possibilitam a longa vigência de "paradigmas científicos", as quais interferem frequentemente com as crenças míticas e religiosas, com as normas morais e com as ideologias políticas, e as quais, muitas vezes, através das suas aplicações tecnológicas, alteram de modo profundo a economia, a organização social, os sistemas de comunicação, etc. Basta pensar, por exemplo, na influência da "revolução" de Copérnico na visão do mundo do maneirismo, na influência da biologia darwiniana na visão do mundo naturalista, na influência da teoria da relatividade na visão do mundo do modernismo, na influência da electrónica e da cibernética na visão do mundo dos nossos dias ([26]).

5.4. Dinâmica dos períodos literários

Atentemos na definição proposta por René Wellek. Como se observa, o período é definido por um «sistema de normas, convenções e padrões literários», isto é, por um *policódigo*, por uma *convergência sistémica* de elementos, e não por um único elemento ou por uma série de elementos avulsos. O romantismo, por exemplo, é constituído por uma constelação de traços — hipertrofia do eu, imaginação criadora, irracionalismo, pessimismo, anseio de evasão, etc. —, e não por um único traço. Cada um dos elementos formativos do sistema romântico pode ter ocorrido anteriormente, integrado noutro sistema de valores estéticos, sem que tal facto implique a existência de romantismo, *e.g.*, nos séculos XVI ou XVII, visto que uma entidade semiótica, idêntica e unívoca quando considerada em abstracto, assume funções e significados diversos quando se integra em sistemas diversos. A perspectiva semiótica torna-se indispensável para a exacta compreensão da natureza dos períodos literários, pois que estes consistem, como escreve G. C. Argan, numa «area spazio-temporale in cui un determinato sistema segnico sviluppa ed esaurisce tutte le sue possibilità di significazione», manifestando-se nos limites de «un ambito entro il quale *tout se tient* ma oltre il quale *rien ne va plus*» ([27]). Assim, falar de "romantismo" acerca de Eurípides, Bernardim Ribeiro, Shakespeare, etc., representa um asserto desprovido de sentido histórico e de rigor crítico, mesmo quando se acrescente

---

([26]) — Cf. Renato Barilli, *Culturologia e fenomenologia degli stili*, passim.

([27]) — Depoimento de Giulio Carlo Argan no inquérito sobre *Strutturalismo e critica*, dirigido por Cesare Segre e publicado no *Catalogo generale 1958-1965* da casa editora «Il Saggiatore».

ao lexema "romantismo" um sintagma como *avant la lettre* ou outro semelhante.

A definição de Wellek mostra também claramente que o conceito de período literário não deve ser entendido como mera divisão cronológica, pois cada período se define pelo *predomínio*, e não pela vigência absoluta e exclusivista, de um determinado alfabeto e de uma determinada gramática. Esta concepção dos períodos literários, em conformidade com o já referido princípio do *poliglotismo semiótico*, implica o reconhecimento da coexistência, no mesmo lapso de tempo e na mesma área geográfico-cultural, de diversos estilos literários epocais, um dos quais — o estilo hegemónico, aquele que prevalece no núcleo do sistema — permite delimitar, caracterizar e designar o período. O modelo proposto por Michel Foucault, em obras como *Les mots et les choses* e *L'archéologie du savoir*, sobre a sucessão dos *epistemas* — o *epistema* é a totalidade das relações que, numa dada época, unificam as práticas discursivas de todos os saberes dessa mesma época —, segundo o qual essa sucessão se processaria por *cortes* ou *cesuras* que demarcariam épocas perfeitamente conclusas (no pensamento ocidental, suceder-se-iam o Renascimento, a Época Clássica e a Modernidade), é radicalmente incompatível com o princípio do poliglotismo semiótico e com a fenomenologia, historicamente observável, da dinâmica dos sistemas semióticos [28].

Da definição de Wellek é ainda possível extrair outra conclusão: os períodos literários não se sucedem de modo

---

[28] — Sobre o conceito de *epistema* em Foucault, cf. Hubert L. Dreyfus e Paul Rabinow, *Michel Foucault: Beyond structuralism and hermeneutics*, Brighton, The Harvester Press, 1982, pp. 18 ss. e *passim*. Os conceitos de *epistema* e de *corte epistémico* apresentam notórias afinidades com a tese de T. S. Kuhn exposta em *The structure of scientific revolutions*, segundo a qual o desenvolvimento da ciência se operaria pela sucessão de "paradigmas científicos" que vigorariam de modo absoluto em determinado período histórico e que, sendo incomensuráveis entre si, demarcariam na história da ciência descontinuidades puras (cf. T. K. Seung, *Structuralism and hermeneutics*, New York, Columbia University Press, 1982, pp. 178 ss.).

rígido e abrupto, como se fossem entidades discretas, blocos monolíticos linearmente justapostos, mas sucedem-se através de zonas difusas de imbricação e de interpenetração. Como fenómenos históricos, os períodos literários transformam-se continuamente — a produção e a recepção de textos alteram constantemente o equilíbrio do sistema literário —, podendo afirmar-se, com alguma razão, que é incorrecta a designação de "períodos de transição", uma vez que todos os períodos são de transição ([29]). Todavia, também há fundamento para afirmar que, em certos segmentos do tempo histórico, se verifica uma acentuada estabilidade, como que uma *stasis,* do alfabeto, das normas e das convenções do sistema literário e que, mesmo em fases de célere alteração deste sistema — como no modernismo e nas vanguardas —, é possível detectar uma curta estabilização do *hardcore*, pelo menos, do código literário. Ora um código literário não se extingue abruptamente, num determinado ano ou num determinado mês, como também não se constitui de um jacto, subitamente. Sem *memória,* como sublinhámos em 3.7.1., nenhum sistema semiótico funciona: a memória representa, no presente, a pervivência produtiva do passado e a condição da possibilidade de inovar, sem rupturas de comunicação. A utilização de datas precisas para assinalar o fim de um período e o início de outro, como se se tratasse de marcos a separar dois terrenos contíguos, não possui rigoroso significado analítico-referencial, apenas lhe devendo ser atribuída uma simples função de balizagem, como que a indicar um momento particularmente relevante na desagregação de um período e na conformação de outro.

Na difusa e desordenada terminologia dos estudos literários, designações como *século, época* e *era* significam os aspectos durativos, digamos assim, dos estilos epocais.

([29]) — Cf. André Stegmann, «Problèmes méthodologiques et terminologiques pour une périodisation en littérature», in *Neohelicon,* 1—2 (1973), p. 275.

Designações como *movimento* e *corrente* significam, pelo contrário, os aspectos dinâmicos e mutáveis desses mesmos estilos.

Tem-se dito que a periodização fundada na divisão puramente numérica de século se revela desprovida de rigor crítico: o século é uma unidade estritamente cronológica, cujo início e cujo término não provocam automaticamente a eclosão ou o desaparecimento de códigos literários. No âmbito dessa unidade cronológica, existe sempre uma profunda diversidade em todos os domínios da cultura, de modo que falar de "literatura do século XVIII" ou de "literatura do século XIX" equivale a reduzir a um rótulo comum fenómenos de semiose literária fortemente heterogéneos e até contrapostos entre si.

Todavia, o termo e o conceito de "século" não poderão ser facilmente, nem talvez justificadamente, eliminados dos estudos de teoria e de história da literatura, ao contrário do que afirmámos em edições anteriores desta obra. "Século" não significa apenas um segmento cronológico de cem anos, pois significa também longa duração indeterminada ou uma duração relativamente longa, mas determinada, como quando Charles Perrault, em 1687, muitos anos antes da publicação de *Le siècle de Louis XIV* de Voltaire, comparou *Le siècle de Louis au beau siècle d'Auguste* ([30]). Ou como quando Vasari, muito antes de Perrault, escreveu que os tempos de Lorenzo de' Medici foram verdadeiramente *un secol d'Oro* ([31]). É certo que a posposição de um quantificador ao lexema "século" — século XIX, século XX, etc. — torna rígido o seu significado cronológico, mas este significado debilita-se muito e torna-se fluido em história literária, já que, por exemplo, existe um largo consenso sobre o facto de, nas literaturas europeias, o século

---

([30])—*Apud* A. Owen Aldridge, «The concept of classicism as a period or movement», in *Neohelicon*, 1-2 (1973), p. 237.

([31])—*Apud* E. H. Gombrich, *Norm and form: Studies in the art of the Renaissance*, p. 30.

XIX não ter acabado em 1900, tal como existe decerto unanimidade entre os historiadores da literatura espanhola e os historiadores da literatura portuguesa sobre o facto de "a literatura espanhola do século XVIII" e "a literatura portuguesa do século XVIII" não terem o seu início no ano de 1700... Recentemente, Joaquín Arce, num estudo bem documentado e muito atento às complexidades da periodização da poesia espanhola *del siglo ilustrado*, escrevia: «la producción lírica que da al siglo fisionomía y carácter propios, la de la literatura de la Ilustración, es la que se extiende desde 1770 aproximadamente hasta principios del siglo XIX, y corresponde a la plenitud de realizaciones del reinado de Carlos III, abarcando incluso el de Carlos IV (1788-1808). Los sucesos de la guerra de la Independencia acaban en realidad con las corrientes caracterizadoras en el orden literario del siglo ilustrado, si bien persisten sus consecuencias ideológicas» (³²). Quer dizer, em história literária encontramos um conceito *sinedóquico* de século: uma parte do século-entidade-cronológica, aquela parte em que dominou um policódigo mais inovador, mais influente, mais representativo das "tendências do tempo", é que identifica o "século literário" e lhe confere designação.

Por outro lado, talvez o século se tenha convertido numa entidade efectivamente significativa na periodização literária — e na periodização da cultura e da história, em geral —, em virtude de uma espécie de "efeito da teoria": o homem, crendo e pensando que o limiar de um novo século representa um horizonte novo, o início de um mundo novo e diferente, etc., contribui poderosamente para que assim aconteça (³³). É sintomático que, desde pelo

---

(³²)—Cf. Joaquín Arce, *La poesía del siglo ilustrado*, Madrid, Alhambra, 1981, p. 24.

(³³)—É indubitável que o século, para muitos homens (e entre eles contam-se historiadores e críticos), se converte de *convenção* cronológica num *ser* dotado de misteriosas e míticas forças (o "espírito do século", o *mal du siècle*, etc.).

menos o século XVI, em muitos países da Europa o início *lato sensu* (primeiro quartel, duas ou três primeiras décadas) de cada século tenha constituído o quadro temporal de importantes modificações culturais e artísticas. O aludido "efeito da teoria" interactua muitas vezes, pensamos, com factores geracionais. A primeira geração de cada século — nascida, em geral, nos anos derradeiros do século anterior — sente, pensa, deseja e proclama a necessidade de uma mudança (em muitos casos, de uma mudança violenta e radical). Fenómenos análogos ocorrerão relativamente a divisões meramente cronológicas do século como *quartel* e *metade* (a expressão "o primeiro quartel do século" parece pressupor um ímpeto juvenil, uma aurora emergindo, ao passo que "último quartel do século" parece implicar um certo cansaço, um crepúsculo a abater-se...). E não é verdade que, nos nossos dias, se atribui um significado particularmente importante na dinâmica da cultura — e da tecnologia, da economia, etc. — a um segmento cronológico como a *década*? Fala-se, por exemplo, no "estruturalismo dos anos sessenta" como se fala do "romance dos anos vinte" ou da "moda dos anos trinta". Com o chamado fenómeno da aceleração da história, já não é apenas o início de um século que deve rasgar um novo horizonte; também o começo de uma década deve propiciar uma viragem.

O termo "época" é utilizado muitas vezes como sinónimo de "período" ("época barroca", "época romântica", etc.), mas alguns autores propõem o seu emprego para designar um segmento da história relativamente longo e bem delimitado — *a época das luzes, a época vitoriana, a época entre duas guerras,* etc. —, no âmbito do qual poderiam coexistir diversos períodos literários (assim, na *época das luzes* coexistiriam o *período neoclássico*, o *período rococó* e o *período pré-romântico*). "Época" seria uma designação mais abrangente e mais heterogénea; "período" seria uma designação mais delimitada temporalmente e mais homogénea(³⁴). Julgamos que esta distinção terminológica e conceptual não é clara, nem consistente, sobretudo porque envolve certa confusão entre os conceitos de "período" e de "estilo de época" e porque entra em contradição com uma expressão técnica, de tão larga difusão nos estudos literários, como "estilo de época". Contudo, designações como "época da Contra-Reforma", "época das luzes", "época vitoriana", "época entre as duas guerras", etc., que apresentam um significado marcadamente histórico-cultural, têm interesse para articular os períodos literários com contextos político-sociais, ideológicos, filosóficos e religiosos, em conformidade com o princípio teorético de que o sistema social constitui o metassistema de todos os sistemas semióticos culturais.

O significado de termos como "movimento" e "corrente" faz avultar, como dissemos, os aspectos dinâmicos, inovadores, mutáveis e transientes, dos estilos e dos períodos literários. A metáfora do rio, do caudal que vai correndo e transmudando-se, está subjacente a sintagmas como "corrente romântica", "corrente simbolista", etc. Devido às suas raízes metafóricas, o termo "corrente" envolve conotações vitalistas que não são tão manifestas no termo "movimento" e que reflectem com frequência concepções deterministas, tanto idealistas como materialistas, da história da cultura e da arte.

A biologia tem proporcionado, aliás, importantes metáforas e modelos para descrever os aspectos dinâmicos e mutáveis dos períodos literários. A oposição *antigos/modernos* volve-se amiúde, numa perspectiva de mudança geracional, num conflito entre *velhos/novos*. Segundo uma

---

(³⁴)—Cf. Anna Balakian, «Époque, période, courant: historicité et affinités dans l'histoire comparée des littératures», in *Neohelicon*, 1-2(1973), pp. 194-200; *id.*, «The classification of literature: A modest proposal», in Milan V. Dimic e Eva Kushner (eds.), *op. cit.*, pp. 95-99; Henryk Markiewicz, «Technique de la périodisation littéraire», in Milan V. Dimic e Eva Kushner (eds.), *op. cit.*, p. 53. Para um conceito diferente de "época", cf. André Stegmann, *op. cit.*, p. 276.

concepção organicista, o período literário tem uma fase de "gestação" — designada, em geral, por termos periodológicos aos quais se antepõe o prefixo *pré-: pré-classicismo, pré-romantismo* —, uma fase de maturidade ([35]) e uma fase de envelhecimento ([36]). Da concepção organicista dos períodos literários procede também a ideia de que um período pode renascer, reemergindo no fluxo da história (*neogótico, neobarroco, neoclassicismo,* etc.).

O modelo darwinista da luta entre as espécies transitou também para o domínio da periodização literária. Um período literário afirma-se em competição com outro, propondo mais ou menos polemicamente uma nova metalinguagem e uma nova prática da escrita e da leitura, reorganizando o cânone dos autores e dos textos "clássicos", até vir a ser, por sua vez, contestado por outro período.

A utilização deste modelo darwinista na periodização literária, tal como acontece com a sua aplicação ao problema dos géneros literários (cf. 4.7.), pode originar conceitos e extrapolações aberrantes, mas evidencia um fenómeno muito importante: a natureza *agonística* de todos os períodos literários. Este *agonismo*, porém, deve ser descrito e explicado fundamentalmente em termos estético-informacionais e sociológicos.

([35]) — A expressão *pieno Rinascimento* é comummente utilizada, desde Croce, por historiadores da literatura italiana. Biologizando esta expressão, Ferruccio Ulivi (*Il manierismo del Tasso e altri studi*, Firenze, Olschki, 1966, p. 14) refere-se a *Rinascimento adulto*.

([36]) — O célebre livro de J. Huizinga, *O outono da Idade Média*, publicado em 1919, representa o arquétipo desta concepção vitalista das épocas históricas e dos períodos literários. No «Entretien de Claude Mettra avec Jacques Le Goff», a propósito de uma recente reedição francesa do livro de Huizinga, afirma Le Goff: «Mais que signifie cette hantise de la vie? Qu'en 1919 les historiens qui ne sont pas des marxistes, mais qui ne se veulent pas les héritiers du positivisme, ont pour assise un certain vitalisme. A travers la vie, ils tentent l'incorporation de la biologie à l'histoire» (cf. J. Huizinga, *L'automne du Moyen Age*, Paris, Payot, 1980, p. IV). A expressão *outono do Renascimento*, cunhada por Giovanni Getto, alcançou larga aceitação.

As formas e os significados literários, como todos os "bens simbólicos", perdem progressivamente a sua capacidade de modelizar os *realia* e de produzir informação, tornando-se por isso inevitável a sua substituição, mais ou menos conflitual, por outras formas e outros significados. Em certas épocas da história, que são sempre épocas de profunda mudança na globalidade de uma cultura, essa substituição manifesta-se como uma ruptura — como uma *catástrofe,* na terminologia de René Thom — que não destrói o sistema, mas que, pelo contrário, institui as condições de um novo equilíbrio produtivo, de uma nova regularidade semiósica ([37]). A entropia, o exaurimento e a regeneração dos sistemas semióticos culturais e dos seus textos, são, em parte, fenómenos intra-sistémicos, com vectores de autonomia configurados pela memória, pelos institutos, pela função e pela lógica de cada sistema, mas são também fenómenos intersistémicos, indissociáveis de transformações ocorridas nos *meios* dos sistemas.

Os autores *novos,* biológica e literariamente falando, necessitam de conquistar o seu "espaço", em competição e confronto com os detentores do poder do campo literário. A lógica da produção deste campo, em virtude da específica relação semiótica existente entre o sistema linguístico e o sistema literário, implica uma luta consciente ou inconsciente pelo domínio do fundamento e do instrumento primordial de todo o poder simbólico — a linguagem verbal ([38]). As mudanças periodológicas, em particular as profundas alterações, as descontinuidades no processo da semiose literária que demarcam o que poderíamos

---

([37]) — Cf. René Thom, «Le statut épistémologique de la théorie des catastrophes», in *Morphogenèse et imaginaire,* Circé, 8-9, Paris, Lettres Modernes, 1978, pp. 14-17. Veja-se também Jean Burgos, *Pour une poétique de l'imaginaire,* Paris, Éditions du Seuil, 1982, pp. 193 ss.

([38]) — Cf. Pierre Bourdieu, *Ce que parler veut dire. L'économie des échanges linguistiques,* Paris, Fayard, 1982, pp. 16 ss. Sobre a lógica da produção no campo artístico, veja-se Pierre Bourdieu, «La métamorphose des goûts», *Questions de sociologie,* Paris, Éditions de Minuit, 1980, pp. 161-172.

designar como *megaperíodos* — o Renascimento, o barroco, o romantismo, o modernismo —, são sempre contemporâneas de relevantes modificações linguísticas.

A contraposição, em termos estético-informacionais, entre o *tópico* e a *originalidade*, entre o velho e o novo, assume normalmente a natureza sociológica de uma *diferença intergeracional* e, muitas vezes, de uma *luta intergeracional*. E dizemos "muitas vezes", porque a história demonstra que não se pode considerar como norma inelutável que toda a criação seja, como pretende Harold Bloom, uma destruição do passado, uma errância e uma deriva — «a breaking of the vessels», como escreve Bloom em *Kabbalah and criticism* ([39]) —, exigindo, por conseguinte, uma fractura entre uma geração e a geração anterior (embora se deva reconhecer que, desde o romantismo, existe uma forte tendência para que assim aconteça).

Uma *geração literária* pode-se definir como um grupo de escritores de idades aproximadas que, participando das mesmas condições históricas, defrontando-se com os mesmos problemas colectivos, compartilhando de análoga concepção do homem, da sociedade e do universo e advogando normas e convenções estético-literárias afins, assume lugar de relevo numa literatura nacional mais ou menos na mesma data ([40]). Como se depreende desta defi-

---

([39]) — Cf. Harold Bloom, *Kabbalah and criticism*, New York, The Seabury Press, 1975, p. 90.

([40]) — Sobre o conceito de geração literária, *vide:* José Ortega y Gasset, «El tema de nuestro tiempo», *Obras completas,* Madrid, Revista de Occidente, 1950, t. III, pp. 145-152; J. Petersen, «Las generaciones literarias», in E. Ermatinger (ed.), *Filosofía de la ciencia literaria,* México-Buenos Aires, Fondo de Cultura Económica, 1946; Henri Peyre, *Les générations littéraires*, Paris, Boivin, 1948; Robert Escarpit, *Sociologie de la littérature,* Paris, P.U.F., 1958, pp. 34-38; Julián Marías, *El método histórico de las generaciones,* Madrid, Revista de Occidente, 1967; Karl Mannheim, «The problem of generations» *Essays on the sociology of knowledge,* London, Routledge & Kegan Paul, ⁵1972, pp. 276-320; Nerina Jansen, *La teoría de las generaciones y el cambio social,* Madrid, Espasa-Calpe, 1977 [título original: *Generation theory*, Pretoria, University of South Africa, 1975]; Carlos Bousoño, *op. cit.,* t. I, pp. 194 ss.

nição, uma geração tem um fundamento biológico necessário — a relativa proximidade das datas de nascimento dos membros da geração —, mas não suficiente, pois ela representa sobretudo um fenómeno histórico, sociológico e cultural. Não basta nascer numa determinada faixa de datas para se pertencer à mesma geração cultural, visto que a *não-contemporaneidade dos contemporâneos,* como tem sido reconhecido pela sociologia do conhecimento desde a publicação, em 1926, da *Kunstgeschichte nach Generationen* de Wilhelm Pinder, constitui um fenómeno normal e inevitável em qualquer sociedade. Na mesma sincronia e na mesma comunidade cultural, coexistem, em conflito latente ou declarado, tempos históricos diversos, sistemas ideológicos distintos, visões do mundo heterogéneas, diferentes modelos de comportamento. Em função da sua origem e do seu estatuto de classe social, da sua educação, da sua interacção com a *memória* e a *gramática* dos vários sistemas semióticos culturais, da sua concreta experiência histórica, os indivíduos nascidos no mesmo ano podem ser, sob o ponto de vista cultural — isto é, semiótico —, acentuadamente *acontemporâneos,* mesmo que seja possível detectar, sob essa não-contemporaneidade, respostas a problemas comuns e marcas de um discurso que atravessa as fronteiras porosas dos grupos e das classes sociais. Tal como no mesmo período literário podem coexistir estilos epocais diferentes e até antagónicos, assim também no mesmo período histórico podem coexistir gerações culturais distintas que apresentem análoga idade biológica. Uma delas será hegemónica, em termos de poder simbólico e/ou de poder fáctico, remetendo a(s) outra(s) para uma posição secundária ou periférica. Isto não significa que a geração hegemónica seja forçosamente a mais relevante e a mais influente na produção artística, na conformação do futuro, etc.: a hegemonia cultural, quando convertida em "ortodoxia" e sustentada, ou preservada, pelas instituições do poder político, provoca uma progressiva degradação dos mecanismos semiósicos.

A lógica imanente à dinâmica dos grupos geracionais sucessivos, que Freud interpretou meta-historicamente como o conflito entre o pai que intenta "castrar" o filho e o filho que busca "matar" o pai a fim de o substituir, tem uma explicação semiótica bem clara: a geração "velha" modeliza o mundo, produz e comunica os seus textos, utilizando uma memória, um alfabeto e códigos que são diferentes dos da geração "nova", porque foram adquiridos, organizados e tornados produtivos em tempos históricos e em contextos sociais diversos. Correndo o risco de empregar uma expressão mecanicista, se bem que pertencente ao domínio do *software*, diríamos que a geração "velha" e a geração "nova" estão diferentemente *programadas*, que é inevitável que assim aconteça — a "gramática" da visão do mundo de cada uma delas depende da "lógica das situações" a que se refere Karl Popper (*cf.*, *supra*, a nota 216 do capítulo 3) — e que desse modo se torna normal o *filoneísmo* da geração "nova" e o *misoneísmo* da geração "velha".

A análise da sucessão das gerações de autores, articulada com a análise do aparecimento e da formação das gerações dos leitores, possibilita uma compreensão mais rigorosa e matizada tanto do processo de mudança dos períodos literários como dos fenómenos de inovação parcelar e de diferenciação gradual que ocorrem no âmbito do mesmo período. Deve-se atribuir particular relevância àquelas gerações que se podem considerar como a "ponta de lança" de um período e que são agentes de alterações profundas no sistema literário.

Se os membros de uma geração se encontram associados em torno de um programa estético-literário, fundamentando e defendendo a sua teoria e realizando-o na prática, tendo consciência do seu papel de inovadores, pode-se dizer que constituem um *movimento literário*. Um movimento tem quase sempre um *guia*, uma personalidade que polariza e representa emblematicamente os seus ideais e objectivos, mas não possui um *mestre*, cuja autoridade e cujo magistério sejam acatados por *discípulos*. Esta relação discipular, com todas as suas implicações, diferencia claramente um movimento de uma *escola literária* ([41]).

5.5. As designações dos períodos literários

As designações atribuídas aos períodos literários serão meramente convencionais ou mesmo arbitrárias?

É conveniente distinguir as designações periodológicas que foram elaboradas e fundamentadas *ex post facto* por historiadores da arte e da literatura e aquelas que foram utilizadas pelos próprios escritores e artistas de um determinado período para a si mesmos se caracterizarem e distinguirem. Estão, no primeiro caso, designações como *Renascimento, barroco, maneirismo, classicismo, rococó*; no segundo caso, designações como *romantismo, realismo, simbolismo, futurismo*, etc.

A partir do romantismo, a metalinguagem do sistema literário integra uma consciência histórica e teorética cada vez mais atenta às relações entre a permanência e a descontinuidade do sistema, aparecendo como uma das manifestações dessa consciência a autodesignação em termos estilístico-periodológicos. A escolha de tais designações é sempre justificada intrínseca e extrinsecamente. Quando Jean Moréas, num manifesto publicado no jornal *Le Figaro* de 18 de Setembro de 1886, advoga a denominação de *simbolismo* para designar a «tendência actual do espírito criador em arte», fundamenta-se num determinado conceito filosófico e estético de *símbolo* ([42]); quando Marinetti, tam-

---

([41]) — Cf. Claudio Guillén, *Literature as system. Essays toward the theory of literary history*, pp. 466-467; Ulrich Weisstein, *Comparative literature and literary theory*, pp. 89 e 93.

([42]) — Sobre a origem e a difusão do conceito periodológico de *simbolismo*, veja-se: René Wellek, «The term and concept of symbolism in literary history», *Discriminations: Further concepts of criticism*, New Haven-London, Yale

bém no jornal *Le Figaro*, de 20 de Fevereiro de 1909, publica o seu manifesto *Le Futurisme*, a designação de "futurismo" justifica-se pela exaltação mítica do *futuro* e pela execração do passado e da tradição (⁴³); e quando Breton, em 1924, no *Manifeste du surréalisme*, explica o vocábulo "surrealismo", invocando o uso "literal" que dele fizera Apollinaire e rememorando o "espírito" com que Nerval utilizara a palavra "supernaturalismo", fundamenta poética e filosoficamente a designação do movimento literário de que se proclamava hierofante (⁴⁴).

No caso das designações periodológicas propostas e difundidas *ex post facto* por historiadores da arte e da literatura, existem também razões fundamentadoras da sua escolha, decorrentes da etimologia e da história dos lexemas adoptados, e alicerçadas, muitas vezes, na metalinguagem de autores coevos do período em causa. Nos capítulos 6 e 7, pode-se examinar a história de designações periodológicas como *barroco, maneirismo* e *classicismo*, encontrando-se aí aduzidos argumentos que permitem concluir que tais denominações, embora pudessem ter sido substituídas por outras, não são imotivadas, nem inconsequentes. Será bem elucidativo, porém, atentar numa outra designação periodológica — a de *Renascimento* (⁴⁵).

University Press, 1970, pp. 91 ss.; José Carlos Seabra Pereira, *Decadentismo e simbolismo na poesia portuguesa*, Coimbra, Centro de Estudos Românicos, 1975, pp. 59 ss.

(⁴³)—Entre outros estudos sobre a poética do futurismo, cf. Marzio Pinottini, *L'estetica del futurismo*, Roma, Bulzoni, 1979.

(⁴⁴)—Cf. Robert Bréchon, *Le surréalisme*, Paris, Colin, 1971, pp. 14-16.

(⁴⁵)—Sobre a história do termo e do conceito de *Renascimento*, existe extensa bibliografia. Limitar-nos-emos por isso a citar trabalhos fundamentais e actualizados, alguns dos quais reproduzem estudos "clássicos" (*e.g.*, de Cantimori, Chabod, Kristeller, etc.) sobre este problema: Wallace K. Ferguson, *Il Rinascimento nella critica storica*, Bologna, Il Mulino, 1969 [título original: *The Renaissance in historical thought*, Cambridge (Mass.), Houghton Mifflin Company, 1948]; Alfonso Prandi (ed.), *Interpretazioni del Rinascimento*, Bologna, Il Mulino, 1971; Michele Ciliberto, *Il Rinascimento. Storia di un dibattito*, Firenze, La Nuova Italia, 1975; Cesare Vasoli, *Umanesimo e Rinascimento*,

Num conhecido estudo, Lucien Febvre procurou demonstrar que Michelet *inventou* a palavra e o conceito de *Renaissance*, movido pelas suas convicções político-ideológicas — Michelet, que participara na revolução de 1848 e que se tornara um ardoroso adversário do regime imperial de Napoleão III, aprofunda a conexão *Révolution-Renaissance* que deriva dos *philosophes* iluministas — e inspirado, desde 1840, pelo "renascimento" que representava o seu amor por Mme Dumesnil, após a morte da sua esposa ([46])... É inquestionável que aquelas convicções ideológicas e que as circunstâncias políticas atrás referidas contribuíram para modelar o conceito de Renascimento exposto por Michelet e é possível que as vicissitudes psicológicas e sentimentais do homem Michelet tenham de algum modo interferido nas suas congeminações historiográficas. Como é bem sabido, todavia, o conceito de "renascimento" da cultura, das artes e da poesia em Itália, a partir do século XIV, remonta a Petrarca, a Boccaccio e a Salutati, torna-se frequente em autores italianos do século XV como Leonardo Bruni, Lorenzo Valla, Marsilio Ficino e Poliziano, converte-se em tópico, ao longo do século XVI, em escritores italianos, franceses, espanhóis, portugueses, etc., prolonga-se em pensadores, críticos e historiógrafos dos séculos XVII e XVIII, desde Bacon a Voltaire e a Muratori. Por outro lado, sabe-se hoje que o termo e o conceito de Renascimento estavam já extensamente difundidos em França, na segunda e na terceira décadas do século XIX, quer entre historiadores e críticos da arte e da literatura,

---

Palermo, Palumbo, 1976; M. Boas Hall *et alii*, *Il Rinascimento. Interpretazioni e problemi*, Bari, Laterza, 1979.

([46]) — Cf. Lucien Febvre, «Come Jules Michelet inventò il Rinascimento», *Studi su Riforma e Rinascimento*, Torino, Einaudi, 1966, pp. 435-445. Este estudo de Lucien Febvre, publicado originariamente em 1950, pode-se ler em francês na obra do mesmo autor intitulada *Pour une histoire à part entière* (Paris, Éd. de l'École des hautes études en sciences sociales, 1983).

quer entre filósofos, poetas e romancistas(⁴⁷). No seu romance *Le bal de Sceaux*, publicado em 1829, Balzac podia escrever de uma personagem que ela «raisonnait facilement sur la peinture italienne ou flamande, sur le Moyen-âge ou la Renaissance». Quer dizer, Michelet, tal como Burckhardt, não podia "inventar" idiossincrasicamente a palavra e o conceito de Renascimento...

5.6. Metodologia da análise dos períodos literários

Os problemas levantados pelo estudo dos períodos literários são múltiplos e de diversa ordem, dizendo respeito não só à sua análise sincrónica, mas também à sua génese e ao seu condicionamento histórico, à sua desagregação e disparição, etc. Afrânio Coutinho, na sua obra *Introdução à literatura no Brasil,* resume excelentemente essa problemática, numa página que vale a pena ser integralmente transcrita: «Consoante essa visão do período, a sua descrição compreende diversos capítulos: o estudo das características do estilo literário que o dominou e da evolução estilística; os princípios estéticos e críticos que constituíram o seu sistema de normas; a definição e história do termo que o designa; as relações da actividade literária com as demais formas de actividade, de que ressalta a unidade do período como manifestação geral da vida humana; as relações dentro de um mesmo período entre as diversas literaturas nacionais; as causas que deram nascimento e morte ao conjunto de normas próprias do período, causas de ordem interna ou literária e de ordem extraliterária, social ou cultural (situa-se aqui a tese da periodicidade geracional, segundo a qual as mudanças se devem ao apa-

---

(⁴⁷)—Cf. Barrie Bullen, «The source and development of the idea of the Renaissance in early nineteenth-century french criticism», in *The modern language review*, 76 (1981), pp. 311-322.

recimento de novas gerações de homem); a análise das obras individuais em relação com o sistema de normas, verificando-se até que ponto elas são representativas e típicas do sistema, análise essa que deve objectivar--se na própria obra, em suas características estético--estilísticas, e não nas circunstâncias que condicionaram a sua génese: autor, meio, raça, momento, etc.; a análise das formas ou géneros literários, dentro do quadro periodológico, pondo-se em relevo as aquisições que fizeram sob o novo sistema de normas, ou os desencontros que o tornaram, por isso, impróprio ao desenvolvimento daqueles géneros. A descrição dos períodos, nas suas realizações e fracassos, fornecerá um quadro do contínuo desenvolvimento do processo da literatura como literatura» ([48]).

O estudo da periodização literária exige uma perspectiva comparativa, pois os grandes períodos literários como o Renascimento, o maneirismo, o barroco, o classicismo, o romantismo, etc., não são exclusivos de uma determinada literatura nacional, abrangendo, pelo contrário, as diferentes literaturas europeias e americanas, embora não se manifestem em cada uma delas na mesma data e do mesmo modo. A análise dos fenómenos periodológicos deve ter em consideração a heterogeneidade dos espaços culturais em que se manifestam os estilos de época. A Europa, por exemplo, possui uma certa unidade cultural de base, mas apresenta também várias fronteiras geográfico-culturais demarcadas por tradições diversas, por condições sociais distintas, por eventos históricos particulares, etc. Como tem sido sublinhados por vários comparatistas, verificam-se múltiplas assincronias na periodização das literaturas da Europa ocidental e da Europa oriental — o romantismo, por exemplo, é bastante mais tardio nas literaturas da Europa oriental e apresenta aí peculiares carac-

---

([48])—Cf. Afrânio Coutinho, *Introdução à literatura no Brasil*, Rio de Janeiro, Livraria São José, ²1964, p. 22.

terísticas ideológico-políticas (⁴⁹) —, tal como se verificam discronias nas manifestações do maneirismo e do barroco entre as literaturas da Europa meridional e as literaturas da Europa central e oriental. Por outro lado, uma determinada literatura nacional pode oferecer um interesse especial para o estudo de certo período literário: é o caso da literatura francesa para o estudo do classicismo ou o caso da literatura alemã para a análise do romantismo.

Outro aspecto muito importante a ter em conta no conhecimento de um período literário é a análise das conexões que, durante esse período, a literatura mantém com as outras artes, em particular com as artes plásticas (⁵⁰). Com efeito, o estudo das coincidências e das divergências verificáveis entre a literatura e as outras artes pode ser muito esclarecedor sobre a formação, o desenvolvimento, as normas, as convenções e o significado de um período literário, sobre a cosmovisão que informa um determinado estilo, sobre a voga de certas formas de expressão e de conteúdo.

Dever-se-á observar, porém, que as análises comparativas entre as diversas artes de um mesmo período têm de ser realizadas com as devidas precauções, tomando em conta as específicas diferenças existentes entre o alfabeto e a gramática da literatura e o alfabeto e a gramática da música, da pintura, da arquitectura, etc. Cada campo estético tem a sua lógica e a sua dinâmica semióticas autónomas, mas não independentes em relação à globalidade da cultura de uma comunidade social e de um período histórico. É sobretudo a nível da metalinguagem, do código

---

(⁴⁹)—Cf. István Sötér, «Système comparatiste de la littérature», in *Neohelicon*, 1-2 (1973), pp. 200-211; Alexandre Dima, «Périodes et courants littéraires», *ibid.*, pp. 223-229.

(⁵⁰)—Sobre as relações da literatura com as artes plásticas, veja-se Ulrich Weisstein, «Bibliography of literature and the visual arts, 1945-1980», in E. S. Shaffer (ed.), *Comparative criticism. A yearbook*, Cambridge, Cambridge University Press, 1982, pp. 324-334.

semântico-pragmático e do código técnico-compositivo do sistema semiótico literário que se manifestam, em relação às outras artes, as identidades e as analogias que, para além das particularidades sistémicas e das discronias fenomenologicamente observáveis em cada campo artístico, possibilitam e legitimam a construção de uma periodologia literária consistentemente articulada com os processos de semiose estética ocorrentes num determinado âmbito histórico social e geográfico-cultural.

6

MANEIRISMO E BARROCO

6.1. Renovamento da periodização literária

Se no domínio dos estudos literários existem vocábulos multivalentes e perigosamente ambíguos, esses vocábulos são *barroco, classicismo, romantismo*. Tais multivalência e ambiguidade significativas, fruto de múltiplas vicissitudes semânticas, afectam gravemente a constituição de uma rigorosa terminologia crítica e dificultam, de modo particular, os estudos relacionados com a periodização literária.

No entanto, deve reconhecer-se que nas últimas décadas, mercê sobretudo de valiosos estudos de literatura comparada, se realizou um progresso muito apreciável neste domínio da investigação literária, revendo-se conceitos tradicionais, estabelecendo-se novas divisões periodológicas, propondo-se novas designações, procurando-se, enfim, caracterizar sistematicamente na sua origem, no seu desenvolvimento e nos seus elementos constitutivos, cada período literário. Os esquemas tradicionalmente adoptados para a interpretação e a descrição de cada uma das literaturas nacionais têm sofrido concomitantemente profundas mutações, e muitos autores, graças a esta nova perspectiva, têm sido explicados e valorados de maneira nova.

Evidentemente, as dúvidas, as discrepâncias e as imprecisões não desapareceram — em muitos casos multiplicaram-se... —, mas não há dúvida de que a realidade histórica dos diferentes períodos literários — a sua motivação, a sua contextura, o seu significado, etc. — é hoje incomparavelmente mais bem conhecida do que há algumas décadas atrás.

A introdução do conceito de *barroco* no esquema periodológico das literaturas europeias representa o elemento fundamental do progresso a que acima nos referimos.

De feito, o largo espaço de três séculos que se estende desde o Renascimento até ao romantismo era apresentado nos manuais de história da literatura de há meio século — e noutros posteriores que repetem o mesmo esquema — como uma época «clássica», embora admitindo modulações várias neste bloco ([1]). A determinação de um estilo e de um período barrocos nas diversas literaturas europeias, sucedendo-se ao Renascimento e distinguindo-se claramente deste, veio romper de vez a pretensa homogeneidade relativa daquela época «clássica», e este facto, bem como a reformulação do conceito de *classicismo* e a introdução de novas unidades periodológicas — *o maneirismo, o rococó* e o *pré-romantismo* —, permitiram traçar com mais exactidão a história dos estilos e dos períodos literários desde o século XVI até ao século XIX.

O estabelecimento do conceito de barroco tem sido empresa muito árdua, não raro acompanhada de incompreensões e de equívocos lamentáveis. E apesar dos inúmeros estudos que ao problema têm sido consagrados — a bibliografia sobre o barroco cresce desmesuradamente todos os anos —, de modo algum se pode afirmar que frequentemente se tenham alcançado conclusões incontroversas e que tenham desaparecido as divergências importantes. Se as dúvidas, porém, são ainda muitas — e algumas delas apresentaremos seguidamente —, as certezas já adquiridas acerca da questão do barroco representam um considerável cabedal de conhecimentos e constituem um dos mais meritórios títulos da história e da crítica literárias no século XX.

6.2. O termo e o conceito de barroco

A etimologia e a história semântica da palavra "barroco", durante muito tempo obscuras, estão hoje suficientemente acla-

---

([1]) — Cf., por exemplo, a *História da literatura portuguesa* de Fidelino de Figueiredo.

radas (²). Algumas das etimologias propostas para dilucidar a origem do vocábulo não merecem atenção, por absurdas ou fantasistas. Estão neste caso a afirmação de que a palavra "barroco" provém do nome do pintor Federigo Barocci e a hipótese de que proviria de *barocco* ou *barocchio*, vocábulo italiano designativo de fraude e próprio da linguagem da usura (³).

Durante muitos anos, a doutrina mais aceita fazia derivar "barroco" do vocábulo *baroco*, pertencente à terminologia da lógica escolástica, que designa um silogismo em que a premissa maior é universal e afirmativa, a menor, particular e negativa, e a conclusão, igualmente particular e negativa: «Todo o A é B; algum C não é B; portanto, algum C não é A». Esta explicação etimológica foi particularmente defendida por dois estudiosos tão insignes como Benedetto Croce e Carlo Calcaterra, que recolheram numerosos exemplos do emprego pejorativo de tal vocábulo a partir do século XVI (⁴). A palavra *baroco* adquiriu valor pejorativo nos meios humanistas do Renascimento, que dela se serviam para se referirem desdenhosamente aos lógicos escolásticos e aos seus argumentos e raciocínios, considerando-os absurdos

---

(²) — O estudo mais completo sobre este assunto é o de Otto Kurz, «Barocco: storia di una parola», in *Lettere italiane*, X, 4 (1960), pp. 414-444. Outro estudo igualmente rico é o de Bruno Migliorini, «Etimologia e storia del termine *barocco*», no vol. *Manierismo, barocco, rococò*, Roma, Accademia Nazionale dei Lincei, 1962. Cf. também Emilio Orozco, «Características generales del siglo XVII», in AA. VV., *Historia de la literatura española*. Tomo II. *Renacimiento e barroco*, Madrid, Taurus, 1980, pp. 394-398 e 517-518.

(³) — A primeira etimologia, sem qualquer fundamento, encontra ainda cabida num dos melhores dicionários etimológicos da língua alemã, o *Etymologisches Wörterbuch der deutschen Sprache* de F. Kluge (ed. de 1957); a segunda hipótese foi recentemente proposta por Franco Venturi nos seus «Contributi ad un dizionario storico», publicados na *Rivista storica italiana*, LXXI (1959), pp. 128-130. Não se compreende, todavia, como semelhante *terminus technicus*, rigorosamente circunscrito aos meios da usura e conhecido no século XVII apenas por raríssimos eruditos, pudesse ter vindo a designar um estilo artístico.

(⁴) — Benedetto Croce, *Storia della età barocca in Italia*, Bari, Laterza, 1946; Carlo Calcaterra, *Il Parnaso in rivolta*, Milano, Mondadori, 1940, (reimpressão, Bologna, Il Mulino, 1961), e «Il problema del barocco», no vol. *Questioni e correnti di storia letteraria*, Milano, Marzorati, 1949. É curioso verificar que foi certamente Rousseau quem primeiro propôs esta etimologia, quando no seu *Dictionnaire de musique*, Paris, 1768 (mas publicado em 1767), definiu a música barroca: «Il y a bien de l'apparence que ce terme vient du *baroco* des logiciens».

e ridículos (⁵). Um argumento *in baroco*, por conseguinte, significava um argumento falso e tortuoso, e, segundo Croce, a expressão teria sido depois transferida para o domínio das artes, para designar um estilo que aparecia também como falso e ridículo.

Esta etimologia corresponde sobretudo a uma perspectiva italiana do problema, mas estudos ulteriores, alguns deles devidos precisamente a especialistas italianos, demonstram que tal solução não é de modo algum satisfatória para a França, a Espanha e Portugal, nem mesmo para a própria Itália (⁶). Com efeito, actualmente os estudiosos consideram a origem hispânica do vocábulo como uma conclusão bem fundada: essa origem deve ser procurada no termo "barroco", usado na língua portuguesa do século XVI para designar uma pérola de forma irregular.

A etimologia desta palavra portuguesa não está suficientemente dilucidada, embora se admita que derive do latim *uerruca*, termo que significava uma pequena elevação de terreno e que já em Plínio aparece relacionado com pedras preciosas (⁷). Recentemente, Philip Butler e Helmut Hatzfeld apresentaram uma hipótese muito curiosa, não propriamente sobre a origem do vocábulo, mas sobre a nova vitalidade que a palavra pode ter adquirido, no século XVI, em português(⁸). É sabido que

---

(⁵) — Afrânio Coutinho, na sua *Introdução à literatura no Brasil*, Rio de Janeiro, Livraria S. José, 1964, p. 89, afirma que «com este sentido, o primeiro uso da palavra remonta a Montaigne (*Essais*, I, cap. 25), que a empregou ao lado de «baralipton», para ironizar a escolástica». Tal afirmação não é exacta, pois o vocábulo «baroco» já possui valor pejorativo num texto latino de 1517, as *Epistolae obscurorum virorum novae;* em 1519, o humanista espanhol Luis Vives ridicularizava os professores da Sorbonne, qualificando-os de «sofistas *in baroco e baralipton*»; e em 1558, por conseguinte muitos anos antes dos *Essais* de Montaigne, já Annibal Caro, na sua *Apologia degli academici*, escrevia: «Se questi sillogismi conchiuggono, Baroco, e Barbara, e tutti gli altri suoi pari, son zughi», isto é, «se estes silogismos concluem, *Baroco e Barbara*, e todos os outros que lhes são semelhantes, não valem nada».

(⁶) — Além dos estudos já citados na nota n.º 2, veja-se ainda o trabalho de Giovanni Getto, «La polemica sul barocco», *Orientamenti culturali. Letteratura italiana. Le correnti*, Milano, Marzorati, 1956, vol. I.

(⁷) — Cf. Plínio, *Nat. Hist.*, XXXVII, 195: *maculis atque uerrucis.*

(⁸) — Philip Butler, *Classicisme et baroque dans l'oeuvre de Racine*, Paris, Nizet, 1959, pp. 9 ss.; Helmut Hatzfeld, *Estudios sobre el barroco*, Madrid, Gredos, ³1973, pp. 491 ss. As indicações de Hatzfeld sobre o assunto são bastante confusas.

os portugueses, no seguimento natural da sua expansão marítima, se entregaram activamente ao comércio das pérolas no Oceano Índico. Em 1530, foi fundada a fortaleza de Diu, nas proximidades de *Barokia*, cidade do Guzarate — a antiga Barygaza de que fala Ptolomeu —, e importante mercado de pérolas com o qual os portugueses estabeleceram relações comerciais. As pérolas deste mercado, segundo informa um viajante francês do século XVII, eram na sua maior parte vendidas aos naturais da região, «parce que les Indiens ne sont pas si difficiles que nous, tout y passe aisément, les baroques aussi bien que les rondes, et chaque chose a son prix, on se défait de tout» (⁹). Estas palavras parecem indicar que as pérolas de Barokia seriam sobretudo de forma irregular e assim, como escreve Philip Butler, «é verosímil que apenas um pequeno número das pérolas chegadas a Goa do mercado indígena de Barokia fossem perfeitamente redondas, e os mercadores portugueses ligaram um sentido descritivo — e em breve derrogativo — ao que não era primitivamente senão uma indicação de origem» (¹⁰). Deste modo, a palavra "barroco", já existente na língua portuguesa, teria adquirido uma nova vida nas plagas do Oriente, passando a designar as pérolas não redondas e imperfeitas.

Apesar do interesse destes elementos, é conveniente observar que não se conhecem textos que corroborem tais sugestões, e que, por outro lado, já em 1503 aparece um texto castelhano onde figura a expressão «perlas berruecas» (¹¹), o que leva a concluir que semelhante expressão tinha curso na Península Ibérica alguns anos antes de os portugueses começarem a ter negócios com Barokia e outros mercados indianos de pérolas.

Em textos espanhóis e franceses do século XVI, especialmente da segunda metade do século, aparecem bastantes vezes

---

(⁹) — Tavernier, *Les six voyages de J.-B. Tavernier...*, Paris, Clouzier et Barbin, 1676, seconde partie, livre second, p. 324.

(¹⁰) — Philip Butler, *op. cit.*, p. 10.

(¹¹) — *Apud* Otto Kurz, *op. cit.*, p. 437. A data deste texto castelhano, pertencente ao *Libro de las cosas que estan en el tesoro de los alcaçares de la çibdad de Segouia*, é muito anterior ao texto português onde pela primeira vez se faz referência às pérolas barrocas — o colóquio 35 dos *Colóquios dos simples e drogas da India* de Garcia de Orta, publicados em Goa em 1563. Este facto levanta algumas dificuldades à defesa da doutrina segundo a qual a origem do vocábulo seria portuguesa.

441

as designações de *berrueco* (ou *barrueco*) e *baroque* aplicadas às referidas pérolas não redondas, irregulares e de valor inferior ao das pérolas perfeitas. Em 1611, o lexicógrafo espanhol Covarrubias, no seu *Tesoro de la lengua castellana*, escreve: «Barrueco, entre las perlas llaman barruecos unas que son desiguales, y dixeronse assi, quasi berruecas, por la semejança que tienen a las berrugas que salen a la cara». A expressão transitou também para a língua alemã (*Barockperle*), mas foi muito escassamente usada em italiano.

Para a história semântica do vocábulo, porém, temos de nos deter no francês *baroque*, pois é no domínio linguístico francês que o termo técnico de ourivesaria, de origem hispânica, sofre importantes transformações semânticas.

O *Dictionnaire de l'Académie Française*, na sua primeira edição de 1694, define *baroque* simplesmente como um vocábulo que designa as pérolas imperfeitamente redondas, mas, já em 1739, Marivaux confere à palavra o sentido genérico de «irregular», «desprovido de harmonia» ([12]). O *Dictionnaire* de Trévoux, em 1743, recolhe e sanciona este emprego do vocábulo: «Baroque se dit aussi au figuré pour irrégulier, bizarre, inégal. Un esprit baroque. Une expression baroque. Une figure baroque». É compreensível que da ideia de pérola imperfeita, irregular, se tenha passado para um conceito extremamente genérico de imperfeição e de irregularidade.

Cerca de meados do século XVIII, "baroque" começa a ser aplicado ao domínio das artes, assumindo tal facto particular relevância. Em 1753, J.-J. Rousseau, na *Lettre sur la musique française*, qualifica a música italiana de «baroque», e cerca de 1755, Charles de Brosses, nas suas *Lettres familières écrites d'Italie en 1739 et 1740* ([13]), identifica «baroque» e «goût gothique», empregando estas expressões a propósito de chaminés, caixas de ouro e peças de prata que nós hoje integraríamos no estilo *rococó*. Enfim, em 1757, o *Dictionnaire portatif de peinture, sculpture et*

([12]) — Marivaux, *Les sincères*, cena XII: «La Marquise — De la régularité dans les traits d'Araminte! de la régularité! vous me faites pitié! et si je vous disais qu'il y a mille gens qui trouvent quelque chose de baroque dans son air? — *Ergaste* — Du baroque à Araminte! — *La marquise* — Oui, Monsieur, du baroque; mais on s'y accoutume, et voilà tout».

([13]) — O título é enganador, pois as cartas foram efectivamente escritas cerca de 1755.

gravure de A.-J. Pernety confere a "baroque" um significado já bem definido no domínio das artes plásticas: «Baroque, qui n'est pas selon les règles des proportions, mais du caprice. Il se dit du goût et du dessin. Les figures de ce tableau sont *baroques;* la composition est dans un goût *baroque*, pour dire qu'elle n'est pas dans le bon goût. Le Tintoret avoit toujours du singulier et de l'extraordinaire dans ses tableaux: il s'y trouve toujours quelque chose de *baroque*».

Em 1888, Quatremère de Quincy, na secção relativa à arquitectura da *Encyclopédie methodique*, fornece um exemplo extremamente valioso do uso do vocábulo "baroque" no campo da arquitectura: «Baroque, adjectif. Le baroque en architecture est une nuance du bizarre. Il en est, si on veut, le rafinement [*sic*] ou s'il était possible de le dire, l'abus. Ce que la sévérité est à la sagesse du goût, le baroque l'est au bizarre, c'est-à-dire qu'il en est le superlatif. L'idée de baroque entraîne avec soi celle de ridicule poussé à l'excès. Borromini a donné les plus grands modèles de bizarrerie. Guarini peut passer pour le maître du baroque. La chapelle du Saint-Suaire à Turin, bâtie par cet architecte, est l'exemple le plus frappant qu'on puisse citer de ce goût». Nesta definição, convém sublinhar os seguintes elementos:

a) a transferência, para o domínio da arquitectura em geral, do vocábulo "baroque", com o sentido de bizarro e de ridículo;

b) dentro deste significado genérico, porém, ganha relevo a aplicação especial da palavra à arquitectura do século XVII, como se deduz da citação dos arquitectos Borromini e Guarini;

c) esta arquitectura barroca é considerada como uma arte desprovida de valor, sendo portanto irremissivelmente condenada — juízo de valor decorrente do ideal clássico de regularidade e de equilíbrio, que Quatremère de Quincy defendia.

A definição da *Encyclopédie méthodique* foi retomada literalmente por Francesco Milizia no seu *Dizionario delle belle arti* (1797), obra em que pela primeira vez, na língua italiana, a palavra "barocco" é aplicada ao domínio da arte: «Barocco è il superlativo del bizzarro, l'eccesso del ridicolo. Borromini diedi in deliri, ma Guarini, Pozzi, Marchione nella sagrestia di San Pietro ecc. in barocco». Até Milizia, a palavra "barocco" só era usada em italiano sob forma substantiva e com um conteúdo intelectual e polémico; no texto de Milizia, a palavra é ainda usada na sua forma substantiva, mas com o conteúdo estético-estilístico próprio da forma adjectiva francesa "baroque". Não sendo de duvidar, por conseguinte, que Milizia deve a Quatremère de Quincy o conceito de *barocco* exposto na sua obra, e sendo no seu *Dizionario* que em Itália, pela primeira vez, a palavra "barocco" é aplicada ao domínio artístico, sob influência directa do adjectivo francês "baroque", temos de admitir que mesmo em italiano desempenhou papel de relevo a forma vocabular de procedência hispânica, através da sua forma francesa "baroque". Giovanni Getto escreve, a este respeito, que se deve «admitir um cruzamento no valor da nossa palavra italiana, resultante do contacto do adjectivo francês «baroque» (de proveniência hispano-portuguesa) e do substantivo italiano «barocco» (de derivação escolástica). Em suma, no velho odre, na forma substantiva da palavra italiana, foi metido o vinho novo, o significado estilístico do adjectivo francês» ([14]).

6.3. Formação do conceito periodológico de barroco

As definições de Quatremère de Quincy e de Milizia abrem, embora confusamente, o caminho para a noção de barroco como o estilo característico das artes de uma determinada época histórica — o século XVII. Esta fundamental transformação na história semântica da palavra é obra de estudiosos e de eruditos de língua alemã que, tendo recebido o vocábulo do italiano ou do francês, conferem a "barroco" uma nova fortuna, a partir da segunda metade do século XIX. Desde esse momento, a história semântica da palavra confunde-se com a história da fixação do conceito de barroco como um estilo e um período das artes europeias.

Tal fixação tem constituído uma empresa longa e penosa, não só pelas dificuldades intrínsecas da matéria, mas também pelo anátema que a crítica neoclássica e iluminista e o romantismo, em geral, lançaram sobre a literatura e as artes plásticas do século XVII, considerando este século como uma época de decadência, de obscurantismo e de perversão do gosto artístico. Tal anátema está bem patente na própria escolha da palavra

---

([14]) — Giovanni Getto, *op. cit.*, p. 434.

"barroco", carregada de conotações pejorativas, para designar a arte daquele século.

Em 1855, Jakob Burckhardt publica a sua obra *Der Cicerone* e aí consagra um importante estudo ao estilo barroco, ao *Barockstyl*, que identifica com o estilo característico das artes plásticas na época pós-renascentista. Embora Burckhardt julgue negativamente o barroco, vendo nele uma arte de decadência em relação à arte do Renascimento — «a arquitectura barroca fala a mesma linguagem da renascentista, mas sob a forma de um dialecto selvagem» —, o *Cicerone* representa já, de certo modo, uma valorização do *Barockstyl*, pois que, pelo menos, o considera digno de ser estudado. Sabemos hoje, aliás, que Burckhardt, nos últimos anos da sua vida, dedicava à arte barroca uma atenção cada vez mais admirativa [15].

Nos anos que se seguiram à publicação do *Cicerone*, multiplicaram-se as referências e os estudos relativos ao barroco nas diversas artes. Limitar-nos-emos a apontar os momentos mais importantes desta longa empresa crítica que havia de alicerçar o conceito de período barroco na história da arte e da literatura [16].

Em 1860, Carducci aplica pela primeira vez o vocábulo e o conceito de barroco à história literária, referindo-se «ao amaneirado dos quinhentistas, ao barroco dos seiscentistas». Nietzsche, em 1878, admite uma fase barroca na arte posterior ao Renascimento e caracteriza como barroca a música de Palestrina.

---

[15] — Numa carta de 1875, escrevia Burckhardt: «o respeito que nutro pelo estilo barroco aumenta de dia para dia» (*apud* Otto Kurz, «Barocco: storia di un concetto», no vol. dir. por Vittore Branca, *Barocco europeo e barocco veneziano*, Venezia, Sansoni, 1962, p. 27).

[16] — Sobre o estabelecimento e a difusão do termo e do conceito de barroco na história da arte e da literatura, *vide:* René Wellek, «The concept of bàroque in literary scholarship», *Concepts of criticism*, New Haven — London, Yale University Press, 1963; Helmut Hatzfeld, «Examen crítico del desarrollo de las teorías del barroco», *Estudios sobre el barroco*, ed. cit.; Giovanni Getto, «La polemica sul barocco», *Orientamenti culturali. Letteratura italiana*, ed. cit.; Oreste Macrì, «La storiografia sul barocco letterario spagnolo», in *Manierismo, barocco, rococò*, ed. cit.; Franco Simone, *Umanesimo, Rinascimento, barocco in Francia*, Milano, Mursia, 1968 (veja-se a «Parte terza» desta obra, constituída por importantes estudos publicados anteriormente em várias revistas); *id.*, «Première histoire de la périodisation du baroque», in AA. VV., *Renaissance, maniérisme, baroque*, Paris, Vrin, 1972.

Em 1887, Cornelius Gurlitt (na *Geschiche des Barockstils in Itálien*) estuda o barroco na arte italiana, interpretando-o como um estilo de expressão exaltada e inicialmente baseado em formas renascentistas. Heinrich Wölfflin, no ano seguinte, com a obra *Renaissance und Barock*, fornece um estudo muito importante sobre a matéria, valorizando o barroco, descobrindo as suas raízes psicológicas e integrando-o na transformação das formas artísticas do Renascimento. E Wölfflin não se limitava a analisar o barroco nas artes plásticas, pois admitia a possibilidade de estender este conceito até ao domínio literário, chegando mesmo a considerar Tasso como um poeta barroco e contrastando-o com Ariosto, que, em seu entender, era um poeta caracteristicamente renascentista.

Nos anos subsequentes, verificaram-se outras tentativas para alargar o conceito do barroco à história literária — muitas destas tentativas registaram-se no império austro-húngaro —, até que, em 1915, Wölfflin publica uma outra obra, onde formula em termos novos o problema do barroco — os *Princípios fundamentais da história da arte* (*Kunstgeschichtliche Grundbegriffe*), obra que tem constituído, até aos nossos dias, o estudo que obrigatoriamente se cita e de que sempre se parte na análise do barroco ([17]). Wölfflin caracteriza o barroco como um estilo que se desenvolve a partir do «classicismo» do Renascimento e estabelece cinco categorias antitéticas — fundamentalmente redutíveis ao binómio táctil-visual, herdado por Wölfflin de Aloïs Riegl — que definem as transformações verificadas na passagem do estilo do Renascimento para o estilo do barroco:

1) Passagem do *linear* para o *pictórico*. O carácter linear, próprio da arte do Renascimento, limita vigorosamente os objectos, conferindo-lhes uma qualidade táctil nos contornos e nos planos; o carácter pictórico, próprio da arte barroca, despreza a linha como elemento limitador dos objectos, conduz à confusão das coisas, e exige do espectador a renúncia a quaisquer sensações tácteis. Em vez da linha, a pintura barroca valoriza a cor.

2) Passagem da *visão de superfície* à *visão de profundidade*. A arte do Renascimento, de harmonia com o valor que concede à

([17]) — Desta obra de Wölfflin existe uma tradução francesa, *Principes fondamentaux de l'histoire de l'art*, Paris, Plon, 1952; e uma tradução espanhola, *Conceptos fundamentales en la historia del arte*, Madrid, Espasa-Calpe, ³1952.

linha, dispõe os elementos de uma composição numa superfície, segundo planos distintos; a arte barroca, ao desprezar a linha e os contornos, despreza também a superfície, sobrepondo os elementos de uma composição segundo uma óptica de profundidade.

3) Passagem da *forma fechada* à *forma aberta*. A obra artística do Renascimento é um todo fechado e rigorosamente delimitado; a obra artística barroca, pelo «relaxamento das regras e não aceitação dos rigores construtivos», opõe-se a este ideal de um modo bem delimitado. A regularidade e a simetria das formas, na arte renascentista, criam a ideia de estabilidade e finitude do cosmos artístico; a assimetria e as tensões compositivas, na arte barroca, criam a ideia de instabilidade, de obra *in fieri*.

4) Passagem da *multiplicidade* à *unidade*. Na arte do Renascimento, cada uma das partes possui um valor próprio, coordenando-se, todavia, num todo harmónico; na arte do barroco, a unidade resulta da confluência de todas as partes num único motivo, ou da subordinação total das diversas partes a um elemento principal.

5) Passagem da *claridade absoluta* à *claridade relativa dos objectos*. Na arte do Renascimento, os objectos, em virtude do carácter linear da sua representação, possuem uma qualidade plástica que concede uma claridade perfeita à composição; na arte barroca, as coisas são representadas sobretudo nas suas qualidades não plásticas, e a luz e a cor, muitas vezes, não definem as formas nem põem em relevo os elementos mais importantes, de modo que o ideal de claridade de um Rafael, por exemplo, perde-se na pintura de Rubens ou de Caravaggio. «Não que os barrocos sejam confusos», como esclarece Lionello Venturi, «pois que a confusão inspira sempre aversão; no entanto, já não consideram a clareza do motivo como o próprio escopo da representação. [...] Composição, luz e cor já não têm a simples função de servir para a claridade da forma, mas vivem de uma vida que lhes é própria» ([18]).

Estas categorias antitéticas de Wölfflin desempenharam uma acção relevante no estabelecimento e na caracterização do conceito

---

([18]) — Lionello Venturi, *Storia della critica d'arte*, Torino, Einaudi, 1964, p. 299.

de barroco no domínio das artes plásticas. No entanto, é forçoso reconhecer que a doutrina de Wölfflin é passível de diversas críticas. Com efeito, o famoso historiador suíço estabelece as suas categorias a partir de um conceito puramente morfológico e fortemente anti-histórico da arte, postergando assim, em larga medida, factores espirituais, culturais, sociológicos, etc., de muita importância; actualmente, o reconhecimento da existência de um estilo *maneirista*, entre a arte do Renascimento e o barroco, veio provocar largas brechas nas categorias wölfflinianas, pois muitas características atribuídas por Wölfflin à arte barroca são hoje consideradas como pertencentes ao maneirismo; finalmente, toda a doutrina de Wölfflin repousa sobre uma filosofia nietzschiana que a afecta medularmente, como evidenciou ainda há pouco, com muita autoridade, Pierre Francastel: «De facto, a hipótese de Wölfflin repousa sobre uma identificação gratuita da história das formas e da história do espírito; sobre uma filosofia nietzschiana da imanência e dos eternos retornos; sobre uma visão pobre e notavelmente inobjectiva dos factos artísticos. O desenvolvimento dos famosos conceitos é afectado, além disso, por um carácter não histórico e analítico, mas racional: para Wölfflin, as séries irreversíveis de Formas determinam o conteúdo da visão intuitiva, através das largas ondas da vida das sociedades. Esta concepção dialéctica *a priori* é a hipótese de uma espécie de periodicidade psicofisiológica dos fenómenos espirituais e históricos, e supõe a crença no que Lionello Venturi chamou muito bem o sexto par de Wölfflin — o que ele não formulou, mas que justifica todos os outros, isto é, a alternância universal do repouso e do movimento, da vida e da morte. E pergunta-se por que pitoresca aventura nos propõem hoje guiar o nosso saber pela filosofia do *Fogo* de D'Annunzio e do *Tristão* de Wagner» [19].

Nos anos que se seguiram à publicação dos *Princípios fundamentais da história da arte*, multiplicaram-se os estudos sobre o barroco, quer no domínio das artes plásticas, quer no domínio

---

[19] — Pierre Francastel, «Le baroque», *Atti del quinto congresso internazionale di lingue e letterature moderne*, Firenze, Valmartina, 1955, p. 169. Outra análise muito severa da teoria de Wölfflin encontra-se em John Rupert Martin, «The baroque from the point of view of the art historian», in *The journal of aesthetics and art criticism*, XIV, 2 (1955).

da literatura, tendo procurado alguns historiadores e críticos transferir, para os estudos literários, as categorias de Wölfflin, embora este não tenha defendido, ou sequer sugerido, naquela obra, a aplicação das suas análises à literatura, diferentemente do que preconizara na sua obra juvenil *Renascimento e barroco* ([20]). Esta transferência, porém, revela-se muito problemática, pois as condições ontológicas das artes plásticas, artes do espaço, e da literatura, arte do tempo, divergem profundamente, e Wölfflin elaborou as suas categorias tomando estritamente em consideração elementos específicos das artes plásticas ([21]).

O conceito de barroco foi estendido não só a todas as artes, mas ainda à filosofia, à psicologia, à matemática, à física e à medicina, à política, etc. O grande responsável por semelhante extensão do conceito de barroco foi Oswald Spengler, na sua famosa obra *A decadência do Ocidente*, onde se fala, por exemplo, da *Barockphysik* de Newton e do carácter barroco da medicina de Harvey. Caminhava-se assim para a concepção de uma *época barroca*, dominada por um ommipresente *Zeitgeist*, com todas as consequências negativas daí advindas, e que analisaremos em breve.

Nas duas últimas décadas, os estudos sobre o barroco nas diferentes literaturas nacionais têm-se acumulado continuamente. Muitas dúvidas e incertezas subsistem, mas uma grande zona das letras europeias, até há pouco desprezada e esquecida, foi definitivamente recuperada para o convívio com a inteligência e a sensibilidade do homem do nosso tempo.

([20]) — Cf., por exemplo, a obra de Darnell H. Roaten e F. Sánchez y Escribano, *Wölfflin's principles in spanish drama, 1550-1700*, New York, Hispanic Institute, 1952, e o estudo de Darnell H. Roaten, *Structural forms in french theater, 1500-1700*, Philadelphia, Univ. of Pennsylvania Press, 1960.

([21]) — Para sermos mais rigorosos, deveríamos dizer que Wölfflin toma preponderantemente em consideração elementos específicos da pintura, o que origina muitas dificuldades quando se tenta a transferência das categorias wölfflinianas para o estudo da escultura e da arquitectura. Sobre esta matéria, cf. Marcel Raymond, *Baroque et renaissance poétique*, Paris, Corti, 1955, pp. 26 ss., e Alejandro Cioranescu, *El barroco o el descubrimiento del drama*, Universidad de La Laguna, 1957, pp. 34 ss.

6.4. O barroco e a literatura contemporânea

Neste largo movimento de interesse — e ao mesmo tempo de revalorização — pelo barroco, desempenharam papel saliente muitos poetas que se afirmaram entre 1920 e 1940 e que descobriram em si próprios, nos seus ideais e anseios, um parentesco espiritual e sentimental com a arte e a poesia barrocas. Em muitos casos, estes poetas e artistas foram os autênticos precursores dos modernos estudos historiográficos e críticos sobre o barroco, bastando apontar T. S. Eliot e os seus ensaios sobre os poetas metafísicos ingleses, ponto de partida de um vasto movimento de interesse pela poesia metafísica inglesa e, em especial, por John Donne ([22]). Em Espanha, a redescoberta de Góngora e, por conseguinte, da poesia barroca, ficou a dever-se fundamentalmente aos artistas e intelectuais da chamada geração de 27, que, aproveitando o centenário da morte do poeta, celebrado no ano de 1927, reeditaram e estudaram apaixonadamente a obra de don Luis de Góngora, fazendo dele um modelo ideal e um mestre luminoso da poesia «anti-realista». Entre os artistas e intelectuais da geração de 27 que, com mais devoção e profundidade, estudaram e deram a conhecer Góngora, sobressai Dámaso Alonso, aparecendo a seu lado nomes como os de García Lorca, Gerardo Diego e Jorge Guillén ([23]). Na Alemanha, o expressionismo dos anos vinte do nosso século esteve igualmente associado ao movimento de descoberta e de revalorização da arte barroca; em França, como observou Franco Simone, os pioneiros dos estudos barrocos foram o P.ᵉ Bremond, defensor

---

([22]) — O famoso ensaio de Eliot, «The metaphysical poets», está publicado nos *Selected essays*, 3rd ed., London, Faber & Faber, 1951.

([23]) — Os estudos fundamentais consagrados a Góngora por Dámaso Alonso são: *La lengua poética de Góngora*, Madrid, C.S.I.C., 1950 (constituiu, em 1927, a tese de doutoramento de D. A.); *Estudios y ensaios gongorinos*, Madrid, Gredos, 1955; *Poesia espanhola*, Rio de Janeiro, Instituto Nacional do Livro, 1960 (em especial, o cap. intitulado «Monstruosidade e beleza no *Polifemo* de Góngora»); *Góngora y el Polifemo*, Madrid, Gredos, 1961, 2 vols. García Lorca dedicou ao poeta das *Soledades* o ensaio «La imagen poética de don Luis de Góngora», *Obras completas*, Madrid, Aguilar, ⁷1964, pp. 62-85. De Jorge Guillén, veja-se a colectânea de estudos intitulada *Lenguaje y poesía*, Madrid, Revista de Occidente, 1962. Sobre as relações da geração de 27 com Góngora, cf. Elsa Dehennin, *La résurgence de Góngora et la génération poétique de 1927*, Paris, Didier, 1962.

da «poesia pura», Valery Larbaud, o surrealista Benjamin Crémieux, T. Maulnier, isto é, homens de letras alheios ao campo da investigação universitária e da erudição ([24]). É indubitável que a poesia simbolista do fim do século XIX e de princípios do século XX, a poesia e a poética de Stefan George e de Mallarmé, e as teorias da «arte desumanizada», com o seu gosto pelo raro, pelo símbolo anti-realista e desrealizador, pela densidade hermética, pela linguagem alusiva e elusiva, etc., haviam de favorecer, de modo difuso mas profundamente eficaz, a redescoberta da poesia barroca e, em particular, da poesia gongorina ([25]).

6.5. O barroco como fenómeno histórico

Se os estudos sobre o barroco progridem extraordinariamente a partir de 1915, ano da publicação dos *Princípios fundamentais da história da arte*, este mesmo progresso levantou novos e difíceis problemas, alguns dos quais têm dividido confusamente os espíritos e provocado longas dissenções. Entre esses problemas avulta, de modo particular, o de saber se o barroco deve ser considerado como uma "constante" da cultura e, sobretudo, dos estilos artísticos — constituindo, por conseguinte, um fenómeno essencialmente meta-histórico —, ou se deve ser considerado, pelo contrário, como um fenómeno historicamente situado e condicionado.

Pode dizer-se que esta grave questão está já presente nos *Princípios fundamentais da história da arte*, pois, se Wölfflin estuda o classicismo e o barroco na arte dos séculos XVI e XVII,

---

([24]) — Franco Simone, «Per la definizione di un barocco francese», in *Rivista di letterature moderne*, 5 (1954). Cf. também Václav Cerny, «Les origines européennes des études baroquistes», in *Revue de littérature comparée*, XXIV (1950), e Luciano Anceschi, *Barocco e Novecento*, Milano, Rusconi e Paolazzi Ed., 1960.

([25]) — O paralelo Góngora — Mallarmé tem já fornecido matéria a diversos estudos: além de Dámaso Alonso, «Góngora y la literatura contemporánea», *Estudios y ensayos gongorinos*, ed. cit., onde se referem alguns trabalhos já antigos, veja-se a análise de Gabriel Pradal Rodríguez, «La técnica barroca y el caso Góngora-Mallarmé», in *Comparative literature*, II (1950). Um estudo de fôlego sobre a redescoberta do manierismo e do barroco por escritores e artistas do final do século XIX e da primeira metade do século XX é a obra de Rodolfo Macchioni Jodi, *Barocco e manierismo nel gusto otto-novecentesco*, Bari, Adriatica Editrice, 1973.

451

respectivamente, não é menos verdade que o classicismo e o barroco wölfflinianos, em virtude do formalismo estético, e da filosofia a ele subjacente, em que se fundamentam, se aproximam estreitamente de um classicismo e de um barroco eternos. Com efeito, algumas das categorias de Wölfflin, como a que opõe a forma fechada e a forma aberta, ou a que opõe a claridade absoluta e a claridade relativa, facilmente deixam transparecer uma oposição dualista de equilíbrio e de desequilíbrio, de integração e de dispersão, de rígida disciplina e de exuberante liberdade, de luz e de sombra, que logicamente se projecta em princípios absolutos e intemporais.

O problema, no entanto, ganhou uma singular acuidade com os escritos que um brilhante pensador e crítico espanhol, Eugenio D'Ors, consagrou ao barroco [26]. Escritor em quem o paradoxo se alia intimamente à fulgurância genial da intuição e da agudeza intelectual, Eugenio D'Ors sentiu-se seduzido pela beleza e pelo mistério do barroco e as páginas que escreveu sobre o espírito e o significado desta arte constituíram uma apaixonada e luminosa revalorização do barroco, com importantes reflexos na cultura europeia dos anos trinta do nosso século. «Este livro poderia ser chamado romance, romance autobiográfico. Contará a aventura de um homem lentamente enamorado de uma Categoria», escreve D'Ors na introdução da sua obra *Lo barroco*. Infelizmente, porém, Eugenio D'Ors enraíza a sua concepção do barroco numa filosofia da história extremamente vulnerável, construída sobre os mitos nietzschianos do eterno retorno e do antagonismo do espírito apolíneo e do espírito dionisíaco.

Segundo Eugenio D'Ors, o decurso da história não é constituído por factos singulares e irrepetíveis, a não ser aparentemente; sob a diversidade do fluir histórico, transcorrem determinadas realidades profundas que não se alteram, na sua essência, através dos séculos, embora assumam aspectos e configurações diferentes consoante as épocas. A tais realidades chama Eugenio D'Ors «constantes históricas» e, para as designar, o pensador espanhol escolheu o vocábulo *éon*, que nas congeminações cosmogónicas do gnosticismo, movimento herético dos primeiros séculos da nossa era, significava uma categoria que, não obstante o seu

---

[26] — Eugenio D'Ors, *Lo barroco*, Madrid, Aguilar, s. d.

carácter transcendental, se inseria no tempo, numa ambivalência de divindade e de humanidade, de eternidade e de temporalidade, de permanência e de devir (Cristo, por exemplo, constituía um *éon* para os gnósticos). Toda a história, segundo Eugenio D'Ors, é partilhada por dois *éones* que se opõem maniqueistamente: o *éon* do barroco e o *éon* do classicismo. Sob as várias figurações que assumem, conforme as circunstâncias e as vicissitudes temporais, quer o classicismo — espírito da unidade, da ascese, da consciência ordenada —, quer o barroco — espírito da diversidade, do dinamismo libertário, da consciência fragmentada —, mantêm inalterada a sua essencialidade. Em todas as épocas e em todos os lugares, o homem e o artista, a vida e a cultura revivem o dilema fáustico: ou a opção da ascese, do rigor e da disciplina do espírito, ou a opção da exuberância vital e do gozo apaixonado do mundo, vendendo a alma a Mefistófeles — isto é, em termos não míticos, a escolha do classicismo ou a escolha do barroco. E de acordo com a sua doutrina das «constantes históricas», Eugenio D'Ors, novo Lineu dos fenómenos artísticos, estabelece na categoria meta-histórica do barroco diversas modalidades históricas, resultantes da «incarnação» temporal do *éon*: *barocchus pristinus*, *archaicus*, *macedonicus*, *alexandrinus*, *buddicus*, *gothicus*, *franciscanus*, *nordicus*, *tridentinus*, *romanticus*, *finisaecularis*, *posteabellicus*... ([27]) Observe-se como o romantismo — *barocchus romanticus* —, na concepção dorsiana, é uma simples metamorfose do barroco!...

Embora sem a ousadia nem a amplitude das especulações de Eugenio D'Ors, outros estudiosos têm defendido a concepção de um barroco supra-histórico: Henri Focillon, ao analisar a evolução das formas artísticas, considera o barroco como a fase de exuberância e de fantasia que se sucede, em todos os estilos, a uma fase de equilíbrio e de plenitude (fase "clássica"); E. R. Curtius, substituindo embora o vocábulo "barroco" pelo termo "maneirismo", igualmente concebe o barroco (ou o maneirismo) como uma categoria permanente dos estilos literários, verificável

---

([27]) — Mais tarde, no seu *Novísimo glosario*, Madrid, Aguilar, 1946, p. 604, Eugenio D'Ors renegou, ironicamente, algumas destas espécies, embora tenha mantido o essencial da sua doutrina. Sobre as teorias de Eugenio D'Ors acerca do barroco e sobre a sua perniciosa influência em alguns críticos e historiadores da arte, *vide* Philippe Minguet, *Esthétique du rococo*, Paris, Vrin, 1966, cap. II.

em autores tão distantes no tempo e no espaço como Estácio, Calderón, Mallarmé, James Joyce, etc. (²⁸).

Actualmente, esta concepção meta-histórica do barroco encontra raros defensores, podendo asseverar-se que é unanimemente aceito, pelos melhores conhecedores do problema, o princípio fundamental de que o barroco deve ser conceituado e estudado como um fenómeno histórico, que se situa num determinado tempo, e não em qualquer tempo, que se encontra conexionado com múltiplos problemas — estéticos, espirituais, religiosos, sociológicos, etc. — de índole especificamente histórica (²⁹). As afinidades que, por ventura, se possam verificar entre várias épocas e entre diversas experiências artísticas distantes no tempo, só podem ser erigidas em "constantes" através de arbitrárias filosofias da história, como o mito nietzschiano do eterno retorno. Por outro lado, não é a consideração de elementos isolados, de valor variável conforme os contextos em que se integram, nem a consideração de factores tão genéricos como a agitação ou o repouso, o equilíbrio ou o desequilíbrio, que podem fundamentar os conceitos de estilo ou de período literário.

6.6. Cronologia do barroco

Se o barroco, por conseguinte, constitui um fenómeno histórico, quais os seus limites cronológicos? A resposta a esta pergunta exige o esclarecimento preliminar de algumas questões

---

(²⁸) — Henri Focillon, *La vie des formes*, Paris, P.U.F., 1950; E.R. Curtius, *Literatura europea y Edad Media latina*, México — Madrid — Buenos Aires, Fondo de Cultura Económica, 1976, t. I, pp. 384 ss.

(²⁹) — Só quem muito mal conheça a mais recente e mais autorizada bibliografia sobre o barroco, é que poderá produzir afirmações semelhantes às que o marquês de Lozoya expendeu há pouco: «Não temos de reiterar aqui a teoria, hoje geralmente admitida pelos estudiosos da História da Cultura, segundo a qual o barroco não é um facto que aparece num momento determinado da História, em fins do século XVI, quando o gosto europeu começava a sentir fadiga dos cânones greco-romanos restaurados pelo Renascimento, mas sim uma constante histórica que ressurge fatalmente no final de todas as culturas, como termo de um processo que se inicia com o arcaico e tem no classicismo a sua culminação» («El barroco académico y el barroco hispánico», in *Revista de la Universidad de Madrid*, XI, 42-43 (1962), p. 295).

muito importantes. Primeiramente, é necessário observar que o barroco europeu não é um fenómeno perfeitamente homogéneo, que tenha surgido ao mesmo tempo nas diferentes literaturas europeias. Pelo contrário, temos de admitir, na sua formação e na sua difusão, diversidades cronológicas e geográficas, como acontece, aliás, com outros períodos literários (o romantismo, por exemplo, afirma-se na Alemanha e na Inglaterra muito antes de se manifestar em França). O barroco da Europa central é muito posterior ao barroco italiano e enquanto na literatura francesa o barroco desaparece praticamente nos fins do século XVII, em certas literaturas, como a espanhola e a portuguesa, o barroco persiste vigorosamente ainda durante toda a primeira metade do século XVIII.

É bem compreensível a disparidade que se encontra na formação e na difusão do barroco nas literaturas europeias, se se pensar que, no século XVI, cada uma das literaturas europeias apresentava estados muito diversos de desenvolvimento: quando na literatura italiana, à volta de 1530, os valores renascentistas entravam em declínio, começava a Espanha a aceitar esses mesmos valores, ao passo que a França só cerca de 1550, com os poetas da Plêiade, possuirá uma literatura renascentista. O Renascimento italiano, por outro lado, foi replasmado diferentemente em contacto com as culturas e literaturas europeias que o acolheram, sendo muito admissível, na verdade, que os diversos matizes do barroco estivessem já implicitamente preparados pela diversidade das literaturas euopreias renascentistas [30].

A questão dos limites cronológicos do barroco prende-se ainda, de modo íntimo, com outro problema que, nos últimos anos, tem suscitado um singular interesse entre os historiadores das artes plásticas e da literatura: a existência, nas artes europeias do século XVI, de um período e de um estilo maneiristas. Dada a importância do maneirismo para a fixação dos limites cronológicos do barroco, bem como para a compreensão da génese e do aparecimento deste último estilo, analisaremos em seguida os aspectos fundamentais do maneirismo.

---

[30] — W. Theodor Elwert, «Le varietà nazionali della poesia barocca», in *Convivium*, XXV (1957) e XXVI (1958). Estes estudos foram republicados no volume de Elwert intitulado *La poesia lirica italiana del Seicento* (Firenze, Olschki Editore, 1967).

6.7. Origem e difusão do conceito de maneirismo

Desde Wölfflin que se aceita como conclusão incontroversa, quer na história da arte, quer na história da literatura, que o barroco representa uma transformação dos valores formais do Renascimento, defendendo alguns autores, como Benedetto Croce, que esta transformação se opera no sentido de uma degenerescência, e sustentando outros, pelo contrário, que tal transformação deve ser valorada positivamente como uma renovação que, ao mesmo tempo, constitui uma ruptura e uma continuidade. Os termos, porém, em que tal transformação se teria operado não têm sido fáceis de estabelecer.

Há já alguns anos, todavia, que os historiadores da arte verificaram que a passagem do estilo renascentista para o estilo barroco não se opera de um modo abrupto, manifestando-se entre estes dois estilos um terceiro estilo que não se confunde com nenhum daqueles. A arquitectura do período inicial da Contra-Reforma, por exemplo, não pode qualificar-se de barroca, como também não pode qualificar-se de barroca a arte de Pontormo, Rosso, Niccolo dell'Abbate, Parmigianino, Benvenuto Cellini, El Greco, da escola de Fontainebleau, etc. A este estilo intermediário entre a arte do Renascimento e a arte do barroco, atribuíram os historiadores das artes plásticas o nome de maneirismo.

Tal como aconteceu com o conceito de barroco, também o conceito estilístico-periodológico de maneirismo foi primeiramente formulado e utilizado pelos historiadores da arte, tendo sido adoptado pelos historiadores e críticos literários apenas bastantes anos após o seu aparecimento em estudos daquela disciplina ([31]).

Basta lançar os olhos para qualquer das bibliografias existentes sobre o maneirismo, para se verificar que os estudos iniciadores e fundamentais se devem a historiadores da arte germânicos e que se situam numa zona de datas bem delimitada: entre os anos vinte e trinta do presente século ([32]).

([31]) — Reproduzimos aqui, com algumas modificações, parte do capítulo I da nossa obra *Maneirismo e barroco na poesia lírica portuguesa* (Coimbra, Centro de Estudos Românicos, 1971).

([32]) — Encontram-se extensas bibliografias sobre o maneirismo nos seguintes estudos: G. Nicco Fasola, «Storiografia del manierismo», in *Scritti di storia*

Com efeito, entre 1919 e 1928, publicaram importantes análises sobre o maneirismo, as suas características morfológicas e as suas relações com o Renascimento e com os movimentos religiosos e filosóficos do século XVI, historiadores da arte da estirpe de Werner Weisbach, Max Dvorák, Nikolaus Pevsner e Walter Friedländer ([33]). Ora os estudos destes autores, que fundamentam o conceito estilístico-periodológico de maneirismo, que redescobrem a arte maneirista, que a valorizam explícita e implicitamente — e estudá-la, prestar-lhe atenção, era valorizá-la —, representam uma ruptura inequívoca com uma já longa tradição histórico-crítica que, remontando ao século XVII e tendo sido corroborada pela historiografia do século XIX, considerava a arte maneirista destituída de beleza, valor e interesse ([34]). Tal reacção contra ideias e juízos secularmente

---

dell'arte in onore di Lionello Venturi, Roma, 1956, vol. I, pp. 429-447; L. Becherucci, Arts. *Maniera e Manieristi*, in *Enciclopedia universale dell'arte*, Venezia—Roma, 1958, t. VIII; Ezio Raimondi, «Per la nozione di manierismo letterario. (Il problema del manierismo nelle letterature europee)», in *Manierismo, barocco, rococò: concetti e termini*, Roma, Accademia Nazionale dei Lincei, 1962, pp. 57 ss.; Franzsepp Würtenberger, *Mannerism. The european style of the sixteenth century*, London, Weidenfeld and Nicolson, 1963, pp. 241 ss.; Amedeo Quondam, *Problemi del manierismo*, Napoli, Guida Editori, 1975; Antonio García Berrio, *Formación de la teoría literaria moderna (2). Teoría del siglo de oro*, Murcia, Universidad de Murcia, 1980.

([33]) — Cf. Werner Weisbach, «Der Manierismus», in *Zeitschrift für bildende Kunst*, 54 (1919), pp. 161-183; *id.*, «Gegenreformation, Manierismus, Barock», in *Repertorium für Kunstwissenschaft*, 49 (1928), pp. 16-28; Max Dvorák, «Über Greco und den Manierismus», in *Wiener Jahrbuch für Kunstgeschichte*, 1921, pp. 22-42 (estudo republicado no volume de Dvorák intitulado *Kunstgeschichte als Geistesgeschichte*, München, 1924); Nikolaus Pevsner, «Gegenreformation und Manierismus», in *Repertorium für Kunstwissenschaft*, 46 (1925), pp. 243-262; Walter Friedländer, «Die Entstehung des antiklassischen Stils in der italienischen Malerei um 1520», in *Repertorium für Kunstwissenschaft*, 46 (1925), pp. 49-86; *id.*, «Der antimanieristische Stil um 1590 und sein Verhältnis zum Übersinnlichen», in *Lectures of the Warburg Library*, 1928/1929, pp. 214-243 (ambos os estudos foram republicados no volume de W. Friedländer, *Mannerism and anti-mannerism in italian painting*, New York, Columbia University Press, 1957).

([34]) — Eugenio Battisti, no seu ensaio «Sfortune del manierismo» (no vol. *Rinascimento e barocco*, Torino, Einaudi, 1960, p. 217), lembra justamente o sombrio juízo que G. P. Bellori, ao iniciar a sua biografia de Annibale Carracci, expôs sobre a pintura maneirista em *Le vite d' pittori, scultori et architetti moderni* (Roma, 1672): a pintura, após o apogeu representado por Rafael, «tosto fu veduta declinare, e di regina divenne humile volgare. [...]

arreigados não é fruto do acaso ou de puro mimetismo: mergulha as suas raízes nas profundas transformações sofridas pela arte europeia no período da primeira Guerra Mundial e nos anos subsequentes, quando o expressionismo, o dadaísmo e o surrealismo subvertiam tantos valores estéticos tradicionalmente admitidos e rasgavam novos horizontes ao gosto artístico, defendendo e exaltando o antinaturalismo, o bizarro, o irracional e o grotesco, e quando a velha Europa vivia, entre a confusão e a dor, o que a muitos se afigurava uma irremediável catástrofe espiritual e uma trágica crise de consciência e de cultura ([35]).

Após estes estudos verdadeiramente inaugurais, outros se foram publicando nas duas décadas seguintes, particularmente na Alemanha e na Itália ([36]), tendo resultado de todo este labor a introdução definitiva do conceito de maneirismo nos esquemas estilísticos e periodológicos da história da arte. A atestar a difusão do conceito e a revelar o interesse suscitado pela arte maneirista, ficou a realização, no decurso da década de cinquenta, de importantes exposições ocorridas em várias cidades europeias: Nápoles («Manierismo» — 1952); Nuremberga («Aufgang der Neuzeit» — 1952); Amsterdão («De Triomf van het Manierisme» — 1955); Florença («Pontormo e il primo manierismo fiorentino» — 1956).

Entretanto, no domínio dos estudos literários, a aparição e o estabelecimento do conceito de maneirismo realizavam-se sob a influência da história da arte, com apreciável atraso em

---

Gli Artefici, abbandonando lo studio della natura, vitiarono l'arte con la maniera, o vogliamo dire fantastica Idea, appoggiata alla ipratca e non all'imitazione». Este juízo de Bellori marcou o tom para as gerações posteriores, até ao início do século XX. Num interessantíssimo estudo intitulado «Maniérisme et anti-maniérisme» (in *Critique*, 137 (1958), pp. 819-831), Mario Praz recorda como no tempo da sua juventude florentina, sob a influência das leituras de Ruskin, detestava até o nome de Vasari e sentia o mais profundo desagrado pelas telas dos altares de Santa Croce...

([35]) — Sobre as afinidades do expressionismo com o maneirismo e o barroco, cf. Guillermo de Torre, *Historia de las literaturas de vanguardia*, Madrid, Ediciones Guadarrama, 1965, pp. 200 ss. e Rodolfo Macchioni Jodi, *op. cit.*, pp. 79 ss.; acerca das afinidades existentes entre o maneirismo e a arte e a literatura modernas, de Baudelaire a Kafka, cf. Arnold Hauser, *El manierismo. La crisis del Renacimiento y los orígenes del arte moderno*, Madrid, Ediciones Guadarrama, 1966, pp. 377 ss.

([36]) — Consulte-se uma das bibliografias indicadas.

relação a esta disciplina e com as dificuldades inerentes à transferência para o campo dos estudos literários de noções, critérios e instrumentos de análise formulados em função das artes plásticas. Num ou noutro dos primeiros historiadores da arte que se ocuparam do maneirismo, aparecem já algumas referências a escritores, numa frouxa tentativa de alargamento de certas características da arte maneirista ao domínio da literatura e, por conseguinte, numa tentativa de traçar as linhas definidoras de uma «época maneirista». Assim, Dvorák refere-se a Rabelais, Tasso, Cervantes e Shakespeare como escritores que pertenceriam a essa época maneirista.

Não obstante esta e outras breves referências de alguns críticos ao maneirismo em literatura ([37]), não sofre todavia contestação que foi só após a publicação, em 1948, da obra já mencionada de Ernst Robert Curtius, *Europäische Literatur und lateinisches Mittelalter*, que o vocábulo e o conceito de maneirismo alcançaram difusão e direitos de cidadania no domínio dos estudos literários. A partir de meados do século actual, multiplicaram-se os artigos de revista e os volumes consagrados à determinação e caracterização de um estilo e de um período maneiristas nas literaturas europeias, aproveitando os ensinamentos fornecidos pela história da arte e procurando também auxílio em disciplinas como a história da cultura e a história das ideias. Entre os estudos mais importantes publicados nestas duas últimas décadas e que mais contribuíram para o conhecimento do maneirismo literário, é justo mencionar a obra de Wylie Sypher intitulada *Four stages of Renaissance style*, a primeira análise ampla e sistemática do maneirismo como estilo epocal

---

([37]) — Ezio Raimondi, no seu documentadíssimo e atrás referido estudo «Per la nozione di manierismo letterario», recorda que já Arturo Graf, num ensaio quase do início do século XX («Il fenomeno del Secentismo», in *Nuova antologia*, 119 (1905), p. 358), punha o problema de saber em que consiste o maneirismo — «E che cos'è il manierismo? È, in prima, certa disposizione e certo abito dello spirito, che, mentre si estrania dalla natura, s'impiglia in sé medesima, perde schiettezza e spontaneità e, o s'innamora delle proprie delicature, o delle proprie effervescenze s'imbriaca; poi, è l'effetto di più sorta, e quello del Seicento si diversifica più e meno da quello di altri tempi» —, e que Leonardo Olschki, na sua obra *Struttura spirituale e linguistica del mondo neolatino* (Bari, Laterza, 1935, pp. 164-165), identifica com o maneirismo das artes figurativas a «prevalenza dei valori formali e dell'elemento decorativo sulla sostanza» que se verifica na literatura do final do *Cinquecento* italiano.

nas literaturas europeias do final do século XVI e primeiras décadas do século XVII ([38]); os ensaios de Riccardo Scrivano, *Il manierismo nella letteratura del'500*, «La discussione sul manierismo» e outros estudos posteriores ([39]); os estudos contidos no já citado volume *Manierismo, barocco, rococò: concetti e termini*, em particular o relatório de Ezio Raimondi; a obra de Arnold Hauser, *Der Manierismus*, uma análise magistral da arte e da literatura maneirista que, sem descurar os aspectos morfológicos e estilísticos, situa o problema do maneirismo num amplo contexto cultural e ideológico ([40]); os ensaios de Georg Weise, estudioso em quem se aliam um eminente historiador da arte e um sagaz conhecedor de várias literaturas europeias ([41]); os estudos de

---

([38]) — Cf. Wylie Sypher, *Four stages of Renaissance style. Transformations in art and literature 1400-1700*, New York, Doubleday, 1955. Na tradução italiana desta obra, sob o título de *Rinascimento, manierismo, barocco* (Padova, Marsilio Editori, 1968), encontra-se um penetrante prefácio de Franco Bernabei, intitulado *Le forme e lo stile*, em que são analisados alguns dos aspectos mais relevantes da metodologia de Sypher. A obra de Sypher tem sofrido algumas críticas severas, sobretudo por causa da transferência simplista para o domínio da literatura de características e critérios de análise próprios da história da arte. Vejam-se, por exemplo, a crítica que Creighton Gilbert publicou sobre *Four stages of Renaissance style* no *Journal of aesthetics and art criticism*, XIV (1955), pp. 394-395; e o ensaio de Penrith Goff, «The limits of Sypher's theory of style», in *Colloquia germanica*, I (1967), pp. 111-117.

([39]) — Cf. Riccardo Scrivano, *Il manierismo nella letteratura del'500*, Padova, Liviana Editrice, 1959; «La discussione sul manierismo», in *La rassegna della letteratura italiana*, 2 (1963), pp. 200-231 (este ensaio foi republicado na obra de Scrivano intitulada *Cultura e letteratura nel Cinquecento*, Roma, Edizioni dell'Ateneo, 1966); *La norma e lo scarto. Proposte per il Cinquecento letterario italiano*, Roma, Bonacci Editore, 1980.

([40]) — Servimo-nos desta obra de Arnold Hauser, publicada em München, em 1964, através da sua tradução espanhola, *El manierismo. La crisis del Renacimiento y los orígenes del arte moderno*, Madrid, Ediciones Guadarrama, 1965. Em 1969, a mesma casa editora madrilena publicou um volume intitulado *Literatura y manierismo*, no qual se reproduz a parte da obra de Hauser que diz mais directamente respeito ao maneirismo literário. Arnold Hauser já anteriormente efectuara uma ampla análise do maneirismo, na sua *Sozialgeschichte der Kunst und Literatur* (trad. portuguesa: *História social da arte e da cultura*, Lisboa, Jornal do Foro, 1954, 2 vols.).

([41]) — Os numerosos estudos de Georg Weise sobre o maneirismo encontram-se publicados nas suas seguintes obras: *Il Rinascimento e la sua eredità*, Napoli, Editore Liguori, 1969; *Il manierismo. Bilancio critico del problema stilistico e culturale*, Firenze, Olschki Editore; *Manierismo e letteratura*, Firenze, Olschki Editore, 1976.

Marcel Raymond, profundo conhecedor da poesia francesa do século XVI ([42]); os trabalhos de um ilustre professor espanhol, Emilio Orozco Díaz ([43]); os trabalhos de Amedeo Quondam, de G. Ferroni, de Edoardo Taddeo, de Carlo Ossola, de Ariani, de Tibor Klaniczay, de C.-G. Dubois e García Berrio. ([43 a])

A história da palavra *maneirismo*, a análise da sua origem, das suas mutações e dos seus matizes semânticos, revelam já alguns elementos de interesse para a dilucidação do conceito estilístico-periodológico de maneirismo ([44]).

O vocábulo italiano *maniera*, donde procede *manierismo*, foi usado com frequência pelos tratadistas e críticos de arte italianos da segunda metade do século XVI, com o significado de estilo de um artista — a *maniera* de Rafael ou de Miguel Ângelo — ou de estilo de uma época ou de uma nação (*maniera*

([42]) — Marcel Raymond consagrou ao maneirismo literário os seguintes estudos: «Ronsard et le maniérisme» e «Aux frontières du baroque et du maniérisme», in *Être et dire*, Neuchâtel, Éditions de la Baconnière, 1970, pp. 63-112 e pp. 113-135; e a longa «Introduction» com que abre o volume *La poésie française et le maniérisme* (Genève, Droz, 1971), antologia organizada também por Raymond.

([43]) — Cf. Emilio Orozco Díaz, *Manierismo y barroco*, Madrid, Ediciones Cátedra, ²1975.

([43 a]) — De Amedeo Quondam, além do volume já citado *Problemi del manierismo*, veja-se o estudo *La parola nel labirinto. Società e scrittura del manierismo a Napoli*, Bari, Laterza, 1975, e a obra de co-autoria com Giulio Ferroni, *La "locuzione artificiosa". Teoria ed esperienza della lirica a Napoli nell'età del manierismo*, Roma, Bulzoni, 1973. Na nota 32 deste capítulo, mencionámos já a obra importante de Antonio García Berrio. Dos restantes autores referidos, *vide*: Edoardo Taddeo, *Il manierismo letterario e i lirici veneziani del tardo Cinquecento*, Roma, Bulzoni, 1974; Carlo Ossola, *Autunno del Rinascimento. «Idea del Tempio» dell'arte nell'ultimo Cinquecento*, Firenze, Olschki Editore, 1971; Marco Ariani, *Tra classicismo e manierismo. Il teatro tragico del Cinquecento*, Firenze, Olschki Editore, 1974; Tibor Klaniczay, *La crisi del Rinascimento e il manierismo*, Roma, Bulzoni, 1973; Claude-Gilbert Dubois, *Le maniérisme*, Paris, P.U.F., 1979.

([44]) — Sobre a história da palavra *maneirismo*, cf.: Marco Treves, «The history of a word», in *Marsyas*, 1941, I, pp. 69 ss.; L. Coletti, «Intorno alla storia del concetto di manierismo», in *Convivium*, 1948, 6, pp. 801-811; Georg Weise, «La doppia origine del concetto di manierismo», in *Il Rinascimento e la sua eredità*, pp. 489-494; Georg Weise, «Storia del termine 'manierismo'», in *Manierismo, barocco, rococò*, pp. 27-38; Eugenio Battisti, *Rinascimento e barocco*, Torino, Einaudi, 1960, pp. 219 ss.; Ferruccio Ulivi, *Il manierismo del Tasso e altri studi*, Firenze, Olschki, 1966, pp. 118 ss.

greca, maniera bizantina). Em Vasari, como noutros tratadistas do "tardo Cinquecento", o vocábulo *maniera* não apresenta qualquer conotação pejorativa, podendo ser qualificado por adjectivos de diverso conteúdo semântico («bella», «buona», «meravigliosa», «secca», «cattiva», etc.) e ocorrendo até, num crítico como Raffaello Borghini, desacompanhado de adjectivo, com o significado de «bella maniera». Portanto, os artistas que se preocupavam acima de tudo com a *maniera* ou que se esforçavam por imitar a *maniera di Michelangelo* — e foram numerosos, sobretudo na segunda metade do século XVI, os artistas que buscaram imitar o estilo do grande mestre —, foram naturalmente chamados *maneiristas*.

Por outro lado, como faz justamente avultar Eugenio Battisti, *maniera* «In quanto stile, modo di comporre, fantasia artistica, [...] si identifica quasi con quello di Idea, come è stato illustrato dal Panofsky nel suo celeberrimo saggio. Idea, intesa platonicamente, è opposta alla molteplicità della natura; e manieristi possono quindi definirsi, a buona ragione, quegli artisti che si preoccupano piú delle loro immagini interiori che dell'imitazione della natura» ([45]). Assim entendido, o vocábulo *maniera* conduz-nos às teorias de Lomazzo e de Zuccari, os dois famosos tratadistas do maneirismo tardio, que consideram o *disegno interno*, a *Idea* infundida directamente por Deus no espírito humano, como a matriz de toda a beleza que resplandece na obra de arte. Os artistas não deviam, por conseguinte, olhar para o exterior, para a natureza, mas para o interior de si próprios, onde existe a *Idea*, *scintilla della divinità*, pois é essa forma mental, e não os objectos naturais, que é necessário imitar ([46]).

([45]) — Eugenio Battisti, *Rinascimento e barocco*, p. 220.

([46]) — Sobre as teorias maneiristas da *Idea*, o estudo fundamental é o de Erwin Panofsky, *Idea. Beitrag zur Begriffsgeschichte der alteren Kunsttheorie*, Leipzig—Berlin, 1924 (servimo-nos da tradução italiana, *Idea. Contributo alla storia dell'estetica*, Firenze, 1952). Cf. ainda Anthony Blunt, *Artistic theory in Italy 1450-1600*, Oxford, The Clarendon Press, 1956, cap. IX; Eugenio Battisti, *Rinascimento e barocco*, pp. 192 ss.; Franzsepp Würtenberger, *Mannerism*, pp. 107 ss. Anthony Blunt sublinha que tanto Lomazzo como Zuccari são espíritos fortemente irracionalistas e místicos, alheios ao espírito científico do Renascimento, mas estreitamente ligados ao neoplatonismo e ao catolicismo medieval. Um célebre exemplo do artista maneirista que busca o *disegno interno* na profundidade do seu interior e que recusa o mundo externo, é o de El Greco, que Giulio Clovio, narrador deste episódio recordado por Panofsky e por Blunt, foi um dia

Quando, sob a influência dos irmãos Carraci, o naturalismo foi predominando na arte italiana, opondo-se à estilização e ao visionarismo da arte maneirista e abrindo caminho ao triunfo do barroco, a palavra *maneira* ganhou uma conotação depreciativa e passou a designar, em críticos como Baldinucci e Bellori, um defeito e um vício, nascidos da incapacidade de imitar a natureza e da liberdade omnipotente concedida à fantasia, mãe de bizarrias e extravagâncias. Maneirismo veio então a significar arte afectada e falsa, enlevada em convenções estilísticas de tipo preciosista. Esta acepção do vocábulo *maneirismo* perdurou até aos modernos estudos, acima indicados, de Weisbach, Dvořák, Friedländer, etc. [47].

Georg Weise, profundo conhecedor da arte e da literatura italianas dos séculos XV e XVI, propôs outra origem para o conceito de maneirismo [48]. Weise põe em relevo que na pintura de maneiristas como Pontormo e Parmigianino se verifica uma revivescência goticizante, expressa na esbeltez, na angulosidade e no alongamento das figuras, nos movimentos contorcidos, na graça e no refinamento das atitudes. Este fenómeno verificável em Pontormo e Parmigianino, bem como noutros maneiristas, deve ser relacionado com o que Georg Weise chamou o *gótico tardio* («tardo-gotico»), ou seja, o retorno de elementos góticos que ocorre na arte naturalista do *Quattrocento*, impregnando

---

encontrar sentado, imóvel, num aposento com as cortinas fechadas, pois que a escuridão favorecia a sua actividade interior, ao passo que a luz do dia a prejudicava.

[47] — Os dicionários da língua portuguesa documentam abundantemente este significado de maneirismo e maneirista: «*Maneirista*, s. m. (t. de pint.) Artista que não varia de estylo, e por isso se reproduz nas suas obras que revelam um trabalho affectado». (*Diccionario da lingua portugueza* por Antonio de Moraes Silva, 8.ª ed., Rio de Janeiro-Lisboa, Empreza Litteraria Fluminense, 1891); «*Maneirismo*, s. m. Gosto ou processo de maneirista; monotonia no estilo; afectação» (*Diciondrio geral e analógico da língua portuguesa* por Artur Bivar, Porto, Edições Ouro, Ld.ª, 1952); «*Maneirismo*, s. m. Affectação no estylo. Defeito de quem se entrega ao género amaneirado» (*Lello universal em 2 volumes. Novo diccionário encyclopédico luso-brasileiro*, Porto, Lello & Irmão, s. d.); «*Maneirista*, adj. (de maneira). Affectado, amaneirado: *pintor maneirista*» (*ibid.*); «*Maneirismo*, s. m. Qualidade de maneirista; afectação do estilo» (*Dicionário de português* por J. Almeida Costa e A. Sampaio e Melo, 4.ª ed., Porto, Porto Editora, s. d.).

[48] — Cf. Georg Weise, «La doppia origine del concetto di manierismo» e «Storia del termine 'manierismo'», estudos citados na nota (44).

essa arte «di rinnovatto spirito ascetico e di aulica preziosità e raffinatezza» ([49]). Tal revivescência goticizante tem o seu equivalente, na literatura italiana do Renascimento, no favor de que disfrutaram a palavra *maniera*, que, proveniente do domínio linguístico e civilizacional francês, exprime um requinte áulico, um preciosismo e um certo cunho artificioso do comportamento humano, e a palavra *pellegrino*, que manifesta o gosto de uma elegância rara, em que o requinte é fruto do artifício e do estudo ([50]). A exaltação das «belle maniere», das «leggiadre maniere», das «aggraziate maniere», do que é «pellegrino» e «raro», denota um ideal cortês de estilo de vida, em que a elegância, o preciosismo e a subtileza áulica ocupam um lugar fundamental. Dentro desta perspectiva, Georg Weise admite que o vocábulo *maneirismo* deva ser relacionado com «un elemento di stilizzazione elegante ed artificiosa con cui anche nel settore artistico si manifestava una certa rivincita di tendenze gotiche e cortigiane».

6.8. O maneirismo e a crise do Renascimento

Nas breves anotações precedentes, relativas à história da palavra *maneirismo*, foram mencionados alguns caracteres importantes do estilo maneirista, tanto nas artes plásticas como na literatura, já que tais caracteres revelam uma determinada mundividência. Assim, por exemplo, o antinaturalismo, a inquietude espiritual, a destruição do equilíbrio e da harmonia formais. Tais características, e outras que com elas estão intimamente correlacionadas, têm de ser interpretadas à luz de um fenómeno de cultura e civilização que transcende o âmbito das manifestações artísticas, pois que concerne a *forma mentis*, as concepções

---

([49]) — Georg Weise analisou este fenómeno em dois estudos: «Il termine di tardo-gotico nell'arte settentrionale», e «Elementi tardo-gotici nella letteratura italiana del Quattrocento», in *Il Rinascimento e la sua eredità*, pp. 119-131 e pp. 177-253. Sobre os elementos góticos e goticizantes na arte e na literatura maneiristas, cf. Georg Weise, *Il manierismo*, pp. 17 ss., 31 ss. e *passim*.

([50]) — Georg Weise estuda com minúcia o uso destes vocábulos em autores como Ariosto, Bandello, Bernardo e Torquato Tasso, no seu ensaio «*Maniera e pellegrino:* due vocaboli prediletti dalla letteratura italiana dell'epoca del Manierismo», in *Il Rinascimento e la sua eredità*, pp. 397-494.

metafísicas e antropológicas, o estilo de vida do homem europeu, num determinado momento da sua história. Cremos que a mais vultosa e significativa conquista de alguns estudos sobre o maneirismo, como os de Arnold Hauser e Eugenio Battisti, consiste precisamente na integração do maneirismo numa problemática ideológica e cultural que rompe, em pontos capitais, com as normas, os padrões e os valores tipicamente renascentistas.

Uma análise, densa e minuciosa, dessa problemática, fora já proposta, em 1950, por um historiador norte-americano, Hiram Haydn, numa obra que, embora ainda hoje pouco divulgada na Europa, exerceu já uma apreciável influência nos estudos sobre a cultura e a arte europeias do século XVI, impondo ou solicitando uma revisão profunda dos esquemas historiográficos habitualmente aceites desde Burckhardt ([51]). Hiram Haydn, para designar esse movimento de ideias, de manifestações filosóficas, artísticas, religiosas, morais, etc., escolheu o vocábulo *Counter--Renaissance*, também adoptado por B.W. Whitlock; Eugenio Battisti optou pela designação de *Antirinascimento*, utilizando-a como título da importante obra que dedicou à análise das manifestações artísticas do século XVI que se opõem ao Renascimento ([52]). Em língua portuguesa, que saibamos, ainda não se cunhou uma denominação equivalente, mas cremos que é lícito e aconselhável adoptar a de *Anti-Renascimento*.

Os historiadores da arte italiana não discrepam na delimitação e caracterização do classicismo renascentista: tendo-se iniciado pelos começos do século XVI, estende-se por um período de cerca de vinte anos, tomando alguns historiadores como seu limite *ad quem* a morte de Rafael (1520) ([53]). Alguns autores,

---

([51]) — Cf. Hiram Haydn, *The Counter-Renaissance*, New York, Charles Scribner's Sons, 1950. Esta obra foi traduzida recentemente para italiano, sob o título de *Il Controrinascimento* (Bologna, il Mulino, 1967). Embora tenhamos utilizado as duas edições, citamos pela versão italiana.

([52]) — Cf. B. Whitlock, «The Counter-Renaissance», in *Bibliothèque d'Humanisme et Renaissance*, 1958, XX, pp. 434-449; Eugenio Battisti, *L'Antirinascimento*, Milano, Feltrinelli, 1962. A designação de *Anti-Renascimento* foi também adoptada por Georg Weise (o capítulo XVI da sua mencionada obra *Il manierismo* intitula-se «Il Manierismo ed il concetto di Antirinascimento») e por Mario Apollonio (cf. *L'Antirinascimento*, Milano, C.E.L.U.C., 1970).

([53]) — Cf. Arnold Hauser, *El manierismo*, pp. 32 ss.; Enrico Woelfflin, *L'arte classica del Rinascimento* (trad. do orig. alemão, *Die klassische Kunst*), Firenze, Sansoni, 1941, p. 16; Eugenio Battisti, *Rinascimento e barocco*, pp. 64, 67 e

como Arnold Hauser, sublinham ainda que o classicismo só dominou integral e incontroversamente nas artes plásticas, não abarcando por conseguinte a literatura (54), mas tal afirmação é notoriamente excessiva e inexacta, pois Bembo, com a sua conciliação entre *natura e arte*, com o seu repúdio do *furor*, com a sua subordinação do *ingegno* e da *invenzione* ao *giudizio* e à *disposizione*, pelo seu ideal de harmonia e decoro, encarna indubitavelmente, no campo das letras, o classicismo renascentista (55).

A arte clássica renascentista é regida pelos ideais de harmonia e de ordem, de *concinnitas* e de *perspicuitas*, de conciliação entre o homem e a natureza, entre o ideal e o real, graças à mediação de cânones e paradigmas (56). Serenidade e gravidade, senso da «beleza regular», repúdio do pormenor realista, do elemento popular e individualizante, sobriedade de meios expressivos — eis o que caracteriza a arte de Rafael e Fra Bartolomeo, de Leonardo e Andrea del Sarto. E como Georg Weise salientou, contraditando a óptica formalista de Wölfflin, esta arte clássica do Renascimento exprime uma nova concepção do homem, diferente tanto da concepção medieval e gótica, como da realista concepção da arte quatrocentista: exprime o homem em toda a sua dignidade, exaltando a sua beleza e a sua majestade, estilizando a sua figura num sentido sublime e heroicizante (57).

---

passim; Eugenio Battisti, Art. «Classicismo», in *Enciclopedia universale dell'arte*, Venezia-Roma, Istituto per la Collaborazione Culturale, 1958, vol. III; Ernst Langlotz, Art. «Classico», *ibid.*

(54) — Cf. Arnold Hauser, *El manierismo,* p. 33.

(55) — Cf. Ferrucio Ulivi, *L'imitazione nella poetica del Rinascimento*, Milano, Marzorati, 1959, cap. II: «Il classicismo del Bembo»; Rocco Montano, *L'estetica del Rinascimento e del barocco*, Napoli, Quaderni di Delta, 1962, cap. IX: «Il Bembo e la grande stagione del classicismo»; Giancarlo Mazzacurati, *Misure del classicismo rinascimentale*, Napoli, Liguori Editore, 1967, cap. II: «Pietro Bembo e la barriera degli esemplari»; Luigi Malagoli, *Le contraddizioni del Rinascimento*, Firenze, La Nuova Italia, 1968, cap. IV: «La letterarietà».

(56) — Para caracterizar a arte clássica, Hiram Haydn escreve estas palavras sugestivas e exactas: «il «classico» è un uomo e un artista che trova possibile accettare senza esitazioni e dubbi la autorità e la disciplina di ordinamenti e di regole stabilite perché crede nella fondamentale congruenza e correlatività dell'ideale e dell'empiricamente reale — di ciò che dovrebbe essere, e di ciò che è» (*Il Controrinascimento*, p. 37). Cf. Eugenio Battisti, *Rinascimento e barocco*, p. 67.

(57) — Cf. Georg Weise, *L'ideale eroico del Rinascimento e le sue premesse umanistiche*, Napoli, Edizioni Scientifiche Italiane, 1961, vol. I, pp. 43-45.

Ora, como têm posto em evidência vários historiadores da arte, em particular Friedländer [58], o maneirismo representa uma profunda reacção anticlássica, bem explícita em artistas como Pontormo, Parmigianino e Rosso, uma reacção contra os ideais de normatividade, de equilíbrio, de beleza regular e bem proporcionada, de rigor e sobriedade formais. O fascínio exercido entre os maneiristas pela *terribilità* de Miguel Ângelo integra-se nesta reacção anticlássica.

Tal reacção, que se exprime concretamente, por exemplo, na *figura serpentinata* [59], na distorção dos ângulos de visão, na ruptura das proporções normais, no gosto dos contrastes, do monstruoso e do grotesco, só poderá ser correctamente entendida, nas suas raízes e nas suas implicações, bem como nas suas consequências, se for situada num amplo contexto histórico-cultural, relacionando-a adequadamente com o que Haydn designou como *Contra-Renascença*, Battisti como *Anti-Renascimento* e Hauser e Klaniczay, mais simplesmente, como *crise do Renascimento*. Esta crise do Renascimento, que vinha fermentando desde há muito [60], precipitou-se à volta de 1520, sob a acção conjunta e dialéctica de factores de vária ordem e de âmbito diverso — uns mais marcadamente italianos, outros de carácter europeu, uns políticos, outros religiosos e morais, outros

---

[58] — Cf. Walter Friedländer, *Mannerism and anti-mannerism in italian painting*, New York, Columbia University Press, 1957.

[59] — Sobre a *figura serpentinata*, leiam-se as seguintes e esclarecedoras palavras de Franzsepp Würtenberger: «Giovanni da Bologna's statue of Mercury also represented in a particularly pronounced way the universal stylistic ideal of the human figure which Mannerism created, namely the *figura serpentinata*. By this was understood an irrationally proportioned human figure depicted in the shape of the letter S. The art theoretician and painter Lomazzo compared it to a leaping flame, by which he referred to the spiritual element overcoming matter. In this a-natural artificially ideal figure the standard Renaissance theory of proportion, the teaching of Leonardo and Dürer, was annuled» (*Mannerism. The european style of the sixteenth century*, London, Weidenfeld and Nicolson, 1963, p. 46). Veja-se também Gustav René Hocke, *El mundo como laberinto. I. El manierismo en el arte*, pp. 55 ss. Wylie Sypher procurou transferir para o campo da literatura o conceito de *figura serpentinata*, buscando-lhe um equivalente numa personagem como Hamlet ou em poemas como os de Donne, cuja complexidade e versatilidade obrigam o leitor e o crítico a analisá-los de vários ângulos, como que circulando em torno deles (cf. *Four stages of Renaissance style*, pp. 156-161).

[60] — Cf. Luigi Malagoli, *Le contraddizioni del Rinascimento, passim*.

ainda fundamentalmente ideológicos —, os quais determinaram uma *Weltanschauung*, um sentimento vital forçosamente diferentes dos do período clássico anterior. Em 1527, o saque de Roma, com as suas violências e os seus horrores, não só constituiu uma dura provação para o Papado, como também alanceou penosamente a consciência do povo, que viu nele um castigo divino, e a consciência dos intelectuais, para quem representou o ruir do mito da *renovatio Romae* ([61]); as guerras italianas entre franceses e espanhóis, primeiro acalmadas com a paz de Cambrai (1529), e finalmente liquidadas, muito mais tarde, com o tratado de Cateau-Cambrésis(1559), além de gerarem insegurança, dores e ruínas, replasmaram a configuração política da Itália, sujeita desde então a crescentes domínio e influência da Espanha; da Alemanha, desde 1517, torna-se ameaçadora a atitude de Lutero, e, nos anos subsequentes, a Reforma, com os seus progressos e a sua rápida difusão, com as suas implicações políticas e sociais, convulsiona a Europa; no seio da Igreja católica, surgem movimentos de penitência e reforma, significativamente representados, por exemplo, pela fundação de novas ordens religiosas como as dos Teatinos (1524), dos Barnabitas (1533), dos Irmãos da Misericórdia e dos Jesuítas (1540); a Contra-Reforma vai ganhando vulto, com a reestruturação da Inquisição, da censura eclesiástica e com a abertura do Concílio de Trento (1545).

Ora esta crise do Renascimento é fundamentalmente uma crise do humanismo, expressa numa concepção pessimista do homem e da vida. O *regnum hominis*, a *dignitas hominis* do classicismo renascentista fundavam-se na crença de que não existia conflito entre a ordem divina e a ordem humana, entre a alma e o corpo, entre à razão e a natureza, entre a fé e a razão; a Reforma, luterana e calvinista, o maquiavelismo e o maneirismo corroem os fundamentos dessa crença, apresentando o homem como um ser miserável e radicalmente corrupto, apenas redimível através de um acto da graça de Deus; defendendo a existência de uma dupla moral; opondo o corpo ao espírito, acentuando dramaticamente a insegurança e a efemeridade da vida, descobrindo em tudo, no universo e no homem, a incoerên-

---

([61]) — Sobre o saque de Roma e a sua repercussão em Portugal, cf. José Sebastião da Silva Dias, *A política cultural da época de D. João III*, Coimbra, Universidade de Coimbra, 1969, vol. I, pp. 136 ss.

cia, o conflito, a contradição. Calvino e Lutero, Maquiavel e Montaigne, como lucidamente observa Hiram Haydn, apresentam em comum, para lá dos múltiplos elementos que os diferenciam, a mesma aversão pela razão humana, o mesmo anti-intelectualismo, valorizando e exaltando por isso a fé, aquilo que é instintivo, o facto, a experiência pragmática ([62]). Os humanistas do Renascimento tinham glorificado as *humanae litterae*, o saber e a cultura que dignificavam o homem e que eram marca da sua realeza; o Anti-Renascimento sublinha a vanidade do saber e a irrelevância das especulações, adopta um relativismo e um cepticismo filosóficos que dissolvem a verdade, glorifica os humildes e os ignorantes. Em religião como em estética, o fideísmo sobrepõe-se ao racionalismo e por isso nos parece muito pertinente a aproximação que propõe Eugenio Battisti entre a rebelião dos maneiristas e os apelos «ao testemunho interior do Espírito» feitos por Calvino ([63]).

Por outro lado, o Anti-Renascimento, repudiando a existência de uma lei universal, destruindo a crença numa *lex naturalis* que representaria a participação da razão humana na Razão Eterna e que seria, portanto, uma consequência e uma equivalência da *lex divina*, alterou radicalmente a visão do universo proposta pelo pensamento medieval, em particular pela filosofia tomista, e herdada e reelaborada pelos humanistas cristãos do Renascimento ([64]). O universo, cuja configuração aristotélico-ptolomaica Copérnico fizera ruir, deixou de ser concebido como harmonia e ordem e os maneiristas, poetas, dramaturgos, pintores, multiplicaram as imagens de um mundo caótico, labiríntico e desprovido de coerência. John Donne, num texto arquifamoso do seu poema *The first anniversary*, escreveu alguns versos que exprimem dramaticamente esta visão do mundo:

> 'Tis all in peeces, all cohaerence gone;
> All just supply, and all Relation:
> Prince, Subject, Father, Sonne, are things forgot.'

---

[62] — Cf. Hiram Haydn, *Il Controrinascimento*, pp. 9 ss. e pp. 142 ss.
[63] — Eugenio Battisti, *Rinascimento e barocco*, p. 233.
[64] — Cf. Hiram Haydn, *op. cit.*, pp. 259 ss.

Esvai-se a crença optimista de que existe uma adequação perfeita entre o ideal e o real; o mundo parece ser regido pelo acaso e pela Fortuna; nas sociedades, na sua vida civil e política, domina o egoísmo, a ambição, o desconcerto, frutos da «natureza cruel e sanguinária» do homem ([65]). As tragédias de Shakespeare oferecem uma imagem terrificante deste universo conduzido por forças cegas e monstruosas e sob o império das quais o homem odeia, trai, mata, até ser miseravelmente aniquilado ([66]).

Um dos sintomas que mais impressionantemente revelam a crise espiritual, religiosa e ética, dos maneiristas, é sem dúvida a melancolia exasperada, a instabilidade afectiva, o comportamento de homens estranhos, lunáticos e doentios, que caracterizam muitos deles e que ganharam expressão artística, de diversos modos, nas suas obras. De Miguel Ângelo, um dos artistas em que mais fundamente se manifesta tal crise, e mestre por excelência de muitos maneiristas, são bem conhecidas as atitudes e as reacções de carácter psicopatológico, onde a revolta e o desespero se misturam com o sarcasmo ([67]); de Pontormo, Parmigianino e Rosso, três dos mais importantes e significativos pintores maneiristas, conhecem-se numerosos episódios biográficos que os caracterizam como seres excêntricos, psiquicamente desequilibrados, perseguidos por terrores e agoiros, refugiando-se numa solidão mórbida, como Pontormo, ou findando no suicídio, no meio de pratas e tapeçarias, como Rosso il Fiorentino... ([68]). Como observa Arnold Hauser, são fenómenos a sublinhar, no período maneirista, o número de intelectuais neuróticos, a difusão

---

([65]) — Hiram Haydn, *op. cit.*, p. 668.
([66]) — Sobre a tragédia maneirista, cf. Arnold Hauser, *El manierismo*, pp. 159 ss.
([67]) — Cf. André Chastel, *Art et humanisme à Florence au temps de Laurent le Magnifique*, Paris, P.U.F., 1959, pp. 505 ss.
([68]) — Vasari, na sua obra *Le vite de'più eccellenti pittori, scultori e architettori* (Firenze, 1550; nova ed., de C. L. Ragghianti, Milano, 1942-1950), deixou muitas informações acerca desta matéria. Contém igualmente elementos de grande interesse o *Diario* de Jacopo da Pontormo, publicado por E. Cecchi (Firenze, 1956). Sobre estes aspectos do maneirismo, cf. Franzsepp Würtenberger, *Mannerism. The european style of the sixteenth century*, pp. 174-175; Robert Erich Wolf e Ronald Millen, *Il Rinascimento e il manierismo*,Milano, Rizzoli Editore, 1968, pp. 11-12; Roberto Longhi, «Ricordo dei manieristi», in *L'Approdo*, II, 1, Jan.-Março 1953; *id.*, «Erano ingegni lunatici o saturnini», in *Europeo*, n.º 487, 13 de Fevereiro de 1955.

do cepticismo e o aparecimento da melancolia como uma doença em moda ([69]). O gosto pelo monstruoso, pelo grotesco e pelo demoníaco — lembremos apenas o Castelo de Sant'Angelo e os monstros de Bomarzo — traduz essa atmosfera de crise e de angústia vital em que se criou e desenvolveu o maneirismo, ao mesmo tempo que exprime inequivocamente o seu anticlassicismo e a importância da revivescência de elementos medievais — ou goticizantes, para usar a expressão de Georg Weise — que nele se verifica ([70]).

Se, nesta atmosfera vital, neste contexto histórico tão conturbado e sombrio, era inevitável o carácter anticlássico do maneirismo, era igualmente inevitável a sua atitude espiritualista, metafísica e religiosa — atitude que Dvorák considerou como a característica fundamental da arte maneirista. O sentimento de insegurança existencial, de efemeridade das coisas e dos bens do mundo, de incoerência do universo, a visão pessimista do homem, haviam de gerar o sentimento do desengano, o arrependimento, o anseio dolorido de penitência e a busca de Deus, numa atitude onde se entrelaçam o senso do triunfo e o senso da miséria, como agudamente observou Panofsky: «Separato dalla natura, lo spirito dell'uomo è risospinto verso Dio, con un senso ch'è di trionfo e di miseria al tempo stesso, che si rispecchia nelle figure e negli atteggiamenti, tristi e superbi insieme, delle rappresentazioni manieristiche in generale, e di cui la stessa Controriforma non è che una delle espressioni fra molte» ([71]). Esta conexão do maneirismo com a problemática religiosa do século XVI e, em particular, com a Contra-Reforma, parece-nos imprescindível para compreender e explicar satisfatoriamente a pintura e a literatura maneiristas, sobretudo em países como a Espanha e Portugal ([72]).

([69]) — Cf. Arnold Hauser, *El manierismo*, p. 82.
([70]) — Cf. Gustav René Hocke, *El mundo como laberinto. I. El manierismo en el arte*, pp. 129 ss. e pp. 161 ss.; Eugenio Battisti, *L'Antirinascimento*, pp. 82, 92, 97, 104, 106, 108, 110, 117, 161, 165 e *passim;* Jurgis Baltrusaitis, «Monstres et emblèmes. Une survivance du Moyen Age aux XVI et XVII siècles», in *Médicine de France*, XXXIX (1953), pp. 17-30.
([71]) — Cf. Erwin Panofsky, *Idea. Contributo alla storia dell'estetica*, p. 75.
([72]) — Werner Weisbach, no seu já citado estudo *Gegenreformation, Manierismus, Barock*, defendeu que a Contra-Reforma tem a sua expressão artística no barroco — matéria a que Weisbach consagrou uma obra famosa, *Der*

Como atrás deixámos escrito, o Prof. Georg Weise chamou a atenção para a importância de elementos medievais, representativos do gótico tardio, que estariam na origem do maneirismo. Dentro desta orientação metodológica, Weise procurou caracterizar o maneirismo literário com base em elementos estilístico-formais que ocorrem com frequência na lírica italiana, francesa,

---

Barock als Kunst der Gegenreformation (trad. esp., *El barroco arte de la Contrarreforma*. Traducción y ensayo preliminar de Enrique Lafuente Ferrari. 2.ª ed., Madrid, Espasa-Calpe, 1948) — e não no maneirismo, chegando até a afirmar, contra toda a evidência, que o maneirismo é uma arte essencialmente arreligiosa. O problema tem de ser posto e resolvido de modo diverso. É indubitável que a Contra-Reforma não foi a causa do maneirismo, bastando para o comprovar a simples análise da cronologia dos dois fenómenos — e neste ponto parece-nos irrefutável a argumentação de Arnold Hauser (cf. *El manierismo*, p. 101) —, mas é também inegável que o maneirismo, logo nas suas primeiras manifestações, se mostrou profundamente ligado ao drama contemporâneo da consciência religiosa europeia, tendo vindo depois a incorporar muitos elementos religiosos e morais provindos da Contra-Reforma e que constituíam respostas à mesma crise espiritual que se revelara na arte maneirista, muitos anos antes do início do Concílio de Trento. Por outro lado — e julgamos esta distinção muito importante —, importa não confundir a Contra-Reforma militante, movimento rigorista, de grande severidade teológica e moral, com um acentuado carácter ascético e penitencial, e que encontrou a sua expressão mais completa no pontificado de Paulo IV (1555-1559), com a Contra-Reforma triunfante, a Contra-Reforma que já não sentia a necessidade de luta e de uma atitude de austeridade em todos os domínios, pois que os seus inimigos haviam sido contidos e a irradiação e a glória da Igreja católica se tinham restabelecido. É precisamente esta Contra-Reforma vitoriosa, esta *Roma Triumphans* que celebra esplendorosamente o jubileu de 1600, que um historiador como Victor-Lucien Tapié, tão atento à conexão do fenómeno artístico com fenómenos sociais, económicos e ideológicos, correlaciona com a arte barroca — arte de ostentação, fausto e exuberância sensorial (cf. V.-L. Tapié, *Baroque et classicisme*, Paris, Plon, 1957, livre I, chap. II: «Roma Triumphans»). Cremos que se deverá ainda afirmar que a relação do maneirismo com a Contra-Reforma não é propriamente de obediência e aceitação dos preceitos tridentinos sobre matéria de arte, mas uma relação de paralelismo na problemática a que ambos os fenómenos respondem, cada um no seu domínio específico e com a sua linguagem própria. Pode mesmo acrescentar-se que a resp sta do maneirismo, em particular no campo da pintura, foi por vezes considerada condenável pelos representantes da genuína lição tridentina, como autoriza a concluir o *Dialogo degli errori e degli abusi de'pittori circa l'istorie* de Giovanni Andrea Gilio, publicado em 1564, e que Federico Zeri considera como a primeira reacção declarada contra o mancirismo (cf. Federico Zeri, *Pittura e Controriforma*, Torino, Einaudi, 1957, p. 24). Gilio, sacerdote e teólogo, julga as obras de arte segundo um critério devocional, ignorando as

inglesa e espanhola — e portuguesa, podemos nós acrescentar — da segunda metade do século XVI, que refogem tanto aos cânones do classicismo renascentista de Bembo como aos caracteres fundamentais da poética e do gosto barrocos, e que podem justamente ser considerados como equivalentes dos elementos goticizantes que aparecem na arte maneirista, em especial na pintura. Esses elementos formais, que Weise apresenta como tipicamente maneiristas, são constituídos pelas antíteses abstractas e pelas metáforas conceituosas que, remontando à poesia trovadoresca provençal e ao *dolce stil nuovo*, aparecem como um elemento estilisticamente importante do *Canzoniere* de Petrarca e, sobretudo, do petrarquismo dos séculos XV e XVI ([73]). Preci-

---

exigências estilísticas, e daí as suas críticas severas à arte maneirista. O diálogo de Gilio está incluído no volume II dos *Trattati d'arte del Cinquecento. Fra manierismo e Controriforma*. A cura di Paola Barocchi. Bari, Laterza, 1961 veja-se a importante «Nota critica» de Paola Barocchi sobre este diálogo, pp. 521 ss.).

Sobre o carácter anti-renascentista da Contra-Reforma e sobre os profundos laços que ligam o maneirismo à Contra-Reforma, veja-se Anthony Blunt, *Artistic theory in Italy 1450-1600*, Oxford, The Clarendon Press, 1956, cap. VIII.

([73]) — Ao referirmo-nos a petrarquismo, pensamos sobretudo numa tradição retórico-estilística que, modelada no *Canzoniere* de Petrarca, se afirmou vigorosamente na lírica europeia dos séculos XV e XVI. Escreve a este respeito Carlo Calcaterra: «Tema arduo e sconfinato è quello del petrarchismo italiano, europeo, extraeuropeo, sebenne la parola significhi oggi per lo più insistenza e abuso sopra argomenti e modi caratteristici del Petrarca e il De Sanctis l'abbia fatta sinonimo del convenzionalismo e manierismo, che ha nel Canzoniere il suo stampo, e il Croce lo abbia definito «malattia che corre i secoli». [...] Quando si parla di petrarchismo, s'intende sopra tutto l'imitazione delle rime e dei *Trionfi* nel concettismo verbale, nel modulo linguistico, nella sintassi delle immagini e in caratteristiche cadenze ritmiche» (cf. Carlo Calcaterra, «Il Petrarca e il petrarchismo», in *Questioni e correnti di storia letteraria* (vol. da col. *Problemi ed orientamenti critici di lingua e di letteratura italiana*, dir. por A. Momigliano), Milano, Marzorati, 1949, pp. 198-199). Antèro Meozzi igualmente afirma, na sua obra *Il petrarchismo europeo (secolo XVI)* (Pisa, Vallerini, 1934): «Petrarchismo in fondo vale verbalismo o arte della elocuzione (no dico espressione), vale mimesi più o meno sapiente, composizione a mosaico quando non è pura esercitazione letteraria, convenzionalismo di addobbi e di situazioni. E queste sono le stimmate della lirica italiana del Cinquecento e di quella europea nata dalla sua imitazione» (p. x.) Cf. ainda F. Rizzi, *L'anima del Cinquecento e la lirica volgare*, Milano, Treves, 1928; Benedetto Croce, «La lirica cinquecentesca», in *Poesia popolare e poesia d'arte*, Bari, Laterza, 1933, pp. 339-438; Luigi Russo, «Il Petrarca e il petrarchismo», in *Belfagor*, 1954, IX, pp. 497-509; Luigi Baldacci, *Il petrarchismo italiano del*

samente quando, no *tardo Quattrocento*, se verifica na arte italiana a revivescência gótica a que nos temos referido, ocorre na lírica um concomitante revigoramento do petrarquismo, por obra de poetas como Serafino dell'Aquila, Chariteo, Tebaldeo e Giuliano de' Medici, que não só difundem uma imagem estilizada e espiritualizada da mulher amada, mas também uma linguagem poética preciosista, urdida de antíteses e de metáforas conceituosas, num jogo refinado e cerebral de subtilezas psicológicas e formais.

Esta linguagem poética, cujas raízes medievais, repetimos, é necessário não esquecer, constitui, ao lado da orientação clássico--renascentista da lírica bembiana, com a qual algumas vezes se amalgama, mas sem com ela se confundir (74), um dos grandes filões da lírica italiana quinhentista, tendo exercido uma ampla influência, sobretudo na segunda metade do século XVI, em diversas literaturas europeias (francesa, espanhola, portuguesa, inglesa).

Tal modo de conceituar o maneirismo, com o qual está substancialmente de acordo um crítico da estirpe de Dámaso Alonso (75), parece-nos exacto e fecundo, sobretudo se se tiverem

---

Cinquecento, Milano, Riccardo Ricciardi, 1957; Joseph Vianey, *Le pétrarchisme en France au XVIe siècle*, Montpellier, Coulet et Fils, 1909; Dario Cecchetti, *Il petrarchismo in Francia*, Torino, Giappichelli, 1970; Leonard Forster, *The icy fire. Five studies in european petrarchism*, Cambridge, at the University Press, 1969.

(74) — Georg Weise sublinha vigorosamente que este petrarquismo do *tardo Quattrocento* não deve ser confundido com a poesia e a poética de Bembo: «Nonostante la derivazione comune dal modello stilistico ed ideologico offerto dal Petrarca e ad onta della crescente fusione con l'elemento platonico avvenuta in ambedue le correnti sul cadere del Quattrocento, mi pare pericoloso riunire in una stessa denominazione i due filoni stilistici e spirituali che si incrociano durante il Cinquecento: da una parte la tendenza all'«arguzia verbale e concettuale», a una sempre maggiore leziosità e concettosità anticipatrice del Barocco, e dall'altra l'orientamento classico promosso dal Bembo, sviluppatosi non solo sotto l'influenza dei poeti latini ma anche delle tendenze classiche presenti nello stesso Petrarca» (cf. *Manierismo e letteratura*, p. 22).

(75) — Dámaso Alonso nunca analisou expressamente o problema do maneirismo, mas afirmações esparsas que figuram em algumas das suas obras autorizam o nosso juízo. Assim, numa nota de *Poesia espanhola. Ensaio de métodos e limites estilísticos* (Rio de Janeiro, Instituto Nacional do Livro, 1960, p. 291), escreve: «Maneirismo é, para nós, o matiz que toma o petrarquismo no século XVI; assim como, em parte, o gongorismo aqui na Espanha e o marinismo na Itália são os avatares do petrarquismo no século XVII».

devidamente em conta as suas implicações e correlações (o que, julgamos, nem sempre se verifica nos estudos de Georg Weise). Com efeito, este filão petrarquista do maneirismo literário europeu representa um elemento anticlássico, de raiz medieval, equivalente aos factores goticizantes que se observam na pintura maneirista; representa um elemento áulico, elegante e artificioso, que está em íntima conexão com as figuras estilizadas, esbeltas e frias da pintura de um Parmigianino, de um Bronzino e da escola de Fontainebleau; constitui uma manifestação de intelectualismo, de subtileza cerebralista e anti-realista, características que os historiadores da arte atribuem, sem discrepância, à pintura maneirista; e, finalmente, este filão petrarquista, pelo seu pendor espiritualizante, pelas suas ligações com o neoplatonismo, pelo teor de alguns dos seus elementos psicológicos — o *taedium vitae*, o senso da labilidade das coisas terrenas e humanas, a angústia da ausência, o desejo e o terror da morte —, facilmente se conjugou com o pessimismo, o desengano e o ascetismo de raiz contra-reformista.

A contribuição fundamental, todavia, dos estudos de Georg Weise sobre o maneirismo literário reside no facto de terem posto em plena luz a relevância das antíteses e das metáforas conceituosas para a definição do estilo maneirista. A metáfora avulta na linguagem poética maneirista e a sua frequência e a sua importância devem relacionar-se com a visão maneirista da realidade como fluência e transformação contínuas, razão por que o metaforismo maneirista é profundamente um *metamorfismo*, transmutando um elemento noutro, numa caleidoscópica sucessão, e um anti-realismo, pela recusa do real concreto e tangível e pela preferência concedida a uma visão translatícia da realidade (e daí a sua aproximação com o motivo do espelho, tão importante na técnica da pintura maneirista). A metáfora tipicamente maneirista é uma metáfora conceituosa, que envolve um complicado e subtil jogo cerebral de agudeza, de alusões

---

Igualmente nesta sua obra mestra, Dámaso Alonso estuda alguns aspectos da lírica de Lope de Vega sob esta epígrafe significativa: «Um segundo Lope: maneirismo petrarquista» (pp. 325 ss.). Nos *Estudios y ensayos gongorinos* (Madrid, Gredos, 1955), o mestre espanhol analisa «La correlación en Góngora, fenómeno del manierismo petrarquista» (p. 243). Cf. também Dámaso Alonso, «Petrarca e il petrarchismo», in *Studi petrarcheschi*, 1961, VII, Bologna, Libreria Editrice Minerva, p. 99.

obscuras e imprevistas, de contrastes paradoxais, transformando-se muitas vezes numa técnica virtuosista que dificulta em alto grau a compreensão de um texto. O gosto dos *concetti*, da agudeza verbal e do paradoxo, é um fenómeno maneirista que se prolongou depois no período barroco e que encontrou os seus grandes teorizadores, já no século XVII, em Gracián e Tesauro [76].

6.9. A distinção entre maneirismo e barroco

Alguns autores concebem o maneirismo não como um estilo perfeitamente autónomo e desenvolvido, mas como uma espécie de ponte entre o Renascimento e o barroco, como um estilo de transição, por conseguinte, onde se entrelaçam as manifestações derradeiras do estilo renascentista tardio e os alvores do estilo barroco. Assim pensa, por exemplo, na esteira de Carl J. Friedrich, um estudioso como Helmut Hatzfeld e assim propende também a crer Marcel Raymond, que identifica «premier baroque» e «maniérisme» [77]. Outros historiadores e críticos, porém, consideram o maneirismo e o barroco como dois estilos autênticos, com a sua autonomia e a sua individualidade bem definidas, opondo-se abertamente em pontos fundamentais, embora apresentando também afinidades de vária ordem. É esta a doutrina defendida, entre outros, por Georg Weise, Wylie Sypher, Arnold Hauser e Rocco Montano [78].

---

[76] — Sobre o significado e a importância da metáfora conceituosa no maneirismo, cf., além dos ensaios de G. Weise, Arnold Hauser, *El manierismo*, p. 148, pp. 312 ss. e *passim;* Gustav René Hocke, *Il manierismo nella letteratura*, pp. 83 ss.

[77] — Cf. Helmut Hatzfeld, *Estudios sobre el barroco*, pp. 53-54; Marcel Raymond, «Le baroque littéraire français», in *Manierismo, barocco, rococò*, p. 122. Deve dizer-se que as opiniões de Hatzfeld sobre a matéria têm flutuado consideravelmente, como ele próprio reconhece no artigo «Mis aportaciones à la elucidación de la literatura barroca», in *Revista de la Universidad de Madrid*, XI, 42-43 (1962), pp. 349-372.

[78] — Cf. Georg Weise, *Manierismo e letteratura*, pp. 54-58; Wylie Sypher, *Four stages of Renaissance style*, pp. 180 ss.; Arnold Hauser, *El manierismo*, pp. 178 ss. e pp. 295 ss.; Rocco Montano, *L'estetica del Rinascimento e del barocco*, Napoli, Quaderni di Delta, 1962, p. 220.

As nossas leituras e as nossas reflexões levam-nos a apoiar convictamente a última solução. Com efeito, e como ficou já esclarecido, o maneirismo diferencia-se inequivocamente do Renascimento, quer sob o ponto de vista temático-ideológico, quer sob o ponto de vista formal; por outro lado, de tal ordem são as suas divergências em relação ao barroco, que é inconfundível com este estilo.

Quais os elementos que assim permitem distinguir o maneirismo e o barroco? O barroco é profundamente sensorial e naturalista, apela gozosamente para as sensações fruídas na variedade incessante do mundo físico, ao passo que o maneirismo, sob o domínio do *disegno interiore*, da *Idea*, se distancia da realidade física e do mundo sensório, preocupado com problemas filosófico-morais, com fantasmas interiores e com complexidades e subtilezas estilísticas; o barroco é uma arte acentuadamente realista e popular, animada de um poderoso ímpeto vital, comprazendo-se na sátira desbocada e galhofeira, dissolvendo deliberadamente a tradição poética petrarquista ([79]), ao passo que o maneirismo é uma arte de *élites*, avessa ao sentimento "democrático" que anima o barroco([80]), anti-realista, impregnada

---

([79]) — Cf. Giovanni Getto, «Il barocco in Italia», in *Manierismo, barocco, rococò*, pp. 93-94.

([80]) — O melhor estudo para a compreensão destes aspectos do barroco é, sem dúvida, a obra de Victor-L. Tapié, *Baroque et classicisme*, Paris, Plon, 1957. Escreve este historiador: «On est parfois porté à croire que le déploiement des richesses où s'est plu l'art religieux du seicento pouvait sembler scandaleux aux classes populaires, dont les conditions de vie demeuraient misérables. Il n'en était rien pour la plèbe romaine, en dépit des émeutes auxquelles certains excès de misère donnaient lieu parfois. Le peuple de Rome s'habituait à vivre pauvrement dans la familiarité d'églises et de palais qui étalaient l'or et les marbres et dont la richesse, bien loin de l'offusquer, semblait lui appartenir un peu. Marcel Reymond, dans sa vive intelligence du génie baroque, a écrit: «Jamais dans le monde l'idée de démocratie ne s'est affirmée de manière plus souveraine. Jamais on n'a dit plus clairement aux hommes: Vous êtes tous des frères, et si l'égalité ne règne pas parmi vous à toutes les heures de la vie, elle régnera au moins, dès que vous aurez soulevé la portière de cette église et pénétré dans ce sanctuaire où toutes les richesses vous sont offertes et où vous trouverez, vous les plus pauvres des hommes, des trésors et des fêtes artistiques qui jusqu'alors n'étaient réservées qu'aux princes de la terre». Peut-être l'intention prêtée aux réalisateurs de cet art est-elle trop généreusement fraternelle, mais le peuple de Rome a répondu,

de um importante substrato preciosista e cortês, representado sobretudo pelo filão petrarquista; o barroco caracteriza-se pela ostentação, pelo esplendor e pela proliferação dos elementos decorativos, pelo senso da magnificência que se revela em todas as suas manifestações, tanto nas festas de corte como nas cerimónias fúnebres ([81]), contrariamente ao maneirismo, mais sóbrio e mais frio, introspectivo e cerebral, dilacerado por contradições insolúveis; o barroco tende frequentemente para o ludismo e o divertimento, enquanto o maneirismo aparece conturbado por um *pathos* e uma melancolia de raízes bem fundas.

Estas diferenças substanciais não impedem que, como atrás observámos, muitos elementos temáticos e formais tenham transitado do maneirismo para o barroco, podendo o maneirismo aparecer, sob este ponto de vista, como uma antecipação parcial do barroco. Entre esses elementos, apontaremos: os temas do engano e do desengano da vida e da transitoriedade das coisas humanas; o gosto dos contrastes; a propensão para o surpreendente, a predilecção pela agudeza e pelos *concetti*, pelas metáforas e pelas complicações verbais.

Todavia, é necessário observar que estes elementos de procedência maneirista, quando integrados no estilo barroco, apresentam um valor diferente, um timbre e uma ressonância distintos, que revelam inequivocamente que o sentimento vital que se comunica é já outro. Por exemplo, o tema da ilusão e da efemeridade da vida adquire na poesia maneirista uma expressão pungente e agónica, reflexo de profunda turbação interior, ao passo que na poesia barroca o mesmo tema se corporiza numa expressão mais exteriorista, não raro teatral e grandiloquente, numa linguagem saturada de elementos sensoriais, denunciadora de um estado de espírito e de uma visão do mundo bem diferentes dos do maneirismo. Um outro exemplo ainda, posto em relevo e analisado por Georg Weise: tanto o maneirismo como

---

comme s'il entendait cette invitation» (p. 134). E pela Europa além, acrescenta Tapié, o povo, sobretudo as massas rurais, acolheu o barroco com o mesmo entusiasmo e a mesma fascinação.

([81]) — Cf. Richard Alewyn, *L'univers du baroque*, Genève, Éditions Gonthier, 1964 (trad. do orig. alemão: *Das grosse Welttheater*, Hamburg, Rowohlt Verlag, 1959), pp. 110 ss.: «Les fêtes baroques»; Victor-L. Tapié, *op. cit.*, pp. 166 ss.; Jean Rousset, *L'intérieur et l'extérieur. Essais sur la poésie et sur le théâtre au XVII siècle*, Paris, Corti, 1968, pp. 173 ss.

o barroco oferecem um pronunciado gosto pela metáfora, mas enquanto a metáfora tipicamente maneirista, encerrada na rede dos convencionalismos petrarquistas, apresenta um carácter cerebral e abstracto, a metáfora barroca «riveste un carattere fin qui sconosciuto di immediatezza e di concretezza realistica basato su un più vivo contatto col mondo circostante e su una nuova ispirazione sensualistica» ([82]), comunicando-se portanto através dela uma experiência naturalista e sensorial que está muito distante da poética do maneirismo.

6.10. Reexame da cronologia do barroco

Tomando-se em conta, por conseguinte, a existência do maneirismo, poder-se-á colocar em bases mais seguras o problema cronológico da formação e do florescimento do barroco. Na literatura italiana, o maneirismo começa a manifestar-se depois de 1520, data que, por muitas razões, tem sido apontada como a do declínio evidente do Renascimento ([83]), começando o barroco a afirmar-se nos últimos anos do século XVI; na Espanha, o maneirismo é mais tardio, podendo apontar-se como seus limites as datas de 1570 e 1600 ([84]): cerca da última década do século XVI, Fernando Herrera «corrige e completa com técnica e paixão barrocas a última redacção das rimas» e esta redacção marca a passagem do maneirismo para o barroco, segundo as análises e conclusões do Prof. Oreste Macrì ([85]); na literatura portuguesa, o maneirismo manifesta-se na segunda metade do século XVI e nas duas primeiras décadas do século XVII ([86]); na literatura francesa, o problema põe-se em termos semelhantes aos da literatura espanhola, pois têm sido apontados e estudados como maneiristas autores da segunda metade do século XVI, admitindo-se hoje, quase unanimemente, que o barroco se mani-

---

([82]) — Cf. Georg Weise, *op. cit.*, p. 55.
([83]) — Cf. Eugenio Battisti, *L'Antirinascimento*, p. 43.
([84]) — Estas datas, como é óbvio, representam apenas pontos de referência e não limites rígidos.
([85]) — Cf. Oreste Macrì, *Fernando Herrera*, Madrid, Gredos, 1959.
([86]) — Veja-se o nosso estudo, já mencionado, *Maneirismo e barroco na poesia lírica portuguesa*, pp. 216-219

festa sobretudo durante a primeira metade do século XVII ([87]).

Por conseguinte, tomando em consideração as diversidades das principais literaturas românicas, pode afirmar-se com segurança que o núcleo do período barroco se situa no século XVII, embora não se verifique homogeneidade cronológica ou geográfica na sua formação e no seu desenvolvimento.

6.11. Barroco e classicismo

Certos historiadores e críticos, principalmente alemães e anglo-saxões, fortemente influenciados pela filosofia da história de Hegel, concebem o barroco como o «espírito da época» (*Zeitgeist*) que caracterizaria, de modo absoluto, toda a cultura europeia durante o século XVII. E assim alguns estudiosos, seguindo as pisadas de Oswald Spengler n'*A decadência do Ocidente*, estendem este «espírito da época» a todas as manifestações da actividade humana do século XVII, referindo-se a uma arte e a uma literatura barrocas, bem como a uma política, uma medicina, uma física barrocas, etc. ([88]). Outros estudiosos, mais comedidos nas suas especulações, admitem tal «espírito da época» apenas no domínio das artes, considerando que todas as manifestações artísticas europeias, situadas no século XVII, comparticipam do mesmo espírito e da mesma estética — o barroco.

Ora a concepção do barroco como o *Zeitgeist* que unitariamente informasse a arte, a cultura e a vida da Europa numa determinada época, fundamenta-se numa filosofia da história de demonstração impossível e cujas consequências são altamente nocivas: tomba-se em generalizações vagas e descarnadas, os factos e os indivíduos esfumam-se, as diversidades são arbitrariamente reduzidas ao denominador comum das categorias universais. A história transforma-se assim num jogo de entidades

---

([87]) — Sobre estes problemas, veja-se a mencionada «Introduction» de Marcel Raymond à antologia *La poésie française et le maniérisme*.

([88]) — Entre os autores que assim interpretam o barroco, citamos Carl J. Friedrich, a quem se deve uma obra notável sob diversos pontos de vista: *The age of the baroque*, New York, Harper, 1952.

metafísicas e de princípios abstractos, esvaindo-se irremediavelmente a complexidade do acontecer histórico ([89]).

Os defensores do barroco como uma unidade epocal, como uma forma de arte que caracterizaria todo o século XVII europeu, postulam a existência de uma uniformidade fundamental nas manifestações artísticas deste período de tempo. Ora esta uniformidade não se verifica: quer na história das artes plásticas, quer na história literária, registam-se diferenças e antagonismos muito profundos que não permitem reduções simplificadoras. O obstáculo mais poderoso com que se defrontam os advogados de um pretenso panbarroco europeu reside no classicismo francês do século XVII, que se revela um estilo distinto do barroco, não obstante algumas afinidades e contaminações existentes entre ambos.

É sabido que a historiografia e a crítica literária francesas se têm mostrado muito reticentes na aceitação do conceito de barroco aplicado à literatura francesa do século XVII. Graças, porém, aos esforços de muitos estudiosos estrangeiros e de alguns críticos e historiadores franceses, a visão tradicional e lansoniana do século XVII francês tem sido substancialmente modificada, não oferecendo hoje quaisquer dúvidas a existência de um estilo barroco na literatura francesa daquele século ([90]).

([89]) — Delio Cantimori, no seu arguto ensaio sobre «Il dibattito sul barocco», in *Rivista storica italiana*, LXXII, III (1960), pp. 489-500, critica duramente tais interpretações do barroco.
([90]) — A bibliografia acerca do barroco literário francês é já extensíssima. Entre os estudos mais significativos, mencionamos apenas os seguintes: Franco Simone, *Umanesimo, Rinascimento, barocco in Francia*, Milano, U. Mursia & C., 1968; Marcel Raymond, *Baroque et renaissance poétique*, Paris, J. Corti, 1955, e «Le baroque littéraire français», in *Studi francesi*, 13(1961) (também inserto no volume já mencionado, *Manierismo, barocco, rococò*); Jean Rousset, *La littérature de l'âge baroque en France*, Paris, J. Corti, 1954; R. A. Sayce, «The use of the term baroque in french literary history», in *Comparative literature*, X, 3 (1958); Victor-L. Tapié, *Baroque et classicisme*, Paris, Plon, 1957; Mario Bonfantini, *La letteratura francese del XVII secolo. Nuovi problemi e orientamenti*, seconda ed., Napoli, Edizioni Scientifiche Italiane, 1964; Victor-L. Tapié, O. de Mourgues e Jean Rousset, *Trois conférences sur le baroque français*, suplemento ao n.º 21 da revista *Studi Francesi*, 1963; Daniela Dalla Valle, *La frattura. Studi sul barocco letterario francese*, Ravenna, Edizioni A. Longo, 1970; Claude-Gilbert Dubois, *Le baroque. Profondeurs de l'apparence*, Paris, Larousse, 1973.

Alguns autores, porém, dominados pelas teorias da *Geistesgeschichte*, foram conduzidos a interpretar como barroca toda a literatura francesa do século XVII, considerando o classicismo como uma construção artificial e arbitrária, eivada de preconceitos nacionalistas, da crítica francesa. Os esforços de tais autores têm incidido, de modo especial, na tentativa de demonstrar que o classicismo francês é apenas um barroco modificado, um barroco domado, explorando assim a via aberta por Leo Spitzer que, num estudo célebre sobre a *Phèdre* de Racine, afirmou que a sensibilidade do grande trágico francês «denota uma *Weltanschauung* que é essencialmente barroca», embora esta sensibilidade barroca de Racine se encontre disciplinada por uma «atenuação clássica» (*klassische Dämpfung*): «uma incessante repressão dos elementos emotivos mediante os elementos intelectuais» ([91]).

Tais esforços, porém, revelam-se ineficazes e obscurecem o problema em vez de o esclarecer, pois integrar nos esquemas do barroco um doutrinador como Boileau, um dramaturgo como Racine, um pintor como Poussin — exponentes mais significativos do classicismo francês —, ao lado de Gracián, Góngora, Marino, Tesauro, Rubens, etc., equivale a transformar o conceito de barroco num conjunto de elementos contraditórios e muitas vezes sem sentido ([92]). Aliás, as dúvidas e as hesitações com que se defrontam os defensores do panbarroco europeu são bem elucidativas acerca da justeza da sua posição. Em estudo recente, por exemplo, Bernard C. Heyl reconhecia que, tomando em conta quadros como *Et in Arcadia ego* e *Rebeca no poço*, não se podia honestamente aproximar a arte de Poussin da arte de Rubens, nem se podia legitimamente qualificar como barroca a arte do grande pintor francês. Como, porém, Bernard Heyl defende a

---

([91]) — Leo Spitzer, «Il récit de Théramène», *Critica stilistica e storia del linguaggio*, Bari, Laterza, 1954, *passim*.

([92]) — Helmut Hatzfeld, no seu ensaio intitulado «Three national deformations of Aristotle: Tesauro, Gracián, Boileau», in *Studi secenteschi*, II (1961), pp. 3-21, vê-se obrigado a distinguir de modo tão nítido as poéticas de Tesauro e Gracián, por um lado, e a poética de Boileau, por outro, que o leitor interroga-se, com legítima apreensão, sobre o teor do conceito de barroco que Hatzfeld aplica àqueles três preceptistas literários. Este estudo foi republicado, traduzido em espanhol, no volume de Hatzfeld intitulado *Estudios de literaturas románicas* (Barcelona, Editorial Planeta, 1972), pp. 259-278.

ideia apriorística da unidade fundamental das manifestações artísticas de uma época, resolveu a dificuldade representada por Poussin, qualificando este artista como um «clássico-barroco» ([93])! Estranha maneira de solucionar nominalisticamente um problema real...

Tem de se abandonar a hipótese de uma Europa monoliticamente unida sob um mesmo estilo artístico: tal como existem limites cronológicos, também existem limites geográficos e sociais do barroco ([94]). As feições várias da realidade histórica tanto se revelam num plano sincrónico como num plano diacrónico. Enquanto, na mesma época, certas regiões, como a Itália, a Espanha e a Europa central, acolhem fervorosamente o barroco, outras regiões, como a França, ofereceram-lhe forte resistência, tendo aí o barroco de coexistir com um estilo diverso, o classicismo. Tem de se aceitar que «a arte de uma época historicamente desenvolvida não pode ser, com efeito, homogénea, porque a própria sociedade de tais épocas não é também homogénea; a arte só pode ser expressão de um estrato, de um grupo, de uma comunidade de interesses, e mostrará tantas tendências estilísticas simultâneas quantos estratos, suportes da cultura, possua a sociedade em questão» ([95]). Ora a sociedade europeia do século XVII está muito longe de se apresentar homogénea e essa heterogeneidade de estruturas sociais tinha de se reflectir na arte. Com efeito, parece averiguado, depois sobretudo dos sólidos estudos do Prof. Victor-L. Tapié ([96]), que o barroco e o classicismo se encontram em relação com estruturas sociais distintas: o barroco relaciona-se com uma sociedade de tipo aristocrático-feudal e rural, composta de senhores latifundiários e de uma larga massa de camponeses, ao passo que o classicismo se relaciona com uma burguesia educada no estudo da lógica, da matemática, das disciplinas

---

([93]) — Bernard C. Heyl, «Meanings of baroque», in *Journal of aesthetics and art criticism*, XIX (1961), pp. 284-285.

([94]) — Pierre Francastel, «Limites chronologiques, limites géographiques et limites sociales du baroque», *Retorica e barocco*, Roma, Fratelli Bocca Editori, 1955.

([95]) — Arnold Hauser, *Introducción a la historia del arte*, Madrid, Guadarrama, 1961, pp. 349-350.

([96]) - - Victor-L. Tapié, *Baroque et classicisme, passim*.

jurídicas, habituada portanto ao raciocínio rigoroso e à claridade mental.

Em suma, a Europa do século XVII, tão dividida sob os aspectos intelectual, moral e social, igualmente se apresenta dividida no domínio artístico, e só aceitando essa diversidade é que o conceito de barroco adquire consistência e eficácia históricas.

6.12. Barroco e Contra-Reforma

A historiografia liberal e racionalista dos séculos XIX e XX, legítima herdeira do iluminismo setecentista, e para a qual o barroco é sinónimo de mau gosto e de perversão da arte, defendeu que na origem de tal estilo artístico actuara de modo determinante a Contra-Reforma, polemicamente entendida como um movimento opressor das consciências e dirigido, com maquiavélica astúcia, pelos jesuítas. O barroco, literatura de contorsões formalistas, de conteúdo insignificante e enlevada em estéreis refinamentos estilísticos, seria o resultado de uma atmosfera obscurantista e fanática e de um cerceamento impiedoso das liberdade individuais.

Tal interpretação da génese do barroco, determinada por factores polémicos de ordem política e religiosa, foi desmentida pelos estudos modernos. Primeiramente, reconheceu-se que o barroco não é sinónimo de literatura de má qualidade, bastando citar o exemplo magnífico da literatura espanhola do século XVII. Dámaso Alonso, através dos seus trabalhos de estilística, em que se aliam uma rigorosa exactidão e uma sensibilidade de artista, revelou a beleza luminosa e ideal da poesia de Góngora, tão frequentemente considerada como o próprio símbolo do artificialismo obscuro e ridículo do barroco; outros estudiosos sublinharam a modernidade da temática, da sensibilidade e da estilística barrocas, como no domínio da metáfora e da musicalidade do verso, por exemplo. Historiadores da arte ensinaram a admirar a beleza das igrejas e dos palácios barrocos, da escultura de Bernini, da pintura de Rubens e Caravaggio, etc. Deve observar-se, ainda, que esta reabilitação do barroco de modo nenhum pode ser considerada como um movimento revisionista de inspiração católica.

Por outro lado, a relacionação genética do barroco com a Contra-Reforma, mesmo quando equacionada em termos positivos, isto é, sem animadversão contra a Reforma católica, nem contra a arte barroca, revelou-se historicamente falsa ([97]). Reconheceu-se que existe um barroco protestante, quer em França ([98]), quer na Inglaterra, quer nos Países Baixos, e tal facto dificulta muito a teoria segundo a qual o barroco seria um fruto da Contra-Reforma e da Companhia de Jesus. A análise comparativa, por sua vez, dos princípios religiosos e morais da Contra-Reforma com os caracteres morfológicos e o conteúdo da arte barroca, permite concluir com segurança que o barroco se desenvolveu paralelamente com a Contra-Reforma, mas que «não pode ser considerado como expressão das aspirações e dos valores essenciais da Reforma Católica», embora a Igreja tenha vindo a perfilhar a magnificência e a grandiosidade monumental da arte barroca para exprimir a glória do seu triunfo ([99]).

Se a Contra-Reforma não pode, por conseguinte, ser apontada como a causa determinante do barroco, deve porém ser tida em conta como um dos elementos fundamentais que estruturam a ideologia, a sensibilidade e a temática do barroco. Não é sem razão que a Espanha, fulcro da Contra-Reforma, possui a mais rica literatura barroca da Europa, e não é também infundadamente que se pode falar de um «predomínio do espírito espanhol na literatura europeia» durante o século XVII ([100]).

([97]) — O grande responsável por semelhante relacionação genética do barroco com a Contra-Reforma é Werner Weisbach, autor do famoso estudo *El barroco arte de la Contrarreforma*, Madrid, Espasa-Calpe, ²1948.

([98]) — Cf. Albert-Marie Schmidt, «Quelques aspects de la poésie baroque protestante», in *Revue des sciences humaines*, 76 (1954), pp. 383-392 (republicado no vol. de A.-M. Schmidt intitulado *Études sur le XVIe siècle*, Paris, Albin Michel, 1967).

([99]) — C. Galassi Paluzzi, «La Compañía de Jesus y el barroco», in *Revista de la Universidad de Madrid*, XI, 42-43 (1962). O autor, historiador católico italiano, ocupou-se mais detidamente do problema na sua obra *Storia segreta dello stile dei Gesuiti*, Roma, Mondini, 1951.

([100]) — Cf. Helmut Hatzfeld, «La misión europea de la España barroca», *Estudios sobre el barroco*, ed. cit.

6.13. A temática do barroco

Vejamos seguidamente, em abreviada análise, os aspectos mais importantes da temática do barroco literário.

Dámaso Alonso define o barroco como «uma enorme *coincidentia oppositorum*» ([101]): arte de impressionantes oposições dualistas, de antíteses violentas e exaltadas. «Enorme *coincidentia oppositorum*», eis a própria substância da *Fábula de Polifemo y Galatea* de Góngora — o tema do monstruoso e o tema da beleza, a lôbrega e bestial fealdade do Ciclope contraposta à graça e à luminosa serenidade de Galateia:

> *Negro el cabello, imitador undoso*
> *de las obscuras aguas de el Leteo,*
> *al viento que le peina proceloso*
> *vuela sin orden, pende sin aseo;*
> *un torrente es su barba impetuoso*
> *que — adusto hijo de este Pirineo —*
> *su pecho inunda — o tarde o mal o en vano —*
> *surcada aún de los dedos de su mano.*
>
> ....
>
> *Purpúreas rosas sobre Galatea*
> *la Alba entre lilios cándidos deshoja:*
> *duda el Amor cuál más su color sea,*
> *o púrpura nevada, o nieve roja.*
> *De su frente la perla es, Eritrea*
> *— émula vana —. El Ciego Dios se enoja*
> *y condenado su esplendor, la deja*
> *prender en oro al nácar de su oreja* ([102]).

Na literatura barroca, a expressão da beleza alcança um fulgor, um engenhoso requinte e uma exuberante riqueza que a poesia renascentista está longe de oferecer. A beleza natural, segundo a estética barroca, necessita de ser corrigida, complementada e exaltada pelos primores e artifícios da arte: «É a arte complemento da natureza e um outro segundo ser, aformo-

---

([101]) — Cf. Dámaso Alonso, *Poesia espanhola*, p. 292.
([102]) — Luis de Góngora, *Obras completas*, Madrid, Aguilar, ⁵1961, pp. 621 e 622.

seando-a em extremo e até pretendendo excedê-la nas suas obras. Gloria-se de ter acrescentado um outro mundo artificial ao primeiro; supre em geral os descuidos da natureza, aperfeiçoando-a em tudo: que sem este auxílio do artifício, ficaria inculta e grosseira» ([103]). Através de um léxico opulento e raro, através de uma profusa e audaciosa utilização de hipérboles, acumulações, alusões e metáforas, a literatura barroca compraz-se na representação de tudo quanto é peregrinamente belo na figura humana, nas coisas, nas paisagens, nas criações artísticas devidas ao engenho dos homens. Linhas, volumes e cores, perfumes e sons, tudo é embelezado e idealizado até à fronteira da irrealidade, criando-se um universo magnificente e fúlgido onde estão ausentes a fealdade e a imperfeição. Neste universo, os próprios actos da vida quotidiana se despojam do seu prosaísmo e se transfiguram radiosamente, como revela este soneto de Marino em que se descreve uma mulher que penteia os seus cabelos loiros:

> *Onde dorate, e l'onde eran capelli,*
> *navicella d'avorio un dì fendea;*
> *una man pur d'avorio la reggea*
> *per questi errori preziosi e quelli;*
>
> *e, mentre i flutti tremolanti e belli*
> *con drittissimo solco dividea,*
> *l'òr de le rotte fila Amor cogliea,*
> *per formarne catene a' suoi rubelli.*
>
> *Per l'aureo mar, che rincrespando apria*
> *il procelloso suo biondo tesoro,*
> *agitato il mio core a morte già.*
>
> *Ricco naufragio, in cui sommerso io moro,*
> *poich'almen fûr, ne la tempesta mia,*
> *di diamante lo scoglio e 'l golfo d'oro!* ([104])

([103]) — Baltasar Gracián, *Obras completas*, Madrid, Aguilar, ²1960, p. 587 (*El Criticón*, parte I, crisi VIII).

([104]) — Cf. *Marino e i marinisti*. A cura di G. G. Ferrero. Milano-Napoli, R. Ricciardi Editori, 1954, p. 383.

Por outro lado, porém, a literatura barroca cultivou com frequência e aprazimento uma estética do feio e do grotesco, do horrível e do macabro. Em vez de com a arte, segundo as palavras de Gracián atrás transcritas, conferir à realidade a perfeição e a beleza de que ela carece, o escritor barroco pode buscar, através da notação humorística ou sarcástica do real, através da caricatura e da sátira, tornar mais notárias, mais cómicas ou mais repulsivas, a imperfeição e a disformidade existentes na natureza e, sobretudo, na natureza humana. Os mesmos poetas que cantam em termos quintessenciados a beleza feminina, que hiperbolizam as delicadezas e as subtilezas da tradição poética do amor petrarquista, que transfiguram esplendorosamente, no jogo alquímico dos tropos, os aspectos mais triviais da realidade, constroem também um universo poético radicalmente antagónico deste, comprazendo-se na descrição ou na evocação de seres e factos grosseiramente vulgares, sórdidos, disformes e grotescos.

Assim, os poetas barrocos, afastando-se da tradição poética petrarquista e renascentista, cantam mulheres muito diferentes, na sua fisionomia, na sua condição social e na sua compleição moral, da «donna angelicata», da «gentil Senhora», da «presença bela, angélica figura», daquela «imagem pura e bela», «ao Mundo dos Céus dada, / exemplo de santíssimos costumes, / rara em saber, e rara em fermosura»: cantam a bela cigana vagabunda, [105] a bela mendiga, rota e descalça, de loiro cabelo solto ao vento, [106] a bela coxa e a bela anã,[107] a bela piolhosa

---

[105] — Veja-se, por exemplo, no mencionado volume *Marino e i marinisti*, o soneto de Paulo Zazzaroni, *Zingaretta gentil, ch'a nove genti* (p. 976).

[106] — Leia-se o soneto *Sciolta il crin, rotta i panni e nuda il piede*, da autoria de Claudio Achillini, inserto na antologia citada na nota anterior (p. 699). Este poema de Achillini foi imitado pelo poeta barroco francês Tristan L'Hermite, numa célebre composição intitulada *La belle gueuse*. O poema de Baudelaire *A une mendiante rousse* inspira-se, em parte, neste tema barroco (cf. as anotações que, acerca deste poema, publicou Antoine Adam na sua edição de *Les fleurs du mal*, Paris, Garnier, 1959, p. 379). Sobre o tema barroco da bela mendiga, cf. M. J. O'Regan, «The fair beggar. Decline of a baroque theme», in *Modern language review*, LV (1960), pp. 186-199.

[107] — Sempre a mero título de exemplo, vejam-se, na referida antologia (p. 759), dois sonetos de Giovan Leone Sempronio: *Move zoppa gentil piede ineguale* e *Per ascender al ciel folli giganti*.

coberta de «fere d'avorio in bosco d'oro», ([108]) a bela gaga, ([109]) a bela vesga, ([110]) a bela desdentada, ([111]) a bela lavadeira... ([112])

Os defeitos físicos, as situações indecorosas e sórdidas, os vícios repulsivos constituem temas frequentes da poesia barroca de carácter realista e satírico: um nariz enorme, uma mulher velha e muito magra, uma dama em atitude de satisfazer as suas elementares necessidades fisiológicas, um amante que, ao falar com a amada, sofre um desarranjo intestinal — eis, colhidos ao acaso, alguns desses temas, não raro tratados com uma crueza sem freio ([113]).

As cenas cruéis e sangrentas abundam igualmente na literatura barroca, traduzindo uma sensibilidade exasperada até ao paroxismo, que se compraz no horrorífico e no lúgubre, na solidão e na noite. Não é sem razão que alguns críticos têm relacionado a sensibilidade barroca com alguns aspectos do pré-romantismo e do romantismo ([114]).

As tensões do barroco exprimem-se frequentemente através das antinomias entre o espírito e a carne, os gozos celestes e os prazeres mundanos, a fruição terrenal e a renúncia ascética, bem como através da descrição e da análise do pecado, do arrependimento e da penitência, do êxtase e da beatitude interiores. Como escreve García Morejón, «o elemento religioso desempenha um papel [...] significativo na história do barroco e foi considerado,

---

([108]) — Cf. *Marino e i marinisti*, p. 820 (soneto de Narducci: *Sembran fere d'avorio in bosco d'oro*).

([109]) — *Ibid.*, p. 832 (soneto de Paolo Abriani: *Mio co-co-cor, mio ben, mia pu-pupilla*).

([110]) — *Ibid.*, p. 853 (soneto de Girolamo Fontanella: *Di natura non è segno imperfetto*). O estrabismo é um dos defeitos físicos mais comummente cantados pelos poetas barrocos.

([111]) — *Ibid.*, p. 912 (soneto de Bernardo Morando: *Contra il tiranno Amor, cui sempre cura*).

([112]) — *Ibid.*, p. 980 (soneto de Paolo Zazzaroni: *Su quel margo mirai donna, anzi dea*). Os poetas barrocos cantaram e exaltaram mulheres dos mais variados ofícios: costureiras, peixeiras, colarejas, pastoras, vindimadeiras... Veja-se o nosso estudo *Maneirismo e barroco na poesia lírica portuguesa*, p. 424.

([113]) — Veja-se a nossa obra citada na nota anterior, pp. 432 ss.

([114]) — Cf., por exemplo, F. C. Sáinz de Robles, *Ensayo de un diccionario de la literatura*, Madrid, Aguilar, 1954, t. I, s. v. *barroco*. Todavia, para além de alguns pontos de contacto, o barroco e o romantismo constituem dois estilos profundamente diversos, como demonstrou Jean Rousset, *La littérature de l'âge baroque en France*, Paris, Corti, 1960, pp. 251-252.

pela maioria dos críticos e historiadores do período que focalizamos, com[o] um dos componentes angulares da expressão barroca. O homem é um animal religioso. Como animal, irrompe em forças contidas, em paixão, vida, movimento, impulso para o alto e para baixo, característicos das formas de expressão barrocas. Como religioso, lança-se para o alto, com um impulso ascendente de fé que não consegue desligar-se dos apetites terrenos» ([115]).

Com efeito, a expressão da religiosidade, na literatura barroca, está intimamente associada a motivos eróticos: na poesia de Góngora, de Marino, dos místicos espanhóis do século XVII, espiritualismo e sensualismo confundem-se constantemente. A figura de Maria Madalena, na qual se associam o pecado e o arrependimento, a sedução do mundo e o apelo do céu, o erotismo e o misticismo, constitui um dos temas predilectos da poesia barroca:

> Enfin la belle Dame orgueilleuse et mondaine
> Changea pour son salut et d'amant et d'amours,
> Ses beaux palais dorez aux sauvages séjours,
> Sa faute au repentir, son repos à la peine,
>
> Son miroir en un livre, et ses yeux en fontaine,
> Ses folastres propos en funèbres discours,
> Changeant mesme d'habits en regrettant ses jours
> Jadis mal employez à chose errante et vaine ([116]).

Os valores sensoriais e eróticos são muito relevantes na arte barroca: o mundo é conhecido e gozado através dos sentidos, e as cores, os perfumes, os sons, as sensações tácteis são fonte de deleite e de volúpia. As próprias realidades divinas são expressas por meio de elementos fortemente sensoriais, tendo já alguns críticos falado de «secularização do transcendente» a propósito do naturalismo exuberante das figuras divinas que aparecem na

---

([115]) — Julio García Morejón, Coordenadas do barroco. S. Paulo, Faculdade de Filosofia, Ciências e Letras, 1965, p. 34.

([116]) — Apud Jean Rousset, Anthologie de la poésie baroque française, Paris, Colin, t. II, p. 26.

obra de Caravaggio. As palavras e as metáforas esforçam-se por traduzir a intensidade e o fascínio das impressões sensórias, como nestes versos em que Marino celebra a beleza da rosa:

> *Rosa riso d'amor, del ciel fattura,*
> *Rosa del sangue mio fatta vermiglia,*
> *Pregio del mondo e fregio di natura,*
> *De la terra e del sol vergine figlia,*
> *D'ogni ninfa e pastor delizia e cura [...]*
> *Porpora de' giardin, pompa de' prati,*
> *Gemma di primavera, occhio d'aprile,*
> *Di te le Grazie e gli Amoretti alati*
> *Fan ghirlanda a la chioma, al sen monile.*
> *Tu, qualor torna a gli alimenti usati*
> *Ape leggiadra o zefiro gentile,*
> *Dài lor da bere in tazza di rubini*
> *Rugiadosi licori e cristallini* ([117]).

O erotismo ocupa um lugar muito importante na temática barroca ([118]): a mulher deixa de ser conceituada como um ser idealizado e aristocraticamente distante, passando a ser visto como um ser de carne e osso, sedutora e apetecível na sua carnalidade; o amor é considerado prevalentemente como gozo dos sentidos — gozo que o dinheiro compra, cínica e impudentemente — e não como sentimento depurado e exaltador do espírito humano.

Os retratos barrocos de mulheres estão geralmente saturados de sensualidade e, como é natural, essa sensualidade adensa-se sobretudo na descrição de partes corpóreas como a boca e o seio. Leia-se esta descrição, pertencente a Cristóvão Alão de Morais, da boca de Galateia:

> *Do belo cravo intacta flor parece*
> *Com folhas carmesins a doce boca;*
> *E tanto a cor aumenta e o cheiro cresce*
> *Que se um sentido eleva, outro provoca.*

([117]) — G. Marino, *L'Adone*, canto III, est. 156 e 158, no vol. *Marino e i marinisti*, ed. cit., p. 68.

([118]) — Repetimos seguidamente, com algumas alterações, o que escrevemos no nosso trabalho *Maneirismo e barroco*, pp. 463-466

> *Onde cheira o rubim, o âmbar floresce;*
> *E em tal delícia sente quem a toca*
> *Na língua, que de Amor flecha semelha,*
> *Serpe entre flores e entre o mel abelha.* ([119])

A imagem da boca como folhas carmezins de um cravo — imagem decerto colhida por Alão de Morais no *Polifemo* de Góngora — suscita sensações cromáticas e olfactivas tão inextricavelmente associadas que o poeta utiliza audaciosamente sinestesias como *cheira o rubim, o âmbar floresce*. Esta fusão de cor e perfume, que exalta e provoca os sentidos, atinge a mais intensa vibração erótica quando se conjuga com as sensações tácteis do beijo: às sensações cromáticas geradas por *flores* e às sensações olfactivas despertadas por *mel* e também por *flores*, associam-se as sensações tácteis e cinestésicas desencadeadas pelos movimentos flexuosos da língua, que aparece figurada como uma *serpe* — decerto pela própria forma, pelo movimento e pela conotação de elemento tentador — e como uma *abelha* — imagem sugeridora de sucção e posse.

E eis como Fonseca Soares, poeta que disseminou copiosamente nos seus poemas os textos de carácter erótico, descreve os seios da amada, entrevistos graças a um momentâneo desalinho das suas vestes:

> *Já se vê de um peito a neve,*
> *ou pomo de nata doce,*
> *para que, amante, o desejo*
> *num mar de leite se afogue* ([120]).

A imagem renascentista dos seios como pomos de neve — este último elemento pode permutar com outros, como marfim e alabastro — pervive ainda nestes versos de Fonseca Soares, mas encontra-se suplantada por uma outra, de intensa conotação erótica: *pomo de nata doce*. Esta imagem não comunica apenas uma sensação cromática — a brancura dos seios —, mas

---

([119]) — Transcrevemos do manuscrito 626 da Biblioteca Pública Municipal do Porto (manuscrito sem paginação).

([120]) — Transcrevemos do manuscrito da Biblioteca da Ajuda n.º 49-III-76, p. 406.

também uma sensação táctil de superfície lisa e macia e uma sensação gustativa, fortemente lúbrica, acentuada ainda pelo adjectivo *doce*. O sintagma *num mar de leite*, cuja ambiguidade significativa pode raiar a obscenidade, prolonga a imagem voluptuosa dos seios visionados como *nata doce*.

O erotismo barroco não se circunscreve à descrição da boca e do seio ([121]). Apresenta com frequência aspectos mais audaciosos: a vida sexual, nas suas feições mais íntimas, nos seus pormenores mais sórdidos, e até nas suas aberrações, está amplamente representada na literatura deste período.

O tema da fugacidade, da ilusão da vida e das coisas mundanas ocupa um lugar central na literatura barroca. As motivações religiosas deste tema são bem evidentes: trata-se de lembrar ao homem que tudo é vão e efémero à superfície da terra, que a vida carnal é uma passagem e que é necessário procurar uma realidade suprema isenta de mentira e de imperfeição. As ruínas atestam a transitoriedade do homem e os poetas meditam angustiados sobre a fragilidade da beleza humana, sobre a destruição e o vazio que esperam tudo o que é grácil e luminoso. Daí, o apelo, trespassado de desespero, à fruição da vida que foge:

> *Goza cuello, cabello, labio y frente,*
> *Antes que lo que fué en tu edad dorada*
> *Oro, lilio, clavel, cristal luciente*

([121]) — Um tema erótico com muita voga na poesia barroca é o da mordedura da pulga no seio da mulher amada. Com compreensível mágoa, o poeta barroco inveja a liberdade e a intimidade de que disfruta o minúsculo insecto... Sobre este tema, cf. R. D. Jones, «Renaissance butterfly, mannerist flea: tradition and change in Renaissance poetry», in *Modern language notes*, 1965, 80, 2 (1965), pp. 166-184.

Na nossa obra *Maneirismo e barroco na poesia lírica portuguesa*, atribuímos a Barbosa Bacelar um soneto em que está tratado este tema e cujo *incipit* é o seguinte: *Picó atrevido um átomo vivente* (cf. pp. 85 e 493). Este soneto, porém, está publicado, desde 1634, nas *Rimas humanas y divinas del licenciado Tomé de Burguillos* de Lope de Vega (na edição das *Obras poéticas* de Lope de Vega organizada por José Manuel Blecua — Barcelona, Planeta, 1969 —, o referido soneto encontra-se no tomo I, p. 1391). A nossa atribuição baseou-se nos manuscritos 49-III-72 da Biblioteca da Ajuda, p. 34, e 693, azul, da Biblioteca da Academia das Ciências de Lisboa, fl. 20 v, que declaram Barbosa Bacelar como seu autor.

No sólo en plata o víola troncada
Se vuelva, mas tú y ello juntamente
En tierra, en humo, en polvo, en sombra, en nada (¹²²).

O barroco ama a metamorfose e a inconstância, possui um agudo sentido das variações que secretamente alteram toda a realidade e busca no movimento e no fluir universal a essência das coisas e dos seres. Para exprimir esta mundividência, a literatura barroca utiliza um vasto conjunto de símbolos em que figuram elementos evanescentes, instáveis e efémeros, ondeantes e fugidios: a água e a espuma, o vento, a nuvem e a chama, a mariposa, a ave e o fumo, etc. A água, sobretudo, constitui um elemento muito importante na simbólica e na emblemática do barroco, quer a água em movimento que corre, borbulha ou se ergue em repuxos nos jardins e nos parques, quer a água adormecida, espelho líquido em que o mundo se reflecte movediço, ilusório e invertido, como nestes versos de Saint-Amant em que, nas águas serenas, se reflectem invertidas as aves que fendem os céus:

Le firmament s'y voit, l'astre du jour y roule;
Il s'admire, il éclate en ce miroir qui coule,
Et les hostes de l'air, aux plumages divers,
Volans d'un bord à l'autre, y nagent à l'envers... (¹²³)

Esta temática da fugacidade e da ilusão da vida e do mundo adquire muitas vezes uma tensão dolorosa e uma feição de angustioso desencanto. A metamorfose e a inconstância transformam-se em motivos de profunda e religiosa meditação e ganham um significado fúnebre. A morte, expressão suprema da efemeridade, constitui assim um tema maior do barroco. Quer nas artes plásticas, quer na literatura, quer na espiritualidade do período

---

(¹²²) — Luis de Góngora, *Obras completas*, Madrid, Aguilar, 1961, p. 447.
(¹²³) — *Apud* Jean Rousset, *op. cit.*, t. I, p. 240. Cf. E. Michaëlsson, «L'eau, centre de métaphores et de métamorphoses dans la littérature française de la première moitié du XVIIe siècle», in *Orbis litterarum*, XIV (1959); Jean Rousset, «Reflets sur l'eau», *L'intérieur et l'extérieur*, Paris, Corti, 1968; *id.*, «Les eaux miroitantes», in *Analyse spectrale et fonction du poème baroque (Cahiers du Centre International de Synthèse du Baroque*, n.º 3), Montauban, 1969; Gérard Genette, «L'univers réversible», *Figures*, Paris, Éditions du Seuil, 1966.

barroco, a morte é uma presença obsessiva e teatral: em 1639, os jesuítas celebram em Roma uma missa solene em homenagem a um seu protector, numa igreja decorada com esqueletos; Alexandre VII só recebia os visitantes numa sala de audiências rodeado de crâneos e junto de um túmulo aberto; os túmulos de Bernini, em Roma, e os túmulos da autoria de discípulos seus na igreja de Saint-Sulpice, em Paris, são dominados, em patética e espectacular alegoria, pela figura da morte; os pregadores apresentam perturbantes e cruéis visões dos derradeiros instantes da vida, procurando impressionar violentamente a sensibilidade dos seus ouvintes ([124]). A morte está escondida em tudo o que vive, em tudo o que é frescor e beleza, e o artista barroco sente a ânsia, e também o amargo deleite, de constantemente o recordar. A poesia descreve o corpo comido pelos vermes, o ventre que se desfaz em pestilência, o nariz já carcomido que deforma o rosto, pinta os mortos da peste, insepultos e esverdeados, medita sobre o aborto, «união confusa do ser e do nada, que morre antes de nascer», fala da doença, da agonia, dos últimos estertores. A morte transforma-se num espectáculo formidando e o poeta, algumas vezes, sob o fascínio do horror, visiona o seu próprio fim:

> *Quels seront mes souspirs, mon sens, mon jugement,*
>   *Ma parole derniere,*
> *Et la nuict qui fera par ce délogement*
>   *Ecclipser ma paupiere* ([125]).

Por outro lado, o barroco exprime um universo de ostentação e de sumptuosidade, de glória e de magnificente aparato; traduz o gosto da decoração rica, da luz profusa, do espectáculo faustoso. O barroco é uma arte de exuberância e de intenso poder expressivo, apta a traduzir as glórias do céu e as pompas da terra, destinada a impressionar fortemente os sentidos, embora o espírito possa permanecer, muitas vezes, desconfiado e céptico.

As festas de corte, de um luxo opulento e situadas em cenários majestosos, servem admiravelmente este ideal de pompa

---

([124]) — Cf. André Chastel, «Le baroque et la mort», no vol. *Retorica e barocco*, ed. cit., 33-46.
([125]) — *Apud* Jean Rousset, *op. cit.*, t. II, p. 159.

— ideal nascido do mesmo horror pelo vazio que não admite uma parede nua ou uma coluna despida de enfeites.

O teatro é a forma de expressão por excelência deste ideal barroco: construção de um mundo imaginário onde a aparência se afirma como realidade, onde a máscara e os efeitos cénicos instauram a ilusão e simultaneamente deixam entrever a ruptura da ilusão, o espectáculo teatral barroco alimenta-se da exuberância sensorial e da feeria, da profusa riqueza alegórica, da máscara e do disfarce. A máscara e o disfarce representam elementos importantes da arte e da sensibilidade barrocas; personagens e situações polimorfas que iludem qualquer tentativa de definição, jogo e conflito do ser e do parecer, gosto do complicado e do surpreendente. E o teatro, além de proporcionar todos estes elementos, constituía ainda, como escreve Richard Alewyn, um quadro completo e um símbolo perfeito do mundo, do mundo tal como a arte barroca o concebeu: «Se a arte dramática da Renascença se limitou à superfície da cena, com que se contentará novamente o século XVIII, a razão é menos estética do que teológica. A cena horizontal é a expressão de um mundo que não procura ultrapassar o plano humano. Se, pelo contrário, no barroco, como na Idade Média, o teatro se amplia para cima e para baixo, se por conseguinte recobra um plano vertical, é porque entram em jogo outros elementos além do simples prazer do público ou da virtuosidade infrene dos mestres maquinistas. A conquista do espaço em altura, com todo o rangente aparelho de roldanas e de cordas que assegurava os movimentos aéreos em cena, prova-nos que o teatro abarca de novo o aspecto do mundo cristão, do «céu ao inferno passando pela terra», e que a *comoedia divina* suplantou uma vez mais a *comoedia humana*» [126].

6.14. O estilo barroco

A mundividência, a sensibilidade e a temática do barroco, acima brevemente analisadas, exprimem-se através de uma poética e uma estilística próprias.

---

[126] — Richard Alewyn, *L'univers du baroque*, Paris, Gonthier, 1964. pp. 75-76. Sobre este aspecto da problemática do barroco, cf. também Emilio Orozco Díaz, *El teatro y la teatralidad del barroco*, Barcelona, Editorial Planeta, 1969; Frank J. Warnke, *Versions of baroque. European literature in the seventeenth century*, New Haven — London, 1972, pp. 66 ss.

A literatura barroca caracteriza-se pela fuga à expressão singela e imediata, às estruturas formais simples e lineares. «Enorme *coincidentia oppositorum*», nas palavras já mencionadas de Dámaso Alonso, o barroco é necessariamente uma literatura de fortes tensões vocabulares, de polivalências significativas, de estruturas complexas e surpreendentemente inéditas. Tal como nas artes plásticas os valores funcionais se dissolvem na exuberância magnífica dos elementos decorativos, também na literatura as formas simples e lineares são substituídas pelas formas complicadas e multivalentes que nascem do *artifício da arte* — artifício que não deve ser entendido como um ornamento supérfluo, mas como uma condição fundamental da beleza artística, pois «no hay belleza sin ayuda, ni perfección que no dé en bárbara sin el realce del artificio: a lo malo socorre y lo bueno lo perficiona», no dizer de um dos grandes teorizadores do barroco, Baltasar Gracián ([127]).

Helmut Hatzfeld, autor a quem se devem importantes estudos sobre o período que nos ocupa, apontou como traço importante da literatura barroca o *fusionismo*, ou seja, a tendência para unificar num todo múltiplos pormenores e para associar e mesclar numa unidade orgânica elementos contraditórios. O escritor barroco não procura a expressão de significado directo e linear, mas a expressão que encerra uma multivalência significativa que traduz valores contrastantes. Por detrás desta tendência fusionista, está a visão da unidade como dualidade, a visão do real como conflito — aspecto importante da mundividência barroca. Observe-se o retrato que Tasso pintou, em *La Gerusalemme liberata* (VIII, 33), de um guerreiro cristão morto em combate pela sua fé:

> *Dritto ei teneva in verso il cielo il vólto*
> *In guisa d'uom che pur là suso aspire.*
> *Chiusa la destra, e 'l pugno avea raccolto,*
>
> *E stretto il ferro, e in atto è di ferire;*
> *L'altra su 'l petto in modo umile e pio*
> *Si posa, e par che perdón chieggia a Dio.*

([127]) — Baltasar Gracián, *Oráculo manual*, 12 (cita-se de *Obras completas*, Madrid. Aguilar, ²1960, p. 154).

Como se vê, o retrato compõe-se de duas atitudes contrastantes que se integram espectacularmente numa unidade: o herói, na hora da morte, não deixa de ser guerreiro fero para morrer como bom cristão, mas guarda simultânea e contraditoriamente o ímpeto belicoso de golpear os inimigos e a atitude piedosa e e contrita de quem, na hora derradeira, pede perdão a Deus. Esta característica do barroco prende-se intimamente com um aspecto que Alejandro Cioranescu considera como inovação essencial da literatura barroca — a descoberta do conflito interior na alma do homem. Na literatura anterior ao barroco, observa Cioranescu, a personagem permanece estável e sempre idêntica a si mesma, pelo que a sua alma monovalente não conhece a dicotomia interior: para Virgílio, Eneias permanece sempre o «pius Aeneas», e, para o poeta medieval, Roland permanece, através de todas as vicissitudes, o mesmo cavaleiro intrépido e violento. É óbvio que na literatura anterior ao barroco existem personagens que experimentam contradições de sentimentos e de anseios, mas estas contradições são consideradas como uma sucessão, como uma alternância, e não como uma simultaneidade. Pelo contrário, as personagens mais características da literatura barroca «deixaram de ser simples e rectas, transparentes em todas as circunstâncias e uniformes em todas as suas reacções. O seu carácter é complexo, matizado entre um sim e um não, frequentemente indeciso e vacilante; e é frequente que o caminho que segue não seja o que quer seguir, que anele idealmente pelo contrário do que faz na realidade, que considere o livre arbítrio como um perigo e a força maior como uma bênção. Em presença destas personagens, nem sempre é fácil adivinhar as suas reacções, pois que, em cada circunstância, parece que obedecem simultaneamente a dois impulsos contrários» ([128]). É o que caracteriza personagens como o Cid de Corneille e o Hamlet de Shakespeare.

O fusionismo, que se manifesta igualmente no domínio da técnica literária pela anulação dos limites rígidos entre as diversas partes ou os capítulos de uma obra, explica também que na literatura barroca as pessoas, as coisas, as paisagens e as acções não sejam propriamente descritas, mas sugeridas, de modo que os seus contornos se esbatem e se confundem, tal como acontece

---

([128]) — Alejandro Cioranescu, *El barroco o el descubrimiento del drama*, Universidad de La Laguna, 1957, pp. 331-332.

com a técnica do claro-escuro na pintura barroca. O uso de verbos «prismáticos» (*ver, ouvir*) e o emprego de certas alusões permitem que as figuras humanas e as acções não sejam descritas, mas reflectidas através da visão das personagens, como se se tratasse de um espelho onde a realidade se reflectisse.

Da amálgama do racional e do irracional resultam também estilemas e figuras de retórica como o paradoxo e o oximoro. O paradoxo caracteriza personagens divididas, de sentimentos mesclados e contraditórios, como o *cuerdo-loco* D. Quixote que, segundo as palavras de Cervantes, «lo que hablaba era concertado, elegante y bien dicho, y lo que hacía disparatado, temerario y tonto»; o oximoro constitui uma figura estilística que traduz precisamente esta fusão de valores paradoxalmente contraditórios («liberdade amarga», «pérfida bondade», «orgulhosa fraqueza», etc.).

A poética barroca busca constantemente suscitar no leitor a surpresa e a maravilha. Marino caracterizou lapidarmente este rasgo do barroco, ao escrever que «è del poeta il fin la meraviglia» ([129]). Esta tendência desemboca frequentemente num ludismo luxuriante e oco, mas encerra também um significado mais sério e mais profundo: traduz a aspiração de uma poesia ousadamente nova e inquieta, apta a exprimir as relações secretas existentes entre os seres e as coisas, através de uma linguagem fulgurante. Para lá da lógica e da razão, a literatura barroca plasma mundos que, esplendentes ou lôbregos, se caracterizam pelo propósito de maravilhar, de despertar no leitor uma admiração sem medida.

A metáfora é o elemento fulcral desta poética: constitui o instrumento por excelência de uma expressividade misteriosa, da revelação de recônditas analogias que o poeta apreende na realidade, da transfiguração fantástica do mundo empírico. A poética barroca considera a metáfora como o mais sublime fruto do engenho, e o engenho, nas palavras de Tesauro, é a faculdade que sabe «ligar conjuntamente as distantes e separadas noções dos objectos considerados», «encontrando a semelhança nas coisas dissemelhantes» ([130]). Por isso, a metáfora barroca é visceralmente conceituosa, procurando traduzir, com

---

([129]) — Cf. James V. Mirollo, *The poet of the marvelous: Giambattista Marino*, New York and London, Columb. Univ. Press, 1963.
([130]) — Cf. Ezio Raimondi, *Letteratura barocca. Studi sul Seicento italiano*, Firenze, Olschki, 1961, p. 7.

muita frequência, aquela «harmónica correlação entre dois ou três cognoscíveis extremos, expressa por um acto de entendimento», que, segundo Gracián, representa a essência do conceito (¹³¹). Graças ao modo como explorou as virtualidades da metáfora, o barroco renovou profundamente a linguagem literária herdada da tradição renascentista, transformando a busca da expressão numa aventura gozosa no mundo da linguagem (¹³²).

A metáfora barroca é muitas vezes prejudicada pelo pendor hiperbólico e pelo gosto da obscuridade, consequência da agudeza de engenho, mas oferece também, com muita frequência, uma beleza sortílega, uma densidade de significação fantástica e uma ousadia que só encontram paralelo na poesia simbolista. Um poeta barroco francês, ao falar das estrelas que se acendem no céu, escreve: *la Nuit ouvre les yeux;* um outro poeta francês, ao referir-se à neve que tomba do céu, imagina que *l'hiver pare ses cheveux blancs que les vents esparpillent;* um poeta marinista italiano, Girolamo Fontanella, exprime a tortura da terra ressequida, rachada pelo sol e ávida de chuva, através de uma metáfora que evoca expressionisticamente o horror, o contorcimento, o desespero dos danados: *cento bocche la terra apre anelante, / domandando pietà, venendo meno;* Quevedo, para traduzir o mal de amor que, na solidão e no silêncio, lhe consome a alma, cria uma metáfora belíssima: *en los claustros de l'alma la herida / yace callada* [...]; Góngora representa a caverna de Polifemo como um *formidable de la tierra / bostezo...* (¹³³).

Um processo estilístico caracteristicamente barroco consiste na acumulação de metáforas ou no desenvolvimento de uma

---

(¹³¹) — Baltasar Gracián, *Obras completas*, ed. cit., p. 239.

(¹³²) — Lídia Menapace Brisca, «L'arguta et ingegnosa elocuzione», in *Aevum*, I (1954), p. 53. A bibliografia sobre a metáfora barroca é já muito vasta. Citamos apenas uma obra de fôlego e recente: Giuseppe Conte, *La metafora barocca*, Milano, U. Mursia, 1972.

(¹³³) — Dámaso Alonso comenta assim esta metáfora de Góngora: «A primeira imagem (expressa em metáfora) é impressionante: "Bocejo" ("bostezo") pertence ao mesmo mundo de representações que "mordaça" e "grenha". E é outra vez no arrancão, no traumatismo que produz a entrada violenta, no recinto da tradição renascentista, destes elementos "excessivamente humanos", que reside a extraordinária virtualidade expressiva da metáfora: há também qualquer coisa como um rude trauma de nosso espírito que deixa nele indelével impressão. *Schocking!*, violentamente *shocking!*, expressivamente *shocking!*» (*Poesia espanhola*, Rio de Janeiro, Instituto Nacional do Livro, 1960, p. 251).

metáfora inicial mediante uma série de metáforas. O primeiro processo, que, tal como o segundo, bem denuncia o dinamismo expressivo, o gosto pela profusão imagística e o culto da forma aberta característicos de toda a arte barroca, revela-se claramente nesta estrofe em que Martial de Brives canta a chuva miúda e serena:

> Bruine, rosée espaissie
> Dont les grains clairs et détachez,
> Sur le bout de l'herbe attachez,
> La rendent chenuë et transie;
> Crystal en poussiere brisé,
>
> Dont l'émail des prés est frizé
> Au poinct que le ciel se colore;
> Subtil crespe de verre traict
> Eschapé des mains de l'Aurore,
> Benissez à jamais celuy qui vous a faict [134].

A hipérbole, a repetição, o hipérbato, a anáfora, a antítese violenta são outros tantos traços estilísticos que caracterizam a literatura barroca. A construção zeugmática da frase é igualmente característica do barroco, proporcionando a surpresa, a concisão e a dificuldade conceituosa.

Existe uma prosa tipicamente barroca, cujos grandes modelos são Tácito e Séneca, que diverge muito da prosa renascentista. Afrânio Coutinho caracteriza muito bem esta prosa barroca: «Montaigne, Bacon e Lípsio foram os disseminadores do novo ideal do gosto, que instalou Séneca e Tácito, em lugar de Cícero, como os seus inspiradores, da prosa seiscentista. A revolta anticiceroniana que sacudiu a história das ideias literárias na segunda metade do século XVI teve assim como consequência a criação de um novo tipo de estilo que prevaleceu durante o século XVII, cujas características foram: a brevidade ou concisão aliada à obscuridade; a maneira picante, espasmódica, abrupta,

---

[134] — *Apud* Jean Rousset, *Anthologie de la poésie baroque française*, t. I, p. 133.

desconexa, aguda, sentenciosa, antitética, metafórica, "style coupé". [...] É, portanto, o "genus humile", o "senecan amble", o tipo de estilo hoje conhecido como barroco, empregado para exprimir não um pensamento, mas um espírito pensando, um espírito no acto de pensar, à medida que pensa. Suas características principais, conforme os trabalhos de Croll, são: a brevidade procurada dos membros, a ordem imaginativa, a assimetria, a omissão das ligaduras sintácticas ordinárias» [135].

---

[135] — Afrânio Coutinho, *Introdução à literatura no Brasil*, Rio de Janeiro, Livraria São José, ²1964 pp. 110-111. Sobre a prosa barroca, cf. George Williamson, *The senecan amble*, Chicago, Chicago University Press, 1951.

7
CLASSICISMO E NEOCLASSICISMO

7.1. Os termos "clássico" e "classicismo"

Os vocábulos "clássico" e "classicismo" apresentam uma pletora semântica muito pronunciada e a polissemia daí resultante dificulta extremamente a tentativa de aclarar o seu significado estético-literário.

Classicus designava em latim o cidadão que, em virtude da sua considerável riqueza, fazia parte da primeira das cinco classes em que a reforma censitária atribuída a Sérvio Túlio dividira a população de Roma. Tratava-se, portanto, de um vocábulo com significado sociológico e político, mas que também encerrava, conotativamente, a ideia de excelência e de prestígio. *Classicus* aparece pela primeira vez referido a matérias literárias num texto de Aulo Gélio (*Noctes atticae*, XIX, VIII): a expressão *classicus scriptor*, utilizada por este autor, exprime o conceito de escritor excelente e modelar. Compreende-se facilmente a transferência do vocábulo do domínio sociológico para o domínio literário: tal como o *classicus* era o cidadão da primeira classe, proeminente e importante, assim o *classicus scriptor* era o autor que se distinguia pela beleza e pela correcção — sobretudo pela correcção linguística — das suas obras, ocupando por conseguinte o primeiro plano na república das letras.

No baixo latim, *classicus* foi relacionado com as *classes* das instituições escolares, assim se explicando que a palavra tenha adquirido a significação de autor lido e comentado nas escolas. Foi este o sentido que "clássico" apresentou predominantemente durante os séculos XVII e XVIII, embora o significado primitivo de autor modelar e excelente não se tenha perdido, pois está documentado em textos franceses do século XVI. (¹) E como, durante séculos, os autores lidos e comentados nas escolas, bem como os autores considerados mais perfeitos e valiosos, e por isso mesmo dignos de ser seguidos como modelos, foram prevalentemente os escritores gregos e latinos, não é estranhável que o epíteto de "clássico" tenha sido usualmente concedido a estes escritores.

Pelos fins do século XVIII e princípios do século XIX, quando nas literaturas europeias ocorrem profundas transformações de toda a ordem, a palavra "clássico" adquiriu novo significado: implícita ou explicitamente contraposta a "romântico"—a díade antitética *clássico-romântico*, difundida sobretudo através de obras como *Vorlesungen über dramatische Kunst und Literatur* de August Wilhelm Schlegel e *De l'Allemagne* de M.me de Staël, transformou-se em tópico da crítica e da teorização literárias no período romântico—, (²) passou a designar um determinado sistema estético-literário, um determinado estilo artístico, sem qualquer conotação valorativa (³).

A palavra "classicismo" fez a sua aparição no meio das polémicas suscitadas pelo romantismo, encontrando-se as suas primeiras abonações, segundo informa René Wellek, em textos de autores italianos, datados de 1818 (⁴). Terá sido em autores italianos que Stendhal conheceu o vocábulo, que introduziu na língua francesa, em 1823, ao escrever, na sua obra *Racine et*

(¹) — É este o significado da palavra *classique* na *Art poétique* (1548) de Sébillet, obra que oferece a mais antiga documentação conhecida deste vocábulo na língua francesa: «les bons et classiques poètes françois comme sont entre les vieux Alain Chartier et Jean de Meun» (*Art poétique françois*, Paris, Cornély, 1910, p. 26).

(²) — Cf. René Wellek, *Historia de la crítica moderna (1750-1950). El romanticismo*, Madrid, Gredos, 1959, pp. 70-74 e *passim* (cf. índice de matérias).

(³) — M.me Necker de Saussure observa no prefácio que escreveu para o *Cours de littérature dramatique* de A. W. Schlegel: «Na obra de M. Schlegel, o epíteto de clássico é uma simples designação de género, independente do grau de perfeição com que o género é tratado» (*apud* René Wellek, «The term and concept of classicism in literary history», *Discriminations*, New Haven — London, Yale University Press, 1970, p. 66).

(⁴) — Cf. René Wellek, *Discriminations*, p. 67.

Shakespeare, que o classicismo apresenta aos povos «a literatura que dava o maior prazer possível aos seus bisavós» [5].

De aparição relativamente tardia, a palavra "classicismo" parece ter tido, durante muito tempo, uma vida precária nas várias línguas da Europa: em 1857, Champfleury, no prefácio do seu volume *Le réalisme*, observa que «o que faz a força da palavra *clássico*, é que, apesar dos esforços de alguns, a designação de *classicismo* não pôde ser adoptada» [6]; em 1873, o *Grande diccionario portuguez ou thesouro da lingua portuguesa* de Fr. Domingos Vieira regista o vocábulo "classicismo" com a indicação de que se trata de um neologismo; o *Diccionario crítico etimológico de la lengua castellana* de Corominas documenta a utilização de "classicismo» na língua espanhola só em 1884. Como René Wellek demonstra, foi só após 1890 que "classicismo" penetrou ampla e definitivamente na linguagem da história e da crítica literárias [7].

7.2. O conceito de "classicismo" nos estudos literários

Nos nossos dias, qual será o significado que devemos atribuir à palavra "classicismo" no domínio da terminologia literária? Vejamos, em primeiro lugar, os principais significados literários que lhe são habitualmente atribuídos e analisemos a sua possível validade:

a) Já vimos que Aulo Gélio entende por escritor clássico aquele que, devido sobretudo à correcção da sua linguagem, pode ser tomado como modelo. Tal conceito de clássico e de classicismo formou-se na cultura helenística, quando os eruditos alexandrinos escolheram, dentre os autores gregos antigos, aqueles que deviam ser considerados como modelos, procedendo ao estabelecimento de *cânones* de autores segundo os grandes géneros literários. Assim concebido, o classicismo identifica-se substancialmente com a doutrina de que a criação literária deve repousar em modelos, dos quais derivam a disciplina e as regras necessárias para a prossecução de uma obra perfeita. Os grandes adversários desta concepção classicista da literatura foram desde

---

[5] — *Apud* René Wellek, *op. cit.*, p. 68.
[6] — Champfleury, *Le réalisme*, Genève, Slatkine Reprints, 1967, p. 2.
[7] — Cf. René Wellek, *op. cit.*, pp. 72 ss.

sempre os *modernos*, isto é, aqueles autores que, confiantes no progresso da cultura e no poder criador do homem, não aceitam os cânones estabelecidos, nem reconhecem o magistério atribuído aos chamados autores clássicos. As hodiernas tendências da literatura confirmaram a doutrina dos *modernos*, sendo actualmente impensável estabelecer, de modo rígido e dogmático, um cânone de autores, com todas as consequências daí decorrentes.

b) Entende-se muitas vezes por autor clássico aquele que, pela vernaculidade da sua locução, pode ser considerado como um mestre da pureza do idioma e, portanto, como um modelo a seguir pelos que se consagram à arte de escrever. Esta noção de classicismo, estreitamente aparentada com a anterior, é muito frequente na literatura portuguesa, sobretudo durante o século XVIII, época em que se proclamava que «a principalíssima qualidade, que deve ter qualquer Escritor, é a pureza da linguagem, em que escreve» [8].

É óbvio que tal concepção de classicismo se alicerça predominantemente em motivos gramaticais, e não em factores propriamente literários ou estilísticos. No fundo, trata-se de uma atitude literária eminentemente estéril.

c) A designação de classicismo aplica-se habitualmente, e sem qualquer discriminação, a todos os autores e obras das literaturas grega e latina. Entre as razões que costumam ser apontadas em defesa de tal designação, contam-se: o equilíbrio e a serenidade próprios do espírito greco-latino; o repúdio do sobrenatural, o ritmo puramente terreno, o amor da forma, enfim, que caracterizariam as literaturas grega e latina [9].

Este conceito de classicismo não possui um conteúdo rigoroso e bem fundamentado. Trata-se antes de uma fórmula vazia, desprovida de um exacto significado literário ou filosófico. As literaturas grega e latina apresentam uma tão rica diversidade, na forma e na substância, na sua motivação e nos seus objectivos, que seria ingénuo pretender que a designação de "classicismo" encerrasse, a seu respeito, um sentido estético-literário coerente.

---

[8] — Francisco José Freire, *Reflexões sobre a língua portuguesa*, Lisboa, Tipografia do Panorama, ²1863, p. 4.

[9] — Cf. F. C. Sáinz de Robles, *Ensayo de un diccionario de la literatura*. Tomo I: *Términos, conceptos, «ismos» literarios*, Madrid, Aguilar, ²1954, s. v. *clasicismo*.

Por outro lado, tal conceito de classicismo assenta numa visão muito unilateral da cultura greco-latina — visão esta forjada sobretudo pelo neoclassicismo setecentista e, mais particularmente, por Winckelmann —, ignorando o fundo lastro de irracionalismo, de sombria agitação, de angustiosa vinculação ao sobrenatural, que dominadoramente está presente na cultura grega, por exemplo ([10]).

Impossível será, porém, desvincular os vocábulos "clássico" e "classicismo" de tudo o que diga respeito à Grécia e a Roma, dada a força da tradição e dos hábitos linguísticos.

d) Numa outra acepção, classicismo designa os autores e as obras das literaturas modernas nos quais se faz sentir, com maior ou menor intensidade, a influência da literatura helénica e da literatura latina.

A imprecisão deste conceito de classicismo não é menor do que no caso anterior, pois abrange autores e obras diversíssimos, integrados em estéticas literárias muito diferentes e até antagónicas.

e) Finalmente, encontramos o classicismo concebido como uma constante do espírito humano e, por conseguinte, como uma constante também da literatura — a constante do equilíbrio, da ordem, da harmonia.

Semelhante concepção de classicismo só é possível mediante uma arbitrária metafísica da história ou uma subtil tipologia da arte que desconhecem, ou violentam, a complexidade e a diversidade do real histórico. No dizer irónico de um eminente crítico francês, Henri Peyre, este classicismo já floria no Jardim do Éden e na Arca de Noé... ([11]).

7.3. O classicismo como conceito periodológico

Estes conceitos de classicismo não satisfazem as exigências de uma rigorosa periodologia literária, tal como esta foi delineada no capítulo 5. O classicismo, conceituado como sistema de normas e de padrões literários historicamente situado e deter-

---

([10]) — Gf. E. R. Dodds, *Los griegos y lo irracional*, Madrid, Revista de Occidente, 1960.
([11]) — Henri Peyre, *Qu'est-ce que le classicisme?*, ed. revue et augm., Paris, Nizet, 1965, p. 33.

minado, resulta de um longo processo de maturação de ideias estético-literárias, desenvolvido ao longo de três séculos e abarcando diversos países. Vejamos, em rápida síntese, a história desse processo ([12]).

O classicismo mergulha as suas raízes no Renascimento italiano, recebendo deste alguns dos seus elementos fundamentais: as noções de modelo artístico e de imitação dos autores gregos e latinos, os princípios da intemporalidade do belo e da necessidade das regras, o gosto pela perfeição, pela estabilidade, clareza e simplicidade das estruturas artísticas. Na formação da sua doutrina, desempenhou papel muito importante o largo movimento de exegese crítica verificada em Itália, na segunda metade do século XVI, em torno da *Poética* de Aristóteles. Esta obra permanecera quase desconhecida até ao início do século XVI e, apesar de em 1498 ter sido publicada em tradução latina, apenas depois de 1548 a sua influência começou a fazer-se sentir profundamente na cultura literária europeia. Data deste último ano o comentário de Robortello à *Poética*, comentário que constituiu a primeira tentativa moderna de interpretação da estética aristotélica; nos anos subsequentes, multiplicaram-se as traduções e os comentários, publicaram-se numerosos tratados de poética, acenderam-se apaixonadas discussões e polémicas acerca de algumas afirmações da *Poética* e acerca de importantes problemas literários. «A época da crítica» — assim chamou à segunda metade do século XVI um crítico norte-americano contemporâneo ([13]), e, na verdade, tal designação define bem o carácter desse período histórico: a preocupação de conhecer, de analisar racionalmente e de sistematizar o fenómeno literário; a necessidade de estabelecer um conjunto orgânico de regras que

---

([12]) — Sobre esta matéria, veja-se Dominique Secretan, *Classicism*, London Methuen, 1973, capítulos 2 a 6.

([13]) — Cf. Baxter Hathaway, *The age of criticism. The late Renaissance in Italy*, Ithaca—New York, Cornell Univ. Press, 1962. Sobre a teorização literária desenvolvida em Itália, na segunda metade do século XVI, em torno da *Poética* de Aristóteles, vejam-se também as seguintes obras: Joel E. Spingarn, *Literary criticism in the Renaissance*, New York, Harcourt, Brace & World, 1963 (1.ª ed., 1908); Galvano Della Volpe, *Poetica del Cinquecento*, Bari, Laterza, 1954; Giuseppe Toffanin, *Il Cinquecento*, Milano, Vallardi, ⁵1954; Bernard Weinberg, *A history of literary criticism in the italian Renaissance*, Chicago, The Chicago University Press, 1961, 2 vols.

pudesse disciplinar a actividade literária, desde os aspectos mais simples da forma até às questões mais complexas do significado. A *Ars poetica* de Horácio, evangelho de ideias literárias para as primeiras gerações de humanistas da Renascença, não possuía arcabouço para tal empresa, e por isso se procurou na *Poética* de Aristóteles o fundamento doutrinário indispensável.

A influência dos tradutores e exegetas italianos da *Poética* começou a actuar profundamente na literatura francesa desde o fim do século XVI e, sobretudo, a partir das primeiras décadas do século XVII. Esta influência encaminhava os espíritos para a formulação de uma estética literária de teor intelectualista, caracterizada pela aceitação de regras, pelo gosto do raciocínio exacto e da clareza, pela desconfiança perante a inspiração tumultuária, o *furor animi* e a fantasia desordenada. Entre os críticos que mais contribuíram para a estruturação da doutrina clássica, devemos apontar: Nicole, Scudéry, d'Aubignac e, em particular, Chapelain.

Como já expusemos no capítulo anterior, os modernos estudos sobre o barroco determinaram uma nova visão do século XVII francês, que deixou de ser considerado como um bloco monolítico dominado pelo classicismo. Existe um barroco francês, já razoavelmente delimitado e caracterizado, que domina a primeira metade do século XVII, quer na poesia lírica, quer no teatro, quer no romance. O classicismo estrutura-se progressivamente neste ambiente em que o barroco prepondera e, cerca de 1640, como afirma o Prof. Antoine Adam, a doutrina clássica triunfa na literatura francesa ([14]). Não se julgue, todavia, que o barroco e o classicismo constituem na literatura francesa

---

([14]) — Antoine Adam, *Histoire de la littérature française du XVIIe siècle*, Paris, Domat, 1956, t. I, p. 578: «Há portanto progresso do que se convencionou chamar a arte clássica. Mais exactamente, houve primeiro progresso, depois, cerca de 1640, vitória completa e incontestada dos princípios clássicos. É falso que estes tenham esperado por Boileau para se imporem ao conjunto dos escritores e ao público, e nada mais próprio para desnortear o espírito do que chamar esta época pré-clássica. Não se poderá encontrar uma única máxima da «doutrina clássica» que não tenha sido afirmada e comentada com toda a clareza, com todos os desenvolvimentos desejáveis, à volta de 1640. E como nos havemos de espantar disto, se pensarmos que os artífices do classicismo se chamam Balzac, Chapelain, Conrart, d'Aubignac, e que eles fizeram conhecer publicamente o seu pensamento quando Boileau acabava apenas de nascer?».

do século XVII dois rios paralelos e aheios um ao outro: como já tivemos oportunidade de observar, constituem dois sistemas de valores, dois estilos diversos na sua motivação, nos seus processos e nos seus objectivos, mas que apresentam também muitas interferências e mútuas contaminações. Estas interferências verificam-se muitas vezes no mesmo autor e na mesma obra, como no caso de Malherbe e de Racine.

O processo gerador do classicismo francês é mais complexo do que poderia concluir-se do que atrás fica dito. Além das influências literárias já apontadas, devem ser tidos em conta outros elementos, como o forte racionalismo que impregna a cultura francesa da época e que tem a sua mais alta expressão filosófica no *Discurso do método* de Descartes, e as motivações sociológicas que alguns estudos recentes têm posto em relevo na formação do classicismo ([15]). Parece, com efeito, que o classicismo se relaciona de perto com uma burguesia muito importante em França: a burguesia ilustrada que domina a justiça e a administração pública, com uma formação solidamente racionalista, assente no ensino da lógica, da matemática, da disciplina gramatical e da jurisprudência. Esta burguesia, pela sua formação mental, estava apta a aceitar e a desenvolver uma estética literária do teor da estética clássica ([16]).

([15]) — Cf. sobretudo V.-L. Tapié, *Baroque et classicisme*, Paris, Plon, 1957.

([16]) — Antoine Adam escreve a este respeito palavras muito lúcidas, que merecem ser lembradas: «A realidade é com efeito totalmente diferente e o movimento das letras francesas explica-se, não por um princípio ideal, anterior e superior aos factos da história, mas pelas forças diversas, sociais, políticas, intelectuais, que determinam, para cada escritor, o sentido da sua actividade. A nossa literatura entre 1600 e 1640 pode ser considerada como o produto de um momento do espírito francês, e por conseguinte como a expressão da nação e das classes sociais que a compõem». E depois de apontar a influência da aristocracia feudal na literatura da época, analisa assim a influência da burguesia na difusão do classicismo: «É natural que uma burguesia de funcionários e de homens de leis adopte formas de pensamento abstracto e que tendem para o geral pela via da abstracção. É natural que esta burguesia deposite a sua confiança na razão, numa razão, aliás, que ela concebe como universal e como normativa à maneira de uma lei. É natural que ponha a sua confiança nas regras poéticas precisas e numa técnica poética que correspondem exactamente aos regulamentos e às leis que ela tem o encargo de mandar aplicar. É natural que ligue o maior valor às qualidades de clareza, de lógica, de regularidade, de que ela faz, por sua conta, um exercício quotidiano» (*op. cit.*, t. I, pp. 588-589 e 592-593).

Se se pode falar de triunfo da doutrina clássica na literatura francesa à volta de 1640, também é verdade que somente com a chamada geração de 1660 — Racine, Molière, Boileau, La Fontaine — o classicismo apresenta uma floração singularmente rica e de irradiação universal.

A partir do último quartel do século XVII, verificou-se nas literaturas europeias uma generalizada e forte reacção antibarroca, embora em certas literaturas, como a portuguesa e a espanhola, o barroco tenha persistido tenazmente durante a primeira metade do século XVIII.

Esta reacção antibarroca integra-se nas tendências gerais da cultura europeia no alvorecer da *Aufklärung*, quando se processa o complexo fenómeno cultural que Paul Hazard, numa obra famosa, chamou «a crise da consciência europeia» ([17]): irrupção de um racionalismo exacerbado, repúdio dos princípios tradicionais que regiam a vida e a cultura europeias, tanto no campo filosófico como no domínio político e religioso, afirmação de um exigente espírito crítico, crença no progresso humano, etc. A estética barroca, pelos seus caracteres fundamentais, não se coadunava com o vigoroso intelectualismo iluminista, e é precisamente em nome da Razão que a crítica iluminista condena a literatura barroca. O classicismo, pelo contrário, harmonizava-se sem dificuldade com as novas tendências gerais da cultura europeia, pois os seus princípios estéticos estão impregnados de um profundo racionalismo ([18]).

Verifica-se assim, desde finais do século XVII, e em quase todas as literaturas europeias, uma crescente difusão e aceitação da doutrina do classicismo francês, primeiro de modo disperso,

---

([17]) — Cf. Paul Hazard, *La crise de la conscience européenne (1680-1715)*, Paris, Boivin, 1935, 3 vols.

([18]) — Na verdade, os iluministas não se contradiziam, nem mutilavam a sua audácia progressista, ao aceitarem a estética clássica. Antoine Adam escreve a este propósito: «Não são, com efeito, os valores clássicos que estão então em discussão. Os inovadores [os iluministas] estão tão fortemente persuadidos como ninguém da necessidade da ordem. Admitem como dogmas o respeito das conveniências, a regularidade, e esse primado da razão que constitui indubitavelmente a própria essência do classicismo. Recusam-se apenas a prender-se a tradições, a prestar-lhes um culto cego: querem que a nossa literatura exprima o progresso das luzes e dos costumes» (*Histoire de la littérature française au XVIIe siècle*, t. V, p. 342).

depois sob a forma de correntes arcádicas ou neoclássicas ([19]). O século XVIII já tem sido designado, e com propriedade, o «século francês»: desde as margens do Tejo até Moscovo, a língua, a literatura e a cultura francesas exercem um domínio quase geral. Nessas circunstâncias, os grandes autores do classicismo francês, Racine, Molière, La Fontaine, impõem-se como modelos indiscutíveis, e Boileau, com a sua *Art poétique*, transforma-se no preceptista e no guia por excelência das literaturas neoclássicas europeias ([20]).

Na literatura inglesa, a influência do classicismo francês fez-se sentir com intensidade precisamente desde o início do último quartel do século XVII, após a publicação de obras como a *Art poétique* (1674) de Boileau, as *Réflexions sur la poétique* (1684) de Rapin, o *Traité du poéme épique* (1675) de Le Bossu. Com Dryden primeiro, e depois com os autores da

---

([19]) — Seria desejável que aqueles críticos que advogam a existência de um panbarroco europeu no século XVII, considerando o classicismo francês apenas como uma invenção *chauvinista* de alguns historiadores gauleses, meditassem no modo tão diverso como os movimentos neoclássicos do século XVIII reagiram perante a poética de Boileau e a poesia de Racine, por um lado, e a poética de Gracián, de Tesauro, a poesia de Marino, de Góngora, de Calderón de la Barca, etc., por outra banda. Quando os neoclássicos ingleses, italianos, portugueses e espanhóis querem criticar a literatura barroca, aduzem os princípios da poética professada por Boileau, Racine e outros autores do classicismo francês. Os críticos modernos que integram Boileau e Racine nos esquemas do barroco poderão explicar coerentemente esta confrontação de valores que ocorre nas correntes neoclássicas?

([20]) — Esta concepção da génese e da difusão do classicismo, que já expusemos no ensaio intitulado *Para uma interpretação do classicismo*, Coimbra, 1962 (sep. da *Revista de história literária de Portugal*, vol. I), coincide substancialmente com o ponto de vista defendido por Afrânio Coutinho: «A corrente classicizante, inaugurada pelo Renascimento encontrou na Itália do Cinquecento um clima ideal; detida, porém, durante o século XVII pelo Barroco, atingirá, nas últimas décadas do mesmo século, na França, o seu ponto culminante em um movimento que foi, de facto, na literatura, o único Classicismo moderno realizado, para, penetrando o século XVIII, pontilhar de tendências e escolas neoclássicas (em lugar do Classicismo e o Neoclassicismo) as diversas literaturas ocidentais a que vieram emprestar coloridos especiais as correntes racionalistas e "ilustradas" que então triunfaram, antecedendo e preparando a Revolução Francesa» (*Introdução à literatura no Brasil*, Rio de Janeiro, Livraria São José, ²1964, pp. 120-121).

chamada *Augustan Age* — Pope, Addison, Johnson, etc. —, o neoclassicismo impõe-se na literatura inglesa ([21]).

Na literatura alemã, a doutrina neoclássica difundiu-se sobretudo com Johann Christoph Gottsched (1700-1776). Nesta literatura, o problema da designação de *Klassizismus* e do seu significado apresenta características muito peculiares, pois *Klassizismus* aplica-se sobretudo ao período final do século XVIII — Goethe e Schiller são os *Klassiker* por excelência — e começou a sofrer a concorrência, a partir da penúltima década do século XIX, de uma outra designação, *Klassik* ([22]).

Na literatura italiana, a oposição ao barroco e a luta pela instauração do «bom gosto», em consonância com os princípios racionalistas que iam marcando cada vez mais acentuadamente a cultura europeia, foram ganhando vigor durante as duas últimas décadas do século XVII, tendo vindo a polarizar-se sobretudo em torno da *Arcadia*, sociedade académica fundada em Roma, em 1690, e entre cujos membros criadores se encontram teorizadores do neoclassicismo como Gravina e Crescimbeni ([23]).

([21]) — Sobre o neoclassicismo inglês, vejam-se, além do estudo já mencionado de Dominique Secretan, as seguintes obras: J. W. H. Atkins, *English literary criticism. 17th and 18th centuries*, London, Methuen (University Paperbacks), 1966; Irène Simon, *Neo-classical criticism 1660-1800*, London, Edward Arnold, 1971.

([22]) — Sobre o âmbito e o significado de *Klassizismus* e *Klassik* na literatura alemã, vejam-se os estudos mencionados de Wellek e Secretan e ainda as duas obras seguintes: E. L. Stahl e W. E. Yuill, *German literature of the eighteenth and nineteenth centuries*, London, Cresset Press, 1970; W. Kohlschmidt, «Classicism», in Bruno Boesch (ed.), *German literature. A critical survey*, London, Methuen, 1971.

([23]) — Sobre o arcadismo e o neoclassicismo na literatura italiana, vejam-se os seguintes estudos: Mario Fubini, «Arcadia e illuminismo», in A. Momigliano (ed.), *Questioni e correnti di storia letteraria*, Milano, Marzorati, 1949; G. L. Moncallero, *L'Arcadia. I: Teoria d'Arcadia. La premessa antisecentista e classicista*, Firenze, Olschki, 1953; Ranieri Schippisi, «L'Arcadia», *Orientamenti culturali. Letteratura italiana. Le correnti*, Milano, Marzorati, 1956, t. I; S. Caramella, «L'estetica italiana dall'Arcadia all'Illuminismo», *Momenti e problemi di storia dell'estetica*, parte II, Milano, Marzorati, 1959; Walter Binni, *Classicismo e neoclassicismo nella letteratura del Settecento*, Firenze, La Nuova Italia, 1963; id., «Il Settecento letterario», in Emilio Cecchi e Natalino Sapegno (eds.), *Storia della letteratura italiana. VI: Il Settecento*, Milano, Garzanti, 1968; B. Maier, *Il neoclassicismo*, Palermo, Palumbo, 1964; Mario Puppo, *Poetica e poesia neoclassica da Winckelmann a Foscolo*, Firenze, Sansoni, 1975.

Na literatura espanhola, o gosto barroco, firmado sobre a esplendorosa herança do século XVII, persistiu tenazmente durante o século XVIII, embora revestindo com frequência um carácter já abastardado. Com a subida ao trono de Filipe V (1700), príncipe da casa dos Bourbons, intensificaram-se as relações culturais franco-espanholas, adquirindo crescente difusão em Espanha, a partir daquela data, as teorias estético-literárias do classicismo francês. Como data particularmente relevante desta difusão, deve ser apontada a da publicação, em 1737, de *La poética o reglas de la poesía* de Ignacio de Luzán, obra que exerceu um amplo magistério no desenvolvimento do neoclassicismo espanhol. Por entre resistências muito vivazes, o novo espírito racionalista foi-se implantando nas escolas, nas academias e nas letras, bem podendo ser indicada como sinal do triunfo da doutrina neoclássica a proibição governamental, verificada em 1765, da representação dos autos sacramentais [24].

Também na literatura portuguesa, à semelhança do que ocorreu na literatura espanhola, o gosto barroco se prolongou pelo século XVIII adiante, sob formas em geral de medíocre qualidade. Ao longo da primeira metade da centúria, encontram-se alguns esforços dispersos no sentido de contrapor a este barroco tardio uma estética literária de matriz racionalista, inspirada pelos valores e modelos do classicismo francês, mas foi apenas com a publicação do *Verdadeiro método de estudar* (1746) de Verney, da *Arte poética* (1748) de Cândido Lusitano e com a fundação da *Arcádia lusitana* (1756), que cobrou amplitude, consistência doutrinária e relativa eficácia prática a difusão do neoclassicismo na nossa literatura [25].

---

[24] — Sobre o neoclassicismo na literatura espanhola, *vide:* Robert E. Pellissier, *The neo-classic movement in Spain during the XVIII century*, Stanford, The University of California, 1918; R. P. Sebold, *El rapto de la mente. Poética y poesía dieciochescas*, Madrid, Prensa Española, 1970; Juan Luis Alborg, *Historia de la literatura española. III: Siglo XVIII*, Madrid, Gredos, 1972.

[25] — Encontra-se uma boa síntese de toda esta problemática em Hernâni Cidade, *Lições de cultura e literatura portuguesas*, Coimbra, Coimbra Editora, [4]1959, vol. 2.º.

7.4. A poética do classicismo

Analisemos seguidamente os aspectos mais relevantes da poética clássica, com excepção daqueles a que já tivemos ensejo de nos referir (géneros literários) ([26]).

7.5. A verosimilhança

A *verosimilhança* representa um princípio fundamental da estética clássica. Aristóteles relacionara o verosímil com a própria essência da poesia, ao escrever: «O historiador e o poeta não diferem pelo facto de se exprimirem em verso ou em prosa [...]; diferem, porém, em dizerem uma, o que aconteceu, outra o que poderia acontecer. É por isso que a Poesia é mais filosófica e mais elevada do que a História, pois a Poesia conta de preferência o geral e, a História, o particular. O geral, é aquilo que, segundo a verosimilhança ou a necessidade, dirá ou fará certo homem; isto é o que se esforça por representar a Poesia, embora atribuindo nomes às figuras. O particular, é o que fez ou aconteceu a Alcibíades» ([27]). Como se depreende deste texto, o objectivo da poesia não é o real concreto, o verdadeiro, aquilo que de facto aconteceu, mas sim o *verosímil*, o que pode acontecer, considerado na sua categorialidade e na sua universalidade. O verdadeiro, aquilo que efectivamente acontece, pode muitas vezes ser inacreditável e distanciar-se, por conseguinte, do verosímil, como sublinha Boileau na sua *Art poétique:*

Jamais au spectateur n'offrez rien d'incroyable:
Le vrai peut quelquefois n'être pas vraisemblable ([28]).

O princípio da verosimilhança exclui da literatura tudo o que seja insólito, anormal, estritamente local ou puro capricho da imaginação. O classicismo procura não o particular, o caso único e isolado, mas o universal e o intemporal. «Perspectivada sob este aspecto», escreve Henri Peyre, «a universalidade dos

---

([26]) — Cf. 4.4.
([27]) — Aristóteles, *Poética* 1451 b. Cita-se a tradução da *Hélade*, p. 407.
([28]) — Boileau, *Art poétique*, III, vv. 47-48.

grandes escritores de 1660-1685 aparece-nos como correspondendo a uma vista filosófica. Repousa sobre a convicção de que há alguma coisa de permanente e de essencial por detrás da mudança e do acidente; de que esta essência permanente, esta «substância» no sentido etimológico da palavra, tem mais valor para o artista do que o passageiro e o relativo» ([29]).

Em nome da verosimilhança, da credibilidade poética, os autores neoclássicos condenaram frequentemente o maravilhoso barroco, complicado e inverosímil sobretudo na literatura teatral ([30]), mas não levaram tão longe a sua lógica racionalista que não admitissem o princípio de que a poesia épica, por exemplo, não pode existir sem o elemento do maravilhoso poético. Na esteira de Aristóteles, afirma Addison que «se a fábula é apenas provável, não difere em nada de uma história verdadeira; se é só maravilhosa, não é melhor do que um romance.» ([31]) A coexistência destas duas exigências antagónicas — a exigência racionalista da verosimilhança e a exigência fantástica do maravilhoso — suscita múltiplas e melindrosas tensões, tanto no plano da poética como no plano da poesia do neoclassicismo, não sendo raro verificar-se o sacrifício do maravilhoso poético perante a instância rigorista do verosímil.

7.6. A imitação da natureza

A *imitação da natureza* constitui um preceito basilar do classicismo. O artista deve imitar a natureza, estudando-a com fervoroso cuidado a fim de jamais a trair:

> *Que la nature donc soit votre étude unique...*
> *Jamais de la nature il ne faut s'écarter* ([32]).

([29]) — Henri Peyre, *op. cit.*, p. 98.
([30]) — Escreve Correia Garção, na sua «Dissertação segunda», acerca do teatro barroco: «Desprezando estas reflexões e estas sólidas doutrinas, tinha o mau gosto adoptado o pior sistema: dragões, mágicos, navios, incêndios, batalhas, naufrágios, cárceres, patíbulos, demónios e espectros, eram os milagres do teatro» (*Obras completas*, Lisboa, Livraria Sá da Costa, 1958, vol. II, p. 124).
([31]) — *Apud* Irène Simon, *Neo-classical criticism 1660-1800*, p. 125.
([32]) — Boileau, *Art poétique*, III, vv. 359 e 414.

Esta natureza, tantas vezes mencionada pelos autores e pelos preceptistas do classicismo, não se identifica prevalentemente com o mundo exterior, com a paisagem, com as serras, os rios, os bosques, etc.; identifica-se primacialmente, sim, com a natureza humana: o estudo do homem, dos seus sentimentos e das suas paixões, da sua alma e do seu coração, representa uma preocupação absorvente do classicismo e constitui também uma das suas mais legítimas glórias.

A imitação da natureza, na estética clássica, não se identifica com uma cópia servil, com uma reprodução realista e minuciosamente exacta: o classicismo escolhe e acentua os aspectos característicos e essenciais do modelo, eliminando os traços acidentais e transitórios, desprovidos de significado no domínio do universal poético. Quer dizer, tal imitação da natureza caracteriza-se por um radical idealismo [33].

Este idealismo acentua-se ainda mais pelo facto de o classicismo seleccionar cuidadosamente a natureza a imitar, excluindo da imitação poética tudo o que é grosseiro, hediondo, vil e monstruoso.

7.7. O intelectualismo

O *intelectualismo* constitui outra feição essencial do classicismo. Todos os seus princípios, desde a teoria do verosímil até à aceitação das regras, estão profundamente impregnados deste

---

[33] — Cruz e Silva exprime assim o carácter idealista desta imitação da natureza: «É certo que deve o Poeta, se pretende justamente este nome, imitar a Natureza; mas esta imitação não há-de ser tão rigorosa que não tenha mais liberdade que a de copiar servilmente os objectos como ela os produziu: antes pelo contrário está obrigado a orná-los com todas as graças e perfeições possíveis, e expô-los aos nossos olhos, não como a Natureza os produziu, mas como deveria produzi-los se os quisesse criar no grau mais sublime da perfeição. Deve pois o Poeta (com o exemplo de Zêuxis que, querendo retratar a Helena, não elegeu para protótipo do seu retrato uma só formosura) discorrer por todos os objectos que a Natureza lhe oferece naquela espécie do que pretende debuxar e de todos eles escolher o que lhe parecer mais digno; e, unindo-o na fantasia, formar de todas estas ideias particulares uma ideia universal, a qual lhe sirva de modelo na sua pintura» (*Poesias*, Lisboa, 1833, vol. 2.º, pp. 3-4).

intelectualismo. Boileau traduziu este pendor racionalista da estética clássica em dois versos famosos:

> *Aimez donc la raison: que toujours vos écrits*
> *Empruntent d'elle seule et leur lustre et leur prix* (34).

E Correia Garção, ao criticar os desmandos da poesia barroca retardatária, pergunta:

> *Que julgas tu? Que a Arte o seu princípio*
> *Teve em subtis caprichos? A Razão*
> *É sobre que se firma este edifício.*
>
> *Oh, se não fosse assim, um charlatão*
> *Dentro em dois meses, sem temor, ousara*
> *Talvez dar Epopeias à impressão* (35).

A razão aparecia como o *bom senso* que impedia a queda nos caprichos da imaginação, nos absurdos da fantasia, como a faculdade crítica que esclarecia o poeta na criação da obra e que guiava o leitor na apreciação das composições literárias. O fenómeno poético, na estética clássica, não se divorcia da reflexão e da cultura intelectual.

Por outro lado, a razão é concebida como uma entidade imutável e universal, alheia a quaisquer variações cronológicas ou espaciais. O grego do tempo de Péricles, segundo se admitia, raciocinava do mesmo modo que o fazia um súbdito de Luís XIV, constituindo este facto a garantia da existência de um belo e de um gosto universais. A imitação dos autores greco-latinos e a defesa das regras encontravam plena justificação dentro deste conceito de uma razão e de uma beleza imutáveis e universais.

A própria autoridade de Aristóteles, aceita quase unanimemente pelos autores clássicos, é vivificada por esta onda intelectualista, pois o Estagirita é identificado com a própria essência da razão, de modo que a aceitação dos seus preceitos equivale à aceitação das imprescritíveis exigências do intelecto humano.

---

(34) — Boileau, *Art poétique*, I, vv. 37-38.
(35) — Correia Garção, *op. cit.*, vol. I, p. 237.

O intelectualismo clássico revela-se exemplarmente na concepção do fenómeno da criação poética. Herdeiro de uma longa tradição teórica, que procedia de Aristóteles e de Horácio e fora retomada e desenvolvida pela poética quinhentista de matriz aristotélica e horaciana, segundo a qual a *techne*, a *ars*, o saber, o trabalho de correcção (*limae labor*) constituem factores essenciais da criação poética, o classicismo rejeita explicitamente a concepção platónica e neoplatónica do acto criador poético como manifestação de uma "loucura" ou de um "furor divino". O racionalismo domina progressivamente a literatura francesa desde finais do século XVI. Um poeta como Malherbe, situado na charneira dos séculos XVI e XVII, considera a origem divina da poesia como um puro ornamento mitológico e realça o estudo, a paciência, a técnica e as regras como fundamento da criação poética [36]. Isto não significa que para o classicismo a poesia seja o fruto da teoria estreme ou da mera técnica e, portanto, o resultado de um acto puramente racional e voluntarista. Mesmo os mais ortodoxos teorizadores do classicismo, como Chapelain, consideram o génio natural, a inspiração, como elemento indispensável do autêntico poeta e Boileau, nos versos liminares da sua *Art poétique*, consigna esta doutrina como um princípio inderrogável, asseverando que não subirá às alturas do Parnaso todo aquele que não tiver recebido dos céus uma secreta dádiva [37].

O classicismo, porém, não aceita que este génio natural possa manifestar-se fecundamente na ausência de um sólido saber e de uma arte apurada. À irrupção informe do entusiasmo poético, opõe a lucidez disciplinadora, o gosto da medida e do equilíbrio. As regras representam precisamente a corporização deste intento de consciencializar o processo criador, impondo clareza mental e ordenamento artístico à feitura do poema. E é por isso mesmo, afinal, que Boileau escreve a sua *Art poétique*, pois se não acreditasse que a poesia é fruto da razão, do saber e das regras, não se empenharia em aconselhar, em advertir e impor normas. O gosto da lucidez e do rigor mental

---

[36] — Sobre este período da literatura francesa, e em particular sobre Malherbe, veja-se o estudo básico de René Fromilhague, *Malherbe. Technique et création poétique*, Paris, Colin, 1964.

[37] — Cf. Boileau, *Art poétique*, I, vv. 1-6.

pode mesmo conduzir a atitudes extremas. Scudéry, prefigurando a atitude séculos mais tarde assumida por Valéry, escrevia em 1641: «Não sei que espécie de louvor os antigos julgavam dar àquele pintor que, não podendo acabar a sua obra, a terminou fortuitamente, lançando a esponja contra o quadro [...]. As operações do espírito são demasiado importantes para se deixar a sua direcção ao acaso e gostaria quase mais que me acusassem de ter falhado por conhecimento do que de ter feito bem sem o pensar» (38). Quer dizer, certos escritores tendiam a prezar mais a lucidez estéril do que o transe produtivo.

Este culto pela razão teve muitas vezes consequências nefastas, pois originou a atrofia da imaginação e abriu o caminho para a rigidez, a árida secura e o prosaísmo que caracterizam tão larga parte do neoclassicismo europeu (39); mas é responsável, também, pelo equilíbrio, pela sobriedade densa e pela claridade mental que oferecem as grandes obras da literatura clássica.

O racionalismo clássico foi poderosamente contrabalançado, porém, pela importância que adquiriu na doutrina clássica o conceito de *sublime* (40). Em 1674, no mesmo ano da publicação da *Art poétique*, editava também Boileau a sua tradução do *Tratado do sublime*, obra falsamente atribuída ao retórico grego Longino e que constituiu a principal fonte de conhecimento, nas literaturas europeias dos séculos XVII e XVIII, da problemática do sublime. O facto de Boileau ter empreendido a tradução do tratado do pseudo-Longino e o facto de essa tradução ter sido estampada no mesmo ano da publicação da *Art poétique* são bem demons-

---

(38) — *Apud* René Bray, *La formation de la doctrine classique en France*, Paris, Nizet, 1957, p. 107.

(39) — Benedetto Croce, ao comentar a pobreza da produção poética da Arcádia italiana, sublinhou as limitações do racionalismo neoclássico: «A Arcádia nasceu e floresceu na época do racionalismo, como sua manifestação e seu instrumento; e a esterilidade de autêntica poesia e a abundância, em seu lugar, de versos dirigidos a outros fins que não poéticos, caracterizaram a Arcádia, porque caracterizaram aquela época, que teve nisto um dos limites ao seu grande progresso, já que cada época e cada movimento histórico são historicamente limitados, à semelhança de qualquer obra humana singular, sempre particular e excluindo no seu acto um acto diverso, e constituindo, numa palavra, uma *determinatio* a que corresponde, inevitável, uma *negatio*» (*La letteratura italiana*, Bari, Laterza, 1957, vol. II, pp. 228-229).

(40) — Sobre o sublime e a doutrina estética do classicismo francês, cf. Théodore A. Litman, *Le sublime en France (1660-1714)*, Paris, Nizet, 1971.

trativos da relevância atribuída à teoria do sublime no classicismo francês.

O sublime harmoniza-se, sob certos aspectos, com alguns dos princípios do classicismo: longe de exigir rebuscamentos e complicações, o sublime nasce, como o próprio Boileau observa na sua décima *Réflexion critique* sobre Longino, de um estilo simples e natural, assim se conciliando com os ideais de naturalidade e de simplicidade, próprios do classicismo. Todavia, sob outros aspectos, decerto mais relevantes, o sublime constitui um valor que está em contradição com o sistema das teorias do classicismo, tendo indubitavelmente contribuído para a dissolução deste mesmo sistema. Com efeito, e apesar dos esforços de Rapin, de Boileau e de outros autores para demonstrar que o sublime obedece a determinadas «regras misteriosas e ocultas da arte», o sublime é irredutível à razão e escapa ao código das regras. Defender o sublime equivale a reconhecer na génese, na estrutura e no significado da obra poética um horizonte de liberdade e uma presença de forças desconhecidas da imaginação e do sentimento — o famoso *je-ne-sais-quoi* de tantos preceptistas do classicismo — que não é possível conciliar com os fundamentos racionalistas da doutrina clássica. Não foi sem motivo justo que "modernos" como Charles Perrault, Saint-Evremond e Fontenelle, estritos advogados do racionalismo clássico, combateram as teorias do sublime, condenando como obscuridade e confusão o que, nas odes de Píndaro, Boileau exaltava como expressão paradigmática do sublime. E também não foi sem motivo que as teorias de Longino desempenharam uma apreciável influência na estética do pré-romantismo europeu, em especial através de autores como Young e Burke [41].

7.8. As regras

As *regras* representam, no sistema de valores da estética clássica, a consequência natural da atitude intelectualista acima

---

[41] — Sobre alguns aspectos desta influência, veja-se, além dos capítulos VI e IX da mencionada obra de Atkins, o estudo de Samuel Monk, *The sublime. A study of critical theories of the eighteenth century in England*, Ann Arbor, University of Michigan Press, 1960.

analisada e da concepção do acto criador como esforço lúcido, como vigília reflexiva e disciplinadora dos arroubos da imaginação e dos impulsos do sentimento.

A aceitação das regras não deriva apenas de um princípio de autoridade passivamente respeitado, pois que as regras, antes de serem consideradas como decorrentes da autoridade de um autor, são analisadas à luz da própria razão e por estas justificadas ou rejeitadas. Além disso, a formulação das regras do classicismo está intimamente associada à experiência dos grandes modelos literários, como justamente sublinha Gaëtan Picon: «Bem mais do que duma evidência ou duma exigência da razão, a afirmação estética do classicismo dimana da experiência dos modelos. A estética do classicismo, são as obras de Eurípides, de Homero, de Terêncio. Lisipo e Apeles estão por detrás de Xenócrates e de Cícero, como Giotto por detrás de Cennini, e como estão, por detrás de Vasari, Rafael e Miguel Ângelo. A estética normativa não foi nunca senão um esantalho positivista. O classicismo tem uma estética *a posteriori*» [42].

Cada género, cada forma literária possuía as suas regras específicas, relativas ao conteúdo, à disposição dos elementos estruturais, aos aspectos estilísticos, etc. A obediência a estes preceitos não garantia só por si a excelência da obra poética, mas assegurava pelo menos a sua *correcção*, entendida esta como conformidade em relação às obras dos escritores-modelos. E nem todas as regras possuíam o mesmo teor de necessidade ou indispensabilidade, pois, como observa Samuel Johnson, se algumas defluem da ordem da Natureza e das exigências do intelecto, outras formaram-se por acidente ou foram instituídas apenas como exemplo, permanecendo por isso mesmo sempre sujeitas a disputas e alterações [43].

Dentre as regras da estética clássica, avultam, pela sua importância intrínseca e extrínseca, as chamadas regras das três unidades: unidade de acção, de tempo e de lugar. Na *Poética* de Aristóteles, apenas aparece claramente formulada a regra da unidade de acção, encontrando-se somente algumas indicações muito sumárias e imprecisas acerca dos requisitos de tempo e de lugar na

---

[42] — G. Picon, *Introduction à une esthétique de la littérature. I — L'écrivain et son ombre*, Paris, Gallimard, 1953, pp. 112-113.

[43] — *Apud* Irène Simon, *Neo-classical criticism 1660-1800*, p. 103.

economia da tragédia. Foram os comentaristas italianos da *Poética*, e em particular Castelvetro, quem elaborou, com rigor e com minúcia, mas baseando-se frequentemente em motivos extraliterários, a doutrina das três unidades ([44]) Segundo Jacques Scherer, um dos melhores conhecedores da dramaturgia clássica, as três unidades definem-se do seguinte modo:

«*Unidade de acção*: carácter de uma peça de teatro cujas acções satisfazem ao mesmo tempo as quatro condições seguintes:

1.º — Nenhuma acção acessória deve poder ser suprimida sem tornar parcialmente inexplicável a acção principal.

2.º — Todas as acções acessórias devem começar no início da peça e prosseguir até ao desenlace.

3.º — Todas as acções, principal e acessórias, devem depender exclusivamente dos dados da exposição e não devem conceder nenhum lugar ao acaso.

4.º — Anteriormente a cerca de 1640, a acção principal deve exercer uma influência sobre cada uma das acções acessórias. Posteriormente àquela data, cada acção acessória deve exercer uma influência sobre a acção principal.

Unidade de lugar:

1.º — De 1630 até cerca de 1645, carácter de uma peça de teatro cuja acção se considera colocada em diferentes lugares particulares agrupados num único lugar geral constituído por uma cidade e pelos seus arredores, ou por uma região natural de pequena extensão.

2.º — A partir mais ou menos de 1645, carácter de uma peça de teatro cuja acção se considera situada, sem nenhuma inverosimilhança, no lugar único e preciso representado pelo cenário.

Unidade de tempo:

Carácter de uma peça de teatro cuja acção se supõe durar vinte e quatro horas no máximo e no mínimo tanto como a duração real da representação» ([45]).

([44]) — Cf. J. E. Spingarn, *Literary criticism in the Renaissance*, pp. 56 ss.; R. Bray, *La formation de la doctrine classique en France*, pp. 240-288; Galvano Della Volpe, *La poetica del Cinquecento*, Bari, Laterza, 1954, pp. 67-68.

([45]) — Jacques Scherer, *La dramaturgie classique en France*, Paris, Nizet, 1959, pp. 438-439.

As unidades de acção, de tempo e de lugar, arbitrárias sob determinados aspectos, integram-se no espírito de sobriedade e de concentração característico do classicismo, tendo Racine criado, dentro dos estreitos limites das três unidades, obras-primas de tensão e de densidade trágicas. O romantismo, exaltado e grandíloquo, considerou a regra das três unidades como o reduto por excelência da tirania clássica — reduto que os românticos conquistaram como se fossem piratas, segundo a flamante imagem de Victor Hugo:

J'ai, torche en main, ouvert les deux battants du drame;
Pirates, nous avons, à la voile, à la rame,
De la triple unité pris l'aride archipel (46).

A possível rigidez existente no conjunto de regras do classicismo é atenuada, na obra dos grandes criadores, pela introdução do fundamental imperativo de *agradar* ao leitor e ao público: «A principal regra», escreve Racine no prefácio de *Bérénice*, «consiste em agradar e comover: todas as outras não são feitas senão para chegar a esta primeira». Se nos escritores medíocres a observância das regras se transformou num seco dogmatismo, os grandes artistas do classicismo, senhores de um apurado gosto, souberam seguir aquele preceito que, no dizer de Boileau, «indica como regra não respeitar algumas vezes as regras» (47).

7.9. A imitação dos modelos greco-latinos

O princípio da *imitação dos autores greco-latinos* representa na estética clássica uma fecunda herança renascentista: deriva do culto apaixonado com que os humanistas renascentes imitaram os autores gregos e latinos, haurindo nas suas obras os temas e

---

(46) — Victor Hugo, *Contemplations*, Paris, Nelson, 1930, p. 72.
(47) — Boileau, *Oeuvres*, Paris, Garnier, 1952, p. 227. Cf. E. B. O. Borgerhoff, *The freedom of french classicism*, Princeton, New Jersey, Princeton Univ. Press, 1950.

as formas com que renovaram as literaturas europeias. Mas o que nos humanistas do Renascimento era admiração deslumbrada e sentimento espontâneo, transformou-se, na doutrina clássica, em atitude reflexiva e racionalmente justificada. Se a razão é uma faculdade imutável e se os valores estéticos comparticipam desta imutabilidade e universalidade — «o gosto de Paris encontrou-se semelhante ao de Atenas», escreve Racine no prefácio de *Iphigénie* —, a imitação dos autores gregos e latinos está solidamente legitimada. Boileau, ao fundamentar a imitação destes autores na admiração unânime que em todos os tempos lhes tributaram as pessoas de bom gosto, não faz mais do que apresentar esta justificação racionalista sob um aspecto diferente, pois a admiração unânime e o consenso universal exprimiram, afinal de contas, a perenidade universal dos cânones artísticos.

Outros autores clássicos justificam a imitação dos gregos e dos latinos mediante a teoria da imitação da natureza: a poesia deve imitar uma natureza despojada de traços disformes e grosseiros; ora, os grandes escritores gregos e latinos apresentam nas suas obras uma natureza ideal e perfeita, de modo que a sua imitação identifica-se com a própria imitação da natureza. Como dá a entender Correia Garção, através da lição dos Antigos aprende-se a pintar a natureza: «O poeta que não seguir aos Antigos, perderá de todo o norte, e não poderá jamais alcançar aquela força, energia e majestade com que nos retratam o famoso e angélico semblante da Natureza» [48].

O princípio da imitação dos autores greco-latinos, na estética clássica, não conduz necessariamente à cópia inerte e ao servilismo estéril, pois os direitos da criação original ficam sempre assegurados — embora a prática, *hélas!*, nem sempre corresponda à teoria —, nem significa um respeito idolátrico por tudo o que seja grego e latino. Todos os teorizadores do classicismo estão de acordo sobre a necessidade de fazer uma escolha dos autores a imitar, discriminando o bom e o mau segundo uma perspectiva estética actual. «Não quero propor os antigos para modelos senão nas coisas que fizeram racionalmente», escreve d'Aubignac [49] — e esta asserção vale, em princípio, para todos os autores clássicos.

---

[48] — Correia Garção, *op. cit.*, vol. II, p. 134.
[49] — *Apud* René Bray, *op. cit.*, p. 172.

7.10. As conveniências

As *conveniências* constituem outro elemento preponderante da estética clássica. As conveniências podem ser *internas*, isto é, relativas à coerência e à harmonia internas da obra literária, e *externas*, ou seja, atinentes à adequação da obra relativamente ao gosto, à sensibilidade e aos costumes do público.

As conveniências internas determinam, por exemplo, que uma personagem mantenha constantes e coerentes os seus caracteres, que fale e se comporte de acordo com a sua condição e a sua idade ([50]), que a descrição de costumes e de caracteres próprios de uma certa época e de um certo país obedeça à verdade histórica geralmente admitida acerca dessa época e desse país.

As conveniências externas exigem que o autor respeite os costumes e os preceitos morais da sociedade em que se integra, que se abstenha de tratar assuntos escabrosos e cruéis, cenas violentas ou hediondas como assassínios, duelos, etc., que evite certas liberdades e ousadias na pintura da vida sentimental ([51]). Os actos da vida quotidiana — o comer, o beber, o dormir, etc. — são banidos da literatura, sendo igualmente postergados todos os vocábulos ou expressões que, pelo seu realismo ou pela sua grosseria, são tidos como pouco dignos e pouco elevados ([52]).

([50]) — Estes preceitos derivam sobretudo da *Epistola ad Pisones* de Horácio (cf. particularmente os vv. 114-120, 125-127 e 156 ss.).

([51]) — Dentre estas prescrições, avulta a que proíbe ensanguentar o palco com episódios violentos. Como já ensinava Horácio, tais episódios deviam desenrolar-se atrás da cena, sendo depois narrados aos espectadores (cf. *Ep. ad. Pisones*, v. 179 ss.). Correia Garção considera assim este problema na sua *Dissertação primeira*: «Afirmo-vos, senhores, que nunca li esta tragédia de Sófocles [*Rei Édipo*] que não chorasse, quando vejo o miserável rei com os inocentes filhinhos, ora fazendo imprecações, ora chorando sobre eles lágrimas de sangue, e neste triste desamparo deixar a mulher, a casa e o reino: ao mesmo tempo ouço a notícia de que Jocasta se matou. Há mais terror? Há mais compaixão? Eis aqui como a tragédia consegue seu fim sem me fazer inverosímil a sua fábula.
Pelo contrário, se eu visse este mesmo Édipo meter os dedos pelos olhos até arrancá-los, ou duvidaria do mesmo que estava vendo, ou a dificuldade com que o actor executasse este passo me provocaria o riso. Por isso Horácio manda que se passe por detrás da cena o que não deve aparecer no teatro» (*Obras completas*, ed. cit., t. II, pp. 111-112).

([52]) — Erich Auerbach escreve: «A tragédia clássica dos franceses apresenta o limite extremo da separação estilística, do divórcio do trágico e do real

A literatura tendia assim a enclausurar-se perigosamente numa atmosfera rarefeita, donde estavam ausentes a diversidade e a complexidade do homem e da sociedade; formava-se concomitantemente uma linguagem rígida e artificial, traduzindo na anquilose dos seus *clichés* todas as restrições impostas à literatura pela estética clássica ([53]).

7.11. A finalidade moral da literatura

Os numerosos críticos franceses que, no século XVII, prepararam o advento do classicismo, admitem quase unanimemente a função moral da literatura. Mairet, Desmarets, Chapelain, La Mesnardière, etc., são concordes em reconhecer que a poesia deve conciliar o deleite e a utilidade moral, contribuindo para melhorar os costumes e para tornar o homem mais digno. Retomavam assim a lição horaciana da necessidade de aliar o *utile* e o *dulce*.

Os grandes autores do classicismo aceitam esta concepção de uma literatura profundamente moral. Molière, no prefácio de *Le Tartuffe*, expõe a sua noção de comédia como instrumento de crítica moralizadora dos costumes e das acções dos homens: «nada repreende melhor a maior parte dos homens do que a pintura dos seus defeitos. É um belo golpe para os vícios expô-los ao riso de toda a gente. Suportam-se facilmente as repreensões; mas não se suporta de modo nenhum a troça». «O dever da comédia», escreve ainda Molière a respeito de *Le Tartuffe*, «é corrigir os homens, divertindo-os».

---

quotidiano, a que chegou a literatura europeia. A sua concepção do homem trágico e a sua expressão verbal são produto de uma educação estética cada vez mais distanciada da vida da sua época» (*Mimesis. La realidad en la literatura*, México — Buenos Aires, Fondo de Cultura Económica, 1950, p. 365).

([53]) — O romantismo reagiu vigorosamente contra estas limitações da estética clássica, advogando uma maior aproximação da realidade e a criação de uma linguagem artística liberta de convencionalismos asfixiantes. Victor Hugo, na ardência do seu verbo, proclamou: *Je fis souffler un vent révolutionnaire. / Je mis un bonnet rouge au vieux dictionnaire. / Plus de mot sénateur! plus de mot roturier! / [...] Et je dis: Pas de mot où l'idée au vol pur / Ne puisse se poser, toute humide d'azur! / Discours affreux!— Syllepse, hypallage, litote, / Frémirent; je montai sur la borne Aristote, / Et déclarai les mots égaux, libres, majeurs* (*Contemplations*, ed. cit., pp. 30-31).

Boileau afirma, de modo bem peremptório, que o escritor deve impregnar a sua obra de «sábias lições», pois que o leitor exige dela mais do que um puro divertimento:

> *Auteurs, prêtez l'oreille à mes instructions.*
> *Voulez-vous faire aimer vos riches fictions?*
> *Qu'en savantes leçons votre muse fertile*
> *Partout joigne au plaisant le solide et l'utile.*
> *Un lecteur sage fuit un vain amusement,*
> *Et veut mettre à profit son divertissement* ([54]).

La Fontaine, nas suas fábulas, não pretende narrar simplesmente uma história a fim de divertir os seus leitores, pois o seu intento consiste também em revelar, de modo simbólico, uma lição profundamente moral:

> *Une morale nue apport de l'ennui;*
> *Le conte fait passer le précepte avec lui.*
> *En ces sortes de feinte il faut instruire et plaire,*
> *Et conter pour conter me semble peu d'affaire* ([55]).

E Racine, suprema encarnação do ideal clássico, escreve no prefácio de *Phèdre* que o ensino moral é, na verdade, «o fim que todo o homem que trabalha para o público se deve propor».

Estas afirmações de cunho teórico são corroboradas quer pela comédia de Molière, quer pela fábula de La Fontaine, quer pela tragédia de Racine. Não se suponha, porém, que estamos perante uma literatura edificante, enlevada em concretas e triviais lições de virtude. A literatura clássica é profundamente moral, porque o homem, com as suas paixões e os seus sentimentos, é o fulcro dos seus interesses, e porque os problemas do equilíbrio das paixões, da verdade dos sentimentos, da lucidez que recusa o engano, etc., constituem algumas das suas preocupações fundamentais. Trata-se, por conseguinte, de uma moral eminentemente geral, universal e abstracta, e o seu apelo, para utilizar as palavras de Martínez Bonati, é «teórico e não prático: *Vede!* Tende consciência de vós

---

([54]) — Boileau, *Art poétique*, IV, vv. 85-90.
([55]) — La Fontaine, *Fables*, VI, 1.

mesmos!» ([56]). A moral de Molière já foi definida como «uma moral da autenticidade» — denúncia de um mundo de máscaras em que existem «devotos que não crêem em Deus, médicos que não crêem na medicina, críticos incapazes de sentir a beleza de uma obra, falsos sábios que só vêem na ciência um meio de subir no mundo, donas de casa que fingem amor pelas letras, quando se trata simplesmente de satisfazer o seu snobismo» ([57]) — e a obra trágica de Racine constitui uma ilustração magnífica das virtudes catárticas da literatura, segundo o ponto de vista aristotélico.

Em conclusão: o classicismo está muito distante da arte pela arte ou de qualquer intenção simplesmente hedonística, mas também não se identifica com uma literatura edificante. Expressão literária profundamente interessada pelos problemas morais e psicológicos do homem, assumiu uma função pedagógica no mais alto sentido da palavra.

([56]) — Cf. Félix Martínez Bonati, *La estructura de la obra literaria*, Barcelona, Seix Barral, ²1972, p. 168.
([57]) — Cf. Antoine Adam, *Histoire de la littérature française au XVIIe siècle*, Paris, Domat, 1961, t. III, p. 408.

8
ROCOCÓ, PRÉ-ROMANTISMO E ROMANTISMO

8.1. A complexidade periodológica do século XVIII

O século XVIII, sob o ponto de vista da periodologia literária, constitui uma época extremamente complicada, pois nele confluem correntes barrocas retardatárias e correntes neoclássicas ou arcádicas; nele se desenvolve o chamado estilo rococó e nele irrompe o pré-romantismo. Para tornar este quadro ainda mais complexo, verifica-se que são frequentes, e por vezes muito pronunciadas, as assincronias entre os estádios de desenvolvimento das diversas literaturas europeias.

Época de crise, de desagregação e de renovação dos valores estético-literários, caracterizado por uma natural tendência para o eclectismo, o século XVIII não apresenta qualquer estilo que tenha exercido um domínio homogéneo e prolongado. Acontece, por exemplo, que um escritor se pode integrar simultaneamente no neoclassicismo e no pré-romantismo — o caso de Bocage é muito elucidativo —, ou pode acontecer que um poeta tenha iniciado a sua carreira dentro dos moldes do barroco tardio e que tenha aderido depois ao credo neoclássico, apresentando ainda, em conjunção com estes elementos, uma forte coloração pré-romântica (é o caso expressivo de João Xavier de Matos) ([1]).

([1]) — Cf. J. do Prado Coelho, «Subsídios para o estudo de João Xavier de Matos», in *Revista da Faculdade de Letras*, 1 (1957).

8.2. O estilo rococó

Por estas razões, parece inaceitável a tentativa levada a cabo por alguns estudiosos no sentido de colocar a generalidade das manifestações literárias do século XVIII sob o signo de uma única categoria periodológica e estilística: o *rococó* ([2]). Efectivamente, o conceito de rococó, originário das artes plásticas, tem sido considerado por alguns críticos como o elemento fundamental para a interpretação dos autores mais díspares do século XVIII, como Marivaux e Voltaire, Rousseau e Chénier, etc. ([3]). Tais tentativas, como observa Walter Binni, só são possíveis mediante uma forte confusão que permite reduzir a um esquema unitário atitudes culturais e estilísticas muito divergentes. Apresentar Voltaire, por exemplo, como um autor estruturalmente rococó, equivale a desconhecer a substância do iluminismo: «que haja elementos de gosto rococó em Voltaire», acentua Binni, «pode ser aceite, desde que tal seja precisado numa completa descrição crítica da obra voltairiana, e não absurdamente alargado a motivo central da personalidade e do

---

([2]) — O vocábulo "rococó" deriva do francês *rocaille*, que designa «obra ornamental que imita os rochedos e as pedras naturais». Os neoclássicos e os românticos conferiram à palavra "rococó" um sentido fortemente depreciativo: «diz-se, em geral, de tudo o que é velho e fora de moda, nas artes, na literatura, nos trajes, nas maneiras, etc.» (definição apresentada no *Complément au dictionnaire de l'Académie*, de 1842). No final do século XIX, o vocábulo transitou para a terminologia da história da arte, sobretudo na Alemanha, passando depois para o domínio dos estudos literários. Veja-se uma breve história da palavra em Walter Binni, *Classicismo e neoclassicismo nella letteratura del Settecento*, Firenze, La Nuova Italia, 1963, pp. 4 ss. Sobre o conceito de rococó nas artes plásticas, cf. Fiske Kimball, *The creation of the rococo*, New York, The Norton Library, 1964. Sobre o conceito de rococó na literatura, além do estudo já mencionado de Walter Binni, cf.: Helmut Hatzeld, *Literature through art*, New York, Oxford Univ. Press, 1952; *id.*, «El rococó como estilo literário de época en Francia», *Estudios de literaturas románicas*, Barcelona, Editorial Planeta, 1972; A. Anger, *Literarisches Rokoko*, Stuttgart, Metzler, 1962; Roger Laufer, *Style rococo, style des lumières*, Paris, Corti, 1963; Herbert Dieckmann, «Reflections on the use of rococo as a period concept», in Peter Demetz, Thomas Greene e Lowry Nelson, Jr. (eds.), *The disciplines of criticism*, New Haven — London, Yale University Press, 1968. A recente obra de Philippe Minguet, *Esthétique du rococo*, Vrin, 1966, ocupa-se do rococó sobretudo nas artes plásticas, mas o seu interesse é muito grande para o historiador da literatura.

([3]) — Cf. as obras de Hatzfeld e de Laufer mencionadas na nota anterior.

estilo do autor do *Siècle de Louis XIV* e das tragédias classicista-
-iluministas» (⁴).

Na verdade, o rococó deverá antes ser considerado como uma das linhas de força, como um dos componentes artísticos do emaranhado século XVIII, como a expressão de certos aspectos da sensibilidade e do espírito desta época. Entre os caracteres mais relevantes do estilo rococó, devem ser referidos: a recusa do sublime, do «grand goût» e da visão trágica da vida; o gosto pela natureza simples e tranquila, cenário para elegantes e voluptuosas «fêtes champêtres» e para ternos idílios; concepção da vida como um sonho de felicidade (⁵), valorização da intimidade, quer na vida, quer na arte; preciosismo estilístico, graciosidade, polidez, frívola elegância, afectação sentimental, erotismo refinado, velada melancolia que perpassa sob os sorrisos das festas e a graça dos idílios; gosto pela ironia, pelo *esprit*. Esta sensibilidade traduz-se significativamente em certas palavras e expressões francesas que podemos considerar como particularmente características do rococó: *mignardise, marivaudage, petit, gamineries folles, jolies bagatelles, galanterie, fragiles merveilles*, etc.

8.3. O pré-romantismo

O conceito de *pré-romantismo* data das primeiras décadas do século XX, tendo sido defendido sobretudo por Paul Van Tieghem, historiador literário francês (⁶). Como o próprio vocábulo indica, o conceito de pré-romantismo abarca as tendências estéticas e as manifestações de sensibilidade que no século XVIII, sobretudo a partir da sua segunda metade, se afastam dos cânones neoclássicos, anunciando já o romantismo. Isto não significa que o pré-romantismo constitua apenas uma

---

(⁴) — Walter Binni, *op. cit.*, p. 14. Além de Hatzfeld, a crítica de Binni dirige-se a Leo Spitzer, autor de um ensaio («*L'explication de texte* applicata a Voltaire», *Critica stilistica e storia del linguaggio*, Bari, Laterza, 1954) em que Voltaire é estudado como um escritor rococó.

(⁵) — Cf. Rémy G. Saisselin, «The rococo as a dream of happiness», in *Journal of art and aesthetic criticism*, XIX, 2 (1960), pp. 145-152; R. Mauzi, *L'idée de bonheur au XVIIIe siècle*, Paris, Armand Colin, 1960.

(⁶) — Cf. Paul Van Tieghem, *Le préromantisme*, Paris, 1924, 1930, 1947 e 1960 (4 vols).

preparação do romantismo e que se apresente, por conseguinte, como um movimento literário desprovido de feições próprias, motivo por que a expressão «romantismo do século XVIII», utilizada por alguns críticos para designar o pré-romantismo ([7]), é inexacta e abre caminho a confusões.

i O pré-romantismo não possui verdadeiramente a homogeneidade de uma escola literária, nem apresenta um corpo sistemático de doutrinas. Isto não quer dizer, porém, que estejamos diante de uma designação desprovida de conteúdo, pois é inegável que desde meados do século XVIII se manifestam, nas principais literaturas europeias, novos conceitos estéticos, uma nova temática e uma nova sensibilidade que, não obstante as suas divergências, apresentam entre si evidentes afinidades e paralelismos.

A Inglaterra desempenhou um papel primacial na floração do pré-romantismo, bastando citar os nomes de Young, autor dos *Night thoughts* (1742), de Richardson, de Gray, de Macpherson, autor dos célebres poemas atribuídos a Ossian (1760); na Alemanha, o pré-romantismo explode com o movimento do *Sturm und Drang;* em França, revela-se em autores como Diderot, Bernardin de Saint-Pierre, Prévost, Rousseau, etc.; em Portugal, o pré-romantismo afirma-se através de José Anastácio da Cunha, de Bocage, da Marquesa de Alorna, de Filinto Elísio, de Xavier de Matos, de Tomás António Gonzaga.

Uma característica fundamental da literatura pré-romântica consiste na valorização do sentimento. O coração triunfa do racionalismo neoclássico e iluminista, transformando-se na fonte por excelência dos valores humanos. A sensibilidade aparece como o mais legítimo título de nobreza das almas e a bondade e a virtude são consideradas como atributos naturais das almas sensíveis. A vida moral passa deste modo a ser regida pelo sentimento, sobrepondo-se os direitos do coração às exigências da lei, das convenções e dos preconceitos sociais, em suma, às exigências das normas jurídicas ou éticas impostas do exterior.

A literatura começa a devassar os segredos da interioridade humana, dissecando gostosa e despudoradamente os recantos mais íntimos da alma e do corpo. Primeira geração europeia de egotistas, os pré-românticos criaram uma literatura confessio-

---

([7]) — Cf. Daniel Mornet, *Le romantisme en France au XVIIIe siècle*, Paris, Hachette, ²1925.

nalista que alcança por vezes uma audácia e uma profundidade ainda hoje singulares (basta apontar *Les confessions* de Rousseau) e que provoca violentas reacções afectivas em largo número de leitores do tempo (caso do *Werther* de Goethe, que originou na juventude europeia uma onda de suicídios).

A sensibilidade pré-romântica apresenta muitas vezes um carácter terno e tranquilo, como a suave emoção que se experimenta ante uma bela paisagem ou como as melancólicas e doces láqrimas que suscita uma saudosa lembrança. Outras vezes, porém, esta terna melancolia dá lugar ao desespero e à angústia, à tristeza irremediável e à agitação sombria, comprazendo-se então o poeta nas visões lúgubres, nas paisagens nocturnas, agrestes e solitárias, nas tintas negras do *locus horrendus*, como se verifica neste excerto de Bocage:

> *E vós, ó Cortesãos da Escuridade,*
> *Fantasmas vagos, Mochos piadores,*
> *Inimigos, como eu, da Claridade:*
>
> *Em bandos acudi aos meus clamores:*
> *Quero a vossa medonha sociedade.*
> *Quero fartar meu Coração de horrores* ([8]).

Os dolorosos presságios, os sonhos ruins, a morte constituem outros aspectos desta temática atormentada do pré-romantismo.

A poesia da noite e dos túmulos, originária da literatura inglesa, e de que as obras mais representativas são *The night thoughts* de Young e a *Elegy written in a country churchyard* de Gray, teve grande voga no pré-romantismo europeu. A meditação sobre a noite, os sepulcros e a morte insere-se na temática pessimista atrás indicada e traduz a nostalgia do infinito e a funda insatisfação espiritual que já angustiam os pré-românticos e que hão-de revelar-se mais exacerbadamente nos românticos.

O sentimento da natureza e da paisagem constitui outro traço relevante da literatura pré-romântica. Não se trata apenas de uma maior capacidade descritiva do mundo exterior, trata-se acima de tudo de uma nova visão da paisagem: entre a natureza

---

([8]) — *Apud Poetas pré-românticos*, sel., introd. e notas de Jacinto do Prado Coelho, Coimbra, Atlântida, 1961, p. 82.

e o eu estabelecem-se relações afectivas, os lagos, as árvores, as montanhas, etc., associam-se intimamente aos estados de alma e o escritor estende sobre todas as coisas o véu das suas emoções e dos seus sonhos. À literatura pré-romântica se deve a revelação da beleza melancólica do Outono, não do Outono risonho e fecundo, estação dos frutos e das colheitas, que a arte clássica já descrevera e pintara, mas do Outono elegíaco e solitário, tempo das folhas caídas, do sol pálido e dos crepúsculos magoados. Deve-se ainda ao pré-romantismo a descoberta da paisagem montanhosa, contrastada e selvagem, para o que muito contribuíram as descrições de paisagens alpinas que se encontram em *La nouvelle Heloïse* de Rousseau.

A literatura pré-romântica traduz já um forte declínio das influências greco-latinas e um acentuado distanciamento dos cânones estéticos do classicismo, embora algumas vezes os escritores pré-românticos se vejam obrigados a vazar uma sensibilidade nova dentro das formas poéticas e estilísticas da tradição clássica. A rebeldia contra as regras e as imposições do classicismo atingiu o mais alto grau de exasperação no *Sturm und Drang*: o *génio*, fundamento da criação poética nas doutrinas do pré--romantismo, é uma força alheia ao domínio da razão e insusceptível, por conseguinte, de ser submetida a preceitos.

As influências greco-latinas são gradualmente substituídas por novos modelos e por novas fontes. Shakespeare constitui o mais influente modelo do pré-romantismo europeu, devendo ser também mencionados os poemas de Ossian, as *Noites* de Young, as *Estações* de Thomson, os poemas bucólicos de Gessner, etc.

8.4. O termo e o conceito de romântico

O vocábulo "romântico", tal como "barroco" ou "clássico", apresenta uma história complexa ([9]). Do advérbio latino * *romanice*, que significava «à maneira dos romanos», derivou em francês o vocábulo *romanz*, escrito *rommant* depois do século XII

([9]) — Sobre a história da palavra "romântico", cf. Alexis François, «Romantique», in *Annales Jean-Jacques Rousseau*, V (1909), e «Où en est romantique?», *Mélanges offerts à F. Baldensperger*, Paris, 1930, vol. I; Fernand Baldensperger, «Romantique — ses analogues et équivalents», in *Harvard studies and notes in philology and literature*, XIV (1937); L. P. Smith, «Four words: romantic, originality, creative, genius», *Words and idioms*, London, Constable, 1925;

e *roman* a partir do século XVII. A palavra *rommant* designou primeiramente a língua vulgar, por oposição ao latim, tendo vindo depois a designar também uma certa espécie de composição literária escrita em língua vulgar, em verso ou em prosa, cujos temas consistiam em complicadas aventuras heróicas ou corteses.

O vocábulo francês *rommant* passou para a língua inglesa sob a forma *romaunt*. Cerca de meados do século XVII, encontramos já em uso, em francês e em inglês, os adjectivos *romanesque* e *romantic*, correspondentes àqueles substantivos ([10]).

No século XVII, o adjectivo inglês *romantic* significa «como os antigos romances», e pode qualificar uma paisagem, uma cena ou um monumento — em 1666, Pepys refere-se ao castelo de Windsor como «the most romantique castle that is in the world» ([11]) —, ou pode oferecer um significado estético-literário. Com efeito, René Rapin menciona, em 1683, a «poésie romanesque du Pulci, du Boiardo, et de l'Arioste», e Thomas Rymer, no ano seguinte, traduz este passo de Rapin do seguinte modo: «Romantick Poetry of Pulci, Bojardo, and Ariosto» ([12]). Neste texto de Rymer, o vocábulo "romântico" possui claramente um significado literário, referindo-se ao carácter fantasioso e romanesco de alguns poemas que, por isso mesmo, pareciam afastar-se das normas estritamente clássicas.

Não admira que na atmosfera racionalista que envolve a cultura europeia desde os finais do século XVII, o vocábulo

---

Mario Praz, «Romantic: an approximative term», *The romantic agony*, London, Oxford Univ. Press, ²1951; René Wellek, «The concept of romanticism», *Concepts of criticism*, New Haven — London, Yale Univ. Press, 1963; François Jost, «Romantique: la leçon d'un mot», *Essais de littérature comparée. II. Europaeana*, Fribourg, Éditions Universitaires, 1969; Henry Peyre, *Qu'est-ce que le romantisme?*, Paris, P.U.F., 1971 (cap. III); Hans Eichner (ed.), *'Romantic' and its cognates. The european history of a word*, Toronto, University of Toronto Press, 1972.

([10]) — É a partir da segunda metade do século XVII que o *Oxford dictionary* dá acolhida à família de palavras derivadas de *romaunt*. Segundo informa F. L. Lucas, *The decline and fall of the romantic ideal*, Cambridge, at the Univ. Press, 1948, p. 17, as datas de acolhida daquelas palavras no *Oxford dictionary* são as seguintes: *romancial*, 1653; *romancical*, 1656; *romancy*, 1654; *romantic*, 1659; *romantical*, 1678; *romanticly*, 1681, etc.

([11]) — Cf. Mario Praz, *The romantic agony*, p. 12.

([12]) — Textos citados em René Wellek, *Concepts of criticism*, p. 131.

romantic passe a significar quimérico, ridículo, absurdo — qualidades (ou defeitos) que se atribuíam precisamente aos romances e poemas romanescos, quer da literatura medieval, quer de Ariosto, de Boiardo, etc. Tal como "gótico", *romântico* designa, na época do iluminismo, tudo o que é produzido pela imaginação desordenada, aquilo que é inacreditável e que reflecte um gosto artístico irregular e mal esclarecido.

No entanto, a par deste significado pejorativo, a palavra que vimos a analisar oferece no século XVIII um outro sentido à medida que a imaginação adquire importância e à medida que se desenvolvem formas novas de sensibilidade, *romantic* passa a designar o que agrada à imaginação, o que desperta o sonho e a comoção da alma, aplicando-se às montanhas, às florestas, aos castelos, etc. Nesta acepção — que, como foi dito acima, já remonta ao século XVII —, foi-se obliterando a conexão do vocábulo com o género literário do *romance*, tendo vindo *romantic* a exprimir sobretudo os aspectos melancólicos e selvagens da natureza.

O vocábulo inglês *romantic* era vertido para francês ora por *romanesque*, ora por *pittoresque*. Em 1776, porém, Letourneur, no prefácio da sua tradução da obra de Shakespeare, distingue *romantique* de *romanesque* e de *pittoresque*, analisando os respectivos matizes semânticos e expondo os motivos que o levavam a preferir *romantique*, «palavra inglesa»: o vocábulo, segundo Letourneur, «encerra a ideia dos elementos associados de uma maneira nova e variada, própria para espantar os sentidos», evocando, além disso, o sentimento de terna emoção que se apodera da alma perante uma paisagem, um monumento, uma cena, etc. Em 1777, o marquês de Girardin, na sua obra *De la composition des paysages*, usa igualmente o adjectivo *romantique*, mas a palavra adquire definitivamente direito de cidadania na língua francesa, quando Rousseau, num passo famoso das suas *Rêveries d'un promeneur solitaire*, escreve que «as margens do lago de Bienne são mais selvagens e românticas do que as do lago de Genebra» [13]. Através do francês, o vocábulo penetrou depois noutras línguas, como o espanhol e o português.

---

[13] — As *Rêveries d'un promeneur solitaire* foram concluídas em 1778, tendo sido publicadas em 1782. O passo mencionado pertence à «cinquième promenade».

Voltemos, todavia, ao significado literário da palavra *romântico*, que, como ficou acima exposto, está já documentado no século XVII. O vocábulo *romantic* reaparece, com um sentido similar ao que apresenta no texto já mencionado de Rymer, na *History of english poetry* (1774) de Thomas Warton, cuja introdução se intitula «The origin of romantic fiction in Europe». Para Warton, o termo *romantic* designa a literatura medieval e parte da literatura renascentista (Ariosto, Tasso, Spenser), isto é, uma literatura que se afasta das normas e convenções vigentes na literatura greco-latina e no neoclassicismo. Friedrich Bouterwek, na sua *História da poesia e da eloquência desde o fim do século XIII* (*Geschichte der Poesie und Beredsamkeit seit dem Ende des dreizehnten Jahrhunderts*, 1801-1805), considera como autores «românticos» não só Ariosto e Tasso, mas também Shakespeare, Cervantes e Calderón, quer dizer, autores que se inseriam numa tradição literária diferente da tradição neoclássica (e é significativo, efectivamente, observar que quase todos os autores classificados como «românticos» por Bouterwek haviam de ser mais tarde integrados no barroco).

Friedrich Schlegel, embora num dos seus *Fragmentos* publicados no *Athenaeum* conceba a poesia romântica como aquela relacionada com o género literário do *Roman* ([14]), advoga também uma noção latamente histórica de literatura romântica, abrangendo autores como Shakespeare, Cervantes e Dante: «Assim posso eu procurar e encontrar o Romantismo nos primeiros modernos: em Shakespeare, em Cervantes, na poesia italiana, nesse século dos cavaleiros, do amor e das lendas, donde saíram a palavra e a coisa...» ([15]). Noutro fragmento do *Athenaeum*, Friedrich Schlegel afirma que «a universalidade de Shakespeare é como que o ponto central da arte romântica» ([16]).

A par deste conceito latamente histórico de literatura romântica, aparece também com frequência, no início do século XIX, um conceito tipológico de romantismo, corporizado principal-

---

([14]) — Sobre o significado de «romântico» em Friedrich Schlegel, cf. Arthur O. Lovejoy, «The meaning of «romantic» in early german romanticism», *Essays in the history of ideas*, New York, Capricorn Books, 1960.

([15]) — Texto incluído no vol. *Les romantiques allemands*, Paris, Desclée de Brouwer, 1954, p. 273.

([16]) — *Ibid.*, p. 268.

mente na oposição *clássico-romântico*. Goethe reivindicou a paternidade desta famigerada distinção, mas foi indubitavelmente August Wilhelm Schlegel quem, inspirando-se em boa parte na oposição estabelecida por Schiller entre *poesia ingénua* e *poesia sentimental* ([17]), elaborou a mais sistemática e mais influente exposição sobre as diferenças existentes entre a arte clássica e a arte romântica. Na décima terceira lição do seu *Curso de literatura dramática*, A. W. Schlegel caracteriza a arte clássica como uma arte que exclui todas as antinomias, ao contrário da arte romântica, que se compraz na simbiose dos géneros e dos elementos heterogéneos: natureza e arte, poesia e prosa, ideias abstractas e sensações concretas, terrestre e divino, etc.; a arte antiga é uma espécie de «*nomos* rítmico, uma revelação harmoniosa e regular da legislação — fixada para sempre — de um mundo ideal em que se reflectem os arquétipos eternos das coisas», ao passo que a poesia romântica «é expressão de uma misteriosa e secreta aspiração pelo Caos incessantemente agitado a fim de gerar novas e maravilhosas coisas»; a inspiração da arte clássica era simples e clara, diferentemente do génio romântico que, «apesar do seu aspecto fragmentário e da sua desordem aparente, está contudo mais perto do mistério do universo, porque, se a inteligência jamais pode apreender em cada coisa isolada senão uma parte da verdade, o sentimento, em contrapartida, ao abranger todas as coisas, compreende tudo e em tudo penetra»; a tragédia clássica pode ser comparada a um grupo escultórico, pois tanto na escultura como na tragédia clássica «cada figura corresponde a um carácter, e a maneira como elas estão agrupadas constitui a acção», ao passo que o drama romântico deve ser comparado com um quadro de pintura, «onde não somente aparecem figuras nas atitudes mais variadas e formando grupos com os movimentos mais diversos e mais ricos, mas também objectos que se encontram à volta das personagens e até a representação dos longes, de tal modo que o conjunto se encontra banhado por uma luz mágica que, precisamente, determina e orienta o seu

---

([17]) — Schiller expôs esta doutrina na sua obra *Sobre a poesia ingénua e sentimental* (*Über naive und sentimentalische Dichtung*, 1795-1796). A «poesia ingénua» é a poesia natural, essencialmente objectiva, plástica e impessoal, característica da antiguidade greco-latina; a «poesia sentimental» é a poesia subjectiva, pessoal, musical, fruto do conflito entre o eu e a sociedade, entre o ideal e o real, e característica da época moderna e cristã.

efeito singular» ([18]). A tradução francesa do *Curso de literatura dramática*, realizada em 1813 por M.me Necker de Saussure, divulgou em largas camadas de público a antinomia *clássico- -romântico;* a obra de M.me de Staël *De l'Allemagne*, publicada em Londres em 1813 e em Paris em 1814, em cujo capítulo XI da Segunda Parte se resumem as ideias de A. W. Schlegel acerca das diferenças entre a arte clássica e a arte romântica, contribuiu de modo decisivo para a difusão daquela antinomia. A célebre afirmação de Goethe de que «o clássico é a saúde, o romântico é a doença», exprime também uma concepção tipológica do romantismo e do classicismo, opondo o equilíbrio e o desequilíbrio, a serenidade e a agitação, etc.

Importa agora averiguar quando e como a designação de *romântico* começou a aplicar-se à literatura contemporânea. Na Alemanha, onde o romantismo se afirma poderosamente desde finais do século XVIII com a revista *Athenaeum* (1798), foram os escritores do grupo de Heidelberg — von Arnim, Brentano e Görres — os primeiros a adoptar para si próprios a designação de românticos; em 1819, no décimo primeiro volume da sua *Geschichte der Poesie und Beredsamkeit*, já Bouterwek estudava como românticos Brentano e o grupo de Jena; em 1833, Heine publicou o seu volume intitulado *Romantische Schule*. Na Inglaterra, onde o romantismo domina desde o princípio do século XIX, só bastante tarde foi aplicada a designação de românticos aos escritores dos primeiros anos daquele século ([19]), ao passo que na França parece ter sido Stendhal, em 1818, o primeiro escritor a designar-se a si próprio como romântico: «Sou um romântico furioso, quer dizer, sou por Shakespeare contra Racine e por Lord Byron contra Boileau» ([20]).

Tanto na Itália como na França, onde o romantismo é tardio em relação às literaturas inglesa e alemã, existem grupos românticos, opondo-se conscientemente a escritores clássicos, desde 1816 e 1820, respectivamente, embora as manifestações mais significativas do romantismo francês ocorram alguns anos mais tarde (publicação de *Cromwell*, 1827; representação e «batalha» de

---

([18]) — Cf. *Les romantiques allemands*, pp. 286-287.
([19]) — Cf. René Wellek, *Concepts of criticism*, pp. 149-150.
([20]) — Stendhal, *Correspondance*, Paris, Divan, 1934, t. V, p. 137.

Hernani, 1830) (²¹). Nas literaturas espanhola e portuguesa, aparecem os primeiros grupos românticos durante a terceira década do século XIX, concomitantemente com a instauração de regimes liberais nos dois países da Península Ibérica e com o regresso de exilados que, na França e na Inglaterra, haviam conhecido as novas tendências estético-literárias (²²).

8.5. Diversidade e unidade do romantismo europeu

Num importante estudo que consagrou ao romantismo, René Wellek defende, contra o parecer de Arthur Lovejoy e de outros críticos, que o romantismo constitui de facto um movimento unificado, oferecendo através da Europa «a mesma concepção da poesia, das obras e da natureza da imaginação poética, a mesma concepção da natureza e das suas relações com o homem e, basicamente, o mesmo estilo poético, com um uso da imagística, do simbolismo e do mito que é claramente distinto do do neoclassicismo do século XVIII» (²³). Na verdade, se se verificam assincronias e diferenças mútuas acentuadas entre as várias literaturas românticas europeias, não é menos certo que em todos os movimentos românticos nacionais se revelam alguns princípios basilares que permanecem constantes e que conferem unidade substancial ao período romântico. Os princípios mencionados por René Wellek — idêntica concepção da poesia, da imaginação poética, da criação artística, etc. — são inquestionavelmente de primeira importância, mas promanam de um outro princípio mais geral que constitui o fundamento primário de

---

(²¹) — Sobre o debate romântico italiano, cf. Mario Fubini, «La polemica romantica», *Romanticismo italiano*, Bari, Laterza, 1953; sobre os grupos românticos franceses, cf. René Bray, *Chronologie du romantisme (1804-1830)*, Paris, Nizet, 1963.

(²²) — Sobre a história — a história externa, digamos — do romantismo europeu, vejam-se duas obras bem documentadas: Paul Van Tieghem, *Le romantisme dans la littérature européenne*, Paris, Albin Michel, 1948; Giovanni Laini, *Il romanticismo europeo*, Firenze, 1959, 2 vols. Veja-se também a síntese oferecida por Lilian R. Furst no capítulo intitulado «The historical perspective» da sua obra *Romanticism in perspective* (London, Macmillan, ²1980) e no seu estudo *The contours of european romanticism* (London, Macmillan, 1980).

(²³) — René Wellek, *Concepts of criticism*, pp. 160-161.

toda a estética e de toda a psicologia românticas — uma nova concepção do eu, uma forma nova de *Weltanschauung*, radicalmente diferentes da concepção do eu e da *Weltanschauung* típicas do racionalismo iluminista.

8.6. O idealismo alemão e o romantismo

A concepção do Eu elaborada pela filosofia idealista germânica, sobretudo por Fichte e Schelling, constitui um dos elementos dorsais do romantismo alemão e, de modo difuso, de todo o romantismo europeu.

Desenvolvendo, como ele próprio reconheceu, alguns conceitos do pensamento kantiano, Fichte desviou de modo total a filosofia dos objectos exteriores, superando assim a posição de Kant, que conservara os conceitos de «coisa em si» e de «númeno». Para Fichte, o Eu constitui a realidade primordial e absoluta, tal como a consciência de si representa «o princípio absoluto de todo o saber». O Eu fichtiano afirma-se a si próprio, revelando-se como Eu absoluto, pois «a sua essência consiste unicamente no facto de se afirmar ele próprio como sendo», e como Eu puro, pois o Eu é uma actividade pura, isto é, uma actividade que não pressupõe um objecto para se realizar, mas que cria esse objecto no próprio acto de se realizar: «Eu sou muito simplesmente o que sou, e sou muito simplesmente porque sou». Quer dizer, o Eu é simultaneamente agente e produto da acção, tendo Fichte definido esta natureza dupla e ao mesmo tempo única do Eu com o vocábulo *Tathandlung*. A actividade pura do Eu e o Eu puro são infinitos, definindo-se esta actividade pura como a «faculdade absoluta de produção dirigindo-se para o ilimitado e o ilimitável», isto é, definindo-se como a infinitude do Eu. Se, num primeiro momento, o Eu se auto-afirma, a sua actividade não é possível sem uma oposição: o Eu opõe-se um não-Eu. Desta oposição, que obriga o Eu a reflectir-se e a limitar-se, depende a consciência — que tem de ser consciência de alguma coisa — e o desdobramento do ideal e do real, do conhecer e do ser.

A teoria fichtiana do Eu absoluto influenciou profundamente a concepção romântica do eu e do universo, pois os românticos, interpretando erroneamente o pensamento de Fichte ([24]), identificaram o Eu puro com o eu do indivíduo, com o génio individual, e transferiram para este a dinâmica daquele. O espírito humano, para os românticos, constitui uma entidade dotada de uma actividade que tende para o infinito, que aspira a romper os limites que o constringem, numa busca incessante do absoluto, embora este permaneça sempre como um alvo inatingível. Energia infinita do eu e anseio do absoluto, por um lado; impossibilidade de transcender de modo total o finito e o contingente, por outra banda — eis os grandes pólos entre os quais se desdobra a aventura do eu romântico. «Por toda a parte procuramos o Absoluto», escreve Novalis num dos seus *Fragmentos*, «e nunca encontramos senão objectos» ([25]).

O mundo romântico, diferentemente do mundo humanístico e do mundo iluminista, está radicalmente aberto ao sobrenatural e ao mistério, pois representa apenas «uma aparição evocada pelo espírito». No prólogo da segunda parte do romance de Novalis *Heinrich von Ofterdingen*, Astralis grita: «Espírito da terra, o teu tempo passou!» Tudo o que é visível e palpável não representa o real verdadeiro, pois que o autêntico real não é perceptível aos sentidos. O verdadeiro conhecimento exige que o homem desvie o olhar de tudo quanto o rodeia e desça dentro de si próprio, lá onde mora a verdade tão ansiosamente procurada: «É para o interior que se dirige o caminho misterioso. Em nós, ou em parte nenhuma, estão a eternidade e os seus mundos, o futuro e o passado. O mundo exterior é o universo das sombras», conclui Novalis ([26]).

([24]) — Com efeito, Fichte acentua na *Doutrina da ciência* que o Eu deve ser concebido na inteira abstracção de qualquer individualidade. Cf. Roger Ayrault, *La genèse du romantisme allemand*, Paris, Aubier, 1961, t. I, p. 203. Sobre a influência de Fichte no romantismo, vide Camille Schuwer, «La part de Fichte dans l'esthétique romantique», *Le romantisme allemand*, textes et études publiés sous la direction de Albert Béguin, Les Cahiers du Sud, 1949. Vejam-se também os capítulos intitulados «Individualism» e «Imagination» da primeira obra de Lilian R. Furst atrás citada.

([25]) — *Les romantiques allemands*, p. 206.

([26]) — *Ibid.*, p. 207.

8.7. A *Sehnsucht* romântica

Com esta concepção do espírito e do real, relaciona-se intimamente o conceito de *Sehnsucht*, palavra alemã dificilmente traduzível que significa a nostalgia de algo distante, no tempo e no espaço, para que o espírito tende irresistivelmente, sabendo todavia de antemão que lhe é impossível alcançar esse bem sonhado.

Friedrich Schlegel caracteriza a poesia romântica como «uma poesia universal progressiva», afirmando que a sua essência reside na sua insatisfação perpétua (*Sehnsucht*): o carácter específico da arte romântica consiste «em jamais poder atingir a perfeição, em ser sempre e em se tornar eternamente nova. Não pode ser esgotada por qualquer teoria e só uma crítica divinatória poderia arriscar-se a querer definir o seu ideal» [27].

Os heróis românticos, de René a Chatterton, de Heinrich von Ofterdingen a Don Alvaro, sentem-se empolgados por um anelo indefinível, perseguindo com ardente desespero um ideal abscôndito e distante, buscando angustiosamente a verdade que lhes poderia iluminar o abismo da vida.

8.8. O titanismo

A aventura do eu romântico apresenta uma feição de declarado *titanismo*, configurando-se o herói romântico como um rebelde que se ergue, altivo e desdenhoso, contra as leis e os limites que o oprimem, que desafia a sociedade e o próprio Deus. Prometeu é a figura mítica que os românticos frequentemente exaltam como símbolo e paradigma da condição titânica do homem, pois que, tal como Prometeu, é o homem um ser em parte divino, «um turvo rio nascido de uma fonte pura», cujo destino é urdido de miséria, solidão e rebeldia, mas que triunfa deste destino pela revolta e transformando em vitória a própria morte, como proclamou Byron: «Na tua paciente energia, na resistência e na revolta do teu invencível Espírito, que nem a Terra nem o Céu puderam abalar, herdámos nós uma poderosa

---

[27] — *Ibid.*, p. 207.

lição; tu és para os Mortais um símbolo e um sinal do seu destino e da sua força. Como tu, o Homem é em parte divino, um turvo rio nascido de uma fonte pura; e o Homem pode prever fragmentariamente o seu destino mortal, a sua miséria, a sua revolta, a sua triste existência solitária, ao que o seu Espírito pode opor a sua essência à altura de todas as dores, uma vontade firme e uma consciência profunda que, mesmo na tortura, pode descobrir a sua recompensa concentrada em si própria, pois que triunfa quando ousa desafiar e porque faz da Morte uma Vitória» [28].

Satã, tal como Milton o pinta no *Paradise lost* — majestoso anjo caído em cujos olhos belos moram a tristeza e a morte, animado de um heroísmo sombrio e orgulhoso, proclamando corajosamente a glória e a grandeza do seu desafio ao Criador —, tornou-se outro grande símbolo para os românticos, como personificação da rebeldia e da aspiração de alcançar o Absoluto [29]. Caim é igualmente interpretado pelos românticos como um sublime rebelde que, torturado pela miséria e pela dor do destino humano, ávido da eternidade e do infinito, se recusa a obedecer docilmente a Deus, chamando os outros homens à revolta heróica, preferindo a morte à vida efémera e escravizada: «Trabalhei e lavrei, suando ao sol, de acordo com a maldição divina: devo fazer mais alguma coisa? Porque havia eu de ser dócil? Pela guerra travada com todos os elementos antes que eles nos cedam o pão que comemos? Porque havia eu de ser reconhecido? Por ser pó, por rastejar no pó até que volte ao pó?» [30]. Também D. João, o gozador impenitente e libertino do teatro seiscentista, se transforma com o romantismo num peregrino do Absoluto, buscando reencontrar através do amor, como Fausto através da ciência, o paraíso perdido, o segredo do universo, a unidade primordial.

Muitas vezes, os românticos transferem para certas figuras humanas a revolta, o desafio idealista, a fome de absoluto que

---

[28] — Byron, «Prometheus», *Poems*, London — New York, Dent-Dutton, 1963, vol. I, p. 182. Sobre o mito de Prometeu na literatura europeia, cf. R. Trousson, *Le thème de Prométhée dans la littérature européenne*, Genève, Droz, 1964, 2 vols.

[29] — Cf. na obra mencionada de Mario Praz, *The romantic agony*, o capítulo intitulado «The metamorphoses of Satan».

[30] — Byron, «Cain», III, 1, *Poems*, ed. cit., vol. II, p. 488.

consumiam Prometeu, Satã, Caim ou D. João. O bandido, o pirata, o fora-da-lei, filhos de Satã pela rebeldia e pela generosidade, constituem figuras das mais admiradas pelos românticos, tendo Schiller criado em Karl Moor, herói do seu drama *Die Räuber* (1781), uma figura de bandido que ficou paradigmática.

Também no *homem fatal* do romantismo se reencontram muitos elementos característicos de Satã, desde a fisionomia — face pálida, olhar sem piedade — até ao temperamento e às feições psicológico-morais — melancolia irradicável, desespero, revolta, pendor inelutável para a destruição e o mal. Childe Harold, Manfredo, Lara — eis outros tantos *homens fatais* através de quem Byron exprimiu o seu titanismo e através dos quais se divulgou na Europa esse tipo de herói romântico.

Outras vezes, são as figuras dos poetas geniais, desgraçados e perseguidos pela sociedade, condenados à solidão, incompreendidos pelos outros homens, desafiando o destino, que os românticos exaltam como símbolos da aventura titânica do homem. Por isso o romantismo se deixou fascinar pela história e pela lenda de poetas como Dante, exilado e foragido, Tasso, encarcerado e demente, Camões, amante infeliz e desterrado, etc.

8.9. O *mal du siècle*

Da falência desta aventura, da impossibilidade de realizar o absoluto a que se aspira, nascem o pessimismo, a melancolia e o desespero, a volúpia do sofrimento, a busca da solidão. O *mal du siècle*, a indefinível doença que alanceia os românticos, que lhes enlanguesce a vontade, entedia a vida e faz desejar a morte, só poderá ser correctamente entendido no contexto da odisseia do *eu* romântico, pois que exprime o cansaço e a frustração resultantes da impossibilidade de realizar o absoluto [31]. Nas *Viagens na minha terra*, Carlos, ao analisar o seu

---

[31] — Sobre a temática do *mal du siècle* e a sua projecção na literatura europeia pós-romântica, existe uma ampla bibliografia. Mencionamos alguns estudos mais importantes: Mario Praz, *The romantic agony*, ed. cit. (ou, na versão italiana original, *La carne, la morte e il diavolo nella letteratura romantica*, Firenze, Sansoni, 1966); id., *Il patto col serpente*, Milano, Mondadori, 1972; Marsi Paribatra, *Le romantisme contemporain*, Paris, Les Éditions Polyglotes, 1954;

problema psicológico e moral, escreve estas palavras muito reveladoras acerca do carácter do *mal du siècle*: «Eu estou perdido. E sem remédio, Joana, porque a minha natureza é incorrigível. Tenho energia demais, tenho poderes demais no coração. Estes excessos dele me mataram... e me matam!» [32] O *mal du siècle* não se pode entender, portanto, como a sintomatologia de almas anémicas que, desprovidas de audácia para a aventura e isentas de fundos anseios, se fecham receosas em si mesmas. A energia anímica super-abundante, geradora de tensões insuportáveis, mãe dos infinitos desejos e dos sonhos sem limites, é que explica essa estranha florescência de tédios e agonias que devastou a sensibilidade romântica.

8.10. A ironia

A *ironia* representa outro importante elemento do romantismo que não se pode desvincular da acima descrita concepção do *eu*. «A ironia», afirma Friedrich Schlegel, o grande responsável pela introdução do conceito de *ironia* na estética romântica, «é a clara consciência da eterna agilidade da plenitude infinita do Caos», isto é, a *ironia* nasce da consciência do carácter antinómico da realidade e constitui uma atitude de superação, por parte do eu, das contradições incessantes da realidade, do conflito perpétuo entre o absoluto e o relativo [33].

A arte, segundo Friedrich Schlegel, exige do criador uma atitude de *ironia*, isto é, de distanciamento, de superioridade em relação à obra criada, tal como Goethe, que parece «sorrir-se da sua obra-prima» — o *Wilhelm Meister* — «das alturas do seu

---

Guy Sagnes, *L'ennui dans la littérature française de Flaubert à Laforgue (1848-1884)*, Paris, A. Colin, 1969; Pierre Barbéris, *Balzac et le mal du siècle*, Paris, Gallimard, 1970, 2 vols.

[32] — Almeida Garrett, *Viagens na minha terra*, Lisboa, Portugália Editora, 1963, pp. 308-309.

[33] — Sobre o conceito de ironia em Friedrich Schlegel, cf. René Wellek, *Historia de la crítica moderna (1750-1950). El romanticismo*, Madrid, Gredos, 1962, pp. 22 ss., e Raymond Immerwahr, «The subjectivity or objectivity of Friedrich Schlegel's poetic irony», in *Germanic review*, XXVI (1951). Sobre a ironia romântica, veja-se o capítulo VII da obra de D. C. Muecke intitulada *The compass of irony* (London, Methuen, 1969).

espírito». Outros românticos, como Tieck, Brentano e Hoffmann, levaram o conceito de *ironia* até às últimas consequências, interpretando-o como a exigência de romper a ilusão da objectividade da obra literária, mediante a intervenção do autor no romance, a aparição do dramaturgo na própria cena, etc.

A *ironia* romântica, por conseguinte, ao exprimir a superação dialéctica dos limites que se opõem ao espírito humano, vela-se também de perturbantes sombras: é-lhe subjacente a consciência de que cada triunfo é apenas o prelúdio de um novo combate, numa cadeia infindável de gestos e actos incessantemente recomeçados. Destino de Sísifo, tentação do absurdo...

8.11. O exotismo e o medievalismo

Profundamente desgostado da realidade circunstante — encarnação do efémero, do finito e do imperfeito —, em conflito latente ou declarado com a sociedade, lacerado pelos seus demónios íntimos, o romântico procura ansiosamente a evasão: evasão no sonho e no fantástico, na orgia e na dissipação, ou evasão no espaço e no tempo.

A evasão no espaço conduz ao exotismo, ao gosto pelos costumes e paisagens de países novos e estranhos, e, por vezes, ao gosto pelo bárbaro e primitivo.

O exotismo revelara-se já na literatura pré-romântica, mas desenvolveu-se grandemente com os românticos, satisfazendo ao mesmo tempo os seus anscios de evasão e a exigência da verdade na pintura do homem e dos seus costumes. Por isso mesmo a *cor local*, ou seja a reprodução fiel e pitoresca dos aspectos característicos de um país, uma região, uma época, etc., constitui um dos recursos mais vulgarizados na arte romântica.

Entre os países europeus, a Itália e a Espanha países de paisagens e costumes tão característicos, de contrastes violentos e de paixões exaltadas, representaram as grandes fontes europeias do exotismo romântico; fora da Europa, o Oriente, com o seu mistério, o fascínio das suas tradições, das suas cores e dos seu perfumes, transformou-se no mito central do exotismo do românticos.

A evasão no tempo conduziu à reabilitação e à glorificação da Idade Média, época histórica particularmente denegrida pelo racionalismo iluminista A Idade Média atraía a sensibilidade e a imaginação românticas pelo pitoresco dos seus usos e costumes, pelo mistério das suas lendas e tradições, pela beleza nostálgica dos seus castelos, pelo idealismo dos seus tipos humanos mais relevantes — o cavaleiro, o monge, o cruzado... —, mas solicitava também o espírito dos românticos por outras razões mais ponderosas.

As primeiras gerações românticas europeias apresentam-se impregnadas, em larga medida, de uma ideologia reaccionária, contraposta aos princípios revolucionários de 1789 e ao racionalismo ateu do «século das luzes» [34]. Para estes românticos, católicos e anti-revolucionários, a Idade Média representava uma época de segurança e de estabilidade política, social e cultural, que se contrapunha à tendência individualista e desagregadora do liberalismo europeu, herdeiro da Revolução Francesa. Friedrich Schlegel, por exemplo, opõe a solidez orgânica e a saúde moral da sociedade medieva, fundamentada nos princípios cristãos, à anarquia e ao individualismo pagão dos tempos modernos.

Por outro lado, o gosto romântico pela Idade Média enraíza-se na filosofia da história de Herder, substancialmente aceite pelo romantismo, segundo a qual cada nação é um organismo dotado de um espírito próprio — espírito que se desenvolve ao longo do tempo, mas que não se modifica na sua

---

[34] — Marsi Paribatra, na sua obra *Le romantisme contemporain*, p. 10, observa que não é por acaso que von Hardenberg (Novalis), von Kleist, von Arnim, von Chamisso, von Eichendorff, Lord Byron, Shelley, de Maistre, de Chateaubriand, de Lamartine, de Vigny, de Musset, Puškin, Leopardi, Manzoni eram de origem nobre: «O movimento de pessimismo e de evasão no irracional comummente designado por *romantismo*, mas que tomarei a liberdade de chamar *primeiro romantismo*, é profundamente um movimento de reacção aristocrática relativamente à nova ordem social capitalista burguesa. Não quero dizer que o romantismo tenha sido uma máquina de guerra da aristocracia contra a burguesia. Não foi, aliás, sentido como tal na sua época, e a *inteligentsia*, a alta burguesia adoptaram a *moda* romântica, sem se darem particularmente conta de que se tratava de uma moda aristocrática. Quando falo aqui de reacção, é portanto num sentido neutro: em face das novas condições de vida que o capitalismo triunfante cria, o que subsiste do mundo feudal (nobres e clientela ainda presa à vida feudal) segrega, como reacção, o pessimismo e a evasão românticos».

Sobre a ideologia política do romantismo, cf.: Jacques Droz, *Le romantisme politique en Alemagne*, Paris, A. Colin, 1970; *Romantisme et politique 1815-1851* (vol. colectivo), Paris, A. Colin, 1969.

essência, e que constitui a matriz de todas as manifestações culturais e institucionais de uma nação. Ora a Idade Média, época de gestação das nacionalidades europeias, aparecia como a primavera do «espírito do povo» (*Volksgeist*) característico de cada nação, como o período histórico em que tal espírito se revelara na sua pureza originária, sem ter sido ainda maculado por qualquer influência alheia (a Renascença, portadora de vastas influências greco-latinas, alheias ao espírito das nações medievas, será duramente criticada pelos românticos). A língua, a literatura, a arte, o direito e as instituições medievais eram considerados como a expressão genuína e natural do *Volksgeist* de cada nação, independentemente de regras, de modelos e de deformações racionalistas.

Como se depreende, a glorificação romântica da Idade Média tem subjacente uma determinada ideologia político-religiosa, prende-se a valores patrióticos e nacionalistas, ao gosto pelas tradições populares e pelas manifestações folclóricas.

O medievalismo romântico influenciou largamente a poesia — baladas, romances, xácaras, etc. —, o romance e o drama históricos, e exerceu também poderoso influxo nos estudos históricos e filológicos, despertando o interesse pela história e pela literatura medievais, pela origem das modernas línguas europeias, etc.

8.12. Concepção da criação poética

O romantismo constitui um momento fundamental na evolução dos valores estéticos do Ocidente, podendo afirmar-se que instaura uma nova ordem estética cujas consequências ainda perduram. Relativamente à criação poética, o romantismo iniciou um modo novo de entender a actividade criadora e a sua influência, neste domínio, é fundamental na literatura dos séculos XIX e XX: o simbolismo e o surrealismo, sob diversos aspectos, são um desenvolvimento de princípios românticos.

Na doutrina romântica da criação poética avultam alguns elementos já referidos (cf. 3.6.1.): a noção do poeta como criador e não como imitador e a visão prometaica do artista. Estes elementos relacionam-se e associam-se com outros factores muito relevantes: a imaginação, o sonho, o inconsciente, etc.

O conceito de imaginação adquire no romantismo uma importância particular (³⁵). O século XVIII, e em especial a estética do empirismo inglês, considera a imaginação como a faculdade que permite conjugar, segundo uma ordem inédita, as imagens ou os fragmentos das imagens apresentados aos sentidos, de maneira a construir uma nova totalidade. A imaginação, portanto, dissocia os elementos da experiência sensível e agrega depois as diversas partes num novo objecto. Homero, por exemplo, ao imaginar a Quimera, associara num único animal elementos pertencentes a vários animais: a cabeça do leão, o corpo da cabra e a cauda do dragão. A originalidade da criação resulta, nesta perspectiva, do modo como os objectos são dissociados e depois novamente associados, de forma a conseguir-se uma combinação invulgar ou inédita.

Ora, na estética romântica, a imaginação emancipa-se da memória, com a qual era frequentemente confundida, deixa de ser uma faculdade serva dos elementos fornecidos pelos sentidos e transforma-se em força autenticamente criadora, capaz de libertar o homem dos limites do mundo sensível e de o transportar até Deus. A imaginação é o fundamento da arte (³⁶) e proporciona uma forma superior de conhecimento, pois através dela o espírito «penetra na realidade, lê a natureza como símbolo de algo que está para além ou dentro da própria natureza» (³⁷) e assim alcança a beleza ideal. Esta teoria da imaginação está presente em muitos poetas e críticos românticos, devendo no entanto ser especialmente referidas as famosas páginas que a este assunto dedicou Coleridge na sua *Biographia literaria* (1817).

Coleridge distingue a *imaginação* («imagination») e a *fantasia* («fancy»). A fantasia é uma faculdade «acumuladora e associadora», é «uma forma de memória emancipada da ordem do tempo e do espaço» e que, tal como a memória normal, «tem de receber todos os seus materiais já preparados pela lei da

---

(³⁵) — Veja-se, em particular, C. M. Bowra, *The romantic imagination*, New York, Oxford Univ. Press, 1961.

(³⁶) — «O espírito raciocinador, ao destruir a imaginação, sapa os fundamentos das belas artes» (Chateaubriand, *Le génie du christianisme*, Paris, Furne et Gosselin, 1837-39, t. II, p. 121).

(³⁷) — I. A. Richards, *Coleridge on imagination*, London, 1935, p. 145.

associação». A imaginação, pelo contrário, é autêntica potencialidade criadora: «Considero pois a imaginação ou como primária, ou como secundária. Afirmo que a imaginação primária é o poder vital e o primeiro agente de toda a percepção humana e é como que a repetição no espírito finito do acto eterno da criação no infinito «eu sou». Considero a imaginação secundária como um eco da primeira, coexistindo com a vontade [...] e diferindo só em *grau* e no *modo* da sua forma de operar». A imaginação, por conseguinte, é o equivalente, no plano humano, da própria força criadora infinita que plasmou o universo, repetindo o poeta, na criação do poema, o divino acto da criação originária e absoluta. A imaginação secundária, faculdade própria do poeta, reelabora e confere expressão simbólica aos elementos fornecidos pela imaginação primária e a sua genuína tensão criadora revela-se no seu poder de síntese ou de conciliação dos contrários ([38]): adunação do consciente e do inconsciente, do sujeito e do objecto, do geral e do concreto, etc.

Igualmente Shelley, na sua *Defense of poetry* (1821), define a poesia como a «expressão da imaginação» e proclama que o «poeta participa do eterno, do infinito, do uno: relativamente às suas concepções, não existe tempo, nem espaço, nem medida». A poesia é visão, é visitação divina à alma do poeta e a imaginação criadora é o instrumento privilegiado do conhecimento do real. Esta crença no poder demiúrgico da imaginação poética encontra-se em românticos alemães como Schelling e A. Schlegel, fontes, aliás, da teoria de Coleridge sobre a imaginação.

Este modo de conceber a natureza da imaginação poética conexiona-se com uma determinada visão cosmológica: o universo surge povoado de coisas e de seres que, para além das suas formas aparentes, representam simbolicamente uma realidade invisível e divina, constituindo a imaginação o meio adequado de conhecimento desta realidade. A arte, escreve Jouffroy, «esforça-se por reproduzir, não as aparências fenomenais, mas o seu arquétipo ideal, tal como subsiste em Deus, imutável, eterno como ele» ([39]).

([38]) — Por isso Coleridge cunhou a palavra *esemplastic*, isto é, unificante, coadunante, para qualificar a imaginação.
([39]) — Citado por François Germain, *L'imagination d'Alfred de Vigny*, Paris, J. Corti, 1961, p. 40.

O sonho, nas suas misteriosas potencialidades, constitui um elemento de extrema importância na estrutura da alma romântica e na concepção romântica da criação poética, como demonstrou Albert Béguin num estudo notável ([40]). A criação poética, no romantismo, mergulha profundamente no domínio onírico e esta irrupção do inconsciente na poesia assume não somente uma dimensão psicológica, mas também uma dimensão mística, integrando-se na concepção da poesia como uma revelação do invisível e na concepção do universo como um vasto quadro hieroglífico onde se reflecte uma realidade transcendente. Por outro lado, o elemento onírico oferece um meio ideal de realizar a aspiração criadora, no sentido mais profundo da palavra, do poeta, permitindo identificar poesia e reinvenção da realidade.

Como observa Albert Béguin na obra citada, os românticos não foram os primeiros a introduza o sonho na literatura, pois desde os *Persas* de Ésquilo até ao *Wilhelm Meister* de Goethe, o sonho aparece frequentemente no drama, na lírica, na epopeia e no romance: aparece quase sempre como um artifício literário — como no canto IV de *Os Lusíadas*, por exemplo —, como uma construção alegórica, de quando em quando como um elemento premonitório. Foi o romantismo, porém, que conferiu um novo significado ao sonho, pondo em relevo e explorando as suas secretas virtualidades e delineando uma estética do sonho em que o fenómeno onírico e o fenómeno poético são estreitamente aproximados ou mesmo identificados: «Se alguma coisa distingue o romântico de todos os seus predecessores e faz dele o verdadeiro iniciador da estética moderna, é precisamente a alta *consciência* que tem sempre do seu enraizamento nas trevas interiores. O poeta romântico é aquele que, *sabendo* que não é o único autor da sua obra, tendo aprendido que toda a poesia é primeiramente o canto erguido dos abismos, procura *deliberadamente e com toda a lucidez* provocar a ascensão das vozes misteriosas» ([41]).

O sonho, para o romântico, é o estado ideal em que o homem pode comunicar com a realidade profunda do universo, insusceptível de ser apreendida pelos sentidos e pelo intelecto:

([40]) — Albert Béguin, *L'âme romantique et le rêve*, Paris, J. Corti, 1960.
([41]) — Albert Béguin, *op. cit.*, p. 155.

através do inconsciente onírico, opera-se a inserção da alma humana no ritmo cósmico e efectiva-se um contacto profundo e imediato do homem com a alma que anima a natureza. A abolição das categorias do espaço e do tempo, própria do sonho, é uma libertação das barreiras terrestres e uma abertura para o infinito e para o invisível, ideais para que se eleva a indefinível nostalgia da alma romântica. Este infinito e este invisível situam-se no próprio eu e a descida ao abismo da sua interioridade é a condição essencial para o poeta suscitar o seu canto: «O poeta é literalmente insensato — em contrapartida tudo se passa *nele*. Ele é literalmente sujeito e objecto ao mesmo tempo, alma e universo». Estas palavras de Novalis, o mais alto representante da estética romântica do sonho, ao exprimirem a identificação do sujeito e do objecto, exprimem igualmente a identificação da poesia com a magia e explicam como através do sonho o poeta reinventa a realidade. E por isso, tendo em mente este processo de identificação da subjectividade e da objectividade, de simbiose do eu e do universo, e pretendendo acentuar a actividade demiúrgica do poeta, Novalis pode ainda escrever que «o mundo transforma-se em sonho, o sonho transforma-se em mundo».

As imagens e as aparições verificadas nos sonhos propriamente ditos, pela sua beleza e pela sua liberdade, fascinam o poeta romântico, que vê nelas a nocturna floração dos sentimentos e dos desejos mais obscuros e mais secretos da sua personalidade, como escreve Jean Paul: «O sonho lança luzes aterradoras nas profundidades das cavalariças de Augias e de Epicuro construídas dentro de nós; vemos errar em liberdade, durante a noite, as toupeiras selvagens e os lobos que a razão do dia mantinha acorrentados» ([42]). Os dramas, as visões e as vozes que nascem e se movem nos estados oníricos aparecem assim como uma espécie de *poesia involuntária*, a cuja eclosão o poeta assiste maravilhado. Aliás, o sonho propício ao acto poético não é forçosamente a experiência onírica decorrida durante o sono, pois os estados de sonho que se verificam noutras condições, como os êxtases provocados pela música, por uma recordação especial, etc., são igualmente importantes. A criação poética, no romantismo, é sempre irmã do sonho, porque em ambos os

---

([42]) — Albert Béguin, *op. cit.*, p. 188.

casos a beleza e o mistério revelados não se filiam numa elaboração consciente, mas constituem algo que floresce no poeta e no sonhador sem qualquer esforço voluntário por parte destes: «O verdadeiro poeta, afirma Jean Paul, não é, ao escrever, senão o ouvinte e não o mestre dos seus caracteres; quer dizer que não compõe o diálogo cosendo ponta a ponta as réplicas, segundo uma estilística da alma que teria penosamente aprendido; mas, como no sonho, vê-os agir totalmente vivos, e *escuta-os...*»[43].

A criação poética pode mergulhar as suas raízes, portanto, no sonho nocturno, partilhando o poema das revelações obtidas pelo poeta durante o sono. A obra poética assenta fundamentalmente, nesta perspectiva, na transposição operada pelo autor, durante a vigília, dos elementos oníricos. Por outro lado, os estados de sonho, de *rêverie*, verificáveis fora do sonho e caracterizados pelo enfraquecimento da função do real e do sentido da exterioridade, e ainda por uma potenciação anormal das faculdades da alma, e da imaginação em particular, igualmente são considerados como momentos ideais da criação poética.

Frequentemente, aliás, o romântico provoca artificialmente estes estados oníricos a fim de colher, no êxtase que acompanha tais experiências, o segredo do acto criador. O ópio constitui uma droga utilizada com esta finalidade e Coleridge parece dever, segundo a sua própria confissão, o poema *Kubla Khan* a uma experiência onírica provocada pelo ópio ou por uma droga afim. No verão de 1798, o poeta, adoentado, retira-se para uma quinta solitária. Aqui, certa vez, enquanto lia um velho livro de aventuras, o poeta tomou um calmante a fim de debelar uma pequena indisposição. O sono sobreveio e, durante um sonho, Coleridge assistiu ao desenrolar de imagens relacionadas com o relato do velho livro e acompanhadas de versos. Ao acordar, o poeta transcreveu o poema que assim lhe fora revelado; uma visita, porém, que interrompeu por algum tempo o poeta, determinou uma pausa na transcrição e Coleridge jamais conseguiu completar o poema [44].

Baudelaire analisa e exalta os estados de alma suscitados pelo ópio, pelo «haschisch», pelos licores e pelos perfumes — estados de alma caracterizados por uma embriaguez alucinatória em

---

[43] — Albert Béguin, *op. cit.*, p. 189.
[44] — Cf. *Les romantiques anglais*, p. 340.

que o tempo e o espaço adquirem um desenvolvimento singular, em que a matéria vibra imponderalizada e em que uma harmonia infinda envolve o homem. A inspiração poética enraíza-se nos *paraísos artificiais* assim criados e, ante a plenitude das sensações, dos pensamentos, dos prazeres, etc., experimentada nestas circunstâncias, quer o sonhador quer o poeta podem exclamar: «Tornei-me Deus!» [45].

8.13. As antinomias românticas

O romantismo não se apreende numa definição ou numa fórmula. A sua natureza é intrinsecamente contraditória, aparece constituída por atitudes e movimentos antitéticos, dificilmente se cristaliza num princípio ou numa solução únicos e incontroversos. Os próprios românticos tiveram consciência do seu proteísmo radical, do seu anseio de ser e de não ser, da sua necessidade de assumir, num dado momento, uma posição, e de, no momento seguinte, assumir a posição contrária. Para eles, a verdade é dialéctica, pois que, tal como a beleza, resulta da síntese de elementos heterogéneos e antinómicos, alimenta-se de polaridades e tensões contínuas.

Analisemos brevemente algumas das mais importantes contradições do romantismo. Acabámos de ver, nos parágrafos anteriores, que a literatura romântica foi frequentemente uma literatura de evasão, mas também é verdade que foi, não raras vezes, uma literatura de combate, bem enraizada na história e procurando agir sobre a história. Com efeito, se muitos românticos foram reaccionários e passadistas, muitos outros românticos, perante o mundo em crise em que estavam situados, procuraram ardentemente contribuir para o advento de uma sociedade nova, mais justa, mais livre e mais esclarecida do que o *ancien régime* que se esboroava por toda a Europa. Herdeiro do reformismo iluminista, muitas vezes impulsionado ideologicamente por um

---

[45] — Sobre estes aspectos da imaginação e da criação literária românticas, vide: Alethea Hayter, *Opium and the romantic imagination*, London, Faber and Faber, 1968; Emmanuel J. Mickel, Jr., *The artificial paradises in french literature. I. The influence of opium and haschisch on the literature of french romanticism and «Les Fleurs du Mal»*, Chapell Hill, The Univesity of North Carolina Press, 1969.

socialismo utópico e saint-simoniano, este romantismo liberal e progressista ganhou vigor sobretudo depois da revolução francesa de 1830, que liquidou a Restauração e que insuflou novas esperanças no liberalismo europeu.

O romantismo sente-se atraído pelo passado, em geral, e pela Idade Média, em particular, mas constitui, sob muitos aspectos, uma manifestação de franca modernidade, pretendendo criar uma arte nova capaz de exprimir os tempos novos, consumando a reacção contra o magistério regulista e dogmático exercido pela antiguidade greco-latina, acreditando no progresso do homem e da história.

O romantismo valorizou as forças instintivas e arracionais, glorificou o homem natural, o seu primitivismo e a sua espontaneidade, mas apresenta muitas vezes atitudes subtilmente intelectualistas — pense-se na ironia romântica — e exalta os valores culturais. A arte romântica manifesta com frequência o gosto pelo fantástico e pelo grotesco, por tudo o que é excessivo ou anormal, deforma as proporções e as relações verificáveis na realidade; mas revela-se também, com frequência, como uma arte atenta ao real subjectivo e objectivo, procura pintar o homem e o mundo com autenticidade, demonstra muitas vezes uma forte capacidade descritiva da natureza física. Quer dizer, é uma arte visionária, mas é também uma arte realista.

Se meditarmos nesta riqueza polimorfa do romantismo, nas forças desencontradas que nele estuam, na multiplicidade de orientações e soluções que ele virtualmente oferece, compreendemos as razões por que o romantismo tem dinamizado e fecundado todos os grandes movimentos artísticos que se têm sucedido ao longo dos séculos XIX e XX, desde o realismo até ao simbolismo, ao decadentismo, ao surrealismo e ao existencialismo.

8.14. A religiosidade romântica

A valorização do inconsciente, da intuição e das faculdades místicas constituiu, como temos referido, um aspecto importante do romantismo. A revivescência do ideal religioso, após o parcial eclipse das crenças religiosas gerado pelo racionalismo iluminista, integra-se nesta vaga de misticismo e de arracionalismo românticos.

Visceralmente individualista e egotista, o romântico dificilmente aceita uma ortodoxia baseada num corpo de dogmas e garantida pela autoridade de uma hierarquia. A sua religiosidade é preponderantemente de natureza sentimental e intuitiva; o seu diálogo com a divindade tende a dispensar a mediação do sacerdote e o formalismo dos ritos, desenrolando-se na intimidade da consciência. Na senda da «Profession de foi du vicaire savoyard» de Jean-Jacques Rousseau, os românticos descobriram e cultuaram Deus nos astros e nas águas do mar, nas montanhas e nos prados, no vento, nas árvores e nos animais, em tudo o que existe nas intérminas plagas do universo. O panteísmo representa, com efeito, a forma de religiosidade mais frequente entre os românticos.

A teosofia e as doutrinas ocultistas constituem outro elemento de primeira importância da religiosidade romântica. Nas doutrinas teosóficas de Swedenborg e de Saint-Martin, buscaram os românticos alimento para a sua ânsia de mistério e para a sua esperança numa redenção total da humanidade, combinando muitas vezes estas formas iniciáticas de religião com teorias políticas de carácter teocrático ou com projectos de socialismo místico [46].

8.15. Formas e estilo

O romantismo libertou a criação literária das coacções advindas das regras, condenou a teoria neoclássica dos géneros literários, reagiu violentamente contra a concepção dos escritores gregos e latinos como autores paradigmáticos, fonte e medida de todos os valores artísticos.

Muitas formas literárias características do neoclassicismo, tais como a tragédia, as odes pindáricas e sáficas, a égloga, etc., entraram em total decadência no período romântico, ao passo que se desenvolveram singularmente formas literárias novas como o drama, o romance histórico, o romance psicológico e de costumes, a poesia intimista e a poesia filosófica, o poema em prosa, etc.

---

[46] — Cf. Auguste Viatte, *Les sources occultes du romantisme. Illuminisme — Théosophie (1770-1820)*, Paris, Champion, 1965, 2 vols.; Brian Juden, *Traditions orphiques et tendances mystiques dans le romantisme français (1800-1855)*, Paris, Klincksieck, 1971.

A língua e o estilo transformaram-se profundamente, enriquecendo-se em particular no domínio do adjectivo e da metáfora. A linguagem literária abandonou os artifícios expressivos de origem mitológica, verdadeiros tópicos da tradição literária dos séculos anteriores, já surrados e desprovidos de qualquer capacidade poética, ao mesmo tempo que se aproximava da realidade e da vida: «Sem renunciar à sintaxe e à disciplina poética, o romântico reagiu, em geral, contra a tirania da gramática e combateu o estilo nobre e pomposo, que considerava incompatível com o natural e o real, e defendeu o uso de uma língua libertada, simples, sem ênfase, coloquial, mais rica» [47]. Igual tendência para a liberdade se verificou no domínio da versificação.

---

[47] — Afrânio Coutinho, *Introdução à literatura no Brasil*, Rio de Janeiro, Livraria São José, ²1964, p.151.

9
O TEXTO LITERÁRIO

9.1. O conceito de texto semiótico

Se bem que, nos últimos anos, se tenham desenvolvido de modo excepcional os estudos sobre o texto como entidade semiótica e, mais especificamente, como entidade linguística — a chamada *linguística do texto* representa uma das mais fecundas orientações da linguística contemporânea — ([1]), o conceito de texto suscita ainda muitas dificuldades e dúvidas, não sendo raro que os próprios investigadores especializados se eximam a uma sua definição explícita e rigorosa ([2]). Embora

---

([1]) — Sobre a linguística do texto, existe uma bibliografia já muito copiosa. Limitar-nos-emos, por isso, a mencionar alguns estudos bem documentados que fornecem uma apropriada introdução teórica e extensas informações bibliográficas: Bice Garavelli Mortara, *Aspetti e problemi della linguistica testuale*, Torino, G. Giappichelli, 1974; Maria-Elisabeth Conte (ed.), *La linguistica testuale*, Milano, Feltrinelli, 1977; Antonio García Berrio e Agustín Vera Luján, *Fundamentos de teoría lingüística*, Madrid, Alberto Corazón Editor, 1977 (capítulo V: «El nivel textual»); János S. Petöfi e A. García Berrio, *Lingüística del texto y crítica literaria*, Madrid, Alberto Corazón Editor, 1978 (veja-se, em particular, Hannes Rieser, «Introducción: El desarrollo de la gramática textual», pp. 19-50); Wolfgang U. Dressler (ed.), *Current trends in textlinguistics*, Berlin — New York, Walter de Gruyter, 1978.

([2]) — Veja-se, *e. g.*: «(I use the term 'text' as an undefined basic notion with the implicit interpretation, that all (written or spoken) verbal 'objects' are considered as 'texts' qualifying for it on the basis of some intuitive motivation)» (cf. János S. Petöfi, «Text-grammars, text-theory and the theory of literature», in *Poetics*, 7 (1973), p. 38); «Nous supposons ici résolu, ce qui est loin d'être le cas, le problème de la définition de l'unité 'texte'» (cf. Catherine Kerbrat-Orecchioni, *L'énonciation de la subjectivité dans le langage*, Paris, Colin, 1980, p. 254); «Déterminer ce que sont les propriétés des textes représente la tâche même de la science du texte: il ne nous est donc pas

seja compreensível que, em certos estádios da investigação, se torna extemporâneo, e até arriscado, avançar com definições formais, está-se a tornar perigosamente frequente, em vários domínios das ciências humanas, justificar a ausência ou a precariedade de um adequado quadro conceptual em nome da novidade e do pioneirismo da própria investigação que se realiza.

Como entidade semiótica, e portanto translinguística, texto pode-se definir como *um conjunto permanente de elementos ordenados, cujas co-presença, interacção e função são consideradas por um codificador e/ou por um decodificador como reguladas por um determinado sistema sígnico* (³). Neste perspectiva, o texto caracteriza-se por um certo número de propriedades formais, independentemente da natureza dos signos que o configuram — signos convencionais, signos indiciais, signos icónicos, etc. — e da substância da expressão dos *veículos sígnicos* utilizada pelo sistema semiótico. Essas propriedades formais são as seguintes (⁴):

a) Expressividade: o texto representa uma actualização de um determinado sistema semiótico, está fixado por meio de certos signos, assim se contrapondo às estruturas extratextuais;

b) Delimitação: o texto constitui uma entidade delimitada topológica e/ou temporalmente e por isso se contrapõe aos signos

---

possible en principe de donner une définition de la notion de texte. Néanmoins, il nous semble nécessaire en premier lieu de préciser ce que *nous entendons intuitivement par texte*» (cf. Teun A. van Dijk, «Le texte: structures et fonctions. Introduction élémentaire à la science du texte», in A. Kibédi Varga (ed.), *Théorie de la littérature*, Paris, Picard, 1981, p. 66).

(³) — Sobre o conceito de texto como entidade semiótica, *vide:* P. Bouissac, «Circus performances as texts: A matter of poetic competence», in *Poetics*, 5, 2 (1976), pp. 103-104; *id., Circus & culture. A semiotic approach*, The Hague, Mouton, 1976, pp. 90-91 e 126; Ju.M. Lotman, «Il problema del segno e del sistema segnico nella tipologia della cultura russa prima del XX secolo», in Jurij M. Lotman e Boris A. Uspenskij (eds.), *Ricerche semiotiche. Nuove tendenze delle scienze umane nell'URSS*, Torino, Einaudi, 1973, pp. 40 e 61; Boris Uspensky, *A poetics of composition. The structure of the artistic text and typology of a compositional form*, Berkeley-Los Angeles--London, University of California Press, 1973, p. 5; Ju. M. Lotman *et alii*, «Theses on the semiotic study of cultures (as applied to slavic texts)», in Thomas A. Sebeok (ed.), *The tell-tale sign. A survey of semiotics*, Lisse, The Peter De Ridder Press, 1975, pp. 62-64; Marco de Marinis, «Lo spettacolo come testo (I)», in *VS*, 21 (1978), pp. 69-71.

(⁴) — Cf. Jurij M. Lotman, *La struttura del testo poetico*, Milano, Mursia, 1972, pp. 67-69.

materialmente realizados que não entram na sua composição e às sequências de signos carecentes de marcas delimitadoras;

c) *Estruturalidade*: o texto possui uma organização interna que o configura como um todo estrutural.

Estas propriedades formais, que são indissociáveis da *função* do texto — uma função exercida no âmbito da comunidade social em que o texto é produzido e recebido e que se define como «a relação mútua entre o sistema, a sua realização, o emissor e o receptor do texto« ([5]) —, caracterizam necessariamente quaisquer textos, tanto linguísticos como translinguísticos. De acordo com este conceito de texto como entidade semiótica, pode-se falar de "texto fílmico", "texto pictórico", "texto coreográfico", etc.

9.2. O conceito de texto linguístico

A linguística do texto, também designada por textolinguística, gramática textual e teoria do texto ([6]), desenvolveu-se

---

([5]) — Cf. Yu. M. Lotman e A. M. Piatigorsky, «Text and function», in *New literary history*, IX, 2 (1978), p. 233.

([6]) — A expressão "linguística do texto" aparece pela primeira vez no estudo de Eugenio Coseriu intitulado «Determinación y entorno», publicado originariamente na revista *Romanistisches Jahrbuch*, VII (1955-56), pp. 29-54, e depois incluído no volume de Coseriu, *Teoría del lenguaje y lingüística general*, Madrid, Editorial Gredos, 1962. Escreve Coseriu: «En efecto, existe, y está sólidamente constituida, la *lingüística de las lenguas*, es decir, del hablar *en el nivel histórico*. Existe, asimismo, una *lingüística del texto*, o sea, del hablar en el nivel particular (que es también estudio del «discurso» y del respectivo «saber»). La llamada «estilística del habla» es, justamente, una lingüística del texto» (cf. *Teoría del lenguaje y lingüística general*, p. 289). Na sua acepção actual, todavia, a expressão "linguística do texto" — sob a forma alemã *Textlinguistik* — foi utilizada pela primeira vez, em 1967, por Harald Weinrich (cf. Maria--Elisabeth Conte, «Introduzione», in Maria-Elisabeth Conte (ed.), *op. cit.*, p. 13). As designações referidas não são rigorosamente sinónimas e por isso alguns autores, em particular Siegfried Schmidt e János Petöfi, utilizam consciente e deliberadamente a expressão "teoria do texto" em vez de "linguística do texto" ou "gramática do texto", enfatizando a preocupação da teoria do texto com os factores pragmáticos, os factores socioculturais e psicológicos intervenientes na comunicação linguística e com a função dos textos nos processos da interacção social (veja-se, em particular, Siegfried J. Schmidt, *Teoría del texto*, Madrid, Ediciones Cátedra, 1973, pp. 19 ss.; *id.*, «Teoria del testo

a partir do reconhecimento de que uma gramática da frase, isto é, uma gramática construída em conformidade com o princípio de que o enunciado constitui a unidade máxima ocorrente num *corpus* linguístico e de que, por conseguinte, a frase representa a unidade superior da análise linguística (⁷), carece de adequada capacidade descritiva e explicativa em relação a numerosos fenómenos de natureza pragmático-semântica, morfossintáctica e fonológica: intencionalidade e objectivos dos actos linguísticos, identificação e caracterização das pressuposições, co-referência, desambiguização de frases ambíguas, relações entre o *tema* e o *rema*, pronominalização, características da entoação, etc. Correlativamente, a linguística do texto funda-se nas hipóteses, susceptíveis de controlo empírico, de que o texto constitui o signo linguístico originário — *das [...] Originärzeichen der Sprache*, nas palavras de Peter Hartmann — e a unidade linguística de nível superior (⁸).

---

e pragmalinguistica», in Maria-Elisabeth Conte (ed.), *op. cit.*, pp. 248-249; *id.*, «Some problems of communicative text theories», in Wolfgang U. Dressler (ed.), *op. cit.*, pp. 47-48).

(⁷) — Leonard Bloomfield define assim a frase (cf. *Le langage*, Paris, Payot, 1970, p. 161): «Cada frase é uma forma linguística independente que não se integra, por meio de qualquer construção gramatical, numa forma linguística superior». A definição de frase como «um constituído que não é um constituinte» (cf. C. F. Hockett, *A course in modern linguistics*, New York, Macmillan, [1958], p. 199; André Martinet (ed.), *La linguistique. Guide alphabétique*, Paris, Denoël, 1969, p. 90) coincide com a definição proposta por Bloomfield. Cf. ainda John Lyons, *Introduction to theoretical linguistics*, London — New York, Cambridge University Press, 1968, pp. 127 ss.; Émile Benveniste, *Problèmes de linguistique générale I*, Paris, Gallimard, 1966, pp. 128--130.

(⁸) — Sobre as razões que conduziram à elaboração duma linguística do texto, *vide*: Teun A. van Dijk, *Some aspects of text grammars. A study in theoretical linguistics and poetics*, The Hague, Mouton, 1972, pp. 1 ss.; William O. Hendricks, *Essays on semiolinguistics and verbal art*, The Hague, Mouton, 1973, capítulos I e II; Bice Garavelli Mortara, *op. cit.*, pp. 19 ss.; Ewald Lang, «Quand une "grammaire de texte" est-elle plus adéquate qu'une "grammaire de phrase"?», in *Langages*, 26 (1972), pp. 75-80; *id.*, «Di alcune difficoltà nel postulare una "grammatica del testo"», in Maria-Elisabeth Conte (ed.), *op. cit.*, pp. 88 ss.; Horst Isenberg, «Riflessioni sulla teoria del testo», in Maria-Elisabeth Conte (ed.), *op. cit.*, pp. 67 ss.; Antonio García Berrio, «Texto y oración. Perspectivas de la lingüística textual», in János S. Petöfi e A. García Berrio, *op. cit.*, em especial pp. 245-253.

Ao referirmo-nos a gramática (ou linguística) do texto e a gramática da frase, colocamo-nos num *plano émico* e referimo-nos portanto ao texto e à frase como construções teoréticas, como entidades formais e abstractas delimitadas e caracterizadas por uma metalinguagem. O *texto émico* pode-se definir como um «conjunto finito e ordenado de textemas semanticamente integrados, isto é, de frases ou de unidades tendo o valor de frases, os quais representam, em virtude da sua natureza semiológica, estados de coisas complexos« (⁹).

Todavia, o texto émico, o texto como construção teorética, só se justifica, em termos de racionalidade científica, porque se torna necessário descrever e explicar o *texto ético*, o texto concreto e empiricamente existente, falado ou escrito, resultante do falar κατ'ἔργον e produto, por conseguinte, da *enunciação*, entendida como «l'activité langagière exercée par celui qui parle au moment où il parle» (¹⁰).

No *plano ético*, o texto pode-se definir como uma unidade semântica dotada de uma determinada intencionalidade pragmática que se realiza, numa concreta situação comunicativa, mediante um *enunciado* ou, quase sempre, mediante uma sequência finita e ordenada de *enunciados* (¹¹).

(⁹) — Cf. E. Agricola, «Textes — actants textuels — noyau informatif», in *Linguistique et sémiologie*, 5 (1978), p. 209. O termo e o conceito de "textema" foram propostos por Walter A. Koch na sua obra *Vom Morphem zum Textem* (Hildesheim, Olms, 1971). O "textema" representa a unidade mínima do texto émico.

(¹⁰) — Cf. Jean-Claude Anscombre e Oswald Ducrot, «L'argumentation dans la langue», in *Langages*, 42 (1976), p. 18. Sobre o conceito de enunciação, veja-se Catherine Kerbrat-Orecchioni, *op. cit.*, pp. 28 ss. e *passim;* J. Dubois, «Énoncé et énonciation», in *Langages*, 13 (1969), pp. 100-110; Émile Benveniste, *Problèmes de linguistique générale II*, Paris, Gallimard, 1974, pp. 79 ss.; Oswald Ducrot, «Structuralisme, énonciation et sémantique», in *Poétique*, 33(1978), pp. 107-128; *id.*, «Analyse de textes et linguistique de l'énonciation», in Oswald Ducrot *et alii*, *Les mots du discours*, Paris, Éditions de Minuit, 1980, pp. 7-56. Sobre o conceito de texto como resultado do falar κατ'ἔργον, *vide:* Eugenio Coseriu, *Teoría del lenguaje y lingüística general*, p. 286; Jürgen Trabant, *Semiología de la obra literaria. Glosemática y teoría de la literatura*, Madrid, Editorial Gredos, 1975, pp. 211 ss.

(¹¹) — Na "selva oscura" da terminologia da linguística contemporânea, torna-se indispensável esclarecer e estabilizar tanto quanto possível os termos e os conceitos utilizados. Basta consultar qualquer dicionário de linguística para se verificar que os termos "frase" e "enunciado" veiculam múltiplos e

A definição apresentada de *texto ético* requer alguns esclarecimentos. O texto, como resultado do falar κατ'ἔργον, realiza-se necessariamente na linearidade da cadeia sintagmática, mas, como unidade semântica e pragmática, não é constituído, em rigor, pelo enunciado ou pelos enunciados ocorrentes na cadeia sintagmática, como se fosse uma unidade gramatical da mesma natureza da frase, mas mais extensa do que esta (uma espécie de *hiper-frase*) (12). Nesta perspectiva, o texto não consiste obviamente numa sucessão fortuita e heteróclita de enunciados, mas também não é redutível à soma ou à mera justaposição dos enunciados conexos que nele ocorram.

O texto, como unidade semântica e pragmática, pode-se realizar numa cadeia sintagmática de extensão muito variável. Um texto pode circunscrever-se a um enunciado único — e até a um único lexema —, como acontece, em geral, com provérbios, máximas, aforismos, anúncios publicitários, etc., mas pode apresentar uma extensão sintagmática de grandes proporções, como atestam os discursos de alguns políticos que se desenrolam durante várias horas, uma obra filosófica como *O capital* de Karl Marx ou uma obra narrativa como *Ulisses* de James Joyce.

O texto, como unidade semântica e pragmática, não é um objecto plenamente existente "em si mesmo". Resultando dum acto de enunciação e dum acto de recepção, o texto

---

desencontrados conceitos. Adoptando uma convenção terminológica aceite por diversos linguistas, utilizamos "enunciado" como a realização fáctica, a ocorrência empírica (*token*) da "frase" entendida como entidade do plano émico (*type*). Cf., *e. g.*, Oswald Ducrot *et alii*, *op. cit.*, pp. 7 e 199. O conceito que expomos de texto deve muito a Halliday (cf. M. A. K. Halliday e Ruqaiya Hasan, *Cohesion in english*, London, Longman, 1976, pp. 1-2, 25, 293-294; M. A. K. Halliday, *Language as social semiotic. The social interpretation of language and meaning*, London, Edward Arnold, 1978, pp. 70, 109, 122, 125, 135 e *passim*).

(12) — Tal como, segundo o estruturalismo distribucionalista de Harris, «every utterance can be completely identified as a complex of phonemic elements, and every utterance can be completely identified as a complex of morphemic elements» (cf. Zellig S. Harris, *Structural linguistics*, Chicago — London, The University of Chicago Press (Phoenix Books), 1960, p. 21), assim o texto seria completamente identificado como um complexo de enunciados. A superação desta concepção atomista do texto, por vezes fundamentada num vago "princípio da isomorfia linguística" (cf., *e. g.*, Antonio García Berrio e Agustín Vera Luján, *Fundamentos de teoría lingüística*, pp. 187-188), é que possibilitou a constituição da linguística do texto.

realiza-se no quadro de um processo comunicativo, implica determinadas "situações pressupositivas complexas", que conglobam factores psicológicos, culturais, sociais, etc., constitui-se segundo determinadas "estratégias comunicativas"([13]) do emissor e do receptor, manifesta um certo *potencial ilocutivo* e comporta um certo *potencial perlocutivo* que se reportam aos domínios dos universos simbólicos, dos sistemas de crenças e convicções e da interacção social. Assim, a *competência textual*, isto é, a capacidade de um emissor produzir textos e a capacidade de um receptor decodificar textos, pressupõe necessariamente a *competência linguística* de ambos, mas requer outros saberes ou competências que se situam num âmbito translinguístico, desde o conhecimento das pressuposições pragmáticas ao conhecimento das regras de argumentação e das normas e convenções de um género literário, por exemplo ([14]). Não é sem razão que a retórica tem sido considerada como uma disciplina antecessora, sob muitos aspectos, da teoria do texto ([15]).

([13]) — Sobre o conceito de "estratégia comunicativa", cf. Siegfried J. Schmidt, «Some problems of communicative text theories», in Wolfgang U. Dressler (ed.), *Current trends in textlinguistics*, p. 53. Sobre o conceito de "estratégia", no âmbito da analítica do discurso, veja-se Herman Parret, «Les stratégies pragmatiques», in *Communications*, 32(1980), pp. 251 ss.

([14]) — Além dos vários estudos já citados de S. J. Schmidt, *vide:* Wolfram K. Köck, «Time and text: Towards an adequate heuristics», in J. S. Petöfi e H. Rieser (eds.), *Studies in text grammar*, p. 178; E. Ramón Trives, *Aspectos de semántica lingüístico-textual*, Madrid, Ediciones Istmo-Ediciones Alcalá, 1979, pp. 188-189; Cristiano Castelfranchi *et alii*, «Aspetti cognitivi della comprensione dei brani», in Domenico Parisi (ed.), *Per una educazione linguistica razionale*, Bologna, Il Mulino, 1979, em particular pp. 154-157.

([15]) — *Vide*, em particular, Dan Sperber, «Rudiments de rhétorique cognitive», in *Poétique*, 23(1975), pp. 389-415; Pio Eugenio Di Rienzo, «La retorica come processualità testuale», in Federico Albano Leoni e M. Rosaria Pigliasco (eds.), *Retorica e scienze del linguaggio*, Roma, Bulzoni, 1979, pp. 61-74; Heinrich F. Plett, «Rhétorique et stylistique», in A. Kibédi Varga (ed.), *Théorie de la littérature*, pp. 139-174; Bernd Spillner, *Lingüística y literatura. Investigación del estilo, retórica, lingüística del texto*, Madrid, Editorial Gredos, 1979, *passim*. Sobre a "recuperação" da retórica no quadro dos estudos linguísticos e literários contemporâneos, veja-se a bibliografia citada no trabalho acima referido de Heinrich F. Plett. Acrescentem-se a esta bibliografia, porém, três obras importantes: AA. VV., *Attualità della retorica*, Padova, Liviana Editrice, 1975; Lea Ritter Santini e Ezio Raimondi (eds.),

9.3. O conceito de discurso

Nos últimos anos, o termo "discurso" adquiriu uma crescente relevância nos estudos linguísticos e, correlatamente, nos estudos literários ([16]). Como, nalguns autores, o conceito de discurso coincide com o conceito de texto ou se relaciona estreitamente com este, torna-se necessário clarificar os usos mais importantes, no domínio dos estudos linguísticos, literários e semióticos, daquele termo, cuja fluidez semântica pode ocasionar equívocos. Analisemos sucintamente o espectro dessa fluidez:

a) Para alguns linguistas, *discurso* é sinónimo de *fala* (*parole*), isto é, o *discurso* representa uma manifestação individual e concreta da *língua*, actualizada *hic et nunc* por um locutor ([17]). Tal conceituação de discurso dimana de Saussure, que identifica o discurso com a *cadeia da fala*, a *cadeia sintagmática*, contrapondo-o ao «tesouro interior» das relações associativas (ou paradigmáticas, segundo a terminologia pós-saussuriana) ([18]).

b) Charles Morris considera o *discurso* como uma especialização, realizada ao longo do tempo, da "linguagem comum" (*common language*), da "fala quotidiana" (*everyday speech*), fala esta que constitui «an amazingly complicated sign complex which contains signs in all of the modes of signifying and

---

Retorica e critica letteraria, Bologna, Il Mulino, 1978; Paolo Valesio, *Novantiqua. Rhetorics as a contemporary theory*, London — Bloomington, Indiana University Press, 1980.

([16]) — É curioso observar, por exemplo, que no «Index des termes» do *Dictionnaire encyclopédique des sciences du langage* (Paris, Éditions du Seuil, 1972) de Oswald Ducrot e Tzvetan Todorov não figura a entrada *discours*.

([17]) — Cf. Jean Dubois *et alii*, *Dictionnaire de linguistique*, Paris, Larousse, 1973, *s. v.* (1).

([18]) — Cf. Ferdinand de Saussure, *Cours de linguistique générale*. Édition critique préparée par Tullio De Mauro. Paris, Payot, 1972, pp. 170-171. O termo e o conceito de discurso, embora ocorrendo nos escritos de Saussure (para outras informações, cf. Robert Godel, *Les sources manuscrites du Cours de linguistique générale de F. de Saussure*, Genève, Librairie Droz, ²1969, p. 259), não assumem no pensamento do mestre genebrino qualquer relevância teorética ou metodológica.

which ministers to a vast variety of purposes» ([19]). As especializações da linguagem comum possibilitam a realização adequada de determinados fins específicos e a classificação dos seus tipos pode fundar-se apenas nos modos de significar, apenas nos usos dos complexos de sinais ou nestes dois factores conjugados. Baseando-se na conjugação dos modos dominantes de significar e dos usos principais dos complexos sígnicos, Charles Morris estabelece a existência de dezasseis *tipos de discurso:* discurso científico, discurso mítico, discurso político, discurso tecnológico, discurso religioso, discurso poético, discurso legal, etc.

O conceito morrisiano de *discurso* coincide com o conceito de *linguagem* tal como é utilizado por alguns autores, isto é, como conjunto de usos linguísticos peculiares, pragmática e funcionalmente condicionados, existentes numa determinada língua histórica — o que não significa que não se manifestem homologamente noutras línguas históricas — e que se diferenciam, enquanto linguagens particularizadas, em relação à linguagem comum ([20]).

O conceito de *géneros do discurso* proposto por Todorov na sua obra *Les genres du discours* tem muitas semelhanças com o conceito morrisiano de *tipos de discurso*. Para Todorov, o discurso é constituído por enunciados — ou por frases enunciadas — que se articulam entre si segundo determinadas normas e convenções de codificação das propriedades verbais, em conformidade com certos contextos socioculturais e com a função que os discursos devem desempenhar nesses mesmos contextos: «N'importe quelle propriété verbale, facultative au niveau de la langue, peut être rendue obligatoire dans le discours; le choix opéré par une société parmi toutes les codifications possibles du discours détermine ce qu'on appellera son *système de genres*» ([21]). Embora Todorov não distinga a problemática do discurso no plano émico e no plano ético, podemos inferir

---

([19]) — Cf. Charles Morris, *Writings on the general theory of signs*, The Hague, Mouton, 1971, p. 203. Sobre a classificação e a caracterização morrisianas dos vários tipos de discurso, cf. Ferruccio Rossi-Landi, *Charles Morris e la semiotica novecentesca*, Milano, Feltrinelli-Bocca, 1975, pp. 79 ss.

([20]) — Cf., *e. g.*, Victoria Camps, *Pragmática del lenguaje y filosofía analítica*, Barcelona, Ediciones Península, 1976, p. 60. Victoria Camps estuda nesta sua obra as *linguagens* ética, religiosa e filosófica

da sua análise que o *discurso*, como sequência de enunciados produzidos num contexto de enunciação — «un discours est toujours et nécessairement un acte de parole» (p. 48) —, se situa no plano ético, mas que os *géneros do discurso*, enquanto «existem como instituições», funcionando como "horizontes de expectativas" para os leitores e como "modelos de escrita" para os autores, se situam no plano émico. Semelhante conceito de discurso facilmente se integra no quadro semiótico geral elaborado pela chamada "Escola de Tartu": os tipos ou géneros do discurso especificam-se através de marcas de *sobrecodificação* reguladas por sistemas modelizantes secundários ([22]).

c) O conceito de *discurso* pode-se definir por oposição ao conceito de *frase*. De acordo com orientações prevalecentes tanto na linguística estruturalista como na linguística gerativa, a frase constitui a unidade máxima ocorrente num *corpus* linguístico e, por conseguinte, representa também a unidade superior da descrição linguística. Com os trabalhos de Zellig Harris, dados a conhecer em meados do século actual ([23]),

---

([21]) — Cf. Tzvetan Todorov, *Les genres du discours*, Paris, Éditions du Seuil, 1978, p. 23.

([22]) — Integra-se neste quadro semiótico o conceito de discurso proposto por Barthes: «toute étendue finie de parole, unifiée du point de vue du contenu, émise et structurée à des fins de communication secondaires, culturalisée par des facteurs autres que ceux de la langue» (cf. Roland Barthes, «La linguistique du discours», in AA. VV., *Sign. Language. Culture*, The Hague, Mouton, 1970, p. 581). Veja-se também a definição de *discours* proposta por Marc Angenot no seu *Glossaire pratique de la critique contemporaine* (Ville LaSalle, Hurtubise, 1979): «Séquence d'énoncés linguistiques «surcodés» par des règles transphrastiques d'enchaînement. Ensemble de textes codés par un même ensemble de règles. Dans cette définition générale, tout genre littéraire est un discours; tout discours requiert un système modelant secondaire, qui se superpose à la structuration linguistique» (p. 62).

([23]) — Cf. Zellig S. Harris, *Structural linguistics*, ed. cit. (esta obra de Harris foi publicada primeiramente em 1951, com o título de *Methods in structural linguistics*); «Discourse analysis», in *Language*, 28(1952), pp. 1-30 (artigo traduzido em francês, sob o título de «Analyse du discours», e publicado na revista *Langages*, 13(1969), pp. 8-45; republicado no volume a seguir indicado); *Papers in structural and transformational linguistics*, Dordrecht — Boston, Reidel, 1970). Sobre o método de análise do discurso proposto por Harris, cf. Ellen F. Prince, «Discourse analysis in the framework of Zellig S. Harris», in Wolfgang U. Dressler (ed.), *op. cit.*, pp. 191-211.

considera-se o discurso como uma unidade linguística superior à frase, abrindo-se assim o caminho a uma análise linguística transfrástica.

d) O conceito de *discurso* pode definir-se por oposição ao conceito de *língua*. Émile Benveniste, em vários dos seus estudos, fundamentou e esclareceu esta contraposição, conceituando a língua como «sistema de sinais formais» e o discurso como a expressão da língua enquanto «instrumento de comunicação», como «manifestação da língua na comunicação viva» [24]. Através da *enunciação*, que constitui uma realização individual, uma apropriação por parte de um locutor do aparelho formal da língua, esta converte-se em *discurso*— discurso que emana de um locutor, que se dirige a um alocutor e que possibilita a referência e a co-referência [25]. A língua, enquanto sistema de sinais, enquanto rede de unidades distintivas interligadas por relações paradigmáticas, apresenta um modo de significação que Benveniste designa por *semiótico* e que é estritamente intralinguístico (não havendo lugar, portanto, no plano semiótico, à consideração das relações do sinal com as coisas denotadas e da língua com o mundo). O discurso, como instrumento de mediação entre os homens e entre o homem e o mundo, apresenta um modo de significação que Benveniste designa por *semântico*, indissociável da enunciação e da referência e realizado sintagmaticamente através da frase, unidade do discurso [26].

---

[24] — Cf. Émile Benveniste, *Problèmes de linguistique générale I*, Paris, Gallimard, 1966, p. 130.

[25] — Cf. Émile Benveniste, *Problèmes de linguistique générale II*, pp. 80-82. Encontra-se exposto um conceito idêntico de discurso nos trabalhos de um pensador como Paul Ricoeur (cf., deste autor, *La métaphore vive*, Paris, Éditions du Seuil, 1975, pp. 88 ss.).

[26] — Cf. *id., ibid.*, pp. 63 ss. Em Benveniste, ocorre outra acepção de *discurso*, consubstanciada na oposição entre dois planos distintos da enunciação: o plano da *história* e o plano do *discurso*. O plano da *história* representa uma espécie de grau zero da enunciação, caracterizando-se os seus enunciados pela ausência das marcas características do aparelho formal do discurso (relação pronominal *eu/tu*, deícticos como os advérbios de tempo e de lugar, tempo verbal do presente, etc.); os enunciados do plano do *discurso* caracterizam-se, ao contrário, pela presença e pela acção deste aparelho formal que a *história* expulsa (cf. *Problèmes de linguistique générale I*, pp. 238 ss.). Voltaremos a referir-nos a esta distinção, que tem sido utilizada com frequência na análise da narrativa, no capítulo seguinte.

e) O conceito de *discurso* pode-se definir, segundo alguns autores, por oposição ao conceito de *enunciado*: «*L'énoncé*, c'est la suite des phrases émises entre deux blancs sémantiques, deux arrêts de la communication; *le discours*, c'est l'énoncé considéré du point de vue du mécanisme discursif qui le conditionne. Ainsi un regard jeté sur un texte du point de vue de sa structuration «en langue» en fait un énoncé; une étude linguistique des conditions de production de ce texte en fera un discours» (27).

Este conceito de *discurso*, elaborado e defendido na actualidade por muitos linguistas e outros investigadores de diversos domínios das ciências humanas e sociais (28), representa uma das construções teoréticas e um dos instrumentos operatórios mais importantes da linguística contemporânea, tendo-se revelado de grande fecundidade na área da investigação interdisciplinar (linguística/literatura, linguística/história, linguística/sociologia, etc.). Nesta perspectiva, o discurso é analisado, não em função de um "locutor ideal", mas em função de emissores situados no tempo histórico e no espaço social, isto é, tendo em conta toda a problemática da enunciação do discurso, desde os factores ideológicos, socioculturais e económicos que regulam a sua produção até aos efeitos sociais, psicológicos e ideológicos que o emissor procura obter. Para os defensores deste conceito de *discurso*, o conceito saussuriano de *parole*, pressupondo a liberdade e a criatividade do falante apenas limitadas pelas possibilidades do sistema linguístico, está afectado por um idealismo insustentável: o falante não actualiza como quer o

---

(27) — Cf. Louis Guespin, «Problématique des travaux sur le discours politique», in *Langages*, 23(1971), p. 10.

(28) — Sobre a análise do discurso assim concebido, encontra-se uma síntese introdutória na obra de Dominique Maingueneau, *Initiation aux méthodes de l'analyse du discours*, Paris, Hachette, 1976. Entre os estudos que se ocupam da teoria de tal análise do discurso, salientamos: Michel Pêcheux, *Analyse automatique du discours*, Paris, Dunod, 1969; *id.*, *Les vérités de La Palice. Linguistique, sémantique, philosophie*, Paris, Maspero, 1975; Michel Pêcheux e C. Fuchs, «Mises au point et perspectives à propos de l'analyse automatique du discours», in *Langages*, 37(1975), pp. 53-80 (este número da revista *Langages* é consagrado à análise do discurso); Paul Henry, *Le mauvais outil. Langue, sujet et discours*, Paris, Klincksieck, 1977; Narciso Pizarro, *Metodología sociológica y teoría lingüística*, Madrid, Alberto Corazón, 1979, sobretudo pp. 95 ss.

"tesouro" da *langue*, mas só o pode actualizar através dos filtros estabelecidos pelas *formações discursivas*. As *formações discursivas* «déterminent *ce qui peut et doit être dit* (articulé sous la forme d'une harangue, d'un sermon, d'un pamphlet, d'un exposé, d'un programme, etc.) à partir d'une position donnée dans une conjoncture donnée» ([29]).

Na constituição deste conceito de discurso têm exercido uma influência dominante algumas correntes de pensamento que, durante os últimos anos, têm marcado profundamente o desenvolvimento da linguística: a filosofia de Wittgenstein, em particular do Wittgenstein das *Investigações filosóficas*, a filosofia da linguagem de J. L. Austin e de outros pensadores anglo-saxónicos integrados na mesma orientação e o marxismo, sobretudo através da "leitura" de Marx que tem proposto Althusser.

f) No espectro da variabilidade conceptual do termo "discurso", avultam dois vectores fundamentais contrapostos: por um lado, a tendência para conceber o discurso como processo, como *energeia*, e, por outro, a tendência para o conceber como objecto, como *ergon*. Greimas exprime esta polaridade ao contrapor o «discours s'actualisant» e o «discours réalisé» ([30]). Se para Benveniste e Pêcheux, por exemplo, o discurso é um processo, para outros linguistas o discurso constitui o resultado desse processo e identifica-se portanto com enunciados, com *textos*. Assim, Coseriu faz equivaler sistematicamente discurso e texto e a mesma equivalência conceptual ocorre em autores como Petöfi e van Dijk([31]). No quadro teórico da

---

([29]) — Cf. Cl. Haroche, P. Henry e M. Pêcheux, «La sémantique et la coupure saussurienne: Langue, langage, discours», in *Langages*, 24(1971), p. 102.

([30]) — Cf. A. J. Greimas, «Des accidents dans les sciences dites humaines», in A. J. Greimas *et alii*, *Introduction à l'analyse du discours en sciences sociales*, Paris, Hachette, 1979, p. 30.

([31]) — Cf., *e. g.*, Eugenio Coseriu, *Principios de semántica estructural*, Madrid, Editorial Gredos, 1977, pp. 125 e 203; *id.*, *El hombre y su lenguaje*, Madrid, Editorial Gredos, 1977, pp. 88 e 242; *id.*, *Gramática, semántica, universales*, Madrid, Editorial Gredos, 1978, pp. 37, 39, 110 e 207; János S. Petöfi, «A formal semiotic text theory as an integrated theory of natural language (methodological remarks)», in Wolfgang U. Dressler (ed.), *Current trends in textlinguistics*, pp. 44-45; Teun A. van Dijk, *Some aspects of text*

linguística de G. Guillaume, Charles Bouton concebe semelhantemente o discurso como um *ergon* que se constitui através da *energeia* da *parole* — um *ergon* que se diferencia, enquanto real e actualizado, do *ergon* virtual da *langue* ([32]).

g) Finalmente, o conceito de discurso, tal como os conceitos de língua e de texto, pode ser definido num plano semiótico e translinguístico, identificando-se com um processo semiótico e com as organizações sintagmáticas manifestativas desse processo (como noutras acepções de discurso, ocorre aqui uma certa flutuação entre discurso concebido como *energeia* e concebido como *ergon*) ([33]). Nesta perspectiva, justifica-se falar de "discurso fílmico", "discurso teatral", "discurso político", etc.

9.4. O conceito de texto literário ([34])

O texto literário constitui uma unidade semântica, dotada de uma certa intencionalidade pragmática ([35]), que um emissor/ /autor realiza através de um acto de enunciação ([36]) regulado pelas

---

grammars. A study in theoretical linguistics and poetics, p. 3; id., *Text and context. Explorations in the semantics and pragmatics of discourse*, London — New York, Longman, 1977, p. 3 (para van Dijk, porém, o texto é entidade do plano émico e o discurso entidade do plano ético).

([32]) — Cf. Charles P. Bouton, *La signification. Contribution à une linguistique de la parole*, Paris, Klincksieck, 1979, pp. 151 ss.

([33]) — Cf. A. J. Greimas e J. Courtés, *Sémiotique. Dictionnaire raisonné de la théorie du langage*, Paris, Hachette, 1979, s. v. "discours".

([34]) — Pelas razões já expostas no início do capítulo 3 desta obra (cf. p. 173), o objecto da nossa análise é o texto literário escrito e, mais particularizadamente, o texto literário impresso.

([35]) — Convirá sublinhar, neste contexto, que utilizamos o termo "pragmático" com o significado técnico que apresenta na semiótica de Charles Morris.

([36]) — Apenas por motivos de idealização teórica nos referimos a «um acto de enunciação», pois o texto literário, como, aliás, todo o texto escrito, pode representar — e representa quase sempre — o *ergon* de múltiplos actos de enunciação, por vezes bastante distanciados temporalmente entre si e até regulados por normas e convenções semióticas parcialmente diversas (fenómeno frequente na reelaboração, ou na reescrita, de um texto em estádios distintos, sob o ponto de vista semiótico e não apenas cronológico, do itinerário de um escritor). Alguns textos literários, todavia, segundo o testemunho dos seus próprios autores, representam o *ergon* de um mesmo acto de enunciação,

normas e convenções do sistema semiótico literário e que os seus receptores/leitores decodificam, utilizando códigos apropriados.

As propriedades formais que caracterizam o texto semioticamente concebido (cf. 9.1.) — *expressividade, delimitação e estruturalidade* — caracterizam também obrigatoriamente o texto literário: este texto representa uma actualização do sistema semiótico literário, constitui uma entidade delimitada topologicamente e possui uma organização interna que o configura como um todo estrutural.

Como decorre da concepção do sistema semiótico literário como sistema modelizante secundário (veja-se, atrás, o capítulo 2), o texto literário é necessariamente constituído numa língua natural e histórica — excepcionalmente, um texto literário pode ser escrito em várias línguas históricas, como acontece, por exemplo, com os sonetos plurilingues que disfrutaram de certa voga na poesia maneirista e na poesia barroca —, revestindo-se as relações do texto literário com o diassistema dessa língua de características peculiares (cf. 2.15.). O texto literário não se organiza, porém, bifasicamente, digamos assim: primeiro, constituir-se-ia como texto linguístico; depois, através de um processo de semiotização que transformaria as estruturas verbais do texto linguístico, outorgando-lhe "qualidades literárias", constituir-se-ia como texto literário ([37]). Semelhante modelo da constituição do texto literário equivale a uma versão pseudo-semiótica da velha concepção do texto literário como entidade estruturada a partir de uma base representada por um texto linguístico "normal" e posteriormente exornada por artifícios estilísticos, retóricos, etc. Colocando o problema noutro plano, diremos que o sistema modelizante secundário que é o sistema semiótico

---

isto é, são produzidos sem hiatos temporais, sem emendas e sem reelaborações. Relembre-se, por exemplo, o que Fernando Pessoa afirma acerca da produção da *Ode triunfal* do seu heterónimo Álvaro de Campos: «Num jacto, e à máquina de escrever, sem interrupção nem emenda, surgiu a *Ode Triunfal* de Álvaro de Campos — a Ode com esse nome e o homem com o nome que tem» (cf. Fernando Pessoa, *Páginas de doutrina estética*, Lisboa, Editorial Inquérito, s. d. [2.ª ed.], p. 202).

([37]) — A obra de Walter D. Mignolo, *Elementos para una teoría del texto literario* (Barcelona, Editorial Crítica, 1978), elabora um modelo de constituição bifásica do texto literário (cf. pp. 60 ss. e *passim*).

literário não se caracteriza por transformar algumas normas e convenções do sistema modelizante primário e por acrescentar a este outras normas e convenções, como se se tratasse de um sistema parasitário ou de uma metástase especificamente culturalizada do sistema linguístico. No sistema semiótico literário, o sistema modelizante primário, historicamente determinado, faz integral e indissoluvelmente parte, não raro sem tensões de vária ordem, de um sistema sígnico de nível semiótico mais elevado — um sistema cuja existência e cuja funcionalidade só são possíveis graças aos signos e às normas daqueloutro sistema, que potencia todas as virtualidades deste último, mas que possui signos, normas e convenções de natureza própria que representam elementos nucleares, factores originários de semiotização, e não factores supervenientes, no processo estruturador do texto literário e no processo de comunicação em que este texto alcança a sua existência plena. Quer dizer, não existe um processo de semiotização dependente do sistema modelizante secundário que converta «estruturas textuais em estruturas textuais literárias» (^{38}), pois que o texto literário, nas suas estruturas semânticas, sintácticas e pragmáticas, é possibilitado e regulado originária e substantivamente por mecanismos de semiose literária actualizados pelo autor e pelo leitor — mecanismos de semiose literária que pressupõem necessariamente e que potenciam todas as virtualidades dos mecanismos da semiose linguística.

9.5. Texto e macrotexto

Na sua linearidade, um texto literário pode ter uma dimensão muito variável, desde o texto lírico formado por um ou dois versos — *Hoje roubei todas as rosas dos jardins/e cheguei ao pé de ti de mãos vazias* (^{39}) — até ao poema épico constituído por milhares de versos e ao romance tipograficamente materializado em muitas centenas ou até milhares de páginas.

Em certos casos, porém, pode-se e deve-se falar de *macrotexto* literário, sem que a dimensão sintagmática do(s) texto(s)

(^{38}) — Cf. Walter D. Mignolo, *op. cit.*, p. 161.
(^{39}) — Cf. Eugénio de Andrade, *Poesia e prosa [1940-1979]*, Lisboa, Imprensa Nacional — Casa da Moeda, 1980, vol. I, p. 35.

esteja em causa. Os contos, as novelas e os poemas de uma colectânea do mesmo autor podem constituir apenas uma sucessão de unidades textuais autónomas, embora manifestando uma maior ou menor homogeneidade semântica e formal — sobretudo quando escritos ou reescritos numa zona de datas não muito dispersa —, mas podem também apresentar determinados caracteres temáticos e formais, uma disposição topológica e, por conseguinte, uma distribuição cronológica uns em relação aos outros que tornam justificável que, a sua respeito, se fale de *macrotexto*. Neste caso, os contos e as novelas de uma colectânea ou os poemas de um cancioneiro não perdem as suas características de entidades textuais autónomas, mas cada uma destas entidades não é funcional e informativamente dissociável das restantes entidades textuais — o significado de uma pode pressupor ou modificar o significado de outra, não é indiferente ler primeiro uma qualquer e depois outra qualquer, etc. —, de modo que a sintagmática do descontínuo representada pelas unidades discretas que são o conto, a novela e o poema lírico se articula com uma sintagmática do contínuo produzida por específicas relações semânticas, formais e pragmáticas que o autor e o leitor instituem entre aquelas entidades textuais. O *macrotexto* literário existe, como escreve Maria Corti, quando numa colectânea de textos se manifesta «uma combinatória de elementos temáticos e/ou formais que se actualiza na organização de todos os textos e produz a unidade da colectânea» ou quando nesta se verifica «uma progressão do discurso que faz com que cada texto não possa estar senão no lugar em que se encontra», tornando-se óbvio que esta segunda condição pressupõe a primeira, mas que esta não implica a segunda [40].

---

[40] — Cf. Maria Corti, *Principi della comunicazione letteraria*, Milano, Bompiani, 1976, p. 146. Sobre o conceito de *macrotexto*, além deste estudo, vide: Maria Corti, *Il viaggio testuale. Le ideologie e le strutture semiotiche*, Torino, Einaudi, 1978, pp. 185 ss.; Gérard Genot, «Strutture narrative della poesia lirica», in *Paragone*, 212(1967), pp. 35-52; Jean Rousset, *L'intérieur et l'extérieur. Essai sur la poésie et sur le théâtre au XVIIe siècle*, Paris, Corti, 1968, pp. 13 ss. (estudo intitulado «Jean de La Ceppède et la chaîne des sonnets»); Cesare Segre, *I segni e la critica. Fra strutturalismo e semiologia*, Torino, Einaudi, 1969, pp. 95 ss. (estudo intitulado «Sistema e strutture nelle *Soledades* di A. Machado»); Marco Santagata, «Connessioni intertestuali nel *Canzoniere* del Petrarca», in *Strumenti critici*, 26(1975), pp. 80-112.

Como exemplos de *macrotextos*, podemos referir o *Canzoniere* de Petrarca, *Les fleurs du mal* de Baudelaire, as *Soledades* de Antonio Machado, a *Mensagem* de Fernando Pessoa, as *Novelas eróticas* de Teixeira Gomes, os *Retalhos da vida dum médico* de Fernando Namora, etc. Igualmente se pode considerar que perfazem um *macrotexto* os romances que constituem, no seu desenvolvimento temático, um ciclo narrativo: os *Rougon--Macquart* de Zola, a *Crónica da vida lisboeta* de Joaquim Paço d'Arcos, *A velha casa* de José Régio, etc.

9.6. Co-texto e contexto

A distinção teorética entre *co-texto* e *contexto*, como já tivemos ensejo de expor em 3.9., é particularmente importante, pelos seus pressupostos e pelas suas consequências, na teoria do texto, ficando-se a dever a sua fundamentação sobretudo aos trabalhos em que János Petöfi elaborou a sua "teoria da estrutura do texto e da estrutura do mundo" (*Textstruktur-Weltstruktur--Theorie*) (⁴¹).

Sobre a caracterização da *co-textualidade* e da *contextualidade* e as suas inter-relações semiósicas e sobre o conceito de *fechamento estrutural* do texto, remetemos o leitor para o mencionado parágrafo do capítulo 3. Queremos apenas sublinhar que a adequada compreensão daquelas inter-relações, um dos objectos privilegiados de análise da semiótica contemporânea e, em particular, da pragmática linguística e da pragmática da literatura, destrói irremediavelmente uma das mais pertinazes miragens e uma das mais graves inexactidões de certa concepção formalista do texto literário: a ideia de que o "fechamento" (*clôture*) do texto, que seria marca distintiva da literariedade, implica a independência do texto em relação a qualquer contexto (⁴²). Semelhante conceito de *clôture* do texto literário,

---

(⁴¹) — Vejam-se as indicações bibliográficas citadas na nota (245) do capítulo 3.

(⁴²) — Cf., *e. g.*, Jean Cohen, *Le haut langage. Théorie de la poéticité*, Paris, Flammarion, 1979, pp. 213-214: «C'est à ce prix que peut s'inscrire effectivement dans la lecture la clôture du texte. La clôture est aujourd'hui considérée comme un trait définitionnel de la littérarité. Il faut se rendre compte de ce qu'elle implique: le texte ne renvoie qu'à lui même et s'avère en tant que tel indépendant de tout contexte».

prolongamento pseudo-científico do princípio kantiano e neo-kantiano da autonomia da arte, implica um angelismo absurdo em relação à produção e à recepção dos textos literários. Tanto semântica como pragmática e sintacticamente, o texto literário só pode ser produzido e só pode ser lido e interpretado, porque o contexto e o co-texto são radicalmente indissociáveis, porque funcionam, numa determinada sociedade, sistemas sígnicos que manifestam e geram a cultura dessa sociedade e que possibilitam a constituição dos "textos" dessa cultura. Como afirmou recentemente Lotman, «Deve essere rifiutata l'idea dell'opera artistica — e di ogni testo — come qualcosa di isolato, staccato dal contesto e sempre uguale a se stesso. Testi di questo genere non esistono, ma, anche se esistessero, sarebbero assolutamente inutili sotto l'aspetto culturale-funzionale» ([43]). O *co-texto* literário possui a sua autonomia própria e a sua estrutura imanente, mas esta autonomia e esta estrutura não representam valores absolutos miraculosamente criados e subsistentes à margem de todos os mecanismos e condicionamentos semióticos. Na sua origem, na sua organização e na sua funcionalidade, o *co-texto* pressupõe necessariamente o adequado *contexto* — um contexto que compreende uma *enciclopédia*, uma *semântica extensional*, o *léxico* e a *gramática* de uma língua histórica, o *alfabeto* e o *código* do sistema literário, o *intertexto*, etc. ([44]).

([43]) — Cf. Jurij M. Lotman, *Testo e contesto. Semiotica dell'arte e della cultura*, Bari, Laterza, 1980, p. 4. Estas afirmações pertencem à «Prefazione» que Lotman escreveu expressamente para esta colectânea dos seus estudos mais recentes.

([44]) — Sobre as relações do texto com o contexto, *vide* em particular: Teun A. van Dijk, *Text and context. Explorations in the semantics and pragmatics of discourse*, ed. cit., *passim*; id., «Le texte: structure et fonction. Introduction élémentaire à la science du texte», in A. Kibédi Varga (ed.), *Théorie de la littérature*, pp. 80 ss.; John Lyons, *Semantics*, Cambridge, Cambridge University Press, 1977, vol. 2, cap. 14; Edward W. Said, «The text, the world, the critic», in Josué V. Harari (ed.), *Textual strategies. Perspectives in post-structuralist criticism*, London, Methuen, 1980, pp. 161-188. Sob um ângulo semiótico, o volume de Lotman citado na nota anterior apresenta estudos de grande interesse (e veja-se também o estudo introdutório de Simonetta Salvestroni, «Il pensiero di Lotman e la semiotica sovietica negli anni settanta»).

9.7. Texto e arquitexto

O texto literário não existe como uma entidade pura, anterior e transcendente a qualquer determinação de *teor arquitextual*, tanto modal como genérica e subgenérica. Independentemente da fluidez e das variações diacrónicas dos modos, géneros e subgéneros, qualquer texto literário é produzido como um texto integrado ou integrável num modo, num género ou num subgénero — ou hibridamente integrado em diversos modos, géneros ou subgéneros — e lido à luz também de normas e convenções arquitextuais, embora estas possam não coincidir com aquelas que o autor tenha tido a intenção de actualizar.

Cada texto representa uma manifestação irrepetível do *idiolecto literário* do seu emissor, entendendo-se por "idiolecto literário" o conjunto de traços sémico-formais particularizados que caracterizam o uso que um escritor faz da *língua literária* tal como definida em 2.15. e, mais latamente, o uso que um escritor faz do *policódigo literário*, desde o código semântico-pragmático até ao código fónico-rítmico ([45]). Como o próprio

---

([45]) — A definição de "idiolecto" proposta por Hockett tem sido acolhida, na sua essencialidade, por numerosos linguistas contemporâneos: «Generally speaking, the totality of speech habits of a single person at a given time constitutes an idiolect» (cf. Charles F. Hockett, *A course in modern linguistics*, New York, Macmillan, 1958, p. 321). Roman Jakobson criticou o conceito de "idiolecto" em nome da natureza necessariamente transindividual da língua: «There is no such a thing as private property in language: everything is socialized. Verbal exchange, like any form of intercourse, requires at least two communicators, and idiolect proves to be a somewhat perverse fiction» (cf. Roman Jakobson, *Selected writings*, The Hague, Mouton, 1971, vol. II, p. 559). A definição de "idiolecto" formulada por Hockett não colide, segundo pensamos, com a natureza transindividual da língua, pois os «hábitos linguísticos» nela mencionados não são caracterizáveis como fenómenos radicalmente idiossincrásicos de um indivíduo. Sobre a transferência do conceito de "idiolecto" para o domínio da estética, veja-se Umberto Eco, *Trattato di semiotica generale*, Milano, Bompiani, 1975, pp. 338-341.

([46]) — Sobre a literatura como "instituto" ou "instituição", vejam-se os seguintes estudos, além dos já referidos na nota (152) do capítulo 2: Harry Levin, «Literature as an institution», *The gates of horn: A study of five french realists*, New York, Oxford University Press, 1963; Gianfranco Corsini, *L'istituzione letteraria*, Napoli, Liguori Editore, 1974, em particular pp. 11 ss.; Jacques Dubois, *L'institution de la littérature*, Brussels, Nathan — Labor, 1978, *passim*.

conceito de "idiolecto literário" pressupõe, a singularidade de cada texto realiza-se no quadro do sistema e do policódigo literários, isto é, no quadro da literatura como *instituição* ou *instituto* (⁴⁶), pois que toda a actividade semiótica dos agentes individuais, como temos reiteradamente afirmado ao longo desta obra, se desenvolve necessariamente e apenas no âmbito de sistemas sígnicos. As normas, as convenções, as virtualidades, as indeterminações e as tensões internas e externas destes sistemas possibilitam as práticas semióticas daqueles agentes — tanto as práticas de natureza conservadora ou rotineira como as práticas de natureza inovadora e mesmo transgressiva que podem gerar a *desconstrução* do sistema e o seu subsequente reordenamento. A ideia da unicidade e da transcendência do texto literário como fruto do "génio", da "inspiração", da "liberdade inventiva" do escritor ou como "diferença" estreme e disrupção semioclástica representam uma ilusão idealista e a manifestação de um hedonismo anarquista e desesperado (⁴⁷), mas a ideia da reprodução especular, numa série indefinida de textos, de elementos estruturais já configurados no sistema constitui uma modalidade de determinismo invalidada, por exemplo, pela heterogeneidade e pela relativa peculiaridade — «A text is a quasi-individual», nas palavras de Paul Ricoeur (⁴⁸) — dos textos literários produzidos

---

(⁴⁷) — Este hedonismo anarquista e desesperado é típico de certas correntes de teoria e crítica literárias que são comummente caracterizadas como *pós-estruturalistas*. A sua formulação radical encontra-se em muitas páginas de *Le plaisir du texte* de Barthes. Por exemplo: «Comment le texte peut-il «se tirer» de la guerre des fictions, des sociolectes? — Par un travail progressif d'exténuation. D'abord le texte liquide tout méta-langage, et c'est en cela qu'il est texte: aucune voix (Science, Cause, Institution) n'est *en arrière* de ce qu'il dit» (cf. *Le plaisir du texte*, Paris, Éditions du Seuil, 1973, pp. 50-51). Sobre as dificuldades e os paradoxos teóricos suscitados por esta concepção barthesiana do texto, cf. Jonathan Culler, *Structuralist poetics. Structuralism, linguistics and the study of literature*, London, Routledge & Kegan Paul, 1975, pp. 242 ss. As manifestações deste novo idealismo formalista e hedonista na teoria e na crítica literárias norte-americanas dos últimos anos, em particular naqueles autores mais profundamente marcados pela influência de Derrida, encontram-se analisados no capítulo «History or the abyss: Poststructuralism» da obra de Frank Lentricchia, *After the new criticism* (Chicago, The University of Chicago Press, 1980).

(⁴⁸) — Cf. Paul Ricoeur, «The model of the text: Meaningful action considered as a text», in *New literary history*, V, 1(1973), p. 107.

no mesmo período histórico e na mesma comunidade sociocultural. Como escreve Janet Wolff, ao analisar a problemática da produção artística, mas tendo em consideração a problemática de toda a acção humana, torna-se necessário rejeitar as teorias da acção que ignoram ou ocultam as condições institucionais e determinantes, mas também as teorias que concebem a acção como integralmente determinada: «As a number of people have already suggested, we have to operate with a model which posits the mutual interdependence of structure and agency, rather than the primacy of one or other» ([49]).

A relação do *texto* e do *arquitexto* deve ser concebida, descrita e explicada segundo um modelo como o que propõe Janet Wolff. Analisaremos seguidamente as características fundamentais do texto literário que resultam da sua determinação pelo *modo lírico*, pelo *modo narrativo* e pelo *modo dramático*.

9.7.1. O texto lírico

«O que forma o conteúdo da poesia lírica» — afirma Hegel na sua *Estética* — «não é o desenvolvimento de uma acção objectiva alargando-se até aos limites do mundo, em toda a sua riqueza, mas o sujeito individual e, por conseguinte, as situações e os objectos particulares, assim como a maneira segundo a qual a alma, com os seus juízos subjectivos, as suas alegrias, as suas admirações, as suas dores e as suas sensações, toma consciência de si própria no seio deste conteúdo« ([50]).

([49]) — Cf. Janet Wolff, *The social production of art*, London, Macmillan, 1981, p. 138. Chamamos a atenção para o facto de o conceito de "estrutura" utilizado por Janet Wolff equivaler ao conceito de "sistema" que temos usado ao largo desta obra. Um modelo semelhante para descrever e explicar a acção e a produção semiótica dos agentes humanos, em especial no plano da produção artística, tem sido proposto por outros autores: *vide*, por exemplo, Anthony Giddens, *Central problems in social theory: Action, structure, and contradiction in social analysis*, London, Macmillan, 1979, cap. 2; Pierre Bourdieu, *Campo del potere e campo intellettuale*, Cosenza, Lerici, 1978, pp. 43 ss. (trata-se de uma entrevista com o autor, intitulada «Tra struttura e libertà», realizada por Marco d'Eramo, responsável por esta edição italiana de alguns importantes estudos de Bourdieu estampados anteriormente em publicações periódicas); Erich Köhler, *Per una teoria materialistica della letteratura / Saggi francesi*, Napoli, Liguori Editore, 1980, pp. 11, 15-17 e 149 ss.

([50])—Cf. G. W. F. Hegel, *Esthétique*, Paris, Éditions Montaigne, 1944, t. III, 2.ᵉ Partie, p. 167.

O poema lírico, com efeito, não representa dominantemente o mundo exterior e objectivo, nem a interacção do homem e deste mesmo mundo, assim se distinguindo fundamentalmente do texto narrativo e do texto dramático. A poesia lírica não se enraíza no anseio ou na necessidade de descrever o real empírico, físico e social, circunstante ao *eu lírico*, nem no desejo de representar sujeitos independentes deste mesmo eu ou de contar uma acção em que se oponham o mundo e o homem ou os homens entre si. Enraíza-se, em contrapartida, na revelação e no aprofundamento do eu lírico — no modo lírico, o eu do autor textual mantém em geral uma *relação de implicação* com o eu do autor empírico mais relevante do que no modo narrativo e no modo dramático ([51]) —, tendo sempre esta revelação a identificar-se com a revelação do homem e do ser: «O acto poético é o empenho total do ser para a sua revelação. Este fogo de conhecimento, que é também fogo de amor, em que o poeta se exalta e consome, é a sua moral. E não há outra. Nesse mergulho do homem nas suas águas mais silenciadas, o que vem à tona é tanto uma singularidade como uma pluralidade»([52]).

O mundo exterior, as coisas, os seres, a sociedade e os eventos históricos não constituem um domínio alheio ao poeta lírico, nem este pode ser figurado como um introvertido total, miticamente insulado numa integral pureza subjectiva (que seria

---

([51])—O teor desta relação de implicação apresenta obviamente variações diacrónicas, em função dos diversos códigos predominantes (por exemplo, a relação de implicação foi mais frequente e mais importante na literatura romântica do que na literatura neoclássica). Em qualquer caso, carece de fundamento afirmar que, no modo lírico, se verifica necessariamente uma relação de identificação entre o eu do autor textual e o eu do autor empírico, como sustenta Käte Hamburger, para quem o poema lírico é uma afirmação real defluente de uma experiência vivida (*Erlebnis*) e existencialmente vinculada a um enunciador empírico e não ficcionalmente imputável a uma "persona", a um sujeito imaginário (cf. Käte Hamburger, *The logic of literature*, Bloomington — London, Indiana University Press, ²1973, pp. 276-278 e *passim*). René Wellek, no seu ensaio «Genre theory, the lyric, and *Erlebnis*» (incluído no volume de Wellek intitulado *Discriminations: Further concepts of criticism*, New Haven — London, Yale University Press, 1970, pp. 225-252), submete a uma rigorosa análise crítica a concepção do modo lírico defendida por Käte Hamburger.

([52])—Cf. Eugénio de Andrade, *Poesia e prosa [1940-1979]*, Lisboa, Imprensa Nacional — Casa da Moeda, 1980, vol. II, p. 297.

uma patologia autista). O mundo exterior, todavia, não representa para o eu lírico uma objectividade válida enquanto tal, pois constitui um elemento semântico-pragmático do texto lírico somente enquanto se projecta na interioridade do poeta, enquanto se transmuda, nas «galerias da alma» a que se refere Eugénio de Andrade, em revelação íntima e ao mesmo tempo cósmica. O acontecimento exterior, quando está presente num texto lírico, permanece sempre literalmente como um *pretexto* em relação à estrutura e ao significado desse texto: o episódio e a circunstância exteriores podem funcionar como elementos impulsionadores e catalíticos da produção textual, mas a essencialidade do poema consistirá, graças à fulguração da palavra, na emoção, nas vozes íntimas, na meditação, na ressonância mítica e simbólica, enfim, que tal episódio ou tal circunstância suscitam na subjectividade do poeta. O caso de Píndaro, mencionado por Hegel, é deveras elucidativo: as odes do genial poeta grego, que exaltam os atletas vitoriosos nos jogos, escassa atenção prestam ao elemento fáctico e concreto de que partem, oferecendo antes o tratamento poético de um mito e cantando a coragem, a nobreza e o valor do homem. O dado narrativo, quando faz parte da estrutura sémico-formal de um poema lírico, tem como função predominante evocar uma atitude e um estado íntimos, revelar o conteúdo de uma subjectividade. Jorge de Lima, num dos seus poemas sobre o Natal, fala de um homem que, na noite do nascimento de Jesus, procura numa vasta metrópole um simples abrigo: *Numa certa noite de Natal, / aquele homem de uma grande metrópole / queria um abrigo para passar a noite; / um reveillon, uma mulher ou mesmo um bar servia.* Em nada encontrou o homem o sonhado abrigo, nem nas ruas da cidade apinhadas de gente, nem nos caminhos que levavam às pequenas aldeias, cobertos do povo que se dirigia à metrópole. Na noite imensa, o homem só conhecia solidão e abandono: *E foi então que os sinos de Cristo / começaram a chamar o homem fugitivo / para o novo caminho em que Jesus seguia* [53]. Neste poema, o elemento narrativo constitui apenas o *pretexto* para a revelação da paisagem íntima do eu lírico — paisagem de amargura e de soledade, onde de súbito, por entre a escuridão

---

[53] — Cf. Jorge de Lima, *Obra completa*, Rio de Janeiro, Aguilar, 1958, vol. I, p. 963.

da noite, relampejou a graça divina, oferecendo um inefável abrigo ao homem em fuga.

Por motivos análogos, o texto lírico não comporta descrições semântica e funcionalmente semelhantes às de um texto narrativo, pois a ocorrência de tais descrições equivaleria a representar o mundo exterior ao eu lírico como objectividade esteticamente significativa relativamente à modelização da acção humana. A chamada "poesia descritiva" só é liricamente válida, quando transcende um inventário e uma nomenclatura de seres, coisas e eventos, quando utiliza a descrição como um suporte do universo simbólico do poema. Na obra de Fernando Pessoa ortónimo, por exemplo, abundam os poemas que se iniciam com a breve fixação descritiva de um determinado aspecto da realidade exterior — da paisagem, do céu, do mar, etc. — e que, partindo dessa célula primordial — que passa a funcionar estruturalmente como imagem-símbolo —, se desenvolvem em surto de puro lirismo, através de uma subtil notação e análise de vivências, sentimentos e ideias ([54]). Pode mesmo acontecer que um texto lírico seja integralmente constituído por elementos descritivos, como este curto poema de Antonio Machado:

> *Las ascuas de un crepúsculo morado*
> *detrás del negro cipresal humean.*
> *En la glorieta en sombra está la fuente*
> *con su alado y desnudo Amor de piedra,*
> *que sueña mudo. En la marmórea taza*
> *reposa el agua muerta.* ([55])

Observe-se, porém, que só aparentemente estamos perante um discurso referencial utilizado para a descrição de certos

---

([54]) — Apontamos alguns poemas deste tipo (cf. Fernando Pessoa, *Obra poética*, Rio de Janeiro, Aguilar, 1960): *O sol às casas, como a montes* (p. 65); *No entardecer da terra* (p. 69); *Leve, breve, suave* (p. 70); *Trila na noite uma flauta. É de algum* (p. 72); *Ao longe, o luar* (p. 74); *Não é ainda a noite* (p. 75); *Contemplo o lago mudo* (p. 82); *De onde é quase o horizonte* (p. 88); *Vaga, no azul amplo solta* (p. 89); *É brando o dia, brando o vento* (p. 98), etc.

([55]) — *Apud* Carlos Bousoño, *Teoría de la expresión poética*, Madrid, Editorial Gredos, ⁶1976, t. I, p. 275. Bousoño oferece, nesta obra, uma extensa e finíssima análise deste poema das *Soledades, galerías y otros poemas* de Antonio Machado.

aspectos do mundo exterior. Os elementos descritivos do poema — o crepúsculo, os ciprestes, a pequena praça sombria, a fonte e a estatueta do Amor, a água parada... — não configuram propriamente uma *topografia*, isto é, a descrição de um lugar, de uma paisagem física, evocando antes um angustioso estado de alma: sensação de abandono, de melancolia irremediável, atmosfera de cansaço e de abdicação. Cada elemento descritivo representa um símbolo que desnuda uma feição da interioridade do poeta, culminando este processo revelador com o derradeiro sintagma do poema — *el agua muerta* —, símbolo de tudo quanto se frustra e morre no coração e no destino do homem.

Estes caracteres fundamentais do texto lírico estão directamente relacionados com o *carácter estático* do modo lírico, em contraste com o *carácter dinâmico* do modo narrativo e do modo dramático. Com efeito, o fluir da temporalidade, em que se inserem as personagens e os acontecimentos dos textos narrativos e dramáticos, é alheio ao universo lírico: o poeta como que se imobiliza, enquanto instância do discurso, sobre uma ideia, uma emoção, uma sensação, etc., não se ocupando do circunstancialismo genético, do encadeamento causal ou cronológico desses estados da subjectividade. Não significa quanto acabamos de afirmar que o tempo como problema do homem — o tempo como problema metafísico e existencial, como factor de mudança, erosão e aniquilamento dos seres e das coisas — esteja ausente do universo semântico dos textos integráveis no modo lírico. Bem pelo contrário, desde Mimnermo até à poesia contemporânea, o sentimento e a angústia da efemeridade da vida e do homem constituem tema obsidiante de toda a lírica ocidental. Também não significa que no texto lírico não existam *estruturas semionarrativas* implícitas ou explícitas, estruturas que pressupõem um "antes" e um "depois", coordenadas espaciais, a interacção da primeira e da segunda pessoas gramaticais e a sua correlação com a terceira pessoa concebida como referente ou como "categoria-resto" [56]:

---

[56] — Sobre esta concepção da terceira pessoa gramatical, já delineada em linguistas como von Humboldt e Benveniste, veja-se Harald Weinrich, *Lenguaje en textos*, Madrid, Editorial Gredos, 1981, pp. 53-54 [título original: *Sprache in Texten*, Stuttgart, Ernst Klett, 1976].

> *Como voltar feliz ao meu trabalho*
> *se a noite me não deu nenhum sossego?*
> *A noite, o dia, cartas dum baralho*
> *sempre trocadas neste jogo cego.*
> *Eles dois, inimigos de mãos dadas,*
> *me torturam, envolvem no seu cerco*
> *de fadiga, de dúbias madrugadas:*
> *e tu, quanto mais sofro mais te perco.*
> *Digo ao dia que brilhas para ele,*
> *que desfazes as nuvens do seu rosto;*
> *digo à noite sem estrelas que és o mel*
> *na sua pele escura: o oiro, o gosto.*
> *Mas dia a dia alonga-se a jornada*
> *e cada noite a noite é mais fechada* ([57]).

No texto lírico, todavia, não existe a temporalidade que é necessariamente inerente à acção representada no texto narrativo e no texto dramático, nem as suas estruturas semionarrativas são isoláveis, nas suas articulações internas e externas no quadro da lógica da acção, das estruturas textuais que as manifestam ([58]). A história dos sonhos de adolescente, das aventuras sentimentais e das vicissitudes psicológicas, do sofrimento e da morte de Fabrice del Dongo é possível no universo narrativo de *A Cartuxa de Parma*, mas seria impossível no universo lírico de *As flores do mal*. No texto lírico não existe uma história para contar, nem o poema lírico desperta no leitor o desejo de saber como vai "acabar" esse mesmo poema ([59]). Comparem-se,

---

[57] — Cf. Carlos de Oliveira, *Trabalho poético*, Lisboa, Livraria Sá da Costa, s. d., vol I, p. 128. O texto transcrito é o soneto II dos «Sonetos de Shakespeare reescritos em português».

[58] — Cf. Laurent Jenny, «Le poétique et le narratif», in *Poétique*, 28(1976), p. 448.

[59] — Gomes Ferreira exprime este carácter do texto lírico num dos seus belos poemas (*Poesia — III*, Lisboa, Portugália, 1963, p. 145):

> *Que bom não saber como um poema acaba!*
> *(...nem que sol segreda*
> *O fio de baba*
> *Dos bichos-da-seda).*
>
> *Apenas palavras que se buscam no papel*
> *Com astros dentro famintas de encontrar*

por exemplo, o poema de Gonçalves Crespo intitulado *A venda dos bois* e o soneto de Camilo Pessanha que abre com o verso *Foi um dia de inúteis agonias*. No primeiro, existe uma história, uma sucessão de acontecimentos correlacionados com certas circunstâncias, a narrativa das desventuras de um pobre pai, tudo se processando num fluir temporal peculiar da produção narrativa. Por isso, a leitura de *A venda dos bois* deixa a ideia de um simples conto versificado, de onde em onde percorrido por fugazes momentos líricos. No soneto de Camilo Pessanha, pelo contrário, não existe uma estrutura narrativa semelhante, verificando-se nele a rememoração ou a evocação de um estado subjectivo suscitado sinteticamente a partir de algumas relações metafóricas e metonímicas (as débeis estruturas semio-narrativas ocorrentes no texto constituem apenas o suporte para o desenvolvimento dessas relações metafóricas e metonímicas):

> *Foi um dia de inúteis agonias.*
> *Dia de sol, inundado de sol!...*
> *Fulgiam nuas as espadas frias...*
> *Dia de sol, inundado de sol!...*
>
> *Foi um dia de falsas alegrias.*
> *Dália a esfolhar-se, — o seu mole sorriso...*
> *Voltavam os ranchos das romarias.*
> *Dália a esfolhar-se, — o seu mole sorriso...* ([60]).

O carácter não narrativo e não discursivista do texto lírico acentuou-se sobretudo e ganhou fundamentação a nível da metalinguagem do sistema literário com o simbolismo ([61]), que

---

> *O ilógico da Outra Voz que por acaso revele*
> *O avesso da sombra a fingir de luar.*

([60]) — Cf. Camilo Pessanha, *Clepsidra e outros poemas*, Lisboa, Ática, 1969, p. 199.

([61]) — Tal como Carlos Bousoño, advertimos que não se deve confundir o simbolismo como «uso de símbolos enquanto procedimento retórico» e o simbolismo como movimento literário finissecular (cf. Carlos Bousoño, *Super-realismo poético y simbolización*, Madrid, Editorial Gredos, 1979, p. 14). Como o contexto revela sem ambiguidade, referimo-nos ao simbolismo como movimento literário. Ao afirmarmos que o carácter não narrativo e não discursivista do texto lírico se acentuou com o simbolismo, pressupomos

rejeitou o pendor descritivista e narrativista dos parnasianos e advogou uma estética da sugestão: em vez da linguagem directamente referencial, com que expressamente se nomeia o real, a linguagem alusiva e plurissignificativa, que envolve de mistério os seres e as coisas; em vez do significado preciso e delimitador, a evocação sortílega. A sintaxe rigorosa dissolve-se e a poesia lírica tende assimptoticamente para a música. Na lírica pós--simbolista, em particular no surrealismo, a rejeição dos elementos narrativos e discursivistas constituiu uma linha de rumo fundamental, esforçando-se o poeta por abolir o carácter analítico que advém da frase sintacticamente bem ordenada e por elidir os elos conectivos explícitos entre as palavras, de modo que o poema seja a presentificação de um significado. Tal reacção antidiscursivista apoia-se frequentemente na imagem e, de modo especial, na imagem profundamente redutora do discurso, devido à sua estrutura semicamente saturada: *É um estilete de luz / a imensidade de que és feita / e contorna um azul-sonho-neve / igual aos cabelos que descobri a saírem da tua boca* ([62]). O concretismo exacerbou o antidiscursivismo da lírica até ao extremo limite, pretendendo substituir a sintaxe verbal por uma «sintaxe virtual», defendendo a reificação da palavra e a «espacialidade» da poesia, mediante a adopção do espaço da página «como elemento físico da estrutura, e fazendo da estrutura a finalidade do poema», reduzindo as palavras do poema ao mínimo, pois «o *não-dito* aumenta a comunicação *não-verbal*», etc. Eis como num poema de Cassiano Ricardo, elucidativamente intitulado *Serenata sintética*, se manifesta o repúdio pelo discursivismo:

> rua
> torta
>   lua
>   morta   tua
>   porta

---

obviamente que tal carácter já se manifestava na literatura anterior. Com efeito, em toda a grande poesia lírica — nos poemas de Petrarca, de Garcilaso, de Camões, de Hölderlin, de Nerval, de Baudelaire, etc. — assim acontece.

([62]) — Cf. António Maria Lisboa, *Poesia*, Lisboa, Guimarães Editores, 1962, p. 57.

Estas breves palavras, com efeito, criam imediatamente um contexto de situação, evocando uma cidadezinha do interior brasileiro (*rua torta*), uma noite prestes a findar (*lua morta*) e uma aventura amorosa (*tua porta*) ([63]). Resta saber se, avizinhando-se assim do seu grau de exaustão, a lírica não se empobrece irremediavelmente...

As marcas distintivas com que caracterizámos o texto lírico, atinentes sobretudo aos planos semântico e pragmático, correlacionam-se indissoluvelmente com outras marcas distintivas do texto lírico atinentes ao plano da forma da expressão. Embora o modo lírico se possa manifestar em *textos em prosa* — como acontece com textos integráveis em subgéneros híbridos como o *poema em prosa*, o *romance lírico*, a chamada *narrativa poética* e o *drama lírico* ([64]) —, ele manifesta-se predominantemente, quer sob o ponto de vista estatístico, quer sob o ponto de vista de uma axiologia estética, em *textos em poesia*, entendendo-se o termo "poesia" *stricto sensu*. Esta oposição entre *poesia* e *prosa*, colocada num plano técnico, formal e semântico, e liberta dos liames idealistas que tão frequentemente a têm obscurecido, identifica-se com a oposição *versificado / não versificado*, caracterizando-se por conseguinte o texto poético como aquele texto literário — termo não marcado relativamente a texto poético e a texto prosástico — que se particulariza pelo facto de nele se actualizarem normas e convenções reguladas pelo *código métrico* e pela interdependência semioticamente relevante que

---

([63]) — Cf. Cassiano Ricardo, *Algumas reflexões sobre poética de vanguarda*, Rio de Janeiro, Livraria José Olympio, 1964, p. 35.

([64]) — Sobre o poema em prosa, que se formou e desenvolveu na literatura romântica e pós-romântica, *vide*: Susanne Bernard, *Le poème en prose de Baudelaire à nos jours*, Paris, Nizet, 1959; Monique Parent, *Saint-John Perse et quelques devanciers. Études sur le poème en prose*, Paris, Klincksieck, 1960; Barbara Johnson, «Quelques conséquences de la différence anatomique des textes. Pour une théorie du poème en prose», in *Poétique*, 28(1976), pp. 450-465; Michael Riffaterre, *Semiotics of poetry*, Bloomington — London, Indiana University Press, 1978, pp. 116 ss. Sobre o *romance lírico* e a chamada *narrativa poética*, cf. os seguintes estudos: Ralph Freedman, *La novela lírica. Hermann Hesse, André Gide y Virginia Woolf*, Barcelona, Barral Editores, 1972 [título original: *The lyrical novel. Studies in Hermann Hesse, André Gide and Virginia Woolf*, Princeton, Princeton University Press, 1963]; Jean-Yves Tadié, *Le récit poétique*, Paris, PUF, 1978. Sobre o drama lírico, cf. Peter Szondi, *Das lyrische Drama des Fin de siècle*, Frankfurt, Suhrkamp, 1975.

nele se verifica entre este código e todos os outros códigos do policódigo literário, em particular o código fónico-rítmico (⁶⁵). O verso constitui assim o elemento distintivo do *texto poético* e, com exclusão dos textos líricos em prosa integráveis em subgéneros como os mencionados atrás, constitui elemento necessário da forma da expressão do texto lírico. Observe-se, por outro lado, que o texto poético pode manifestar tanto o modo lírico como o modo narrativo e o modo dramático e os seus respectivos géneros e subgéneros: poema épico, poema herói-cómico, tragédia e comédia em verso, etc.

No texto lírico, o verso origina ou intensifica peculiarmente complexos processos de semiotização — muitos deles ocorrentes também, embora em grau diverso, nos textos literários em geral —, dos quais sublinhamos os seguintes aspectos:

a) O *ritmo* constitui a repetição regular, na cadeia sintagmática, de certos fenómenos fonéticos, supra-segmentais e sintácticos (o conceito de "repetição regular" implica uma sucessão e uma combinação de semelhanças e de contrastes). No texto em prosa, o ritmo resulta da estrutura das frases e tem portanto uma matriz linguística; no texto em verso, o ritmo resulta primordialmente do esquema de acentos (*ictos*), do número de sílabas ou da combinação de pés longos e breves, que caracteriza um determinado verso e deriva por conseguinte de um conjunto de convenções translinguísticas, isto é, pertencentes ao sistema modelizante secundário. Mesmo na chamada *prosa poética*, em que podem ocorrer numerosos "segmentos métricos", o ritmo não dimana da realização de um modelo métrico, mas procede de factores linguísticos (⁶⁶). Como escreve Northrop Frye, «of

---

(⁶⁵) — Pensamos, portanto, que a distinção *prosa/poesia* se fundamenta em normas e convenções translinguísticas, se bem que estas normas e convenções sejam indissociáveis dos factores fonológicos, morfossintácticos e lexicais da linguagem verbal (cf. Samuel R. Levin, «The conventions of poetry», in Seymour Chatman (ed.), *Literary style: A symposium*, London — New York, Oxford University Press, 1971, pp. 177-196; sobre a indissociabilidade, na prática textual, das normas e convenções métricas e das estruturas linguísticas, veja-se, *e. g.*, John Thompson, «Linguistic structure and the poetic line», in Donald C. Freeman (ed.), *Linguistics and literary style*, New York, Holt, Rinehart and Winston, 1970, pp. 336-346).

(⁶⁶) — Cf. Costanzo Di Girolamo, *Teoria e prassi della versificazione*, Bologna, Il Mulino, 1976, pp. 105-110; Isabel Paraíso de Leal, *Teoría del ritmo de la prosa*, Barcelona, Editorial Planeta, 1976, pp. 87 ss.

all the differentia between prose and verse, the only essential one is this difference of rhythm» (⁶⁷).

b) O verso — e de modo particular o verso dos textos líricos — está placentariamente vinculado aos caracteres fonológicos e morfossintácticos de uma determinada língua natural, originando esta relação uma dificuldade extrema, senão mesmo a impossibilidade, de se efectuar a transcodificação interlinguística de um poema lírico (⁶⁸).

c) A ocorrência periódica de figuras fónicas — a rima é a manifestação mais relevante deste fenómeno (⁶⁹) —, de esquemas rítmicos, de figuras gramaticais, de elementos lexicais, de estilemas e construções retóricas, encarna o princípio do *paralelismo*, o qual, embora não sendo especificamente característico dos textos líricos, desempenha todavia neles uma função de extrema

---

(⁶⁷) — Cf. Northrop Frye, «Verse and prose», in Alex Preminger (ed.), *Princeton encyclopedia of poetry and poetics*. Enlarged edition. London, The Macmillan Press, 1975, p. 885. Sobre o mesmo problema, afirma Fernando Pessoa: «A arte, que se faz com a ideia, e portanto com a palavra, tem duas formas — a poesia e a prosa. Visto que ambas elas se formam de palavras, não há entre elas diferença substancial. A diferença que há é acidental, e, sendo acidental, tem de derivar-se daquilo que é acidental, ou exterior, na palavra. O que há de exterior na palavra é o som; o que há, pois, de exterior numa série de palavras é o ritmo.

Poesia e prosa não se distinguem, pois, senão pelo ritmo. O ritmo corresponde, é certo, a um movimento íntimo da alma; mas, como esse movimento íntimo se manifesta no ritmo, escusamos de atender a ele, ou a qual ele seja, no estudo do ritmo, e no da diferença entre a poesia e a prosa» (cf. Fernando Pessoa, *Páginas de estética e de teoria e crítica literárias*, Lisboa, Edições Ática, s. d., pp. 75-76).

(⁶⁸) — Cf. Roman Ingarden, *The cognition of the literary work of art*, Evanston, Northwestern University Press, 1973, pp. 266 ss.; Emilio Alarcos Llorach, *Ensayos y estudios literarios*, Madrid, Ediciones Júcar, 1976, cap. XIV («Fonología expresiva y poesía»); P. M. Wetherill, *The literary text: An examination of critical methods*, Oxford, Basil Blackwell, 1974, pp. 3 ss.; Stefano Agosti, *Il testo poetico. Teoria e pratiche d'analisi*, Milano, Rizzoli Editore, 1972, *passim*.

(⁶⁹) — Veja-se a definição de rima que propõe Michael Shapiro na sua obra *Asymmetry. An inquiry into the linguistic structure of poetry* (Amsterdam — New York — Oxford, North-Holland, 1976): «Rhyme is the regular recurrence in sequentially (syntagmatically) corresponding positions of phonologically (paradigmatically) equivalent sounds, equivalence being expressed in terms of identical markedness values» (p. 142). Cf. também Michael Shapiro, «Sémiotique de la rime», in *Poétique*, 20(1974), pp. 501-519.

relevância. O paralelismo, que pressupõe a sucessão temporal, mas pode comportar também na sua realização importantes dimensões espaciais, implica elementos invariantes e elementos variantes, simetria e assimetria, identidade e contraste ([70]).

d) A disposição gráfica — em particular, na sua realização tipográfica — exerce no texto lírico uma função semiótica fundamental. O leitor, ao abrir um livro e ao ver um texto com linhas desiguais e mais curtas do que seria normal em relação à mancha tipográfica adequada à página, com espaços brancos a avultarem no início e no fim de cada linha e a separarem uma linha de outra linha ou um conjunto de linhas de outro conjunto de linhas, compreende logo que se trata de um texto em verso, bastando estas marcas externas da "poeticidade" para suscitarem nele uma determinada expectativa e estabelecerem uma determinada orientação do processo da leitura. Os *tipografismos* relevantes no texto lírico podem concernir a correlação dos grupos sintagmáticos impressos com os espaços brancos da página, as relações espaciais estabelecidas entre as linhas impressas, o tipo de letra utilizada, o emprego de maiúsculas e de minúsculas, a utilização de grafismos não tipográficos, etc. Alguns destes tipografismos estão correlacionados com as regras e as convenções métricas — os espaços brancos na margem esquerda e na margem direita da página individuam cada verso, os espaços brancos a toda a largura da página delimitam cada estrofe ou cada sequência de versos, etc. —, mas outros parecem ter uma função semiótica autónoma em relação quer às estruturas linguísticas ,quer às regras e convenções métricas, exercendo-se essa função sobre a globalidade da estrutura textual. Assim

---

([70]) — Sobre o fenómeno do *paralelismo* e a sua peculiar relevância na estruturação dos textos poéticos, *vide*: Roman Jakobson, *Questions de poétique*, Paris, Éditions du Seuil, 1973, pp. 219 ss. («Poésie de la grammaire et grammaire de la poésie»), pp. 234 ss. («Le parallélisme grammatical et ses aspects russes») e *passim; id., Lingüística, poética, tiempo. Conversaciones con Krystyna Pomorska*, Barcelona, Editorial Crítica, 1981 [título original: *Dialogues*, Paris, Flammarion, 1980], pp. 104 ss.; Samuel R. Levin, *Linguistic structures in poetry*, The Hague, Mouton, [4]1973; Gérard Genot, *Sémantique du discontinu dans l'«Allegria» d'Ungaretti*, Paris, Klincksieck, 1972, pp. 60-69, 140-144 e 210-213; Michael Shapiro, *Asymmetry. An inquiry into the linguistic structure of poetry, passim; id.*, «Deux paralogismes de la poétique», in *Poétique*, 28(1976), pp. 423-439.

acontece em textos como *Un coup de dés* de Mallarmé e os *Calligrammes* de Apollinaire, em muitos textos da poesia de vanguarda, em especial da poesia concretista — e poderíamos referir também poemas dos períodos maneirista e barroco e mesmo remontar até à época helenística, mencionando alguns poemas de Símias de Rodes (300 A. C.) —, nos quais os tipografismos podem gerar efeitos espaciais e ópticos importantes tanto no plano formal como no plano semântico (mesmo que se trate predominantemente de ludismos formais e sémicos) [71]. Veja-se, por exemplo, como a configuração tipográfica do poema de Augusto de Campos de que transcrevemos seguidamente os primeiros versos desempenha uma função icónico-simbólica que potencia o significado do texto [72]:

o v o
n o v e l o
novo no velho
o filho em folhos
na jaula dos joelhos
infante em fonte
f e t o   f e i t o
d e n t r o   d o
centro

---

[71] — Sobre a função dos tipografismos na estrutura do texto em poesia, *vide:* Jean Cohen, *Structure du langage poétique*, Paris, Flammarion, 1966, pp. 76-77; Daniel Delas e Jacques Filliolet, *Linguistique et poétique*, Paris, Larousse, 1973, pp. 168 ss.; Henri Meschonnic, «L'enjeu du langage dans la typographie», in *Littérature*, 35(1979), pp. 46-56; Anne-Marie Christin, «Rhétorique et typographie, la lettre et le sens», in AA. VV., *Rhétoriques, sémiotiques*, Paris, Union Générale d'Éditions, 1979, pp. 297-323; Nicolas Ruwet, «Blancs, rimes et raisons. Typographie, rimes et structures linguistiques en poésie», *ibid.*, pp. 397-426; E. A. Levenston, «Speech and/or writing: Lyric poetry and the media of language», in *PTL*, 4, 3(1979), pp. 463-468; Bernard Dupriez, *Gradus. Les procédés littéraires*, Paris, Union Générale d'Éditions, 1980, p. 472. Sobre os factores espaciais e os tipografismos na poesia concretista, cf. Pierre Garnier, *Spatialisme et poésie concrète*, Paris, Gallimard, 1968, *passim*; Augusto de Campos, Décio Pignatari e Haroldo de Campos, *Teoria da poesia concreta. Textos críticos e manifestos 1950-1960*, São Paulo, Livraria Duas Cidades, ²1975, *passim*; Miahi Nadin, «Sur le sens de la poésie concrète», in *Poétique*, 42(1980), pp. 250-264.

[72] — *Apud* Augusto de Campos, Décio Pignatari e Haroldo de Campos, *op. cit.*, p. 68. Sobre este poema de Augusto de Campos, de raízes órficas

Se a produção e a recepção dos caracteres do texto lírico referidos na alínea *a*) e, em parte, dos referidos nas alíneas *b*) e *c*) pressupõem a *performance* oral do poema — mesmo que processada apenas interiormente através de uma leitura silenciosa —, a produção e a recepção dos tipografismos mencionados na alínea *d*) pressupõem a compreensão e a fruição do texto lírico como texto escrito, como objecto espacial graficamente constituído, cuja decodificação implica necessariamente actos percepcionais de natureza visual. No texto lírico, como em nenhum outro texto da chamada "literatura escrita", avulta a simbiose da língua escrita e da língua falada e por isso o texto lírico, na materialidade dos seus signos, se pode aproximar tanto quer da música, quer da pintura.

e) Como observámos em 3.7.1., o "contexto vertical" do texto literário constituído pela memória do sistema assume particular relevância na estruturação do texto lírico (o poema épico, sob este ponto de vista, tem afinidades muito mais estreitas com o texto lírico do que com o texto romanesco). Se o texto lírico, na tessitura das suas relações intertextuais, é um texto eminentemente *dialógico*, e por isso mesmo peculiarmente historicizado na sua linguagem [73], ele é todavia profundamente refractário a outro tipo de dialogismo — o dialogismo manifestado pela consciência e pela representação textual do plurilinguismo diastrático e diatópico. Contrariamente ao que acontece com o romancista, o discurso dos "outros", o discurso na diversidade das suas conexões com micromundos sociais, ideológicos, profissionais e etários e com comunidades regionais, é essencialmente estranho ao poeta lírico e por isso Bachtin caracteriza a linguagem do poema lírico como «um mundo ptolomaico», um mundo que pode ser dilacerado por contradi-

---

e intertextualmente ligado com um poema de Símias de Rodes, que figura na *Antologia grega*, veja-se, na citada obra *Teoria da poesia concreta*, o ensaio de Décio Pignatari intitulado «Ovo novo no velho» (pp. 128-131).

[73] — Como afirma Montale, «Non occorre che il poeta passi il tempo a leggere versi altrui, ma neppure si concepirebbe una sua ignoranza di quanto s'è fatto dal punto di vista tecnico, nell'arte sua. Il linguaggio di un poeta è un linguaggio storicizzato, un rapporto. Vale in quanto si oppone o si differenzia da altri linguaggi» (*apud* Angelo Marchese, *Visiting angel. Interpretazione semiologica della poesia di Montale*, Torino, SEI, 1977, p. 214).

ções e conflitos, mas que é sempre construído por um discurso intensamente único e depurado do plurilinguismo e da plurivocalidade que desempenham função importante noutros textos literários. No texto lírico, escreve Bachtin, existe apenas uma figura: «a figura linguística do autor responsável por cada palavra como sendo sua. Por numerosos e multiformes que sejam os fios semânticos, os acentos, as associações de ideias, as indicações, alusões, coincidências, que defluam de qualquer discurso poético, todos servem uma única linguagem, uma única perspectiva, e não contextos sociais com linguagens múltiplas» [74].

9.7.2. O texto narrativo

Apesar do carácter "aberto" do conceito de "literatura" e apesar da variabilidade diacrónica e sincrónica, resultante de factores pragmáticos e etnoculturais, do conceito de "texto literário", é indubitável que os conceitos de "texto lírico", já analisado, e de "texto dramático", que analisaremos em 9.7.3., remetem imediatamente para o conceito hiperonímico de "texto literário" e por conseguinte para o conceito de "literatura", mas já não acontece o mesmo com o conceito de "texto narrativo". Com efeito, todos os homens produzem na sua vida quotidiana um número indefinido de textos narrativos, isto é, textos em que contam, em que relatam sequências de eventos de que foram agentes e/ou pacientes ou de que tiveram conhecimento como testemunhas presenciais ou como leitores ou ouvintes de outros textos. No âmbito da sua vida privada — desde as suas relações familiares às suas relações com amigos —, como no âmbito da sua vida social e institucionalmente regulada — por exemplo, todo o *curriculum vitae*, toda a "história clínica", toda a acção judicial, toda a confissão religiosa pressupõem um texto narrativo —, o homem não pode deixar de produzir textos marcados pela *narratividade*. Na sua existência, no plano biológico como nos planos psíquico e cultural, no foro individual como no foro social, o homem situa-se necessariamente na *temporalidade* e

---

[74]—Cf. Mikhaïl Bakhtine, *Esthétique et théorie du roman*, Paris, Gallimard, 1978, p. 118.

entre temporalidade e narratividade há uma inderrogável relação recíproca, como afirma Paul Ricoeur: «Indeed, I take temporality to be that structure of existence that reaches language in narrativity and narrativity to be the language structure that has temporality as its ultimate referent. Their relationship is therefore reciprocal» ([75]). Por outro lado, a narratividade encontra-se intimamente correlacionada com o conhecimento que o homem possui e elabora sobre a realidade — o *Génesis* pode-se considerar, sob esta perspectiva, como a narrativa paradigmática e primordial —, devendo ser sublinhado que lexemas como "narrar", "narrativa" e "narrador" derivam do vocábulo latino *narro*, verbo que significa "dar a conhecer", "tornar conhecido", o qual provém do adjectivo *gnarus*, que significa "sabedor", "que conhece", por sua vez relacionado com o verbo *gnosco* (> *nosco*), lexemas estes derivados da raiz sânscrita *gnâ*, que significa "conhecer" ([76]).

A narratividade pode-se manifestar em textos (na acepção deste termo examinada em 9.1.) dependentes de diversos sistemas semióticos. Os textos narrativos verbalmente realizados constituem apenas uma classe dos textos narrativos possíveis, pois existem também textos narrativos não-verbais — na pintura, na escultura, na mímica, na dança, no cinema mudo, na banda desenhada sem enunciados, etc. ([77]) — e textos narrativos que só em parte são verbalmente realizados — no cinema falado, na ópera, na banda desenhada contendo enunciados, etc. Todo o texto narrativo, independentemente do(s) sistema(s) semiótico(s) que possibilitam a sua estruturação, se especifica por nele existir uma instância enunciadora que relata *eventos* reais ou fictícios que se sucedem no *tempo* — ao representar eventos, que constituem a passagem de um estado a outro estado, o texto narrativo representa também necessariamente *estados* —, origina-

---

([75])—Cf. Paul Ricoeur, «Narrative time», in *Critical inquiry*, 7, 1(1980), p. 169.

([76])—Cf. Hayden White, «The value of narrativity in the representation of reality», in *Critical inquiry*, 7, 1(1980), p. 5; Jean Pierre Faye, *Théorie du récit. Introduction aux «Langages totalitaires»*, Paris, Hermann, 1972, pp. 29-30 e 107-108.

([77])—Estes textos narrativos não-verbais pressupõem sempre, quer a nível da sua produção, quer a nível da sua recepção, a mediação da linguagem verbal.

dos ou sofridos por *agentes* antropomórficos ou não, individuais ou colectivos, e situados no *espaço* do mundo empírico ou de um mundo possível (⁷⁸). Certas estruturas narrativas, pertencentes quer à forma do conteúdo, quer à forma da expressão, são transcodificáveis intersemioticamente, mas tal facto, empiricamente verificável, não fornece fundamento bastante para se conceber a narratividade como um conjunto de elementos da substância do conteúdo passível de manifestação equipolente em estruturas narrativas dependentes de sistemas semióticos diversos.

Na classe dos textos narrativos linguisticamente realizados, alguns autores distinguem os *textos narrativos naturais*, isto é, textos narrativos que são produzidos na interacção comunicativa da vida quotidiana e normal, dos *textos narrativos artificiais*, isto é, textos narrativos que são produzidos em peculiares contextos de enunciação, com uma intencionalidade alheia àquela interacção comunicativa e em conformidade, em muitos casos, com normas e convenções estabelecidas em vários códigos específicos (⁷⁹). Os *textos narrativos literários*, classificáveis

---

(⁷⁸) — A correlação da teoria da narrativa com a teoria da acção tem sido objecto, nos últimos anos, de vários estudos. *Vide*, por exemplo: Teun A. van Dijk, «Action, action description, and narrative», in *New literary history*, VI, 2(1975), pp. 273-294; *id.*, «Narrative macro-structures: Logical and cognitive foundations», in *PTL*, 1,3(1976), pp. 547-568; *id.*, «Philosophy of action and theory of narrative», in *Poetics*, 5,4(1976), pp. 287--338; Gerald Prince, «Aspects of a grammar of narrative», in *Poetics today*, 1,3(1980), pp. 49-63; Thomas G. Pavel, «Narrative domains», in *Poetics today*, 1,4(1980), pp. 105-114; Seymour Chatman, *Story and discourse. Narrative structure in fiction and film*, Ithaca — London, Cornell University Press, 1978, em especial capítulo 2.

(⁷⁹) — Cf., *e. g.*, Teun A. van Dijk, «Philosophy of action and theory of narrative», in *Poetics*, 5,4(1976), pp. 308 ss.; Mary Louise Pratt, *Toward a speech act theory of literary discourse*, Bloomington — London, Indiana University Press, 1977, cap. II. Os estudos fundamentais sobre a "narrativa natural" são da autoria de William Labov: o primeiro, escrito em colaboração com Joshua Waletzky, intitula-se «Narrative analysis: Oral versions of personal experience» e está publicado em J. Helm (ed.), *Essays on the verbal and visual arts. Proceedings of the 1966 annual Spring Meeting of the American Ethnological Society*, Seattle, University of Washington Press, 1967, pp. 12-44; o segundo, intitulado «The transformation of experience in narrative syntax», está incluído num dos livros de Labov, *Language in the inner city* (Philadelphia, University of Pennsylvania Press, 1972).

em vários géneros dependentes do modo narrativo — epopeia, romance, novela, etc. —, constituem um subconjunto do conjunto dos textos narrativos artificiais.

Por motivos de comodidade expositiva, elegemos o romance como forma representativa do texto narrativo, parecendo-nos que esta escolha não falseará a descrição deste último, até porque teremos sempre em atenção as diferenças sistémicas que separam o romance de outros géneros literários narrativos.

O texto narrativo literário caracteriza-se fundamentalmente pelo seu "radical de apresentação" — um narrador, explicitamente individuado ou reduzido ao "grau zero" de individuação, funciona em todos os textos narrativos como a instância enunciadora que conta uma "história" — e por relatar uma sequência de eventos ficcionais, originados ou sofridos por agentes ficcionais, antropomórficos ou não, individuais ou colectivos, situando-se tais eventos e tais agentes no espaço de um mundo possível.

Tais eventos, porém, a fim de constituirem a "história" de um texto narrativo — e, *a fortiori*, de um texto narrativo literário —, não podem estar apenas conexionados sintacticamente, como pretende uma gramática assemântica e apragmática do texto narrativo [80]. Tais eventos estão semântica e pragmaticamente submetidos a *restrições modais* — a relação das estruturas narrativas com sistemas lógicos modais possibilita distinguir classes de *histórias atómicas* ou *elementares*, segundo a terminologia de Lubomír Doležel [81] — e essas conexões semânticas e pragmá-

---

[80] — Veja-se, por exemplo, a definição de "história mínima" formulada por Gerald Prince na sua obra *A grammar of stories* (The Hague, Mouton, 1973): «A minimal story consists of three conjoined events. The first and third events are stative, the second is active. Furthermore, the third event is the inverse of the first. Finally, the three events are conjoined by three conjunctive features in such a way that (*a*) the first event precedes the second in time and the second precedes the third, and (*b*) the second event causes the third» (p. 31). Os conceitos de *evento estativo* e *evento activo* utilizados por Gerald Prince são contraditórios, envolvendo uma *contradictio in terminis*, pois o evento é a passagem de um estado para outro estado (e por isso a definição do conceito de evento tem de implicar o conceito de mudança).

[81] — Cf. Lubomír Doležel, «Narrative semantics», in *PTL*, 1,1(1976), p. 144. Uma "história atómica" caracteriza-se pela propriedade da homogeneidade modal, ou seja, é regulada por operadores de um, e só de um, sistema modal; uma "história molecular", ou "composta", é regulada por operadores de dois ou mais sistemas modais. Doležel distingue quatro classes de

ticas reenviam a uma visão do mundo, a sistemas de crenças e valores no quadro dos quais os eventos adquirem significado e coerência (que poderão ser o significado de "não terem significado" e a coerência de "serem incoerentes") (⁸²). William Labov, ao analisar as "secções" de uma narrativa natural, dedicou particular atenção à *valoração*, ("evaluation"), a qual, podendo embora estar polarizada num segmento da sintagmática narrativa, se encontra em geral disseminada por todo o texto, constituindo uma "estrutura secundária" em que se indica e justifica, explícita ou implicitamente, a *raison d'être* da própria narrativa: «To identify the evaluative portion of a narrative, it is necessary to know why this narrative — or any narrative — is felt to be tellable; in other words, why the events of the narrative are reportable. [...] Evaluative devices say to us: this was terrifying, dangerous, weird, wild, crazy; or amusing, hilarious and wonderful; more generally, that it was strange, uncommon, or unusual — that is, worth reporting» (⁸³). Esta função dos mecanismos valorativos revela inequivocamente que os eventos comunicados no texto narrativo implicam a representação, segundo as palavras de Hegel, da *totalidade dos objectos*, isto é, a representação de «uma esfera da vida real, com os aspectos, as direcções, os acontecimentos, os deveres, etc., que ela comporta» (⁸⁴).

"histórias atómicas": a classe das *histórias aléticas* (operadores de possibilidade, impossibilidade e necessidade); a classe das *histórias deônticas* (operadores de permissão, proibição e obrigação); a classe das *histórias axiológicas* (operadores de bondade, maldade e indiferença); a classe das *histórias epistémicas* (operadores de conhecimento, ignorância e convicção). Sobre as relações da lógica modal com a linguística e a semiótica, com relevo para a semiótica da narrativa, veja-se o n.º 43(1976) da revista *Langages*.

(⁸²)—Sobre esta concepção dos eventos narrativos, cf. Jurij M. Lotman, *La struttura del testo poetico*, Milano, Mursia, 1972, pp. 276 ss.; Janet Levarie Smarr, «Some considerations on the nature of plot», in *Poetics*, 8, 3(1979), pp. 339-349.

(⁸³)—Cf. William Labov, *Language in the inner city*, p. 371. A "valoração" referida por Labov implica uma metalinguagem do narrador, embora em estado incoativo ou incipiente, questionadora das soluções de técnica narrativa e, em particular, da relevância psicológica, ética e social dos eventos narrados.

(⁸⁴)—Cf. G. W. F. Hegel, *op. cit.*, p. 93. Lukács interpreta assim esta expressão hegeliana: «[...] a *totalidade dos objectos*, enquanto fim da grande literatura épica, [...] deve ser entendida num sentido muito amplo; quer dizer, este conjunto não inclui somente os objecto inanimados, mediante os quais

Manifesta-se, assim, no texto narrativo uma necessária polaridade entre o autor textual e o mundo narrado, profundamente alheia ao texto lírico. O desígnio central que rege o romance é a vontade de construir um mundo possível que possua nítida independência em relação ao romancista — desígnio de objectivar, na escrita, eventos, estados, personagens e coisas. Entre este mundo construído e o romancista podem-se estabelecer múltiplas relações axiológicas — ódio, indiferença, nostalgia, ternura, etc. —, mas estas relações não aniquilam a fundamental alteridade das produções romanescas ante o seu autor textual e, mediatamente, ante o seu autor empírico. A presença ou a ausência do romancista na sua obra, problema tão debatido entre os partidários do chamado "romance subjectivo" e do chamado "romance objectivo" ([85]), constitui um factor irrelevante para a apreciação da alteridade básica existente entre o romancista e o mundo objectivado no seu romance. Balzac, cujo eu está omnipresente nos seus romances, desde os comentários que formula sobre os eventos e as personagens até ao modo como constrói estas mesmas personagens, traduziu com justeza o carácter da referida alteridade, quando se definiu como o *secretário* da sociedade francesa do seu tempo — mundo de vícios e de virtudes, de paixões e de lutas, de que ele, como *secretário*, erguia o minucioso inventário.

Os heróis do romance podem constituir, como pretende André Malraux ([86]), virtualidades do seu autor, projecções dos seus estados de consciência, mas deve-se reconhecer que, mesmo assim, não se trata de um processo produtor identificável com o que ocorre no texto lírico. Como o próprio Malraux não deixa de observar, uma exigência fundamental do romance, à qual o romancista tem forçosamente de atender, consiste em construir um mundo peculiar, povoado de personagens secundárias hete-

---

se manifesta a vida social dos homens, mas também todos os costumes, intituições, hábitos, todos os usos, etc., característicos de uma certa fase da sociedade humana e da direcção que ela toma» (cf. G. Lukács, *Le roman historique*, Paris, Payot, 1965, p. 154).

([85])—Cf. Albert Thibaudet, «L'esthétique du roman», *Réflexions sur le roman*, Paris, Gallimard, 1938.

([86])—Cf. Gaëtan Picon, *Malraux par lui-même*, Paris, Éditions du Seuil, 1953, pp. 38-41.

rogéneas — elementos estes irredutíveis a projecções de estados de consciência do autor. O herói de *Les conquérants* representará uma projecção de um estado de consciência de Malraux, mas *Les conquérants* não existiriam como romance se o seu herói não actuasse num mundo ficcional indissociável de um mundo empírico e histórico — a China da terceira década do século xx, convulsionada por movimentos revolucionários — e não entrasse em conflito com outros homens que profundamente divergem dele, quer sob o aspecto ideológico, quer sob o aspecto temperamental, etc.

Outros argumentos se podem aduzir para confirmar a polaridade necessariamente existente, no texto narrativo, entre o autor textual e o mundo narrado. É bastante frequente, por exemplo, os romancistas interessarem-se apaixonadamente por personagens que lhes são opostas de maneira radical, o que demonstra que o romancista se interessa primacialmente *pelos outros*. Flaubert, dotado de uma inteligência e de uma lucidez crítica singulares, interessa-se avidamente, como romancista, por personagens medíocres e imbecis (Homais, Charles Bovary, Pécuchet). Por outro lado, muitos romancistas revelam que as suas personagens mais "vivas", longe de constituírem prolongamentos confessionais da sua interioridade, se lhes impõem como algo de vigorosamente autónomo e insubmisso [87]. Um outro argumento, enfim, reside no facto de o romancista não representar apenas eventos e personagens, mas de representar também, como indispensável elemento estrutural do mundo narrado, um *espaço* — um espaço físico e social que, ou marcadamente realista, ou predominantemente fantástico, constitui o *ubi* em que se situam os agentes e em que se processa a sequência de eventos e que mantém com os eventos e os agentes uma relação funcional e semântica (ideológica, simbólica, mítica) necessária e, em muitos textos, extremamente relevante.

O romancista poderá caracterizar-se, portanto, como um escritor para o qual o mundo externo existe, solicitando a sua atenção e a sua análise. Zola, por exemplo, recolhe os elementos de natureza psico-sociológica com que há-de construir os seus romances mediante o estudo e a observação directa e inten-

---

[87] — Cf., *e. g.*, François Mauriac, *Le romancier et ses personnages*, Paris, Corrêa, 1933, p. 127.

cional da realidade: para escrever *Germinal*, veste-se de mineiro e frequenta o ambiente das minas, de modo a conhecer com exactidão as condições de trabalho, os anseios e os dramas das suas personagens. Esta análise intencional e quase científica da realidade representa o desenvolvimento extremo de uma atitude de espírito comum a todo o romancista: o olhar do romancista sobre o mundo e sobre os homens jamais é distraído ou gratuito, já que ele prescruta sempre por detrás dos rostos, dos gestos, dos actos e dos hábitos, a vida secreta ou oculta dos outros, as marcas do seu passado, as suas servidões e as suas ambições sociais, etc. Do cabedal das suas observações e das suas experiências, hão-de nascer e alimentar-se as personagens e as situações romanescas (⁸⁸).

O texto narrativo, caracterizando-se por representar uma sequência de eventos, comporta como elemento estrutural relevante da sua forma de conteúdo a representação do tempo: do tempo-cronologia, que marca a sucessão dos eventos; do tempo concreto, do tempo como *durée* na acepção bergsoniana deste termo, que modela e transforma os agentes; do tempo histórico, que subsume o tempo-cronologia e o tempo concreto, que configura e desfigura os indivíduos e as comunidades sociais; do tempo, enfim, como horizonte existencial, físico e metafísico, do homem, agente *ex definitione* de toda a narrativa, ainda que esta apresente, parcial ou totalmente, agentes transumanos ou não humanos. Por outro lado, a sequência de eventos e os agentes do texto narrativo situam-se necessariamente num espaço, num espaço físico e social, com os seus condicionalismos, as suas leis, as suas convenções e os seus valores — um espaço sempre interligado com o tempo, em particular com o tempo histórico, gerador e modificador da cultura. «Le récit», escreve Charles Grivel, «pour s'inaugurer,

---

(⁸⁸)—Fernando Namora confessa: «Para alguns, porém, escrever tem os limites da experiência vivida. Nesses me incluo. Os meus livros representam quase um itinerário de geografia humana, por mim percorrido; as andanças do homem explicam as do escritor» (Prefácio de *Casa da malta*, Lisboa, Publicações Europa-América, ⁶1965, p. 24). Não se conclua destas asserções, todavia, que Fernando Namora considera o acto literário como simples tradução do real. Ainda no citado prefácio, Namora esclarece: «Entenda-se, contudo, acerca destas considerações, que experiência, coisa vivida, não quer dizer osmose passiva do real para o que é descrito» (p. 33).

se maintenir, se développer comme monde clos, suffisant, constitué, exige à la fois local (localité) et temporalité. Il doit dire *quand*, il doit dire *où* (qui, quoi). L'événement narratif ne se propose que muni de toutes ses coordonnées. Sans données temporelles, spatiales (conjointes à d'autres) le message narratif ne peut être délivré» (⁸⁹). A relevância do tempo e do espaço e da sua correlação — correlação que Bachtin designa por *cronótopo* (⁹⁰) — na forma do conteúdo do texto narrativo diferencia este texto do texto lírico; a especificidade da representação e da funcionalidade do tempo e do espaço no texto narrativo diferencia este texto, como veremos, do texto dramático.

9.7.3 O texto dramático

O *texto dramático*, isto é, o texto integrável no modo literário do *drama* (⁹¹), pertence à literatura e deve ser objecto de análise da teoria da literatura, mas já o mesmo não se passa com o *texto teatral*, que é um específico *texto espectacular* e que, por conseguinte, constitui um fenómeno de semiose só parcialmente literária.

O texto dramático caracteriza-se pelo seu "radical de apresentação", pois o seu autor textual está oculto, dissimulado, quer em relação às personagens, quer em relação aos receptores do texto, cabendo às personagens, aos agentes da história representada, que comunicam entre si e com os receptores do texto, a assunção da responsabilidade imediata e explícita, sem mediadores intratextuais, dos actos de enunciação. Todavia, o autor textual pode manifestar-se explicitamente, embora de maneira episódica, no *prólogo* e no *epílogo* de certos textos dramáticos, podendo também a sua presença, elocucionalmente destituída

---

(⁸⁹) — Cf. Charles Grivel, *Production de l'intérêt romanesque. Un état du texte (1870-1880), un essai de constitution de sa théorie*, The Hague, Mouton, 1973, p. 102.

(⁹⁰) — Cf. Mikhaïl Bakhtine, *op. cit.*, p. 237 e *passim*.

(⁹¹) — Em português e noutras línguas, os lexemas "drama" e "dramático" apresentam actualmente significados muito heterogéneos. Utilizaremos estes lexemas de acordo com a terminologia aristotélica, entendendo por "drama" aquele poema que imita pessoas que actuam (cf. *Poética* 1448a) e que se contrapõe portanto à "imitação narrativa" (διηγηματικὴ μίμησις).

das marcas pronominais e verbais da primeira pessoa, ser apreendida pelo leitor empírico nas *didascálias* ou *indicações cénicas*. No modo dramático, aristotelicamente concebido, só é possível, em rigor, a existência de um *narrador* que, como personagem, relata a outras personagens e aos receptores certos eventos que, devido a razões de verosimilhança ou de decoro, não puderam ser figurados pelas acções e pelos enunciados dos próprios agentes desses eventos. Tal narrador tem uma função estritamente tópica, ligada a uma concreta situação cénica, não se identificando de modo nenhum com o narrador que, como instância enunciadora, estrutura o texto narrativo. Desde a segunda metade do século XIX, porém, tem-se verificado uma progressiva *epicização* do texto dramático — epicização que, tanto no plano da sua teoria como no plano da sua prática, culminou com a obra de Brecht — e assim tem adquirido relevância funcional em muitos textos dramáticos um narrador-comentador que apresenta, explica e critica a fábula e as personagens ([92]).

O texto dramático caracteriza-se estruturalmente por ser constituído por um *texto principal*, isto é, pelas *réplicas*, pelo actos linguísticos realizados pelas personagens que comunicam entre si — no texto dramático monológico não existem réplicas, nem interlocutores *stricto sensu*, embora neles se possam manifestar elementos dialógicos e se possam identificar interlocutores implícitos ou latentes —, e por um *texto secundário*, formado pelas *didascálias* ou *indicações cénicas* ([93]). Estes dois textos, funcional-

---

([92])—Sobre esta transformação do texto dramático, veja-se a obra fundamental de Peter Szondi, *Teoria del dramma moderno: 1880-1950*, Torino, Einaudi, 1962 [título original: *Theorie des modernen Dramas*, Frankfurt am Main, Suhrkamp Verlag, 1956]. Na sua «Introduzione» à tradução italiana desta obra de Szondi, escreve Cesare Cases, ao analisar a epicização temática e formal do drama em autores como Ibsen, Cekhov, Maeterlinck, Strindberg, Hauptmann, etc.: «Questa relativizzazione epica dipende dalla scissione della sintesi tra soggetto e oggetto, che è tipica del dramma: i due termini entrano in opposizione, uno dei personaggi diventa la proiezione dell'io dell'autore e gli altri diventano l'oggetto di questo io, cioè al rapporto drammatico si sostituisce un rapporto squisitamente epico e sulla scena appare, a poco a poco, la figura del narratore» (p. XIV).

([93])—Cf. Roman Ingarden, *A obra de arte literária*, Lisboa, Fundação Calouste Gulbenkian, 1973, pp. 230-231 e 349-350; Franco Ruffini, *Semiotica del testo. L'esempio teatro*, Roma, Bulzoni, 1978, pp. 110 ss. e *passim*; id., «Semiotica del teatro: testo letterario, ritestualizzazione, testo spettacolare», in

mente interligados e cooperantes (⁹⁴), reenviam especificamente a duas categorias do "plano cénico" do texto dramático: as *personagens*, que pronunciam "realmente" as réplicas, que realizam actos linguísticos com os quais se constrói e se comunica o essencial da *fabula agenda* do texto dramático, e que são em parte caracterizadas e descritas, nas suas modalidades de ser, de estar e de agir, pelo "texto secundário"; e o *cenário*, construído imaginariamente, descrito e evocado pelo "texto secundário", mas também indissoluvelmente ligado, quer sob uma perspectiva de verosimilhança realista, quer sob uma perspectiva de simbolismo desrealizante, ao "texto principal" e à acção *constituída* e comunicada pelos actos linguísticos deste texto.

Tanto o texto narrativo como o texto dramático representam sequências de eventos, provocados ou sofridos por agentes e que se desenvolvem num determinado tempo e num determinado espaço. É possível ao leitor sumariar, parafrasear, contar a "história" de um texto narrativo ou de um texto dramático, mas não de um texto lírico. Poder-se-ia assim admitir, como propõe van Dijk, que a *estrutura profunda* tanto do texto narrativo como do texto dramático se caracteriza pela *narratividade*: «In terms of deep structure, "fiction" and "drama" hardly differ, both are formed on the basis of narrative macrostructure. Therefore, differences have to be sought in surface structure. [...] We might reduce both types to one main literary type: literary narrative, irrespective of surface manifestation and performance» (⁹⁵). Semelhante hipótese, que se pode considerar como teoreticamente subsumível na hipótese formulada por Greimas e Courtés de que existem, a nível profundo, *estruturas semionarrativas* das quais dependem as *estruturas discursivas* e as

---

Biblioteca teatrale, 20(1978), pp. 44-64; Patrice Pavis, *Dictionnaire du théâtre*, Paris, Éditions Sociales, 1980, pp. 402-403.

(⁹⁴)—Sobre as relações entre "texto principal" e "texto secundário", veja-se Steen Jansen, «Esquisse d'une théorie de la forme dramatique», in *Langages*, 12(1968), pp. 76-77.

(⁹⁵)—Cf. Teun A. van Dijk, «Foundations for typologies of texts», in *Semiotica*, VI, 4(1972), p. 316. Uma concepção similar da estrutura profunda do texto dramático encontra-se exposta por Thomas G. Pavel, na sua obra *La syntaxe narrative des tragédies de Corneille* (Paris — Ottawa, Klincksieck — Éditions de l'Université d'Ottawa, 1976), p. 14.

estruturas textuais (⁹⁶), parece-nos envolver graves confusões. É necessário não confundir *acção*, entendida como mudança de um estado operada por um agente ou sofrida por um paciente, com *narratividade* e ainda menos com *narrativa* (ou *texto narrativo*) e *narrativa literária* (ou *texto literário narrativo*). Na estrutura profunda de um texto narrativo e de um texto dramático existe sempre uma *acção*, mas esta acção não se configura como uma sequência de proposições alheia ou transcendente a quaisquer especificações ou restrições semióticas, como um magma lógico-semântico de que tanto podem resultar, no termo de processos diversificados de textualização, textos narrativos ou textos dramáticos, pois que, doutra maneira, ter-se-ia de admitir o contra-senso de que a estrutura profunda não apresenta marcas estruturais (ou então que "estrutura profunda" é uma expressão carecente de lógica). Segundo pensamos, as estruturas superficiais modalmente diferenciadas dos textos narrativos e dos textos dramáticos encontram-se "programadas" semântica, sintáctica e pragmaticamente pelas respectivas estruturas profundas, embora não se trate de um "programa" formalmente estabelecido e insusceptível de receber alterações induzidas pela sua própria realização. Por outro lado, como bem observa Alessandro Serpieri, a ocorrência de elementos *diegéticos* no modo dramático e de elementos *miméticos* no modo narrativo constitui um fenómeno cultural e epistemológico que pode enriquecer ou empobrecer os modos e os géneros literários, mas que não os transforma institucionalmente (⁹⁷).

Hegel apreendeu e exprimiu com genial agudeza a diferenciação entre o modo narrativo e o modo dramático, ao contrapor a *totalidade dos objectos*, peculiar do primeiro, ao *movimento total* da acção, próprio do segundo (⁹⁸). A narrativa, com efeito, representa a interacção do homem com o seu meio físico, histórico e social, correlacionando sempre uma acção particular com o «estado geral do mundo», com a «totalidade da sua época», com «o terreno substancial» em que ela se inscreve e se

---

(⁹⁶)—Cf. A. J. Greimas e J. Courtés, *Sémiotique. Dictionnaire raisonné de la théorie du langage*, Paris, Hachette, 1979, pp. 159-160 e 248-249.

(⁹⁷)—Cf. Alessandro Serpieri, «Ipotesi teorica di segmentazione del testo teatrale», in AA. VV., *Come comunica il teatro: dal testo alla scena*, Milano, Edizioni il Formichiere, 1978, p. 15.

(⁹⁸)—Cf. G. W. F. Hegel, *op. cit.*, p. 221.

desenvolve. Por isso, no texto narrativo assume valor tão relevante a representação daquele meio, das coisas e das instituições que constituem elementos de mediação da actividade humana, dos costumes de uma época e de uma classe social, dos factos rotineiros de que se entretece a vida individual e colectiva. Esta necessidade de representar «as concepções, os actos e os estados de um mundo» explica que ocorram no texto narrativo episódios ou partes com relativa autonomia estrutural, que ramificam e retardam a acção e que permitem figurar a totalidade da vida mediante a figuração da "totalidade dos objectos" ([99]). N'*Os Buddenbrook*, por exemplo, Thomas Mann representa minuciosamente a vida de uma família e de uma época e, através de uma multiplicidade de episódios, retrata as personagens da família Buddenbrook, descreve e evoca a sua casa, a sua atmosfera familiar, o nascimento, o crescimento e a educação das crianças, as relações entre pais e filhos, o andamento dos negócios, os amigos e conhecidos dos Buddenbrook, as feições peculiares da cidade onde estes habitam, etc. Como um rio largo e lento, com múltiplos meandros e frequentes ramificações, assim flui a vida e assim desfila a realidade no universo romanesco d'*Os Buddenbrook*.

O drama, por sua vez, procura representar também a totalidade da vida, mas através de acções humanas que se opõem, de forma que o fulcro daquela totalidade reside na colisão dramática. Por isso, como escreve Hegel, a verdadeira unidade da acção dramática «não pode derivar senão do movimento total, o que significa que o conflito deve encontrar a sua explicação exaustiva nas circunstâncias em que se produz, bem como nos caracteres e nos objectivos em presença» ([100]). Deste modo,

---

([99])—Aristóteles, sempre atento às conexões existentes entre a estrutura dos textos poéticos e as reacções estéticas e psíquicas dos seus receptores, sublinha que a epopeia, por ser uma narração, apresenta um elevado número de episódios que lhe conferem esplendor e variedade e que recreiam o ouvinte (cf. *Poética* 1459b).

([100])—Esta concepção da acção do texto dramático procede da *Poética* de Aristóteles — a «fábula» e a «estruturação dos factos», segundo se lê na *Poética* (1450a), sobrelevam na tragédia a elocução e os caracteres, pois são o fim da tragédia e «o fim é o principal em tudo» — e adequa-se com rigor não só aos textos dramáticos importantes da cultura ocidental produzidos até à data em que Hegel escreveu a sua *Estética*, mas também, segundo cremos, ao drama como modo literário, isto é, como fenómeno que trans-

a profusão de personagens, de objectos, de *faits-divers* que caracteriza o texto narrativo, não existe no texto dramático, no qual tudo se subordina às exigências da dinâmica do conflito: o tempo da acção é relativamente condensado, o espaço é relativamente rarefeito, as personagens supérfluas são eliminadas, os episódios laterais abolidos, desenvolvendo-se a acção como uma progressão de eventos que resulta forçosamente da conformação (psicológica, ética, socio-cultural, ideológica) das personagens e das situações em que estas se encontram envolvidas. No *Frei Luís de Sousa* de Almeida Garrett, por exemplo, não aparece a representação minudente da vida quotidiana de uma família, a descrição da sua casa e da localidade onde habita, etc. Sabemos quais os pratos predilectos dos Buddenbrook, conhecemos a maneira como recebiam os amigos e os convidados, a decoração dos seus salões, mas nada conhecemos de semelhante em relação às personagens do *Frei Luís de Sousa*. Os elementos que porventura pudessem aparecer na obra de Garrett com o propósito de figurar a época, a sociedade coeva, o seu estilo de vida, etc., narrativizariam inevitavelmente o drama, enfraquecendo a acção e prejudicando o conflito ([101]). No *Frei Luís de Sousa* não existem personagens supérfluas ou tautológicas ou episódios dispensáveis, sob o ponto de vista da lógica da acção dramática: cada personagem ocupa uma posição definida e desempenha uma função necessária na acção e a ausência de qualquer delas afectaria gravemente o desenvolvimento desta; não existem episódios providos de certa autonomia estrutural e destinados a caracterizar, segundo a expressão hegeliana, «um

---

cende, pelo menos em parte, o âmbito da fenomenologia histórica. A *liricização* e a *epicização* do modo dramático, como sucedeu em textos do romantismo, do simbolismo e de alguns movimentos de vanguarda do século XX, não se coadunam decerto com tal concepção da acção dramática, mas, retomando as palavras de Serpieri atrás citadas, não transformam institucionalmente aquele modo, constituindo um fenómeno — cultural, epistemológica e esteticamente condicionado — de simbiose de modos literários.

([101])—O sebastianismo, no *Frei Luís de Sousa*, não representa propriamente um dado de cor local, constituindo antes um importante elemento da dinâmica do conflito dramático: o sebastianismo é a possibilidade de regresso dos ausentes, dos vencidos de Alcácer-Quibir, e por isso o visionarismo sebastianista de Telmo e de Maria, de capital importância para a criação da atmosfera dramática da obra de Garrett, perturba tão sombriamente a alma de Madalena.

estado do mundo», pois a acção encaminha-se irresistivelmente, sem ramificações, para a manifestação do conflito. A vida é assim representada nos seus momentos de crise e as relações humanas são apreendidas nos seus aspectos de tensão antagónica. Densidade, concentração, depuração — eis imperativos inderrogáveis do processo dramático de modelizar a vida. A comparação hegeliana do drama e das artes plásticas exprime profundamente tais imperativos: nestas formas de representação artística, o elemento essencial é a figuração do homem e não da sociedade em que ele se insere, embora as circunstâncias e os problemas sociais se encontrem sempre subjacentes às acções dos homens.

Os elementos semântico-pragmáticos que acabámos de analisar, e que podemos considerar como peculiares da estrutura profunda do texto dramático, correlacionam-se congruentemente com determinados elementos peculiares da estrutura da superfície do mesmo texto ou, mais rigorosamente, do chamado "texto principal" do texto dramático (é ao "texto principal" que nos referiremos quando, em seguida, falarmos de "texto dramático").

O texto dramático, se se exceptuar o caso já referido do monólogo, caracteriza-se por uma pluriaxialidade das instâncias de enunciação, constituindo os actos linguísticos produzidos por estas múltiplas instâncias os factores substantivos na construção dos microcontextos e dos macrocontextos dramáticos. Nas palavras de Keir Elam, «the speech event is, in its own right, the chief form of interaction in the drama» ([102]). A *estrutura dialógica* constitui assim um universal essencial do texto dramático, pois a estrutura profunda — pragmática e semântica — deste texto não se pode realizar à margem de uma estrutura de superfície de tipo dialógico ([103]). No texto dramático, os

---

([102])—Cf. Keir Elam, *The semiotics of theatre and drama*, London — New York, Methuen, 1980, p. 157.

([103])—Ao analisar a função do diálogo na estruturação do texto dramático, escreve Hegel: «Mas é o diálogo que representa o modo de expressão dramática por excelência. Com efeito, é apenas através do diálogo que os indivíduos em acção podem revelar uns aos outros o seu carácter e os seus objectivos, fazendo ressaltar quer as suas particularidades, quer o lado substancial do seu *pathos*, sendo igualmente através do diálogo que exprimem as suas discordâncias e imprimem assim à acção um movimento real» (cf. G. W. F. Hegel, *op. cit.*, p. 227). Afirma Kowzan que a forma

elementos narrativos e descritivos, dotados de uma funcionalidade estritamente tópica e subsidiária, apenas podem ocorrer integrados nesta estrutura dialógica, nesta interacção verbal dominada pelo discurso *performativo*, isto é, o discurso com que as personagens, as instâncias enunciadoras, "fazem coisas com palavras". Com efeito, as réplicas do texto dramático contêm um índice particularmente elevado de *actos ilocutivos* e de *actos perlocutivos*, originando este fenómeno intratextual relevantes projecções extratextuais: a comunicação texto dramático/receptor, em especial quando o texto dramático é concretizado como *texto teatral*, comporta parâmetros perlocutivos muito acentuados, desde sempre reconhecidos e explorados pela teoria e pela prática do drama na cultura ocidental (doutrina aristotélica da catarse, inspiração religiosa e moralista de muitos textos dramáticos medievais e barrocos, didactismo do drama burguês, etc.).

Constituído por actos linguísticos de múltiplas instâncias de enunciação — actos linguísticos providos de um potencial pragmático muito forte, imediata e substantivamente vinculados a situações e a eventos —, o texto dramático está saturado de *elementos deícticos*, isto é, unidades linguísticas que funcionam semântica e pragmaticamente pela sua referência ao enunciador, aos seus interlocutores, à situação comunicativa intratextual,

---

dialogada está longe de ser um carácter distintivo do texto dramático, pois que, deixando de lado os monólogos dramáticos, figura nos diálogos filosóficos, pode constituir a totalidade de um poema lírico, pode apresentar uma extensão e uma função relevantes no romance, na novela, no conto, etc. (cf. Tadeusz Kowzan, *Littérature et spectacle*, La Haye, Mouton, 1975, pp. 67 e 71). Estas afirmações parecem-nos carecer de rigor. Nos diálogos filosóficos, nos romances, nas novelas e nos contos, ocorrem quase sempre, na estrutura de superfície, elementos *diegéticos* e só excepcionalmente se encontram textos narrativos, em geral de curta extensão, integralmente constituídos por uma estrutura dialógica. Nestes textos narrativos inteiramente dialógicos, bem como nos poemas líricos citados por Kowzan, verifica-se um fenómeno de miscegenação de modos e de géneros literários, mas quer nestes casos, quer sobretudo nos diálogos filosóficos, nos romances, nas novelas e nos contos em que a estrutura dialógica está discursivamente dependente de factores narrativos, a estrutura profunda é distinta da estrutura profunda dos textos dramáticos: a forma dialógica, tal como Kowzan a caracteriza, representa uma estrutura textual de superfície que pode realizar estruturas profundas muito diversas. Esta diversidade projecta-se, porém, na estrutura de superfície, como procuramos esclarecer na nossa análise.

às coordenadas temporais e espaciais da acção ([104]). No texto dramático, fala um *eu* sempre em discurso directo, dialogando com um *tu* (com múltiplos *tus*), agindo num espaço que perspectiva e organiza conceptualmente em função de si mesmo e utilizando necessariamente, como sujeito que, ao falar, age, o tempo linguístico do *presente*, ao qual se subordinam os tempos linguísticos do passado e do futuro ([105]). As *dramatis personae*, muitas vezes responsáveis ou marcadas psicológica e moralmente por eventos pretéritos cujas consequências desempenham uma função nuclear no desenvolvimento da acção — e daí a frequência e a importância dos tempos verbais do passado em tantos textos dramáticos —, falam e actuam *agora*, numa sucessão de *presentes* que engendra, na sua conflitualidade e na sua dialéctica, o futuro em que aquelas *personae* se aniquilam, triunfam, se penitenciam ou se redimem... O tempo linguístico do *pretérito* (imperfeito, perfeito, mais-que-perfeito) é o tempo canónico do texto narrativo; o *presente*, tanto no discurso das personagens-instâncias de enunciação como nos enunciados das didascálias, é o tempo necessário do texto dramático ([106]).

([104])—Sobre a *deíxis* no texto dramático, *vide*: Keir Elam, *op. cit.*, pp. 113 e 136 ss.; Alessandro Serpieri, *op. cit.*, pp. 20-24 e *passim*. Na obra em que figura o estudo de Serpieri, citada na nota (98), encontram-se outros estudos com interesse para a análise da deíxis no texto dramático (e. g., os estudos de Romana Rutelli e Keir Elam).

([105])—Benveniste, ao explicar que o tempo linguístico «se define e ordena como função do discurso», escreve: «Ce temps a son centre — un centre générateur et axial ensemble — dans le *présent* de l'instance de parole. Chaque fois qu'un locuteur emploie la forme grammaticale de «présent» (ou son équivalent), il situe l'événement comme contemporain de l'instance du discours qui le mentionne. Il est évident que ce présent en tant qu'il est fonction du discours ne peut être localisé dans une division particulière du temps chronique, parce qu'il les admet toutes et n'en appelle aucune. Le locuteur situe comme «présent» tout ce qu'il implique tel en vertu de la forme linguistique qu'il emploie. Ce présent est réinventé chaque fois qu'un homme parle parce que c'est, à la lettre, un moment neuf, non encore vécu» (cf. Émile Benveniste, *Problèmes de linguistique générale II*, Paris, Éditions Gallimard, 1974, pp. 73-74).

([106])—Sobre o *presente* como tempo do discurso do texto dramático, *vide*: Peter Szondi, *op. cit.*, p. 12; Roman Ingarden, *The cognition of the literary work of art*, Evanston, Northwestern University Press, 1973, pp. 137--138; Susanne K. Langer, *Feeling and form*, New York, Charles Scribner's Sons, 1953, pp. 306-307; M. Nojgaard, «Tempo drammatico e tempo narrativo.

O texto dramático, entendido como conjunto de "texto principal" e de "texto secundário", é um texto literário, quer dizer, é um texto regulado pelo código do sistema semiótico literário e faz parte do conjunto de textos que se designa por "literatura", podendo ser objecto de *concretizações*, através da leitura, em processos de comunicação literária. Todavia, há textos dramáticos, que, pelas suas características formais e semânticas — muitas vezes deliberadamente pretendidas pelos seus autores e não resultantes, portanto, de um fracasso ou de um deficiente domínio da técnica de construção do drama —, não são passíveis de concretização, ou só rara e precariamente o são, fora do processo da comunicação literária: são textos que fazem parte do chamado "drama literário", do "drama para ler", do "drama livresco" (*closet drama, Lesedrama, théâtre dans un fauteuil*), de que existem numerosos exemplos na história da literatura ocidental, desde as tragédias de Séneca a muitas tragédias renascentistas e maneiristas, desde dramas românticos como *Prometheus unbound* de Shelley e *Manfred* de Byron a poemas dramáticos simbolistas e pós-simbolistas como *Pelléas et Mélisande* de Maeterlinck, *Les mamelles de Tirésias* de Apollinaire, *Sagramor* de Eugénio de Castro, *Dom Carlos* de Teixeira de Pascoaes, etc. ([107]).

Em regra, porém, o texto dramático é concretizado como *texto teatral* ou como *texto espectacular* ([108]) e o *texto teatral*

Saggio sui livelli temporali ne «La dernière bande» di Beckett» in *Biblioteca teatrale*, 20(1978), pp. 65-66; Keir Elam, *op. cit.*, pp. 117-118; Cesare Segre, «A contribution to the semiotics of theater», in *Poetics today*, 1,3(1980), p. 42.

([107])—Em 1832, publicou Musset o volume *Spectacle dans un fauteuil*. Num soneto proemial dirigido *Au lecteur des deux pièces qui suivent* (*La coupe et les lèvres, A quoi rêvent les jeunes filles*), Musset faz a apologia do texto dramático destinado à leitura: «Mon livre, lecteur, t'offre une chance égale. / / Il te coûte à peu près ce que coûte une stalle; / ouvre-le sans colère, et lis-le d'un bon oeil. // Qu'il te déplaise ou non, ferme-le sans rancune; / un spectacle ennuyeux est chose assez commune, / et tu verras le mien sans quitter ton fauteuil» (cf. Musset, *Oeuvres complètes*, Paris, Éd. du Seuil, 1963, p. 99).

([108])—A designação "texto espectacular" foi introduzida por Franco Ruffini, em estudos publicados em 1976 e coligidos na sua já citada obra *Semiotica del testo. L'esempio teatro* (veja-se a «Parte seconda» desta obra, nas pp. 81-172, intitulada «Testo letterario testo spettacolare»). De Marinis, considerando que designações como "texto-cena" e "texto cénico" acentuam a dicotomia drama escrito / representação e que a designação "texto teatral"

613

constitui um texto que só parcialmente depende do sistema semiótico literário, que não faz parte do *corpus* textual denominado "literatura" e cujas características comunicacionais não se identificam com as da comunicação literária ([109]).

O texto dramático realiza-se como texto teatral através de um complexo processo de *transcodificação intersemiótica* ou, para utilizar um termo proposto por Franco Ruffini, através de um complexo processo de *retextualização*. O "texto principal" do texto dramático deixa de ser comunicado como um texto escrito, submetido às regras, às convenções e ao condicionalismo da comunicação literária, para se transformar num texto oralmente realizado por instâncias de enunciação ficticiamente encarnadas por *actores*, por *comediantes* ([110]) e comunicado a *espectadores* pelo *canal vocal-auditivo*. A realização oral do texto dramático, levada a cabo num *espaço cénico* ([111]), implicando a *presença* real de comediantes e de espectadores, co-envolve normas e convenções de códigos actuantes na comunicação

---

tem sido desde longa data aplicada ao texto dramático literário, adopta a designação de "texto espectacular" e define estes textos como «quelle unità di manifestazione teatrale che sono gli spettacoli, colti nel loro aspetto di 'processi' significanti complessi, verbali e nonverbali insieme» (cf. Marco De Marinis, «Lo spettacolo come testo (I)», in *VS*, 21(1978), p. 68). Observe-se que "texto espectacular" se pode referir a espectáculos que, em rigor, não são "textos teatrais": circo, bailado, ópera, etc.

([109]) — Por não ter estabelecido a distinção, semioticamente necessária, entre "texto dramático" e "texto teatral", é que Luis J. Prieto afirma erroneamente que a obra dramática não é uma obra literária (cf. Luis J. Prieto, *Études de linguistique et de sémiologie générales*, Genève, Droz, 1975, pp. 112-113).

([110]) — Na actualidade, como sublinha Patrice Pavis (cf. *Dictionnaire du théâtre*, p. 25), verifica-se uma forte tendência para utilizar o termo "comediante" em vez de "actor", entendendo-se por "comediante" o actor que representa tragédias, comédias, dramas, etc. (por conseguinte, neutralizando-se a oposição que ocorre, por exemplo, em francês, entre *comédien/tragédien*).

([111]) — Cf. Patrice Pavis, *Dictionnaire du théâtre*, pp. 152 e 157: «*Espace dramatique* s'oppose à *espace scénique* (ou *espace théâtral*). Ce dernier est visible et se concrétise dans la mise en scène. Le premier est un *espace construit* par le spectateur pour fixer le cadre de l'évolution de l'action et des personnages; il appartient au texte dramatique et n'est visualisable que dans le métalangage du critique — et de tout spectateur — qui se livre à l'activité de construction par l'imaginaire (par la *symbolisation*) de l'espace dramatique. [...] L'espace scénique nous est donné ici et maintenant par le spectacle, c'est un espace signifiant représentant d'autres choses, le signe de la réalité **représentée**».

linguística canónica, mas que, no texto teatral, adquirem maior relevância e maior explicitude: o código *proxémico*, que regula as relações espaciais entre as *dramatis personae*, entre os corpos dos comediantes, entre estes e os objectos do espaço cénico; o código *cinésico*, que regula os movimentos corporais dos comediantes, os seus gestos e as suas atitudes, em particular a sua mímica facial ([112]); o código *paralinguístico* que regula, como atrás escrevemos, os factores vocais, convencionalizados e sistematizáveis, que acompanham a emissão dos signos verbais, mas que não fazem parte do sistema linguístico (entoação, qualidade da voz, riso, etc.) (cf., *supra*, p. 137).

A presença real dos comediantes, as suas inter-relações espaciais, os seus gestos e os seus movimentos implicam necessariamente que o texto teatral seja constituído também por significantes visuais: o espectáculo é *opsis*, é visão, *theatron* exige olhar, assistir para ver. A estrutura visual do texto teatral resulta assim da concretização oral do "texto principal" do texto dramático — o espectador *vê*, além de ouvir, as *dramatis personae*, vê a sua fisionomia, a sua maneira de andar, o seu vestuário, etc. —, mas resulta concomitantemente da *transcodificação intersemiótica* das didascálias: os enunciados destas, no texto teatral, estão transcodificados em actos, em movimentos dos actores, em objectos, em cenário, em efeitos acústicos, em espaço cénico. Por isso mesmo, a *ostensão* — o modo de significar e de comunicar mostrando, apontando um indivíduo, um objecto, um evento — constitui um dos meios essenciais da semiose teatral, quer se trate de uma ostensão predominantemente *mimética* e *naturalista*, quer se trate de uma ostensão predominantemente *simbolista* e *desrealizante*. O espectáculo é mostrado, exibido, constitui globalmente, como escreve De Marinis, um *texto ostensivo* ([113]) e no espaço cénico proliferam os *significados ostensivos*, desde os significados dos chamados

---

([112]) — Torna-se desnecessário sublinhar a imbricação que existe ente os fenómenos proxémicos e os fenómenos cinésicos.

([113]) — Cf. Marco De Marinis, «Lo spettacolo come testo (II)», in *VS*, 22(1979), p. 13. Sobre a ostensão como modo de produção sígnica, veja-se Umberto Eco, *Trattato di semiotica generale*, pp. 294 ss. Sobre a ostensão no texto teatral, veja-se, além do estudo citado de Marco De Marinis, o artigo «Ostension» no *Dictionnaire du théâtre* de Patrice Pavis.

acessórios aos significados do vestuário, dos gestos, etc. ([114]).
A presença física dos comediantes, a acção e os actos linguísticos das personagens, os elementos paralinguísticos, proxémicos e cinésicos que acompanham estes actos, os precedem ou lhes sucedem, os significantes visuais impostos ou sugeridos pelo "texto principal" e pelo "texto secundário", os jogos de luz, os elementos musicais e os efeitos de som que se correlacionam com as *dramatis personae*, com a sua acção e com os seus actos linguísticos, com aqueles significantes visuais, todos estes signos, que relevam de sistemas semióticos e de códigos muito heterogéneos, é que conformam, na sua integralidade, a estrutura do texto teatral ([115]).

([114])—Existe uma relação profunda, no texto teatral, entre a ostensão e os *signos icónicos* e os *signos indiciais*. Em conformidade com a semiótica de Peirce, entendemos por *ícone* um signo que denota um objecto em virtude de a sua natureza interna ser similar à do objecto denotado; por *índice*, entendemos o signo que denota um objecto em virtude de se encontrar, por um lado, numa conexão dinâmica, existencial, de ordem espacial e/ou temporal, com o objecto denotado e de se encontrar, por outra parte, conectado com a memória ou os sentidos dos seus intérpretes. Sobre os signos icónicos e indiciais no texto teatral, veja-se Keir Elam, *The semiotics of theatre and drama*, pp. 21 ss.

([115])—O texto dramático e, em particular, o texto teatral constituem na actualidade um dos objectos preferidos da investigação semiótica (uma investigação cujas raízes mergulham na actividade do Círculo Linguístico de Praga, como se pode ver, *e. g.*, no estudo de Irena Slawinska, «La semiologia del teatro in statu nascendi: Praga 1931-1941», in *Biblioteca teatrale*, 20(1978), pp. 115-135). Além dos estudos já mencionados em notas anteriores, citamos outros que julgamos de interesse para uma análise semiótica daqueles textos: Gianfranco Bettetini, *Produzione del senso e messa in scena*, Milano, Bompiani, 1975; Gianfranco Bettetini e Marco De Marinis, *Teatro e comunicazione*, Firenze, Guaraldi, 1977; Petr Bogatyrev, «Les signes du théâtre», in *Poétique*, 8(1971), pp. 517-530; Evelyne Ertel, «Éléments pour une sémiologie du théâtre», in *Travail théâtral*, 28-29(1978), p. 121-150; José Maria Díez Borque e Luciano García Lorenzo, *Semiología del teatro*, Barcelona, Editorial Planeta, 1975; André Helbo (ed.), *Sémiologie de la représentation*, Bruxelles, Éditions Complexe, 1975; Marcello Pagnini «Per una semiologia del teatro classico» in *Strumenti critici*, 12(1970), pp. 122-140; Patrice Pavis *Problèmes de sémiologie théâtrale*, Mont éal, Les Presses de l'Université du Québec, 1976; Antonio Tordera Sáez, «Teoría y técnica del análisis teatral», in Jenaro Talens *et alii*, *Elementos para una semiótica del texto artístico (poesía, narrativa, teatro, cine)*, Madrid, Ediciones Cátedra, 1978, pp. 157-199; Anne Ubersfeld, *Lire le théâtre*, Paris, Éditions Sociales, 1978. O vol. 2, n.º 3 (1981) da revista *Poetics today*,

A comunicação teatral comporta factores e parâmetros mais complexos do que aqueles que descrevemos e caracterizámos ao analisarmos a comunicação literária ([116]). O texto teatral modeliza a própria comunicação humana de modo específico, utilizando meios semióticos que não ocorrem nos textos de nenhuma outra arte, pois que produz, como escreve Osolsobě, «*a modelização da comunicação humana com o material da própria comunicação humana*, a modelização dos movimentos comunicativos com o material dos movimentos comunicativos (linguagem, gestos, mímica, etc.), portanto, por assim dizer, a modelização da comunicação humana "em tamanho natural" e em "escala 1:1"» ([117]). Esta modelização, se excluirmos o chamado "teatro espontâneo" ou "teatro autónomo", no qual se procura anular a distinção entre cena e sala, entre comediante e espectador, entre texto teatral e vida, realiza-se no *espaço dramático* e no *espaço cénico*, no âmbito da comunicação que denominaremos *comunicação intracénica*, e resulta das falas e da acção das *dramatis personae*, da presença corporal e do desempenho dos actores, das características da encenação. Esta comu-

---

com o título «Drama, theater, performance. A semiotic perspective», é consagrado à análise da semiótica dramática e teatral.

([116]) — Georges Mounin, num estudo que alcançou certa ressonância, nega a existência de comunicação, «em sentido próprio», no espectáculo teatral, pois que, segundo ele, um emissor só comunica com um receptor «si celui-ci peut répondre au premier par le même canal, dans le même code (ou dans un code qui peut traduire intégralement les messages du premier code)» (cf. Georges Mounin, «La communication théâtrale», *Introduction à la sémiologie*, Paris, Les Éditions de Minuit, 1970, p. 91). No espectáculo teatral não se verificaria esta transacção comunicativa entre os comediantes e os espectadores, ocorrendo antes, segundo Mounin, um processo de *estímulo-resposta*. A análise de Mounin afigura-se-nos incorrecta e deficiente. Em primeiro lugar, identifica erroneamente como única fonte da comunicação teatral os comediantes e as suas falas, quando é certo que essa fonte, como veremos, apresenta uma grande heterogeneidade semiótica; em segundo lugar, Mounin formula um conceito infundadamente restritivo de comunicação, exigindo que toda a comunicação se processe segundo o modelo da comunicação linguística canónica. Ora a comunicação não é necessariamente bidireccional: existe sempre comunicação desde que um receptor, provido de uma adequada competência comunicativa, decodifica mensagens produzidas por uma fonte.

([117]) — Cf. Ivo Osolsobě, «Il teatro che parla, canta e balla. Teoria di una forma comunicativa», in Carlo Prevignano (ed.), *La semiotica nei paesi slavi*, Milano, Feltrinelli, 1979, p. 550.

nicação intracénica funciona como *fonte* de uma *comunicação extracénica*, uma comunicação em que os receptores são os espectadores, o público que assiste à representação do espectáculo e cujas reacções de aplauso ou de desagrado podem gerar consideráveis efeitos de *feedback* na comunicação intracénica. A comunicação teatral, na sua totalidade, é constituída pela comunicação intracénica e pela comunicação extracénica.

O emissor do texto dramático identifica-se com o autor textual, tal como o caracterizámos em 3.6.2. Este emissor, diferentemente do que acontece com o autor de narrativas e de poemas líricos, produz os seus textos para receptores que tanto podem ser leitores como espectadores (excepto nos casos em que o texto dramático é deliberadamente escrito apenas para ser lido, como qualquer texto literário). O autor textual, o dramaturgo ([118]), não pode, porém, dirigir imediata e directamente a sua mensagem a receptores/espectadores. Retomando a distinção a que já nos referimos (cf., *supra*, p. 282) entre *artes autográficas* e *artes alográficas*, diremos que o texto dramático pertence a uma arte alográfica, ao passo que o texto teatral é manifestativo de uma arte autográfica.

Com efeito, o emissor do texto teatral é um emissor plural, uma cadeia de emissores, um "microgrupo criador" ([119]), desempenhando cada membro do microgrupo funções semioticamente diferenciadas, embora interdependentes. O autor do texto dramático representa o emissor originário — "originário", pelo menos, numa perspectiva cronológica —, ao qual se juntam, numa interacção sistémica, outras instâncias emissoras. Em primeiro lugar, pela relevância da sua actividade na produção do texto teatral, mencionaremos o encenador, algumas vezes coincidente com o autor textual ou com um comediante: em função dos códigos culturais e estéticos que domina e considerando o "horizonte de expectativas" do público que será o receptor do texto teatral, o encenador realiza uma difícil

---

([118])—"Dramaturgo" pode também designar, além do autor de um texto dramático, «le conseiller littéraire et théâtral attaché à une troupe, à un metteur en scène ou responsável de la préparation d'un spectacle» (cf. Patrice Pavis, *Dictionnaire du théâtre*, p. 134).

([119])—Esta designação é utilizada por Abraham Moles, *Théorie de l'information et perception esthétique*, Paris, Denoël/Gonthier, 1972, p. 280.

operação de metalinguagem, "lê", interpreta o texto dramático e estabelece as condições e as características da sua transcodificação teatral, seleccionando e dirigindo os comediantes, construindo um espaço cénico, escolhendo a decoração, os efeitos luminosos e acústicos, etc. A actividade do encenador caracteriza-se por uma *liberdade semiótica* mais lata e mais complexa do que a liberdade semiótica de que usufrui o leitor no processo da comunicação literária (cf., *supra*, p. 319): a transcodificação espectacular não se encontra rigorosa e minudentemente determinada pelo "texto principal" e pelas didascálias do texto dramático, exactamente porque se trata de produzir um texto semioticamente diverso deste último (as didascálias e o "texto principal" podem apresentar, em relação à sua potencial concretização espectacular, um coeficiente muito alto de indeterminação). A liberdade semiótica do encenador tem por fronteiras a retextualização tão estritamente especular quanto possível do texto dramático — no caso de textos dramáticos escritos em períodos cronologicamente muito afastados, ou cuja acção se desenvolve num tempo histórico distante, poder-se-á então falar de retextualizações de tipo arqueológico — e a transformação ilícita daquele mesmo texto ([120]). Mencionaremos, em seguida, como emissores particularmente relevantes do texto teatral, os comediantes, que concretizam, em cada espectáculo, com a sua imaginação e a sua sensibilidade, com a sua voz, a sua fisionomia, os seus gestos, os seus movimentos, o seu vestuário, o texto do dramaturgo e o "texto" proposto pelo encenador. Em muitos casos, o actor pode desempenhar a função de emissor privilegiado do texto teatral, acorrendo o público ao espectáculo

---

([120])—Atendendo ao coeficiente de indeterminação do texto dramático em relação à sua potencial concretização espectacular e atendendo à heterogeneidade e à mutabilidade diacrónicas e sincrónicas da metalinguagem dos encenadores, torna-se difícil e melindroso definir o que será e o que não será "transformação ilícita" de um texto dramático. Julgamos, todavia, que merecem concordância os seguintes critérios formulados por Alessandro Serpieri: «non liceità di falsare la linea dell'azione spostando l'ordine delle scene, se non addirittura degli atti; non liceità di apportare tagli indiscriminati e di ridurre drasticamente il numero dei personaggi; non liceità di rimescolare, come in uno *shaker*, pezzi scomposti del testo; non liceità di stravolgere una correlazione segnica pertinente (cardinale) del testo per ignoranza di codice» (cf. Alessandro Serpieri, «Ipotesi teorica di segmentazione del testo teatrale», in AA. VV., *Come comunica il teatro: dal testo alla scena*, p. 19.)

não tanto para assistir ao drama de um determinado autor e ao trabalho de um determinado encenador, mas para ver e ouvir a actuação de um determinado actor. Mencionaremos, enfim, como emissores do texto teatral os cenógrafos, os decoradores, os técnicos da luz e do som, eventualmente músicos e coreógrafos, etc. Todos estes emissores, actualizando sistemas semióticos heterogéneos, produzem uma *mensagem múltipla* — o texto teatral —, regulada simultaneamente por diversos códigos e veiculada por vários canais ([121]).

O receptor do texto teatral, ao contrário do receptor do texto dramático, nunca é um indivíduo isolado ou uma massa de indivíduos isolados (o espectáculo teatral representado para satisfazer o desejo ou o capricho de um único espectador — a história conserva alguns exemplos de tais ocorrências — constitui sempre uma anomalia). O receptor do texto teatral é um *grupo de espectadores*, de indivíduos que se congregam para assistirem juntos, num determinado espaço e num determinado tempo, à realização de um espectáculo. O leitor pode ler um texto literário a qualquer hora e nos mais variados locais, mas a comunicação teatral, em virtude das características semióticas das suas mensagens, encontra-se sujeita a rígidas restrições de espaço e de tempo (o que, por outro lado, caracteriza o espectáculo teatral como uma peculiar manifestação social e relembra as suas raízes religiosas e rituais).

O receptor do texto teatral tem de possuir uma competência linguística que o habilite a compreender o "texto principal" do texto dramático — se assim não acontecer, a comunicação teatral será irremediavelmente afectada ([122]) —, mas tem de possuir também uma competência comunicativa genérica, defluente

---

([121]) — Abraham Moles (cf. *op. cit.*, p. 270) define assim a *mensagem múltipla*: «L'esthétique générale nous apprend pourtant qu'il existe, à côté des messages simples interférant en fait plus ou moins les uns avec les autres, des *messages multiples* dans lesquels plusieurs canaux, ou plusieurs modes d'utilisation de ceux-ci dans la communication, sont employés simultanément dans une *synthèse* esthétique ou perceptible, où il n'y a pas interférence, mais concordance des significations logiques convoyées de conserve par les différents modes».

([122]) — Esta perturbação da comunicação teatral é frequente com a representação de textos dramáticos linguisticamente arcaicos ou arcaizantes e por isso se pratica muitas vezes, no textos teatrais, uma "leitura" actualizada, não "filológica", dos textos dramáticos dos autores chamados "clássicos".

do conhecimento de códigos culturais, que lhe permita interpretar adequadamente os actos linguísticos e as acções das *dramatis personae*, e uma competência comunicativa específica que lhe possibilite decodificar a multiplicidade de signos, além dos signos linguísticos, de que é constituído o texto teatral, e que são recebidos pelo canal visual e pelo canal auditivo (e, eventualmente, pelo canal olfactivo).

A relação semiótica entre o texto dramático e o texto teatral tem sido entendida variavelmente ao longo da história da cultura ocidental. Já Aristóteles teve consciência da relevância e da complexidade deste problema, ao analisar, em passos da *Poética* divergentemente interpretados pelos seus escoliastas, hermeneutas e tradutores ([123]), as relações entre *lexis* (elocução, discurso) e *opsis* (o que se vê, espectáculo) na tragédia. Ao enumerar e caracterizar as partes qualitativas da tragédia, Aristóteles considera o espectáculo (*opsis*) como «coisa sedutora», mas situa-o à margem da poesia e da poética, «pois a força da tragédia existe também sem representação e sem actores» ([124]). E ao examinar comparativamente a imitação épica e a imitação trágica, afirma que a tragédia, mesmo «sem movimento», produz o efeito que lhe é próprio, podendo apreciar-se a sua qualidade apenas através da leitura, e que tem a vantagem, relativamente à epopeia, «de ser visível na leitura e na representação» ([125]). Estas asserções parecem privilegiar a *lexis*, o texto dramático, marcando uma orientação que haveria de se impor, podemos dizer, desde o Renascimento até ao século XX, embora com alguns e importantes hiatos (a *commedia dell'arte*, por exemplo, é radicalmente refractária a esta orientação) ([126]). Artaud denunciou, em termos corrosiva-

---

([123]) — Cf. Francesco Donadi, «*Opsis* e *lexis:* per una interpretazione aristotelica del dramma», in L. Renzi (ed.), *Poetica e stile*, Padova, Liviana Editrice, 1976 («Quaderni del Circolo Filologico-linguistico Padovano», n.º 8), pp. 3-21.
([124]) — Cf. *Poética* 1450b.
([125]) — Cf. *Poética* 1462a.
([126]) — Durante o maneirismo e o barroco, sob a influência do moralismo rigorista da Contra-Reforma, multiplicaram-se as condenações da *opsis* teatral, retomando-se a acusação formulada pelos Padres da Igreja, em especial por Tertuliano, segundo a qual o espectáculo é *negotium diaboli*. Tais condenações, tornadas ainda mais prementes por causa do fascínio exercido

mente polémicos, esta tendência logocêntrica, ou literariocêntrica, do teatro ocidental, escrevendo que «un théâtre qui soumet la mise en scène et la réalisation, c'est-à-dire tout ce qu'il y a en lui de spécifiquement théâtral, au texte, est un théâtre d'idiot, de fou, d'inverti, de grammairien, d'épicier, d'anti-poète et de positiviste, c'est-à-dire d'occidental» ([127]). No entender de Artaud, a encenação não deve ser concebida nem valorada como mera refracção no palco do texto dramático preexistente, mas como a matriz insubstituível da autêntica linguagem teatral.

Franco Ruffini, ao reexaminar as relações entre o texto dramático e o texto teatral segundo uma perspectiva semiótica, aduziu alguns elementos com interesse para contraditar o que classifica como o «privilégio até aqui concedido ao texto literário» e, em particular, a tendência para considerar «o espectáculo como integralmente redutível ao texto literário». Ruffini acentua que os processos de transcodificação, ou retextualização, do "texto principal" e do "texto secundário" do texto dramático são profundamente diversos: a retextualização do "texto principal" implica alteração da matéria expressiva — o texto *escrito* é actualizado como texto *falado* —, mas fica sempre assegurada, em princípio, a *reversibilidade* dos dois terminais do processo, entre os quais se institui uma *relação biunívoca* (a partir da gravação, por exemplo, das falas das *dramatis personae*, torna-se possível reconstituir, com razoável rigor, o "texto principal" do texto dramático); a retextualização do "texto secundário" implica, porém, a *irreversibilidade* entre os dois terminais do processo, verificando-se uma *relação não-biunívoca* entre as didascálias e todos os elementos do texto teatral que representam a sua transcodificação intersemiótica (a partir de um texto teatral, não é possível reconstituir o "texto secundário" do texto dramático). Assim, segundo Ruffini, o texto dramático, na sua integralidade, anula-se, ou aliena-se, no texto espectacular ([128]).

---

pelo teatro na mundividência do maneirismo e do barroco, visavam sobretudo a comédia e, muito em particular, a *commedia dell'arte* (veja-se, a propósito, F. Taviani, *La commedia dell'arte e la società baroca. I. La fascinazione del teatro*, Roma, Bulzoni, 1969).

([127])—Cf. Antonin Artaud, *Le théâtre et son double*, Paris, Gallimard, 1964, p. 59.

([128])—Cf. Franco Ruffini, *Semiotica del testo. L'esempio teatro*, pp. 168--169; *id.*, «Semiotica del teatro: testo letterario, ritestualizzazione, testo spetta-

Se o "drama literário", ou "drama para ler", ao subtrair-se à concretização cénica e à comunicação teatral, constitui uma manifestação aberrativa do modo dramático, o intento de desqualificar e de anular a *lexis* no texto teatral, conferindo à *opsis* uma primariedade ontológica e funcional, constitui uma utopia desesperadamente reducionista, pois não é possível a *ostensão pura*, anterior ou transcendente à prática discursiva ([129]). Os argumentos de Franco Ruffini chamam a atenção para um aspecto relevante da semiótica do texto teatral — a relação não--biunívoca que existe entre as didascálias do texto dramático e a sua transcodificação cénica —, mas não nos parece correcto afirmar que o texto dramático se *anula* ou se *aliena* no texto espectacular, já que o "texto principal" do texto dramático, como o próprio Ruffini reconhece, é reconstituível a partir da sua concretização cénica e porque os fenómenos das *semióticas conotativas* e da transcodificação não implicam, bem pelo contrário, a destruição das correlatas *semióticas denotativas* e dos signos ou dos textos que são objecto do processo transcodificador.

Não nos parece carecer de fundamento a asserção, ou a hipótese, de que existe um texto verbal na origem de todo o texto teatral, quer esse texto verbal seja constituído por um texto dramático, por um texto literário complexa e rigorosamente estruturado, quer seja constituído por um simples plano ou um esboço da acção dramática (o *canovaccio* da *commedia dell'arte*), quer por qualquer texto, enfim, a partir do qual — muitas vezes, contra o qual — é produzido o texto teatral. Entre o texto dramático e o texto teatral não se institui uma relação antinómica, de exclusão mútua ou de subordinação de um ao outro: pelo contrário, o texto dramático contém em latência, numa espécie de esquema projectual, tanto a nível da sua estrutura

---

colare», in *Biblioteca teatrale*, 20(1978), pp. 53-56; id., «Intervento», in *VS*, 21(1978), pp. 60-61.

([129])—Cf. Andrea Bonomi, *Le vie del riferimento*, Milano, Bompiani, 1975, pp. 100 e 113-114. Tendo em mente a utopia de uma ostensão teatral originária e pura, escreve Fontana: «Non esiste cosí una scena originaria, immediata, anteriore e indipendente rispetto al discorso que la rende possibile, se non per un'illusione, che ha radici profonde nel pensiero occidentale: l'illusione di una realtà prima, trasparente ed immediata» (cf. A. Fontana, «La scena», in AA. VV., *Storia d'Italia. I. I caratteri originali*, Torino, Einaudi, 1972, pp. 799-800, *apud* F. Donadi, *op. cit.*, p. 21).

profunda como a nível da sua estrutura de superfície, o texto teatral e por isso mesmo ele se particulariza, sob os pontos de vista pragmático, semântico e sintáctico, no âmbito do sistema semiótico literário. Ao caracterizar a *teatralidade*, essa «espessura de signos», Roland Barthes acentuou justamente que não se trata de um fenómeno de semiose superveniente em relação ao texto dramático, pois que a teatralidade está originariamente implicada nesse texto: «Naturellement, la théâtralité doit être présente dès le premier germe écrit d'une oeuvre, elle est une donnée de création, non de réalisation» ([130]).

9.8. Texto, intertextualidade e intertexto

Todo o texto verbal, como sublinha Bachtin, apresenta como dimensão constitutiva múltiplas *relações dialógicas* com outros textos. Estas relações dialógicas pressupõem necessariamente a *langue*, que possibilita e garante a interindividualidade dos signos, mas não existem no sistema linguístico, manifestando-se a nível da enunciação e, por conseguinte, da produção textual ([131]).

([130])—Cf. Roland Barthes, *Essais critiques*, Paris, Éditions du Seuil, 1964, p. 32. A indissociabilidade semiótica do texto dramático e do texto teatral — o texto dramático implicando, na sua estrutura semântica e formal, o texto teatral e este não podendo constituir-se na ausência, ou sobre a destruição, daquele — é reconhecida por autores como Paola Gullì Pugliatti, Steen Jansen, Tadeusz Kowzan, Patrice Pavis (cf., *e. g.*, *VS*, 21(1978), pp. 14 ss., 32-33, 39, 49-50), Alessandro Serpieri (cf. AA. VV., *Come comunica il teatro: dal testo alla scena*, p. 25), Cesare Segre (cf. *Poetics today*, 1,3(1980), p. 45), etc.

([131])—Cf. Michail Bachtin, «Il problema del testo», in V.V. Ivanov *et alii*, *Michail Bachtin. Semiotica, teoria della letteratura e marxismo*, Bari, Dedalo Libri, 1977, pp. 197-229. Sobre a interacção verbal e o dialogismo na produção discursiva, veja-se em particular Mikhail Bakhtine (V. N. Volochinov), *Le marxisme et la philosophie du langage*, Paris, Les Éditions de Minuit, 1977, *passim* [título original: *Marksizm i filosofija jazyka*, Leningrad, 1929]. Acerca da autoria desta obra, cf. Tzvetan Todorov, *Mikhaïl Bakhtine. Le principe dialogique* suivi de *Écrits du cercle de Bakhtine*, Paris, Éditions du Seuil, 1981, pp. 16 ss. Sobre as teorias linguísticas e estético-literárias de Bachtin, *vide*, além dos trabalhos de Kristeva mencionados na nota seguinte e das obras citadas de Ivanov *et alii* e de Todorov, os seguintes estudos: Gary Saul Morson, «The heresiarch of *meta*», in *PTL*, 3,3(1978), pp. 407-427; Augusto Ponzio, *Michail Bachtin. Alle origini della semiotica sovietica*, Bari, Dedalo Libri, 1980; Rolf Kloepfer, «Dynamic structures in narrative literature. "The dialogic principle"», in *Poetics today*, 1,4(1980), pp. 124 ss.

O texto é sempre, sob modalidades várias, um *intercâmbio discursivo*, uma tessitura polifónica na qual confluem, se entrecruzam, se metamorfoseiam, se corroboram ou se contestam outros textos, outras vozes e outras consciências.

Fundamentando-se nos estudos de Bachtin, quase desconhecidos no Ocidente até ao final da década de sessenta, Julia Kristeva designou o fenómeno do *dialogismo* textual com um termo destinado a conhecer uma fortuna excepcional na teoria e na crítica literárias contemporâneas: *intertextualidade*. Num dos seus ensaios sobre as teorias linguísticas e poéticas de Bachtin, escreve Kristeva que «tout texte se construit comme mosaïque de citations, tout texte est absorption et transformation d'un autre texte. A la place de la notion d'intersubjectivité s'installe celle d'*intertextualité*, et le langage poétique se lit, au moins, comme *double*» ([132]).

Definindo-se *intertextualidade* como a interacção semiótica de um texto com outro(s) texto(s), definir-se-á *intertexto* como o texto ou o *corpus* de textos com os quais um determinado texto mantém aquele tipo de interacção ([132a]). Michael Riffaterre, com o intento de evitar as ambiguidades e imprecisões resultantes de um conceito muito lato de intertexto ([133]), propõe que se defina a intertextualidade como uma relação regida por uma *identidade estrutural*, devendo ser considerados o texto e o seu

---

([132])—Cf. Julia Kristeva, Σημειωτικὴ. *Recherches pour une sémanalyse*, Paris, Éditions du Seuil, 1969, p. 146 (na pág. 378, referem-se outros passos desta obra em que o conceito de "intertextualidade" é analisado). Da mesma autora, veja-se também *Le texte du roman*, The Hague, Mouton, 1970, pp. 12, 14, 67-69, 72, 93, 122, 125 e 176.

([132a])—Cf. Michel Arrivé, *Les langages de Jarry. Essai de sémiotique littéraire*, Paris, Klincksieck, 1972, p. 28; id., «Pour une théorie des textes poly-isotopiques», in *Langages*, 31(1973), p. 61. Parece-nos inadequado o conceito de "intertexto" proposto por Laurent Jenny, «La stratégie de la forme», in *Poétique*, 27(1976), p. 267, pois que é subsumível, em conformidade com as teorias linguísticas e estético-literárias de Bachtin, no conceito de texto.

([133])—Um conceito extremamente lato de intertexto é proposto, por exemplo, por Roland Barthes: «Et c'est bien cela l'inter-texte: l'impossibilité de vivre hors du texte infini — que ce texte soit Proust, ou le journal quotidien, ou l'écran télévisuel; le livre fait le sens, le sens fait la vie» (cf. *Le plaisir du texte*, Paris, Éditions du Seuil, 1973, p. 59). Com razão, Riffaterre vê neste conceito de intertexto a porta aberta para as associações textuais aleatórias, guiadas por factores idiossincrásicos (cf. Michael Riffaterre, *Semiotics of poetry*, Bloomington — London, Indiana University Press, 1978, p. 195).

intertexto como *variantes da mesma estrutura* (¹³⁴). Parece-nos que este conceito de intertextualidade e de intertexto, cujas conexões com a "metafísica" estruturalista são óbvias, falseia a dinâmica da semiose textual e se torna por isso inaceitável: nada comprova, com efeito, que os textos constituam necessariamente uma reiteração especular de outros textos e que a intertextualidade represente a actualização de elementos invariantes, a manifestação variável de constantes formais e semânticas. Ocorrem fenómenos de intertextualidade caracterizáveis em termos de identidade estrutural, mas ocorrem também múltiplos fenómenos de interacção textual que são refractários a tal caracterização. Se a intertextualidade decorre do princípio fundamental de que não existe semiose *ex nihilo* e se a sua análise deve ter em conta a existência de universais pragmáticos, semânticos e sintácticos, também é certo que a intertextualidade constitui um fenómeno da semiose cultural, actuante na história e no confronto das forças ideológicas e sociais, carecendo de convalidação científica a ideia de que os textos da cultura representam tão-só a modulação metamórfica de matrizes atemporais.

Em termos de ontologia e de cronologia, o intertexto é um texto (ou um *corpus* de textos) que existe *antes* e *debaixo* de um determinado texto e que, em amplitude e modalidades várias, se pode "ler", decifrar, sob a estrutura de superfície deste último. Assim se justifica a designação de *subtexto* utilizada por diversos autores como equivalente à de intertexto. Aquele termo remete, sob os pontos de vista temporal e espacial, para uma espécie de *texto palimpséstico*, isto é, um texto absorvido e apagado por outro texto, para uma "camada" textual anterior que interfere na "estratificação" de outro texto e que aflora, sob forma latente ou sob forma explícita, na estrutura de superfície dessoutro texto. Ao *subtexto* ou *hipotexto* (¹³⁵), pelas suas características palimpsésticas, pela sua latência e pelo seu oculta-

---

(¹³⁴)—Cf. Michael Riffaterre, «Sémiotique intertextuelle: l'interprétant», in AA. VV., *Rhétoriques, sémiotiques*, Paris, Union Générale d'Éditions, 1979, p. 132.
 (¹³⁵)—A designação de *hipotexto* é utilizada, *e. g.*, por Michael Riffaterre (cf. *La production du texte*, Paris, Éditions du Seuil, 1979, p. 80).

mento, dá também Riffaterre a designação de *texto-fantasma* («ghost text») (¹³⁶).

A intertextualidade tem a ver com o fenómeno a que Saussure consagrou anos de apaixonado e secreto estudo e que designou, numa flutuação terminológica que reflecte bem as incertezas da sua investigação, como *anagramas, hipogramas, paragramas,* etc.(¹³⁷). O anagrama, segundo Saussure, é uma "palavra-tema", frequentemente um nome próprio, que se encontra disseminada fónica e grafemicamente na cadeia sintagmática de um texto literário em poesia ou em prosa e que funciona como a matriz, como o elemento indutor da estrutura textual: sob a linearidade da escrita, inscreve-se cripticamente, em abismo, uma palavra originária, a partir da qual irradiam e se expandem as palavras do texto. O anagramatismo implica assim que as palavras de um texto ocultem outras palavras e dependam de outras palavras e que o poema resulte de uma complexa arte combinatória: «le message poétique (qui est «fait de parole»)», escreve Starobinski, «ne se constituerait pas seulement *avec* des mots empruntés à la *langue*, mais encore *sur* des noms ou des mots donnés un à un: le message poétique apparaît alors comme le luxe inutile de l'hypogramme» (¹³⁸). Todavia, o anagramatismo saussuriano não se identifica em rigor com a intertextualidade, pois o anagrama, para Saussure, é uma *palavra* ou um *sintagma* e não uma *estrutura textual*. Já o conceito de *hipograma* proposto e utilizado por Riffaterre, embora derivando do conceito saussuriano de anagrama — o hipograma, segundo Riffaterre, representa a matriz a partir da qual se desenvolve por "conversão" e por "expansão" o poema, cujo texto está portanto

---

(¹³⁶)—Cf. Michael Riffaterre, *Semiotics of poetry,* pp. 91 e 94.

(¹³⁷)—Cf. Jean Starobinski, *Les mots sous les mots. Les anagrammes de Ferdinand de Saussure,* Paris, Gallimard, 1971, pp. 27 ss. Sobre as investigações de Saussure neste domínio, veja-se, além desta obra de Starobinski, a seguinte bibliografia: Julia Kristeva, Σημειωτιχὴ. *Recherches pour une sémanalyse,* pp. 174--207; Aldo Rossi, «Gli anagrammi di Saussure: Poliziano, Bach e Pascoli», in *Paragone,* 218(1968), pp. 113-127; Stefano Agosti, *Il testo poetico. Teoria e pratiche d'analisi,* Milano, Rizzoli, 1972, pp. 11-43; Piero Bigongiari, *La poesia come funzione simbolica del linguaggio,* Milano, Rizzoli, 1972, pp. 25-35; Anthony L. Johnson, «Anagrammatism in poetry: Theoretical preliminaries», in *PTL,* 2,1(1977), pp. 89-118; Roman Jakobson & Linda Waugh, *The sound shape of language,* Brighton, The Harvester Press, 1979, pp. 220-222.

(¹³⁸)—Cf. Jean Starobinski, *op. cit.,* p. 152.

"sobredeterminado" pelo hipograma ([139]) —, se pode integrar no âmbito das relações intertextuais, já que pode ser formado por um texto ou por um grupo de palavras em geral pertencentes a um determinado texto.

Representando a intertextualidade uma característica essencial de todos os textos verbais e, mais latamente, de todo os textos semióticos, carece de fundamento conceber a intertextualidade como marca distintiva do discurso e dos textos literários ou como «o âmago da experiência literária» ([140]). Pode-se afirmar, porém, que o fenómeno da intertextualidade desempenha, quer na produção, quer na recepção literárias, uma função relevante, que não encontra paralelo em qualquer outra classe de textos. Esta função correlaciona-se com o "paradoxo histórico-estético" a que já nos referimos (cf., *supra*, p. 289), com a capacidade de o texto literário produzir, diacrónica e sincronicamente, múltiplos e novos significados, com a singular riqueza formal e semântica da *memória* do sistema semiótico literário (uma memória, acentue-se, indissoluvelmente vinculada à memória do sistema linguístico, com tudo o que isso implica relativamente à modelização dos *realia*).

Se a intertextualidade se define como a interacção semiósica de um texto com outro(s) texto(s), é incorrecto e abusivo considerar como intertextualidade a manifestação, na estrutura formal e semântica de um texto literário, de caracteres próprios de outras artes como, por exemplo, a pintura e a música ([141]).

([139])—Cf. Michael Riffaterre, *Semiotics of poetry*, pp. 11, 12-13, 23, 26-46, 47 ss. e *passim*. Sobre o conceito de "sobredeterminação" em Riffaterre, veja-se, atrás, a nota (204) do capítulo 3. Sobre os conceitos de hipograma, derivação hipogramática, intertextualidade e produção textual em Riffaterre, cf. Jonathan Culler, *The pursuit of signs. Semiotics, literature, deconstruction*, London — Henley, Routledge & Kegan Paul, 1981, pp. 80-99.

([140])—Kristeva, afastando-se profundamente das posições teóricas de Bachtin, afirma: «Nous définirons comme littérature tout discours qui relève du mode de l'intertextualité» (cf. *Le texte du roman*, p. 69). Riffaterre, por seu lado, escreve: «But the very core of the literary experience is that perceiving mode known as intertextuality» (cf. Michael Riffaterre, «Interpretation and undecidability», in *New literary history*, XII, 2(1981), p. 228).

([141])—Kristeva comete esta incorrecção e este abuso, ao afirmar: «Le terme d'*inter-textualité* désigne cette transposition d'un (ou de plusieurs) systèmes de signes en un autre; mais puisque ce terme a été souvent entendu dans le sens banal de «critique des sources» d'un texte, nous lui préférerons celui de *trans-*

Semelhante fenómeno, quer apresente uma dimensão marcadamente individual, quer apresente uma dimensão transindividual, caracterizando neste caso um estilo de época — pense-se, por exemplo, na influência da pintura na poesia descritiva do neoclassicismo ou na influência da música na poesia simbolista —, ocorre porque o policódigo literário contém regras, preceitos e convenções que permitem, legitimam ou valorizam as inter--relações formais e semânticas da literatura com outras artes e não porque a produção de um determinado texto literário envolva relações intertextuais com um determinado texto pictórico ou com um determinado texto musical. Por outras palavras, trata-se de um fenómeno originária e substantivamente pertencente ao plano émico, ao passo que a intertextualidade pertence ao plano ético (embora, como fenómeno de produção textual, se encontre regulada pelo sistema).

Igualmente consideramos incorrecto falar-se de intertextualidade a propósito de características formais e semânticas que um texto compartilha com outros textos, em virtude de um e outros se integrarem no mesmo género ou no mesmo subgénero literários. Como no caso anterior, trata-se originariamente de um fenómeno do plano sistémico e não, em rigor, de um fenómeno intertextual, embora as regras e as convenções do género literário conduzam logicamente à instauração e até à proliferação de fenómenos intertextuais entre textos do mesmo género (o intertexto de uma égloga, por exemplo, será constituído predominantemente por outras églogas).

Em função da natureza do intertexto, a intertextualidade pode ser *exoliterária* ou *endoliterária* (esta distinção classificativa não implica que o texto literário apresente apenas conexões de intertextualidade exoliterária ou de intertextualidade endoliterária, pois que todo o texto literário depende, em grau variável, de um intertexto não literário e de um intertexto literário). No caso da *intertextualidade exoliterária*, o intertexto é constituído quer por textos não verbais — um texto pictórico, por exemplo,

---

position [...]» (cf. Julia Kristeva, *La révolution du langage poétique*, Paris, Éditions du Seuil, 1974, pp. 59-60). Na esteira de Kristeva, igual incorrecção, acrescida de outras confusões conceituais e terminológicas, se encontra no estudo, aliás de grande interesse, de Laurent Jenny, «La stratégie de la forme», in *Poétique*, 27(1976), p. 265.

pode ter importantes relações intertextuais com um texto literário ([142]) —, quer por textos verbais não literários: obras historiográficas, filosóficas, científicas, ensaios, artigos de jornais, livros didácticos, enciclopédias, etc. No caso da *intertextualidade endoliterária*, o intertexto é constituído por textos literários.

Embora a intertextualidade endoliterária seja normalmente mais relevante, a intertextualidade exoliterária pode apresentar, em muitos casos, uma importância de primeiro plano: n'*Os Lusíadas* de Camões, algumas obras historiográficas desempenham uma função valiosa na produção do texto épico; o comentário de Marsílio Ficino ao *Banquete* de Platão exerceu profunda influência na produção de muitos textos líricos do Renascimento; obras como o *Portugal contemporâneo* e a *História de Portugal* de Oliveira Martins mantêm relações intertextuais salientes com romances de Eça de Queirós como *Os Maias* e *A ilustre casa de Ramires*. A intertextualidade exoliterária manifesta-se sobretudo nas estruturas semânticas e pragmáticas do texto literário, ao passo que a intertextualidade endoliterária se pode manifestar equipolentemente a nível de qualquer dos códigos discrimináveis no policódigo literário.

Como escrevemos atrás, a intertextualidade é entretecida pelo diálogo de vários textos, de várias vozes e consciências. Este dialogismo, na sua dinâmica originária e essencial, é *hetero--autoral*: textos de Dante interactuam com textos de Petrarca, textos de Petrarca representam matrizes hipogramáticas de textos de Garcilaso, textos de Garcilaso são absorvidos e metamorfoseados por textos de Herrera... Conjuntamente com a intertextualidade hetero-autoral, todavia, pode manifestar-se uma intertextualidade *homo-autoral*: textos de um autor podem manter relações intertextuais — e relações privilegiadas — com outros textos do mesmo autor, numa espécie de auto-imitação marcada tanto pela circularidade narcisista como pela alteridade (ao

---

([142])—As relações intertextuais entre obras pictóricas e literárias têm sido particularmente frequentes e significativas ao longo da história. Mencionaremos apenas dois exemplos: em *La Galeria* de Giambattista Marino, abundam os poemas cuja produção se funda explicitamente em obras de pintura de diversos autores; numerosos poemas de Baudelaire apresentam relações intertextuais com obras de artistas plásticos, entre os quais avultam Goya e Delacroix (cf. Jean Prévost, *Baudelaire. Essai sur l'inspiration et la création poétiques*, Paris, Mercure de France, 1953, pp. 129 ss.).

auto-imitar-se, ao auto-citar-se, o autor espelha-se a si mesmo e é, no entanto, já outro). André Breton, por exemplo, ao escrever *L'amour fou*, incorpora e transforma neste texto narrativo fragmentos de outro texto seu, *Tournesol* ([143]).

A intertextualidade homo-autoral não deve ser confundida com outro fenómeno que Jean Ricardou designa por *intertextualidade interna* e que Lucien Dällenbach prefere denominar *autotextualidade*: um texto cita-se, repete-se, glosa-se e espelha-se a si próprio, numa espécie de «mise en abyme» ([144]). Em nosso entender, este fenómeno, que tende para uma impossível autarcia intratextual — no fundo, mais uma metamorfose da mítica aspiração a uma linguagem adâmica —, representa exactamente o contrário da intertextualidade ([145]).

A presença e a acção do intertexto num texto literário podem manifestar-se de modo explícito: assim acontece com a *citação* ([146]), que consiste na reprodução total ou parcial de um texto noutro texto, sem quebra da coesão semântica ou formal

---

([143]) — Cf. Jean-Yves Tadié, *Le récit poétique*, Paris, PUF, 1978, pp. 122-123.

([144]) — Cf. Jean Ricardou, *Pour une théorie du nouveau roman*, Paris, Éditions du Seuil, 1971, pp. 162 ss.; Lucien Dällenbach, «Intertexte et autotexte», in *Poétique*, 27(1976), p. 282.

([145]) — Ao concluir um belo estudo sobre a memória intratextual nos *Essais* de Montaigne, escreve Michel Beaujour: «Cette innovation d'une mémoire intratextuelle, sous la forme d'un texte qui se réfère à lui-même dans l'imitation des mécanismes de la mémoire involontaire, et de l'invention libre, a pour effet la production d'un texte sinon amnésique par rapport à tous les textes antérieurs, du moins d'un texte qui tend de plus en plus à ne se référer qu'à son propre passé en repassant sur les traces déjà écrites, et qui tend toujours davantage vers une économie autarcique, bien qu'il ne parvienne jamais, et pour cause, à se replier et se clore tout à fait sur lui-même» (cf. Michel Beaujour, «Les *Essais*: Une mémoire intratextuelle», in Floyd Gray & Marcel Tetel (eds.), *Textes et intertextes. Études sur le XVIe siècle pour Alfred Glauser*, Paris, Nizet, 1979, p. 45).

([146]) — A citação pode inscrever-se num espaço paratextual: como enunciado prologal, como epígrafe ou como enunciado posfacial. Em qualquer destes casos, embora não sendo em rigor um elemento constituinte do texto, apresenta grande interesse para o conhecimento do texto e do seu intertexto. Sobre a citação nos textos literários, *vide*: Hermann Mayer, *The poetics of quotation in the european novel*, Princeton, Princeton University Press, 1968; Stefan Morawski, *Fundamentos de estética*, Barcelona, Ediciones Península, 1977, pp. 363-383; Edward W. Said, *Beginnings. Intention and method*, Baltimore — London, The Johns Hopkins University Press, 1975, p. 22.

deste último, com a *paródia* e com a *imitação declarada*, cuja existência depende *stricto sensu* da existência do texto parodiado e do texto imitado. A intertextualidade pode actuar, todavia, de modo implícito, oculto ou dissimulado: assim sucede com a *alusão* (¹⁴⁷), com as referências crípticas, de natureza hermética e iniciática, a outros textos, com a imitação de tipo fluido, etc.

A intertextualidade desempenha uma função complexa e contraditória nos processos de homeostase e de mudança do sistema semiótico literário. Por um lado, a intertextualidade representa a força, a autoridade e o prestígio da memória do sistema, da tradição literária: imita-se o texto modelar, cita-se o texto canónico, reitera-se o permanente, cultua-se, em suma, a beleza e a sabedoria *sub specie aeternitatis* ou, pelo menos, *sub specie continuitatis*. Por outro lado, porém, a intertextualidade pode funcionar como um meio de desqualificar, de contestar e destruir a tradição literária, o código literário vigente: a citação pode ser pejorativa e ter propósitos caricaturais; sob o signo da ironia e do burlesco, a paródia contradita, muitas vezes desprestigia e lacera, tanto formal como semanticamente, um texto relevante numa comunidade literária, procurando por conseguinte corroer ou ridicularizar o código literário subjacente a esse texto, bem como os códigos culturais correlatos, e intentando assim modificar o alfabeto, o código e a dinâmica do sistema literário (¹⁴⁸).

(¹⁴⁷)—Sobre a alusão como fenómeno da intertextualidade literária, *vide* as indicações bibliográficas contidas na nota (193) do capítulo 3 desta obra.

(¹⁴⁸)—A paródia contradita sempre, como afirma Paul Zumthor, «the original situation of the text reproduced» (cf. Paul Zumthor, «From hi(story) to poem, or the paths of pun: The grands rhétoriqueurs of fifteenth-century France», in *New literary history*, X, 2(1979), p. 254), mas nem sempre desqualifica e lacera o texto parodiado: nos poemas herói-cómicos, por exemplo, parodia-se frequentemente um texto épico célebre para desqualificar as personagens e as acções do poema herói-cómico e não para desqualificar o intertexto. A paródia não funciona sempre, ou necessariamente, como um factor de contestação de um código literário obsolescente ou anacrónico, já que pode funcionar inversamente como um factor de oposição a tentativas de inovação, favorecendo portanto a estabilidade e até a imobilidade do sistema literário. Sobre a paródia, *vide:* Jurij Tynjanov, *Avanguardia e tradizione*, Bari, Dedalo Libri, 1968, pp. 135 ss.; O. M. Freidenberg, «The origin of parody», in Henryk Baran (ed.), *Semiotics and structuralism. Readings from the Soviet Union*, White Plains, International Arts and Sciences Press, 1974, pp. 269-283; Linda Hutcheon, «Ironie, satire, parodie. Une approche pragmatique de l'iro-

Quer a função corroboradora, quer a função contestatária da intertextualidade dependem imediatamente da metalinguagem literária — e. g., a metalinguagem do neoclassicismo justifica, aconselha e impõe a função corroboradora, ao passo que a metalinguagem dos movimentos de vanguarda proclama a necessidade da função contestatária e subversiva — e, mediatamente, da ideologia correlacionada com aquela metalinguagem. Semântica e pragmaticamente, aliás, toda a intertextualidade, mesmo quando aparenta circunscrever-se a uma simples actividade lúdica, a um divertimento gratuito, nunca é ideologicamente inocente ou asséptica, reenviando sempre, embora muitas vezes de modo dissimulado, oblíquo e até oculto, a uma cosmovisão, a um universo simbólico em que se acredita ou que se denega.

Esta função dual desempenhada pela intertextualidade, nuns casos fortalecendo e convalidando a homeostase do sistema literário, noutros casos contribuindo para a sua alteração e até para a sua subversão, só aparentemente é contraditória, pois que representa uma manifestação específica da lógica profunda e da dinâmica de todos os sistemas semióticos culturais (cf., *supra*, 3.7.3.). Em termos psicanalíticos, tal dualidade funcional exprimir-se-ia pela "ansiedade da influência" analisada por Harold Bloom: todo o novo grande poeta estaria vinculado por uma relação de tipo edipiano a um grande poeta seu predecessor, representando este, ao mesmo tempo, a matriz, a tradição e a autoridade às quais não é possível eximir-se e contra as quais, no entanto, trava uma luta contínua, ora surda, ora aberta, na tentativa de impor a sua própria originalidade ([149]).

---

nie», in *Poétique*, 46(1981), pp. 140-155. Os estudos de Bachtin (*vide* informações bibliográficas nas obras citadas de Todorov e de Ponzio) são da maior importância para o conhecimento da paródia como fenómeno intertextual.

([149])—Harold Bloom expôs a sua teoria em diversos estudos: *The anxiety of influence* (New York, Oxford University Press, 1973), *A map of misreading* (New York, Oxford University Press, 1975) e *Poetry and repression* (New Haven—London, Yale University Press, 1976). Um caso típico desta relação de tipo edipiano seria o das conexões intertextuais entre Dante e Petrarca (cf. John Freccero, «The fig tree and the laurel: Petrarch's poetics»: in *Diacritics*, 5(1975), pp. 37-40; Nancy J. Vickers, «Re-membering Dante, Petrarch's "Chiare, fresche et dolci acque"», in *MLN*, 96, 1(1981), pp. 1-11).

9.9. Coesão textual, estrutura profunda e estrutura de superfície

Ao definirmos o texto como entidade semiótica, em geral, e como entidade linguística, tanto no plano émico como no plano ético, salientámos que o texto possui um conjunto de propriedades estruturais que o distinguem de uma sucessão heteróclita ou aleatória de enunciados: a esse conjunto dá-se o nome de *coesão* (ou *coerência*) *textual*. A coesão, que não é uma *qualitas*, mas a *quidditas* dos textos, isto é, «a condição constitutiva da textualidade» ([150]), é primordial e substantivamente de natureza semântica: todo o texto é produzido a partir de uma *base semântica*, mesmo que se trate apenas de um "programa semântico" elementar, constituindo o núcleo daquela base semântica o *tema* do texto ([151]). Esta base semântica realiza-se e manifesta-se em *macroestruturas textuais não lineares*, quer de teor semântico-pragmático, quer de natureza técnico-compositiva, reguladas por normas opcionais e/ou constritivas de aplicação transtópica, e em *microestruturas textuais lineares* reguladas por normas opcionais e/ou constritivas de aplicação tópica e constituídas por entidades léxico-gramaticais, fonológicas, grafémicas, estilísticas e retóricas. Tanto as macroestruturas como as microestruturas se encontram em relação funcional com os modos e os géneros literários.

Existe, assim, uma *coesão textual global* ou de *longo raio de acção*, consubstanciada na base semântica e nas macroestruturas do texto, e uma *coesão textual linear, sequencial* ou de *curto raio de acção*, manifestada pelas microestruturas textuais e ontológica e funcionalmente subordinada à coesão textual global. Nalguns textos literários — nos textos literários de vanguarda, por exemplo —, pode ocorrer a corrosão, ou mesmo a destruição sistemática, da coesão textual linear, resultando daí textos aparentemente incoerentes e "agramaticais". A coesão textual, nestes casos, é instituída e assegurada pelas macroestruturas semântico-

---

([150])—Cf. Maria-Elisabeth Conte, «Coerenza testuale», in *Lingua e stile*, XV, 1(1980), p. 135.

([151])—Cf. Wolfgang Dressler, *Introduzione alla linguistica del testo*, Roma, Officina Edizioni, 1974, pp. 30-31.

-pragmáticas e pela metalinguagem subjacente a tais textos, da qual decorrem hiperenunciados performativos, muitas vezes não explicitados na estrutura de superfície, que exprimem o desígnio e a necessidade de construir um texto carecente de coesão linear com o propósito de se representar a incoerência de algo (a existência, a sociedade contemporânea, etc.) (¹⁵²). Perante textos deste tipo e perante textos em que a semiotização literária transforma extensa e profundamente a gramática textual normal (cf., *supra*, 2.15.), avulta um fenómeno verificável com todos os textos literários: *a sua coesão é em parte produzida pelo seu receptor* (o que constitui apenas uma consequência particular do princípio geral de que o texto literário só existe em plenitude enquanto objecto de uma transacção estética com um leitor). A leitura é sempre uma busca, um desvelamento e uma construção da coesão textual.

A coesão manifesta-se quando a interpretação semântica de um elemento do texto pressupõe ou implica a de outro(s) elemento(s) anteriormente ocorrente(s) no mesmo texto, podendo estes elementos fazerem parte quer de um enunciado, quer de diversos enunciados. Esta homogeneidade semântica realiza-se através da *textura*, isto é, a organização formal que possibilita instituir conexidade, relações coesivas, entre as entidades textuais, suturando adequadamente a sucessão dos enunciados, assegurando a continuidade e a progressão informativas, construindo a "tessitura" que o texto (*textus*) é. «Texture», escreve Ruqaiya Hasan, «is the technical term used to refer to the fact that the lexicogrammatical units representing a text hang together — that there exists linguistic cohesion within the passage» (¹⁵³). A textura é constituída originária e fundamentalmente pelos mecanismos léxico-gramaticais do sistema semiótico primário, podendo tais mecanismos ser alterados, no âmbito do quadro teórico exposto em 2.15., por processos de semiotização regulados pelo sistema semiótico secundário. Entre os mecanismos mais relevantes da textura e, por conseguinte, da coesão dos textos literários, mencionaremos:

(¹⁵²) — Cf. Cesare Segre, *Semiotica filologica. Testo e modelli culturali*, Torino, Einaudi, 1979, p. 35.
(¹⁵³) — Cf. Ruqaiya Hasan, «Text in the systemic-functional model», in Wolfgang U. Dressler (ed.), *Current trends in textlinguistics*, p. 228.

a) A *iteração* ou a *recorrência* tanto de unidades léxico--gramaticais e fonológicas como de estilemas e de figuras. A reiteração e a disseminação dos mesmos lexemas, ou de lexemas diferentes, mas comportando semas idênticos ou afins, de análogas construções sintácticas, de figuras e estilemas semelhantes, etc., originam microestruturas semânticas e estilístico--formais que têm muita importância para o conhecimento do tema — por vezes, a reiteração de elementos sémicos, de estilemas, de metáforas, etc., permite detectar coordenadas subliminais da coesão textual — e para o conhecimento das relações arquitextuais e intertextuais de um texto. A *isotopia*, entendida quer como iteração de elementos *sémicos* (isotopia semântica), quer como iteração de elementos *fémicos* (isotopia fonoprosódica, como a rima, a aliteração, a paranomásia, etc.), constitui um factor essencial de homogeneidade do texto, não só sob o ponto de vista da produção, mas também sob o ponto de vista da leitura.

b) A *co-referência*, ou seja, a relação de referência de duas ou mais entidades da cadeia sintagmática ao mesmo *referente textual*. Por "referente textual" entende-se uma entidade que, uma vez estabelecida a sua existência no texto, pode ser referida por um pronome ou por um artigo definido, isto é, que pode ser referida anaforicamente no desenvolvimento do texto [154]. A introdução, nalgumas propostas de definição da co-referência, de "objecto extralinguístico" em vez de "referente textual" parece-nos desadequada à análise da co-referência em textos literários. A co-referência é um fenómeno correlativo da *anáfora*, da *deíxis* e da *substituição* [155].

c) A *anáfora*, que consiste na referência de um elemento da cadeia textual a um elemento anteriormente ocorrente no co-texto [156]. A anáfora, que representa um aspecto da substi-

---

[154] — Cf. Lauri Karttunen, «Referenti testuali», in Maria-Elisabeth Conte (ed.), *La linguistica testuale*, pp. 121-147.

[155] — Sobre a substituição como fenómeno textual, cf. Roland Harweg, «Substitutional text linguistics», in Wolfgang U. Dressler (ed.), *Current trends in textlinguistics*, pp. 247-260.

[156] — Como termo da retórica tradicional, "anáfora" designa a repetição, no início de enunciados sucessivos, do mesmo lexema ou do mesmo sintagma. Sobre a anáfora como mecanismo da coesão textual, *vide:* Wolfgang Dressler, *Introduzione alla linguistica del testo*, pp. 38 ss.; William O. Hendricks,

tuição, é um dos mecanismos fundamentais da constituição da linearidade textual, pois implica uma informação já dada (*antecedens*) e a remissão a essa unidade informativa por um elemento textual posterior (*subsequens*), matriz de nova capacidade informativa. Os pronomes e o artigo definido constituem mecanismos fundamentais da referência anafórica ([157]). A *catáfora* é também um elemento importante da textura, consistindo na referência de uma entidade da cadeia textual a outra entidade posteriormente ocorrente no co-texto. O elemento anafórico *retrojecta* a informação, ao passo que o elemento catafórico *projecta* a informação.

A coesão textual — quer a coesão global, quer a coesão linear — é um fenómeno *co-textual* ou *intratextual*, mas é também um fenómeno *contextual*, visto que a "enciclopédia" do emissor e do receptor, isto é, o seu conhecimento do mundo, representa o factor primordial da génese da base semântica do texto ([158]). Em todo o texto ocorrem elementos *exofóricos*, de natureza pragmática e semântica, sem o conhecimento dos quais o texto literário não pode ser interpretado: elementos que remetem para a situação enunciativa; elementos que pressupõem o conhecimento de um determinado *universo de discurso* ([159]); elementos que indiciam ou explicitam conexões arquitextuais e intertextuais, as quais podem desempenhar uma função nuclear na constituição da coesão textual; elementos que implicam,

---

Grammars of style and styles of grammar, Amsterdam — New York — Oxford, 1976, pp. 42 ss., 48 ss. e 65 ss.

[157] — Cf., e.g., Harald Weinrich, *Lenguaje en textos*, pp. 241 ss., sobre a função anafórica do artigo definido.

[158] — Cf. Irena Bellert, «Una condizione della coerenza dei testi», in Marie-Elisabeth Conte (ed.), *La linguistica testuale*, pp. 156-158 [este estudo de I. Bellert foi publicado originalmente, com o título «On a condition of the coherence of texts», na revista *Semiotica*, 2,4(1970), pp. 335-363]; Teun A. van Dijk, *Per una poetica generativa*, Bologna, Il Mulino, 1976, pp. 120 e 124; Jürgen Trabant, *Semiología de la obra literaria. Glosemática y teoría de la literatura*, Madrid, Ed. Gredos, 1975, pp. 234 ss.

[159] — Cf. Eugenio Coseriu, *Teoría del lenguaje y lingüística general*, Madrid, Ed. Gredos, 1962, p. 318: «Por *universo de discurso* entendemos el sistema universal de significaciones al que pertenece un discurso (o un enunciado) y que determina su validez y su sentido». Sobre os universos de discurso, veja-se Andrea Bonomi, *Universi di discorsi*, Milano, Feltrinelli//Bocca, 1979.

pressupõem e manifestam o conhecimento de sistemas culturais, de ideologias, de uma problemática histórica e social.

Ao longo desta obra, em particular nas páginas precedentes, temo-nos referido a *estrutura profunda* e a *estrutura de superfície* do texto literário. Estes dois conceitos, oriundos da linguística de Chomsky e da gramática gerativa em geral, nas quais se aplicam a frases e não a textos, foram transpostos para a análise do texto por vários autores, embora esta transposição nem sempre esteja isenta de confusões e perigosas sugestões metafóricas. A estrutura profunda representaria a base semântica (ou semântico-pragmática), o tema, o "programa" semântico ou o "esquema projectual" a partir dos quais, mediante a aplicação de regras de derivação textual, mediante transformações sucessivas, se produziria a estrutura de superfície, constituída por unidades léxico-gramaticais, fonológicas e grafémicas [160]. No caso dos textos literários, haveria que acrescentar a estas unidades, dependentes do sistema modelizante primário, outros elementos regulados pelo sistema modelizante secundário: elementos rítmicos, métricos, estilísticos, retóricos, etc. Julia Kristeva, inspirando-se na terminologia linguística de Saumjan e reportando-se à topologia lacaniana do inconsciente, designa a estrutura profunda por *genotexto* e a estrutura de superfície por *fenotexto;* Janusz Sławiński propõe uma terminologia análoga, referindo-se a *genótipo* e a *fenótipo* [161].

A distinção conceptual e terminológica entre estrutura profunda e estrutura de superfície do texto literário pode ser útil e fecunda, se for considerada como um instrumento heurístico e operatório que possibilita a análise de determinados aspec-

---

[160]—Entre os autores que têm procurado transferir para a gramática do texto literário os conceitos de estrutura profunda e de estrutura de superfície, sobressai Teun A. van Dijk (cf. *Some aspects of text grammars. A study in theoretical linguistics and poetics*, pp. 17 ss., 38 ss., 210 ss.; *Per una poetica generativa*, pp. 144, 155, 192, 226, 236-237, 266 e 273-274).

[161]—Julia Kristeva tem formulado esta distinção em vários dos seus estudos (veja-se, *e. g.*, *La révolution du langage poétique*, Paris, Éditions du Seuil, 1974, pp. 83-84). Sobre a distinção entre *genótipo* e *fenótipo*, cf. Janusz Sławiński, «Sincronia e diacronia nel processo storico-letterario», in Carlo Prevignano (ed.), *La semiotica nei paesi slavi*, Milano, Feltrinelli, 1979. Quer em Kristeva, quer noutros autores — em Greimas, por exemplo —, ocorre uma perniciosa confusão entre o conceito biológico de "gerar" e o conceito lógico-matemático de "gerar", o único utilizado por Chomsky.

tos e mecanismos da produção textual. Corre-se, todavia, um grave risco, se se tender a ontologizar tal distinção, subtraindo-a ao nível da metalinguagem e tombando-se num idealismo de tipo platónico ou hegeliano: a base semântica — a "Ideia" — do texto existiria antes e independentemente da produção do próprio texto, antes e para além da materialidade do próprio texto. Ora, se a intuição dos falantes, a análise linguística e semiótica e as informações proporcionadas por muitos escritores corroboram o princípio da nuclearidade dos factores semântico-pragmáticos, confirmam também que é inexacto conceber a chamada "lexematização" textual como mera extrinsecação ou realização fenoménica de um significado pré-formado, perfeito e concluso; que o "esquema projectual" se modifica — em muitos casos, acentuadamente —, ao longo do processo da produção textual; que as estruturas de superfície não podem ser consideradas como "variações" sobre um "tema" (identificado com a estrutura profunda); que é aleatório e aventuroso falar de «estrutura profunda textual não observável no texto» (162). O significado de um texto, sobretudo de um texto literário, realiza-se e manifesta-se na integralidade das estruturas textuais, não sendo possível conceber estas mesmas estruturas como uma espécie de resíduo ou de epifenómeno e o significado como apreensível num resumo, identificável com um «sumário lexicalizado», etc. Na procura de modelos altamente formalizados dos textos literários, alguns investigadores, praticando um voraz reducionismo logicista, consideram literalmente o texto como um *pretexto*.

9.10. Ficcionalidade e semântica do texto literário

A *ficcionalidade* não caracteriza de modo suficiente o texto literário — há ficções não literárias, desde as ficções mitológicas até às ficções lendárias —, mas constitui uma propriedade neces-

---

(162) — Veja-se, por exemplo, esta caracterização de estruturas profundas do texto narrativo: «The submarine elements which are less visible in the text (plot, character, theme), and in which critics are most interested, displya a remarkable correspondence with the underlying components of the semantic deep structure of sentences» (cf. Roger Fowler, *Linguistics and the novel*, London. Methuen, 1977, p. 29).

sária para a sua existência. A ficcionalidáde, que já definimos em 3.4. como um conjunto de regras pragmáticas que prescrevem como estabelecer as possíveis relações entre o mundo construído pelo texto literário e o mundo empírico, actual, manifesta-se textualmente em dois níveis: no nível da enunciação, pois o autor textual e o narrador não são co-referenciais com o autor empírico e produzem textos que não dependem, imediata e explicitamente, de um contexto de situação actual; no nível dos referentes textuais, para nos servirmos do conceito e da designação de Karttunen já utilizados no parágrafo anterior, visto que esses referentes não preexistem ao texto literário, não lhe são anteriores nem exteriores, sendo instituídos pelos enunciados do próprio texto.

A afirmação de que o texto literário carece de referentes não nos parece correcta, excepto se se entender restritivamente por "referentes" os "objectos" (¹⁶³) do mundo real. Os enunciados do texto literário também denotam e fazem referência, simplesmente «constituem uma ficcionalização do acto de denotar», manifestam uma *pseudo-referencialidade*, porque as condições e os objectos da referência são produzidos pelo próprio texto (e por isso a pseudo-referencialidade se identifica, sob vários aspectos, com a *auto-referencialidade*) (¹⁶⁴).

Os referentes dos textos literários — personagens como Othelo, Anna Karenina ou Sherlock Holmes, acções como a morte de Emma Bovary, o incesto de Carlos da Maia ou o julgamento de Meursault, estados como a nostalgia, a angústia, a exaltação amorosa, etc., dos falantes de poemas líricos — constituem objectos de ficção, isto é, objectos que não existem no mundo empírico, que não são factualmente verdadeiros. No entanto, entre os referentes dos textos literários podem figurar objectos que têm, ou tiveram, existência no mundo empírico: a cidade de Lisboa n'*Os Maias*, a cidade de Londres nos romances de Conan Doyle, Napoleão em *Anna Karenina*, a batalha de

---

(¹⁶³) — Cf. a nota (61) do capítulo 1 desta obra.

(¹⁶⁴) — Cf. Karlheinz Stierle, «The reading of fictional texts», in Susan R. Suleiman e Inge Crosman (eds.), *The reader in the text. Essays on audience and interpretation*, Princeton, Princeton University Press, 1980, pp. 89-90. Veja-se também: Gottfried Gabriel, «Fiction — a semantic approach», in *Poetics*, 8, 1/2 (1979), p. 246; Walter D. Mignolo, «Semantización de la ficción literaria», in *Dispositio*, V-VI, 15-16 (1980-1981), p. 114.

Waterloo n'*A cartuxa de Parma*, etc. O código de certos subgéneros literários, como o romance e o drama históricos, comporta como convenção indispensável a representação de personagens que tiveram existência historicamente comprovada, as quais, no mundo possível da obra literária, coexistem e convivem com personagens puramente ficcionais, e de eventos historicamente ocorridos, que, naquele mesmo mundo, se entrecruzam e mesclam com acções também puramente ficcionais ([165]). No mundo instituído pelo texto literário, porém, os objectos do mundo actual e do mundo histórico, sem perderem algumas propriedades fundamentais do seu estatuto de existência empírica — Napoleão não podia ser substituído, em *Anna Karenina*, por Luís XIV, nem Lisboa podia ser substituída, n'*Os Maias*, pelo Porto —, adquirem um estatuto ficcional, não podendo ser exactamente identificados com referentes empíricos e históricos (e por isso se fala comummente do "Napoleão" de *Anna Karenina*, da "Lisboa" d'*Os Maias*, etc.).

Em conformidade com uma filosofia ingenuamente realista ou cepticamente empirista e positivista, os objectos ficcionais literários não existem, são uma falsidade e uma mentira ([166]). Em conformidade com uma concepção puramente intensional do significado do texto literário, como aquela que defendeu Frege, os objectos ficcionais não são verdadeiros

---

([165])—John Woods, na sua importante obra intitulada *The logic of fiction* (The Hague, Mouton, 1974), designa este fenómeno como «modalidades mistas de existência» (pp. 42-42, 115). Terence Parsons, no seu estudo intitulado *Nonexistent objects* (New Haven— London, Yale University Press, 1980), designa os objectos estrememente ficcionais como "objectos nativos» do texto, e os outros objectos como "objectos imigrantes» (*e. g.*, respectivamente, Sherlock Holmes e Londres nos textos narrativos de Conan Doyle) (p. 51).

([166])—É bem elucidativo o juízo de Hume: «Poets themselves, tho' liars by profession endeavor to give an air of truth to their fictions» (cf. David Hume, *Treatise of human nature*. London, Oxford University Press, 1967, p. 121). Nas acusações dirigidas desde Platão aos poetas e à poesia, confundem-se os conceitos de falsidade e de mentira, embora estes conceitos, em rigor, sejam distintos: a mentira implica uma responsabilidade moral do locutor, que sabe que está a mentir, ao passo que a falsidade implica um erro, uma falha de conhecimento, sem responsabilidade moral (na linguagem corrente, todavia, há uma forte tendência para identificar falsidade e mentira). Sobre estes problemas, cf. Judith Genova, «Fiction and lies», in *Centrum*, 5,1(1977), pp. 35-42.

nem falsos ([167]). Nenhuma destas soluções se afigura satisfatória, parecendo mais adequada e operatoriamente mais fecunda uma versão mitigada da teoria ontológica de Meinong, segundo a qual os objectos que não existem no mundo actual (ou empírico) são constituídos por propriedades que os tornam passíveis de uma predicação verdadeira ou falsa ([168]). Quer dizer, os objectos ficcionais não podem ser julgados verdadeiros ou falsos de acordo com um conceito de verdade como aquele proposto por Tarski ([169]), que exige a correspondência das proposições com a realidade, mas podem ser julgados verdadeiros ou falsos em função dos enunciados dos textos literários em que aqueles objectos ocorrem (trata-se de uma verdade e de uma falsidade estipuladas *de dicto* e não *de re*) ([170]).

Assim, quando se lê num livro de história: «À 1 hora da manhã, Bonaparte deixara Albenga e alcançara, com Berthier e o comissário Saliceti, a colina de Cabianca, donde tinha vigiado a operação de Montenotte», sabemos que este enunciado exprime uma sucessão de factos realmente acontecidos, num tempo e num espaço empíricos, envolvendo personagens que efectivamente existiram (independentemente de eventuais inexactidões ou erros cometidos pelo narrador). Semelhante leitura é imposta — e garantida — pelas convenções, pelo código do discurso

---

([167]) — Cf. Lubomír Doležel, «Extensional and intensional narrative worlds», in *Poetics*, 8,1/2(1979), p. 205; Gottfried Gabriel, *op. cit.*, *passim*. Esta foi já a posição defendida por Sir Philip Sidney na sua *Defense of Poesy:* o poeta nada afirma e por isso nunca mente.

([168]) — A teoria ontológica de Alexius Meinong (1853-1920), desacreditada pela crítica de Bertrand Russell, está hoje a despertar um vivo interesse nos estudiosos de lógica, de semântica e de teoria da literatura. O famoso estudo de Meinong sobre os objectos não-existentes pode-se ler, em tradução inglesa e com o título «The theory of objects», in R. Chisholm (ed.), *Realism and the background of phenomenology*, New York Free Press, 1960. Sobre a teoria dos objectos ficcionais de Meinong, *vide:* Terence Parsons, «A meinongian analysis of fictional objects», in *Grazer philosophische Studien*, 1(1975), pp. 73-86; *id.*, *Nonexistent objects*, em especial capítulos 3 e 7; John Woods, «Meinongean theories of fictional objects», in *Journal of literary semantics*, VII, 2(1978), pp. 65-70.

([169]) — Cf. Alfredo Tarski, *La concepción semántica de la verdad y los fundamentos de la semántica*, Buenos Aires, Ed. Nueva Visión, 1972.

([170]) — Cf. John Woods, *The logic of fiction*, pp. 24 ss., 33 ss., 61 e 133 ss..

historiográfico. Quando lemos, porém, no início d'*Os Maias:* «A casa que os Maias vieram habitar em Lisboa, no Outono de 1875, era conhecida na vizinhança da Rua de S. Francisco de Paula, e em todo o bairro das Janelas Verdes, pela *casa do Ramalhete*, ou simplesmente o *Ramalhete*», sabemos que este enunciado não denota factos acontecidos no mundo actual e historicamente verídicos, que não existiu no mundo empírico a família dos Maias, nem o palácio do Ramalhete, nem a acção de mudança do domicílio dos Maias. Tudo isto, porém, é verdadeiro no mundo possível produzido pelo texto literário, tudo isto é verdadeiro, porque o narrador assim o afirma. Quando alguém escreve no seu diário, no qual regista acontecimentos da sua vida: «Hoje fui de comboio a Évora», temos de acreditar que esse alguém, jurídica e administrativamente identificável, situado num tempo e num espaço reais, viajando efectivamente de comboio, visitou de facto Évora. Quando lemos, porém, num poema de Álvaro de Campos: *Ao volante do Chevrolet pela estrada de Sintra, / ao luar e ao sonho, na estrada deserta, / sozinho guio, guio quase devagar* [...], não podemos concluir que o autor empírico, o poeta na sua existência real, sabia guiar, que guiava devagar um *Chevrolet* e que ia sózinho para Sintra, pois tudo isto é verdade no mundo possível instituído pelo texto literário, tudo isto é somente verdade em relação ao eu textual e não em relação ao autor considerado na sua pessoa física e social, como diria o próprio Fernando Pessoa. Lisboa, a rua de S. Francisco, o bairro das Janelas Verdes, Sintra e o *Chevrolet* constituem, na terminologia de Terence Parsons, «objectos imigrantes» no texto narrativo de Eça e no texto lírico de Álvaro de Campos, mas devêm objectos ficcionalizados, no âmbito daquela «modalidade mista de existência» a que se refere John Woods, por se encontrarem integrados em textos literários (a "Lisboa" d'*Os Maias*, por exemplo, não se identifica exactamente com a Lisboa empírica de 1875, porque, além doutras coisas, não habitava nela, num palácio da rua de S. Francisco, uma família chamada "os Maias"). Como escreve Della Volpe, ao analisar o problema da verdade no texto literário, as palavras do escritor instituem uma verdade que pode ser *explicada*, mas não *verificada*, porque essa verdade existe nessas palavras, num discurso semanticamente orgânico e autónomo (¹⁷¹).

Se cometem um erro grosseiro os que admitem, ou postulam, uma relação de estrita fidelidade especular, de imediata dependência analógica entre o texto literário e um concreto contexto empírico, atribuindo portanto ao discurso literário o funcionamento referencial que se verifica noutros tipos de discurso, homólogo erro, embora inverso, praticam os que concebem o texto literário como uma entidade puramente automórfica e autotélica, como se a pseudo-referencialidade implicasse necessariamente uma ruptura semântica total com o mundo empírico — com os seres, as coisas, os eventos, os sistemas de crenças e convicções, as ideologias, etc., existentes no mundo empírico —, como se o texto literário fosse contituído apenas por um *co-texto* autisticamente desvinculado de um *con-texto*. Semelhante concepção do texto literário, que ocorre, sob modulações várias, em todos os formalismos de todos os tempos, encontra-se representada em várias correntes da teoria da literatura contemporânea. Michael Riffaterre, por exemplo, tem atacado em vários dos seus estudos o que designa por *falácia referencial*, isto é, «the firm belief of language users in nonverbal reference», pois que, segundo Riffaterre, o texto literário «refers not to objects outside of itself, but to an intertext. The words of the text signify not by referring to things, but by presupposing other texts» (¹⁷²). Nesta perspectiva, a intertextualidade é que funda e orienta a textualidade, os textos literários têm como referentes outros textos literários, estando sobredeterminados, na sua génese,

---

(¹⁷¹)—Cf. Galvano Della Volpe, *Critica del gusto*, Milano, Feltrinelli, ⁵1979, pp. 118-119: «Il fatto che la *verità* ad es. di certe londinesi nebbie dickensiane indimenticabili (per prendere un esempio dalla "prosa" di romanzo) la dobbiamo soltanto alla *parola* di Dickens, *bastante a se stessa* (ma quale parola di geografo o storico, o scienziato insomma, basta a se stessa ossia è vera per se stessa?) e che ogni filologia in proposito *esplica* tale parola dickensiana ma *non la verifica*, perché la verifica essa parola l'ha in se stessa [...]».

(¹⁷²)—Cf. Michael Riffaterre, «Interpretation and undecidability», in *New literary history*, XII, 2(1981), pp. 227-228. Riffaterre critica a "falácia referencial" e expõe a sua teoria da intertextualidade como fundamentante da textualidade — o texto literário derivaria por expansão de uma única frase matricial — em diversos estudos, mas com particular ênfase e minúcia no seu livro *The semiotics of poetry*.

no seu desenvolvimento e na sua decodificação, por outras estruturas textuais. A literatura torna-se assim uma espécie de "monstro" borgesiano, produzida por "raros" para ser lida por outros "raros", detentores do privilégio de poderem rastrear o intertexto gerador e fundamentante do texto sob leitura (e com que erudição e engenho, recorrendo por vezes a velhos e esquecidos livros, Riffaterre leva a cabo este rastreamento...). Ora, como os dados empíricos comprovam, como a experiência dos escritores e dos leitores atesta, o modelo de semiose literária proposto por Riffaterre é efectivamente falacioso, constituindo uma extrapolação radical de alguns aspectos do fenómeno literário — da intertextualidade, por exemplo — e generalizando abusivamente a todos os textos literários ([173]) o que pode ser verdadeiro apenas em relação a alguns ou a muitos deles. Pretender preservar, à margem das ideologias, a autonomia semântica do texto literário, é um contra-senso, porque as ideologias são um elemento integrante dos signos, das regras e das convenções dos sistemas semióticos culturais.

No texto literário, com efeito, se não se manifesta uma função referencial idêntica à que se verifica noutros textos, também não se encontra totalmente obliterada tal função. A pseudo-referencialidade não anula a referencialidade ao mundo empírico, mas suspende-a, realizando, como diz Paul Ricoeur, uma *époché* do mundo e da referência imediata, de primeiro grau, a esse mundo, a fim de possibilitar, através do mundo possível construído pelo texto, uma referência mediata, de segundo grau, àquele mundo empírico ([174]). Certos códigos literários, como o código do realismo, com a regra da representação objec-

---

([173])—No seu estudo «Sémiotique intertextuelle: l'interprétant», publicado no volume de autoria colectiva intitulado *Rhétoriques, sémiotiques* (Paris, Union Générale d'Éditions, 1979), Riffaterre não deixa dúvidas de que a sua teoria pretende aplicar-se a todos os textos literários (cf. p. 128). Curiosamente, Riffaterre nunca aplicou, que saibamos, a sua teoria a um romance...

([174])—Cf. Paul Ricoeur, «La fonction narrative», in Dorian Tiffeneau (ed.), *La narrativité*, Paris, CNRS, 1980, p. 57. Ricoeur tem exposto a ideia da «référence dédoublée» do texto literário noutros estudos, em particular na sua obra *La métaphore vive* (Paris, Éditions du Seuil, 1975). Erram tanto aqueles teorizadores que, herdeiros de um neokantianismo muitas vezes dessorado, denegam qualquer relação da ficcionalidade dos textos literários com o real, quanto aqueles que, seduzidos pela teoria dos actos linguísticos, rejeitam a existência da ficcionalidade como marca do texto literário

tiva e verista do real, tendem a aproximar estreitamente o mundo possível do texto literário e o mundo empírico; pelo contrário, outros códigos, como o código da literatura fantástica, tendem a acentuar a diferenciação entre aqueles dois mundos. Todavia, tanto na literatura fantástica como na literatura realista, existe sempre uma inderrogável correlação semântica com o mundo real — uma correlação que tanto pode revestir uma modalidade metonímica como uma modalidade metafórica, que tanto pode apresentar-se sob a espécie de uma fidelidade mimética como sob a espécie de uma deformação grotesca ou de uma transfiguração desrealizante.

Esta específica correlação semântica do texto literário com o real é que permite falar, como muitos autores, desde Aristóteles a Lotman, têm sublinhado, na *verdade* substantiva dos textos literários — uma verdade que não se funda na correspondência com o real, com o mundo empírico, como acontece no discurso referencial, mas na *modelização* desse mundo, do homem e da experiência vital. A verdade desta modelização não é apenas *de dicto*, mas também não é apenas *de re:* é uma verdade autonomamente construída *de dicto*, mas fundada mediatamente *de re*. E por isso a poesia, que é mais *verdadeira* do que a história, como reconheceu Aristóteles, pode ter efeitos perlocutivos mais profundos e duradouros do que qualquer discurso referencial.

Como se pode concluir de quanto escrevemos neste capítulo e nos capítulos anteriores, consideramos o texto literário como um mecanismo semiótico que, em virtude das características da sua forma de expressão, da sua forma de conteúdo e do seu estatuto comunicacional, apresenta estruturas semânticas peculiares e tem a capacidade de produzir no processo da leitura, tanto sincrónica como diacronicamente, novos significados.

---

pretendendo aplicar, por exemplo, as máximas do "princípio cooperativo" de Grice a todos os textos (incluindo, como é óbvio, os literários). Mary Louise Pratt, abandonando o radicalismo que caracteriza o seu já citado estudo *Toward a speech act theory of literary discourse*, afirmava recentemente: «For fiction, we must talk not about assertions that stand in negative relation to the real world, but about utterances which postulate fictional states of affairs that are placed in some complex, but positively specifiable relation to the real world» (cf. «The ideology of speech-act theory», in *Centrum*, 1,1(1981), p. 16).

A descrição e a análise da semântica do texto literário, uma vez que nenhuma substância do conteúdo é específica do sistema e do texto literário (cf., *supra*, p. 103), podem ser efectuadas em conformidade com diversos saberes e diversas metodologias: psicologia, psicanálise, sociologia, etc. A aplicação destes diversos saberes e metodologias à semântica do texto literário só será correcta, porém, se tiver devidamente em conta a semiotização específica do texto literário, tanto no plano semântico como nos planos pragmático e sintáctico.

Como esta semiotização se constitui a partir do sistema semiótico primário, a descrição e a análise da semântica do texto literário têm como fundamento necessário e insubstituível a semântica da linguagem verbal e, mais particularizadamente, a semântica da língua histórica em que o texto está escrito. O desenvolvimento da semântica nas últimas décadas — sobretudo da semântica estrutural e da chamada análise componencial do significado — tem proporcionado novos conceitos e novos processos analíticos que se revelam de muito interesse para o conhecimento das estruturas semânticas do texto literário. Dentre esses novos conceitos, merecem particular menção o de *isotopia* e o de *tema/rema*.

O conceito de *isotopia* foi proposto por Greimas em vários dos seus estudos [175] e por ele definido como «um feixe de categorias semânticas redundantes, subjacentes ao discurso considerado» ou como «a iteratividade, ao longo duma cadeia sintagmática, de classemas que asseguram ao discurso-enunciado a sua homogeneidade» [176]. À luz destas definições, a condição

---

[175] — Cf. A. J. Greimas, *Sémantique structurale*, Paris, Larousse, 1966, pp. 69 ss., em particular pp. 96-101; id., *Du sens*, Paris, Éditions du Seuil, 1970, pp. 188 e 276; A. J. Greimas et alii, *Essais de sémiotique poétique*, Paris, Larousse, 1972, pp. 18-19; A. J. Greimas e J. Courtés, *Sémiotique. Dictionnaire raisonné de la théorie du langage*, Paris, Hachette, 1979, *s. v.*

[176] — Para Greimas, os *classemas* são semas contextuais, isto é, semas que são recorrentes na cadeia discursiva e que implicam, portanto, a junção pelo menos de dois lexemas (cf. *Sémantique structurale*, p. 103). O classema é assim o sema que um semema possui em comum com outros sememas do texto (o *semema* resulta da combinação de um núcleo sémico com classemas). Os *semas nucleares* são os semas que caracterizam um semema na sua especificidade. O *sema* é a unidade mínima da significação. Chamamos a atenção para o facto de a terminologia de Greimas não coincidir com outras terminologias bastante difundidas (e. g., a de Bernard Pottier).

mínima necessária para que se estabeleça uma isotopia é a ocorrência, num sintagma, de duas figuras sémicas. Alguns autores, num desenvolvimento teórico admitido pelo próprio Greimas, tornaram o conceito de isotopia extensivo ao plano da forma da expressão, definindo-o como a recorrência ou a iteração de unidades do plano da expressão e/ou do plano do conteúdo ([177]). Aparecem assim os conceitos de *isotopia fémica* e de *isotopia fonoprosódica* (aliteração, assonância, paronomásia, rima, etc.), de *isotopia estilística*, etc.

O conceito greimasiano de isotopia aplica-se obviamante a fenómenos do *plano ético*, do plano discursivo, pois que implica a ocorrência de semas contextuais. O conceito pode ser transposto, no entanto, para o *plano émico*, para um plano de relações sémicas *in absentia* — correlações originadas e organizadas por factores antropológicos, lógicos e/ou socioculturais e que funcionam como "horizontes de expectativas", como "programas" de produção e recepção de tipos de textos possíveis. Explica-se, assim, que Hans Robert Jauss tenha elaborado o conceito de *isotopia paradigmática* ([178]).

O conceito de isotopia tem demonstrado uma notável capacidade operatória, embora as extensões de que tem sido objecto tenham afectado o seu rigor e a sua excepcional fortuna tenha provocado algumas vezes simplificações trivializantes ou utilizações incorrectas (aspectos negativos que, como é óbvio, não são imputáveis ao conceito em si mesmo). Julgamos, contudo, que o conceito de isotopia envolve graves dificuldades ou obscuridades teóricas, as quais se prendem com outros conceitos e com

---

([177])—Cf., *e. g.*, François Rastier, «Systématique des isotopies», in A. J. Greimas *et alii*, *Essais de sémiotique poétique*, pp. 80-106; Michel Arrivé, «Pour une théorie des textes poly-isotopiques», in *Langages*, 31(1973), pp. 53-63; Angelo Marchese, *Metodi e prove strutturali*, Milano, Principato, 1974, p. 125; Catherine Kerbrat-Orecchioni, «L'isotopie», in *Linguistique et sémiologie*, 1(1976), pp. 11-34; Jacques Dubois *et alii*, *Rhétorique de la poésie. Lecture linéaire, lecture tabulaire*, Bruxelles, Éditions Complexe, 1977, pp. 30 ss.; A. J. Greimas e J. Courtés, *op. cit.*, p. 199. Esta extensão do significado do termo leva Umberto Eco a afirmar que "isotopia" se transformou num «umbrella term» (cf. Umberto Eco, «Two problems in textual interpretation», in *Poetics today*, 2,1a(1980), pp. 145, 147 e 153).

([178])—Cf. Hans Robert Jauss, «Literary history as a challenge to literary theory», in Ralph Cohen (ed.), *New directions in literary history*, Baltimore, The Johns Hopkins University Press, 1974, p. 16.

os próprios fundamentos da análise sémica. A definição de *sema* como unidade mínima da significação levanta mais problemas do que aqueles que resolve: a analogia ou a homologia com o *fema* ([179]) são postuladas, ou vagamente admitidas, mas não cientificamente fundamentadas e convalidadas, e as incertezas, as imprecisões e as limitações resultantes desta transposição do modelo fonológico não podem deixar de se manifestar de múltiplos modos. Parece fácil e exacta, por exemplo, a operação de discriminar os semas de determinados sememas e lexemas — os consabidos termos de parentesco, os consabidos termos de mobiliário —, mas torna-se extremamente aleatório discriminar os semas dos sememas e lexemas que significam os fenómenos, os valores importantes de uma cultura, de uma mundividência, de uma experiência vital, de uma filosofia, de uma ideologia. Muitas vezes, neste âmbito, os pretensos semas são pura e simplesmente identificados com conceitos de intensão e extensão muito variáveis. Por outro lado, em rigor, o sema é uma unidade metalinguística atinente apenas, como acentua justamente Catherine Kerbrat-Orecchioni, «ao funcionamento denotativo das palavras» ([180]), donde resulta que o conceito de isotopia não é extensível à integralidade dos fenómenos semânticos do texto e, em particular, do texto literário, no qual a *conotação* desempenha função relevante. Por último, toda a análise sémica repousa sobre a hipótese da existência de um universo cerrado, relativamente restrito, de universais semânticos e da dinâmica combinatória destes universais. Quer dizer, o conceito de isotopia inscreve-se num quadro teórico em que, *ex definitione*, se delimitam, se descrevem e se analisam tão-só mecanismos lógico--semânticos das línguas naturais, segregando do campo de investigação, ou pelo menos colocando entre parênteses, a historicidade dessas línguas, as suas intrínsecas complexidade e variabilidade de teor cultural, sociológico e pragmático. As restrições do domínio de aplicação da teoria e dos seus conceitos tornam-se

---

([179])—O *fema*, segundo a terminologia proposta por Bernard Pottier e actualmente com larga aceitação, representa o traço distintivo do plano da expressão. Os femas são, pois, os traços distintivos constitutivos do *fonema*.
([180])—Cf. Catherine Kerbrat-Orecchioni, *La connotation*, Lyon, Presses Universitaires de Lyon, 1977, p. 181.

assim, como o próprio Greimas não deixa de reconhecer ([181]), inevitáveis.

A análise da estrutura *tema-rema* tem sido desenvolvida por diversos linguistas, quer no âmbito de gramáticas da frase, quer no âmbito de gramáticas do texto ([182]). O texto constitui um acto comunicativo em que se produz e acumula informação, em função da "dinâmica comunicativa" que deflui da intencionalidade e de motivações subliminais do emissor, do contexto de situação, do interlocutor, etc. Aquela informação é gerada em parte ([183]) pelos membros proposicionais do texto que, na sua sucessão linear, estabelecem a progressão semântica do texto. Nesta perspectiva, chama-se *tema* à informação já dada e recebida e *rema* à informação nova, desconhecida ou inesperada que os segmentos proposicionais veiculam (no desenvolvimento do texto, o rema de um segmento proposicional pode transformar-se no tema do segmento proposicional subsequente). A parte do enunciado em que figura o tema apresenta uma dinâmica comunicativa menor e aquela em que figura o rema apresenta uma dinâmica comunicativa maior. Os sintagmas temáticos, como se conclui do exposto, são elementos determinados, sendo habitualmente acompanhados do artigo definido, com valor anafórico, e precedem na linearidade textual, nas línguas românicas, germânicas e eslavas, os sintagmas remáticos, que são elementos indeterminados, introduzidos em geral por artigos indefinidos, com valor catafórico.

O estudo das relações da *temática* ([184]) com a *remática* permite detectar muitas características importantes da textualidade, em

---

([181])—Cf. A. J. Greimas e J. Courtés, *op. cit.*, p. 347.

([182])—Sobre a análise da estrutura tema-rema no âmbito da chamada "perspectiva funcional da frase", com relevo para linguistas checos como J. Firbas, F. Daneš e E. Beneš, veja-se Zdena Palková e Bohumil Palek, «Functional sentence perspective and textlinguistics», in Wolfgang U. Dressler (ed.), *Current trends in textlinguistics*, pp. 212-227 (com extensa bibliografia). Sobre a estrutura tema-rema na linguística do texto, *vide:* Wolfgang Dressler, *Introduzione alla linguistica del testo*, pp. 63-65 e 78-85; Harald Weinrich, *Lenguaje en textos*, pp. 175 ss., 218-219 e 247 ss.

([183])—Acentuamos "em parte", porque a semântica do texto, como expusemos, não se identifica com a soma ou a justaposição da carga semântica dos seus enunciados.

([184])—Como adverte Weinrich (cf. *op. cit.*, p. 176), não deve confundir-se *temática*, nesta acepção, com o *tema* semântico de um dado texto.

particular o modo como se processam e articulam as transições na informação produzida pelo texto.

A aplicação da estrutura tema-rema à análise do texto literário é um domínio incipientemente explorado, mas que se antevê de grande interesse. Limitar-nos-emos a apontar algumas sendas.

O título — que constitui um elemento da estrutura textual, embora seja um elemento facultativo (há textos que não possuem título) — funciona como um elemento remático e catafórico: para o leitor, representa a informação nova e originária por excelência. Paradoxalmente, este elemento remático e catafórico aparece introduzido com muita frequência pelo artigo determinado, o qual, como vimos, introduz em regra sintagmas temáticos. Como Harald Weinrich agudamente observou [185], semelhante uso do artigo definido em títulos de textos gera no potencial leitor um sobressalto, um «desconcerto semiológico», pois remete para uma informação prévia de que aquele não dispõe, actuando assim como um astucioso mecanismo pragmático-semântico indutor da leitura.

O início de um texto representa igualmente um elemento remático e catafórico de singular relevância na semântica textual — muitas vezes, o título funciona como núcleo temático da rematização do *incipit* textual —, ao contrário do que, geralmente, acontece com o final do texto (onde, no entanto, podem ocorrer elementos remáticos e catafóricos, como se verifica em certos textos de vanguarda que deliberada e provocativamente pretendem pôr em causa a "normalidade" das convenções e dos hábitos de determinado tipo de leitor).

Nalgumas formas poéticas, como nos poemas subordinados a mote, a temática, que preexiste, é enunciada antes do texto propriamente dito, constituindo este uma modulação ou um desenvolvimento remáticos daquela informação (e por isso as glosas procuram como que compensar a carência de uma temática própria através de uma remática refinada e engenhosa, no afã de extrair informação nova e inesperada do tema escolhido ou imposto). Esta correlação da temática com a remática pode ser projectada num modelo geral da produção literária que tem dominado em certos períodos históricos, fundado numa

---

[185]—Cf. Harald Weinrich, *op. cit.*, p. 247.

metalinguagem ou numa poética implícita: estabelece-se a existência de um *corpus* canónico de textos e a necessidade de toda a produção textual dever imitar, de modo tanto quanto possível novo, essas matrizes ideais. Neste modelo, que é característico do Renascimento e do neoclassicismo, a temática consubstancia-se nos textos paradigmáticos — o elemento já conhecido, o *given*, tanto para o emissor como para os receptores — e a remática está representada pela imitação nova, pela modulação original, pela engenhosidade combinatória.

Numa classe de textos como a tragédia, ocorre uma reiteração muito marcada de elementos da temática, subtilmente contrapontada pela adução de alguns elementos remáticos, até ao desenlace, que se caracteriza por uma acumulação súbita de elementos remáticos (semanticamente, a *anagnorisis* trágica pode ser considerada como uma espécie de erupção de elementos remáticos). Noutras classes de textos, como nas narrativas policiais, manifesta-se uma disseminação profusa de elementos remáticos, destinados a indiciarem falsas pistas, a confundirem e a estimularem o leitor, mantendo desperto o seu interesse pela progressão semântica do texto (este tipo de rematização cria no leitor uma expectativa diferente daquela que experimenta o leitor/ /espectador da tragédia).

Observemos, por fim, que os textos de vanguarda se caracterizam frequentemente por uma sutura anómala, em termos de lógica estrita e do chamado senso comum, da temática e da remática, provocando por isso mesmo em muitos leitores a sensação de "desconchavado", "desconexo", etc.

A delimitação e a caracterização dos macro-signos semânticos do texto literário e da sua articulação com os respectivos elementos sintácticos constituem matéria fluida e sujeita a múltiplas discrepâncias conceptuais e terminológicas. Alguns conceitos e termos provêm da antiga retórica, outros promanam de uma tradição de crítica literária impressionista, outros têm sido elaborados ou reelaborados pela teoria e pela crítica literárias contemporâneas. Adoptando a análise proposta por D'Arco Silvio Avalle [186], distinguiremos os seguintes macro-signos

---

[186] — Cf. D'Arco Silvio Avalle, *La poesia nell'attuale universo semiologico*, Torino, Giappicchelli, 1974, pp. 40-50; *id.*, *Modelli semiologici nella Commedia di Dante*, Milano, Bompiani, 1975, pp. 18 ss.

semânticos: a *personagem*, o *motivo*, a *imagem* e o *tema*. Esta distinção, que nos parece ter algum fundamento, não deve ser entendida como o estabelecimento de entidades insuladas, visto que, tanto a nível émico como a nível ético, todos estes macro-signos se encontram inter-relacionados (no quadro conceptual a seguir elaborado, o tema, por exemplo, mantém uma *relação hiperonímica* com os outros macro-signos).

O *signo-personagem*, comportando um nome (significante) e certos predicados psicológicos, morais e ideológicos (significado), contrapõe-se a outros signos-personagens e, tal como as palavras, não é propriedade de um autor, torna-se propriedade potencial de todos os autores. A personagem, como todos os macro-signos semânticos do sistema e do texto literários, apresenta traços invariáveis e traços variáveis — a sua variação é correlata da variação do código semântico-pragmático do sistema literário —, sendo susceptível de múltiplas transformações, quer de época para época, quer de autor para autor (frequentemente, estas últimas transformações inscrevem-se em parte no âmbito da intertextualidade). Como exemplos, poderemos mencionar os diversos "tipos" das tragédias e das comédias neoclássicas, o "parvo" da literatura medieval, o "rebelde" romântico, o "neurótico" romântico e pós-romântico, etc.

O *motivo* é um macro-signo semântico de que Avalle dá como exemplos binómios do tipo "crime/castigo", "idade de ouro/idade de ferro", "amor/morte" ou configurações semânticas como "iniciação à vida", "memória e regresso à infância", etc. O motivo pode manifestar-se nos diversos modos, géneros e subgéneros literários, embora exista uma correlação peculiar entre certos motivos e certos subgéneros (por exemplo, o motivo da "iniciação à vida" é característico do chamado *romance de educação*, o motivo da "idade de ouro/idade de ferro" é característico da *égloga*). Este macro-signo envolve uma acção concernente a um ou mais agentes e comporta, como se observou a propósito da personagem, elementos constantes e elementos variáveis: o motivo do "espelho", por exemplo, implica necessariamente uma superfície reflectora, mas variável (espelho propriamente dito, rio, lago, fonte, etc.), e uma relação necessária de um sujeito com tal objecto, mas de teor variável (visão eufórica ou disfórica de si mesmo e/ou do mundo, senso da ilusão, *topos* do mundo às avessas, etc.). Por vezes, torna-se difícil estabelecer uma fronteira nítida entre o motivo e o tema, podendo dizer-se, todavia, que o motivo apresenta uma estrutura sémico-formal mais claramente delimitada e articulada do que o tema.

Por *imagem*, nas palavras do próprio Avalle, entende-se «uma figura, um estado, um ambiente simbólicos ou metafóricos» ([187]). Nesta perspectiva, a imagem assemelha-se muito, ou identifica-se mesmo, com o que outros autores designam por *símbolo*, isto é, um signo que significa um ser, uma coisa ou um estado de coisas — com existência empírica ou ficcional — e que, através de alguns componentes socioculturalmente relevantes deste significado, produz por analogia outros significados ([188]). Como exemplos deste macro-signo, mencionaremos a imagem do labirinto, do cisne, do azul, do vampiro, da rosa, do pavão, da fénix, etc.

O *tema* é um macro-signo de largo espectro — e daí a dificuldade, que Avalle não analisa adequadamente, de o caracterizar como signo — que pode significar uma experiência existencial, uma ideologia, uma tendência da sensibilidade ou do gosto e que, na sua configuração sémico-formal, pode incluir os macro-signos semânticos anteriormente citados. Como exemplos, referiremos o tema da "precariedade da vida", o tema do "donjuanismo", o tema do "exotismo", o tema da "revolta", o tema da "aventura", etc.

Sobre os *tópoi* como macro-signos semânticos do texto literário, veja-se, atrás, o § 3.7.1. (pp. 254-255).

9.11. Conotação e plurissignificação do texto literário

Segundo alguns autores, o texto literário caracteriza-se pelo facto de pertencer a uma *linguagem de conotação* ([189]). Esta

---

([187])—Cf. *La poesia nell'attuale universo semiologico*, p. 47.
([188])—Cf. Paul Ricoeur, *De l'interprétation*, Paris, Éditions du Seuil, 1965, p. 25.
([189])—Ocorrem fórmulas mais peremptórias e mais incorrectas: segundo Michel Arrivé, por exemplo, pode-se considerar «comme postulat que tout texte littéraire constitue par définition un langage de connotation» (cf. Michel Arrivé, «Structuration et destructuration du signe dans quelques textes de Jarry», in A. J. Greimas *et alii, Essais de sémiotique poétique*, p. 67). Em

ideia informa, por exemplo, a obra de Jean Cohen intitulada *Structure du langage poétique*. Segundo este autor, «a função da prosa é denotativa, a função da poesia é conotativa» ([190]), considerando "denotativa" como equivalente de "intelectual", "cognitiva" ou "representativa", e "conotativa" como equivalente de "afectiva" ou "emotiva". Ainda segundo Cohen, "Connotation et dénotation sont antagonistes. Réponse émotionnelle et réponse intellectuelle ne peuvent se produire en même temps. Elles sont antithétiques, et pour que la première surgisse, il faut que la seconde disparaisse» ([191]).

Antes de analisarmos os erros, as incongruências e as confusões que estes assertos contêm, torna-se necessário estabelecer com rigor os conceitos linguísticos de *denotação* e *conotação*. Por denotação de uma palavra, entende-se o «núcleo intelectual do [seu] significado»; por conotação, os valores significativos de ordem emotiva, volitiva e social que, como um halo, circundam e penetram aquele núcleo. Este halo significativo pode ser estritamente subjectivo, apresentando-se como a marca de um indivíduo (resultado das suas vicissitudes existenciais, do seu temperamento, etc.); mas pode também apresentar-se como «comum a todos os membros [de uma] comunidade, constituindo assim para eles como que uma vivência subjectiva do objecto denotado ou uma atitude valorativa perante ele, de certo modo objectivadas» ([192]). É a esta última forma de representação emotiva

---

primeiro lugar, carece de qualquer fundamento identificar "texto" e "linguagem"; em segundo lugar, o conceito de "linguagem de conotação", como acentua Catherine Kerbrat-Orecchioni (cf. *La connotation*, p. 81), não tem consistência nem rigor linguístico (um caso particular é o daqueles autores que, traídos pela defeituosa versão francesa, editada em 1968, dos *Prolegómenos a uma teoria da linguagem* de Hjelmslev, designam por "linguagem de conotação" o que Hjelmslev designa por "semiótica conotativa").

([190])—Cf. Jean Cohen, *Structure du langage poétique*, Paris, Flammarion, 1966, pp. 204-205. Cohen contrapõe a «linguagem poética» à «linguagem da prosa», chegando a identificar «prosa» e «linguagem corrente» (cf. *op. cit.*, p. 13). Estamos perante confusões conceptuais e terminológicas que impossibilitam uma análise rigorosa e coerente do texto literário.

([191])—Cf. Jean Cohen, *op. cit.*, pp. 204-205.

([192])—Cf. José G. Herculano de Carvalho, *Teoria da linguagem*, Coimbra Atlântida Editora, 1967, t. I, p. 168. Sobre a conotação, é fundamental a obra citada de Catherine Kerbrat-Orecchioni. Sobre o conceito de conotação em Hjelmslev, cf., *supra*, pp. 79 ss.

e volitiva que o Prof. Herculano de Carvalho confere a designação específica de *conotação*.

À luz desta conceituação linguística de denotação e conotação, avultam os erros e as incongruências das afirmações de Cohen acima reproduzidas. Em primeiro lugar — e abandonando o uso da expressão "linguagem de conotação", carecente de rigor —, observaremos que a conotação é um fenómeno linguístico que se manifesta nos mais diversos textos e discursos — no discurso de intercâmbio quotidiano, em especial no discurso familiar, no discurso político, no discurso religioso, no discurso amoroso, etc. —, de modo que se revela incorrecto e sem sentido a contraposição da chamada "linguagem poética" à "linguagem corrente", ou "prosa", segundo a terminologia arbitrária de Cohen, não se vislumbrando a possibilidade de considerar a conotação como a *differentia specifica* do texto literário. Os discursos que, nesta perspectiva, se deveriam contrapor ao discurso literário — mas também ao discurso político, ao discurso místico, ao discurso familiar, etc. —, seriam o discurso lógico, o discurso científico e o discurso técnico, nos quais a denotação predomina em alto grau.

Por outro lado, Jean Cohen estabelece uma oposição radical entre denotação e conotação — uma oposição que, em termos de análise linguística, é insustentável. Se bem que determinadas palavras, como "circunferência", "fonema", "válvula", manifestem um significado predominante ou estrememente denotativo, enquanto outras, como "liberdade", "fome" ou "amor" se apresentam como fortemente conotativas, tais fenómenos não permitem, a nível de uma análise científica, concluir pela existência de uma necessária oposição radical entre denotação e conotação [193]. É certo que, nalguns casos, a conotação subverte a denotação, como acontece num enunciado irónico em que, por exemplo, "sábio" pode significar "ignorante", mas é indubitável que, até neste tipo de enunciado, a conotação só pode funcionar desde que o emissor e o receptor conheçam e tomem em consideração a denotação dos lexemas em causa. Se fosse possível eliminar ou desfigurar completamente as denotações de um texto, em favor de puras conotações, veri-

---

[193]—Cf. Catherine Kerbrat-Orecchioni, *op. cit.*, p. 200.

ficar-se-ia necessariamente o bloqueamento da comunicação linguística (e, consequentemente, da comunicação literária).

A rejeição de uma teoria do discurso literário tão incongruente como a de Jean Cohen não significa, todavia, que o conceito linguístico de conotação não seja indispensável para o conhecimento, para a análise e para a fruição estética do texto literário, pois que este se constitui sobre um plano de expressão — possibilitado pelo sistema modelizante primário, ou seja, no plano ético, por uma determinada língua histórica — no qual as palavras estão marcadas por conotações resultantes de um complexo processo histórico e sociocultural, não sendo possível ao escritor, sob pena de se condenar à incapacidade comunicativa, desconhecer ou transgredir totalmente tais conotações. Em grau mais elevado e mais refinado do que qualquer outro falante, o escritor é um experto e original usuário e explorador das conotações que aquele processo histórico e sociocultural imprimiu nas palavras da *langue* de que ele se serve. Ao privilegiar as conotações já ocorrentes na língua — desenvolvendo-as, aprofundando-as, tornando-as mais subtis ou mais enérgicas, conferindo-lhes uma nova matização ideológica —, o escritor perfaz, ao nível do sistema modelizante primário, uma condição fundamental para que, no texto literário, seja possível produzir outras peculiares dimensões semânticas.

No texto literário, com efeito, a conotação linguística constitui um dos pressupostos e um dos factores componentes de um complexo fenómeno semântico que o crítico inglês William Empson designou, numa obra famosa ([194]), por *ambiguidade*. William Empson teve o grande mérito de, com as suas obras tão discutíveis e tão discutidas, chamar a atenção para uma característica muito importante do texto literário, mas nem a designação, nem a descrição por ele propostas para tal característica parecem aceitáveis. Com efeito, apesar de todos os esclarecimentos prévios, é difícil isentar o lexema "ambiguidade" de uma conotação pejorativa; em segundo lugar, Empson parece considerar o fenómeno da ambiguidade mais em termos de

---

([194])—Cf. William Empson, *Seven types of ambiguity*, London, Chatto & Windus, 1930. Empson conferiu ao vocábulo "ambiguidade" um significado muito amplo, procurando desvinculá-lo da conotação pejorativa que habitualmente lhe anda adstrita (equivocidade, falta de clareza).

disjunção do que em termos de integração ou de interacção dialéctica de significados.

Julgamos preferível, assim, utilizar outras designações para denominar esta característica do texto literário: ou a designação de *plurissignificação*, proposta por Philip Wheelwright, o crítico e filósofo norte-americano que opôs o *discurso plurissignificativo* da literatura aos *discursos monossignificativos* (o discurso lógico, o discurso científico, o discurso jurídico, etc.) [195]; ou as designações de *isotopia complexa* ou *pluri-isotopia* (ou *poli-isotopia*), propostas por Greimas e pelos seus discípulos [196].

O texto literário é *plurissignificativo* ou *pluri-isotópico*, porque nele o signo linguístico, os sintagmas, os enunciados, as microestruturas e as macroestruturas são portadores de múltiplas dimensões semânticas, tendem para uma multivalência significativa, fugindo da univocidade característica, por exemplo, dos discursos científico e didáctico e distanciando-se marcadamente, por conseguinte, do que se poderá considerar o "grau zero" da linguagem verbal [197].

As palavras chegam ao escritor carregadas de valores semânticos nascidos e replasmados ao longo de uma complexa tradição linguística e literária e, perante esta polissemia histórica das palavras, o escritor não adopta a atitude, por exemplo, do jurista ou do cientista, que procuram reduzir ou eliminar, nos textos em que comunicam os seus saberes, os elementos polissémicos que poderiam perturbar as isotopias específicas desses mesmos textos: pelo contrário, desde os níveis mínimos até aos níveis mais extensos da significação, desde os semas e os sememas até às unidades estruturais mais amplas do texto, o escritor multiplica

---

[195] — Cf. Philip Wheelwright, *The burning fountain: A study in the language of symbolism*, Bloomington, Indiana University Press, 1954, pp. 61 ss. Foi publicada em 1968, pela mesma editora, uma edição revista desta importante obra.

[196] — Cf. A. J. Greimas, *Sémantique structurale*, pp. 69 ss. e pp. 96-101; A. J. Greimas *et alii*, *Essais de sémiotique poétique*, pp. 18-19 e 80-106 (nestas últimas páginas, encontra-se o importante estudo de François Rastier intitulado «Systématique des isotopies»); Michel Arrivé, «Pour une théorie des textes poly-isotopiques», in *Langages*, 31(1973), pp. 53-63.

[197] — Sobre o conceito de "grau zero" da linguagem, cf. J. Dubois *et alii*, *Rhétorique générale*, Paris, Larousse, 1970, pp. 35-37. Aí se define o "grau zero" da linguagem «como aquele limite para o qual tende, voluntariamente, a linguagem científica».

e entrelaça os planos isotópicos, de modo que «em vez de filtrar uma dimensão de significado, o contexto deixa passar várias, até mesmo consolida várias, que fluem conjuntamente à maneira dos textos sobrepostos de um palimpsesto» ([198]).

Importa desde já sublinhar que a plurissignificação literária se constitui sobre os valores literais e denotativos dos sinais linguísticos, isto é, o texto literário conserva e transcende simultaneamente a literalidade das palavras. Quando um poeta, evocando a mãe morta, escreve estes versos:

> *Mas tu, ó rosa fria,*
> *ó odre das vinhas antigas e limpas?* ([199])

utiliza a palavra *odre* com o seu significado literal de «saco feito de peles de certos animais para transporte de líquidos» — e este sentido literal é reforçado pela relação sintagmática de «odre» com «vinhas» —, mas transcende esta literalidade mediante os múltiplos significados que arranca à palavra: manancial de vida, reconforto, revigoramento, companhia benfazeja na viagem da existência, evocação de um passado distante e puro (através da relação sintagmática e semântica com «vinhas antigas e limpas»), etc.

A plurissignificação do discurso literário, como observou Paul Ricoeur, é de teor pancrónico, procedendo tanto de factores de ordem diacrónica como de factores de ordem sincrónica ([200]). Num plano diacrónico, a multissignificação prende-se à vida histórica das palavras, à polimorfa riqueza que o correr dos tempos nelas depositou, às secretas alusões e evocações latentes nos signos verbais, ao uso que estes sofreram numa determinada tradição literária. Uma palavra é um subtil búzio em que rumorejam várias as vozes dos séculos e, por isso, na origem, na história e nas vicissitudes semânticas das palavras, encontra o escritor recônditos fios para a complexa teia — o *textus* — que

---

([198]) — Cf. Paul Ricoeur, «La strucuture, le mot, l'événement», in *Esprit*, 5(1967), p. 819. Veja-se também Paul Ricoeur, *La métaphore vive*, p. 38.
([199]) — Cf. Herberto Hélder, *Ofício cantante*, Lisboa, Portugália, 1967, p. 67.
([200]) — Cf. Paul Ricoeur, «La structure, le mot, l'événement», p. 818.

vai urdindo. Considerem-se, por exemplo, os seguintes versos de Baudelaire:

Bayadère sans nez, irrésistible gouge,
Dis donc à ces danseurs qui font les offusqués:
«Fiers mignons, malgré l'art des poudres et du rouge,
Vous sentez tous la mort!... [201]

Trata-se de um excerto de *Danse macabre*, poema em que Baudelaire evoca, em torno de um esqueleto, o destino cruel da humanidade — a morte. Atentemos na expressão *irrésistible gouge*, com que o poeta qualifica o esqueleto e a morte. Segundo nos informa o dicionário, "gouge" é um substantivo que significa "moça, rapariga", possuindo algumas vezes uma conotação pejorativa — "mulher de vida fácil". Baudelaire, porém, conhecia de modo mais íntimo a história da palavra e dela se aproveitou para criar um sintagma plurissignificativo. A "gouge" era a cortesã que seguia os exércitos e, na visão do poeta, a morte é também a "gouge", a cortesã, que segue o *grande exército universal* e cujos beijos são «positivamente irresistíveis» [202].

Num plano sincrónico ou horizontal, a palavra adquire dimensões plurissignificativas graças às relações conceptuais, simbólicas, imaginativas, rítmicas, etc., que contrai com os outros elementos que constituem o seu contexto verbal. O texto literário é uma estrutura e a palavra só significa em plenitude quando integrada nesta unidade estrutural. Leiam-se os seguintes versos de Cassiano Ricardo:

---

[201] — Cf. Baudelaire, *Les fleurs du mal*, Paris, Garnier, 1959, pp. 109-110.
[202] — Numa carta, Baudelaire comenta assim o significado de *gouge*: «*Gouge* est un excellent mot, mot unique, mot de *vieille* langue, applicable à una *danse macabre*, mot contemporain des *danses macabres*. *Unité de style*, primitivement *une belle gouge* n'est qu'une belle femme; postérieurement, la gouge, c'est la courtisane qui suit l'armée, à l'époque où le soldat, non plus que le prêtre, ne marche pas sans une arrière-garde de courtisanes... Or la Mort n'est-elle pas la Gouge qui suit en tous lieux la *Grande Armée universelle*, et n'est-elle pas une courtisane dont les embrassements sont *positivement irrésistibles*»? (cf. *Les fleurs du mal*, ed. cit., p. 392).

> *Rosa encarnada,*
> *Porque por mim morrida*
> *Em minha própria carne.*
> *Rosa, sexo*
> *Rubro da beleza*
> *Multiplicada* (203).

No primeiro verso, o adjectivo *encarnada* apresenta evidentemente um significado denotativo, cromático — rosa vermelha. O contexto, porém, conduz-nos a outro plano significativo mais profundo e mais complexo, visto que neste poema o adjectivo *encarnada* significa também transubstanciada em carne: a rosa vermelha, visionada como o sexo da beleza, transfunde-se na própria carne do poeta, em erótica e mística comunhão.

Vejamos outro exemplo simples de plurissignificação derivada das relações que as palavras contraem entre si no plano sintagmático. Alexandre O'Neill, ao evocar Portugal, escreve estes dois versos:

> *O incrível país da minha tia*
> *trémulo de bondade e de aletria* (204).

Atentemos no adjectivo *trémulo*: encontra-se sintáctica e semanticamente relacionado com *bondade* — uma qualidade psicológico-moral — e com *aletria* — uma realidade material —, e por isso apresenta um significado sensorial — a notação do movimento suave que se verifica quando alguém pega num prato ou numa travessa de aletria —, e um significado sensorial-psicológico-moral — evoca uma velha tia, trémula da idade, trémula das emoções bondosas, doce e sorridente... Uma tia perdida na província — Portugal, país provinciano, vivendo no tempo da «minha tia» —, cultivando a aletria como guloseima tradicional — para regalo dos Jacintos... —, a espapaçar-se de bondade... E eis como se evoca um Portugal velhinho, anacrónico e bom, que o poeta olha com ironia, mas também com carinho.

---

(203) — Cf. Cassiano Ricardo, *João Torto e a fábula*, Rio de Janeiro, Livraria José Olympio, 1956, p. 127.
(204) — Cf. Alexandre O'Neill, *No reino da Dinamarca*, Lisboa, Guimarães Editores, 1967, p. 161.

A plurissignificação pode verificar-se tanto num fragmento como na totalidade de um texto literário. Nos exemplos atrás mencionados, a plurissignificação ocorre apenas em determinados sintagmas, embora contribua, como é óbvio, para o significado global do poema. Todavia, a plurissignificação pode caracterizar a própria "base semântica" do texto literário e manifestar-se assim ao longo de toda a cadeia textual, desde o título à última palavra (e assim acontece com todos os "grandes" textos literários). Esta plurissignificação tanto releva da enciclopédia e da intencionalidade do emissor, que intervêm a todos os níveis do policódigo literário — desde o código semântico-pragmático ao código fónico-rítmico —, como de factores subliminais. A semântica do texto literário entretece-se de significados históricos e de significados meta-históricos, de significados sociológicos e ideológicos e de significados antropológicos e mítico-simbólicos. Como escrevemos noutro lugar, «a plurissignificação dos símbolos literários — e símbolo literário tanto pode ser uma imagem como uma acção, um ritmo, etc. (cf. W. Y. Tindall, *The literary symbol*, New York, 1955, p. 145 ss.) — enraíza-se nas relações metonímicas e analógicas que o símbolo mantém quer com estruturas socioculturais, quer com estruturas psíquicas profundas e inconscientes (arquétipos de Jung, mitos, etc.). Para um crítico racionalista e materialista como Galvano Della Volpe, a plurissignificação do símbolo literário («conceito concreto polissema») é de origem e âmbito sociocultural; para um crítico como Northrop Frye, autor dessa obra basilar da crítica moderna que é *Anatomy of criticism*, essa plurissignificação apresenta raízes míticas e arquetípicas. Pensamos, porém, que estas duas dimensões da plurissignificação literária não se excluem nem se contraditam, antes se complementam, pois que elas representam os dois níveis confluentes em que se desenvolve a existência humana: a temporalidade, a experiência histórica, a conjuntura epocal, por um lado; e os estratos mais profundos e obscuros do psiquismo humano — impulsões do *id*, segundo Freud, comunitária herança transubjectiva vinda dos tempos primigénios, segundo Jung —, por outra banda. Por isso, o significado histórico e o significado simbólico de uma obra literária não são antagónicos nem difluentes: implicam-se e relacionam-se estreitamente, constituindo a trama dos valores históricos o húmus em que se corporizam e se desenvolvem os significados simbólicos, e representando estes, por sua vez, os elementos que permitem universalizar e intemporalizar as experiências humanas históricas e particulares» ([205]).

Enquanto nos textos em que a monossignificação representa a própria *ratio textus* as isotopias desambiguizam os enunciados, no texto literário as isotopias podem inversamente produzir a ambiguização de microestruturas e de macroestruturas formais e semânticas, possibilitando decodificar significados plurais e instituindo, assim, diversos mundos possíveis através de linhas diversas de leitura coerente. Referirmo-nos a "linhas diversas de leitura coerente" equivale a afirmar, no quadro da lógica da nossa análise da comunicação literária, que a plurissignificação do texto literário constitui não apenas um efeito das suas estruturas — incluindo a *indeterminação* textual —, mas também, dialecticamente, um *efeito de leitura*. Os significados plurais do texto são construídos no âmbito de uma cooperação interpretativa que envolve o texto, com as suas peculiares condições de legibilidade com o seu protocolo de leitura implícita, explícita, ou ironicamente formulado, e o leitor empírico, com a sua "competência" literária, com a sua enciclopédia, com as suas estratégias decodificadoras, com a sua liberdade semiótica. Assim, a plurissignificação é sempre, em parte variável, um fenómeno da recepção literária, implicando portanto parâmetros pragmáticos muito importantes. Nesta perspectiva, torna-se lícito afirmar que a produção de novos textos literários desencadeia nos seus leitores contemporâneos um efeito de retrojecção na leitura de textos anteriormente produzidos e que contribui, por conseguinte, para modificar a semântica destes textos (poder-se-á dizer que, a nível da recepção, existe um fenómeno peculiar de intertextualidade, cuja dinâmica se inscreve num plano pancrónico, tanto se processando do passado para o presente como do presente para o passado).

([205])—Cf. Vítor Manuel de Aguiar e Silva, «A plurissignificação da linguagem literária», in *Colóquio*, 49(1968), p. 53.

9.12. O cratilismo do texto literário

No discurso de intercâmbio quotidiano, no discurso científico, no discurso técnico, etc., o *significante*, ou seja, a substância física, sonora, do sinal linguístico apresenta em geral escassa importância ([206]). Nestes discursos, conta predominantemente o *significado*, isto é, a configuração representativa que constitui o sinal interno existente no sinal duplo que é a palavra.

Nos textos literários, verifica-se que os sinais linguísticos funcionam e valem não apenas pelos seus significados, mas também, e em grande medida, pelos seus significantes, pois a tessitura sonora dos vocábulos, dos sintagmas e dos enunciados, os efeitos rítmicos, as sugestões musicais, as aliterações, etc., são elementos importantes da arte literária. Esta participação da fisicidade dos vocábulos e dos sintagmas nos processos da semiotização literária — desde a semiotização dependente do código fónico-rítmico até à semiotização regulada pelo código métrico — aproxima a literatura da música, tendo adquirido um relevo particular, a nível da metalinguagem como a nível da *praxis*, no período simbolista, quando a poesia, no dizer de Valéry, quis «retomar à Música a sua riqueza». Por outro lado, a fisicidade dos significantes pode avultar no texto literário, sobretudo no texto poético, não já só no plano da sonoridade, mas também no plano da visualidade (esta função dos significantes só pode ocorrer, como é óvbio, nos textos escritos). Os *grafemas*, quer considerados isoladamente, quer considerados nas suas combinações mais ou menos extensas, quer considerados nas suas correlações com a mancha tipográfica e com os espaços em branco da página, podem constituir, como já expusemos aquando da análise do texto lírico, um factor importante da estrutura de certos tipos de texto literário.

Atendendo à função do significante na textualidade literária, embora tendo também em conta outros elementos textuais incluíveis no conceito de "figuras" da retórica tradicional, alguns autores caracterizam o discurso literário como *opaco*, contrapondo-o a outros discursos, como o discurso científico, que seriam *transparentes*. Através desta terminologia metafórica, estabele-

---

([206])—Dizemos "em geral", porque ocorrem efectivamente numerosas excepções, sobretudo no discurso de intercâmbio quotidiano.

ce-se uma caracterização do texto literário em termos jakobsonianos: a *opacidade*, a *corporeidade* que se atribui ao texto resulta da *semiose introversiva* a que se refere Jakobson (cf., *supra*, p. 69), do *automorfismo* e da *autotelicidade* que seriam traços distintivos da mensagem literária. Por outras palavras, o conceito de *opacidade* implica peculiares caracteres estruturais, sobretudo no plano da forma da expressão, que muitos textos literários não apresentam [207] e implica correlatamente o exaurimento total da referencialidade do texto literário ao mundo empírico [208] — concepção que deriva de uma atitude ideológica, mas não de uma análise científica dos textos literários.

A específica relevância do significante no texto literário suscita um complexo e fascinante problema — um problema que poderemos designar, na esteira de Roland Barthes e Gérard Genette, como a questão do *cratilismo*, «ce grand mythe séculaire qui veut que le langage imite les idées et que, contrairement aux précisions de la science linguistique, les signes soient motivés» [209].

O diálogo *Crátilo* de Platão expõe duas teorias acerca da relação existente entre as palavras e as coisas que elas denominam. Uma teoria, advogada por Crátilo, pretende que essa relação é natural (φύσει), motivo pelo qual «quem conhece as palavras conhece também as coisas»; outra teoria, procedente de Demócrito, afirma que tal relação se funda na instituição de um princípio, de uma convenção (Θεσει).

Esta última teoria foi retomada por Ferdinand de Saussure no seu *Cours de linguistique générale*, tendo o grande linguista suíço estabelecido, como princípio fundamental da linguística,

---

[207] — Por isso mesmo, Emilio Alarcos Llorach, na sua obra *Ensayos y estudios literarios* (Madrid, Ediciones Júcar, 1976, pp. 246-247), contesta a teoria da "opacidade" do discurso literário.

[208] — Cf., *e. g.*, Tzvetan Todorov, *Littérature et signification*, Paris, Larousse, 1967, p. 102: «le discours opaque [...] serait un langage qui ne renvoie à aucune réalité, qui se satisfait en lui-même». Veja-se, a propósito, Paul Ricoeur, *La métaphore vive*, pp. 187-188.

[209] — Cf. Roland Barthes, *Le degré zéro de l'écriture suivi de nouveaux essais critiques*, Paris, Éditions du Seuil, 1972, p. 134. Gérard Genette consagrou à análise do problema diversos estudos que haviam de culminar numa obra de grande fôlego, *Mimologiques. Voyage en Cratylie* (Paris, Éditions du Seuil, 1976). Veja-se também a obra de Tzvetan Todorov, *Théories du symbole* (Paris, Éditions du Seuil, 1977) e o n.º 11 da revista *Poétique*.

o carácter *arbitrário* do sinal linguístico: entre o significante, isto é, o sinal externo formado por uma cadeia de sons, e o *significado*, isto é, o sinal interno, a configuração representativa, não existe qualquer relação intrínseca e natural, anterior à relação significativa e motivada pela própria realidade. Entre a cadeia de sons que formam o significante *s-ö-r* e a ideia de "soeur", não se verifica nenhum laço de motivação intrínseca, podendo apontar-se como prova o facto de este mesmo significado ser representado noutras línguas por significantes muito diversos [210].

Os textos de Saussure que analisam a *arbitrariedade* do sinal linguístico têm sido objecto de muitas discussões e neles têm sido apontadas, por diversos linguistas, algumas incoerências e ambiguidades [211], mas o essencial da doutrina saussuriana, para além das rectificações de pormenor e das modificações terminológicas, permanece inalterado. Impõe-se apenas, como escreve o Prof. Herculano de Carvalho, «não falar de "arbitrariedade" nem de "imotivação" do signo linguístico mas de "convencionalidade" do significante ou (o que é o mesmo) da relação significativa entre esse e o significado», visto que tal relação é *historicamente motivada e finalisticamente necessária* [212].

Desde há muito, porém, que os escritores têm exprimido ideias bem diferentes acerca deste problema, afirmando explícita ou ambiguamente a sua convicção de que entre o significante e o significado e entre o significante e a realidade existe uma vinculação intrínseca e natural, alheia a convenções e normas. Quando Valéry escreve que «o poder dos versos reside numa harmonia *indefinível* entre o que eles *dizem* e o que eles *são*» [213], é todo o problema da concepção cratiliana da linguagem que subjaz a estas palavras, e, por conseguinte, o problema da analogia ou da identidade do discurso poético com o discurso mágico.

---

[210] — Cf. Ferdinand de Saussure, *Cours de linguistique génerale*. Édition critique préparée par Tullio De Mauro. Paris, Payot, 1972, pp. 100 ss.
[211] — Veja-se, por exemplo, Émile Benveniste, *Problèmes de linguistique génerale I*, Paris, Gallimard, 1966, pp. 49-55.
[212] — Cf. José G. Herculano de Carvalho, *Teoria da linguagem*, t. I, p. 176. Encontra-se nesta obra uma excelente análise do problema.
[213] — Cf. Paul Valéry, *Oeuvres*, Paris, Gallimard, 1960, t. II, p. 637.

Um mestre insigne da moderna estilística — e ele próprio grande poeta —, Dámaso Alonso, reformulou recentemente, em termos de teoria, esta antiga convicção de tantos escritores. Dámaso Alonso não contesta a validade do princípio saussuriano da convencionalidade do sinal linguístico, mas afirma que, na linguagem poética, existe «sempre uma vinculação motivada entre significante e significado», entendendo por significante quer uma sílaba, um acento, uma variação tonal, etc., com valor expressivo, quer um verso, uma estrofe ou um poema. Ao analisar o verso de Góngora — *infame turba de nocturnas aves* —, escreve Dámaso Alonso que «as duas sílabas *tur* (*turba* e *nocturnas*) evocam em nós singulares sensações de escureza fonética que nossa psique logo transporta ao campo visual. Essas sílabas *tur* são significantes parciais, com especial valor dentro das palavras *turba* e *nocturna*, e despertam em nós uma resposta, um significado especial, superposto ao de *turba* e *nocturna*, e exterior, todavia, ao significado conceitual destas palavras; porque essa sensação de escureza se propaga a todo o verso» [214].

Não haverá razão para se discordar desta análise estilística de Dámaso Alonso. Contudo, tem de se admitir que esta capacidade expressiva das sonoridades que o escritor utiliza, é secundária relativamente aos valores semânticos — princípio de primordial importância para a crítica literária e, em particular, para a análise estilística. O próprio Dámaso Alonso reconhece que tal motivação entre significante e significado se enraíza numa ilusão do falante [215].

Alguns autores citam o célebre «soneto das vogais» de Rimbaud [216] como uma prova de que existe um nexo intrín-

---

[214] — Cf. Dámaso Alonso, *Poesia espanhola. Ensaio de métodos e limites estilísticos*, Rio de Janeiro, Instituto Nacional do Livro, 1960, p. 22.

[215] Cf. Dámaso Alonso, *op. cit.*, p. 450. Veja-se a análise muito interessante deste problema em Claude Lévi-Strauss, *Anthropologie structurale*, Paris, Plon, 1958, pp. 106-197.

[216] — Eis o soneto de Rimbaud:

> A noir, E blanc, I rouge, U vert, O bleu: voyelles,
> Je dirai quelque jour vos naissances latentes:
> A, noir corset velu des mouches éclatantes
> Qui bombinent autour des puanteurs cruelles,
>
> Golfes d'ombre; E, candeur des vapeurs et des tentes,
> Lances des glaciers fiers, rois blancs, frissons d'ombelles;

seco entre os sons e os significados de um poema. O Prof. Étiemble demonstrou a inanidade de tais ilações, pois, já antes de Rimbaud, o dinamarquês Georg Brandes e Victor Hugo tinham atribuído cores às vogais e, quando se comparam as equivalências estabelecidas pelos três autores, verifica-se que não apresentam acordo em nenhum ponto. Além disso, o soneto de Rimbaud não revela verdadeiramente um fenómeno de audição colorida, pois quando pretende produzir uma visão de verde, o poeta acumula objectos verdes: *mares víridos, pastagens;* quando pretende evocar visões rubras, acumula: *púrpuras, sangue escarrado, lábios belos.* Como acentua o mencionado crítico, Rimbaud «esquece completamente o primeiro verso do seu poema, que fica no ar, bastante tolamente, e que nada tem a ver com o soneto propriamente dito. O primeiro verso poderia anunciar um exercício de audição colorida. Os restantes treze são o seu desmentido» ([217]).

O próprio Mallarmé reconheceu a inexistência de uma relação intrínseca e natural entre significante e significado, ao escrever estas palavras tingidas de desilusão: «A coté *d'ombre,* opaque, ténèbres se fonce peu; quelle déception, devant la perversité conférant à *jour* comme à *nuit,* contradictoirement, des timbres obscur ici, là clair» ([218]). Porque o instrumento linguístico é assim

---

I, pourpres, sang craché, rire des lèvres belles
Dans la colère ou les ivresses pénitentes;

U, cycles, vibrements divins des mers virides,
Paix des pâtis semés d'animaux, paix des rides
Que l'alchimie imprime aux grands fronts studieux;

O, suprême Clairon plein des strideurs étranges,
Silences traversés des Mondes et des Anges:
— O l'Oméga, rayon violet de Ses Yeux!

(Rimbaud, *Oeuvres,* Paris, Garnier, 1960, p. 110).

([217])—Cf. R. Étiemble, *Le mythe de Rimbaud. II — Structure du mythe,* Paris, Gallimard, 1952. Veja-se também de R. Étiemble, *Le sonnet des voyelles. De l'audition colorée à la vision érotique,* Paris, Gallimard, 1968.

([218])—Cf. Stéphane Mallarmé, *Oeuvres complètes,* Paris, Gallimard, 1945, p. 364. Chamamos a atenção do leitor para o uso particular, contrário à norma, que Mallarmé faz neste texto de *ici* (referido a *jour*) e de *là* (referido a *nuit*). Sobre estas reflexões de Mallarmé, cf.: Roman Jakobson, *Essais de linguistique générale,* Paris, Éditions de Minuit, 1963, p. 242; Gérard Genette, *Figures II,* Paris, Éditions du Seuil, 1969, pp. 101-122.

falho e carecente, porque as palavras se corrompem no comércio quotidiano das gentes, é que os poetas constroem o verso «que de diversos vocábulos refaz uma palavra total, nova, estranha à língua e como que encantatória», esforçando-se por depurar do *acaso* a linguagem e procurando atingir o absoluto do verbo: a coincidência, o desposamento perfeito da palavra com a estrutura profunda do real. Nesta perspectiva, poder-se-ia então definir a "função poética" como sendo o «esforço para "compensar", pelo menos ilusoriamente, a arbitrariedade do sinal, isto é, para motivar a linguagem» [219]. E será então legítimo falar de um *cratilismo secundário* característico da atitude do escritor perante a língua, já que o escritor procura instaurar efectivamente uma relação mimética, *icónica*, digamos assim, entre os elementos fónicos e gráficos do significante, por um lado, e o significado e a realidade, por outra banda. Este cratilismo secundário, através das unidades de conotação que são os *fono-estilemas*, consitui uma matriz de hiper-semantização do texto literário [220].

---

[219] — Cf. Gérard Genette, *Figures II*, p. 145.

[220] — Sobre o conceito de "fono-estilema", *vide*: Pierre R. Léon, «Théories et méthodes en phonostylistique», in *Langue française*, 3(1970), pp. 73-84; id., «Éléments phonostylistiques du texte littéraire», in P. R. Léon *et alii*, *Problèmes de l'analyse textuelle*, Montréal — Paris — Bruxelles, Didier, 1971, pp. 3-17. Sobre a função e a relevância dos fono-estilemas no texto literário, existe uma bibliografia muito extensa, embora de valor muito desigual. Veja-se P. M. Wetherill, *The literary text: An examination of critical methods*, Oxford, Basil Blackwell, 1974, pp. 3 ss., com criteriosas indicações bibliográficas. Acrescente-se a estas: Roman Jakobson e Linda R. Waugh *The sound shape of language*, Brighton, The Harvester Press, 1979, pp. 177· ss

10

O ROMANCE:
HISTÓRIA E SISTEMA DE UM GÉNERO LITERÁRIO

10.1. Génese e desenvolvimento do romance

Na evolução das formas literárias, durante os últimos três séculos, avulta como fenómeno de capital magnitude o desenvolvimento e a crescente importância do romance. Alargando continuamente o domínio da sua temática, interessando-se pela psicologia, pelos conflitos sociais e políticos, ensaiando constantemente novas técnicas narrativas e estilísticas, o romance transformou-se, no decorrer dos últimos séculos, mas sobretudo a partir do século XIX, na mais importante e mais complexa forma de expressão literária dos tempos modernos. De mera narrativa de entretenimento, sem grandes ambições, o romance volveu-se em estudo da alma humana e das relações sociais, em reflexão filosófica, em reportagem, em testemunho polémico, etc. O romancista, de autor pouco considerado na república das letras, transformou-se num escritor prestigiado em extremo, dispondo de um público vastíssimo e exercendo uma poderosa influência nos seus leitores.

Todavia, do incalculável número de romances que têm sido publicados desde o século XVIII, apenas uma reduzida fracção sobreviveu, o que eloquentemente demonstra as dificuldades deste género literário. Durante o império napoleónico, por exemplo, publicavam-se anualmente em França cerca de quatro mil romances: desta mole desmesurada de produções romanescas, apenas alcançaram a imortalidade *Adolphe* de Benjamin Constant e os breves romances de Chateaubriand (*René*, *Atala*)...

O romance é uma forma literária relativamente moderna. Embora na literatura helenística e na literatura latina apareçam narrativas de interesse literário — algumas delas de particular valor, como o *Satiricon* de Petrónio, precioso documento de sátira social — ([1]), o romance não tem verdadeiras raízes greco--latinas, diferentemente da tragédia, da epopeia, etc., e pode considerar-se como uma das mais ricas criações artísticas das modernas literaturas europeias ([2]).

Na Idade Média, o vocábulo *romance* ([3]) (espanhol *romance*, francês *romanz*, italiano *romanzo*) designou primeiramente a língua vulgar, a língua românica que, embora resultado de uma transformação do latim, se apresentava já bem diferente em relação a este idioma. Depois, a palavra *romance* ganhou um significado literário, designando determinadas composições redigidas em língua vulgar e não na língua latina, própria dos clérigos. Apesar das suas flutuações semânticas, o vocábulo *romance* passou a denominar sobretudo composições literárias de cunho narrativo. Tais composições eram primitivamente em verso — o romance em prosa é um pouco mais tardio —, próprias para serem recitadas e lidas, e apresentavam muitas vezes um enredo fabuloso e complicado.

Embora relacionado com as canções de gesta, o romance medieval distingue-se destas composições épicas tanto por elementos formais como por elementos do conteúdo: a canção de gesta era cantada, ao passo que o romance se destinava a ser lido e recitado; a canção de gesta ocupa-se da empresa ou

---

([1])—Sobre a narrativa helenística e latina, veja-se Carlos García Gual, *Los orígenes de la novela*, Madrid, Ediciones Istmo, 1972.

([2])—Como escreve Thibaudet, o romance poucas relações literárias apresenta com a antiguidade clássica: tal como a arquitectura gótica, «é autóctone», «é romance» (cf. Albert Thibaudet, *Réflexions sur le roman*, Paris, Gallimard, 1938, p. 114). Julia Kristeva, na sua obra *Le texte du roman* (The Hague, Mouton, 1970), define assim o romance: «Nous considérerons comme roman le récit post-épique qui finit de se constituer en Europe vers la fin du moyen âge avec la dissolution de la dernière communauté européenne, à savoir l'unité médiévale fondée sur l'économie naturelle fermée et dominée par le christianisme» (p. 16). Encontra-se um estudo de conjunto sobre a origem, o desenvolvimento e as características do romance europeu medieval na obra de Carlos García Gual, *Primeras novelas europeas*, Madrid, Ediciones Istmo, 1974.

([3])—Este vocábulo deriva do advérbio latino *romanice*, que significava "à maneira dos romanos".

das façanhas de um herói que personifica uma acção colectiva, enraizada na memória de uma comunidade, ao passo que o romance se ocupa das aventuras de uma personagem, criatura de ficção, através do vário e misterioso mundo, apresentando um carácter descritivo-narrativo (⁴).

Por outro lado, o romance medievo encontra-se profundamente ligado à historiografia — na língua francesa, durante os séculos XII e XIII, os vocábulos *roman* e *estoire* são equivalentes —, com a qual partilha de importantes caracteres estruturais (⁵).

Apareceram assim nas literaturas europeias da Idade Média extensas composições romanescas, frequentemente em verso, em que podemos discriminar duas grandes correntes: por um lado, o romance de cavalaria; por outro, o romance sentimental.

O romance de cavalaria, cujo modelo se constituiu com as obras de Chrétien de Troyes, espelha uma mundividência cortês e idealistamente guerreira, estruturando-se a sua intriga em torno de duas isotopias fundamentais: o amor e a *aventura* (⁶).

(⁴)—Paul Zumthor, no seu *Essai de poétique médiévale* (Paris, Éditions du Seuil, 1972), acentua com muita pertinência os caracteres que diferenciam a narrativa, recitada e/ou lida, da poesia cantada: «Libéré des contraintes du chant, le récit trouve ses mesures propres et s'épanouit. La voix n'est plus qu'un moyen de transmission; sa fonction poétique, si elle ne s'efface pas entièrement, n'est plus (par le biais des figures de sons) que d'ornement, somme toute mineur. La fiction jusqu'alors subordonnée aux exigences mélodiques et rythmiques, et partiellement déterminée par elles, devient l'un des deux plans d'existence du texte: l'autre est celui de «l'écriture». Simultanément, le récit figure un réel extérieur et se représente lui-même comme discours: signe à la fois «de quelque chose» et «pour quelque chose», la représentation temporelle éclate (est-ce un hasard, que cet éclatement coïncide chronologiquement avec le développement rapide du commerce, avec l'intensification de la circulation des biens?); une tension s'établit entre le temps propre du récit et celui d'une parole qu'il assume fictivement. Dans la chanson de geste, voire la pastourelle, la structure musicale estompe cette dualité fondamentale du récit. C'est donc seulement aux formes narratives nouvelles que s'appliquent pleinement les définitions aujourd'hui admises du récit» (pp. 340-341).

(⁵)—Cf. Paul Zumthor, *op. cit.*, pp. 347-348. Acerca das semelhanças e das diferenças existentes entre *roman* e *estoire*, veja-se o estudo de Zumthor intitulado «Roman et histoire: aux sources d'un univers narratif», incluído na sua obra *Langue, texte, énigme* (Paris, Éditions du Seuil, 1975).

(⁶)—Paul Zumthor define assim o significado do vocábulo "aventura" no romance de Chrétien de Troyes e de outros narradores medievais:

O romance sentimental, cujos modelos imediatos são a *Elegia di Madonna Fiammetta* de Boccaccio e a *Historia de duobus amantibus* de Eneas Silvio Piccolomini, pode apresentar um cunho mais marcadamente erótico ou mais acentuadamente sentimental, conforme a sua intriga decorra num ambiente burguês ou num ambiente aristocrático, mas caracteriza-se sempre por uma subtil e minudente análise do sentimento amoroso, ao passo que o romance de cavalaria concede uma importância capital às aventuras ou peripécias externas motivadas pelo amor ou com ele relacionadas. Enquanto o romance sentimental apresenta um final trágico, o romance de cavalaria é rematado por uma solução ditosa dos amores narrados. Sob o ponto de vista técnico, o romance sentimental revela uma exígua capacidade de expansão das suas sequências narrativas, distinguindo-se assim do romance de cavalaria, que possui uma alta capacidade de desenvolvimento dessas mesmas sequências (e daí o alongamento, por vezes gigantesco, da sua intriga e a facilidade com que se geram metástases, digamos, deste romance, representadas por "continuações" ou "novas aventuras") ([7]).

A literatura narrativa medieval não se circunscreve ao romance. Entre outras formas menores — moralidades, milagres, hagiografias, *exempla*, farsas, *fabliaux*, — ([8]), merece particular

---

«Chrétien de Troyes et d'autres romanciers de sa génération conférèrent au mot un sens spécifique, tel qu'il désigne, sinon une structure, du moins une règle narrative: l'aventure est une épreuve, située dans une série d'épreuves (il n'y a pas d'*aventure* isolée) permettant à un «héros» de progresser vers un état de perfection exemplaire tel que, par là même, sera rétabli l'ordre commun» (cf. *Essai de poétique médiévale*, p. 361).

([7]) — Sobre as características temáticas e formais do romance de cavalaria, do romance sentimental e do romance cortês, sobretudo no âmbito das literaturas hispânicas, *vide*: Antonio Prieto, *Morfología de la novela*, Barcelona, Ed. Planeta, 1975, cap. III; Daniel Eisenberg, *Castilian romances of chivalry in the sixteenth century*, London, Grant and Cutler, 1979; Carmelo Samonà, *Studi sul romanzo sentimentale e cortese*, Roma, Carucci, 1960; Dinko Cvitanovic, *La novela sentimental española*, Madrid, Editorial Prensa Española, 1973; Armando Durán, *Estructura y técnicas de la novela sentimental y caballeresca*, Madrid, Ed. Gredos, 1973; María del Pilar Palomo, *La novela cortesana (forma y estructura)*, Barcelona, Ed. Planeta, 1976; Juan Manuel Cacho Blecua, *Amadís: heroísmo mítico cortesano*, Madrid, Cupsa Editorial, 1979 (obra muito rica em informações bibliográficas).

([8]) — Sobre estas formas narrativas nas literaturas românicas, cf. Wolfram Krömer, *Formas de la narración breve en las literaturas románicas hasta 1700*,

relevo a *novela* (⁹), narrativa curta, sem estrutura complicada, avessa a longas descrições, que «se esforçava por contar um facto ou um incidente impressionantes, de tal modo que se tivesse a sensação de um acontecimento real e que esse incidente nos parecesse mais importante do que as personagens que o vivem» (¹⁰). A novela alcançou grande esplendor na literatura italiana do século XIV, tendo-se então fixado o seu modelo, digamos assim, com o *Decameron* de Boccaccio. Sob a influência italiana, a novela irradiou para a literatura francesa durante os séculos XV e XVI, adquirindo importância em obras como as anónimas *Cent Nouvelles nouvelles* e o *Heptaméron* de Margarida de Navarra. Sobre a grande importância da novela no século XVII e sobre a influência exercida pela novela no destino do próprio romance, falaremos mais adiante.

No período renascentista, alcançou grande voga o romance pastoril, forma narrativa impregnada da tradição bucólica de Teócrito e de Virgílio e fortemente influenciada por duas obras de Boccaccio: o *Ninfale d'Ameto* e o *Ninfale Fiesolano*. A *Arcadia* de Sannazaro fixou paradigmaticamente as características deste género romanesco, tendo vindo a exercer uma larga influência sobre a narrativa pastoril europeia do século XVI. O romance pastoril, no qual a prosa se mescla com o verso, é uma forma narrativa marcadamente culta: os seus pastores, movendo-se numa natureza idealizada ou fabulosa, estão apenas nominalmente ligados à vida da pastorícia, revelando-se antes como personagens de requintada sensibilidade e cultura que discorrem, em cenas não raro saturadas de simbolismo, sobre múltiplos

---

Madrid, Ed. Gredos, 1979, cap. II [título original: *Kurzerzählungen und Novellen in den romanischen Literaturen bis 1700*, Berlin, Erich Schmidt Verlag, 1973].

(⁹) — "Novela", como designação literária, tem origem italiana (de *novella*, substantivo com o significado de novidade, notícia). Já no provençal do século XIII, porém, aparece a palavra *nova* com o significado de «narrativa feita de alguma matéria tradicional, arranjada de novo» (cf. Paul Zumthor, *Essai de poétique médiévale*, p. 392). Veja-se também Wolfram Krömer, *op. cit.*, pp. 19-20.

(¹⁰) — Cf. André Jolles, *Formes simples*, Paris, Éditions du Seuil, 1972, p. 183. Sobre a origem e o desenvolvimento da novela nas literaturas românicas, veja-se, além do estudo já citado de Wolfram Krömer, a obra de Walter Pabst, *La novela corta en la teoría y en la creación literaria*, Madrid, Ed. Gredos, 1972 [título original: *Novellentheorie und Novellendichtung*, Heidelberg, Carl Winter Universitätsverlag, 1967].

problemas do homem, desde o amor, em geral conceituado e analisado neoplatonicamente, até às servidões e hipocrisias da vida social historicamente concreta, ante a qual a vida pastoril se ergue como um sonho de harmonia e de tranquilidade ([11]). Cite-se, como obra-prima deste género narrativo, a *Diana* (1558 ou 1559) de Jorge de Montemor, romance que disfrutou de uma extensa irradiação na literatura europeia dos séculos XVI e XVII ([12]).

É no século XVII, porém, sob pleno signo do barroco, que o romance conhece uma proliferação extraordinária. O romance barroco aparenta-se estreitamente com o romance medieval e caracteriza-se geralmente pela imaginação exuberante, pela abundância de situações e aventuras excepcionais e inverosímeis: naufrágios, duelos, raptos, confusões de personagens, aparições de monstros e de gigantes, etc. Ao mesmo tempo, o romance barroco responde ao gosto e às exigências corteses do público do século XVII, através de longas e complicadas narrativas de aventuras sentimentais, semeadas de subtis e doutas discussões sobre o amor (caso, por exemplo, da *Astrée* de Honoré d'Urfé). O público consumia avidamente esta literatura romanesca e tal interesse pelas narrativas de aventuras heróico-galantes explica a gigantesca extensão de alguns romances desta época — em 1637, o romance *Polexandre* de Gomberville vendia-se em cinco grossos volumes com o total de 4 409 páginas...—, bem como o espectacular êxito editorial de certos romances — *Le gare dei disperati*, de Marino, alcançou dez edições em breves anos!

No concerto das literaturas europeias do século XVII, a espanhola ocupa um lugar cimeiro no domínio da criação romanesca. O *Dom Quixote* de Cervantes, espécie de anti-romance centrado sobre a crítica dos romances de cavalaria, representa

---

([11])—Sobre as características do romance pastoril, cf.: Maria Corti, «Il codice bucolico e l'"Arcadia" di Jacobo Sannazaro», *Metodi e fantasmi*, Milano, Feltrinelli, 1969, pp. 283-304; Juan Bautista Avalle-Arce, *La novela pastoril española*, Madrid, Ediciones Istmo, ²1974; José Siles Artés,*El arte de la novela pastoril*, Madrid, Albatros Ediciones, 1972; Francisco López Estrada, *Los libros de pastores en la literatura española. La órbita previa*, Madrid, Ed. Gredos, 1974, cap. VI.

([12])—Sobre o avultado número de edições em castelhano e noutras línguas que, durante os séculos XVI e XVII, mereceu a *Diana*, veja-se a informação bibliográfica que Francisco López Estrada apresenta no prólogo que acompanha a sua edição daquela obra (*Los siete libros de la Diana*, Madrid, Espasa-Calpe, 1962).

a sátira desse mundo romanesco, quimérico e ilusório, característico da época barroca, e ascende à categoria de eterno e patético símbolo do conflito entre a realidade e a aparência, entre o sonho e a vileza da matéria ([13]).

Ainda à literatura espanhola dos séculos XVI e XVII se deve o *romance picaresco*, cuja origem remonta à famosa *Vida de Lazarillo de Tormes* (1554), obra de autor anónimo, e que tem na *Vida de Guzmán de Alfarache* (1559-1604), de Mateo Alemán, o seu exemplar mais representativo. O romance picaresco, através de numerosas traduções e imitações, exerceu larga influência nas literaturas europeias, encaminhando o género romanesco para a descrição realista da sociedade e dos costumes contemporâneos. O significado do romance picarecos, na história do romance, transcende todavia esta lição de realismo. O pícaro, pela sua origem, pela sua natureza e pelo seu comportamento, é um anti-herói, um eversor dos mitos heróicos e épicos, que anuncia uma nova época e uma nova mentalidade — época e mentalidade refractárias à representação artística operada através da epopeia ou da tragédia. Através da sua rebeldia, do seu conflito radical com a sociedade, o pícaro afirma-se como um indivíduo que tem consciência da legitimidade da sua oposição ao mundo e que ousa considerar, em desafio aos cânones dominantes, a sua vida mesquinha e reles como digna de ser narrada. Ora o romance moderno é indissociável desta confrontação do indivíduo, bem consciente do carácter legítimo da sua autonomia, com o mundo que o rodeia ([14]).

Como afirma um estudioso destes problemas, o romance barroco representa uma espécie de *grau zero* do romance, e é precisamente com a dissolução desse «ópio romanesco» que aparece o romance moderno, o romance que não quer ser simplesmente uma «história», mas que aspira a ser «observação, confissão, análise», que se revela como «pretensão de pintar o homem

---

([13]) — Para o conhecimento das ideias de Cervantes sobre o romance, no contexto da literatura e da poética do seu tempo, cf. Edward C. Riley, *Teoría de la novela en Cervantes*, Madrid, Taurus, 1971 [título original: *Cervantes's theory of the novel*, Oxford, Oxford University Press, 1962].

([14]) — Sobre a narrativa picaresca espanhola existe uma extensa e rica bibliografia, agora coligida e anotada numa obra prestimosa: Joseph V. Ricapito, *Bibliografía razonada y anotada de las obras maestras de la picaresca española*, Madrid, Ed. Castalia, 1980.

ou uma época da história, de descobrir o mecanismo das sociedades, e finalmente de pôr os problemas dos fins últimos» (¹⁵).

É significativo verificar, efectivamente, que o romance moderno se constitui não só sobre a dissolução da narrativa puramente imaginosa do barroco, mas também sobre a desagregação da estética clássica. O romance, como já ficou exposto, é um género sem antepassados ilustres na literatura greco-latina e, por conseguinte, sem modelos a imitar, nem regras a que obedecer; as poéticas quinhentistas e seiscentistas, fundadas em Aristóteles e em Horácio, não lhe concedem a reverenciosa atenção prestada à tragédia, à epopeia, ou mesmo à comédia e aos géneros líricos menores (¹⁶).

É inegável que o romance, até ao século XVIII, constitui um género literário desprestigiado sob todos os pontos de vista. Embora desde há muito se reconhecesse o singular poder da arte de narrar — lembremos apenas o exemplo de Xerazade e das *Mil e uma noites* —, o romance era todavia conceituado como uma obra frívola, cultivado apenas por espíritos inferiores e apreciado por leitores pouco exigentes em matéria de cultura literária. O romance medieval, renascentista e barroco dirige-se fundamentalmente a um público feminino, ao qual oferece motivos de entretenimento e de evasão. Huet, crítico francês do século XVII, observa que as damas do seu tempo, seduzidas pelos romances, desprezavam outras leituras de real valor, tendo os

---

(¹⁵) — Cf. R.-M. Albérès, *Histoire du roman moderne*, Paris, Albin Michel, 1962, pp. 18 e 21.

(¹⁶) — Observa a este respeito Rosalie L. Colie: «Certainly as far as *writers* were concerned, rules were there to take or leave — the Renaissance is rich in uncanonical kinds. Many examples of these works are so well written that we find ourselves, as scholars coming so long after, accepting the dialogue, the history, the philosophical poem, to say nothing of prose fictions, as "literature", and studying them with as much care as we do more officially "literary" works. The phenomenon of Rabelais is a case in point: there was no doubt that his lengthening book was a masterpiece and that everyone read it. Du Bellay referred to it in a sonnet about his journey home through Switzerland, calling the Swiss "Saulcisses" as Rabelais had; Ronsard compc.. 'd a comic-heroic epitaph on Rabelais, which clearly showed that he knew his book very well; but *Gargantua et Pantagruel* does not appear in any discussion of poetry, or imaginative literature, in the period» (cf. Rosalie L. Colie, *The resources of kind. Genre-theory in the Renaissance*, Berkeley — Los Angeles — London, University of California Press, 1973, pp. 76-77).

homens incorrido no mesmo erro a fim de agradarem àquelas. Deste modo, conclui Huet, «a beleza dos nossos romances originou o desprezo das belas-letras e, em seguida, a ignorância» (17).

Além da sua situação inferior num plano puramente literário, o romance era ainda considerado como um perigoso elemento de perturbação passional e de corrupção dos bons costumes, razões por que os moralistas e os próprios poderes públicos o condenaram asperamente (18). Esta atitude de desconfiança e animadversão dos moralistas em relação ao romance prolongou-se, sob formas várias, pelos tempos modernos. Nos finais do século XVIII, Oliver Goldsmith escrevia numa carta estas palavras reveladoras: «Acima de tudo, não o [o jovem sobrinho de Goldsmith] deixe nunca pôr as mãos numa novela ou num *romance*: pintam a beleza com tintas mais sugestivas do que a natureza e descrevem uma felicidade que o homem não encontra nunca. Que enganosas, que destrutivas são estas pinturas de uma dita perfeita! Ensina os jovens a suspirar por uma beleza e uma felicidade que nunca existiram, a desprezar o humilde bem que a fortuna colocou na nossa copa, com a pretensão de outro maior que ela nunca concederá...» (19).

Quando o sistema de valores da estética clássica começa, no século XVIII, a perder a sua homogeneidade e a sua rigidez,

---

(17) — O texto de Huet está reproduzido na obra de A. Chassang e Ch. Senninger, *Les textes littéraires généraux*, Paris, Hachette, 1958, pp. 433-435.

(18) — Dante parece reconhecer a perigosa capacidade de influenciar própria dos romances, quando, no canto V do *Inferno*, põe na boca de Francesca a confissão de que os seus amores adúlteros com Paolo Malatesta se acenderam com a leitura de um romance sobre Lançarote. Em Espanha, uma provisão real de 1531 proibia rigorosamente que fossem levados quaisquer romances para o Novo Mundo, por se considerar como extremamente perigosa a sua leitura pelos índios (cf. Mariano Baquero Goyanes, *Proceso de la novela actual*, Madrid, Ediciones Rialp, 1963, pp. 16-17). O moralista Pierre Nicole escrevia, numa obra publicada em 1666, que «Un faiseur de romans et un poète de théâtre est un empoisonneur public, non des corps mais des âmes des fidèles, qui se doit regarder comme coupable d'une infinité d'homicides spirituels» (*apud* R. Bourneuf e R. Ouellet, *L'univers du roman*, Paris, P.U.F., 1972, p. 12). Veja-se também o interessante estudo de Michel Danahy, «Le roman est-il chose femelle?», in *Poétique*, 25(1976), pp. 85-106.

(19) — *Apud* Miriam Allott, *Los novelistas y la novela*, Barcelona, Seix Barral, 1966, p. 113 [título original: *Novelists on the novel*, London, Routledge & Kegan Paul, 1960].

e quando, neste mesmo século, começa a afirmar-se um novo público, com novos gostos artísticos e novas exigências espirituais — um público burguês — ([20]), o romance, o género literário de ascendência obscura e desprezado pelos teorizadores das poéticas, conhece uma metamorfose e um desenvolvimento muito profundos, a ponto de Diderot não aceitar a identificação do romance anterior ao século XVIII e do romance novo deste mesmo século: «Par un roman, on a entendu jusqu'à ce jour un tissu d'événements chimériques et frivoles, dont la lecture était dangereuse pour le goût et pour les moeurs. Je voudrais bien qu'on trouvât un autre nom pour les ouvrages de Richardson, qui élèvent l'esprit, qui touchent l'âme, qui respirent partout l'amour du bien, et qu'on appelle aussi des romans» ([21]).

Como se depreende deste texto de Diderot, o romance tradicional, o romance barroco de extensão desmesurada, entretecido de episódios inverosímeis e complicados, entrara em crise. O início desta crise pode situar-se na segunda metade do século XVII, nos anos que se seguem a 1660 ([22]). A própria designação de "romance" passou a estar afectada por uma conotação tão pejorativa que os próprios autores a evitam: S. P. Jones, que consagrou uma obra de investigação bibliográfica à ficção francesa da primeira metade do século XVIII ([23]), encontrou a palavra "romance" apenas cinco vezes nos títulos das obras por ele referenciadas e pertencentes a esse largo período de tempo que vai de 1700 a 1750. Os escritores de língua inglesa esforçaram-se por distinguir, desde finais do século XVII, entre *romance* e *novel*, contrapondo o carácter fabuloso e inverosímil da primeira destas formas literárias ao realismo da segunda. Clara Reeve, por exemplo, escreve: «*O romance* é uma fábula

---

([20]) — Acerca das relações entre o público leitor e o romance do século XVIII, leia-se o capítulo 2 («The reading public and the rise of the novel») da obra de Ian Watt intitulada *The rise of the novel* (London, Penguin Books, 1972).

([21]) — Cf. Diderot, *Oeuvres esthétiques*, Paris, Garnier, 1968, p. 29.

([22]) — Sobre esta matéria, veja-se na obra de Frédéric Deloffre, *La nouvelle en France à l'âge classique*, Paris, Didier, 1967, o capítulo intitulado: «La ruine du roman et le triomphe des petits genres (1660-1680)».

([23]) — Cf. S. P. Jones, *A list of french prose fiction from 1700 to 1750*, New York, The Wilson C.º, 1939.

heróica, que trata de pessoas e de coisas fabulosas. A *novel* é uma pintura da vida e dos costumes tirada da realidade e da época em que se escreve. O *romance* descreve, em linguagem excelsa e elevada, o que nunca aconteceu nem é provável que aconteça. A *novel* faz um relato corrente das coisas conforme se passam todos os dias perante os nossos olhos, tal como podem acontecer a um amigo nosso ou a nós próprios [...]» ([24]).

O público cansara-se do carácter fabuloso do romance e exigia das obras narrativas mais verosimilhança e mais realismo. Ora a novela, que oferecia desde há muito estas qualidades de verosimilhança e de apego ao real, ganhou progressivamente o favor do público, alongou sensivelmente a sua extensão (a ponto de na literatura francesa da segunda metade do século XVII a designação de *petit roman* alternar com a de *nouvelle*) e transformou-se numa espécie de género narrativo intermediário entre o ciclópico romance barroco e as curtas novelas do Renascimento: um género intermediário que, do ponto de vista técnico, pode ser justamente considerado como a ponte que conduz ao romance moderno. *A Princesa de Clèves* de M.me de La Fayette representa bem esta nova forma narrativa.

Durante o século XVIII, o romance transforma-se em penetrante e, por vezes, despudorada análise das paixões e dos sentimentos humanos — basta mencionar obras como *Manon Lescault* (1733) de Prévost, *Les liaisons dangereuses* (1782) de Choderlos de Laclos, o *Werther* (1774) de Goethe, etc. —, em sátira social e política ou em escrito de intenções filosóficas. Ao mesmo tempo, o romance torna-se um dos veículos mais adequados da sensibilidade melancólica, plangente ou desesperada, do século XVIII pré-romântico (romances de Richardson, de Rousseau, de Bernardin de Saint-Pierre, etc.).

Quando o romantismo se revela nas literaturas europeias, já o romance conquistara, por direito próprio, a sua alforria e já era lícito falar de uma tradição romanesca. Entre os finais do século XVIII e as primeiras décadas no século XIX, o público do romance alargara-se desmedidamente e, para satisfazer a

---

([24]) — *Apud* Miriam Allott, *op. cit.*, pp. 62-63. Já Congreve, em 1692, distinguia de modo análogo *romance* e *novel* (cf. George L. Barnett, *Eighteenth-century british novelists on the novel*, New York, Appleton-Century-Crofts, 1968, p. 18).

sua necessidade de leitura, escreveram-se e editaram-se numerosos romances. Este público tão dilatado, cuja maioria não possuía evidentemente a necessária educação literária, actuou negativamente na qualidade dessa copiosa produção romanesca: o chamado *romance negro* ou de *terror*, repleto de cenas tétricas e melodramáticas, com um impressionante instrumental de subterrâneos, esconderijos misteriosos, punhais, venenos, etc., povoado de personagens diabolicamente perversas ou angelicamente cândidas, que obteve uma grande voga nos finais do século XVIII e nas primeiras décadas do século XIX, constitui uma das formas romanescas mais apreciadas por semelhante público. O romance em folhetins, invenção das primeiras décadas do século XIX, constituiu igualmente uma forma hábil de responder ao apetite romanesco das grandes massas leitoras, caracterizando-se, em geral, pelas suas aventuras numerosas e descabeladas, pelo tom melodramático e pela frequência de cenas emocionantes, particularmente adequadas a manter bem vivo o interesse do público de folhetim para folhetim [25].

Com o romantismo, por conseguinte, a narrativa romanesca afirma-se decisivamente como uma grande forma literária, apta a exprimir os multiformes aspectos do homem e do mundo: quer como romance psicológico, confissão e análise das almas (*Adolphe* de Benjamin Constant), quer como romance histórico, ressurreição e interpretação de épocas pretéritas (romances de Walter Scott, Victor Hugo, Herculano), quer como romance poético e simbólico (*Heinrich von Ofterdingen* de Novalis, *Aurélia* de Gérard de Nerval), quer como romance de análise e crítica da realidade social contemporânea (romances de Balzac, Charles Dickens, George Sand, etc.). O romance assimilara sincreticamente diversos géneros literários, desde o ensaio e as memórias até à crónica de viagens; incorporara múltiplos registos literários, revelando-se apto quer para a representação da vida quotidiana,

---

[25]—Isto não significa, obviamente, que uma obra deva ser considerada de baixa qualidade estética pelo simples facto de ser publicada em folhetins, num jornal ou numa revista. Basta apontar os casos das *Viagens na minha terra*, publicadas em folhetins na *Revista universal lisbonense*, e de muitos romances de Dostoiewskij, primitivamente dados à luz em páginas de jornais.

quer para a criação de uma atmosfera poética, quer para a análise de uma ideologia (²⁶).

Se o século XVII constitui a época áurea da moderna tragédia, o século XIX constitui inegavelmente o período mais esplendoroso da história do romance. Depois das fecundas experiências dos românticos, sucederam-se, durante toda a segunda metade do século XIX, as criações dos grandes mestres do romance europeu. Forma de arte já sazonada, dispondo de uma vasta audiência e disfrutando de um prestígio crescente, o romance domina a cena literária. Com Flaubert, Maupassant e Henry James, a composição do romance adquire uma mestria e um rigor desconhecidos até então; com Tolstoj e Dostoiewskij, o universo romanesco alarga-se e enriquece-se com experiências humanas perturbantes pelo seu carácter abismal, estranho e demoníaco; com os realistas e naturalistas, em geral, a obra romanesca aspira à exactidão da monografia, de estudo científico dos temperamentos e dos meios sociais. Em vez dos heróis altivos e dominadores, relevantes quer no bem, quer no mal, tanto na alegria como na dor, característicos das narrativas românticas, aparecem nos romances realistas as personagens e os acontecimentos triviais e anódinos extraídos da baça e chata rotina da vida (²⁷).

(²⁶) — Trata-se de um fenómeno típico de "canonização" de um género literário até então marginalizado — fenómeno ocorrente no âmbito de uma alteração profunda do alfabeto, do policódigo e da metalinguagem do polissistema literário. Cf. Shelly Yahalom, «Du non-littéraire au littéraire. Sur l'élaboration d'un modèle romanesque au XVIIIᵉ siècle», in *Poétique*, 44(1980), pp. 406-421.

(²⁷) — Dostoiewskij sublinha justamente esta característica do romance pós-romântico, quando, na sua obra *Humilhados e ofendidos*, se refere à reacção de Nicolai Serguéich perante um romance que o narrador, jovem romancista, acaba de publicar: «Esperava qualquer coisa de inacessivelmente elevado, qualquer coisa que ele talvez não conseguisse entender, mas que fosse com certeza sublime; e, em vez disso, eram factos quotidianos, sobejamente conhecidos, tal qual o que em geral acontece no nosso meio. Contava com um protagonista ilustre ou interessante, ou então uma personagem histórica, no género de Roslavlev ou Iuri Miloslavski; ora, em substituição destes, apresentavam-lhe um funcionário modesto e obtuso, mesmo idiota, e tudo num estilo tão simples... nem mais nem menos do que a linguagem de todos os dias!». Todavia, após a conclusão da leitura, o velho Nicolai

Depois, no declinar do século XIX e nos primeiros anos do século XX, começa a processar-se a crise e a metamorfose do romance moderno, relativamente aos modelos, tidos como "clássicos" do século XIX [28]: aparecem os romances de análise psicológica de Marcel Proust e de Virginia Woolf; James Joyce cria os seus grandes romances de dimensões míticas, construídos em torno das recorrências dos arquétipos (*Ulisses* e *Finnegans Wake*); Kafka dá a conhecer os seus romances simbólicos e alegóricos. Renovam-se os temas, exploram-se novos domínios do indivíduo e da sociedade, modificam-se profundamente as técnicas de narrar, de construir a intriga, de apresentar as personagens. Sucedem-se o romance neo-realista, o romance existencialista, o *nouveau roman*. O romance não cessa, enfim, de revestir novas formas e de exprimir novos conteúdos, numa singular manifestação da perene inquietude estética e espiritual do homem.

Segundo alguns críticos, o romance actual, depois de tão profundas e numerosas metamorfoses e aventuras, sofre de uma insofismável crise, aproximando-se do seu declínio e esgotamento. Seja qual for o valor de tal profecia, um facto, porém, não sofre contestação: o romance permanece a forma literária mais importante do nosso tempo, pelas possibilidades expressivas que oferece ao autor e pela difusão e influência que alcança entre o público.

10.2. Classificação tipológica do romance

Têm sido várias as tentativas para estabelecer uma classificação tipológica do romance. Wolfgang Kayser, por exemplo, tomando em consideração o diverso tratamento que podem apresentar o evento, a personagem e o espaço, fundamentais elemen-

---

confessou: «Leve-nos a compreender o que se passa à nossa volta, sente-se que o mais obscuro, o último dos homens, é, afinal, um irmão» (*Humilhados e ofendidos*, Lisboa, Estúdios Cor, 1962, pp. 46-47).

[28]—Sobre a crise do romance, a partir do final do século XIX, cf., entre outras, as seguintes obras: Michel Raimond, *La crise du roman. Des lendemains du Naturalisme aux années vingt*, Paris, Corti, 1966; Alan Friedman, *The turn of the novel*, New York, Oxford University Press, 1966; Jürgen Schramke. *Teoria del romanzo contemporaneo*, Napoli, Liguori Editore, 1980.

tos constitutivos do romance, estabelece a seguinte classificação tipológica ([29]):

a) *Romance de acção ou de acontecimento*. Romance caracterizado por uma intriga concentrada e fortemente desenhada, com princípio, meio e fim bem estruturados. A sucessão e o encadeamento das situações e dos episódios ocupam o primeiro plano, relegando para lugar muito secundário a análise psicológica das personagens e a descrição dos meios. Os romances de Walter Scott e de Alexandre Dumas exemplificam este tipo de romance.

b) *Romance de personagem*. Romance caracterizado pela existência de uma única personagem central, que o autor desenha e estuda demoradamente e à qual obedece todo o desenvolvimento do romance. Trata-se, frequentemente, de um romance propenso para o subjectivismo lírico e para o tom confessional, como sucede com o *Werther* de Goethe, o *Adolphe* de Benjamin Constant, o *Raphael* de Lamartine, etc. O título é, em geral, bem significativo acerca da natureza deste tipo de romance, pois é constituído, com muita frequência, pelo próprio nome da personagem central.

c) *Romance de espaço*. Romance que se caracteriza pela primazia que concede à pintura do meio histórico e dos ambientes sociais nos quais decorre a intriga. É o que se verifica nos romances de Balzac, de Zola, de Eça de Queirós, de Tolstoj, etc. Balzac, ao colocar a sua obra romanesca sob o título genérico de *Comédie humaine*, revelou bem o seu desejo de oferecer um vasto quadro da sociedade do seu tempo. O meio descrito pode ainda ser geográfico ou telúrico, como sucede na *Selva* de Ferreira de Castro ou nas *Terras do demo* de Aquilino Ribeiro, embora este meio telúrico seja indissociável, na visão do romancista, do homem que nele se integra. O romance brasileiro, por exemplo, tende poderosamente para este tipo de romance ([30]).

([29])—Wolfgang Kayser, *Análise e interpretação da obra literária*, ed. cit., vol. II, pp. 263 ss.
([30])—O Prof. Temístocles Linhares afirma acerca de tal ponto: «Quando se pretende fixar o carácter do romance brasileiro, entre as direcções diferentes que mais possibilidades lhe oferecem, não resta dúvida que assume relevo e importância a tendência resultante do imperativo geográfico. O

Esta classificação é aceitável, se não lhe conferirmos um valor absoluto e uma rigidez extrema. Com efeito, é impossível encontrar um romance concreto que realize de modo puro cada uma das modalidades tipológicas estabelecidas por Wolfgang Kayser, acontecendo também que muitos romances, pela sua riqueza e pela sua complexidade, dificilmente podem ser integrados nesta ou naquela classe. *A cartuxa de Parma* de Stendhal, por exemplo, pode ser considerada um romance de personagem, pois a figura de Fabrice del Dongo ocupa uma posição fulcral no desenvolvimento do romance e o romancista concede uma atenção particular à formação e à evolução dos seus sentimentos e dos seus ideais; pode ser considerada um romance de acção, pois a sua intriga é excepcionalmente rica, variada e emocionante; pode, enfim, ser considerada um romance de espaço, pois a pintura e a sátira do ambiente político e cortesão de Parma constituem elementos fundamentais do universo d'*A cartuxa de Parma* [31]. Igualmente significativo é o caso da outra obra-prima de Stendhal, *O vermelho e o negro*, romance de uma personagem, Julien Sorel, jovem ambicioso, sonhador e altivo, que virilmente procura conquistar na vida um lugar de homem livre, recusando-se a aceitar a condição de servo a que a sociedade, tendo em conta o seu berço plebeu, o condenara; mas romance também de espaço, como claramente indica o seu subtítulo, *Chronique du XIXe siècle*, romance de uma sociedade e de uma época concretas. Como escreve Erich Auerbach, este «entretecimento radical e consequente da existência, tragicamente concebida, de uma personagem de classe social inferior, como Julien Sorel, com a história mais concreta da época, e o seu desenvolvimento a partir dela, constitui um fenómeno totalmente novo e extremamente importante» na evolução da literatura europeia [32].

---

homem, como unidade espiritual, dentro desta concepção de romance, não pode surgir senão superficialmente, em atrito com o meio e a realidade imediata» (*Interrogações*, 2.ª série, Rio de Janeiro, Livraria São José, 1962, p. 131).

[31] — Sobre *A cartuxa de Parma*, veja-se a magistral interpretação de Maurice Bardèche, *Stendhal romancier*, Paris, La Table Ronde, 1947, pp. 355 ss., interpretação que, a nosso ver, marca o ponto mais alto da exegese da obra stendhaliana.

[32] — Cf. Erich Auerbach, *Mimesis: la realidad en la literatura*, México — Buenos Aires, Fondo de Cultura Económica, 1950, p. 429.

10.3. A personagem

A personagem constitui um elemento estrutural indispensável da narrativa romanesca. Sem personagem, ou pelo menos sem agente, como observa Roland Barthes, não existe verdadeiramente narrativa, pois a função e o significado das acções ocorrentes numa sintagmática narrativa dependem primordialmente da atribuição ou da referência dessas acções a uma personagem ou a um agente [33].

À designação e ao conceito de personagem subjaz um conteúdo psicológico-moral que explica a atitude suspeitosa ou hostil que alguns críticos contemporâneos têm adoptado a seu respeito, quer desvalorizando a relevância da personagem como elemento da narrativa, quer considerando as personagens, *dramatis personae*, apenas numa perspectiva funcional [34].

No âmbito desta óptica funcionalista, Greimas, propôs substituir o conceito e o termo de personagem pelo conceito e pelo termo de *actante* [35]. Este termo e este conceito, como o próprio Greimas informa na sua *Sémantique structurale*, têm origem linguística, derivando da sintaxe estrutural de Lucien

---

[33]—Cf. Roland Barthes, «Introduction à l'analyse structurale des récits» in R. Barthes *et alii*, *Poétique du récit*, Paris, Éditions du Seuil, 1977, p. 33 (este celebre estudo de Barthes foi primeiramente publicado no n.º 8 (1966) da revista *Communications*). Cf. também R. Barthes, *S/Z*, Paris, Éditions du Seuil, 1970, p. 197.

[34]—Boris Tomaševskij, um dos mais importantes formalistas russos, escreveu: «O herói não é um elemento necessário da *fábula*, a qual, como sistema de motivos, pode dispensar inteiramente o herói e a sua caracterização» (cf. *Teoria della letteratura*, Milano, Feltrinelli, 1978, p. 203). A análise funcional da personagem foi teorizada e praticada sobretudo por Vladimir Propp na sua obra *Morfologija skazki*.

[35]—Cf. A. J. Greimas, *Sémantique structurale*, Paris, Larousse, 1966, pp. 122 ss. e 172 ss.; *id.*, *Du sens*, Paris, Éditions du Seuil, 1970, pp. 167 ss. e 253-256; *id.*, «Les actants, les acteurs et les figures», in Claude Chabrol (ed.), *Sémiotique narrative et textuelle*, Paris, Larousse, pp. 161-176; *id.* e J. Courtés, *Sémiotique. Dictionnaire raisonné de la théorie du langage*, Paris, Hachette, 1979, pp. 3-4. Ao longo dos anos, desde a publicação de *Sémantique structurale* (1966), Greimas tem introduzido algumas alterações e alguns ajustamentos no conceito de actante e noutros conceitos com ele correlacionados e por isso se torna indispensável a leitura da obra citada de Greimas e de Courtés (particularmente elucidativa, em virtude das remissões conceptuais e terminológicas que, no corpo e no final de cada artigo, possibilitam apreender os pressupostos

Tesnière ([36]). O núcleo verbal, afirma Tesnière, exprime «um pequeno drama» que comporta sempre um *processo, actores* e *circunstâncias*. Transpondo estes conceitos para o plano da sintaxe estrutural, teremos respectivamente o *verbo*, os *actantes* e os *circunstantes*, devendo entender-se por *actantes* «les êtres ou lee choses qui, à un titre quelconque et de quelque façon que cs soit, même au titre de simples figurants et de la façon la plus passive, participent au procès» ([37]). Os actantes são sempre substantivos ou equivalentes de substantivos, são subordinados imediatos do verbo e podem classificar-se em "primeiro actante" "segundo actante" e "terceiro actante". Semanticamente, o primeiro actante é aquele que realiza a acção (*sujeito*), o segundo actante é aquele que suporta a acção (*complemento directo*) e o terceiro actante é aquele «em benefício ou em detrimento do qual se realiza a acção» (*complemento indirecto*).

Ao transferir este conceito sintáctico (e também semântico) para a análise da estrutura narrativa, Greimas confere-lhe uma relevância fundamental, concebendo os actantes como a instância superior que sintacticamente subordina os predicados (dinâmicos ou estáticos) ([38]) e como as «unidades semânticas da armadura

---

e as implicações de cada conceito e verificar a sua coerência teorética). Sobre o conceito greimasiano de actante, *vide*: Philippe Hamon, «Mise au point sur les problèmes de l'analyse du récit», in *Le français moderne*, 3(1972), pp. 208-209; *id.*, «Analyse du récit: éléments pour un lexique», in *Le français moderne*, 2(1974), pp. 134-135; *id.*, «Pour un statut sémiologique du personnage», in R. Barthes *et alii*, *Poétique du récit*, pp. 136 ss. (estudo que constitui a versão refundida do artigo publicado, com o mesmo título, na revista *Litterature*, 6(1972); J. Courtés, *Introduction à la semiotique narrative et discursive*, Paris, Hachette, 1976, pp. 60 ss. e 93 ss.

([36])—Posteriormente à formulação da teoria dos casos de Charles J. Fillmore, Greimas e outros autores têm aproximado com razão o conceito de actante do conceito de caso elaborado por Fillmore (veja-se, a propósito, Harald Weinrich, *Lenguaje en textos*, Madrid, Ed. Gredos, 1981, pp. 44 ss. e 51 ss.). Para além da matriz fornecida pelo modelo sintáctico de Tesnière, a análise actancial de Greimas inspira-se também na *Morfologija skazki* de Propp e na obra de Étienne Souriau intitulada *200 000 situations dramatiques* (Paris, Flammarion, 1950).

(([37])—Cf. Lucien Tesnière, *Éléments de syntaxe structurale*, Paris, Klincksieck, 1959, p. 102.

([38])—Cf. A. J. Greimas, *Sémantique structurale*, p. 129; J. Courtés, *op. cit.*, pp. 61-62. Em relação a Propp, Greimas valoriza inequivocamente o sujeito do processo, os participantes na acção narrativa. Propp, considerando as

da narrativa» (³⁹). Quer dizer, sob o ponto de vista epistemológico, o conceito de actante pertence a um nível superior de análise, inscreve-se no *plano paradigmático* ou *émico*, e sob um ponto de vista que, em Greimas, oscila ambiguamente entre a epistemologia e a ontologia, representa uma entidade do *nível imanente*, um nível postulado como comportando estruturas virtuais e universais (⁴⁰). Os actantes, no seu *percurso narrativo* — uma sequência *hipotáxica* ou um encadeamento lógico de *programas narrativos* —, podem agregar ao seu *estatuto actancial* (o que os define num dado momento) um número determinado de *funções actanciais*, definíveis tanto sintacticamente, em relação à posição do actante no percurso narrativo, como morfologica-

---

personagens como elementos variáveis do *corpus* textual narrativo que analisa na sua *Morfologija skazki*, afirma que apenas é relevante *o que* fazem as personagens e não *quem* faz alguma coisa — pelo menos, esta é uma questão acessória —, embora reconheça que as motivações e os atributos das personagens conferem à fábula, respectivamente, «um colorido e uma eficácia particulares» e «a sua vivacidade, a sua beleza e o seu fascínio» (cf. V. Ja. Propp, *Morfologia della fiaba*, Torino, Einaudi, 1966, p. 93).

(³⁹) — Cf. A. J. Greimas, *Du sens*, p. 253. Nesta definição, que não foi retomada em *Sémiotique*, o conceito de "armadura" deriva de Claude Lévi-Strauss (cf. *Mythologiques I.*, *Le cru et le cuit*, Paris, Plon, 1964, p. 205). Como a própria definição indica — e quaisquer dúvidas seriam afastadas pela leitura do texto de Lévi-Strauss —, o conceito de "armadura" é atinente ao plano das entidades invariantes, ao nível das estruturas profundas, e não ao nível das estruturas de superfície e de manifestação, como equivocadamente afirma Cesare Segre (cf. *Le strutture e il tempo*, Torino, Einaudi, 1974, pp. 61 e 63-64).

(⁴⁰) — Esta problemática não é especificamente greimasiana, mas é, antes, a de todo o estruturalismo que hesita entre um conceito epistemológico e operatório de "estrutura" e uma ontologização deste mesmo conceito. Sobre a importância do "nível imanente" na análise narratológica de Greimas e de outros autores, cf. Ernst Ulrich Grosse, «French structuralist views on narrative grammar», in Wolfgang U. Dressler (ed.), *Current trends in textlinguistics*, Berlin — New York, Walter de Gruyter, 1978, pp. 158-159. Nalguns autores, ocorre um conceito de actante que nada, ou pouco, tem a ver com o conceito proposto por Greimas (o que só contribui para aumentar a confusão terminológica nos estudos literários). Assim, por exemplo: «qui fait avancer l'action» (cf. Mieke Bal, *Narratologie*, Paris, Klincksieck, 1977, p. 57); «A character is, then: (a) an 'actant' — s/he performs a role or roles in the structure of the plot» (cf. Roger Fowler, *Linguistics and the novel*, London, Methuen, 1977, p. 36).

mente, em relação ao seu conteúdo modal (*e. g.*, modalidades do *querer-fazer*, do *saber-fazer* e do *poder-fazer*).

Em *Sémantique structurale* (pp. 180-181), Greimas construiu um *modelo actancial* com seis instâncias assim diagramaticamente representáveis:

destinador — objecto → destinatário (⁴¹)
↑
adjuvante → sujeito ← opositor

Neste esquema biplanar, o destinador é aquele que «manda fazer», que comunica ao sujeito «não só os elementos da competência modal, mas também o conjunto dos valores em jogo»; o sujeito é aquele que quer, que pretende o objecto (relação de desejo, manifestada por uma *relação juntiva*, pois que o sujeito e o objecto existem um para o outro); no seu percurso narrativo, o sujeito, com o auxílio de um adjuvante e perante a hostilidade de um opositor, ganha (ou perde) o objecto e entrega-o, se o ganha, ao destinatário, isto é, ao beneficiário (que pode coincidir com o sujeito).

Em estudos posteriores, este modelo actancial originário foi sofrendo transformações: considerando a estrutura *polémica* da narrativa, concebida como forma de confrontação, Greimas correlacionou uma série positiva e uma série negativa de actantes (sujeito positivo *vs.* sujeito negativo, objecto positivo *vs.* objecto negativo, etc.) (⁴²) e desenvolveu o eixo das instâncias actanciais *contrárias* do destinador e do anti-destinador em duas novas instâncias actanciais *contraditórias*, a do não-destinador e a do não-anti-destinador (⁴³).

Em *Sémiotique*, o conceito de modelo actancial desaparece, sendo estabelecida uma distinção tipológica, no âmbito do *discurso enunciado*, entre os *actantes da comunicação* (narrador,

---

(⁴¹)—Para distinguir entre o destinador e o destinatário como instâncias actanciais da narração e o destinador e o destinatário como actantes da comunicação, Greimas escreve os primeiros termos com uma maiúscula.

(⁴²)—Cf. A. J. Greimas, «Les actants, les acteurs et les figures», in C. Chabrol (ed.), *op. cit.*, pp. 162-164.

(⁴³)—Cf. A. J. Greimas, *Maupassant. La sémiotique du texte: exercices pratiques*, Paris, Éditions du Seuil, 1976, pp. 63, 89, 95 e 111; *id.* e J. Courtés, *Sémiotique*, p. 95.

narratário, interlocutor e interlocutário) e os *actantes da narração* (sujeito / objecto, destinador / destinatário, adjuvante / opositor), podendo estes últimos, por sua vez, ser subdivididos em *actantes sintáxicos* (sujeitos de «enunciados de fazer» ou de «enunciados de estado») e *actantes funcionais* («sujeitos pragmáticos», «sujeitos cognitivos»). Considerando as várias possibilidades de *figurativização* dos actantes, propõe-se a distinção entre actantes *individuais, duais e colectivos*.

O *actor*, na conceptologia e na terminologia de Greimas, representa uma entidade do *plano ético*, sendo definido como «a unidade lexical do discurso» cujo conteúdo semântico mínimo é definido pelos semas seguintes: a) *entidade figurativa;* b) *animado;* c) susceptível de *individuação* ([44]). A estrutura actancial, pertencente ao plano narrativo (na acepção greimasiana, acentue-se), subordina a estrutura actoral, pertencente ao plano discursivo, podendo instituir-se entre ambas, porém, relações diversas: uma relação de isomorfismo (1 actante — 1 actor), uma relação de sincretismo (*n* actantes — 1 actor) e uma relação de desmultiplicação (1 actante — *n* actores). O actor, em suma, é constituído pela conjunção de *funções actanciais* e de *funções temáticas*, quer dizer, pela conjunção da componente da sintaxe narrativa, anterior à discursivização, e da componente semântica do discurso: «Pour être dit acteur, un lexème doit être porteur d'au moins un rôle actantiel et d'au moins un rôle thématique» ([45]).

A chamada "análise actancial" proposta por Greimas e por outros autores apresenta inquestionável interesse teórico e alguma eficácia operatória para a construção de uma semiótica do texto narrativo, mas apresenta também debilidades, limitações e contradições de vária ordem. No seu fundamento, encontramos o pressuposto — que é uma hipótese cientificamente aventurosa, na qual o rigor dedutivista encobre mal um idealismo de tipo platónico ou cartesiano — da existência de uma *competência narrativa*, da existência de «estruturas narrativas (ou semionarrativas) profundas», universais e intemporais, que possibilitariam

---

([44])—Cf. A. J. Greimas, *Du sens*, pp. 255-256.
([45])—Cf. A. J. Greimas e J. Courtés, *op. cit.*, p. 8. Para Greimas, portanto, os actores não representam, como para outros narratologistas, «formas vazias» ou «puros operadores» (cf. Tzvetan Todorov, *Grammaire du Décaméron*, The Hague, Mouton, 1969, p. 28; Michel Mathieu, «Les acteurs du récit», in *Poétique*, 19(1974), p. 363).

o aparecimento e a elaboração de toda a significação e que subordinariam as diversas manifestações da "competência discursiva". Toda a instrumentação conceptual e terminológica da análise da narrativa proposta por Greimas repousa sobre tal pressuposto, cuja ambiguidade epistemológico-ontológica se projecta depois nos vários níveis de desenvolvimento da teoria. Este tipo de fundamentação contrasta abertamente com a fundamentação empírica das teorias e dos métodos de análise de Propp e de Tesnière. Por exemplo, Greimas não demonstra cientificamente a licitude da transferência para o nível do texto do modelo actancial elaborado por Tesnière para a análise sintáctica da frase, opinando elucidativamente E. U. Grosse que os fundamentos de tal transferência se poderiam encontrar no neoplatonismo do Renascimento e da Antiguidade... [46]. Por outro lado, Greimas não se interroga sequer sobre a validade de uma gramática narrativa universal, explicitamente orientada para superar quaisquer restrições etnocêntricas — em particular, eurocêntricas —, mas cuja base é obtida por extrapolação da gramática das línguas indo-europeias. Semelhante observação se poderia formular a respeito da aplicabilidade generalizada aos textos narrativos literários do método de análise elaborado por Propp para a descrição e a explicação de um *corpus* textual bem delimitado e caracterizado — aplicabilidade que o próprio Propp, na sua famosa resposta a algumas críticas de Lévi-Strauss, rejeitou inequivocamente [47].

A análise actancial conduz a um reducionismo muito forte da complexidade psicológica, sociológica, ética e religiosa das personagens dos textos narrativos literários, em particular do romance, e elimina, em virtude do seu acronismo intrínseco, o que Paul Ricoeur designa como «a temporalidade irredutível

---

[46] — Cf. Ernst Ulrich Grosse, *loc. cit.*, p. 160, n 8.
[47] — Cf. V. Ja. Propp, *op. cit.*, p. 227. No estudo posfacial escrito propositadamente para a tradução italiana da sua *Morfologija skazki* — e devem ser bem meditadas as observações de Propp sobre este título e as suas traduções —. sublinha o grande folclorista russo que o seu método de análise poderá ser aplicado proficuamente a textos caracterizados por «uma repetibilidade em ampla escala». Efectivamente, a sua aplicação tem-se revelado mais fácil e satisfatória a textos narrativos de estrutura estereotipada — narrativas folclóricas e míticas, romances da *Trivialliteratur*, etc.

da narrativa» (⁴⁸). Por isso a sua prática tem-se transformado em geral numa trivializante e heuristicamente infecunda operação de esvaziamento semântico e sintáctico dos textos analisados. Greimas deu-se conta deste reducionismo (⁴⁹), mas o seu esforço para o superar, como está bem patenteado em *Sémiotique*, parece-nos epistemológica e metodologicamente equivocado: multiplicou, muitas vezes por postulamento, as entidades semióticas, numa proliferação conceptual e terminológica que lembra sintomaticamente a escolástica tardia; acentuou as referências a factores sociológicos e ideológicos (cf., e. g., os artigos "Idéologie", "Sociolecte" e "Sociosémiotique"), mas torna-se óbvio que a lógica profunda da análise sémica bloqueia o estudo dos fenómenos semióticos integrados no processo histórico e no metassistema social; embora procurando diminuir a "distância" entre as estruturas narrativas profundas e as estruturas discursivas — é revelador deste intento o esbatimento da oposição entre actante e actor e a aproximação, que algumas vezes redunda em equívocos, do plano paradigmático e do plano sintagmático —, continua a considerar os "textos-ocorrências", em particular a textualidade literária, como um epifenómeno ou como um resíduo do "universo imanente", menosprezando ou desconhecendo por isso mesmo a dinâmica histórica e sociocultural da "memória" do sistema literário, os condicionalismos e as implicações da intertextualidade, os parâmetros cronotópicos da produção e da recepção dos textos literários.

Por nosso lado, reconhecemos que o vocábulo e o conceito de "actante", tal como utilizados por Tesnière, podem ser transpostos sem extrapolações e com algumas vantagens terminológicas — o adjectivo "actancial" é útil, não existindo possibilidade de derivar um adjectivo equivalente de "personagem" ou de "agente" — para a análise do texto literário, em particular do texto narrativo. Considerando, todavia, as dúvidas e as restrições de vária ordem que suscita o conceito greimasiano de

---

(⁴⁸)—Cf. Paul Ricoeur, «Le récit de fiction», in Dorian Tiffeneau (ed.), *La narrativité*, Paris, CNRS, 1980, p. 38. Sobre o reducionismo da análise actancial, cf. Roger Fowler, *op. cit.*, pp. 30-32; Seymour Chatman, *Story and discourse. Narrative structure in fiction and film*, Ithaca — London, Cornell University Press, 1978, pp. 112 ss.

(⁴⁹)—Veja-se o prefácio (pp. 5-6) de Greimas à citada obra de J. Courtés.

"actante" — e Greimas é o principal responsável pela difusão do termo no domínio da narratologia —, entendemos que o seu uso deverá ser cauteloso, com consciência das suas implicações e consequências teoréticas e metodológicas.

Para designarem os agentes da narrativa, os teorizadores e críticos literários de língua inglesa utilizam preferentemente o termo "caracteres" (*characters*). Trata-se de um termo com escassa tradição na terminologia literária das línguas românicas e com um conteúdo psicológico e moral muito acentuado.

Julgamos que o termo "personagem", com uma longa tradição na literatura, no teatro, nas artes plásticas e no cinema, pode e deve continuar a ser utilizado em narratologia. Na sua própria origem etimológica — *persona* —, manifesta-se a ideia de "ficção", não nos parecendo pertinente o argumento de que é inadequada a sua aplicação a possíveis agentes narrativos como os animais, os objectos ou os conceitos. Cedendo à tentação de um truísmo — perante certas posições cientificistas da teoria literária contemporânea, tal tentação não deixa de ser salutar... —, diremos que os textos literários narrativos são produzidos por homens para serem lidos por homens e que, por isso, os animais, os objectos e os conceitos que neles desempenhem funções de agente se encontram inevitavelmente antropomorfizados, mesmo que só implicitamente, porque o homem projecta neles os seus valores ou exprime através deles os seus valores (que podem ser os valores de um anti-humanismo). É certo que "personagem" implica um certo número de propriedades psicológicas, morais e socioculturais, preexistentes à acção narrativa, mas não vemos que daí se possa extrair qualquer razão contra o seu uso na teoria e na crítica literárias: na vida empírica — e nas "narrativas naturais" que ela origina — como na ficção literária, a acção não gera *ex nouo* os agentes, embora os possa modificar profundamente, não carecendo de fundamento afirmar-se que a acção é caracterizável, em parte, como uma função daquelas propriedades dos agentes. Nos textos literários narrativos, quer nos textos da literatura *kitsch*, quer nos textos da chamada "grande" literatura, as personagens nunca são "formas vazias" ou "puros operadores". Mesmo naqueles textos em que o conceito de personagem se manifesta em crise, em que ele é contestado e corroído, as personagens — ou simulacros, ou sucedâneos de personagens... — remetem sempre, antes de qualquer evento, ainda que isso só se manifeste durante o evento ou depois do evento, para um determinado horizonte de valores, para uma determinada ideologia.

10.3.1. O narrador

Dentre as personagens possíveis de um romance, há uma que se particulariza pelo seu estatuto e pelas suas funções no processo narrativo e na estruturação do texto — o *narrador*. O narrador, como esclarecemos ao analisar a problemática do emissor na comunicação literária, não se identifica necessariamente com o autor textual e muito menos com o autor empírico — identificação esta típica de um biografismo ingénuo ou preconcebido —, pois ele representa, enquanto instância autonomizada que produz intratextualmente o discurso narrativo, uma construção, uma criatura fictícia do autor textual, constituindo este último, por sua vez, uma construção do autor empírico.

O texto narrativo, como é sabido desde a análise de Platão sobre a *diegese* e a *mimese* poéticas, pressupõe sempre uma instância doadora do discurso, diferentemente do que acontece com o texto lírico e com o texto dramático (pelo menos, considerando como irrelevantes, no plano arquitextual, as possíveis ocorrências anómalas): a mediação (*Mittelbarkeit*) da apresentação, nas palavras de Franz K. Stanzel, é característica genérica do acto de transmissão da ficção narrativa [50].

Alguns investigadores, todavia, têm levantado objecções ao princípio da existência necessária de um narrador em qualquer texto narrativo. Assim, Käte Hamburger entende que só é lícito falar de narrador, quando «o poeta narrativo» (*the narrative poet*) "cria" um narrador, em particular o narrador da primeira

---

[50] — Cf. Franz K. Stanzel, «Second thoughts on *Narrative situations in the novel:* Towards a "grammar of fiction"», in *Novel*, 11(1978), p. 248. No mesmo sentido, *vide:* Wolfgang Kayser, «Qui raconte le roman?», in Roland Barthes *et alii*, *Poétique du récit*, Paris, Éditions du Seuil, 1977, pp. 70 ss. [este estudo de Kayser, traduzido do original em língua alemã, foi publicado antes no n.º 4 (1970) da revista *Poétique*]; Seymour Chatman, *op. cit.*, pp. 146-147. A propósito da narrativa fílmica, veja-se Christian Metz, *Essais sur la signification au cinéma*, Paris, Klincksieck, 1968, pp. 28-29. Como observa Metz, «parce que ça parle, il faut bien que quelqu'un parle».

pessoa da narrativa da primeira pessoa («namely the first-person narrator of the first-person narrative»), de modo que um texto narrativo carecente de pronome da primeira pessoa ou de quaisquer marcas linguísticas do falante não teria narrador ([51]). Na esteira de Käte Hamburger, mas formulando conclusões mais radicais, Ann Banfield tem sustentado, em diversos estudos, que nem todo o enunciado independente contém um locutor, mesmo na estrutura profunda, e que os enunciados narrativos que não apresentam *sinais sintácticos* da primeira pessoa são destituídos de locutor e portanto de narrador, identificando este tipo de narração com a modalidade da enunciação que Benveniste denomina *história* — uma enunciação em que «ninguém fala» e em que a narrativa «se conta por si própria» ([52]).

A asserção de que existem enunciados carecentes de locutor — asserção mais geral de que deriva a asserção de que existem textos narrativos sem narrador — é refutável sob o ponto de vista linguístico e semiótico, só sendo possível a sua formulação como hipótese teórica a partir de uma análise estrita e unilateralmente sintáctica do enunciado. Ainda que se rejeite a hipótese de John Ross, a que já nos referimos no capítulo sobre a comunicação literária, segundo a qual todos os enunciados derivam de uma estrutura profunda em que figuram um verbo performativo e o pronome da primeira pessoa, falta explicar, sob o ponto de vista *pragmático* e *semântico*, a possibilidade de um enunciado desprovido de locutor, visto que da ausência num

---

([51]) — Cf. Käte Hamburger, *The logic of literature*, Bloomington, Indiana University Press, ²1973, pp. 34-35 e 139-140.

([52]) — Cf. Ann Banfield — «Narrative style and the grammar of direct and indirect speech», in *Foundations of language*, 10(1973), pp. 1-39; «The formal coherence of represented speech and thought», in *PTL*, 3,2(1978), pp. 289--314; «Where epistemology, style, and grammar meet literary history: The development of represented speech and thought», in *New literary history*, IX, 3(1978), pp. 415-454; «Reflective and non-reflective consciousness in the language of fiction», in *Poetics today*, 2,2(1981), pp. 61-76. Encontra-se uma hipótese teórica semelhante à de Ann Banfield em S. Y. Kuroda, «Reflections on the foundations of narrative theory from a linguistic point of view», in Teun A. van Dijk (ed.), *Pragmatics of language and literature*, Amsterdam — Oxford — New York, North Holland/American Elsevier, 1976, pp. 107-140. Sobre a distinção benvenistiana entre "história" e "discurso" cf. Émile Benveniste, *Problèmes de linguistique générale I*, Paris, Gallimard, 1966, pp. 238-245.

enunciado de *marcas sintácticas* do locutor apenas por extrapolação absurda se pode concluir pela inexistência de um sujeito da enunciação. Só metaforicamente se pode dizer que "a narrativa se conta a si própria" ou que o enunciado *x* narra ou descreve isto ou aquilo, pois que é sempre e necessariamente um emissor (que pode ser individual, dual ou múltiplo) quem conta, narra ou descreve. Mesmo num plano sintáctico, torna-se impossível encontrar *num texto*, em estado puro, a enunciação denominada "história" por Benveniste: como Gérard Genette não teve dificuldade em demonstrar, no texto de Balzac que Benveniste apresenta como paradigmático da enunciação histórica, ocorrem diversos sintagmas que denunciam inequivocamente a presença do enunciador [53]. Ora Ann Banfield não só ignora, na sua análise das marcas sintácticas do locutor, a diferença de nível linguístico e semiótico entre *enunciado* e *texto*, como fundamenta grande parte da sua teoria numa identificação de locutor e narrador obtida por uma passagem abusiva do plano do enunciado para o plano do texto: «The Speaker is the unique referent of 'I' in an expression [...] the narrator is the unchanging speaker of connected E's [E = expression] i. e., of a TEXT» [54].

O problema não pode consistir em estabelecer uma dicotomia entre textos narrativos com locutor-narrador e textos narrativos sem locutor-narrador, mas sim em distinguir entre textos com um narrador autonomizado como instância doadora da narrativa, não coincidente com o autor textual, e textos narrativos com um narrador de "grau zero", de impossível diferenciação relativamente ao autor textual, isto é, textos em que o autor textual não delega noutra instância enunciadora a produção do discurso narrativo. Só nos textos do tipo primeiramente referido é que o narrador se apresenta como personagem, podendo o seu estatuto, como veremos, configurar-se no âmbito de um largo espectro de possibilidades.

Estudaremos adiante, em 10.8. e 10.9., as modalidades e as funções do narrador como *voz* e como agente de *focalização* do texto narrativo.

---

[53] — Cf. Gérard Genette, *Figures II*, Paris, Éditions du Seuil, 1969, p. 66.
[54] — Cf. Ann Banfield, «The formal coherence of represented speech and thought», in *PTL*, 3,2(1978), p. 296.

10.3.2. O narratário

Em muitos textos narrativos, existe um destinatário intratextual do discurso narrativo e, portanto, da história narrada. É a esta instância à qual o narrador conta a história, ou parte da história, que daremos o nome de *narratário* (55). O narratário, como deflui da dilucidação conceptual e terminológica que estabelecemos no capítulo 3, ao examinarmos a problemática do destinatário, do leitor e do receptor, não deve ser identificado, ou confundido, com o *leitor implícito*, com o *leitor visado* e com o *leitor ideal* — e muito menos com o *leitor empírico* —, embora a sua função no texto narrativo tenha sempre correlações importantes com o leitor implícito e com o leitor empírico — o narratário representa uma das articulações mediadoras da transmissão da narrativa — e possa apresentar também correlações diversas com o leitor visado e com o leitor ideal.

Como se conclui da definição proposta, entendemos que o narratário não existe necessariamente em todos os textos narrativos, ao contrário do que afirma Prince (56). Por outras palavras, não existe simetria ontológica e funcional entre o narrador — todo o texto narrativo exige uma voz narradora, seja qual for a sua caracterização — e o narratário (em rigor, também não

---

(55) — O conceito de *narratário*, uma espécie de "ovo de Colombo" da narratologia, deve-se a Gerald Prince, que o formulou (não sem ambiguidades) em vários estudos: «Notes towards a categorization of fictional 'narratees'», in *Genre*, 4(1971), pp. 100-105; «On readers and listeners in narrative», in *Neophilologus*, 55(1971), pp. 117-122; «Introduction à l'étude du narrataire», in *Poétique*, 14(1973), pp. 178-196. Como se deduz da data de publicação dos dois primeiros ensaios, a breve análise do narratário elaborada por Gérard Genette na sua obra *Figures III* (Paris, Éditions du Seuil, 1972, pp. 265-267) é posterior à formulação do conceito de narratário por Prince, ao contrário do que poderão concluir os leitores que apenas conheçam o artigo de Prince publicado na revista *Poétique*. Citamos outros estudos com interesse específico para a discussão do conceito de narratário: Mary Ann Piwowarczyk, «The narratee and the situation of enunciation: A reconsideration of Prince's theory», in *Genre*, 9(1976), pp. 161-177; William Ray, «Recognizing recognition: The intra-textual and extra-textual critical persona», in *Diacritics*, 7,4(1977), pp. 20-33; Seymour Chatman, *op. cit.*, pp. 253-262.

(56) — Cf. Gerald Prince, «Introduction à l'étude du narrataire», in *Poétique*, 14(1973), p. 178. Em sentido contrário, cf. Seymour Chatman, *op. cit.*, pp. 150-151.

existe simetria ontológica entre emissor e receptor). Nos textos narrativos em que existe um narrador de "grau zero", não existe logicamente um narratário, embora num texto destes possa manifestar-se topicamente um narrador autonomizado — emissor de uma micro-narrativa epistolar, por exemplo — e, correlatamente, um narratário. Nos textos narrativos em que existe um narrador autonomizado, personalizado, pode existir, ou não, um narratário, pois nenhuma regra ou convenção obriga o "eu" que narra a endereçar o seu discurso a um "tu" intratextualmente construído e particularizado como entidade ficcional.

O narratário apresenta-se como uma personagem, com caracterização psicológica, social, etc., variável em minudência e em profundidade, que pode desempenhar apenas a função específica de narratário ou acumular esta função com a de interveniente mais ou menos importante na intriga do romance. Em *Manon Lescaut*, M. de Renoncourt é o narratário a quem o narrador Des Grieux conta a história dos seus amores com Manon, mas não interfere como personagem nessa história; pelo contrário, em *Le noeud de vipères* de François Mauriac, Isa, além de ser o narratário ao qual se dirige o narrador Louis, é também uma personagem relevante na história narrada.

Como acontece com o narrador, a existência e a função do narratário articulam-se com os diversos *níveis* da narração que podem ocorrer num texto (veja-se, *infra*, 10.8.).

10.3.3. A personagem como protagonista ou herói

As personagens de um romance compreendem uma personagem principal — o *herói* ou *protagonista* — e personagens secundárias, de importância funcional muito variável. O protagonista representa, na estrutura dos actantes ou agentes que participam na acção narrativa, o núcleo ou o ponto cardeal por onde passam os vectores que configuram funcionalmente as outras personagens [57], pois é em relação a ele, aos valores que ele consubstancia, aos eventos que ele provoca ou que ele suporta, que se definem o *deuteragonista*, a personagem secundária mais relevante,

---

[57]—Cf. Giovanni Sinicropi, «La diegesi e i suoi elementi», in *Strumenti critici*, 34(1977), p. 499.

o *antagonista*, a personagem que se contrapõe à personagem principal — e que, em muitos textos, coincide com o deuteragonista —, e os *comparsas*, as personagens acessórias ou episódicas.

Algumas vezes, o herói é facilmente identificável logo pelo título da obra: *Werther, Lucien Leuwen, Ana Paula*. Com frequência, o narrador apresenta o herói nas primeiras páginas do romance, designando-o explicitamente, por vezes, como o herói da sua obra. Assim, nas *Aventuras de Basílio Fernandes Enxertado*, Camilo apresenta e retrata o protagonista logo na abertura da narrativa, dando ao capítulo I o seguinte título: *Nasce o herói. A cabeça e as espertezas do mesmo.*

Outras vezes, porém, torna-se menos fácil distinguir o herói, porque a sua identificação pode variar segundo as leituras plurais que o texto narrativo permita. O conceito de herói está estreitamente ligado aos códigos culturais, éticos e ideológicos, dominantes numa determinada época histórica e numa determinada sociedade.

Em dados contextos socioculturais, o escritor cria os seus heróis na aceitação perfeita daqueles códigos: o herói espelha os ideais de uma comunidade ou de uma classe social, encarnando os padrões morais e ideológicos que essa comunidade ou essa classe valorizam. No neoclassicismo, o herói inscreve-se sempre num espaço ético-ideológico privilegiado, sendo impensável a existência de um herói que, pela sua condição social, pela sua psicologia, pelo seu comportamento moral, etc., viesse pôr em causa os valores socioculturais institucionalizados e aceites pelos grupos sociais hegemónicos.

Noutros contextos históricos e sociológicos, pelo contrário, pode ser valorizada por um movimento artístico, por um grupo de escritores ou até por um escritor isolado, a transgressão dos códigos prevalecentes numa dada sociedade: o herói, em vez de se conformar com os paradigmas aceites e exaltados pela maioria da comunidade, aparece como um indivíduo em ruptura e conflito com tais paradigmas, valorizando o que a norma social rejeita e reprime (homossexualidade, adultério, sadismo, etc.). Nestas condições, o herói assume o estatuto de um *anti-herói* quando perspectivado e julgado segundo a óptica dos códigos sociais maioritariamente prevalecentes. A criação destes anti-heróis, já verificável nos romances picarescos, tornou-se frequente na literatura romântica e pós-romântica, sendo bem reveladora de um grave dissídio que se estabelece entre o escritor e à sociedade em que este se situa.

A escolha e a caracterização do herói constituem assim um problema do emissor, mas *também* um problema do receptor, pois é na interacção do texto com o leitor empírico, condicionada por múltiplos factores textuais e extratextuais, que se conforma a imagem do herói. Se há textos narrativos, como observámos, em que o narrador elege e constrói inequivocamente o seu herói, apontando-o aos seus possíveis leitores como *exemplum*, como encarnação modelar de valores, predicados e actos considerados como positivos, outros textos existem nos quais a caracterização do herói é fluida e ambígua, quer em virtude de uma estratégia do narrador — estratégia que envolve o autor empírico, confrontado, por exemplo, com um poder censório, com um meio social hostil, etc. —, quer devido à pouca confiança que merece o narrador, quer pela indeterminação, angustiada, céptica ou lúdica, do narrador perante mundividências, sistemas de crenças e convicções, comportamentos diversos e até opostos. Em qualquer caso, porém, diferentes leituras do mesmo texto — diferentes tanto no plano sincrónico, como no plano diacrónico — originarão a escolha de heróis diferentes ou, pelo menos, motivarão interpretações diferentes do mesmo herói. Os leitores de uma determinada época ou de um determinado grupo social podem identificar-se admirativa, simpatética ou catarticamente com um herói que suscite, aos leitores de outra época ou de outro grupo sociocultural, um distanciamento irónico ou mesmo uma acentuada animadversão [58].

Em certa classe de romances, certamente a mais numerosa, a personagem fulcral é uma pessoa, um homem ou uma mulher

---

[58]—Sobre a problemática do "herói" na perspectiva da estética da recepção, veja-se Hans Robert Jauss, «Levels of identification of hero and audience», in *New literary history*, V, 2(1974), pp. 283-317. Philippe Hamon, no seu já citado ensaio intitulado «Statut sémiologique du personnage», observa a propósito da correlação do herói com «o espaço moral valorizado» que o leitor reconhece e aceita: «D'où les distorsions très fréquentes dans les lectures de textes anciens, accentuées à l'époque moderne par l'extension et l'hétérogéneité du public, donc par la pluralité des codes culturels de référence: pour tel lecteur, à telle époque, Pantagruel, ou Horace, seront les héros; pour tel autre lecteur, à telle autre époque, ce sera Panurge, ou Curiace» (cf. *op. cit.*,, p. 153).

de quem o romancista narra as aventuras, a formação, as experiências amorosas, os conflitos e as desilusões, a vida e a morte. Assim acontece com *Tom Jones* de Fielding, *O vermelho e o negro* de Stendhal, *M.me Bovary* de Flaubert, *Anna Karenina* de Tolstoj, etc. Destes *romances do indivíduo* diferem outros romances, cujas personagens centrais são de natureza diversa.

Em obras como *Os Buddenbrook* de Thomas Mann, *Forsyte saga* de Galsworthy, *Os Artomonov* de Gorki, a verdadeira personagem nuclear é uma família, considerada na sua ascensão, transformação e declínio através das gerações. N'*As vinhas da ira* de John Steinbeck, a personagem fundamental é a legião de homens das regiões secas e pobres do sul dos Estados Unidos que emigram em busca da terra fértil e da abundância, embora essa legião de deserdados, de perseguidos e de famintos esteja representada, de modo especial, por uma família — a família dos Joad. Os capítulos em que Steinbeck apresenta de modo sincrético e caótico a torrente de emigrantes que inunda as estradas, capítulos em que se acumulam e entrechocam breves, múltiplas e objectivas notações do que acontece com fragmentos de diálogo, frases soltas, pragas, lamentos e gritos dos que fogem rumo à Califórnia, revelam poderosamente como a grande personagem d'*As vinhas da ira* possui gigantescas e anónimas dimensões colectivas [59].

Noutros romances, a personagem básica nem é um indivíduo, nem um grupo social, mas uma cidade. Assim acontece com os romances que Albert Thibaudet designou, não sem

---

[59] — Veja-se este passo do capítulo XII: «Os homens em êxodo rompiam na 66; às vezes, um carro solitário, outras vezes, uma pequena caravana. Andavam o dia inteiro vagarosamente pela estrada e, à noite, paravam onde houvesse água. De dia, velhos radiadores expeliam colunas de vapor e frouxas varetas de ligação matraqueavam os ouvidos no seu contínuo martelar. E os homens que guiavam os caminhões e os carros sobrecarregados escutavam, apreensivos. Quanto falta para chegarmos à cidade mais próxima? Há um verdadeiro terror pelas distâncias entre as cidades. Se alguma coisa se quebra... Bem... nesse caso temos de acampar por aqui mesmo, enquanto o Jim vai a pé até à cidade, para comprar a peça que falta e torna a voltar... Que comida temos ainda? [...] E por que raio está hoje o motor assim tão quente?! Não estamos a fazer nenhuma subida. [...] Oh, se a gente chegasse à Califórnia onde as laranjas nascem, antes que esta geringonça se desfizesse! Se a gente conseguisse chegar!» (*As vinhas da ira*, 3.ª ed., Lisboa, Livros do Brasil, s. d., pp. 121-122).

alguma ambiguidade, por *romances urbanos* (⁶⁰), isto é, romances em que uma cidade não é apenas o quadro em que decorre a intriga, mas constitui, com o seu pitoresco, os seus contrastes, os seus segredos, etc. o próprio assunto romanesco. Victor Hugo parece ter sido o iniciador desta forma de romance, ao escrever *Nossa Senhora de Paris*, obra em que a grande personagem é realmente o pitoresco Paris do tempo de Luís XI. *Salammbô* de Flaubert é igualmente o romance de uma cidade, de uma esplendorosa e bárbara cidade morta — Cartago. As capitais imensas e labirínticas e as sortílegas cidades de arte têm seduzido de modo especial os romancistas. Como maliciosamente observa Thibaudet, quem, ao comprar o seu bilhte de viagem, não terá dito ou pensado: «Parto para Veneza escrever um romance?» (⁶¹). Entre os romances que fazem de uma cidade de arte a sua personagem dominante, podemos citar *Bruges-la-morte* de Georges Rodenbach.

Outras vezes, a personagem principal de um romance identifica-se com um elemento físico ou com uma realidade sociológica, aos quais se encontram intimamente vinculadas ou subjugadas as personagens individuais. *Germinal* de Zola é o romance da mina, *O cortiço* de Aloísio de Azevedo é o romance do bairro miserável, promíscuo e turbulento, que alberga, nas áreas marginais do Rio de Janeiro, os proletários desprotegidos, etc.

10.3.4. O retrato da personagem

No romance do século XVIII e de quase todo o século XIX — e já diremos qual a linha de clivagem que, na história do romance moderno, explica este "quase" —, a personagem é em geral apresentada através de um *retrato*, elemento relevante, por isso mesmo, na estrutura de tal romance.

Este retrato, mais ou menos minucioso, mais ou menos sobrecarregado de dados semânticos, pode dizer respeito à fisionomia, ao vestuário, ao temperamento, ao carácter, ao modo de vida, etc., da personagem em causa. Embora algumas personagens secundárias possam suscitar retratos relativamente por-

---

(⁶⁰) — Cf. Albert Thibaudet, *Réflexions sur le roman*, pp. 206 ss..
(⁶¹) — *Ibid.*, p. 210.

menorizados, são as personagens principais, os protagonistas, que em geral merecem um retrato mais éxtenso e mais rico.

O retrato do protagonista situa-se quase sempre nas páginas iniciais do romance, verificando-se, não raro, a sua presença logo no limiar da narrativa. Por vezes, o retrato físico e psicológico-moral da personagem é completado com a sua história genealógica — assim acontece, por exemplo, com *O Bem e o Mal* de Camilo Castelo Branco — ou é posto em íntima conexão com certo meio sociológico e telúrico (⁶²).

O nome é um elemento importante na caracterização da personagem, tal como acontece na vida civil em relação a cada indivíduo (⁶³). O romancista declara em geral o nome da personagem logo que inicia o seu retrato, mas, por vezes, pode pintar esse retrato sem mencionar imediatamente o seu nome. Carlos de Oliveira abre o seu romance *Uma abelha na chuva* com um

---

(⁶²) — A conexão do retrato da personagem com um determinado meio sociológico e telúrico é sobretudo característica do romance realista e naturalista. Balzac deixou em muitos dos seus romances exemplos paradigmáticos desta interpenetração do retrato com o meio social (cf. Roland Le Huenen e Paul Perron, *Balzac. Sémiotique du personnage romanesque: L'exemple d'Eugénie Grandet*, Montréal — Paris, Les Presses de l'Université de Montréal — Didier Érudition, 1980, cap. III: «Le système du portrait»).

(⁶³) — No início do seu romance *Nome de guerra*, Almada Negreiros põe justamente em relevo a importância do nome: «Das duas uma: ou as pessoas se fazem ao nome que lhes puseram no baptismo, ou ele tem de seu o bastante para marcar a cada um. Será imprudente deduzir o nome próprio através das fisionomias ou dos caracteres; no entanto, uma vez conhecido o nome próprio de uma pessoa, ficamos logo convencidos de que este lhe assenta muito bem. Jules Renard tirou um explêndido retrato da vaca em tamanho natural: «On l'appelle la vache et c'est le nom qui lui va le mieux». Como vedes, este corpo inteiro está extraordinariamente parecido, é vaca por todos os lados.

Por sorte, a vaca não tem apelidos de família para lhe complicarem a existência. Mas, como é animal doméstico, vem a dar-lhe na mesma que tenha ou que não tenha apelidos. [...] Mas a verdade é que o facto de alguém ser Joana ou Manuel já é mais do que ser apenas homem ou mulher. Ser homem ou mulher é apenas a natureza; chamar-se João ou Manuela já é a natureza mais a vida inteira: é o problema. E se o João é Sousa e a Manuela é Pereira, então, à natureza e à vida junte-se-lhes ainda por cima a existência e complicou-se o problema.

Ser Sousa ou Pereira ou outros apelidos quaisquer é logo uma árvore genealógica tamanha que, embora o próprio a desconheça, tem sempre muito que se lhe diga» (*Nome de guerra*, Lisboa, Editorial Estampa, ³1971, pp. 15-16).

retrato inominado: «Pelas cinco horas duma tarde invernosa de Outubro, certo viajante entrou em Corgos, a pé, depois da árdua jornada que o trouxera da aldeia de Montouro, por maus caminhos, ao pavimento calcetado e seguro da vila: um homem gordo, baixo, de passo molengão; samarra com gola de raposa; chapéu escuro, de aba larga, ao velho uso; a camisa apertada, sem gravata, não desfazia no esmero geral visível em tudo, das mãos limpas à barba bem escanhoada», etc. (⁶⁴). O nome da personagem só será desvendado no capítulo seguinte. Obtém-se assim um efeito de expectativa, que prende e aguça a curiosidade do leitor.

O nome da personagem funciona frequentemente como um indício, como se a relação entre o significante (nome) e o significado (conteúdo psicológico, ideológico, etc.) da personagem fosse motivada intrinsecamente. O nome do herói de *A queda dum anjo* de Camilo — Calisto Elói de Silos e Benevides de Barbuda — revela logo que a personagem pertence a um determinado estrato social — a aristocracia —, mas oferece também uma conotação que é fundamental para o conhecimento da personagem: sugere arcaísmo, provincianismo anacrónico, laivos de ridículo... E o herói de *A relíquia*, Teodorico Raposo, o *Raposão*, não ostenta no apelido a manha e a velhacaria que o caracterizam? E Álvaro Silvestre, protagonista de *Uma abelha na chuva*, não tem um apelido que denota e conota rusticidade, uma árvore genealógica de lavradores e labregos contraposta à linhagem dos Pessoas, Alvas e Sanchos, donde procede a mulher com quem casou? (⁶⁵) E Marcel Proust não criou todo um sistema onomástico constituído a partir da oposição entre grupos sociais aristocráticos e plebeus e, correlativamente, a partir da oposição entre nomes com sílabas longas e sílabas finais mudas e nomes com sílabas breves e abruptas: «dum lado, o paradigma dos

---

(⁶⁴) — Carlos de Oliveira, *Uma abelha na chuva*, Lisboa, Publicações Dom Quixote, ⁵1971, p. 7.
(⁶⁵) — Esta contraposição explicita-se logo no capítulo III, quando a esposa de Álvaro Silvestre faz a sua apresentação a outra personagem: «Mas o marido era uma concha de silêncio e ela própria se apresentou:
— Maria dos Prazeres Pessoa de Alva Sancho... Silvestre.
Destacou com ironia o sobrenome do marido» (*ibid.*, p. 21).

Guermantes, Laumes, Agrigente, doutro, o paradigma dos *Verdurin, Morel, Jupien, Legrandin, Sazerat, Cottard, Brichot*, etc.»? (⁶⁶)

Nos romances em que aparecem retratos minudentes, o significado das personagens fica desde logo relativamente estabelecido, embora esse significado só venha a definir-se, em toda a sua amplitude, à medida que a intriga vai progredindo. Quando os retratos são inexistentes ou escassos, a personagem apresenta-se inicialmente como um *assemantema* que adquire significação, mais ou menos rapidamente e com maior ou menor clareza, através das suas palavras, dos seus actos e das suas oposições, diferenças e afinidades relativamente a outras personagens.

O estatuto da personagem solidamente travejada, bem definida pelos seus predicados e pelas suas circunstâncias — elementos caracterológicos, traços fisionómicos, meio social, ocupação profissional, etc. —, entrou em crise ainda na segunda metade do século XIX, com os romances de Dostoiewskij. Após a sua leitura, impõem-se obsidiantemente as teorias, as disputas ideológicas, as dúvidas, as raivas, os desesperos das suas personagens, mas dificilmente se rememoram os seus rostos, a cor dos seus olhos, a decoração das suas casas, etc. Segundo as palavras de Bachtin, «o herói interessa a Dostoiewskij, não enquanto fenómeno na realidade, possuindo traços caracterológicos e sociológicos nitidamente definidos, nem enquanto imagem determinada, composta de elementos objectivos com significação

---

(⁶⁶)—Cf. Roland Barthes, «Proust et les noms», *Le degré zéro de l'écriture suivi de nouveaux essais critiques*, Paris, Éditions du Seuil, 1972, p. 132. Em virtude do interesse despertado na teoria e na crítica literárias contemporâneas pelas concepções cratilianas da linguagem verbal, têm sido publicados nos últimos anos (sobretudo nas revistas *Poétique* e *Littérature*) numerosos estudos sobre a semântica dos nomes próprios em textos narrativos. Autran Dourado, no seu livro *Uma poética do romance: Matéria de carpintaria* (São Paulo — Rio de Janeiro, Difel, 1976), a propósito dos significados intertextuais, metafóricos, simbólicos, etc., que propõe para os nomes de algumas personagens das suas admiráveis narrativas, comenta: «São nomes verdadeiros, sempre. Nunca inventados ou extravagantes. Nomes comuns e existentes, em que se buscam vários níveis de significação e nesse sentido são usados. Da mesma maneira que a realidade pode ser lida como o simples real existente diante dos olhos e o esconder-mostrar alguma coisa mais — ser uma realidade símbolo. Vários níveis que se aprofundam mais e mais, vagarosamente, contando sempre com a comunicação autor-leitor. Quanto mais rico em vivência e sensibilidade, mais verá o leitor. Às vezes muito mais que o autor» (p. 110).

única, respondendo no seu conjunto à pergunta «quem é?»; o herói interessa a Dostoiewskij como *ponto de vista particular sobre o mundo e sobre ele próprio*, como a posição do homem que busca a sua razão de ser e o valor da realidade circundante e da sua própria pessoa» ([67]).

O romance dos últimos anos do século XIX e das primeiras décadas do século XX herdou e desenvolveu esta lição dostoiewskiana ([68]). De Bourget a Musil e de Virginia Woolf a Hermann Broch, esse romance não apresenta apenas personagens complicadas, contraditórias, difíceis de apreender numa fórmula ou de explicar linearmente por um esquema de teor causalista, não se limita tão-só a devassar as profundezas e os recessos da interioridade humana (o que, com técnicas diversas, já tinham realizado muitos romancistas anteriores): cria personagens como que descentradas, destituídas de coerência ética e psicológica, instáveis e indeterminadas.

O *nouveau roman* conduz ao seu grau extremo este processo de deterioração da personagem. Jean Ricardou não hesita mesmo em afirmar que esta deterioração funciona como elemento diferenciador do "novo romance" em relação ao "antigo romance" ([69]). A personagem vai perdendo tudo o que a identificava, lhe conferia solidez e relevo: a genealogia, a crónica familiar, a fisionomia, a idiossincrasia bem definida... ([70]). O próprio nome, elemento fundamental, sob o ponto de vista sociológico e jurídico, para a identificação e particularização do indivíduo, é destruído ou desfigurado: o herói de *O castelo* de Franz Kafka é apenas designado por K.; James Joyce designa apenas pelas iniciais H.C.E. o protagonista de *Finnegans Wake;*

([67])—Cf. Mikhaïl Bakhtine, *La poétique de Dostoievski*, Paris, Éditions du Seuil, 1970, p. 82.

([68])—Sobre o romance deste período, vejam-se duas obras fundamentais e complementares: Michel Raimond, *La crise du roman*, Paris, J. Corti, 1966; Michel Zéraffa, *La révolution romanesque*, Paris, Union Générale d'Éditions, 1972.

([69])—Cf. Jean Ricardou, «Le nouveau roman existe-t-il?», in AA. VV., *Nouveau roman: hier, aujourd'hui. 1. Problèmes généraux*, Paris, Union Générale d'Éditions, 1972, p. 13. Veja-se também Jean Ricardou, *Pour une théorie du nouveau roman*, Paris, Éditions du Seuil, 1971, pp. 235 ss.; Ann Jefferson, *The nouveau roman and the poetics of fiction*, Cambridge, Cambridge University Press, 1980, pp. 58 ss.

([70])—Cf. Nathalie Sarraute, *L'ère du soupçon*, Paris, Gallimard, 1956, pp. 56 ss. e 70 ss.

em *La bataille de Pharsale*, Claude Simon denomina o (zero? letra do alfabeto?) ora uma mulher, ora um homem; Robert Pinget, em *Le Libera*, faz proliferar os nomes que, pelas suas semelhanças fonéticas, tendem a confundir-se, motivando, por conseguinte, a confusão das personagens ([71]).

Subjacente a esta crise da personagem romanesca, encontra-se a crise da própria noção filosófica de pessoa. Sob a influência da psicologa de Ribot, do intuicionismo de Bergson e das teorias de Freud, o romancista descobre que a verdade do homem não pode ser apreendida e comunicada pelo retrato de tipo balzaquiano, inteiriço, sólido nos seus contornos e fundamentos. Não é possível definir o indivíduo como uma globalidade ético-psicológica coerente, expressa por um "eu" racionalmente configurado: o "eu" social é uma máscara e uma ficção, sob as quais se agitam forças inominadas e se revelam múltiplos "eus" profundos, vários e conflituantes.

Esta crise da noção de pessoa, imediatamente explicável pela influência exercida em largos sectores intelectuais e artísticos pela psicanálise e pela psicologia das profundidades, tem uma matriz mais profunda e deve situar-se num contexto mais amplo: trata-se de uma consequência e de um reflexo da crise ideológica, ética e política que vem minando a sociedade ocidental contemporânea — crise que alcançou o paroxismo com a sociedade neocapitalista dos nossos dias, dominada por uma tecnologia cada vez mais tirânica, regida pelo ideal do consumo crescente de mercadorias e serviços e comandada por um capital cada vez mais anónimo, mais identificado com gigantescos empreendimentos técnico-económicos de carácter multinacional e, por isso mesmo, cada vez mais brutalmente desumano. Nesta sociedade tecnoburocratizada, carecente de motivações éticas profundas, onde o homem sofre e não age, onde a reificação vai implaca-

---

([71])—Jean Ricardou, nos seus dois estudos citados na nota (69), apresenta um elenco desses nomes (cf., respectivamente, p. 19 e p. 243): nalguns, repete-se a sonoridade *ar* (Topars, Monnard, Maillard, Chottard, Édouard, Mottard, Dondard, Crottard, Ménard, Cossard, Paillard, etc.); na maior parte, verifica-se a ocorrência do mesmo fonema inicial (Monneau, Monnard, Mortin, Moine, Maillard, Marie, Magnin, Mottard, Moineau, Moignon, Ménard, Monette, Morier, Miquette, Mireille, Machette, Marin, Marchin).

velmente alastrando, o romance não poderia retratar personagens segundo os moldes e os valores da sociedade burguesa e liberal dos séculos XVIII e XIX ([72]).

10.3.5. Personagens "planas" e "redondas"

Como constrói o romancista as suas personagens? Como se configuram elas?

E. M. Forster distingue as personagens romanescas em duas espécies fundamentais: as personagens *desenhadas* ou *planas* e as personagens *modeladas* ou *redondas* ([73]). As personagens *desenhadas* são definidas linearmente apenas por um traço, por um elemento característico básico que as acompanha durante todo o texto. Esta espécie de personagem tende frequentemente para a caricatura e apresenta muitas vezes uma natureza cómica ou humorística. O conselheiro Acácio, por exemplo, é uma personagem *plana*, pois que se define, desde as primeiras até às últimas páginas d'*O primo Basílio*, sempre pelo mesmo traço — a verborreia solene e oca. Eça de Queirós, aliás, como certeiramente observou o Prof. Costa Pimpão, caracteriza habitualmente as suas personagens através da recorrência do mesmo elemento e não através da acumulação de elementos diversificados ([74]). A personagem *plana* não altera o seu comportamento no decurso do romance e, por isso, nenhum acto ou nenhuma reacção da sua parte podem surpreender o leitor. O *tipo* não evoluciona, não conhece as transformações íntimas que fariam dele uma personalidade individualizada e que, por conseguinte, dissolveriam as suas dimensões típicas. Ora, a personagem *desenhada* é quase sempre uma *personagem-tipo*. Não provoca nenhuma surpresa, por exemplo, o facto de, n'*Os Maias*,

---

([72])—Cf. Lucien Goldmann, *Pour une sociologie du roman*, Paris, Gallimard, 1964, pp. 187 ss.; Michel Zéraffa, *La révolution romanesque, passim; id., Roman et société*, Paris, P.U.F., 1971, *passim*.

([73])—Cf. E. M. Forster, *Aspects of the novel*, New York, Harcourt, Brace & World, 1927, pp. 67 ss. Como Seymour Chatman põe em relevo (cf. *Story and discourse*, pp. 131-32), a distinção estabelecida por Forster mantém a sua pertinência e a sua utilidade operatória.

([74])—Cf. Álvaro J. da Costa Pimpão, *Gente grada*, Coimbra, Atlântida, 1952, ensaio intitulado «A arte nos romances de Eça».

Dâmaso assinar uma carta que João da Ega lhe dita e na qual aquele se declara um ébrio habitual, pois tal reacção coaduna-se perfeitamente com o que o leitor conhece do bochechudo e balofo Dâmaso Salcede.

As personagens *planas* são extremamente cómodas para o romancista, visto que basta caracterizá-las apenas uma vez, aquando da sua introdução no romance, não sendo necessário cuidar atentamente do seu desenvolvimento ulterior. Semelhantes personagens estão particularmente indicadas para o papel de comparsas.

As personagens *modeladas*, pelo contrário, oferecem uma complexidade muito acentuada e o romancista tem de lhes consagrar uma atenção vigilante, esforçando-se por caracterizá-las sob diversos aspectos. Ao traço recorrente próprio das personagens *planas*, corresponde a multiplicidade de traços peculiar das personagens *redondas*. Às personagens de Dickens, de contornos simples, embora extremamente vigorosos, opõem-se as personagens de Dostoiewskij, densas, enigmáticas, contraditórias, rebeldes às definições cómodas que podemos encontrar na cristalização das fórmulas. Os heróis de Stendhal, de Tolstoj, de James Joyce, etc., são igualmente personagens *modeladas*.

Da complexidade destas personagens resulta o facto de, muitas vezes, o leitor ficar surpreendido com as suas reacções perante os acontecimentos. Diante de Stavroguine, a enigmática e torturada personagem d'*Os possessos*, o leitor nunca sabe quais as inflexões que a intriga poderá sofrer.

A densidade e a riqueza destas personagens não as transformam, porém, em casos de absoluta unicidade: através das suas feições peculiares, das suas paixões, qualidades e defeitos, dos seus ideais, tormentos e conflitos, o escritor ilumina o humano e revela a vida. O interesse e a universalidade das personagens *modeladas* advêm precisamente desta fusão perfeita que nelas se verifica da sua unicidade e da sua significação genérica no plano humano, quer sob o ponto de vista do intemporal, quer sob o ponto de vista da historicidade. Julien Sorel é uma personagem *modelada*, complexa, dinâmica, contraditória, mas alia à sua unicidade elementos típicos que se afirmam claramente, por exemplo, nas palavras que proferiu no tribunal que havia de o condenar à morte: os jurados «quererão castigar em mim e desencorajar para sempre certa espécie de jovens que, nascidos numa classe inferior e, por assim dizer, oprimidos pela pobreza, têm a felicidade de se proporcionar uma boa educação, e a audácia de se intrometer com o que o orgulho das pessoas ricas chama a sociedade». A personagem *modelada*, em suma, poderia exclamar como Baudelaire, no seu poema *Au lecteur:* «Hypocrite lecteur, — mon semblable, — mon frère!».

10.4. Diegese e discurso narrativo

O romance, como todo o texto narrativo, constrói e comunica sempre informação sobre uma *acção*, sobre um *processo* ou uma *sequência de eventos* que são produzidos e suportados por personagens. Tal sequência de eventos pode ser construída e transmitida ao leitor segundo técnicas discursivas muito variáveis.

Os formalistas russos distinguiram na sequência de acontecimentos comunicada pelo texto narrativo dois planos que, embora interligados por uma relação de solidariedade, deveriam ser conceptual e funcionalmente contrapostos: por um lado, a *fábula* (*fabula*), isto é, os acontecimentos representados nas suas relações internas, nas suas relações cronológicas e causais; por outra parte, a *intriga* (*sjužet*), que é a apresentação dos mesmos acontecimentos, segundo esquemas de construção estética, no texto narrativo [75]. Nesta perspectiva, a fábula constitui, em rigor, um elemento pré-literário e por isso Šklovskij a considera como *material* destinado à elaboração da intriga; esta, por sua vez, constitui um elemento especificamente literário, um fenómeno estilístico, uma estrutura compositiva [76].

Esta dicotomia conceptual dos formalistas russos, que apresenta afinidades com a distinção elaborada por E. M. Forster, independentemente dos formalistas, entre *story* e *plot*, tem suscitado na teoria e na crítica literárias contemporâneas outras distinções homólogas. Assim, Tzvetan Todorov propõe a diferenciação

---

[75]—Cf. B. Tomachevski, «Thématique», Tzvetan Todorov (ed.), *Théorie de la littérature*, Paris, Éditions du Seuil, 1965, p. 268 (cf. também, nesta mesma obra, as pp. 54-55). Ou veja-se B. Tomaševskij, *Teoria della letteratura*, pp. 182 ss.

[76]—Cf. Donatella Ferrari-Bravo, «Per un lessico della poetica šklovskiana», in *Strumenti critici*, 20(1973), pp. 99-100.

entre *história* e *discurso:* a *história* compreende a realidade evocada, as personagens e os acontecimentos apresentados e poderia ser transmitida por outras formas de linguagem (pela linguagem fílmica, por exemplo); o *discurso* diz respeito, não aos acontecimentos narrados, mas ao modo como o narrador que relata a história dá a conhecer ao leitor esses mesmos acontecimentos [77]. Gérard Genette aceitou uma diferenciação equivalente entre *narrativa (récit)* e *discurso* e, mais recentemente, estabeleceu uma distinção entre *história* ou *diegese*, «o significado ou conteúdo narrativo», a *narrativa propriamente dita*, «o significante, enunciado, discurso ou texto narrativo em si mesmo», e *narração*, «o acto narrativo produtor e, por extensão, o conjunto da situação real ou fictícia na qual se situa» [78]. Jean Ricardou opõe a *ficção* à *narração* [79]. O grupo μ, do Centro de Estudos Poéticos da Universidade de Liège, distingue entre a *narrativa propriamente dita* e o *discurso narrativo* [80]. Maurice-Jean Lefebve diferencia a *narração*, «isto é, o discurso propriamente dito, composto de palavras e de frases, susceptível de ser analisado de um ponto de vista linguístico e retórico», da *diegese*, «o mundo definido e representado pela narração», «o conjunto dos significados que são considerados como referindo-se a coisas existentes» [81]. Claude Bremond separa o *récit raconté* e o *récit racontant* [82]. Enfim, Seymour Chatman retoma e desenvolve a distinção entre *história* e *discurso* [83].

---

[77] — Cf. Tzvetan Todorov, «Les catégories du récit littéraire», in *Communications*, 8(1966), pp. 126-127.

[78] — Cf. Gérard Genette, «Frontières du récit», in *Communications*, 8(1966), pp. 159 ss. (este estudo foi republicado no volume de G. Genette intitulado *Figures II*, Paris, Éditions du Seuil, 1969, pp. 49-69); id., *Figures III*, Paris, Éditions du Seuil, 1972, p. 72.

[79] — Cf. Jean Ricardou, «Temps de la narration, temps de la fiction», *Problèmes du nouveau roman*, Paris, Éditions du Seuil,1967, pp. 161-170.

[80] — Cf. J. Dubois et alii, *Rhétorique générale*, Paris, Larousse, 1970, p. 172.

[81] — Cf. Maurice-Jean Lefebve, «Rhétorique du récit», in *Poetics*, 2(1971), p. 120; id., *Structure du discours de la poésie et du récit*, Neuchâtel, La Baconnière, 1971, p. 116.

[82] — Cf. Claude Bremond, *Logique du récit*, Paris, Éditions du Seuil, 1973, p. 321.

[83] — Chatman define *story* como «the content or chain of events (actions, happenings), plus what may be called the existents (characters, items of setting)»

Alguns autores, considerando que as categorias binárias atrás referidas não possibilitam uma descrição adequada do texto narrativo, propõem modelos heurísticos e descritivos mais complexos.

Assim, Lubomír Doležel constrói um modelo estratificacional, que compreende três níveis ([84]):

a) O *nível dos motivemas*, isto é, o nível das proposições que predicam um acto em relação a um actante (a *função motivémica* especifica qual o acto praticado pelo actante). A sintaxe dos motivemas está regulada por um «determinismo sequencial» de natureza lógica e de natureza tipológica. Doležel identifica a *fábula* dos formalistas russos com o nível dos motivemas, definindo aquela como «a ordem sequencial dos motivemas».

b) A *estrutura dos motivos*. O motivo é definido como «uma proposição que predica uma acção em relação a uma personagem» (*character*). Enquanto o motivema constitui uma entidade invariante, pertencente ao plano *émico*, o motivo constitui uma entidade variável, pertencente ao plano *ético*: o motivo realiza particularizadamente um motivema, substituindo um actante por uma personagem e um acto por uma acção. A ordem sequencial dos motivos identifica-se com o conceito de intriga (*sjužet*) dos formalistas russos.

c) A *textura dos motivos*, isto é, o subconjunto dos enunciados narrativos que, num dado texto, *verbalizam* os motivos da intriga (outros enunciados do texto verbalizam elementos diversos da estrutura narrativa: as personagens, por exemplo). A estrutura dos motivos, variável em relação aos motivemas, seria invariável em relação à textura (o mesmo motivo pode ser verbalizado variavelmente).

Cesare Segre, por sua vez, elabora um modelo quadripartido, em conformidade com o qual se discriminarão no texto narrativo os seguintes níveis ([85]):

---

e *discourse* como «the expression, the means by which the content is communicated» (cf. *op. cit.*, p. 19).

([84])—Cf. Lubomír Doležel, «From motifemes to motifs», in *Poetics*, 4(1972), pp. 55-90. Do mesmo autor, veja-se também «Motif analysis and the system of sensitivity in *L'Étranger*», in Pierre R. Léon *et alii*, *Problèmes de l'analyse textuelle*, Montréal — Paris — Bruxelles, Didier, 1971, pp. 165-170.

([85])—Cf. Cesare Segre, *Le strutture e il tempo*, Torino, Einaudi, 1974, pp. 13 ss.; id., *Semiotica, storia e cultura*, Padova, Liviana Editrice, 1977, pp. 32-33.

a) O *discurso*, constituído por elementos linguísticos, estilísticos e, eventualmente, métricos.

b) A *intriga*, constituída por «elementos de técnica da exposição, da construção e montagem da narrativa».

c) A *fábula*, constituída por materiais antropológicos, temas, motivos, etc. A fábula, para Segre, representa uma construção teorética em que se reordenam, segundo uma ordem lógica e cronológica, as acções da intriga, possibilitando assim descrever e explicar os processos e as técnicas de narrar utilizados pelo escritor. Segre sublinha que a passagem do conceito de intriga ao conceito de fábula equivale a transitar do plano *ético* para o plano *émico* ([86]).

d) O *modelo narrativo*, que «compreende as funções, elementos invariáveis de que só pode mudar a escolha e, em parte, a concatenação, mas com fortes constrições de natureza lógica e cronológica» ([87]).

Os modelos elaborados por Doležel e por Segre introduzem na análise do texto narrativo um parâmetro que é indubitavelmente supratextual, pois que pertence ao plano do sistema e, em particular, do código: no caso de Doležel, o "nível dos motivemas"; no caso de Segre, o "modelo narrativo". O conceito de "fábula" exposto por Segre não coincide com o conceito de "fábula" de Doležel, não se lhe podendo atribuir estatuto paradigmático, embora Segre sublinhe que, com tal conceito, se transita do plano ético para o plano émico. Esta afirmação parece-nos incorrecta, pois o conceito de "fábula" de Segre, muito próximo do conceito de "fábula" de Tomaševskij, é um conceito operatório, um construto teorético, um instrumento analítico, que resulta da aplicação, à sequência de eventos transmitidos por um texto narrativo, de um certo número de regras e convenções de teor lógico e sociocultural ([88]), mas não representa obviamente entidades do plano émico. Em rigor,

---

([86])—Cf. *Le strutture e il tempo*, p. 15, n. 34.
([87])—Cf. *Semiotica, storia e cultura*, p. 32.
([88])—Só um logicismo exacerbado pode pretender que a "fábula" resulta apenas do ordenamento lógico e cronológico dos eventos da "intriga", visto que a lógica, se ensina sem dúvida que não se pode "chegar" sem "partir" pouco ou nada esclarece sobre a cronologia de muitos acontecimentos e fenómenos da *praxis* humana e social. Por isso mesmo, o analista tem de recorrer à sua "enciclopédia".

o conceito de "fábula" de Segre é de natureza metatextual e *extratextual* — no caso dos chamados textos narrativos naturais, a sua problemática apresenta ainda outros aspectos relevantes, como seja a sua relação com o referente empírico —, ao passo que os conceitos de "discurso" e "intriga" são também metatextuais, mas *intratextuais*.

Revertemos, assim, ao modelo binário como aquele proposto por Todorov, Chatman, etc., que nos parece operatoriamente adequado e eficaz para descrever e analisar muitos problemas da estrutura do texto narrativo. Terminologicamente, optamos por *diegese* e por *discurso*, embora tendo consciência de algumas dificuldades semânticas levantadas pelo termo "diegese".

Gérard Genette, com a sua obra *Figures III*, difundiu largamente os termos e os conceitos de "diegese", "diegético", "extradiegético", etc. — a facilidade de formação e a inegável utilidade destes adjectivos desempenharam papel fundamental naquela difusão —, mas não explicou a fundamentação de tal escolha terminológica, limitando-se a afirmar que *«dans l'usage courant*, la diégèse est l'univers sptatio-temporel désigné par le récit» e que "diegético" é tudo aquilo «qui se rapporte ou appartient à l'histoire» ([89]). Em qual uso corrente? Genette conhecia bem, ao escrever *Figures III*, que em Platão e Aristóteles o termo "diegese" apresenta um significado técnico bem claro, designando uma modalidade enunciativa e discursiva (e daí a oposição platónica entre *diegese* e *mimese*). A verdade, porém, é que em grego διήγημα significa "história", "conto", "narrativa", διηγητής significa "narrador" e διηγητικός significa "que gosta de histórias", o que não torna ilegítimo transpor para as línguas modernas o termo "diegese", numa acepção diferente das de Platão e Aristóteles.

Não foi no «uso corrente», aliás, que essa transposição se efectuou, mas sim na terminologia fílmica. Étienne Souriau, no prefácio de *L'univers filmique*, obra de autoria colectiva por ele dirigida, escreve: «*Diégèse, Diégétique:* tout ce qui appartient, «dans l'intelligibilité» (comme dit M. Cohen-Séat) à l'histoire

---

([89])—Cf. Gérard Genette, *Figures III*, p. 280. O itálico é nosso. Noutro passo desta obra, porém, Genette observa: «J'emploierai encore dans le même sens le terme *diégèse*, qui nous vient des théoriciens du récit cinématographique» (p. 72, n. 1).

racontée, au monde supposé ou proposé par la fiction du film. Ex.: *a)* Deux séquences projetées consécutivement peuvent représenter deux scènes séparées, dans la diégèse par un long intervalle (par plusieurs heures ou plusieurs années de durée diégétique). *b)* Deux décors juxtaposés au studio peuvent représenter des édifices supposés distants de plusieurs centaines de mètres, dans l'espace diégétique. *c)* Il arrive parfois que deux acteurs (par exemple un enfant et un adulte; ou une vedette et une doublure — acrobate para exemple) incarnent successivement le même personnage diégétique» ([90]). Como se conclui desta explicação, não isenta de confusões — atente-se bem na alínea *b)* —, Souriau entende por diegese o que os formalistas russos entendem por fábula. Na terminologia fílmica, porém, o termo veio a significar intriga, o *significado* do *significante* fílmico, como documenta, por exemplo, a seguinte afirmação de Christian Metz: «Ce va-et-vient constant de l'instance écranique (signifiante) à l'instance diégétique (signifiée) doit être accepté et même érigé en principe méthodique [...]» ([91]). É nesta acepção, tal como Genette, que utilizaremos "diegese."

A distinção entre *diegese* e *discurso* é pertinente semioticamente e apresenta eficácia operatória, desde que não seja concebida como uma divisão rígida a que corresponderiam, no texto narrativo, planos originária e substantivamente diferenciados, demarcáveis e caracterizáveis como domínios existentes *a se*. Com efeito, nalguns teorizadores e críticos literários colhe-se a ideia, implícita ou explicitamente formulada, de que a diegese ou a história teriam existência própria, independentemente do discurso narrativo. Tomaševskij, por exemplo, ao explicar as relações entre fábula e intriga, afirma: «Em suma, a fábula é o que efectivamente se passou; a intriga é o modo como o leitor tomou conhecimento disso» ([92]). Uma asserção deste teor induz a pensar que a diegese de um texto narrativo existe, pelo menos em parte, antes e fora desse texto, como uma sequência de eventos que o texto pressupõe e que seria, portanto, preexistente à estrutura

---

([90])—Cf. Étienne Souriau (ed.), *L' univers filmique*, Paris, Flammarion, 1953, p. 7. Souriau remete ainda para outro estudo seu, publicado na *Revue internationale de filmologie*, t. II, n.° 7-8, que não pudemos consultar.

([91])—Cf. Christian Metz, *Essais sur la signification au cinéma*, Paris, Klincksieck, 1968, p. 143.

([92])—Cf. B. Tomachevski, *op. cit.*, p. 268.

verbal narrativa que transmite esses eventos de determinado modo. Esta preexistência pode dizer respeito a um referente empírico — e temos aqui imbricada toda a problemática da ficcionalidade literária — ou pode ser situada no plano das chamadas estruturas profundas — e temos então a confusão entre construtos teoréticos e entidades ontológicas, entre o conhecer e o ser, bem como a redução do texto literário a um "pretexto" que manifesta estruturas sémicas anteriores, na sua essencialidade, à sua própria textualização.

Ora a diegese de um texto narrativo literário não possui existência independente em relação ao texto, mesmo quando os referentes textuais, para utilizar a terminologia de Terence Parsons [93], estejam saturados de "objectos imigrantes". A diegese é um *construto tropológico* [94], só adquire existência através do discurso de um narrador e por isso essa existência é indissociável das estruturas textuais, das microestruturas estilísticas como das macroestruturas técnico-compositivas. É inegável que a diegese de um texto narrativo literário pode ser transcodificada, como comprovam os filmes, os textos teatrais, as bandas desenhadas, etc., extraídos de romances, novelas, contos, poemas épicos, etc. A transcodificação inter-semiótica, todavia, não implica que a diegese preexista ao texto literário narrativo, só implica exactamente que é transcodificável. A transcodificação da diegese, porém, quer seja inter-semiótica, quer seja intra-semiótica, altera sempre a diegese precisamente porque a substância do conteúdo se manifesta como forma do conteúdo e porque esta se institui através de uma relação de solidariedade com a substância e com a forma da expressão. A diegese de um determinado romance nunca será rigorosamente igual à diegese de um filme extraído desse romance, por grande que seja a fidelidade do realizador à história narrada no texto do romance, tal como a diegese de um romance — digamos, *Adolphe* de Benjamin Constant — haveria de se alterar se fosse possível reescrevê-lo segundo uma técnica narrativa diferente (por exem-

---

[93] —Cf., *supra*, a nota (165) do capítulo 9.
[94] —A expressão é de Jonathan Culler, «Fabula and sjuzhet in the analysis of narrative. Some american discussions», in *Poetics today*, 1,3(1980), p. 29.

plo, *Adolphe* reescrito segundo técnicas características do *nouveau roman*) ([95]).

A distinção entre diegese e discurso não se identifica com a distinção estabelecida por Émile Benveniste entre *história* e *discurso* como tipos ou planos da enunciação ([96]). Benveniste formula uma distinção estritamente linguística, embora os resultados da sua análise sejam aplicáveis às estruturas do texto narrativo literário, ao passo que os conceitos de diegese e de discurso compreendem elementos translinguísticos, de natureza pragmática, semântica e sintáctica, que não cabem nas noções benvenistianas de história e de discurso.

Benveniste distingue dois planos de enunciação: o plano da *história* e o plano do *discurso*. A enunciação histórica «caracteriza a narrativa dos acontecimentos passados», encontrando-se excluída dela qualquer forma "autobiográfica": «o historiador nunca dirá *eu* nem *tu*, nem *aqui*, nem *agora*, pois que jamais ele se servirá do aparelho formal do discurso, que consiste antes de tudo na relação de pessoa *eu: tu*» ([97]). A enunciação histórica utiliza apenas formas da terceira pessoa e apenas certos tempos verbais (em francês, o aoristo, o imperfeito, incluindo a forma em *-rait* do chamado condicional, o mais-que-perfeito e, subsidiariamente, um tempo perifrástico, com funções de futuro, que Benveniste designa como o *prospectivo*). Nesta enunciação, o narrador não existe: «os acontecimentos apresentam-se como se produziram à medida que aparecem no horizonte da história» ([98]).

O discurso pressupõe um locutor e um auditor e nele são utilizadas todas as formas pessoais do verbo, tanto a primeira e a segunda como a terceira — e no discurso, a terceira pessoa, diferentemente do que acontece na história, opõe-se a uma pessoa *eu/tu* —, bem como todos os tempos verbais, com excepção do aoristo, embora os seus tempos fundamentais sejam o presente, o futuro e o perfeito.

([95])—Cf. Michał Głowiński, «On the first-person novel», in *New literary history*, IX, 1(1977), p. 103; Franz K. Stanzel, *op. cit.*, pp. 249-250.

([96])—Cf. Émile Benveniste, *Problèmes de linguistique générale I*, Paris, Gallimard, 1966, pp. 238-245.

([97])—Cf. Émile Benveniste, *op. cit.*, p. 239.

([98])—*Id., ibid.*, p. 241. Para a crítica desta posição teórica, veja-se, atrás, 10.3.1.

10.5. Sintaxe da diegese

Se entendemos por diegese o significado do texto narrativo literário, torna-se óbvio que a diegese de um romance abrange personagens, eventos, objectos, um contexto temporal e um contexto espacial. Por isso mesmo, a história de um romance não é só constituída por uma sucessão de acções, mas também por retratos, por descrições de estados, de objectos, de meios geográficos e sociais, pela construção de uma determinada "atmosfera", etc. É inegável, todavia, que a sequência de acções, implicando relações estruturais entre as personagens, entre estas e objectos, meios geográficos e sociais, envolvendo factores sociológicos, ideológicos e axiológicos, representa o elemento nuclear da diegese.

A narratologia tem procurado com particular empenho elaborar conceitos e modelos que possibilitem descrever a sintaxe da diegese, isto é, o modo como se sucedem, se combinam, se articulam os eventos da sintagmática diegética construída ao longo da linearidade do discurso narrativo.

Em conformidade com os princípios heurísticos e metodológicos da análise estruturalista, diversos investigadores têm proposto segmentar a sintagmática diegética nas suas unidades funcionais mínimas. Esta orientação metodológica foi iniciada pelo formalismo russo, que desenvolveu, neste domínio, ideias do historiador literário A. N. Veselovskij (1838-1906) [99].

---

[99] — Sobre esta tradição russa de análise formal e estrutural de textos narrativos, em particular de textos folclóricos, que alcança a sua culminância teorética e prática com a *Morfologija skazki* (1928) de Propp, encontra-se informação em quase todos os estudos consagrados ao formalismo russo (veja-se, no volume II desta nossa obra, o capítulo 15). Indicamos aqui alguns estudos particularmente atinentes a esta matéria: P. Maranda (ed.), *Soviet structural folkloristics*, The Hague, Mouton, 1974 (pela sua importância, avulta nesta obra o cap. 4(pp. 73-139), da autoria de E. Meletinsky, S. Nekludov, E. Novik e D. Segal e intitulado «Problems of the structurual analysis of fairytales»); Berthel Nathhorst, *Formal or structural studies of traditional tales*, Stockholm, Kungl Boktryckeriet P. A. Norstedt & Söner, ²1970, pp. 16 ss.; Gian Paolo Caprettini, *La semiologia. Elementi per un'introduzione*, Torino, G. Giappichelli, 1976, pp. 58 ss.; Jurij Striedter, «The russian formalist theory of prose», in *PTL*, 2,3(1977), pp. 429-470; Heda Jason, «Precursors of Propp: Formalist theories of narrative in early russian ethnopoetics», in *PTL*, 2,3(1977), pp. 471-516. De B. Tomaševskij, veja-se o estudo incluído em

Para Veselovskij, como para Tomaševskij e outros formalistas, o *motivo* representa a unidade narrativa simples, indecomponível, consistindo a intriga (e também a fábula) numa combinação de motivos. Tomaševskij diferencia os *motivos ligados* ou *associados*, aqueles que não podem ser omitidos na fábula, porque a sua ausência afectaria a sequência lógica e cronológica das acções, dos *motivos livres*, isto é, aqueles que podem ser eliminados da fábula, mas que podem ser funcionalmente relevantes na intriga [100], contrapondo também os *motivos dinâmicos*, aqueles que transformam uma situação, aos *motivos estáticos*, aqueles que não alteram uma situação (retratos, descrições, etc.) [101].

Propp, na sua análise da diegese de um *corpus* de fábulas de magia russas, delimitou e caracterizou a *função* como a unidade sintagmática, invariante sob a diversidade das acções narradas e das *dramatis personae* nelas intervenientes, que é nuclear relativamente à progressão diegética: «por função entende-se a acção da personagem determinada do ponto de vista do seu significado para o desenvolvimento da narração»[102]. Segundo Propp, as funções das fábulas de magia são em número limitado — trinta e uma — e a sua ordem sequencial é sempre idêntica, embora algumas delas possam ser reiteradas ou elididas [103]. A intriga do texto narrativo resulta da combinação sequencial de funções.

O conceito e o termo proppianos de "função" têm sido utilizados, com modificações e ajustamentos, por investigadores interessados sobretudo numa análise lógica — ou (*morfo*)*lógica*,

---

Tzvetan Todorov (ed.), *Théorie de la littérature*, com o título de «Thématique» (pode-se ler também em B. Tomaševskij, *Teoria della letteratura*, Milano, Feltrinelli, 1978, pp. 179 ss.).

[100] — Esta distinção é típica da inadequada concepção de diegese já por nós criticada.

[101] — Esta distinção conceptual reaparece na obra de diverxos narratologistas contemporâneos: *funções* vs. *indícios* em Barthes, *predicados dinâmicos* vs. *predicados estáticos* em Greimas, *proposições atributivas* vs. *proposições verbais* em Todorov.

[102] — Cf. V. Ja. Propp, *Morfologia della fiaba*, p. 215 (veja-se também a p. 27).

[103] — Esta lei de Propp tem sido contestada por vários investigadores (cf., *e. g.*, Berthel Nathhorst, *op. cit.*, pp. 23 ss.).

como diz Larivaille ([104]) — da narrativa. De acordo com a terminologia estruturalista e a fim de distinguir a função--tipo, paradigmática, da função-ocorrência, sintagmática, E. U. Grosse propôs o termo *funcionema* ([105]).

Claude Bremond, um dos reformadores da "herança" de Propp, ao traçar «o mapa das possibilidades lógicas da narrativa», conserva o conceito de função como unidade mínima, como «átomo narrativo» ([106]). Num primeiro nível, estes átomos combinam-se numa *sequência elementar* narrativa, a qual é constituída pelas três funções que marcam obrigatoriamente as três fases de qualquer processo:

a) uma função que abre a possibilidade do processo, estabelecendo portanto a virtualidade de uma acção;

b) uma função que realiza a virtualidade proposta;

c) uma função que encerra o processo.

Cada uma destas funções, exceptuando obviamente a última, pode ser actualizada ou mantida pelo narrador no estado de virtualidade (neste caso, o processo é interrompido). A combinação das sequências elementares origina *sequências complexas*, cujas configurações mais típicas são as seguintes:

a) a *concatenação* («enchaînement "bout à bout"»): o fim de uma sequência elementar constitui o ponto de partida de outra sequência elementar (o mesmo evento desempenha simultaneamente duas funções diferenciadas, quebrando-se assim a mera sucessão cronológica: $A_1 \rightarrow A_2 \rightarrow A_3/B_1(=A_3), B_2, B_3$);

b) A *inserção* ou o *encaixamento* («enclave»): esta configuração ocorre quando uma das funções de uma sequência elementar, para que o fim do processo seja atingido, inclui em si outra sequência elementar, que especifica a primeira (a sequência encaixada pode, por sua vez, conter outra);

c) a *junção* («accolement»): esta configuração caracteriza-se pelo facto de o mesmo evento desempenhar uma função segundo a perspectiva de um agente e outra função segundo a perspectiva de outro agente (as funções, nesta sequência com-

---

([104]) — Cf. Paul Larivaille, «L'analyse (morpho)logique du récit», in *Poétique*, 19(1974), pp. 368-388.

([105]) — Cf. Ernst Ulrich Grosse, «French structuralist views on narrative grammar», in Wolfgang U. Dressler (ed.), *Current trends in textlinguistics*, p. 163.

([106]) — Cf. Claude Bremond, «La logique des possibles narratifs», in *Communications*, 8(1966), p. 61.

plexa, especificam-se pois em relação à esfera de acção das *dramatis personae*: o evento que, para um agressor, representa o dano infligido, passa a representar, para um justiceiro, a maldade que tem de ser reparada).

Estas leis ou constrições lógicas são aplicáveis a qualquer narrativa, mas equivaleria a tombar num reducionismo estéril admitir que elas podem descrever e explicar a sintaxe diegética de qualquer texto literário. Como o próprio Bremond acentua, é necessário ter em conta as convenções de uma cultura, de uma época, de um género literário, de um autor e, no extremo limite, de cada texto ([107]). É esta complexidade semiótica do sistema e do texto literário, para a qual temos chamado continuamente a atenção ao longo desta obra, que esquecem ou ignoram todos quantos reduzem a descrição e a análise de um texto literário narrativo a formalizações logicistas (em muitos casos, a formalizações trivializadas ou a pseudo-formalizações).

Todorov propõe um modelo de sintaxe da narrativa que apresenta evidentes afinidades com o de Brémond e que é igualmente aplicável, dentro da sua capacidade descritiva — Todorov sublinha que se limita a estudar a organização sintáctica da narrativa "mitológica" — ([108]), à análise do texto literário narrativo. A unidade narrativa mínima, para Todorov, é a *proposição narrativa*, constituída por *actantes* (sujeitos e objectos, agentes e pacientes) e por *predicados* (predicados verbais e predicados adjectivais, consoante exprimam mudança de estado ou permanência de estado). As proposições narrativas, conexionadas entre si por relações de teor causal, temporal, espacial, etc., combinam-se em unidades de grau superior, as *sequências*, as quais compreendem um número mínimo de proposições, mas podem comportar um número variável mais elevado. Um texto narrativo apresenta em geral múltiplas sequências, inter-relacionadas sintagmaticamente segundo três tipos elementares de com-

---

([107])—Cf. Claude Bremond, *op. cit.*, p. 60. Esta advertência é similar, em parte, à que Propp formula no seu ensaio posfacial publicado na edição italiana de *Morfologija skazki* e à qual já fizemos referência, a propósito do conceito de actante.

([108])—Cf. Tzvetan Todorov, *Poétique*, Paris, Éditions du Seuil, 1973, p. 77. Sobre a sintaxe da narrativa, cf. também o estudo de Todorov, «Les catégories du récit littéraire», in *Communications*, 8(1966), pp. 140-141.

binação (num texto, estes tipos elementares podem combinar-se mutuamente):

a) o *encaixamento* («enchâssement»): uma proposição da primeira sequência é substituída por uma sequência inteira;

b) a *concatenação* («enchaînement»): uma sequência é colocada a seguir a outra, linearmente, sem imbricação ([109]);

c) a *alternância* ou o *entrelaçamento* («alternance», «entrelacement»): uma proposição pode ser seguida quer por outra proposição da primeira sequência, quer por outra proposição da segunda sequência e assim sucessivamente.

O conceito de *motivo* como unidade narrativa mínima foi reelaborado por vários autores contemporâneos, quer no âmbito da análise do texto narrativo folclórico, quer no âmbito da análise do texto narrativo literário. O folclorista norte-americano Alan Dundes, reformulando a análise de Propp à luz da conceptologia e da terminologia de Kenneth L. Pike, designou a função proppiana como *motivo émico* ou simplesmente *motivema*. *Alomotivo* é o termo utilizado por Dundes para designar os motivos que ocorrem em qualquer contexto motivémico — o alomotivo estaria assim para os motivemas tal como os alofones para os fonemas — e *motivo* denomina uma unidade do plano ético, a realização concreta, num texto-ocorrência, de um motivema ([110]). Lubomír Doležel, no seu estudo «From motifemes to motifs», já atrás mencionado, alargou os conceitos e os termos de Alan Dundes à análise do texto narrativo literário ([111]).

Aceitando um quadro conceptual muito semelhante ao de Bremond, mas propondo uma terminologia original, Sinicropi define *diegema* como «uma unidade diegética simples, completa e autónoma». O diegema seria analisável em *pragmemas* — unidades diegéticas mínimas — e da combinação de dois

---

([109]) — Esta combinação, que difere da configuração sequencial a que Bremond chama *enchaînement* «*bout à bout*», devia ser designada antes por "justaposição".

([110]) — Cf. Alan Dundes, «From etic to emic units in the structural study of folktales», in Walter A. Koch (ed.), *Strukturelle Textanalyse — Analyse du récit — Discourse analysis*, Hildesheim — New York, Georg Olms Verlag, 1972, pp. 104-114. Este ensaio de Dundes foi publicado primeiramente em 1962.

([111]) — Em rigor, Doležel não utiliza o conceito e o termo de "alomotivo" e introduz o termo *situema* para designar os estados dos actantes.

ou mais diegemas resultaria uma unidade diegética complexa o *narrema* ([112]).

O termo *narrema* já tinha sido proposto, cerca de uma década antes, por um romanista canadiano, Eugene Dorfman, para designnar os "incidentes centrais" ou "nucleares" da estrutura da narrativa, isto é, aqueles "incidentes" cuja função «is to serve as the central focus or core of a larger episode» e que por isso se distinguem funcionalmente dos "incidentes marginais", unidades estruturais «which cluster around the core, supporting it and filling out the episode» ([113]).

O modo como Dorfman caracteriza o "narrema" e os "incidentes marginais" apresenta afinidades evidentes com a distinção estabelecida por Roland Barthes, num famoso estudo publicado no mesmo ano em que foi editado o livro do investigador canadiano, entre *funções cardeais* ou *núcleos* e *catálises* ([114]). As funções cardeais desempenham na diegese o papel de funções-charneiras, «inaugurando ou concluindo uma incerteza», fazendo progredir a história numa direcção ou noutra; as catálises são também elementos funcionais da narrativa, mas a sua funcionalidade é subsidiária e atenuada, puramente cronológica — «descreve-se o que separa dois momentos da história» — e subordinada à funcionalidade forte, lógica e cronológica, dos núcleos. Numa daquelas expressões engenhosamente densas de que tinha o segredo, Barthes escreve que «les catalyses ne sont que des unités consécutives, les fonctions cardinales sont à la fois consécutives et conséquentes» ([115]). A funcionalidade diegeticamente débil das catálises, porém, só aparentemente

---

([112])—Cf. Giovanni Sinicropi, «La diegesi e i suoi elementi», in *Strumenti critici*, 34(1977), pp. 494-495 e 500-501.

([113])—Cf. Eugene Dorfman, *The narreme in the medieval romance epic. An introduction to narrative structures*, Toronto, University of Toronto Press, 1966, p. 5.

([114])—Cf. Roland Barthes, «Introduction à l'analyse structurale des récits», in *Communications*, 8(1966), pp. 1-27 (estudo republicado em R. Barthes et alii, *Poétique du récit*, ed. cit., cujo texto utilizamos).

([115])—Por conseguinte, apenas as segundas seriam regidas pelo princípio da causalidade. Como Barthes observa, no âmago da actividade narrativa estaria «la confusion même de la consécution et de la conséquence, ce qui vient *après* étant lu dans le récit comme *causé par;* le récit serait, dans ce cas, une application systématique de l'erreur logique dénoncé par la scolastique sous la formule *post hoc, ergo propter hoc* [...]» (cf. *op. cit.*, p. 22).

é explectiva ou decorativista, nem se restringe, como pretende Barthes, à tensão semântica do discurso, à manutenção do contacto entre o narrador e o leitor (e não entre o narrador e o narratário, como diz Barthes), pois que ela muitas vezes prefigura, prepara e justifica, na lógica interna da história e relativamente ao horizonte expectacional do leitor, as funções cardeais da diegese.

Sintacticamente, verifica-se uma relação de implicação simples entre as catálises e as funções cardeais, pois uma catálise só pode existir se existir o núcleo a que se liga, não se verificando o inverso. As conexões entre as funções cardeais caracterizam-se, pelo contrário, por uma relação de solidariedade: uma função implica outra e reciprocamente.

Tal como Bremond, Barthes designa por *sequência* uma sucessão lógica de núcleos entre os quais se manifesta uma relação de solidariedade: «a sequência inicia-se quando um dos seus termos não tem antecedente solidário e fecha-se quando outro dos seus termos deixa de ter consequente».

As outras unidades funcionais que Barthes discrimina na diegese, os *indícios* propriamente ditos, que concernem um carácter, um sentimento, uma atmosfera ou uma filosofia, e as *informações*, que têm uma função identificadora cronotopológica, gozam de liberdade sintáctica, podendo combinar-se entre si sem restrições.

A explicação causal pode de facto aplicar-se abusivamente a uma mera sucessão cronológica de eventos. A admissão ou a rejeição do princípio da causalidade, na vida real como na diegese romanesca, dependem fundamentalmente de uma visão do mundo, isto é, de uma ideologia. Esta problemática é assim analisada pelo narrador de *Nítido nulo*, romance de Vergílio Ferreira: «O princípio da causalidade. Não existe. Para pessoas não existe. Porque uma causa só é causa quando a gente quer que o seja. Se não quer que o seja, não é causa de nada. E é por isso que um juiz arreia num criminoso. Mas curiosamente, quando o advogado de defesa fala em «atenuantes», já acredita na causalidade. E o juiz também, que o ouve — um outro barco avança na linha do horizonte. Vem no mesmo sentido do primeiro, vão ambos para o norte, que é que haverá para o norte? Mas sem o princípio da causalidade não saberia contar nada. Há coisas que acontecem antes e outras que acontecem depois; e o simples facto de contar umas antes e dizer que outras aconteceram depois faz entender que as que aconteceram depois vêm na força da sequência das que aconteceram antes. Como se aquilo que aconteceu, pelo facto de ter acontecido, tivesse de acontecer. E não tem. Mas para o sabermos teríamos de voltar atrás, o que não é possível» (*Nítido nulo*, Lisboa, Portugália Editora, 1971, p. 25).

O modelo barthesiano de sintaxe da diegese, embora teoreticamente enraizado na "herança" de Propp, revela-se mais plástico, mais compreensivo e mais adequado à fenomenologia do texto narrativo literário do que os modelos mais fortemente logicizados e formalizados. Seymour Chatman, em cuja síntese narratológica se procura conciliar — como se verifica também em Genette — a análise estrutural da narrativa com o reconhecimento da variabilidade e da complexidade históricas, socioculturais e estéticas dos textos narrativos literários ([116]), aceita na essencialidade os conceitos fundamentais de Barthes, classificando os eventos da narrativa em *núcleos* («kernels») e *satélites* («satellites») ([117]). Ao invés de Barthes, todavia — e acertadamente, em nosso entender —, Chatman não considera possível atribuir sistematicamente nomes aos "núcleos" e aos "satélites", numa operação taxinomista que pressupõe a possibilidade (ou a exigência?) de decodificar todos os textos narrativos segundo um modelo de tipo algébrico. Tal etiquetamento, fundado em categorias lógico-semânticas extremamente genéricas, ignora os parâmetros pragmáticos e semânticos de natureza histórica, social e ideológica que configuram a diegese e conduz por isso a uma trivialização reducionista da história narrada.

10.5.1. Romance fechado e romance aberto

A distinção entre romance *fechado* e romance *aberto* está imediatamente relacionada com a sintaxe da diegese ([118]).

O romance *fechado* caracteriza-se por possuir uma diegese claramente demarcada, com princípio, meio e fim. O narrador

---

([116]) — Observa Chatman: «I do not mean that Formalist-Structuralist theories of macrostructural analysis are not valuable and should not be pursued wherever applicable. I only mean that thay must not form Procrustean beds that individual narratives cannot sleep in» (cf. *Story and discourse*, pp. 92-93).
([117]) — *Ibid.*, pp. 53-56.
([118]) — Sobre o "fechamento" e a "abertura" do romance, *vide:* Alan Friedman, *The turn of the novel*, New York, Oxford University Press, 1966; Frank Kermode, *The sense of an ending. Studies in the theory of fiction*, New York, Oxford University Press, 1967; David H. Richter, *Fable's end. Completness and closure in rhetorical fiction*, Chicago — London, The University of Chicago Press, 1974.

apresenta metodicamente as personagens, descreve os meios em que elas vivem e agem, conta ordenadamente uma história desde o seu início até ao seu epílogo. A fórmula utilizada por Lukács para definir este tipo de romance é bem elucidativa acerca do carácter orgânico e conclusivo da sua diegese: «O caminho começou, a viagem terminou» [119]. Entre o termo *a quo* e o termo *ad quem* da diegese do romance *fechado*, insere-se em geral um episódio central, um acontecimento que constitui o *clímax* — a *Spannung*, na terminologia de Tomaševskij — da história, após o qual esta se encaminha necessariamente para um epílogo.

O primo Basílio de Eça de Queirós constitui um bom exemplo de romance *fechado:* o romancista, depois de apresentar as personagens e de caracterizar o meio em que elas se movem, narra, desde o seu início, a história da ligação amorosa ilícita entre Luísa e Basílio: o adultério e a sua descoberta por Juliana, a criada, representam o acúmen da acção romanesca e, após este momento fulcral, o enredo aproxima-se gradativamente de uma conclusão inevitável. A morte de Luísa é o testemunho irrefragável de que «a viagem terminou».

O romance policial apresenta uma típica estrutura fechada da diegese: após a exposição de um enigma inicial, a intriga vai-se desenvolvendo até ao perfeito esclarecimento desse enigma, saciando-se a curiosidade do leitor com essa solução final.

É particularmente característico do romance *fechado* um breve capítulo final em que o autor, em atitude retrospectiva, informa resumidamente o leitor acerca do destino das personagens mais relevantes do romance. Sob os títulos elucidativos de «conclusão» ou «epílogo», tal capítulo abunda na obra romanesca de Camilo [120].

---

[119] — Cf. G. Lukács, *La théorie du roman*, p. 68.
[120] — Escreve Camilo Castelo Branco no «epílogo» d'*Os brilhantes do brasileiro* (Lisboa, Parceria A. M. Pereira, [8]1965, p. 277): «Concluído o livro, suja-se uma derradeira lauda com as escavações que mandámos fazer nos pântanos desta história.

Descobriu-se, através de fétidos esgotos, que os três amigos e herdeiros de Hermenegildo Fialho de Barrocas ainda respiram e medram.

Atanásio José da Silva é barão da Silva.

Pantaleão Mendes Guimarães é barão de Mendes Guimarães [...]».

No romance *aberto* não existe uma diegese com princípio, meio e fim bem definidos: os episódios sucedem-se, interpenetram-se ou condicionam-se mutuamente, mas não fazem parte de uma acção única e englobante. O romance picaresco, por exemplo, é um romance *aberto*: o protagonista, o pícaro, vai contando as aventuras e as vicissitudes da sua vida, uma vida repleta de dificuldades e de maus bocados, que o pícaro enfrenta com astúcia, alguma maldade e um espírito cepticamente irónico; os vários episódios acumulam-se, justapõem-se ao longo do romance, sem que exista entre eles qualquer outro elo de ligação orgânica que não seja a presença constante do protagonista. Estamos ante uma estrutura romanesca aberta, pois que, em princípio, o pícaro pode sempre acrescentar uma nova aventura aos eventos já narrados.

O termo de um romance *aberto* contrasta profundamente com o termo de um romance *fechado*: no caso deste, o leitor fica a conhecer a sorte final de todas as personagens e as derradeiras consequências da diegese romanesca; no caso do romance *aberto*, pelo contrário, o autor não elucida os seus leitores acerca do destino definitivo das personagens ou acerca do epílogo da diegese. O leitor que procura no romance sobretudo o entretenimento e a satisfação primária da sua curiosidade, experimenta em geral uma forte desilusão perante o final de um romance *aberto*, pois sente a falta do já mencionado capítulo conclusivo em que se fornece habitualmente a notícia dos casamentos e das felicidades domésticas dos heróis do romance... Pensando em tal leitor, Henry James escreve que «o *fim* de um romance é, para muitas pessoas, semelhante ao de um bom jantar, um prato de sobremesa e gelados» ...([121]). O final d'*As vinhas da ira* de Steinbeck é característico de um romance *aberto*: a obra finda com a cena comovente e simbólica em que Rosa de Sharon, após o seu parto infeliz, amamenta um velho, pobre e doente, mas o leitor de curiosidade primariamente voraz fica sem saber se os Joad arranjam trabalho, se o Tom consegue escapar à polícia, etc.

([121])—Cf. Henry James, «The art of fiction», in Gay Wilson e Harry Hayden Clark (eds.), *Literary criticism. Pope to Croce*, Detroit, Wayne State University Press, 1962, p. 546.

O "fechamento" e a "abertura" do romance correlacionam-se solidariamente com problemas de técnica narrativa, de semântica literária e de visão do mundo. Analisaremos seguidamente alguns aspectos desta correlação.

Segundo alguns autores, dentre os quais salientamos Paul Bourget, a *composição* representa um elemento de singular relevância na arte do romance. Por composição, entendem tais autores a construção metódica da obra romanesca, a urdidura sólida de uma diegese desenhada com nitidez e rigorosamente obediente a uma progressão regular. Impõe-se assim como modelo supremo da forma do romance a peça oratória bem planeada, composta segundo os preceitos da velha retórica, ou o drama, de intriga linearmente progressiva e concentrada. Bourget reconhece que grandes romances, como *A educação sentimental* de Flaubert e *Guerra e Paz* de Tolstoj, refogem ao preceito da composição rigorosa, mas logo acrescenta, em tom magistral: «Tenhamos a coragem, como há pouco em relação a Cervantes e Daniel de Foë, de declarar que reside aí o seu ponto fraco» ([122]). Deste modo, Paul Bourget aparece como o campião, nos finais do século XIX e princípios do século XX, do romance rigorosamente *fechado*, provido de um enredo vigoroso, coerente e bem ordenado.

Podemos afirmar, com segurança, que o romance moderno, nas suas expressões mais ricas e mais significativas, se criou em oposição a este tipo de romance tradicional exaltado por Bourget. É muito reveladora, neste domínio, a oposição que se verifica entre Balzac, o grande mestre do romance tradicional, e Stendhal, o desbravador genial de muitos caminhos do romance moderno: o primeiro acreditava na eficácia de uma «poética do romance», na arte de apresentar com método as personagens e os acontecimentos e de construir uma intriga rigorosamente ordenada; o segundo confessava que jamais tinha pensado na arte de fazer um romance e nas suas obras as personagens aparecem e desaparecem, as aventuras acumulam-se, domina o gosto da improvisação e da surpresa. Ora, a técnica do romance moderno deve muito a Stendhal, mas não a Balzac ([123]).

([122])—*Apud* A. Chassang e Ch. Senninger, *Les textes littéraires généraux*, Paris, Hachette, 1958, p. 429.

([123])—Escreve Maurice Bardèche: «Au fond, la *Chartreuse* est le premier des romans-fleuves. Et, à ce point de vue, le roman moderne et en

O modelo de romance propugnado por Bourget corresponde a uma certa teoria e a uma certa prática do romance — a teoria, e a prática que encontramos no realismo oitocentista. Todavia, esse modelo é inaplicável a numerosas e fundamentais teorias e práticas do romance, tanto anteriores como posteriores ao realismo.

Como já observámos, o romance picaresco apresenta uma estrutura aberta, configurando-se a sua diegese como uma acumulação ou justaposição de episódios carecentes de uma urdidura orgânica com princípio, clímax e epílogo.

Outra importante forma de romance refractário ao modelo exaltado por Bourget é o chamado *romance de formação* (*Bildungsroman*), isto é, o romance que narra e analisa o desenvolvimento espiritual, o desabrochamento sentimental, a aprendizagem humana e social de um herói ([124]). Este é um adolescente

---

particulier le roman anglo-saxon, procèdent de Stendhal et non de Balzac. Tandis que le roman balzacien n'a pas de postérité véritable, Stendhal, qui ne voulait pas savoir ce que c'était que la technique, a répandu une manière de conter aujourd'hui adoptée partout, et que du reste le succès de Dickens, celui de Tolstoï, ont contribué à diffuser au moins autant que le succès de Stendhal. *Autant en emporte le vent* est écrit comme la *Chartreuse*. Un siècle d'avance, Stendhal a inventé par hasard le découpage du cinéma» (cf. *Stendhal romancier*, ed. cit., p. 417).

([124])—Sobre o romance de formação, cf. François Jost, «La tradition du Bildungsroman», in *Comparative literature*, 2(1969), pp. 97-115.

Por vezes, aparece a designação de *Erziehungsroman* como equivalente à de *Bildungsroman*. Rigorosamente, não são designações equivalentes: *Erziehungsroman* significa *romance de educação*, designando um romance especificamente preocupado com problemas de pedagogia. Segundo as palavras de François Jost, «*Erziehungsroman* insinua que o homem a educar recebe a influência de um preceptor, de uma escola, de uma força, até mesmo de uma coacção exterior, artificialmente instituída tendo em vista um resultado a atingir. Ao passo que no *Bildungsroman*, o herói, permanecendo no seu meio natural — social e profissional —, combate por um fim que ele entrevê ou que ele próprio se propôs e, ao agir assim, forma-se; no *Erziehungsroman*, esse herói segue um programa de estudos, um plano de exercícios» (*loc. cit.*, p. 101). Sobre o romance de educação, cf. Helmut Germer, *The german novel of education, 1792-1805. A complete bibliography and analysis*, Bern, Lang, 1968.

Quando o *Bildungsroman* se ocupa da formação de um herói que é um artista, recebe o nome de *Künstlerroman* (romance de artista). Sobre esta espécie de romance, cf. Maurice Beebe, *Ivory towers and sacred founts: the artist as hero in fiction from Goethe to Joyce*, New York, New York University Press, 1964.

ou jovem adulto que, confrontando-se com o seu meio, vai aprendendo a conhecer-se a si mesmo e aos outros, vai gradualmente penetrando nos segredos e problemas da existência, haurindo nas suas experiências vitais a conformação do seu espírito e do seu carácter. O *Wilhelm Meister* de Goethe, matriz e paradigma do *Bildungsroman*, *Lucien Leuwen* de Stendhal, *A montanha mágica* de Thomas Mann, etc., são exemplos de romances de formação. Ora, nesta forma de romance, encontramos o "open end", a progressão dramática da intriga é substituída pela acumulação de episódios mais ou menos desligados, tendo o romancista como propósito, ao construir assim a sua obra, traduzir o próprio ritmo da temporalidade em que se processa a formação do herói.

A consciência do problema do tempo e das suas implicações na arte do romance constitui um factor decisivo na transformação do romance cultivado por Balzac ou Bourget. No romance conhecido habitualmente pela designação de *romance polifónico*, e que alguns críticos designam também como *romance de "durée" múltipla*, o enredo linear e de progressão dramática é abolido em favor de uma acção de múltiplos vectores, lenta, difusa e algumas vezes caótica. Não se pretende apenas captar a duração e a textura de uma experiência individual, mas a duração, sobretudo, de uma experiência colectiva, quer de uma família, quer de um grupo social, quer de uma época. Do entrelaçamento e da concomitância de numerosos factos, acontecimentos, vivências individuais, etc., resulta a pintura poderosa, ampla e minudente da totalidade da vida. A denominação que os críticos franceses concedem a esta espécie de romance, *roman-fleuve*, é muito reveladora: a acção romanesca destas obras, com efeito, representa a vida no seu fluir vasto, lento e profundo, como se se tratasse de um amplo rio que corresse por variegadas terras e onde confluíssem desencontradas águas. *Os Maias* de Eça de Queirós, *Os Buddenbrook* de Mann, *Os Artomonov* de Gorki, *Paralelo 42* de Dos Passos, etc., constituem romances deste tipo — grandiosos frescos de uma época, de uma situação colectiva, das crises e mutações de uma sociedade.

Esta ambição de transformar o romance na pintura gigantesca, na sinfonia épica de uma sociedade, é originalmente balzaquiana, mas em Balzac, como observa com justeza Jean Onimus, é mediatamente, «através de uma multidão de romances, que se espera criar a orquestração épica. De facto, em cada romance considerado isoladamente, reencontra-se a pequena música de câmara» (125).

Com o simbolismo, o romance aproximou-se dos domínios da poesia e esta aproximação implicou não só a fuga da realidade quotidiana, física ou social, mas também uma nítida desvalorização da diegese (126). As descrições da realidade trivial, o estudo minucioso e atento dos meios, a representação dos pequenos actos da vida humana, etc., constituíam para os simbolistas uma tarefa tediosa e desprovida de interesse artístico. Os aspectos evanescentes, subtilmente imprecisos e incoercíveis da realidade, idealmente traduzíveis através da poesia ou da música, não podem ser expressos, segundo a estética simbolista, mediante a estrutura narrativa e discursiva do romance (127). Paul Valéry, ao considerar o romance como um género literário demasiado preso aos caracteres primários e amorfos da vida e, por isso mesmo, pobre de exigências artísticas, revela bem a atitude da estética simbolista perante a literatura romanesca (128). O romance ideal, para Valéry, seria o romance

---

(125) — Cf. Jean Onimus, «L'expression du temps dans le roman», in *Revue de littérature comparée*, Jul.-Set. (1954), pp. 303-304. O mesmo poderíamos dizer de *Les Rougon-Macquart* de Zola e da *Crónica da vida lisboeta* de Paço d'Arcos.

(126) — R.-M. Albérès sublinha justamente a importância do período simbolista na transformação do romance: «C'est donc dans la fin du XIX° siècle qu'il faut chercher l'origine de tout ce qui va bouleverser la «technique» et le «point de vue» du roman. La plupart des «révolutions» romanesques du XX° siècle sont l'amplification systématique — favorisée par l'accueil des snobs d'abord, puis du grand public —, de certaines intentions et de certains besoins, qu'il faut dater de la période 1870-1900» (cf. *Histoire du roman moderne*, Paris, Éditions Albin Michel, 1962, p. 138).

(127) — Pelas mesmas razões, os simbolistas conceberam uma literatura dramática alheia às implicações e consequências da quotidianidade e da historicidade. Albert Mockel, por exemplo, "sonha" com um teatro abstracto, identificável com a pantomima (cf. A. Mockel, *Esthétique du symbolisme*, Bruxelles, Palais des Académies, 1962, p. 29). Mallarmé anseia por um teatro despojado de personagens, actores e acção dramática, e reduzido, na sua essência, a um rito simbólico comparável à missa (cf. Jacques Scherer, *Le «Livre» de Mallarmé*, Paris, Gallimard, 1957, pp. 25-27).

(128) — Cf. Paul Valéry, *Oeuvres*, Paris, Gallimard, 1957, t. I, pp. 770-772. Quando Valéry confessa que jamais seria capaz de escrever uma frase como «La marquise sortit à cinq heures», patenteia bem a sua antipatia pelo

das aventuras do intelecto, um romance análogo à obra que o próprio Paul Valéry publicou em 1896, *La soirée avec Monsieur Teste* (¹²⁹). Monsieur Teste, «uma espécie de animal intelectual», um «monstro de inteligência e de consciência de si próprio», vivendo apenas de e para o intelecto — a antítese perfeita da personagem romanesca tradicional.

São numerosos, com efeito, os indícios de que germinava já na penúltima década do século XIX uma nova concepção do romance — um romance fundamentalmente preocupado com o desvelamento da subtil complexidade do eu, intentando criar uma nova linguagem capaz de traduzir as contradições e o ilogismo do mundo interior do homem. Parece-nos que, numa história do romance moderno, merece muita atenção o convite que Bergson, no seu *Essai sur les données immédiates de la conscience* (1889), dirigiu aos romancistas para que estes criassem um romance de análise dos conteúdos ondeantes, evanescentes e absurdos da consciência: «Se agora algum romancista ousado, despedaçando a teia habilmente tecida do nosso eu convencional, nos mostra sob esta lógica aparente um absurdo fundamental, sob esta justaposição de estados simples uma penetração infinita de mil impressões diversas que já deixaram de existir no momento

---

romance. Claude Mauriac, num desafio irónico, publicou um romance intitulado precisamente *La marquise sortit à cinq heures*.

(¹²⁹) Num discurso que pronunciou sobre Descartes, afirmou Paul Valéry (cf. *op. cit.*, t. I, pp. 797-798): «Toutefois, Messieurs, il m'arrive de concevoir, de temps à autre, sur le modèle de la *Comédie humaine*, si ce n'est sur celui de la *Divine Comédie*, ce qu'un grand écrivain pourrait accomplir d'analogue à ces grandes oeuvres dans l'ordre de la vie purement intellectuelle. La soif de comprendre, et celle de créer; celle de surmonter ce que d'autres ont fait et de se rendre égal aux plus illustres; au contraire, l'abnégation qui se trouve chez certains et le renoncement à la gloire. Et puis, le détail même des instants de l'action mentale: l'attente du don d'une forme ou d'une idée; du simple mot qui changera l'impossible en chose faite; les désirs et les sacrifices, les victoires et les désastres; et les surprises, l'infini de la patience et l'aurore d'une «vérité»; et tels moments extraordinaires, comme l'est, par exemple, la brusque formation d'une sorte de solitude qui se déclare tout à coup, même au milieu de la foule, et tombe sur un homme comme un voile sous lequel va s'opérer le mystère d'une évidence immédiate... Que sais-je? Tout ceci nous propose bien une poésie aux ressources inépuisables. La sensibilité créatrice, dans ses formes les plus relevées et ses productions les plus rares, me paraît aussi capable d'un certain art que tout le pathétique et le dramatique de la vie ordinairement vécue».

em que as designamos, louvamo-lo por nos ter conhecido melhor do que nós nos conhecemos a nós próprios. [...] ele [*o romancista*] convidou-nos à reflexão, pondo na expressão exterior alguma coisa dessa contradição, dessa penetração mútua, que constitui a própria essência dos elementos expressos. Encorajados por ele, afastámos por um instante o véu que tínhamos interposto entre a nossa consciência e nós. Voltou a pôr-nos em presença de nós próprios» [130]. A voz do mais representativo pensador europeu do final do século XIX proclamava assim a necessidade de o romancista romper com a herança naturalística e realista, ao mesmo tempo que apontava um novo caminho a seguir: a exploração do labiríntico espaço interior da alma humana.

A psicologia de William James, difundindo o conceito de corrente da consciência, revelando a existência de recordações, pensamentos e sentimentos fora da «consciência primária», e a psicanálise de Freud, fazendo emergir da sombra as estruturas ocultas do psiquismo humano, impulsionaram poderosamente essa nova espécie de romance — o romance das profundidades do eu.

A desvalorização da diegese, acompanhada de um singular aprofundamento da análise psicológica da personagem, caracteriza particularmente o chamado *romance impressionista* de James Joyce e de Virginia Woolf. É muito possível que, no romance impressionista, tenha actuado como poderoso estímulo o desejo de reagir contra o cinema mudo, semelhantemente ao que sucedera na pintura, onde o impressionismo representara uma reacção contra a fotografia. O cinema, na verdade, podia traduzir um enredo movimentado e rico de peripécias, mas não conseguia apreender a vida secreta e profunda das consciências. É esta vida recôndita que o romance impressionista procura devassar, através do ritmo narrativo extremamente lento, tão peculiar de Virginia Woolf, e através da técnica do *monólogo interior*, tão cultivada por James Joyce. Virginia Woolf esforça-se cuidadosamente por exprimir, de modo subtil, minudente e não deformador, os estados e as reacções da consciência, embora tais conteúdos subjectivos, muitas vezes, pareçam e sejam absurdamente fragmentários e incoerentes. O homem não se preocupa

---

[130]—Cf. Henri Bergson, *Oeuvres*, Paris, P.U.F., 1963, pp. 88-89.

apenas com as suas relações pessoais, com a maneira de ganhar dinheiro ou de adquirir um lugar na sociedade: «uma larga e importante parte da vida consiste nas nossas emoções perante as rosas e os rouxinóis, as árvores, o pôr do sol, a vida, a morte e o destino» ([131]). O romancista tem de se ocupar destes estados fluidos, nostálgicos e iridescentes, razão por que, segundo Virginia Woolf, os romances «que se escreverem no futuro, hão-de assumir algumas das funções da poesia. Dar-nos-ão as relações do homem com a natureza, com o destino, as suas imagens, os seus sonhos. Mas o romance dar-nos-á também o riso escarninho, o contraste, a dúvida, a intimidade e a complexidade da vida» ([132]).

O *Ulisses* de James Joyce constitui uma das tentativas mais audaciosas até hoje realizadas no domínio romanesco para apreender «a intimidade e a complexidade da vida» de que fala Woolf. O seu enredo, no sentido tradicional do vocábulo, é mínimo: limita-se a ser a história de tudo o que acontece, no dia 16 de Junho de 1904, a Leopold Bloom, um judeu de Dublin. E tudo o que acontece a Bloom não sai fora dos limites habituais da vida estereotipada de um burguês daquela época — acompanhar um enterro, passar pela redacção de um jornal, entrar numa taberna, frequentar um prostíbulo... O *Ulisses* é o romance destes acontecimentos anódinos e de todas as reminiscências caóticas, das reflexões, das frustrações e das raivas de Leopold Bloom, mas faz ascender este trivial acervo de matéria romanesca a um plano de significações simbólicas e esotéricas, pois o romance está modelado segundo a *Odisseia*, existindo um paralelismo estrito entre as figuras e os acontecimentos do *Ulisses* e daquele poema homérico ([133]).

O *monólogo interior*, que desposa fielmente o fluir caótico da corrente de consciência das personagens e que traduz, por conseguinte, em toda a sua integridade, o tempo interior, permite a James Joyce devassar a confusão labiríntica e desesperante da alma humana. Dentre os numerosos monólogos interiores

---

([131])—Cf. Virginie Woolf, *L'art du roman*, Paris, Éditions du Seuil, 1963, p. 75.
([132])—*Id., ibid.*, p. 16.
([133])—Cf. Robert M. Adams, *Surface and symbol. The consistency of James Joyce's* Ulysses, New York, Oxford University Press, 1962; R.-M. Albérès, *op. cit.*, pp. 223-224.

que povoam o *Ulisses*, merece especial-relevo aquele com que fecha o romance — um monólogo de Molly Bloom que se espraia por muitas dezenas de páginas, contínua ejaculação de palavras em que, caoticamente, ao longo de uma insónia, a mulher de Leopold Bloom rememora a sua juventude, a sua iniciação sexual, reflecte sobre o presente e a realidade circundante, exprime os seus apetites lúbricos e as suas frustrações, os seus sonhos e as suas ânsias. Os planos temporais variam constantemente, os conteúdos psíquicos mais díspares confluem, difluem, interpenetram-se, os sintagmas sucedem-se tumultuariamente, sem qualquer pontuação, obedecendo a um mínimo de sintaxe: «Adeus pro meu sono esta noite de todos os modos eu espero que ele não vá se meter com esses medicandos a levarem ele a se desencaminhar imaginando que é moço de novo voltando às 4 da manhã que eram era se não mais ainda assim ele teve bons modos pra não me acordar que é que eles acham pra palrar toda a noite esbanjando dinheiro e ficando cada vez mais bêbados eles bem que podiam beber água [...] e eu adoro ouvir ele tropeçar nos degraus de manhã com as taças chocalhando na bandeja e depois brincar com a gata ela se esfrega na gente pra ter prazer eu me pergunto se ela tem pulgas ruim como uma mulher sempre se lambendo e lambando mas eu odeio as garras deles eu imagino se eles vêem alguma coisa que a gente não pode fixando daquela maneira quando ela fica no alto da escada tanto tempo e escutando no que eu espero sempre que ladrona também aquela bela solha fresca que eu comprei eu penso que eu vou ter um pouco de peixe amanhã ou hoje é sexta-feira sim eu vou com um pouco de molho branco e geleia de passas pretas como faz muito tempo não aqueles potes de 2 lbs. de ameixa e maçã misturadas da London e Newcastle Williams e Woods dura o dobro só pelas espinhas eu odeio aquelas enguias bacalhau sim eu vou arranjar um bom pedaço de bacalhau [...]» [134].

A obra de Marcel Proust, *À procura do tempo perdido*, insere-se igualmente nesta moderna tradição romanesca, pela ausência de um «enredo uniforme e sistemático, com toda a urdidura do episódio que atrai outro episódio até um final con-

---

[134] — Cf. James Joyce, *Ulisses*, tradução de António Houaiss, Rio de Janeiro, Editora Civilização Brasileira, 1966, pp. 823-824.

tundente» (¹³⁵), e pela absorvente atenção concedida à vida psicológica das personagens, uma vida psicológica extremamente densa e complexa. Marcel Proust participa da mesma repulsa de Valéry pela demasiada aproximação do romance relativamente à realidade informe e trivial e por isso observa que «nem sequer uma única vez uma das minhas personagens fecha uma janela, lava as mãos, veste um sobretudo, diz uma fórmula de apresentação. A haver alguma coisa de novo neste livro [*À procura do tempo perdido*], seria isto mesmo» (¹³⁶).

Ao nome de Marcel Proust, poderíamos agregar os de Franz Kafka, de William Faulkner, de Hermann Broch, de Lawrence Durrell, as tentativas dos surrealistas no campo do romance, etc. O romance afasta-se cada vez mais do tradicional modelo balzaquiano, transforma-se num enigma que não raro cansa o leitor, num "romance aberto" de perspectivas e limites incertos, com personagens estranhas e anormais. A narrativa romanesca dissolve-se numa espécie de reflexão filosófica e metafísica, os contornos das coisas e dos seres adquirem dimensões irreais, as significações ocultas de carácter alegórico ou esotérico impõem-se muitas vezes como valores dominantes do romance. O propósito primário e tradicional da literatura romanesca — contar uma história — oblitera-se e desfigura-se. *A morte de Vergílio* de Hermann Broch é, antes de tudo, uma meditação dramática sobre o sentido e o valor da obra de arte, da civilização que a possibilita e que, por sua vez, é reflectida pela obra de arte. Lawrence Durrell, porque sabe que os «nossos actos quotidianos são na realidade apenas os ouropéis que recobrem a veste tecida de ouro, a significação profunda», sonha com um romance em que a intriga estivesse quase anulada e em que, num presente constante, se estudasse, na sua vastidão e profundeza insondável, o espírito humano: «Sonho com um livro que seria bastante poderoso para conter todos os elementos do seu ser mas não é o género de livro ao qual se está habituado nos dias que correm. Por exemplo, na primeira página,

---

(¹³⁵)—Cf. Álvaro Lins, *A técnica do romance em Marcel Proust*, Rio de Janeiro, Livraria José Olympio, 1956, p. 140. Sobre a técnica narrativa do romance de Proust, existe uma bibliografia copiada. Indicamos apenas dois estudos recentes; Gérard Genette, *Figures III;* Jean-Yves Tadié, *Proust et le roman*, Paris, Gallimard, 1971.

(¹³⁶)—*Apud* Nathalie Sarraute, *L'ère du soupçon*, p. 72.

um resumo da acção em algumas linhas. Poder-se-ia assim passar sem as articulações da narrativa. O que se seguiria seria o drama em estado puro, liberto dos entraves da forma. Queria fazer um livro que sonhasse» ([137](#)).

Por outro lado, o enredo do romance moderno torna-se muitas vezes caótico e confuso, pois o romancista quer exprimir com autenticidade a vida e o destino humano, e estes aparecem como o reino do absurdo, do incongruente e do fragmentário. O enredo balzaquiano, a composição do romance defendida por Bourget, falsificavam a densidade e a pluridimensionalidade da vida, e por isso o romance contemporâneo situa-se muito longe do romance balzaquiano, sem que tal facto implique, aliás, qualquer desvalorização de Balzac. A recusa da cronologia linear e a introdução no romance de múltiplos planos temporais que se interpenetram e se confundem, constituem uma fundamental linha de rumo do romance coetâneo, magistralmente explorada por William Faulkner, por exemplo. A confusão da cronologia e a multiplicidade dos planos temporais estão intimamente relacionadas com o uso do monólogo interior e com o facto de o romance moderno ser frequentemente construído com base numa memória que evoca e reconstitui o acontecido ([138](#)).

O chamado *nouveau roman*, designação imposta pelos jornalistas a certo tipo de romance aparecido em França depois de 1950 ([139](#)), é a última expressão desta já longa aventura que

---

([137](#))—Cf. Lawrence Durrell, *Justine*, Paris, Corrêa, 1958, pp. 82-83.

([138](#))—Jean Onimus, *loc. cit.*, p. 315, recorda um texto de Charles Péguy, acerca da distinção entre *memória* e *história*, que esclarece admiravelmente alguns aspectos fundamentais do romance moderno: «Le vieillissement, écrit Péguy dans *Clio*, est essentiellement une opération de retour et de regret... c'est aussi pour cela que rien n'est aussi grand et aussi beau que le regret; et que les plus beaux poèmes sont des poèmes de regret. Le vieillissement est essentiellement une opération de mémoire. Or c'est la mémoire qui fait toute la profondeur de l'homme... en ce sens rien n'est aussi contraire et aussi étranger que la mémoire à l'histoire... Le vieillissement est essentiellement une opération par laquelle on manque de plan (au singulier), tout y étant reculé selon une infinité de plans réels, qui sont les plans mêmes où l'événement s'est successivement ou plutôt continûment accompli... l'histoire glisse parallèlement à l'événement... La mémoire s'enfonce et plonge et sonde dans l'événement».

([139](#))—A designação de *nouveau roman* pode inculcar a ideia de uma escola que agrupasse Alain Robbe-Grillet, Nathalie Sarraute, Michel Butor, etc.

o romance empreendeu na ânsia de se libertar dos padrões tradicionais do enredo romanesco. Nas teorias e nas obras dos seus propugnadores, convergem a lição e o exemplo dos impressionistas, sobretudo James Joyce e Virginia Woolf, do romance americano de Faulkner e Dos Passos, etc.

Na concepção de Alain Robbe-Grillet, o romance deve desembaraçar-se da intriga e abolir a motivação psicológica ou sociológica das personagens, devendo conceder, em contrapartida, uma atenção absorvente aos objectos, despojados de qualquer cumplicidade afectiva com o homem ([140]). O próprio Robbe-Grillet classificou um dos seus romances, *O ciúme*, como «uma narrativa sem intriga», onde só existem «minutos sem dias, janelas sem vidros, uma casa sem mistério, uma paixão sem ninguém».

No entanto, tal escola não existe e as afinidades que efectivamente aproximam estes escritores não impedem que entre eles se estabeleçam igualmente profundas diferenças. Sobre a questão, cf. Roland Barthes, «Il n'y a pas d'école Robbe-Grillet», *Essais critiques*, Paris, Éditions du Seuil, 1964, pp. 101--105, e a já mencionada obra, de grande interesse, *Nouveau roman; hier, aujourd' hui*, t. I e t. II.

([140])—Daqui a designação de *école du regard*, que foi também concedida à técnica romanesca de Robbe-Grillet. Não nos interessa analisar aqui, de modo particular, os problemas do *nouveau roman*, mas talvez seja conveniente observar que a literatura «objectalista» de Robbe-Grillet, que deliberadamente se recusa a admitir os «velhos mitos da profundidade» e a existência de um «coração romântico das coisas», exprime afinal, de um modo negativo e singularmente angustiante, uma visceral cumplicidade dos objectos com a vida afectiva do homem, como demonstrou Lucien Goldmann num ensaio, contestável nalguns pontos, em que estuda as relações do romance de Robbe-Grillet com a teoria marxista da reificação (L. Goldmann, «Nouveau roman et réalité», *Pour une sociologie du roman*, Paris, Gallimard, 1964). Por vezes, as coisas adquirem mesmo nos romances de Robbe-Grillet uma fulcral significação simbólica, como aquela mancha de uma centopeia esmagada na parede que aparece n'*O ciúme* e que está carregada simbolicamente de significados eróticos (veja-se uma análise desta cena em Bruce Morrissette, *Les romans de Robbe-Grillet*, Paris, Les Éditions de Minuit, 1963, p. 118). E se mais de um leitor se sentirá tentado a classificar de cerebralismo refinado e de exercício formalista a escrita romanesca de Robbe-Grillet, a verdade é que esta escrita não só permite, mas exige, uma leitura ideológica e política, como demonstrou recentemente Jacques Leenhardt na sua obra *Lecture politique du roman «La Jalousie» d'Alain Robbe-Grillet* (Paris, Éd. de Minuit, 1973).

10.6. A descrição

Como afirmámos em 10.5., a diegese do romance não é apenas constituída por eventos que, na sua sucessão temporal e causal e nas suas correlações, configuram uma história com «uma finalidade e um fim». A diegese é também constituída por personagens, por objectos, por um universo espacial e por um universo temporal (e, como é óbvio, pelos valores reconhecidos ou atribuídos a todos estes elementos).

No texto do romance, parte importante da informação sobre as personagens, os objectos, o espaço e o tempo em que decorrem os eventos, é construída e transmitida por *descrições*. Embora a descrição funcione sempre como uma *ancilla narrationis*, a verdade é que pode facilmente encontrar-se uma descrição isenta de elementos narrativos, ao passo que é muito difícil, senão impossível, existir um enunciado narrativo que não ofereça, por mínimo que seja, um conteúdo descritivo [141]. Os elementos descritivos são indispensáveis para a construção do significado do romance como *cronótopo*.

Com efeito, a descrição é um elementos textual privilegiado de que o narrador dispõe para produzir o "efeito de real" a que se refere Barthes [142] e por isso mesmo os *indícios* e sobretudo as *informações* da diegese se encontram com tanta frequência e com tanta relevância nas descrições. Pode-se designar esta função da descrição como *função indicial e informativa*. Esta função manifesta-se quer no retrato das personagens — a pro-

---

[141] — Observa Genette que talvez isto se deva ao facto de os objectos poderem existir sem movimento, mas não o movimento sem objectos (cf. «Frontières du récit», *Figures II*, p. 57). Sobre a descrição, vejam-se, além deste ensaio de Genette, os estudos seguintes: Philippe Hamon, «Qu'est-ce qu'une description?», in *Poétique*, 12(1972), pp. 465-485; *id.*, *Introduction à l'analyse du descriptif*, Paris, Hachette, 1981; R. Bourneuf e R. Ouellet, *L'univers du roman*, Paris, P.U.F., 1972, pp. 104 ss.; Mieke Bal, *Narratologie*, Paris, Klincksieck, 1977, pp. 89 ss.; Lucienne Frappier-Mazur, «La description mnémonique dans le roman romantique», in *Littérature*, 38(1980), pp. 3-26; Patrick Imbert, «Sémiostyle: la description chez Balzac, Flaubert et Zola», in *Littérature*, 38(1980), pp. 106-128; Raymonde Debray-Genette, «La pierre descriptive», in *Poétique*, 43(1980), pp. 293-304; Gabriella Gabbi, «Per una semantica e una pragmatica del testo descrittivo», in *Lingua e stile*, XVI, 1(1981), pp. 61-81.

[142] — Cf. Roland Barthes, «L'effet de réel», in *Communications*, 11(1968), pp. 84-89.

sopografia, na terminologia da antiga retórica —, quer na caracterização do *espaço social* — um espaço indissociável da temporalidade histórica —, quer na pintura do *espaço telúrico e geográfico* — a *topografia*, na terminologia antes mencionada —, em geral representado nas suas conexões com o espaço social e concebido como um factor que condiciona ou determina os estados e as acções das personagens ([143]).

A descrição pode apresentar, porém, uma função predominantemente *decorativa*. Certos narradores, procurando muitas vezes realizar na sintagmática do texto verbal características formais e semânticas do texto pictórico, comprazem-se na descrição morosa e minudente de uma personagem, de um objecto, de uma paisagem, exibindo a opulência do seu léxico, o seu virtuosismo retórico-estilístico, a sua "finura de observação", o "vigor do seu traço", a "variedade da sua paleta" (não é sem razão que a metalinguagem da descrição, sobretudo na chamada crítica impressionista, recorre amiúde a termos, comparações e metáforas atinentes à pintura). Neste tipo de descrição, torna-se bem patente uma característica estrutural de toda a descrição — a sua capacidade para a *expansão* e para a *digressão*. Esta virtualidade expansiva e digressiva permite ao narrador utilizar a descrição com uma função *dilatória*, retardando na sintagmática textual a ocorrência de determinados eventos.

A descrição origina sem dúvida uma pausa ou uma paragem na progressão textual da acção diegética, mas não se pode afirmar que a descrição se oponha funcionalmente, exceptuando os casos da sua proliferação e da sua expansão anómalas, à narração. Quer no retrato, quer na figuração do espaço geográfico-telúrico e do espaço social, a descrição mantém uma interacção

---

([143]) — O espaço tem adquirido grande relevância no romance moderno e contemporâneo. Sobre esta matéria, *vide*: Joseph Frank, *The widening gyre*, Bloomington, Indiana University Press, 1963, pp. 3-62 (tradução parcial, no n.º 10 (1972), pp. 244-266, da revista *Poétique*); Michel Raimond, «L'expression de l'espace dans le nouveau roman», in Michel Mansuy (ed.), *Positions et oppositions sur le roman contemporain*, Paris, Klincksieck, 1971, pp. 181-191; Sharon Spencer, *Space, time and structure in the modern novel*, New York, New York University Press, 1971; Michael Issacharoff, *L'espace et la nouvelle*, Paris, J. Corti, 1976; Jeffrey R. Smitten e Ann Daghistany (eds.), *Spatial form in narrative*, Ithaca — London, Cornell University Press, 1981.

contínua com os eventos diegéticos. Como ficou dito, não só veicula indícios e informações sobre as personagens, os objectos e os respectivos contextos situacionais, contribuindo para tornar verosímil, para enraizar no real a diegese, ou, ao contrário, para a inscrever num universo fantástico, mas também gera significados simbólicos ou alegóricos que são indispensáveis para compreender as personagens e as suas acções. Em muitos romances, as descrições são portadoras de conotações que configuram um espaço eufórico ou disfórico, idílico ou trágico, que é inseparável das personagens, dos acontecimentos e da mundividência plasmada na diegese: o espaço, numa mescla inextricável de parâmetros físicos, psíquicos e ideológicos, pode ser representado como locus amoenus ou como locus horrendus, como cenário de rêverie ou de angústia, como convite à evasão ou como condenação ao encarceramento, como possibilidade de libertação ascensional ou de queda e enredamento no abismo. Tais descrições, que contribuem de modo relevante, pelas suas conexões anafóricas e catafóricas, para a coerência do texto narrativo, estão placentariamente associadas às "estruturas antropológicas do imaginário" e a sua interpretação, nesta perspectiva, cabe à *topo-análise*, assim definida por Bachelard: «l'étude psychologique systématique des sites de notre vie intime» ([144]).

A descrição usufrui de uma liberdade sintáctica muito ampla, podendo ocorrer em qualquer estádio da sintagmática diegética. Em geral, todavia, as descrições com uma função diegética importante situam-se no início da sintagmática narrativa, logo no primeiro capítulo ou nos capítulos imediatamente posteriores (modelo tipicamente balzaquiano, mais ou menos fielmente adoptado por todo o romance que pretende analisar a acção condicionadora ou determinante do meio sobre as personagens e os acontecimentos). Pode ser a descrição de um macro-espaço telúrico ou sociológico ([145]); pode ser a descrição

---

([144])—Cf. Gaston Bachelard, *La poétique de l'espace*, Paris, P.U.F. 1957, p. 27.

([145])—Leia-se a descrição, sóbria e angustiosa, com que Carlos de Oliveira abre o seu romance *Casa na duna* (Lisboa, Portugália Editora, ³1964, p. 45): «Na gândara há aldeolas ermas, esquecidas entre pinhais, no fim do mundo. Nelas vivem homens semeando e colhendo, quando o estio poupa as espigas e o inverno não desaba em chuva e lama. Porque então são ramagens torcidas, barrancos, solidão, naquelas terras pobres».

de um aglomerado populacional, rústico ou urbano, ou de uma área restrita desse aglomerado ([146]); pode ser a descrição de uma casa ou de um aposento ([147]). Uma espécie de descrição que assume frequentemente uma relevante função diegética nos capítulos iniciais de um romance é, como já foi dito, o retrato, físico e psicológico, de personagens.

A motivação e a estrutura da descrição estão estreitamente correlacionadas com o *ponto de vista* ou a *focalização* adoptados no romance. A responsabilidade da descrição pode ser assumida directa e explicitamente pelo narrador, que se comporta como um cicerone dotado de grande liberdade que vai mostrando ao leitor o que entende que este deve ver e apreciar. É o que acontece, em geral, com o narrador omnisciente. Este tipo de descrição situa-se, como é óbvio, fora da temporalidade subjectiva ou privada da diegese.

Tal responsabilidade pode caber, porém, a uma personagem na qual resida, momentânea ou duradouramente, o foco narrativo. Neste caso, a descrição tem como referentes o espaço, os

---

([146]) — Cf. Ferreira de Castro, *A lã e a neve*, 8.ª ed., Lisboa, Guimarães, s.d., p. 27: «Tinham começado a descer a congosta. Era uma rua estreitíssima, que cheirava a burros, a porcos e a fumo de ramos verdes. Dela partiam outras tortuosas vielas, que terminavam em pátios ou dobravam em cotovelos, cruzando-se, avançando para sombrios recantos, numa sugestão de labirinto. As casas, negregosas, velhentas, colavam-se umas às outras, com a parte inferior de granito escurecido pelo tempo e a parte cimeira com folhas de zinco enferrujadas a revestirem as paredes de taipa, mais baratas do que as de pedra. Este e aquele casebre exibiam apodrecidas varandas de madeira e outros, mais raros, umas escadas exteriores, coroadas por um patamarzito quadrado, logradoiro do mulheredo nas horas do paleio com as vizinhas. Algumas das portas e janelas estavam abertas e, atrás delas, pairava a rúbida claridade do fogo que, lá dentro, cozinhava a ceia. Figuras de homens, mulheres e crianças, as suas caras tocadas pelo fulgor do lume, andavam no acanhado espaço doméstico, cirandavam numa confusão de movimentos humanos e de trapos dependurados».

([147]) — «Fui. A casa ficava para as portas de Alconchel. No átrio havia um grande pote de cobre. Subia-se uma larga escadaria de pedra, bordejada de uma fieira de bilhas de barro que Moura coleccionava. Com grandes arcadas de velho mosteiro, todo esse rés-do-chão se congelava com um frio mineral, uma frescura de catacumbas. E eu o lembro agora, a esse frio, numa súbita imagem de um estranho silêncio coalhado em abóbadas... A criadita que me atendeu, toda armada de folhos, meteu-me num escritório, selado de reposteiros. A casa era grande, mal se ouvia um rumor de passos ou de portas» (Vergílio Ferreira, *Aparição*, Lisboa, Portugália Editora, [7]1971, p. 35).

seres e as coisas que a personagem abarca com a sua visão. Ao contrário do que se verifica com o tipo de descrição anteriormente citado, esta descrição integra-se no tempo subjectivo da diegese.

Para motivar e tornar verosímil uma descrição centrada numa personagem, o romancista pode utilizar diversos pretextos e artifícios: mudanças de luminosidade (uma luz que se acende, o dia que desponta, o cair do crepúsculo, etc.) que obrigam ou convidam a personagem a reparar nos seres, nos objectos e nas paisagens; deambulação da personagem, com consequente descrição do que vê durante a deambulação; situação da personagem ou na proximidade de uma janela que lhe permite ver o mundo exterior, ou num lugar morfologicamente adequado à visão de um grande espaço (alto de um monte, cimo de um edifício), etc. (148).

---

(148)—Salientamos, pela frequência com que ocorre em romances de várias épocas e características, o artifício da localização da personagem junto de uma janela, através da qual contempla o mundo exterior. Vejam-se alguns exemplos, colhidos ao acaso: «Olhou os anúncios, bebeu um gole de chá, levantou-se, foi abrir uma das portadas da janela. [...] A sala, nas traseiras da casa, dava para um terreno vago, cercado dum tabuado baixo, cheio de ervas altas e de uma vegetação de acaso [...]» (Eça de Queirós, *O primo Basílio*, Porto, Lello & Irmão, s.d., p. 10); «Ao outro dia, ao erguer-se, foi abrir a janela. Era uma manhã resplandecente. Em baixo, estendia-se toda uma verdura de pomares e hortas, com tanques aqui e além [...]» (*id.*, *A Capital*, Porto, Lello & Irmão, s.d., p. 86); «A janela constituía um refrigério e ele encostou-se ao peitoril, procurando adivinhar, entre os muitos vapores que dali se viam, aquele que o levaria. Debruada, ao fundo, pela linha verde e irregular da floresta, a baía do Guajará mostrava-se cheia de «gaiolas», uns de cano fumando os últimos carvões da viagem, outros de bandeira desfraldada [...]» (Ferreira de Castro, *A selva*, 25.ª ed., Lisboa, Guimarães Editores, s.d., p. 41); «E, largando a caneta, movido pela curiosidade, um pouco também ao desenfado, postou-se à janela, a que uma videira ferral, caindo de alto, se ajeitara em gelosia de forma a comodamente deixar ver sem ser visto. Devassava-se dali o longe e o perto, as abas do povo, farfalhudas de primavera [...]» (Aquilino Ribeiro, *Andam faunos pelos bosques*, Lisboa, Bertrand, 1962, p. 16): «Margarida acordou às oito horas. [...] Chegou à janela. A quinta parecia lavrada por arados fantásticos, de relha à mostra. Os cedros estavam descabeçados, dois ou três partidos, mostrando o cerne vermelho com as fibras inchadas de água. Aqui e além, nos currais, nadavam ramos de faia [...]» (Vitorino Nemésio, *Mau tempo no canal*, 3.ª ed., Lisboa, Bertrand, s.d., p. 29); «Em frente da mesa, para lá da janela aberta

Em qualquer caso, o narrador-cicerone ou a personagem são o centro em relação ao qual se estabelece a perspectiva da descrição e ao qual se encontram referidos os *shifters* ou *deícticos* que habitualmente ocorrem nas descrições (*à direita, ao fundo, mais longe*, etc.).

10.7. O tempo

A diegese, como sucessão de eventos, comportando um "antes", um "agora" e um "depois", é inconcebível fora do fluxo do tempo. O discurso narrativo, que institui o universo diegético, existe também, como sequência mais ou menos extensa de enunciados, no plano da temporalidade (aliás, como qualquer texto literário). Estes dois tempos, o tempo da diegese — ou tempo da história narrada, tempo do significado narrativo, *erzählte Zeit* — e o tempo do discurso narrativo — *Erzählzeit* —, e as suas inter-relações constituem um dos problemas mais importantes do romance, quer sob o ponto de vista sintáctico, quer sob o ponto de vista pragmático-semântico ([149]).

O tempo da diegese comporta um tempo objectivo, um tempo "público", delimitado e caracterizado por indi-

---

de par em par, alargava-se uma paisagem a um tempo suave e agreste. O vento fresco da tarde agitava vagarosas e largas ondas pelas searas, planície fora. No poente, nuvens finas vermelhas corriam [...]» (Manuel da Fonseca Cerromaior, 3.ª ed., Lisboa, Portugália Editora, s.d., p. 62); «Olhei pela janela o sol arrefecido. Chovera momentos antes: o bafo da terra húmida fumegava à superfície da erva tenra. Lá estavam os perfis espessos e graves das colinas [...]» (Fernando Namora, *Domingo à tarde*, Lisboa, Publicações Europa-América, ⁸1971, p. 190).

([149]) — Em quase todos os estudos sobre o romance e sobre o texto narrativo, em geral, se encontram informações sobre o tempo. Indicamos a seguir alguns estudos particularmente consagrados ao assunto: Hans Meyerhoff, *Time in literature*, Berkeley — Los Angeles, University of California Press, 1955; A. A. Mendilow, *Time and the novel*, New York, Humanities Press, 1965; Gérard Genette, *Figures III*, pp. 77-182; Robert Champigny, *Ontology of the narrative*, The Hague, Mouton, 1972 (cap. III); Darío Villanueva, *Estructura y tiempo reducido en la novela*, Valencia, Ed. Bello, 1977; David Leon Higdon, *Time and english fiction*, London, MacMillan, 1977; Patricia Drechsel Tobin, *Time and the novel. The genealogical imperative*, Princeton, Princeton University Press, 1978; Meir Sternberg, *Expositional modes and temporal ordering in fiction*, Baltimore - London, The Johns Hopkins University Press, 1978.

cadores estritamente cronológicos atinentes ao calendário do ano civil — anos, meses, dias, sem esquecer em certos casos as horas([150]) —, por informações relacionadas ainda com este calendário, mas apresentando sobretudo um significado cósmico — ritmo das estações, ritmo dos dias e das noites ([151]) —,

---

([150])—É frequente, tanto no romance do século XIX como no romance do século XX, figurar na abertura do capítulo inicial uma indicação de tempo. Eis alguns exemplos, extraídos da literatura portuguesa: «Aos vinte e um de março do corrente ano de mil oitocentos e cinquenta e seis, pelas onze horas e meia da noite, fez justamente quarenta e sete anos que o sr. João Antunes da Mota, morador na rua dos Arménios, desta sempre leal cidade do Porto, estava em sua casa» Camilo Castelo Branco, *Onde está a felicidade?*, Lisboa, Parceria A. M. Pereira, [11]1965, p. 23); «Em um frigidíssimo dia de janeiro de 1847, por volta das nove horas da manhã, o sr. Hermenegildo Fialho Barrosas, brasileiro grado e dos mais gordos da cidade eterna, estava a suar, na rua das Flores, encostado ao balcão da ourivesaria dos srs. Mourões» (id., *Os brilhantes do brasileiro*, Lisboa, Parceria A M. Pereira, [8]1965, p. 33); «A casa que os Maias vieram habitar em Lisboa no Outono de 1875, era conhecida na vizinhança da Rua de S. Francisco de Paula, e em todo o bairro das Janelas Verdes, pela Casa do Ramalhete ou simplesmente o Ramalhete» (Eça de Queirós, *Os Maias*, Lisboa, Livros do Brasil, s.d., p. 5); «Desde as quatro horas da tarde, no calor e silêncio do domingo de Junho, o Fidalgo da Torre, em chinelos, com uma quinzena de linho envergada sobre a camisa de chita cor-de-rosa, trabalhava» (id., *A Ilustre Casa de Ramires*, Lisboa, Livros do Brasil, s.d., p. 5); «D. António Sepúlveda de Vasconcellos e Menezes, senhor dos morgadios e honra do Corgo e Torgueda, festejava nesse dia plácido e soalheiro de Outubro, em 1807, os vinte anos viçosos e amaneirados da linda Maria do Céu» (Carlos Malheiro Dias, *Paixão de Maria do Céu*, Lisboa, Tavares Cardoso & Irmão, 1902, p. 7); «Pelas cinco horas duma tarde invernosa de outubro, certo viajante entrou em Corgos, a pé, depois da árdua jornada que o trouxera da aldeia do Montouro, por maus caminhos, ao pavimento calcetado e seguro da vila» (Carlos de Oliveira, *Uma abelha na chuva*, ed. cit., p. 7); «Pelas nove da manhã desse dia de Setembro cheguei enfim à estação de Évora» (Vergílio Ferreira, *Aparição*, ed. cit., p. 13); «Num dia de Abril de 1957, pela hora da tarde, apareceu em certa aldeola da costa um automóvel aberto, rápido como o pensamento» (José Cardoso Pires, *O anjo ancorado*, 3.ª ed., Lisboa, Moraes, s.d., p. 9).

([151])—O ritmo temporal que preside ao universo diegético dos *Esteiros* de Soeiro Pereira Gomes é o ritmo das estações do ano: Outono, Inverno, Primavera, Verão... O tempo diegético forma neste romance um círculo perfeito: se no início se lê que «Com os prenúncios de Outono, as primeiras chuvas encheram de frémitos o lodaçal negro dos esteiros, e o vento agreste abriu buracos nos trapos dos garotos» quase no fim indica-se que «o Outono chega, cavalgando o vento». A Natureza repete-se, no seu ritmo imemorial

por dados concernentes a uma determinada época histórica (¹⁵²), etc.

Este tempo diegético pode ser muito extenso — como n'*Os Buddenbrook* de Thomas Mann — ou relativamente curto — como em *Luto no Paraíso* de Juan Goytisolo. Quer seja extenso, quer seja curto, é possível, em geral, medir com suficiente rigor o tempo objectivo da diegese (¹⁵³).

A diegese comporta, todavia, outro tempo, um tempo mais fluido e mais complexo — o tempo subjectivo, o tempo vivencial das personagens, aquele tempo que Bergson designou por *durée* e Virginia Woolf por *time in mind*. Esta temporalidade, refractária à *linearidade* cronológica, heteromórfica em relação ao tempo do calendário e do relógio, é entretecida num presente que ora se afunda na memória, muitas vezes involuntária, ora se projecta no futuro, ora pára e se esvazia. Este "tempo politemporal" (¹⁵⁴), diferente mas não dissociado do tempo objectivo e do tempo histórico — uma determinada vivência privada e íntima do tempo exprime ou reflecte, em parte,

---

— «rolam dias iguais a todos os dias» —, mas a situação dos homens modifica-se: Gineto, garoto dos esteiros, que no Outono inicial se prepara para gozar os prazeres da feira, vê chegar esse Outono conclusivo metido na cela de uma prisão...

(¹⁵²) — Veja-se, como exemplo, o capítulo inicial de *A cartuxa de Parma* de Stendhal.

(¹⁵³) — Tomemos como exemplo *Luto no Paraíso* de Goytisolo (tradução portuguesa, Lisboa, Portugália Editora, 1964). Quando se inicia a narrativa, são cerca de dez horas da manhã: o camião com os companheiros de Elósegui partira às oito horas («O camião partiu às oito com o sargento e os andaluzes», p. 8) e logo nas primeiras linhas do romance se informa de que tinham passado duas horas sobre este facto («Havia somente duas horas que deixara os companheiros», p. 7). Pouco depois, ouve-se uma explosão: «Eram dez e meia justas quando a explosão de dinamite lhe anunciou que a retaguarda fizera voar a ponte» (p. 14). Quando os soldados se dirigem à herdade do *Paraíso* para comunicarem a morte de Abel, «o relógio de sol marcava uma e um quarto» (p. 70). Cerca de quinze minutos depois, uma patrulha de cinco ou seis soldados detém-se para uma ligeira refeição (p. 179). Durante a tarde, desenrolam-se outros acontecimentos, até que o dia finda: «Pusera-se o Sol e a mata estava cheia de sussurros» (p. 210). Quando um sacerdote veio benzer os cadáveres de algumas vítimas da guerra, a noite caía já: «Está a anoitecer já, senhor padre..» (p. 256). O romance termina quando a luz do luar inunda a paisagem, às primeiras horas da noite (cf. pp. 278-279).

(¹⁵⁴) — Cf. David Leon Higdon, *op. cit.*, pp. 106 ss.

uma determinada problemática do tempo histórico, do tempo "público" —, caracteriza particularmente a diegese do chamado "romance psicológico moderno", isto é, um romance contemporâneo e posterior às análises de Bergson sobre o fluxo ininterrupto do tempo psicológico, de William James sobre a "corrente de consciência", de Freud e outros psicanalistas sobre o inconsciente.

O *monólogo interior* constitui uma das técnicas mais utilizadas pelos romancistas contemporâneos a fim de representarem os meandros e as complicações da *corrente de consciência* das personagens e assim poderem descrever e analisar a urdidura do tempo interior. A técnica do monólogo interior foi inventada por Édouard Dujardin (1861-1949), obscuro escritor francês que publicou, em 1887, um romance em que o monólogo interior era abundantemente cultivado — *Les lauriers sont coupés*. James Joyce reconheceu em Dujardin o inspirador da técnica dos monólogos interiores de *Ulisses*, arrancando assim do olvido o romancista gaulês (155).

Num livrinho com o título de *Le monologue intérieur: son apparition, ses origines, sa place dans l'oeuvre de James Joyce et dans le roman contemporain*, publicado em 1931, Dujardin carac-

---

(155) — Diversos críticos, sobretudo de língua inglesa, identificam *monólogo interior* (*interior monologue*) e *corrente de consciência* (*stream of consciousness*). Julgamos, tal como propõem, entre outros, Scholes e Kellog, que é aconselhável distinguir estas duas designações: *stream of consciousness* é uma expressão procedente da psicologia, que se refere a um processo psicológico; *interior monologue* é uma expressão com que se denomina uma técnica literária particularmente apta para exprimir aquele fenómeno psicológico (cf. Robert Scholes e Robert Kellog, *The nature of narrative*, New York, Oxford University Press, 1966, p. 177; em sentido contrário, porém, cf. Leon Edel, *The modern psychological novel*, New York, The Universal Library, 1964, pp. 54-58). Sobre a história e a problemática do monólogo interior, *vide*: Michel Raimond, *La crise du roman*, pp. 257 ss.; Michel Zéraffa, *La révolution romanesque*, pp. 137 ss.; Georges Jean, *Le roman*, Paris, Éditions du Seuil, 1971, pp. 148 ss.; Danièle Sallenave, «À propos du "monologue intérieur": lecture d'une théorie», in *Littérature*, 5(1972), pp. 69-87; Melvin Friedman, *Stream of consciousness in the modern novel*, Berkeley—Los Angeles, University of California Press, 1965; Robert Scholes e Robert Kellog, *op. cit.*, pp. 177 ss.; Leon Edel, *op. cit., passim*; Shiv K. Kumar, *Bergson and the stream of consciousness novel*, New York, New York University Press, 1963; Kathleen M. Mckilligan, *Édouard Dujardin: 'Les lauriers sont coupés' and the interior monologue*, Hull, University of Hull Publications, 1977.

terizou do seguinte modo o monólogo interior: «De cet ensemble d'observations nous conclurons que le monologue intérieur, comme tout monologue, est un discours du personnage mis en scène et a pour objet de nous introduire directement dans la vie intérieure de ce personnage sans que l'auteur intervienne par des explications ou des commentaires, et, comme tout monologue, est un discours sans auditeur et un discours non prononcé; mais il se différencie du monologue traditionnel en ce que,

quant à sa matière, il est une expression de la pensée la plus intime, la plus proche de l'inconscient,

quant à son esprit, il est un discours antérieur à toute organisation logique, reproduisant cette pensée en son état naissant et d'aspect tout-venant,

quant à sa forme, il se réalise en phrases directes réduites au minimum syntaxial,

et ainsi répond-il essentiellement à la conception que nous nous faisons aujourd'hui de la poésie.

D'où je tire cet essai de définition:

Le monologue intérieur est, dans l'ordre de la poésie, le discours sans auditeur et non prononcé, par lequel un personnage exprime sa pensée la plus intime, la plus proche de l'inconscient, antérieurement à toute organisation logique, c'est-à-dire en son état naissant, par le moyen de phrases directes réduites au minimum syntaxial, de façon à donner l'impression du tout--venant» [156]. Esta definição de Dujarin pode ser com razão criticada nalguns pontos — e assim procedeu, por exemplo, Leon Edel —, mas oferece uma noção aceitável dos caracteres fundamentais do monólogo interior: é um monólogo não pronunciado, que se desenrola na interioridade da personagem — e há determinados estados psicofisiológicos particularmente favoráveis à eclosão do monólogo interior: *rêverie*, insónias, cansaço, etc. —, que não tem outro auditor que não seja a própria personagem e que se apresenta sob uma forma desordenada e até caótica — sintaxe extremamente frouxa, pontuação escassa ou nula, grande liberdade, sob todos os pontos de vista, no uso do léxico, etc. —, sem qualquer intervenção

---

[156] — *Apud* Michel Raimond, *Le roman depuis la Révolution*, Paris, Colin, 1967, pp. 312-313.

do narrador e fluindo à medida que as ideias e as imagens, ora insólitas ora triviais, ora incongruentes ora verosímeis, vão aparecendo, se vão atraindo ou repelindo na consciência da personagem. O monólogo interior é, pois, uma das técnicas adequadas à representação dos conteúdos e processos da consciência — e não apenas dos conteúdos mais próximos do inconsciente, como afirma Dujardin —, diferenciando-se do monólogo tradicional, directo ou indirecto, pelo facto de captar os conteúdos psíquicos no seu estado incoativo, na confusão e na desordem que caracterizam o fluxo da consciência, sem a intervenção organizadora e esclarecedora do narrador.

Ao contrário do tempo objectivo da diegese, o tempo do discurso narrativo é de difícil medição. Poder-se-á medir esse tempo por meio da paginação? Mas a página é uma unidade variável, em função da mancha tipográfica e em função do tipo de letra; a página pode estar compactamente ocupada com enunciados ou pode apresentar numerosos espaços em branco. Poder-se-á fazer coincidir o tempo da narrativa com o tempo que é necessário dispender para a sua leitura? O tempo exigido pela leitura de um texto, porém, é igualmente um critério variável e aleatório. A velocidade da leitura modifica-se de leitor para leitor, e nem sequer é constante no mesmo leitor, de modo que é impossível estabelecer um padrão ideal susceptível de normalizar, digamos assim, essa velocidade de leitura.

O texto do romance pode ainda conter referências a outro tempo — o tempo da instância narrativa, o tempo em que se situa e se processa a própria escrita do romance. Este tempo, imediatamente vinculado com a *voz* do narrador e com a *focalização* da narrativa, pode manter relações muito importantes com o tempo da diegese e com o tempo do discurso ([157]).

([157]) — Leiam-se os exemplos que a seguir registamos: «I am this month one whole year older than I was this time twelve-month; and having got, as you perceive, almost into the middle of my fourth volume — and no farther than to my first day's life —,'tis demonstrative that I have three hundred and sixty-four days more life to write just now, than when I first set out; so that instead of advancing, as a common writer, in my work with what I have been doing at it — on the contrary, I am just thrown so many volumes back — was every day of my life to be as busy a day as this — And why not? — and the transactions and opinions of it to take up as mach description — And

As relações entre o tempo da diegese e o tempo do discurso, ou, mais rigorosamente, entre «a ordem temporal da sucessão dos eventos na diegese» e a ordem por que o discurso narrativo os produz e transmite, assume uma importância capital na organização do romance.

A coincidência perfeita entre o desenvolvimento cronológico da diegese e a sucessão, no discurso, dos acontecimentos diegéticos, não se encontra possivelmente em nenhum romance. Aos desencontros entre a ordem dos acontecimentos no plano da diegese e a ordem por que aparecem narrados no discurso, daremos a designação de *anacronias* ([158]).

A tradição épica greco-latina oferece um exemplo famoso de anacronia, ao preceituar que o poema épico deve ser iniciado *in medias res*. Deste modo, o começo do discurso corresponde a um momento já adiantado da diegese, obrigando tal técnica, como é óbvio, a narrar *depois* no discurso o que acontecera *antes* na diegese.

O começo da narrativa *in medias res* é frequente no romance (encontra-se um elucidativo exemplo desta técnica no romance *Ana Paula*, da autoria de Joaquim Paço d'Arcos). Pode mesmo acontecer que o romancista principie o discurso *in ultimas res*,

---

for what reason should they be cut short? as at this rate I should just live 364 times faster than I should write —'It must follow, an' please your worships, that the more I write, the more I shall have to write — and consequently, the more your worships read, the more your worships will have to read». Cf. Sterne, *Memoirs of Mr. Laurence Sterne. The life & opinions of Tristram Shandy. A sentimental journey. Selected sermons and letters.* Edited by Douglas Grant. Cambridge (Mass.), Harvard University Press, 1970, p. 243). «Como tem mudado o tom desta narrativa! Perco as rédeas dos meus nervos. A unidade do que somos — é tão fácil perdê-la! Dá-me a ideia de que me pegaram pela mão, arrastando-me para uma feira alucinante de surpresas. Quem entra na roda, subindo, descendo e cabriolando sem o querer, só poderá parar, recuperar-se, quando a roda parar também. E a desconexão dos factos? Sinto-a, mesmo sem a ir averiguar no que aí fica escrito. As vozes da coerência ensurdecem nestas malhas de neblina, ficam só audíveis os gritos.

Mas tudo deve ser da noite. À hora em que vos escrevo, as lâmpadas adormecem nas esquinas, penduradas, como enforcados, da névoa ribeirinha. Ainda pensei em percorrer as ruas — fugindo de mim. Hoje, porém, seria inútil. Prefiro, daí, continuar amanhã. Amanhã é dia» (Fernando Namora, *Domingo à tarde*, p. 185).

([158]) — Adoptamos, neste capítulo, parte da terminologia proposta por Gérard Genette em *Figures III*.

digamos assim, de maneira que as páginas iniciais narram, eventualmente com ligeiras modulações, a situação com que se encerra a sintagmática diegética. Manuel da Fonseca construiu o seu romance *Cerromaior* segundo este modelo, que se revela particularmente apto a suscitar a curiosidade do leitor — o romance policial adopta, nas suas linhas fundamentais, este tipo de abertura narrativa —, mas que também, e um pouco paradoxalmente, informa logo *ab initio* o leitor do destino final da personagem (no caso de *Cerromaior*, o leitor sabe, ao longo de todo o romance, que Adriano acabará na prisão) (¹⁵⁹).

Tanto o início da narrativa *in medias res* como *in ultimas res* obriga o romancista a narrar posteriormente os antecedentes diegéticos dos episódios e das situações que figuram na abertura do romance. Quer dizer, em relação à temporalidade do segmento diegético primeiramente narrado, o romancista institui uma temporalidade segunda, dando assim lugar a uma anacronia. No caso do início *in medias res*, a anacronia, depois de ocupar uma extensão maior ou menor da sintagmática do discurso, é reabsorvida pela primeira narrativa, que continua a desenvolver-se após aquela interrupção; no caso do início *in ultimas res*, a anacronia apresenta-se como a narrativa de base, ocupando a quase totalidade do discurso.

A esta espécie de anacronias, constituídas por recuos no tempo, dá-se em geral a designação de *flash-back* e daremos nós, seguindo a mencionada terminologia de Gérard Genette, a denominação de *analepse*.

A analepse é um recurso de que os romancistas se servem com frequência, porque permite comodamente esclarecer o narratário e/ou o leitor sobre os antecedentes de uma determinada situação — sobre tudo quando essa situação se encontra no início da narrativa — e sobre uma personagem introduzida pela primeira vez no discurso ou neste reintroduzida, após disparição mais ou menos prolongada (¹⁶⁰). A narrativa analéptica desem-

---

(¹⁵⁹) — Sob certo ângulo, todavia, esta informação inicial funciona como mais um estímulo para prender a atenção do leitor: por que razão virá **Adriano a ser encarcerado?**

(¹⁶⁰) — Vejamos, através de alguns exemplos, as funções da analepse segundo o esquema referido:

a) No capítulo I dos *Mistérios de Fafe* de Camilo Castelo Branco, Rosa manifesta primeiro relutância em aceitar o casamento com Francisco

penha uma função muito relevante no romance naturalista, em estreita interdependência com a concepção positivista do mundo que rege esse romance. Após a apresentação das personagens principais, o romancista naturalista recorre logicamente a analepses mais ou menos extensas para analisar, segundo a óptica positivista, as forças determinantes — hereditariedade, influência do meio, constituição fisiológica e temperamental — que modelam aquelas personagens (161).

A analepse constitui uma técnica utilizada pelo romance de todas as épocas — no século XVIII, Sterne escreveu essa obra-prima da narrativa analéptica que é *Tristram Shandy* —, não podendo de modo nenhum ser considerada uma descoberta do romance do século XX, fundado em especial na capacidade retrospectiva da memória (162). A utilização, porém, que da

---

Roxo, vindo por fim, todavia, a aceder a tal projecto. O narrador sentiu necessidade de que o capítulo II fosse constituído por uma analepse, para assim, através de factos acontecidos anteriormente, poder esclarecer aqueles factos, situados depois no plano da diegese, mas colocados antes no plano do discurso. E o próprio narrador enuncia logo nas primeiras frases do capítulo II o objectivo da analepse: «As primeiras hesitações e a condescendência final de Rosa explicam-se aqui em breve».

b) Noutro romance de Camilo, *O regicida*, ocorre uma analepse que tem por função caracterizar uma personagem introduzida pela primeira vez no discurso. No final do capítulo IV, é mencionado o padre Luís da Silveira, tido como culpado do desfloramento de uma personagem casada com o herói do romance. O padre Luís da Silveira já fora aludido, anonimamente, no capítulo III, mas só no fecho daquele capítulo, num momento nuclear da intriga, é que o seu nome é referido. O capítulo V é uma analepse destinada a esclarecer o leitor acerca da personalidade e das acções do padre Silveira.

c) Finalmente, um exemplo de analepse destinada a esclarecer o leitor sobre os acontecimentos ocorridos a uma personagem ausente da narrativa há já algum tempo. Limitar-nos-emos a transcrever o início do capítulo XXXVIII de *A loja de antiguidades* de Charles Dickens (tradução portuguesa, Lisboa, Portugália Editora, s. d., p. 272): «Falemos agora de Kit, pois não só há tempo para recordar o que se tem passado com ele, mas e muito principalmente, porque o decorrer da história nos obriga a aproveitar esta oportunidade para lhe procurar o rasto e segui-lo durante certo tempo.

Kit, enquanto se passavam os sucessos narrados nos últimos quinze capítulos, estava, como facilmente se calcula, a familiarizar-se cada vez mais com Mr. e Mrs. Garland, Mr. Abel, o potro e Bárbara [...]».

(161) — Encontra-se um exemplo típico destas analepses nos capítulos III e V de *O crime do P.ᵉ Amaro* de Eça.

(162) — Michel Butor observa justamente que uma narrativa privada de qualquer recuo no tempo tornaria necessariamente impossível qualquer

analepse faz um romancista como Balzac ou Camilo difere substancialmente do emprego que da mesma técnica fazem, por exemplo, um Joyce ou um Faulkner.

Quando, no capítulo XI do *Livro negro do P.ᵉ Dinis*, Camilo entende ser indispensável uma narrativa analéptica, começa por advertir o leitor: «É necessário recuar». Quer dizer, a analepse é claramente declarada e caracterizada como tal, eliminando-se qualquer possibilidade de confusão da sua temporalidade com a temporalidade da narrativa em relação à qual se instaura a anacronia. A analepse não afecta a organização logicamente ordenada da narrativa, que não apresenta rupturas nem sobreposições cronológicas susceptíveis de perturbarem o entendimento do leitor.

Pelo contrário, Joyce ou Faulkner não sinalizam as suas analepses, de modo a demarcarem cuidadosamente o termo de um plano temporal e o início de outro. Nos seus romances, como no romance contemporâneo em geral, o discurso, abruptamente, passa a narrar acontecimentos diegéticos diferentes dos que vinha a narrar, entrecruzam-se vectores diversos da intriga, associam-se e confundem-se temporalidades distintas. Estas rupturas, descontinuidades, justaposições e interpenetrações cronológicas transformam com frequência o romance numa narrativa caótica, de leitura árdua e de compreensão problemática [163].

A anacronia pode consistir, porém, numa antecipação, no plano do discurso, de um facto ou de uma situação que, em obediência à cronologia diegética, só deviam ser narrados mais tarde. A esta espécie de anacronia daremos a denominação de *prolepse*.

A prolepse é muito menos frequente do que a analepse, sendo mesmo bastante rara a sua ocorrência no romance do século XIX. O romance que mais fácil e logicamente acolhe prolepses é o romance de narrador autodiegético, pois este narrador, que organiza a narrativa segundo um modelo explicitamente retrospectivo, não tem dificuldade de, a respeito de um acontecimento

---

referência à história universal, ao passado das personagens, à memória e, por conseguinte, à interioridade dessas mesmas personagens, transformadas desse modo em coisas (cf. Michel Butor, *Essais sur le roman*, Paris, Gallimard, 1972, p. 114).

[163]—Sobre estes problemas, cf. Mariano Baquero Goyanes, *Estructuras de la novela actual*, Barcelona, Editorial Planeta, 1970, pp. 131 ss.

diegético, evocar um outro que lhe é cronologicamente posterior. No romance contemporâneo, porém, as prolepses podem abundar mesmo sem a existência de um narrador autodiegético, como comprova, por exemplo, *Enseada amena* de Augusto Abelaira ([164]).

Em todas as anacronias, há a considerar dois aspectos importantes para a sua caracterização: a sua *distância temporal* («portée», na terminologia de Genette) em relação ao "presente" diegético da narrativa primária, isto é, a narrativa a partir da qual as anacronias se instituem e se definem como anacronias; a sua *amplitude*, ou seja, a sua duração. Em conformidade com a sua distância temporal e com a sua amplitude, as anacronias podem ser classificadas como: *externas*, se a sua amplitude começa e acaba antes do início da diegese da narrativa primária; *internas*, se a sua amplitude começa depois do início da diegese da narrativa primária; *mistas* (mais raras), se a sua amplitude começa antes do início diegético da narrativa primária e termina depois dele.

As anacronias internas, por sua vez, podem ser subdivididas em anacronias *heterodiegéticas*, se dizem respeito a uma personagem ou a uma "linha de história" que não figuravam na narrativa primária, e em anacronias *homodiegéticas*, no caso inverso. As anacronias homodiegéticas podem ainda ser caracterizadas como *completivas*, se preenchem lacunas ou omissões, anteriores ou ulteriores, da diegese da narrativa primária, ou como *repetitivas*, se reiteram, produzindo determinados efeitos de redundância, um evento já ocorrido ou a ocorrer.

Além das anacronias, outra espécie de tensões e desencontros se institui entre o tempo diegético e o tempo narrativo, dizendo respeito à *duração* dos acontecimentos na sucessão diegética e à *duração* da sintagmática narrativa em que tais acontecimentos são relatados.

A coincidência perfeita entre a duração da diegese e do discurso será possível? Tal isocronia só será de admitir num

---

([164]) — Augusto Abelaira sublinha por vezes, com irónica desenvoltura, a natureza proléptica da sua narrativa (citamos pela 2.ª ed. de *Enseada amena*, Lisboa, Bertrand, s.d.): «Um dia, faltam mais de quatro meses, o Osório há-de dizer ao Alpoim, ao Alpoim que neste instante está lá à frente, no tempo, à espera dele [...]» (p. 49); «O Alpoim — ele ainda está neste momento fora desta história e é como se não existisse, embora já tenha trinta e oito anos, ele, que não conhece a Maria José, a qual, aliás, há-de vir a desejar profundamente — respondera [...]» (p. 51).

caso: quando o discurso reproduzir fielmente, sem qualquer intervenção do narrador, um diálogo da diegese. No capítulo VII de *Agulha em palheiro* de Camilo, após um diálogo entre Paulina e Eugénia, o narrador comenta: «Este diálogo, que parece estirado, correu em menos de quatro minutos» [165]. Qualquer leitor que leia em voz alta, sem pressas nem demoras, o citado diálogo e registe o tempo da sua leitura, verificará que esta dura um pouco mais de três minutos, coincidindo portanto esta duração com a temporalidade diegética indicada pelo narrador.

Todavia, nem em tais casos se pode rigorosamente falar de absoluta igualdade entre o segmento diegético e o segmento narrativo, pois que, como observa pertinentemente Gérard Genette, o discurso não reproduz «a velocidade com a qual aquelas palavras foram pronunciadas, nem os eventuais tempos mortos da conversação» [166]. De qualquer modo, é nos segmentos do discurso constituídos exclusiva, ou predominantemente, por diálogos — segmentos a que a crítica anglo-americana, na esteira de Henry James e Percy Lubbock, chama *cenas (scenes)* — que se verifica uma isocronia relativa — ou uma tendência para ela — entre o tempo diegético e o tempo narrativo. Pondo de lado estes casos, o que o romance apresenta são *anisocronias*, diferenças de duração, entre estes dois tempos.

O narrador pode relatar velozmente, através de fragmentos do discurso que denominaremos *resumos* (na crítica de língua inglesa, *summaries*), acontecimentos diegéticos ocorridos em longos períodos de tempo. Fernando Namora condensa, nesta meia dúzia de linhas, sucessos que se desenrolaram durante grande parte da noite: «Tinham perdido a noite na ceifa dos tojos e a segurar a burra sobre as labaredas da fogueira. Aquilo acabara numa gritaria dos diabos, quando Alice, presa à garupa do animal, viu que o pai e o compadre não escolhiam os meios de manter a besta amarrada ao sacrifício. Berrando uns com os outros, lambidos pelo fogo, como danados, pareciam demónios fugidos do Inferno» [167]. O resumo pode ser mais

---

[165] — Cf. Camilo Castelo Branco, *Agulha em Palheiro*, Lisboa, Parceria António M. Pereira, [10]1966, p. 98.
[166] — Cf. Gérard Genette, *Figures III*, p. 123.
[167] — Cf. Fernando Namora, *O trigo e o joio*, Lisboa, Publicações Europa-América, [8]1972, p. 317.

condensado ainda, bastando escassas palavras para referir uma temporalidade diegética muito dilatada: «E esse ano passou. Gente nasceu, gente morreu. Searas amadureceram, arvoredos murcharam. Outros anos passaram» ([168]).

Tais resumos extremamente condensados avizinham-se das *elipses*, anisocronias resultantes do facto de o narrador excluir do discurso determinados acontecimentos diegéticos, dando assim origem a mais ou menos extensos vazios narrativos. A elipse é um processo fundamental da técnica narrativa, pois nenhum narrador pode relatar com estrita fidelidade todos os pormenores da diegese ([169]). Umas vezes, o narrador informa explicitamente o leitor de que eliminou da narrativa um certo número de factos, por irrelevantes, monótonos, maçadores, escabrosos, etc. ([170]); outras vezes, porém, a elipse não é assinalada especificamente no texto, devendo o leitor identificá-la pela análise das sintagmáticas diegética e narrativa ([171]). Estas elipses implícitas desempenham uma função muito importante no romance contemporâneo: já não se trata de aliviar o texto de pormenores diegéticos destituídos de interesse ou chocantes para

---

([168])—Cf. Eça de Queirós, *Os Maias*, p. 689.

([169])—A função da elipse narrativa tem sido posta em relevo por vários romancistas. Fielding adverte: «Now it is our Purpose in the ensuing Pages, to pursue a contrary Method. When any extraordinary Scene present itself (as we trust will often be the Case) we shall spare no Pains nor Paper to open it at large to our Reader; but if whole Years should pass without producing any thing worthy his Notice, we shall not be afraid of a Chasm in our History; but shall hasten on to Matters of Consequence, and leave such Periods of Time totally unobserved» (cf. Henry Fielding, *The history of Tom Jones, a foundling*, Oxford, Wesleyan University Press, 1975, vol. I, p. 76).

([170])—Exemplos: «De propósito, saltamos por cima dos pormenores da partida, para não descrever o quadro lastimoso do apartamento de Calisto e Teodora.

O apartamento de Teodora e Calisto era título para dois capítulos de lágrimas» (Camilo Castelo Branco, *A queda dum anjo*, p. 48); «Será impertinência alongar a narrativa dos diálogos entre a baronesa e o poeta por espaço de sete dias. Raras horas deixaram de estar juntos, e raríssimos intervalos o barão se introduzia nessas práticas, deveras angustiosas para todos» (id., *Um homem de brios*, p. 209).

([171])—Sobre estas elipses, frequentes em *À la recherche du temps perdu*, cf. Gérard Genette, *Figures III*, pp. 140-141.

leitor, mas de elidir intencionalmente do discurso elementos diegéticos fundamentais, que o leitor terá de reconstituir, baseando-se nas informações fragmentárias que o texto lhe oferece.

As anisocronias podem resultar, porém, do facto de a uma temporalidade diegética curta corresponder uma temporalidade narrativa longa. As descrições e as análises minuciosas de um facto, de uma acção, de um gesto, de um estado subjectivo, podem gerar um tempo do discurso superior ao tempo da diegese, determinando, com as suas pausas, um ritmo vagaroso da narrativa. Igual consequência dimana das *digressões* que o narrador pode inserir no discurso e que suspendem a progressão da diegese. A principal causa, porém, de alongamento da temporalidade do discurso narrativo em relação à temporalidade diegética consiste na possibilidade que o narrador detém de instaurar uma espécie de narrativa segunda que se vem enxertar na diegese primária — ou, talvez melhor, que nasce desta diegese primária e que se desenvolve, por vezes, dentro dela como uma espécie de metástase diegética —, explorando as virtualidades da memória e da retrospecção e devassando o enredado mundo interior das personagens. A utilização de tais técnicas narrativas permitiu a Claude Mauriac escrever um romance de duas centenas de páginas, *L'Agrandissement*, cuja diegese primária, digamos assim, tem como limites cronológicos os breves minutos em que perdura uma luz vermelha dos sinais de trânsito. A um tempo objectivo tão escasso corresponde portanto um tempo psicológico, existencial, bastante dilatado. A extensão do tempo do discurso é gerada pela dimensão deste tempo psicológico.

Finalmente, há a considerar o problema da *frequência* narrativa, o terceiro tipo de relação possível entre o tempo da diegese e o tempo do discurso: o discurso pode narrar *uma* vez o que aconteceu *uma vez* (é esta a norma do texto narrativo, classificando Genette esta espécie de narrativa como *singulativa*); o discurso pode narrar *n* vezes o que aconteceu *n* vezes (trata-se ainda de uma narrativa singulativa, pois que, como Genette observa, esta define-se, «não pelo número das ocorrências de um lado e outro, mas pela igualdade do seu número»); o discurso pode narrar *n* vezes o que aconteceu *uma* vez (narrativa *repetitiva*); o discurso pode narrar por *uma* só vez o que aconteceu *n* vezes (narrativa *iterativa* ou *frequentativa*).

10.8. A voz

Como afirmámos em 10.3.1., todo o texto narrativo implica a mediação de um narrador: a *voz* do narrador fala sempre no texto narrativo, apresentando características diferenciadas em conformidade com o estatuto da *persona* responsável pela enunciação narrativa, e é ela quem produz, no texto literário narrativo, as outras *vozes* existentes no texto — vozes de eventuais narradores *hipodiegéticos* ([172]) e vozes de personagens.

A voz do narrador tem como funções primárias e inderrogáveis uma função de *representação*, isto é, a função de produzir intratextualmente o universo diegético — personagens, eventos, etc. —, e uma *função de organização* e *controlo* das estruturas do texto narrativo, quer a nível tópico (microestruturas), quer a nível transtópico (macroestruturas). Como funções secundárias e não necessariamente actualizadas, a voz do narrador pode desempenhar uma função de *interpretação* do mundo narrado e pode assumir uma função de *acção* neste mesmo mundo (a assunção destas últimas funções repercute-se nas duas primeiras e suscita problemas de focalização a que nos referiremos posteriormente) ([173]).

Tem sido tradicionalmente adoptada a distinção entre "narrador na primeira pessoa" e "narrador na terceira pessoa" e "narrativa (ou narração) na primeira pessoa" e "narrativa (ou narração) na terceira pessoa" ("*Ich*"-*form* e "*Er*"-*form narrative*, na terminologia aceite por Doležel, e *Ich-Erzählung* e *Er-Erzählung*, na terminologia utilizada por Stanzel). É óbvio que estas designações são incorrectas e geradoras de confusão, pois o narrador, como enunciador textual, só pode falar na primeira pessoa, só pode dizer *eu*, carecendo de rigor afirmar que o narrador pode ser um "eu" ou um "ele" ([174]).

Em estudo recente, Nomi Tamir propõe que, em vez de "narrativa da primeira pessoa", se utilize a expressão *narrativa*

([172])—Esclareceremos abaixo este termo.
([173])—Sobre as funções da voz do narrador, cf. Lubomír Doležel, *Narrative modes in czech literature*, Toronto, University of Toronto Press, 1973, pp. 6-7.
([174])—Cf. Gérard Genette, *Figures III*, pp. 251-252; Nomi Tamir, «Personal narrative and its linguistic foundation», in *PTL*, 1,3(1976), pp. 415-416.

pessoal (bem como *narrador pessoal, narrativa impessoal* e *narrador impessoal*), definindo assim este tipo de discurso narrativo: «a *fictional narrative* discourse, presented as an *act of communication of* an *explicit speaker* who is therefore *held responsible for the utterances* within the discourse but who is not the author of the text; it is a *direct, centered* discourse, organized within the framework of the *indexical deixis category*, in which the *subject of the speech event is also the subject of the narrated event*» ([175]).
A narrativa pessoal seria, por conseguinte, um tipo de discurso narrativo no qual figura um *enunciador explícito*, funcionando como *centro* das *categorias deícticas* ocorrentes nos enunciados que produz, e *co-referencial* com uma das personagens da diegese. Existe neste conceito de narrativa pessoal (de narrador pessoal, etc.) uma confusão entre categorias da gramática da língua e categorias da gramática do texto narrativo que o torna inaceitável. Com efeito, o narrador pode manifestar-se num texto como um enunciador explícito, dizendo *eu* e empregando as correlativas categorias do verbo e da deíxis, formulando os seus juízos e comentários sobre os eventos e as personagens — juízos e comentários com função relevante na fenomenologia da recepção do texto —, mas *não ser co-referencial* com o herói ou com qualquer personagem da diegese. É o que se verifica nos modos narrativos que Doležel designa como *objective "Ich"-form* e *rhetorical "Ich"-form*, contrapostos ao modo denominado *personal "Ich"-form*, pois neste último o narrador assume uma função de acção na diegese ([176]). Por outro lado, há textos em que se manifesta um narrador que, formalmente, não se configura como um enunciador explícito, que não diz *eu*, nem utiliza as correlativas categorias verbais e deícticas, mas que, funcionalmente, *é co-referencial* com uma personagem da diegese (em geral, o herói). É o que se verifica com o modo narrativo que Doležel designa por *subjective "Er"-form* e do qual se encontram numerosos exemplos na chamada autobiografia na

---

([175])—Cf. Nomi Tamir, *loc. cit.*, p. 418.
([176])—Cf. Lubomír Doležel, *op. cit.*, pp. 8-11. Nesta obra, Doležel modificou a análise tipológica do narrador que tinha proposto no seu estudo «The typology of the narrator: Point of view in fiction», in AA. VV., *To honor Roman Jakobson*, The Hague, Mouton, 1967, vol. I, pp. 541-552.

terceira pessoa e, mais raramente, na chamada narrativa na segunda pessoa (¹⁷⁷).

Consciente da natureza intrincada e fluida destes problemas — o erro de Nomi Tamir decorre, em última instância, da sua análise estritamente linguística de um fenómeno dependente de um sistema semiótico de segundo grau —, Genette considera que a *persona* do narrador não deve ser caracterizada e definida em função de formas gramaticais, mas em função do seu estatuto narrativo (¹⁷⁸).

Assim, o narrador é classificado como *heterodiegético*, se não é co-referencial com nenhuma das personagens da diegese, se não participa, por conseguinte, na história narrada. Como exemplos deste tipo de narradores, mencionaremos o narrador de *Tom Jones* de Fielding, de *L'éducation sentimentale* de Flaubert ou de *O primo Basílio* de Eça de Queirós. O narrador heterodiegético pode manifestar-se como um "eu" explícito ou como um narrador apagado, de "grau zero", fundido com o autor textual.

Se, pelo contrário, o narrador é co-referencial com uma das personagens da diegese, participando na história narrada, classifi-

---

(¹⁷⁷)—Sobre a autobiografia na terceira pessoa, cf. Georges May, *L'autobiographie*, Paris, P.U.F., 1979, pp. 63 ss.; Philippe Lejeune, *Le pacte autobiographique*, Paris, Éditions du Seuil, 1975, pp. 15-19; id., *Je est un autre*. *L'autobiographie de la littérature aux médias*, Paris, Éditions du Seuil, 1980, em particular pp. 32 ss. Sobre a narrativa na segunda pessoa, cf. Michel Butor, *Répertoire 2*, Paris, Éditions de Minuit, 1964, pp. 61-72; Francisco Induráin, «La novela desde la segunda persona. Análisis estructural», in Agnes e Germán Gullón (eds.), *Teoría de la novela (aproximaciones hispánicas)*, Madrid, Taurus, 1974, pp. 199-227.

(¹⁷⁸)—Apesar da terminologia que utiliza, é também assim que Stanzel analisa a *persona* do narrador: «Person: identity or non-identity (separation) of the worlds of the fictional characters and of the narrator. These terms correspond to the traditional, somewhat ambiguous, and therefore often confusing terms of first- and third-person narration» (cf. Franz K. Stanzel, *op. cit.*, p. 248). Examinando a teoria narratológica de Stanzel, observa Dorrit Cohn: «What matters is that Stanzel endows his pronominal terms with rigorous meanings, and that these meanings correspond exactly to Genette's Greek neologisms: his *Ich-Erzählung* is a narrative that posits the identity of the narrator's and the character's realms of existence (homodiegetic type), his *Er-Erzählung* a narrative that posits the non-identity of these realms (heterodiegetic type)» (cf. Dorrit Cohn, «The encirclement of narrative. On Franz Stanzel's *Theorie des Erzählens*», in *Poetics today*, 2,2(1981), p. 164).

car-se-á como *homodiegético*. O narrador pode ser co-referencial com o protagonista do romance, como acontece, por exemplo, n'*A relíquia* de Eça de Queirós, no *Jogo da cabra cega* de José Régio ou na *Aparição* de Vergílio Ferreira. Qualificaremos este narrador de *autodiegético*. Pode o narrador homodiegético, porém, identificar-se com uma personagem secundária, como sucede n'*A cidade e as serras* de Eça de Queirós e n'*O grande Gatsby* de Scott Fitzgerald, ou identificar-se com um mero observador que conhece pessoalmente as personagens, que com elas convive, fala, etc., sem que, todavia, venha a influenciar, de qualquer modo, o curso dos acontecimentos narrados (caso do narrador de O *Delfim* de José Cardoso Pires, cujo estatuto homodiegético se manifesta, por exemplo, no facto de poder saborear, em companhia do protagonista, «chouriça assada e broa quente, da que fumega quando se abre»).

O narrador caracteriza-se ainda pela sua relação, enquanto instância produtora do discurso, com o *nível* da diegese construída pelo seu discurso, pois que, nas palavras de Genette, «tout événement raconté par un récit est à un niveau diégétique immédiatement supérieur à celui où se situe l'acte narratif producteur de ce récit» [179].

Por definição, o narrador de uma narrativa primária é um narrador de primeiro grau, cujo acto narrativo é externo em relação aos eventos narrados naquela narrativa. Temos, neste caso, um narrador *extradiegético*, como o narrador de *O monge de Cister* de Alexandre Herculano ou o narrador de *A relíquia* de Eça de Queirós [180].

No decurso da narrativa primária, porém, podem ser produzidas narrativas secundárias, mais ou menos extensas, por narradores de segundo grau que existem no universo diegético

---

[179] — Cf. *Figures III*, p. 238.
[180] — Dorrit Cohn (cf. *loc. cit.*, pp. 165-166) exclui desta categoria, a nosso ver justificadamente, os narradores que se apresentam como editores ou como instâncias que fornecem um "quadro" para a(s) instâncias(s) narrativa(s) subsequente(s): «Editors and frame-narrators, by contrast, narrate from a level *twice*-removed from the diegesis, before they yield the narration to extra- or intradiegetic narrators. Their indirect presentation of the diegsis therefore cannot be placed on a continuum with direct narratorial mediation of any kind».

e cujo acto narrativo é, por isso mesmo, *intradiegético*. O narrador intradiegético, quando produz uma narrativa que se insere na narrativa primária, interrompendo-a, representando formal e funcionalmente uma narrativa dentro da narrativa, origina um tipo de narrativa que Genette classifica como *narrativa metadiegética* e que parece mais correcto designar como *narrativa hipodiegética* (a respeito do seu narrador, falar-se-á de narrador *hipodiegético*, o qual é, por definição, *intradiegético*) ([181]). Com efeito, o prefixo *meta-* possui um significado bem preciso na linguagem da lógica — significa «uma actividade que tem por objecto uma actividade da mesma classe» —, que não se adequa necessariamente a toda a narrativa secundária embebida numa narrativa primária. Em contrapartida, o sufixo *hipo-*, significando dependência, aplica-se adequadamente a qualquer narrativa secundária, pois esta, pelo menos pragmática e sintacticamente, está sempre subordinada a uma narrativa primária (sob o ponto de vista semântico, em certos casos, a questão afigura-se-nos diferente e exigirá análise particular).

A narrativa hipodiegética pode desempenhar, em relação à narrativa primária, três tipos de função: uma função *explicativa*, revelando, tornando claras as conexões causais entre os eventos diegéticos e hipodiegéticos; uma função *temática*, instituindo relações de similitude ou de contraste, muitas vezes mediante significados simbólicos e alegóricos, entre aqueles mesmos eventos (a técnica da *mise en abyme*, espelhando concentrada e iconicamente numa hipo-estrutura narrativa características sintácticas e semânticas dispersas na narrativa primária, exemplifica modelarmente esta função) ([182]); uma função, enfim, que Genette não classifica e que tem a ver, não com o conteúdo da hipodiegese, mas com o papel do *acto* narrativo hipodiegético na diegese primária (é o caso bem conhecido das *Mil e uma noites*).

Às passagens transgressivas de um nível para outro nível de narração, deu Genette o nome de *metalepses narrativas*.

([181]) — A designação de "narrativa hipodiegética" foi proposta por Mieke Bal, *Narratologie*, p. 35. Veja-se, da mesma autora, «Notes on narrative embedding», in *Poetics today*, 2,2(1981), pp. 41-59.

([182]) — Sobre a técnica narrativa da *mise en abyme*, a sua função e o seu significado, *vide*: Jean Ricardou, *Problèmes du nouveau roman*, Paris, Éditions du Seuil, 1967, cap. IV; Lucien Dällenbach, *Le récit spéculaire: Essai sur la mise en abyme*, Paris, Éditions du Seuil, 1977.

Qualquer tipo de narrador, para além dos enunciados que, formal e funcionalmente, lhe devem ser explícita e imediatamente atribuídos, introduz no discurso narrativo outros enunciados que, na ficcionalidade do universo diegético, têm como sujeitos as personagens, podendo assim descrever-se o texto narrativo canónico como uma concatenação e uma alternância de sequências discursivas do narrador e sequências discursivas das personagens ([183]). A voz das personagens faz-se ouvir tanto em discurso directo, nos diálogos e nos monólogos, como em discurso indirecto. Num caso como noutro, essa voz diferencia-se claramente da voz do narrador, quer pela sua "transcrição" com adequados indicadores grafémicos, quer pela sua introdução com verbos *dicendi*, quer pela sua caracterização com traços idiolectais, sociolectais e dialectais que não podem ser atribuídos ao narrador. No discurso indirecto livre, porém, que aparece já com frequência em diversos romancistas do século XIX e que se desenvolveu, sob formas refinadas, no romance do século XX, manifestam-se mescladas, no mesmo enunciado, a voz do narrador e a voz da personagem, daí resultando, na elucidativa expressão de Roy Pascal, uma *voz dual*: «free indirect speech is never purely and simply the evocation of a character's thought and perception, but always bears, in its vocabulary, its intonation, its syntactical composition and other stylistic features, in its content or its context, or in some combination of these, the mark of the narrator» ([184]). Esta voz dual, na sua contaminação, ora satírica, ora irónica, ora simpateticamente lírica, da voz da personagem e da voz do narrador, pode originar ao leitor dificuldades na interpretação do texto, em particular no que diz respeito à *focalização*.

([183])—Cf. Lubomír Doležel, *Narrative modes in czech literature*, p. 4.
([184])—Cf. Roy Pascal, *The dual voice: Free indirect speech and its functioning in the nineteenth-century european novel*, Manchester, Manchester University Press, 1977, p. 43. Sobre a problemática do discurso indirecto livre, cf. Brian McHale, «Free indirect discourse: A survey of recent accounts», in *PTI*. 3,2(1978). pp. 249-287.

10.9. A focalização

Um dos elementos mais importantes da estruturação da diegese é constituído pelo *ponto de vista*, ou *foco narrativo*, ou *focalização* ([185]). A focalização compreende as relações que o narrador mantém com o universo diegético e também com o leitor (implícito, ideal e empírico), o que equivale a dizer que representa um factor de relevância primordial na constituição do texto narrativo.

Como é óbvio, o problema da focalização existe desde que se escrevem narrativas, pois que em qualquer narrativa é essencial a relação entre o narrador, por um lado, e a história, o narratário e o leitor, por outro ([186]). O ponto de vista, porém, só desde o final do século passado se transformou num problema sobre o qual reflectiram explicitamente romancistas, críticos e teorizadores da literatura, em virtude sobretudo dos comentários e das análises que acerca de tal matéria expenderam Flaubert e, em especial, Henry James ([187]).

A acuidade do problema, contudo, já se patenteia, embora não em termos teoréticos, em vários romancistas anteriores a Flaubert e a Henry James, os quais, mordidos por uma espécie de "má consciência", se sentem na necessidade de explicar mistificadoramente aos seus leitores o modo como tiveram conheci-

---

([185])—As designações de *ponto de vista* e *foco narrativo* são frequentemente utilizadas tanto pela crítica europeia como pela crítica norte-americana. A designação de *focalização*, que nos parece feliz, foi proposta por Gérard Genette (cf. *Figures II*, p. 191; *Figures III*, p. 206). Outras designações homólogas ocorrem nalguns autores: Jean Pouillon (*Temps et roman*, Paris, Gallimard, 1946, pp. 69-148) utiliza a designação de *visões*, também adoptada por Tzvetan Todorov (*Littérature et signification*, Paris, Larousse, 1967, pp. 79 ss.) e por Maurice-Jean Lefebve (*Structure du discours de la poésie et du récit*, pp. 122 ss.); T. Todorov utiliza também a deisgnação de *aspectos da narrativa*, empregando *aspectos* com o seu significado etimológico de «vista de olhos», «olhar», «vista» («Les catégories du récit littéraire», in *Communications*, 8(1966), p. 141). Outros autores, como Franz Stanzel, Dorrit Cohn e o próprio Genette, empregam também o termo *perspectiva*.

([186])—É esta a razão por que Scholes e Kellog afirmam que «a situação narrativa é assim ineluctavelmente irónica» (cf. Robert Scholes e Robert Kellog, *The nature of narrative*, p. 240).

([187])—Para a história destas questões, cf. Michel Raimond, *La crise du roman*, pp. 299 ss.

mento da narrativa que vão apresentar, atribuindo a sua autoria efectiva a outrem e reservando para si tão-só o papel de editor ou mero transmissor. O romance epistolar, forma narrativa de importância fundamental no século XVIII e ainda com larga projecção no século XIX, constitui o exemplo típico do romance cuja feitura é assim explicada ([188]).

Ao perpetrar esta mistificação, o romancista procura autentificar, com a chancela da veracidade, a sua narrativa, mas, ao mesmo tempo, endossa ilusoriamente a outrem a responsabilidade da focalização, tentando escamotear a realidade inelutável de que todo o romance tem de constituir uma "obra de má fé", quer dizer, sujeita a convenções e artifícios.

Observa Gérard Genette, numa das páginas dessa obra de rara agudeza crítica que é *Figures III*, que os estudos teóricos sobre a técnica do romance apresentam amiúde uma confusão perniciosa entre dois elementos distintos da estrutura do romance: *o modo (qual é a personagem cujo ponto de vista orienta a perspectiva narrativa? quem vê?)* e a *voz (quem é o narrador? quem fala?)* ([189]). É certo que Genette admite como legítima uma tipologia das «situações narrativas» fundada ao mesmo tempo nas circunstâncias do *modo* e da *voz* ([190]), reconhecendo, por conseguinte, que a *voz* está intimamente ligada à focalização;

([188])—Sobre o romance epistolar, vejam-se os seguintes estudos: Jean Rousset, *Forme et signification*, Paris, J. Corti, 1962; François Jost, «L'évolution d'un genre: le roman épistolaire dans les lettres occidentales», *Essais de littérature comparée. II. Europaeana*, Fribourg, Éditions Universitaires, 1969; Robert Adams Day, *Told in letters. Epistolary fiction before Richardson*, Ann Arbor, The University of Michigan Press, 1966; Laurent Versini, *Le roman épistolaire*, Paris, P.U.F., 1979. Veja-se também a obra de Tzvetan Todorov, *Littérature et signification*. —
Em Camilo Castelo Branco, aparecem diversos casos desta explicação mistificadora acerca da autoria das narrativas romanescas. Vejamos alguns exemplos: as *Memórias de Guilherme do Amaral* são a publicação fiel do manuscrito em que Guilherme do Amaral foi registando as suas memórias, os *Mistérios de Lisboa* são constituídos pela narrativa constante de um manuscrito enviado ao romancista por um seu amigo, residente no Rio de Janeiro; *A filha do Arcediago* resulta da narrativa feita ao autor «por uma respeitável senhora»; *A doida do Candal* foi extraída de «um livro in-fólio manuscrito» facultado ao escritor por um «cavalheiro que lustra entre os mais grados das províncias do norte».
([189])—Cf. Gérard Genette, *Figures III*, p. 203.
([190])—*Ibid.*, pp. 205-206.

por outro lado, porém, afirma peremptoriamente que não existe qualquer diferença de focalização entre um romance em que o herói conta a sua história e um romance em que um autor omnisciente conta a história — exemplifique-se, como faz o próprio Genette, com *Adolphe* e *Armance*, respectivamente —, ou entre um romance em que uma testemunha conta a história do herói e um romance em que um autor conta a história do exterior — seria assim idêntico o estatuto, relativamente à focalização, de Watson contando as aventuras de Sherlock Holmes e de Agatha Christie contando as aventuras de Hercule Poirot [191] —, o que equivale a excluir efectivamente a *voz* da problemática da focalização.

Estas observações e análises de Gérard Genette suscitam sérios reparos. Como se pode, por exemplo, considerar idêntica a focalização do romance em que o herói conta a sua história e a focalização do romance em que a história é contada por um narrador — e não "autor", como diz Genette — omnisciente? Basta atentar em que o herói-narrador não é omnisciente em relação às outras personagens e, como veremos, em certos casos nem sequer o é em relação a si próprio. Além disso, independentemente desta importantíssima restrição de omnisciência do herói-narrador, a focalização, num caso e noutro, é bem diversa sob o ponto de vista psicológico, ético e ideológico: é muito diferente a história de um homem contada por ele próprio, mesmo que tenha alcançado já uma certa transcendência em relação à sua história, e a história de um homem contada por um narrador demiúrgico que utiliza a terceira pessoa para se referir ao herói. E considerações análogas poderíamos tecer sobre a identificação abusiva que Genette estabelece entre a focalização de um romance em que a história é narrada por uma testemunha e a focalização de um romance em que a história é contada do exterior por um narrador (o que leva a negligenciar as diferenças existentes entre a focalização de um narrador homodiegético e de um narrador heterodiegético). Se a focalização é constituída pelas relações que o narrador mantém com o universo diegético e também com o leitor, como podem ser alheios, ou marginais, à problemática da focalização a identidade do narrador e o estatuto deste dentro do texto narrativo?

---

[191] — *Ibid.*, p. 204.

As classificações das modalidades existentes da focalização narrativa variam de crítico para crítico, embora tal variação se deva, por vezes, apenas a discrepâncias terminológicas ([192]). Algumas dessas classificações, como a proposta por Jean Pouillon, apresentam uma relativa simplicidade; outras, todavia, como a estabelecida por Norman Friedman, oferecem uma complexidade e uma minúcia bem diversas ([193]).

([192])—Veja-se uma síntese das principais classificações existentes no artigo de Françoise Van Rossum-Guyon, «Point de vue ou perspective narrative», in *Poétique*, 4(1970), pp. 476-497.

([193])—Jean Pouillon, na sua obra *Temps et roman*, propõe uma classificação tripartida das focalizações (*visões*, segundo a terminologia de Pouillon): *a*) *visão «por detrás»*: o autor conhece, como ser privilegiado, tudo o que diz respeito às personagens e à história, dominando com a sua visão panorâmica o universo romanesco; *b*) *visão «com»*: a personagem ocupa o centro da narrativa, coincidindo a visão do romancista com a visão da personagem; *c*) *visão «de fora»*: o autor descreve e narra apenas o que se vê, aquilo que é observável exteriormente no comportamento das personagens, sem ter acesso à sua interioridade.

Norman Friedman, num importante estudo que dedicou ao ponto de vista («Point of view in fiction: the development of a critical concept», in *PMLA*, LXX (1955), pp. 1160-1184; reeditado na obra de N. Friedman, *Form and meaning in fiction*, Athens, The University of Georgia Press, 1975, cap. 8), apresentou uma extensa e minuciosa classificação das modalidades possíveis do ponto de vista: *a*) *omnisciência do autor-editor:* o autor goza de direitos ilimitados sobre a narrativa, multiplicando as intrusões mais ou menos relacionadas com a história (ex.: Fielding, *Tom Jones*); *b*) *omnisciência neutra:* o autor abstém-se de intromissões na narrativa, falando de modo impessoal na terceira pessoa, mas revelando omnisciência dos factos narrados (ex.: Thomas Hardy, *Tess of the D'Urbervilles*); *c*) *eu como testemunha:* ponto de vista que caracteriza o romance na primeira pessoa em que o narrador é uma personagem periférica (ex.: Conrad); *d*) *eu como protagonista:* ponto de vista que ocorre nos romances na primeira pessoa em que o narrador é a personagem principal (ex.: Charles Dickens, *As grandes esperanças*); *e*) *omnisciência multi-selectiva:* desaparecimento do narrador, sendo a história apresentada directamente pelas personagens que a vivem (ex.: Virginia Woolf); *f*) *omnisciência selectiva:* o ponto de vista que comanda a organização do romance é o ponto de vista de uma personagem, sendo por isso fixo (ex.: James Joyce, *Retrato do artista quando jovem*); *g*) *modo dramático:* são representados apenas os actos e as palavras das personagens (ex.: Hemingway, *Hills like white elephants*); *h*) *câmara:* caso limite, caracterizado pelo propósito de captar «une tranche de vie», à margem de qualquer processo artístico de selecção e de organização.

A classificação das focalizações narrativas que vamos estabelecer, na qual se procurou fugir tanto a complicações taxinómicas como a um esquematismo redutor, assenta no princípio de que a relação do narrador com o universo diegético, com o narratário e como o leitor se institui em níveis diversos e apresenta portanto conteúdos e significados distintos, embora sempre inter-relacionados, de acordo com o nível, ou o aspecto da estrutura romanesca, tomado em consideração. As díades antitéticas que adoptámos para estruturar a nossa classificação não devem ser conceituadas como categorias rigidamente delimitadas e impositivas, mas apenas como quadros bastante flexíveis capazes de subtenderem categorialmente uma multiplicidade de casos concretos.

a) Focalização heterodiegética versus focalização homodiegética — Já tivemos ensejo de analisar o estatuto do narrador *heterodiegético* e do narrador *homodiegético*, problema que, se não coincide em absoluto, está todavia visceralmente ligado à questão de que agora nos ocupamos ([194]). Com efeito, a focalização pode depender de um narrador alheio à diegese romanesca ou de um narrador integrado nesse universo diegético.

A focalização heterodiegética pode ser neutral — ou assim parecer, como veremos —, defluindo de uma instância narrativa que cuidadosamente se dissimula e se apaga, ou pode revestir um carácter interventivo, através de juízos, comentários, digressões, etc. Num caso como noutro, porém, a instância narrativa que assegura a focalização não participa, como agente, da diegese narrada.

Na focalização homodiegética, o narrador responsável pela focalização é agente — comparsa ou protagonista, (e, neste caso, falaremos de focalização *autodiegética*) — do mundo diegético do romance em causa. A focalização homodiegética ocorre no impropriamente chamado "romance na primeira pessoa" — quer naquele romance em que o narrador coincide com o herói (*A Relíquia* de Eça de Queirós, *Dom Casmurro* de Machado de Assis, *Aparição* de Vergílio Ferreira), quer naquele romance

---

([194]) — Não coincide em absoluto, porque pode existir focalização homodiegética sem que exista um narrador homodiegético.

em que o narrador é uma personagem secundária (*O Conde de Abranhos* e *A cidade e as serras* de Eça de Queirós, *O grande Gatsby* de F. Scott Fitzgerald) —, bem como no romance epistolar.

A focalização autodiegética comporta ainda algumas modulações importantes. Entre o *eu narrador* e o *eu narrado* pode cavar-se uma distância temporal mais ou menos longa que determina entre os dois eus distâncias de outro teor: uma distância ideológica, uma distância psicológica, uma distância ética... Amadurecido ou envelhecido, o eu narrador, ao rememorar eventos do eu narrado, pode assim assumir uma atitude irónica e judicativa ou uma atitude solidária perante o eu narrado, pois que o fluir do tempo esgarça a identidade entre o eu narrador e o eu narrado, instaurando entre ambos uma relação ambígua e complexa de continuidade e de ruptura ([195]).

([195]) — Jean Starobinski, no seu ensaio «Le style de l'autobiographie», analisa com muita finura esta relação ambígua de continuidade e de ruptura que se instaura entre o *eu narrador* e o *eu narrado*: «L'écart qu'établit la réflexion autobiographique est donc double: c'est tout ensemble un écart temporel et un écart d'identité. Cependant, au niveau du langage, le seul indice qui intervienne est l'indice temporel. L'indice personnel (la première personne, le *je*) reste constant. Constance ambiguë, puisque le narrateur était alors *différent* de celui qu'il est aujourd'hui: mais comment pourrait-il ne pas se reconnaître dans l'autre qu'il fut? Comment refuserait-il d'en assumer les fautes? La narration-confession, accusant l'écart d'identité, renie les erreurs passées, mais ne décline pas pour autant une responsabilité soutenue en permanence par le même sujet. La constance pronominale apparaît comme le vecteur de cette permanente responsabilité: la «première personne» est le support commun de la réflexion présente et de la multiplicité des états révolus. Les changements d'identité sont marqués par les éléments *verbaux* et *attributifs*: ils sont peut-être encore plus subtilement exprimés par le moyen de contamination du *discours* par les traits propres à *l'histoire*, c'est-à-dire par le traitement de la première personne comme une quasi-troisième personne, autorisant le recours à *l'aoriste* de *l'histoire*. Le verbe à l'aoriste vient affecter la première personne d'un certain coefficient d'altérité» (cf. Jean Starobinski, *La relation critique*, Paris, Gallimard, 1970, pp. 92-93). Sobre a autobiografia literária, que apresenta problemas peculiares de focalização, *vide*, além dos estudos já citados na nota (177) deste capítulo: Roy Pascal, *Design and truth in autobiography*, Cambridge (Mass.), Harvard University Press, 1960; Elizabeth W. Bruss, *Autobiographical acts: The changing situation of a literary genre*, Baltimore — London, The Johns Hopkins University Press, 1976; Arnold Weinstein, *Fictions of the self: 1550-1800*, Princeton, Princeton University Press, 1981.

É na velhice que o narrador de *Dom Casmurro* relembra a sua infância e a sua adolescência, os seus amores e a sua tragédia com Capitú, resultando naturalmente daí a não coincidência psicológica e ideológica entre o eu-instância narrativa e o eu-agente diegético. É este desvio, apreendido e pensado dentro do âmbito de uma certa unidade fundamental da pessoa humana, que o narrador de *Aparição* regista explicitamente, ao confessar: «Conto tudo, como disse, à distância de alguns anos. Neste vasto casarão, tão vivo um dia e agora deserto, o outrora tem uma presença alarmante e tudo quanto aconteceu emerge dessa vaga das eras com uma estranha face intocável e solitária. Mas os elos de ligação entre os factos que narro é como se se diluíssem num fumo de neblina e ficassem só audíveis, como gritos, que todavia se respondem na unidade do que sou, os ecos angustiantes desses factos em si — padrões de uma viagem que já mal sei» [196].

Diferente deste eu narrador retrospectivo é o eu narrador cujo distanciamento temporal — e, consequentemente, distanciamento psicológico, ético, etc. — em relação ao eu narrado é mínimo, podendo mesmo acontecer que a narração seja quase contemporânea da diegese, de modo a verificar-se uma coincidência estrita do eu narrador e do eu narrado. Esta modalidade da focalização autodiegética encontra-se em romances epistolares como o *Werther* de Goethe, *Clarissa* de Richardson, *Les liaisons dangereuses* de Laclos, etc., nos quais as personagens que desempenham a função de instância narrativa escrevem logo a seguir à ocorrência dos eventos narrados — ou, até, enquanto estes eventos se desenrolam — [197], contando e exprimindo nas suas cartas, através das formas verbais do presente e de um pretérito que se refere a um passado imediato, o que vai acontecendo, o que pensam e o que sentem. Igualmente se encontra esta focalização em romances com a forma de diário — *Le*

---

[196] — Cf. Vergílio Ferreira, *Aparição*, p. 24.
[197] — Escreveu Richardson, no prefácio de *Clarissa*: «Todas as cartas foram escritas enquanto os corações dos seus autores devem ser imaginados como estando inteiramente empenhados nos seus problemas [...] de modo que elas estão cheias não só de situações críticas, mas também com o que pode ser chamado descrições e reflexões *instantâneas*» (apud François Jost, *op. cit.*, p. 131).

journal d'un curé de campagne de Bernanos, por exemplo — e em romances que, não tendo embora taxativamente uma organização diarística, se aproximam muito, pelo seu teor, da escrita do diário — cite-se, como exemplo, *Um infinito silêncio* de António Rebordão Navarro —, nos quais o desvio cronológico entre a ocorrência dos actos diegéticos e do acto da escrita que os narra é sempre relativamente escasso [198].

O romance de focalização autodiegética revela-se especialmente adequado para o devassamento da interioridade da personagem nuclear do romance, uma vez que é essa mesma personagem quem narra os acontecimentos e que a si própria se desnuda. As mais subtis emoções, os pensamentos mais secretos, o ritmo da vida interior, tudo, enfim, o que constitui a história da intimidade de um homem, é miudamente analisado e confessado pelo próprio homem que viveu, ou vive, essa história. Nos romances em que o distanciamento cronológico e existencial entre o narrador e o protagonista é mínimo, ou nulo, o leitor experimenta de modo particularmente intenso a ilusão de participar no desenvolvimento da história do protagonista.

No romance de focalização homodiegética em que o narrador se identifica com uma personagem secundária ou com um simples comparsa, esvai-se o sentido de cumplicidade íntima, de comunicação imediata, entre a história narrada e o leitor. A história adquire uma acentuada objectividade, pois o narrador é apenas uma testemunha dos acontecimentos, permanecendo portanto como exterior em relação à interioridade e à motivação profunda dos actos da personagem principal.

Um caso diferente de focalização homodiegética ocorre naqueles romances em que existe um narrador, alheio como agente aos eventos diegéticos, que endossa a responsabilidade da

---

[198] — A quase contemporaneidade do acto da escrita e dos eventos diegéticos está bem marcada nas páginas finais de *Um infinito silêncio*: «Volto ao Colégio deserto. Telefono a Adriana. Digo-lhe até amanhã. É hoje esse amanhã [...] deixaremos Viamonte esta manhã, na manhã grande deste enorme dia em cujo chão vai nascer o futuro. [...] um dia recordarei Viamonte sem exaltação, sem repugnância, sem saudade, lerei talvez estes apontamentos sem me aperceber de que esta primeira pessoa do singular fui eu num dado tempo, numa vila a nordeste que, aos poucos, se despovoava [...]» (*Um infinito silêncio*, Lisboa, Publicações Europa-América, 1970, pp. 185, 188, 189).

focalização, em segmentos mais ou menos extensos da narrativa, a uma determinada personagem. Ocupar-nos-emos desta forma de focalização na alínea c).

b) *Focalização interna* versus *focalização externa* —Em determinados romances, o comportamento das personagens e as suas motivações profundas são objecto de uma focalização interna, isto é, o narrador descreve e analisa o que se passa na interioridade das personagens.

Nos romances de focalização homodiegética, e particularmente nos romances de focalização autodiegética — e incluímos nestas categorias o romance epistolar —, aparece logicamente uma focalização interna em relação ao próprio narrador ([199]), ligada à intuspecção e ao confessionalismo que caracterizam, em geral, o romance de narrador autodiegético e o romance epistolar, e condicionada pelo temperamento, pelo carácter e pela ideologia do narrador-personagem. Esta focalização interna restringe-se, como acima observámos, ao narrador — autor de cartas no romance epistolar —, já que as outras personagens são focalizadas do exterior (no romance epistolar, poderão passar a ser focalizadas internamente, quando intervenham como autoras de cartas, isto é, quando assumam a função de narrador).

Em romances de narrador heterodiegético, pode existir uma focalização interna circunscrita a uma personagem ou a poucas

---

([199])—Podem ocorrer casos excepcionais em que o romance formalmente autodiegético não apresenta uma focalização interna. É o que se verifica, por exemplo, com *L'Étranger* de Albert Camus. Nesta obra, com efeito, a "narrativa na primeira pessoa" está posta paradoxalmente ao serviço de uma descrição e uma narração objectivas dos acontecimentos. Deste modo, Camus evidencia o angustiante e absurdo vazio do seu herói e do homem em geral. Como muito bem observa Claude-Edmonde Magny, Meursault, a personagem central do romance, «é o lugar dos seus sentimentos e das suas intenções, mas não origina nem uns, nem outras. Não está mais bem informado sobre a sua origem, o seu mecanismo, do que qualquer espectador dos seus actos. Dir-se-ia que a sua vida se projecta num *écran* à medida que se vai desenvolvendo, e que ele a contempla do exterior. [...] Por isso ele aparece como *estranho* a si próprio: vê-se tal como o vêem os outros, do mesmo ponto de vista destes. O paradoxo técnico da narração de Camus é ser falsamente introspectiva» (*L'âge du roman américain*, Paris, Éditions du Seuil, 1948, p. 75). Sobre os problemas do narrador e da narração neste romance de Camus, cf. Brian T. Fitch, *Narrateur et narration dans «L'Étranger» d'Albert Camus. Analyse d'un fait littéraire*, Paris, Minard, ²1968.

personagens — o narrador desposa, nestes casos, o ponto de vista da personagem ou das personagens —, ou pode verificar-se uma focalização interna generalizada, surgindo então o narrador como detendo a faculdade de analisar, quando lhe apraz, a interioridade de qualquer personagem. Num romance de tão grande extensão e com tão elevado número de personagens como *Os Maias*, por exemplo, se pusermos de lado muito fugidias focalizações internas de que são objecto figuras como Afonso, Pedro, Maria Monforte, Vilaça e Dâmaso, encontramos apenas duas personagens, Carlos e João da Ega, que são analisadas internamente com frequência e com delonga, tomando o leitor conhecimento dos seus pensamentos e sentimentos ocultos. N'*As pupilas do senhor Reitor* de Júlio Dinis, diferentemente do que sucede n'*Os Maias*, o narrador desvenda, sempre que o considera conveniente ou necessário, a interioridade de qualquer personagem.

Nos romances de *focalização externa*, as personagens podem ser descritas e representadas na sua fisionomia, no seu vestuário, nos seus hábitos, nos seus gestos e actos, mas sem qualquer análise ou esclarecimento acerca das suas motivações subjectivas. O narrador não demonstra possuir, por conseguinte, qualquer conhecimento sobre a interioridade das personagens, sobre os seus pensamentos e sentimentos não exteriorizados. Este narrador é assim conduzido logicamente a valorizar a representação dramática dos eventos diegéticos, em prejuízo do seu resumo narrativo ou descritivo (*showing* versus *telling*, na terminologia da crítica anglo-americana).

Esta técnica da focalização externa foi praticada sistematicamente por romancistas norte-americanos do período intervalar entre as duas guerras mundiais, tais com Dashiel Hammet e Hemingway, e caracteriza, de modo geral, o romance neo-realista, fortemente marcado pela influência da psicologia *behaviourista* e também pela influência da linguagem cinematográfica [200].

---

[200] — Merleau-Ponty caracteriza muito bem esta psicologia *behaviourista* que tão profunda influência tem exercido no romance contemporâneo: «A psicologia clássica aceitava sem discussão a distinção entre a observação interior, ou introspecção, e a observação exterior. Os «factos psíquicos» — a cólera, o medo, por exemplo — só podiam ser conhecidos directamente por dentro e por aquele que os experimentava. Os psicólogos actuais fazem ver que a introspecção, na realidade, não me revela quase nada. Se trato de estudar o amor ou o ódio pela pura observação interior, encontro muito poucas

A focalização externa, porém, não foi apenas cultivada por romancistas norte-americanos do citado período intervalar e pela generalidade dos romancistas neo-realistas. Já anteriormente ela fora defendida e praticada por diversos autores. No célebre prefácio de *Pierre et Jean*, Guy de Maupassant advogara um romance rigidamente objectivo, que representasse com exactidão os gestos, os actos, o comportamento, em suma, das personagens, pois o romancista psicologista, na opinião de Maupassant, transfere irremediavelmente o seu eu para o eu dos outros, passando por isso a manobrar como senhor omnipotente as personagens do seu romance, transformadas em bonifrates. E em muitos romances do século XIX, nos quais é frequente a focalização interna conjugada em geral com uma focalização omnisciente, aparece a focalização externa sempre que o narrador pretende, por exemplo, gerar uma atmosfera de mistério e de expectativa em torno de determinada personagem. Walter Scott, Charles Dickens e o próprio Balzac, como observa Gérard Genette ([201]), recorrem com frequência à focalização externa no início dos seus romances.

---

coisas para descrever: certa angústia, algumas palpitações de coração; em resumo, factos triviais que não me revelam a essência do amor ou do ódio. Todas as vezes que chego a conclusões interessantes, é porque não me limitei a coincidir com o meu sentimento, é porque logrei estudá-lo como comportamento, como uma determinada modificação das minhas relações com o próximo e o mundo. [...] Cólera, vergonha, ódio, amor, não são fenómenos psíquicos ocultos no mais profundo da consciência do próximo, são tipos de comportamento e estilos de conduta visíveis pelo lado de fora. Estão naquele rosto ou naqueles gestos, e não ocultos detrás deles» (*apud* Juan Goytisolo, *Problemas de la novela*, Barcelona, Seix Barral, pp. 61-62).

A adopção da focalização externa pelo chamado "romance americano" e pelo romance neo-realista funda-se também numa importante razão de teor sociológico. Com efeito, a rejeição da análise psicologista e a denúncia da ilusões da introspecção correspondem ao propósito, manifestado pelo neo-realismo, de trazer para o romance os grupos humanos mais desfavorecidos pela sorte, de pouca ou nenhuma cultura, bestializados pelo trabalho e pela miséria. Uma personagem pertencente a um destes grupos humanos não possui, como é óbvio, a capacidade de reflexão e de auto-observação que temos de admitir, em contrapartida, na personagem de um romance psicologista (e por isso este romance procura as suas personagens num meio social, aristocrático ou burguês, em que sejam possíveis o lazer, a cultura, em suma, o estilo de vida que permite o cultivo da introspecção).

([201])—Cf. Gérard Genette, *Figures III*, pp. 207-208.

c) Focalização omnisciente versus *focalização restritiva* — Tal como o poeta homérico, por influição divina, era dotado de omnisciência, podendo conhecer, por exemplo, os pensamentos de Heitor antes de este entrar em luta, também o romancista, por privilégio afim no teor, que não na origem, ao do poeta homérico, se apresenta com frequência como um ser omnisciente em relação às personagens e aos eventos da diegese (202). O narrador configura-se como um autêntico demiurgo que conhece todos os acontecimentos na sua trama profunda e nos seus ínfimos pormenores, que sabe toda a história da vida das personagens, que penetra no âmago das consciências como em todos os meandros e segredos da organização social. A focalização deste criador omnisciente é panorâmica e total.

Esta focalização omnisciente foi criticada e combatida sobretudo a partir da segunda metade do século XIX, por autores como Flaubert, Maupassant e Henry James. Já antes de Flaubert, porém, Stendhal construíra as suas narrativas utilizando uma técnica muito complexa e subtil, na qual está com frequência abolida a focalização do narrador que tudo sabe e tudo abarca numa visão panorâmica (203).

Com efeito, quer em *Le rouge et le noir*, quer em *La chartreuse de Parme*, o essencial dos acontecimentos é perspectivado através do específico ângulo de visão das personagens principais, sobretudo de Julien Sorel e de Fabrice del Dongo. Quando, no seminário de Grenoble (cf. *Le rouge et le noir*, liv. I, cap. XXV), Julien Sorel tomba no chão com uma espécie de desmaio, que lhe tolhe os movimentos e provoca a perda da visão, Stendhal descreve o que se passa utilizando apenas sensações auditivas e tácteis, isto é, aquelas que Julien Sorel podia experimentar no estado em que se encontrava. O famoso episódio da «nota secreta» (cf. *Le rouge et le noir*, liv. II, cap. XXI) deixa no leitor uma penosa impressão de obscuridade e de confusão, ficando-se a dever isto ao facto de esse episódio permanecer obscuro para o

---

(202) — Cf. Robert Scholes e Robert Kellog, *The nature of narrative*, p. 266.
(203) — Sobre os problemas da focalização no romance stendhaliano, veja-se a obra fundamental de Georges Blin, *Stendhal et les problèmes du roman*, Paris, J. Corti, 1958. Veja-se também Victor Brombert, *Stendhal et la voie oblique*, New Haven, Yale University Press, 1954.

próprio Julien Sorel e porque o narrador, desposando fielmente a óptica da sua personagem, não fornece ao leitor quaisquer esclarecimentos suplementares. O mais célebre exemplo desta focalização restritiva de Stendhal consiste na descrição da batalha de Waterloo, logo no início de *La chartreuse de Parme*. Stendhal não descreve a batalha de modo sistemático e global, como se fosse um espectador que, postado em lugar de observação privilegiado, assistisse ao desenrolar do combate e assim o pudesse pintar na sua inteireza (Victor Hugo, adoptando uma focalização omnisciente, utiliza este processo na descrição da batalha de Waterloo que se encontra n'*Os miseráveis*, II, I). Os acontecimentos dessa luta gigantesca são apreendidos apenas através do olhar ingenuamente adolescente de Fabrice del Dongo e daí o carácter descontínuo, confuso e muitas vezes anti-heróico da visão stendhaliana de Waterloo: tiroteio ao longe, grupos de cavaleiros que atravessam um campo a galope e logo desaparecem, um oficial de cabelo ruivo que passa, rodeado por uma pequena escolta, e que, segundo Fabrice veio a saber, era o marechal Ney, balas de canhão que explodem, fugas desordenadas... E já depois de finda a batalha, Fabrice reflecte sobre os acontecimentos a que assistira, sem alcançar uma ideia rigorosa e coerente do que sucedera... [204].

São restrições semelhantes de focalização que Flaubert pratica, embora a focalização omnisciente do narrador não esteja ausente da sua obra. Em *Madame Bovary*, por exemplo, não existe apenas a focalização instaurada por um narrador todo poderoso que do alto vá dirigindo e controlando o desenvolver da acção: alternando com a focalização panorâmica do narrador, encontra-se, em muitas páginas do romance, a focalização imposta por duas personagens, Charles Bovary e M.me Bovary [205].

---

[204] — Vários dias após o termo da sua aventura bélica, ainda Fabrice não tinha com efeito a certeza de ter participado numa batalha: «Durante os quinze dias que Fabrice passou na hospedaria de Amiens, explorada por uma família mesquinha e ávida, os aliados invadiam a França e Fabrice tornou-se como que outro homem, tantas reflexões profundas fez sobre as coisas que acabavam de lhe acontecer. Só permanecera criança num ponto: o que tinha visto era uma batalha? E, em segundo lugar, essa batalha era a de Waterloo?» (texto traduzido de *La chartreuse de Parme*, Paris, Garnier 1960, p. 72).

[205] — Jean Rousset, na sua obra já citada, *Forme et signification*, dedica um penetrante estudo à técnica romanesca de *Madame Bovary*. A pro-

Henry James, profundamente influenciado pelas ideias de Flaubert sobre a estética do romance, considera o narrador omnisciente como um factor impeditivo de se atingir aquela «intensidade da ilusão» que é indispensável em toda a narrativa romanesca, pois que tal narrador destrói a confusão e a incerteza necessárias para se gerar essa ilusão de vida. E por isso Henry James advoga a necessidade de a história do romance ser coerentemente focalizada através de uma personagem, inteligente (*fine mind*) e sensível, envolvida na história, mas não empenhada a fundo nela, que funciona como observador, como reflector dos acontecimentos e das outras personagens e cuja perspectiva o leitor desposa necessariamente. Assim desaparece a omnisciência olímpica do narrador, substituída pela visão limitada e falível de uma personagem.

Esta concepção jamesiana de uma focalização restritiva foi codificada e difundida, algum tempo após a morte de James, por Percy Lubbock, na sua obra famosa *The craft of fiction* (1921), tendo exercido apreciável influência no romance europeu e americano das primeiras décadas do século XX. Esta técnica narrativa, pensada e fundamentada por Henry James em termos de estética, como instrumento adequado às exigências de um realismo subjectivo, encontrou um clima ideológico extremamente propício nos anos que se seguiram ao termo da primeira guerra mundial, quando a teoria da relatividade de Einstein se vulgarizou

---

pósito da focalização no romance, escreve o seguinte: «Todos estes sonhos de Emma, estes mergulhos na sua intimidade, que são os momentos em que Flaubert confunde mais estreitamente o seu ponto de vista com o ângulo de visão da sua heroína, abundam, muito logicamente, nas fases de inércia e de tédio, que são também os adágios do romance, em que o tempo se esvazia, se repete, parece imobilizar-se [...] Em contrapartida, quando a acção deve avançar, quando há factos novos a aduzir, o autor reencontra os seus direitos soberanos e o seu ponto de vista panorâmico, retoma as suas distâncias, pode apresentar de novo vistas exteriores sobre a sua heroína. [...] A importância adquirida no romance de Flaubert pelo ponto de vista da personagem e pela sua visão subjectiva, em detrimento dos factos registados do exterior, tem como consequência aumentar consideravelmente a parte dos movimentos lentos, reduzindo a parte do autor testemunha, que abdica de uma parcela variável dos seus direitos de observador imparcial» (pp. 129-130 e 131-132). Sobre a problemática da focalização em *Madame Bovary*, *Salammbô* e *L'Éducation sentimentale*, veja-se a importante obra de R. J. Sherrington, *Three novels by Flaubert: A study of techniques*, Oxford, Clarendon Press, 1970.

— «houve uma temporada Einstein como houve uma temporada Freud», observa Michel Raimond ([206]) —, contribuindo poderosamente, não raro por extrapolações e interpretações simplistas, para enraizar as ideias de que não há verdades absolutas, de que todo o conhecimento depende de uma relação, de que «só há pontos de vista pessoais», etc. Nesta atmosfera cultural e ideológica, dominada pelo relativismo, a focalização omnisciente aparecia como uma manifestação inaceitável de dogmatismo, de um monismo autoritário em flagrante contradição com as conquistas da ciência moderna ([207]).

A focalização restritiva, fixa ou mutável (cf. alínea e)), problematiza as personagens e os eventos diegéticos, obrigando o leitor a um esforço, árduo muitas vezes, para apreender o significado da narrativa. O narrador não dilucida tudo miudamente nem estabelece autoritariamente uma interpretação: há factos susceptíveis de várias interpretações, há dúvidas e equívocos que permanecem, há silêncios que ninguém revela... ([208]).

([206])—Cf. Michel Raimond, *La crise du roman*, p. 323.
([207])—Cf. Robert Scholes e Robert Kellog, *op. cit.*, p. 276. Observe-se ainda que a linguagem cinematográfica concorreu também para a larga difusão da focalização restritiva no romance (cf. M. Raimond, *op. cit.*, pp. 325-326).
([208])—Veja-se, por exemplo, o efeito de *suspense* e de incerteza, típico da narrativa policial, que José Cardoso Pires consegue n'*O Delfim* com o uso sistemático da focalização restritiva. Ao chegar à Gafeira, no dia 31 de Outubro de 1967, o narrador fica a saber, da boca de um velho e desaforado cauteleiro, que houvera dramáticos acontecimentos em casa do *Delfim*, o Eng. Palma Bravo: a morte de Maria das Mercês, esposa do *Delfim*, a morte de Domingos, criado dilecto do engenheiro, o desaparecimento deste...Como se tinham verificado essas mortes? O cauteleiro expõe a sua versão dos acontecimentos, logo modificada pelo ponto de vista de um comerciante. Depois, é a dona da pensão que transmite ao narrador a sua versão, que tece os seus comentários e formula os seus juízos. O regedor, que esteve envolvido no caso como autoridade, fornece novos elementos. Também o P.ᵉ Novo traz a sua achega à dilucidação do enigma, revelando alguns pormenores importantes. A estalajadeira conhece ainda factos significativos que lhe foram comunicados por Aninhas, a criada que testemunhou a última noite do *Delfim* na casa da lagoa. O narrador, como um detective, vai reunindo e confrontando as informações dispersas, procurando reconstruir a trama dos acontecimentos. Ele próprio, em páginas descontínuas e estrategicamente localizadas, fora rememorando certos actos, certas palavras do *Delfim* e de Maria das Mercês, que assumem um significado relevantíssimo perante o drama da casa da lagoa, embora o narrador, relativo como é o seu conhecimento das pessoas e dos sucessos, não tenha certezas taxativas sobre tudo o que se passou e tudo

d) Focalização interventiva versus *focalização neutral* — No romance de focalização homodiegética — e, lembremos de novo, nele incluímos o romance epistolar —, o narrador intervém naturalmente na história com comentários, apreciações, etc. A narração pura, no sentido de Benveniste, é particularmente inviável neste romance, pois que o eu do narrador não se pode ausentar com o seu discurso da diegese contada (pode-se mesmo afirmar que, no romance de focalização autodiegética em que é escasso, ou nulo, o distanciamento cronológico e existencial entre o eu narrado e o eu narrador, a história e o discurso, sempre no sentido benvenistiano destas palavras, se constituem solidariamente, formando uma totalidade indissolúvel).

O problema de uma escolha entre *focalização interventiva* e *focalização neutral* só existe, por conseguinte, para o narrador heterodiegético. E esta alternativa só ganhou razão de ser quando romancistas como Flaubert, Maupassant, Henry James, Ford Madox Ford, etc., reagindo contra as chamadas intrusões do narrador, advogaram uma focalização despersonalizada e neutra, de modo que o artista, segundo as famosas palavras de Flaubert, estivesse na sua obra como Deus na criação: omnipresente e omnipotente, mas invisível ([209]).

A focalização interventiva pode revestir várias modalidades e diversos graus. O narrador pode ser sujeito de um *discurso pessoal*, marcando assim inequivocamente a sua presença e o significado da sua intervenção: «Tornando ao ponto, queria eu dizer que o morgado da Agra de Freimas não falaria daquele

---

o que ouviu (por exemplo, quem será estéril: o *Delfim* ou Maria das Mercês?). As motivações psicanalíticas e sociológicas do drama, bem como a desenvolução factual deste, são assim expostas e analisadas sempre de modo oblíquo, através da adução de dados e testemunhos parcelares, algumas vezes ambíguos, não raro sujeitos a correcção. O leitor tem de ser um leitor activo, capaz de formular perguntas e de elaborar respostas, colaborando com o narrador na reconstituição e na interpretação dos factos. O que seria desnecessário se o romance fosse dominado por uma focalização omnisciente.

([209]) — O texto de Flaubert, constante de uma carta que o romancista escreveu, em 19 de Fevereiro de 1857, a M.lle Leroyer de Chantepie, está reproduzido em Miriam Allott, *Los novelistas y la novela*, p. 337. Nesta mesma obra, na página 338, está reproduzido outro texto muito significativo, da autoria de Ford Madox Ford: «a finalidade do romancista é manter o leitor inteiramente esquecido do facto de que existe o autor... até do facto de que está a ler um livro».

modo, nem tão do íntimo da alma apaixonada, se tivesse experiência dos usos da boa sociedade» ([210]). Em intervenções deste tipo, o narrador, dirigindo-se por vezes explicitamente ao leitor ([211]), pode orientar a urdidura da intriga ([212]), pode comentar um acto ou um estado de espírito de uma personagem ([213]), pode desenvolver uma digressão sobre qualquer matéria relacionada com os acontecimentos diegéticos ([214]). É, sobretudo,

---

([210]) — Camilo Castelo Branco, *A queda dum anjo*, p. 211.

([211]) — «O leitor, que é do Porto, quase me dispensa de dizer-lhe que era o bairro de Cedofeita aquele, onde a família Whitestone vivia» (Júlio Dinis, *Uma família inglesa*, Porto, Livraria Figueirinhas, 1971, p. 41).

([212]) — «Demoremos em Portugal algum espaço. A imaginação, que tem andado acorrentada aos apontamentos lá por essas terras lindas, mas alheias, já tem saudades das suas.

Cá estamos em Lisboa na Calçada do Sacramento, em casa do artista Francisco Lourenço» (Camilo Castelo Branco, *Agulha em palheiro*, Lisboa, Parceria A. M. Pereira, [10]1966, p. 99).

([213]) — «(Não nos espantemos, de resto. Que isto se desse com Guida, não tinha nada de especial. Especial porquê? O falar alto, só para si, é um excitante intelectual, um devaneio dos solitários, sonho ou vingança. Tecem diálogos ao espelho as burguesinhas das vilas, fala o cego para o surdo sobre o mundo que os rodeia. Canta o galo capado, poucos o entendem. E poetas há, nas Caixas de Previdência, que vagueiam alta noite pelas ruas da Baixa, esmiuçando conversas de sua imaginação.

É natural. Vivemos numa época em que cada qual fala para si mesmo na companhia de muitos outros») (José Cardoso Pires, *O anjo ancorado*, 3.ª ed., Lisboa, Moraes, s. d., p. 42).

Em *Uma abelha na chuva* de Carlos de Oliveira, ocorre uma modalidade rara de comentário ao comportamento de uma personagem: o narrador, tornando subitamente bem visível a sua presença, interpela a própria personagem, marcando claramente a distância ideológica e ética que os separa. Veja-se este exemplo: «— Mas não tenhas medo, Silvestre, podes insultar-me à vontade. Os mortos não empunham chicotes.

Não? Os retratos dos nobres Pessoas pendem solenes das paredes do escritório. Olhe para eles, D. Maria dos Prazeres. Os mortos estão dentro desta sala e com um chicote implacável. O orgulho de velhos senhores, as carrancas severas, o pó das calendas, as tretas do costume. O seu marido tem de destruir os mortos. De tentar, pelo menos. Que outra coisa pode ele fazer? Deixe-o experimentar. Ou eu me engano muito ou vai sair-se mal. Ora repare» (*Uma abelha na chuva*, Lisboa, Publicações Dom Quixote, [5]1971, p. 84).

([214]) — As digressões, suscitadas por qualquer pormenor diegético, podem tratar das mais variadas matérias (literárias, filosóficas, políticas, sociológicas, etc.); podem ser sérias, carregadas de doutrina e erudição (como em

781

através destes comentários e destas digressões que o narrador estabelece o seu distanciamento, ou a sua proximidade, sob o ponto de vista ideológico, ético, etc., perante as personagens da narrativa.

A focalização neutra, impessoal, propugnada por Flaubert e Henry James, encontrou no romance americano dos anos trinta e no romance neo-realista, em geral, uma prática frequente e rigorosa, tendo muitos autores procurado cingir a narrativa romanesca a uma espécie de *compte rendu* dos acontecimentos diegéticos, a uma sucessão estritamente objectiva de factos, de diálogos. Será de realização possível, porém, este projecto de uma focalização rigorosamente neutra, impessoal? Poderá o narrador exilar-se em absoluto da sua narrativa?

A nossa resposta a estas perguntas é negativa. Com efeito, mesmo que o narrador evite cuidadosamente as intromissões explicitamente marcadas, como aquelas que atrás foram referidas, menos facilmente poderá evitar outros tipos de discurso — por exemplo, o *discurso valorativo* e o *discurso modalizante* — que logo denunciam a sua presença. Leiam-se estes fragmentos de textos romanescos: «Era um rapaz magro, de rosto afilado, originário do Texas, e os seus olhos, de cor azul pálida, eram às vezes inquietantes; outras vezes mansos ou assustados. Era um bom

---

Victor Hugo ou em Alexandre Herculano), ou podem constituir um desbordamento da fantasia, um discurso onde se mesclam a ironia, a destreza mental e a finura da análise psicológica e social (como em Sterne, como em Garrett). Se, nalguns romances, as digressões representam uma espécie de excrescência parasitária que interrompe, em geral com desagrado do leitor, o fluir da história, noutros romances, pelo contrário, elas constituem um elemento fundamental da estrutura da obra, podendo até dizer-se que, em certos casos, a diegese funciona ancilarmente como um pretexto para a génese das digressões. *A vida e opiniões de Tristam Shandy* de Sterne constitui um exemplo consumado de romance em que as digressões desempenham uma função deste teor. Segundo Northrop Frye, o carácter digressivo de *Tristram Shandy* resulta da aliança entre o romance e a *anatomia*, isto é, de acordo com a terminologia de Frye, um género narrativo caracterizado pelo transvasamento da fantasia intelectual, pelo pendor humorístico e pelo propósito satírico, e que, tendo como modelo recuado a sátira menipeia, encontrou os seus grandes cultores em Petrónio, Apuleio, Erasmo, Rabelais, Swift, Voltaire e Sterne (cf. N. Frye, *Anatomy of criticism*, New York, Atheneum, 1966, pp. 308 ss. A designação de *anatomia* foi extraída por Frye do título da obra *Anatomy of melancholy* de Robert Burton).

trabalhador e devia dar um bom marido» (²¹⁵); «Era uma tasca sórdida, num beco em que ninguém passava, com receio de que lhe faltasse o ar» (²¹⁶); «Dora tinha os olhos inflamados, como de quem esteve muito tempo a chorar» (²¹⁷); «Tinha tirado a *cuia*, e com um lenço preto e amarelo amarrado na cabeça, o seu rosto parecia mais chupado, e as orelhas mais despegadas do crânio» (²¹⁸). Nestas frases, ocorrem juízos de valor («devia dar um bom marido», «era uma tasca sórdida», etc.), termos modalizantes («o seu rosto parecia mais chupado»), comparações («como de quem esteve» [...]) que revelam imediatamente a presença do narrador, pois só este pode ser responsável pela emissão daqueles juízos, pelo estabelecimento das relações de analogia contidas naquela comparação e pela apreciação expressa através do verbo modal *parecer*.

Mais subtis e mais incoercíveis, todavia, são outras manifestações do narrador, representadas por conotações — líricas, ideológicas, etc. — de que a linguagem, mesmo a que se pretenda mais depurada e mais rigorosa, não se pode isentar. Quando se lê, em *Casa na duna*, que «O charco espalha sezões nos casebres à borda de água e agasalha as aves para os senhores da aldeia derrubarem a tiro» (²¹⁹), ressalta a conotação sociológica e ideológica que apresenta o vocábulo *senhores* e esta conotação reenvia-nos logicamente ao doador da narrativa, que, assim, marca a sua atitude perante o microcosmo humano, económico e social, que é a aldeia gandaresa de Corrocovo.

E ainda que o narrador, exercendo uma contínua vigilância sobre a sua escrita, pudesse evitar juízos, comparações, metáforas, conotações, etc., e assim conseguisse uma narrativa rigorosamente circunscrita à descrição e à notação neutrais de agentes e sucessos diegéticos, não poderia abolir os valores e significados ideológicos que inevitavelmente defluem de qualquer diegese, pois que esta, como muito bem observa Maurice-Jean Lefebve, não é um real «verdadeiro», mas «um discurso que reenvia ao

---

(²¹⁵) — Cf. John Steinbeck, *As vinhas da ira*, p. 98.
(²¹⁶) — Cf. Soeiro Pereira Gomes, *Esteiros*, p. 206.
(²¹⁷) — Cf. Juan Goytisolo, *Luto no Paraíso*, p. 240.
(²¹⁸) — Cf. Eça de Queirós, *O primo Basílio*, Porto, Lello, s.d., p. 81
(²¹⁹) — Cf. Carlos de Oliveira, *Casa na duna*, pp. 45-46

mundo como problema» (²²⁰). Esses valores e significados ideológicos podem não estar explicitamente comunicados, mas estão sempre implicitamente afirmados, através do que as personagens são, dizem e fazem, através dos meios sociais representados, através da montagem dos factos diegéticos, etç. Nenhuma narrativa, considerada sob este prisma, é inocente.

e) *Focalização fixa* versus *focalização variável e múltipla* — Esta díade refere-se ao uso que no romance é feito das díades anteriormente enunciadas, em particular da díade focalização omnisciente *versus* focalização restritiva. A focalização pode permanecer idêntica e fixa ao longo de todo o romance — por exemplo, todo o romance pode ser regido por uma focalização omnisciente, ou por uma focalização restritiva imutável, ou por uma focalização neutral, etc. — ou pode variar e ser múltipla — pode conjugar-se num romance a focalização omnisciente e a focalização restritiva, pode a focalização restritiva estar a cargo de diversas personagens, pode alternar a focalização heterodiegética e a focalização homodiegética, etc.

Com efeito, o narrador não é obrigado a manter rigorosamente constante, do princípio ao fim do romance, um determinado tipo de focalização. De acordo com as suas necessidades e conveniências, pode fazer variar a focalização, instituindo assim uma *polimodalidade* focal (²²¹), sem que isso prejudique especificamente a qualidade da obra.

Nos romances epistolares constituídos por cartas de várias personagens, a focalização é variável e múltipla, pois cada personagem apresenta, segundo o seu carácter, os seus interesses, o destinatário da sua missiva, etc., um ângulo próprio de perspectivação dos acontecimentos diegéticos e das outras personagens. O mesmo evento pode assim ser objecto de diversas interpretações, obtendo-se nesse caso uma focalização que Tzvetan Todorov classifica de *estereoscópica* (²²²). É o que acontece, por exemplo, em *Les liaisons dangereuses* de Choderlos de Laclos.

(²²⁰) — Cf. Maurice-Jean Lefebve, *Structure du discours de la poésie et du récit*, p. 126.
(²²¹) — A designação é proposta por Gérard Genette (cf. *Figures III*, pp. 214 ss.).
(²²²) — Cf. Tzvetan Todorov, *Littérature et signification*, p. 81

No romance moderno, ocorre com frequência uma focalização variável e múltipla. Se Henry James, por exemplo, escreveu *The Ambassadors* utilizando uma focalização única e fixa — tudo é focalizado através de uma personagem, Strether —, já noutros romances posteriores, como *The golden bowl* e *The wings of the dove*, multiplicou as personagens-observadores que focalizam a história, donde resulta uma focalização restritiva plural e variável. Esta técnica de multiplicação das focalizações restritivas foi utilizada com maior amplitude e maior complexidade por muitos outros romancistas, dentre os quais mencionaremos Joseph Conrad (*Lord Jim*, por exemplo) e William Faulkner (veja-se *Absalom, Absalom!*). A variação e a multiplicidade das focalizações restritivas contribuem poderosamente para o teor ambíguo, por vezes complicadamente confuso, da história de muitos romances contemporâneos.

As díades enunciadas das focalizações romanescas não devem ser conceituadas, repetimos, como rígidas compartimentações, nem como categorias que se excluam mutuamente.

Este último aspecto é muito importante, pois que muitos teorizadores e críticos parecem considerar que basta uma simples categoria — digamos, focalização omnisciente — para caracterizar a focalização de um romance. Ora a focalização é um elemento estrutural da narrativa muito complexo, que se encontra em relação com outros elementos estruturais e outros problemas de vária índole: ausência ou presença do narrador como agente diegético, conhecimento que o narrador tem da diegese, atitude ideológica e ética que o narrador mantém perante os acontecimentos diegéticos, etc. Por isso, cada uma das categorias atrás estabelecidas corresponde a uma problemática particular, a um ângulo específico da focalização romanesca e não pode consequentemente caracterizar de modo exaustivo a focalização de um determinado romance (que pode ser, por exemplo, uma focalização heterodiegética, restritiva, neutral e fixa).

Como já observámos, o narrador não é obrigado, como pretenderam Percy Lubbock e os epígonos jamesianos, a manter inalterado ao longo de todo um romance um determinado tipo de focalização. Diferentes das variações fundadas nesta liberdade que legitimamente cabe ao narrador, são, porém, as alterações que podem ocorrer num microcontexto e que devem ser conceituadas «como uma infracção momentânea ao código que rege esse contexto, sem que a existência do código seja por isso posta em causa» (223). A estas infracções daremos as designações, propostas por Gérard Genette, de *paralipse* e de *paralepse*: a primeira consiste em fornecer menos informações do que aquilo que é necessariamente imposto por uma determinada focalização; a segunda consiste em fornecer mais informações do que aquilo que autoriza a focalização adoptada.

---

(223)—Cf. Gérard Genette, *Figures III*, p. 211. Sobre as noções de *paralipse* e *paralepse*, vejam-se, nesta mesma obra, as pp. 211-212

ÍNDICE ONOMÁSTICO

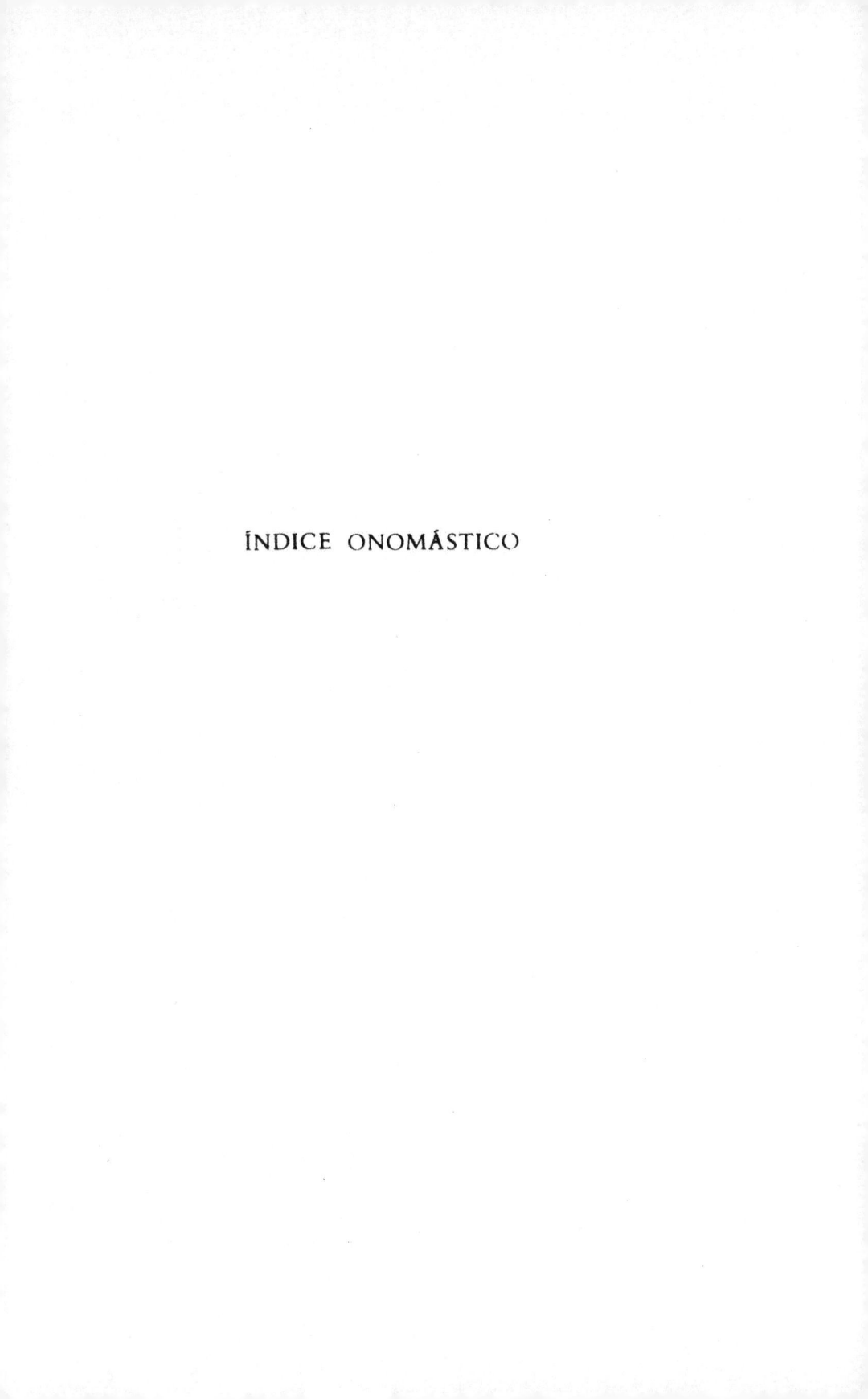

A

Abad Nebot, Francisco — 98.
Abelaira, Augusto — 755.
Abrams, M. H. — 209, 360, 408, 411.
Abriani, Paolo — 489.
Accame, Lorenzo — 280.
Achillini, Claudio — 488.
Adam, Antoine — 488, 509, 510, 511, 529.
Adam, Jean-Michel — 82.
Adams, Robert M. — 735.
Addison, Joseph — 513, 516.
Adorno, T. W. — 125, 196, 334, 336.
Afonso X — 147.
Agosti, Stefano — 592, 627.
Agricola, E. — 565.
Alarcos Llorach, Emilio — 76, 592, 665.
Albérès, R.-M. — 678, 732, 735.
Albert, Hans — 412.
Alborg, Juan Luis — 514.
Aldridge, A. Owen — 421.
Alemán, Mateo — 677.
Alewyn, Richard — 478, 496.
Alexandre, VII — 495.
Allain, Marcel — 132, 148.
Allemann, Beda — 195.
Allen, J. Smith — 176.
Allot, Miriam — 679, 681, 780.
Almansi, Guido — 178.
Almeida, Fialho de — 391.
Alonso, Dámaso — 173, 450, 451. 474, 475, 484, 497, 500, 667.
Alorna, Marquesa de — 534.
Althusser, Louis — 246, 272, 273, 573.
Alvar, Manuel — 98.
Amado, Jorge — 37.
Amacker, René — 145, 283.
Ambrogio, Ignazio — 51, 238.
Amorós, Andrés — 121.
Ampère, J.-J. — 38.
Anceschi, Luciano — 110, 332, 451.
Andrade, Eugénio de — 576, 583, 584.

Angenot, Marc — 115, 131, 570.
Anger, A. — 532.
Anscombre, Jean-Claude — 565.
Antiseri, Dario — 412.
Apel, K. O. — 184, 185, 241, 413.
Apollinaire, G. — 260, 431, 594, 613.
Apollonio, Mario — 465.
Apuleio — 782.
Arce, Joaquín — 422.
Arcos, Joaquim Paço d' — 578, 732, 751.
Argan, Giulio Carlo — 418.
Argente, J. A. — 53.
Argyle, M. — 139.
Ariani, Marco — 461.
Ariosto, L. — 306, 357, 368, 464, 538, 539.
Aristóteles — 44, 60, 143, 148, 333, 342, 343, 344, 345, 346, 347, 348, 351, 352, 353, 356, 362, 375, 374, 380, 383, 386, 508, 509, 515, 516, 518, 519, 522, 621, 646, 715.
Arnaud, Noël — 115, 132, 204.
Arnheim, Rudolf — 76, 133, 271, 276, 298, 299.
Arnim, Achim von — 541, 550.
Arquíloco — 348.
Arrivé, Michel — 82, 85, 625, 648, 654, 658.
Artaud, A. — 195, 621, 622
Ascensio, Badio — 351.
Assis, Machado de — 769.
Atkins, J. W. H. — 513, 521.
Aubignac, François d' — 509, 525.
Aubrun, Charles V. — 358
Auerbach, Erich — 524, 686.
Austin, J. L. — 27, 199, 200, 250, 573.
Avalle-Arce, Juan Bautista — 676.
Avalle, D'Arco Silvio — 107, 118, 119, 274, 275, 652, 653, 654.
Ayala, Francisco — 225.
Ayer, A. J. — 183.
Ayrault, Roger — 544.
Azevedo, Aloísio de — 703.
Azorín — 207.

B

Bacelar, António Barbosa — 493.
Bach, J. S. — 124.
Bachelard, Gaston — 742.
Bachtin, Michail — 17, 171, 371, 372, 382, 595, 596, 604, 624, 625, 628, 633, 707.
Bacon, F. — 432.
Baía, Jerónimo — 259.
Baker, John Ross — 225.
Bal, Mieke — 689, 740, 763.
Balakian, Anna — 404, 424.
Baldacci, Luigi — 473.
Baldensperger, Fernand — 536.
Baldinger, Kurt — 59.
Baldinucci, Filippo — 463.
Balibar, Étienne — 211.
Ballmer, Thomas T. — 105.
Bally, Charles — 86.
Baltrusaitis, Jurgis — 471.
Balzac, Honoré de — 128, 433, 509, 601, 682, 685, 697, 704, 729, 731, 738, 754, 775.
Bambrough, R. — 21.
Bandello, Matteo — 464.
Banfield, Ann — 227, 228, 696, 695.
Baquero Goyanes, Mariano — 679, 754.
Baran, Henryk — 632.
Barbéris, Pierre — 548.
Bardèche, Maurice — 686, 729.
Barilli, Renato — 410, 411, 418.
Barnett, George L. — 681.
Barnouw, Jeffrey — 405, 415.
Barocchi, Paola — 473.
Barocci, Federigo — 439.
Baron, Dennis E. — 229.
Barone, F. — 182, 218.
Barthes, Roland — 77, 82, 85, 88, 109, 146, 188, 189, 262, 297, 315, 570, 581, 624, 625, 665, 687, 688, 695, 706, 720, 724, 725, 726, 739, 740.
Bartsch, Renate — 18.
Bartolomeo, Fra — 466

Bataille, Georges — 195.
Battisti, Eugenio — 457, 461, 462, 465, 466, 467, 469, 471, 479.
Baudelaire, Charles — 69, 70, 72, 268, 458, 488, 556, 578, 589, 630, 660, 711.
Baudrillard, Jean — 273.
Baudry, Jean-Louis — 244, 245.
Baumgarten, A. G. — 10.
Beardsley, Monroe C. — 200, 226, 236, 239, 240, 241, 242.
Beaujour, Michel — 631.
Beaumarchais — 396.
Beavin, J. H. — 185, 298.
Becherucci, L. — 457.
Beckett, Samuel — 147, 195.
Beebe, Maurice — 730.
Beethoven, L. van — 124.
Béguin, Albert — 544, 554, 555, 556.
Bell, Daniel — 121, 122.
Bellert, Irena — 637.
Bellori, G. P. — 457, 458, 463.
Bembo, Pietro — 4, 352, 466, 473.
Benes, E. — 650.
Benjamin, Walter — 167, 168, 211, 336.
Benoist, Jean-Marie — 245.
Ben-Porat, Ziva — 264.
Bense, Max — 34, 139, 205, 218, 298, 299.
Benveniste, Émile — 145, 221, 230, 564, 565, 571, 573, 586, 612, 666, 696, 697, 718, 780.
Berger, Peter L. — 258, 335.
Bergson, Henri — 51, 366, 708, 733, 734, 747, 748.
Bernabei, Franco — 460.
Bernanos, G. — 772.
Bernard, Susanne — 590.
Bernini, G. — 484, 495.
Bernstein, Basil — 77.
Berretta, Monica — 152, 288.
Berrutto, Gaetano — 152, 288.
Bertalanffy, L. von — 31, 256.
Bettetini, Gianfranco — 220, 616.
Bianchini, Riccardo — 139.
Bigongiari, Piero — 627

Binni, Walter — 513, 532, 533
Binns, David — 335.
Birdwhistell, R. L. — 139.
Bivar, Artur — 463.
Blanchot, M. — 195.
Blecua, José Manuel — 493, 674
Blin, Georges — 776.
Bloom, Harold — 263, 427, 633
Bloomfield, Leonard — 564.
Blunt, Anthony — 462, 473.
Bocage, Barbosa du — 531, 534, 535
Boccaccio, Giovanni — 432, 674, 675
Boesch, Bruno — 513.
Bogatyrev, Petr — 140, 144, 616.
Boiardo, Matteo Maria — 538.
Boileau, Nicolas — 176, 259, 266, 482, 509, 511, 512, 515, 516, 518, 519, 520, 521, 524, 525, 528.
Bollème, Geneviève — 118.
Bonfantini, Mario — 481.
Bonomi, Andrea — 159, 623, 637
Bonora, Ettore — 4.
Booth, Wayne — 224, 225, 227, 247, 374.
Borgerhoff, E. B. O. — 524
Borges, Jorge Luis — 140.
Borghinni, Rafaello — 462.
Borromini, F. — 443.
Boscán, Juan — 306.
Bosque, Ignacio — 165.
Botrel, Jean François — 121, 138, 214.
Bottoni, Luciano — 116, 261, 297
Bouazis, Charles — 173.
Bouissac, P. — 562.
Bourdieu, Pierre — 403, 416, 426, 550.
Bourget, Paul — 707, 729, 730, 731, 738.
Bourneuf, R. — 679, 740.
Bousoño, Carlos — 223, 224, 225, 260, 405, 427, 585, 588.
Bouterwek, Friedrich — 539, 541.
Bouton, Charles — 574.
Bouveresse, Jacques — 20, 23, 27, 183.
Bowra, C.M. — 552

Boyd, John D. — 209.
Boyde, Patrick — 349.
Brady, Frank — 200.
Brady, Patrick — 404.
Branca, Vittore — 316, 445.
Brancaforte, Benito — 350.
Branco, Camilo Castelo — 124, 312, 391, 700, 704, 705, 727, 746, 752, 753, 754, 756, 757, 766, 781.
Brandão, Mário — 1.
Brandes, Georg — 668.
Brandi, Cesare — 105.
Bray, René — 520, 523, 525, 542.
Bréchon, Robert — 431.
Bremond, Claude — 712, 721, 722, 723, 725.
Bremond, Henri — 450.
Brentano, Clemens — 541, 549
Brentano, Franz — 58.
Breton, André — 9, 431, 631.
Brink, C. O. — 345, 347
Brisca, Lidia Menapace — 500.
Brives, Martial de — 501.
Broch, Hermann — 123, 707, 737.
Broekman, Jan M. — 52, 247, 302.
Brombert, Victor — 776
Bronzino — 475.
Brooke-Rose, C. — 388.
Brosses, Charles de — 442.
Brown, Richard H. — 335.
Brown, Robert L. — 200.
Brunetière, F. — 365, 367, 392
Bruni, Leonardo — 432.
Bruns, Gerald L. — 47, 195, 333.
Bruss, Elizabeth W. — 398, 770
Bruyne, Edgar de — 349.
Buck, Pearl — 130.
Buckley, Walter F. — 256
Bühler, Karl — 56, 58
Bulgarin — 119.
Bullen, Barrie — 433
Bunge, Mario — 28.
Buonarroti, Michelangelo — 461, 467, 470.
Burckhardt, Jakob — 433, 445, 465
Burgelin, Olivier — 126
Burgos, Jean — 426.

Burke, Edmund — 521.
Burton, Robert — 782.
Butler, Philip — 440, 441.
Butor, Michel — 738, 753, 754, 761.
Buyssens, Eric — 152, 186, 187, 188, 191, 193, 281.
Byron, G. G. — 545, 550, 613.

C

Caeiro, Alberto — 309.
Calabrese, Omar — 76.
Calcaterra, Carlo — 439, 473.
Calderón de la Barca, Pedro — 259, 454, 512, 539.
Calinescu, Matei — 123, 268, 406.
Calvino, J. — 469.
Camões, Luís de — 33, 304, 391, 547, 589, 630.
Campos, Álvaro de — 308, 575, 643.
Campos, Augusto de — 594.
Campos, Haroldo de — 594.
Camps, Victoria — 20, 569.
Camus, Albert — 773.
Cantimori, Delio — 431, 481.
Caprettini, G. P. — 76, 182, 187, 275, 719.
Caramella, Santino — 513.
Caravaggio — 447, 484, 491.
Cardona, G. Raimondo — 94, 139, 235.
Carducci, G. — 445.
Carnap, Rudolf — 24, 218.
Caro, Annibal — 440
Carontini, E. — 146.
Carracci, Annibale — 457
Carracci (irmãos) — 463.
Carreira, António — 404.
Carvalho, José G. Herculano de — 287, 655, 656, 666.
Cascales, Francisco — 350, 352
Cases, Cesare — 605.
Casetti, Francesco — 186, 220
Cassiano — 2.
Cassirer, Ernst — 77, 232, 233.
Castañeda, H. N. — 184

Castelfranchi, Cristiano — 286, 543.
Castelvetro, Ludovico — 523.
Castiglione, B. — 4.
Castro Cubells, Carlos — 173.
Castro, Eugénio de — 311, 389.
Castro, Ferreira de — 685, 743, 744.
Cecchetti, Dario — 474.
Cecchi, E. — 470, 513.
Cechov, A. — 605.
Cellini, Benvenuto — 456.
Cerny, Václav — 451.
Cervantes, Miguel de — 124, 391, 459, 499, 539, 676, 677.
Červenka, M. — 176, 412.
Chabod, F. — 431.
Champfleury — 505.
Champigny, Robert — 745.
Chantepie, Mlle Leroyer de — 780.
Chapelain, Jean — 509, 519, 527.
Chapman, Raymond — 163, 172.
Chariteo — 474.
Charles, Michel — 314.
Chassang, A. — 679, 729.
Chastel, André — 470, 495.
Chateaubriand, F.-R. de — 550, 552, 671.
Chatman, Seymour — 158, 172, 200, 225, 310, 591, 598, 693, 696, 697, 712, 715, 726.
Chénier, André — 532.
Cherry, Colin — 75.
Chisholm, R. — 642.
Chomsky, Noam — 164, 165, 166, 167, 219, 638.
Chopin, F. — 130.
Christiansen, Broder — 164.
Christie, Agatha — 141, 767
Christin, Anne-Marie — 594
Cícero — 347, 349.
Cidade, Hernâni — 514.
Ciliberto, Michele — 431.
Cioranescu, Alejandro — 449, 498
Clark, Harry Hayden — 728
Cleofonte — 343.
Cristin, Claude — 3.
Clovio, Giulio — 462.
Coelho, Eduardo Prado — 337

Coelho, Jacinto do Prado — 207, 531, 535.
Cohen, G. — 236.
Cohen, Jean — 159, 578, 594, 655, 656, 657.
Cohen-Séat, M. — 715.
Cohen, Ralph — 200, 394, 648.
Cohn, Dorrit — 761, 762, 765.
Coleridge, Samuel T. — 72, 552, 553, 556.
Coletti, L. — 461.
Coletti, Vittorio — 151.
Colie, Rosalie — 355, 678.
Colombero, Carlo — 233.
Congreve — 681.
Conrad, Joseph — 768, 785.
Constant, Benjamin — 671, 682, 685, 717.
Conte, Gian Biagio — 44, 264, 400, 401.
Conte, Giuseppe — 129, 500.
Conte, Maria-Elisabeth — 250, 295, 297, 561, 563, 564, 634, 636, 637.
Conte, Rosaria — 281, 283.
Contini, Gianfranco — 172.
Cook, J. W. — 184.
Coons, Edgar — 298.
Cooper, Fenimore — 141.
Cooper, Helen — 349.
Copérnico, N. — 417, 469.
Cornea, P. — 405.
Corneille, Pierre — 339, 498.
Corno, Dario — 76, 206, 275.
Corominas, Juan — 505.
Corsini, Gianfranco — 580.
Corti, Maria — 109, 166, 263, 302, 317, 321, 326, 373, 392, 577, 676.
Coseriu, Eugenio — 59, 74, 89, 97, 98, 99, 146, 172, 173, 255, 282, 286, 563, 565, 573, 637.
Costa, J. Almeida — 463.
Courtés, J. — 205, 206, 220, 221, 222, 574, 606, 607, 647, 648, 650, 687, 688, 690, 691, 693.
Coutinho, Afrânio — 433, 434, 440, 501, 512, 560.
Coutinho, D. Gonçalo — 304.

Covarrubias, S. — 442.
Coyaud, Maurice — 280.
Crane, R. S. — 342, 373, 374, 375.
Crátilo — 665.
Crémieux, Benjamin — 451.
Crescimbeni — 513.
Crespo, Gonçalves — 588.
Croce, Benedetto — 8, 172, 238, 355, 365, 366, 367, 368, 369, 370, 405, 425, 439, 440, 456, 473, 520.
Crosman, Inge — 338, 640.
Cruz, Manuel — 272.
Crystal, David — 288.
Culler, Jonathan — 109, 226, 310, 373, 374, 581, 628, 717.
Cummings, E. E. — 163, 164.
Cunha, José Anastácio da — 534.
Curi, Fausto — 169, 268.
Curtis, James M. — 51.
Curtius, Ernst Robert — 2, 232, 262, 348, 350, 406, 410, 411, 453, 454, 459.
Cvitanovic, Dinko — 674.

D

Daghistany, Ann — 741.
Dali, Salvador — 124.
Dalla Valle, Daniela — 357, 481.
Dällenbach, Lucien — 302, 631, 763.
Danahy, Michel — 679.
Danes, F. — 650.
Dante — 166, 368, 539, 547, 630, 633, 679.
Danto, A. C. — 29.
Darwin, Charles — 366.
Davidson, Donald — 229.
Da Vinci, Leonardo — 248.
Davy, Derek — 288.
Day, Robert Adams — 766.
Debray-Genette, Raymonde — 740.
Dehennin, Elsa — 450.
Delacroix, E. — 630.
Delas, Daniel — 594.
De Lauretis, Teresa — 277.
Delaveau, Annie — 211.

Delcroix, Maurice — 174.
Dell'Abate, Niccolo — 456.
Dell'Aquila, Serafino — 474.
Della Volpe, Galvano — 208, 341, 351, 508, 523, 643, 662.
Delly — 134.
Deloffre, Frédéric — 680.
De Marinis, Marco — 562, 613, 614, 615, 616.
De Mauro, Tullio — 145, 192, 219, 275, 279, 280, 282, 283, 286, 288, 568, 666.
Demetz, Peter — 107, 240, 532.
Demócrito — 665.
De Paz, Alfredo — 54.
Derossi, G. — 25.
Derrida, Jacques — 244, 280, 285, 401, 581.
Descartes, R. — 510, 733.
Desmarets — 527.
Dias, Carlos Malheiro — 746.
Dias, J. S. da Silva — 468.
Díaz Migoyo, Gonzalo — 225.
Dickens, Charles — 124, 136, 682, 710, 753, 768, 775.
Diderot, Denis — 6, 13, 209, 312, 359, 360, 396, 534, 680.
Didier, Béatrice — 312.
Dieckmann, Herbert — 532.
Diego, Gerardo — 450.
Díez Borque, J. M. — 120, 121, 616.
Di Georgi, A.-G. B. — 13.
Di Girolamo, Costanzo — 18, 82, 101, 152, 591.
Dijk, Teun A. van — 98, 104, 105, 106, 162, 164, 165, 166, 167, 171, 198, 200, 201, 226, 229, 295, 317, 324, 325, 326, 398, 562, 573, 574, 579, 598, 606, 637, 638, 696.
Dilthey, Wilhelm — 416.
Dima, Alexandre — 435.
Dimic, Milan V. — 404, 415, 424.
Di Nallo, Egeria — 120.
Dinis, Júlio — 774, 781.
Dinne, van — 135.
Diomedes — 348, 352, 380.
Dionisotti, Carlo — 4.

Di Rienzo, P. E. — 567.
Disney, W. — 124.
Dittmar, Norbert — 97, 155, 288.
Dodds, E. R. — 507.
Dolezel, Lubomír — 53, 105, 226, 227, 228, 599, 642, 713, 714, 723, 759, 760, 764.
Domerc, Jean — 82.
Donadi, Francesco — 621, 623.
Donne, John — 163, 450, 469.
Dorfles, Gillo — 122, 123.
Dorfman, Eugene — 724.
D'Ors, Eugenio — 410, 452, 453.
Dos Passos, John — 731, 739.
Dostoiewskij, F. — 124, 136, 248, 682, 683, 706, 707, 710.
Dourado, Autran — 311, 312, 706.
Doyle, A. Conan — 640, 641.
Dressler, Wolfgang U. — 36, 222, 250, 251, 325, 561, 564, 567, 570, 573, 634, 635, 636, 650, 689, 721.
Dreyfus, H. L. — 419.
Droz, Jacques — 550.
Dryden, John — 512.
Dubois, Claude-Gilbert — 461, 481.
Dubois, Jacques — 65, 149, 326, 404, 580, 648, 658, 712.
Dubois, Jean — 280, 565, 568.
Dubos, P. — 359.
Ducrot, Oswald — 59, 374, 388, 565, 566, 568.
Dufrenne, Mikel — 143.
Dujardin, Édouard — 748, 749.
Du Marsais — 149.
Dumas, Alexandre (Pai) — 135, 685.
Dundes, Alan — 723.
Dupriez, Bernard — 594.
Durán, Armando — 674.
Durand, Gilbert — 261.
Durozoi, Gérard — 9.
Durrell, Lawrence — 737, 738.
Dvorák, Max — 457, 459, 463, 471.

E

Eagleton, Terry — 213.
Eco, Umberto — 76, 77, 82, 90, 95, 108, 120, 133, 190, 192, 201, 219,

220, 252, 273, 276, 295, 298, 299, 302, 317, 324, 328, 392, 400, 580, 648.
Edel, Leon — 748, 749.
Eggers, Jr., W. F. — 405, 415.
Eichendorff, Josef von — 550.
Eichner, Hans — 537.
Einstein, A. — 778.
Eisenberg, Daniel — 674.
Eisenstein, Elizabeth — 290.
Ejchenbaum, Boris — 15, 48, 51, 151, 215, 370, 371.
Elam, Keir — 610, 612, 613, 616.
Eliot, T. S. — 47, 241, 450.
Elísio, Filinto — 534.
Ellis, John M. — 16, 18, 36, 37, 41.
Elwert, W. Theodor — 455.
Empson, William — 657.
Engels, F. — 212.
Engler, R. — 145, 185.
Enkvist, Nils Erik — 146, 284.
Eramo, Marco d' — 582.
Erasmo — 782.
Ermatinger, E. — 427.
Ertel, Evelyne — 616.
Escarpit, Robert — 4, 120, 290, 299, 427.
Ésquilo — 554.
Estácio — 454.
Étiemble, R. — 668.
Eurípides — 418, 431.
Even-Zoar, Itamar — 114, 131, 393.

F

Faccani, Remo — 90, 95, 108, 133, 273.
Fagen, R. E. — 256.
Fasola, G. Nicco — 456.
Faulkner, William — 37, 737, 738, 739, 754, 785.
Faye, Jean Pierre — 597.
Febvre, Lucien — 290, 432.
Feldmann, Erich — 120.
Ferguson, W. K. — 431.
Fernandes, R. M. Rosado — 44, 45, 205, 345, 347.
Ferrari-Bravo, Donatella — 50, 90, 711.
Ferrario, Edoardo — 370.
Ferreira, António — 259.
Ferreira, J. Gomes — 587.
Ferreira, Vergílio — 725, 743, 746, 762, 769, 771.
Ferreras, Juan Ignacio — 334.
Ferrero, G. G. — 487.
Ferrini, F. — 120.
Ferroni, G. — 352, 461.
Féval, Paul — 130.
Feyerabend, Paul K. — 28.
Fichte, J. G. — 383, 543, 544.
Ficino, Marsilio — 432, 630.
Fielding, H. — 702, 757, 761, 768.
Figueiredo, Fidelino de — 438.
Filliolet, Jacques — 594.
Fillmore, Charles J. — 229, 688.
Finas, L. — 280.
Findlay, J. N. — 25.
Finnegan, Ruth — 179.
Firbas, J. — 650.
Firth, John — 83, 175.
Fish, Stanley E. — 17, 40, 41, 152, 310.
Fishman, Joshua A. — 98, 155.
Fitch, Brian T. — 773.
Fitzgerald, F. Scott — 762, 770.
Fizer, John — 319, 329.
Flahault, François — 65.
Flaubert, Gustave — 130, 309, 602, 683, 702, 703, 729, 761, 765, 776, 777, 778, 780, 782.
Fleming, Ian — 134.
Flora, Francesco — 170.
Florescu, Vasile — 43.
Flydal, Leiv — 99.
Focillon, Henri — 410, 453, 454.
Fokkema, D. W. — 29, 34, 54, 90, 302.
Fonseca, Manuel da — 745, 752.
Fontana, A. — 623.
Fontanella, Girolamo — 489, 500.
Fontanier, Pierre — 148, 149, 150.
Fontenelle, Bernard de — 521.
Ford, Ford Madox — 780.

Forster, E. M. — 709, 711.
Forster, Leonard — 262, 474.
Foucault, Michel — 240, 241, 419.
Fowler, Alastair — 393, 394, 395, 401, 404.
Fowler, Roger — 175, 225, 639, 689, 693.
Francastel, Pierre — 448, 483.
François, Alexis — 536.
Frank, Joseph — 741.
Frank, Paul L. — 431.
Frappier-Mazur, Lucienne — 740.
Freccero, John — 633.
Freeman, Donald C. — 54, 151, 162, 169, 591.
Freedman, Ralph — 590.
Frege, G. — 21, 641.
Freidenberg, O. M. — 632.
Freire, Francisco José — 506.
Freud, S. — 193, 248, 249, 272, 273, 429, 662, 708, 734, 748.
Friedländer, Walter — 457, 463, 467.
Friedman, Alan — 684, 726.
Friedman, Melvin — 748.
Friedman, Norman — 768.
Friedrich, Carl J. — 476, 480.
Friedrich, Hugo — 176, 235.
Fromilhague, René — 519.
Frye, Northrop — 230, 370, 375, 376, 377, 378, 379, 380, 381, 385, 386, 397, 591, 592, 662, 782.
Fubini, Mario — 385, 513, 542.
Fuchs, C. — 572.
Fumaroli, Marc — 3
Furet, François — 12, 118.
Furst, L. R. — 542, 544.

G

Gabbi, Gabriella — 740.
Gabelentz, von der — 282.
Gabriel, Gottfried — 640, 642.
Gadamer, Hans-Georg — 111, 242, 243, 244, 245, 314, 390.
Gaiffe, Félix — 396.
Galsworthy, J. — 702.

Gamaleri, Gianpiero — 292.
Garavelli, Bice Mortara — 295, 308, 561, 564.
Garção, Correia — 259, 516, 518, 525, 526.
García Berrio, A. — 44, 45, 208, 295, 348, 349, 351, 352, 357, 457, 461, 561, 564, 566.
García Cotarelo, Ramón — 256.
García de Enterría, M. C. — 176.
García Gual, Carlos — 672.
García Lorca, F. — 223, 450.
García Lorenzo, L. — 616.
García Morejón, Julio — 489, 490.
García Yebra, Valentín — 342, 343, 344.
Garcilaso de la Vega — 306, 589, 630.
Garin, Eugenio — 46, 233.
Garlândia, João de — 349.
Garnier, Pierre — 594.
Garrett, Almeida — 548, 609, 782.
Garrido Gallardo, M. — 115.
Garroni, Emilio — 76, 79, 80, 81, 90, 191.
Garver, N. — 184.
Garvin, Paul L. — 54, 98.
Gary-Prieur, M.-N. — 82, 85, 88.
Gastón, Enrique — 115.
Gedin, Per — 119, 122.
Geerts, Walter — 174.
Gélio, Aulo — 503, 505.
Genette, Gérard — 150, 236, 340, 341, 343, 352, 363, 364, 387, 494, 665, 669, 697, 698, 712, 715, 716, 726, 737, 740, 745, 751, 752, 755, 756, 757, 729, 761, 762, 763, 765, 766, 767, 775, 784, 786.
Genot, Gérard — 202, 577, 593.
Genova, Judith — 641.
George, Stefan — 451.
Germain, François — 553.
Germer, Helmut — 730.
Gessner, S. — 536.
Getto, Giovanni — 425, 440, 444, 445, 477.
Gibbon, Edward — 37.
Giddens, Anthony — 582.

Giesz, Ludwig — 129.
Giglioli, Pier Paolo — 235.
Gil, Luis — 208.
Gilbert, Creighton — 460.
Gilio, G. A. — 472, 473.
Girardin, Marquês de — 538.
Głowiński, M. — 119, 317, 319, 320, 718.
Glucksmann, Miriam — 272.
Godel, Robert — 151, 568.
Goethe, J. W. von — 363, 385, 513, 535, 540, 541, 548, 554, 681, 685, 731, 771.
Goff, Penrith — 460.
Goldmann, Lucien — 213, 416, 709, 739.
Goldsmith, Oliver — 679.
Gomberville — 676.
Gombrich, E. H. — 194, 249, 270, 405, 409, 410, 421.
Gomes, F. Dias — 3, 162, 177, 178, 179.
Gomes, Soeiro Pereira — 746, 783.
Gomes, M. Teixeira — 578.
Goncourt (Irmãos) — 206.
Góngora, Luis de — 259, 306, 450, 451, 484, 490, 492, 494, 500, 512, 667.
Gonzaga, Tomás António — 534.
Goodman, Nelson — 130, 290.
Goody, J. — 285.
Gorki, M. — 702, 731.
Görres, J. — 541.
Gottsched, J. C. — 513.
Govoni, Corrado — 175.
Goya, F. — 632.
Goytisolo, Juan — 747, 775, 783.
Gracián, B. — 259, 309, 476, 487, 488, 497, 500, 512.
Graf, Arturo — 459.
Gramsci, Antonio — 116.
Grande, Maurizio — 53.
Gravina, G. — 513.
Gray, Bennison — 32.
Gray, Floyd — 631.
Gray, Thomas — 534, 535.
Greco, El — 456, 462.

Greenberg, Clement — 122.
Greene, Thomas M. — 107, 240, 381, 532.
Gregory, Michael — 284.
Greimas, A. J. — 16, 17, 93, 112, 148, 205, 206, 220, 221, 222, 573, 574, 606, 607, 638, 647, 648, 650, 654, 658, 687, 688, 689, 690, 691, 692, 693, 694, 720.
Greisch, Jean — 243, 280.
Grice, Paul — 250, 646.
Grimm, Frédéric-Melchior — 13.
Grivel, Charles — 603, 604.
Grosse, Ernst Ulrich — 689, 692, 721.
Grube, G. M. A. — 349.
Guarini, G. B. — 357, 443.
Guespin, Louis — 572.
Gueunier, Nicole — 156, 212.
Guglielmi, Guido — 170.
Guiette, Robert — 45.
Guillaume, G. — 574.
Guillén, Claudio — 260, 347, 352, 361, 373 374, 386, 392, 393, 404, 430, 432, 436.
Guillén, Jorge — 450.
Guiraud, Pierre — 350.
Gullón, Agnes— 761.
Gullón, Germán — 225, 761.
Günther, Hans — 71.
Gurlitt, Cornelius — 446.
Gusdorf, Georges — 12, 409.

H

Habermas, Jürgen — 12, 184, 242, 243, 251, 252, 257, 274, 291, 389.
Hall, A. D. — 256.
Hall, E. T. — 139.
Hall, M. Boas — 432.
Halliday, M. A. K. — 74, 75, 76, 77, 98, 99, 100, 170, 175, 268, 283, 284, 288, 289, 295, 566.
Hamilton, Peter — 258.
Hamburger, Käte — 226, 228, 583, 695, 696.
Hammet, Dashiel — 774.

Hamon, Philippe — 113, 169, 688, 701, 740.
Harari, Josué V. — 579.
Hardenberg, von — 550.
Hardin, C. L. — 184.
Hardy, Thomas — 768.
Harman, Gilbert — 229.
Haroche, C. — 573.
Harris, Zellig S. — 566, 570.
Hartman, Geoffrey H. — 380.
Hartmann, Peter — 564.
Harvey, W. — 449.
Harweg, Roland — 163, 636.
Hasan, Ruqaiya — 294, 566, 635.
Hathaway, Baxter — 4, 208, 351, 508.
Hatzfeld, Helmut — 357, 431, 440, 445, 476, 482, 485, 497, 532, 533.
Hauptmann, Gerhart — 605.
Hauser, Arnold — 118, 122, 416, 458, 460, 465, 466, 467, 470, 471, 472, 476, 483.
Havelock, Eric A. — 138, 139, 143.
Havránek, B. — 48, 156.
Haydn, Hiram — 465, 466, 467, 469, 470.
Hayter, Alethea — 557.
Hazard, Paul — 511.
Hegel, G. W. F. — 38, 272, 363, 411, 480, 582, 584, 600, 607, 610.
Heidegger, M. — 194, 243, 244, 245, 246, 382, 429.
Heine, H. — 541.
Helbo, André — 616.
Hélder, Herberto — 659.
Helm, J. — 598.
Hemingway, E. — 768, 774.
Hempfer, Klaus — 387.
Hendricks, W. O. — 82, 89, 142, 564, 636.
Henry, Paul — 246, 572, 573.
Herculano, Alexandre — 364, 682, 762, 782.
Herder, J. G. — 550.
Hernadi, Paul — 193, 200, 321, 340, 368, 378, 381, 386, 387, 392.
Herrera, Fernando — 479, 630.

Herrick, Marvin T. — 354.
Hesíodo — 264.
Heyl, Bernard C. — 482, 483.
Higdon, David Leon — 745, 747.
Hill, Archibald A. — 150, 280.
Hirsch, E. D. — 11, 16, 18, 93, 117, 247, 392.
Hjelmslev, Louis — 65, 77, 80, 81, 82, 83, 84, 85, 86, 87, 88, 89, 90, 91, 94, 146, 282, 283, 655.
Hocke, Gustav René — 467, 471, 476.
Hockett, C. F. — 564, 580.
Hoffmann, E. T. A. — 549.
Hölderlin, F. — 260, 589.
Holdheim, W. Wolfgang — 297.
Holenstein, Elmar — 52, 61, 303.
Holland, Norman N. — 193.
Hollander, John — 139.
Holub, R. C. — 338.
Homero — 343, 344, 348, 552.
Hopkins, G. M. — 63, 68, 70.
Horácio — 44, 205, 259, 287, 306, 345, 346, 347, 348, 349, 353, 356, 509, 519, 526, 678.
Houaiss, António — 736.
Hough, Graham — 332.
Hrushovski, Benjamin — 317.
Huddleston, Rodney — 158.
Huet, G. — 678, 679.
Hugo, Victor — 339, 364, 365, 391, 524, 527, 668, 682, 703, 777, 782.
Huizinga, J. — 425.
Humboldt, W. von — 219, 282, 363, 586.
Hume, David — 641.
Husserl, E. — 111, 302.
Hutcheon, Linda — 632.
Hymes, Dell — 76, 97.

I

Ibsen, H. — 605.
Idt, Geneviève — 323.
Ihwe, Jens F. — 18, 104, 200.
Imbert, Patrick — 740.
Immerwahr, Raymond — 548.
Induráin, Fancisco — 761.

INDICE ONOMASTICO

Ingarden, Roman — 33, 302, 303, 318, 319, 320, 329, 592, 605, 612.
Ireland, G. W. — 236.
Isenberg, Horst — 564.
Iser, Wolfgang — 33, 200, 264, 265, 273, 301, 302, 303, 308, 312, 313, 319, 325, 329, 337.
Isócrates — 44.
Issacharoff, Michael — 741.
Ivanov, V. V. — 91, 92, 171, 278, 371, 372, 373, 624.

J

Jacobs, R. A. — 229.
Jackson, D. D. — 185, 298.
Jakobson, Roman — 15, 48, 49, 50, 51, 52, 55, 58, 59, 60, 61, 62, 63, 64, 65, 66, 67, 68, 69, 70, 71, 72, 73, 74, 77, 79, 93, 97, 140, 144, 145, 164, 173, 174, 175, 196, 205, 219, 230, 237, 260, 277, 278, 363, 370, 372, 373, 616, 593, 627, 665, 668, 669.
Jakubinskij, Lev — 48.
James, Henry — 683, 728, 756, 765, 776, 778, 780, 782, 784.
James, William — 734, 748.
Jameson, Fredric — 336.
Jansen, Nerina — 427.
Jansen, Steen — 606, 624.
Jarry, A. — 169.
Jason, Heda — 719.
Jauss, Hans Robert — 110, 111, 232, 297, 301, 302, 303, 304, 320, 335, 349, 406, 648, 701.
Jean, Georges — 748.
Jefferson, Ann — 707.
Jenny, Laurent — 587, 625, 629.
Jerónimo, São — 2.
Jodelle, É. — 365.
Jodi, R. Macchioni — 451, 458.
Johansen, Svend — 82, 85.
Johnson, Anthony — 175, 264, 627.
Johnson, Barbara — 590.
Johnson, Samuel — 513, 522.
Jolles, André — 399, 675.

Jones, O. R. — 183.
Jones, R. D. — 493.
Jones, S. P. — 680.
Josipovici, Gabriel — 2.
Jost, François — 537, 630, 766, 771.
Jouffroy, T. — 553.
Jousse, M. — 139.
Joyce, James — 47, 245, 265, 395, 454, 556, 684, 707, 710, 734, 735, 736, 739, 748, 754, 768.
Juden, Brian — 559.
Jung, Carl-G. — 662.

K

Kachru, B. B. — 53.
Kafka, Franz — 245, 458, 684, 707, 737.
Kanngiesser, Siegfried — 154.
Kant, I. — 10, 71, 389, 543.
Karttunen, Lauri — 636, 640.
Kayser, Wolfgang — 363, 684, 685, 686, 695.
Kellog, Robert — 137, 748, 765, 776, 779.
Kempson, Ruth M. — 161.
Kenny, Anthony J. P. — 184.
Kerbrat-Orecchioni, C. — 561, 565, 648, 649, 655, 656.
Kerleroux, Françoise — 211.
Kermode, Frank — 116, 726.
Khatchadourian, Haig — 21, 27.
Kimball, Fiske — 532.
Kintsch, Walter — 325.
Kiparsky, Paul — 17.
Kircher, Athanasius — 216.
Klaniczay, Tibor — 461, 467.
Klein, Mélanie — 248.
Kleist, H. von — 550.
Klemke, E. D. — 184.
Kloepfer, Rolf — 624.
Kluge, F. — 439.
Koch, Walter A. — 565, 723.
Köck, Wolfram K. — 567.
Köhler, Erich — 308, 396, 582.
Kohlschmidt, W. — 513.

799

Kosík, Karel — 278.
Kowzan, Tadeusz — 610, 611, 624.
Kraehenbuehl, David — 298.
Krauss, J. — 53.
Kress, G. R. — 75, 170.
Krieger, Murray — 60, 193.
Kris, Ernst — 248.
Kristeller, Paul Oskar — 232, 233, 431.
Kristeva, Julia — 31, 151, 218, 229, 256, 624, 625, 627, 628, 629, 638, 672.
Krömer, Wolfram — 674, 675.
Kuentz, Pierre — 246.
Kuhn, T. S. — 419.
Kukol'nik — 119.
Kumar, Shivk — 748.
Kunne-Ibsch, E. — 29, 34, 54, 90, 302.
Kuroda, S.-Y. — 229, 696.
Kurz, Otto — 439, 441, 445.
Kushner, Eva — 404, 415, 424.

L

Labov, William — 598, 600.
La Bruyère, Jean — 408.
Lacan, Jacques — 246, 248, 249.
Lacassin, Francis — 115, 132, 204.
Laclos, Choderlos de — 681, 771, 784.
La Fayette, Mme de — 681.
La Fontaine, Jean de — 511, 512, 528.
Lafuente Ferrari, Enrique — 472.
Laing, Dave — 211.
Laini, Giovanni — 542.
Lamartine, Alphonse de — 550, 685.
Lamb, S. M. — 98.
La Mesnardière, Jules de — 527.
Lämmert, E. — 388.
Lang, Ewald — 564.
Langer, Susanne K. — 210, 612.
Langlotz, Ernst — 466.
Lapesa, Rafael — 76.
Larbaud, Valéry — 451.
Larivaille, Paul — 721.

Lasserre, Pierre — 409.
Laufer, Roger — 532.
Laugesen, A. T. — 349.
Lausberg, Heinrich — 46, 349.
Lautréamont — 260.
Lázaro Carreter, F. — 69, 140, 167, 173.
Le Bossu — 512.
Le Carré, John — 134.
Lecherbonnier, B. — 9.
Leech, Geoffrey — 151, 161, 201.
Leenhardt, Jacques — 739.
Lefebve, Maurice-Jean — 151, 712, 765, 783, 784.
Le Goff, Jacques — 425.
Le Hir, Yves — 149.
Le Huenen, Roland — 704.
Lejeune, Philippe — 390, 761.
Lekomtsev, Y. K. — 91.
Lenk, Kurt — 258.
Lentricchia, Frank — 376, 581.
León, Fray Luis de — 306.
Léon, Pierre R. — 669, 713.
Léonard, Albert — 9.
Leoni, Federico Albano — 567.
Leopardi, G. — 308, 391, 550.
Lermontov — 119.
Lesser, Simon O. — 272, 273.
Lessing, G. E. — 6, 7.
Letourneur, Pierre — 538.
Levenston, E. A. — 594.
Levin, Harry — 107, 580.
Levin, Jurij I. — 308.
Levin, Samuel R. — 78, 151, 152, 157, 200, 201, 229, 230, 581, 593.
Lévi-Strauss, Claude — 77, 174, 246, 667, 689, 692.
Lewis, C. S. — 232.
Lewis, D. — 201.
L'Hermite, Tristan — 488.
Lima, Jorge de — 590.
Lind, Georg Rudolf — 397.
Linhares, Temístocles — 685.
Lins, Álvaro — 737.
Lioure, Michel — 396.
Lipski, John M. — 82, 164.
Lisboa, António Maria — 589.

800

Litman, Théodore A. — 520.
Lomazzo, Gian Paolo — 462.
Longhi, Roberto — 470.
Longino — 520, 521.
Lope de Vega, Félix — 121, 260, 358, 475, 493.
Lopes, Edward — 78.
Lopes, Estêvão — 304.
López Estrada, Francisco — 676.
López Morales, Humberto — 158.
Lord, A. B. — 137, 138, 141.
Lotman, Jurij M. — 38, 77, 90, 91, 92, 93, 94, 95, 96, 97, 108, 112, 119, 133, 137, 146, 172, 234, 252, 257, 271, 272, 276, 277, 296, 562, 563, 589, 600, 646.
Lotz, John — 102.
Lovejoy, Arthur O. — 429, 537, 542.
Lozoya, Marquês de — 454.
Lubbock, Percy — 756, 778, 785.
Lucas, F. L. — 537.
Luckmann, Thomas — 258, 335.
Lucrécio — 348.
Luhmann, Niklas — 184, 252, 257, 274.
Luís XI — 703.
Luís XIV — 37, 641.
Lukács, G. — 34, 382, 383, 600, 601, 727.
Lulo, Raimundo — 216.
Lusitano, Cândido — 346, 514.
Lutero, M. — 468, 469.
Luzán, Ignacio de — 3, 12, 13, 46, 47, 514.
Lyons, John — 1, 22, 59, 65, 75, 138, 163, 192, 197, 229, 230, 231, 279, 280, 316, 564, 579.

M

Macdonald, D. — 121.
Machado, Antonio — 308, 578, 585.
Macherey, Pierre — 210, 211.
MacLeish, Archibald — 241.
Macpherson — 534.
Macrì, Oreste — 445, 479.

Maeterlinck, M. — 605, 613.
Magliola, Robert R. — 195, 243, 319.
Magny, Claude-Edmonde — 773.
Maier, B. — 513.
Mailloux, S. — 412.
Maingueneau, Dominique — 572.
Mairet, Jean — 527.
Maistre, Joseph de — 550.
Makkai, Adam — 97.
Malagoli, Luigi — 466, 467.
Malatesta — 357.
Maldonado, Tomàs — 218, 268.
Malherbe, François de — 510, 519.
Malinowski, B. — 60.
Malkiel, Maria Rosa Lida de — 262.
Mallarmé, S. — 47, 70 168, 194, 235, 236, 287, 309, 451, 454, 594, 668, 732.
Malmberg, B. — 75, 145.
Malraux, André — 601, 602.
Maltese, Corrado — 194.
Mancinelli, Laura — 268.
Mandrou, R. — 124.
Manley, L. — 412.
Mann, Thomas — 702, 731, 747.
Mannheim, Karl — 111, 257, 416, 427.
Manoliu, Maria — 77.
Mansuy, Michel — 741.
Manzoni, A. — 550.
Maquiavel, N. — 469.
Maranda, P. — 719.
Maravall, J. A. — 121, 356.
Marchese, A. — 82, 110, 595, 648.
Marco, Joaquín — 118.
Marcos Marín, F. — 98, 154.
Marcus, Solomon — 153, 154.
Marcuse, Herbert — 334, 335.
Marello, Carla — 295.
Marías, Julián — 427.
Marinetti, F. T. — 430.
Marino, Adrian — 9, 261, 262, 263, 404, 407, 411.
Marino, Giambattista — 482, 487, 490, 491, 497, 512, 630, 676.
Marivaux, Pierre de — 442, 532.
Markiewicz, Henryk — 17, 405, 424.

801

Márkus, G. — 34.
Marmontel, Jean-François — 6.
Martin, H.-J. — 290.
Martin, John Rupert — 448.
Martinet, André — 145, 189, 280, 564.
Martínez, J. A. — 82.
Martínez-Bonati, F. — 174, 226, 528, 529.
Martins, Oliveira — 630.
Marty, A. — 58.
Marvell, Andrew — 161.
Marx, K. — 211, 212, 566, 573.
Marzaduri, Mario — 276.
Matejka, Ladislav — 48, 72, 151, 215, 238, 278, 370.
Mathesius, Vilém — 52.
Mathieu, Michel — 691.
Matos, J. Xavier de — 531, 534.
Matthews, P. H. — 1.
Maulnier, T. — 451.
Maupassant, Guy de — 683, 775, 776, 780.
Mauriac, Claude — 733, 758.
Mauriac, François — 602, 699.
Maurras, Charles — 409.
Mauzi, R. — 533.
May, Georges — 761.
Mayer, Hermann — 633.
Mazzacurati, Giancarlo — 466.
McFadden, George — 321.
Mchale, Brian — 764.
McKeon, Richard — 264, 342, 374.
McKilligan, Kathleen M. — 748.
McLuhan, Marshall — 120, 289, 292, 293.
McQuail, Denis — 120.
Medici, Giuliano de' — 474.
Medici, Lorenzo de' — 421.
Medvedev, Pavel N. — 17, 171.
Meinong, Alexius — 642.
Melandri, E. — 401.
Meletinsky, E. M. — 90, 719.
Melo, A. Sampaio e — 463.
Mendilow, A. A. — 745.
Mendonça, António Sérgio — 268.
Menéndez Pelayo, Marcelino — 2.

Meozzi, Antèro — 473.
Merleau-Ponty, M. — 774.
Merquior, J. G. — 51, 123.
Meschonnic, Henri — 243, 280, 594.
Metz, Christian — 77, 81, 90, 695, 716.
Meyerhoff, Hans — 745.
Mickel, Jr., Emmanuel J. — 557.
Michaëlsson, E. — 494.
Michelet, Jules — 117, 432, 433.
Migliorini, Bruno — 439.
Mignolo, Walter D. — 18, 112, 113, 324, 575, 576, 640.
Miko, F. — 317.
Milizia, Francesco — 443, 444.
Millen, Ronald — 470.
Miller, J. Hillis — 301.
Milner, Jean-Claude — 229.
Milton, J. — 546.
Mimnermo — 586.
Miner, Earl — 19, 34.
Minguet, Philippe — 453, 532.
Minturno, A. S. — 351.
Miranda, F. Sá de — 233.
Mirollo, James V. — 499.
Mockel, Albert — 732.
Moles, Abraham — 123, 133, 271, 298, 618, 620.
Molière — 511, 512, 527, 529.
Molina, D. N. — 226, 240, 242, 247.
Molino, Jean — 219.
Momigliano, A. — 473, 513.
Momsen, T. E. — 407.
Moncallero, G. L. — 513.
Mondor, Henri — 236.
Monk, Samuel — 521.
Monod, Jacques — 52.
Montaigne, Michel de — 2, 440, 469, 631.
Montale, Eugenio — 595.
Montano, Rocco — 466, 476.
Monteiro, A. Casais — 207.
Montemor, Jorge de — 676.
Moragas Spa, Miguel de — 120.
Morais, Cristóvão Alão de — 491, 492.
Morando, Bernardo — 489.

Morawski, Stefan — 23, 33, 41, 133, 134, 213, 631.
Moréas, Jean — 430.
Mori, Massimo — 405.
Morin, Edgar — 120.
Mornet, Daniel — 534.
Morris, Charles — 76, 91, 181, 182, 218, 568, 569, 574.
Morrissette, Bruce — 739.
Morson, Gary Saul — 624.
Mouloud, N. — 174.
Mounin, Georges — 58, 66, 82, 145, 186, 187, 188, 617.
Mouralis, Bernard — 116, 125, 126, 127.
Mourgues, O. de — 481.
Mozejko, Edward — 330.
Mucci, Egidio — 76.
Muecke, D. C. — 548.
Mukařovský, Jan — 33, 52, 53, 54, 55, 56, 57, 114, 115, 151, 156, 225, 226, 238, 239, 277, 302, 303.
Mundle, C. W. K. — 24.
Muratori, L. A. — 432.
Muresu, Gabriele — 139.
Musil, R. — 134, 707.
Musset, A. de — 130, 550, 613.

N

Nadin, Miahi — 594.
Nagler, Michael N. — 141.
Namora, Fernando — 578, 603, 745, 751, 756.
Nanni, Luciano — 175.
Napoleão I — 640, 641.
Napoleão III — 432.
Narducci — 489.
Nathhorst, Berthel — 719, 720.
Naumann, Manfred — 301, 302.
Navarra, Margarida de — 675.
Navarro, António Rebordão — 772.
Negreiros, José de Almada — 102, 704.
Nekludon, S. — 719.
Nelson, Jr., Lowry — 107, 240, 532.

Nemésio, Vitorino — 744.
Nencioni, Giovanni — 285, 307, 308.
Nerval, G. de — 260, 318, 431, 589, 682.
Neto, João C. de Melo — 287.
Neuhäuser, Rudolf — 405.
Neurath, Otto — 218.
Newton, Isaac — 425.
Newton-Smith, W. H. — 404.
Ngal, M. Am. — 147.
Nicolau I — 125.
Nicole, Pierre — 507, 679.
Nietzsche, F. — 408, 445.
Nisbett, R. — 404.
Nisin, Arthur — 302.
Nojgaard, M. — 712.
Normand, Claudine — 145.
Novalis (F. von Hardenberg) — 72, 235, 260, 334, 544, 550, 555, 682.
Novik, E. — 719.
Núñez Ladevéze, L. — 76.

O

Odmark, John — 337.
Oguibenine, Boris — 247.
Ohmann, Richard — 200.
Oliveira, Alberto de — 8.
Oliveira, Carlos de — 587, 704, 703, 742, 746, 781, 783.
Olschki, Leonardo — 459.
Olsen, Stein Haugom — 302.
Olson, Elder — 358, 374.
O'Hear, A. — 412.
O'Neill, Alexandre — 561.
Ong, Walter J. — 137, 142, 179.
Onimus, Jean — 731, 732, 748.
O'Regan, M. J. — 488.
Orlando, Francesco — 248, 249.
Orozco Díaz, Emilio — 439, 461, 496.
Orsini, G. N. Giordano — 369.
Orta, Garcia de — 441.
Ortega y Gasset, José — 427.
Orwell, G. — 417.
Osolsobě, Ivo — 617.

Ossian — 534, 536.
Ossola, Carlo — 461.
Ouellet, R. — 679, 740.

P

Pabst, Walter — 675.
Pagnini, M. — 105, 139, 616.
Pais, Cidmar T. — 76, 256.
Palazzeschi, A. — 175.
Palek, Bohumil — 650.
Palestrina — 445.
Palková, Zdena — 650.
Palmer, John — 200.
Palomo, María del Pilar — 674.
Paluzzi, C. Galassi — 485.
Panofsky, Erwin — 209, 398, 462, 471.
Paparelli, G. — 233.
Paraíso de Leal, Isabel — 591.
Parent, Monique — 590.
Pareto, V. — 219.
Paribatra, Marsi — 547, 550.
Pário, Neoptólemo de — 345.
Parisi, Domenico — 281, 283, 286, 567.
Parkinson, G. H. R. — 25.
Parmigianino — 456, 463, 467, 470, 475.
Parret, Herman — 412, 567.
Parry, Adam — 140, 141.
Parry, Milman — 140.
Parsons, Talcott — 257.
Parsons, Terence — 641, 642, 643, 717.
Pascal, B. — 324.
Pascal, Roy — 764, 770.
Pascoaes, Teixeira de — 613.
Paul, Jean — 363, 555.
Paulo IV — 472.
Paulo, São — 429.
Pavel, Thomas G. — 201, 598, 606.
Pavis, Patrice — 606, 614, 615, 616, 618, 624.
Peabody, B. — 141.
Pêcheux, Michel — 246, 572, 573.

Peckham, Morse — 226, 242.
Péguy, Charles — 738.
Peirce, Charles S. — 91, 182, 218, 253.
Pellissier, Robert E. — 514.
Pepys, S. — 514.
Peraya, C.-D. — 146.
Pereira, J. C. Seabra — 431.
Pereira, Maria Helena da Rocha — 340, 341, 342, 422.
Pérez Galdós, B. — 136.
Péricles — 518.
Pernety, A.-J. — 443.
Perrault, Charles — 421, 521.
Perri, Carmella — 264.
Perron, Paul — 704.
Perrone-Moisés, Leyla — 109.
Pessanha, Camilo — 588.
Pessoa, Fernando — 79, 102, 134, 207, 309, 396, 397, 575, 578, 585, 592, 643.
Petersen, J. — 427.
Petöfi, János S. — 18, 98, 104, 107, 200, 222, 295, 296, 297, 561, 563, 564, 567, 573, 578.
Petrarca, Francesco — 33, 318, 351, 352, 391, 406, 407, 432, 473, 578, 589, 630, 633.
Petrónio — 672, 782.
Petronio, Giuseppe — 357.
Petrucci, Armando — 290.
Pettit, Philip — 246.
Pevsner, Nikolaus — 457.
Peyre, Henri — 427, 507, 515, 516, 537.
Piatigorsky, A. M. — 563.
Picchio, L. Stegagno — 316.
Piccolomini, Eneas Silvio — 674.
Pico della Mirandola, G. — 46.
Picon, Gaëtan — 522, 601.
Pigliasco, M. Rosaria — 567.
Pignatari, Décio — 594, 595.
Pike, Kenneth L. — 97, 187, 723.
Pimpão, Álvaro J. da Costa — 709.
Píndaro — 521, 584.
Pinder, Wilhelm — 428.
Pinget, Robert — 704.

Pinottini, Marzio — 431.
Pires, José Cardoso — 746, 762, 779, 780.
Pitcher, G. — 21.
Pittendrigh, C. S. — 52.
Pixérécourt, G. de — 130.
Piwowarczyk, Mary Ann — 698.
Pizarro, Narciso — 572.
Platão — 89, 339, 340, 341, 346, 352, 361, 380, 389, 630, 641, 665, 695, 715.
Plett, Heinrich F. — 567.
Pleynet, M. — 111.
Plínio — 440.
Poe, E. A. — 70, 72, 215, 235.
Poggioli, Renato — 268.
Poirier, Richard — 127.
Poirion, Daniel — 247.
Poliziano, A. — 432.
Pomorska, Krystyna — 48, 72, 73, 151, 215, 238, 278, 394.
Ponge, F. — 134.
Pontormo, Jacopo da — 456, 463, 467, 470.
Ponzio, A. — 185, 188, 190, 212, 218, 624, 633.
Pope A. — 47, 513.
Popovic, Anton — 330, 331, 337.
Popper, Karl R. — 28, 111, 256, 278, 406, 412, 429.
Porqueras Mayo, A. — 358.
Posner, Roland — 171.
Potet, Michel — 107.
Pottier, Bernard — 59, 647, 649.
Poulet, Georges — 408.
Pouillon, Jean — 765, 768.
Poussin, N. — 482, 483.
Pradal Rodríguez, Gabriel — 451.
Prandi, Alfonso — 431.
Pratt, Mary Louise — 18, 67, 200, 598, 646.
Praz, Mario — 123, 435, 458, 537, 546, 547.
Preminger, Alex — 138, 139.
Prevignano, Carlo — 260, 308, 317, 330, 617, 638.
Prévost, A.-F. — 534, 681.

Prévost, Jean — 630.
Price, J. T. — 23.
Prieto, Antonio — 674.
Prieto, L. J. — 66, 82, 145, 146, 189, 190, 191, 196, 282, 614.
Prince, Ellen F. — 570.
Prince, Gerald — 307, 598, 599, 698.
Prodi, Giorgio — 190.
Propp, Vladimir — 687, 688, 689, 692, 719, 720, 721, 722, 723, 726.
Proust, Marcel — 245, 684, 705, 736, 737.
Ptolomeu — 441.
Pugliatti, Paola Gullì — 624.
Puglielli, Annarita — 160.
Puppo, Mario — 513.
Puskin, A. — 119, 550.
Putnam, Hilary — 404.

Q

Quasha, G. — 144.
Queirós, Eça de — 113, 632, 685, 709, 727, 731, 744, 753, 757, 761, 762, 769, 770, 783.
Quevedo, F. de — 255, 500.
Quincy, Quatremère de — 443, 444.
Quintiliano — 1.
Quirk, Randolph — 158.
Quondam, A. — 352, 409, 457, 461.

R

Rabelais, F. — 459, 782.
Rabinow, Paul — 419.
Racine, Jean — 259, 363, 432, 482, 510, 511, 512, 524, 525, 528, 529.
Radnoti, Sandor — 176.
Radway, Janice A. — 176.
Rafael — 447, 457, 459, 465, 466.
Ragghianti, C. L. — 470.
Raimond, Michel — 684, 707, 741, 748, 749, 765, 779.
Raimondi, Ezio — 117, 219, 261, 297, 317, 457, 459, 460, 499, 567.

Rak, Michele — 176.
Ramat, Silvio — 170.
Ramón Trives, E. — 289, 295, 317, 567.
Randall, J. H. — 232.
Rapin, René — 408, 512, 521, 537.
Rastier, François — 648, 658.
Ray-Debove, Josette — 33, 34, 256.
Ray, William — 698.
Raymond, Marcel — 449, 461, 476, 480, 481.
Reeve, Clara — 680.
Reeves, C. E. — 412.
Régio, José — 8, 207, 578, 762.
Reis, Ricardo — 397.
Reiss, T. J. — 408.
Renan, E. — 7.
Renoir, A. — 124.
Renzi, L. — 621.
Revzin, I. I. — 154.
Rewar, Walter — 90.
Ribeiro, Aquilino — 685, 744.
Ribeiro, Bernardim — 431.
Ribot, T.-A. — 708.
Ricapito, Joseph V. — 677.
Ricardo, Cassiano — 589, 590, 660.
Ricardou, Jean — 631, 707, 708, 712.
Richards, I. A. — 552.
Richardson, S. — 534, 681, 771.
Richter, David H. — 726.
Rickert, H. — 71.
Rico, Francisco — 410.
Ricoeur, Paul — 243, 571, 581, 597, 645, 654, 659, 665, 692, 693.
Riedlinger, A. — 185.
Riegl, Aloïs — 446.
Rieser, Hans — 18, 104, 200, 295, 561, 567.
Riffaterre, Michael — 60, 157, 273, 310, 317, 326, 590, 625, 626, 627, 628, 644, 645.
Riley, Edward C. — 677.
Rimbaud, A. — 235, 667, 668.
Risset, Jaqueline — 274.
Rizzi, F. — 473.
Roaten, Darnell H. — 449.

Robbe-Grillet, Alain — 738, 739.
Roberts, Thomas J. — 37.
Robins, R. H. — 77.
Robortello — 351, 508.
Rodenbach, Georges — 703.
Rodes, Símias de — 594, 595.
Rodrigues, M. M. — 132.
Rodríguez Adrados, Francisco — 152, 154.
Roethke, — 163.
Rona, José P. — 98, 99.
Rosenbaum, P. S. — 229.
Rosenfield, Lawrence W. — 262, 299.
Rosiello, Luigi — 54, 146.
Ross, John — 228, 229, 696.
Rossi, Aldo — 627.
Rossi-Landi, F. — 76, 182, 184, 185, 191, 212, 213, 218, 569.
Rosso — 456, 467, 468.
Rossum-Guyon, Françoise van — 768.
Rothe, Arnold — 326.
Rousseau, J.-J. — 439, 442, 532, 534, 535, 536, 538, 559, 681.
Rousset, Jean — 478, 481, 489, 490, 492, 495, 501, 577, 766, 777.
Rozas, Juan Manuel — 358, 410.
Rubens — 447, 482, 484.
Ruffini, Franco — 605, 613, 615, 622, 623.
Ruskin, John — 458.
Russell, Bertrand — 642.
Russo, Luigi — 473.
Ruttelli, Romana — 612.
Ruwet, Nicolas — 158, 229, 594.
Rymer, Thomas — 408, 537, 539.

S

Sacristán, Manuel — 84.
Sade, Marquês de — 260.
Sagnes, Guy — 548.
Said, Edward W. — 579, 631.
Saint-Amant, M.-A. de — 494.
Sainte-Beuve, C.-A. — 309.

Saint-Évremond — 521.
Saint-Martin — 559.
Saint-Pierre, Bernardin de — 534, 681.
Sáinz de Robles, F. C. — 489, 506.
Saisselin, Rémy G. — 533.
Salaün, S. — 115, 132, 214.
Salgari, E. — 135.
Salinas, Pedro — 223.
Salinari, Carlo — 212.
Sallenave, Danièle — 748.
Salomon, Noël — 115, 213, 214.
Salutati, C. — 432.
Salvagnoli, Conde de — 322.
Samonà, Carmelo — 674.
Sánchez de Zavala, V. — 165.
Sánchez Escribano, F. — 358, 449.
Sand, George — 682.
Sanguinetti, Edoardo — 268.
Sannazaro, J. — 675.
Santagata, Marco — 577.
Santini, Lea Ritter — 567.
Sapegno, Natalino — 513.
Saraiva, Arnaldo — 115, 176.
Sarbiewski — 209.
Sarraute, Nathalie — 707, 737, 738.
Sarto, Andrea del — 466.
Sartre, Jean-Paul — 246, 302.
Šaumjan, S. — 638.
Saussure, F. de — 91, 144, 145, 185, 189, 218, 275, 282, 283, 568, 627, 665, 666.
Saussure, M.ᵐᵉ Necker de — 504, 541.
Sayce, R. A. — 481.
Scaramuzza, G. — 123, 139.
Schelling, F. W. J. — 362, 543, 553.
Scherer, Jacques — 354, 523, 732.
Scheub, Harold — 139.
Schiller, Friedrich — 513, 540, 547.
Schippisi, Ranieri — 513.
Schlegel, August W. — 362, 480, 540, 541, 553.
Schlegel, Friedrich — 360, 362, 539, 545, 548, 550.
Schleicher, A. — 89.
Schlieben-Lange, B. — 99.

Schmidt, Albert-Marie — 485.
Schmidt, Afred — 245.
Schmidt, Siegfried J. — 198, 201, 203, 250, 251, 295, 563, 568.
Scholes, Robert — 373, 374, 386, 392, 748, 765, 776, 779.
Schramke, J. — 684.
Schubert, Franz — 124.
Schuwer, Camille — 544.
Scott, Walter — 682, 685, 775.
Scrivano, Riccardo — 460.
Scudéry, M.ˡˡᵉ de — 509, 520.
Searle, John R. — 16, 18, 20, 36, 38, 198, 199, 200, 254.
Sebeok, Thomas A. — 57, 76, 102, 112, 155, 162, 212, 234, 257, 278, 562.
Sébillet, T. — 504.
Sebold, Russel P. — 3, 47, 514.
Secretan, Dominique — 508, 513.
Segal, D. M. — 90, 124, 140, 141, 719.
Segre, Cesare — 86, 90, 187, 188, 203, 306, 316, 317, 418, 577, 613, 624, 635, 689, 713, 714, 715.
Seiffert, H. — 24.
Sempronio, Giovan Leon — 488.
Séneca — 501, 613.
Senninger, Ch. — 679, 729.
Serpieri, Alessandro — 607, 609, 612, 619, 624.
Serra, Edelweis — 377.
Sérvio — 349.
Seung, T. K. — 419.
Shaffer, E. S. — 435.
Shakespeare, W. — 33, 69, 260, 363, 387, 418, 459, 470, 498, 536, 538, 539.
Shannon, C. — 65.
Shapiro, Michael — 71, 582, 583.
Shelley, P. B. — 550, 553, 613.
Scherrington, R. J. — 778.
Shipley, Joseph T. — 240.
Shukman, Ann — 90, 91, 92, 93, 296.
Sidney, Philip — 642.
Siles Artés, José — 676.
Silva, António de Morais — 463.

Silva, Cruz e — 177, 517.
Silva, Vítor Manuel de Aguiar e — 663.
Simenon, G. — 135.
Simon, Claude — 708.
Simón Díaz, José — 305.
Simon, Irène — 408, 513, 516, 522.
Simone, Franco — 445, 450, 451, 481.
Sinicropi, Giovanni — 699, 723, 724.
Sinni, Carlo — 243.
Şirri, Raffaele — 4, 8.
Šklovskij, Viktor — 50, 51, 136, 215, 372, 711.
Słavinski, Janusz — 260, 648.
Slawinska, Irena — 616.
Smarr, Janet L. — 600.
Smith, B. Herrnstein — 200.
Smith, L. P. — 536.
Smitten, Jeffrey R. — 741.
Soares, António da Fonseca — 492.
Sófocles — 387.
Sontag, Susan — 127.
Söter, István — 435.
Souriau, Étienne — 688, 715, 716.
Sparshott, F. — 404.
Spector, Jack J. — 249.
Spencer, H. — 366.
Spencer, John — 284.
Spencer, Sharon — 741.
Spengler, Oswald — 499, 480.
Spenser, Edmund — 539.
Sperber, Dan — 567.
Spilka, Mark — 224, 225.
Spillane, M. — 115.
Spillner, Bernd — 250, 567.
Spingarn, Joel E. — 351, 508, 523.
Spitzer, Leo — 582, 533.
Staël, M.me de — 6, 7, 504, 541.
Stahl, E. L. — 513.
Stahlke, H. — 53.
Staiger, Emil — 363, 381, 382.
Stanzel, Franz K. — 695, 718, 759, 761, 765.
Starobinski, Jean — 301, 316, 627, 770.
Stegmann, André — 404, 420, 424.
Steibeck, John — 702, 728, 783.
Steiner, George — 170, 172.

Steiner, P. — 176, 412.
Steinmann, Martin — 200.
Steinhal, H. — 282.
Stempel, Wolf-Dieter — 384.
Stendhal — 207, 322, 323, 504, 541, 686, 702, 710, 729, 731, 747, 776, 777.
Sternberg, Meir — 745.
Sterne, L. — 751, 753, 782.
Stierle, Karlheinz — 315, 398, 616.
Strada, Vittorio — 382.
Strawson, P. F. — 250.
Strelka, Joseph P. — 401.
Striedter, Jurij — 50, 719.
Strindberg, A. — 605.
Sue, Eugène — 128, 328.
Sukenick, Ronald — 291.
Suleiman, Susan R. — 338, 640.
Svartvik, Jan — 158.
Swedenborg, E. — 559.
Swift — 782.
Symonds, John A. — 365.
Sypher, Wylie — 459, 460, 467, 476.
Szondi, Peter — 316, 360, 361, 362, 590, 605, 612.

T

Tácito — 461.
Taddeo, Edoardo — 461.
Tadié, Jean-Yves — 590, 633, 737.
Talens, Jenaro — 172, 192, 206, 616.
Tamir, Nomi — 229, 759, 760, 761.
Tapié V.-L. — 472, 477, 478, 481, 483, 510.
Tarski, A. — 642.
Taso, Hegemão de — 343.
Tasso, Bernardo — 464.
Tasso, Torquato — 260, 339, 351, 357, 368, 446, 459, 464, 497, 539, 547.
Tatarkiewicz, W. — 208, 209, 349.
Tavernier. J.-B. — 441.
Taviani, F. — 622.
Tchaikowskij — 124.

Tebaldeo, A. — 474.
Tedlock, Dennis — 142.
Tellado, Corín — 134.
Telles, Gilberto Mendonça — 268.
Teócrito — 675.
Teofrasto — 349.
Terêncio — 408.
Terracini, B. — 155, 156.
Tertuliano — 2, 621.
Tesauro, E. — 476, 482, 499, 512.
Tesnière, Lucien — 688, 692, 693.
Tetel, Marcel — 631.
Thibaudet, Albert — 601, 672, 702, 703.
Thom, René — 426.
Thompson, Ewa M. — 51, 71, 215.
Thompson, John — 591.
Thomson, James — 536.
Thorne, J. P. — 162, 163.
Tieck, Ludwig — 549.
Tieghem, Paul van — 116, 533, 542.
Tiffeneau, Dorian — 645, 693.
Tindall, W. Y. — 662.
Tiraboschi, Gerolamo — 7.
Titunik, I. R. — 17, 72, 171, 371.
Tobin, P. Drechsel — 745.
Todorov, Tzvetan — 17, 48, 50, 51, 59, 72, 131, 157, 163, 215, 225, 316, 373, 374, 377, 388, 398, 568, 569, 570, 624, 633, 691, 711, 712, 715, 720, 722, 765, 766, 784.
Toffanin, Giuseppe — 351, 508.
Tolstoj, L. — 683, 685, 702, 710, 729.
Tomasevskij, B. — 214, 238, 360, 371, 372, 687, 711, 714, 716, 719, 720, 727.
Tompkins, Jane P. — 338.
Tordera Sáez, Antonio — 616.
Torga, Miguel — 415.
Torner, Eduardo M. — 136.
Torre, Guillermo de — 268, 458.
Tortel, Jean - 115, 128, 132, 204.
Trabant, J. — 82, 89, 90, 565, 637.
Treves, Marco — 461.
Trévoux — 442.
Trinkaus, Charles — 407.
Trissino, G. G. — 351.
Trnka, B. — 53.
Trousson, Raymond — 107, 546.
Trotskij, Lev D. — 71.
Trout, Bernard — 132, 204.
Troyes, Chrétien de — 673.
Trubetzkoj, N. S. — 52.
Túlio Sérvio — 503.
Turner, G. W. — 288.
Tynjanov, Jurij — 17, 72, 136, 215, 237, 238, 277, 278, 371, 372, 632.
Tzara, T. — 175.

U

Ubersfeld, Anne — 616.
Uitti, Karl D. — 166.
Ulivi, Ferruccio — 425, 461, 466.
Umiker, Donna J. — 31, 256.
Urfé, Honoré d' — 676.
Usberti, Gabriele — 160.
Uspenskij, Boris A. — 90, 92, 93, 94, 95, 96, 105, 133, 253, 271, 272, 273, 276, 562.

V

Vaché — 169.
Vachek, Josef — 48, 97, 156.
Valéry, Paul — 47, 70, 216, 217, 236, 237, 287, 308, 309, 520, 664, 666, 732, 733, 737.
Valesio, Paolo — 568.
Valla, Lorenzo — 432.
Vapereau, G. — 14.
Varga, A. Kibédi — 350, 562, 567, 579.
Vasari, G. — 421, 458, 462, 470.
Vasoli, Cesare — 431.
Vattimo, Gianni — 243.
Vennemann, Theo — 18.
Venturi, Franco — 437, 447.
Venturi, Lionello — 447.
Vera Luján, Agustín — 561, 566.
Verdi, G. — 124.
Verlaine, Paul — 8.

809

Verne, Jules — 135.
Verney, Luís António — 514.
Vernier, France — 384.
Vernière, Paul — 6, 209.
Versini, Laurent — 766.
Veselovskij, A. N. — 719, 720.
Vianey, Joseph — 474.
Viatte, Auguste — 559.
Vickers, Nancy J. — 633.
Vico, G. — 172.
Vidal-Beneyto, José — 174.
Vieira, Fr. Domingos — 505.
Vienne, Jean-Michel — 174.
Vietor, Karl — 385, 386.
Vigny, Alfred de — 255, 550.
Villanueva, Darío — 745.
Vinci, Leonardo da — 466.
Vinokur, G. — 370.
Virgílio — 33, 348, 349, 350, 498, 675.
Vivas, Eliseo — 193.
Vives, Luis — 440.
Vodička, Felix — 54, 320.
Volli, Ugo — 201.
Voltaire — 4, 5, 6, 10, 365, 421, 432, 532, 782.
Vroon, R. — 176, 412.

W

Wagner, Richard — 124.
Waismann, F. — 25, 184.
Waletzky, Joshua — 598.
Waller, M. R. — 407.
Walther, Elisabeth — 205.
Wardropper, B. W. — 358, 410.
Warning, Rainer — 251, 252, 302.
Warnke, Frank J. — 496.
Warren, Austin — 35, 226, 354, 373, 414.
Warton, Thomas — 539.
Watson, O.M. — 139.
Watt, Ian — 285, 680.
Watzlawick, P. — 185, 298.
Waugh, Linda — 627, 669.
Weaver, W. — 65.

Weiler, Gershon — 194.
Weimann, Robert — 213, 266.
Weinberg, Bernard — 208, 351, 355, 356, 357, 374, 508.
Weinreich, Uriel — 98,162.
Weinrich, Harald — 264, 301, 302, 563, 586, 637, 650, 651, 688.
Weinstein, Arnold — 770.
Weisbach, Werner — 457, 463, 471, 485.
Weise, Georg — 460, 461, 463, 464, 465, 466, 471, 472, 473, 474, 475, 476, 478, 479.
Weisstein, Ulrich — 2, 107, 404, 430, 435.
Wetiz, Morris — 17.
Wellek, René — 2, 4, 7, 13, 35, 53, 54, 226, 239, 302, 354, 360, 361, 362, 373, 411, 414, 418, 419, 430, 445, 504, 505, 513, 537, 541, 542, 548, 583.
Werth, Paul — 64, 69.
Wetherill, P. M. — 592, 669.
Wheelwright, Philip — 658.
White, Hayden — 597.
Whitfield, Francis J. — 80, 91.
Whitlock, B. W. — 465.
Wiener, Philip P. — 2.
Wienold, Götz — 36.
Wilden, Anthony — 204, 256, 270, 298, 299, 327.
Williams, Raymond — 120, 214, 273, 383, 384.
Williamson, G. — 502.
Wilson, Gay — 728.
Wimsatt Jr., W. K. — 226, 236, 239, 240, 241, 242, 374.
Winckelmann, J. J. — 507.
Winner, I. P. — 90.
Winner, Thomas G. — 54, 90, 302.
Wittgenstein, Ludwig — 19, 20, 21, 22, 23, 24, 25, 26, 27, 28, 29, 33, 39, 41, 183, 250, 298, 573.
Wolf, Robert Erich — 470.
Wolff, Erwin — 308.
Wolff, Janet — 258, 582.

Wölfflin, Heinrich — 410, 416, 446, 447, 448, 449, 451, 452, 456, 465, 466.
Woods, John — 201, 641, 642, 643.
Woolf, Virginia — 684, 707, 734, 735, 739, 747, 768.
Wunderlich, Dieter — 154, 166, 389.
Würtenberger, Franzsepp — 457, 462, 467, 470.

Y

Yahalom, Shelly — 683.
Yates, Frances, A. — 264.
Ynduráin, Francisco — 114, 136.
Young, E. — 521, 534, 535, 536.
Yuill, W. E. — 513.

Z

Žagoskin — 119.
Zambardi, Arnaldo — 122.
Zazzaroni, Paulo — 448, 489.
Zéraffa, Michel — 707, 709, 748.
Zeri, Federico — 472.
Zola, Émile — 578, 602, 685, 703, 732.
Žolkiewsky, Stefan — 32.
Žolkovskij, A. K. — 140.
Zuccari, F. — 472.
Zumthor, Paul — 2, 18, 45, 74, 139, 169, 179, 223, 231, 259, 262, 632, 673, 675.

811

ÍNDICE GERAL DO VOLUME I

PREFÁCIO

1. OS CONCEITOS DE LITERATURA E LITERARIEDADE

1.1. História semântica do lexema "literatura", p. 1; **1.2.** Génese histórico--cultural do conceito de literatura, p. 9; **1.3.** Do conceito de literatura ao conceito de literariedade, p. 14; **1.4.** Objecções a uma definição referencial de literatura, p. 16; **1.5.** Problemática de uma definição referencial de literatura, p. 19; *Addenda,* p. 40.

2. O SISTEMA SEMIÓTICO LITERÁRIO

2.1. Linguagem literária *vs.* linguagem não literária, p. 43; **2.2.** A linguagem literária como função da linguagem verbal, p. 47; **2.3.** A teoria jakobsoniana da função poética da linguagem, p. 57; **2.4.** Refutação da teoria jakobsoniana da função poética da linguagem, p. 63; **2.5.** Os conceitos de sistema semiótico literário e de código literário, p. 75; **2.6.** Heterogeneidade da semiose estética, p. 79; **2.7.** O sistema semiótico literário como uma semiótica conotativa, p. 81; **2.8.** O sistema semiótico literário como sistema modelizante secundário, p. 90; **2.9.** Descrição do sistema semiótico e do código literários, p. 97; **2.10.** Sistema literário e estilo de época, p. 107; **2.11.** Sistema literário e géneros literários, p. 108; **2.12.** Sistema literário e metalinguagem literária, p. 112; **2.13.** Literatura e paraliteratura, p. 113; **2.14.** Literatura escrita e literatura oral, p. 137; **2.15.** O conceito de língua literária, p. 144; *Addenda,* p. 173.

3. A COMUNICAÇÃO LITERÁRIA

3.1. Semiose e comunicação, p. 181; **3.2.** Semiótica da significação e semiótica da comunicação, p. 186; **3.3.** A comunicação artística, p. 193; **3.4.** Comunicação linguística e comunicação literária, p. 196; **3.5.** O fenómeno de *feedback* na comunicação literária, p. 202; **3.6.** O emissor, p. 205; **3.6.1.** Criação ou produção literária?, p. 208; **3.6.2.** Autor empírico, autor textual, narrador, p. 220; **3.6.3.** Variabilidade diacrónica da relevância do emissor, p. 231; **3.6.4.** O emissor e a poética formalista, p. 235; **3.6.5.** A supressão do emissor/autor na poética contemporânea, p. 242; **3.6.6.** Autocomunicação literária, p. 253; **3.7.** O sistema e o código literários, p. 254; **3.7.1.** A "memória" do sistema literário, p. 258; **3.7.2.** A impositividade do código

815

literário, p. 265; **3.7.3.** Estabilidade e mudança no sistema literário, p. 269; **3.8.** O canal, p. 279; **3.8.1.** A "Galáxia de Gutenberg" e a comunicação literária, p. 289; **3.9.** A mensagem, p. 294; **3.10.** Redundância e ruído, p. 297; **3.11.** O leitor e a estética da recepção, p. 300; **3.11.1.** Receptor, destinatário, leitor, p. 304; **3.11.2** O processo da leitura, p. 313; **3.11.3.** Leitura controlada, indeterminação textual e liberdade semiótica do receptor, p. 327; **3.12.** Metacomunicação literária, p. 330; **3.13.** Pragmática da comunicação literária, p. 331; *Addenda,* p. 337.

4. GÉNEROS LITERÁRIOS

4.1. A questão dos géneros literários, p. 339; **4.2.** Os géneros literários nas poéticas de Platão e de Aristóteles, p. 340; **4.3.** A doutrina horaciana sobre os géneros literários, p. 345; **4.4.** Origem e estabelecimento da divisão triádica dos géneros literários, p. 348; **4.5.** A teoria dos géneros literários desde o Renascimento ao neoclassicismo, p. 353; **4.6.** Os géneros literários na poética romântica, p. 358; **4.7.** A concepção naturalista e evolucionista dos géneros literários, p. 365; **4.8.** O conceito do género literário na estética de Croce, p. 366; **4.9.** Reformulações do conceito de género na teoria da literatura contemporânea, p. 369; **4.10.** Modos, géneros e subgéneros literários, p. 385; *Addenda,* p. 401.

5. A PERIODIZAÇÃO LITERÁRIA

5.1. Problemas epistemológicos, p. 403; **5.2.** O círculo e a espiral como modelos da periodização literária, p. 406; **5.3.** Periodização *sub speciae semioticae,* p. 412; **5.4.** Dinâmica dos períodos literários, p. 418; **5.5.** As designações dos períodos literários, p. 430; **5.6.** Metodologia da análise dos períodos literários, p. 433.

6. MANEIRISMO E BARROCO

6.1. Renovamento da periodização literária, p. 437; **6.2.** O termo e o conceito de barroco, p. 438; **6.3.** Formação do conceito periodológico de barroco, p. 444; **6.4.** O barroco e a literatura contemporânea, p. 450; **6.5.** O barroco como fenómeno histórico, p. 451; **6.6.** Cronologia do barroco, p. 454; **6.7.** Origem e difusão do conceito de maneirismo, p. 456; **6.8.** O maneirismo e a crise do Renascimento, p. 464; **6.9.** A distinção entre maneirismo e barroco, p. 476; **6.10.** Reexame da cronologia do barroco, p. 479; **6.11.** Barroco e classicismo, p. 480; **6.12.** Barroco e Contra-Reforma, p. 484; **6.13.** A temática do barroco, p. 486; **6.14.** O estilo barroco, p. 496.

ÍNDICE GERAL DO VOLUME I

7. CLASSICISMO E NEOCLASSICISMO

7.1. Os termos "clássicos" e "classicismo", p. 503; **7.2.** O conceito de "classicismo" nos estudos literários, p. 505; **7.3.** O classicismo como conceito periodológico, p. 507; **7.4.** A poética do classicismo, p. 515; **7.5.** A verosimilhança, p. 515; **7.6.** A imitação da natureza, p. 516; **7.7.** O intelectualismo, p. 517; **7.8.** As regras, p. 521; **7.9.** A imitação dos modelos greco-latinos, p. 524; **7.10.** As conveniências, p. 524; **7.11.** A finalidade moral da literatura, p. 527.

8. ROCÓCÓ, PRÉ-ROMANTISMO E ROMANTISMO

8.1. A complexidade periodológica do séc. XVIII, p. 531; **8.2.** O estilo rocócó, p. 532; **8.3.** O pré-romantismo, p. 533; **8.4.** O termo e o conceito de romântico, p. 536; **8.5.** Diversidade e unidade do romantismo europeu, p. 542; **8.6.** O idealismo alemão e o romantismo, p. 543; **8.7.** A *Sehnsucht* romântica, p. 545; **8.8.** O titanismo, p. 545; **8.9.** O *mal du siècle,* p. 547; **8.10.** A ironia, p. 548; **8.11.** O exotismo e o medievalismo, p. 549; **8.12.** Concepção da criação poética, p. 551; **8.13.** As antinomias românticas, p. 557; **8.14.** A religiosidade romântica, p. 558; **8.15.** Formas e estilo, p. 559.

9. O TEXTO LITERÁRIO

9.1. O conceito de texto semiótico, p. 561; **9.2.** O conceito de texto linguístico, p. 563; **9.3.** O conceito de discurso, p. 568; **9.4.** O conceito de texto literário, p. 574; **9.5.** Texto e macrotexto, p. 576; **9.6.** Co-texto e contexto, p. 578; **9.7.** Texto e arquitexto, p. 580; **9.7.1.** O texto lírico, p. 582; **9.7.2.** O texto narrativo, p. 596; **9.7.3.** O texto dramático, p. 604; **9.8.** Texto, intertextualidade e intertexto, p. 624; **9.9.** Coesão textual, estrutura profunda e estrutura de superfície, p. 634; **9.10.** Ficcionalidade e semântica do texto literário, p. 639; **9.11.** Conotação e plurissignificação do texto literário, p. 654; **9.12.** O cratilismo do texto literário, p. 664.

10. O ROMANCE: HISTÓRIA E SISTEMA DE UM GÉNERO LITERÁRIO

10.1. Génese e desenvolvimento do romance, p. 671; **10.2.** Classificação tipológica do romance, p. 684; **10.3.** A personagem, p. 687; **10.3.1.** O narrador, p. 695; **10.3.2.** O narratário, p. 698; **10.3.3.** A personagem como protagonista ou herói, p. 699; **10.3.4.** O retrato da personagem, p. 703; **10.3.5.** Personagens «planas» e «redondas», p. 709; **10.4.** Diegese e discurso narrativo, p. 711; **10.5.** Sintaxe da diegese, p. 719; **10.5.1.** Romance fechado e romance aberto, p. 726; **10.6.** A descrição, p. 740; **10.7.** O tempo, p. 745; **10.8.** A voz, p. 759; **10.9.** A focalização, p. 765.

817